Aus Freude am Lesen

Der Tote vom Strand

Es ist Sommer in Maardam. Ferienzeit. Kriminalinspektorin Ewa Moreno freut sich auf eine mehrwöchige Auszeit von der Arbeit, die sie größtenteils mit dem Psychologen Mikael Bau in dessen Ferienhaus an der Küste verbringen will. Ein Test, ob die Beziehung mehr ist als ein Flirt. Doch ihr Urlaub verläuft nicht ganz so wie geplant. Die Inspektorin wird mit mysteriösen Vorfällen konfrontiert, die ihr keine Ruhe lassen: Ein junges Mädchen, das sie auf der Bahnfahrt nach Lejnice kennengelernt hat, verschwindet spurlos – und der örtliche Polizeichef reagiert seltsam unbeteiligt. Mikaela war auf dem Weg zu ihrem Vater, der seit sechzehn Jahren in einer psychiatrischen Anstalt sitzt und von dessen Existenz sie bis vor kurzem nichts wusste. War dieser Besuch der Auslöser für ihr Verschwinden?

Die Schwalbe, die Katze, die Rose und der Tod

Als der ehemalige Kommissar Van Veeteren widerwillig die Geborgenheit seines Antiquariats verlässt, um einigen mysteriösen Todesfällen nachzugehen, stößt er schnell auf ein deutliches Muster aus der Bücherwelt. Blake. Musil. Rilke. Offensichtlich ist der Mörder, den er sucht, belesen, denn die Decknamen, die er benutzt, sind literarische Anspielungen, und die einzigen Spuren, die er hinterlässt, sind seltene Gedichtbände. Van Veeteren hat Schuldgefühle, denn das erste Opfer, ein junger Priester namens Tomas Gassel, war in seinen Buchladen gekommen, um Hilfe bei ihm zu suchen – und er hatte ihn abgewiesen. Jetzt wird ihm klar, dass Gassel offenbar etwas wusste, was er nicht wissen durfte …

Autor

Håkan Nesser, geboren 1950, ist einer der erfolgreichsten Kriminalautoren Schwedens. Für seine Kommissar-Van-Veeteren-Serie erhielt er zahlreiche Auszeichnungen, sie ist in mehr als ein Dutzend Sprachen übersetzt und wurde erfolgreich verfilmt.

Håkan Nesser

Der Tote vom Strand

Die Schwalbe, die Katze, die Rose und der Tod

Zwei Romane in einem Band

btb

Die schwedische Originalausgabe von »Der Tote vom Strand« erschien 2000 unter dem Titel »Ewa Morenos fall«, die Originalausgabe von »Die Schwalbe, die Katze, die Rose und der Tod« erschien 2001 unter dem Titel »Svalan, katten, rosen, döden« bei Albert Bonniers Förlag, Stockholm.

Verlagsgruppe Random House FSC-DEU-0100
Das FSC®-zertifizierte Papier *Lux Cream* für dieses Buch liefert Stora Enso, Finnland.

Einmalige Sonderausgabe März 2009
6. Auflage
Der Tote vom Strand

Die Schwalbe, die Katze, die Rose und der Tod

Umschlaggestaltung: semper smile, München
Umschlagfoto: Altrendo Travel / Getty Images
Satz: IBV Satz- und Datentechnik, Berlin
Druck und Einband: CPI – Clausen & Bosse, Leck
SL · Herstellung: BB
Printed in Germany
ISBN 978-3-442-73867-0

www.btb-verlag.de

Der Tote vom Strand

Roman

Aus dem Schwedischen
von Gabriele Haefs

So vergeuden wir unser Leben,
in Stunden und Augenblicken,
in denen wir unseren Taten nicht
ihr wahres Gewicht zubilligen.

Tomas Borgmann, Philosoph

I

1

21. Juli 1983

Winnie Maas musste sterben, weil sie ihre Pläne geändert hatte.

Später meldeten sich auch Stimmen zu Wort, die behaupteten, sie habe sterben müssen, weil sie schön und dumm gewesen sei. Was anerkanntermaßen eine riskante Kombination ist.

Oder weil sie zu gutgläubig war und sich den falschen Menschen anvertraute.

Oder weil ihr Vater ein Mistkerl war, der die Familie bereits im Stich gelassen hatte, als Winnie noch ein Wickelkind war.

Es war auch die Ansicht zu hören, Winnie Maas habe ein wenig zu kurze Kleider und ein wenig zu enge Blusen getragen und sei deshalb im Grunde an allem selber schuld.

Keine dieser Erklärungen ließ sich wohl ganz und gar von der Hand weisen, aber der Tropfen, der das Fass zum Überlaufen brachte, war doch dieser: dass sie ihre Pläne geändert hatte.

In der Sekunde, bevor sie auf den Boden auftraf und die erbarmungslose Stahlschiene ihren Schädel zerteilte, ging ihr das sogar selber auf.

Sie wischte sich ein wenig überflüssigen Lippenstift ab und betrachtete ihr Spiegelbild. Riss die Augen auf und spielte mit dem Gedanken, etwas mehr Kajal aufzutragen. Es war so anstrengend, die ganze Zeit die Augen aufzureißen. Viel einfacher wäre es doch, unten mehr Farbe zu haben. Das hatte den gleichen Effekt. Sie zog mit dem Stift eine dünne Linie, beugte sich zum Spiegel vor und überprüfte das Ergebnis.

Klasse, dachte sie und richtete ihre Aufmerksamkeit dann auf ihren Mund. Zeigte die Zähne. Die waren ebenmäßig und weiß, und das Zahnfleisch saß zum Glück ziemlich hoch – nicht wie bei Lisa Paaske, die mit ihren schräg stehenden grünen Augen und ihren hohen Wangenknochen zwar sehr gut aussah, ansonsten aber immer ein ernstes Gesicht machen musste oder höchstens ganz leicht und rätselhaft lachen durfte. Eben, weil ihr Zahnfleisch so weit nach unten reichte. Igitt, dachte Winnie Maas. Wirklich ungeil.

Sie schaute auf die Uhr. Viertel vor neun. Höchste Zeit, sich auf den Weg zu machen. Sie stand auf, öffnete ihre Kleiderschranktür und musterte sich von oben bis unten. Testete einige Posen aus und schob mal die Brüste und mal den Unterleib vor. Es sah gut aus, oben wie unten. Sie hatte eben erst vier Haare ausgezupft, die sich in gefährlicher Nähe der Bikinizone breit gemacht hatten. Helle Haare zwar, aber trotzdem.

Perfekt, hatte Jürgen gesagt. Verdammt, du besitzt einen perfekten Körper, Winnie.

Umwerfend, das war Janos' Meinung gewesen. Du bist einfach umwerfend, Winnie, ich krieg schon einen Ständer, wenn ich nur an deinem Haus vorbeigehe.

Sie lächelte, als sie an Janos dachte. Von allen, mit denen sie zusammen gewesen war, war Janos sicher der Beste gewesen. Er hatte alles genau richtig gemacht. Hatte Gefühl und Zärtlichkeit gezeigt, auf diese Weise, von der so oft in »Flash« und »Girl-Zone« die Rede war.

Janos. Ja, eigentlich war es schon ein bisschen traurig, dass sie nicht mit Janos zusammengeblieben war.

Aber egal, dachte sie und schlug sich auf die Hinterbacken. Bringt nichts, über vergossene Milch zu jammern. Sie fischte einen String-Tanga aus der Schublade, konnte aber keinen sauberen BH finden und verzichtete deshalb darauf. Sie brauchte ja auch keinen. Ihre Brüste waren ziemlich klein und straff genug, um sich aus eigener Kraft oben zu halten. Wenn sie an ihrem Körper überhaupt etwas auszusetzen hatte, dann hätte sie sich größere Brüste gewünscht. Nicht viel größer, nur eine Spur. Dick hatte zwar behauptet, sie habe die tollsten Titten der Welt, und er hatte so energisch daran gelutscht und herumgespielt, dass es noch Tage später wehgetan hatte – aber ein paar Gramm mehr hätten eben doch nicht geschadet.

Aber das kommt schon noch, dachte sie. Zog das T-Shirt über den Kopf und zwängte sich in den engen Rock. Ja, bald würden die Gramme gleich dutzendweise angetanzt kommen, das war nur noch eine Frage der Zeit. Falls sie nicht ...

Falls sie nicht.

Verdammt, dachte sie und nahm sich eine Zigarette. Ich bin doch erst sechzehn. Mama war damals siebzehn, und was ist aus der bloß geworden!

Sie warf einen letzten prüfenden Blick in den Spiegel, leckte sich vorsichtig die Lippen und ging los.

Halb zehn, Frieders Pier, hatte er gesagt. Er kam mit dem Zug um halb neun und wollte zuerst zum Duschen nach Hause. Wogegen sie natürlich nichts hatte, sie mochte Typen, die sich sauber hielten. Saubere Haare und kein Dreck unter den Nägeln, das brachte es einfach. Und sie trafen sich zum ersten Mal seit drei Wochen. Er war oben in Saaren bei einem Onkel gewesen. Hatte gejobbt und Ferien gemacht; sie hatten einige Male miteinander telefoniert, hatten den »Fall« diskutiert, aber sie hatte ihm noch nicht gesagt, dass sie ihre Pläne geändert hatte. Das hatte sie sich für diesen Abend aufgehoben. Besser, wir machen das von Angesicht zu Angesicht, hatte sie gedacht.

Es war ein warmer Abend. Als sie zum Strand kam, war sie schon leicht verschwitzt, obwohl es doch nur ein kurzer Spaziergang gewesen war. Aber hier unten war es kühler. Eine leichte, angenehme Brise wehte vom Meer her, sie streifte ihre Stoffschuhe ab und ging barfuß durch den Sand. Es war ein angenehmes Gefühl, die kleinen Sandkörner zwischen den Zehen zu spüren. Sie kam sich fast wieder vor wie ein Kind. Für den Nagellack war das natürlich gar nicht gut, am Pier würde sie die

Schuhe sofort wieder anziehen müssen. Ehe sie IHN traf. Sie dachte an ihn immer in Großbuchstaben. Das war er wert. Aber wenn er danach mit ihr schlafen wollte, wollte er sie sicher barfuß haben. Was aber vielleicht keine Rolle spielte, er war bei solchen Gelegenheiten eher weniger an ihren Zehennägeln interessiert.

Und warum sollte er nicht mit ihr schlafen wollen? Sie hatten sich doch ewig nicht gesehen, zum Henker!

Sie blieb stehen und nahm sich eine neue Zigarette. Ging dann ein wenig näher zum Wasser, wo der Boden fester war, was das Gehen erleichterte. Der Strand war um diese Zeit nicht überlaufen, aber noch lange nicht menschenleer. Ab und zu tauchte ein Jogger oder ein Hundehalter auf, und sie wusste, dass oben zwischen den Dünen Jugendliche auf ihren Decken lagen, das war im Sommer immer so. Sie machte das bisweilen auch, und vielleicht würde sie in einer Stunde ebenfalls dort liegen.

Vielleicht, vielleicht auch nicht.

Es kam sicher auf seine Reaktion an. Sie versuchte, sie sich vorzustellen. Ob er wütend werden würde? Würde er sie packen und schütteln, wie damals in Horsens, als sie high vom Hasch erklärt hatte, wie toll sie Matti Freges Muskeln fand?

Oder würde er sie verstehen und ihr Recht geben?

Vielleicht würde er versuchen, sie zu überreden. Das war natürlich denkbar. Vielleicht würde seine gewaltige Liebe sie dazu bringen, ihre Meinung noch einmal zu ändern. Was das Geld betraf, natürlich. Wäre das denkbar?

Nein, das glaubte sie nicht. Sie fühlte sich stark und sicher in ihrem Entschluss, wo immer der herstammen mochte. Vielleicht lag es einfach daran, dass sie einige Wochen allein und in Ruhe hatte nachdenken können.

Aber sie wusste, dass seine Liebe riesengroß war. Das sagte er oft, ja fast bei jeder Begegnung. Irgendwann würden sie zusammenziehen, das wussten sie schon seit langer Zeit. Zweifel gab es keine mehr. Sie brauchten nichts zu überstürzen.

Was sie dagegen brauchten, war Geld.

Geld für Essen. Für Zigaretten und Klamotten und eine Wohnung. Vor allem in der Zukunft würden sie natürlich Geld brauchen, und deshalb hatten sie doch ursprünglich ihren Entschluss gefasst …

Ihre Gedanken wanderten in ihrem Kopf hin und her, und sie spürte, dass sie sie nur schwer unter Kontrolle brachte. Oder darin Ordnung schaffen konnte. Sie musste auf so vieles Rücksicht nehmen, und am Ende wusste sie dann nicht mehr ein noch aus. Das war fast immer so. Es wäre schön gewesen, wenn ihr jemand die Entscheidungen abgenommen hätte. Das dachte sie oft. Wenn sich jemand um die wichtigen Angelegenheiten gekümmert hätte, damit sie über das nachdenken konnte, worüber sie gern nachdachte.

Vielleicht ist auch das ein Grund, warum ich mich in ihn verliebt habe, überlegte sie jetzt. In IHN. Er traf gern die Entscheidungen, wenn es sich um Zusammenhänge handelte, die ein bisschen größer und komplizierter waren. Wie in diesem Fall, um den es jetzt ging. Ja, sicher war das auch ein Grund, warum sie ihn liebte und mit ihm zusammen sein wollte. Wirklich. Obwohl der letzte Entschluss wohl doch nicht so gut gewesen war, weshalb sie sich gezwungen gefühlt hatte, ihre Pläne zu ändern. Wie gesagt.

Sie hatte jetzt den Pier erreicht und schaute sich im letzten Abendlicht um. Noch war er nicht gekommen, sie war einige Minuten zu früh. Sie könnte weiter über den Strand gehen, ihm entgegen, er kam von der anderen Seite, wohnte draußen in Klimmerstoft, aber sie tat es dann doch nicht. Sie setzte sich auf einen der niedrigen Steinpfeiler, die zu beiden Seiten des Piers aufragten. Steckte sich noch eine Zigarette an, obwohl sie im Grunde gar keine wollte, und versuchte, an etwas Schönes zu denken.

Er traf eine Viertelstunde später ein. Ein wenig verspätet, aber nicht sehr. Sie sah sein weißes Hemd in der klaren Dunkelheit schon aus der Ferne, blieb aber sitzen, bis er sie erreicht hatte. Dann sprang sie auf. Legte ihm die Arme um den Hals und drückte ihn an sich. Küsste ihn.

Merkte, dass er ein wenig nach Schnaps schmeckte, aber wirklich nur ein wenig.

»Da bist du wieder.«

»Ja.«

»War es schön?«

»Toll.«

Sie schwiegen einen Moment. Er umklammerte ihre beiden Oberarme.

»Ich muss dir etwas sagen«, sagte sie dann.

»Ach?«

Sein Zugriff lockerte sich ein wenig.

»Ich hab es mir anders überlegt.«

»Anders überlegt?«

»Ja.«

»Was, zum Teufel, soll das heißen?«, fragte er. »Sag schon.«

Sie sagte es ihm. Erklärte. Fand nur mit Mühe die richtigen Worte, aber nach und nach schien er zu begreifen. Zunächst schwieg er, und sie konnte sein Gesicht in der Dunkelheit nicht erkennen. Er hatte sie jetzt losgelassen, ganz und gar. Eine halbe Minute verging, vielleicht auch eine ganze, und sie standen nur da. Standen da und atmeten im Takt von Meer und Wellen, so kam es ihr vor, und etwas daran war ein wenig unbehaglich.

»Wir machen einen Spaziergang«, sagte er dann und legte ihr den Arm um die Schultern. »Und reden darüber. Ich habe eine Idee.«

2

Juli 1999

Helmut war von Anfang an dagegen gewesen.

Als sie später daran zurückdachte, musste sie ihm das immerhin zugestehen. »Blödsinn«, hatte er gesagt. »Verdammter Blödsinn.«

Er hatte die Zeitung sinken lassen und sie einige Sekunden lang aus seinen blassen Augen angesehen, während er langsam die Kiefer hin und her rollte und den Kopf schräg legte.

»Keine Ahnung, wozu das gut sein soll. Überflüssig.«

Das war alles. Helmut war keiner, der mit Worten um sich warf. Er war überhaupt eher vom Stein gekommen als vom Staub und zweifellos schon jetzt wieder auf dem Weg dorthin.

Vom Stein bist du gekommen und zum Stein sollst du werden. Das dachte sie nicht zum ersten Mal.

Es hatte natürlich seine Vor- und Nachteile. Sie wusste ja, dass sie nicht Sturm und Feuer gesuchte hatte, als sie sich für ihn entschieden hatte – nicht Liebe und Leidenschaft –, sondern einen Felsen. Graues, festes Urgestein, auf dem sie fest stehen konnte und nicht fürchten musste, wieder im Nebel der Verzweiflung zu versinken.

So ungefähr.

So ungefähr hatte sie vor fünfzehn Jahren gedacht, als er an die Tür geklopft und erklärt hatte, er habe im Urlaub eine Flasche Burgunder gekauft, die er einfach nicht allein austrinken wolle.

Und wenn sie es nicht schon im ersten Moment gedacht hatte, dann doch sehr bald danach. Als sie einander dann häufiger trafen.

In der Waschküche. Auf der Straße. Im Laden.

Oder wenn sie an den warmen Sommerabenden auf dem Balkon saß und versuchte, Mikaela in den Schlaf zu wiegen, und er drei Meter weiter auf dem Nachbarbalkon stand, seine Pfeife paffte und in die letzten Reste des Sonnenuntergangs hineinschaute, der sich auf dem gewaltigen offenen westlichen Himmel über der Polderlandschaft ausbreitete.

Wand an Wand. Das war wie ein Gedanke.

Ein Gott der Sicherheit, der seinen steinernen Finger auf sie richtete, während sie in einem gebrechlichen Fahrzeug über das Meer der Gefühle trieb.

Auf sie und Mikaela. Ja, so war es wirklich gewesen, und im Nachhinein konnte sie manchmal darüber lachen und manchmal nicht.

Fünfzehn Jahre war das jetzt alles her. Mikaela war damals drei gewesen. Jetzt war sie achtzehn. In diesem Sommer würde sie achtzehn werden.

»Wie gesagt«, hatte er hinter seiner Zeitung wiederholt. »Glücklicher wird dieses Wissen sie nicht machen.«

Warum hatte sie nicht auf ihn gehört? Wieder und wieder hatte sie sich später diese Frage gestellt. In den Tagen der Unruhe und der Verzweiflung. Wenn sie versuchte, ihre Kräfte zu sammeln und die einzelnen Glieder der Kette zu betrachten, die Ursache dafür zu finden, dass sie getan hatte, was sie getan hatte ... oder einfach ihren Gedanken freien Lauf zu lassen. Sie hatte nicht genug Kraft, um über diese Zeit zu sprechen. Über diese grauenhaften Sommertage.

Sie hatte einfach das Richtige getan, so hatte sie das gesehen. Sie hatte getan, was gut und richtig gewesen war. Hatte nicht gegen den Beschluss verstoßen, auf den all diese Jahre doch gegründet waren. Auch der war in gewisser Hinsicht wie ein Stein gewesen. Ein düsterer Stein, den sie ganz tief versenkt hatte, in den schlammigen Grund ihres Vergessens, doch den sie heraufzuziehen versprochen hatte, wenn die Zeit gekommen wäre.

Behutsam und respektvoll natürlich, aber er musste eben ans Licht. Musste Mikaelas zwingendem Blick vorgelegt werden. Es ging nicht anders. Egal, wie sie es auch drehten und wendeten – es war eine Art Ungleichgewicht, das nun seit vielen Jahren darauf wartete, wieder in Balance gebracht zu werden, und jetzt war es so weit.

Der achtzehnte Geburtstag. Obwohl sie nicht darüber gesprochen hatten, hatte auch Helmut es gewusst. Er war sich die ganze Zeit über die Situation im Klaren gewesen, hatte sie aber nicht wahrhaben wollen … dass ein Tag kommen musste, an dem Mikaela die Wahrheit aufgetischt wurde. Niemand hatte das Recht, einem Kind seinen Ursprung vorzuenthalten. Seine Wurzeln unter Bagatellen und Alltäglichkeiten zu verstecken. Es beim Eintritt ins Leben auf einen falschen Weg zu locken.

Recht? Leben? Wahrheit? Später begriff sie nicht, wie sie mit dermaßen großartigen Worten hatte jonglieren können. War das nicht gerade die Art von Hochmut, die zurückgeschlagen und sich gegen sie gekehrt hatte? War das nicht so?

Wer war sie denn, dass sie von falsch und richtig redete? Wer war sie, dass sie so leichtfertig ihre Entscheidung traf und Helmuts übellaunige Einwände abschüttelte, ohne ihnen mehr als eine Dreiviertelsekunde des Nachdenkens zu widmen? Damals jedenfalls. Damals, als ihr das alles noch übertrieben vorgekommen war.

Dann kamen diese Tage und Nächte, als alles auch den letzten Rest von Bedeutung und Wert zu verlieren schien, als sie zum Roboter wurde und diese früheren Gedanken nicht einmal mehr sah, die wie zerfetzte Wolkenreste am bleigrauen Nachthimmel des Todes an ihr vorüberzogen. Sie ließ sie einfach dahingleiten, auf ihrer trostlosen Reise von Horizont zu Horizont.

Von der Vergessenheit in die Vergessenheit. Von der Nacht zur Nacht, von der Finsternis zur Finsternis.

Vom Stein bist du gekommen.

Aus deiner klaffenden Wunde steigt dein stummer Schrei zu einem toten Himmel empor.

Der Schmerz des Steins. Härter als alles.

Und der Wahnsinn, ja, der Wahnsinn, wartete gleich hinter der nächsten Ecke.

Der achtzehnte Geburtstag. Ein Freitag. Ein Juli, so heiß wie die Hölle.

»Ich mache es, wenn sie vom Training nach Hause kommt«, hatte sie gesagt. »Dann brauchst du nicht dabei zu sein. Danach essen wir dann in aller Ruhe. Sie wird es gelassen aufnehmen, das spüre ich.«

Zuerst nur beleidigtes Schweigen.

»Wenn es unbedingt sein muss«, hatte er dann endlich gesagt. Als er schon am Spülbecken stand und seine Tasse auswusch.

»Du trägst die Verantwortung. Nicht ich.«

»Ich muss es tun«, verteidigte sie sich. »Vergiss nicht, dass ich es ihr an ihrem fünfzehnten Geburtstag versprochen habe. Vergiss nicht, dass ein Leerraum gefüllt werden muss. Sie wartet doch darauf.«

»Sie hat es aber nie erwähnt«, sagte er. Aus dem Mundwinkel. Abgewandt.

Das stimmte. Auch das musste sie zugeben.

»Blödsinn, aber mach, was du willst. Wozu soll das eigentlich gut sein?«

So viele Wörter. Genauso viele. Dann ging er.

Blödsinn?

Tue ich es für sie oder für mich?, fragte sie sich dann.

Ursachen? Beweggründe?

Undurchdringlich wie das Grenzland zwischen Traum und Wirklichkeit. Unergründlich wie der Stein selber.

Floskeln, Wortpflaster. Das wusste sie jetzt.

3

9. Juli 1999

Als Kriminalinspektorin Ewa Moreno vor Hauptkommissar Reinharts Bürotür stehen blieb, war es Viertel nach drei am Nachmittag, und sie sehnte sich nach einem kalten Bier.

Wäre sie in eine andere Gesellschaftsklasse hineingeboren worden oder mit etwas mehr Fantasie begabt gewesen, dann hätte sie sich möglicherweise nach einem Glas kalten Champagner gesehnt (oder warum nicht gleich nach vier oder fünf?), aber an diesem Tag waren alle Gedankenflüge und alle Sehnsuchtsbilder bereits in den frühen Morgenstunden verdampft. Es war gute dreißig Grad über Null, und das schon den ganzen Tag. Und zwar in der Stadt wie auf der Wache. Der Hochdruck strahlte wie ein vergessenes, durchgedrehtes Bügeleisen, und genau genommen gab es wohl, abgesehen von kalten Getränken, nur zwei Überlebensmöglichkeiten: am Strand und im Schatten.

Auf der Wache von Maardam glänzte Ersterer durch Abwesenheit.

Aber es gab Rollos. Und garantiert sonnenlose Gänge. Sie blieb mit der Hand auf der Klinke stehen und unterdrückte einen Impuls (auch der war so träge wie eine mit Coca Cola betäubte Schmeißfliege, weshalb es ein ziemlich ausgewogener Kampf wurde), nicht darauf zu drücken. Sondern die Flucht zu ergreifen.

Statt hineinzugehen und sich anzuhören, was er ihr zu sagen hatte. Und sie hatte ihre guten Gründe. Oder zumindest einen:

In weniger als zwei Stunden fing ihr Urlaub an. Zwei Stunden. Einhundertzwanzig widerliche Minuten. Wenn nichts Unvorhergesehenes dazwischenkam.

Morenos Intuition sagte ihr, dass er sie wahrscheinlich nicht herbestellt hatte, um ihr schöne Ferien zu wünschen. Es hatte sich nicht so angehört und hätte auch nicht zu Reinhart gepasst.

Wenn nichts Unvorhergesehenes ... ? Auf eine seltsame Weise kam das Unvorhergesehene ihr überhaupt nicht unvorhergesehen vor. Wenn sie darauf gewettet hätte, hätte sie immerhin gute Gewinnchancen gehabt. Das war nun einmal so im glanzlosen Bullenmetier, und es wäre nicht das erste Mal.

Flucht oder nicht Flucht, was jetzt? Sie könnte später immer noch behaupten, etwas sei dazwischengekommen. Sie habe einfach nicht die Zeit gehabt, wie gewünscht bei ihm vorbeizuschauen.

Vorbeizuschauen? Das klang doch ganz harmlos?

Schau doch nach dem Mittagessen mal bei mir vorbei. Es dauert nicht lange ...

O verdammt, dachte sie. Die Lage kam ihr so tückisch vor wie eine hungrige Kobra.

Nach einem kurzen inneren Kampf war das Kind in den Brunnen gefallen, und ihre lutherisch-kalvinistische Bullenmoral trug den Sieg davon. Sie seufzte, drückte die Klinke herunter und trat ein. Ließ sich in den Besuchersessel sinken, während ihre Befürchtungen wie wütende Schmetterlinge hinter ihrer Schläfe herumschwirrten. Und in ihrem Bauch.

»Was kann ich für dich tun?«, fragte sie.

Reinhart stand am Fenster, rauchte und sah ganz allgemein Unheil verheißend aus. Sie registrierte, dass er Badeschlappen an den Füßen trug. Hellblaue.

»Salve«, sagte er. »Möchtest du etwas trinken?«

»Was hast du denn auf Lager?«, fragte Moreno, und wieder tauchte das kalte Bier vor ihrem inneren Auge auf.

»Wasser. Mit oder ohne heiligem Geist.«

»Ich glaube, ich verzichte«, sagte Moreno. »Wenn du das nicht falsch verstehst. Also?«

Reinhart kratzte sich zwischen den Bartstoppeln und legte die Pfeife neben den Blumentopf auf die Fensterbank.

»Wir haben Lampe-Leermann erwischt«, sagte er.

»Lampe-Leermann?«, fragte Moreno.

»Ja«, sagte Reinhart.

»Wir?«, fragte Moreno.

»Einige Kollegen. Draußen in Lejnice. Ja, eigentlich Behrensee, aber sie haben ihn nach Lejnice gebracht. Das war näher.«

»Hervorragend. Wurde auch Zeit. Gibt's Probleme?«

»Eins«, sagte Reinhart.

»Wirklich?«, fragte Moreno.

Er ließ sich ihr gegenüber in seinen Schreibtischsessel sinken und musterte sie mit einem Blick, der vermutlich unschuldig wirken sollte. Moreno kannte diesen Blick und sandte ein vages Stoßgebet zum Fenster hinüber. Nicht schon wieder!

»Ein Problem«, wiederholte Reinhart.

»Lass hören«, sagte Moreno.

»Er ist nicht ganz so kooperativ.«

Moreno gab keine Antwort. Reinhart machte sich an den Papieren auf seinem Schreibtisch zu schaffen und schien nicht so recht zu wissen, wie es weitergehen sollte.

»Oder genauer gesagt, er ist sehr kooperativ. Unter der Voraussetzung, dass er mit dir sprechen darf.«

»Was?«, fragte Moreno.

»Unter der Voraussetzung, dass er mit dir ...«

»Ich habe schon verstanden«, fiel Moreno ihm ins Wort. »Aber warum um alles in der Welt will er mit mir sprechen?«

»God knows«, sagte Reinhart. »So ist es nun einmal, mach mir da keine Vorwürfe. Lampe-Leermann ist bereit, ein vollständiges Geständnis abzuliefern, unter der Voraussetzung, dass er es dir zu Füßen legen darf. Sonst nicht. Er kann männliche Bullen nicht leiden, behauptet er, ist das nicht seltsam?«

Moreno betrachtete eine Weile das Bild, das über Reinharts Kopf hing. Es zeigte ein kostümiertes Schwein, das auf einer Kanzel stand und eine ekstatische Gemeinde aus Schafsköpfen mit Fernsehapparaten bewarf. Vielleicht handelte es sich auch um Richter mit Perücken, sie war sich da nicht sicher. Sie wusste, dass der Polizeipräsident mehrmals versucht hatte, Reinhart dazu zu bewegen, das Bild abzuhängen, doch vergebens. Rooth hatte es als Symbol der Gedankenfreiheit und allgemeinen Bewusstseinslage bei der Truppe bezeichnet, und Moreno hatte die vage Ahnung, dass diese Analyse gar nicht so dumm war. Obwohl sie Reinhart nie danach gefragt hatte. Und den Polizeipräsidenten auch nicht.

»Mein Urlaub fängt in zwei Stunden an«, sagte sie und versuchte ein mildes Lächeln.

»Er sitzt draußen in Lejnice«, sagte Reinhart gelassen. »Wirklich hübsch dort. Ein Tag reicht sicher. Höchstens zwei. Hrrm.«

Moreno erhob sich und ging zum Fenster.

»Aber wenn du ihn lieber hier empfangen willst, dann ist das auch kein Problem«, schlug Reinhart hinter ihrem Rücken vor.

Sie schaute auf die Stadt und das Hochdruckgebiet hinaus. Es war nur einige Tage alt und schien sich zu halten. Das hatte Frau Bachman aus dem ersten Stock gesagt, und die Meteorologen im Fernsehen hatten es wiederholt. Sie beschloss, keine Antwort zu geben. Nicht ohne einen guten Anwalt oder ein erklärendes Angebot. Zehn Sekunden vergingen, und sie hörte nur das Verkehrsrauschen aus der Stadt und das leise Klappern von Reinharts Badeschlappen, als er die Füße übereinander schlug.

Badeschlappen?, dachte sie. Der könnte sich ja wohl mindestens ein Paar Sandalen zulegen. Ein Kriminalkommissar in blauen Plastikschuhen?

Vielleicht war er in der Mittagspause schwimmen gewesen und hatte vergessen, die Schuhe zu wechseln? Oder er hatte eine Besprechung mit dem Polizeipräsidenten gehabt und betrachtete die Badeschlappen als eine Art irrsinnigen Protest? Bei Reinhart wusste man nie, er liebte solche symbolischen Handlungen.

Am Ende gab er auf.

»Verdammt«, sagte er. »Reiß dich zusammen, Frau Inspektor. Wir suchen seit Monaten nach diesem verdammten Blödmann. Und jetzt hat Vrommel ihn sich gekrallt ...«

»Vrommel? Wer ist Vrommel?«

»Der Polizeichef in Lejnice.«

Widerwillig dachte Moreno nach. Sie hatte Reinhart noch immer den Rücken zugekehrt, während das Bild Lampe-Leermanns vor ihrem inneren Auge auftauchte ... kein großer Name in der Unterwelt, das nicht, aber er war wirklich seit geraumer Zeit gesucht worden. Er hatte vermutlich im März und April an bewaffneten Raubüberfällen mitgewirkt, aber darum ging es jetzt nicht. Jedenfalls nicht in erster Linie.

In erster Linie ging es um seine Kontakte zu gewissen anderen Herren, die von beträchtlich gröberem Kaliber waren als er selber. Spitzen des so genannten organisierten Verbrechens, um einen abgegriffenen Ausdruck zu verwenden. Die Verbindung stand zweifelsfrei fest, und Lampe-Leermann war dafür bekannt, dass er gern plauderte. Bekannt dafür, dass er – in bestimmten Notsituationen zumindest – lieber an seine eigene Haut dachte und deshalb seine illegalen Kenntnisse gern mit der Polizei teilte. Falls es seinen Zwecken diente und mit der nötigen Diskretion behandelt wurde.

Und das war in diesem Fall möglich. Es gab jedenfalls Grund zu dieser Annahme. Reinhart ging offensichtlich davon aus, und Moreno neigte dazu, ihm zuzustimmen. Zumindest im Prinzip. Und deshalb hatten sie ein wenig intensiver nach Lampe-Leermann gefahndet, als das sonst der Fall war. Und deshalb hatten sie ihn gefunden. Ausgerechnet heute.

Doch dass er ausgerechnet Inspektorin Moreno sein Herz ausschütten wollte, kam ja doch recht unerwartet. Diesen Aspekt hatten sie nicht bedacht. Sie nicht und die anderen auch nicht. Das tat nur irgendein böswilliger Machthaber aus dem Jenseits ... ja, zum Teufel, dass sie aber auch nie ...

»Er mag dich«, riss Reinhart sie aus ihren Gedanken. »Das braucht dir nicht peinlich zu sein. Ich glaube, er weiß noch, dass wir vor ein paar Jahren mit ihm böser Bulle/lieber Bulle gespielt haben ... na ja, so ist es nun einmal. Er will mit dir und mit keinem anderen sprechen. Aber du hast ja nun Urlaub, klar.«

»Genau«, sagte Moreno und kehrte zu ihrem Sessel zurück.

»Es ist nicht so weit nach Lejnice, glaube ich«, sagte Reinhart, »zwölf, dreizehn Kilometer, nehme ich an ...«

Moreno gab keine Antwort. Sie kniff die Augen zusammen und riss die Gazette vom Vortag an sich, nachdem sie sie aus dem Zeitungschaos auf dem Tisch gefischt hatte.

»... und dann fiel mir dieses Haus ein, zu dem du fahren willst. Liegt das nicht in Port Hagen?«

O verdammt, dachte Moreno. Das hat er sich gemerkt. Er hat sich wirklich Mühe gegeben.

»Ja«, sagte sie. »In Port Hagen, das stimmt.«

Reinhart versuchte, wieder ein unschuldiges Gesicht zu machen. Wie der böse Wolf in Rotkäppchen, dachte Moreno.

»Wenn ich mich nicht irre, dann liegt das in Reichweite«, sagte er. »Kaum mehr als zehn Kilometer oberhalb von Lejnice. Ich war als Kind einige Male dort. Du könntest ganz einfach ...«

Moreno ließ mit müder Geste die Zeitung sinken.

»Na gut«, sagte sie. »Es reicht. Ich mach's. Ach, verdammt, du weißt so gut wie ich, dass Lampe-Leermann so ungefähr das Widerlichste ist, was je in handgenähten Schuhen und mit Siegelring unterwegs war ... Abgesehen davon stinkt er auch noch die ganze Zeit nach altem Knoblauch ... merk dir, dass ich von altem Knoblauch rede, gegen frischen habe ich nichts. Aber ich mach's, du brauchst dich nicht noch mehr anzustrengen. Verdammt und zugenäht. Wann?«

Reinhart ging zum Fenster und kratzte über dem Blumentopf seine Pfeife aus.

»Ich habe Vrommel gesagt, dass du wahrscheinlich morgen auftauchst.«

Moreno starrte ihn an.

»Hast du einen Termin gemacht, ohne mich zu fragen?«

»*Wahrscheinlich* habe ich gesagt«, beschwichtigte sie Reinhart. »Ich habe gesagt, dass du *wahrscheinlich* morgen kommst. Was, zum Teufel, ist denn los mit dir? Spielen wir nicht mehr auf derselben Seite, oder was ist?«

Moreno seufzte.

»Na gut«, sagte sie. »Verzeihung. Ich wollte ohnehin morgen früh fahren, so große Umstände macht es also nicht. Wirklich nicht.«

»Gut«, sagte Reinhart. »Ich rufe Vrommel an und sage Bescheid. Um welche Uhrzeit?«

Sie dachte nach.

»Um eins. Sag, dass ich um ein Uhr komme und dass sie Lampe-Leermann zum Mittagessen nichts mit Knoblauch geben dürfen.«

»Auch nichts mit frischem?«, fragte Reinhart.

Sie gab keine Antwort. Als sie schon in der Tür stand, erinnerte er sie an den Ernst der Lage.

»Und sorg dafür, dass dieser Arsch jeden verdammten Namen ausspuckt, den er in der Birne hat. Ihr kriegt beide einen Bonus für jeden Scheißverbrecher, den wir einsperren können.«

»Ist doch klar«, sagte Moreno. »Der Herr Kommissar fluchen zu viel. Aber eine hübsche Farbe haben deine Schuhe ... macht einen einwandfrei jugendlichen Eindruck.«

Noch ehe Reinhart etwas dazu sagen konnte, war sie schon verschwunden.

4

Als sie zu Hause unter der Dusche stand, ging ihr auf, dass es sich um ein Omen handelte.

Was denn sonst? Wie hätte sie die Sache sonst deuten sollen? Franz Lampe-Leermann tauchte einfach auf und vermasselte ihren Urlaub, zwei Stunden, bevor der losging. Das war doch absolut unwahrscheinlich. Oder völlig klar, das kam auf den Standpunkt an. Seit Mitte April hatte er sich der Polizei entziehen können – nach einem reichlich blödsinnigen Banküberfall, der am Gründonnerstag in Linzhuizen passiert war, hatten sie die Fahndung intensiviert –, und dann ging dieser Vollidiot ausgerechnet jetzt in die Falle. Und dann auch noch in Lejnice!

Lejnice! Einer kleinen unscheinbaren Hafenstadt mit vielleicht zwanzig- bis fünfundzwanzigtausend Einwohnern. Und einigen zusätzlichen tausend im Sommer. Und nicht mehr als zehn Kilometer von ihrem eigenen geplanten Aufenthaltsort während der beiden nächsten Wochen gelegen.

Port Hagen. Ein noch kleineres Kaff, aber Käffer hatten auch ihr Gutes, und in diesem lag Mikael Baus Sommerhaus.

Mikael Bau, dachte sie. Mein Nachbar und zufälliger Partner.

Zufällig?, dachte sie dann. Partner? Das klang doch bescheuert. Aber alles andere klang noch schlimmer. Oder jedenfalls falsch.

Verlobter? Liebhaber? Freund!

Konnte eine mit zweiunddreißig denn noch einen Freund haben?

Vielleicht ganz einfach *mein Typ*, überlegte sie. Sie kniff die Augen zusammen und rieb sich Jojoba-Shampoo in die Haare. Sie hatte über zwei Jahre ohne *Typen* gelebt – seit sie sich von Claus Badher getrennt hatte. Und besonders toll waren diese Jahre nicht gewesen. Nicht für sie selber und nicht für ihre Umgebung. Sie war die Letzte, die das bestritten hätte.

Es waren keine Jahre, die sie zurückhaben wollte, auch wenn sie in dieser Zeit einiges gelernt hatte. Vielleicht war das der richtige Standpunkt. Und sie wollte auch die Jahre mit Claus nicht zurückhaben. Das noch weniger, nie im Leben.

Insgesamt sieben vergeudete Jahre, summierte sie. Fünf mit Claus, zwei allein. Sammelte sie hier langsam genug für ein vergeudetes Leben an? Lief das hier gerade vor ihren Augen ab?

Who knows?, dachte sie. Life is what happens when we're busy making other plans. Sie massierte sich noch eine Weile die Kopfhaut und spülte dann aus.

Was aus ihrer Beziehung zu Mikael Bau werden sollte, ließ sich jedenfalls noch nicht sagen. Sie hatte zumindest keine Lust dazu, im Moment nicht. Im Winter hatte sie so nach und nach seine Bekanntschaft gemacht. Er hatte sie zum Essen eingeladen, nachdem seine Freundin ihn verlassen hatte – Mitte Dezember war das gewesen, während dieser entsetzlichen Wochen, in denen sie nach Erich Van Veeterens Mörder gesucht hatten –, aber sie hatte sich erst einen Monat darauf für die Einladung revanchiert. Und dann hatte es noch einmal anderthalb Monate gedauert, bis sie den entscheidenden Schritt getan hatte und mit ihm ins Bett gegangen war. Oder bis sie beide den entscheidenden Schritt getan hatten. Anfang März war das gewesen, um genau zu sein. Am vierten, wie ihr nun einfiel, denn es war am Geburtstag ihrer Schwester gewesen.

Und seither war es so weitergegangen. Obwohl sie Kriminalinspektorin war und er Sozialarbeiter, waren sie doch nur Menschen.

Genauso drückte er sich immer aus. Scheiß doch drauf, Ewa! Egal wie, wir sind auch nur Menschen!

Ihr gefiel das. Es war schlicht und gesund. Erinnerte kein bisschen an Claus Badher, und je weniger Mikael Bau an Claus erinnerte, umso besser. Das war ein schlichter, aber zuverlässiger Maßstab. Ab und zu musste man zu einfachen Größen greifen, wenn es um das vermeintliche Seelenleben ging, sie war alt genug, um das zu wissen. Vielleicht sollte man das immer tun, überlegte sie bisweilen. Die Psychologie auf Distanz halten und nach dem Instinkt leben. Und es tat gut, begehrt zu werden, das konnte sie nicht leugnen. Carpe diem, war es das vielleicht?

Leichter gesagt als getan, dachte sie und stieg aus der Dusche. Das ist, wie von einem zum anderen Moment mit dem Denken aufzuhören. Auf jeden Fall hatte Mikael Bau also dieses alte Haus in Port Hagen. Er teilte es mit seinen vier Geschwistern, wenn sie das richtig verstanden hatte. Es galt als eine Art Familienerbe, und in diesem Jahr war er im Juli an der Reihe.

Groß und verfallen, hatte er versprochen. Aber bezaubernd und vor fremden Blicken geschützt. Fließend Wasser, ab und zu zumindest. Hundert Meter zum Strand.

Das klang fast zu schön, um wahr zu sein für eine schlecht bezahlte Inspektorin wie sie, und sie hatte ohne langes Zögern sein Angebot angenommen, dort zwei Wochen zu verbringen. Wenn sie ehrlich sein sollte, hatte sie überhaupt nicht gezögert. Es war an einem Sonntagmorgen im Mai gewesen, sie hatten sich geliebt und im Bett gefrühstückt. Eines nach dem anderen. Manche Tage haben wir besser im Griff als andere, das ist kaum eine Überraschung.

Zwei Wochen Mitte Juli also. Mit ihrem Typen am Meer.

Und dann Franz Lampe-Leermann!

Ein selten blödes Omen und ein ungeheuer schlechtes Timing. Sie fragte sich, was das bedeuten mochte. Oder musste man sich erst auf die Suche nach dem größeren Zusammenhang begeben?

Wie der *Kommissar* ab und zu zu sagen pflegte?

Nach dem Duschen packte sie, und nach dem Packen rief sie Mikael Bau an. Ohne sich mit Details aufzuhalten, erklärte sie ihm, dass sie nicht schon mittags, wie geplant, sondern erst am späteren Nachmittag eintreffen würde, da etwas dazwischengekommen sei.

»Arbeit?«, fragte er.

»Arbeit«, gab sie zu.

Er lachte und sagte: »Ich liebe dich.« Das sagte er seit neuestem, und es war seltsam, wie gespalten ihre Reaktion darauf ausfiel.

Ich liebe dich.

Sie selber hatte diese Worte noch nicht in den Mund genommen. Und sie würde das auch erst tun, wenn sie sich ganz sicher wäre. Sie hatten darüber gesprochen. Er hatte ihr natürlich Recht gegeben, aber was hätte er denn sonst tun sollen? Hatte gesagt, ihm gehe es genauso. Der Unterschied war nur, dass *er* sicher war. Jetzt schon.

Aber wie konnte er das sein?, hatte sie wissen wollen.

»Bin wohl weniger gebranntes Kind als du«, hatte er geantwortet. »Traue mich etwas früher, den Schritt ins Unbekannte zu machen.«

Weiß der Teufel, dachte Ewa Moreno. Wir haben alle unsere private Beziehung zu Sprache und Worten, vor allem zur Sprache der Liebe. Mit schlechten Erfahrungen braucht das nichts zu tun zu haben.

Aber sie fragte sich – hatte sich schon oft gefragt –, was eigentlich mit Leila passiert war, seiner früheren Freundin. Sie waren über drei Jahre zusammen gewesen, das hatte er ihr erzählt, und noch an dem Abend, an dem sie ihn verlassen hatte, war er eine Treppe hochgerannt und hatte an Ewas Tür geklingelt. Um sie zum Essen einzuladen, dem Essen, das er für Leila gekocht hatte. Einfach so, war das nicht doch ein wenig seltsam?

Als sie ihn danach gefragt hatte, hatte er das Essen angeführt. Er hatte doch für zwei gekocht. Man stand nicht zweieinhalb

Stunden in der Küche, um dann die ganze Pracht innerhalb von zehn Minuten ganz allein hinunterzuwürgen. Wirklich nicht.

Auch jetzt wurde das Thema Essen angeschnitten.

»Wenn du einen guten Wein mitbringst, dann versuche ich, für dich einen essbaren Fisch aufzutreiben. Auf dem Markt gibt's einen Alten, der jeden Morgen frischen Fisch anbietet. Er hat sogar ein Holzbein, die Touristen knipsen jeden Sommer zweitausend Bilder von ihm ... na ja, ich werd's jedenfalls versuchen.«

»Abgemacht«, sagte Moreno. »Ich verlasse mich darauf, dass du Glück hast. Ich hab dir ja gerade drei Stunden Frist gegeben. Übrigens ...«

»Ja?«

»Nein, schon vergessen.«

»Gelogen.«

»Na gut. Welche Farbe haben deine Badeschlappen?«

»Meine Badeschlappen?«

»Ja.«

»Warum willst du wissen, welche Farbe meine Badeschlappen haben? Im Haus liegen sicher zehn Paar herum ... oder jedenfalls zwanzig Stück, aber die Besitzverhältnisse sind ziemlich unklar.«

»Gut«, sagte Moreno. »Das betrachte ich als gutes Omen.«

Mikael Bau behauptete, gar nichts mehr zu begreifen, und riet ihr, sich einen Sonnenhut zuzulegen. Sie versprach, sich die Sache zu überlegen, danach beendeten sie ihr Gespräch. Er sagte nie zweimal, dass er sie liebte, und sie war dankbar dafür.

Wenn auch ein wenig gespalten.

Später an diesem Abend rief Reinhart an und diskutierte eine halbe Stunde lang mit ihr, wie sie das Verhör mit Lampe-Leermann führen sollte. An und für sich kam ihr das nicht weiter kompliziert vor, aber andererseits war es natürlich wichtig, so bald wie möglich so viel wie möglich aus ihm herauszuholen. Viele und wichtige Namen.

Wichtig war es außerdem, an die Beweise zu denken, damit man gegen die verdienstvollen Herren wirklich Anklage erheben konnte. Die Frage, was Lampe-Leermann dafür in Aussicht gestellt werden durfte, musste ebenfalls erörtert werden, aber Reinhart und Moreno machten so etwas ja nicht zum ersten Mal, und am Ende war der Hauptkommissar mit der Planung zufrieden.

Wenn dieser Arsch nur gegenüber Inspektor Ewa Moreno ein Geständnis ablegen wollte, dann würde er es wohl auch tun, meinte er.

Und dafür sorgen, dass er etwas zu gestehen hatte.

»Zwei Faustregeln«, betonte Reinhart schließlich. »Zum einen ein Tonbandgerät. Zum anderen keine ausformulierten Versprechungen. Nicht in der einleitenden Phase, das müsste auch Lampe-Leermann klar sein.«

»Weiß ich«, sagte Moreno. »Bin auch nicht von gestern. Was ist eigentlich Vrommel für einer?«

»Keine Ahnung«, sagte Reinhart. »Hört sich am Telefon wie ein Feldwebel an. Hat, glaube ich, rote Haare. Kann sich aber auch um einen anderen Vrommel handeln.«

»Wie alt?«

»Zu alt für dich. Könnte dein Großvater sein oder so.«

»Danke, Herr Kommissar.«

Reinhart wünschte Waidmannsheil und erklärte, er freue sich darauf, in zwei oder höchstens drei Tagen ihren Bericht zu lesen.

»Bericht?«, fragte Moreno. »Du bekommst die Abschrift des Verhörs, wobei ich nebenbei gesagt nicht vorhabe, mich um dieses Detail zu kümmern. Ich bin nicht im Dienst.«

»Hmpf«, knurrte Reinhart. »Kein Idealismus mehr bei der Truppe. Was soll aus der Gesellschaft nur werden?«

»Darüber reden wir im August«, sagte Moreno.

»Wenn es die Gesellschaft dann noch gibt«, sagte Reinhart.

5

10. Juli 1999

Sie begriff erst nach einer ganzen Weile, dass das Mädchen ihr gegenüber wirklich weinte.

Es war kein auffälliges Weinen. Es war ganz still, irgendwie natürlich. Das Gesicht sah nackt und rein aus, die Haut war bleich und die rotbraunen Haare glatt nach hinten gekämmt und mit einem Gummiband zusammengehalten. Sechzehn oder siebzehn, tippte Moreno, aber bei jungen Mädchen wusste man nie so genau. Es konnten auch zwei Jahre mehr oder weniger sein.

Die Augen waren groß und hellbraun, und so weit sie das beurteilen konnte, ganz und gar ungeschminkt. Auch die Wangen, über die die Tränen in regelmäßigem, aber nicht sonderlich reißendem Strom flossen, wiesen keine schwarzen Striche auf. Das Mädchen weinte leise und selbstverständlich. Moreno schaute vorsichtig über den Rand ihres Buches und stellte fest, dass ihr Gegenüber ein zusammengeknülltes Taschentuch in der Hand hielt, die locker auf ihrem Knie lag – dass jedoch kein Versuch unternommen wurde, die Tränenflut zum Stillstand zu bringen. Keinerlei Versuch. Das Mädchen weinte nur. Ließ den Tränen ihren Lauf, so sah es aus, während sie aus dem Fenster auf die flache, sonnige Landschaft schaute, die draußen vorüberhuschte. Das Mädchen saß gegen die Fahrtrichtung, Inspektorin Moreno ihr gegenüber.

Trauer, dachte Ewa Moreno. Es sieht aus wie Trauer.

Sie versuchte, sich daran zu erinnern, an welcher Station die Weinende zugestiegen war. Moorhuijs oder Klampendikk vermutlich. Ein oder zwei Stationen nach Maardam Kolstraat jedenfalls, wo sie selber eingestiegen war. Es war ein Lokalzug, der so ungefähr alle drei Minuten anhielt. Moreno bereute schon, keinen Expresszug genommen zu haben. Der wäre vermutlich doppelt so schnell gewesen, und vermutlich war der schaukelnde Waggon auch deshalb so leer. Abgesehen von einem älteren Paar, das Kaffee aus einer Thermosflasche trank, waren sie und das Mädchen die einzigen Fahrgäste ... seltsam, dass die andere sich ihr gegenüber gesetzt hatte, wo doch so viel Platz war. Seltsam.

»Du weinst.«

Das sagte sie, ohne nachzudenken. Es rutschte ihr einfach so heraus, und sie fragte sich für einen Moment, ob Mikael Bau nicht Recht gehabt hatte, als er ihr zu einem Sonnenhut geraten hatte. Zu einem breitkrempigen Sonnenschutz, denn das Hochdruckgebiet war noch immer nicht weitergewandert.

Das Mädchen sah sie für einen Moment an. Dann putzte sie sich die Nase. Ewa Moreno wechselte die Stellung und wartete.

»Ja. Ich weine ein bisschen.«

»Das kann passieren«, sagte Moreno.

Herrgott, dachte sie. Was mach ich da nur? Jetzt kümmere ich mich auch noch um einen flennenden Teenie ... um ein betrogenes Mädel mit gebrochenem Herzen auf der Flucht vor ihrem Freund. Oder ihren Eltern. Auf jeden Fall auf der Flucht ... Ich sollte weiterlesen und so tun, als hätte ich nie ein Wort mit ihr gewechselt. Ich werde erst wieder auf sie achten, wenn wir Lejnice erreicht haben, hab ich mit Lampe-Leermann nicht schon genug am Hals? Warum, zum Henker, kann ich bloß meinen Mund nicht halten?

»Ich weine, weil ich Angst habe«, sagte das Mädchen und schaute wieder in den Sonnenschein hinaus. »Ich bin auf dem Weg zu meinem Vater.«

»Ach?«, fragte Moreno neutral und verwarf ihre Fluchttheorie.

»Ich bin ihm noch nie begegnet.«

Moreno ließ ihr Buch sinken.

»Wie meinst du das?«

»Ich kenne ihn nicht.«

»Du bist deinem Vater noch nie begegnet? Wieso denn nicht?«

»Weil meine Mutter das so für richtig hielt.«

Moreno dachte nach. Nahm einen Schluck aus ihrer Mineralwasserflasche. Hielt sie dem Mädchen mit fragendem Blick hin. Das Mädchen schüttelte den Kopf.

»Und warum hielt sie es für richtig, dass du nichts mit ihm zu tun hattest?«

Das Mädchen zuckte die Schultern.

»Ich weiß nicht.«

»Wie heißt du?«

»Mikaela Lijphart.«

»Wie alt bist du? Sechzehn, siebzehn?«

Das ist ja ein Verhör, ging Moreno plötzlich auf, und sie versuchte, ihre Verlegenheit dadurch zu überspielen, dass sie ein Kaugummipäckchen anbot. Mikaela Lijphart nahm sich zwei Stück und lachte kurz.

»Achtzehn«, sagte sie. »Wirklich achtzehn. Gestern war mein Geburtstag.«

»Herzlichen Glückwunsch«, sagte Moreno. »Nachträglich.«

»Verzeihung. Ich störe Sie beim Lesen.«

»Das macht nichts«, sagte Moreno. »In der Bahn kann ich mich ohnehin nicht konzentrieren. Ich lese alles immer mehrere Male. Wenn du von deinem Vater erzählen willst, höre ich gern zu.«

Mikaela Lijphart seufzte tief und schien mit sich zu ringen. Es dauerte drei Sekunden.

»Danke«, sagte sie. »Nein, ich bin ihm also noch nie begegnet. Oder zuletzt als sehr kleines Kind. Bis vorgestern wusste ich nicht, wer er ist. Er heißt Arnold Maager, das hat meine Mutter mir erzählt, weil ich jetzt achtzehn bin. Schönes Geschenk, was? Ein Vater!«

Moreno zog die Augenbrauen hoch, sagte aber nichts. Der Zug bremste hörbar vor der nächsten Station.

»Er sitzt in der Klapse. Als ich zwei Jahre alt war, ist etwas passiert. Und deshalb hat sie ihn bisher geheim gehalten, meine Mutter.«

Großer Gott, dachte Moreno. Was erzählt sie mir da? Für einen Moment glaubte sie, an eine Drogensüchtige geraten zu sein – an einen leicht neurotischen Teenie, der sich vor einer Wildfremden interessant machen wollte. Junge Damen in Not neigten zu solchen Szenen, das wusste sie aus Erfahrung. Das hatten die Jahre bei der Jugendpolizei sie gelehrt. Zweieinhalb Jahre, genau gerechnet, die nicht schlecht gewesen waren, aber die sie auch nicht zurückhaben wollte. So wenig wie alle anderen, die sie vor kurzem erst verworfen hatte ...

Aber es fiel ihr schwer zu glauben, dass Mikaela Lijphart ihr Lügen auftischte. Wirklich schwer. Sie kam ihr eher vor wie ein offenes Buch – mit ihren großen klaren Augen und den freimütigen Zügen. Sicher konnte sie sich irren, aber dass sie so sehr danebenlag, bezweifelte sie doch sehr.

»Und jetzt bist du auf dem Weg zu ihm?«, fragte sie vorsichtig. »Zu deinem Vater? Wo wohnt er?«

»In Lejnice«, sagte Mikaela Lijphart. »In einem Pflegeheim am Stadtrand. Ich habe angerufen, sie wissen, dass ich komme. Und sie wollten ihn vorbereiten ... ja, so haben sie das gesagt. Vorbereiten. Himmel, das macht mich so nervös, aber ich muss es doch hinter mich bringen.«

Ewa Moreno suchte verzweifelt nach einem tröstlichen Wort.

»Was sein muss, muss sein«, sagte sie. »Hast du wirklich erst vorgestern erfahren, dass du einen Vater hast?«

Mikaela Lijphart zeigte wieder ihr kurzes Lachen.

»Nein. Ich weiß ja, dass jungfräuliche Geburten heutzutage eher selten vorkommen. Ich habe mit drei Jahren einen Stiefvater bekommen, und mit fünfzehn habe ich erfahren, dass er nicht mein richtiger Vater ist. Und dann ... ja, dann musste ich drei Jahre warten, ehe meine Mutter mir von meinem richtigen Vater erzählt hat. Arnold Maager ... ich weiß nicht, ob mir der Name gefällt oder nicht.«

»Aber warum?« Diese Frage konnte Moreno sich einfach nicht verkneifen. »Ich meine, es geht mich natürlich nichts an, aber ...«

»Ich weiß nicht«, sagte Mikaela Lijphart.

»Das weißt du nicht?«

»Nein, ich weiß nicht, warum sie mir das nicht sagen konnte. Oder wollte. Sie hat mir eine Menge über Verantwortung und Reife und so erzählt, meine Mutter, aber ... nein, keine Details. Als ich klein war, ist etwas vorgefallen, mehr weiß ich nicht.«

Moreno schaute aus dem Fenster und stellte fest, dass sie schon in Boodendijk waren. Es konnte nicht mehr weit bis Lejnice sein. Ein oder zwei Stationen vermutlich. Hinter den wenigen Häuserzeilen konnte sie die Dünen erkennen. Der Himmel sah fast hysterisch aus, so blau war er.

Was, zum Teufel, soll ich denn sagen, fragte sie sich. Das arme Kind muss sich doch vollkommen verlassen vorkommen.

»Du hast nicht überlegt, jemanden mitzunehmen?«, fragte sie dann. »So nervös, wie du bist. Eine Freundin ... oder deine Mutter.«

»Ich möchte allein mit ihm sein«, erklärte Mikaela Lijphart. »Meine Mutter wollte überhaupt nicht, dass ich zu ihm fahre, aber jetzt bin ich ja schließlich achtzehn.«

»Allerdings«, sagte Moreno.

Einige Sekunden verstrichen. Der Zug setzte sich wieder in Bewegung.

»Ich begreife nicht, warum ich das alles einem wildfremden Menschen erzähle«, sagte Mikaela Lijphart und versuchte, ein wenig energischer zu wirken. »Sie müssen mich doch für total verrückt halten ... ganz zu schweigen von meiner Mutter und meinem Vater. Die total verrückte Familie. Und das sind wir vielleicht auch, aber ich habe wirklich noch nie ...«

»Manchmal kann es gut tun, mit Fremden zu reden«, fiel Moreno ihr ins Wort. »Man kann sagen, was man will, ohne Rücksicht nehmen zu müssen. Ich fange auch manchmal auf diese Weise ein Gespräch an.«

Jetzt öffnete das Gesicht des Mädchens sich wirklich zu einem Lächeln, und Moreno konnte feststellen, dass sie noch anziehender aussah, wenn die Sorgen sich für einen Moment verzogen.

»Genau. Das gilt auch für meinen Vater. Über die Begegnung mit ihm, meine ich. Wir sind uns doch auch fremd. Ich will sonst niemanden dabei haben, wenn ich zum ersten Mal mit ihm spreche. Es wäre … es wäre nicht richtig, verstehen Sie? Ihm gegenüber nicht richtig.«

Moreno nickte.

»Du steigst also in Lejnice aus?«, fragte sie.

»Ja. Und Sie?«

»Auch in Lejnice. Es geht sicher gut, du wirst schon sehen. Mit deinem Vater meine ich, das spüre ich.«

»Ich auch«, verkündete Mikaela Lijphart optimistisch und richtete sich ein wenig auf. »Ich glaube übrigens, wir sind bald da, ich sollte vielleicht kurz zur Toilette gehen, um mir die Tränen aus dem Gesicht zu wischen. Es hat gut getan, mit Ihnen zu sprechen.«

Ewa Moreno merkte plötzlich, dass sie selber eine Träne im Augenwinkel hatte. Sie tätschelte Mikaela Lijpharts Oberschenkel und räusperte sich.

»Tu das. Ich warte auf dich. Bis zur Station haben wir ja noch ein Stück.«

Mikaela Lijphart stand auf und verschwand auf der Toilette ganz hinten im Wagen. Moreno holte tief Atem. Steckte ihr Buch in die Tasche und stellte fest, dass durch das Fenster jetzt das Meer zu sehen war.

Auf dem Bahnhofsvorplatz verabschiedete sie sich von Mikaela Lijphart, die in den gelben Bus stieg, der zum Sidonisstift fuhr, einem einige Kilometer nördlich im Binnenland gelegenen Pflegeheim.

Moreno selbst nahm ein Taxi, da sie den Weg zur Wache von Lejnice nicht kannte.

Die Entfernung zum Marktplatz, wo auch die Wache lag, betrug knappe zweihundert Meter, und der junge Fahrer fragte, ob er eine Extrarunde um die Kirche drehen dürfe, um wenigstens das Taxameter einschalten zu können.

Moreno lachte und sagte, sie werde in einigen Stunden einen Wagen nach Port Hagen brauchen, worauf er ihr eine Karte mit seiner Telefonnummer gab.

Die Polizeiwache von Lejnice war ein viereckiger zweistöckiger Bau aus dunklem Klinkerstein mit seltsamen quadratischen Fenstern, die von außen nicht einzusehen waren. Sie war sicher kurz nach dem Zweiten Weltkrieg errichtet worden und lag zwischen einer Metzgerei und einem Bestattungsunternehmen. Über dem wenig imposanten Eingang befand sich ein winziger Balkon mit Eisengeländer und einer noch kleineren Flagge, die am Ende einer Art Besenstiel im schwachen Wind wehte. Moreno hatte eine kurze Assoziation mit einer dekadenten französischen Kolonie des 19. Jahrhunderts – oder mit einem Film über eine solche Kolonie –, und als sie dann Kommissar Vrommel entdeckte, vermutete sie, dass ihm das vergangene Jahrhundert lieber war als das, das gerade vor der Tür stand.

Er selber stand übrigens auch vor der Tür. Lang und schlaksig, in einer Art weicher Khakiuniform, wie Moreno sie nur aus der Welt des Films kannte. Sie schätzte ihn auf vielleicht sechzig oder eher noch fünfundsechzig. Reinharts Vermutung, dass er rothaarig war, mochte nicht falsch liegen, kam aber um einige Jahrzehnte zu spät. Jetzt war Vrommels Haupt nur noch spärlich bewachsen. Um nicht zu sagen gar nicht.

Runde Brille ohne Einfassung, kräftige rotbraune Nase und ein so dünner, fleischfarbener Schnurrbart, dass sie ihn erst entdeckte, als sie dem Mann die Hand reichte.

»Inspektor Moreno, nehme ich an. Angenehm. Reise gut verlaufen?«

Er kann Polizistinnen nicht leiden, dachte sie.

»Hervorragend, danke. Ein bisschen warm.«

Er ging auf die Aufforderung, über das Wetter zu sprechen, nicht ein. Räusperte sich stattdessen und hob den Kopf.

»Willkommen in Lejnice. Ja, hier also ist der Sitz der Macht.« Er streckte den Arm in einer Geste aus, die möglicherweise – aber nur möglicherweise – als ironisch gedeutet werden konnte. »Gehen wir hinein? Meister Lampe wartet schon.«

Er öffnete die Tür, und Moreno betrat das relativ kühle Innere der Polizeiwache von Lejnice.

Das Verhörzimmer war an die zehn Quadratmeter groß und sah aus, wie es sich für ein Verhörzimmer gehörte.

Wie es sich für alle Verhörzimmer auf der ganzen Welt gehört. Ein Tisch mit zwei Stühlen. Eine Lampe an der Decke. Kein Fenster. Auf dem Tisch ein Tonbandgerät, ein Krug Wasser und zwei weiße Plastikbecher. Kahle Wände und blanker Betonboden. Zwei Türen mit Gucklöchern. Franz Lampe-Leermann saß schon auf dem einen Stuhl, als Moreno zur Tür hereinkam. Er saß sicher schon eine ganze Weile da. Er sah ziemlich erschöpft aus, und sein Lächeln kam ihr angespannt vor. Große Schweißflecken hatten sich unter den Armen seines gelben Hemdes ausgebreitet, und er hatte Schuhe und Socken ausgezogen. Er atmete schwer. Die Klimaanlage, die im restlichen Gebäude ihre Wirkung tat, schien nicht in diese Dschehenna hineinzureichen.

Möglicherweise hatte Vrommel sie auch ausgeschaltet.

Fünfunddreißig Grad, schätzte Moreno. Mindestens. Gut.

»Ich brauche eine Zigarettenpause«, erklärte Franz Lampe-Leermann und wischte sich mit dem Handrücken über die Stirn. »Dieser Dreckskerl hier will mich nicht mal rauchen lassen!«

»Pause?«, fragte Moreno. »Frühestens in einer halben Stunde. Falls du dich kooperativ zeigst. Klar?«

Lampe-Leermann fluchte noch einmal und zuckte mit den Schultern.

»Also, los geht's«, sagte Moreno und drückte auf den Aufnahmeknopf. »Was hast du zu sagen?«

6

Mikaela Lijphart stieg bei der Weggabelung nach St. Inns aus, wie ihr geraten worden war. Sie blieb mit ihrem Rucksack am Straßenrand stehen, bis der Bus in der langen Kurve in Richtung Wallby und Port Hagen verschwunden war.

Schaute sich um. Links von ihr, nach Westen, verlief die schnurgerade Straße durch die Dünen zum Meer, nur noch anderthalb Kilometer waren das. Dort würde sie später hingehen – in kurzer Zeit oder einigen Stunden –, denn dort lag die Jugendherberge, wo sie übernachten wollte. Aber jetzt noch nicht. Jetzt ging es nach Osten. Ins Landesinnere, über das schmale gewundene Asphaltband, das in der Hitze zwischen hohen, mit Blumen bewachsenen Graswällen fast zu kochen schien. Das Sidonisheim sollte nur noch einen Kilometer entfernt liegen, aber sie wünschte, es wäre noch kürzer. Oder sie hätte sich aus Lejnice wenigstens eine Flasche Wasser mitgebracht.

Denn es war heiß. Unerträglich heiß. Es war halb zwei, zweifellos der perfekte Zeitpunkt für eine Wanderung in der Sonne, dachte sie. Für einen prachtvollen Sonnenstich.

Das hätte ihr gerade noch gefehlt. Das auch noch.

Sie schaute sich noch einmal um. Versuchte, sich ein Bild vom Ort zu machen. Der schien höchstens aus einem Dutzend Häusern zu bestehen, doch hinter einem davon ragte etwas hervor, das wie ein Reklameschild aussah. Vielleicht eine Art Geschäft … da müsste sie doch zumindest eine Flasche Wasser auftreiben können. Sie lud sich den Rucksack auf die Schultern und machte sich auf den Weg zu dem rotbraunen Klinkerhaus.

Und sie sollte sich auch noch einmal vergewissern, ob sie wirklich auf dem richtigen Weg zum Heim war, beschloss sie.

Zum Heim und zu ihrem Vater.

Es handelte sich wirklich um einen kleinen Lebensmittelladen. Sie kaufte einen Liter Wasser, ein Eis und eine Packung Kekse mit Zitronengeschmack. Sie ließ sich außerdem den Weg zum Sidonisstift erklären. Sie brauchte nur der Straße zu folgen und beim Schild nach der Brücke rechts zu gehen. Es sei wirklich nicht weit. Ob sie ein Auto habe, fragte die freundliche rundliche Frau hinter dem Tresen. Andernfalls könne sie in einer halben Stunde vom Lieferwagen mitgenommen werden, der Laden brachte fast jeden Tag Vorräte ins Heim.

Mikaela Lijphart lächelte und lehnte dankend ab. Sagte, sie wolle einen Spaziergang machen, bei dem schönen Wetter.

»Wunderbares Wetter«, stimmte die Frau zu und fächelte sich mit einer Illustrierten Luft zu. »Fast zu viel des Guten, könnte man sagen.«

Im Gehen dachte sie über alles nach, was sie der Frau im Zug erzählt hatte.

Die Wahrheit, aber nicht die ganze Wahrheit.

Nicht ganz die ganze. Sie wusste ein wenig mehr, als sie zugegeben hatte, und jetzt hatte sie plötzlich ein schlechtes Gewissen, weil sie geschwiegen hatte. Einen Hauch von schlechtem Gewissen jedenfalls. Die Frau war freundlich gewesen und hatte sich um sie gekümmert. Sie hätte wirklich etwas mehr erzählen können, wirklich.

Andererseits hatte sie auch nicht direkt gelogen. Es stimmte wirklich, dass ihre Mutter ihr so wenig über die Vorgeschichte erzählt hatte.

Es war etwas vorgefallen.

Vor sechzehn Jahren.

Etwas mit ihrem Vater.

Was? *Was?* Als sie jetzt an das Gespräch mit ihrer Mutter dachte, das sie am Vortag geführt hatte, konnte sie deren Haltung fast noch weniger begreifen. Noch weniger als am Frühstückstisch, als der Abstand zwischen ihnen meilenweit gewesen und der Name zum ersten Mal gefallen war.

Arnold Maager.

Arnold? Zwölf Jahre hatte sie einen Vater namens Helmut gehabt. Drei Jahre einen namenlosen. Und jetzt hieß er plötzlich Arnold.

»Was ist denn vorgefallen?«, hatte sie ihre Mutter gefragt. »Jetzt erzähl schon, was so entsetzlich war. Damals vor sechzehn Jahren!«

Aber ihre Mutter hatte nur den Kopf geschüttelt.

»Du musst doch begreifen, dass du auch B sagen musst, wenn du A gesagt hast«, hatte Mikaela gefordert. Das sagte die Mutter selbst auch immer. »Ich habe ein Recht, es zu erfahren.«

Neues Kopfschütteln, jetzt noch energischer. Danach die Tirade: *Ja, du hast das Recht zu erfahren, wer dein Vater ist, Mikaela, und das weißt du jetzt. Aber es wäre nicht gut für dich zu wissen, warum ich ihn verlassen habe. Glaub mir das. Ich würde dir das nicht verschweigen, wenn es nicht zu deinem Besten wäre, das musst du mir glauben.*

»Ich werde es schon herausfinden.«

Das ist deine Sache. Du bist volljährig. Aber ich denke nur an dein Bestes.

Weiter waren sie nicht gekommen, obwohl sie noch eine halbe Stunde in der Küche gesessen hatten. Mikaela hatte gebettelt und gefleht, sie hatte geschimpft und geweint, aber der Entschluss ihrer Mutter war unumstößlich gewesen.

Das kam manchmal vor. Mikaela Lijphart war schon häufiger mit dem Kopf gegen die Wand gerannt. Sie wusste, wie das war, was für ein Gefühl das war. Aber diese seltsame Distanz zwischen ihr und ihrer Mutter gab es sonst nicht. Seltsam und auch ein wenig überwältigend war die.

Tante Vanja war dann die Rettung gewesen, auch das nicht zum ersten Mal. Mikaela hatte sich in ihrem Zimmer eingeschlossen und sie gleich nach dem Gespräch in der Küche angerufen. War sofort mit der Tür ins Haus gefallen, und nach intensiven Überredungsversuchen hatte sie es geschafft. Als sie schon fast die Flinte ins Korn geworfen hatte. Tante Vanja hatte erzählt. Zwar nicht viel, aber ein wenig … hatte den Vorhang zur Vergangenheit einen Spaltbreit geöffnet.

Er hat einen Menschen umgebracht, dein Vater. Ein junges Mädchen … genauer gesagt konnte es nie bewiesen werden, ob er es wirklich getan hat.

Pause.

Aber natürlich muss er es gewesen sein.

Pause.

Und das konnte er dann nicht ertragen. Er ist zusammengebrochen, aber es ist besser, das alles nicht wieder aufzuwühlen, ich habe ohnehin schon zu viel gesagt.

Wen?

Wen hatte er umgebracht? Und warum?

Aber Tante Vanja hatte nicht mehr verraten wollen. Jetzt war die Vergangenheit wieder da, wo sie hingehörte, es ging sie nichts an, und sie hatte ohnehin schon zu viel gesagt. Der Mann saß sicher noch in diesem Heim bei Lejnice, das glaubte sie zumindest. Er war damals sofort dort eingewiesen worden. Aber es sei besser, das zu vergessen, wie gesagt. Zu vergessen und weiterzugehen.

Das wusste Mikaela schon. Dass er in dieser Anstalt saß – das hatte immerhin auch ihre Mutter verraten.

Die Frage ist nur, warum, dachte Mikaela, als sie ihrer Tante zum Schluss dankte und den Hörer auf die Gabel legte. Warum hatte sie gerade an dieser Stelle die Grenze gezogen, ihre Mutter? Wenn sie an diese Dinge doch nicht rühren wollte, dann wäre es doch sicher besser gewesen, ihrer Tochter diesen Hinweis vorzuenthalten?

Oder lieber gar nichts zu sagen?

Das musste sein, hatte sie erklärt. *Ich bin es dir schuldig, dir den Namen deines Vaters und seinen Aufenthaltsort zu nennen. Aber ich wünsche … ich wünsche aus ganzem Herzen, dass du nicht zu ihm gehst.*

Aus ganzem Herzen?, dachte Mikaela Lijphart. Klang fast ein wenig pathetisch. Und unbegreiflich. Gestern wie heute. So unbegreiflich, wie ihre Mutter sich bisweilen verhalten konnte. Ja, eigentlich war sie wohl weniger überrascht, als sie es vielleicht sein sollte. Als andere Achtzehnjährige es in dieser Situation gewesen wären.

Ich bin daran gewöhnt, auf Treibsand zu leben, dachte sie. In jeder Hinsicht. Und mit allem zu rechnen.

Vielleicht hatte sie der Frau im Zug deshalb nicht alles erzählen mögen? Weil sie sich ihrer verrückten Familie schämte, genau, wie sie gesagt hatte.

Einen Menschen umgebracht? Himmel, nein, das war dann doch zu viel.

Sie erreichte die Brücke. Überquerte sie und bog dann nach rechts ab. Der überwucherte Bachlauf war wie ausgedörrt, nur ein lehmiger Streifen tief unten zeigte, dass hier normalerweise das Wasser des Baches Muur entlangströmte. Zumindest unter anderen klimatischen Bedingungen. Ein an einem Pfosten angebrachtes großes Schild erzählte das alles und teilte außerdem mit, dass das Sidonisstift jetzt nur noch zweihundert Meter entfernt war.

Zweihundert Meter, dachte Mikaela Lijphart und trank einen Schluck Wasser. Nach achtzehn Jahren – oder eigentlich sechzehn – bin ich noch zweihundert Meter von meinem Vater entfernt.

Die Gebäude waren von blassem Gelb und lagen in einem kleinen Parkgelände, das von einer niedrigen Mauer und einigen Laubbäumen umgeben war. Ulmen oder Ahorn, sie wusste es nicht genau. Vielleicht von beidem, die hatten doch ziemlich viel Ähnlichkeit miteinander. Es gab nur drei Häuser, ein größeres mit vier Etagen und zwei mit jeweils zwei Stockwerken. Ein kleiner asphaltierter Parkplatz mit vielleicht einem Dutzend Autos. Ein schwarzer Hund war an einem Schuppen angebunden und kläffte. Nirgendwo war auch nur eine Menschenseele zu sehen. Sie folgte den Schildern an der Treppe ins Hauptgebäude und blieb vor einer Art Rezeption stehen. Zwei ältere Frauen kehrten ihr den Rücken zu und waren in ein Gespräch vertieft. Es dauerte eine Weile, bis sie ihre Aufmerksamkeit erregen konnte.

Sie brachte ihren Wunsch vor und wurde gebeten, noch einen Moment Platz zu nehmen.

Nach einigen Minuten tauchte aus einem Gang ein Mann mit Bart und Brille auf und fragte, ob sie Mikaela Lijphart sei. Das stimme, sagte sie. Er reichte ihr die Hand und hieß sie willkommen. Stellte sich als Frank vor und machte eine Bemerkung über das schöne Wetter. Danach winkte er sie hinter sich her. Er führte sie durch zwei grüne Gänge und zwei blaue Treppen nach oben. Sie blieb zwei Schritte hinter ihm und spürte, dass sie dringend zur Toilette musste. Ihre Blase drückte. Sie hatte schließlich auf dem Weg die ganze Flasche ausgetrunken.

Sie erreichten eine Art Aufenthaltsraum mit zwei Sitzgruppen und einem Fernseher. Auch im Haus war keine Menschenseele zu sehen, sie fragte sich, ob aus Anlass des schönen Wetters vielleicht ein Ausflug unternommen worden sein könnte. Denn ihr Vater konnte doch unmöglich der einzige Patient sein? Es musste noch andere Psychofälle geben. Sie entdeckte eine Toilettentür und bat Frank, für einen Moment zu warten.

Himmel, dachte sie, als sie fertig war und sich den ärgsten Schweiß abgewischt hatte. Ich will nach Hause. Wenn er nicht da ist, laufe ich weg.

Frank wartete auf sie.

»Arnold Maager, das ist dein Vater, nicht wahr?«

Sie nickte und versuchte zu schlucken.

»Du bist ihm noch nie begegnet?«

»Nein. Jedenfalls ... nein, egal. Das hier ist das erste Mal!«

Er lächelte, und versuchte, irgendwie wohlwollend auszusehen, wie sie annahm. Konnte kaum mehr als zwei oder drei Jahre älter sein als sie. Ein- oder zweiundzwanzig vielleicht. Sie holte tief Atem und merkte, dass sie ein wenig zitterte.

»Nervös?«

Sie seufzte.

»Ein bisschen aufregend ist es schon.«

Er kratzte sich am Bart und schien nachzudenken.

»Er ist nicht sonderlich redselig, dein Vater. Normalerweise jedenfalls nicht. Aber du brauchst dir keine Sorgen zu machen. Du möchtest mit ihm allein sein?«

»Ja, sicher. Warum … stimmt etwas nicht …?«

Er zuckte mit den Achseln.

»Nein, alles in Ordnung. Ich bring dich zu seinem Zimmer. Ihr könnt ruhig da sitzen bleiben. Ihr könnt auch einen Spaziergang durch den Park machen, das tut er gern … und in der Küche gibt es Tee und Kaffee.«

»Danke.«

Er zeigte auf einen weiteren Gang. Ließ sie vorgehen.

»Hier ist es. Nummer sechzehn. Ich bin unten im Stationszimmer, wenn du mich brauchst.«

Er klopfte an die Tür und öffnete sie, ohne auf Antwort zu warten. Sie kniff die Augen zusammen und zählte bis fünf. Dann ging sie hinein.

7

Der Mann, der vor dem offenen Fenster in einem Sessel saß, erinnerte sie an einen Vogel.

Das war ihr erster Gedanke, und auf irgendeine Weise konnte sie sich nicht davon befreien.

Mein Papa ist ein Vogel.

Er war klein und dünn. Trug eine zu weite, abgenutzte Cordhose und ein blaues Hemd, das um seine mageren Schultern schlotterte. Der Kopf auf dem dünnen Hals war lang und schmal; er hatte dunkle, tief in ihre Höhlen eingesunkene Augen und eine spitze, ein wenig krumme Nase. Dichte, kurz geschnittene Haare. Einen Zweitagebart, der noch etwas dunkler war.

Er ließ das Buch sinken, in dem er gelesen hatte, und schaute sie für zwei Sekunden an. Dann schlug er die Augen nieder.

Sie blieb vor der Tür stehen und hielt den Atem an. Hatte plötzlich das Gefühl, sich geirrt zu haben. Vielleicht hatte sie – oder eher der junge Pfleger – das falsche Zimmer erwischt. Das da sollte ihr Vater sein? Diese schmächtige Gestalt sollte …

»Bist du Arnold Maager?« Mit dieser Frage riss sie sich aus ihren Gedanken. Und staunte darüber, dass ihre Stimme immerhin fast ruhig klang.

Er schaute wieder zu ihr auf. Feuchtete sich mit der Zungenspitze die Lippen an.

»Wer bist du?«

Seine Stimme klang ebenso dünn wie ihr Besitzer. Sie stellte ihren Rucksack auf den Boden und setzte sich in den anderen Sessel. Wartete einen Moment, ließ seinen Blick jedoch nicht los. Entdeckte, dass er noch nicht sonderlich alt aussah. Fünfundvierzig vielleicht. Ihre Mutter war dreiundvierzig, das konnte also stimmen.

»Ich heiße Mikaela. Du bist mein Vater.«

Er gab keine Antwort. Zeigte keine Reaktion.

»Ich bin deine Tochter«, fügte sie hinzu.

»Meine Tochter? Mikaela?«

Er schien noch tiefer in sich zusammenzusinken, und seine Worte waren so leise, dass sie sie nur mit großer Mühe verstehen konnte. Das Buch fiel zu Boden, aber er bückte sich nicht danach. Seine Hände zitterten ein wenig.

Jetzt nicht weinen, dachte sie. Bitte, Papa, jetzt nicht weinen.

Später wusste sie nicht mehr, wie lange sie einander schweigend gegenüber gesessen hatten. Alles in allem. Vielleicht war es nur eine halbe Minute gewesen, vielleicht auch zehn. Es war so seltsam. Der Augenblick schien nicht zu vergehen und war zugleich endlos lang, und als er dann doch vergangen war, ging ihr langsam etwas auf, was ihr noch nie klar gewesen war, worüber sie sich niemals auch nur Gedanken gemacht hatte ... etwas über Sprache und Schweigen. Und über Gefühle.

Sie konnte es nicht genau benennen, aber zum ersten Mal in ihrem Leben begriff sie, dass es möglich war, etwas zu erleben, ohne darüber zu sprechen. Etwas mit einem anderen zusammen zu erleben und es doch nicht in Worte zu kleiden. Nicht einmal für sich selber. Weder während es passierte, noch später ... weil die Worte, die schwerfälligen Worte, niemals hundertprozentig zutrafen, und weil es deshalb notwendig wurde, auf sie zu verzichten. Damit sie die Erlebnisse nicht überfuhren und verzerrten.

Es war besser, stumm dazusitzen und zu erleben. Alles so sein zu lassen, wie es war. Ja, so ungefähr sah sie jetzt alles. Lernte es während ihrer ersten Begegnung mit ihrem Vater. Ihrem Vogelvater.

Eine halbe Minute also. Oder zehn.

Dann erhob er sich. Ging zum Schreibtisch neben dem Bett und zog die unterste Schublade auf.

»Ich habe dir geschrieben«, sagte er. »Gut, dass du es holen kommst.«

Er zog ein Bündel Briefe hervor. Es war sicher fünfzehn Zentimeter dick und mit einem schwarzen Band umwickelt.

»Es wäre besser, sie wegzuwerfen. Aber wo du schon hier bist, kannst du sie auch haben.«

Er legte das Bündel auf den Tisch und ließ sich wieder in seinen Sessel sinken.

»Verzeih mir«, sagte er. »Aber du hättest nicht kommen sollen. Und ich glaube, es ist besser, du gehst jetzt.«

Er zwinkerte einige Male und bewegte ruckhaft den Kopf. Sah sie lange nicht an, und sie nahm an, dass er sich nicht wohl in seiner Haut fühlte. Dass es ihm unangenehm war, seiner plötzlich aufgetauchten Tochter gegenüberzusitzen.

»Ich will dich sehen und mit dir sprechen«, sagte sie. »Bis gestern wusste ich nicht, wer du bist. Ich will wissen, warum alles so gekommen ist.«

»Es ist meine Schuld«, sagte er. »Ich habe etwas Entsetzliches getan, und deshalb muss alles so sein, wie es eben ist. Es lässt sich nicht ändern. Das ist unmöglich.«

Wieder warf er den Kopf hin und her.

»Ich verstehe es nicht«, sagte Mikaela Lijphart. »Ich muss es aber wissen, um es verstehen zu können.«

»Geht nicht«, sagte er.

Danach verstummte er und starrte die Tischplatte an. Beugte sich vor und umklammerte die Armlehne mit den Händen. Noch mehr Zeit verging.

»Du hast einen anderen Vater. Das ist besser so. Geh jetzt.«

Sie spürte, wie das Weinen ihr im Hals brannte.

Sieh mich an, dachte sie. Fass mich an! Sag, dass du mein Papa bist und dass du dich darüber freust, dass ich endlich gekommen bin!

Aber er saß nur da. Das seltsame Schweigen war verschwunden – oder hatte sich verändert –, und jetzt gab es nur noch Leid und Hoffnungslosigkeit. Dass ein Moment so schnell verloren gehen kann, dachte sie mit wachsender Verzweiflung. Und so total vergeudet.

»Ich weiß nicht einmal, was passiert ist«, flüsterte sie und versuchte, die Tränen zurückzudrängen, die hinter ihren Augen brannten. »Meine Mutter sagt nichts, und du sagst nichts. Begreift ihr denn nicht, dass ihr mir alles erzählen müsst? Ihr ... ihr verdammtes Mistpack!«

Sie sprang auf und stellte sich vor das Fenster. Kehrte ihm den Rücken zu. Beugte sich vor und umklammerte das spitze Blech, bis es wehtat und die Verzweiflung vor Schmerz und Wut zurückkehrte. Mistpack, wiederholte sie in Gedanken. Verdammtes, verdammtes Mistpack, ja, genau das seid ihr.

»Ihr bildet euch ein, zu wissen, was gut für mich ist, aber ihr habt keine Ahnung!«

Er rührte sich nicht, aber sie konnte hören, wie er hinten in seinem Sessel atmete. Schwer und mit offenem Mund, wie jemand, der an Polypen litt. Sie beschloss, ihn für eine Weile zu ignorieren. Ihre Aufmerksamkeit abzuwenden, zumindest es zu versuchen. Sie hob den Blick. Draußen im Park breiteten sich Sommer und Sonnenschein aus. Der bellende Hund hatte sich inzwischen beruhigt. Er lag im Schatten auf dem Bauch und döste mit ausgestreckter Zunge vor sich hin, das konnte sie von hier oben sehen. Sie hatte einen guten Blick auf die Umgebung, sie sah die Straße, auf der sie gekommen war, und den Ort, bei dem sie den Bus verlassen hatte, St. Inns. Weiter hinten lag das Meer – eher wie eine Ahnung, und sie fragte sich, wieso ihr das Leben trotz dieser Sicht so ungeheuer ausweglos vorkam. Trotz des Sommers, des Sonnenscheins und des endlosen Himmels.

»Wie alt bist du, Mikaela?«, fragte er plötzlich.

»Achtzehn«, antwortete sie, ohne sich umzudrehen. »Ich bin gestern achtzehn geworden.«

Dann fiel ihr ein, dass sie etwas für ihn mitgebracht hatte. Sie ging zu ihrem Rucksack und nahm das Päckchen heraus.

Zögerte einen Moment, dann legte sie es neben die Briefe auf den Tisch.

»Es ist nichts Besonderes«, sagte sie. »Aber es ist für dich. Ich habe es mit zehn Jahren in der Schule gemacht. Und jetzt bekommst du es.«

Er machte sich vorsichtig an dem flachen Paket zu schaffen, machte aber keine Anstalten, es zu öffnen.

»Du solltest nicht ...«, murmelte er.

»Wenn ich dir etwas geben möchte, dann nimmst du das gefälligst an«, fiel sie ihm wütend ins Wort. »Ich nehme deine Briefe, und du nimmst mein Märchen, okay?«

Denn es war ein Märchen. Eine Bildergeschichte über einen unglücklichen Vogel, an der sie in der vierten Klasse fast ein ganzes Schuljahr hindurch gearbeitet hatte. Sie hatte geschrieben und gezeichnet und gemalt. Sie hatte die Geschichte ihrer Mutter oder Helmut zu Weihnachten schenken wollen, aber aus irgendeinem Grund hatte sie sich die Sache dann anders überlegt.

Ob sie sich damals gestritten hatten oder was es sonst für einen Grund gegeben haben mochte, wusste sie nicht mehr. Als ihr das Märchen am Vorabend eingefallen war, war ihr das als Omen erschienen. Sie konnte es also ihrem Vater schenken. Ein düsteres Märchen mit einem glücklichen Ende.

Sie trat ans Fenster und wartete. Beschloss, kein Wort mehr zu sagen und das Zimmer auch nicht zu verlassen, bevor er sich nicht gerührt hatte. Sie wollte einfach stehen bleiben und sich stur stellen, wie ihre Mutter das getan hatte, wie er das tat. Sich stur stellen. Egal, wie lange. Scheißegal.

Nach zwei Minuten räusperte er sich und erhob sich. Lief einige Male unschlüssig im Zimmer hin und her. Blieb an der Tür stehen. »Ich möchte nach draußen gehen«, sagte er. »Um diese Zeit mache ich immer einen Spaziergang durch den Park.«

»Ich komme mit«, sagte Mikaela Lijphart. »Und ich will, dass du mir alles erzählst. Vorher gehe ich hier nicht weg, ist das klar?«

Wortlos ging ihr Vater aus dem Zimmer.

8

10.–11. Juli 1999

»Am Montag geht's also weiter?«, fragte Mikael Bau. »Willst du mir das sagen?«

Ewa Moreno nickte und trank noch einen Schluck Wein. Merkte, dass sie bereits ein wenig beschwipst war, aber warum auch nicht? Es war der erste Abend ihres vier Wochen langen Urlaubs, und sie wusste nicht mehr, wann sie es sich zuletzt erlaubt hatte, ihre Hemmungen wegzutrinken. Sicher war es Jahre her. Was für Hemmungen übrigens?

Am nächsten Tag würde sie ausschlafen können. Ein Handtuch nehmen, die hundert Meter zum Strand gehen. Im Sand liegen und den ganzen Tag lang Sonne tanken. Sich ausruhen und faulenzen und sich von Mikael umsorgen lassen, genau, wie er das versprochen hatte.

Und ein paar Stunden Arbeit übermorgen könnten doch nicht so schlimm sein? Und auch noch nachmittags, das Ausschlafen würde dadurch nicht beeinträchtigt werden.

»Stimmt«, sagte sie. »Nur ein paar Stunden. Er war nicht so kooperativ, wie er versprochen hatte, dieser Schleimscheißer von Lampe-Leermann.«

»Schleimscheißer?«, fragte Mikael Bau und runzelte die Stirn. »Wir merken, dass die Frau Inspektor ein wenig off the record redet.«

Off the record?, wiederholte sie in Gedanken und machte es sich auf dem eingesunkenen karierten Sofa bequem. Vielleicht, aber zum Henker, sie hatte ja schließlich Urlaub. Mikael Bau lag auf dem anderen Ende des riesigen Möbelstücks und hielt ungefähr so viel Körperkontakt zu ihr, wie beim geruhsamen Verdauen anzuraten war. Er hatte natürlich einen Fisch aufgetan, wie er versprochen hatte. Und nicht irgendeinen Fisch – sondern eine Seezunge, die er à la meunière mit einer göttlichen Soße aus Weißwein und Krebsschwänzen angerichtet hatte. Es war ihr fast schwer gefallen, sich mit diesem Luxus abzufinden. Alles zu genießen und seinen Kochkünsten Gerechtigkeit widerfahren zu lassen. Es war schon seltsam, das mit der Offenheit ... warum war das nur so schwierig?

Als sie das ihm gegenüber angesprochen hatte, hatte er nur gelacht und mit den Schultern gezuckt.

»Iss«, hatte er gesagt. »Du brauchst hier nicht in gebundener Sprache zu sprechen.«

Sie trank einen Schluck. Lehnte den Kopf an das Sofapolster und merkte, dass ihr ein albernes Lächeln auf den Lippen lag. Das sich von dort offenbar auch nicht entfernen wollte.

»Frank Lampe-Leermann ist ein Schleimscheißer«, erklärte sie. »Ob off oder on the record spielt keine Rolle.«

Mikael Bau blickte leicht skeptisch.

»Aber warum gerade du? Ein Schleimscheißer kann doch von aller Welt verhört werden.«

»Vermutlich aus demselben Grund, aus dem ich hier liege«, sagte Moreno. »Er mag mich leiden. Mag zumindest Frauen eher als Männer.«

»Ach? Und er kann selber entscheiden, von wem er verhört wird? Die neue Charmeoffensive der Polizei, wenn ich das richtig verstanden habe?«

»Könnte man meinen, ja. Auf jeden Fall bin ich ihm lieber als der Polizeichef, und da kann ich ihn sogar verstehen. Vrommel ist nicht gerade eine Zierde seines Standes ...«

»Vrommel?«

»Ja, so heißt er. Steife sechzig, steifer Kragen, steif in der Birne ...«

Sie unterbrach sich einen Moment und staunte darüber, wie

leicht ihr die Worte aus dem Mund strömten. Liegt sicher an der Soße, dachte sie. Sommer, Ferien und Sauvignon blanc …

»Ich weiß, wer er ist«, sagte Mikael Bau.

»Wer denn?«

»Vrommel natürlich.«

»Du? Wieso weißt du, wer Vrommel ist?«

Mikael Bau breitete die Arme aus und vergoss ein wenig Wein.

»Das Haus«, erklärte er. »Dieses hier. Vergiss nicht, dass ich mein Leben lang hier den Sommer verbracht habe. In Port Hagen kenne ich mich besser aus als in meinem Werkzeugkasten. In Lejnice auch … das ist hier doch sozusagen der zentrale Ort.«

Moreno dachte nach.

»Alles klar. Aber der Polizeichef? Ich deute das dahingehend, dass ihr in kriminelle Aktivitäten verwickelt seid … du und deine Sippe, meine ich.«

Mikael Bau knurrte viel sagend.

»Hrrrm«, sagte er. »Nicht ganz. Ich kann mich an Vrommel erinnern, weil er einmal hier war. Muss so Anfang der achtziger Jahre gewesen sein, ich war fünfzehn oder sechzehn. Eine meiner Schwestern hatte eine Freundin, die in irgendetwas verwickelt war. Hab vergessen, was … oder hab es wohl nie richtig gewusst. Jedenfalls war er hier, um mit Louise zu sprechen … oder sie zu verhören? Langer rothaariger Typ, dieser Vrommel, oder? Und ziemlich grob.«

»Jetzt hat er eine Glatze«, korrigierte Moreno. »Grob ist er allerdings … aber warum zum Henker unterhalten wir uns eigentlich über glatzköpfige Polizisten?«

»Keine Ahnung«, sagte Mikael Bau. »Kommt mir auch blöd vor, wo es doch in nächster Nähe behaarte Bullen gibt.«

Er packte ihre nackten Füße und massierte sie.

Behaarte Bullen?, dachte Ewa Moreno.

Dann lachte sie schallend los.

»Ich glaube, ich brauche einen Spaziergang am Strand«, sagte sie dann. »Ich habe zu viel getrunken … und zu viel Soße gegessen.«

»Ebenfalls«, sagte Mikael Bau. »Nehmen wir eine Decke mit? Der Mond scheint.«

»Ohne Decke schaffen wir das nicht«, sagte Ewa Moreno.

Sie kamen unmittelbar vor Sonnenaufgang vom Strand zurück, und am Sonntag schlief sie dann bis zwölf.

Das tat auch Mikael Bau, und nach dem Frühstück, das vor allem aus Saft und Kaffee bestand, ließen sie sich in den Liegestühlen im Garten nieder, mit noch mehr Saft und Mineralwasser in Reichweite. Erst jetzt ging Ewa Moreno so richtig auf, in was für ein fantastisches Haus sie da geraten war. In ein großes, verwinkeltes altes Holzgebäude, das unten von einer Veranda und oben von Balkons umgeben war. Knackende Treppen und schiefe Winkel und Ecken, die sich für ewige Zeit in jedes Kindergedächtnis hätten einätzen müssen. Erker mit getrockneten Blumen, undichte altmodische Fenster und Möbel aus vier oder fünf Generationen und zehnmal so vielen Stilrichtungen.

Wie die Familie Bau an dieses Haus – das übrigens Tschandala hieß, warum auch immer, – geraten war, hüllte sich in mystisches Dunkel. Kein Familienmitglied sei jemals dafür bekannt gewesen, mehr Geld zu besitzen, als für das tägliche Brot nötig war, behauptete Mikael, doch nach einer zählebigen Theorie hatte ein gewisser Sinister Bau alles zu Beginn der zwanziger Jahre in einer befremdlichen und sagenumwobenen Pokerpartie an sich gerissen. Einer Nebentheorie zufolge hatte er am selben Abend seine junge Braut an einen ungarischen Zigeunerhäuptling verspielt, weshalb die Familie der Meinung war, dass Gewinn und Verlust sich so einigermaßen die Waage hielten.

Und dass sie Tschandala mit Fug und Recht ihr Eigen nennen konnten.

Das alles und noch mehr erzählte Mikael Bau, während sie nackt in den Liegestühlen lagen; das Gestrüpp aus knochigen Zwergtannen und Aviolisbüschen war dicht und üppig und verhinderte aufs Wirkungsvollste jeglichen Einblick, und Ewa Moreno merkte, wie sie sich an einigen Stellen doch fragen musste, ob er sich die ganzen Geschichten nicht während des Erzählens aus den Fingern saugte.

Falls nicht ohnehin alles eine Art Illusion war. Das Haus, das Wetter und der nackte Mann, der in diesem Moment eine Hand ausstreckte und sie auf ihre linke Brust legte, das alles konnte doch nicht Wirklichkeit sein? Eher etwas, das sie sich zusammenträumte, während sie darauf wartete, dass der Wecker einen weiteren regnerischen Dienstag im November einläutete. Das jedenfalls kam ihr doch verdammt noch mal sehr viel wahrscheinlicher vor.

Allmählich jedoch kam sie zu der Erkenntnis, dass das alles keine Rolle spielte. Sie erinnerte sich wieder an etwas, was der *Kommissar* – Hauptkommissar Van Veeteren, genauer gesagt, der vor zwei Jahren seinen Schreibtisch bei der Polizei geräumt hatte und seine Tage nunmehr im Antiquariat Krantze in der Kupinski-Gasse verbrachte – einmal über dieses Thema gesagt hatte. Dass es wirklich egal war, ob sich alles in einem Film oder einem Buch abspielte. Oder im wirklichen Leben. Die Bedingungen waren dieselben – wenn auch niemand wusste, welche –, aber dieselben waren sie nun einmal.

Also streckte sie die Hand aus und ließ sie dort liegen, wo sie gelandet war.

Gegen vier Uhr gingen sie zum Strand und badeten. Dort war natürlich die Hölle los. Sommer, Sonne und Sonntag. Mütter, Väter, Kinder und Hunde. Frisbees, flatternde Drachen, zerfließendes Eis und wilde Bälle. Zwei schwarze Sekunden lang überwältigte sie, während sie sich von der Sonne trocknen ließ, ein heftiger Neid auf dieses zum Kotzen idyllische Familienleben. Auf diese selbstverständlichen und harmonischen Menschen, die in ihren schlichten, gesunden und natürlichen Zusammenhang eingepasst waren.

Aber diese Stimmung verflog. Den Kopf über ihre Feld-,

Wald-und-Wiesen-Analyse schüttelnd, betrachtete sie Mikael Bau, der sich auf dem Rücken im Sand ausstreckte.

Wenn ich wirklich in dieser Art Gemeinschaft enden will, dann steht dem doch nichts im Wege, dachte sie. Es gibt nichts, was mich an diesem Schritt hindert.

Nichts Äußerliches, genauer gesagt. Nur sie selber. Er hatte doch gesagt, dass er sie liebte. Und zwar gleich mehrmals. Sie rutschte ein wenig näher an ihn heran. Schloss die Augen und dachte an ihre Familie.

An ihre Eltern, mit denen sie einmal im Monat telefonierte. Und die sie einmal im Jahr traf.

An ihren bisexuellen Bruder in Rom.

Ihre verlorene Schwester.

Maud. Verloren in Europas Hinterhöfen. Auf dem Straßenstrich der Großstädte und in der verdreckten Hoffnungslosigkeit der Junkieszenen. In den Betten der Lieferanten. In einer einzigen langen, ekelhaften, abwärts gleitenden Spirale. Sie wusste nicht mehr, wo Maud sich aufhielt.

Es trafen keine Postkarten mehr ein. Es gab keine Adresse und kein Lebenszeichen. Vielleicht gab es ihre Schwester auch nicht mehr?

Familie?, dachte sie. Kann man wirklich in einer leben, wenn man über dreißig ist und nie eine gehabt hat? Oder sahen alle Familien mehr oder weniger so aus wie ihre eigene, wenn man sie sich einmal ein wenig genauer ansah?

Fragen über Fragen, wie immer. Sie hatte sich diese Fragen schon sehr oft gestellt.

Hatte gefragt und gefragt, aber keine richtige Antwort gefunden. Es war so leicht, alles auf die Leute zu schieben, die für ihre Existenz verantwortlich waren. Sich an Mutter- und Vatermale zu klammern. Viel zu leicht.

»Wie hieß er doch noch gleich?«

Mikael Bau fuhr mit der Hand über ihren Bauch.

»Wer denn?«

»Der Schleimscheißer.«

Zielsicher hatte er sie in die Wirklichkeit zurückgeführt.

»Lampe-Leermann. Franz Lampe-Leermann. Warum fragst du?«

Langsam füllte er ihren Nabel mit Sand. Ein dünner warmer Strahl weißer warmer Sand rieselte behutsam aus seiner Faust.

»Weiß nicht so recht. Eifersucht, nehme ich an. Du triffst dich doch alle zwei Tage mit ihm. Will er deshalb nicht alles sofort sagen? Um die Möglichkeit zu haben, Europas schönste Bullin noch öfters zu sehen?«

Moreno überlegte.

»Vermutlich«, sagte sie. »Aber da hat er sich geschnitten. Ich werde ihm sagen, dass ich ihn ab morgen auf jeden Fall seinem Schicksal überlasse. Ich werde zum Trost versuchen, ein wenig freundlicher zu sein. Ihm gewisse Versprechungen machen …«

»O verdammt«, sagte Mikael Bau. »Sag so was nicht. Was hat er übrigens verbrochen?«

»So gut wie alles«, sagte Moreno. »Er ist fünfundfünfzig und hat mindestens zwanzig von diesen Jahren hinter Gittern verbracht. Aber er kennt Namen. Kinderpornografie. Drogenhandel. Waffen … vielleicht auch Menschenschmuggel. Ja, das ist ein wildes Kuddelmuddel, aber zumindest einen Teil davon können wir entwirren … mit Meister Lampes Hilfe. Und deshalb bleibt mir nichts anderes übrig. Es ist meine Aufgabe, den Schleimscheißer zum Reden zu bringen. Aber ich werde der Sache nur noch einen Tag opfern, versprochen.«

Mikael Bau blies den feinen Sand weg und küsste sie auf den Bauch.

»Du glaubst an das, was du tust?«

Sie hob den Kopf und musterte ihn überrascht.

»Wie meinst du das?«

»So, wie ich es sage, natürlich. Ich möchte wissen, ob du glaubst, dass es wirklich eine Rolle spielt. Dass du als Inspektorin etwas ausrichten kannst? Und dass ich durch meine Sozialarbeit irgendjemanden rette? Glaubst du, es spielt auf diesem verdammten Marktplatz der Heuchelei und des Zynismus eine

Rolle? Bei dieser Zweidrittelgesellschaft und diesem ganzen verdammten Superegoismus? Glaubst du das?«

»Aber sicher«, sagte Ewa Moreno. »Natürlich glaube ich das. Warum, zum Teufel, willst du das wissen?«

»Gut«, sagte Mikael Bau. »Hat mich nur interessiert. Ich glaube es auch. Ich glaube daran, und wenn das das Letzte ist, was ich jemals tun werde.«

Sie fragte sich, warum er plötzlich dieses ernste Thema zur Sprache gebracht hatte, gerade hier, unter der brennenden Nachmittagssonne auf dem ewigen Strand.

Und warum sie bisher nie darüber gesprochen hatten.

»Es ist nicht nur gut, dass du daran glaubst«, sagte er jetzt. »Es ist notwendig. Leila glaubte das nicht, deshalb ging die Sache nicht gut. Sie hielt sich an Ironie und Zynismus, als wäre das unsere einzige Wahl ... als sei Solidarität nur ein historischer Begriff, der ungefähr gleichzeitig mit der Berliner Mauer eingestürzt ist, und als bleibe uns jetzt nur noch, unser eigenes Haus zu bestellen.«

»Ich dachte, sie hätte mit dir Schluss gemacht?«

Er dachte eine Weile nach.

»Ich habe ihr dieses Vergnügen gelassen. Und im Grunde war es ja auch so. Sie hat mich im Stich gelassen, ganz einfach. Aber jetzt habe ich ihren Nachnamen und ihr Gesicht vergessen. Scheißegal, es kommt mir vor, als sei es über zweihundert Jahre her ... weißt du, dass du die erste Frau bist, von der ich mir je ein Kind gewünscht habe?«

»Du spinnst doch«, sagte Ewa Moreno. »Du solltest dich künstlich befruchten lassen.«

»Ich bin dafür bekannt, dass ich nie spinne.«

»Ich habe Durst.«

»Du weichst vom Thema ab.«

»Welchem Thema?«

»Kinder. Wir. Liebe und alles, was dazu gehört. O langhaarige Bullin, ich liebe dich.«

Sie schwieg eine Weile.

»Bist du verletzt?«, fragte sie dann. »Weil ich keine Antwort gebe?«

»Tödlich.«

Sie stützte sich auf die Ellbogen auf und überzeugte sich davon, dass er nicht übertrieben selbstmordgefährdet aussah. Ein Mundwinkel zuckte ein wenig, aber er schaffte es gerade noch, sein Lächeln zu unterdrücken. Oder sein Weinen. Er spielt Theater, dachte sie. Warum, zum Teufel, kann ich kein Vertrauen zu ihm haben? Sie stand auf und fing an, sich den Sand abzuwischen. »Wenn wir auf dein Schloss zurückkehren und ein wenig Wasser getrunken haben«, sagte sie, »dann werde ich dir alles erklären. Okay? Mein Flüssigkeitshaushalt ist leider in ein gewaltiges Ungleichgewicht geraten.«

»Mhm?«, fragte Mikael Bau und erhob sich ebenfalls. »Ich vergehe vor Neugier.«

»Und vor Begehren«, fügte er hinzu, als der Strand hinter ihnen lag und Tschandalas spitzes Dach über den Zwergtannen aufragte.

»Also?«, fragte er.

Moreno stellte ihr Glas ab.

»Du zeigst mir nur deine guten Seiten«, sagte sie. »Wie auf einer verdammten Ausstellung. Darauf kann ich nichts aufbauen. Solange du die Kellertür nicht aufmachst und mir deine Leichen präsentierst, werde ich dir nicht den kleinsten Finger meiner eigenen Zukunft reichen.«

Er ließ sich zurücksinken und dachte nach.

»Ich finde Fußball toll«, sagte er. »Mindestens zwei richtige Spiele pro Jahr und pro Woche eins im Fernsehen.«

»Kann ich mit leben«, sagte Ewa Moreno. »Wenn ich nicht mitkommen muss.«

»Du darfst nicht mitkommen. Und auch sonst brauche ich manchmal meine Ruhe. Will Bob Dylan und Tom Waits und Robert Wyatt hören, ohne dass mich dabei jemand anspricht oder die Lautstärke runterdreht.«

Sie nickte gelassen.

»Ich bringe die Arbeit oft mit nach Hause«, sagte er dann. »Kann gewisse Fälle nicht loslassen. Das ist eigentlich übel, ich hab schon mit dem Gedanken gespielt, es mit Yoga oder Meditation zu probieren, um mich davon zu befreien. Man schläft so schlecht, wenn einem die Arbeit keine Ruhe lässt.«

»Wir könnten zusammen gehen«, sagte Moreno. »Das meine ich ernst.«

»Nicht, wenn wir uns sofort Kinder anschaffen«, sagte Mikael Bau besorgt. »Jemand muss doch zu Hause bleiben und sich um sie kümmern. Neugeborene darf man nicht zum Yoga schleifen. Hast du übrigens keinen Hunger?«

»Soll das heißen, dass es auch heute etwas zu essen gibt?«

Mikael Bau nickte.

»Es gibt Quiche und Salat. Und Wein.«

»Ich verabscheue Wein«, sagte Moreno. »Und morgen muss ich außerdem arbeiten.«

»Hm«, sagte Mikael Bau lächelnd. »Wenn ich mir das genauer überlege, dann enthält die Quiche Spargel. Irgendwo hab ich gelesen, dass Spargel als einziges Nahrungsmittel überhaupt nicht zu Wein passt.«

»Gut so«, sagte Moreno. »Lang lebe der Spargel.«

Sie schliefen ein, ohne sich mehr als ein wenig aus Jux geliebt zu haben, doch nach zwei Stunden erwachte sie und konnte keinen Schlaf mehr finden. Sie lag in dem breiten Doppelbett und schaute den verschwommenen Schatten zu, die über die Wände und über den durchtrainierten Körper neben ihr spielten. Sie sahen nicht sonderlich wirklich aus. Eher im Gegenteil. Der Mond ließ eine Lichtstraße durch das offene Fenster und die dünnen Vorhänge fallen, und sie hatte fast das Gefühl, mit ihrem Liebhaber (Freund? Partner? Typen?) durch eine Art surrealistisches Filmbad zu schwimmen. Wind und Wellen preisgegeben, während sie darauf warteten, entwickelt zu werden.

Entwickelt wozu?

Ich bin eine freie Frau, dachte sie. Ich gehöre der ersten Generation freier Frauen der Weltgeschichte an. Ich trage mein Leben in meinen Händen.

Ich brauche für niemand Verantwortung zu übernehmen. Muss keine zwingenden gesellschaftlichen Rücksichten nehmen. Habe keine Bindungen.

Ich bin eine Frau, die tun kann, was sie will.

Im Moment. Hier. Heute und morgen.

Auch darüber hatten sie gesprochen. Genau darüber. An diesem Abend und auch früher. Wie hatte er sich noch ausgedrückt?

Wenn man seine Freiheit zu sehr liebt, wird man sein Leben lang einen kalten Stein umarmen. Immer härter, immer kälter.

Sie dachte eine Weile darüber nach.

Bullshit, dachte sie dann. Das hat er hinten auf einem Video oder auf einem Milchkarton gelesen, das ist dummes Gerede. Und morgen wartet der Schleimscheißer Lampe-Leermann auf mich.

Aber sie wusste – noch ehe an diesem neuen Tag die Sonne aufgegangen war und noch ehe sie in dieser alten Nacht in den Schlaf gefunden hatte –, dass sie einen Entschluss fassen musste. Unausweichlich.

Vermutlich hatte sie vier Wochen Bedenkzeit. Zwei zusammen mit ihm. Zwei ohne. Sie glaubte nicht, dass er bereit sein würde, ihr mehr Zeit zu geben.

Vorsichtig strich sie mit der Hand über seinen schönen Rücken und fragte sich, ob sie die Antwort nicht bereits wusste.

Dann schlief sie ein.

9

Die Jugendherberge war bis auf das letzte Bett belegt. Nach allerlei Hin und Her konnte sie dann aber ein Zimmer mit dänischen Interrailerinnen und einer Krankenschwester mittleren Alters teilen, der es nicht gelungen war, ein Doppelzimmer zusammen mit ihrem Mann zu bekommen.

Die Krankenschwester – die nach einem langen Tag am Strand reichlich gegrillt aussah – begegnete ihr im Duschraum, die Däninnen lagen auf ihren Betten und schrieben Postkarten. Beide hatten Walkmen über den Ohren, und beide nickten ihr zu, ohne die Kopfhörer abzunehmen.

Sie unterdrückte den Impuls loszuweinen. Schob ihre Sachen in den Schrank, zog das gestreifte Bettzeug auf und ging in die Kantine, um sich etwas zu essen zu holen.

Nachdem sie drei Brote, eine große Cola und einen Apfel verputzt hatte, fühlte sie sich ein wenig besser. Sie zog ihr Notizbuch heraus und vertiefte sich in ihre Aufzeichnungen. Dachte eine Weile darüber nach, an welchem Ende sie wohl anfangen sollte, und als sie ihren Entschluss gefasst hatte, ging sie zurück zur Rezeption, um dort nachzufragen. Es war erst Viertel vor sechs, und mit etwas Glück würde sie an diesem Abend noch einen Besuch schaffen.

Es ging viel besser als erwartet. Die beiden jungen Frauen hinter dem Tresen nahmen sich Zeit für sie, und als sie die Haltestelle erreichte, wartete schon der Bus.

Sie ließ sich auf den Sitz hinter dem Fahrer sinken und überdachte die verschiedenen Vorgehensmöglichkeiten. Zog ihr Notizbuch aus der Tasche und steckte es wieder hinein, nachdem sie sich das Wichtigste eingeprägt hatte. Der Bus fuhr an, und sie dachte an den Spaziergang im Park. Und an die Briefe, die sie von ihrem Vater erhalten und unter wachsendem Erstaunen gelesen hatte. Das Gefühl der Unwirklichkeit überkam sie wie ein plötzlicher Albtraum.

Arnold Maager. Ihr Vater.

Papa. Sie kostete dieses alte Wort mit dem neuen Inhalt aus und versuchte zugleich, sich seine schmächtige Gestalt noch einmal vor Augen zu führen.

Den etwas schrägen Hals. Den schweren, länglichen Kopf auf dem schmalen Hals. Das Vogelhafte. Die in die Hosentaschen gebohrten Hände und die hochgezogenen Schultern, so als friere er mitten an diesem heißen Sommertag. Und die Distanz ... die Distanz zu seiner Tochter, die er die ganze Zeit beibehalten hatte, als sei Körperkontakt gefährlich und verboten.

Sie waren über eine Stunde lang durch den Park gelaufen – hin und her, nebeneinander und einen halben Meter voneinander entfernt. Mindestens einen halben. Waren gegangen und gegangen und gegangen. Erst nach einer Weile hatte sie begriffen, dass sie nicht mehr auf ihn einzureden brauchte.

Nicht zu fragen und nicht zu drohen. Er hatte sich zum Reden entschieden.

In seinem eigenen Tempo. Mit seinen eigenen Worten. Mit Pausen und Abschweifungen und Namen, die sie noch nie gehört hatte. Er hatte immer angespannter gewirkt, je weiter er gekommen war, aber das war natürlich kein Wunder gewesen.

Denn es war keine lustige Geschichte, die er da für seine Tochter in Worte gefasst hatte.

Gar keine lustige Geschichte.

Aber er hatte sie erzählt.

Die Glocke der niedrigen weißen Kirche schlug Viertel vor sieben, als sie den Marktplatz von Lejnice betrat. Drei dumpfe

Schläge jagten eine Taubenschar vor ihren Füßen hoch und wieder zu Boden.

Sie umrundete den ausgetrockneten Springbrunnen und erkundigte sich am Zeitungskiosk nach dem Weg. Sie hatte sich die Adresse schon in der Jugendherberge aus dem Telefonbuch gesucht. Es war nur einen Katzensprung entfernt, wie die verschwitzte Frau asthmatisch erklärte, worauf sie in Richtung Hafen zeigte. Und sehr leicht zu finden.

Sie bedankte sich und ging in die angewiesene Richtung. Denckerstraat in Richtung Meer – eine enge Straße mit alten Holzhäusern, die sich zueinander neigten und die Straße noch schmaler machten. Dann nach links in den Groopsweg, fünfzig Meter oder so. Bis zum Haus vor der Apotheke.

Auf diesen letzten fünfzig Metern geschahen zwei Dinge.

Zum einen kam unter einer Zaunlatte eine schwarze Katze hervor und wanderte langsam vor ihr über die Straße.

Zum anderen fiel aus irgendeinem Grund ein Dachziegel vom Dach und schlug drei Meter vor ihr auf den Boden auf. Das passierte nur wenige Sekunden, nachdem die Katze hinter einer anderen Zaunlatte verschwunden war. Eine Frau, die aus der Gegenrichtung kam, stand noch dichter vor dem Niederschlagsplatz und stieß einen Schrei aus, der sie eigentlich mehr erschreckte als der Ziegelstein. Für den Moment jedenfalls.

Lange stand sie dann unschlüssig vor Nummer sechsundzwanzig. Spürte, dass die leichte Brise vom Strand den Duft des Meeres mit sich brachte. Und ein wenig Öl und Oregano aus der Pizzeria an der Ecke. Das Haus – das aktuelle Haus – war ein kleineres Mietshaus mit nur zwei Eingängen und drei Etagen. Typischer Bau aus den siebziger Jahren, mit kleinen, überdachten Balkons zur Straße und vielleicht auch zum Hinterhof.

Ich bin nicht abergläubisch, dachte sie. War ich nie, werde ich niemals sein. Ich glaube nicht an solche albernen Relikte aus einer dunklen Zeit … Hier zitierte sie Kim Wenderbout, wie ihr aufging, ihren wunderbaren Sozialkundelehrer, in den mindestens die Hälfte ihrer Mitschülerinnen verliebt war. Sie selber auch.

Alberne Relikte? Aus einer dunklen Zeit? Humbug also.

Trotzdem blieb sie stehen. Auf dem Markt schlug die Kirchturmglocke sieben Mal.

Katze und Dachziegel, dachte sie. Ganz natürlich. Sie zählte die Schläge. Brachte es auf acht. Dann machte sie auf dem Absatz kehrt und ging den Weg zurück, den sie gekommen war.

Seltsam, dachte sie, als sie am Sonntagvormittag dann wieder im Bus saß. Warum habe ich das getan?

Eine Katze, die die Straße überquert, und ein Dachziegel, der zu Boden fällt? Das ist doch nicht weiter schlimm.

Sie hatte fast zwölf Stunden lang wie ein Stein geschlafen. War nach ihrer Rückkehr in die Jugendherberge sofort ins Bett gefallen und erst um halb zehn wieder aufgewacht, als einer der Däninnen eine Schüssel auf den Boden gefallen war.

Sie hatte geduscht und bezahlt und gerade noch den Bus um zwanzig nach zehn erwischt. Ihr Frühstück: eine Birne und ein Glas Birnenlimonade. Wirklich irrsinnig variationsreich.

Aber ihr Verhalten am Vorabend war wirklich seltsam gewesen. Absolut. Es sah ihr überhaupt nicht ähnlich, jetzt im klaren Morgenlicht sah sie das noch genauer. Es passte nicht zu Mikaela Lijphart, der Vernünftigen und Klarsichtigen – unter ihren Klassenkameradinnen waren mehrere mit einer Neigung zu allerlei New-Age-Kram, Millenniumsmystik und anderen dubiosen Dingen, aber sie gehörte nicht dazu. Nicht Mikaela, die Kluge und Zuverlässige. Und deshalb war es schon seltsam, das mit der Katze und dem Ziegelstein. Und ihre Reaktion.

Und wenn jetzt auf ihrem Weg neue Zeichen auftauchten? Wie würde sie dann reagieren?

Lächerlich, dachte sie. Gestern war gestern. Ich war müde. Todmüde und psychisch überanstrengt. Und wer wäre das nicht gewesen? Der Tag hatte es wirklich in sich gehabt, wie Helmut immer zu sagen pflegte. Und das nicht zu knapp.

Als sie durch den Goopsweg ging, fiel ihr ein, dass sie in der ganzen Zeit noch nicht zu Hause angerufen hatte.

Nicht dass sie es versprochen gehabt hätte, aber sie meldete sich sonst immer. In der Gasse hinter der Pizzeria entdeckte sie eine Telefonzelle, und sie hatte eine neue Telefonkarte in der Tasche. Sie ging langsamer und dachte nach.

An sich sollte sie ja schon ... welchen Grund hatte sie, ihrer Mutter und Helmut grundlos Sorgen zu bereiten?

Einen sehr guten. Den hatte sie wirklich. Etwas egoistisch gedacht.

Und sie war jetzt volljährig.

Besser, sie gewöhnen sich gleich daran, dass neue Zeiten angebrochen sind, dachte sie. Zumindest einige Stunden würde sie mit dem Anruf noch warten. Oder vielleicht auch den ganzen Tag.

Sie fing an zu pfeifen und ging an der Telefonzelle vorüber.

Die Frau, die die Tür öffnete, sah ungefähr aus wie eine Mathematiklehrerin, die sie in der achten oder neunten Klasse unterrichtet hatte. Das gleiche lange Pferdegesicht. Die gleichen blassen Augen. Die gleichen strähnigen, verwaschenen, farblosen Haare. Für einen Moment war Mikaela Lijphart sich so sicher, es mit derselben Person zu tun zu haben, dass der Name ihr schon auf der Zunge lag.

Dann aber fiel ihr ein, dass Frau Dortwinckel sich während der Weihnachtsferien das Leben genommen hatte – sie hatte ein halbes Dutzend Kristallgläser verzehrt, wenn die Gerüchte zutrafen –, und ihr ging auf, dass hier einfach nur eine gewisse Ähnlichkeit vorlag. Eine gewisse Ausstrahlung.

Oder das Fehlen einer solchen. Vielleicht konnte der liebe Gott nur unter einer begrenzten Anzahl von Gesichtern wählen. Vor allem, wenn es um ein wenig verlebte Frauen mittleren Alters ging.

Wie komme ich bloß auf solche Gedanken?, fragte sie sich. Und wo finde ich sie so schnell?

»Ja?«

Die Stimme klang scharf und unfreundlich. Hatte keinerlei Ähnlichkeit mit der von Frau Dortwinckel, an die sie sich durchaus noch erinnern konnte.

»Verzeihung. Ich heiße Mikaela Lijphart. Ich hoffe, ich störe nicht, aber ich würde gern kurz mit Ihnen sprechen.«

»Mit mir? Warum denn?«

Jetzt war die Schnapsfahne der Frau zu riechen. Spontan trat Mikaela einen halben Schritt zurück und packte das Geländer, um nicht die Treppe hinunterzufallen.

Um elf Uhr, an einem Sonntagvormittag. Schon betrunken? Warum ...?

Dann ging ihr auf, dass es etwas mit ihrem Vater zu tun haben könnte. Mit dem, was ihr Vater erzählt hatte. War es denn möglich, dass ...?

Sie verlor den Faden. Oder ließ ihn freiwillig fallen. Die Frau zwinkerte ihr zu.

»Warum willst du mit mir sprechen?«, fragte sie noch einmal. »Warum sagst du nichts? Bist du nicht ganz gescheit, oder kommst du von einer Sekte und sollst Seelen fischen? Ich habe keine Seele.«

»Nein ... nicht doch«, beteuerte Mikaela Lijphart. »Verzeihung, ich bin nur ein wenig verwirrt, in letzter Zeit ist so viel passiert, und ich weiß nicht so recht, wie ich mich verhalten soll. Es geht um etwas, das passiert ist, als ich klein war ... erst zwei Jahre. Etwas, über das ich mir Klarheit zu verschaffen versuche und bei dem Sie mir vielleicht helfen können. Ich wohne nicht hier in der Stadt. Darf ich einen Moment hereinkommen?«

»Ich habe nicht aufgeräumt«, sagte die Frau.

»Nur einige Minuten.«

»Meine Haushaltshilfe hat mich am Freitag im Stich gelassen, hier ist nicht aufgeräumt, habe ich doch gesagt.«

Mikaela Lijphart versuchte es mit einem verständnisvollen Lächeln. »Alles klar. Das macht doch nichts, und wir können auch in ein Café gehen, wenn Ihnen das lieber ist. Wenn ich nur mit Ihnen sprechen darf.«

Die Frau murmelte vor sich hin und schien immer noch zu zögern. Stand in der Türöffnung und wippte auf Zehen und Hacken langsam hin und her, während sie die Lippen einsog und sich am Heizkörper festhielt.

»Worum geht es denn?«, fragte sie dann. »Was willst du wissen?«

»Ich würde lieber nicht zwischen Tür und Angel darüber reden. Es geht um meinen Vater.«

»Um deinen Vater?«

»Ja.«

»Und wer ist dein Vater?«

Mikaela überlegte zwei Sekunden. Dann nannte sie seinen Namen. Die Frau schnappte nach Luft und ließ den Heizkörper los. »O verdammt«, sagte sie dann. »Ja, dann komm rein.«

Mikaela zweifelte keine Sekunde daran, dass die Haushaltshilfe am Freitag ausgeblieben war. Wie an allen anderen Freitagen während des vergangenen halben Jahres. Sie hatte noch nie eine so schmutzige und verwahrloste Wohnung gesehen. Oder sich auch nur vorstellen können. Ihre Gastgeberin führte sie in eine enge Küche, in der es nach Zigarettenrauch, altem Fisch und allerlei anderem stank. Sie fegte einige Zeitungen und Reklamebroschüren vom Tisch, damit sie einander gegenübersitzen konnten – getrennt durch eine kleine klebrige Fläche für Gläser, Aschenbecher und Flaschen.

Kirschwein. Sie schenkte ohne zu fragen ein. Mikaela nippte an dem hellroten, starken Getränk, und der süße Geschmack löste fast einen Brechreiz bei ihr aus.

Die Frau kippte ihr Glas auf Ex und knallte es auf den Tisch. Nahm sich dann eine Zigarette und gab sich Feuer.

Warum kann sie nicht wenigstens etwas lüften?, fragte Mikaela sich. Warum haust sie mitten im Hochsommer auf einem stickigen Müllplatz? Seltsam!

Obwohl sie ja nicht gekommen war, um über Hygiene und Wohnkultur zu diskutieren.

»Es geht also um Arnold Maager«, sagte die Frau. »Um diesen miesen Wichser.«

»Er ist ... Arnold Maager ist mein Vater«, sagte Mikaela Lijphart.

»Das behauptest du, ja. Erzähl, was du weißt.«

Sie spürte, wie ihr wieder die Tränen kamen, doch sie biss die Zähne zusammen, und es gelang ihr, sie zu unterdrücken.

»Könnte ich ein wenig das Fenster aufmachen?«, fragte sie. »Ich bin allergisch gegen Zigarettenrauch.«

»Hier wird kein Fenster aufgemacht«, erklärte die Frau. »Du wolltest diesen Dreck doch unbedingt betreten.«

Mikaela schluckte.

»Also erzähl«, sagte die Frau und goss Kirschwein nach. »Du zuerst, eine gewisse Ordnung muss sein.«

Mikaela räusperte sich und legte los. Eigentlich hatte sie ja nicht viel zu sagen, doch kaum hatte sie angefangen, als die Frau aufsprang und zum Spülbecken ging, das vor schmutzigem Geschirr, leeren Flaschen und allerlei Abfall überquoll. Dort wühlte sie mit dem Rücken zu ihrem Gast in einer Schublade herum, und als sie sich umdrehte, streckte sie den Arm aus und zeigte mit einem Gegenstand auf Mikaela.

Erst nach einer Sekunde begriff diese, dass es sich um eine Pistole handelte.

Die Katze, dachte sie. Der Ziegelstein.

10

12. Juli 1999

Der Montag war bewölkt, aber im Verhörraum auf der Wache von Lejnice herrschte immer noch ein Hochdruckgebiet. Lampe-Leermann trug ein oranges Hemd mit langem Kragen, die drei oberen Knöpfe standen offen. Die Schweißflecken unter seinen Armen waren noch klein. Er stank nach Rasierwasser.

Immerhin besser als alter Knoblauch, dachte Moreno und nahm ihm gegenüber Platz. Betrachtete ihn für einen Moment, ehe sie loslegte. Fand, dass er konzentrierter wirkte als am Samstag, weshalb sie mit einem leichten Gefühl von Optimismus das Tonbandgerät einschaltete.

Es war genau 13.15 Uhr, und als sie nach einer Runde guter Arbeit das Gerät ausschaltete, waren eine Stunde und vierzig Minuten vergangen.

Nach einer Runde wirklich guter Arbeit. Zumindest was sie anging. Franz Lampe-Leermann sah die Sache vermutlich anders, aber sie nahm doch an, dass sie fast alles aus ihm herausgeholt hatte, was er überhaupt wusste. Drei Namen, die der Polizei neu waren, ein halbes Dutzend alter Bekannter und Informationen, die ausreichten, um gegen allesamt Klage zu erheben. Darüber hinaus gab es weitere Auskünfte, deren Wert sie im Moment nicht beurteilen konnte, die aber auf Dauer sicher zu der ein oder anderen Verurteilung führen würden. Falls nicht die Staatsanwaltschaft anderer Meinung war, falls nicht irgendwelche Rücksichten genommen werden mussten, aber es lohnte sich kaum, über solche Dinge zu spekulieren.

Und sie hatte auch keine besonderen Zusagen machen müssen, was Strafnachlass oder andere Vergütungen anging. Sie wäre dazu auch nicht befugt gewesen.

Sie hatte also gute Arbeit geleistet, dieses Lob wollte sie sich gönnen. Um den Rest sollte Reinhart sich kümmern. Inspektorin Moreno hatte mehr als nur ihre Pflicht getan.

»Die Frau Bulle sieht zufrieden aus«, stellte Lampe-Leermann jetzt fest und kratzte seine behaarte Brust.

»Das liegt daran, dass ich dieses Haus jetzt verlassen kann«, erwiderte Moreno.

»Und sie hätte nicht gern noch ein bisschen mehr?«

Diese Anspielung – die mögliche Anspielung – ließ sie rot sehen, aber sie beherrschte sich.

»Und was sollte das sein?«

»Ein Leckerbissen. Ein kleiner Leckerbissen zum Abschluss. Aber zuerst muss ich eine rauchen.«

Moreno zögerte. Schaute auf die Uhr und fragte sich, was, zum Teufel, er da andeuten wollte.

»Was soll das heißen?«, fragte sie deshalb.

»Genau, was ich sage, natürlich. Wie immer. Ein Leckerbissen. Aber zuerst eine Zigarette. Ein jeglich Ding hat seine Zeit.«

»Sie haben fünf Minuten«, entschied Moreno. »Aber sorgen Sie dafür, dass es wirklich ein Leckerbissen ist, sonst verlieren sie alle Bonuspunkte.«

»Keine Sorge, Teuerste. Ich hab noch keine Frau enttäuscht.«

Er klopfte an die Tür und ließ sich auf den Raucherhof führen.

»Es geht um diesen Zeitungsschmierer.«

»Zeitungsschmierer?«

»Journalist. Nicht so am Wort kleben, gute Frau.«

Moreno schwieg.

»Ich hab da eine nette kleine Geschichte. Aber seinen Namen hab ich hier ...«

Er tippte sich mit zwei Fingern an die Stirn.

»... und darum geht's ja bei Verhandlungen, nicht?«

Moreno nickte und warf einen Blick auf das Tonbandgerät, doch Lampe-Leermann machte eine abwehrende Handbewegung.

»Ich glaube nicht, dass sie das festhalten wollen. Ich glaube, Sie werden sich das auch so merken können.«

»Zur Sache«, sagte Moreno. »Ein Journalist, der etwas weiß?«

»Genau. Was hält die Frau Bulle von Pädophilen?«

»Die liebe ich«, sagte Moreno.

»Das ist mir durchaus nicht unverständlich«, sagte Lampe-Leermann und kratzte sich am Kinn. »Es werden so viele Gemeinheiten über sie geschrieben ... die pure Schikane, könnte man meinen. Und es gibt sie ja überall. Nette, normale Mitbürger wie Sie und ich ...«

»Zur Sache!«

Lampe-Leermann musterte sie mit einer Miene, aus der vermutlich väterliche Nachsicht sprechen sollte.

»... überall, wie gesagt. Kein Grund, sich zu schämen, man sollte sich seiner Neigungen nicht schämen, das hat mein Mütterchen immer gesagt ... aber dieses Thema ist heute ja so gefühlsbeladen, und die Leute sind sauer, nach allem, was passiert ist. Aber egal ...«

Er legte eine Kunstpause ein und fuhr sich mit Daumen und Zeigefinger über seinen gefärbten Schnurrbart, und Moreno dachte bei sich, dass ihr so einer noch nie untergekommen war. Schleimscheißer war als Name fast ein Kompliment. Sie biss die Zähne zusammen und verzog keine Miene.

»Egal, jedenfalls habe ich diesen Zeitungsschmierer kennen gelernt, und er hat mir erzählt, dass er zehntausend bekommen hat, um die Klappe zu halten.«

»Um die Klappe zu halten?«

»Ja.«

»Worüber denn?«

»Über diesen Namen. Den Pädophilen.«

»Von wem sprechen wir?«

Franz Lampe-Leermann zuckte mit den Schultern.

»Weiß nicht. *Ich* weiß es nicht. Der Zeitungsschmierer weiß es, und ich weiß den Namen des Zeitungsschmierers. Kann die Frau Inspektor mir folgen?«

»Sicher«, sagte Moreno. »Und?«

»Sein Beruf macht die Sache so interessant. Ich würde nicht von einem Leckerbissen sprechen, wenn er nicht an dieser Brutstätte tätig wäre. Dieser Knabe mit den Neigungen. Was glaubst du?«

Moreno schwieg. Registrierte, dass er sie soeben zum ersten Mal geduzt hatte. Fragte sich, ob das eine Bedeutung haben könnte.

»Mitten im Nest sitzt er. Was sagst du dazu? Ein Krimo ... bei euch.«

Er lächelte und ließ sich zurücksinken.

»Was?«, fragte Moreno.

Lampe-Leermann beugte sich wieder vor. Zupfte sich ein Haar aus dem rechten Nasenloch und lächelte noch einmal.

»Ich wiederhole. Auf der Wache von Maardam gibt es einen Pädophilen. Bei der Kripo. Er hat meinem Gewährsmann zehntausend Gulden gezahlt, um nicht entlarvt zu werden. Wäre doch blöd, so viel hinzublättern, wenn man keinen Dreck am Stecken hat, oder was meinst du?«

Was zum ... ? dachte Moreno. Was, zum Teufel, redet er da?

Die Information wollte nicht zu ihrem Gehirn durchdringen, tat es am Ende aber doch. Sickerte schwer und unwiderruflich durch ihre Abwehrraster aus Vernunft und Gefühlen und Erfahrungen und wurde zu einer begreiflichen Botschaft.

Oder eher zu einer unbegreiflichen.

»Scher dich zum Teufel«, sagte sie.

»Danke«, sagte Lampe-Leermann. »Irgendwann vielleicht ...«

»Du lügst ... Vergiss alle Pluspunkte, von denen du geglaubt hast, du hättest sie hier erworben. Ich sorge dafür, dass du acht Jahre bekommst. Zehn. Du Mistkerl!«

Er lächelte noch breiter.

»Ich sehe, dass die Frau Inspektor sich unangenehm berührt fühlt. Sie hat also auch kein Verständnis? Ich weiß übrigens nicht, ob er das Geld aus dem eigenen Sack genommen hat oder ob er sozusagen in die Kasse der Allgemeinheit gegriffen hat … kommt drauf an, welche Position er hat, und die kenne ich nicht. Wie gesagt. Aber der Zeitungsschmierer weiß Bescheid.«

Er verstummte. Für einen Moment glaubte Moreno, das Zimmer schaukele. Nur für einen kleinen Moment – als habe der Film, in dem sie mitspielten, plötzlich drei der vierundzwanzig Bilder übersprungen und einen kleinen Sprung gemacht … oder als stehe sie während eines Erdbebens nur ein wenig vom Epizentrum entfernt.

Während eines Erdbebens?

Dieser Vergleich konnte ihr ja wohl kaum grundlos eingefallen sein. Sie betrachtete Franz Lampe-Leermanns schlaffe Gestalt auf der anderen Tischseite. Dachte, dass sie unter etwas weniger zivilisierten Umständen – es reichte, wenn sie *etwas* weniger zivilisiert wären – nicht lange zögern würde, ihn umzubringen. Wenn sich die Gelegenheit bot. Wirklich nicht. Ihn zertreten würde sie. Wie eine Kakerlake unter ihrem Absatz. Und diese Vorstellung erschreckte sie nicht im Geringsten.

Aber es erschreckte sie, dass sie nicht erschrak.

»Fertig?«, fragte sie. Versuchte, ihre Stimme eiskalt klingen zu lassen, damit er begriff, dass er von ihr keine Gnade zu erwarten hatte.

»Fertig«, sagte er. Sein Lächeln schrumpfte ein wenig, aber nicht sehr. »Ich sehe, dass meine Nachricht angekommen ist. Melden Sie sich, wenn Sie sie interpretiert haben.«

Moreno erhob sich. Ging zur hinteren Tür und klopfte mit dem Schlüsselbund daran. Ehe sie hinausgelassen wurde, klärte Lampe-Leermann noch ein Detail.

»Gerade wegen dieses Leckerbissens habe ich doch auf einer

Polizistin bestanden. Was haben Sie denn gedacht? Ich wollte doch nicht Gefahr laufen, plötzlich Auge in Auge diesem ... diesem Polizisten gegenüberzusitzen. Oder jemandem, der vielleicht mit ihm solidarisch ist. Schönes Wort, solidarisch, obwohl es im Moment wohl ein wenig aus der Mode geraten ist.«

Das hier habe ich nur geträumt, dachte Kriminalinspektorin Ewa Moreno. Aber aus irgendeinem Grund ist mir trotzdem schlecht.

Fünf Minuten später hatte sie Franz Lampe-Leermann und der Wache von Lejnice den Rücken gekehrt.

Für diesen Tag.

Polizeianwärter Vegesack schlug ein Kreuzzeichen und klopfte an die Tür.

Nicht, dass er fromm gewesen wäre, und katholisch war er schon gar nicht, aber das Kreuzzeichen hatte ihm einmal sehr geholfen – er war während einer nächtlichen Observation in seinem Auto eingeschlafen (weshalb das Objekt, ein Zwischenträger aus der Kokainliga, entwischt war), und am folgenden Tag war er zwecks Zusammenstauchens zu Kommissar Vrommel bestellt worden. Weil ihm nichts Besseres eingefallen war, hatte er vor der Tür das Kreuzzeichen gemacht (wie er das eine Woche zuvor im Fernsehen beim italienischen Torwart gesehen hatte, ehe der bei einem Meisterschaftsspiel den Elfmeter hatte halten können), und zu seiner großen Überraschung hatte es funktioniert. Vrommel hatte ihn fast wie einen Menschen behandelt.

Das alles lag vermutlich daran, dass der Zwischenträger später in der fraglichen Nacht dann doch in die Falle gegangen war, aber das war Vegesack egal. Von diesem Tag an bekreuzigte er sich immer, wenn er vor der Tür seines Chefs stand.

Schaden kann es jedenfalls nicht, dachte er.

Vrommel stand zwischen den Aktenschränken und wippte auf den Fußballen hin und her. Das machte er jeden Tag zehn

Minuten lang, um sich in Form zu halten, ohne seine Arbeit zu vernachlässigen.

»Setzen«, sagte er, als Polizeianwärter Vegesack die Tür hinter sich geschlossen hatte.

Vegesack nahm im Besuchersessel Platz.

»Mitschreiben«, sagte Vrommel.

Der Polizeichef war für eine gewisse Wortkargheit bekannt, und sein Training führte dazu, dass er seine Sprache noch ein wenig mehr rationieren musste.

»Erstens«, sagte er.

»Erstens?«, fragte Vegesack.

»Dieses Arschloch Lampe-Leermann wird heute Abend oder morgen in den Knast von Emsbaden überführt. Ruf an und triff alle Vorbereitungen.«

Vegesack notierte.

»Zweitens. Inspektor Morenos Bänder der Verhöre müssen abgeschrieben werden, damit sie sie unterschreiben kann. Das machst du.«

Vegesack notierte.

»Fertig bis morgen um zwölf. Die Bänder liegen da.«

Er nickte zum Schreibtisch hinüber. Vegesack nahm die zwei Kassetten und stopfte sie in seine Jackentasche. Der Polizeichef legte eine kurze Pause ein, dann änderte er die Richtung seiner Rollbewegungen.

»Noch was?«, fragte Vegesack.

»Dann hätte ich es gesagt«, sagte Vrommel.

Als Vegesack sein eigenes Büro betrat – das er sich mit den Wachtmeistern Mojavic und Helme teilte –, fragte er sich, ob er diesen Wortwechsel in seinem schwarzen Heft notieren sollte. In dem Heft, das er vor einem halben Jahr begonnen hatte und das eines Tages seine Rache und seine Abrechnung mit Hauptkommissar Vrommel in die Wege leiten sollte. Und das ihm das Durchhalten ermöglichte.

Die wahre Geschichte über den Polizeichef von Lejnice.

Er hatte schon über fünfzig Seiten, und sein derzeitiger Lieblingstitel lautete: *Das uniformierte Stinktier.* Aber auch *Der Darm des Gesetzes* und *Ein Nero von heute* waren noch mit im Rennen.

Polizeianwärter Vegesack schaute in seinen Kalender. Stellte fest, dass es noch achtzehn Tage bis zu seinem Urlaub waren. Dann rief er in Emsbaden an und bestellte einen Transport für Franz Lampe-Leermann. Das dauerte eine halbe Stunde. Er sah auf die Uhr. Viertel vor vier. Er zog Notizblock und Kugelschreiber hervor und legte die erste Kassette in den Rekorder ein.

Wenn ich Glück habe, dann bin ich um Mitternacht fertig, dachte er.

Als sie alles erzählt hatte, ging ihr auf, dass sie vielleicht den Mund hätte halten sollen.

Oder nicht nur vielleicht. Das, was der Schleimscheißer Lampe-Leermann da von sich gegeben hatte, war von einer Sorte, von der niemand etwas wissen sollte. Oder mit der niemand sich befassen sollte.

Vor allem dann nicht, wenn es sich um einen Bluff handelte.

Und es war natürlich einer. Ein Bluff. Alles andere war undenkbar.

Warum erzählte sie also alles Mikael Bau, sowie sie sich auf der Veranda des Hafencafés niedergelassen hatten? Warum?

Sie fand keine gute Antwort, zögerte kurz und biss sich dann auf die Lippe.

»Ach was?«, sagte er. »Ja, du meine Güte. Und was denkst du?«

Sie schüttelte den Kopf.

»Das ist natürlich einfach nur gelogen. Nur begreife ich nicht, was er sich davon verspricht.«

Mikael Bau schwieg, sah sie an und rührte langsam in seiner Tasse.

»Und wenn nicht?«

»Wenn nicht was?«

»Wenn es nicht gelogen ist.«

»Es ist gelogen.«

»Von wem?«

»Wie meinst du das?«

»Wer hier gelogen hat, natürlich. Ich wüsste gern, ob es Lampe-Leermann war oder dieser Journalist.«

Moreno überlegte.

»Irgendwer«, sagte sie. »Und wir wissen ja nicht einmal, ob es diesen Journalisten überhaupt gibt.«

»Ehe ihr den Namen aus dem Schleimscheißer herauspressen könnt?«

»Genau«, sagte Moreno. »Und umsonst gibt er den nicht her.«

Sie schwiegen eine Weile. Mikael Bau betrachtete sie weiterhin mit leicht gehobenen Augenbrauen, aber sie achtete nicht darauf.

»Hypothetisch«, sagte er.

Sie gab keine Antwort. Er wartete noch einige Sekunden.

»Rein hypothetisch ... nehmen wir an, dass es doch nicht gelogen ist. Wo landen wir dann?«

Ewa Moreno musterte ihn aus zusammengekniffenen Augen und ballte die Fäuste. Holte tief Atem.

»Dann landen wir ... tja, dann landen wir in der Situation, dass einer meiner engsten Kollegen ein verdammter Kinderficker ist.«

»Nicht so laut«, mahnte Mikael Bau und schaute sich vorsichtig um. Aber die Gäste an den anderen Tischen schienen nichts gehört zu haben. Moreno beugte sich vor und sprach etwas leiser weiter.

»Wir landen in einer Situation, die so verdammt widerwärtig sein wird, dass ich nachts nicht schlafen werde. Das dürfte doch wohl sonnenklar sein?«

Mikael Bau nickte.

»Sollte man meinen«, sagte er. »Wie groß ist die Auswahl? An möglichen Kandidaten ... noch immer rein hypothetisch, natürlich.«

Moreno dachte nach. Zwang sich zum Nachdenken.

»Kommt drauf an«, sagte sie. »Kommt drauf an, wen du zur Kripo zählst, die Wachtmeister wechseln ja zwischen den Abteilungen, und es gibt ein paar Grenzfälle. Acht bis zehn, denke ich mal … nicht mehr als zwölf.«

»Ein Dutzend?«

»Höchstens, ja.«

Mikael Bau kippte seinen Cappuccino hinunter und wischte sich Schaum aus den Mundwinkeln.

»Was hast du vor?«, fragte er.

Ewa Moreno gab keine Antwort.

Es gab keine brauchbare.

11

Als sie Port Hagen und Tschandala erreichten, war es fünf Uhr, und auf der Veranda erwartete sie eine rothaarige Frau.

»Au weih«, murmelte Mikael Bau. »Das hatte ich vergessen.«

Die Frau hieß Gabriella de Haan, war eine Verflossene von Mikael und brachte eine Katze. Diese Katze hieß Montezuma und war eine träge Rotgelbe von ungefähr zehn Jahren. In Morenos Augen fehlte es nicht an Ähnlichkeiten zwischen den beiden Damen. Im Gegenteil. Die waren in Massen vorhanden, wie schon eine flüchtige Inspektion ergab.

»Du magst keine Katzen?«, fragte Mikael Bau, als Frau de Haan nach weniger als fünf Minuten gegangen war.

»Doch«, sagte Ewa Moreno. »Ich hatte selber vor einigen Jahren eine. Ist unter geheimnisvollen Umständen verschwunden. Aber diese da …« Sie nickte zu Montezuma hinüber, die sich auf der alten verblichenen Hollywoodschaukel ausstreckte und sich überaus wohl zu fühlen schien.

»Die da, ja«, sagte Mikael Bau und sah für einen Moment schuldbewusst aus. »Ich dachte, ich hätte sie erwähnt. Sie bleibt für zwei Wochen hier, während Gabriella in Spanien ist. Konnte nicht Nein sagen, wir haben sie damals gemeinsam angeschafft, und dann ist sie bei der Trennung an Gabriella gefallen. Und ein bisschen Meeresluft tut ihr sicher gut, der alten Monta. Sie kommt sonst nicht raus … und sie wird uns nicht stören. Hat ein goldenes Herz, auch wenn sie einen etwas mürrischen Eindruck machen kann.«

Er bückte sich und kitzelte den Bauch der Katze, was dieser offenbar tiefen Genuss bereitete.

Moreno ertappte sich bei einem Lächeln. Sie kniff die Augen zusammen und versuchte, ein Zukunftsbild vor sich zu sehen. In zehn Jahren oder so ... falls sie ihren Entschluss traf und daran festhielt.

Sie und Mikael Bau. Zwei Kinder. Ein großes Haus. Zwei Katzen.

Viel deutlicher wurde es nicht, das Bild wurde auf irgendeine Weise zu wenig belichtet, und das Resultat kam ihr unerträglich vor.

Bestenfalls unerträglich.

Ich stürze, dachte sie dann. Muss Kraft und Abwehrmechanismen aufbauen, sonst schwimme ich am Ende nur noch mit dem Strom.

Abends spazierten sie zum Restaurant Winckler, das ganz am Ende der nach Norden gelegenen Landspitze lag und einen guten Ruf hatte. Sie aßen Fischsuppe mit Mineralwasser und Zitronensorbet mit frischen Himbeeren und gingen die ganze Zeit dem Thema Franz Lampe-Leermann aus dem Weg.

Bis sie auf dem Rückweg vor einem Quallenhaufen stehen blieben, den jemand aus dem Meer gefischt und in eine Grube am Strand gelegt hatte.

»Der Schleimscheißer?«, fragte Mikael Bau. »Sieht er so ähnlich aus?«

Moreno schaute angeekelt in die Grube.

»Igitt«, sagte sie. »Ja, so ungefähr. Scheißegal, wie er aussieht, übrigens. Ich wünschte nur, diese letzte Karte hätte er sich verkniffen.«

»Gehe ich recht in der Annahme, dass die Inspektorin beim Dessert von unangenehmen Gedanken geplagt wurde?«

Moreno seufzte.

»Danke«, sagte sie. »Sicher, wie sollte ich das vermeiden können? Bitte, sprich mit mir darüber. Egal, wie ich es auch sehe, es handelt sich doch um eine Anklage, um eine entsetzliche Anklage gegen einen meiner Kollegen. Jemanden, mit dem ich zusammenarbeite und den ich achte, und den ich zu kennen glaubte und dem ich mein Vertrauen geschenkt habe. Und wenn es nun doch stimmt ... nein, verdammt, es ist natürlich nur ein Bluff, aber ich muss immer daran denken, und das quält mich. Himmel, kannst du dir das alles vorstellen?«

Mikael Bau sagte, das könnte er. Sie kehrten der Schleimgrube den Rücken zu und setzten sich wieder in Bewegung. Zuerst schwiegen sie, dann aber erzählte Mikael eine Geschichte über die Kindertagesstätte »Der fröhliche Panda« in Leufshejm, wo es angeblich beim Personal einen Pädophilen gegeben hatte ... Trotz genauer Untersuchungen, bei denen die Behauptungen zu hundertzehn Prozent widerlegt wurden und alle einen Persilschein erster Güte ausgestellt bekamen, musste »Der fröhliche Panda« nach einigen Monaten dichtmachen, weil die Eltern ihre Kinder einfach nicht mehr hinschicken wollten.

Und weil die neun dort arbeitenden Frauen sich mit ihren drei Kollegen solidarisch erklärt hatten. So konnte man das auch ausdrücken.

Einer der Männer war ein alter Freund von Mikael. Die Geschichte lag vier Jahre zurück, der Freund war inzwischen geschieden und ließ sich zum Lokführer umschulen.

»Reizend«, sagte Moreno.

»Überaus reizend«, stimmte Mikael Bau zu. »Aber die suizidale Phase liegt hinter ihm. Trotzdem, ich glaube, wir kommen vom Thema ab.«

Moreno ging schweigend weiter.

»Du meinst, es reicht, dass Lampe-Leermann mir einen Floh ins Ohr gesetzt hat? Ich werde die Sache nicht mehr loswerden können?«

»So ungefähr«, sagte Mikael Bau. »Das ist schlichte Psychologie. Es ist so verdammt leicht, einen nicht wiedergutzumachenden Schaden anzurichten ... wenn nicht einmal du eine solche Anklage abtun kannst, wie soll die Allgemeinheit dann damit umgehen? Falls sie die Möglichkeit bekommt, sich zu diesem Problem zu äußern. Wo Rauch ist, da ist auch Feuer.«

Moreno gab keine Antwort.

»Aber ich frage mich, was du wirklich glaubst«, sagte er nach einer kurzen Pause. »Ganz ehrlich, meine ich. Es wäre doch leichter, darüber zu diskutieren, wenn du nicht das Gefühl hättest, deinen Kollegen beschützen zu müssen. Kann das stimmen? Besteht die Möglichkeit – irgendeine Möglichkeit –, dass es nicht nur eine gemeine Lüge ist?«

Moreno ging einige Schritte weiter und schaute auf das rasch dunkler werdende Meer hinaus. Sie konnte den Horizont nicht mehr erkennen, aber eine Reihe von Lichtpunkten – Fischerboote, die zum Fang ausliefen – zeigte so ungefähr, wo er sich befinden musste.

»Ich kann es nicht glauben«, sagte sie. »Ich kann es einfach nicht. Ich würde lieber anderswo anfangen. Versuchen, das Motiv zu verstehen ... ich meine, Lampe-Leermanns Motiv. Was verspricht er sich von der ganzen Sache?«

»Meinst du, er lügt?«

»Sehr gut möglich. Ich gehe davon aus. Aber natürlich kann auch dieser Journalist Lampe-Leermann angelogen haben.«

»Aber warum?«

Moreno zuckte mit den Schultern.

»Keine Ahnung. Ich kapiere ja nicht mal, warum irgendwer diesem Schleimscheißer überhaupt etwas erzählt. Falls es nicht im Suff passiert ist ... was sicher nicht unwahrscheinlich wäre. Wir dürfen Logik und Fähigkeit dieser Kreise, einen Plan zu verfolgen, nicht überschätzen, das habe ich inzwischen gelernt.«

»Zufall«, sagte Mikael Bau. »Ein unbedachtes Wort?«

»Vielleicht«, sagte Ewa Moreno. »Es gibt eine Art Grauzone. Der Kommissar ... ja, der, von dem ich dir erzählt habe ... der *Kommissar* hat immer gesagt, dass alles, was überhaupt passiert, ein unheilbarer Widerspruch zwischen dem Erwarteten und dem Unerwarteten ist. Das Problem ist nur, in jedem Einzelfall das Verhältnis zu bestimmen ... manchmal ist es acht zu zwei, manchmal eins zu neun ... ja, das klingt vielleicht spekulativ, aber es ist doch ein gewaltiger Unterschied.«

»Ordnung oder Chaos«, sagte Mikael Bau und hob eine leere Coladose hoch, die jemand zusammengepresst und zwei Meter vor den grünen Mülltonnen deponiert hatte, die von der Stadtreinigung in regelmäßigen Abständen am Strand aufgestellt worden waren. »Und das Verhältnis zwischen beiden ... ja, das klingt überaus bestechend. Darüber haben wir ja schon früher gesprochen. Aber Lampe-Leermann hat seinen Stich doch sicher vorher genau geplant?«

»Zweifellos«, seufzte Moreno. »Zweifellos. Er erwartet ein konkretes Angebot im Tausch gegen den Namen seines verdammten Zeitungsschmierers. Je mehr ich darüber nachdenke, desto sicherer werde ich mir, dass es einen Gewährsmann gibt und dass etwas an der Sache dran ist. Leider.«

»Und warum glaubst du das?«

»Weil die Verhandlungsposition eben so ist. Das muss sogar ein Schafskopf wie Lampe-Leermann begreifen. Wenn wir ihm eine Zusage machen, brauchen wir sie doch einfach nur zurückzuziehen, wenn er geblufft hat. Er kann uns im Grunde keinerlei Bedingungen diktieren.«

Mikael Bau dachte darüber nach, während sie weitergingen und schließlich Tschandalas spitze Dachsilhouette auftauchte.

»Und wenn er Geld sehen will? Er kann euch doch sicher dazu bringen, eine bestimmte Summe hinzublättern ... Wäre es nicht schwer, die zurückzuholen, wenn sie schon auf einem Bankkonto gelandet ist? Oder unter einer Matratze?«

»Stimmt«, sagte Moreno. »Das glaube ich zumindest. Aber egal, das ist nicht meine Sache. Ich muss sehen, dass ich sie weiterreiche ... Habe ich nicht übrigens Urlaub? Stille Tage am Meer, mit meinem begabten jungen Liebhaber?«

»Den Nagel auf den Kopf getroffen«, sagte Mikael Bau und zog sie an sich. »Ruf an, sowie wir im Haus sind, und überlasse die Sache denen, die im Dienst sind.«

»Hm«, sagte Moreno. »Ich glaube, ich warte doch wenigstens bis morgen.«

»Bis morgen?«, fragte Mikael Bau. »Warum denn das?«

»Ich muss mir zuerst überlegen, mit wem ich sprechen will.«

Er dachte drei Sekunden nach.

»Aha«, sagte er dann. »Alles klar. Verflixt.«

»Ja«, sagte Moreno. »Verflixt.«

Sie erwachte um halb drei. Versuchte zwanzig Minuten lang einzuschlafen, dann stand sie ganz leise auf und setzte sich mit Papier und Stift an den großen runden Küchentisch.

Schrieb die Namen in der Reihenfolge auf, in der sie ihr einfielen.

Kommissar *Münster*
Hauptkommissar *Reinhart*
Inspektor *Rooth*
Inspektor *Jung*
Kommissar *deBries*
Polizeianwärter *Krause*

Das waren die Kollegen von der Kripo. Die, mit denen sie mehr oder weniger jeden Tag zusammenarbeitete.

Die sie seit sechs oder sieben Jahren in- und auswendig kannte. In- und auswendig. Könnte denn einer von ihnen …

Sie merkte, wie sich ihr bei dieser Frage die Kehle zuschnürte. Als sie versuchte zu schlucken, wollte ihr auch das kaum gelingen.

Sie verdrängte den Gedanken und ging ihre Liste weiter durch. Dabei überlegte sie, warum sie die Dienstgrade mit aufgeschrieben hatte. Konnten die denn in einem solchen Fall eine Rolle spielen?

Kommissar *le Houde*
Assistent *Bollmert*

Und dann die Wachtmeister. Die nur in lockerer Verbindung zur Kripo standen, aber trotzdem.

Joensu
Kellermann
Paretsky
Klempje

Sie ließ sich zurücksinken und betrachtete ihre Liste. Zwölf Namen insgesamt. Weitere fielen ihr nicht ein. Weitere gab es nicht. Heinemann war in Rente gegangen. Van Veeteren hatte aufgehört.

Wer, dachte sie. Wer könnte denn …

Die Frage hing einige Minuten lang wie eine schwarze Wolke über ihrem Bewusstsein. Dann nahm sie sich die nächste vor.

Wen? Wen soll ich anrufen?

Zu welchem von diesen Männern habe ich das größte Vertrauen?

Während sie noch versuchte, dieses Problem zu klären, schlug die Uhr zuerst Viertel nach drei und dann halb vier, und ihr Unwohlsein wurde immer größer.

12

13. Juli 1999

»Der hat zu tun«, sagte Vegesack zum dritten Mal. »Verstehen Sie denn nicht? Entweder setzen Sie sich und warten, oder Sie sagen mir, worum es geht.«

Die Frau schüttelte gereizt den Kopf und fuchtelte mit den Händen herum. Holte Luft, um noch einmal eine Unterredung mit dem Polizeichef zu fordern – so sah es zumindest aus –, überlegte sich die Sache dann aber anders und atmete stattdessen laut hörbar durch die Zähne aus.

Sicher knapp über vierzig, schätzte Vegesack. Kräftig, aber nicht dick. Irgendwie gesund ... kurze dunkelrote Haare, die mit Sicherheit gefärbt sind.

Nervös.

Total nervös. Unmöglich, sie auch nur zum Sitzen zu bringen. Sie lief hin und her wie ein Dackel, der dringend pissen muss. Polizeianwärter Vegesack hatte als Kind einen Dackel gehabt, deshalb wusste er, wovon er redete.

»Wenn Sie mir wenigstens erklären könnten, was Sie auf dem Herzen haben?«, fragte er. »Wie Sie zum Beispiel heißen.«

Sie blieb stehen. Stemmte die Fäuste in die Seiten und musterte ihn abschätzig. Automatisch hob er seine linke Hand und überprüfte seinen Schlipsknoten.

»Sigrid Lijphart«, sagte sie. »Ich heiße Sigrid Lijphart, und ich suche meine Tochter Mikaela. Die ist seit Samstag verschwunden.«

Vegesack machte Notizen.

»Wohnen Sie hier in der Stadt? Ihr Name ist mir nicht ...«

»Nein«, fiel sie ihm ungeduldig ins Wort. »Ich wohne nicht hier. Aber vor sechzehn Jahren habe ich hier gewohnt. Der Polizeichef weiß, warum ich damals umziehen musste. Und deshalb möchte ich mit ihm sprechen, statt eine Menge Dinge erklären zu müssen, an die ich kaum denken mag ... o verdammt!«

Sie ließ sich auf einen Stuhl sinken, und er sah plötzlich, dass ihr Tränen in den Augen standen.

»Ach du meine Güte«, sagte er unschlüssig. »Ich meine ... Polizeichef Vrommel ist wirklich nicht im Hause ...« Er warf einen raschen Blick auf seine Armbanduhr. »Er sitzt mit einer Inspektorin aus Maardam im Café Vronski. Hrrm, ja. Kann jeden Moment wieder zurück sein ... ich glaube, wir sollten einfach warten. Falls Sie mir nicht doch alles erzählen mögen, meine ich. Kann ich Ihnen etwas zu trinken holen?«

Sigrid Lijphart schüttelte den Kopf. Zog ein Taschentuch aus der Handtasche und putzte sich die Nase.

»Wie alt?«, fragte Vegesack. »Ihre Tochter, meine ich.«

Die Frau schien zu überlegen, ob sie antworten sollte oder nicht. Dann zuckte sie mit den Achseln und seufzte tief.

»Achtzehn. Am Freitag ist sie achtzehn geworden. Sie ist hergekommen, um ihren Vater zu besuchen ... und ist von diesem Besuch nicht zurückgekehrt. Wir leben in Moorhuijs, ihr muss etwas passiert sein.«

Vegesack notierte: *Vater? Moorhuijs? Etwas passiert?*

»Warum glauben Sie, dass etwas passiert ist? Haben Sie mit ihrem Vater gesprochen? Sie sind geschieden, nehme ich an?«

Mikaela, 18, fügte er hinzu.

»Ja, und wie«, sagte Sigrid Lijphart, nachdem sie wieder die Luft ausgestoßen hatte. »Nein, ich habe nicht mit ihm gesprochen. Er lebt im Pflegeheim des Sidonisstiftes, wenn Ihnen das etwas sagt.«

»Ach herrje«, rutschte es Polizeianwärter Vegesack heraus. »Ich verstehe.«

»Wirklich?«

»Na ja. Ja … nein.«

Das wird sicher noch Folgen haben, dachte er und machte sich wieder an seinem Schlipsknoten zu schaffen. Schrieb *Sidonis* auf seinen Block und wich dem Blick der Frau aus.

»Sie hat nicht angerufen«, fuhr sie fort. »Mikaela hätte uns niemals so lange Zeit ohne einen Anruf gelassen, ich weiß, wovon ich rede. Ihr ist etwas passiert, und es ist Ihre verdammte Pflicht und Schuldigkeit, dafür zu sorgen, dass sie wieder nach Hause kommt.«

»Sie könnten vielleicht ein wenig über … den Hintergrund erzählen? Während wir auf Herrn Vrommel warten, meine ich. Wo wir schon mal hier sitzen.«

»Vrommel«, schnaufte Sigrid Lijphart und erhob sich wieder. Wanderte abermals vor Vrommels Schreibtisch auf und ab und erinnerte ihn an einen neurotischen Eisbären, den er einmal im Zoo von Aarlach gesehen hatte.

Mal was anderes als ein Dackel, immerhin.

»Sie dürfen nicht glauben, dass ich für Ihren Chef besonders viel übrig hätte«, erklärte Frau Lijphart und blieb stehen. »Aber man wendet sich doch sicher weiterhin an die Polizei, wenn man den Verdacht hat, dass ein Verbrechen geschehen ist?«

»Verbrechen?«, fragt Vegesack. »Was denn für ein Verbrechen?«

»Verdammt«, stöhnte sie und stemmte wieder die Hände in die Seiten. »Bezahlen wir dafür eigentlich Steuern? Ich werde noch wahnsinnig.«

Vegesack schluckte und suchte verzweifelt nach irgendeinem erlösenden Wort, doch so weit kam er nicht mehr. Draußen schlug die Glastür zu, und einige Sekunden später erschien der Polizeichef zusammen mit der angereisten Inspektorin. Moreno sah ziemlich gut aus, das stand fest. Sigrid Lijphart öffnete ihre Handtasche und machte sie wieder zu. Der Polizeianwärter erhob sich.

»Also«, sagte er. »Polizeichef Vrommel, Inspektorin Moreno … Frau Lijphart. Ja, Sie kennen sich ja. Sie beide, meine ich.«

Er errötete und zeigte mit der ausgestreckten Hand auf Vrommel und Frau Lijphart.

»Guten Morgen«, sagte Vrommel. »Was ist denn los?«

»Frau Lijphart hat ein kleines Problem«, erklärte Vegesack. »Ihre Tochter ist offenbar verschwunden.«

»Ich glaube, Sie erinnern sich an mich«, sagte Sigrid Lijphart und schaute Vrommel ins Gesicht.

»Wie war noch Ihr Name?«, fragte Inspektorin Moreno. »Lijphart?«

Später – in den folgenden Wochen und im Herbst, als dann alles aufgeklärt und zu den Akten gelegt war – sollte Ewa Moreno sich immer wieder fragen, warum sie während dieser ersten kurzen Begegnung zwischen Vrommel, Sigrid Lijphart und ihr selbst so passiv geblieben war.

Welche vage Intuition hatte sie dazu gebracht, sich einfach nur auf einen Stuhl zu setzen und zuzuhören?

Einfach nur dazusitzen und zu beobachten und zu registrieren – statt sofort und unverblümt zu erzählen, dass sie am Samstag auf der Bahnfahrt nach Lejnice ausgiebig mit Mikaela Lijphart gesprochen hatte?

Das wäre doch das Natürlichste gewesen. Der besorgten Mutter zu sagen, dass sie mit der verschwundenen Tochter gesprochen hatte – wenn auch schon vor einigen Tagen.

Aber sie schwieg, saß schräg hinter Sigrid Lijphart auf einem Stuhl und ließ Vrommel das Wort führen. Sich der Aufgabe annehmen, die im Grunde ja auch seine war. Reibungslos wie eine Registrierkasse.

Anfangs wischte er sich mit einem Papiertaschentuch den Schweiß von seinem kahlen Schädel.

»Sie erinnern sich doch an mich?«, fragte Sigrid Lijphart noch einmal.

Vrommel überprüfte im Spiegel neben der Tür den Glanz seines Schädels, warf das Taschentuch in den Papierkorb und ließ sich hinter dem Schreibtisch nieder. Fünf Sekunden vergingen.

»Natürlich kann ich mich an Sie erinnern. Es war keine lustige Geschichte.«

»Ich habe gehofft, nie mehr hierher zurückkehren zu müssen.«

»Das verstehe ich.«

Sigrid Lijphart holte zweimal tief Atem und versuchte, die Schultern zu senken.

Sie kann Vrommel auch nicht leiden, dachte Moreno. Aber sie gibt vor, ihn zu respektieren.

»Bitte, von Anfang an«, sagte Vrommel.

Sigrid Lijphart holte noch einmal Luft.

»Wir wohnen jetzt in Moorhuijs. Wohnen dort seit ... ja, seit damals. Ich habe auch wieder geheiratet.«

Vrommel zog einen Kugelschreiber aus dem schwarzen Gestell.

»Mikaela, meine Tochter, ist am Freitag achtzehn geworden. Wir hatten schon lange vor, ihr dann von ihrem richtigen Vater zu erzählen. Kinder haben das Recht ... wenn sie alt genug sind. Unter allen Umständen.«

Vrommel drückte auf den Kugelschreiber und schrieb etwas auf den Block, der vor ihm auf dem Tisch lag.

»Unter allen Umständen«, wiederholte Sigrid Lijphart. »Mikaela beschloss sofort, ihn aufzusuchen, und am folgenden Tag ... dem Samstag ... ist sie hergefahren. Hat morgens früh die Bahn genommen, es war ihre Entscheidung, die ich respektiere. Und seither ist sie verschwunden.«

»Verschwunden?«, fragte Vrommel.

»Verschwunden«, sagte Sigrid Lijphart. »Ich habe im Sidonisstift angerufen. Sie war so ungefähr von zwei bis halb fünf bei ihm. Am Samstagnachmittag. Und seither ist sie nicht wieder gesehen worden.«

Vrommel fuhr sich mit dem Zeigefinger über den Schnurrbart.

»Hm«, sagte er. »Mädchen in dem Alter können doch …«

»Unsinn«, fiel Sigrid Lijphart ihm ins Wort. »Ich kenne meine Tochter. Sie entspricht diesen Vorurteilen absolut nicht. Sie wollte eine Nacht wegbleiben, mehr nicht. Es ist etwas passiert. Ich weiß, dass etwas nicht stimmt. Sie müssen etwas unternehmen … unternehmen Sie ausnahmsweise mal etwas! Mein Kind ist verschwunden, suchen Sie nach ihr, sonst … sonst …«

Die Verzweiflung in ihrer Stimme ist abgrundtief, dachte Moreno. Eine notdürftig getarnte Panik, die natürlich zum entsetzlichsten aller entsetzlichen Szenarien führte.

Eine Mutter, die ihr Kind nicht finden kann. Egal, ob volljährig oder nicht. Egal, ob nur zwei Tage vergangen sind. Moreno wollte endlich etwas sagen, doch der Polizeichef kam ihr zuvor. Er tippte mit dem Kugelschreiber auf den Tisch und räusperte sich.

»Natürlich, Frau Lijphart. Natürlich. Wir werden der Sache nachgehen. Machen Sie sich keine allzu großen Sorgen, nur … wie war das noch? Haben Sie auch mit ihm gesprochen, als Sie im Sidonisstift angerufen haben? Mit ihrem Vater, meine ich. Sie hat ihm vielleicht von ihren Problemen erzählt?«

»Mit Arnold? Ob ich mit Arnold gesprochen habe?«

»Ja. Denn hier geht es doch wohl um Arnold Maager?«

Sigrid Lijphart schwieg und starrte zu Boden.

»Ja«, sagte sie dann. »Es geht hier um Arnold. Aber ich habe nicht mit ihm gesprochen. Sondern mit einem Pfleger.«

»Sie haben keinen Kontakt?«

»Nein.«

»Gar keinen?«

»Nein.«

»Ich verstehe«, sagte Vrommel. »Wo können wir Sie erreichen?«

Es wurde deutlich, dass Frau Lijphart sich diese Frage noch nicht gestellt hatte. Sie zog die Lippen ein und hob die Augenbrauen.

»Das Kongershuus, existiert das noch?«

Vrommel nickte.

»Dorthin gehe ich. Zumindest für eine Nacht.«

»Gut. Sie wissen nicht zufällig, wo Ihre Tochter übernachten wollte ... falls sie das wirklich vorgehabt haben sollte?«

Sigrid Lijphart schüttelte wieder den Kopf. Vrommel stand auf und gab damit zu erkennen, dass das Gespräch beendet war.

»Hervorragend. Wir lassen so schnell wie möglich von uns hören.«

»Heute Abend?«

»Heute Abend oder morgen früh.«

Sigrid Lijphart zögerte einen Augenblick. Dann nickte sie verbissen und verließ die Wache von Lejnice.

Es geht mich nichts an, dachte Kriminalinspektorin Ewa Moreno. Es geht mich absolut nichts an.

II

13

21. Juli 1983

»Was denn für eine Idee?«, fragte sie.

Er gab keine Antwort. Legte nur den Arm um sie und drückte sie an sich. Dann gingen sie los.

Zuerst in Richtung Zentrum, doch auf Höhe des Wasserturms bog er in die Brüggerstraat ab, statt geradeaus weiterzugehen. Er leitete, sie folgte. So ist es immer, dachte sie. Vielleicht hatte sie gehofft, er werde mit ihr in ein Café am Polderplejn oder am Grote Markt gehen, aber das tat er nicht. In der letzten Zeit – in den vergangenen beiden Monaten, seit sie ihm erzählt hatte, wie es um sie stand – war er solchen Orten ausgewichen. Sie hatte schon häufiger darüber nachgedacht. Sie hatte ihn sogar gefragt, und er hatte gesagt, er wolle eben lieber mit ihr allein sein.

Das gefiel ihr, und es gefiel ihr auch wieder nicht. Sie balgte sich gern in der sommerlichen Dunkelheit mit ihm herum. Und ließ sich streicheln. Streichelte ihn, ritt ihn, mit den Händen auf seiner Brust und seinem harten Schwanz tief in sich. Aber es machte auch Spaß, im Café zu sitzen. Zu rauchen und Kaffee zu trinken und mit Leuten zu plaudern. Gut auszusehen und sich anschauen zu lassen. Vielleicht deshalb, dachte sie. Vielleicht, weil er wusste, dass sie sich gern anschauen ließ, lenkte er ihre Schritte jetzt aus der Stadt hinaus, in Richtung Saar und Fußballplätze, statt ins Zentrum.

»Wohin gehen wir?«, fragte sie.

»Wir müssen reden«, sagte er.

Sie erreichten den Park hinter der Feuerwache, wie immer der nun heißen mochte. Feuerwachenpark vielleicht. Er hatte jetzt die rechte Hand auf ihrer Hüfte liegen und sie spürte, dass er Lust bekam. Es war ja auch lange her. Er ging mit ihr in den Park, und sie setzten sich auf eine Bank, die ziemlich geschützt zwischen zwei Büschen stand. Sie konnte im Park sonst keinen Menschen sehen, wusste aber, dass beim Spielplatz auf der anderen Seite immer Paare zu finden waren. Sie selber war einige Male dort gewesen, wenn auch nie mit ihm. Sie lachte ein wenig, als sie daran dachte.

»Möchtest du?«

Er reichte ihr eine Flasche, die er aus seiner Schultertasche gezogen hatte. Sie trank einen Schluck. Es war irgendein Schnaps. Er war stark und brannte in ihrem Hals. Aber er war auch süß. Er wärmte sie und schmeckte ein wenig nach Johannisbeeren oder so. Sie trank noch einen Schluck und legte ihre Hand zwischen seine Beine. Und sie hatte Recht, er war schon steinhart.

Später trank er die Flasche leer und rauchte einige Zigaretten. Sagte nicht viel, er redete danach nicht gern. Sie fühlte sich ziemlich beschwipst, aber zugleich verspürte sie eine seltsame Art von Ernst und nahm an, dass das mit Arnold Maager zu tun hatte. Und mit dem Kind.

»Was hattest du für eine Idee?«, fragte sie dann.

Er drückte seine Zigarette aus und spuckte zweimal in den Kies. Sie begriff, dass er ebenso angetrunken war wie sie. Er hatte aber auch einiges intus. Obwohl er natürlich mehr vertrug, das war bei Typen ja immer so.

»Maager«, sagte er. »Du hast gesagt, du hättest dir die Sache anders überlegt? Wie, zum Teufel, meinst du das?«

Sie dachte nach.

»Ich will nicht«, sagte sie. »Will ihn nicht betrügen. Du und ich ... du und ich, wir gehören doch ... nein, ich will nicht.«

Es war schwer, die richtigen Worte zu finden.

»Wir brauchen Geld«, sagte er. »Deshalb haben wir es getan, begreifst du das denn nicht? Wir können ihn erpressen.«

»Ja«, sagte sie. »Aber ich will das nun mal nicht. Ich will mit ihm darüber sprechen.«

»Mit ihm sprechen? Hast du denn den Verstand verloren?«

Danach murmelte er etwas, das sich anhörte wie »miese Fotze«, aber da hatte sie sich natürlich verhört. Er schien jedenfalls sehr böse auf sie zu sein, zum ersten Mal, und sie merkte, wie sich in ihrem Bauch alles verkrampfte.

»Ich will einfach nicht«, sagte sie noch einmal. »Kann nicht. Es ist nicht richtig ... es ist so verdammt gemein.«

Er gab keine Antwort. Er scharrte nur mit den Füßen im Kies herum, ohne sie anzusehen. Sie hatten im Moment überhaupt keinen Kontakt zueinander. Ein wahres Luftmeer trennte sie, obwohl sie sich eben erst geliebt hatten und sich noch immer auf derselben Bank in demselben verdammten Park befanden. Es war seltsam, und sie fragte sich, ob sie auch nüchtern so empfunden hätte.

»Verdammt, es ist doch unser Kind«, sagte sie. »Und da soll sich kein anderer einmischen.«

»Das Geld«, sagte er nur. Er klang wütend und müde. Und betrunken, wie sie.

»Ich weiß«, sagte sie.

Plötzlich war sie entsetzlich traurig. Als gehe alles in wildem Tempo zum Teufel. Eine halbe Minute verstrich. Er scharrte weiter im Kies herum.

»Wir hatten das doch genau geplant«, sagte er endlich. »Verdammt, du wolltest es doch auch ... du kannst doch nicht mit dem alten Arsch ins Bett gehen und dir die Sache dann anders überlegen. Irgendwie muss er doch auch bezahlen, oder ist dir dieser blöde geile Bock am Ende lieber als ich? Verdammt, ein Scheißlehrer!«

Plötzlich wurde ihr schlecht. Nicht kotzen jetzt, dachte sie. Sie biss die Zähne zusammen und ballte die Fäuste auf ihrem Knie. Atmete tief und vorsichtig durch, spürte, wie die Wellen der Übelkeit kamen und gingen. Als sie sich langsam legten, traten stattdessen die Tränen an ihren Platz.

Erst saß er tatenlos dabei, doch dann rutschte er endlich näher und legte ihr den Arm um die Schultern.

Das tat gut, und für eine Weile ließ sie ihren Tränen freien Lauf.

Wer weint, braucht weder zu sprechen noch zu denken, hatte ihre Mutter einmal gesagt, und sie hatte nicht ganz Unrecht. Manchmal war sie gar nicht so dumm, ihre hoffnungslose Mutter, aber meistens war sie eben, wie sie war.

Die Kirchturmuhr von Waldeskirke, wo sie zwei Jahre zuvor konfirmiert worden war, schlug dreimal. Viertel vor eins. Er zündete zwei Zigaretten an und gab ihr die eine. Zog eine Dose Bier aus der Tasche und öffnete sie.

Trank zuerst zweimal selber, dann ließ er sie kosten. Sie trank und fand, dass der Schnaps viel besser geschmeckt hatte. Bier schenkte einfach keine Wärme. Schnaps und Wein waren besser, das hatte sie immer schon gedacht. Und sie musste davon auch nicht so schnell pissen. Sie schwiegen einige Minuten, dann sagte er:

»Ich habe eine Idee.«

Ihr fiel wieder ein, dass er das schon vor zwei Stunden behauptet hatte. Unten am Strand. Sie fand es seltsam, dass er die ganze Zeit eine Idee gehabt und nicht darüber gesprochen haben sollte.

Aber vielleicht war es ja auch eine andere Idee.

»Was denn?«, fragte sie.

»Wir reden mit ihm«, sagte er.

Sie begriff nicht, was er meinte.

»Jetzt«, erklärte er. »Du rufst ihn an, und dann reden wir mit ihm. Und dann sehen wir weiter.«

Er kippte den Rest der Bierdose auf den Boden und öffnete noch eine.

»Wie viele hast du?«, fragte sie.

»Nur noch eine. Also?«

Sie dachte nach. Merkte, dass sie pinkeln musste. Und wie.
»Wie?«, fragte sie.
»Dahinten gibt es ein Telefon.«
Er zeigte auf die Feuerwache.
»Na?«
Sie nickte.
»Na gut. Muss nur noch schnell pinkeln.«

Die Eisenbahnbrücke?, dachte sie, als sie in der engen Zelle stand und die Nummer wählte. Warum sollen wir uns gerade da oben, auf der Eisenbahnbrücke, treffen?

Eine Antwort auf diese Frage fiel ihr nicht ein, und dann hörte sie schon das Klingelzeichen und wie sich am anderen Ende der Leitung jemand meldete. Sie holte tief Atem und versuchte ihre Stimme fest klingen zu lassen.

Hoffentlich ist es nicht seine Frau, dachte sie.

Es war seine Frau.

14

13. Juli 1999

Sigrid Lijphart bekam im Kongershuus ein Zimmer, weil eine Stornierung einlief, als sie noch in der Rezeption stand und nicht recht weiter wusste. Es war Urlaubszeit, und wie immer waren die Hotels in der Umgebung von Lejnice überfüllt. Für einen schwachen Moment hatte sie mit dem Gedanken gespielt, sich an eine Freundin von früher zu wenden – aus ihrem vorigen Leben, vor sechzehn Jahren und noch länger –, aber diese Idee stieß ihr fast sofort sauer auf.

Obwohl sie wirklich die Auswahl gehabt hätte.

Es gab genug alte Bekannte, die sie bei sich aufgenommen hätten. Um ihre alte Teilnahme zum Ausdruck zu bringen und über gewisse Dinge allerlei zu erfahren, allein deshalb.

Aber vorbei war vorbei war vorbei. Sie hatte diese Menschen und diese Beziehungen – jede und alle davon – aufgegeben, ohne auch nur eine Sekunde zu zögern, und sie hatte nie das Gefühl gehabt, sie zu vermissen. Also konnte es nur ein vager Impuls gewesen sein, das war klar. Irgendeinen Kontakt aufzunehmen. Nie im Leben würde sie eine von diesen aufgegebenen Beziehungen aktivieren, unter normalen Umständen nicht und jetzt erst recht nicht. Das wäre ihr vorgekommen wie … wie auf den Gestank von etwas zu stoßen, das sechzehn Jahre lang unter einem Deckel vor sich hingefault war. O verdammt.

Lieber würde ich am Strand schlafen, dachte sie und betrat den Fahrstuhl. Wie gut, dass ich doch noch ein Zimmer bekommen habe.

Es lag im fünften Stock. Hatte Balkon und einen ziemlich großartigen Blick nach Westen und Südwesten. Über die Dünenlandschaft und die lange geschwungene Küste im Süden. Bis zum Leuchtturm an Gordons Punkt.

Es kostete zweihundertvierzig Gulden pro Nacht, aber sie wollte ja nur einen Tag bleiben, da kam es nicht so darauf an.

Sie rief Vrommel an und teilte ihm mit, wo sie zu erreichen war. Dann duschte sie. Bestellte bei der Rezeption eine Kanne Kaffee und setzte sich damit auf den Balkon.

Es war zwei Uhr. Die Sonne kam und ging. Oder genauer gesagt, die Wolken kamen und gingen, aber es war doch bald so warm, dass sie auch nackt hätte dort sitzen können. Außer von Hubschraubern und Möwen konnte sie nicht gesehen werden. Trotzdem behielt sie Unterhose und BH an.

Den breitkrempigen Strohhut und die Sonnenbrille. Als seien die imaginären Augen doch vorhanden.

Und jetzt?, überlegte sie. Was, zum Teufel, mache ich jetzt?

Und die Panik näherte sich wie ein Fieber in der Nacht.

Schuld?

Warum fühle ich mich schuldig, fragte sie sich.

Unruhe und Angst und Panik. Es muss etwas passiert sein. Aber warum fühle ich mich zu allem Überfluss auch noch schuldig?

Sie hatte nur getan, was getan werden musste. Damals wie jetzt.

Das getan, was sich nicht vermeiden ließ. Früher oder später musste es getan werden. Ein Kind muss die Wahrheit über seine Eltern erfahren. Eine Seite dieser Wahrheit zumindest. Hat dieses Recht, dieses unbestreitbare Recht, das lässt sich nicht wegdiskutieren.

Früher oder später, wie gesagt, und sie hatten schon längst den achtzehnten Geburtstag dafür ausersehen.

Sie dachte an Helmut und seine üble Laune am letzten Abend.

An Mikaela und deren spontane Reaktion, die doch so ausgefallen war, wie sie es erwartet hatte.

Oder etwa nicht? Hatte sie im Grunde geglaubt, die Tochter werde den Rat der Mutter befolgen und die ganze Sache auf sich beruhen lassen? Alles liegen lassen, ganz unberührt, wie etwas Stummes und Verwelktes und Vergessenes? Und nicht einmal den Deckel anheben?

War es so? Hatte sie geglaubt, sie werde ihn nicht aufsuchen?

Natürlich nicht. Mikaela war Mikaela, und sie war die Tochter ihrer Mutter. Sie hatte sich genauso verhalten, wie die Mutter es erwartet hatte. Wie die Mutter selber sich verhalten hätte.

Hatte sie ihr Vorwürfe gemacht?

Hatte Mikaela ihrer Mutter Vorwürfe gemacht, weil sie es nicht früher erfahren hatte? Oder weil sie es jetzt erfuhr?

In beiden Fällen nein.

Vielleicht ein wenig, weil sie noch nicht alles erfahren hatte, aber zum Verstehen reichte es trotzdem. Zweifellos. Und sie hatte noch etwas übrig lassen müssen, das Arnold erzählen konnte. Hatte ihm zumindest eine Chance geben müssen.

Und Helmuts schlechte Laune?

Nicht der Rede wert. Wie üblich.

Warum also dieses Ekel erregende Schuldgefühl?

Sie hatte eine Notration Zigaretten gekauft und wühlte jetzt in ihrer Handtasche danach. Kehrte auf den Balkon zurück, steckte sich eine an und ließ sich im Sessel zurücksinken.

Beim ersten Zug wurde ihr schwindlig.

Arnold?, dachte sie.

Sollte ich Arnold etwas schuldig sein?

Was für ein Unsinn. Sie machte noch einen Zug.

Und fing an, an ihn zu denken.

Nicht einmal ein Anruf.

Kein Brief, keine Zeile, kein Wort.

Nicht von ihm an sie, nicht von ihr an ihn.

Wenn er tot wäre, hätte sie das vielleicht nicht einmal erfahren. Oder gab es noch eine Mitteilungspflicht? Von Seiten des Sidonisstifts? Hatte sie so ein Papier unterschrieben? Ihren Namen und ihre Adresse hinterlegt? Sie wusste es nicht.

Und wenn er in ein anderes Heim gekommen wäre, hätte Mikaela ihn vielleicht nie erreichen können?

Aber er war noch dort. Sie hatte am Vortag dort angerufen und die Sache überprüft. Doch, Mikaela war gekommen und hatte ihn angetroffen. So sah die Lage aus.

Er hatte vermutlich all diese Jahre in seiner eigenen stummen Hölle verbracht. Sechzehn Jahre. Und gewartet. Vielleicht hatte er auf sie gewartet? Auf Mikaela? Oder auch auf seine verlorene Ehefrau?

Aber das wohl eher nicht. Vermutlich war sein Gedächtnis leer. Er war nicht gesund gewesen, als sie ihre Tochter genommen und ihn verlassen hatte. Von einer Haftstrafe war nie die Rede gewesen. Ihres Wissens nach zumindest nicht.

Verrückt. Der Geist vollkommen vernebelt. Hatte sich mitten in der Verhandlung die Hose nass gemacht, aus irgendeinem Grund erinnerte sie sich gerade an dieses Detail mit erbarmungsloser Schärfe ... wie er dort im Gerichtssaal auf seinem Stuhl gesessen und der Sache ihren Lauf gelassen hatte, ohne auch nur eine Miene zu verziehen ... nein, Arnold hatte vor sechzehn Jahren eine Grenze überschritten, und es gab keinen Weg zurück.

Keinen Weg und keine Brücken. Nur Vergessen und neue innere Landschaften. Je einsamer, desto besser.

Sie drückte ihre Zigarette aus. Zu viele Wörter, dachte sie. Es gibt zu viele Wörter, die durch meinen Kopf wirbeln, sie hindern mich am klaren Denken.

Arnold? Mikaela?

Aber unter den Wortwirbeln brodelte nur die Panik, das wusste sie, und plötzlich wünschte sie Helmut herbei.

Helmut, den Fels. Helmut, das Urgestein.

Er hatte sich angeboten, hatte fast darauf bestanden, aber sie hatte sich geweigert.

Es ging hier ja nicht um ihn. Helmut hatte an der ganzen Sache keinen Anteil. Es war eine Abrechnung zwischen Mikaela und deren Vater. Und vielleicht ihr selbst.

Abrechnung?, dachte sie. Was sage ich denn da bloß? Was meine ich?

Und was ist passiert?

Erst, als sie ihre zweite Zigarette zur Hälfte geraucht hatte und merkte, dass diese von Tränen aufgeweicht war, ging sie zum Anrufen ins Zimmer.

Er war nicht zu Hause, aber am Ende fiel ihr seine Handynummer ein, und dann erreichte sie ihn.

Sie erklärte, sie habe mit der Polizei gesprochen, und bis zum Abend werde sicher alles geklärt sein.

Und sie habe sicherheitshalber für die Nacht ein Zimmer genommen. Weil es doch zu anstrengend gewesen wäre, am selben Tag noch zurückfahren zu müssen.

Helmut hatte nicht viel dazu gesagt. Sie beendeten ihr Gespräch. Sie ging wieder auf den Balkon. Setzte sich und betete zum ersten Mal seit sechzehn Jahren.

Auch wenn sie nicht glaubte, dass Gott sie hörte.

15

14. Juli 1999

Am Ende entschied sie sich für Münster.

Der Grund war einfach, und sie war froh, ihn nicht nennen zu müssen. Nicht Mikael Bau und auch keinem anderen Menschen. Denn so war die Lage: Kriminalinspektorin Moreno war einmal in Hauptkommissar Münster verliebt gewesen, und fast wäre es zu einer Affaire gekommen.

Nein, nicht verliebt, korrigierte sie sich. Das war ein zu starkes Wort. Es war etwas in derselben Richtung, wenn auch … wenn auch von geringerem Wert, beschloss sie. Von sehr viel geringerem. Auf jeden Fall war der Gedanke, sie hätte vielleicht … unter anderen Umständen, wohl gemerkt … eine Beziehung zu einem Mann mit pädophilen Neigungen einleiten können, so absolut unvorstellbar, dass das schon allein der Gegenbeweis war. Der bloße Gedanke war absurd. Münster war in dieser Rolle unvorstellbar. Ganz einfach unvorstellbar.

Es war natürlich schwer, sich einen ihrer anderen Kollegen als Kinderficker vorzustellen, aber in die war sie nicht verliebt gewesen (nicht einmal auf dem allerniedrigsten Niveau). Und deshalb wäre das immerhin kein Widerspruch an sich.

Wie das, wenn sie sich richtig erinnerte, zu ihrer Gymnasialzeit im Philosophiebuch gestanden hatte.

Münster also. Eine absolut sichere Karte.

Zum Glück fragte er nicht, warum sie sich gerade für ihn entschieden hatte.

Er stellte jedoch sehr viele andere Fragen.

Ob sie den Verstand verloren habe, zum Beispiel.

Was, zum Henker, das denn heißen solle?

Wie sie einem Scheißkerl wie Franz Lampe-Leermann auch nur ein Wort glauben könne?

Moreno erklärte kurz, dass sie Lampe-Leermann nicht mehr Glauben schenke als einem Horoskop in einer Teeniezeitschrift, aber dass sie die Sache anstandshalber doch weitergeben wolle, da sie schließlich Urlaub hatte.

Das konnte Münster akzeptieren, aber er trug noch eine ganze Weile seine Ansichten vor, bis sie hörte, dass seine ursprüngliche, im Schockzustand getroffene Entscheidung immer mehr ins Wanken geriet.

Genau wie das bei ihr der Fall gewesen war. Genau wie Lampe-Leermann, dieser Drecksack, vermutlich auch erwartet hatte.

»Er hat einen Trumpf im Ärmel, oder was?«

»Ich weiß nicht«, sagte Moreno.

»Er muss doch einen Grund haben, wenn er so etwas behauptet?«

»Sollte man annehmen.«

»Was glaubst du denn?«

»Gar nichts«, antwortete Moreno. »Aber ich habe nicht sehr gut geschlafen.«

»Kann ich mir vorstellen«, sagte Münster. »Was, zum Teufel, machen wir jetzt?«

»Man geht jedenfalls nicht zu Hiller.«

»Vielen Dank für den guten Rat«, sagte Münster. »Hast du noch andere?«

»Es gibt wohl nur einen.«

»Und der wäre?«

»Du musst mit dem Schleimscheißer reden.«

»Was?«

»Verzeihung. Mit Franz Lampe-Leermann.«

»Hm«, sagte Münster. »Und wo hält der sich gerade auf?«

»In Emsbaden«, erklärte Moreno. »Da sitzt er und wartet auf dich. Ich schlage vor, du kümmerst dich selber darum und bewahrst Diskretion.«

Münster schwieg einige Sekunden.

»Ich lasse von mir hören«, versprach er dann. »Danke für deinen Anruf. Mach dir ein paar schöne, faule Tage, damit du im August dann wieder ein tüchtiger Bulle bist.«

»Ich werde mein Bestes tun«, sagte Inspektorin Moreno.

Nachmittags fuhren sie mit der Fähre zu den Inseln. Wanderten eine Stunde bei Ebbe über die Strände von Werkeney und fuhren dann mit einem kleineren Boot nach Doczum weiter, der Vogelinsel, die unter Naturschutz stand. Dort aßen sie zwischen dickbäuchigen Touristen und sorgfältig ondulierten Touristinnen mit hohem Durchschnittsalter und kräftiger Gesichtsfarbe in einem Wirtshaus am Markt.

So ein Inselausflug gehöre einfach mit zum Sommer, erklärte Mikael Bau, als Moreno anfing, sich skeptisch umzuschauen. Er machte das, so weit er zurückdenken konnte, mit Ausnahme des Jahres 1988, da war er als Austauschstudent in den USA gewesen.

»Du warst jeden Sommer deines Lebens in Lejnice … oder Port Hagen?«, fragte Moreno.

»Mit dieser einen Ausnahme, ja. Wie gesagt. Warum fragst du?«

Moreno gab keine Antwort.

Nein, dachte sie. Ich habe ja schon entschieden, dass es mich nichts angeht.

Mich nicht, und Mikael Bau schon gar nicht.

Weshalb die Frage erst auf der Abendfähre nach Lejnice wieder aufgeworfen wurde. Und auch jetzt war Moreno nicht schuld daran.

»Du hast den Schleimscheißer den ganzen Tag noch nicht erwähnt«, sagte Mikael Bau.

»Genau«, sagte Moreno. »Case closed.«

Mikael Bau hob eine Augenbraue.

»Ach? Und wie ist das passiert?«

»Hab ihn delegiert. Hab Urlaub.«

Seine Augenbraue hing noch immer oben. Plötzlich fand sie, dass er aussah wie ein Schauspieler. Ein zweitklassiger Schauspieler in einer Schmierenkomödie, die jemand abzustellen vergessen hatte. Ob jetzt endlich der Vorhang reißt?, fragte sie sich.

»Was ist los mit dir?«, fragte sie. »Du siehst bescheuert aus.«

»Um mich geht es hier nicht«, erklärte er und setzte nun eine Art pädagogischer Miene auf. »Sondern um dich. Wenn Lampe-Leermann ein abgeschlossenes Kapitel ist, dann möchte ich doch wissen, worüber du dir jetzt den Kopf zerbrichst!«

»Den Kopf? Ich? Was, zum Teufel, meinst du?«

Sie spürte, wie eine Mischung aus Resignation und Verärgerung in ihr aufstieg. Und vielleicht auch Wut. Über sein vernünftiges Gerede; für wen hielt er sie denn eigentlich?

Er schien ihre Reaktion zu bemerken und schwieg eine Weile. Schaute aufs Meer hinaus und trommelte mit Zeige- und Mittelfinger auf seinem Knie herum. Das war eine Unsitte von ihm, die ihr schon lange aufgefallen war, aber erst jetzt sah sie es als das, was es war. Eine Unsitte.

»Den Kopf«, wiederholte er. »Mach dich nicht lächerlich. Entweder kriegst du mich langsam satt, oder es hat einen anderen Grund. Und mir wäre Letzteres lieber. Ich bin doch kein Idiot.«

Plötzlich war sie bereit, ihm zuzustimmen. Mikael Bau war kein Idiot. Claus Badher, an den sie fünf Jahre vergeudet hatte, war ein Idiot gewesen, und deshalb verfügte sie über eine gewisse Erfahrung. Konnte Vergleiche ziehen und wusste, worum es ging.

Und man muss wissen, wann man das erste Kapitel einer Beziehung beendet und das nächste aufschlägt, das hatte sie irgendwo gelesen und sich gemerkt. Verdammt, dachte sie. Kann ich den Job denn nie vergessen? Muss der sich immer vor alles andere schieben?

Sofort gab eine andere innere Stimme ihr Antwort.

Es geht nicht um deinen Job, sagte diese Stimme. Es geht um Fürsorge und Mitmenschlichkeit. Um ein verschwundenes Mädchen und eine verzweifelte Mutter.

Mikael Bau trommelte noch immer. Die Abendsonne brach durch eine Wolke. Moreno kniff angesichts der fast horizontalen Strahlen die Augen zusammen und dachte eine Weile nach.

»Auf der Wache ist etwas Seltsames passiert«, sagte sie dann endlich.

Das Trommeln verstummte. Dann prustete er los.

»King von der Grenzpolizei«, sagte er.

»Was, zum Teufel, hat King von der Grenzpolizei damit zu tun?«

Er breitete die Arme aus. »Ruht nie. Schläft nie. Warum besitzen Frauen so selten richtige literarische Bildung?«

Sie brauchte fünf Minuten für ihre Geschichte.

Mehr nicht. Ein weinendes Mädchen im Zug. Ein unbekannter Vater in einer Anstalt. Eine besorgte Mutter auf einer Wache.

Etwas, das vor langer Zeit passiert war.

Als sie fertig war, hatte die Fähre angelegt, und sie entdeckte auf Mikaels Stirn eine senkrechte Falte, die sie dort noch nie gesehen hatte. Die Falte stand ihm nicht schlecht, aber sie wusste nicht, was sie bedeuten mochte.

Er sagte nichts, als sie an Land gingen. Und als sie endlich alle Schmerbäuche und Dauerwellen hinter sich gelassen hatten, mussten sie sich vor allem darauf konzentrieren, den Stellplatz ihres Wagens wiederzufinden. Morgens hatte die Sonne geschienen, jetzt hing ein feuchter Dunst über dem Parkplatz, der die Perspektiven zu verschieben schien und alle Voraussetzungen auf seltsame Weise änderte.

»Da hinten«, sagte Moreno und zeigte darauf. »Ich erkenne die Möwe oben auf dem Schuppen.«

Mikael Bau nickte und ließ den Wagenschlüssel um seinen Zeigefinger wirbeln. Dann kam ihm die Erinnerung. Langsam, wie einem dementen Patienten an einem verregneten Montag.

»Jetzt«, sagte er. »Ja, jetzt hab ich's wieder. Wenn ich mich nicht irre, dann muss es so sein. Wie auch sonst?«

Moreno wartete.

»Wie, zum Henker, hieß sie noch? Ganz ruhig, gleich hab ich's. Winnie irgendwas? Ja, Winnie Maas, so war das. Müsste jetzt ... ja, was hast du gesagt? Wie lange ist das her?«

»Sechzehn Jahre«, sagte Moreno. »Du meinst, du weißt etwas davon?«

»Hm«, sagte Mikael Bau. »Ich glaube schon. Ich war doch jeden Sommer hier, wie gesagt ... 1983 also? Ja, so wird es sein.«

»Sie war zwei Jahre, als sie ihren Vater verloren hat«, sagte Moreno. »Und am Freitag ist sie achtzehn geworden. Das behauptet sie zumindest.«

»Winnie Maas«, wiederholte Mikael Bau und nickte bestätigend. »Ja, das war wirklich eine unappetitliche Geschichte. Sie war ungefähr so alt wie ich. Ich kannte sie natürlich nicht, wir haben es nie richtig geschafft, mit den Eingeborenen bekannt zu werden ... so haben wir sie damals genannt. Wir haben nur selten mit ihnen geredet. Wir waren ein halbes Dutzend Vettern und Kusinen, das war wirklich mehr als genug Gesellschaft. Wer seine Ruhe haben wollte, musste aufs Klo gehen oder sich in den Dünen vergraben.«

»Wer war Winnie Maas?«, fragte Moreno ungeduldig. »Ich pfeife auf deine Verwandtschaft, wenn du verzeihst.«

Sie fanden Mikael Baus alten Trabi zwischen einem silbrig glänzenden Mercedes und einem rot glänzenden BMW. Wie eine müde Dohle zwischen zwei Adlern, dachte Moreno. Aber noch nicht ganz tot. Sie krochen in die Dohle. Mikael Bau ließ unter einer gewissen Rauchentwicklung den Motor an, und sie suchten sich einen Weg vom Parkplatz. Moreno hatte das Gefühl, dass er eine Kunstpause einlegte, ehe er antwortete.

»Winnie Maas wurde in dem Sommer damals ermordet«, erklärte er schließlich und schaltete die Scheinwerfer ein. »Sie wurde auf der Eisenbahnlinie unter der Brücke tot aufgefunden … Wir werden die Gleise in zwei Minuten überqueren, dann kann die Frau Inspektor sich selber ein Bild machen.«

Er lachte dabei, schien aber zu merken, dass es nicht echt klang.

»Verzeihung. Ja, sie lag also tot unten auf den Gleisen, und der Mörder saß neben ihr. Das zumindest ist die offizielle Darstellung.«

»Die offizielle Darstellung? Du meinst, es könnte auch noch andere geben?«

Er zuckte mit den Schultern.

»Wer weiß? Ich weiß noch, dass damals sehr viel geredet wurde, aber das war vielleicht kein Wunder. Ich glaube, das war der einzige Mord, den sie hier draußen seit dreißig oder vierzig Jahren gehabt hatten … gegen Ende der fünfziger Jahre hat, glaub ich, ein Schmied seine Frau mit einer Eisenstange erschlagen. Klar, dass da alle wild drauflosspekuliert haben, und es war ja auch noch so richtig skandalös. Der ganze Ort war in Aufruhr … tja, du kannst dir das doch sicher vorstellen?«

Moreno nickte.

»Und wer war der Mörder?«

»Ich weiß nicht mehr genau, wie er hieß. Aber es kann durchaus Maager gewesen sein. Er war Lehrer hier an der Schule, was die Sache natürlich nicht besser machte. Das Mädchen war seine Schülerin und … tja, offenbar hatte er ein Verhältnis mit ihr.«

»Wirklich?«, fragte Moreno, und wieder schoss ihr die Pädophilenfrage durch den Kopf. Sechzehn Jahre? Das war doch sicher noch unter dem sexuellen Mindestalter, dachte die Polizistin in ihr. Damals jedenfalls.

Und auf jeden Fall war es moralisch nicht in Ordnung, dachten die Frau und der Mensch Ewa Moreno. Zu keinem Zeitpunkt. Lehrer und Schülerin, das war einfach übel als Kombination, aber trotzdem nicht gerade neu.

»Ich glaube, sie war noch dazu schwanger, ja, das stank wirklich zum Himmel, wenn man es recht bedenkt ... also, es war gleich hier.«

Sie bogen um eine lange Kurve und erreichten das Viadukt, das sich über die Bahngleise hinzog. Gut und gern zwanzig Meter Fallhöhe, schätzte Moreno. Ungewöhnlich hoch, aber das hatte sicher irgendeinen Grund. Mikael Bau drosselte das Tempo und zeigte nach unten.

»Da unten war es, wenn ich mich nicht irre. Angeblich hat er sie von hier oben hinuntergestoßen ... das Geländer war damals noch nicht so hoch. Ich glaube, das neue ist nach diesem Mord aufgestellt worden.«

Er fuhr dicht an das Geländer heran und hielt.

»Aber sie kann natürlich auch gesprungen sein«, fügte er hinzu.

Ewa kurbelte das Fenster nach unten und schaute hinaus. Versuchte eine nüchterne und sachliche Analyse. So, wie es hier jetzt aussah, wäre es nicht leicht, einen Menschen nach unten zu stoßen. Zumindest nicht, wenn der Mensch noch einigermaßen lebendig und widerstandsfähig wäre. Der Zaun war fast zwei Meter hoch.

»Es gibt jedenfalls keine Gedenktafel«, sagte Mikael Bau. »Gott sei Dank.«

Er ließ die Kupplung los, und sie rollten weiter. Moreno schloss das Fenster und merkte, dass ihre Unterarme sich mit einer Gänsehaut überzogen hatten.

»Ich weiß nicht, wie es dann weitergegangen ist, wie das Urteil aussah und so. Der Prozess hat dann sicher im Herbst stattgefunden, als wir wieder in Groenhejm waren.«

»Aber er war der Mörder?«, fragte Moreno. »Dieser Lehrer ... er hat gestanden?«

Mikael Bau trommelte mit den Fingern auf dem Lenkrad herum, ehe er antwortete.

»Ja, bestimmt war er das. Aber er hat dann zu allem Überfluss auch noch den Verstand verloren. Saß neben dem Leichnam, als man sie fand, wie gesagt. Hat keinen Fluchtversuch unternommen, aber sie konnten auch nicht viel Gescheites aus ihm herausbringen ... aber was hat das alles mit dem verschwundenen Mädchen und ihrer Mutter zu tun, kannst du mir das erzählen? Da kann es doch unmöglich einen Zusammenhang geben!«

Moreno antwortete nicht sofort. Versuchte eilig, in Gedanken alles noch einmal durchzugehen, aber es fiel ihr schwer, zu einem anderen Schluss zu kommen als bisher.

»Ich weiß nicht«, sagte sie. »Irgendeiner existiert da wohl doch. Mikaela Lijphart wollte ihren Vater besuchen, den sie aus irgendeinem Grund zuletzt mit zwei Jahren getroffen hat. Damals war etwas vorgefallen, so hat sie sich ausgedrückt ... *etwas vorgefallen?* Ihr Vater lebt in einem Pflegeheim in der Nähe von Lejnice. Auf jeden Fall scheint es um diese Geschichte zu gehen. Weißt du, ob er Kinder hatte, dieser Lehrer? Eine kleine Tochter zum Beispiel ... zwei Jahre alt oder so?«

»Keine Ahnung«, sagte Mikael Bau. »Woher, zum Teufel, soll ich das wissen? Aber ich weiß noch, dass ich später etwas über den Prozess gelesen habe ... als der gerade lief. Der Mann konnte offenbar nicht verhört werden. Entweder brach er zusammen und weinte nur noch, oder er schwieg wie ein Grab ... ich erinnere mich vermutlich daran, weil in der Zeitung genau diese Formulierung stand, schwieg wie ein Grab.«

»Also muss er in der Psychiatrie gelandet sein, egal, wie das Urteil ausgefallen ist, meinst du?«

»Vermutlich. Und es geht um jemanden im Sidonis, ja?«

Moreno nickte.

»Kennst du das?«

»Nur vom Namen her«, sagte Mikael Bau. »Sicher kennen alle Kinder den Namen der nächstgelegenen Klapse, oder nicht?«

»Bestimmt«, sagte Moreno. »Na, dann ist das klar. Schöne Geschichte.«

Sie fuhren eine halbe Minute schweigend weiter.

»Ergo«, sagte Mikael Bau danach. »Und korrigier mich, wenn ich mich irre … die Kleine besucht ihren Papa, einen Mörder, den sie mit zwei Jahren zuletzt gesehen hat. Sie geht zu ihm, unterhält sich zwei Stunden mit ihm und verschwindet dann. Darüber hast du doch den ganzen Tag nachgedacht?«

»Nicht ganz«, sagte Moreno. »Das hast du mir eben erst erzählt, dass der Papa sich Mörder nennen darf … wenn man so will. Wie ist es um dein Kurzzeitgedächtnis bestellt?«

Mikael Bau gab keine Antwort. Er änderte seinen Trommelrhythmus und schwieg dann wieder.

»Was machen wir?«, fragte er dann, als ein Schild mit der Aufschrift *Port Hagen 6* an Morenos Fenster vorüberzog. Moreno dachte einen Moment nach.

»Umdrehen«, sagte sie dann.

»Was?«

»Fahr zurück. Wir müssen mit Vrommel sprechen.«

»Jetzt?«, fragte Mikael Bau. »Es ist fast halb zehn. Hat das nicht Zeit bis morgen? Ich fürchte, auch er hat keine Ahnung von King bei der Grenzpolizei.«

Moreno biss sich in die Unterlippe und dachte nach.

»Na gut«, seufzte sie. »Morgen.«

16

15. Juli 1999

Vrommel wippte auf den Zehen auf und ab.

»Sehnen und Waden«, erklärte er. »Auch die müssen in Form bleiben. Ich dachte, die Frau Inspektor wollten an einem Tag wie heute am Strand auf einem Handtuch liegen.«

»Heute Nachmittag«, sagte Moreno. »Ich wollte nur fragen, ob die kleine Lijphart wieder aufgetaucht ist.«

Der Polizeichef hob und senkte sich dreimal langsam, dann sagte er:

»Leider.«

»Leider nein?«

»Leider nein.«

»Können wir uns einen Moment setzen?«, schlug Moreno vor. »Ich bin der Kleinen doch im Zug begegnet, vielleicht kann ich …«

»Pure Routine«, fiel Vrommel ihr ins Wort. »Nichts, worüber Sie sich Gedanken machen müssen. Wenn wir heute nichts von ihr hören, schreiben wir sie morgen zur Fahndung aus.«

Verbissen hob und senkte er sich weiter. Jedes Mal stieß er dabei ein gutturales Stöhnen aus, und seine Gesichtsfarbe bewies, dass er nicht pfuschte, sondern sich gewaltig ins Zeug legte.

Der ist doch nicht zurechnungsfähig, dachte Moreno und lehnte sich an die Schreibtischkante. Noch einer, so ist das eben.

»Was glauben Sie, was passiert ist?«, fragte sie.

Vrommel ließ sich auf die Hacken fallen und verharrte dort. Holte zweimal tief Luft und drehte dann den Kopf hin und her. Von rechts nach links. Von links nach rechts. Langsam und methodisch. »Nichts«, sagte er.

»Nichts?«, fragte Moreno. »Die Kleine ist doch verschwunden.«

»Mädchen verschwinden«, sagte Vrommel. »Haben sie immer schon getan. Werden sie immer tun. Kommen mit etwas röteren Wangen zurück.«

Was, zum Teufel, dachte Moreno, vermochte aber den Mund zu etwas verziehen, das hoffentlich als Lächeln gedeutet werden konnte. Wenn auch als starres. Wenn auch als rasch vorübergehendes.

»Sie glauben nicht, dass es einen Zusammenhang mit dieser alten Geschichte gibt?«

»Die kennen Sie also?«

»Ein wenig. Die war ja offenbar ziemlich spektakulär ... ?«

Vrommel gab keine Antwort.

»Es wäre doch möglich, dass es einen Zusammenhang gibt, meine ich ... auf irgendeine Weise.«

»Das glaube ich nicht.«

»Nicht? Aber wäre es denn nicht doch richtig, sich beim Personal des Sidonisheims zu erkundigen? Danach, wie die Begegnung zwischen Vater und Tochter verlaufen ist ... was sie danach gemacht hat und solche Dinge?«

»Schon erledigt.«

»Ach?«

Schweigen. Rechts, links. Ausatmen, einatmen.

»Vegesack hat sich gestern Abend dort umgehört. Wieso stochert die Frau Inspektor eigentlich in allem herum? Meint sie vielleicht, ich wüsste nicht, was ich zu tun habe?«

»Verzeihung«, sagte Moreno. »Natürlich. Ich interessiere mich einfach für die Kleine. Hab sie kurz im Zug getroffen, als ich hergefahren bin ... also, Sie haben damals vor sechzehn Jahren die Ermittlungen geleitet?«

»Wer denn sonst?«, fragte Vrommel. »Wie halten Sie es eigentlich selber mit dem Fitnesstraining?«

Genialer Themenwechsel, dachte Moreno.

»Danke, ich kann nicht klagen«, sagte sie, »ich jogge und gehe ins Fitness-Studio.«

»Fitness-Studio«, schnaubte Vrommel. »Blöde Erfindung!«

Moreno beschloss, nicht darauf einzugehen.

»Was konnte Vegesack denn erzählen?«, fragte sie stattdessen.

»Null und nichts«, sagte Vrommel und drehte den Kopf so weit nach rechts, dass Moreno seine Halswirbel knacken hörte.

»Null und nichts?«

»Ich hab seinen Bericht noch nicht gesehen«, erklärte Vrommel. »Er hat donnerstagvormittags frei. Kümmert sich um seine alte Mutter oder so. Auch eine blöde Erfindung.«

Moreno wusste nicht so recht, ob der Polizeichef sich damit von der Mutterschaft an sich distanzieren wollte oder von der Tatsache, dass es Menschen gab, die sich noch immer um ihre Eltern kümmerten. Sie ihrerseits fand es immer schwerer, sich in diesem Zimmer aufzuhalten, ohne Vrommel eins vors Schienbein zu geben oder ihn aufzufordern, sich zum Teufel zu scheren … und deshalb räusperte sie sich und richtete sich auf. Bedankte sich für sein Entgegenkommen. Für sein übergroßes Entgegenkommen.

»Keine Ursache«, sagte Vrommel. »Ehrenkodex. Und jetzt legen Sie sich in die Sonne. Wir treffen alle Maßnahmen gemäß unseren Vorschriften.«

Leck mich, dachte Moreno, als sie in den Sonnenschein hinaustrat. Ehrenkodex! Maßnahmen gemäß den Vorschriften. Meine Güte. Sie zweifelte keine Sekunde daran, dass Polizeichef Vrommel sämtliche Vorschriften für einen solchen Fall aus dem Ärmel schütteln konnte.

Für Mädchen, die verschwanden und mit röteren Wangen zurückkehrten.

Sie überquerte den Platz und setzte sich an einen der Außentische des Café Tarms. Bestellte Cappuccino und frischgepressten Apfelsinensaft und zerbrach sich weiter den Kopf darüber, was sie jetzt unternehmen sollte – Vegesack würde erst ab eins auf der Wache sein, das hatte sie von Frau Glossmann an der Rezeption in Erfahrung gebracht –, als sie plötzlich einige Tische weiter Sigrid Lijphart entdeckte.

Sie zögerte kurz. Dann nahm sie ihre Tasse und ihr Glas und fragte, ob sie sich dazusetzen dürfe.

Das durfte sie. Sigrid Lijphart schien in der Nacht nicht sonderlich gut geschlafen zu haben, aber warum hätte sie das auch tun sollen? Sie sah fast ein wenig verweint aus, fand Moreno und unterdrückte den Impuls, ihr die Hand auf den Arm zu legen.

Sie wusste nicht so recht, warum sie diesen Impuls unterdrückte, aber die Erklärung lag auf jeden Fall eher bei ihr als Polizistin denn bei ihr als Frau, das war klar. Es war nicht so leicht, beides in sich zu haben, beide Naturen. Sie hatte sich das schon früher überlegt. Mehrere Male.

»Wie geht es Ihnen?«, fragte sie vorsichtig.

Sigrid Lijphart zog ein Taschentuch heraus und putzte sich die Nase.

»Nicht gut«, sagte sie.

»Das kann ich verstehen«, sagte Moreno.

»Wirklich?«, fragte Sigrid Lijphart. »Haben Sie Kinder?«

Moreno schüttelte den Kopf.

»Noch nicht.«

Noch nicht? Sie zuckte zusammen und fragte sich, warum ihr gerade diese Formulierung herausgerutscht war. Stellte fest, dass es sich immerhin um keine Polizistinnenformulierung handelte, sondern eher um eine Art Freudsche Fehlleistung, was das Gleichgewicht zwischen ihren beiden Naturen wieder herstellte.

»Ich mache mir solche Sorgen«, sagte Sigrid Lijphart und ließ die Kaffeetasse gegen die Untertasse klirren. »So schreckliche, schreckliche Sorgen. Es muss … ja, es muss ihr etwas passiert sein. Mikaela würde nie … nein, und es sind jetzt so viele Tage vergangen …«

Ihre Stimme brach. Sie zuckte heftig zusammen – wie nach einem Weinanfall, dachte Moreno – setzte sich dann gerade und versuchte, sich zu sammeln.

»Verzeihen Sie. Aber das ist alles so hart.«

»Das verstehe ich«, sagte Moreno noch einmal. »Wenn ich irgendetwas für Sie tun kann, dann bin ich gern dazu bereit.«

Sigrid Lijphart schaute sie überrascht an.

»Sind Sie … sind Sie bei der Polizei hier in Lejnice?«

Moreno lachte kurz.

»Nein, in Maardam. Ich mache hier Urlaub. Hatte nur beim Polizeichef etwas zu erledigen.«

»Aha.«

Sie schwiegen für einen Moment, und Moreno fragte sich, was dieses Aha wohl zu bedeuten hatte. Wenn sie es richtig deutete, dann enthielt es eine gewisse Zufriedenheit angesichts der Tatsache, dass sie nicht zu Vrommels Truppe gehörte.

Und das wäre eine durchaus verständliche Reaktion.

»Haben Sie schon selber etwas unternommen?«

Sigrid Lijphart schüttelte den Kopf.

»Nein. Ich bin um eins mit Vrommel und diesem Polizeianwärter Vegesack verabredet … nein, ich habe nicht das Gefühl, dass ich hier durch die Stadt gehen und mit den Leuten reden sollte. Nicht nach dem, was passiert ist, ich habe sozusagen allem den Rücken gekehrt … habe es hinter mich gebracht. Ich könnte ihnen einfach nicht noch einmal ins Gesicht blicken.«

»Sie wissen zum Beispiel nicht, wo Mikaela übernachten wollte?«

Sigrid Lijphart machte ein unsicheres Gesicht. »Ich habe keine Ahnung«, sagte sie. »Sie ist doch ganz spontan aufgebrochen. Natürlich … natürlich sollte das von ihrer Seite auch eine Strafe sein, so sehe ich das jedenfalls. Weil ich ihr nicht schon früher alles erzählt hatte … und vielleicht wollte sie auch Helmut treffen. Das ist mein Mann, Mikaelas Stiefvater ... Sie hat nur gesagt, dass sie zu ihrem Vater will, und dann war sie auch schon weg. Aber ich weiß, dass sie niemals aus freien Stücken so lange fortbleiben würde. Nicht alle kennen ihre Kinder so gut, aber bei mir ist das der Fall.«

»Und das hier kann nicht auch eine Art Denkzettel sein? Dass sie Ihnen ein bisschen Angst einjagen will?«

»Nein.« Sigrid Lijphart schüttelte energisch den Kopf. »Auf keinen Fall. Ich hatte natürlich damit gerechnet, dass sie einen Tag und vielleicht auch noch eine Nacht ausbleiben würde, aber nicht mit dem hier. Es ist ... ja, es ist doch jetzt fast eine Woche. Herrgott, warum unternimmt er denn nichts, dieser verdammte Polizeichef?«

Moreno konnte diese Frage nicht beantworten, deshalb schwieg sie eine Weile und versuchte, freundlich und neutral auszusehen.

»Und Sie wollen nicht zu Ihrem früheren Mann fahren und mit ihm sprechen?«, fragte sie dann.

Sigrid Lijphart fuhr zurück, als habe sie sich verbrannt.

»Zu Arnold fahren? Und mit Arnold sprechen? Nein, ich weiß wirklich nicht, wozu das gut sein sollte.«

»Sie könnten zum Beispiel in Erfahrung bringen, worüber die beiden gesprochen haben«, sagte Moreno. »Mikaela und er.«

Sigrid Lijphart schwieg zunächst. Zog dann die Mundwinkel nach unten und sah aus wie eine, die sich zwischen Pest und Cholera entscheiden muss.

»Nein«, sagte sie dann. »Was immer passiert sein mag, ich glaube nicht, dass es etwas mit diesem Besuch zu tun hat. Außerdem hat dieser Polizeianwärter doch schon mit ihm gesprochen, also hat er sicher nichts sagen können.«

»Was ist eigentlich passiert?«

»Wie meinen Sie das?«

»Damals vor sechzehn Jahren. Was ist passiert?«

Sigrid Lijphart sah aufrichtig überrascht aus. »Das wissen Sie doch.«

»Ich weiß nur das, was auf der Wache angedeutet wurde«, log Moreno.

»Sie sind nicht von hier?«

»Maardam, wie gesagt.«

Sigrid Lijphart fischte eine Zigarette aus ihrer Handtasche. Steckte sie in den Mund und gab sich so ungeschickt Feuer, dass Moreno wusste, dass sie es wohl kaum mit einer Gewohnheitsraucherin zu tun hatte.

»Er hatte etwas mit einer Sechzehnjährigen«, sagte sie nach dem ersten Zug. »Mit einer Schülerin.«

Moreno wartete.

»Er hat sie geschwängert und sie dann umgebracht. Mein Mann. Ich spreche von dem Menschen, mit dem ich verheiratet war und der Mikaelas Vater ist. Das müssen Sie sich mal vor Augen führen.«

»Entsetzlich«, sagte Moreno. »Das muss für Sie doch ein grauenhaftes Trauma sein.«

Sigrid Lijphart sah sie einige Sekunden lang abschätzend an.

»Ich hatte nur eine Möglichkeit«, sagte sie dann. »Die Tür zumachen und einen neuen Anfang versuchen. Das habe ich dann auch getan, mir war klar, dass ich versuchen musste, mir ein neues Leben aufzubauen … für mich und für meine Tochter. Wenn wir nicht untergehen wollten. Es gibt Dinge, die man nicht verarbeiten kann. Die man einfach auf sich beruhen lassen muss. Ich hoffe, Sie verstehen, wovon ich da rede?«

Moreno nickte vage. Überlegte, ob das der Fall war. Ob sie verstand. Ob sie dieser schwer geprüften Frau darin zustimmte, dass bestimmte Dinge nicht verarbeitet werden konnten – und sollten. Nicht verstanden oder vergeben. Sondern nur vergessen.

Vielleicht, dachte sie. Vielleicht auch nicht. Man musste sich sicher die Umstände klar vor Augen halten, ehe man eine solche Entscheidung traf. Alle Umstände.

»Weshalb haben Sie Ihrer Tochter alles erzählt?«, fragte sie dann.

»Weil ich musste«, erwiderte Sigrid Lijphart sofort. »Ich habe die ganze Zeit gewusst, dass es eines Tages so weit sein würde. Immer habe ich das gewusst. Es ließ sich doch nicht vermeiden, und deshalb habe ich mich für dieses Datum entschieden. Ihren achtzehnten Geburtstag. Es wird leichter, wenn man für solche unangenehmen Dinge einen Zeitpunkt festlegt ... Ich weiß nicht, ob Sie sich das auch schon einmal überlegt haben.«

Moreno war nicht sicher, ob sie diese Logik begriff, aber Sigrid Lijphart schien von der Weisheit ihrer Behauptungen überzeugt zu sein.

»Und dieses Mädchen«, fragte Moreno. »Die von damals ...«

»Eine kleine Nutte«, fiel Sigrid Lijphart ihr voller Überzeugung ins Wort. »Manche scheinen einfach dazu geboren zu sein, ich habe keine Vorurteile, ich bin nur realistisch. Arnold war nicht ihr erster Liebhaber, das steht jedenfalls fest. Nein, ich will darüber nicht sprechen, Sie müssen schon verzeihen.«

»Wie hieß sie?«, fragte Moreno.

»Winnie«, sagte Sigrid Lijphart und verzog angeekelt den Mund. »Winnie Maas. Er ist danach verrückt geworden, mein Mann, das wissen Sie doch sicher? Wurde gleich danach verrückt.«

»Das habe ich verstanden, als ich mit Vrommel gesprochen habe«, sagte Moreno und warf einen Blick auf die Uhr. »Um Himmels willen, ich bin schon viel zu spät dran. Verzeihen Sie, wenn ich mich aufgedrängt habe, aber wenn ich Ihnen irgendwie behilflich sein kann, dann können Sie mich jederzeit erreichen ... Ich habe ein Handy. Ich kann Sie wirklich gut verstehen, und ich hoffe, dass Mikaela sich bald wieder einfindet.«

Sie reichte der anderen ihre Karte, und Sigrid Lijphart musterte sie eine Weile, ehe sie sie in die Handtasche steckte.

»Danke«, sagte sie. »Ich fahre morgen auf jeden Fall nach Hause. Mehr als zwei Nächte in dieser Stadt halte ich nicht durch ... Ich weiß Ihr Mitgefühl zu schätzen, es hat gut getan, mit Ihnen zu sprechen.«

»Keine Ursache«, beteuerte Moreno und stand auf. »Jetzt muss ich aber los. Mein Verlobter wartet schon.«

Der Verlobte (Liebhaber? Freund? Er?) saß nicht wie verabredet im Donnerspark und wartete auf sie, sondern lag auf dem Rücken unter einer Rosskastanie, hatte den Kopf gegen eine Wurzel gelehnt und versuchte, Eis zu essen, ohne sein Gesicht zu verschmieren.

»Du kommst spät«, sagte er, als Moreno sich neben ihn fallen ließ. »Aber das macht nichts. Das ist das erste Privileg der Frau, und ich liebe dich trotzdem nicht weniger.«

»Gut«, sagte Moreno. »Auch du bist in meinen Augen vermutlich nicht ganz ohne Anziehungskraft. Schade, dass du an eine so hart gesottene Person geraten bist wie mich. Aber nicht aufgeben. Wie ist es gelaufen?«

Mikael Bau setzte sich auf und lehnte sich gegen den Baumstamm. Überließ ihr ritterlich das letzte Zwölftel des Eises und wischte sich die Hände im Gras ab.

»Nicht schlecht«, sagte er. »Nicht, wenn man bedenkt, dass ich in dieser Kunst nicht bewandert bin. Ich habe schon die Adresse von Frau Maas ausfindig gemacht … sie wohnt noch immer hier in der Stadt. In einer Wohnung im Goopsweg. Mitten im Zentrum, so ungefähr. Und die Übernachtungsfrage ist auch geklärt.«

»Die Übernachtungsfrage?«, fragte Moreno. »Du meinst, dass Mikaela Lijphart doch in der Stadt übernachtet hat?«

»Ja, in der Jugendherberge, wie wir angenommen hatten. Draußen bei Missenraade. Aber leider nur von Samstag auf Sonntag. Hat gegen zehn Uhr am Sonntagvormittag ihren Rucksack gepackt und ist in die Stadt gefahren … und da endet bisher ihre Spur. Ich habe mit einer Frau gesprochen, die in der Jugendherberge an der Rezeption sitzt. Sie kann sich sehr gut an Mikaela erinnern, sagt sie, aber sie hat keine Ahnung, wo sie hinwollte. Sie sind den Sommer über immer voll belegt … aber sie glaubte sich doch daran zu erinnern, dass Mikaela schon am

Samstagabend einen Ausflug nach Lejnice unternommen hat. Und dann ist sie zurückgekommen ... tja, ich weiß ja nicht, wohin uns das alles führt. Nirgendwohin, nehme ich an?«

»Das weiß man nie«, sagte Moreno und seufzte. »Das ist ja gerade das Problem. Und der Charme des Ganzen vielleicht ... ein ziemlich düsterer Charme natürlich, aber so ist es nun mal. Eine Menge vager Fäden, die in die Finsternis führen ... das ist wohl noch so ein Zitat des *Kommissars,* fürchte ich ... und dann hängt plötzlich irgendetwas mit irgendetwas anderem zusammen, und danach kann es wirklich ganz schnell gehen ... hm, was rede ich hier eigentlich für einen Unsinn? Muss an der Hitze liegen!«

Mikael Bau musterte sie interessiert. »Dir gefällt es«, sagte er. »Das hat nichts mit der Hitze zu tun ... du brauchst dich nicht dafür zu schämen, dass du deine Arbeit liebst.«

»Was heißt schon lieben«, sagte Moreno. »Man muss einfach versuchen, alles aus einem erträglichen Blickwinkel zu sehen. Oder nicht? Im Sozialwesen herrscht doch sicher auch nicht die pure Idylle?«

Mikael Bau kratzte sich zwischen den Bartstoppeln, die inzwischen drei oder vier Tage alt geworden waren.

»Man muss optimistisch sein, obwohl man im Grunde pessimistisch ist?«, fragte er. »Ja, das ist kein dummes Prinzip. Weißt du übrigens, in welcher Branche es die größten Humoristen gibt? Bei den Totengräbern. Bei den Totengräbern und den Obduzenten. Das muss ja auch einen Grund haben. Na, egal, willst du den ganzen Urlaub hindurch die Privatdetektivin spielen, oder legen wir uns eine Weile an den Strand?«

»Strand«, sagte Ewa Moreno. »Mindestens zwei Stunden. Ich würde nur gern noch ein paar Worte mit Vegesack wechseln, ehe ich aufgebe, aber das hat keine Eile. Auch wenn er im Grunde Recht hat, Vrommel, meine ich. Vielleicht ist sie nur durchgebrannt. Wir werden's ja sehen, wenn sie morgen die Vermisstenmeldung herausgeben. Es ist nicht so leicht, zu verschwinden, wie viele glauben.«

Als sie zum Meer fuhren, kam ihr eine andere Frage in den Sinn.

Zum Thema Kinderkriegen. Und ganz bestimmt zum Thema Optimismus kontra Pessimismus.

Wäre es nicht besser, keine zu haben – sich also keine Kinder zuzulegen –, als ertragen zu müssen, dass sie eines schönen Tages verschwanden?

Oder unter einem Viadukt auf einem Bahngleis endeten?

Noch eine Frage ohne Antwort, und sie wollte nicht wissen, was Mikael Bau dazu dachte.

17

»Kaffee?«, fragte Vrommel.

»Nein, danke«, sagte Sigrid Lijphart. »Hab eben erst welchen getrunken.«

Polizeianwärter Vegesack wollte schon sagen, dass ihm ein Kaffee gut tun würde, beherrschte sich dann aber.

»Na?«, fragte Vrommel und setzte sich hinter seinen Schreibtisch. »Arnold Maager? Wie ist es gelaufen?«

Vegesack räusperte sich und blätterte rasch in seinem Notizblock.

»Hat nicht viel ergeben«, gab er dann zu. »Ziemlich … verschlossener Typ, dieser Herr Maager.«

»Verschlossen?«

»In sich gekehrt, könnte man sagen«, erklärte Vegesack. »Ja, natürlich ist er ja auch krank, es war also nicht leicht, etwas aus ihm herauszuholen.«

»Haben Sie ihm gesagt, dass Mikaela verschwunden ist?«, fragte Sigrid Lijphart.

»Aber sicher.« Er nickte. »Fast sofort … vielleicht hätte ich eine Weile damit warten sollen. Er ist gewissermaßen verstummt, als ich das gesagt habe.«

»Verstummt?«, fragte Vrommel.

»Er wurde jedenfalls sehr schweigsam«, korrigierte Vegesack sich. »Ich habe versucht herauszufinden, worüber sie gesprochen haben, als sie bei ihm war, aber er schüttelte nur stumm den Kopf. Und am Ende ist er dann in Tränen ausgebrochen.«

»In Tränen?«, fragte Vrommel.

Muss der Idiot jedes Wort wiederholen, das ich sage, dachte Vegesack, beherrschte sich aber ein weiteres Mal. Er warf einen Blick auf die Frau, die neben ihm saß. Frau Lijphart hielt sich gerade wie ein Feuerhaken, hatte die Hände auf dem Schoß liegen und kam ihm auf irgendeine Weise abwesend vor. Fast als stehe sie unter Drogen.

Seltsame Leute, mit denen man sich so umgibt, dachte Vegesack. Arnold Maager. Polizeichef Vrommel. Sigrid Lijphart. Allesamt fast Karikaturen. Comicgestalten.

Oder waren die Menschen einfach alle so, wenn man sie sich ein wenig genauer ansah? Könnte sich im Hinblick auf das Buch lohnen, ein wenig darüber nachzudenken. Psychologischer Realismus, so hieß das doch. Er blätterte in seinem Block.

»Ich habe mich auch mit einem Pfleger und einem Arzt unterhalten. Sie haben gesagt, das sei Maagers typisches Verhalten. Konfliktscheu, so nennen sie ihn. Das bedeutet, dass man allen Unannehmlichkeiten ausweicht und sich in sich zurückzieht, statt sich einer Konfrontation zu …«

»Danke«, sagte Vrommel. »Wir wissen, was das bedeutet. Du hast aber niemanden getroffen, der sonst noch mit der Kleinen gesprochen hat?«

»Einen«, sagte Vegesack. »Einen Pfleger namens Proszka. Er hat sie aber nur zum Zimmer geführt. Hat leider auch nicht gesehen, wann sie das Sidonis verlassen hat. Ja, ich fürchte, dass uns das nicht wirklich weiterhilft … was Mikaelas Verschwinden angeht, meine ich.«

Sigrid Lijphart seufzte tief und sank ein wenig in sich zusammen.

»Es ist etwas passiert«, sagte sie. »Ich weiß, dass ihr etwas passiert ist. Ihr müsst … ihr *müsst* etwas unternehmen!«

Vrommel ließ sich in seinem Schreibtischsessel zurücksinken und versuchte, die Stirn zu runzeln.

»Na gut«, sagte er. »Die Vermisstenmeldung geht noch heute raus. Auch wenn ich wirklich glaube, dass da nichts Ernsthaftes dahinter steckt, aber egal. Radio, Fernsehen, Zeitungen … die übliche Tour. Vegesack, du kümmerst dich darum!«

»Sollten wir uns nicht bei ihren Bekannten erkundigen?«, fragte Vegesack.

»Bekannten?«, fragte Vrommel.

»Ja, bei ihren Freundinnen … oder Freunden. Wäre doch möglich, dass sie einfach nur eine Weile untertauchen will und sich irgendwem anvertraut hat, jemand anderem als ihrer Mutter, meine ich.«

»Glaub ich nicht«, sagte Sigrid Lijphart.

Vegesack klappte seinen Notizblock zu.

»Vielleicht nicht, aber wir könnten das doch trotzdem überprüfen.«

»Natürlich«, entschied Vrommel. »Frau Lijphart, Sie setzen sich mit Polizeianwärter Vegesack zusammen und stellen eine Liste möglicher Namen auf. Von jetzt an wird keine Möglichkeit außer Acht gelassen. Wir setzen alles ein.«

Großer Gott, dachte Vegesack.

»Ja?«, fragte er.

»Danach rufst du die an, die am wahrscheinlichsten wirken. Hat Frau Lijphart irgendwelche Einwände?«

Er fuhr sich über seinen minimalen Schnurrbart und zwinkerte Sigrid Lijphart zu. Die wich seinem Blick aus. Sie musterte ihre Hände, die sie noch immer auf ihren Knien verschränkt hatte. Erst nach einigen Sekunden kam ihre Antwort.

»Natürlich nicht«, sagte sie. »Kein bisschen. Warum sollte ich Einwände haben?«

Während Ewa Moreno das kurze Stück vom Grote Markt, wo Mikael Bau sie abgesetzt hatte, zum Goopsweg zu Fuß zurücklegte, fragte sie sich, warum sie diesen Fall um Himmels willen nicht einfach abschrieb.

Warum sie sich Mikaela Lijpharts Verschwinden nicht aus dem Kopf schlagen wollte.

Oder ihr mutmaßliches Verschwinden. Denn die Wahrscheinlichkeit, dass die Kleine einige Tage verschwinden wollte (vielleicht einfach, weil sie jetzt mündig war), um damit die Schuldgefühle ihrer Eltern (auch die von Arnold Maager?) zu erwecken ... ja, diese Wahrscheinlichkeit war doch immerhin recht groß.

Oder nicht?

Konnte mit Mikaela Lijphart etwas vorgefallen sein – um den Euphemismus ihrer Mutter zu verwenden. *Etwas vorgefallen?*

Aber wenn ja, was?

Und diese alte Geschichte? Ihr Vater, der Lehrer Arnold Maager, hatte ein Verhältnis mit einer Schülerin. Schwängerte sie. Brachte sie um. Verlor darüber den Verstand.

War es so gewesen? So einfach?

Es war natürlich eine schreckliche Geschichte, aber Moreno kam sie doch auf irgendeine Weise zu klinisch vor. Klinisch und fertig verpackt. Ins Krankenhaus mit dem Kerl, weg mit dem Mädel. Für sechzehn Jahre den Deckel drauf, und dann ... tja, was dann?

Trotzdem war es keine Neugier, was sie antrieb, das wusste sie. Diese Geschichte hatte ihren Reiz, das würde Ewa Moreno als Erste zugeben, aber sie hatte auch noch andere Beweggründe.

Andere Gründe, die dafür sorgten, dass sie den Faden nicht loslassen wollte. Dass sie nicht einfach den lieben Gott einen guten Mann sein lassen konnte.

Ethische? Ja, die auch. Nur während der Ferien haben wir Zeit, moralisch zu sein, hatte irgendwann einmal jemand gesagt, sie wusste nicht mehr, wer. Vermutlich Reinhart oder Van Veeteren ... nein, der *Kommissar* konnte es wohl kaum gewesen sein –, denn wenn jemand auf den moralischen Aspekt pochte, dann ja wohl er. Selbst unter den schwierigsten Bedingungen. Hatte er deshalb vorzeitig seinen Hut genommen? Hatte er deshalb die Nase voll gehabt, fragte sie sich plötzlich.

Auf jeden Fall hatte diese Überlegung einiges für sich. Die über Freizeit und Ethik. Denn wenn wir in unserem täglichen

Laufrad sitzen, dachte Moreno, dann eilen wir unangefochten an blinden Bettlern (oder verängstigten Kindern oder blaugeschlagenen Frauen) en masse vorüber. Aber wenn wir sie entdecken, während wir langsam über einen Meeresstrand spazieren ... tja, dann sieht die Sache schon ganz anders aus.

Moral braucht Zeit.

Und jetzt hatte sie Zeit. Zeit, sich an das weinende Mädchen aus dem Zug zu erinnern. Zeit, um sich über sie und ihre Geschichte und ihre besorgte Mutter Gedanken zu machen.

Und über den Lehrer Maager.

Zeit, um an einem sonnigen Vormittag wie diesem einen Umweg zu machen und der Sache eine Stunde zu widmen – während Mikael Bau mit den Handwerkern über irgendeine Reparatur verhandelte, die in Tschandala nötig war ... es ging dabei wohl um die Regenrinne.

Sie bog in den Goopsweg ab und machte sich auf die Suche nach der Hausnummer sechsundzwanzig ... da war sie. Ein dreistöckiges Mietshaus. Trister Siebziger-Jahre-Stil aus grauem Klinker und feuchtfleckigem Beton, aber auch solche Häuser musste es in dieser leicht heruntergekommenen Idylle wohl geben dürfen.

Journalistin, prägte sie sich ein. Darf nicht vergessen, mich wie eine Journalistin zu verhalten. Freundlich und zuvorkommend zu sein und mir eifrig Notizen zu machen. Ein besserer Vorwand, um mit einer Frau über deren ermordete Tochter zu sprechen, war ihr nicht eingefallen.

Und irgendeine Vollmacht von Polizeichef Vrommel wollte sie sich nicht erteilen lassen. Bis auf weiteres jedenfalls nicht.

Sie überquerte die Straße. Betrat den Hinterhof und fand sofort den richtigen Aufgang. Ging die Treppe hoch in den dritten Stock. Blieb eine halbe Minute vor der Tür stehen, um sich zu sammeln, dann drückte sie auf den Klingelknopf.

Keine Reaktion.

Sie wartete einen Moment und klingelte dann noch einmal. Legte vorsichtig ein Ohr gegen die Tür und horchte.

Nichts zu hören. Stumm wie ein Grab.

Na dann, dachte Kriminalkommissarin Ewa Moreno. Einen ehrlichen Versuch habe ich immerhin gemacht.

Aber als sie wieder in den Sonnenschein hinaustrat, wollte die Moral ihr noch immer keine Ruhe gönnen. Es war, als könne sie die junge Frau Lijphart nicht loslassen. Jedenfalls noch nicht ganz und gar.

Wenn alle Bürger und Bürgerinnen ein solches Verantwortungsgefühl besäßen, dachte sie und wäre fast über eine schwarze Katze gestolpert, die aus einem Loch in einem Bretterzaun geschossen kam, was wäre das für eine schöne Welt!

Dann lachte sie so laut auf, dass die Katze kehrtmachte und ängstlich wieder hinter ihrem Zaun verschwand.

Sigrid Lijphart erreichte gerade noch den Zug, der den Bahnhof von Lejnice um 17.03 Uhr verließ. Er setzte sich in Bewegung, als sie sich in dem halb leeren Wagen auf einen Fensterplatz sinken ließ, und fast sofort hatte sie das Gefühl, ihre Tochter im Stich gelassen zu haben.

Sie steckte sich eine Zigarette an, um ihre Gewissensbisse zu beschwichtigen. Schaute sich vorsichtig um, dann leerte sie die letzten Tropfen aus dem Flachmann, den sie in ihrer Handtasche aufbewahrte.

Was aber keine große Hilfe war. Weder das Nikotin noch der Alkohol. Als der Zug dann schneller wurde, ging ihr auf, dass es falsch gewesen war, wegzufahren. Ohne Mikaela nach Hause zu wollen.

Wie hatte sie ihr Schicksal – und das ihrer Tochter – in Polizeichef Vrommels Hände legen können?, fragte sie sich. Gab es denn überhaupt einen Grund zu der Annahme, dass der den Fall lösen würde? Vrommel! Sie dachte daran, dass sie ihn schon vor sechzehn Jahren für einen ungeheuer ungehobelten Klotz gehalten hatte, und nichts deutete an, dass die inzwischen vergangenen Jahre ihn veredelt haben könnten. Während ihrer Tage hier in Lejnice war ihr jedenfalls nichts aufgefallen.

Und jetzt sollte ausgerechnet er herausfinden, was mit Mikaela passiert war. Hauptkommissar Vrommel! Wie hatte sie – als Mutter und als denkende Frau – das geschehen lassen können? Und einem solchen Spitzenkretin die Verantwortung überlassen?

Sie drückte ihre Zigarette aus und schaute auf die von der Sonne beschienene Polderlandschaft hinaus. Kanäle. Schwarz gescheckte Vieh auf der Weide. Eine Gruppe von niedrigen Steinhäusern, aus denen ein Kirchturm wie ein zaghafter Kontaktversuch in den endlosen Himmel ragte.

Was denke ich hier eigentlich für einen Unsinn, dachte sie dann. Was glotze ich so? Spielt es denn eine Rolle, ob es Vrommel ist oder ein anderer? Es geht hier doch um Mikaela. Wo um alles in der Welt kann sie bloß stecken? Was ist denn nur passiert? Arnold ... wenn Arnold am Ende doch etwas weiß?

Und noch einmal überkam sie dieses unerklärliche Schuldgefühl. Unerklärlich und ärgerlich wie eine wund gelaufene Stelle auf der Seele. Warum? Warum sollte sie – Sigrid Lijphart, ehemals verehelichte Maager – sich Vorwürfe machen? Sie hatte doch sogar mehr getan, als von ihr verlangt werden konnte ... sehr viel mehr. Sie hatte Mikaela von Arnold erzählt, obwohl es viel einfacher gewesen wäre, zu schweigen. Sie hätte die ganze Sache auch totschweigen können. Jetzt und für alle Zeit, das hätte Helmut gewollt – er hatte es nicht offen gesagt, aber Helmut war ja auch keiner, der dazu neigte, die Dinge offen zu sagen. Sie hätte schweigen und alles auf sich beruhen lassen können. Das hätte sie. Niemand hätte mehr von ihr verlangen können, und niemand hatte mehr von ihr verlangt.

Warum also? Warum, zum Teufel, hatte sie diesmal nicht den einfachsten Weg genommen? Woher stammte dieses unvernünftige und unbezwingliche Streben nach Ehrlichkeit?

Beweggründe, dachte sie. *Du verfälschst deine Beweggründe.*

Sie konnte sich nicht daran erinnern, in welchem Zusammenhang er das gesagt hatte, aber es spielte auch keine Rolle. Sie begriff ja doch nicht, was er meinte.

Damals nicht und heute nicht, fast zwanzig Jahre später. Seltsam, dass sie das noch wusste. Seltsam, dass es ihr jetzt einfiel. Beweggründe?

Sie seufzte und steckte sich noch eine Zigarette an. Knüllte die Packung zusammen und warf sie in den Papierkorb, obwohl sie noch vier oder fünf Zigaretten enthielt.

Es muss jetzt reichen, dachte sie. Will nicht zu Helmut zurückkommen und zu allem Überfluss auch noch nach Tabak stinken. Muss den Stil wahren.

Aber danach war alles wie verhext. Diese Frage, die sie nicht einmal stumm und tief in ihrem Bewusstsein zu formulieren wagte, schwirrte ihr doch weiterhin im Kopf herum und jagte alle anderen Gedanken in die Flucht.

Diese Frage.

18

16. Juli 1999

»Du glaubst, sie ist tot?«

Ewa Moreno gab nicht sofort eine Antwort. Sie stieg aus dem Auto und wollte ihn auf die Wange küssen, hielt das aber dann aus irgendeinem Grund für unpassend und verzichtete darauf. Legte ihm stattdessen die Hand auf den Arm.

»Ich weiß nicht«, sagte sie. »Gebe Gott, dass sie das nicht ist, aber ich habe einfach keine Ahnung. Ich muss einfach noch eine Weile weitermachen. Brauche etwas mehr Klarheit, ehe ich die Sache loslassen kann, das musst du mir einfach verzeihen.«

Mikael Bau nickte.

»Geh mit dem Rektor ein bisschen schonend um«, mahnte er dann. »Der ist über achtzig, vergiss das nicht. In einer Stunde, ist das in Ordnung?«

»Plus minus eine halbe«, erwiderte Moreno. »Setz dich ins Hafencafé, damit du dich nicht unnötig ärgern musst.«

Sie wartete, bis er losgefahren war, dann öffnete sie das weiß gestrichene Tor und ging über den Plattenweg auf das Haus zu. Es sah groß und gepflegt aus. Eine geräumige zweistöckige Villa aus gelbweißem Klinker – oben Balkons, unten Terrassen und riesige Aussichtsfenster mit Blick aufs Meer. Sicher eine Million wert, dachte Moreno. Vor allem, wenn man an Lage und Garten denkt. Die breite Rasenfläche war frisch gemäht, Beete, Büsche und Obstbäume sorgfältig beschnitten, und die vielen Gartenmöbel unter dem Sonnenschirm hätten erst vor zwei Stunden aus der Tischlerei geliefert worden sein können.

Rektor Salnecki saß in einem dieser bequemen Sessel und schien beträchtlich mehr Zeit auf dem Buckel zu haben.

Weiße Hose, weißes Hemd, weiße Baumwolljacke. Sportliche gelbe Schirmmütze und blaue Freizeitschuhe. Aber das alles half nichts. Er sah älter aus als die knorrigen Apfelbäume. Dem bleibt nicht mehr lange, dachte Moreno. Das wird wohl sein letzter Sommer sein. Hoffentlich ist er noch klar im Kopf.

Das war er.

Sogar ungewöhnlich klar, davon konnte sie sich sehr bald überzeugen. Nur ein kurzer Wortwechsel war dazu nötig. Eine jüngere, blonde und sonnengebräunte Frau brachte ein Tablett mit Karaffen und Gläsern. Und mit einer Schale Kanapees.

»Rot und weiß«, erklärte Rektor Salnecki und schenkte ein. »Leben und Tod, dargestellt von schwarzen Johannisbeeren und Riesling. Ich brauche wohl nicht darauf hinzuweisen, dass Weiß in ziemlich vielen Kulturen die Farbe des Todes ist. Prost und willkommen.«

»Prost«, sagte Moreno. »Vielen Dank, dass Sie mich empfangen haben.«

»Meine Großnichte ...« Er nickte zu der Frau hinüber, die gerade um die Ecke bog. »Kümmert sich um mich. Schreibt eine Examensarbeit über die Klimkegruppe und nutzt dafür meine Bibliothek. Sylvia, nettes Mädchen, gut wie Gold ... meine Frau ist vor ein paar Jahren verstorben, und ich brauche inzwischen doch Hilfe ... aber erzählen Sie, worum geht es eigentlich?«

Ewa Moreno stellte ihr Glas auf den Tisch und ließ sich zurücksinken.

»Maager«, sagte sie. »Arnold Maager. Sie waren doch noch Rektor der Voellerschule, als es passiert ist, oder nicht?«

»Das dachte ich mir schon«, sagte Salnecki.

»Das dachten Sie sich schon? Wie meinen Sie das?«

»Dass Sie über diesen Fall sprechen wollen. Verstehen Sie,

ich habe mein Leben lang in der Schule gearbeitet, und sicher ist es auch zu einigen kleineren Unregelmäßigkeiten gekommen, aber wenn eine Kriminalbeamtin mitten in ihrem Urlaub um ein Gespräch bittet, dann kann ich doch nur einen Schluss ziehen. Es ist keine schöne Geschichte, dieser Fall Maager.«

»Das habe ich schon begriffen«, sagte Moreno.

»Warum wollen Sie ihn dann wieder aufwühlen? Wäre es nicht besser, die Sache ruhen zu lassen?«

»Vielleicht«, sagte Moreno. »Aber inzwischen sind gewisse Umstände ans Licht gekommen.«

Salnecki lachte.

»Ans Licht? Du meine Güte. Sie hören sich eher wie eine Anwältin an, wenn Sie entschuldigen. Aber egal, mir ist schon klar, dass Diskretion eine Tugend sein kann, und meine natürliche Neugier hat mit den Jahren auch nachgelassen ... ich weiß nicht, ob das ein Grund zur Freude oder zur Trauer ist ... aber ich rede sowieso zu viel. Was möchten Sie also wissen?«

Moreno unterdrückte ein Lächeln.

»Was damals passiert ist«, sagte sie. »Wie Sie Maager gesehen haben und überhaupt.«

»Sie sind über die Geschichte nicht im Bilde?«

»Nur sehr wenig«, gab Moreno zu.

Rektor Salnecki leerte sein Glas und stellte es energisch auf den Tisch zurück.

»Eine Tragödie«, sagte er. »Ganz einfach. Und zugleich eine so verdammt banale Geschichte. Maager war ein guter Lehrer. Kollegen und Schüler schätzten ihn. Er war jung und schien eine große Zukunft zu haben ... und dann steigt er mit dieser kleinen Nuss ins Bett. Man muss mit pubertären Mädchen und ihren Hormonen umgehen können, das lernt ein Lehrer normalerweise als Erstes.«

»Er ist nicht nur mit ihr ins Bett gestiegen«, sagte Moreno. »Wenn ich das richtig verstanden habe.«

Salnecki schüttelte den Kopf und machte ein düsteres Gesicht.

»Nein. Aber das eine hat eben zum anderen geführt. In gewisser Hinsicht ist es eine lehrreiche Geschichte … man muss immer einen Preis bezahlen.«

Moreno hob die Augenbrauen.

»Meinen Sie, dass Maager den Preis bezahlt hat? Man könnte ja denken, dass das Mädchen auch nicht ganz billig davongekommen ist …«

»Natürlich«, gab Salnecki bereitwillig zu. »Natürlich. Das macht alles doch zu einer Tragödie. Für einen nachlässigen Moment müssen alle bezahlen. Die einen mit ihrem Leben, die anderen mit ihrem Verstand … man hat manchmal das Gefühl, dass die Götter es mit der Gerechtigkeit doch übertreiben.«

Moreno dachte eine Weile nach. Ihr Gastgeber nahm die Mütze ab, zog einen Kamm aus der Hosentasche und fuhr damit einige Male durch seine dünnen weißen Haare.

»Wie haben die Leute reagiert?«, fragte Moreno. »Die Gefühle müssen doch ziemlich hochgekocht sein.«

»Es war die pure Hysterie«, seufzte Salnecki und setzte seine Kopfbedeckung wieder auf. »Sie waren wie verrückt, manche wollten ihn lynchen, ich wurde nachts angerufen. Es war schon ein Glück, dass alles in den Sommerferien passiert ist, sonst hätten wir die Schule wohl schließen müssen. Es war übrigens mein letztes Jahr. Im Dezember bin ich dann in Pension gegangen. Ich wünschte, es wäre schon im Juli so weit gewesen … aber andererseits wäre es für meinen Nachfolger ja auch nicht angenehm gewesen, seine neue Stelle mit einem solchen Skandal anzutreten.«

»Ihre Beziehung?«, fragte Moreno. »Ich meine, die von Maager und diesem Mädchen … ging die schon lange? War es zum Beispiel an der Schule allgemein bekannt?«

»Beziehung«, schnaubte Salnecki. »Das war doch keine Beziehung! Die Kleine hatte es auf ihn abgesehen, und daraufhin sind sie einmal zusammen im Bett gelandet. Ich glaube, sie waren beide betrunken. Er hatte doch Familie, dieser Maager … eine Frau und eine kleine Tochter.«

»Das ist mir bekannt«, sagte Moreno. »Aber was ist dann mit Maager passiert? Hatten Sie danach noch Kontakt zu ihm?«

Salnecki machte wieder ein düsteres Gesicht. Hatte vielleicht auch ein schlechtes Gewissen, überlegte Moreno. Als hätte er eingreifen und das Unglück auf irgendeine Weise verhindern können. Er beugte sich vor und füllte noch einmal die Gläser.

»Nein«, sagte er. »Nie. Er hat doch den Verstand verloren. Sitzt hier in der Nähe in einem Heim. In den ersten Jahren haben ihn einige Kollegen noch ab und zu besucht. Konnten aber nie auch nur ein Wort aus ihm herausholen ... nein, das hat ihn für den Rest seines Lebens zerbrochen, das sage ich Ihnen.«

»Aber was ist passiert, als sie ... sich begegnet sind, Maager und die kleine Maas? Es war nur einmal, haben Sie gesagt?«

Salnecki zuckte mit den Schultern.

»So viel ich weiß. In der Schule hatte eine Discothek für die Schüler stattgefunden. Maager und einige andere Lehrer hatten dabei Aufsicht geführt. Danach gingen sie zum Werklehrer – einem Junggesellen –, tranken ein bisschen und redeten. Es war eine Woche vor Ferienbeginn ... tja, und dann tauchte am frühen Morgen eine Gruppe von Schülerinnen und Schülern auf. Das darf natürlich nicht sein, aber sie wurden ins Haus geholt, und dann kam es, wie es kommen musste. Maager stieg mit Winnie Maas ins Bett und ...«

»Sie wurde schwanger, und er hat sie umgebracht«, fügte Moreno hinzu. »Sechs, sieben Wochen später?«

»So ungefähr war es wohl, ja«, sagte Salnecki. »Eine schlimme Geschichte, wie gesagt. Aber auf Ihr Wohl!«

Sie tranken. Moreno beschloss, das Thema zu wechseln.

»Dieses Mädchen, Winnie Maas, sie war ein wenig ... frühreif, stimmt das?«

Salnecki räusperte sich und suchte in seinem Wortschatz.

»De mortuis nihil nisi bene«, sagte er. »Ja, sagen wir frühreif.«

»Warum hat er sie umgebracht?«

Salnecki zupfte sich an einem Ohrläppchen und machte ein nachdenkliches Gesicht.

»Hat wohl die Kontrolle verloren, nehme ich an. Vermutlich war es wirklich so einfach. Die Kleine wollte wahrscheinlich keine Abtreibung vornehmen lassen. Wollte das Kind bekommen … vielleicht verlangte sie auch einen Haufen Geld für ihr Schweigen. Oder sie wollte ihn dazu zwingen, die Vaterschaft anzuerkennen … ja, ich tippe darauf, dass es ungefähr so war. Sie hatte ihn in der Nacht angerufen, in der alles passiert ist. Sie haben sich oben auf der Eisenbahnbrücke getroffen, und dann hat er die Nerven verloren. Ist einfach durchgedreht, wie gesagt. Ob er schon verrückt geworden war, ehe er sie hinuntergestoßen hat oder erst danach, darüber kann man nur spekulieren … und das hat man ja zur Genüge getan. Das war auch bei der Gerichtsverhandlung eine Art springender Punkt. Im Hinblick auf Verantwortung und Zurechnungsfähigkeit … ob er wusste, was er tat, oder nicht. Ja, dieses Ding hier ist wirklich ein gebrechliches Gerät …«

Er lachte kurz und tippte sich mit zwei Fingern an die rechte Schläfe. Moreno verzog den Mund.

»… aber dieses hier hält ja schon seit einundachtzig Jahren«, fügte er mit bescheidenem Lächeln hinzu.

»Und die Familie der Kleinen?«, fragte Moreno.

»Hrrm, ja«, murmelte Salnecki. »Allein erziehende Mutter. Keine Geschwister. Für die Mutter war das alles schrecklich. Hat sich dem Lynchmob angeschlossen, das muss ich wohl zugeben. Hat sich danach aber zurückgehalten. Aber sie lebt noch immer hier in der Stadt, ich sehe sie ab und zu … die arme Frau, scheint keine Kraft zu haben. Aber jetzt muss ich die alles entscheidende Frage stellen: Worauf wollen Sie eigentlich hinaus? Sie müssen doch einen Grund dafür haben, dass Sie sich für dieses alte Elend interessieren?«

Moreno zögerte. Mit dieser Frage hatte sie natürlich gerechnet. Sie hatte sich auch zwei mehr oder weniger glaubwürdige Antworten zurechtgelegt, aber aus irgendeinem Grund erschien es ihr nicht als sonderlich verlockend, diesem offenherzigen alten Schulfuchs Halbwahrheiten und Ausflüchte zu servieren.

Wo hier schon von Ethik die Rede gewesen war.

Sie dachte einige Sekunden nach und trank vom Roten und vom Weißen. Leben und Tod. Und dann sagte sie ihm die Wahrheit.

»Aber bei allen guten Göttern!«, rief Rektor Salnecki danach. »Was, zum Henker, kann das denn bedeuten?«

»Gerade das versuche ich herauszufinden«, sagte Moreno.

Während Moreno sich noch mit Rektor Salnecki unterhielt, hatte Mikael Bau auf dem Grote Markt, wo seit undenklichen Zeiten an jedem Samstag ein Wochenmarkt abgehalten wurde, Proviant eingekauft. Schon am frühen Morgen hatten sie beide – vor allem Moreno – einen gewissen Zweifel in der Badefrage zum Ausdruck gebracht, und als eine angekündigte und viel besprochene Kaltwetterfront nachmittags von Süden her aufzog, kam ihnen das fast wie eine Erleichterung vor ... Statt sich pflichtschuldigst unter der unbarmherzigen Sonne auszustrecken, konnten sie also mit gutem Gewissen Zeit und Aufmerksamkeit einer mit Curry, indischem Kümmel und saurer Sahne angereicherten Ratatouille widmen, einem Gericht, das sie dann auf der Glasveranda verzehrten, während der Regen gegen Fenster und Blechdach klopfte.

Dazu tranken sie italienischen Rotwein. Als Nachtisch gab es Malevolikäse mit Birnenscheiben. Sowie ein Glas Portwein aus einer verstaubten Flasche ohne Etikett. Mikael Bau behauptete, sie stamme noch aus einem Lager, das in den Zwanziger Jahren zusammen mit dem Haus in den Besitz seiner Familie geraten sei. Moreno wusste nicht, was sie glauben sollte. Gut schmeckte der Portwein auf jeden Fall. Wie ein süßes, tiefgefrorenes Feuer.

Später saßen sie dann in den Schaukelstühlen vor dem Feuer, und Montezuma machte ihr das Kompliment, sich auf ihren

Schoß zu legen. Während Ewa Moreno dort saß und verdaute und das träge Tier hinter den Ohren kraulte, machte Mikael Bau von ihnen vierundzwanzig Fotos.

»Schön«, sagte er dann. »So verdammt schön. Feuer, Frau und Katze.«

Sie war zu satt, um Widerspruch einzulegen.

»Du betrachtest sie wie dein eigenes Kind, nicht wahr?«, fragte er, als er seinen Fotoapparat weggelegt hatte.

»Wen? Montezuma?«

»Mikaela Lijphart. Du übernimmst mütterliche Verantwortung für sie ... weil du kein eigenes Kind hast.«

»Wald-und-Wiesen-Philosophie«, sagte Moreno.

Ob er Recht hat?, überlegte sie. Warum, zum Teufel, muss er jetzt darüber sprechen?

»Na und«, erklärte Mikael Bau. »Was bildest du dir eigentlich ein? Dass irgendwo in diesem alten Skandal ein Hund begraben liegt?«

»Was glaubst du selber?«, konterte Ewa Moreno und registrierte einen Anflug von Verärgerung in ihrer Stimme. »Du musst doch zugeben, dass es seltsam ist, dass dieses Mädchen gerade in einem solchen Moment verschwindet. Nachdem sie zum ersten Mal ihren wahnsinnigen Vater besucht hat. Nachdem sie endlich erfahren hat, warum sie ohne ihn aufwachsen musste ...«

»Zugegeben«, sagte Mikael Bau nach einigem Schweigen. »Ich dachte nur, du hättest im Alltag schon genug mit solchen Geschichten zu tun.«

»Du meinst, ich sollte mir den ganzen Kram aus dem Kopf schlagen?«

Plötzlich sah er wütend aus. Biss die Zähne zusammen und knirschte mit ihnen, sie sah das zum ersten Mal.

»Red keinen Scheiß«, sagte er. »Ich finde, du verhältst dich absolut richtig. Du brauchst dich nicht zu verteidigen, aber es bringt weiter, wenn man nicht immer genau derselben Meinung ist.«

Was, zum Teufel, soll das denn nun wieder heißen, fragte Moreno sich und versetzte Montezuma einen Klaps, worauf die Katze auf den Boden sprang.

»Hör mal zu«, sagte sie dann. »Ich lege überhaupt keinen Wert auf psychologische Spekulationen, was mein Motiv angeht. Morgen oder übermorgen kriege ich meine Tage, wir können also alles darauf schieben. Aber ich kann mir dieses arme Mädchen nicht aus dem Kopf schlagen ... und wenn ich schon daran denke, dann kann ich auch ein bisschen aktiv werden. Wenn du das nicht ertragen kannst, dann sag Bescheid. Aber komm mir nicht mit solchen Andeutungen, bitte.«

Jetzt ist Schluss, dachte sie. Lieber pack ich gleich und such mir ein Hotel.

»Verdammt noch mal«, sagte er. »Was redest du hier eigentlich? Schlägt die Menstruation zuerst auf das Gehirn? Ich sage doch, dass ich finde, du hast Recht. Wenn du Zweifel hast, dann projizier deinen Widerstand nicht auf mich ... genau das machst du nämlich. Jetzt aber weiter im Text. Was hat Mikaela Lijphart unternommen, nachdem sie ihren Vater im Sidonis besucht hatte?«

»Ist in die Jugendherberge gegangen«, sagte Moreno.

Gut, dass ich doch nicht packen muss, dachte sie.

»Und dann?«

»Ist sie mit dem Bus nach Lejnice und zurück gefahren. Am Samstagabend.«

»Und warum?«

»Keine Ahnung. Irgendwann am Sonntag ist sie dann wieder gefahren. In die Stadt, meine ich ... und seither ist sie verschwunden.«

Mikael Bau nickte.

»Und was ist mit der Vermisstenmeldung?«

»Die ist heute rausgegangen«, sagte Moreno. »Wenn jemand sie gesehen hat, weiß die Polizei jetzt vielleicht schon Bescheid ... aber dann wollte Vegesack mich anrufen.«

Mikael Bau schaute auf die Uhr.

»Warum erkundigen wir uns nicht selber?«

»Ich weiß nicht«, sagte Moreno. »Ich habe zu viel gegessen.«

Sie brauchten eine Weile, bis sie Polizeichef Vrommel an der Strippe hatten, denn der stand nach einer acht Kilometer langen Joggingrunde gerade unter der Dusche.

Diese Informationen befanden sich jedenfalls auf seinem Anrufbeantworter, und gute zwanzig Minuten später rief er dann selber an. Frisch gewaschen und wohlriechend, konnte man wohl annehmen. Und durchtrainiert. Moreno kam sofort zur Sache und fragte, ob die Fahndung nach Mikaela Lijphart schon etwas erbracht habe.

»Negativ«, sagte Vrommel.

»Gar nichts?«, fragte Moreno.

»Wie gesagt«, sagte Vrommel. »Negativ.«

»Hat sie am Sonntag wirklich niemand gesehen?«

»Jedenfalls hat sich niemand gemeldet«, erklärte der Polizeichef. »Bei mir zu Hause ist Samstagabend. Hat die Frau Inspektor im Urlaub nichts Wichtigeres zu tun?«

»Jede Menge«, sagte Moreno und legte auf.

Eine Dreiviertelstunde und anderthalb Glas Portwein später wählte sie Polizeianwärter Vegesacks Nummer.

»Entschuldige den späten Anruf«, sagte sie als Erstes.

»Kein Problem«, versicherte Vegesack. »Meine Freundin landet um halb drei heute Nacht in Emsbaden. Ich will sie vom Flughafen abholen und muss mich so lange wach halten.«

»Große Klasse«, sagte Moreno. »Wir sind gerade nach Hause gekommen, ich und mein … Freund. Ich bin ein bisschen neugierig wegen der Vermisstenmeldung. Die von Mikaela Lijphart, meine ich.«

»Ist klar«, sagte Vegesack. »Aber die hat nichts gebracht … noch nicht, jedenfalls.«

»Gar nichts?«

»Na ja«, sagte Vegesack. »Heute Nachmittag war eine Frau

auf der Wache. Sie sei wegen der Vermisstenmeldung gekommen, sagte sie, aber sie hatte dann doch nichts Neues für uns.«

Moreno dachte nach.

»Und das war alles?«

»Ja«, sagte Vegesack. »Leider. Aber morgen ist ja auch noch ein Tag.«

»Hoffentlich«, sagte Moreno. »Ich wollte dich übrigens auch noch um einen Gefallen bitten.«

»Wirklich?«, fragte Vegesack. »Und wie sieht der aus?«

»Hrrm«, sagte Moreno. »Ich würde mir gern die Vernehmungsprotokolle vom Fall Maager ansehen. Die sind doch wohl noch vorhanden?«

»Das nehme ich an«, sagte Vegesack zögernd. »Wir haben etliche Regalmeter mit Ordnern, sicher liegen die in einem … schau doch einfach vorbei.«

Moreno wartete drei Sekunden.

»Noch etwas.«

»Ja?«

»Könnten wir das erledigen, ohne den Polizeichef hineinzuziehen? Er scheint es nicht so toll zu finden, dass ich mich für diesen Fall interessiere.«

»Natürlich«, versprach Vegesack, und aus seinem Tonfall ging hervor, dass nichts auf der Welt ihn so wenig störte, wie seinen Chef zu hintergehen. Und da konnte Moreno ihn wirklich verstehen.

Da außerdem am nächsten Morgen Sonntag war (worauf der Polizeianwärter hinwies), war die Wahrscheinlichkeit, dass der Polizeichef auf der Wache auftauchen könnte, gleich null.

Es sei also überhaupt kein Problem, wenn Inspektorin Moreno vorbeischauen wollte. Irgendwann zwischen elf und zwölf vielleicht, denn um diese Zeit musste auch Vegesack gewisse Angelegenheiten erledigen.

»So früh?«, fragte Moreno. »Kannst du wirklich ausreichend schlafen, wenn du deine Freundin mitten in der Nacht abholen musst?«

»Wir wollen doch gar nicht schlafen«, sagte Vegesack.

Ewa Moreno musste lachen. Sie bedankte sich und legte auf.

Na dann, dachte sie. Ein Schachzug ins Blaue. Aber immerhin ein Schachzug.

Das war wieder ein Zitat, das wusste sie. Sie fragte sich kurz, was es bedeuten mochte, dass ihre Probleme sich in ihren Gedanken immer wieder als vorgefertigte Ausdrücke und Phrasen niederschlugen.

Es bedeutet gar nichts, beschloss sie dann.

19

»Es muss einfach sein«, sagte Sigrid Lijphart.

Helmut faltete seine Zeitung zusammen.

»Ich kann mich nicht anders verhalten, und ich kann dir nicht mehr erzählen. Du musst mich verstehen.«

Er nahm seine Brille ab. Klappte sie umständlich zusammen und steckte sie ins Etui.

»Später werde ich dir alles erklären. Wenn jemand anruft, sag, ich sei zu einer Freundin gefahren. Und ließe von mir hören.«

»Welche?«

»Was?«

»Welche von deinen Freundinnen besuchst du angeblich?«

Die verärgerte Ironie in seiner Stimme war ungewöhnlich deutlich. Sie sah außerdem die roten Flecken an seinem Hals, die sich sonst nur vor dem Fernseher zeigten, wenn seine Lieblingsmannschaft ein wichtiges Spiel zu verlieren drohte. Oder wenn Metzger Soerensen noch größeren Unsinn geredet hatte als sonst.

Ja, kein Wunder, dachte sie. Kein Wunder, dass er wütend war. Sie hatte ihn aus allem ausgeschlossen; vielleicht war das von Anfang an ein Fehler gewesen, doch jetzt war es zu spät, um noch etwas daran zu ändern. Viel zu spät.

Und es war jetzt wirklich nicht der richtige Moment, um ihn zu bedauern. Später würde sie versuchen müssen, wieder gutzumachen, was wieder gutzumachen war. Nachher. Wenn er wirklich ein Fels war, dann sollte er das jetzt unter Beweis stellen.

»Tut mir Leid«, sagte sie. »Ich bin dir gegenüber ungerecht, aber ich habe keine Wahl. Versuch das zu verstehen. Und hab Vertrauen zu mir.«

Er musterte sie jetzt mit steinernem Blick. Mit harten, aber nicht gehässigen Augen. Sie waren einfach weiterhin felsenfest und auf eine gewisse Weise leer, so dass sie sich doch fragen musste, ob sie überhaupt einen Ausdruck zeigten …

»Verlass dich auf mich«, sagte sie noch einmal. »Ich mach mich jetzt auf den Weg. Ich ruf dich an.«

Er gab keine Antwort, aber sie zögerte noch einen Moment.

»Möchtest du etwas sagen?«

Er schob die Zeitung beiseite. Stützte die Ellbogen auf den Tisch und legte den Kopf auf die Hände. Schaute sie weiterhin mit diesem steinernen Blick an.

»Finde sie«, sagte er. »Ich will, dass du sie nach Hause holst.«

Sie streichelte seine Wange und ging.

Die erste Stunde im Auto war fast wie ein Albtraum. Es wurde dunkel, es regnete, es herrschte zähflüssiger Verkehr. Sie war schon unter normalen Umständen eine schlechte Autofahrerin, was sie als Erste zugeben würde, und an einem solchen Abend wurde alles nur noch schlimmer.

Darf keinen Unfall bauen, dachte sie und umklammerte das Lenkrad so fest, dass ihre Fingerknöchel weiß wurden. Es darf nichts passieren, ich muss das hier schaffen.

Dann konnte sie plötzlich nicht mehr. Die Tränen schienen wie aus einer heißen Quelle emporzusprudeln, und sie musste an den Straßenrand fahren und warten. Das war natürlich ein riskantes Manöver, aber weiterzufahren wäre noch gefährlicher gewesen. Sie schaltete den Warnblinker ein und schluchzte dann los. Besser, ich lasse den Tränen jetzt ihren Lauf, dachte sie.

Sie weinte eine ganze Weile und war sich am Ende nicht sicher, ob es ihr wirklich besser ging, als sie weiterfuhr.

Zum zweiten Mal innerhalb weniger Tage betete sie, und zum zweiten Mal zweifelte sie stark daran, dass jemand sie hörte. Als sie endlich bei Loewingen die Autobahn erreichte, versuchte sie es deshalb mit einem Handel.

Wenn wir das alles heil überstehen, dann werde ich dir auf Knien danken. Hörst du, Gott? Das verspreche ich dir!

Er wartete wie abgemacht an der Abfahrt. Als sie ihn im Licht von Straßenlaterne und Autoscheinwerfer sah, wurde ihr für einen Moment schwindlig.

Was ist bloß los, fragte sie sich.

Träume ich?

Warum habe ich das Gefühl, ins Leere zu stürzen?

Danach biss sie sich in die Lippe, fuhr langsamer und blinkte ihn an.

Während der ersten halben Stunde sagte er kein Wort.

Sie schwieg ebenfalls. Sie saßen nebeneinander auf dem Vordersitz wie zwei Fremde, die wissen, dass sie einander nichts zu sagen haben. Sie hatten nicht einmal eine gemeinsame Sprache, in der sie Höflichkeitsfloskeln zum Ausdruck bringen konnten.

Vielleicht war das auch besser so. Sie hatte nicht überlegt, ob sie Gesprächsstoff haben würden, aber jetzt erschien es ihr als unmöglich. Nach all diesen Jahren gab es nichts mehr zu sagen.

Die Zeit hatte nichts geheilt und nichts schlimmer gemacht. Alles war so, wie es eben war.

Wie es vor sechzehn Jahren in einer Julinacht geworden war, unveränderlich und ein für alle Mal festgelegt.

Wir haben uns fast nie mehr geliebt, nachdem unsere Tochter auf die Welt gekommen ist, dachte sie plötzlich. Ich wollte das nicht, ich glaube nicht, dass ich auch nur ein einziges Mal Verlangen nach ihm hatte. Seltsam.

Aber das ganze Leben war doch seltsam. Ab und zu wie ein Wind, der im Frühling durch einen Birkenwald weht, ab und zu wie ein Sturm. Ab und zu wie ein krankes, abgemagertes Tier, das sich nur verkriechen und in Frieden sterben will … seltsame Gedanken, die ihr fremd erschienen. Die er auf irgendeine Weise hervorzurufen schien … der Mann, der jetzt wieder so dicht neben ihr saß und den sie vor langer Zeit aus ihrem Leben ausgeschlossen hatte und zu dem kein Weg zurückführte.

Unter keinen Umständen. Und wenn sie zu der schmächtigen, zusammengekrümmten Gestalt auf dem Beifahrersitz hinüberlugte, dann bereute sie, ihn nicht auf die Rückbank verwiesen zu haben. Sein Elend war mit ihm verwachsen, so kam es ihr plötzlich vor. Hatte ihn so durchsetzt, dass es ihm nun anzusehen war. Es war ihm anzusehen, was für ein Mensch er war, sie wünschte, es wäre früher schon so deutlich gewesen.

Denn dann wäre vielleicht alles anders gekommen.

Aber wenn sie ihn damals schon durchschaut hätte, dann hätte sie ihn natürlich nie geheiratet. Und wenn sie ihn nie geheiratet hätte, dann wäre auch Mikaela nie auf die Welt gekommen. Diese Verbindung würde sie niemals kappen können, das wusste sie. Mikaela hatte auch sein Blut, und das war wohl das Einzige, was sie zu seinen Gunsten sagen konnte. Ohne ihn gäbe es ihre Tochter nicht, und die Bilder des Windes und des kranken Tieres tauchten wieder vor ihrem inneren Auge auf … nur, um von einigen Worten gefolgt zu werden, die er einmal gesagt hatte.

Ich mag unser Schweigen.

Genau das hatte er gesagt. *Unser Schweigen?* Das tue gut, hatte er behauptet. Sie sei die erste Frau, mit der zusammen er schweigen könne.

Herrgott, dachte sie. Er bildet sich doch wohl nicht ein, dass auch im jetzigen Schweigen etwas Schönes steckt?

Aber sie fragte ihn nicht danach. Fuhr nur ein wenig schneller, der Regen hatte nachgelassen und würde bald ganz aufhören.

Gleich hinter Saaren fuhren sie auf eine Tankstelle und tankten, und als sie sich dann wieder hinter das Lenkrad setzte und den Sicherheitsgurt anlegte, machte er zum ersten Mal den Mund auf.

»Wohin fahren wir?«, fragte er.

Seine Stimme erinnerte an Herbstlaub, das zu Boden fällt. Sie gab keine Antwort.

20

Vernehmung der Paula Ruth Emmerich, am 29.7.1983.
Ort: Wache von Lejnice.
Vernehmungsleiter: Inspektor Walevski.
Anwesend: Soz. Ass. Bluume.
Abschrift: Inspektor Walevski. Kopien an: Hauptkommissar Vrommel, Polizeichef, Soz. Ass. Bluume.

Walevski: Du heißt Paula Emmerich?
Emmerich: Ja.
W: Geboren am 22. Mai 1967 hier in Lejnice?
E : Ja.
W: Bis zum 17. Juni dieses Jahres hast du die Voellerschule in Lejnice besucht?
E : Ja.
W: Du warst sechs Jahre mit einer gewissen Winnie Ludmilla Maas in einer Klasse. Stimmt das?
E : Ja.
W: Würdest du behaupten, dass du Winnie gut gekannt hast?
E : Ja. Aber wir waren nicht mehr so gut befreundet wie früher.
W: Aber ihr hattet noch miteinander zu tun?
E : Ja.
W: Du weißt, was mit Winnie passiert ist, und warum wir mit dir sprechen wollen?
E : Ja.
W: Was weißt du über Arnold Maager?

E : Er war unser Lehrer in Sozialkunde und Geschichte.
W: Auf der Voellerschule?
E : Ja.
W: Seit wann war er euer Lehrer?
E : Seit zwei Jahren. In der achten und der neunten Klasse.
W: Wie war er als Lehrer?
E : Normal. Ziemlich gut, glaube ich.
W: Kannst du ihn ein wenig genauer beschreiben?
(Keine Antwort.)
W: War er in der Klasse beliebt?
E : Ja. Er war in Ordnung. Hübsch.
W: Hübsch?
E : Für einen Lehrer.
W: Ich verstehe. Weißt du, ob Winnie Maas das auch so sah? Ob sie Arnold Maager für einen guten Lehrer hielt? Und für hübsch?
E : Ja, das tat sie.
W: Habt ihr darüber gesprochen?
E : Vielleicht. Das weiß ich nicht mehr.
W: Aber sie hat nie behauptet, in ihn verliebt zu sein?
E : Vor mir jedenfalls nicht.
W: Gab es andere in der Klasse, die Winnie Maas besser kannten als du?
E : Das glaube ich nicht. Nein.
W: Wenn Winnie sich also jemandem hätte anvertrauen wollen, dann wäre sie zu dir gekommen?
E : Ja. Nur hat sie sich in letzter Zeit eher zurückgezogen.
W: Wie meinst du das?
E : Sie hat nicht mehr so viel geredet.
W: Ich verstehe. Weißt du, ob sie einen Freund hatte?
E : Jetzt nicht. Nicht im Mai – Juni, meine ich. Ich glaube es zumindest nicht.
W: Aber vorher wohl?
E : Sicher.
W: Mehrere?

E : Zwei, aber nicht am Ende der neunten.
W: Kannst du von der Disco am 10. Juni erzählen?
E : Was wollen Sie denn wissen?
W: Wie das war. Mit wem du zusammen warst. Ob du Winnie dabei beobachtet hast.
E : Es war wie immer.
W: Wie immer?
E : Zuerst haben wir am Strand etwas getrunken.
W: Wer sind »wir«?
E : Ein paar Leute aus der Klasse. Und aus anderen Klassen.
W: Wie viele?
E : Vielleicht fünfzehn.
W: War Winnie Maas dabei?
E : Ja.
W: Und dann?
E : Gegen halb zehn sind wir zur Disco gegangen.
W: Ja?
E : Haben getanzt und geklönt und so.
W: Hast du an diesem Abend Winnie gesehen?
E : Ja.
W: Erzähl.
E : Sie war beschwipst. Hat ziemlich viel getrunken, das machte sie immer. Sie hat mit Maager Stehblues getanzt.
W: Du sagst, Winnie Maas habe mit Arnold Maager, ihrem Lehrer für Sozialkunde und Geschichte, Stehblues getanzt?
E : Ja. Ich habe das aber für einen Jux gehalten. Auch ein paar andere Mädchen haben mit Lehrern getanzt.
W: Wie oft?
E : Winnie oder die anderen?
W: Winnie.
E : Weiß ich nicht. Ziemlich oft.
W: Und auch mit anderen Lehrern?
E : Weiß ich nicht. Ich glaube, nur mit ihm.
W: Habt ihr darüber geredet? Du und die anderen?
E : Weiß ich nicht mehr so genau. Doch, vielleicht.

W: Ihr fandet es nicht seltsam, dass Winnie Maas so oft mit diesem Lehrer getanzt hat?
E : Weiß ich nicht mehr.
W: Warum weißt du das nicht mehr?
E : Weiß nicht. Ich war leicht angetrunken. Kann mich nicht mehr so genau erinnern.
W: Wenn wir nun zu dem kommen, was später an dem Abend passiert ist, kannst du uns ein wenig darüber berichten?
E : Wir sind nach der Disco wieder an den Strand gegangen.
W: Wir?
E : Eine Clique. Acht oder zehn Leute.
W: War Winnie Maas auch dabei?
E : Ja.
W: Was habt ihr gemacht?
E : Nichts Besonderes.
W: Nichts Besonderes?
E : Nein.
W: Irgendwas müsst ihr doch gemacht haben?
E : Vielleicht.
W: Was denn, zum Beispiel?
E : Was wollen Sie denn hören, verdammt noch mal? Gesoffen, geraucht und geknutscht?
W: Habt ihr das getan?
E : Kann schon sein. Geredet haben wir auch. Ein Typ hat nackt gebadet.
W: Wirklich? Hast du mit Winnie gesprochen?
E : Glaub ich nicht. Jedenfalls über nichts Besonderes. Verdammt, alle haben doch mit allen gequatscht.
W: Es war kein Thema, dass sie so oft mit Arnold Maager getanzt hatte?
E : Doch, vielleicht.
W: Weißt du noch irgendwas, was sie gesagt hat?
E : Ja, eins weiß ich noch.
W: Was denn?
E : Sie hat gesagt, sie sei geil auf Maager.

W: Geil auf Maager? Bist du dir da sicher? Dass Winnie Maas das gesagt hat?
E : Ja.
W: Hast du ihr geglaubt?
E : Warum hätte ich ihr nicht glauben sollen? Sie konnte doch geil sein, auf wen sie wollte.
W: Na gut. Was habt ihr gemacht, nachdem ihr am Strand gewesen wart?
E : Wir sind wieder in die Stadt gegangen.
W: Auch Winnie Maas?
E : Ja, zum Teufel.
W: Weiter.
E : Irgendwer hatte gehört, dass sie bei Golli weiterfeiern.
W: Wer ist Golli?
E : Der Werklehrer. Er heißt eigentlich Gollumsen.
W: Wer feierte da weiter?
E : Die Aufsichtsleute von der Disco.
W: Die Lehrer?
E : Ja.
W: Und auch Maager?
E : Ja, auch Maager.
W: Und ihr wusstet, dass die Lehrer bei Herrn Gollumsen zu Hause saßen?
E : Ja.
W: Woher denn?
E : Keine Ahnung. Irgendwer hatte das gehört.
W: Irgendwer?
E : Ich weiß das nicht, verdammte Axt!
W: Wusste Winnie Maas es vielleicht?
E : Vielleicht.
W: Aber es könnte auch jemand anders gewesen sein?
(Keine Antwort.)
W: Na ja. Erzähl, was dann bei Herrn Gollumsen passiert ist.
E : Die sangen gerade. Waren reichlich blau. Solche Lieder von '68. Wir haben geklingelt und wurden reingelassen.

W: Wie viele Lehrer waren da?
E : Vier.
W: Vier?
E : Ja. Golli und Maager und noch zwei.
W: Wer waren die beiden anderen?
E : Einer, der Nielsen heißt. Und dann Cruickshank.
W: Und wie viele wart ihr?
E : Sieben. Zwei sind dann aber bald gegangen.
W: Aber nicht du und Winnie?
E : Nein.
W: Wer waren die drei anderen?
E : Tim van Rippe und Christopher Duikert. Und Vera Sauger.
W: Fünf Jugendliche und vier Lehrer, also. Wie spät war es ungefähr, als ihr dort angekommen seid?
E : Zwei, halb drei, schätze ich.
W: Und was habt ihr bei Herrn Gollumsen gemacht?
E : Ein bisschen getrunken und gesungen, Nielsen hat Gitarre gespielt.
W: Und weiter? Was ist dann zwischen Arnold Maager und Winnie Maas passiert?
E : Sie haben eine Weile geknutscht. Und dann sind sie in einem Schlafzimmer verschwunden.
W: Und was habt ihr anderen gemacht?
E : Wir anderen?
W: Ja. Was habt ihr anderen gemacht, als Winnie Maas und Arnold Maager im Schlafzimmer verschwunden sind?
E : Wir haben weiter gesungen und gequatscht.
W: Wie lange?
E : Weiß nicht. Eine Stunde vielleicht.
W: Und dann habt ihr die Wohnung verlassen?
E : Ja.
W: Waren Winnie und Maager noch immer im Schlafzimmer, als ihr gegangen seid?
E : Ja. Falls sie nicht aus dem Fenster gesprungen sind, aber das glaube ich nicht.

W: Warum glaubst du das nicht?
E : Weil das im dritten Stock war.
W: Ich verstehe. Und hast du erfahren, was sie im Schlafzimmer gemacht haben?
E : Ja.
W: Wie das? Und wann?
E : Wir haben es gehört.
W: Ach?
E : Sie haben so heftig gevögelt, dass die Wände gewackelt haben.

Moreno schob die Papiere beiseite. Schaute auf die Uhr. Viertel vor eins. Das war das dritte Vernehmungsprotokoll, das sie gelesen hatte, und das Bild wurde langsam deutlich.

Deprimierend deutlich, dachte sie.

... dass die Wände gewackelt haben.

Was für ein Mistkerl, dachte sie. Kein Wunder, dass er sich in der Klinik verkrochen hat. Kein Wunder, dass er verrückt geworden ist.

Eine Frau und eine Tochter von zwei Jahren.

Hatte Mikaela das im Sidonisheim erfahren?

War es das, was seine Frau sich vorstellte?

Nein, es war nicht schwer, diese Flucht in den Irrsinn zu verstehen. Wirklich nicht. Sozusagen in aller Öffentlichkeit eine Sechzehnjährige zu vögeln. Dass die Wände nur so wackelten ... o verdammt! Und sie dann zu ermorden, als sie die Frechheit besaß, schwanger zu werden.

Polizeiinspektorin Ewa Moreno stützte den Kopf in die Hände und schaute auf den sonntäglich leeren Platz hinaus. Die Kaltwetterfront war noch da, der Regen hatte im Laufe des Morgens jedoch aufgehört.

Triebe, überlegte sie.

Geschlecht und wenig Herz. Das Gehirn baumelt an einer Schnur hinterher. Und ist sicherheitshalber vom Alkohol benebelt.

Die Parallele zwischen dem Fall Maager und ihrer eigenen Defloration war ihr schon seit einigen Tage vage bewusst gewesen, und jetzt sah sie die Szene deutlicher vor sich als seit vielen Jahren.

Das enge Hotelzimmer an der Piazza di Popolo in Rom. Der ewigen Stadt. Der ewigen Liebe.

Sie. Eine siebzehnjährige Gymnasiastin. Ein Jahr älter als Winnie Maas nur – und in der Zeit auch nur ein Jahr hinter ihr, wie ihr zu ihrem Schrecken jetzt aufging. 1984. Klassenreise mit dem Sprachkurs. Frühsommer. Lebenslust.

Er. Sechsunddreißigjähriger Lateinlehrer.

Stark. Belesen. Kultiviert.

Ein Mann von Welt mit behaarter Brust und warmen Händen. Bei ihrer Liebe hatten die Wände nicht gewackelt, auch wenn es heftig zugegangen war, und sie hatten auch auf Zeugen verzichtet. Er hatte versprochen, sich Ewa zuliebe von seiner Frau scheiden zu lassen, und sie hatte ihm geglaubt.

Sie hatte ihm so fest geglaubt, dass sie am Ende besagte Gattin angerufen hatte, um die Sache mit ihr zu besprechen.

Danach: seine Feigheit. Seine monumentale Erbärmlichkeit.

Damals war sie zum ersten Mal auf einen dermaßen erniedrigend schwachen Menschen gestoßen, und als ihr mehrere Jahre darauf die Gattin begegnet war, hatten sie sich von Frau zu Frau ausgesprochen. Die Frau hatte ihren Lateinlehrer verlassen und nahm an, dass er noch immer in bezaubernden engen Hotelzimmern in Rom seine Schülerinnen verführte.

Aber warme Hände, behaarte Brust und Witz.

Aber hier war jetzt nicht die Rede von diesem Blödian. Nicht von ihm und auch nicht von Ewa Moreno.

Die Rede war von einem toten Mädchen namens Winnie Maas. Und von einem (hoffentlich) lebenden namens Mikaela Lijphart.

Und von Arnold Maager, Mikaelas Vater.

Er hatte sechzehn Jahre Zeit gehabt, um sich für die Begegnung mit seiner Tochter eine passende Geschichte zurechtzulegen. Sechzehn Jahre allein mit seinen Gedanken und, vermutlich, seiner Reue.

Aber sechzehnhundert wären auch nicht genug, dachte Moreno. Die Zeit heilt viele Wunden, aber nicht die, die das schlechte Gewissen schlägt. Sie dachte an eine Gedichtzeile:

Denn die Rosen der Schande glühen in alle Ewigkeit.

Sie stellte die Ordner zurück in den Schrank. Schaute vorsichtig durch die Tür in Polizeianwärter Vegesacks Zimmer und konnte feststellen, dass der noch immer in seinem Drehsessel saß und schlief. Mit zurückgelegtem Kopf und offenem Mund.

Sie hatte ein paar Worte mit ihm über sein Gespräch mit Maager im Sidonisheim wechseln wollen, aber sie beschloss, es zu lassen.

Das war ein absolut menschenfreundlicher Entschluss. Falls er und seine Verlobte auch in der kommenden Nacht nicht schlafen wollten.

Sie verließ die Wache von Lejnice und ging quer über den Marktplatz zur Konditorei Vlammerick, um für ihren Freund (Verlobten? Typen? Liebhaber?) ein Versöhnungsgeschenk zu erstehen.

Und zum Teil auch, um ihren prämenstruellen Blutzuckerpegel zu heben.

21

19. Juli 1999

Der Anruf kam, als sie gerade im Schatten einer Ulme geparkt hatte, und sie meldete sich erst nach kurzem Überlegen.

»Ich dachte, du wolltest es vielleicht wissen«, sagte Münster.

Einen Moment lang wusste sie einfach nicht, wovon er redete.

»Wissen?«

»Meister Lampe. Die Pädophilenfrage.«

»Ach?«, sagte Moreno.

»Ich habe den Journalisten gefunden.«

Wie ist das möglich?, fragte Ewa Moreno sich. Dass ich diesen Schleimscheißer in den letzten Tagen fast habe verdrängen können?

»Es gibt also wirklich einen Journalisten?«

»Sieht so aus«, sagte Münster und klang düsterer, als sie es je gehört zu haben glaubte.

»Weiter«, bat sie.

Münster räusperte sich.

»Ich sitze in der Tinte«, erklärte er. »Diese Geschichte ist leicht verkorkst … um das mal so zu sagen.«

»Wieso sitzt du in der Tinte?«

»Vielleicht nicht gerade in der Tinte, aber lustig ist das nun wirklich nicht. Das mit Lampe-Leermann an sich war kein Problem. Er hat den Namen gegen eine Garantie für einen Platz im Saalsbachgefängnis ausgespuckt. Ich glaube, er hat in zwei anderen Knästen Feinde und fühlt sich bedroht. Auf jeden Fall hat er mir ohne viel Hin und Her den Namen dieses Reporters genannt.«

»Warum sagst du nicht, wie er heißt?«

»Ich weiß nicht«, sagte Münster.

»Weißt du nicht, wie er heißt, oder weißt du nicht, warum du seinen Namen nicht verraten willst?«

»Ich weiß, wie er heißt«, sagte Münster.

»Hast du mit ihm gesprochen?«

»Ja.«

»Und?«

Plötzlich spürte sie wieder diese Hand, die sich um ihre Kehle legte. *Pädophil? Einer von ihren Kollegen?* In Gedanken ging sie ihre Namen durch ... *Rooth, Jung, deBries* ... wie eine Art beschwörendes Mantra machte sie weiter ... *Krause, Bollmert* ...

»Er gibt zu, dass er Lampe-Leermann gegenüber geplaudert hat«, sagte Münster. »Im Suff, natürlich. Er hat einen Namen für uns, sagt er. Er hat Fotos als Beweis, und er hat zehntausend kassiert, um den Mund zu halten ... mit anderen Worten, genau wie Meister Lampe behauptet hat.«

»O verdammt«, sagte Moreno.

»Ganz recht«, sagte Münster. »Und dann gibt es noch eine nette Gemeinheit.«

»Was denn?«

»Er will den Namen nur gegen zehntausend ausspucken.«

»Was? Was zum ...«

»Hab ich auch gedacht«, sagte Münster. »Anfangs. Aber die Sache hat doch auch eine Art schwarzer Logik. Wenn er zehntausend für sein Schweigen genommen hat, dann wäre es doch unmoralisch, so ganz gratis zu reden, unethisch, wie er das nennt.«

»Aber für weitere zehntausend ...«

»... sieht die Sache anders aus. Hast du verstanden, wie die Lage ist?«

Moreno dachte eine Weile nach.

»Ja«, sagte sie. »Ich glaube schon. Was für ein Arsch.«

»Zweifellos«, sagte Münster. »Aber was soll ich jetzt machen? Zu Hiller gehen und ihn um zehntausend Gulden bar auf die Hand bitten?«

Moreno gab keine Antwort.

»Wie ist denn das Wetter an der Küste?«, fragte Münster.

»Wechselhaft. Heute scheint die Sonne. Hast du einen Plan?«

»Noch nicht«, sagte Münster. »Aber ich muss mir wohl einen ausdenken. Ich wollte dir nur schon mal Bescheid sagen.«

»Danke«, sagte Moreno.

Im Hörer wurde es für einige Sekunden still.

»Es kann nicht ... du glaubst nicht, dass er blufft?«, fragte sie dann. »Dieser verdammte Zeitungsschmierer?«

»Sicher«, sagte Münster. »Das tut er sicher.«

»Es gibt nichts Übleres als falsche Anklagen.«

»Nichts«, sagte Münster. »Abgesehen von echten. Ich lass von mir hören.«

»Tu das«, sagte Moreno.

Ein schwarzer Hund stand kläffend vor seiner Hütte, als sie die Rezeption suchte. Tiefes, dumpfes Bellen, wie aus einem Brunnen, ein fast surrealistischer Kontrast zu dem gepflegten Park und den blassgelben Gebäuden, dachte Moreno.

Aber auch ein passendes Symbol für ihre eigenen schwarzen Gedanken. Zerberus vielleicht? Eine Erinnerung an den Abgrund und den Weg, den wir alle gehen müssen? Sie fragte sich, warum sich die Besitzer des Tieres nicht entledigten oder es frei herumlaufen ließen. Es konnte doch wirklich kein Trost für die armen zerbrochenen und verwirrten Seelen sein, die hier aufbewahrt wurden.

Sie fand den richtigen Eingang und stellte sich einer rothaarigen Frau in einem weißen Kittel vor, die hinter einem Glasschalter saß.

»Arnold Maager, ja«, sagte die Frau mit nervösem Lachen. »Ich glaube, Sie sollten mit Frau Walker sprechen.«

»Frau Walker?«

»Sie leitet die Klinik. Einen Moment bitte.«

Sie drückte auf vier Knöpfe ihrer Telefonanlage.

»Warum muss ich mit der Leiterin sprechen? Ich will doch nur Herrn Maager besuchen.«

Die Rothaarige zögerte.

»Einen Moment.«

Sie trat drei Schritte von ihrem Schalter zurück und kehrte Moreno den Rücken zu. Sprach mit gedämpfter Stimme in ihr Telefon. Wandte sich dann mit gedämpftem Erröten wieder Moreno zu.

»Sie können sofort zu Frau Walker. Dritte Tür rechts, da gegenüber.« Sie zeigte auf einen kurzen Gang.

»Danke«, sagte Moreno und ging in die angewiesene Richtung.

Klinikchefin Walker war eine kleine dunkle Frau von Mitte Sechzig. Sie thronte hinter einem gigantischen Schreibtisch. Kommt mir fehl am Platze vor, dachte Moreno. Eine Taube neben einem Fußballplatz, so ungefähr. Die Frau erhob sich, umrundete den halben Platz und grüßte, als Moreno die Tür hinter sich geschlossen hatte. Mit ihrem einen Bein schien etwas nicht zu stimmen. Sie stützte sich auf einen dunkelbraunen Stock – möglicherweise war diese leichte Behinderung der Grund, weshalb sie sich überhaupt die Mühe gab, aufzustehen. Als eine Art Demonstration.

Und dazu kam eine spürbare Unruhe. Der übertriebene Wille, sich nützlich zu machen, der ganz offen zu Tage trat und den Moreno nicht begreifen konnte. Sie hatte angerufen und ihr Kommen angekündigt, hatte aber nur einen Anrufbeantworter erwischt. Hatte sich zwar als Kriminalbeamtin vorgestellt, doch dass die Anstalt so viel Dreck am Stecken hatte, wie diese Frau jetzt signalisierte, konnte sie kaum glauben.

Die Erklärung erfolgte recht bald.

»Bitte, setzen Sie sich«, sagte Frau Walker. »Ich glaube, wir haben ein kleines Problem.«

»Ach?«, fragte Moreno und blieb stehen. »Ich wollte doch nur kurz mit Arnold Maager sprechen. Wo ist da das Problem?«

»Er ist nicht hier«, sagte Frau Walker.

»Bitte?«

»Arnold Maager hält sich nicht in der Klinik auf. Er hat das Haus verlassen.«

Das Haus verlassen, dachte Moreno. Arnold Maager? Hat die Frau denn den Verstand verloren?

»Wie meinen Sie das?«, fragte sie. »Wo ist er?«

»Das wissen wir nicht. Er ist seit Samstagnachmittag verschwunden ... es tut mir wirklich Leid, dass Sie sich vergebens herbemüht haben. Aber da Sie keine Nummer hinterlassen hatten, unter der wir Sie erreichen konnten, haben wir ...«

»Auf welche Weise ist er verschwunden?«, fiel Moreno ihr ins Wort.

Frau Walker setzte sich wieder hinter ihren Schreibtisch.

»Wir wissen nicht genau, wann. Und nicht, wie. Irgendwann am Nachmittag, da macht er immer einen Spaziergang durch den Park. Beim Abendessen haben wir ihn dann vermisst. Am Samstag, meine ich.«

»Und er hat nicht gesagt, wo er hinwollte?«

»Nein.«

»Ist Herr Maager auch früher schon verschwunden?«

»Nein«, sagte Frau Walker müde. »Nie. Manche Patienten laufen manchmal weg ... nach Hause, genauer gesagt ... aber Maager war in der ganzen Zeit immer hier.«

»Sechzehn Jahre?«, fragte Moreno.

»Ja, so ungefähr«, bestätigte Frau Walker. »Wir machen uns große Sorgen und haben heute Morgen überlegt, was wir jetzt unternehmen sollen.«

»Haben Sie die Polizei über sein Verschwinden informiert?«

»Sicher«, erklärte Frau Walker.

»Wann denn?«

Die Klinikchefin betrachtete ihre gefalteten Hände.

»Vor zwei Stunden.«

Große Klasse, dachte Moreno und biss die Zähne zusammen, um keine übereilte Bemerkung zu machen. Wirklich große Klasse. Da darf ein depressiver, seelisch kranker Mensch zwei Tage durch die Gegend stromern, dann erst wird eine Besprechung angesetzt, auf der beschlossen wird, die Behörden zu informieren. Vielleicht sollten wir uns an die Routine halten, wie die Zuständigen in solchen Fällen immer sagen.

»Ein Kollege hat in der vorigen Woche mit Herrn Maager gesprochen. Ist Ihnen das bekannt?«

Frau Walker nickte.

»Ja, das weiß ich. Am Mittwoch. Und einige Tage vorher war seine Tochter hier. Kann es da einen Zusammenhang geben, was meinen Sie? Sonst ist er wirklich nicht so umschwärmt.«

Moreno ignorierte diese Spekulationen.

»Sie sagen, dass Herr Maager am Samstagnachmittag verschwunden ist?«

»Ja. Er hat wie immer gegen halb eins zu Mittag gegessen ... es muss also irgendwann danach gewesen sein.«

»Haben Sie mit dem ganzen Personal gesprochen?«

»Und auch mit den Patienten. Nach zwei Uhr hat ihn niemand mehr gesehen.«

»Und niemand hat gesehen, wie er das Gelände verlassen hat?«

»Nein.«

Moreno dachte kurz nach.

»Was hat er mitgenommen?«

»Wie bitte?«

»Kleidung? Eine Tasche? Oder ist er mit leeren Händen losgezogen?«

Frau Walker hatte diesen Aspekt offenbar nicht bedacht, denn nun eilte sie wieder hinter ihrem Schreibtisch hervor.

»Wir werden das augenblicklich überprüfen. Es gibt eine Liste über alles, was die Hausbewohner auf ihren Zimmern haben ... über das meiste jedenfalls. Kommen Sie mit!«

»Na gut«, seufzte Moreno.

Eine halbe Stunde später wussten sie schon mehr. Offenbar war Arnold Maager nicht überstürzt aufgebrochen. Nachdem Pfleger und Ärzte sich miteinander beraten hatten, wussten sie, dass eine kleine Einkaufstasche und zwei Garnituren Wäsche aus seinem Schrank fehlten. Hemden, Socken und Unterhosen.

Andere Hinweise konnten sie jedoch nicht finden, weder in Maagers Zimmer noch anderswo, weshalb Moreno sich verabschiedete und zu ihrem Auto zurückkehrte.

Muss sofort mit Vegesack reden, dachte sie. Muss wissen, was er bei diesem Gespräch von sich gegeben hat.

Maager war nicht sonderlich mitteilsam gewesen, das hatte Vegesack ja schon klargestellt. Aber umso größer war das Risiko, nahm Moreno an, dass der Polizeianwärter ein wenig zu viel gesagt hatte.

Was Mikaela Lijphart anging, zum Beispiel. Dass sie ein wenig verschwunden war, zum Beispiel.

Sie ließ sich hinter das Lenkrad sinken. Kurbelte das Seitenfenster herunter und drehte den Zündschlüssel.

Nichts.

Der Motor blieb stumm.

Sie drehte den Schlüssel noch einmal um. Und noch einmal.

Nicht ein Mucks war zu hören.

Das darf doch nicht wahr sein, dachte sie. Das kann nicht wahr sein. Nicht gerade jetzt.

Wie zum Teufel?, dachte sie dann. Wie, zum Teufel, kann man ein volles Jahrzehnt nach Fall der Mauer in einer alten Zonenkarre durch die Gegend gurken? In einer verdammten Konservendose, die ins Museum gehört?

»Lieber Verlobter«, fauchte sie, als sie ihre Tasche nach ihrem Handy durchwühlte. »Jetzt hast du schlechte Karten. Verdammt schlechte!«

Es war der 19. Juli, und die Sonne knallte von einem immer strahlenderen Himmel. Polizeiinspektorin Ewa Morenos Urlaub war soeben in die zweite Woche gegangen. Sie befand sich auf einem Parkplatz vor einer einsam gelegenen psychiatrischen Klinik zwei Kilometer vom Meer entfernt, hatte gerade ihre Regel bekommen, und Mikael Baus verdammter Trabi wollte nicht anspringen.

Die erste freie Frau der Weltgeschichte? Hatte sie sich nicht so noch vor einigen Tagen ins Koordinatenkreuz des Lebens platziert?

Ha!

22

»Die Erde ist rund«, sagte Henning Keeswarden, sechs Jahre und fünf Monate alt.

»Verflixt rund«, stimmte Fingal Wielki zu, er war erst vier Jahre und neun Monate und ein eifriger Vertreter von allem, was neu und modern wirkte. Vor allem, wenn es von seinem verehrten Vetter vorgebracht wurde.

»Auf der anderen Seite gibt es Menschen«, erklärte der junge Keeswarden. »Kapierst du?«

Fingal Wielki nickte eifrig. Natürlich kapierte er.

»Wenn wir ein tiefes, tiefes Loch graben, ganz gerade in den Boden hinein, dann kommen wir auf der anderen Seite wieder raus.«

»Auf der anderen Seite«, bestätigte Fingal.

»Man muss verdammt tief graben, aber dann klettert man einfach ins Loch und kommt auf der anderen Seite wieder raus. Bei den Chinesen.«

»Den Chinesen«, sagte Fingal. Er konnte sich nicht so recht vorstellen, was das wohl für Leute waren, aber das wollte er nicht zugeben. »Man muss verdammt verflixt tief graben«, erklärte er stattdessen.

»Los geht's«, sagte Henning Keeswarden. »Wir haben ja schließlich den ganzen Tag. Neulich hab ich ein Loch gegraben, das fast durch die ganze Erde ging. Ich war fast auf der anderen Seite, aber dann musste ich zum Essen nach Hause. Ich konnte sie schon reden hören.«

»Reden?«

Fingal konnte sein Erstaunen nicht verbergen.

»Die Chinesen. So weit war ich schon. Ich hab das Ohr unten auf den Boden gedrückt und konnte sie ganz deutlich hören. Aber ich hab natürlich nichts verstanden, die sprechen doch eine andere Sprache, die Chinesen. Sollen wir jetzt ein Loch graben, das tief genug ist?«

»Aber klar«, sagte Fingal Wielki.

Die Vettern buddelten. Fingal hatte einen roten und viel neueren Spaten als Henning, dessen blauer schon etwas mitgenommen war. Vielleicht hatte er beim letzten Versuch, China zu erreichen, Schaden genommen, das wäre ja einzusehen. Aber ein roter Spaten gräbt ohnehin immer schneller als ein blauer.

Noch immer war es Morgen. Sie waren eben erst mit ihren Müttern zum Strand gekommen, zwei Schwestern, die jetzt auf dem Rücken lagen und ihre Brüste sonnten, so ein Strand war das nämlich.

Das Graben war ziemlich leicht. Zumindest am Anfang. Schon bald aber fing der hochgeworfene Sand an, zurück ins Loch zu rieseln. Hennig sagte, sie müssten es ein wenig verbreitern. Es war mühselig, in die Breite zu graben, wo es doch zu den Chinesen steil abwärts ging, aber wer vorankommen will, muss eben kleine Unannehmlichkeiten in Kauf nehmen. Und zupacken!

Deshalb legte Henning los, und Fingal folgte seinem Beispiel.

»Halt die Klappe, vielleicht kann ich ja schon was hören«, sagte Henning, als das Loch so tief war, dass nur noch Schultern und Kopf zu sehen waren, wenn man auf dem Boden stand. Zumindest bei Fingal, der zehn Zentimeter kleiner war als sein Vetter.

»Pst«, sagte Fingal und hielt sich den Finger an die Lippen, während Henning sein Ohr gegen den feuchten Sand presste.

»Hörst du was?«, fragte er, als Henning sich wieder aufrichtete und sich Sand aus dem Ohr wischte.

»Es war noch ganz leise«, erklärte Henning als erfahrener Gräber. »Wir müssen noch eine Weile weitermachen. Sollen wir jetzt mal Sklave spielen?«

»Sklave? Ja klar«, sagte Fingal, dem gerade nicht einfiel, was das nun wieder war.

Henning kletterte aus dem Loch.

»Du bist jetzt der Sklave, und ich bin der Sklaventreiber. Du musst alles tun, was ich sage, sonst bring ich dich um und fresse dich dann auf.«

»Alles klar«, sagte Fingal.

»Graben!«, schrie Henning mit drohender Stimme. »Graben, du mieser, fauler Sklave!«

Fingal langte wieder zu. Er grub und grub, dass der Sand nur so aufstob, aber so dicht bei China war er schwer und weich.

»Graben«, schrie Henning noch einmal. »Und du musst Yes, Mister sagen.«

»Jesmister«, sagte Fingal und buddelte weiter.

Bald müssen wir doch in China sein, dachte er, wagte aber nicht, seine Arbeit zu unterbrechen, um zu horchen. Dann würde sein Vetter ihn totschlagen und auffressen. Was keine lustige Aussicht war. Deshalb grub er ein wenig schräg zur Seite, das ging leicht. Vielleicht lag China ja in der Richtung, er ahnte schon, dass es so war.

»Graben, du fauler Neger!«, schrie Henning.

Fingals Arme taten wirklich weh, vor allem der rechte, den er ein halbes Jahr zuvor beim Schlittschuhlaufen gebrochen hatte. Aber er gab nicht auf. Er holte mit dem Spaten aus und rammte ihn mit voller Kraft in die Sandwand des Loches.

Eine kleine Lawine kam von oben, aber das machte nichts. Er wusste trotzdem, dass sie ihr Ziel erreicht hatten. Endlich. Ein Fuß ragte aus dem Sand.

Ein Fuß mit fünf Zehen und sandiger Sohle. Ein echter Chinesenfuß!

»Da sind wir«, rief er. »Schau mal!«

Der Sklaventreiber sprang in die Grube, um sich die Sache

anzusehen. Ja verdammt! Sie hatten so tief gegraben, dass sie schon bei den Fußsohlen der Chinesen angekommen waren.

»Gut gemacht«, sagte er.

Das einzig Seltsame – und was die Theorie, die Erde sei rund, ja doch in Zweifel zog – war, dass der Fuß nicht unten in der Grube aufgetaucht war, sondern an der Seite. Er ragte aus der Wand heraus, und das Bein, an dem der Fuß festsaß, schien sich ebenfalls auf der Seite zu befinden.

Aber das war eine Nebensächlichkeit.

»Wir graben den Sand weg und sehen uns den Rest an«, entschied Henning Keeswarden, der seinen Posten als Sklaventreiber aufgegeben hatte und bereit war, dieses Bein auszubuddeln ... und den Körper dazu, der am Ende dann doch kein Chinese war, sondern ein ganz gewöhnlicher Toter.

Was eigentlich gar nicht so schlimm war. Auch, wenn er das seinem Vetter gegenüber niemals zugegeben hätte, so war ihm doch noch nie ein Toter über den Weg gelaufen.

Aber als er mit seinen blauen Spaten zustach und wieder eine Sandlawine in die Grube raste, schaute seine Tante Doris zu ihnen hinunter.

Seine Tante, Fingals Mama.

Zuerst starrte sie.

Dann schrie sie.

Und dann kam seine eigene Mama dazu und schrie ebenfalls, und dann wurden er und Fingal aus dem Chinesenloch gezogen, und von allen Seiten strömten die Leute herbei, Tanten mit nackten und Tanten mit verhüllten Titten, und Onkel mit und ohne Sonnenbrillen, mit weiten flatternden Badehosen und mit kleinen dünnen, die fast zwischen ihren Arschbacken verschwanden, und alle zeigten in das Loch und riefen wild durcheinander.

»Nichts anfassen! Nichts anfassen!«, schrie ein großer dicker Kerl, lauter als alle anderen. »Im Sand ist eine Leiche vergraben. Nichts anfassen, bis die Polizei kommt!«

Und Hennings Mama nahm Henning auf den Arm, und Fingals Mama tat dasselbe mit Fingal, und im Loch lagen ein roter und ein blauer Spaten, für die kein Mensch sich mehr zu interessieren schien.

Aber diese Füße (denn beim letzten energischen Spatenstich war noch ein Fuß aufgetaucht) fanden alle umso spannender.

Das ist dann sicher doch so ein Chinese, dachte Fingal.

»Die Erde ist rund«, rief er und winkte allen anderen zu, als seine Mama mit ihm zu ihren Handtüchern und Würsten und Äpfeln und Rosinenbrötchen und Butterbroten und rotem und gelbem Saft zurücklief. »Verflixt rund!«

III

23

22. Juli 1983

Zuerst begriff sie nicht, was die Person da sagte. Die roten Digitalziffern der Uhr zeigten 01.09 Uhr. Ihr Ärger darüber, dass jemand die Frechheit besaß, um diese Zeit anzurufen, mischte sich mit der Angst, es könnte etwas passiert sein. Ein Unfall? Ihre Eltern? Ihr Bruder? Arnold oder Mikaela … nein, die schliefen doch im selben Zimmer wie sie selber.

»Verzeihung? Was haben Sie gesagt?«

»Ich möchte mit Magister Maager sprechen.«

Eine Schülerin. Die Unruhe verflog. Ein Mädchen von fünfzehn oder sechzehn Jahren, das nachts um zehn nach eins anrief, mehr nicht. *Magister Maager?* Arnold drehte sich im Bett um, dann war das erste unverkennbare Schluchzen aus dem Kinderbettchen zu hören. Mikaela war wach und würde in wenigen Sekunden losbrüllen. Das stand fest. Es kam zwar nicht jede Nacht vor, aber auf jeden Fall jede zweite.

Und manchmal nicht nur einmal. Auch ohne Hilfe des Telefons. Jetzt war sie nur noch wütend.

»Was soll denn das, mitten in der Nacht anzurufen? Wir haben ein kleines Kind und haben wirklich Besseres zu tun als …«

Sie verlor den Faden. Die andere sagte nichts. Für einen Moment hatte sie den Eindruck, die Anruferin habe einfach aufgelegt, doch dann hörte sie aus dem Hörer einen leicht schnaufenden Atem. Arnold knipste die Lampe an und setzte sich im Bett auf. Sie gab ihm ein Zeichen, sich um Mikaela zu kümmern, und er stand auf.

»Was willst du?«, fragte sie verkniffen.
»Mit Maager reden.«
»Und warum?«
Keine Antwort. Mikaela wimmerte vor sich hin, und Arnold nahm sie hoch. Warum zum Teufel lässt er sie nicht liegen, dachte sie. Es hätte doch gereicht, ihr den Schnuller in den Mund zu stecken. Jetzt würde sie in der nächsten halben Stunde nicht wieder einschlafen.
»Wie heißt du?«, fauchte sie in den Hörer. »Du musst doch einsehen, dass du um diese Zeit niemanden anrufen kannst!«
»Ich muss mit ihm sprechen. Sagen Sie ihm bitte, dass er in einer Viertelstunde auf der Eisenbahnbrücke sein soll?«
»Auf der Eisenbahnbrücke? Hast du den Verstand verloren? Was soll das eigentlich, du kleine ... kleine ...«
Ihr fiel keine passende Bezeichnung ein. Sie hätte sonst zu Unflätigkeiten greifen müssen, aber dann hätte sie das Gefühl gehabt, die Lage gänzlich aus der Kontrolle zu verlieren. Jetzt gellte Mikaelas erster lauter Schrei durch das Zimmer. O verdammt, dachte sie, was ist bloß los?
»Kann ich jetzt mit ihm sprechen?«
»Nein.«
»Es ist ... es ist wichtig.«
»Und worum geht es?«
Erneutes Schweigen. Im Hörer und von Mikaela, die offenbar müde war und nicht genug Energie hatte, um ihr ganzes Repertoire durchzuspielen. Sie schien zum Glück damit zufrieden zu sein, über Papas Schulter zu hängen und ein bisschen vor sich hinzujammern.
»Sagen Sie ihm, dass er zur Eisenbahnbrücke kommen soll.«
»Nichts da. Sag, wer du bist und warum du mitten in der Nacht anrufst.«
Arnold kam zu ihr, setzte sich auf die Bettkante und schaute sie fragend an. Sie erwiderte seinen Blick, und im selben Moment beschloss die Anruferin, die Karten auf den Tisch zu legen.

»Ich heiße Winnie und war mit ihm zusammen. Ich bin schwanger.«

Es war seltsam, dass Arnold und Mikaela so dicht in ihrer Nähe waren, als diese Worte sich in ihr Bewusstsein bohrten. Das dachte sie sofort und dann später immer wieder. Dass sie in diesem Moment auf ihrer Hälfte des Doppelbettes saßen. Vater, Mutter und Kind. Die heilige Familie. Verdammt seltsam, denn der Abgrund, der sich plötzlich zwischen ihnen auftat, war so tief und so breit, dass sie wusste, dass sie ihn niemals überbrücken könnten. Sie würden nicht einmal den Versuch machen, es wäre aussichtslos. Ganz plötzlich wusste sie das.

Und wie seltsam, dass man für solche Überlegungen nur den Bruchteil einer Sekunde brauchte. Sie reichte ihm den Hörer und nahm ihm seine Tochter weg.

»Für dich.«

Aber ihre Ruhe war von kurzer Dauer. Als Arnold auflegte und neben dem Bett zu einem Häufchen Elend zusammengesackt war, legte sie Mikaela auf die Kissen und fing an, auf ihn einzuschlagen.

Mit geballten Fäusten, so fest sie konnte, schlug sie auf Kopf und Schultern ein. Er zeigte keinerlei Reaktion. Wehrte sich nicht, senkte nur ein wenig den Kopf, und bald waren ihre Arme müde. Mikaela wurde wieder wach, weinte aber nicht mehr. Sie setzte sich auf und glotzte. Mit großen blanken Augen und dem Schnuller im Mund.

Sie verließ das Schlafzimmer, lief ins Badezimmer und schloss sich dort ein. Spritzte sich kaltes Wasser ins Gesicht und versuchte, alle irrwitzigen Gedanken auszuschalten, die ihr Gehirn bombardierten.

Zuerst starrte sie im Spiegel ihr Gesicht an, dann betrachtete sie die vielen hundert Gegenstände auf dem Beckenrand und in den Regalen, diese Tuben und Dosen und Seifen und Scheren und Zahnbürsten und Pflaster, die das Alltäglichste von allem Alltäglichen in ihrem Leben ausmachten, die ihr jetzt aber plötzlich neu und fremd vorkamen, und die sich mit bedrohlichen und beängstigenden Vorzeichen zu umgeben schienen, die sie nicht deuten konnte. Ich werde verrückt, dachte sie. Ich werde wahnsinnig, in diesem Moment, in diesem verdammten Badezimmer, in diesem verdammten Augenblick ... es geht nur noch um Sekunden.

Sie fuhr sich mit dem Handtuch übers Gesicht und öffnete die Tür.

»In einer Viertelstunde auf der Eisenbahnbrücke, ja?«

Er gab keine Antwort. Nichts war zu hören, weder von ihm noch von Mikaela. Nur Schweigen strömte aus dem Schlafzimmer. Sie holte Jeans und einen Pullover. Die blauen Stoffschuhe. War innerhalb einer halben Minute angezogen und aufbruchbereit.

Bis dann.

Das dachte sie, sagte es aber nicht.

»Warte.«

Sie wartete nicht. Sie öffnete die Haustür und ging hinaus. Zog die Tür hinter sich ins Schloss und lief auf die Straße hinaus. Die Nachtluft war kühl und erfrischend.

Hier konnte sie schnaufen.

Als er Mikaela verließ, wusste er nicht genau, ob sie schlief. Aber sie lag in ihrem Bett, hatte den Schnuller im Mund und atmete regelmäßig. Vielleicht würde sie ja doch einige Stunden ruhig bleiben.

Er schloss die Haustür, so leise er konnte. Spielte für einen Moment mit dem Gedanken, das Fahrrad zu nehmen, entschied sich dann aber anders. Er würde ja doch nicht als Erster auf der Brücke sein.

Er würde acht oder zehn Minuten brauchen, und vielleicht konnte er die nutzen. Wollte er überhaupt als Erster eintreffen? Sollte er diese Zeit nicht dazu nutzen, um irgendeine Entscheidung zu treffen? Um zu einem Entschluss zu gelangen?

Oder war alles bereits entschieden?

War nicht alles bereits festgelegt worden, als er vor einem Monat die Grenze überschritten hatte? Schon damals. Vor sechs Wochen, um es genau zu nehmen. War nicht damals alles nur noch eine langsam tickende Zeitbombe gewesen?

Hatte er sich denn auch nur für einen Moment etwas anderes eingebildet? Dass er ungeschoren davonkommen würde? Dass er nicht dafür bezahlen müsste?

Er merkte, dass er ungewöhnlich schnell an der langen, dunklen Sammersgraacht vorbeilief. Kein Mensch war zu sehen, keine Katze unterwegs.

Dann bog er nach rechts in die Dorffs-Allee ein und ging dann durch Gimsweg und Hagenstraat. Vorbei an der Schule.

Die Schule, dachte er. Ob er jemals wieder …

Er führte diesen Gedanken nicht zu Ende. Er bog um die Nordwestecke des Sportplatzes und steigerte das Tempo noch mehr. Nur noch wenige hundert Meter.

Was wird jetzt passieren, fragte er sich. Was wird dort oben passieren?

Plötzlich fuhr er zurück. Als sei ihm dieser Gedanke erst jetzt gekommen.

Warum gehe ich nicht lieber nach Hause und kümmere mich um meine Tochter, fragte er sich. Warum?

Er zögerte fünf Sekunden. Dann hatte er seinen Entschluss gefasst.

24

Vernehmung des Ludwig Georg Heller, am 2. 8. 1983.
Ort: Wache von Lejnice.
Vernehmungsleiter: Hauptkommissar Vrommel, Polizeichef.
Anwesend: Inspektor Walevski.
Abschrift: Inspektor Walevski. Kopie an: Hauptkommissar Vrommel, Polizeichef.

Vrommel: Name und Adresse bitte.
Heller: Ludwig Heller, Walders Steeg 4.
V : Hier in Lejnice.
H : Ja.
V : Sie sind dreißig Jahre alt und arbeiten an der hiesigen Voellerschule. Stimmt das?
H : Ja.
V : Können Sie mir erzählen, in welcher Verbindung Sie zu Arnold Maager stehen?
H : Wir sind Kollegen. Und gute Freunde.
V : Wie lange kennen Sie sich schon?
H : Seit unserem sechzehnten Lebensjahr. Wir sind zusammen aufs Gymnasium gegangen.
V : Und hatten seither immer Kontakt?
H : Nein. Wir haben an unterschiedlichen Universitäten studiert und nicht am selben Ort gewohnt. Aber als wir an derselben Schule angestellt wurden, konnten wir unsere alte Bekanntschaft erneuern. Das ist jetzt ungefähr drei Jahre her.

V : Würden Sie behaupten, dass Sie Herrn Maager gut kennen?
H : Ja, ich glaube, das kann ich sagen.
V : Das glauben Sie?
H : Ich kenne ihn gut.
V : Auch seine Frau?
H : Nein, ich bin ihr nur einige Male begegnet.
V : Einige Male?
H : Drei, glaube ich. Wir reden miteinander, wenn wir uns in der Stadt begegnen.
V : Haben Sie selber Familie?
H : Noch nicht. Ich habe eine Freundin.
V : Ich verstehe. Sie wissen, was passiert ist?
H : Ja.
V : Dass Maager ein Verhältnis zu einer Schülerin hatte und dass diese Schülerin jetzt tot ist.
H : Winnie Maas, ja.
V : War sie auch Ihre Schülerin?
H : Ja.
V : In welchen Fächern?
H : Mathematik und Physik.
V : Welche Noten haben Sie ihr gegeben?
H : Noten? Ich begreife nicht, was ihre Noten damit zu tun haben.
V : Nicht? Wenn ich Sie bitten dürfte, einfach meine Fragen zu beantworten.
H: Ich habe ihr in Physik eine 5 und in Mathematik eine 3 gegeben.
V : Keine sonderlich guten Noten?
H : Nein. Ich begreife noch immer nicht, was das für eine Rolle spielen soll.
V : War sie hübsch?
H : Verzeihung?
V : Ich fragte, ob Winnie Maas hübsch war.
H : Darüber habe ich mir nie Gedanken gemacht.
V : Fand Arnold Maager Winnie Maas hübsch?

(Keine Antwort.)

V : Ich möchte Sie dringend bitten, meine Fragen zu beantworten. Mit allergrößter Wahrscheinlichkeit werden Sie das auch vor Gericht tun müssen. Und da können Sie sich auch gleich daran gewöhnen.

H : Ich weiß nicht, ob Arnold Maager Winnie Maas hübsch gefunden hat.

V : Aber Sie wissen, dass er ein Verhältnis mit ihr hatte?

H : Ein Verhältnis war das ja wohl kaum.

V : Nicht? Und wie würden Sie das nennen?

H : Sie hat sich ihm angeboten. Er hat einen Fehler gemacht. Und es ist nur einmal passiert.

V : Sie finden sein Verhalten also akzeptabel?

H : Natürlich nicht. Ich sage nur, dass von einem Verhältnis nicht die Rede sein kann.

V : Waren Sie in der Wohnung, als Maager und Winnie Maas ihren sexuellen Kontakt hatten?

H : Nein.

V : Aber Sie wussten davon?

H : Ja.

V : Wussten Sie das auch schon vor dem Tod des Mädchens?

H : Ja.

V : Wie und wann haben Sie davon erfahren?

H : Zwei Kollegen haben darüber geredet.

V : Welche denn?

H : Cruickshank und Nielsen.

V : Zwei von denen, die nach der Discothek am 10. Juni noch mit auf dem Fest waren?

H : Ja.

V : Und sie haben erzählt, dass Maager mit Winnie Maas Geschlechtsverkehr hatte?

H : Ja.

V : Und wann war das?

H : Zwei Tage danach. In der letzten Schulwoche. Maager hat dann auch selber noch davon erzählt.

V : In welchem Zusammenhang?
H : Wir wollten zusammen ein Bier trinken. Das war ganz zu Anfang der Sommerferien, um den 20. oder so.
V : Wo?
H : Im Lippmanns. Und zwei weiteren Kneipen.
V : Und dabei hat er Ihnen erzählt, dass er mit einer Schülerin zusammen gewesen war?
H : Er hat ein wenig darüber erzählt, wie es passiert ist. Ich kannte die Geschichte ja schon.
V : Was hat er gesagt?
H: Dass er sternhagelvoll war und es bitter bereute. Dass er hoffte, dass es keine Folgen haben würde.
V : Folgen haben? Wie hat er das gemeint?
H : Dass es weder für ihn noch für das Mädchen Konsequenzen nach sich ziehen würde, natürlich.
V : Ich verstehe. Die Schüler haben es doch sicher auch alle gewusst?
H : Das nehme ich an. Aber von der Seite habe ich nie etwas gehört. Es war doch so kurz vor den Sommerferien.
V : Hauptsache war sicher, dass es niemand von den Eltern erfuhr?
H : So könnte man es sagen, ja.
V : Machen wir weiter. Es war ja sicher nicht das einzige Mal in diesem Sommer, dass Sie mit Maager über Winnie Maas gesprochen haben, oder?
H : Nein.
V : Erzählen Sie das genauer.
H : Wir haben uns Mitte Juli noch einmal getroffen.
V : Wann und wo?
H : Wir haben einen Ausflug zu den Inseln gemacht. An einem Samstagnachmittag. Am 15. oder 16., glaube ich. Arnold hatte mich angerufen, er wollte mit mir reden.
V : Und worum ging es diesmal?
H : Um Winnie Maas. Sie war schwanger. Maager hatte das gerade erfahren.

V : Und was hat er an diesem Tag für einen Eindruck auf Sie gemacht?

H : Er machte sich natürlich große Sorgen. Ja, mehr als nur das. Winnie wollte das Kind offenbar behalten.

V : Und was wollte Maager?

H : Das sollte er Ihnen wohl selber erzählen.

V : Das hat er schon getan. Jetzt geht es um Sie, Herr Heller. Maager hat auf diesem Ausflug seine Meinung zum Ausdruck gebracht, oder?

H : Er war sicher etwas aus dem Gleichgewicht geraten.

V : Ich habe nicht gefragt, wie es um sein Gleichgewicht bestellt war. Ich will wissen, wie er sich in Bezug auf diese Schwangerschaft ausgedrückt hat.

H : Er drängte natürlich auf eine Abtreibung. Das ist doch kein Wunder. Sie war zu jung, um Mutter zu werden, und er hatte Angst, seine Frau könnte von der Sache erfahren.

V : Wirklich? Er hatte ihr seinen Seitensprung also noch nicht gestanden?

H : Nein, das hatte er nicht.

V : Hatte er Angst, Winnie Maas könnte das übernehmen?

H : Das kann schon sein. Ich begreife nicht, wozu das alles gut sein soll. Warum wir über diese Dinge diskutieren …

V : Es spielt keine Rolle, ob Sie das verstehen oder nicht. Die Polizei muss auf jeden Fall ihre Arbeit tun. Sie glauben also nicht, dass Arnold Maager sich noch vor etwas anderem gefürchtet haben könnte?

H : Was sollte das denn sein?

V : Denken Sie einfach mal darüber nach. Worüber haben Sie an diesem Tag eigentlich gesprochen?

H : Über alles mögliche.

V : Wie viele Inseln haben Sie besucht?

H : Doczum und Billsmaar. Wir sind einfach nur herumgefahren. Aber nirgendwo an Land gegangen.

V : Und Sie konnten keine Lösung für Maagers Probleme finden?

H : Lösung? Was denn für eine Lösung?
V : Wenn Sie mehrere Stunden unterwegs waren, müssen Sie doch allerlei Spekulationen angestellt haben. Und mit Gedanken gespielt.
H : Ich verstehe nicht, wovon Sie hier reden.
V : Ich rede von Auswegen. Wege, über die Arnold Maager aus dieser Klemme entkommen konnte. Stellen Sie sich doch nicht dümmer, als Sie sind! Ich dachte, Sie hätten ein Staatsexamen abgelegt!
(Keine Antwort.)
V : Denn deshalb wollte er Sie doch treffen? Weil er Hilfe brauchte?
H : Er wollte nur reden. Er war doch verzweifelt, zum Henker!
V : Verzweifelt? Sie meinen, Arnold Maager war verzweifelt, als er mit Ihnen am Samstag, dem 16. Juli, diesen kleinen Ausflug zu den Inseln unternommen hat?
(Pause. Neues Band wird eingelegt.)
V : Hatten Sie in den Wochen vor Winnie Maas' Tod noch weiteren Kontakt zu Arnold Maager? Nach dem 16., meine ich.
H : Er hat mich einige Male angerufen. Vorher, meine ich.
V : Einige Telefongespräche also. Worüber haben Sie gesprochen?
H : Über alles mögliche.
V : Auch über Winnie Maas?
H : Ja.
V : Und was hatte Maager dazu zu sagen?
H : Er machte sich Sorgen.
V : Erzählen Sie das genauer.
H : Was meinen Sie mit genauer?
V : Hat er irgendeinen Plan genannt? Und wie beurteilten Sie seinen Gemütszustand?
H : Er sagte, er könne nachts nicht schlafen. Und wusste nicht, ob er seiner Frau reinen Wein einschenken sollte.
V : Haben Sie ihm einen Rat gegeben?
H : Nein. Was hätte ich sagen sollen?

V : Kam er Ihnen während dieser Gespräche labil vor?
H : Nicht direkt labil. Nervös und angespannt, wie gesagt.
V : Wissen Sie, ob er viel Kontakt zu dem Mädchen hatte?
H : Sie hatten miteinander geredet. Er hatte versucht, sie zu einer Abtreibung zu überreden. Er hatte ihr Geld angeboten.
V : Und was hatte sie gesagt?
H : Sie war offenbar bei ihrem Entschluss geblieben. Sie wollte das Kind bekommen.
V : Und was war mit dem Geld?
H : Ich weiß nicht.
V : Das wissen Sie nicht?
H : Nein.
V : Na gut. Als Sie erfahren haben, was passiert ist, als das Mädchen tot auf den Bahngleisen gefunden wurde, wie haben Sie da reagiert?
H : Ich war natürlich entsetzt.
V : Ja, natürlich. Wir waren alle entsetzt. Aber waren Sie auch überrascht?
H : Natürlich war ich überrascht. Das war doch ein grauenhaftes Ende.
V : Sie hatten also nicht damit gerechnet?
H : Nein, das hatte ich natürlich nicht. Er muss total die Beherrschung verloren haben. Es ist furchtbar.
V : Überrascht es Sie, dass er die Beherrschung verloren hat?
(Keine Antwort.)
V : Ich wiederhole: Angesichts Ihres Wissens um die näheren Umstände, überrascht es Sie, dass Arnold Maager die Beherrschung verloren hat?
H : Ich weiß nicht. Vielleicht nicht.
V : Danke, Herr Heller. Das ist für den Moment alles.

25

19. Juli 1999

Für einen kurzen Moment – für den hastig verfliegenden Bruchteil einer Sekunde – glaubte sie, er werde sie schlagen. Doch nichts geschah. Er bewegte nicht einmal die Hand. Aber dass dieses Bild sich vor ihrem inneren Auge überhaupt entwickeln konnte, musste etwas bedeuten. Nicht notwendigerweise, dass er von der Sorte war – einer, der die Fäuste benutzte, wenn ihm die Worte ausgingen –, sondern noch etwas anderes. Eine Ahnung? Eine Warnung?

Oder war es einfach ein krankhaftes Fantasieprodukt? Eine Projektion ihres eigenen unentschiedenen Gefühlslebens?

Auf jeden Fall blieb dieses Gefühl haften. Und würde haften bleiben, das wusste sie bereits, als der Augenblick noch nicht verstrichen war.

»Du hast was getan?«, fragte er mit zusammengebissenen Zähnen.

»Ich habe es da oben stehen lassen und mir ein Taxi genommen«, sagte sie.

»Du hast mein Auto oben im Wald stehen lassen? Ohne dafür zu sorgen, dass jemand sich darum kümmert?«

Sie zuckte mit den Schultern. Er hat nicht Unrecht, dachte sie. Ich wäre auch nicht begeistert, wenn ich an seiner Stelle wäre.

»Trabi«, sagte sie. »Ich dachte, es lohnt sich nicht, dafür auch noch Geld auszugeben.«

Er ignorierte diese Bemerkung. Trommelte mit den Fingern

auf dem Tisch herum und schaute über ihre Schulter ins Leere. Seine Wangenhaut straffte sich.

»Und jetzt?«, fragte er.

»Ich bring das schon in Ordnung«, seufzte sie. »Wenn das für dich so verdammt wichtig ist, ein Auto zu haben, dann miete doch einfach eins. Ich bezahle. Leider ist allerlei passiert, deshalb habe ich im Moment keine Zeit für solchen Kleinkram.«

Er ließ einige Sekunden verstreichen, dann fragte er:

»Was ist denn passiert?«

»Maager ist verschwunden. Deshalb hatte ich es so eilig und mochte mich einfach nicht auf die Suche nach einem Abschleppdienst machen.«

»Verschwunden? Wieso das denn?«

»Was weiß ich. Aber seit Samstag ist er nicht mehr im Heim.«

»Also sind jetzt Vater und Tochter verschwunden?«

»Sieht so aus.«

»Weiß die Polizei schon davon?«

Moreno leerte ihr Saftglas und machte Anstalten, sich zu erheben.

»Wenn ja, dann haben sie jedenfalls noch nichts unternehmen können. Diese Schlaffis oben im Sidonis haben das erst vor zwei Stunden gemeldet. Obwohl es zwei Tage her ist. Nein, ich muss mit Vrommel und Vegesack darüber reden, die müssen jetzt endlich aufwachen.«

Mikael Bau ließ sich zurücksinken und betrachtete sie mit verkniffenem Lächeln. Sie konnte dieses Lächeln nicht deuten.

Bei seinen nächsten Worten fiel ihr das schon leichter.

»Die Frau Inspektor ist jetzt also wieder voll im Dienst?«

Ewa Moreno erwiderte sein Lächeln und dachte kurz nach.

»Ich ziehe heute Abend aus«, sagte sie. »Und vielen Dank für die schönen Tage.«

Sein Lächeln schien zu erstarren, doch ehe er etwas sagen konnte, war sie schon aufgesprungen und hatte den Tisch verlassen.

»Und das mit dem Traktor bring ich auch in Ordnung«, rief

sie über ihre Schulter zurück. »Nimm dir einen Mietwagen und fahr so lange an den Strand.«

Warum tut er mir nicht mal Leid?, dachte sie, als sie um die Ecke gebogen war. Weil ich mich gerade zum Miststück entwickele?

»Doch, das habe ich gehört«, sagte Polizeianwärter Vegesack mit düsterer Miene. »Nur haben sie so verdammt viel Zeit verstreichen lassen, ehe sie uns informiert haben. Ich weiß ja auch nicht, was wir tun sollen, aber dass wir zwei Tage im Rückstand liegen, macht die Sache nun wirklich nicht besser.«

»Die wichtigste Frage ist sicher nicht, was wir tun sollten«, meinte Moreno. »Sondern was passiert ist.«

Vegesack runzelte die Stirn und suchte nach seinem Schlipsknoten, der ausnahmsweise nicht vorhanden war. Er trug ein marineblaues Polohemd und eine dünne Baumwollhose in einem ewas leichteren Farbton, was zum Wetter und zur Jahreszeit passte, und Moreno fragte sich für einen Moment, ob seine heimgekehrte Freundin etwas mit dieser Kleiderordnung zu tun haben könnte. Das hoffte sie – und sie hoffte, dass die tiefen Schatten unter den Augen des Anwärters ebenfalls damit zusammenhingen. Mit dem, was er zwei Tage zuvor angedeutet hatte.

»Na gut«, sagte er. »Und was glaubst du, was passiert ist?«

Moreno schaute kurz zur halb offenen Tür hinüber, ehe sie antwortete.

»Wo steckt der Polizeichef?«

»Unten am Strand«, sagte Vegesack. »Es ist etwas passiert, aber das erzähle ich dir später.«

Moreno nickte.

»Du nimmst es mir nicht übel, dass ich mich in diesen Fall einmische?«

»Warum sollte ich? Es ist doch deine Sache, wie du deine Ferien verbringst.«

Sie beschloss, nicht zu untersuchen, wie viel Ironie sich in diesem Kommentar versteckte. Jedenfalls nicht sofort.

»Entweder ist Maager durchgebrannt«, sagte sie. »Oder ihm ist etwas zugestoßen. Was erscheint dir wahrscheinlicher?«

Vegesack rieb sich mit den Fingerspitzen die Stirn und schien mit aller Gewalt nachzudenken.

»Keins von beiden«, entschied er dann. »Woher zum Teufel soll ich das wissen? Aber ich verstehe absolut nicht, warum irgendwer ihn um die Ecke bringen sollte. Denn darauf willst du doch wohl hinaus?«

Moreno zuckte mit den Schultern.

»Warum hätte er durchbrennen sollen? Kommt dir das wahrscheinlicher vor?«

Vegesack seufzte.

»Möchtest du einen Schluck Mineralwasser?«

»Ja, gern«, sagte Moreno.

Er verschwand in der Teeküche und kehrte mit einer Plastikflasche und zwei Gläsern zurück.

»Zu wenig Flüssigkeit«, erklärte er. »Das ist mein Problem. Und zu wenig Schlaf.«

Aber nicht zu wenig Liebe, dachte Moreno, als er die Gläser füllte. Wäre auch nicht mein Problem, wenn ich nicht so verdammt blöd wäre.

»Na«, sagte sie. »Und wenn wir, rein hypothetisch, davon ausgehen, dass er freiwillig verschwunden ist, was sagt uns das dann?«

»Dass er irgendeinen Grund haben muss«, sagte Vegesack.

»Genau. Nenn mir einen Grund.«

»Er hat das Heim sechzehn Jahre nicht verlassen.«

»Genau.«

»Es muss … es muss mit dem Besuch seiner Tochter zu tun haben.«

»Wirklich? Warum glaubst du das?«

»Das liegt doch auf der Hand … aber wo der Zusammenhang ist, das wissen die Götter.«

»Sie hat ihn vorigen Samstag besucht. Warum hätte er eine ganze Woche warten sollen?«

Wieder rieb sich Vegesack die Schläfen. Moreno fragte sich, ob er vielleicht eine Art Yogakurs besucht und gelernt haben könnte, auf diese Weise die Blutzufuhr zum Gehirn zu stimulieren. Es sah jedenfalls eher zielstrebig als zerstreut aus, aber sie verschob auch diese Frage auf später.

»Vielleicht hat es nicht so sehr mit ihrem Besuch zu tun«, sagte er schließlich. »Sondern mit ihrem Verschwinden.«

»Das glaube ich auch«, sagte Moreno. »Und woher weiß Maager, dass Mikaela verschwunden ist?«

Vegesack unterbrach seine Schläfenmassage.

»Verdammt. Von mir natürlich. Ich habe es ihm erzählt, als ich bei ihm war und versucht habe, mit ihm zu sprechen.«

»Wann warst du bei ihm?«

Der Polizeianwärter dachte ohne äußerliche Hilfe nach.

»Am Mittwoch, glaube ich. Ja, das war am Mittwoch.«

»Stimmt«, sagte Moreno. »Es wäre gut, wenn du dich genau erinnern könntest, was du zu ihm gesagt hast. Und wie er reagiert hat.«

Vegesack breitete die Hände aus und hätte fast die Wasserflasche umgeworfen.

»Er hat überhaupt nicht reagiert. Auf rein gar nichts. Er hat guten Tag gesagt, als ich gekommen bin, und auf Wiedersehen, als ich ging. Das war so gut wie alles ... aber er hat natürlich zugehört, das schon. Ich habe ihm erzählt, worum es ging, dass Mikaela Lijphart offenbar verschwunden ist. Dass wir wissen, dass sie seine Tochter ist ... dass sie ihn besucht hat und dass ihre Mutter nach Lejnice gekommen ist, um sie zu suchen. Ich versuchte natürlich festzustellen, was er zu ihr gesagt hatte ... unter anderem über diese alte Geschichte. Ob sie unglücklich gewirkt hat oder so. Sie hatten sich doch offenbar mehrere Stunden lang miteinander unterhalten, da oben im Park.«

»Aber er hat keine Antwort gegeben?«

»Nein.«

»Und hattest du irgendeinen Eindruck? War er betroffen von ihrem Verschwinden?«

Vegesack starrte eine Weile aus dem Fenster.

»Ich glaube schon«, sagte er. »Ja, ich glaube sogar, dass es ihn auf irgendeine Weise zum Schweigen gebracht hat ... vielleicht hätte er doch etwas gesagt, wenn ich das mit Mikaela nicht sofort erzählt hätte. Aber Himmel, wissen kann ich das nicht. Ich war nur zwanzig Minuten bei ihm. Meinst du, dass er sich auf die Suche nach ihr gemacht hat? Bist du zu diesem Schluss gekommen?«

Moreno trank einen Schluck Wasser.

»Ich bin zu gar keinem Schluss gekommen«, gab sie zu. »Ihm kann genauso gut etwas zugestoßen sein. Du hast am Mittwoch mit ihm gesprochen, aber er ist erst am Samstag aus dem Heim verschwunden. Warum hat er so lange gewartet? Es kann ja auch noch etwas anderes passiert sein – am Donnerstag oder am Mittwoch –, das ihn dazu veranlasst hat. Ich hätte mich genauer erkundigen sollen, als ich da oben war, aber das ist mir viel zu spät eingefallen.«

»Heute ist Montag«, sagte Vegesack. »Was bedeutet, dass er schon seit zwei Tagen verschwunden ist. Er ist nicht daran gewöhnt, öffentlich aufzutreten. Unter Leute zu kommen. Ist es da nicht doch seltsam, dass er niemandem aufgefallen ist?«

Moreno zuckte mit den Schultern.

»Und woher weißt du, dass er niemandem aufgefallen ist?«

Vegesack gab keine Antwort.

»In dieser Geschichte gibt es viele Seltsamkeiten«, sagte Moreno dann. »Deshalb kann ich nicht wirklich Ferien machen. Ich habe jetzt zwei Nächte hintereinander von Mikaela geträumt. Ich habe sogar meinen Freund in die Wüste geschickt ... ich weiß nicht, ob das als Berufskrankheit bezeichnet werden kann oder nicht. Was meinst du?«

Warum erzähle ich Vegesack das alles, überlegte sie, als sein leichtes Erröten und seine gehobenen Augenbrauen ihr zu verstehen gaben, dass er nicht so recht wusste, wie er mit dieser Vertraulichkeit umgehen sollte.

»Ach je«, sagte er diplomatisch.

»Du sagst es«, erwiderte Moreno. »Ich habe mich viel zu sehr in diese Sache hineingesteigert, aber jetzt haben sich immerhin gewisse Befürchtungen bestätigt. Ich weiß, dass ich nicht ganz daneben liege. Du hast bei deinem Besuch wohl nicht den Eindruck gewonnen, dass Maager mit Fluchtgedanken spielte?«

Vegesack schüttelte den Kopf.

»Und wie er auf das Verschwinden seiner Tochter reagiert hat, steht sicher in den Sternen?«

»Wenn überhaupt irgendwo«, sagte Vegesack. »Aber das ist ja alles auch einfach schrecklich ... für Maager, meine ich, auch wenn wir nicht vergessen wollen, dass er ein Mörder ist und überhaupt. Zuerst taucht sie nach sechzehn Jahren auf, dann vergehen einige Tage, und dann ist sie unerreichbarer als je zuvor. Das muss doch hart für ihn sein.«

»Hart«, bestätigte Moreno. »Würdest du mir noch einen Gefallen tun?«

»Natürlich«, sagte Vegesack und sah ungeheuer dienstfertig aus. »Was denn?«

»Erkundige dich, ob Maager zwischen Mittwoch und Samstag noch mehr Besuch hatte oder telefoniert hat.«

»Alles klar«, sagte Vegesack. »Ich rufe an und erkundige mich. Aber wie kann ich dir dann Bescheid geben? Schaust du hier vorbei?«

»Ich lasse auf jeden Fall von mir hören«, seufzte Moreno. »Auf die Vermisstenmeldung von Mikaela sind wohl keine weiteren Meldungen eingelaufen?«

Vegesack wühlte eine Weile in den Papieren auf seinem Schreibtisch herum.

»Zwei«, sagte er. »Eine können wir sicher abschreiben, sie stammt von einem gewissen Herrn Podager, der der Polizei in solchen Fällen immer behilflich sein möchte. Er ist hoch in den Achtzigern und sieht ungeheuer viel, obwohl er seit zwanzig Jahren blind ist.«

»Alles klar«, sagte Moreno. »Und die zweite?«

»Eine Frau oben in Frigge«, teilte Vegesack mit und las von

einem Zettel ab. »Frau Gossenmühle, sie hat gestern Abend da oben auf der Wache angerufen und behauptet, ein Mädchen gesehen zu haben, das mit dem Foto von Mikaela Lijphart übereinstimmte. Im Bahnhof. Die Kollegen wollten heute Vormittag mit ihr sprechen, danach sagen sie uns sicher Bescheid.«

Moreno dachte eine Weile nach.

»Wie weit ist es von hier bis Frigge?«

»Ungefähr hundertfünfzig Kilometer.«

Moreno nickte.

»Dann können wir nur abwarten. Aber was ganz anderes, kennst du hier in der Stadt eine Reparaturwerkstatt?«

»Reparaturwerkstatt?«

»Ja. Nicht zu teuer. Es geht um einen Trabi.«

»Um einen Trabi? Du willst mir doch nicht erzählen, dass du in einem Trabi durch die Gegend fährst?«

»Fuhr«, sagte Moreno. »Also?«

»Äh«, Vegesack überlegte. »Doch, Kluiverts, auf die ist Verlass.«

Sie ließ sich außerdem den Namen einer Pension geben, von der Vegesack glaubte, dass die Preise nicht unerschwinglich waren. Obwohl er selber in Lejnice natürlich nie im Hotel wohnte. Und obwohl jetzt doch Hochsaison war.

Natürlich hätte Kriminalinspektorin Moreno diese beiden Anrufe auch von der Wache aus tätigen können, aber eine innere Stimme sagte ihr, dass es an der Zeit sein könnte, die alte Grenze zwischen Beruf und Privatleben wieder zu ziehen.

Zumindest sie ein wenig zu skizzieren, dachte sie mit bitterer Selbstironie, als sie Vegesack die Hand reichte und ihm für seine Hilfe dankte.

»Übrigens«, fiel ihr dann noch ein, als sie in der Tür stand. »Was ist da unten am Strand passiert? Du hast doch gesagt, Vrommel sei im Einsatz.«

Vegesack runzelte wieder die Stirn.

»Weiß nicht so recht«, sagte er. »Die haben offenbar eine Leiche gefunden.«

»Eine Leiche?«

»Ja. Ein paar Kinder haben sie beim Spielen ausgebuddelt, glaube ich.«

»Und?«

»Mehr weiß ich nicht«, sagte Vegesack verlegen und schaute auf die Uhr. »Wir haben es erst vor einer guten Stunde erfahren. Vrommel hat sich darum gekümmert, und es sind wohl auch Leute aus Wallburg da ... Spurensicherung und so, wir haben ja nicht so viele Leute hier und ...«

Er verstummte. Blieb mit erhobenen Händen stehen, als habe er sich die Schläfen massieren wollen und eine plötzliche Eingebung habe ihn davon abgehalten.

»Herrgott! Du glaubst doch wohl nicht ...«

»Ich glaube gar nichts«, sagte Moreno. »Mann oder Frau?«

»Keine Ahnung. Das Stinktier hat nur von einer Leiche gesprochen. Von einem toten Menschen.«

Das Stinktier?, dachte Moreno und ließ für einen Moment die Hand auf der Türklinke liegen.

»Ich melde mich«, sagte sie dann und trat hinaus in den Sonnenschein.

26

Sie ging zu Florivans Taverne, einem etwas heruntergekommenen Restaurant, das laut Mikael Bau sein Aussehen seit Beginn der fünfziger Jahre nicht verändert hatte und offenbar von diesem Profil profitierte, betrat das Lokal um fünf nach zwei und erkannte plötzlich, dass sie seit dem bescheidenen Käsebrot am frühen Morgen noch nichts gegessen hatte. Umso mehr hatte sie getrunken – Saft und Wasser und Wasser und Kaffee – aber ihr Magen knurrte, und sie begriff, dass es jetzt angebracht sein könnte, mit den Zähnen mehr zu tun, als nur zu knirschen. Wo sie doch mit zweiunddreißig Beißern ausgerüstet war. Oder waren es nur achtundzwanzig?

Sie versuchte gar nicht erst, sie zu zählen. Stattdessen setzte sie sich auf der Terrasse an einen von einem Sonnenschirm geschützten Tisch. Bestellte Knoblauchbrot, Meeresfrüchtesalat und ein Telefonbuch. Letzteres, um sich davon zu überzeugen, dass alle Reparaturwerkstätten geschlossen und alle Hotels bei diesem strahlenden Sommerwetter ausgebucht waren.

Glücklicherweise war das nicht der Fall. Weder das eine noch das andere. In der Pension Dombrowski versprach eine energische Wirtin, bis neun Uhr ein Zimmer für sie bereitzuhalten (für drei Nächte, jetzt in der Hochsaison wurde nicht für kürzere Zeitspannen vermietet). Ohne Balkon und ohne besondere Aussicht, aber dafür war der Preis akzeptabel. Das nun wirklich. Weshalb sie nur danken und annehmen konnte.

Sie dankte und nahm an. Montagnacht, Dienstagnacht, Mittwochnacht, dachte sie. Am Donnerstag fahre ich nach Hause. Das passte ihr sehr gut, bis dahin würde die Lage sich so weit geklärt haben, dass Vrommel (das Stinktier?) und Vegesack den Rest allein schaffen könnten.

Egon Kluivert nun wieder, von *Kluivert, Kluivert & Söhne,* hatte zwar mehr als genug zu tun, wie er behauptete, versprach aber nach einigem Hin und Her (auch wenn er ums Verrecken nicht begreifen konnte, was ein süßes Mädel wie sie, ja, das war ihrer Stimme anzuhören, zumindest, wenn man Ohren hatte und ein Mann von Welt war, in so einer Sardinenbüchse von Trabi zu suchen hatte), versprach also, wie gesagt, die Zündung wieder flottzukriegen und die Sardinendose vor Haus Tschandala in Port Hagen abzustellen. No problem, er wusste, wo dieses Haus lag. Wenn er es an diesem Abend nicht mehr schaffte, dann allerspätestens am nächsten Morgen, wohin sollte er die Rechnung schicken?

Sie erklärte, sie werde sie vor Mittwoch persönlich bezahlen.

Ob sie ein neues Auto brauche, fragte er dann. Auf seinem Hof standen zufälligerweise gerade zwei wahre Sahneschnitten. Voll einsatzfähig, gut eingefahren, zum puren Schrottpreis zu haben.

Im Moment brauche sie keins, sagte sie. Aber sie versprach, auf ihn zurückzukommen, sollte sich das ändern.

Dann wurde das Essen serviert, und sie aß mit der vagen Hoffnung, dass sich doch noch alles finden würde, obwohl sie ja kaum hoffen durfte, dass das passieren würde. Und verlangen durfte sie es schon gar nicht.

Zum Kaffee trank sie einen kleinen Calvados, um sich daran zu erinnern, dass sie in gewisser Hinsicht immer noch Urlaub hatte, danach führte sie ein weiteres Telefongespräch. Sie rief bei ihrer Freundin und ihrem Lebensanker Clara Mietens an.

Die sich per Anrufbeantworter meldete. Fünfunddreißig Sekunden fasste Moreno die Lage zusammen, erklärte, dass sie vermutlich gegen Ende der Woche nach Maardam zurückkehren werde und fragte, ob der Vorschlag, einige Tage mit dem

Fahrrad die Gegend um Sorbinowo zu erkunden, noch auf der Tagesordnung stehe. Nächste Woche oder so?

Sie hinterließ ihre Handynummer und bat um Antwort, sowie Clara ihren Anrufbeantworter abgehorcht und sich die Sache überlegt hatte.

Brauche Bewegung, dachte Inspektor Moreno. Sonst erstarrt alles in meinem Kopf.

Dann bezahlte sie und machte sich auf den Weg zum Strand.

Dort war ebenso viel los wie an den heißen Tagen der vergangenen Woche, und schon aus der Ferne sah sie die rotweißen Absperrbänder der Polizei.

Ein Stück weiter gen Norden und in ziemlicher Entfernung vom Wasser (die Flut ging zurück, und die blanken Rücken der Sandbänke waren schon zu sehen) war ein Gelände von der Größe eines halben Fußballplatzes abgesperrt worden. Die Bänder bildeten ein Viereck und flatterten friedlich in der leichten Seebrise, und Moreno dachte, sie habe schon lange nichts mehr so Surrealistisches und Bizarres gesehen.

Im Süden wie im Norden – im Grunde, so weit das Auge reichte – tummelten sich muntere Menschen, sie badeten, sonnten sich, spielten Strandtennis und Fußball und warfen Frisbees, leicht in der Kleidung und locker im Sinn. Doch im düsteren Quadrat des Todes herrschten andere Bedingungen. Hier waren uniformierte Techniker am Werk und hielten schwitzend Ausschau nach Spuren, und drei Kollegen von der Hundestreife patrouillierten würdevoll an der Absperrung, um die Gaffer auf Distanz zu halten, während der feinkörnige Sand mit schlafwandlerischer Unerbittlichkeit ihre vorgeschriebenen schwarzen Halbschuhe füllte.

Die eigentliche Fundstätte, die ungefähr in der Mitte des halben Fußballplatzes lag, war mit einem weiteren Band gekennzeichnet, doch diese Stelle war offenbar schon hinreichend untersucht worden. Das Team von der Spurensicherung – Moreno zählte fünf kriechende Männer plus einen aufrecht stehenden Chef – war im Moment in einem konzentrischen Kreis gut und gern zehn Meter von der Grube entfernt beschäftigt.

Denn es war eine Grube. Und sie wusste, wie es lief, man arbeitete sich von innen nach außen vor. Sammelte alles ein, was man im Sand fand und was von Menschenhand stammen konnte, und steckte es in Plastiktüten, die danach versiegelt wurden. Kippen. Papierfetzen. Kaugummi. Kapseln. Kondome und abgebrannte Streichhölzer.

Alles mit dem Ziel, eine Spur zu finden. Und am besten eine Mordwaffe. Noch ehe sie den heißen, rutschigen Sand betreten hatte, wusste sie, dass hier von einem Mord die Rede war. Das sah sie an der Absperrung. An allem, was die anderen unternahmen. Und es war vielleicht vor allem diese Erkenntnis, die ihr das Gefühl von Surrealismus gab. Von bizarrer Wirklichkeit.

Inspektorin Moreno hatte das alles schon erlebt und wusste, was ihre Augen ihr da berichteten.

Einer der Hundeführer hatte blaue Augen, und für ihn entschied sie sich.

Er hieß Struntze, wie sich herausstellte. Sie ließ ihn in aller Ruhe ihren Dienstausweis betrachten, ehe sie erklärte, dass sie eben erst in diesen Fall einbezogen worden sei und sich jetzt einen Überblick verschaffen wolle. Wo sie Hauptkommissar Vrommel finden könne? Sie habe erwartet, ihn hier vorzufinden.

Der sei vor einer Viertelstunde verschwunden, teilte Struntze mit. Wolle aber zurückkommen.

Moreno erklärte, das sei nicht so wichtig, sie werde später ja auf jeden Fall mit ihm zusammentreffen. Jetzt wolle sie wissen, was passiert sei.

Wachtmeister Struntze stand überaus gern zu Diensten und vermittelte ihr in gekonntem Theaterflüstern ein Bild der Lage.

Mord. Darauf wies alles hin.

Der Leichnam gehörte einem Mann, der nach der ersten ärztlichen Einschätzung zwischen dreißig und vierzig sein mochte.

Er hatte vermutlich etwa eine Woche im Sand gelegen. Plus minus zwei Tage, es war schwer, in einem so frühen Stadium genauere Auskünfte zu geben.

Er war mit einem scharfen Gegenstand getötet worden, der sein Auge durchbohrt hatte. Das linke Auge. Sollte eigentlich sofort tot gewesen sein. Oder jedenfalls nach wenigen Sekunden.

Vermutlich war er an der Stelle ermordet worden, wo er dann begraben worden war. Und wo sie ihn gefunden hatten.

Zwei kleine Jungs hatten ihn entdeckt, war das nicht schrecklich?

Da musste Moreno ihm zustimmen.

»Das wird ihnen sicher ihr Leben lang Probleme bereiten«, sagte Struntze.

»Die sehen jede Woche hundertzwanzig Morde im Fernsehen«, erwiderte Moreno. »Und die Zeit heilt durchaus die eine oder andere Wunde. Aber wer? Wer war er? Der Tote.«

»Das wissen wir noch nicht«, erklärte Struntze. »Er trug Jeans und ein kurzärmeliges Baumwollhemd, hatte aber keine Papiere bei sich. Kein Geld und auch sonst nur leere Taschen. Etwa einsfünfundsiebzig groß. Dunkelbraunes Haar. Ziemlich kräftig. Fünfunddreißig plus minus fünf, wie gesagt.«

»Die Waffe?«, fragte Moreno.

»Keine Ahnung. Etwas Spitzes. Hat sich durch sein Auge und dann ins Gehirn gebohrt. Ist bis jetzt nicht gefunden worden.«

Jemand hatte vorgeschlagen, es könne sich um einen Zeltpflock handeln. Von der dreieckigen, winkligen Sorte. Oder um eine Schere.

Ein Zeltpflock, überlegte Moreno. Dann konnte es kaum ein vorsätzlicher Mord gewesen sein.

»Wissen Sie, ob sie etwas gefunden haben«, fragte sie schließlich und zeigte auf die umherkriechenden Techniker.

Struntze streichelte seinen Hund und gönnte sich ein bitteres Lachen.

»Sand«, sagte er. »Verdammt viel Sand.«

Um kurz nach vier überließ Moreno Wachtmeister Struntze und seinen Hund King ihrem Schicksal. Nach kurzem Überlegen beschloss sie, zu Fuß am Strand entlang nach Port Hagen zurückzugehen. Es war eine Strecke von mindestens sieben oder acht Kilometern, für die sie sicher zwei Stunden brauchen würde, aber sie hatte ja schon festgestellt, dass sie Bewegung brauchte. Und die wollte sie sich nun verschaffen.

Außerdem musste sie nachdenken. Über Mikael Bau und alles andere. Mit sich ins Reine kommen. Über ihre freiwillige Einmischung in die Lijphart-Maager-Geschichte zum Beispiel. Falls das überhaupt eine Geschichte war. Auf jeden Fall war ein langer Spaziergang am Meer besser geeignet, Ordnung in ein Gedankenwirrwarr zu bringen, als die meisten anderen Methoden.

Auch das hatte Van Veeteren immer gesagt.

Wenn man kein Auto hat, mit dem man durch die Gegend fahren und nachdenken kann, kann man es immer mit dem Meer versuchen. Falls gerade eins in der Nähe liegt.

Vielleicht war es an diesem Tag ganz besonders heiß, aber Scheiß drauf, dachte sie. Sie wanderte zur Ebbegrenze hinüber, stopfte ihre Sandalen in ihren Rucksack und ging dann barfuß über den feuchten festen Sand, der ihr angenehm eben und kühl vorkam. Aber er hatte ja noch vor weniger als einer Stunde den Meeresboden gebildet. Wenn sie auch den Rest ihres Körpers abkühlen wollte, dann brauchte sie nur ein wenig weiter hinauszugehen. Ein wenig Salzwasser könnte ihrem dünnen, verblichenen Baumwollkleid, das sie seit zehn Jahren oder mehr besaß, auch nicht mehr schaden. Das nun wirklich nicht.

Vor ihr lag der lange Sandstrand. Unveränderliches Meer, unveränderliche Dünenlandschaft. Himmel, Meer und Land. Warum bin ich diese Strecke noch nie gegangen?, fragte sie sich. Hätte ich tun sollen!

Dann schaltete sie ihren Denkapparat ein. Fing mit dem ersten Thema an, das sich einstellte. Mikael Bau.

Warum ist es so gelaufen?, fragte sie sich ganz offen und ehrlich. Es hatte doch so gut angefangen. Er hatte behauptet, sie zu lieben, und sie war vor wenigen Tagen fast schon bereit gewesen, mit ihm zusammenzuziehen. Warum also?

Es gab keine klare Antwort, wie ihr bald aufging. Auf jeden Fall keine eindeutige, aber wenn sie nun schon zwei Stunden am Wasser entlangstapfen würde, dann könnte sie es sich doch leisten, eine Weile über diese Frage nachzudenken.

Hatte sie ihn schon satt? Konnte es so einfach sein? War diese alte Geschichte wirklich des Pudels Kern?

War sie überhaupt dazu bereit, ihr Leben mit einem anderen Menschen zu teilen – wer immer das sein mochte.

Ja, war sie das? Zwischen ihr und Mikael Bau war nichts Entscheidendes passiert, das mochten die Götter wissen. Nichts war passiert, das ihren überstürzten Rückzug gerechtfertigt hätte. Er hatte sie nicht geschlagen, auch wenn sie für einen kurzen, Schwindel erregenden Augenblick damit gerechnet hatte.

Er war kein Macho. War nicht blöd. Hatte keine heimlichen Laster offenbart. Keine Leiche im Keller, keine plötzlich klaffenden charakterlichen Abgründe. Nur einen alten Trabi.

Hatte sie ihn also satt bekommen? Konnte das Grund genug sein?

An ihrer Beziehung, an ihrem Zusammensein war nichts auszusetzen gewesen, sie hätte zumindest nicht gewusst, was, aber vielleicht war das auch das Schönste, was sie über diese Angelegenheit zu sagen hatte. Dass nichts daran auszusetzen gewesen war.

An meinem alten Kühlschrank ist auch nichts auszusetzen, dachte sie. Aber mit dem würde ich auch keine Kinder bekommen.

Offenbar war doch noch mehr vonnöten. Nicht nur das Fehlen von Schattenseiten.

Verdammtes Glück, dass ich diesen Schrotthaufen oben beim Sidonis zurückgelassen habe, dachte sie. Das hat die Sache ja sozusagen auf die Spitze getrieben.

Das Trabisyndrom?

Sie merkte, dass sie kaum mehr das Lachen unterdrücken konnte, als sie sich das überlegte. Bin ich ein Miststück?, fragte sie sich dann. Werde ich jetzt wirklich zum Miststück? Clara Mietens hatte schon vor Jahren ein solches Verhalten dem anderen Geschlecht gegenüber perfektioniert, doch Ewa Moreno hatte sich nie die Mühe gemacht, diese Entscheidung zu verstehen oder zu analysieren. Vielleicht brauchte sie es auch nicht. Sie konnte sich ein Leben ohne Mann nur schwer vorstellen, aber für die verbleibende Urlaubszeit – für diese noch knapp drei Wochen –, ja das war etwas anderes.

Kein Grund, sich den Kopf zu zerbrechen. Die Zweisamkeit mit Mikael Bau war wirklich hervorragend gewesen – und brauchte auch nicht analysiert zu werden, beschloss sie. Warum sollten Frauen immer ihr Gefühlsleben in alle Einzelteile zerlegen? Alles in Worte fassen? (Eine Auswirkung ihres konstant schlechten Gewissens vielleicht?) Es reichte doch, die Gefühle wahrzunehmen. In mancher Hinsicht waren Frauen wirklich die größeren Sünderinnen, wenn es darum ging, ihre Gefühle zu intellektualisieren – die Gefühle zu viereckisieren, wie Clara das nannte –, dieser Gedanke kam ihr nicht zum ersten Mal. Männer hielten die Klappe und fühlten einfach nur.

Zumindest taten sie Ersteres.

Aber egal, sie hatte ihm ja absolut nichts versprochen. Rein gar nichts. So what?

Eine freie Frau eben. Die erste in der Weltgeschichte. Ja, doch, halleluja.

Hoffentlich wartet er nicht auf mich, wenn ich zurückkomme, dachte sie besorgt. Mit einer Flasche Wein und einer neuen Köstlichkeit. Ich kann heute keine Gefühlsstürme und dramatischen Abschiedsszenen ertragen.

Die Sonne verzog sich hinter einer Wolke. Sie schob ihre Sonnenbrille nach oben und ihre Überlegungen zum Thema Mikael Bau zur Seite.

Sie merkte, dass sich ihr Schritttempo änderte, sowie sie

nicht mehr an ihn dachte. Als habe sie sich von einem Irritationsmoment befreit, das sie unnötig angetrieben hatte.

Als forderte Thema Nummer zwei – Mikaela Lijphart und ihre gespaltene Familie – ein größeres und vollständigeres Engagement. Vielleicht war das ja auch kein Wunder.

Das weinende Mädchen im Zug. Die verzweifelte Mutter. Der Vater, der so lange vergessen und versteckt gewesen war.

Und diese ekelhafte alte Geschichte über Maager und die Schülerin Winnie Maas.

Ein Nachspiel nach sechzehn Jahren?, dachte sie dann. Ist es das?

Andererseits: Welche Erklärung sollte es denn sonst geben?

Wie könnte sie sonst erklären, dass Mikaela Lijphart und ihr Vater sich nur wenige Tage nacheinander in Luft auflösten? Nach ihrer ersten Begegnung seit sechzehn Jahren. Sie hatten sich in gewisser Weise zum ersten Mal getroffen, denn Mikaela war doch erst zwei Jahre alt gewesen, als Arnold Maager in die Anstalt eingesperrt worden war. Sie konnte sich wohl kaum noch an ihn erinnern.

War es wirklich möglich, dass zwischen dem Verschwinden der beiden keinerlei Zusammenhang bestand?

Nie im Leben, entschied Ewa Moreno. Selbst eine Siebenjährige würde begreifen, dass es hier einen Zusammenhang gibt.

Aber wie könnte der aussehen?

Sie änderte die Richtung um dreißig Grad und ging durch knietiefes Wasser weiter. Kühl und schön war das, aber es half nichts. Die Fragen blieben weiterhin unbeantwortet. Wie sah der Zusammenhang aus? Welcher dünne Faden verband 1983 und 1999?

Und wie sollte sie diesen Faden zu fassen bekommen?

Je mehr sie darüber nachdachte, umso klarer schien ihr immerhin eine Tatsache zu sein. Maager musste während des Spaziergangs am Samstag im Park etwas Entscheidendes erzählt haben. Etwas ganz und gar Entscheidendes.

Etwas, das mit der Winnie-Maas-Geschichte zusammenhing.

Etwas Neues?

Fragezeichen über Fragezeichen. Mikaela Lijphart hatte vor der Begegnung mit ihrem Vater nie dessen Version der Geschichte gehört, weshalb für ihre Ohren alles – jedes peinliche Geständnis und jede erniedrigende Klarstellung – ganz neu und frisch gewesen sein musste, egal, wie gut es mit ihrem alten Bild der Ereignisse übereinstimmte.

Aber das ließ sich nicht entscheiden, beschloss Moreno. Es hatte keinen Sinn, darüber zu spekulieren, ob Maager etwas Neues erzählt hatte oder nicht. Das mochte sein, wie es wollte.

Aber wohin war das Mädchen am Sonntagmorgen gefahren, als es von der Jugendherberge aus den Bus nach Lejnice genommen hatte? Hatte sie jemanden besucht? Und wenn ja, wen?

Fragen vermehren sich schlimmer als Karnickel, dachte Moreno und benetzte ihr Gesicht mit Wasser. Kann ich denn nicht einmal eine Hypothese liefern? Eine Annahme? An den Haaren herbeigezogene Theorien? Worum geht es hier eigentlich?

Leider kam ihr so gut wie keine Idee. Stattdessen tauchte aus einer ganz anderen Richtung eine Frage auf.

Diese vergrabene Leiche?

Ein Mann von Mitte dreißig. Hatte seit einer Woche dort gelegen, wenn Struntze die Wahrheit gesagt hatte. Was mehr oder weniger bedeutete, seit dem vergangenen Sonntag.

Zusammenhang?, fragte Moreno sich noch einmal.

Was denn für ein verdammter Zusammenhang?, fragte sie sich gleich danach. Ich habe Durst.

Sie stapfte durch den trockenen heißen Sand und kaufte sich eine Cola an einem kleinen Kiosk, der an strategisch günstiger Stelle errichtet worden zu sein schien, um das geschwächte Flüssigkeitsgleichgewicht der Leute wiederherzustellen, die die Wanderung von Lejnice nach Port Hagen unternommen hatten. Dann kehrte sie zum Wasser zurück. Leerte die Coladose und warf sie in einen Papierkorb, dessen Aufstellung vermutlich denselben strategischen Überlegungen entsprang.

Schaute auf die Uhr. Die zeigte zehn vor fünf, und Moreno glaubte, aus der Entfernung durch das trüber werdende Nachmittagslicht den langen Pier und die Schiffe vor Port Hagen erkennen zu können.

Noch ungefähr eine Stunde, tippte sie. Wenn das keine Luftspiegelung war. Das bringt doch alles nichts. Und an Meister Lampe will ich jetzt auch nicht denken. An alles, aber nicht auch noch an den.

Was hatte Polizeianwärter Vegesack übrigens gesagt? Dass es in dreißig Jahren hier draußen nur zwei Morde gegeben hatte?

Jetzt hatte sie zwei Verschwundene und einen nicht identifizierten Leichnam, alles innerhalb von ein und derselben Woche. Das war doch sicher ein Umstand, der genauere Untersuchung verdient hatte?

Aber statt sich weiteren nicht zu beantwortenden rhetorischen Fragen auszusetzen, überlegte Inspektor Moreno sich jetzt, welche Maßnahmen während der kommenden Tage ergriffen werden könnten. Wenn sie denn wirklich bis zum Donnerstag bleiben wollte. Und das wollte sie ja.

Und sei es nur, um die Autoreparatur für ihren verflossenen Freund (Verlobten? Typen? Liebhaber?) zu bezahlen.

Der wartete nicht auf sie, als sie endlich – ausgetrockneter und erschöpfter, als sie sich das beim Abmarsch vorgestellt hatte – in Haus Tschandala eintraf.

Es war fünf Minuten nach sechs. Vor dem Gartentor stand der militärgrüne Trabi, unter dem Scheibenwischer klemmte ein Briefumschlag, und Montezuma schlief auf dem Dach.

Aber kein Mikael Bau weit und breit. Wenn überhaupt, dann hätte er auf der Terrasse gesessen, das wusste sie. Sie steckte die Rechnung ein, ließ Montezuma weiterschlafen und ging ins Haus, um ihre Habseligkeiten zusammenzupacken.

Kein Brief, keine Mitteilung. Nichts, was andeuten könnte, dass er überhaupt aus Lejnice zurückgekommen war.

Das wär's, sagte sich Ewa Moreno, als sie gepackt hatte. Damit ist dieser Fall erledigt. Sie blieb für einen Moment in der Küche stehen und spielte mit dem Gedanken, ihm noch einen Zettel zu schreiben, dann überlegte sie sich die Sache aber wieder anders.

Mir fehlt die Inspiration, dachte sie.

Im Gegensatz zur Transpiration. Und müde und schmutzig war sie auch, hoffentlich verfügte die Pension über funktionierende Duschen.

Sie nahm ihre Tasche und ihren Rucksack und ging zur Haltestelle hoch. Es war Viertel vor sieben, um fünf vor sollte ein Bus kommen, wenn sie den Fahrplan richtig verstanden hatte.

Das ist sicher dieselbe Linie, die an der Jugendherberge vorbeifährt, dachte sie plötzlich. Wie viele Fahrer es hier wohl gibt?

27

20. Juli 1999

Polizeianwärter Vegesacks Freundin hieß Marlene Urdis, und am vergangenen Abend hatten sie einander feierlich gelobt, in dieser Nacht auf die Liebe zu verzichten. Zwei Nächte und ein Nachmittag mussten erst mal reichen.

Sie hatten auch plangemäß schon vor elf im Bett gelegen und geschlafen, doch einige Stunden später war er ihr zu nah gekommen, und damit war es passiert. Es war wie verhext. Als hätte die drei Wochen lange Trennung (Marlene war mit einer Freundin auf Sizilien gewesen, zu einer kombinierten Arbeits- und Urlaubsreise, bei der eine Hochglanzzeitschrift einen Teil der Kosten übernommen hatte) eine Art Leerraum hinterlassen. Ein erotisches Vakuum, das rückwirkend gefüllt und ausgeglichen werden musste. Jede verpasste Gelegenheit, je eher und je gründlicher, desto besser.

Denn man lebt nur einmal und auch das nur kurz.

Es ist schon ein wenig seltsam, dachte Vegesack, als er gegen halb acht Uhr morgens seine zweite Tasse Kaffee leerte. Und anstrengend. Wenn das so weiterginge, würde er sich wohl krankschreiben lassen müssen. Marlene, die Architektur studierte, hatte Semesterferien und konnte morgens ausschlafen. Er selber musste auf der Wache sitzen und versuchen, sich mit allen zur Verfügung stehenden Mitteln wach zu halten.

Was bedeutete, Kaffee. *The heartblood of tired men,* wie der große Chandler gesagt hatte.

Und ein Mord, fiel ihm jetzt ein.

Und vielleicht auch diese hübsche Inspektorin. Die sich in die alte Maagergeschichte verbissen hatte, wozu immer das nun gut sein mochte. Na, irgendwas ist immer zu tun, dachte er optimistisch, als er sein Fahrrad aus dem Schuppen holte. Er würde sich sicher auch an diesem Tag bei Bewusstsein halten können. Wenn er nur nicht auf dem Weg zur Wache umkippte, aber das kam eigentlich nie vor.

Polizeichef Vrommel war noch nicht gekommen, aber Frau Glassmann von der Rezeption und einer der Wachtmeister, Helme, waren wie üblich zur Stelle.

Samt einer Blondine, die während der vergangenen Wochen sicher einige hundert Stunden in der Sonne gelegen hatte. Sie saß Helme gegenüber an dessen Schreibtisch und nagte an ihrer kirschroten Unterlippe, während Helme sich auf einem Block Notizen machte.

»Gut«, sagte er, als Vegesack in die Tür trat. »Das hier ist Damita Fuchsbein. Sie wartet schon seit einer Viertelstunde, aber ich dachte, es ist besser, wenn du oder Vrommel mit ihr sprecht.«

Vegesack reichte der Besucherin die Hand und stellte sich vor.

»Worum geht es?«, fragte er.

»Um den Toten vom Strand«, flüsterte Helme theatralisch, ehe Damita Fuchsbein die Unterlippe aus dem Mund ziehen konnte.

»Alles klar«, sagte Vegesack.

Er schaute auf die Uhr. Es war kurz vor acht. Vrommel tauchte selten vor neun auf. An diesem Tag würde er vielleicht ein wenig früher eintreffen, in Anbetracht der neuen Lage und der Umstände … es sollte wohl auch eine Besprechung mit den Kollegen aus Wallburg geben. Aber warum warten?

Ja, warum? Er nickte und bat die Frau, sich an seinen Schreibtisch zu setzen. Bot ihr Kaffee an, aber sie schüttelte den Kopf. Ihre ausgedörrten Locken raschelten ein wenig.

»Also«, sagte er und drückte auf seinen Kugelschreiber. »Was können Sie mir erzählen?«

»Ich glaube, ich weiß, wer er ist.«

»Der vom Strand?«

»Ja. Ich habe es gestern in den Nachrichten gehört, Sie haben ihn offenbar noch nicht identifiziert?«

»Richtig«, sagte Vegesack und überlegte kurz, ob er die Frau kannte. Er glaubte es nicht, war sich aber nicht sicher. Ihre Haut und ihre Haare traten in anderen Jahreszeiten vielleicht in anderer Färbung auf. Auf jeden Fall schien Damita Fuchsbein ein Hobby zu haben, das gerade populär war und das sich nicht verstecken wollte. Den Körper. Ihren eigenen.

»Wer?«, fragte er.

Sie klimperte mit den Augen und räusperte sich.

»Tim Van Rippe«, sagte sie. »Wissen Sie, wer das ist?«

Vegesack notierte den Namen auf seinem Block. Dachte nach und musste zugeben, dass er diesen Mann nicht kannte.

»Wohnt draußen in Klimmerstoft. Arbeitet bei Klingsmann. Wie soll ich es sagen, wir hatten eigentlich keine Beziehung, aber wir haben uns ab und zu getroffen. Und am Montag wollten wir nach Wimsbaden fahren ... zum Musikfestival ... aber er ist nicht gekommen. Ich habe seither immer wieder bei ihm angerufen, aber er hat sich nie gemeldet.«

Ihre Stimme zitterte, und Vegesack wusste, dass sie unter ihrer elastischen Oberfläche mit den Tränen kämpfte.

»Tim Van Rippe? Haben Sie einen besonderen Grund zu der Annahme, dass es sich um ihn handeln könnte? Abgesehen davon, dass er nicht ans Telefon geht?«

Damita Fuchsbein holte tief Atem und strich ihre Frisur gerade.

»Ich habe noch mit anderen gesprochen, die ebenfalls versucht haben, ihn zu erreichen. Aber offenbar hat ihn seit Sonntag niemand mehr gesehen ... seit dem vorigen Sonntag, meine ich.«

»Hat er Familie?«

»Nein.«

»Engere Verwandte, wissen Sie etwas darüber?«

»Er hat einen Bruder in Aarlach, das weiß ich. Sein Vater ist tot, aber seine Mutter lebt noch. Aber sie wohnt auch nicht hier in der Stadt. Ich glaube, sie hat wieder geheiratet und wohnt in Karpatz.«

Vegesack machte sich Notizen.

»Hm«, sagte er. »Wir werden wohl hinfahren und einen Blick auf ihn werfen müssen. Fühlen Sie sich stark genug dafür? Es kann ein bisschen unangenehm sein.«

Was für eine Untertreibung, dachte er.

»Wo befindet sich ... der Körper?«

»Wallburg. Gerichtsmedizin. Ich fahre Sie hin, wir können in anderthalb Stunden wieder zurück sein.«

Damita Fuchsbein schien einen Moment zu zögern, dann riss sie sich zusammen und faltete die Hände auf ihrem Schoß.

»Okay. Mir bleibt ja wohl nichts anderes übrig.«

Es war Tim Van Rippe.

Zumindest, wenn sie Damita Fuchsbein glauben wollten, und es gab keinen Grund, ihre tränentriefende Identifizierung anzuzweifeln. Zusammen mit dem Obduzenten, einem ungeheuer übergewichtigen Dr. Goormann, und einer Sanitäterin konnte Vegesack sich ausgiebig der Aufgabe widmen, die verzweifelte Frau zu trösten, und er fragte sich schon, ob sie dem Toten nicht doch etwas näher gestanden hatte, als sie hatte durchblicken lassen.

Vielleicht, vielleicht auch nicht, dachte Vegesack. Das würde sich schon noch herausstellen. Während sie in Goormanns stickigem Büro saßen und Papiertaschentücher weiterreichten, schloss sich ihnen auch noch Kriminalkommissar Kohler an, einer der beiden Polizeibeamten aus Wallburg, die nach dem Leichenfund am Strand Vrommel unterstellt worden waren. Er war ein zurückhaltender Mann von Mitte Fünfzig mit schütteren Haaren, der auf Vegesack sofort einen positiven Eindruck machte. Er erklärte sich auch dazu bereit, Van Rippes Angehörige zu informieren – den Bruder in Aarlach und die Mutter in Karpatz, falls sie auch an diese Auskünfte glauben wollten, die Damita Fuchsbein geliefert hatte, als sie noch sprechen konnte.

Aber auch hier gab es wohl keinen Grund zur Skepsis.

Vegesack selber kümmerte sich weiterhin um Frau Fuchsbein. Er führte sie aus dem Besuchszimmer des Todes und lud sie in einem der Cafés am Marktplatz zu einem Kaffee und einem Calvados ein, ehe sie sich ins Auto setzten, um nach Lejnice zurückzukehren.

Dort fuhr er sie zu ihrer Wohnung im Goopsweg und versprach, sie gegen Abend anzurufen und sich nach ihrem Befinden zu erkundigen.

Als er schließlich wieder die Wache betrat, war es bereits zwanzig vor elf, und Polizeichef Vrommel hatte soeben eine kleinere Pressekonferenz eröffnet, bei der es um den makabren Strandfund des Vortags gehen sollte. Vegesack ließ sich hinter einem Dutzend Journalisten auf einen freien Stuhl sinken und hörte zu.

Doch, sie arbeiteten auf Hochtouren.

Ja, sie hatten allen Grund, ein Verbrechen zu vermuten. Es sei schwer, auf diese Weise eines natürlichen Todes zu sterben und sich dann selber im Strand einzugraben.

Ja, ihre Ermittlungen gingen in verschiedene Richtungen, denn noch gebe es keine heiße Spur. Aus Wallburg sei bereits Verstärkung geschickt worden.

Ja, die Ermittlungen würden natürlich vom Polizeichef persönlich geleitet, sie hätten noch keine Verdächtigen und warteten noch auf die Ergebnisse bestimmter technischer Untersuchungen.

Nein, der Tote sei noch nicht identifiziert.

Ich hätte ihn aus Wallburg anrufen sollen, dachte Vegesack.

Ewa Moreno wurde Viertel vor sieben von der Sonne geweckt. Sie hatte vor dem Schlafengehen zwar das altmodische dunkelblaue Rollo heruntergezogen, aber irgendwann im Laufe der Nacht war das wohl müde geworden und hatte sich wieder aufgerollt. In aller Diskretion offenbar, da Moreno dabei nicht wach geworden war.

Sie setzte sich im Bett auf und dachte eine Weile nach. Dann suchte sie Shorts, ein ärmelloses Hemd und ihre Turnschuhe aus dem Rucksack und machte sich auf den Weg.

Zum Strand natürlich. Diesmal in Richtung Süden, um nicht an Leichen im Sand und verlassene Liebhaber (Typen? Freunde? Verlobte?) erinnert zu werden.

Es war der Morgen aller Morgen, das erkannte sie sofort. Der Strand lag einsam vor ihr, das Meer war spiegelglatt, und nach nur wenigen hundert Metern fragte sie sich ernsthaft, warum sie nicht jeden Tag ihres Lebens so begann. Gab es überhaupt auch nur den Schatten eines Gegenargumentes?

Na ja, möglicherweise die Tatsache, dass ein windiger Januarmorgen einen ganz anderen Charme hatte. Und dass es mitten in Maardam an Meer gewissermaßen mangelte.

Nach zwanzig Minuten machte sie kehrt. War um Viertel vor acht wieder in der Pension. Duschte, setzte sich dann zum Frühstück in den schattigen Garten und las dabei zwei Morgenzeitungen. Beide berichteten von dem Leichenfund – vor allem natürlich das Westerblatt, die Lokalzeitung – und beim Lesen trank sie Kaffee und kaute selbst gebackenes Graubrot mit Käse und Paprika. Dabei versuchte sie, sich ihre Strategie für diesen Tag zurechtzulegen.

Ganz unproblematisch war das alles nicht. Vor allem würde sie ihre Kontakte zur Polizei von Lejnice wohl mit einer gewissen Diskretion pflegen müssen. Was natürlich ungewöhnlich war, aber dass Vrommel kein sonderliches Interesse an Einmischung von außen hatte, lag doch gelinde gesagt auf der Hand. Er lehnte jede Art von Einmischung ab. Woran das lag, ließ sich sicherlich diskutieren, aber dieser Frage wollte sie sich an einem anderen Tag widmen. Besser, sie hielte sich erst einmal an Vegesack – und noch besser, sie wartete bis zum Nachmittag.

Und sei es nur, um sich selber eine Möglichkeit zu geben, etwas auszurichten. Ehrlich gesagt könnte sicher auch Vegesack etwas Ruhe brauchen, obwohl er bisher noch nicht die ganz großen Ambitionen als Ermittler unter Beweis gestellt hatte.

Aber das wäre vielleicht auch zu viel verlangt, dachte Moreno. Wo seine Freundin doch gerade erst nach Hause gekommen ist und überhaupt. Aber er hatte auf jeden Fall versprochen, festzustellen, ob irgendwer Maager oben im Sidonis besucht hatte. Oder ihn angerufen. Es musste doch ungeheuer wichtig sein, sich in dieser Frage so schnell wie möglich Klarheit zu verschaffen.

Kaum hatte sie das gedacht, als ihr Handy losfiepte.

Es war Mikael Bau. Sie hatten auch am Vorabend eine Viertelstunde miteinander telefoniert. Es war kein sonderlich tiefschürfendes Gespräch gewesen, aber sie hatten doch immerhin eine angenehme Distanz zueinander gefunden, was sicher nicht das schlechteste war.

Und er hatte mit keinem Wort behauptet, sie zu lieben.

Jetzt rief er nur an, um ihr mitzuteilen, dass er die Rechnung von *Kluivert, Kluivert & Söhne* selber bezahlen wollte. Er hatte sich die Sache überlegt und war zu dem Schluss gekommen, dass er ungerecht gewesen sei. Nach kurzer Diskussion ließ sie ihm seinen Willen.

Als sie ihr Gespräch beendet hatten, dachte sie eine Weile nach. Merkte, dass es ihr schwer fiel, ein bitteres Lachen zu unterdrücken, dann zog sie ihren Notizblock hervor und schrieb drei Fragen auf:

Was zum Henker ist mit Mikaela Lijphart passiert?
Was zum Henker ist mit Arnold Maager passiert?
Was zum Henker mache ich hier eigentlich, statt wie jeder normale Mensch meinen Sommerurlaub zu genießen?

Sie starrte die Fragen an und leerte ihren Kaffee. Danach notierte sie eine vierte Frage:

Wie zum Henker kann ich sicherstellen, dass ich noch heute die Antwort auf eine dieser Fragen finde?

Sie überlegte noch eine Weile, dann war Plan A bereit. Es war fünf Minuten vor neun. Und es war durchaus kein schlechter Start in einen Tag.

Die Frau, die die Tür öffnete, erinnerte sie an einen Fisch.

Vielleicht lag es an ihrem Aussehen, vielleicht am Geruch. Vermutlich an einer unheiligen Allianz von beidem.

»Frau Maas?«

»Ja.«

Ewa Moreno nannte ihren Namen und bat um ein kurzes Gespräch.

Das wurde ihr verwehrt.

Sie fragte, ob sie Frau Maas irgendwo zu einem Kaffee oder einem Drink einladen dürfe. Unten auf der Strandterrasse vielleicht?

Das wurde ihr gestattet.

Allerdings nicht auf der Strandterrasse. Dort säßen nur fette Kapitalisten und Schmocks, erklärte Frau Maas und lenkte deshalb ihre Schritte zum Café Tarms am Busbahnhof. Hier könnten anständige Menschen draußen sitzen und das Gewimmel auf dem Marktplatz betrachten. Und wenn man die Menschen satt hatte, konnte man sich in den Anblick der Tauben vertiefen.

Kongenial mit anderen Worten. Worum es eigentlich gehe?

Moreno wartete, bis Kaffee und Cognac serviert worden waren. Danach erzählte sie, sie sei Privatdetektivin und suche nach einer Achtzehnjährigen. Und alles hänge in gewisser Hinsicht mit den tragischen Ereignissen zusammen, in die sechzehn Jahre zuvor Frau Maas' Tochter Winnie verwickelt gewesen sei.

»Privatschnüfflerin?«, fragte Sigrid Maas und leerte ihren Cognac auf einen Zug. »Scher dich zum Teufel!«

Miststück, dachte Ewa Moreno. Ich muss noch allerlei lernen.

»Ich werde es ganz einfach machen«, erklärte sie und legte eine beschützende Hand um ihr eigenes Cognacglas. »Wenn Sie meine Fragen wahrheitsgemäß beantworten und mir nicht allerlei blödes Gerede und Unverschämtheiten auftischen, dann bekommen Sie fünfzig Gulden.«

Sigrid Maas glotzte sie an und kniff den Mund zu einem dünnen Strich zusammen. Gab keine Antwort, aber es war offensichtlich, dass sie sich dieses Angebot überlegte.

»Sie können auch meinen Cognac haben«, sagte Moreno nun noch und nahm ihre Hand weg.

»Wenn du mich verpfeifst, bringe ich dich um«, sagte Sigrid Maas.

»Hier wird niemand verpfiffen«, sagte Moreno und schaute in ihrem Portemonnaie nach, ob sie wirklich fünfzig Gulden in bar bei sich hatte. »Wieso sollte ich Sie verpfeifen können?«

Sigrid Maas gab keine Antwort. Sie steckte sich eine Zigarette an und zog das Cognacglas in etwas bequemere Reichweite.

»Na los.«

»Mikaela Lijphart«, sagte Moreno. »Sie ist die Tochter von Arnold Maager, der deine Tochter umgebracht hat. Ein Mädchen von achtzehn Jahren, wie gesagt, sie war zwei, als es passiert ist. Meine erste Frage ist, ob sie dich während der vergangenen Wochen jemals besucht hat.«

Sigrid Maas zog an ihrer Zigarette und schnupperte am Cognac.

»Sie war bei mir«, sagte sie dann. »Am vorigen Sonntag, glaube ich. Weiß der Teufel, warum, weiß der Teufel, warum ich sie reingelassen habe …«

Einen Moment lang verdächtigte Moreno ihr Gegenüber der Lüge. Wollte vielleicht die versprochene Belohnung nicht aufs Spiel setzen. Aber sie konnte ja leicht die Probe aufs Exempel machen.

»Wie sah sie aus?«

Sigrid Maas starrte sie ganz kurz an. Dann ließ sie sich auf ihrem Stuhl zurücksinken und machte sich an eine ziemlich plastische Beschreibung von Mikaela Lijphart, aus der hervorging, dass sie das Mädchen wirklich gesehen hatte. Für Moreno war da kein Zweifel möglich. Mikaela Lijphart hatte Sigrid Maas besucht, als sie am Sonntagvormittag mit dem Bus aus der Jugendherberge gekommen war. Was für ein unerwarteter Volltreffer!

Und plötzlich spürte sie dieses leise Zittern – dieses rasche Schaudern, das fast berauschend war und vielleicht der wichtigste Grund überhaupt, warum sie sich für die Kriminalpolizei entschieden hatte. Wenn sie ganz ehrlich sein sollte.

Oder was sie zumindest in diesem Beruf ausharren ließ. Etwas fügte sich zusammen. Eine Ahnung bestätigte sich, und vage Vermutungen wurden plötzlich zur Tatsache. Ihr Lebensgefühl steigerte sich, das Ganze hatte fast etwas Sinnliches.

Sie hatte bisher mit keinem Menschen darüber gesprochen, nicht einmal mit Münster. Vielleicht, weil sie Angst gehabt hatte, er könnte sie nicht ernst nehmen – oder sie auslachen –, aber auch, weil sie kein besonderes Bedürfnis danach hatte. Sie brauchte dieses Lustgefühl mit niemandem zu diskutieren – oder auch nur den Versuch zu machen, es in Worte zu kleiden. Es genügte, dass es vorhanden war. Sich selbst genug, hatte sie früher einige Male gedacht.

Und jetzt saß sie mit dieser verhärmten alkoholisierten Frau an diesem Cafétisch und war abermals von dieser vibrierenden Spannung erfüllt. Diese Frau hatte Mikaela Lijphart gesehen. Am fraglichen Sonntag. Genau, wie sie erwartet hatte.

Genau, wie sie selber sich an Mikaela Lijpharts Stelle verhalten hätte – sie hätte die Mutter des armen Mädchens aufgesucht, das ihr Vater ermordet hatte. Sie aufgesucht, um … ja wozu eigentlich?

Schwer zu sagen. Manche Schachzüge waren so selbstverständlich, dass man sie im Grunde nicht beherrschen musste, um sie ausführen zu können; sie geschahen gewissermaßen reflexmäßig, aber fast immer folgerichtig. Ebenso instinktiv und überzeugend wie dieses Zittern.

»Wieso zum Teufel suchst du überhaupt nach der Kleinen?« Mit dieser Frage riss Sigrid Maas sie aus ihren Grübeleien.

»Sie ist verschwunden«, sagte Moreno.

»Verschwunden?«

»Ja, seit diesem Sonntag ist sie nicht mehr gesehen worden. Seit neun Tagen.«

»Ach was. Na, dann ist sie sicher mit einem Kerl durchgebrannt. Das machen sie doch in dem Alter.«

Sie trank einen Schluck Kaffee und kippte dann ihren Cognac in ihre Tasse. Hob die Mischung mit der Miene einer erfahrenen Kennerin. Moreno zweifelte nicht eine Sekunde daran, dass Sigrid Maas im fraglichen Alter mit Kerlen durchgebrannt war, sie glaubte aber nicht, dass Mikaela Lijphart auch dazu neigte.

»Worüber habt ihr gesprochen?«, fragte sie.

»Über nicht viel. Sie wollte über ihren verdammten Vater reden, dieses Ekel, aber dazu hatte ich keine Lust. Warum sollte ich mich an diesen Wichser erinnern lassen, der meine Tochter umgebracht hat. Kannst du mir das vielleicht erklären?«

Das konnte Moreno nicht.

»Weißt du, dass er oben im Sidonisheim sitzt, Arnold Maager, meine ich?«, fragte sie deshalb.

Sigrid Maas schnaubte.

»Ja, verdammt sicher weiß ich das. Soll er doch sitzen, wo er will, wenn ich nur nicht an ihn zu denken brauche. Oder seinen Namen hören muss.«

»Ihr habt also über andere Dinge gesprochen?«, fragte Moreno. »Als Mikaela Lijphart da war, meine ich?«

Sigrid Maas zuckte mit den Schultern.

»Weiß ich nicht mehr. Viel haben wir nicht gesagt. Und es war eine reichlich freche junge Dame, das kannst du mir glauben.«

»Frech? In welcher Hinsicht?«

»Hat behauptet, dass er es gar nicht war.«

»Nicht? Was soll das heißen?«

»Ja, sie hat gesagt, sie könnte doch selber von der Eisenbahnbrücke gesprungen sein, und lauter solchen Unsinn. Meine Winnie? Ha? Ich war natürlich wütend und hab gesagt, sie sollte die Fresse halten.«

»Hat sie gesagt, warum?«

»Was?«

»Warum sie glaubt, ihr Vater könnte vielleicht unschuldig sein, sie muss doch einen Grund dafür gehabt haben?«

Sigrid Maas drückte ihre Zigarette aus und suchte in der Packung sofort nach einer neuen.

»Zum Teufel, woher soll ich das wissen? War sowieso nur Scheißgefasel, obwohl sie ja in der Klapse gewesen war und mit ihm gesprochen hatte. Er hat wohl nicht gewagt, vor seiner Tochter zu seinem Verbrechen zu stehen, dieser feige Arsch! Natürlich war er es. Es mit einem Schulkind zu treiben! Mit einer Sechzehnjährigen! Mit meiner Winnie! Hast du schon mal so einen Arsch erlebt?«

Moreno dachte nach.

»Was hat sie danach gemacht?«

»Was?«

»Weißt du, wohin Mikaela Lijphart gegangen ist, nachdem sie mit dir gesprochen hat?«

Sigrid Maas schien mit sich zu Rate zu gehen.

»Das weiß ich nicht«, sagte sie endlich.

Moreno wartete schweigend ab.

»Wollte noch mit anderen reden, glaube ich«, fügte Sigrid Maas nach einer Weile widerwillig hinzu. »Mit Freundinnen von Winnie, was immer das nutzen sollte.«

Sie trank noch einen großen Schluck und kniff die Augen zusammen, als die Flüssigkeit ihr durch die Kehle rann.

»Mit wem denn? Hast du ihr Namen genannt?«

Sigrid Maas rauchte und versuchte, gelassen auszusehen. Und sie schien keine Lust zu haben, noch mehr zu sagen.

»Du hast dir die fünfzig Gulden ja wohl kaum schon verdient«, sagte Moreno.

»Zwei«, sagte Sigrid Maas. »Zwei Namen, bilde ich mir ein, wo sie doch so verdammt stur und redselig war. Ich konnte sie fast nicht mehr loswerden. Also hab ich ihr gesagt, sie solle zu Vera Sauger gehen und mich in Ruhe lassen.«

»Vera Sauger?«

»Verdammt nettes Mädchen. War schon auf der Volksschule Winnies beste Freundin. Hat sich auch noch bei mir gemeldet, als alle anderen mich einfach im Stich gelassen und Gott in den Hintern geschaut haben, wenn ich ihnen in der Stadt begegnet bin.«

Gott in den Hintern geschaut?, dachte Moreno. Das würde Reinhart gefallen.

»Du hast Mikaela Lijphart also vorgeschlagen, Vera Sauger zu besuchen?«

Sigrid Maas nickte und leerte ihre Tasse. Schnitt eine kleine Grimasse.

»Weißt du, ob sie hingegangen ist?«

»Zum Teufel, woher soll ich das wissen? Ich hab ihr einfach die Telefonnummer gegeben. Nein, jetzt spuck schon diesen verdammten Fuffziger aus, ich hab wichtigere Sachen zu tun, als mich hier anpöbeln zu lassen.«

Moreno dachte, dass das auch für sie galt. Sie gab der anderen den Geldschein und dankte für deren Hilfe. Sigrid Maas nahm das Geld und verließ wortlos den Tisch.

Vera Sauger?, überlegte Ewa Moreno. Klingt bekannt.

28

»Van Rippe?«, fragte Kommissar Kohler. »Und was wissen wir über ihn?«

Vrommel verscheuchte eine Fliege, die eine unbegreifliche (fand Vegesack) Vorliebe für seinen schweißglänzenden Schädel gefasst hatte (falls sie den nicht mit einem anderen Misthaufen verwechselt, dachte Vegesack und beschloss, sich zu merken, dass er diese Überlegung in sein schwarzes Buch eintragen musste).

»Wir wissen, was wir wissen«, erklärte der Polizeichef und las von dem Zettel ab, den er in der Hand hielt. »Vierunddreißig Jahre alt. Hat draußen in Klimmerstoft gewohnt. War dort geboren und aufgewachsen. Junggeselle. Hat bei Klingmann gearbeitet, in der Möbelfabrik, und das seit vier Jahren. Viel gibt es nicht über ihn zu berichten. Keine festen Beziehungen. Hat einige Jahre mit einer Frau zusammengelebt, aber das war nicht von Dauer. Keine Kinder. Hat früher Fußball gespielt, musste nach einer Knieverletzung aber aufhören. Keine Vorstrafen, war nie in irgendwelche Verbrechen verwickelt … keine Feinde, soweit wir wissen.«

»Kirchgänger und Mitglied von Amnesty und Greenpeace?«, fragte der andere Kriminalbeamte aus Wallburg. Er hieß Baasteuwel und war ein kleiner, ungepflegter Mann von Mitte Vierzig. Er galt als scharfsinnig, wenn Vegesack das richtig verstanden hatte. Auf jeden Fall war er Vrommels genauer Gegensatz, und die beiderseitige Antipathie war ein wahrer Augenschmaus. Zur Krönung dieses Genusses rauchte Baasteuwel so ungefähr eine stinkende Zigarette nach der anderen und achtete nicht auf die verbalen und nonverbalen Einsprüche des Polizeichefs. Das hier war ja wohl verdammt noch mal kein Kindergarten!

»Das wissen wir nicht«, knurrte Vrommel. »Noch nicht. Wir konnten ihn erst heute früh identifizieren und haben bisher nur mit zwei seiner Bekannten sprechen können. Er hat einen Bruder und eine Mutter, den Bruder haben wir erreicht, er ist auf dem Weg zu uns. Die Mutter macht Urlaub in Frankreich, kommt morgen oder spätestens übermorgen wieder nach Hause.«

»Handy?«, fragte Kohler.

»Negativ«, sagte Vrommel. »Wenn wir mit weiteren Bekannten gesprochen haben, werden wir mehr über Van Rippe wissen. Er ist offenbar seit dem vorigen Sonntag verschwunden. Können wir jetzt zum Technischen übergehen?«

»Warum nicht?«, fragte Baasteuwel, drückte seine Zigarette aus und steckte sich eine neue an.

Vrommel scharrte seine Papiere zusammen und nickte Polizeianwärter Vegesack zu. Der trank einen Schluck Mineralwasser und legte los.

Er brauchte knapp zehn Minuten. Tim Van Rippe war irgendwann am Sonntag oder Montag der vergangenen Woche ums Leben gekommen. Die Todesursache war ein spitzer, aber nicht notwendigerweise scharf geschliffener, bislang nicht identifizierter und unspezifischer Gegenstand, vermutlich aus Metall, der durch sein linkes Auge ins Großhirn gedrungen war und dort so viele vitale Funktionen ausgeschaltet hatte, dass Van Rippe aller Wahrscheinlichkeit nach schon drei bis sechs Sekunden nach dieser Penetration tot gewesen war. Es war an und für sich nicht undenkbar, dass er diese letale Handlung selber durchgeführt hatte, aber dann musste eine andere – bislang nicht identifizierte und unspezifizierte Person die Waffe entfernt und Van Rippe dort am Strand vergraben haben.

Er hatte ungefähr eine Woche an der Stelle gelegen, wo er von Henning Keeswarden und Fingal Wielki, sechs beziehungsweise vier Jahre alt, gefunden worden war. Bisher hatte man nicht feststellen können, wie viel Zeit zwischen dem Eintreten des Todes und dem Begraben verstrichen war, erklärte der Obduzent, Dr. Goormann, aber es bestehe doch Grund zu der Annahme, dass es sich um keinen großen Zeitraum handele.

So weit die medizinische Wissenschaft. Was die Ergebnisse der Spurensicherung anging, so ließen die noch weitgehend auf sich warten. An die sechzig oder weniger sandige Gegenstände waren zur Analyse ans Gerichtsmedizinische Labor in Maardam geschickt worden. Bisher konnte man mit Sicherheit nur sagen, dass man nichts gefunden hatte, das mit der Mordwaffe identisch sein könnte – und auch nichts, das genauer erklären könnte, wie diese Mordwaffe eigentlich ausgesehen haben mochte.

Oder wer sie benutzt hatte.

Dass das Opfer ein blaues Baumwollhemd, Jeans und Unterhosen getragen hatte, dass jedoch sowohl Schuhe als auch Socken fehlten, war nichts, worüber die Techniker sich zu verbreiten brauchten, es war für alle und jeden klar, die den Tatort aufgesucht hatten.

Damit endete Vegesack, der schließlich dort gewesen war, und schaute sich am Tisch um.

»Betrunken?«, fragte Baasteuwel.

»Nein«, sagte Vegesack. »Und über den Mageninhalt werden wir morgen mehr wissen.«

»Wer hat ihn zuletzt gesehen?«

»Er war am Sonntagmorgen mit einem Bekannten angeln. Vermutlich er.«

»Hat jemand mit ihm gesprochen?«

»Am Telefon«, sagte Vrommel. »Ich treffe ihn heute Abend.«

Baasteuwel wirkte nicht gerade zufrieden, verkniff sich aber weitere Fragen.

»Muss nachts gewesen sein, nehme ich an?«, fragte Kohler, nachdem sie einige Sekunden geschwiegen hatten. »Der Strand ist doch tagsüber nicht gerade menschenleer?«

»Nicht gerade«, sagte Vegesack. »Nein, bei helllichtem Tag würde wohl niemand mal eben einen Mord begehen.«

»So ist das eben«, sagte Vrommel und schlug noch einmal nach der Fliege. »Ich glaube, das reicht. Oder können unsere Gäste aus Wallburg uns auf irgendeine Weise bereichern? Wenn nicht, dann seid ihr für heute entlassen. Wir müssen noch zwei kleine Vernehmungen durchführen, wie gesagt, aber das schaffen Herr Vegesack und ich durchaus allein.«

Kommissar Kohler klappte seinen Notizblock zu und steckte ihn in eine braune Aktentasche, die mindestens zwei Weltkriege überlebt zu haben schien. Baasteuwel aschte in seine Kaffeetasse und kratzte sich zwischen seinen blauschwarzen Bartstoppeln.

»Na gut«, sagte er. »Wir sind morgen um neun wieder hier. Aber sorgt dafür, dass wir dann weitergekommen sind. Das hier ist ein Mord und kein Scheißkinderfest.«

Vegesack konnte deutlich hören, wie der Polizeichef mit den Zähnen knirschte. Er verkniff sich aber jegliche Bemerkung, und das war sicher nur gut so. Auch sonst hatte niemand mehr etwas zu sagen, und nach einer halben Minute saßen die beiden allein am Tisch.

»Du kannst aufräumen«, sagte Vrommel. »Und mach verdammt noch mal die Fenster auf. Du gehst erst, wenn alles durchgelüftet ist.«

Vegesack schaute verstohlen auf die Uhr. Es war zwanzig vor fünf.

»Die Vernehmungen«, sagte er. »Wie sollen die laufen?«

»Die übernehme ich«, sagte Vrommel und erhob sich. »Du räumst auf und schließt ab. Wir sehen uns morgen früh. Guten Abend, Herr Polizeianwärter, und kein Wort an irgendeinen verdammten Pressefritzen, vergiss das nicht.«

»Guten Abend, Herr Polizeichef«, sagte Vegesack.

Moreno hatte ihr Bier halb geleert, als er über die Strandterrasse schritt.

»Entschuldige die Verspätung. Es hat einfach so lange gedauert.«

»Mordermittlungen brauchen eben ihre Zeit.«

Vegesack machte sich nicht die Mühe zu erklären, dass es eher mit Aufräumarbeiten zu tun hatte. Er bestellte sich ein Bier und setzte sich.

»Einen schönen Ferientag gehabt?«

Moreno zuckte mit den Schultern. »Aber sicher. Ich hab mit der Mutter gesprochen.«

»Mit welcher Mutter?«

»Der von Winnie Maas.«

»Ach? Reizende Person.«

»Du kennst sie?«

»Das tun fast alle.«

»Ich verstehe. Aber egal, auf jeden Fall hatte sie am vorigen Sonntag Besuch von Mikaela Lijphart.«

Vegesack hob eine Augenbraue.

»Ja, verdammt. Na, und was konnte Frau Maas erzählen?«

»Nicht viel. Sie hat behauptet, nur kurz mit ihr gesprochen und sie dann weitergeschickt zu haben. Zu Vera Sauger; sagt dieser Name dir irgendwas?«

Vegesack dachte nach, während der Kellner sein Bier brachte.

»Glaub ich nicht. Wer soll das denn sein?«

»Winnie Maas' Freundin. Hat ihre Mutter jedenfalls behauptet. Wenn Mikaela etwas über Winnie wissen wollte, sollte sie zu ihr gehen, fand sie. Und das hat sie ja vielleicht auch getan.«

Vegesack trank einen großen Schluck und kniff zufrieden die Augen zusammen.

»Gut«, sagte er. »Aber das wusste ich schon. Also, du hast sie sicher auch schon aufgesucht, nehme ich an?«

Moreno seufzte.

»Sicher. Und leider. Bin nur bis zu einer Nachbarin gekommen, die sich um ihren Wellensittich und ihre Topfblumen kümmert. Sie ist draußen auf den Inseln und kommt erst morgen Abend nach Hause. Urlaub nennt sich das, glaube ich.«

»Um diese Jahreszeit sind nicht viele zu Hause«, bestätigte Vegesack.

»Richtig«, sagte Moreno. »Und du? Bist du weitergekommen? Mit der Vermisstenmeldung zum Beispiel?«

Vegesack schüttelte den Kopf. »Hat nichts gebracht, fürchte ich. Sie war hier, diese Frau aus Frigge, aber sie war so unsicher, wen sie wirklich gesehen hatte, dass sie es nicht bestätigen wollte. Vielleicht hat sie Mikaela Lijphart gesehen, vielleicht aber auch eine andere.«

»Und sonst hat sich niemand gemeldet?«

»Keine Sau«, sagte Vegesack. »Aber ich habe mich auch noch mit dem Sidonis befasst. Die Frage ist, ob dabei etwas rausgekommen ist, aber ich habe doch immerhin einen Versuch unternommen.«

Er legte eine Pause ein und rieb sich erst einmal die Schläfen, ehe er weiterredete. Moreno wartete.

»Hab mit zwei Leuten von da oben geredet. Niemand wusste, ob Maager vor seinem Verschwinden telefoniert hat. Dass er Besuch gehabt haben könnte, ohne dass jemand das bemerkt hätte, können sie sich nicht vorstellen. Aber wenn jemand das Heim verlassen will ... aus irgendeinem Grund ... dann gibt es eine ziemlich einfache Variante.«

»Welche denn?«, fragte Moreno.

»Den Park. Der das Heim umgibt, ja, du warst doch mal da. Maager ist da jeden Tag zwei Stunden spazieren gegangen. Wäre keine große Kunst, im Wald auf der Lauer zu liegen und sich über ihn herzumachen, sowie er vom Haus aus nicht mehr zu sehen ist. Es gibt doch keine Mauer oder so, jedenfalls nicht um das ganze Gelände. Wir werden die nächste Umgebung durchkämmen lassen, es kann ja sein, dass er da draußen irgendwo im Wald liegt.«

Moreno schwieg. Sie schwieg eine halbe Minute lang und

starrte denselben Strand und dasselbe Meer an wie Polizeianwärter Vegesack.

Dieselben Menschen, dieselben apportierenden Hunde, dasselbe Feriengewimmel. Und doch kam es ihr so vor, als habe die Zeit – zumindest die letzten Tage – alles mit einem dünnen Film überzogen. Als gehe dieses Leben sie nichts mehr an.

»Und warum sollte jemand es auf Arnold Maager abgesehen haben?«, fragte sie.

Vegesack zuckte mit den Schultern. »Das weiß ich nicht. Er ist doch verschwunden, und das muss einen Grund haben.«

»Seine Frau?«, fragte Moreno. »Sigrid Lijphart. Was ist mit ihr?«

»Sie ruft jeden Tag an und will wissen, warum wir nichts unternehmen.«

»Wie hat sie auf die Nachricht von Maagers Verschwinden reagiert?«

»Schwer zu sagen«, sagte Vegesack und runzelte die Stirn. »Ihr geht es doch um die Tochter. Ich glaube, es ist ihr ziemlich schnuppe, ob ihr Exgatte lebt oder nicht. Morgen geht die Vermisstenmeldung raus. An die Zeitungen und so.«

Moreno dachte noch eine Weile nach. Versuchte sich den Menschen Arnold Maager vorzustellen, aber der einzige visuelle Eindruck, den sie von ihm hatte, stammte von alten Fotos, und deshalb konnte sie sich kein deutliches Bild machen. Umso stärker sah sie diese Geschichte vor sich, das, was er vor sechzehn Jahren angerichtet hatte ... so als könnten Taten den Täter in den Hintergrund rücken, ihn unfassbar machen, von der Verantwortlichkeit befreien. Es war keine ganz unbillige Überlegung, und es gab vielleicht Berührungspunkte mit den Gedanken, die ihr bei ihrem Strandspaziergang gekommen waren. Er muss ein total kaputter Mensch sein, dachte sie. War es sicher schon damals.

»Hübsche Geschichte«, sagte sie endlich. »Mädel verschwunden, Papa verschwunden. Kannst du mir erzählen, was zum Teufel hier eigentlich läuft?«

»Na ja«, sagte Vegesack. »Hatte noch keine Zeit. War vor allem mit diesem Typen am Strand beschäftigt. Mit Tim Van Rippe.«

»Ja, sicher«, sagte Ewa Moreno. »Und wie schaut's da aus?«

»Bisher wissen wir nur sicher, dass wir nichts sicher wissen«, sagte Vegesack und leerte sein Bierglas in einem Zug.

»Hm«, murmelte Moreno. »Wenn ich es richtig in Erinnerung habe, dann ist das doch das Fundament allen Wissens.«

29

Aaron Wicker von der Lejnicer Lokalredaktion des Westerblatts brachte dem Polizeichef der Stadt keinerlei wärmere Gefühle entgegen.

Das wäre sicher auch unter anderen Umständen nicht der Fall gewesen, aber so, wie die Dinge standen, glaubte er, ungewöhnlich gute Gründe dafür zu haben. Seit Vrommel Anfang der neunziger Jahre die Zeitungsredaktion hatte durchsuchen lassen, hegte Wicker für den ersten Vertreter von Gesetz und Ordnung am Ort einen solchen Abscheu, dass er nie auch nur den Versuch machte, diesen zu verhehlen. Oder zu analysieren.

Dreck ist Dreck, dachte er dann immer. Und Drohungen kommen immer an.

Die Durchsuchung war mit einer angeblichen Bombendrohung begründet worden, die bei der Polizei eingegangen war und sich gegen die Zeitung richtete, was diese Aktion nötig machte. Eine Bombe wurde nie gefunden, und Wicker hatte die ganze Zeit gewusst, dass es auch keine Drohung gegeben hatte. Der Polizei war es darum gegangen, die Namen von Gewährsleuten für eine Artikelserie über finanzielle Unregelmäßigkeiten im Stadtrat sicherzustellen. So sah die Sache aus, und seither war das Verhältnis der zwei Staatsmächte in dieser Stadt unheilbar zerstört. Zumindest, solange der Polizeichef Vrommel hieß.

Namen waren bei der Aktion nicht gefunden worden, da Wicker sie noch rechtzeitig hatte löschen können, aber die bloße

Vorstellung, die Ordnungsmacht könne eine so grundlegende Bedingung der Pressefreiheit ignorieren, reichte, um ohnmächtige Schauer über Redakteur Wickers Rückgrat zu jagen. Noch immer.

Und jetzt saß die Staatsgewalt schon wieder am längeren Hebel.

»Wir wissen natürlich, wer das Opfer ist«, sagte der Polizeichef.

»Bravo«, sagte Wicker.

»Aber leider darf ich den Namen nicht nennen.«

»Warum nicht?«

»Weil es uns noch nicht gelungen ist, die Angehörigen zu informieren.«

»Die Massenmedien sind von einer gewissen Durchschlagskraft«, sagte Wicker. »Falls mit Ihren Telefonen etwas nicht stimmt. Und wir verfügen außerdem über eine gewisse Vernunft.«

»Kann schon sein«, sagte Vrommel. »Aber an unseren Kommunikationsmitteln ist wirklich nichts auszusetzen. Ich benutze im Moment zum Beispiel ein Telefon, obwohl ich mich eigentlich wichtigeren Aufgaben widmen müsste. Aber einen Namen bekommst du trotzdem nicht.«

»Den kriege ich garantiert auch so heraus.«

»In dem Fall verbiete ich dir, ihn zu veröffentlichen.«

»Das verbietest du mir? Seit wann gibt es hier in der Stadt Pressezensur? Nicht, dass es mich überraschen würde, aber offenbar habe ich es übersehen.«

»Es ist nicht das Einzige, was du übersehen hast«, konterte der Polizeichef. »Es ist so weit gekommen, dass wir uns nicht nur um die Gesetzestreue der Bürger kümmern müssen. Da die Presse es nicht mehr schafft, sich an ihre eigenen ethischen Regeln zu halten, sind wir jetzt auch noch dafür zuständig. Ich habe deshalb alle Hände voll zu tun, wenn der Redakteur also sonst nichts mehr auf dem Herzen hat …«

Wenn, dann höchstens einen Infarkt, dachte Wicker. Und das

wäre ja auch kein Wunder. Er knallte den Hörer auf die Gabel, dachte fünf Sekunden nach und beschloss dann, Selma Perhovens zu schicken.

Selma Perhovens war Wickers einzige fest angestellte Mitarbeiterin, nur halbtags natürlich, aber wenn es in Lejnice – oder vielleicht auch in Europa – überhaupt jemanden gab, der den Namen des Toten vom Strand kannte, dann war Selma die Person, die diesen Namen in wenigen Stunden in Erfahrung bringen würde. Wenn er sich nicht ganz und gar in ihr getäuscht hatte.

Der erste Mord seit sechzehn Jahren, und die Lokalzeitung kannte nicht einmal den Namen des Opfers! Verdammte Scheiße!

Er warf zwei Blutdruck senkende Tabletten ein und suchte auf seinem Handy die Nummer.

Ewa Moreno aß an diesem Abend in einem Restaurant namens Chez Vladimir und beschloss, dass es das erste und das letzte Mal sein sollte. Sie nahm an, dass die übrigen drei Gäste des Abends das auch so sahen. Die Hackpastete mit Salat, die sie bestellt hatte – und die sie nach einer langen Wartezeit auch bekam und zu verzehren versuchte –, war nicht von der Art, die zu weiteren Besuchen reizte. Der Wein war das auch nicht, obwohl er sich, was seinen Säuregrad anging, durchaus mit der erkälteten Kellnerin messen konnte. Moreno dankte ihrem Glücksstern dafür, dass sie nur ein Glas bestellt hatte.

Ob der nächste Tag auch ihr letzter Tag in Lejnice sein sollte, war dagegen noch eine offene Frage.

Oder vielleicht eine nicht ganz so offene. Jetzt nach Hause fahren?, überlegte sie, während sie den letzten Tropfen Sauerwein hinunterzwang. Wo zwei Menschen verschwunden sind und am Strand ein unaufgeklärter Mord stattgefunden hat? Stellt sich diese Frage wirklich Kriminalinspektorin Ewa Moreno? Der ersten freien Frau der Weltgeschichte?

Angesichts dieser Ungeheuerlichkeit konnte sie nur lachen.

Ich entscheide mich morgen, dachte sie dann. Heute Abend nehme ich mir eine Kanne starken Kaffee mit aufs Zimmer, dann reibe ich mir die Schläfen, bis sie Löcher kriegen oder bis ich zu einem Ergebnis gekommen bin. Es wäre ja auch nicht schlecht, wenn ich endlich wieder in meinem eigenen Bett schlafen könnte.

Sie fing damit an, dass sie auf eine leere Notizblockseite die Namen der in den Fall verwickelten Personen schrieb:

Winnie Maas
Arnold Maager
Mikaela Lijphart

Das machte sich schon mal gut. Sie dachte eine Weile nach, dann fügte sie noch einen hinzu:

Tim Van Rippe

Nicht, weil er etwas mit dem Fall zu tun zu haben schien, aber immerhin war er ja ermordet worden. Ihm folgten zwei weitere Namen:

Sigrid Maas
Vera Sauger

Sie ließ ihren Gedanken zwei Minuten freien Lauf, dann setzte sie hinter Mikaela Lijphart und Arnold Maager ein Fragezeichen und hinter Tim Van Rippe ein Kreuz. Die beiden letzten Namen wurden mit keinerlei Zeichen versehen.

Blendende Systematik, Holmes, stellte sie dann fest und versuchte, ihre Gedanken zu ordnen. Trank einen Schluck von dem Kaffee, den die Wirtin widerwillig und gegen teures Geld herausgerückt hatte. Weiter!

Was weiß ich? Gibt es einen Zusammenhang zwischen diesen Namen? Zwischen allen Namen? Zwischen einigen davon? Und wie sieht der aus?

Vera Sauger hatte natürlich nicht sehr viel mit den anderen zu tun – mit diesen toten oder verschwundenen Menschen –, sie war einfach nur ein Bindeglied. Eine mutmaßliche Gewährsfrau, kein Mysterium. Sie brauchte eine Sonderbehandlung.

Plötzlich wusste sie auch, woher sie den Namen kannte. Sie hatte ihn in einem der Vernehmungsprotokolle gelesen, die Vegesack ihr zur Verfügung gestellt hatte, da war sie sich fast sicher. Doch, es gab keinen Zweifel. In welchem Zusammenhang, war ihr nicht mehr klar, aber Vera Sauger war dort aufgetaucht, davon war sie plötzlich felsenfest überzeugt, obwohl ihre Schläfen bisher noch so gut wie unberieben waren.

Im Grunde war das ja auch nicht weiter überraschend. Sigrid Maas hatte Mikaela Lijphart an Vera Sauger verwiesen, und wenn die im Zusammenhang mit den Ereignissen von 1983 vernommen worden war, dann bewies das ja nur, dass es sich um eine Person handelte, die Winnie auf irgendeine Weise nahe gestanden hatte.

Und dass Sigrid Maas die Wahrheit gesagt hatte, zumindest in diesem Zusammenhang.

Sie sah sich noch einmal die ersten drei Namen an. Ein Toter, zwei Verschwundene.

Was mit Mikaela Lijphart passiert war, war weiterhin so unbegreiflich wie eh und je. Ehe sie sich über Mikaela den Kopf zerbrach und neue Spekulationen anstellte, wollte sie ihre Aufmerksamkeit deshalb lieber auf den Vater richten. Welche Szenarien gab es, die mit ihm zu tun haben könnten?

Nur zwei, so viel sie sehen konnte.

Entweder hatte Maager das Sidonis aus eigenem Willen verlassen – aus dem bisschen Willen, das er möglicherweise besaß. Oder es verbargen sich andere Kräfte hinter seinem Verschwinden. Wollte irgendwer ihn aus dem Weg räumen?

Warum? Warum um alles in der Welt sollte jemand sich durch Arnold Maagers Existenz bedroht fühlen?

Auf diese Frage gab es nur eine Antwort. Es gab einen Zusammenhang mit den Ereignissen von damals. Maager konnte durchaus über Informationen verfügen, die gefährlich werden könnten für jemanden, der ... jemanden, der, ja, was denn bloß?

Jemanden, der einen Finger mit im Spiel gehabt hatte, vermutlich sogar mehr als nur einen Finger.

Halt, dachte Moreno. Nichts überstürzen. Das sind doch pure Spekulationen. Wäre es nicht, alles in allem betrachtet, um einiges wahrscheinlicher, dass Maager aus freien Stücken durchgebrannt ist? Er hatte doch eine Tasche gepackt. In dem Fall wären seine Beweggründe natürlich ebenso mysteriös wie alles andere, aber dass es irgendeinen Zusammenhang mit seiner Tochter geben musste, lag auf der Hand. In seinem Leben gab es doch sonst nichts, was solche Entwicklungen auslösen könnte.

Blödsinn, dachte sie dann. Was weiß ich davon, wie es in Arnold Maager aussieht? Und über die Beweggründe anderer Menschen? Rein gar nichts.

Aber trotzdem. Sie spürte, dass es so sein konnte. Dass er sich einfach auf den Weg gemacht hatte, vielleicht aus purer Verzweiflung, um nach seiner Tochter zu suchen ... wie ein jüngerer und wahnsinniger König Lear auf der Suche nach seiner Cordelia. Das wäre doch nicht unwahrscheinlich? Sie trank eine halbe Tasse Kaffee und rieb sich die Schläfen. Ihre Haarwurzeln schmerzten, aber schaden tat ihnen die Massage mit Sicherheit nicht.

Als sich keine weiteren Fragen oder gescheite Gedanken mehr einstellen wollten, blätterte sie in ihrem Block weiter und notierte dann der Reihe nach ihre Schlussfolgerungen. Dazu brauchte sie eine Weile, und es wäre vielleicht übertrieben, hier von Schlussfolgerungen zu sprechen. Es war eher eine Art Therapie. Gehirngymnastik für eine Kriminalinspektorin, deren Verstand beeinträchtigt ist, dachte sie. Während sie noch über alles nachdachte, klopften die ersten schweren Regentropfen an das Fenster, und im Nachbarzimmer widmete ein junges Paar sich der Liebe.

Moreno hörte ein oder zwei Minuten zu. Dem Regen und der Liebe. Ein jeglich Ding hat seine Zeit, philosophierte sie seufzend. Sie schaltete das Radio ein, um sich nicht ablenken zu lassen, und nahm sich noch mehr Kaffee. Danach las sie alles, was sie geschrieben hatte, und konnte nur feststellen, dass das Problem weiterhin vorhanden war.

Was war mit Mikaela Lijphart passiert? Und was mit ihrem Vater? Und der Tote vom Strand: Hatte er überhaupt etwas mit der ganzen Sache zu tun?

Morgen Abend kann ich mit Vera Sauger sprechen, dachte Moreno. Und dann komme ich weiter.

Aber wenn Mikaela sie nun nie besucht hat, überlegte sie dann. Was würde das bedeuten? Und was mache ich dann?

Und wie sollte sie den ganzen kommenden Tag füllen? Mit Sonne und Schwimmen?

Bei dem Regen? Der wirklich heftig war. Den armen Vegesack dürfte sie auf keinen Fall weiter behelligen, das war klar. Vor allem, wo sie selber trotz aller Anstrengung nichts liefern konnte … es musste wirklich Grenzen geben. Andererseits konnte sie sich aber auch fragen, was zum Teufel die Polizei eigentlich den ganzen Tag machte.

Was also tun? Vielleicht ein wenig in der Vergangenheit herumstochern? Ins Jahr 1983 zurückkehren?

Aber wenn ja, wie? Wo graben? Wen fragen?

Plötzlich wurde sie von tiefer Müdigkeit erfasst, kippte aber noch eine halbe Tasse Kaffee hinunter und konnte sich damit wach halten. Na, dachte sie. An wen? An wen soll ich mich halten? Alle, die damals mit der Sache zu tun hatten, verfügten natürlich über einen gewissen Informationsschatz, ob der nun groß oder klein sein mochte, aber es wäre natürlich nicht schlecht, ein wenig konzentrierter vorzugehen.

Schon bald hatte sie eine Alternative gefunden, die ihr durchaus möglich erschien.

Die Presse natürlich. Die lokale Tageszeitung. Das Westerblatt. Sie kannte den Namen und die Adresse der Redaktion, da sie auf dem Weg zum Strand etliche Male daran vorbeigekommen war.

Zufrieden mit diesem Ergebnis schüttete sie den Rest Kaffee ins Waschbecken und ging ins Bett. Es war Viertel nach zwölf, und ihr fiel auf, dass Mikael Bau an diesem Abend kein einziges Mal versucht hatte, sich bei ihr zu melden.

Sehr gut, dachte sie und knipste das Licht aus. Aber sie spürte, dass dies nur die halbe Wahrheit war.

30

21. Juli 1999

Die Westerblatt-Lokalredaktion in Lejnice bestand aus zwei schmalen, ineinander übergehenden Zimmern in der Zeestraat. Der hintere Raum bildete den eigentlichen Arbeitsplatz, zwei Drittel der Bodenfläche wurden von zwei großen Schreibtischen eingenommen, die einander gegenüber standen und mit Computern, Faxen, Telefonen, Kaffeemaschinen und wildwuchernden Haufen von Papieren, Kugelschreibern, Notizbüchern und jeder Art von journalistischem Treibgut voll belegt waren. Wacklige Bücherregale mit Ordnern, Büchern und alten Zeitungen bedeckten die Wände vom Boden bis zur Decke, und über allem hing ein amerikanischer Ventilator, der bereits im Sommer 1977 seinen Geist aufgegeben hatte.

Das vordere Zimmer schaute auf die Straße und verfügte über einen Tresen, auf dem gewöhnliche und ehrsame Mitbürger Anzeigentexte hinterlassen, ihr Abonnement bezahlen und sich über Zeitungsartikel beklagen konnten, mit denen sie nicht einverstanden waren.

Oder die nicht abgedruckt worden waren.

Als Ewa Moreno den Nieselregen der Zeestraat verließ, zeigte die Uhr zwanzig nach zehn Uhr morgens. Eine dunkelhaarige Frau in ihrem Alter und mit energischer Miene stand hinter dem Tresen und schimpfte in den Telefonhörer, den sie sich zwischen Wange und Schulter geklemmt hatte, während sie zugleich Notizen auf einem Block machte und in einer Zeitung blätterte.

Nicht schlecht, dachte Moreno. Die Frau nickte ihr zu, und sie setzte sich auf einen der beiden roten Plastikstühle und hoffte, dass zumindest dieses Telefongespräch bald ein Ende nehmen würde. Das tat es dann auch nach ungefähr einer halben Minute, und die lockeren Abschiedsphrasen verrieten Moreno, dass es der Frau nicht allzu viel ausmachte, dass jemand mithörte, den sie nicht kannte.

»Verdammter Arsch«, erklärte sie, als sie den Hörer auf die Gabel gelegt hatte. »Verzeihen Sie das Fremdwort. Und wie kann ich Ihnen behilflich sein?«

Moreno wusste noch nicht so recht, welche Taktik sie anwenden sollte, aber etwas an dem klaren Blick der Frau und an ihrer scharfen Zunge ließ es ihr als sinnvoller erscheinen, hier mit offenen Karten zu spielen. Es fiel ihr außerdem schwer, eine Person anzulügen, die das gleiche Alter und Geschlecht wie sie hatte, dieses Phänomen war ihr schon früher aufgefallen. Diese Frau hier schien keine zu sein, die sich Ausreden auftischen ließ, und wer diesen Fehler gleich zum Einstieg machte, würde ihn nur mit Mühe wieder ausbügeln können.

»Ewa Moreno, Kriminalinspektorin«, sagte sie deshalb. »Ich habe ein etwas ausgefallenes Anliegen. Ich würde gern mit jemandem hier sprechen, der über den Fall Winnie Maas aus dem Jahr 1983 informiert ist ... und einen Moment Zeit hat.«

Die Frau hob eine Augenbraue und saugte die Wangen ein, was für ihre schnelle Auffassungsgabe sprach.

»Dann sind Sie hier an der richtigen Adresse«, meinte sie dann. »Selma Perhovens. Angenehm.«

Sie streckte die Hand über den Tresen, und Moreno griff danach.

»Polizei, haben Sie gesagt?«

»Im Urlaub«, erklärte Moreno. »Nicht im Dienst.«

»Bizarr«, sagte Selma Perhovens. »Aber ich könnte auch ein paar kurze Auskünfte gebrauchen. Wenn Sie mir da entgegenkommen könnten, könnten wir vielleicht von christlichem Teilen reden.«

»Warum nicht?«, fragte Moreno. »Worum geht es denn?«

»Hrrm. Mein Chef hat mir aufgetragen, den Namen einer bestimmten Leiche herauszufinden, die am Montag am Strand ausgegraben wurde. Wissen Sie den zufällig?«

»Aber sicher«, sagte Moreno.

Selma Perhovens Kinn klappte für einen Moment nach unten, sie konnte es aber gerade noch festhalten.

»Ja, du meine Güte ...«

»Ich weiß den Namen«, erklärte Moreno. »Ich bin zwar inkognito hier, aber man schnappt ja trotzdem so dies und jenes auf.«

»Ich muss schon sagen«, sagte Selma Perhovens und lief um den Tresen. »Ich glaube, wir machen hier erst mal dicht.«

Sie zog das Rollo vor das Milchglasfenster und schloss die Tür ab. Dann packte sie Moreno am Oberarm und zog sie in das hintere Zimmer.

»Bitte, setzen Sie sich.«

Moreno schob einen Stapel Zeitungen, eine leere Coladose und eine halb volle Bonbontüte von dem ihr angewiesenen Stuhl und setzte sich. Selma Perhovens nahm ihr gegenüber Platz und stützte den Kopf in die Hände.

»Woher soll ich wissen, dass Sie sich nicht einfach als Bulle ausgeben?«

Moreno zeigte ihren Dienstausweis vor.

»Na gut. Verzeihen Sie mein Misstrauen meinen Mitmenschen gegenüber. Berufskrankheit. Sollte ein wenig mehr auf meine Intuition hören.«

Sie lächelte. Moreno lächelte auch.

»Gutgläubigkeit ist heutzutage keine Tugend mehr«, sagte sie. »Wenn ich zuerst mein Anliegen vorbringen darf, dann erfährst du danach den Namen. In Ordnung?«

»Fair deal«, sagte Selma Perhovens. »Kaffee?«

»Gern«, sagte Moreno.

Sie fing mit dem Anfang an. Mit der Bahnfahrt und ihrer Begegnung mit der weinenden Mikaela Lijphart, danach erzählte sie weiter, bis sie beim zweifelhaften Analyseversuch angelangt war, den sie am Vorabend in ihrem Pensionszimmer vorgenommen hatte. Sie ließ nur Franz Lampe-Leermann und Mikael Bau aus, da die mit dem Fall wohl kaum etwas zu tun hatten, und miteinander schon gar nichts, und für die ganze Darstellung brauchte sie weniger als eine Viertelstunde. Selma Perhovens fiel ihr kein einziges Mal ins Wort, sondern trank derweil zweieinhalb Tassen Kaffee und kritzelte vier Seiten in ihrem Notizblock voll.

»Meine Fresse«, sagte sie, als Moreno fertig war. »Ja, ich glaube, du bist hier an die Richtige geraten, wenn ich das mal so sagen darf. Der Prozess gegen Maager ist sozusagen in meine Lehrjahre gefallen ... ich war damals erst neunzehn, habe aber die ganze Woche im Gerichtssaal gesessen. Schreiben durfte ich natürlich nichts darüber, das hat Wicker selber übernommen, aber er hat mich jeden Tag ein Referat verfassen lassen, zur Übung, dieser Sklaventreiber. Und deshalb kann ich mich sehr gut daran erinnern, es war nicht gerade eine lustige Geschichte.«

»Das habe ich auch schon begriffen«, sagte Moreno.

»Außerdem ...«, sagte Selma Perhovens und schien nicht so recht zu wissen, wie es weitergehen sollte. »Außerdem hatte ich bei der ganzen Sache meine Zweifel, das muss ich schon sagen, aber die Verhandlung lief wie geschmiert, und ich war damals ja auch noch ein ziemlicher Grünschnabel.«

Moreno merkte, wie etwas in ihr sich in Bewegung setzte.

»Zweifel? Was hattest du für Zweifel?«

»Keine klaren, fürchte ich, aber mir kam das alles vor wie Staffage. Wie Theater. Wie ein Stück über eine Gerichtsverhandlung, das schon lange vor dem Start fertiggeschrieben war. Das Mädchen war tot, der Mörder war mit der Leiche im Schoß gefunden worden. Er war ohnehin verrückt, und in den Augen der Leute war er so schuldig wie sonst was. Lehrer schwängert Schülerin und bringt sie um! In dem Sommer war der Straßenverkauf wirklich eine Quelle der Freude!«

»Wie wurde er verteidigt? Wie hat sein Anwalt es aufgezogen?«

»Geisteskrank.«

»Geisteskrank?«

»Ja. Unheilbar. Eine andere vorstellbare Strategie gab es nicht. Der Anwalt hieß Korring, Maager hat ihn sein Geständnis vorbringen lassen, denn er selber hat während der ganzen Verhandlung kaum den Mund aufgemacht.«

Moreno dachte eine Weile nach.

»Und wieso bist du damals auf die Idee gekommen, die Sache könnte doch nicht so einfach sein, wie sie aussah? Denn das hast du doch geglaubt?«

Selma Perhovens zuckte mit den Schultern.

»Weiß nicht. Vielleicht war es mein jugendlicher Widerspruchsgeist. Mir war dieses allgemeine Einverständnis damals einfach unheimlich, übrigens finde ich so was heute noch suspekt. Ich glaube eher an fruchtbare Gegensätze. Aber egal, was hat das, was du mir hier erzählt hast, für eine Bedeutung? Was zum Teufel kann mit dem armen Mädel passiert sein?«

»Dazu brauche ich ja gerade deine Hilfe«, sagte Moreno. »Ich zerbreche mir darüber schon seit vielen Tagen den Kopf, aber das Einzige, was dabei herauskommt, ist die Überzeugung, dass irgendeine Spur in die Vergangenheit führen muss. Irgendetwas an der alten Geschichte stinkt, offenbar ist nicht alles ans Licht gekommen ... Mikaela Lijphart spricht zum ersten Mal seit sechzehn Jahren mit ihrem Vater. Dem Mörder in Großbuchstaben. Danach sucht sie allerlei Personen auf ... tja, ich glaube zumindest, dass es mehrere waren ... hier in Lejnice. Und danach verschwindet sie wieder.«

»Und als Nächster verschwindet der Papa. Warum zum Teufel haben wir nichts darüber geschrieben? Ja, ich weiß, dass wir die Vermisstenmeldung gebracht haben, aber den Hintergrund haben wir nicht erwähnt.«

»Wie sieht eure Zusammenarbeit mit der Polizei aus?«, erkundigte sich Moreno vorsichtig.

Selma Perhovens lachte schallend.

»Wie die aussieht? Wir führen einen Grabenkrieg, der den Ypernbogen absolut in den Schatten stellt.«

»Alles klar«, sagte Moreno. »Vrommel?«

»Vrommel«, bestätigte Selma Perhovens mit einem Hauch von ohnmächtiger Wut im Blick.

An der Glastür zum Vorderzimmer war ein vorsichtiges Klopfen zu hören, das sie jedoch mit einem Schnauben abtat. Moreno wechselte das Thema.

»Fand Maager damals irgendeine Unterstützung?«, fragte sie. »Von irgendeiner Seite? Gab es beispielsweise noch andere Verdächtige?«

Selma Perhovens nagte an ihrem Kugelschreiber und dachte nach.

»Nein«, sagte sie. »Nicht, dass ich wüsste. Ich glaube, diese ganze Scheißstadt war gegen ihn. Und damit meine ich wirklich die ganze.«

Moreno nickte.

»In einer anderen Gesellschaft wäre er garantiert gelyncht worden.«

»Ich verstehe.«

Moreno hörte so was nicht zum ersten Mal, und sie fragte sich kurz, wie sie sich verhalten hätte. In der damaligen Situation. Besser vielleicht, dieser Frage nicht weiter nachzugehen. Es war natürlich angenehmer zu glauben, dass sie sich nie im Leben einem Lynchmob angeschlossen hätte, dass sie sich selber ein Urteil gebildet und ihre Integrität bewahrt hätte.

»Was glaubst du eigentlich?«, fragte Selma Perhovens nach kurzem Schweigen. »Dass es jemand anderes war? Das kannst du vergessen, das ist unmöglich. Er hatte doch die Leiche auf dem Schoß und weinte.«

Moreno seufzte.

»Kann sie nicht gesprungen sein?«

»Aber warum hätte er dann gestehen sollen?«

Gute Frage, dachte Moreno. Aber nicht neu.

»Was war das für ein Arzt«, fragte sie, ohne so recht zu wissen, warum. »Der die Obduktion vorgenommen hat, meine ich.«

»DeHaavelaar«, sagte Selma Perhovens. »Der alte deHaavelaar, er war damals für fast alles zuständig. Geburten, Krankheiten und Obduktionen. Ich glaube, er hat sich sogar als Tierarzt betätigt. Ja, sein Wort galt. Gewichtig wie das Amen in der Kirche. Aber er hat vor Gericht nicht ausgesagt, das war nicht nötig.«

»Das war nicht nötig?«, fragte Moreno überrascht. »Wieso nicht?«

Selma Perhovens machte eine vage Handbewegung.

»Ich weiß es nicht. Seine Aussage wurde einfach verlesen. Vom Richter, glaube ich. Er hatte wohl anderes zu tun, deHaavelaar, meine ich.«

Der Schatten einer Ahnung huschte durch Morenos Kopf. Von links nach rechts, so schien ihr, und diese Seltsamkeit – dass ihr die Richtung auffiel – ließ den Inhalt der Ahnung verschwinden. So kam es ihr jedenfalls vor. Es war nur ein Zeichen gewesen, von einem ihr fremden Alphabet. Seltsam.

Und gleich darauf tauchte ein ebenso flüchtiges Bild von Hauptkommissar Van Veeteren auf, wie er hinter seinem Schreibtisch saß und sie ansah. Oder sie eher mit seinen Blicken durchbohrte. Eigentümlich, dachte sie. Bin ich nicht zu jung für Gehirnblutungen?

»Ich verstehe«, sagte sie und holte tief Atem. »Lebt er noch hier in der Stadt, dieser Arzt?«

»DeHaavelaar? Sicher. Er lebt noch, und er lebt hier in der Stadt. Geht auf die achtzig zu, wenn ich mich nicht irre, aber stolziert weiterhin in der Gegend herum und streut zynische Bemerkungen um sich. Warum fragst du?«

»Ich weiß nicht«, gestand Moreno. »War nur so eine kurze Eingebung.«

Selma Perhovens betrachtete sie für einen Moment überrascht. Dann schlug sie mit der Handfläche auf den Block.

»Ich möchte über diese Sache schreiben, hast du etwas dagegen?«

Moreno schüttelte den Kopf.

»Ach übrigens«, fiel es Selma Perhovens jetzt ein. »Ich glaube, wir hatten eine Abmachung. Dieser Knabe vom Strand, wie hieß der doch noch gleich?«

»Ja, sicher«, sagte Moreno. »Van Rippe. Er hieß Tim Van Rippe.«

Selma Perhovens runzelte wieder die Stirn.

»Van Rippe? Kommt mir irgendwie bekannt vor. Bist du dir sicher?«

»Glaubst du, ich nenne der Presse einen falschen Namen für ein Mordopfer?«, fragte Moreno.

»Tschuldigung«, sagte Selma Perhovens. »Hatte vergessen, dass ich hier nicht der lokalen Bullenmafia gegenübersitze. Was hältst du übrigens von einem kleinen Mittagessen? Vielleicht kommen wir auf einen klugen Gedanken, wenn wir ein paar Proteine einwerfen?«

Moreno schaute auf die Uhr und nickte.

»Der Versuch kann nicht schaden«, sagte sie.

Der ehemalige Gemeindearzt Emil deHaavelaar wohnte im Riipweg, wie sich dann herausstellte. In einer großen Patriziervilla in den Dünen, wo er Ewa Moreno jedoch nicht empfangen wollte. Wenn es sich wirklich nur um eine Bagatelle handelte, wie sie behauptete. Möglicherweise wäre er bereit, später an diesem Nachmittag im Café Thurm ein paar Worte mit ihr zu wechseln, nachdem ihm bei seinem Zahnarzt ein wenig der Zahnstein entfernt worden war.

Gegen vier, wenn ihr das recht sei. Moreno sagte zu, beendete das Gespräch und wandte sich wieder Selma Perhovens und dem Essen zu.

»Bullenbeißer?«, fragte sie.

»Aristokrat«, sagte Selma Perhovens. »Der letzte, wenn wir ihm glauben wollen. Ich habe ihn vor zwei Jahren interviewt, als sein Buch erschienen ist. Über seine vier Jahrzehnte als gemeindeeigener Äskulap, ja, so hieß es. *Durch die Lupe des Äskulap.* Unglaublicher Scheiß, ich musste es ja lesen. Fast schon Rassenbiologie. Lebt allein, mit einem Dienstmädchen und einer Haushälterin. Zwölf Zimmer und Tennisplatz, nein, er ist ganz einfach nicht mein Typ. Wie lange willst du übrigens hier bleiben? Bist du alles geklärt hast?«

Moreno zuckte mit den Schultern.

»Ich wollte morgen nach Hause fahren«, sagte sie. »Muss heute Abend nur noch mit dieser Vera Sauger reden. Falls sie wirklich auftaucht. Ich weiß nicht so recht, warum ich überhaupt in der Sache herumstochere. Aber ich kann nicht unbegrenzt in der Pension wohnen. Mein Gehalt erlaubt mir solche Ausschweifungen nicht. Nicht mal im Dombrowski.«

Selma verzog den Mund zu einem düsteren Clownslächeln.

»Wie komisch«, sagte sie. »Nein, wenn ich mir das richtig überlege, dann ist Geld auch meine größte unerwiderte Liebe. Betrügt mich dauernd, ist nie da, wenn ich es brauche. Du kannst bei mir schlafen, wenn du noch ein paar Tage bleiben willst. Ich habe eine Tochter von elf, aber keinen Typen, der stört, und du kannst ein eigenes Zimmer haben. Das meine ich wirklich ehrlich.«

»Danke«, sagte Moreno und spürte eine plötzlich auflodernde Sympathie für diese energische Journalistin. »Wir sehen ja morgen, wie die Lage sich entwickelt.«

Selma Perhovens gab ihr ihre Karte und schaute auf die Uhr.

»Verdammt! Ich darf die Hengstprämierung in Moogensball nicht verpassen. Ich muss los!«

Als sie verschwunden war, blieb Moreno noch eine Weile am Tisch sitzen und überlegte, ob sie Vegesack anrufen sollte oder nicht. Nur, um einen Lagebericht zu geben.

Nach reiflicher Überlegung beschloss sie, damit bis zum Abend zu warten.

Doktor deHaavelaar bestellte einen Cognac und ein Glas Milch. Sie selber begnügte sich mit einem Cappuccino.

»Zum Ausgleich«, erklärte der Arzt, als der Kellner das Tablett brachte. »Man braucht nur auf den richtigen Ausgleich im Körper zu achten, wenn man hundert Jahre alt werden will.«

Sie zweifelte keinen Moment daran, dass Emil deHaavelaar das schaffen würde. Es würde zwar noch zwanzig Jahre dauern, aber er sah aus wie ein eleganter Grizzlybär. Breitschultrig und kräftig und mit der Ausstrahlung eines verwöhnten Filmstars. Seine weißen dichten Haare waren nach hinten gekämmt, sein Schnurrbart war üppig und gepflegt, und seine Hautfarbe verriet, dass er sich ausreichend Sonnenstunden zwischen den Dünen verschaffte, um wirklich jeden langen Winter zu überleben. Ihr fiel ein, dass Selma Perhovens das Wort »stolzieren« benutzt hatte, und sie hätte gern gewusst, warum.

»Falls man einen Grund hat, in diesem Durcheinander so lange auszuhalten«, fügte er hinzu und spielte an seinem Cognacglas herum.

»Ja«, sagte Moreno. »Das ist natürlich die Frage.«

»Und was wollen Sie von mir?«, fragte deHaavelaar.

Moreno zögerte einen Moment.

»Winnie Maas«, sagte sie dann.

DeHaavelaar knallte sein Glas auf den Tisch. Falsche Eröffnung, dachte Moreno. Pech.

»Wer sind Sie?«, fragte deHaavelaar.

»Ewa Moreno. Wie ich schon am Telefon gesagt habe. Kriminalbeamtin.«

»Wenn ich um Ihren Ausweis bitten dürfte.«

Moreno zog ihren Ausweis hervor und reichte ihn ihm. Er setzte eine Brille mit sehr dünnem und wahrscheinlich sehr teurem Gestell auf und musterte ihn genau. Gab ihn ihr dann zurück und nahm die Brille ab.

»Weiß der Polizeichef darüber Bescheid?«

Sie dachte eine Sekunde nach.

»Nein.«

Er leerte sein Glas auf einen Zug. Spülte mit einem halben Glas Milch nach. Moreno nippte an ihrem Cappuccino und wartete.

»Und was zum Teufel haben Sie für einen Grund, in einer zwanzig Jahre alten Geschichte herumzuwühlen?«

»Sechzehn«, sagte Moreno. »Ich wollte nur ein paar einfache Fragen stellen. Warum regen Sie sich so auf?«

DeHaavelaar beugte sich über den Tisch vor.

»Ich rege mich nicht auf«, fauchte er. »Ich bin wütend. Sie kommen nicht einmal hier aus der Stadt, haben von nichts eine Ahnung, und ich werde Ihnen keine verdammte Frage beantworten. Stattdessen werde ich mich beim Polizeichef beschweren!«

Er erhob sich, strich sich kurz mit Daumen und Zeigefinger über den Schnurrbart und marschierte aus dem Lokal.

Du meine Güte, dachte Moreno. Hat sie Aristokrat gesagt, diese Selma Perhovens?

31

Am Spätnachmittag und in den frühen Abendstunden überkam sie die Hoffnungslosigkeit.

Das hing vielleicht mit dem Regen zusammen, der in einem nie versiegenden Strom von Südwesten her heraufzog. Sie lag auf dem unebenen Pensionsbett und versuchte zu lesen, aber sie konnte sich einfach nicht auf Dinge konzentrieren, die nichts mit Mikaela Lijphart und allen damit verbundenen Verwicklungen zu tun hatten.

Und also auch mit ihr selber.

Was mache ich hier, dachte sie. Was soll das alles bloß? Kriminalbeamtin auf Urlaub! Würde eine Fahrradreparateurin ihre sauer verdienten Ferienwochen damit verbringen, dass sie gratis Fahrräder repariert? Ich bin doch verrückt.

Sie rief bei Clara Mietens an, doch ihr Lebensanker war noch immer nicht zu Hause. Sie rief auf der Wache an, doch Polizeianwärter Vegesack war dienstlich unterwegs. Sie rief die automatische Wetterauskunft an und erfuhr, dass Regenwolken über dem Atlantik schon Schlange standen.

Klasse, dachte Inspektorin Moreno und fing zum vierten Mal mit derselben Seite an.

Um sieben Uhr wählte sie zum ersten Mal Vera Saugers Nummer. Keine Antwort. Eine halbe Stunde später machte sie noch einen Versuch und wiederholte dieses dann in längeren Abständen.

Nach dem Versuch um halb neun spielte sie mit dem Gedanken, irgendwo essen zu gehen, verwarf ihn aber wieder. Die dubiose Hackfleischpastete des Vortages lud nicht zur Wiederholung ein. Stattdessen machte sie zweihundert Sit-ups und vierzig Liegestütze, und zwei Stunden später stand sie unter der Dusche und versuchte zu ergründen, warum in aller Welt Doktor deHaavelaar dermaßen außer sich geraten sein könnte.

Ein Ergebnis fand sie nicht. Was nicht gerade überraschend war, da es nicht möglich war, eins zu finden, wie sie sich sagte. Es brachte wirklich nichts, auf so spärlicher Grundlage Schlussfolgerungen ziehen zu wollen. Eine Nadel in einem Heuhaufen zu suchen? Hoffnungslos. Das müsste doch sogar eine verwirrte Kriminalbeamtin begreifen.

Und Achtzigjährige verhielten sich nicht immer logisch, auch wenn sie wie gepflegte Grizzlybären aussahen und kein bisschen stolzierten.

Das letzte Mal, dachte sie, als sie einige Minuten nach elf Vera Saugers Nummer wählte. Wenn sie jetzt nicht da ist, gebe ich auf.

Nach dreimaligem Klingeln wurde abgenommen.

»Vera Sauger.«

Danke, dachte Ewa Moreno. Sei jetzt bitte so lieb und sprich mit mir. Trotz der späten Stunde.

Und erzähl mir dann auch gleich etwas, das uns weiterbringt.

Auch Vera Sauger war eine allein stehende Frau in Morenos Alter.

Ob es in zehn Jahren in Europa überhaupt noch Kinder geben wird?, dachte die, als sie die Wohnung in der Lindenstraat betrat. Oder werden alle Frauen sich gegen eine Fortpflanzung entschieden haben? Was hatte Mikael Bau noch gesagt? *Den kalten Stein der Freiheit umarmen?*

Sie schüttelte diese unwillkommenen Fragen ab und setzte sich an den Küchentisch, wo ihr Gegenüber Tee und kleine rotbraune Plätzchen aufgetischt hatte, die aussahen wie Brustwarzen. Vera Sauger hatte nichts gegen einen Besuch einzuwenden gehabt, obwohl es auf Mitternacht zuging und obwohl Vera Sauger nach ihren fünf Tagen auf den Inseln ein gewisses Schlafbedürfnis zu haben schien. Als Moreno am Telefon den Namen Mikaela Lijphart genannt hatte, war die andere ihr sofort ins Wort gefallen und hatte sie um ihr Kommen gebeten.

»Ich finde es besser, wenn ich meine Gesprächspartnerin sehen kann«, hatte sie erklärt. Eine Ansicht, die Moreno teilte.

»Sie ist also noch immer verschwunden?«, fragte Vera Sauger, nachdem sie Tee in zwei gelbe Tassen mit großen blauen Herzen gegossen hatte. Die stammen sicher aus einem schwedischen Möbelhaus, tippte Moreno.

»Sie wissen davon?«

Vera Sauger musterte sie überrascht.

»Natürlich weiß ich davon. Warum fragen Sie? Wer sind Sie überhaupt?«

Moreno zeigte ihren Dienstausweis vor und fragte sich, wie oft sie das an diesem Tag schon getan hatte. Das hier war das dritte Mal, wenn sie sich nicht irrte.

»Sie sind neu hier in der Stadt, ja?«, fragte Vera Sauger. »Ich kenne Sie nicht. Nicht, dass ich viel mit der Polizei zu tun hätte, aber ...«

»Aus Maardam«, erklärte Moreno. »Mache hier nur Urlaub. Aber ich bin der Kleinen vor ihrem Verschwinden begegnet.«

Vera Sauger nickte vage.

»Und Sie haben keinen Kontakt mit der hiesigen Polizei?«

»Ab und zu«, sagte Moreno. »Warum fragen Sie?«

Vera Sauger rührte langsam ihren Tee und sah noch unsicherer drein.

»Weil Sie gefragt haben, ob ich von der Sache wüsste«, sagte sie.

»Ja?«

»Ist doch klar, dass ich davon weiß. Ich hab mich ja auf der Wache gemeldet, ehe ich nach Werkeney gefahren bin.«

Zwei leere Sekunden verstrichen. Dann fiel Moreno ein, dass Vegesack einige Tage zuvor etwas Ähnliches erwähnt hatte.

Dass sich nach der ersten Vermisstenmeldung eine Frau gemeldet habe, dass das aber nichts gebracht habe. Oder irrte sie sich da?

Ja, sie konnte sich daran erinnern. Eine aus Lejnice und eine aus Frigge.

Und die aus Lejnice war also diese Vera Sauger gewesen, die ihr jetzt gegenübersaß und sich ein Brustwarzenplätzchen in den Mund stopfte?

Plötzlich schien in Inspektor Morenos Kopf ein umfassender Kurzschluss stattzufinden. Das Einzige, was ihr noch einigermaßen sicher erschien, war, dass hier etwas nicht stimmen konnte.

Und es hatte nichts mit ihr zu tun.

»Das war … das ist mir offenbar entgangen«, sagte sie und versuchte, mit einem Lächeln um Entschuldigung zu bitten. »Was haben Sie denen denn erzählen können?«

Vera Sauger kaute fertig und schob sich eine blonde Haarsträhne hinter das Ohr, ehe sie antwortete:

»Dass sie hier war natürlich. Ich finde es seltsam, dass Sie das nicht wissen.«

»Sie haben ausgesagt, dass Mikaela Lijphart Sie besucht hat?«, fragte Moreno. »Wollen Sie mir das sagen?«

»Sicher«, sagte Vera Sauger.

»Dass Sie mit ihr an dem Sonntag, ehe … dass Sie vor zehn Tagen mit ihr gesprochen haben?«

»Ja.«

Moreno schwieg, während sich in ihrem Kopf eine Frage herauskristallisierte. Das dauerte seine Zeit.

»Und wem haben Sie das erzählt?«

»Wem? Dem Polizeichef natürlich. Vrommel.«

»Ich verstehe«, sagte Moreno.

Das stimmte zwar nicht ganz, war aber egal. Wichtig war, jetzt weiterzukommen.

»Und als Mikaela hier war, worüber wollte sie da reden?«, fragte sie.

»Über ihren Vater natürlich«, sagte Vera Sauger. »Darüber, was vor sechzehn Jahren passiert ist. Sie hatte es doch gerade erst erfahren.«

»Das weiß ich«, sagte Moreno und nickte. »Und was wollte sie von Ihnen?«

Wieder zögerte Vera Sauger.

»Wenn ich das nur so genau wüsste«, sagte sie. »Sie wollte nicht so recht mit der Sprache heraus, und wir haben nur kurz miteinander geredet. Winnies Mutter hatte ihr meinen Namen genannt. Ich hatte das Gefühl ... ja, sie schien sich in den Kopf gesetzt zu haben, ihr Vater sei unschuldig. Sie hat das nicht ganz offen gesagt, aber ich hatte den Eindruck. Sie hatte doch am Tag zuvor mit ihm gesprochen. Am Samstag. Leicht kann das nicht gewesen sein ... für sie nicht und für ihn nicht.«

»Arnold Maager könnte seiner Tochter also gesagt haben, er habe Winnie Maas gar nicht umgebracht?«

»Ich bin nicht sicher«, sagte Vera Sauger. »Sie hat es nur angedeutet. Aber es wäre ja kein Wunder, wenn er so etwas gesagt hätte ... um sich in ein besseres Licht zu rücken, meine ich. Ich habe mir das nachher jedenfalls überlegt.«

Moreno dachte eine Weile nach.

»Ich war doch auf diesem verdammten Fest von Gollumsen dabei«, sagte Vera Sauger dann. »Und ich war mit Winnie befreundet. Aber nicht so eng, wie ihre Mutter zu glauben scheint. Als wir noch kleiner waren, war das vielleicht anders, aber damals nicht mehr. Wir hatten uns irgendwie voneinander fort entwickelt.«

»Das kommt ja vor«, sagte Moreno. »Aber wollte Mikaela Lijphart sonst nichts wissen? Wollte sie mehr als nur ein allgemeines Bild, wenn ich das so sagen kann?«

Vera Sauger überlegte und nahm sich noch eine Brustwarze.

»Freunde«, sagte sie, »sie wollte wissen, mit welchen Jungs Winnie in der Zeit vor Maager zusammen war.«

»Warum wollte sie das wissen?«

»Keine Ahnung. Wir haben nur eine Viertelstunde oder

zwanzig Minuten miteinander gesprochen, wie gesagt. Ich war ein wenig in Eile.«

»Aber Sie haben ihr die Namen der Freunde genannt?«

»Sie hat zwei Namen von mir bekommen.«

»Und welche?«

Wieder dachte Vera Sauger nach.

»Claus Bitowski«, sagte sie dann. »Und Tim Van Rippe.«

IV

32

Vernehmung des Markus Baarentz, am 22. 7. 1983.
Ort: Wache von Lejnice.
Vernehmungsleiter: Hauptkommissar Vrommel, Polizeichef.
Anwesend: Inspektor Walevski, Staatsanwalt Mattloch.
Abschrift: Inspektor Walevski, Kopien an: Staatsanw. Mattloch, Hauptkomm. Vrommel, Polizeichef.

Vrommel: Name, Alter und Beruf, bitte.
Baarentz: Markus Baarentz. Ich bin 49 Jahre alt und arbeite als Steuerprüfer.
V : Hier in Lejnice?
B : Nein, in Emsbaden. Aber ich wohne in Lejnice. Alexanderlaan 4.
V : Können Sie berichten, was Sie gestern Nacht erlebt haben?
B : Natürlich. Wir waren oben in Frigge und kamen ziemlich spät zurück nach Lejnice.
V : Einen Moment. Wer sind »wir«?
B : Verzeihung. Ich spiele Bridge. Otto Golnik, mein Partner, und ich haben an einem zweitägigen Turnier in Frigge teilgenommen. Es dauerte, und wir waren erst gegen elf Uhr abends fertig. Wir haben den dritten Platz errungen und mussten die Preisverleihung abwarten. Ja, und danach sind wir nach Hause gefahren. Mit meinem Wagen, wir wechseln uns ab. Ich habe Otto zuerst nach Hause gebracht, er wohnt draußen in Missenraade, und dann bin ich zu mir ge-

fahren. Auf dem normalen Weg natürlich, und als ich an der Eisenbahnlinie entlang durch die Molnerstraat kam, habe ich sie entdeckt.

V : Wie spät war es da so ungefähr?

B : Zwei. Einige Minuten nach zwei. Es war gleich hinter der Eisenbahnbrücke, bei der Straßenlaterne, und deshalb konnte ich ihn ... sie ... unmöglich übersehen.

V : Und was haben Sie da gesehen?

B : Maager. Arnold Maager, der mit einem Mädchen auf dem Schoß auf den Gleisen saß.

V : Woher wussten Sie, dass es Maager war?

B : Den kenne ich doch. Mein Sohn geht auf die Voellerschule. Hab ihn manchmal beim Elternabend gesehen. Ich habe ihn sofort erkannt.

V : Ich verstehe. Und was haben Sie dann gemacht?

B : Angehalten. Ich wusste sofort, dass hier etwas nicht stimmen konnte. Sonst sitzt man doch nicht an so einer Stelle, gleich bei der Eisenbahn. Auch wenn um diese Zeit keine Züge mehr kommen, seit der Güterverkehr eingestellt worden ist. Und mit dem Mädchen stimmte auch etwas nicht. Sie lag ganz lang ausgestreckt da, und er hielt ihren Kopf im Schoß. Ich glaube, ich wusste sofort, dass ein Unglück passiert sein musste.

V : Haben Sie in der Nähe noch andere Menschen gesehen?

B : Nicht einmal eine Katze. Es war doch mitten in der Nacht.

V : Sie haben angehalten und sind ausgestiegen?

B : Ja. Zuerst hab ich das Fenster heruntergekurbelt und gerufen. Habe gefragt, ob er Hilfe braucht, aber er gab keine Antwort. Dann bin ich ausgestiegen. Habe noch einmal gerufen, aber er reagierte noch immer nicht. Jetzt wusste ich endgültig, dass etwas Schlimmes passiert sein musste. Ich stieg über den Zaun und ging auf die beiden zu. Er schaute nicht einmal hoch, obwohl er mich gehört haben musste. Er saß nur da und streichelte die Haare der Kleinen. Er schien sehr weit weg zu sein. Wie unter Schock. Für einen

Moment hielt ich ihn für betrunken, und das Mädchen vielleicht auch, aber dann ging mir auf, dass das nicht der Fall sein konnte. Dass alles viel schlimmer war. Sie war tot.

V : Woher wussten Sie, dass sie tot war?

B : Das kann ich Ihnen nicht sagen. Sie lag so seltsam da, das muss es gewesen sein. Ich habe natürlich auch gefragt, aber keine Antwort bekommen. Maager sah mich nicht einmal an. Ich versuchte, Kontakt zu ihm aufzunehmen, aber das war unmöglich.

V : Ihnen sind an dem Mädchen keine Verletzungen aufgefallen?

B : Nein. Es war einfach ihre Lage. Und ihr Gesicht. Ihre Augen waren nicht richtig geschlossen, und ihr Mund auch nicht. Und sie hat sich nicht bewegt, rein gar nicht.

V : Und Arnold Maager?

B : Der saß nur da und streichelte ihre Haare und ihre Wangen. Schien sehr weit weg zu sein, wie gesagt. Ich habe ihn sogar beim Namen gerufen. Herr Maager, habe ich gesagt. Was ist denn passiert?

V : Und haben Sie eine Antwort bekommen?

B : Nein. Ich wusste nicht so recht, was ich machen sollte. Ich bin vielleicht zehn oder fünfzehn Minuten dort stehen geblieben. Habe meine Frage wiederholt, und dann schaute er endlich auf. Er sah mich kurz an, und etwas war seltsam an seinen Augen, ja, an seinem ganzen Gesichtsausdruck.

V : Wie meinen Sie das?

B : Er sah krank aus. Als ich jung war, habe ich einige Sommer in einer psychiatrischen Klinik gearbeitet, und deshalb glaubte ich, diesen Blick zu erkennen. Das war mein erster Gedanke.

V : Was haben Sie dann unternommen?

B : Ich habe gefragt, was dem Mädchen passiert sei, aber auch jetzt zeigte er keinerlei Reaktion. Ich beugte mich über sie, um sie mir genauer anzusehen. Ich wollte ihr wohl den Puls fühlen oder so, aber er hat mich daran gehindert.

V : Er hat Sie daran gehindert? Wie hat er das gemacht?

B : Er hat meine Hand weggeschoben. Und dann hat er ein Geräusch ausgestoßen.

V : Ein Geräusch?

B : Ja. Ein Geräusch. Es hörte sich an wie, ja, fast wie das Gebrüll einer Kuh.

V : Sie sagen, Maager habe gebrüllt wie eine Kuh?

B : Ja. Jedenfalls war es ein unmenschliches Geräusch. Es klang eher wie ein Tier. Ich nahm an, dass er unter einem schrecklichen Schock stand und dass es deshalb unmöglich sein würde, ihm eine vernünftige Auskunft zu entlocken.

V : Ich verstehe. Und was haben Sie dann unternommen?

B : Ich dachte, ich sollte sofort Polizei und Krankenwagen holen. Das Beste wäre es natürlich gewesen, wenn ich einen Wagen hätte anhalten oder irgendwen um Hilfe bitten können, aber es war doch mitten in der Nacht, und nirgendwo war eine Menschenseele zu sehen. Ich wollte ihn und das Mädchen auch nicht allein lassen, jedenfalls nicht, ohne mir ein Bild von ihrem Zustand gemacht zu haben, und am Ende konnte ich ihr dann doch den Puls fühlen, ohne dass er Einspruch erhoben hätte. Sie hatte keinen, wie ich angenommen hatte. Sie war tot.

V : Wo haben Sie ihr den Puls gefühlt?

B : Am Handgelenk. Ihren Hals wollte er mich nicht berühren lassen.

V : Kannten Sie das Mädchen?

B : Nein. Ihren Namen habe ich erst später erfahren, und ihre Familie kenne ich auch nicht.

V : Aber am Ende haben Sie dann doch Hilfe geholt?

B : Ja. Mir blieb ja nichts anderes übrig. Ich bin zurück auf die Straße geklettert und habe dann am erstbesten Haus geklingelt. Habe die Scheinwerfer vom Wagen ausgeschaltet, das hatte ich anfangs vergessen. Es dauerte eine Weile, bis die Haustür geöffnet wurde, aber ich konnte sehen, dass sie noch auf dem Gleis saßen, Maager und das Mädchen. Sie waren nur dreißig oder fünfunddreißig Meter von mir entfernt. Dann öffnete Christina Deijkler die Tür, ich kannte sie ein wenig vom Sehen, wusste aber nicht, dass sie in diesem Haus wohnte. Ich erklärte ihr die Lage, und sie konnte ja auch selber sehen, dass ich die Wahrheit sagte. Sie ging ins Haus zurück und rief an, ich ging wieder zu den beiden und wartete, und nach ungefähr zehn Minuten kam die Polizei. Und zwar Helme und Van Steugen, in einem Streifenwagen. Der Krankenwagen traf dann auch bald ein.

V : Danke, Herr Baarentz. Da waren Sie ja wirklich sehr tatkräftig. Und jetzt habe ich nur noch ein paar Fragen. Als Sie versucht haben, Kontakt zu Herrn Maager aufzunehmen, haben Sie sich da überlegt, was passiert sein könnte?

B : Nein.

V : Und er machte keinerlei Andeutungen? Durch Worte oder Zeichen oder auf irgendeine andere Weise?

B : Nein. Er hat sich überhaupt nicht geäußert. Abgesehen von diesem seltsamen Geräusch, meine ich.

V : Und Sie haben keine Schlussfolgerungen gezogen?

B : Da noch nicht. Heute habe ich ja gehört, was vorgefallen ist. Es ist entsetzlich, aber im ersten Moment hatte ich keine Ahnung, nicht in dieser Nacht.

V : Woher haben Sie erfahren, was passiert ist?

B : Von Alexander. Meinem Sohn. Er hatte es in der Stadt gehört, solche Neuigkeiten verbreiten sich ja schnell, und das ist vielleicht auch kein Wunder. Maager hat angeblich ein Verhältnis mit der Kleinen gehabt, das scheint so ungefähr die ganze Schule gewusst zu haben. Das ist natürlich ein Skandal, ja, ich weiß wirklich nicht, was ich dazu sagen soll. Hat er sie zu allem Überfluss dann auch noch von der Brücke gestoßen?

V : Wir können noch nichts über die Todesursache sagen, aber wir können auch keine Möglichkeit ausschließen. Und Sie sind ganz sicher, dass Sie in der Nähe der Unfallstätte keine anderen Menschen gesehen haben?

B : Absolut.

V : Keine vorüberfahrenden Autos, keine, die ihnen auf dem Weg dorthin entgegengekommen wären?

B : Nein. Ich glaube, mir ist nur ein Auto begegnet, nachdem ich Otto Golnik draußen in Missenraade abgesetzt hatte. Und in der Nähe der Eisenbahnbrücke war niemand, da bin ich mir sicher.

V : Sie scheinen über eine außergewöhnliche Beobachtungsgabe zu verfügen, Herr Baarentz.

B : Ja, vielleicht. Ich bin ein Mensch, der alles ziemlich genau nimmt. Das ist wichtig in meinem Beruf. Und das Bridge ist wohl auch eine Hilfe, man muss da schließlich die ganze Zeit aufpassen.

V : Ich verstehe. Danke, Herr Baarentz. Sie waren uns eine große Hilfe.

B : Keine Ursache. Ich habe meine Pflicht getan, mehr nicht.

33

22. Juli 1999

Erst am Donnerstag erreichte die Vermisstenmeldung von Arnold Maager – vierundvierzig Jahre alt, eins sechsundsiebzig groß, schmal gebaut und mit aschblonden Haaren, möglicherweise deprimiert, möglicherweise verwirrt, vermutlich beides – die Öffentlichkeit. Er war inzwischen seit fünf Tagen verschwunden; zuletzt war er am vergangenen Samstag im bei Lejnice gelegenen Heim der Sidonisstiftung gesichtet worden, wo er seit anderthalb Jahrzehnten in Pflege war – und aller Wahrscheinlichkeit nach war er gekleidet in Turnschuhe Marke Panther, blaue oder braune Jeans, ein weißes T-Shirt und eine hellere Windjacke. Am selben Tag, und schon in der Morgendämmerung, machte sich eine vierzehn Mann starke Streife aus Lejnice, Wallburg und Emsbaden an die Aufgabe, die Umgebung des Sidonisheims zu durchkämmen – eine Arbeit, die gegen fünf Uhr nachmittags abgeschlossen war, ohne dass irgendein Hinweis auf den Verbleib des verschwundenen psychiatrischen Patienten entdeckt worden wäre.

Zusammen mit Maagers Vermisstenmeldung wurde die seiner Tochter, Mikaela Lijphart, noch einmal wiederholt, diesmal landesweit. Mikael war seit elf Tagen verschwunden, und alle, die glaubten, das Mädchen während dieser Zeit gesehen zu haben – oder die auf andere Weise etwas zur Fahndung beitragen konnten – wurden gebeten, sich unverzüglich bei der nächstgelegenen Polizeidienststelle zu melden. Oder auf der Lejnicer Wache.

Der einzige Mensch, der dieser Aufforderung nachkam, war Sigrid Lijphart, die Mutter der Verschwundenen, und sie wollte keine Tipps oder Auskünfte loswerden, sondern – wie immer – wissen, warum zum Teufel die Polizei noch immer nichts herausgefunden hatte. Vrommel hatte – wie immer – keine überzeugende Antwort auf diese Frage, und Frau Lijphart drohte – wie immer – sich bei den höheren Instanzen zu beschweren, wenn sie nicht bald etwas vorzuweisen hätten.

Und bei den höheren Instanzen könnte sie dann immerhin eine Beschwerde wegen ernsthafter Dienstversäumnisse einreichen. Vrommel fragte höflich, ob er ihr einen Vordruck zusenden solle, um ihr dabei behilflich zu sein – entweder Formular B 112-5 GE, für Dienstversäumnis, oder B 112-6 C, für Vernachlässigung –, aber sie lehnte in beiden Fällen dankend ab.

Was ihren ebenfalls verschwundenen ehemaligen Gatten anfing, so stellte Frau Lijphart keine Fragen und auch keine Ansprüche.

Polizeianwärter Vegesack wohnte mit seiner Marlene in einem der neuen Mietshäuser in der Friederstraat, nur einen Steinwurf vom Strand entfernt, und nach kurzem Überlegen – und nachdem Vegesack ihr dieses Angebot gemacht hatte – hatten sie sich hier verabredet. In ihrer Lage war Diskretion angesagt, die Wache war ausgeschlossen, und es war nicht leicht, auf die Schnelle einen anderen Treffpunkt zu finden.

Drei Zimmer und Küche, stellte Moreno fest, als Vegesack sie willkommen hieß. Großer Balkon und schöner Blick auf das Meer und den Leuchtturm von Gordons Punkt. Gar nicht schlecht. Ihr fiel ein, dass er erzählt hatte, dass Marlene Urdis Architektur studierte, und sie fragte sich, ob sie sich vielleicht auch der Innenarchitektur widmete. Es mochte fast den Anschein haben, aber Marlene war nicht zu Hause, und deshalb war die Frage momentan wohl nicht angebracht. Zimmer und Möbel waren farblich sorgfältig aufeinander abgestimmt, die Wände waren nicht mit Tand voll gehängt, es gab nur einige

Kunstdrucke, Tiegermann, Chagall und zwei Selbstportraits von Cézanne. Mit Büchern voll gestopfte Regale. Hohe Grünpflanzen. Ein Klavier. Sie fragte sich, ob Vegesack oder seine Verlobte darauf spielten. Oder beide? Gut, dachte sie. Ich entwickle Vertrauen zu ihm.

Doch sie hatten sich hier ja nicht getroffen, um Stilfragen und Gemütlichkeit zu diskutieren. Die düsteren Mienen der Kriminalbeamten Kohler und Baasteuwel, die in neu gepolsterten Sesseln aus den fünfziger Jahren saßen, ließen in dieser Hinsicht keinen Zweifel. Im Gegenteil.

»Schieß los«, sagte Baasteuwel. »Worum geht es also, zum Teufel?«

Vegesack holte vier Bier, und Moreno setzte sich aufs Sofa.

»Hier liegt ein Hund begraben«, sagte sie.

»Heißt der möglicherweise Vrommel?«, fragte Kohler.

»Jedenfalls hält der Polizeichef sich in der Nähe des Grabes auf«, erklärte Moreno. »Und deshalb fände ich es ziemlich gut, euch über alles zu informieren. Wollt ihr mit der Gegenwart anfangen oder mit der Vergangenheit?«

»Mit der Vergangenheit«, sagte Baasteuwel. »Ach verdammt, als sie Kohler und mich abkommandiert haben, haben sie behauptet, wir könnten in zwei oder drei Tagen fertig sein. Hätte heute meinen ersten Urlaubstag gehabt. Aber das ist ja nicht das erste Mal.«

»Und sicher auch nicht das letzte«, bemerkte Kohler trocken. »Können wir jetzt ein wenig Butter bei die Fische kriegen?«

Moreno schaute fragend zu Vegesack hinüber, und der nickte als Zeichen dafür, dass sie anfangen sollte. Sie zog den Block aus ihrer Tasche.

»Nun gut«, sagte sie. »Also, der Reihe nach. Vor sechzehn Jahren, fast auf den Tag genau sogar, ist hier in der Stadt etwas passiert, das ... das seine Spuren hinterlassen hat, so könnte man das wohl sagen. Ein Lehrer hier an der Schule, Arnold Maager, hatte ein Verhältnis mit einer Schülerin, einer gewissen Winnie Maas. Sie wurde schwanger, worauf er sie ermordet hat. Das jedenfalls ist die offizielle Version. Er hat sie angeblich von der Eisenbahnbrücke gestoßen. Es ist ziemlich hoch, sie ist beim Aufprall auf die Gleise ums Leben gekommen. Er wurde gefunden, als er mit dem Mädchen auf dem Schoß auf den Gleisen saß. Mitten in der Nacht. Er hat zu allem Überfluss den Verstand verloren und seither in einer psychiatrischen Klinik gesessen ... dem Sidonisheim, das hier in der Nähe liegt. Er wurde schuldig gesprochen, hat aber nie ein wirkliches Geständnis abgelegt, weil er während der Verhandlung nicht zurechnungsfähig war. Maager war damals verheiratet und hatte eine kleine Tochter, seine Frau hat sich sofort von ihm getrennt, und seither hat er weder sie noch die Tochter jemals wiedergesehen. Die beiden sind noch im folgenden Herbst aus der Stadt weggezogen. Ja, das ist so in groben Zügen die Vorgeschichte. Habt ihr Fragen?«

Sie schaute sich am Tisch um.

»Nette Geschichte«, sagte Baasteuwel und trank einen Schluck Bier.

»Ja, herzig«, sagte Moreno. »Aber zurück zur Gegenwart. Als ich vor ...«, sie rechnete kurz im Kopf, »...vor zwölf Tagen nach Lejnice gekommen bin, kam ich in der Bahn mit einem jungen Mädchen ins Gespräch, das sich dann als Maagers Tochter erwies. Wir kamen also ins Gespräch. Sie war eben achtzehn geworden und wollte jetzt ihren Vater im Sidonisheim besuchen, zum ersten Mal. Das letzte Mal hatte sie ihn mit zwei Jahren gesehen und seither nicht einmal gewusst, dass es ihn überhaupt gab. Ihre Mutter hatte sie am Vortag darüber informiert, und die Kleine war ziemlich nervös.«

»Kein Wunder«, sagte Kohler.

»Ja. Na ja. Einige Tage darauf kam also die Mutter – was bedeutet, Maagers ehemalige Gattin – hier auf die Wache und berichtete, dass ihre Tochter nicht nach Hause gekommen war. Sie war verschwunden.«

»Verschwunden?«, fragte Baasteuwel. »Ja, was zum Henker?«

»Genau«, sagte Moreno. »Wir wissen, dass sie am Samstag bei ihrem Vater im Heim war, dass sie eine Nacht in Missenraade in der Jugendherberge verbracht hat und dass sie seit Sonntag nicht mehr gesehen worden ist. Und jetzt fangen die Seltsamkeiten an.«

»Sie fangen an?«, fragte Kohler. »Die Seltsamkeiten *fangen* jetzt *an*?«

Moreno zuckte mit den Schultern.

»Von mir aus gehen sie weiter. Ich bin eigentlich nur in Urlaub hier, aber an den ersten Tagen hatte ich noch einen kleinen Auftrag zu erledigen. Auf der Wache. Mir war ja das Mädchen begegnet, und ...«

»Wie heißt sie?«, fiel Baasteuwel ihr ins Wort.

»Mikaela. Mikaela Lijphart. Sie war mir begegnet, wie gesagt, und jetzt lernte ich auch die Mutter kennen. Sie machte sich große Sorgen, das ist ja klar. Nach und nach ließ Polizeichef Vrommel sich dann zu einer Vermisstenmeldung überreden, aber niemand kann behaupten, dass er der Sache irgendeine Priorität beigemessen hätte. Wichtig war natürlich, ob jemand Mikaela am Sonntag noch gesehen hatte ... oder später in dieser Woche. So viel wir wissen, meldeten sich daraufhin zwei Personen ... mindestens zwei. Die eine war diese Frau in Frigge, die behauptete, Mikaela auf dem Bahnhof gesehen zu haben, die andere eine gewisse Vera Sauger, mit der ich gestern Abend gesprochen habe. Und nach diesem Gespräch haben Kollege Vegesack und ich beschlossen, dieses Treffen heute einzuberufen.«

»Ach?«, fragte Baasteuwel und beugte sich über den Tisch vor. »Bitte, erzähl weiter.«

»Vrommel hat mit beiden Frauen gesprochen und nachher gesagt, beide Gespräche hätten nichts erbracht. Vera Sauger aber hat mir gestern Abend erzählt, dass Mikaela am fraglichen Sonntag bei ihr war. Mikaela suchte Kontakt zu Menschen, die auf irgendeine Weise mit den Ereignissen des Jahres 1983 zu tun hatten. Die ihren Vater oder die tote Winnie Maas gekannt hatten. Warum Mikaela das wollte, wissen wir nicht, aber es ist möglich, dass sie bei ihrem Besuch im Sidonisheim von ihrem Vater etwas erfahren hat. Das ist natürlich nur Spekulation, aber sie muss doch einen Grund für diese Aktivitäten gehabt haben. Oder es war einfach Neugier im Spiel. Egal wie, jedenfalls war sie bei Winnies Mutter, mit der habe ich auch gesprochen. Weder sie noch Vera Sauger konnten Mikaela besonders viel weiterhelfen, das behaupten sie zumindest. Frau Maas ist übrigens ziemliche Alkoholikerin. Ob die Kleine sonst noch jemanden getroffen hat, wissen wir nicht.«

Sie legte eine kurze Pause ein.

»Ich dachte, das alles hängt irgendwie mit unserem Fall zusammen«, sagte Kohler.

Moreno räusperte sich.

»Stimmt. Vera Sauger hat Mikaela Lijphart zwei Namen genannt, die ihr bei ihren Fragen vielleicht weiterhelfen könnten. Und diese Namen hat sie auch Vrommel gegeben. Einer davon lautet Tim Van Rippe.«

»Der Knabe im Sand«, sagte Kohler.

»O verdammt«, sagte Baasteuwel.

Dann senkte sich Schweigen über die Tafelrunde.

»Das ist nicht die einzige Komplikation«, sagte Moreno, nachdem Vegesack aus der Küche vier weitere Bier geholt hatte. »Eine Woche, nachdem Mikaela ihren Vater im Heim besucht hat, verschwindet auch er ... genauer gesagt am Samstagnachmittag. Niemand weiß, wo er steckt. Vegesack hatte zwei Tage vorher noch mit ihm gesprochen, aber besonders viel ließ sich nicht aus ihm herausholen ...«

»Kein Wort«, sagte Vegesack.

Baasteuwel fuhr sich mit den Händen durch seine wenig vorschriftsmäßige Frisur und schaute Moreno an. Die nächste Frage aber kam von Kohler.

»Und dieser Tim Van Rippe«, fragte er. »Unsere Leiche vom Strand. Welche Rolle spielt er in dieser alten Geschichte?«

Moreno blätterte ihren Block um und überprüfte ihre Aufzeichnungen.

»Vera Sauger zufolge hat er Winnie Maas damals sehr gut gekannt. War vielleicht sogar mit ihr zusammen … ehe sie mit Magister Maager ins Bett gestiegen ist, genauer gesagt. Aber das ist vielleicht nicht so wichtig. Wichtig ist, dass es hier einen klaren Zusammenhang gibt. Mikaela Lijphart hört seinen Namen … und erfährt noch mehr, was ich aber noch nicht überprüfen konnte … es ist sehr gut möglich, dass sie ihn am Sonntag aufgesucht hat. Eine Woche darauf wird er ermordet aus dem Sand ausgegraben. Es ist natürlich ein unerhörter Zufall, dass er überhaupt gefunden wurde, andererseits hätte der Mörder sich auch etwas mehr Mühe geben und tiefer graben können … oder was meint ihr?«

Kohler nickte.

»Der Kopf lag sogar ziemlich weit oben. Der Wind hätte ihn früher oder später sicher freigelegt, wenn das nicht die Zehen der Badegäste übernommen hätten.«

Baasteuwel erhob sich.

»Und das alles«, sagte er, »die ganze Sache mit Vera Sauger hat also der Herr Polizeichef für sich behalten? Was zum Teufel soll das heißen? Abgesehen davon, dass Vrommel ein Arsch ist. Ich muss kurz rauchen. Draußen?«

Vegesack nickte, und Baasteuwel ging auf den Balkon.

»Was immer hinter der ganzen Sache stecken mag«, erklärte Moreno. »Auf jeden Fall ist klar, dass Vrommel falsch spielt. Er will in dieser alten Geschichte nicht herumwühlen. Will nicht, dass ein Zusammenhang zwischen dem Fall Maager und der Leiche vom Strand bekannt wird. Warum, weiß ich nicht, aber es liegt doch auf der Hand, dass damals, vor sechzehn Jahren, nicht alles mit rechten Dingen zugegangen ist. Sagt Bescheid, wenn ihr meint, dass ich mich irre.«

»Gibt es noch mehr?«, fragte Kohler. »Mehr Dinge, die nicht so sind, wie sie sein sollten?

Moreno dachte nach.

»Bestimmt«, sagte sie dann. »Aber wir wissen noch nicht, was. Ich habe auch mit dem Arzt gesprochen, der Winnie Maas damals obduziert hat, und seine Reaktion fiel überraschend heftig aus, das muss ich schon sagen. Aus irgendeinem Grund war er stocksauer – als hätte ich seine Ehre und seine Glaubwürdigkeit angezweifelt. Nur, weil ich ein paar einfache Fragen stellen wollte. Ich hatte aber noch keine einzige angebracht, als er auch schon hochgegangen ist.«

»Hört sich an wie eine verdammte Verschwörung«, sagte Kohler. »Irgendwas soll da wohl unter den Teppich gekehrt werden. Hat sich schon irgendwer die alten Gerichtsprotokolle angesehen? Hat es da irgendwo Unklarheiten gegeben?«

»So weit bin ich noch nicht gekommen«, seufzte Moreno. »Vergiss nicht, dass ich Urlaub habe.«

»Hmpf«, sagte Kohler und gestattete sich etwas, das Ähnlichkeit mit einem melancholischen Lächeln hatte.

Baasteuwel kehrte von seiner Rauchpause zurück.

»Was glaubt ihr eigentlich?«, sagte er und ließ seine Blicke zwischen Moreno und Vegesack hin- und herwandern. »Ich hatte ja nur eine schnöde Zigarettenlänge Zeit zum Nachdenken und muss schon sagen, dass mir das alles zu hoch ist ... und für die, die mich nicht gut kennen, muss ich hinzufügen, dass das nur selten vorkommt.«

Er schnitt eine Grimasse und ließ sich in den Sessel sinken. Moreno zögerte zunächst, ehe sie zu einer Antwort ansetzte.

»Ich glaube«, sagte sie, während sie eilig versuchte, ihr Visier herunterzuklappen und nicht zu viel zu sagen, »ich glaube, dass die Dinge 1983 nicht so einfach gelegen haben, wie behauptet wird. Und dass Polizeichef Vrommel ... vermutlich zusammen mit anderen ... dafür gesorgt hat, dass allerlei unter den Teppich gekehrt wurde. Oder etwas auf jeden Fall. Ich weiß nicht, was, und ich weiß nicht, warum. Ich glaube auch, dass es hier in der Stadt Leute gibt, die dieses Wissen sechzehn Jahre lang gehortet haben und dass Tim Van Rippe zu ihnen gehört hat. Und dass er umgebracht worden ist, damit er auch jetzt nichts sagen kann … ja, so ungefähr stelle ich mir das vor.«

»Hm, ja«, murmelte Baasteuwel. »Und wie zum Teufel konnte dieser Mörder wissen, dass die Kleine Van Rippe gerade an diesem Tag aufsuchen wollte?«

Moreno schüttelte den Kopf.

»Keine Ahnung«, sagte sie. »Aber Mikaela Lijphart hat sicher allerlei Wirbel verursacht, ehe sie sich in Luft aufgelöst hat. Sie hat sich ja auch mit Winnie Maas' Mutter und mit Vera Sauger getroffen. Vielleicht auch noch mit anderen, aber da niemand sich die Mühe gemacht hat, der Sache genauer nachzugehen, wissen wir das noch nicht. Vera hat mir ja außer dem von Tim Van Rippe noch einen Namen gegeben – den eines gewissen Claus Bitowski. Ich habe heute schon einige Male versucht, ihn zu erreichen, aber bei ihm meldet sich niemand.«

»Du meinst also …«, fragte Baasteuwel, verstummte dann aber für einen Moment. »Du meinst also, dass auch er irgendwo am Strand vergraben liegt? Dieser Bitowski? Ist das die Hypothese, die sich zwischen den Zeilen versteckt?«

Moreno zögerte und schaute von einem zum anderen.

»Ich habe keine Hypothese«, sagte sie. »Aber es dürfte nicht schwer sein, das zu überprüfen. Wenn er noch lebt, müssen wir ihn finden können … auf irgendeine Weise.«

Baasteuwel nickte.

»Sicher«, sagte er. »Und Mikaela? Wie steht es um die junge Frau Lijphart? Das ist wohl ein größeres Rätsel, stelle ich mir vor. Dieser verdammte Vrommel, was zum Teufel soll das bloß alles?«

Niemand schien auf diese Frage eine Antwort zu wissen, und alles verstummte wieder. Moreno glaubte fast, die intensive Gedankenarbeit der anderen als elektrisch geladene Wolke über dem Tisch sehen oder doch zumindest spüren zu können. Schön, dachte sie. Schön, wenn noch ein paar mehr Gehirne an der Arbeit sind. Endlich …

»Ja, ja«, sagte Baasteuwel schließlich. »Ich kann euren fröhlichen Gesichtern ansehen, dass wir davon ausgehen, dass auch sie dort liegt.«

»Zu dieser Annahme besteht nun wirklich kein Grund«, sagte Moreno eilig, aber noch als sie das sagte, wusste sie, dass es sich dabei um reines Wunschdenken handelte.

Kohler seufzte.

»Wir müssen wohl den ganzen Strand umgraben«, schlug er vor. »Kann doch nicht weiter schwierig sein. Zweihundert Mann und zwei Monate ... wir könnten vielleicht das Militär heranziehen, die machen so was doch mit links.«

»Wenn sie schon keinen Krieg haben«, fügte Baasteuwel hinzu.

»Ich schlage vor, wir warten noch ein paar Tage«, sagte Moreno. »Es gibt ja doch noch andere Möglichkeiten. Wie laufen die Ermittlungen bei Van Rippe eigentlich?«

Baasteuwel stieß ein Geräusch aus, das an einen Rasenmäher erinnerte, der nicht anspringen will. Oder an einen Trabi.

»Träge«, sagte er. »Bei Van Rippe geht es träge weiter. Aber das ist vielleicht Sinn der Sache.«

»Lass hören«, sagte Moreno optimistisch.

Polizeianwärter Vegesack, der bisher vor allem schweigend zugehört hatte, beschloss, das Wort zu ergreifen.

»Nein, viel ist nicht passiert«, bestätigte er. »Die Obduktion ist durchgeführt, die Unterlagen haben wir gestern bekommen. Offenbar lässt sich der Augenblick des Todes nicht genau festlegen. Er ist irgendwann in den vierundzwanzig Stunden zwischen Sonntag, dem 11., um zwölf Uhr, und Montag, dem 12., um dieselbe Zeit ums Leben gekommen. Die Todesursache steht fest: Ein spitzer Gegenstand bohrte sich durch sein linkes Auge direkt ins Gehirn. Keine weiteren Verletzungen, keine Hinweise auf eine Auseinandersetzung ... ja, es gibt keine Wunden oder Hautabschürfungen oder so. Es ist doch seltsam, dass da einfach jemand gekommen ist und ihn ins Auge gestochen hat. Es wäre also möglich, dass er überfallen worden ist. Vielleicht, als er gerade schlief ... oder sich sonnte.«

Er wartete auf Kommentare von Kohler oder Baasteuwel, doch keiner schien einen Einwand zu haben. Vegesack trank einen Schluck Bier und fuhr dann fort:

»Wir haben mit einigen Bekannten von Van Rippe gesprochen, aber die konnten uns auch nicht weiterhelfen. Er wollte mit einer Bekannten einige Tage verreisen, mit Damita Fuchsbein, das war die, die sein Verschwinden gemeldet und dann den Leichnam identifiziert hat. Als Letzter gesehen hat ihn, so viel wir bisher wissen, ein Nachbar namens Eskil Pudecka, er will am Sonntag um kurz nach eins mit Van Rippe gesprochen haben ... was natürlich den Zeitraum von vierundzwanzig Stunden ein wenig verringert, aber das spielt vielleicht keine so große Rolle. Wir haben auch mit Van Rippes Mutter und seinem Bruder geredet, seinen nächsten Angehörigen, und die wissen auch nicht mehr als alle anderen ...«

»Moment mal«, fiel Baasteuwel ihm ins Wort. »Wer hat diese Leute vernommen? Kohler und ich hatten höchstens mit vier oder fünf zu tun, aber wer hat sich zum Beispiel um seine Freundin gekümmert? Und um die Angehörigen?«

Vegesack dachte nach. »Ich habe Damita Fuchsbein vernommen«, sagte er dann. »Sie war übrigens wohl kaum seine Freundin. Vrommel hat mit Mutter und Bruder gesprochen ... mit der Mutter erst gestern, glaube ich. Sie war verreist.«

Baasteuwel schlug mit der Faust auf den Tisch.

»Ja, Scheiße!«, fauchte er. »Vrommel spricht mit der Mutter. Vrommel spricht mit jedem einzelnen Arsch, der vielleicht etwas weiß ... Verdammt, er macht, was er will, dieser verdammte Trottel! Hast du die Protokolle seiner Verhöre gesehen?«

Vegesack machte plötzlich ein verlegenes Gesicht.

»Nein«, sagte er. »Nein, ich glaube, er hat die Abschriften noch nicht fertig.«

»Hast du irgendwas gesehen?«, fragte Baasteuwel und starrte seinen Kollegen an.

Kohler schüttelte den Kopf. »Immer mit der Ruhe«, mahnte er. »Keine übereilten Aktionen.«

Baasteuwel öffnete die Arme zu einer Geste der Ohnmacht und ließ sich im Sessel zurücksinken. Moreno überlegte kurz, ob er oft zu übereilten Aktionen neigte, und wenn ja, was dabei herauskäme. Kohlers Bemerkung schien jedenfalls nicht unberechtigt gewesen zu sein, da Baasteuwel keinerlei Widerspruch erhob.

»Wir müssen den Fall untersuchen«, erklärte Kohler. »Natürlich müssen wir das. Aber ich habe vor, dabei eine gewisse Diskretion walten zu lassen. Oder glaubt hier irgendwer, es könnte etwas bringen, wenn wir Vrommel sofort an die Wand stellen?«

Moreno überlegte. Das taten auch Vegesack und Baasteuwel, es war ihnen anzusehen. Wenn sie das richtig beurteilte, dann hatte niemand auch nur das Geringste an der Vorstellung auszusetzen, sich über den Polizeichef herzumachen, ihm eine 500-Watt-Lampe ins Gesicht zu richten und ein ganzes Arsenal an Anklagen loszuwerden.

Sie selber empfand genauso, aber das bedeutete natürlich nicht, dass Kohlers Taktik nicht doch vorzuziehen wäre. Er hat Recht, dachte sie. Vrommel ist sicher kein Dummkopf, auch wenn er ein Arsch ist. Oder ein Stinktier. Besser, wir bringen ein wenig Geduld auf und haben dadurch die Chance, noch das ein oder andere herauszubekommen.

Wobei unklar war, was, aber wenn es etwas gab, woran sie inzwischen gewöhnt waren, dann doch Unklarheiten.

Baasteuwel fasste ihre Gedanken in Worte.

»Alles klar«, sagte er. »Wir geben dem Mistkerl noch zwei Tage. Kann ja auch nett sein, ihn mit unserem neuen Wissen im Hintergrund zu beobachten.«

Vegesack nickte. Moreno und Kohler nickten.

»Dann ist das also abgemacht«, schloss Kohler. »Und was jetzt? Vielleicht sollten wir unser Vorgehen ein wenig planen?«

»Möchte ich meinen«, sagte Baasteuwel. »Aber was zum Teufel sollen wir tun? Alle, die Urlaub haben, sollen sich lieber ein Eis kaufen, wenn sie wollen.«

34

Am Nachmittag siedelte sie zu Selma Perhovens über. Ein Versprechen war schließlich ein Versprechen, und ihr Zimmer im Dombrowski war ab dem Abend schon für neue Gäste reserviert, das hatte die Wirtin ihr energisch klargemacht.

Selma Perhovens schien ihr Angebot auch nicht zu bereuen, als sie morgens bei ihr angerufen hatte. Im Gegenteil. Frauen müssen zusammenhalten, meinte sie, und das Mindeste, was sie einander anbieten könnten, sei in der Stunde der Not ein Dach über dem Kopf. Außerdem hätten sie sicher eine Menge zu besprechen.

Das glaubte Moreno auch, und deshalb nahm sie den Abstellraum ohne große Bedenken in Besitz. Selma Perhovens nannte das Zimmer so. Abstell- und Gästeraum. Ihre Wohnung lag in der Zinderslaan und war groß, alt und gemütlich; vier Zimmer und Küche und hohe Wände – viel zu viel für eine ziemlich kleinwüchsige Mutter und ihre schlaksige Tochter, aber sie hatte die Wohnung im Zusammenhang mit ihrer Scheidung erobert, und da fackelt frau ja wohl nicht lange, oder?

Die Tochter hieß Drusilla, war fast zwölf Jahre alt und schien ungefähr doppelt so viel Energie zu besitzen wie ihre Mutter. Was ja nicht gerade wenig war. Als Moreno über die Schwelle getreten war, hatte Drusilla sie sorgfältig von Kopf bis Fuß gemustert und dann strahlend gelächelt.

»Soll die hier wohnen?«, hatte sie gefragt. »Klasse.«

Moreno begriff, dass sie nicht der erste unerwartete Gast im

Abstellraum war. Während eines zweistündigen Wolkenbruchs spielte sie mit Drusilla Karten, sah fern und las Comics. Nicht nacheinander, sondern simultan. Alles auf einmal. Es sei zu öde, einfach in die Glotze zu schauen, fand Drusilla. Oder nur Karten zu spielen. Sie musste daneben noch was zu tun haben.

In dieser Zeit saß Selma Perhovens in ihrem Zimmer und schrieb; sie musste um halb fünf zwei Artikel fertig haben, und sie bat um Entschuldigung für ihr Versagen als Gastgeberin, aber frau fackelt eben nicht lange, wie gesagt.

Sie war leider auch abends ausgebucht, und gegen fünf Uhr verschwand sie zusammen mit Drusilla und überließ Moreno ihrem Schicksal. Sie würden wohl gegen elf zurück sein.

Falls nicht vorher oder später.

»Du kannst doch ein paar Tage länger bleiben«, schlug Drusilla vor, ehe sie ging. »Ich fahre erst nächste Woche zu meinen Kusinen, meine Freundin ist auf Ibiza, und Mama ist so doof, wenn sie nur arbeitet.«

»Wir werden sehen«, versprach Moreno.

Als sie dann allein war, nahm sie ein Bad. Klugerweise hatte sie dabei ihr Handy in Reichweite liegen, denn während sie sich im Lindenblütenschaum suhlte, liefen nicht weniger als drei Anrufe ein.

Der erste stammte von ihrem Lebensanker, der endlich zu seinem Anrufbeantworter heimgekehrt war. Clara Mietens war auf Einkaufsreise in Italien gewesen (sie besaß eine Boutique in der mitten in Maardam gelegenen Kellnerstraat, wo Kleider verkauft wurden, die weder in Fabriken noch durch Kinderarbeit hergestellt worden waren), hatte dort einen Kerl getroffen, der sich durchaus nicht als Hauptgewinn erwiesen hatte, und hatte durchaus nichts gegen eine mehrtägige Fahrradtour durch die Gegend von Sorbinowo einzuwenden. Nächste Woche, Montag oder Dienstag vielleicht, sie musste zuerst noch ihre Vertreterin im Laden instruieren. Und sich davon überzeugen, dass sie wirklich ein Fahrrad besaß.

Moreno erklärte – ohne dabei ins Detail zu gehen –, dass auch sie in den nächsten Tagen besetzt war, und sie beschlossen, sich am Sonntag genauer zu verabreden.

»Ist das faule Leben an der Küste erquickend und labend?«, wollte Clara Mietens wissen.

Moreno antwortete mit Ja und legte auf.

Als Nächster rief Inspektor Baasteuwel an. Sie müssten sich unter vier Augen unterhalten. Er und Kohler hatten sich in Anbetracht der Entwicklung des Falls im Kongershuus einquartiert, und er hatte den Abend frei.

Einen Happen zu essen und ein Glas Wein vielleicht? Und eine etwas tiefergehende Unterhaltung über die Frage, was zum Teufel sich in diesem gottverlassenen Kaff mit seinem gottverdammten Polizeichef wohl abspielte.

Moreno nahm an, ohne auch nur nachzudenken. Restaurant Werder, acht Uhr.

Zwei Minuten darauf hatte sie Mikael Bau an der Strippe. Auch er hatte einen freien Abend und das Bedürfnis nach einem Gespräch mit ihr, behauptete er. Um dieses und jenes zu klären, no hard feelings, aber sie müssten doch wie zivilisierte Menschen einen Happen essen und ein Glas Wein trinken können?

Sie sagte, sie sei leider gerade an diesem Abend schon verabredet, sie könnten sich jedoch am folgenden Tag treffen, unter der Voraussetzung, dass sie dann noch nicht nach Hause gefahren war. Diesen Vorschlag nahm er nach kurzem unwilligen Schweigen an. Fragte dann, ob sie sich immer so aufführte, wenn sie ihre Tage hatte. Sich wie ein blutendes Huhn verkroch und alle Typen zum Teufel schickte?

Sie lachte und sagte, darüber brauche er sich nicht den Kopf zu zerbrechen. Ihre Tage waren längst vorbei, sie lag in einer löwenfüßigen Badewanne in einem Lindenblütenbad und freute sich auf neue Abenteuer.

Er fragte, was zum Teufel denn das nun wieder heißen solle, aber das wusste sie selber nicht, und deshalb beendeten sie ihr

Gespräch mit einer vagen Verabredung für den nächsten Abend.

Inspektor Baasteuwel hatte einen Tisch hinter zwei eng stehenden Plastikfikussen belegt und wartete bei einem großen Dunkelbier.

»Warum bist du zur Bullerei gegangen?«, fragte er, als sie bestellt hatten. »Ich bin kein Idiot, aber ich muss diese Frage einfach stellen, wenn mir ein Schicksalsgenosse begegnet. Oder eine Schicksalsgenossin.«

Moreno hatte sieben verschiedene Antworten parat und nahm eine davon.

»Weil ich geglaubt habe, ich könnte meine Arbeit gut machen«, sagte sie.

»Gut gesprochen«, erwiderte Baasteuwel. »Du bist offenbar auch keine Idiotin.«

Sie merkte, dass sie ihn leiden mochte. Sie hatte kaum Zeit gehabt, sich über das improvisierte Treffen bei Vegesack Gedanken zu machen, aber jetzt spürte sie deutlich, dass Baasteuwel ein Kollege von der Sorte war, auf die sie sich verlassen konnte. Einer, der für sich selber einstand.

Ungepflegt und zerzaust, das schon, na ja, vielleicht nicht richtig ungepflegt, aber dass er auf alle Konventionen pfiff, war doch leicht zu sehen. Die Bartstoppeln waren sicher drei oder vier Tage alt, und seine grauschwarzen Haare mit den Geheimratsecken hatten seit einem halben Jahr keine Schere mehr gesehen. Seine tief liegenden Augen waren dunkel und seine schiefe Nase mindestens zwei Nummern zu groß. Der Mund breit, die Zähne unregelmäßig. Er ist hässlich wie die Sünde, dachte Moreno. Er gefällt mir.

Aber sie saßen ja wohl kaum hier, um sich gegenseitig mit Sympathiebekundungen zu überhäufen.

»Ist noch mehr passiert?«, fragte sie. »Nach unserer Besprechung meine ich.«

»Ja«, sagte Baasteuwel. »Es kommt vielleicht ein wenig Bewegung in die Sache. Es ist nicht ganz leicht, irgendwelche Maßnahmen in die Wege zu leiten, ohne dass Vrommel etwas merkt, aber wir schaffen das schon. Höchste Zeit, dass wir etwas zu tun kriegen, die ersten Tage sind mir eher vorgekommen wie eine Totenwache und nicht wie eine Mordermittlung. Aber jetzt wissen wir ja, woran es liegt. Weißt du, dass Vegesack ihn Stinktier nennt? Das ist ihm so herausgerutscht.«

Moreno sagte, sie habe das auch schon gehört, und lachte kurz.

»Bis auf weiteres müssen wir wohl einfach die Angel auswerfen«, sagte jetzt Baasteuwel. »Noch haben wir kein Ergebnis, aber das kommt schon noch. Du kannst mir glauben – wenn Vrommel irgendeine Leiche im Keller hat, dann werde ich sie ausbuddeln. Ich habe auch mit Frau Van Rippe gesprochen, wenn auch nur am Telefon, und Kohler hat sich um den Bruder gekümmert. Hat aber wohl nichts gebracht ... der ist sechs Jahre älter und hat keine Ahnung, wie Bruderherz seine jungen Jahre verbracht hat. Als das alles passiert ist, 1983, wohnte er schon nicht mehr hier.«

»Bitowski?«, fragte Moreno. »Dieser andere Knabe, den Vera Sauger Mikaela genannt hat. Habt ihr ihn gefunden?«

Baasteuwel schüttelte den Kopf.

»Leider nicht«, sagte er. »Das liegt an dieser verdammten Urlaubszeit. Angeblich ist er mit einigen Bekannten auf den Inseln, aber genau wissen wir das nicht. Ein Nachbar meint, er sei vorige Woche Sonntag losgefahren. Also genau an diesem verdammten Sonntag ... Er ist außerdem Junggeselle, also lässt er sich da draußen wohl volllaufen, oder er liegt hier am Strand vergraben. Wir werden uns morgen ein bisschen ausführlicher mit Verwandten und Bekannten unterhalten.«

»Wisst ihr, was er für ein Typ ist?«, fragte Moreno. »Wenn er wirklich Mikaela Lijphart getroffen und mit ihr gesprochen hat, dann hätte er doch auf die Vermisstenmeldung reagieren müssen.«

»Nicht, wenn er in einem Liegestuhl sitzt und sonnenwarmes

Bier trinkt«, meinte Baasteuwel. »Und auch nicht, wenn er eingebuddelt ist …«

Er stopfte ein Stück Fleisch in den Mund und kaute nachdenklich darauf herum. Moreno tat es ihm nach und wartete.

»Na ja«, sagte Baasteuwel dann. »Ich habe Auszüge aus den Gerichtsprotokollen bestellt. Die kommen morgen. Und ein Verzeichnis aller Schülerinnen und Schüler der Voellerschule, das muss ich selber holen, das Büro bei denen ist um diese Jahreszeit nur halb besetzt.«

Moreno nickte. Effektiv, dachte sie. Der dreht nicht nur Däumchen und stellt Theorien auf. Jedenfalls nicht die ganze Zeit. Zum ersten Mal in diesen Wochen hatte sie das Gefühl, dass sie Aufgaben delegieren konnte. Dass sie sich nicht für alles verantwortlich zu fühlen brauchte, dass die Dinge in kompetenten Händen ruhten. Was unleugbar eine Befreiung war.

Gut, dachte sie. Endlich einer, der etwas kapiert.

Dieses Urteil war Vegesack gegenüber ein wenig ungerecht, das war ihr klar, aber Baasteuwel und Kohler waren eben von einem anderen Kaliber. Einem Kaliber, das vermutlich nötig war, wenn sie diese Suppe aus Unklarheiten und Halbwahrheiten klären wollten. Und wenn sie in Erfahrung bringen wollten, wobei es bei der ganzen Sache wirklich ging.

Sie werden den Fall lösen, dachte sie. Ich kann die Scheiße jemand anderem überlassen.

»Ach, zum Teufel«, rief Baasteuwel mitten in einem Schluck Wein. »Maager! Für den ist am Samstag immerhin ein Anruf gekommen … sie haben das oben im Heim erst jetzt herausgekriegt, und dann haben sie uns verständigt, offenbar hat irgendeine Aushilfe den Anruf entgegengenommen und Maager dann geholt. Es war so ungefähr gegen Mittag. Ja, an dem Tag, an dem er verschwunden ist. Was sagst du dazu?«

Moreno dachte lange nach, ehe sie antwortete.

»Es überrascht mich eigentlich nicht weiter«, sagte sie. »Aber sie wussten sicher nicht, wer angerufen hat?«

»Nein. Nur, dass es eine Frau war. Wenn sie einen Namen genannt hat, dann haben sie den vergessen. Was glaubst du, wer es gewesen sein kann?«

Moreno trank einen Schluck Wein und dachte noch einmal nach.

»Sigrid Lijphart«, sagte sie dann. »Die Exgattin. Aber das sage ich nur, weil er sonst doch so gut wie keinen Menschen kennt.«

»Hm«, brummte Baasteuwel, der diese Möglichkeit offenbar noch nicht in Betracht gezogen hatte. »Und was könnte sie von ihm gewollt haben?«

»Einfach über alles sprechen, das kann doch schon reichen. Sie waren sechs Jahre verheiratet, haben sechzehn Jahre kein Wort miteinander gewechselt und haben eine gemeinsame Tochter, die verschwunden ist. Da müssen sie sich doch einiges zu sagen haben.«

»Ja, vielleicht«, sagte Baasteuwel. »Aber was sollte ihr Anruf ... wenn sie es denn war ... mit seinem Verschwinden zu tun haben?«

Moreno zuckte mit den Schultern.

»Keine Ahnung. Vielleicht wollten sie sich danach treffen. Er redet ja ohnehin nicht viel, und am Telefon ist es sicher nicht leichter ... ja, sie kann sich mit ihm verabredet haben.«

Baasteuwel hob skeptisch eine Augenbraue, während er schwieg und über diese Überlegung nachzudenken schien. Das dauerte fünf Minuten, dann senkte er die Augenbraue wieder. Er müsste sie ein bisschen beschneiden, dachte Moreno.

»Und warum erwähnt sie das nicht, wenn sie anruft und die Polizei zusammenstaucht?«, fragte er. »Sie meldet sich laut Vegesack mindestens zweimal täglich. Verdammt anstrengende Frau, ich hab mir ihre Tiraden selber anhören müssen.«

»Weiß nicht«, sagte Moreno und schüttelte den Kopf. »Ich habe Urlaub. Aber vielleicht sollten wir Rücksicht darauf nehmen, dass ihre Tochter verschwunden ist ...«

»Ja, das ist klar«, sagte Baasteuwel.

Sie beendeten ihr Hauptgericht und bestellten Kaffee. Baasteuwel steckte sich eine Zigarette an und stützte sich auf seinen Ellenbogen auf. Sah für einen Moment unergründlich aus, dann lachte er plötzlich.

»Vrommel«, sagte er. »Möchtest du nicht wissen, wie ich das Problem mit unserem Herrn Polizeichef angehen werde?«

»Doch«, gab Moreno zu.

»Auf folgende Weise«, erklärte Baasteuwel und sah fast erwartungsvoll aus. »Da ich ihm keine in die Fresse hauen kann und es auch kaum möglich ist, alle Welt auszuhorchen, ohne dass er davon erfährt, habe ich mich an die Presse gewandt.«

»An die Presse?«, fragte Moreno.

»Die lokale. An Aaron Wicker, den Chefredakteur des Westerblattes. Sie sind Todfeinde, Vrommel und er, wenn ich die Zeichen richtig gedeutet habe. Und er ist alt genug, um die Maagergeschichte zu kennen. Er hat damals zehn Kilometer Text darüber geschrieben, behauptet er. Ich bin morgen Abend mit ihm verabredet, leider ist er den ganzen Tag auf Reportagetour ... aber dann, dann wird verdammt noch mal Klarheit in diese unergründliche Suppe gebracht.«

»Sehr gut«, sagte Moreno. »Und wenn dann noch etwas fehlt, so wohne ich zufällig bei einer Mitarbeiterin von Wicker.«

Baasteuwel kippte für einen kurzen Moment die Kinnlade herunter.

»Du hast deine eigenen Wege, ich muss schon sagen. Verbringst du alle deine Ferien auf diese Weise?«

»Du solltest mich mal erleben, wenn ich im Dienst bin«, sagte Moreno.

»Ich habe ja auch ein paar Überlegungen angestellt«, sagte Baasteuwel, als der Kaffee serviert worden war. »Statt nur herumzulaufen und ein tüchtiger Polizist zu sein.«

»Wirklich?«, fragte Moreno. »Und worüber hast du nachgedacht?«

»Über den Mord. Den an Van Rippe, meine ich. Allerdings komme ich nicht weiter.«

»Das passiert mir auch manchmal«, gestand Moreno. »Einmal im Jahr oder so. Lass hören.«

Baasteuwel zeigte seine unregelmäßigen Zähne und grinste.

»Du bist hübsch, dafür, dass du bei den Bullen bist«, sagte er. »Bist du verheiratet?«

»Was zum Teufel hat das mit dem Fall zu tun?«, fragte Moreno.

Baasteuwel beugte sich über den Tisch.

»Ich will nur nicht, dass du mich anbaggerst«, sagte er. »Ich habe Frau und vier Kinder, ich betrachte es als meine Pflicht der Menschheit gegenüber, meine Gene zu verbreiten.«

Moreno prustete los, und Baasteuwel bleckte wieder die Zähne.

»Aber um zum Thema zurückzukehren«, sagte er dann. »Dieser arme Van Rippe ... ich frag mich ja doch die ganze Zeit, was es mit seinem Tod auf sich hat. Es ist doch verdammt ungewöhnlich, Leute auf diese Weise zu ermorden. Ihnen etwas ins Auge zu bohren? Auf die Idee muss man erst mal kommen, meine ich ... falls er nicht schlafend im Sand lag, natürlich. Aber warum hätte er am Strand schlafen sollen?«

»Er kann ja auch dorthin gebracht worden sein«, sagte Moreno.

»Ja, ich halte es auch für wahrscheinlich, dass es so war«, sagte Baasteuwel. »Kein Mensch schläft doch nachts am Strand, und es müsste ein überaus kaltblütiger Mörder sein, der einfach so einen Sonnenbader ersticht. Außerdem ist man tagsüber doch nicht einsam am Strand, wenn ich das richtig verstanden habe ... auch wenn mein dienstlicher Einsatz mich daran hindert, diese Auskünfte zu überprüfen. Also ist er nach dem Mord dorthin gebracht worden.«

Moreno dachte nach.

»Das kann nicht sein«, sagte sie dann.

»Weiß ich«, sagte Baasteuwel. »Erzähl mir, warum es nicht sein kann.«

Moreno dachte, dass sie nichts dagegen hätte, jeden Tag mit

Baasteuwel zusammenzuarbeiten. Er schien klarer zu denken als die meisten anderen und liebte es offenbar, die Dinge durch Diskussionen und Wortwechsel voranzutreiben. Er war ganz einfach kreativ.

»Dieses schlampige Begräbnis«, sagte sie. »Wenn der Mörder wirklich die Zeit hatte, den Leichnam vom Tatort zu entfernen, dann hätte er sicher auch Zeit gehabt, ihn besser zu verstecken. Ihn zumindest etwas tiefer zu begraben. Und warum sich einen Ort aussuchen, an dem jeden Tag Hochbetrieb herrscht? Es muss doch hundert Stellen geben, wo er überhaupt nicht entdeckt worden wäre. Oben in den Dünen zum Beispiel. Nein, trotz allem glaube ich, dass es überstürzt passiert ist. Der Mörder hatte es eilig. Hat sein Opfer so gut es ging verscharrt und ist dann weggelaufen.«

»Es war also kein besonders vorsätzlicher Mord, mit anderen Worten?«

»Vermutlich nicht.«

»Und es ist gerade da und dort passiert?«

»Vermutlich ja.«

Baasteuwel nahm sich eine neue Zigarette und seufzte.

»Wir sollten vielleicht Kohlers Idee verfolgen.«

»Welche denn?«

»Die Armee holen und den ganzen Strand durchkämmen.«

»Wir haben schon die nächste Umgebung geschafft«, sagte Moreno. »Aber die haben wohl nichts gefunden. Die Jungs von der Technik, meine ich.«

»Einen Schuh«, sagte Baasteuwel. »Die richtige Größe, kann Van Rippe gehören, aber das wissen wir noch nicht. Lag ungefähr zehn Meter weiter.«

»Feine Spur.«

»Hervorragend. Vrommel hat ihn auf seinem Schreibtisch stehen und versucht, ihn zu analysieren. Muss ein Auge darauf haben, damit er ihn nicht verschusselt. Er müsste natürlich ins Labor geschickt werden, aber das ist bisher noch nicht passiert ... ja ja ...«

Plötzlich gähnte er, und Moreno hatte sofort Lust, mit einzustimmen.

»Dann sorg dafür, dass es passiert«, sagte sie und schaute auf die Uhr. »Kümmer dich um den Schuh und behalte Vrommel im Auge. Bezahlen wir? Oder hast du noch mehr auf dem Herzen? Du hast morgen einen Arbeitstag, wenn ich mich nicht irre.«

»Hrm«, grunzte Baasteuwel. »Ja, sicher. Aber ich habe nichts gegen harte Tage. Was mir wider die Natur geht, ist, still herumzusitzen und Däumchen zu drehen.«

Moreno fiel plötzlich seine einleitende Frage ein.

»Bist du deshalb zur Polizei gegangen, wenn ich fragen darf? Um nicht Däumchen drehen zu müssen?«

Baasteuwel sah für einen Moment sehr nachdenklich aus.

»Eigentlich nicht«, sagte er. »Ich bin zur Polizei gegangen, weil ich gern Arschlöcher fertig mache. Alle werde ich sicher nie erwischen, es gibt viel zu viele, aber bei jedem Mistkerl, dem ich Ärger machen kann, fühle ich mich ein bisschen besser. Meine Frau findet das pervers.«

Er lächelte, ohne seine Zähne zu zeigen.

»Es gibt schlechtere Gründe, Bulle zu werden«, sagte Moreno.

»In der Tat«, erwiderte Baasteuwel. »Ich melde mich auf jeden Fall morgen Abend. Wenn du noch so lange bleibst?«

Moreno nickte.

»Mindestens bis Samstag. Morgen bin ich mit einer jungen Dame verabredet.«

Die junge Dame war schon schlafen gegangen, als sie in die Zinderslaan zurückkehrte, ihre Mutter aber saß in der Küche und las Korrektur.

»Komme mir vor wie eine Zigeunerin«, sagte Moreno. »Schwirre durch die Gegend und wechsle mehrmals pro Woche meinen Wohnsitz.«

»Zigeunerinnen sind angenehme Menschen«, sagte Selma Perhovens. »Möchtest du Tee?«

Das wollte Moreno. Es war zwar schon nach halb zwölf, aber wenn sie einige Worte und Erfahrungen wechseln wollten, dann taten sie das vielleicht besser, wenn Drusilla nicht in der Nähe war.

»Tim Van Rippe«, sagte Selma Perhovens. »Wir werden den Namen morgen veröffentlichen. Du hast nichts dagegen, hoffe ich?«

»Rein gar nichts«, sagte Moreno. »Die nächsten Angehörigen wissen ja schon Bescheid.«

»Gut. Hätte nichts dagegen, noch mal über die ganze Maagergeschichte zu reden. Dachte, es könnte angebracht sein, auch darüber zu schreiben. Falls wir das für ratsam halten. Mit ein paar kleinen Veränderungen vielleicht? Nächste Woche oder so … welchen Tee möchtest du? Ich habe zweiundsechzig Sorten.«

»Stark«, sagte Moreno.

35

23. Juli 1999

Am Freitag stellte sich der Hochdruck wieder ein. Die südwestlichen Schlechtwetterfronten waren weitergezogen, und das Barometer jagte nach oben. Schon um sieben Uhr morgens zeigte das große Thermometer an der Wand der Computerfirma Xerxes in Lejnice fünfundzwanzig Grad im Schatten, und es würde noch viel wärmer werden.

Kriminalinspektorin Ewa Moreno gehörte nicht zu denen, die an diesem Morgen um sieben Uhr aufstanden und das Wetter kontrollierten. Sie wurde um neun Uhr von Drusilla Perhovens geweckt, die sie sofort über den Stand der Dinge informierte.

»Der Himmel ist knallblau, und die Sonne scheint wie bescheuert.«

»Nicht solche Wörter, Drusilla«, sagte ihre Mutter, die in der Türöffnung stand und sich die Haare bürstete.

»Manchmal muss das einfach sein«, sagte Drusilla. »Das habe ich von dir gelernt.«

Dann wandte sie sich an Moreno.

»Du kannst mit zum Strand kommen, wenn du willst«, bot sie an. »Wir nehmen noch einen Jungen mit, du brauchst mich also nicht die ganze Zeit zu unterhalten.«

Moreno überlegte zwei Sekunden lang, dann schlug sie ein.

Es war jedoch nicht ganz unproblematisch, einfach zum Strand zu gehen und Hochdruck zu konsumieren, wie sich dann herausstellte. Drusilla hielt ihr Versprechen und beschäftigte sich die meiste Zeit mit einem jungen Mann namens Helmer – sie badeten, bauten eine Sandburg, badeten, spielten Fußball, badeten, schleckten Eis, badeten und lasen Comics. Moreno dagegen lag mal auf dem Rücken, mal auf dem Bauch, aber unabhängig von ihrer Lage fiel es ihr schwer, ihre Gedanken von dem fern zu halten, was sich vor weniger als einer Woche in diesem warmen, weichen Sand verborgen hatte.

Und was sich möglicherweise noch immer dort verbarg.

Vielleicht liege ich auf einer Leiche, dachte sie und schaute träge zur Sonne hoch. Bald kommen Drusilla und Helmer angerannt und erzählen, dass sie einen Kopf ausgebuddelt haben.

Sie sah ein, dass es an der Zeit war, diesen Ort zu verlassen. Lejnice und das Strandleben zu verlassen und zurück nach Maardam zu fahren. Der Fall Mikaela Lijphart war nicht mehr ihr Fall. Ebenso wenig wie der Fall Arnold Maager und der Fall Tim Van Rippe. Sie waren das auch nie gewesen, wenn sie es genau nahm, aber jetzt hatte sie alles immerhin in kompetente Hände übergeben. In Kohlers und Baasteuwels und – als ob das noch nicht genug wäre – in die der versammelten Lokalpresse. Selma Perhovens' und wenn sie das richtig verstanden hatte, Redakteur Wickers. Es gab also keinen Grund für weiteres Engagement. Wirklich gar keinen. Sie hatte mehr geschafft, als irgendwer von ihr verlangen konnte, und wenn sie im August mit einigermaßen aufgeladenen Batterien an ihre Arbeit zurückkehren wollte, dann war es vermutlich höchste Zeit, sich ein wenig Ferien zu gönnen. Fahrrad fahren und Zelten in der Gegend von Sorbinowo zum Beispiel. Warme Abende am Lagerfeuer, mit in der Asche gerösteten Fischen, gutem Wein und grundlegenden Diskussionen. Nächtliche Schwimmpartien in dunklen Seen.

Und wenn die anderen wirklich an diesem von Menschen wimmelnden Strand Ausgrabungsarbeiten starten wollten, dann hatte sie wirklich keine große Lust, dabei zu sein. Überhaupt keine Lust hatte sie.

Obwohl sie natürlich genau davon träumte, als sie dann einschlief. Von Horden von grün gekleideten und schweißnassen Soldaten, die unter der Leitung eines glatzköpfigen Offiziers (der ansonsten auffällige Ähnlichkeit mit Polizeichef Vrommel hatte, nur trug er ein Hitlerbärtchen an Stelle seines sonstigen dünnen) mit Hacken und Spaten loslegten und eine Leiche nach der anderen ausgruben und nach Geschlecht und Alter getrennt zu Haufen auftürmten, die von ihr selber und Polizeianwärter Vegesack bewacht werden mussten. Baasteuwel lief mit einer Bürste umher und fegte ihnen Sand vom Körper und aus dem Gesicht, und vor Morenos entsetzten Augen waren sie dann alle der Reihe nach zu erkennen. Mikaela Lijphart. Winnie Maas. Arnold Maager (von dem sie bisher nur ein schlechtes Foto gesehen hatte, den sie aus unerfindlichen Gründen jetzt aber schneller erkannte als alle anderen). Sigrid Lijphart, Vera Sauger, Mikael Bau, Franz Lampe-Leermann … was die beiden Letzteren in diesem Zusammenhang zu suchen hatten, war nicht leicht zu verstehen, aber sie akzeptierte es doch als Folge der Verrücktheit, die zum Leben nun einmal gehört. Erst, als Drusilla Perhovens Maud anschleppte, ihre eigene Schwester – nicht, wie sie geworden war, sondern so, wie Moreno sich von früher her an sie erinnerte –, hatte sie die Sache satt und wachte auf.

Ihr Kopf dröhnte. Man soll ja auch nicht in der Sonne einschlafen. Das war eine Regel, die ihre Mutter ihr aus irgendeinem Grund in ihren Kinderkopf hatte eintrichtern wollen, und auch wenn sie aus der Richtung sonst nicht viel Weisheit mitbekommen hatte, war sie jetzt doch bereit, ihrer Mutter in diesem Punkt Recht zu geben. Sie kam mühselig auf die Beine und ging dann ins Wasser.

»Baasteuwel, Kriminalinspektor«, sagte Baasteuwel.

Schweigen am anderen Ende der Leitung.

»Spreche ich mit Doktor deHaavelaar?«

»Was wollen Sie?«

»Nur ein paar Fragen stellen. Ich arbeite an dem Fall Van Rippe, von dem Sie sicher in der Zeitung gelesen haben. Es scheint da einen gewissen Zusammenhang mit einem anderen Fall zu geben, der einige Jahre zurückliegt. Dem Mord an Winnie Maas. Können Sie sich daran erinnern?«

»Wenn ich will«, sagte deHaavelaar.

»Sie haben die Tote damals untersucht?«

»Ich habe nichts mehr hinzuzufügen.«

»Ich möchte nur eine Frage klären.«

»Da braucht nichts mehr geklärt zu werden. Hat der Polizeichef diesen Anruf gestattet? Denn er leitet die Ermittlungen ja wohl.«

Baasteuwel legte eine kurze Pause ein, ehe er sagte:

»Darf ich fragen, was hinter Ihrer Weigerung steckt, mit uns über diese Sache zu reden?«

Aus dem Hörer war ein gereiztes Schnauben zu hören.

»Ich habe wichtigere Dinge zu tun«, sagte deHaavelaar. »Vor ein paar Tagen hat mich bereits eine Kollegin von Ihnen belästigt.«

»Inspektorin Moreno?«

»Ja. Ich wollte mich eigentlich bei Vrommel beschweren, aber dann habe ich doch beschlossen, Gnade vor Recht ergehen zu lassen.«

»Ich verstehe«, sagte Baasteuwel. »Aber die Sache ist nun so, dass Sie entweder meine Fragen telefonisch beantworten oder von einem Streifenwagen auf die Wache geschafft werden. Die Entscheidung liegt bei Ihnen.«

DeHaavelaar verstummte. Baasteuwel steckte sich eine Zigarette an und wartete.

»Was zum Teufel wollen Sie denn wissen?«

»Nur ein paar Kleinigkeiten. Ich habe hier das Verhandlungsprotokoll vor mir liegen. Von der Verhandlung gegen Arnold Maager, meine ich. Und da fällt mir eins doch sehr auf.«

»Ach?«

»Sie haben vor Gericht nicht ausgesagt?«

»Nein.«

»Warum nicht?«

»Es war nicht nötig. Es ist üblich, aber nicht vorgeschrieben. Der Fall war doch sonnenklar, und ich hatte andere Aufgaben.«

»Aber Sie haben ein Gutachten geschrieben? Das dann vor Gericht verlesen wurde?«

»Sicher. Worauf wollen Sie hinaus, zum Teufel?«

»Hier steht, dass Sie die junge Winnie Maas untersucht haben – zusammen mit einem Obduzenten namens Kornitz –, und zu dem Ergebnis gekommen sind, dass sie schwanger war. Stimmt das?«

»Sicher.«

»Aber hier steht kein Wort darüber, wie weit die Schwangerschaft schon fortgeschritten war.«

»Nicht?«, fragte deHaavelaar.

»Nein.«

»Seltsam. Das müsste doch da stehen. Ich kann mich nicht mehr richtig erinnern, aber sie war noch nicht sehr weit gekommen ... fünf oder sechs Wochen.«

»Sind Sie sich da sicher?«

»Absolut.«

»Es könnte also nicht die Rede von etwas mehr sein? Von zehn oder zwölf Wochen oder so?«

»Natürlich nicht«, protestierte deHaavelaar. »Was zum Teufel wollen Sie da eigentlich andeuten?«

»Gar nichts«, sagte Baasteuwel. »Wir überprüfen das nur, weil diese Auskunft fehlt.«

DeHaavelaar sagte nichts dazu, und sie schwiegen wieder für einige Sekunden.

»Sonst noch was?«

»Im Moment nicht«, sagte Baasteuwel. »Vielen Dank für Ihre Hilfe.«

»Bitte sehr«, sagte Doktor deHaavelaar und legte auf.

Sieh an, dachte Baasteuwel und musterte das Telefon mit grimmigem Lächeln. Er lügt, der Mistkerl.

Und das ist ja auch nur gut und richtig, dachte er dann. Da wir ihm das absolut nicht beweisen können. Zumal Obduzent Kornitz vor drei Jahren gestorben ist.

Es wäre aber interessant zu wissen, warum er log.

Ewa Moreno hatte ihr Telefon nicht mit an den Strand genommen, doch als sie und Drusilla gegen halb fünf in die Wohnung zurückkehrten, lagen zwei Mitteilungen vor.

Die erste stammte von Münster. Er klang ungewöhnlich schwermütig und bat um baldestmöglichen Rückruf.

Ihr ging auf, dass es ihr ein weiteres Mal gelungen war, Lampe-Leermann und die Pädophilenfrage von ihrer gedanklichen Tagesordnung zu streichen (obwohl sie noch wusste, dass der Schleimscheißer in ihrem Strandtraum kurz aufgetaucht war), und als sie nun wieder zur Sprache kamen, hatte sie erneut das Gefühl, dass ihr ein Würgehalsband umgelegt würde.

Verdammt, dachte sie. Das darf einfach nicht wahr sein.

Sie wählte sofort Münsters Nummer, bekam ihn aber nicht zu fassen, weder auf der Wache noch zu Hause. Sie hinterließ auf seinem Anrufbeantworter die Nachricht, sie habe versucht, ihn zu erreichen.

Das ist die neue Zeit, dachte sie resigniert, als sie aufgelegt hatte. Wir leben in einer Welt der verstümmelten Kommunikation. Wir benutzen das Telefon nur, um zu erklären, dass ein Kontaktversuch leider nicht geglückt ist. Ziemlich düstere Lage, wirklich.

Die andere Mitteilung brauchte sie nicht zu beantworten. Sie stammte von ihrem ehemaligen Freund (Liebhaber? Typen? Verlobten?), der erklärte, er werde sie um acht Uhr im Werder erwarten. Dasselbe Lokal wie gestern, dachte sie. Und auch dieselbe Zeit.

Nur ein anderer Mann. Gut, dass ich morgen nach Hause fahre, dachte sie. Das Personal kommt sonst noch ins Grübeln. Und wird womöglich seine wenig schmeichelhaften Schlüsse ziehen …

Sie beschloss, trotzdem hinzugehen. Aber nicht zu lange zu bleiben. Sie fühlte sich so müde, wie Selma Perhovens aussah, als sie einige Minuten vor fünf nach Hause kam.

»Keine nächtlichen Diskussionen heute«, sagte sie.

»Um keinen Preis«, sagte Moreno.

Sie waren bis nach zwei aufgeblieben. Hatten die ganze Maager-Lijphart-Geschichte durchgesprochen. Hatten über Beziehungen geredet, über Typen, Kinder, Beruf, Bücher, die Situation im ehemaligen Jugoslawien, und die Frage, was es wirklich bedeutete, die erste freie Frau der Weltgeschichte zu sein.

Grundlegende Themen, wie gesagt. Aber nicht noch eine Nacht, bitte.

»Danke fürs Kinderhüten«, sagte Selma Perhovens.

»Sie hat überhaupt keine Kinder gehütet«, erklärte Drusilla. »Helmer und ich haben uns den ganzen Tag gegenseitig gehütet.«

»Richtig«, sagte Moreno. »Und morgen fahre ich auf jeden Fall nach Hause. Heute Abend habe ich noch eine Verabredung. Glaub bloß nicht, es sei eine Gewohnheit.«

»Eine dumme Gewohnheit wäre es jedenfalls nicht«, meinte Selma Perhovens. »Was möchte mein Herzblatt denn heute zum Abendessen spachteln?«

»Filetsteak mit Gorgonzolasoße und überbackenen Kartoffeln«, sagte das Herzblatt. »Das haben wir so lange nicht mehr gehabt.«

»Es gibt Makkaroni mit Würstchen«, erklärte die Mutter.

Als sie gerade losgehen wollte, schlug das Telefon wieder zu.

Diesmal war es Baasteuwel.

»War nett gestern Abend«, sagte er. »Soll ich Bericht erstatten?«

»Ja, ich fand's auch nett«, sagte Moreno. »Und du sollst.«

»Ich hab's ein wenig eilig«, sagte Baasteuwel. »Ich muss mich aufs Wichtigste beschränken. Okay?«

»Okay!«, sagte Moreno.

»Dieser Arzt lügt.«

»DeHaavelaar?«

»Ja. Winnie Maas war bei ihrem Tod schwanger, aber ich glaube nicht, dass Arnold Maager der Vater war.«

Moreno versuchte, diese Information zu verdauen und Ordnung in ihren Gedanken zu schaffen.

»Ja, verdammt«, sagte sie. »Bist du sicher?«

»Absolut nicht«, sagte Baasteuwel. »Das ist nur so ein Gefühl, aber ich habe einen verdammt guten Spürsinn. Und außerdem ist er wieder da.«

»Wieder da?«

»Ja.«

»Wer?«

»Arnold Maager natürlich. Er ist heute Nachmittag ins Sidonisheim zurückgekehrt.«

Ewa Moreno verschlug es für einige Sekunden die Sprache.

»Zurückgekehrt? Du sagst, er ist einfach zurückgekehrt ...«

»Ja, sicher.«

»Aber wieso? Und wo hat er gesteckt?«

»Das verrät er nicht. Er verrät überhaupt nichts. Er liegt offenbar nur auf seinem Bett und starrt die Wand an. Was immer er unternommen haben mag, er hat fast eine Woche seine Medikamente nicht bekommen. Antidepressiva, nehme ich an. Sie machen sich ein wenig Sorgen um ihn.«

»Wie ist er denn zurückgekommen?«

»Ist einfach zur Tür hereinspaziert. Gegen fünf. Vrommel ist gerade oben und redet mit ihm.«

»Vrommel? Wäre ein anderer nicht besser gewesen?«

Baasteuwel seufzte.

»Wir können ihm doch nicht alle Aufgaben wegnehmen, ohne dass er Lunte riecht. Vegesack ist zur Kontrolle mitgefahren, und wenn Maager ohnehin autistisch ist, spielt es auch keine große Rolle.«

Moreno dachte nach. »Hoffentlich nicht«, sagte sie. »Ich werde aus der Sache nicht schlau. Sonst noch was?«

»Allerlei«, sagte Baasteuwel. »Aber ich muss zwei kleine Gespräche führen. Wie lange bis du morgen noch hier?«

Moreno zögerte. Sie hatte sich noch nicht entschieden, wann sie fahren wollte. Es gab aber sicher keinen Grund, in aller Herrgottsfrühe loszuziehen, oder? Sie musste auch noch ein Geschenk für Selma Perhovens besorgen. Und für Drusilla.

»Um vier geht ein Zug. Den werde ich wohl nehmen.«

»Ausgezeichnet«, sagte Baasteuwel. »Dann können wir zusammen Mittag essen.«

Dann legte er auf. Ewa Moreno blieb eine Weile mit dem Telefon in der Hand stehen. Du meine Güte, dachte sie. Maager war nicht der Vater des Kindes? Was hat das nun wieder zu bedeuten?

Schwer zu sagen. Er hatte sich ja offenbar für den Vater gehalten. Und war das nicht die Hauptsache?

Und plötzlich wirbelten ihr wieder die Fragen durch den Kopf. Hauptsache wobei? Hauptsache für wen?

Für Winnie Maas natürlich. Und noch für andere?

Denn jungfräuliche Geburten sind heutzutage doch recht ungewöhnlich, wie Mikaela Lijphart zwei Wochen zuvor im Zug gesagt hatte.

Ewa Moreno streckte sich auf dem Bett aus und starrte zur Decke hoch.

Was um Himmels willen mochte mit Mikaela Lijphart passiert sein?

Und auf welche Abenteuer war Arnold Maager ausgezogen, und warum war Tim Van Rippe ermordet worden?

Es gab noch allerlei Unklarheiten. Wie gesagt. Eine verdammte Menge Unklarheiten sogar.

Und wie lief es mit der Beobachtung von Polizeichef Vrommel? Sie hatte vergessen, Baasteuwel danach zu fragen.

Aber das hatte auch Zeit bis morgen, entschied sie.

Denn jeder Tag hat es auf seine Weise in sich.

36

24. Juli 1999

Inspektor Baasteuwel stand im Schatten eines Lagerhauses und betrachtete eine Sturmmöwe.

Die Sturmmöwe betrachtete Baasteuwel. Ansonsten passierte nicht viel. Die Sonne schien. Das Meer war spiegelglatt.

Er schaute auf die Uhr. Es war erst Viertel nach zehn, aber er hätte schwören können, dass die Temperaturen schon bald bei dreißig Grad ankommen würden. Wenn sie diese Zahl nicht schon passiert hatten. Der Hochdruck hielt sich, und der Himmel war so wolkenlos, dass es ihm fast Kopfschmerzen bereitete. Dieser Samstag hätte eigentlich sein dritter Urlaubstag sein müssen. Verdammt. Aber so war es nun eben. Er steckte sich eine Zigarette an, die vierte dieses Tages. Oder vielleicht auch die fünfte.

Jetzt umrundete die Fähre langsam den Wellenbrecher. Sie sah halb leer aus. Um nicht zu sagen, ganz leer. Natürlich gab es keinen vernünftigen Grund, an einem solchen Tag die Inseln zu verlassen. Im Gegenteil. Die Leute, die an Bord wollten, drängten sich wie die Heringe aus Westwerdingen, und die Kette für das letzte Auto, das um elf Uhr mitgenommen werden konnte, war schon vor zehn Minuten vorgelegt worden. Was wollten die eigentlich da draußen auf den Inseln mit einem Auto?

Baasteuwel verließ die relative Kühle hinter dem Schuppen und wanderte zu dem Tor, durch das die von der Fähre kommenden Fahrgäste geschleust wurden. Und öffnete seinen Regenschirm.

Er bereute, auf die Sache mit dem Regenschirm eingegangen zu sein. Seine Frau war in einem Anfall von bissigem feministischem Humor auf diese Idee gekommen, aber sei's drum. Bitowski musste ihn doch erkennen, und ein blaugelber Regenschirm mit Reklame für Kondome Marke Nixon fiel eben auf.

Vor allem bei diesem Wetter. Wenn er sich umsah, konnte er nirgendwo auch nur einen anderen Kondomschirm entdecken.

Weshalb Claus Bitowski ihn sicher nicht verfehlen konnte.

Das tat er auch nicht. Unter den allerletzten Fahrgästen, die an Land kamen, war ein beleibter Mann von vielleicht dreißig. Oder vielleicht war er auch älter. Er trug eine Sonnenbrille und eine umgedrehte Baseballmütze. In der einen Hand hielt er eine schmutzige gelbe Sporttasche aus Plastik, in der anderen eine halb leere Bierflasche. Sein T-Shirt mit dem Aufdruck »We are the fuckin' champs« konnte die Rettungsringe über seinen Jeans nicht so recht bändigen.

»Bist du vielleicht der Bulle?«, fragte er sofort.

Baasteuwel klappte den Schirm zusammen. Deine Eltern hätten zu Nixon greifen sollen, dachte er.

»Just der. Und du bist Claus Bitowski?«

Bitowski nickte. Leerte seine Bierflasche und hielt Ausschau nach einem Papierkorb. Als er keinen fand, warf er sie ins Hafenbecken. Baasteuwel wandte sich ab.

»Ich habe nichts zu sagen«, sagte Bitowski.

»Wie meinst du das?«, fragte Baasteuwel. »Ich habe ja noch gar keine Frage gestellt.«

»Über Van Rippe. Ich weiß nichts.«

»Das werden wir ja sehen«, sagte Baasteuwel. »Immerhin gut, dass du gekommen bist. Wollen wir uns irgendwo hinsetzen?«

Bitowski nahm sich eine Zigarette.

»Ich habe nichts zu sagen.«

Hübsch, dachte Baasteuwel. Ein dreißigjähriges Baby. Hier ist eine Runde Pädagogik angesagt.

»Strandterrasse und ein Bier vielleicht?«, schlug er vor.

Bitowski zog an seiner Zigarette und erwog dieses Angebot.

»Na gut«, sagte er dann.

Sie überquerten die Zuiderslaan und setzten sich an einen Tisch unter einem Sonnenschirm. Baasteuwel winkte der Kellnerin und bestellte zwei Bier.

»Du weißt, dass Tim Van Rippe ermordet worden ist?«, fragte er, als das Bier gebracht worden war.

»Einfach schrecklich«, sagte Bitowski.

»Du hast ihn gekannt?«

»Jetzt nicht mehr. Früher vielleicht.«

Baasteuwel zog einen Block hervor und machte sich Notizen.

»1983 zum Beispiel.«

»Was?«

»1983. Das ist eine Jahreszahl.«

»Weiß ich selber. Ja, ich hab Van Rippe damals auf der Penne gekannt ...«

»Hast du auch Winnie Maas gekannt?«

»Winnie? Was zum Teufel hat die mit der Sache zu tun?«

»Hast du sie gekannt?«, fragte Baasteuwel.

»Ja ... ja, zum Henker. Klar hab ich Winnie ein bisschen gekannt. War auch auf ihrer Beerdigung. Wir sind doch zusammen zur Schule gegangen und ...«

»Selbe Klasse?«

»Nein, verdammt. Ich war ein Jahr älter. Was sollen diese ganzen Fragen? Ich hab doch schon gesagt, dass ich nichts weiß.«

»Wir ermitteln im Mordfall Van Rippe«, erklärte Baasteuwel. »Du findest doch sicher, dass wir seinen Mörder ausfindig machen sollten?«

»Ja, aber ich weiß nichts.«

Da sagst du zweifellos was Wahres, dachte Baasteuwel und trank einen Schluck. Und das gilt für die meisten Dinge.

»Wann bist du auf die Inseln gefahren?«

»Vor zwei Wochen.«

»An welchem Tag?«

Bitkowski dachte nach.

»Am Sonntag. Ja, wir sind am Nachmittag gefahren.«

»Wir?«

»Ich und meine Kumpels.«

»Ich verstehe«, sagte Baasteuwel. »Du und deine Kumpels. Hattest du vorher Besuch von einer jungen Dame namens Mikaela Lijphart?«

»Was?«, fragte Bitowski. »Mikaela …?«

»Lijphart. Hast du an diesem Sonntag mit ihr gesprochen?«

»Verdammt, nein«, sagte Bitowski. »Nie von ihr gehört.«

»Hast du Tim Van Rippe gut gekannt, als ihr jünger wart?«

»Es ging.«

»War er mit Winnie Maas zusammen?«

Bitowski zuckte mit den Schultern. Sein Schnurrbart bebte.

»Glaub schon. Sie war mit vielen zusammen.«

»Wann war sie mit Van Rippe zusammen, weißt du das noch?«

»Nein. Wie zum Teufel soll ich das wissen?«

»Bis zu ihrem Tod, zum Beispiel?«

»Also echt«, sagte Bitowski. »Das war lange vorher. Sie hat so ziemlich rumgevögelt.«

»Rumgevögelt?«

»Ja, so war sie eben.«

»Warst du auch mit Winnie Maas zusammen?«

Bitowski leerte sein Bierglas und rülpste.

»Kann schon sein.«

»Kann schon sein? Hast du mit ihr geschlafen oder nicht?«

Bitowski schaute sein Glas an, und Baasteuwel winkte um Nachschub.

»Einmal«, gab Bitowski zu.

»Wann?«, fragte Baasteuwel. »Als sie in die neunte Klasse ging?«

»Nein, früher. Ich ging in die neunte, und da war sie wohl in der achten …«

»Und es war nur einmal?«

»Dass ich über sie drübergestiegen bin? Ja.«

Baasteuwel musterte das aufgedunsene Gesicht seines Gegenübers.

»Bist du sicher, dass sie im Mai 1983 nicht mit Tim Van Rippe zusammen war?«

Bitowski bekam ein weiteres Bier und trank einen Schluck.

»Was heißt schon sicher«, knurrte er. »Sie hätte es jedenfalls nicht sein sollen. Anfang Mai hat sie mir einen geblasen.«

»Einen geblasen?«

»Ja, zum Teufel, das war auf einem Fest. Ich weiß das nicht mehr genau.«

Baasteuwel unterdrückte den Impuls, Claus Bitowski den Nixonschirm in den Bauch zu bohren.

Das weißt du nicht mehr, dachte er. In zehn Jahren weißt du sicher nicht mehr, wie du heißt und wo dein Piepmatz sitzt.

»Kannst du mir noch andere Jungs nennen, mit denen Winnie Maas zusammen war? Im Frühjahr '83, meine ich.«

»Nein«, sagte Bitowski. »Sie hatte sicher keinen besonderen, und ich kannte sie auch nicht so gut. Ich weiß nichts über diese ganze Sache, das habe ich doch schon gesagt.«

»Bist du im Zusammenhang mit Winnies Tod von der Polizei vernommen worden?«, fragte Baasteuwel.

»Vernommen? Nein, wieso hätten die mich vernehmen sollen? Ich begreife auch nicht, warum du das jetzt machst.«

»Die Polizei hat dir damals also keine Fragen gestellt?«

»Nein.«

Baasteuwel merkte plötzlich, dass auch er keine Fragen mehr hatte. Höchstens die, ob Bitowski den Namen des Präsidenten der USA wusste. Oder irgendeiner Stadt in Frankreich. Oder wie viel elf mal acht ergab.

»Das reicht«, sagte er. »Danke für das Bier.«

»Was zum Teufel ...«

»Ein Scherz«, erklärte Baasteuwel.

Polizeianwärter Vegesack war nervös.

Das hatte nichts damit zu tun, dass sie Polizeichef Vrommel hintergingen. Rein gar nichts. Aber es fiel ihm schwer, andere hinters Licht zu führen. Es machte keinen Spaß. Schon gar nicht bei einer wie Frau Van Rippe – ihr Sohn war ermordet worden, und jetzt musste er sie anlügen. Es kam ihm falsch und widerwärtig vor, auch wenn es sich vielleicht nicht direkt um eine haarsträubende Lüge handelte.

Es ging eher darum, sich bedeckt zu halten. Ihr nicht die Wahrheit zu sagen.

Sich in blauen Dunst zu hüllen, wie man so sagte. Was auch schon schlimm genug war.

»Ich begreife das nicht«, hatte sie gemeint, als sie ins Auto gestiegen war. »Warum wollen Sie noch mit mir reden? Ist noch etwas passiert?«

»Nicht direkt«, hatte Vegesack geantwortet. »Wir brauchen nur noch ein paar Auskünfte.«

»Und deshalb müssen Sie mich nach Lejnice und wieder zurück kutschieren?«

»Wir fanden das besser so.«

Es war eine gute Stunde Fahrt von Karpatz nach Lejnice, aber glücklicherweise schwieg Frau Van Rippe fast die ganze Zeit. Vegesack lugte vorsichtig zu ihr hinüber, sie saß auf dem Beifahrersitz und zerfetzte ihr Taschentuch. Eine etwas verlebte Frau von sechzig mit einem toten Sohn. Ab und zu putzte sie sich die Nase. Vielleicht ist sie allergisch, dachte er. Oder die Trauer bahnt sich einen Weg. Sie hatte es im Moment natürlich schwer. Ihr Sohn würde in der kommenden Woche begraben werden; am Donnerstag, wenn Vegesack das noch richtig in Erinnerung hatte. Einäscherung war aus ermittlungstechnischen Gründen nicht gestattet. Es musste einfach schrecklich für die Frau sein. Als habe auch ihr eigenes Leben auf irgendeine Weise ein Ende genommen.

Aber es fiel ihm schwer, sich in ihre Lage hineinzuversetzen. Und er war dankbar, dass er nicht darüber sprechen musste.

Und fühlte sich unwohl, weil er sie hinters Licht führen musste, wie gesagt.

»Haben Sie Tim gekannt?«, fragte sie ungefähr auf halber Strecke.

Vegesack schüttelte den Kopf.

»Nein. Er war ein paar Jahre älter. Und ich bin erst seit '93 in Lejnice. Komme eigentlich aus Linzhuisen.«

»Ich verstehe«, sagte Frau Van Rippe. »Nein, mein Tim hatte wohl nicht so viele Freunde.«

»Nicht?«, fragte Vegesack.

»Nein. Er war wohl ein bisschen einsam.«

Vegesack wusste nicht, was er sagen sollte, und sie ging nicht weiter auf dieses Thema ein. Sie seufzte und setzte eine Brille auf.

»Schönes Wetter«, sagte sie, als habe sie das eben erst entdeckt.

»Ja«, sagte Vegesack. »Warm und schön.«

Viel mehr sagten sie nicht. Auf der ganzen Fahrt nicht. Sie erreichten Lejnice um fünf vor eins und hielten vor der Redaktion des Westerblatts.

Sie schaute ihn überrascht an.

»Die Zeitung? Was sollen wir denn hier?«

Vegesack räusperte sich.

»Auf der Wache herrscht heute Hochbetrieb. Deshalb können wir hier einen Raum benutzen.«

Er war sich nicht sicher, ob sie ihm glaubte.

Ewa Moreno kaufte für Selma Perhovens eine Flasche Portwein, zum Dank für die Gastfreundschaft, doch dann wusste sie nicht, was sie Drusilla schenken sollte. Am Ende entschied sie sich für ein preisgekröntes Jugendbuch und eine Schachtel Pralinen, sie hatte auf Drusillas Zimmer ein recht gut gefülltes Bücherregal gesehen, und die Pralinen würde die Kleine auf jeden Fall gern in sich hineinstopfen.

Mutter und Tochter schienen mit den Abschiedsgeschenken

auch durchaus zufrieden zu sein, und Moreno verließ das Perhovenssche Heim nach allerlei Sympathiebekundungen und dem Versprechen, in Kontakt zu bleiben. Sie hinterließ ihre Reisetasche in einem Schließfach am Bahnhof, nahm ein letztes Sonnenbad am Strand und traf sich um zwei wie verabredet im Café Tarms mit Inspektor Baasteuwel zum Mittagessen.

»Die Lage klärt sich«, sagte Baasteuwel, als beide ihren Salat vor sich stehen hatten. »Aber sie ist doch noch nicht so klar wie das Wetter.«

»Du meinst, du wirst mir die Lösung jetzt nicht servieren?«, fragte Moreno.

»Leider nicht«, sagte Baasteuwel. »So weit sind wir noch nicht. Weiß der Teufel, wie das alles zusammenhängt.«

Moreno wartete.

»Und weiß der Teufel, was mit Mikaela Lijphart passiert ist. Auch die neue Vermisstenmeldung hat nichts erbracht. Nicht einmal die üblichen Irren haben sich gemeldet, die sonst immer anrufen und den Teufel und seine Großmutter gesehen haben wollen. Kommt mir fast verdächtig vor, aber wir wissen, dass Vrommel keine Auskünfte zurückhält.«

»Aber was ist mit Maager?«, fragte Moreno. »Habt ihr Sigrid Lijphart nach diesem Anruf im Sidonisheim gefragt?«

»Sicher. Sie streitet das ganz energisch ab. Behauptet, seit sechzehn Jahren nicht mehr mit ihm gesprochen zu haben und das auch in den nächsten sechzehn nicht tun zu wollen. Warmherzige Frau, zweifellos. Aber sie hat sicher ihre Gründe.«

»Vielleicht lügt sie.«

»Kann schon sein«, sagte Baasteuwel. »Ich habe nicht mit ihr gesprochen, das hat Kohler übernommen. Maager liegt jedenfalls weiterhin im Bett und starrt immer dieselbe Stelle auf der Tapete an. Falls er die Augen offen hat, sie mussten ihm wohl einiges spritzen, damit er schlafen konnte. Aber Winnie Maas ist etwas interessanter ... willst du hören?«

»Ich bin ganz Ohr«, sagte Moreno.

Baasteuwel trank ein halbes Glas Mineralwasser und stocherte mit der Gabel in seinem Salat herum, ehe er weitersprach.

»Sie war wohl nicht gerade eine Unschuld vom Lande.«

»Das habe ich schon begriffen«, sagte Moreno.

»Nur sehr wenige wollen sich zu ihr bekennen. Alle, mit denen ich zu tun habe, werden gleich reserviert, wenn ich nach Winnie frage. Sie wollen ganz einfach nicht über sie sprechen. Alle behaupten, zu wissen, wer sie war, aber niemand will mit ihr befreundet gewesen sein. Ihre Rolle wird jetzt ziemlich deutlich. Eine junge und schamlose Femme fatale, wenn man es ein wenig auf die Spitze treiben will. Dieser verdammte Bitowski hat zwar zugegeben, dass er einmal mit ihr im Bett war, aber wie viele andere das auch von sich sagen können, ja, das weiß der Teufel. Und dabei war sie bei ihrem Tod erst sechzehn. Und niemand scheint zu bezweifeln, dass wirklich Maager sie von der Brücke geschubst hat. Wirklich niemand!«

Moreno dachte eine Weile nach.

»Aber wenn er nicht der Vater des Kindes war, kann er es denn dann trotzdem gewesen sein?«

»Sieht so aus. Wichtig ist doch, dass er glaubte, sie geschwängert zu haben. Nicht, ob es wirklich so war. Sie wollte das vielleicht auf irgendeine Weise ausnutzen, und daran wollte er sie hindern. Ja, viel einfacher lässt es sich kaum sagen.«

»Und Vrommel? Und dieser Arzt?«

Baasteuwel seufzte.

»Weiß der Teufel. Dass deHaavelaar Informationen zurückgehalten hat, braucht ja nicht viel zu ändern.«

»Doch«, protestierte Moreno. »Er muss doch einen Grund gehabt haben. Und Vrommel muss einen Grund haben, warum er Vera Sauger verschwiegen hat. Das ist einfache Logik.«

»Hm«, sagte Baasteuwel. »Ich weiß. Ach, Scheiße. Ich habe ja nur gesagt, dass die Lage sich klärt. Wir werden den Scheiß schon noch durchschauen, und sei es nur, damit wir diesem Polizeichef eins auswischen können. Wenn er etwas auf dem Gewissen hat, dann will ich ihn auch zur Verantwortung ziehen.

Ich verspreche, dich über den Hinrichtungstermin zu informieren ... und auch über alles andere, wenn es dich interessiert.«

Moreno nickte.

»Es geht vor allem um die Kleine«, sagte sie. »Ich will nicht, dass Mikaela Lijphart etwas passiert ist, aber ich fürchte ... ach, du weißt schon.«

»Ja«, sagte Baasteuwel. »Natürlich weiß ich. Wir sind ja beide nicht von gestern. Aber Optimismus schadet nicht, so lange sich nicht das Gegenteil beweisen lässt, das ist mein Prinzip. Wir nehmen uns übrigens heute die Mutter vor. Van Rippes Mutter, meine ich. Mit Hilfe von Redakteur Wicker.« Er schaute auf die Uhr. »Sie sitzen jetzt in der Redaktion, nehme ich an. Müsste etwas bringen, er kennt dieses Kaff doch wie seine Westentasche, dieser Wicker. Ja, das ist so ungefähr die Lage.«

»Und Vrommel hat keine Ahnung?«

Baasteuwel zeigte die Zähne.

»Noch nicht. Er begreift nur nicht, warum Kohler und ich noch nicht nach Hause gefahren sind.«

»Und wie erklärt ihr das?«

»Dass uns die Stadt hier gefällt, und dass unsere Ehen gerade nicht so gut laufen«, sagte Baasteuwel und grinste noch einmal. »Und das glaubt er, dieser Scheißtrottel. Er war selber nie verheiratet und hält das für eine Art Hauptgewinn.«

Dazu fiel Moreno kein Kommentar ein.

»Jetzt essen wir«, sagte sie deshalb.

37

Kommissar Kohler stellte sich vor und bot Frau Van Rippe einen Stuhl an.

»Ich nehme an, dass Redakteur Wicker vom Westerblatt Ihnen bekannt ist?«

Frau Van Rippe setzte sich und ließ verwirrt ihren Blick zwischen Kohler und Wicker hin- und hergleiten.

»Ja … sicher«, sagte sie. »Aber wo steckt der Polizeichef? Ich hatte damit gerechnet, dass er dieses Gespräch leitet.«

»Er ist leider verhindert«, erklärte Kohler. »Er hat viel zu tun, das verstehen Sie doch sicher. Ich bin extra aus Wallburg abgeordnet worden, um bei den Ermittlungen im Mordfall Ihres Sohnes zu helfen.«

»Einen Kaffee und ein Brot?«, schlug Aaron Wicker vor.

Für einen Moment glaubte Vegesack schon, Edita Van Rippe werde aufspringen und jegliche Auskunft verweigern. Sie kniff die Lippen zu einem dünnen Strich zusammen und starrte den Boden an.

»Ja, danke«, sagte sie dann endlich. »Aber ich begreife noch immer nicht, was ich hier soll.«

»Wir geben uns einfach alle Mühe, um in diese traurigen Ereignisse Klarheit zu bringen«, sagte Kohler. »Je mehr Informationen wir haben, umso größer sind unsere Erfolgsaussichten. Dass wir den Täter finden, meine ich. Wir würden Ihnen gern noch einige Fragen stellen, um … um unser Bild über Ihren Sohn zu vervollständigen.«

Wicker schenkte Kaffee ein und packte ein Tablett mit Broten aus der Konditorei Doovers aus, die gleich im Nachbarhaus der Zeitungsredaktion gelegen war.

»Ich bin aus dem einfachen Grund anwesend, dass ich mich hier im Ort etwas auskenne«, erklärte er. »Bitte sehr, Frau Van Rippe.«

Sie nahm sich ein Schinkenbrot und musterte es misstrauisch. »Ich wäre gern um vier wieder zu Hause.«

»Kein Problem«, beteuerte Kohler. »Herr Vegesack wird Sie zurückbringen, sowie wir fertig sind. Würden Sie uns ein wenig über Ihr Leben erzählen?«

»Über mein Leben?«

Edita Van Rippe starrte den Kommissar an, als habe sie die Frage nicht verstanden. Als habe sie nie ein Leben gehabt.

»Ja, bitte. Einfach so in groben Zügen.«

»Was … was wollen Sie denn wissen? Ich habe seit meiner Kindheit in Lejnice gewohnt … bin dann nach Karpatz gezogen, als ich Walter kennen gelernt habe, meinen jetzigen Mann. Das ist ungefähr zehn Jahre her. Ich verstehe nicht, wieso das wichtig sein soll.«

»Einfach als Hintergrundinformation«, sagte Kohler noch einmal. »Sie haben außer Tim also noch einen Sohn? Und der ist etwas älter, glaube ich?«

»Ja.«

Sie zögerte. Biss in ihr Brot und kaute langsam. Spülte den Bissen mit einem Schluck Kaffee hinunter. Kohler wartete.

»Ja, Jakob«, wiederholte sie. »So heißt mein anderer Sohn. Er ist sechs Jahre älter als Tim. Ich habe ihn früh bekommen. Ich war erst neunzehn, so war das damals eben. Aber das wissen Sie doch schon, da bin ich mir sicher. Auf jeden Fall müsste Herr Wicker es wissen …«

»Natürlich«, fiel Kohler ihr ins Wort. »Sie haben noch im selben Jahr Henrik Van Rippe geheiratet, auch das wissen wir. Sie waren wirklich noch sehr jung. Wie lange waren Sie verheiratet?«

Ihr Gesicht verzog sich unwillig, wie Vegesack fand. Gleich wird sie die Antwort verweigern, dachte er.

»Er hat mich 1975 verlassen«, sagte sie mit plötzlicher Schärfe in der Stimme. »Jakob war damals fünfzehn, Tim neun.«

»Er hat Sie verlassen?«, fragte Kohler.

»Er hatte eine andere, ja. Es besteht kein Grund, darin herumzustochern.«

Kohler nickte.

»Verzeihung. Natürlich nicht. Wie war Tim als Kind?«

»Warum wollen Sie das wissen?«

»Bitte, helfen Sie uns mit Ihren Antworten, Frau Van Rippe. Sie haben den Namen Ihres neuen Mannes übrigens nicht angenommen?«

»Wir sind nicht verheiratet. Ich habe mit dem Gedanken gespielt, wieder meinen Mädchennamen zu benutzen, aber ich hatte mich an Van Rippe gewöhnt.«

»Ich verstehe. Und wie war Tim als Kind?«

Sie zuckte mit den Schultern.

»Hat nicht viel von sich hergemacht.«

»Ach?«

»Aber lieb war er. Mit Tim gab es nie Probleme, er war immer brav und gern allein. Jakob war anders.«

»Auf welche Weise?«

»War mehr mit anderen zusammen. Hatte immer Freunde im Haus. Tim wollte lieber allein herumpusseln.«

Polizeianwärter Vegesack schaute verlegen auf die Armbanduhr.

Was zum Teufel machen die bloß, dachte er. Wenn das in dem Tempo weiterginge, würde er wahrscheinlich wie ein Wahnsinniger brettern müssen, um Frau Van Rippe vor vier Uhr nach Karpatz zu schaffen … Kohler hatte ihm den strengen Befehl erteilt, während des Gesprächs den Mund zu halten, so lange er nicht direkt angesprochen wurde. Dasselbe galt offenbar auch für Aaron Wicker, der an einem Bleistift herumlutschte und verschlafen aussah.

»Ihren derzeitigen Mann haben Sie 1988 kennen gelernt?«, fragte Kohler. »Stimmt das?«

Frau Van Rippe nickte.

»Walter Krummnagel?«

Kein Wunder, dass sie seinen Namen nicht annehmen will, dachte Vegesack.

»Ja.«

»Und Sie sind im selben Jahr nach Karpatz gezogen?«

»Ja.«

»Haben Sie zwischen …«, Kohler setzte seine Brille auf und schaute in seinem Notizbuch nach, »1975 und 1988 allein gelebt?«

Wieder verzog Frau Van Rippe unwillig das Gesicht.

»Ja.«

»Und in dieser Zeit hatten Sie keine Beziehung?«

»Nein.«

»Eine gut aussehende Frau wie Sie?«

Keine Antwort. Vegesack wusste nicht so recht, ob sie errötete, er glaubte es aber. Kohler legte eine kleine Pause ein.

»Warum das?«, fragte er dann.

»Was meinen Sie?«

»Warum haben Sie allein gelebt?«

»Weil ich keinen Mann haben wollte.«

»Aber eine kleine Affaire müssen Sie doch gehabt haben? Es ist doch hart, so lange allein zu sein. Ihre Kinder waren doch nicht mehr klein und …«

»Ich wollte es so«, fiel Frau Van Rippe ihm ins Wort. »Man darf ja wohl so leben, wie man will.«

Kohler nahm die Brille ab und steckte sie in die Brusttasche. Dann nickte er Redakteur Wicker unmerklich zu.

»Ach?«, fragte er dann und rückte ein wenig dichter an sie heran. »Ich glaube, Sie lügen, Frau Van Rippe.«

Sie umklammerte die Armlehne ihres Sessels. Sie schien aufspringen zu wollen, ließ sich nach einigen Sekunden aber zurücksinken.

»Ich lüge? Warum sollte ich lügen?«

Sie starrte Kohler an, doch der hatte den Blick gesenkt und war in seine Kaffeetasse vertieft. Gut gemacht, dachte Vegesack. Sie schwiegen fünf Sekunden. Dann ergriff Redakteur Wicker das Wort.

»Frau Van Rippe«, sagte er und schlug dabei langsam die Arme übereinander. »Ist es nicht eher so, dass Sie ein Verhältnis mit einer gewissen Person hier in der Stadt hatten ... zu Anfang der achtziger Jahre, wenn ich das richtig in Erinnerung habe ... zweiundachtzig, dreiundachtzig, so ungefähr?«

»Nein ... nein, wer sollte das denn gewesen sein?«

Ihre Stimme trug nicht mehr richtig. Sie ließ die Armlehne los.

»Wer das gewesen sein soll?«, fragte Wicker mit gespielter Überraschung. »Das wissen Sie ja wohl selbst am besten, Frau Van Rippe. Und es ist doch kein Grund, sich zu schämen ... ich begreife nicht, warum Sie nicht darüber sprechen wollen. Wir sind doch alle nur Menschen?«

»Ich weiß nicht, wovon Sie reden«, sagte Frau Van Rippe, und ihre Stimme war plötzlich nur noch ein Flüstern.

Wieder verstrichen einige Sekunden.

»Ich rede von Vrommel«, sagte Redakteur Wicker dann und ließ sich in seinem Sessel zurücksinken. »Von Polizeichef Viktor Vrommel.«

Edita Van Rippe sagte nichts mehr.

Sie ließ sich langsam auf den Tisch sinken und schlang die Arme um den Kopf.

Kohler rückte seinen Schlipsknoten gerade und ging zur Toilette.

Moreno dachte über Baasteuwels Bemerkung nach, als sie auf den Zug wartete.

Ein Hauptgewinn, allein zu sein? Meinte Vrommel?

Besonders ermutigend kam ihr das nicht vor. Wenn man dann als Polizeichef in Lejnice endete, wenn man sich nicht vorsah, ja, dann wäre es für sie selbst doch besser, sich so schnell wie möglich einen Mann zu krallen.

Vielleicht sollte sie auf Mikael Baus diskreten Vorschlag einer Wiedervereinigung im August eingehen? Das Treffen am Vorabend war ziemlich problemlos verlaufen, das musste sie zugeben. Was immer er für Nachteile haben mochte, sonderlich nachtragend schien er jedenfalls nicht zu sein. Das musste sie ihm lassen.

Also vielleicht doch, dachte sie. Ein neuer Anfang im August?

Sie beschloss, ihre Entscheidung bis dahin aufzuschieben. Eine kräftigende Radtour würde ihr Urteilsvermögen schon schärfen, und im Moment hatte sie einfach schon zu viel im Kopf.

Zum Ausgleich fasste sie einen anderen Entschluss.

Münster anzurufen.

Leider erreichte sie ihn auch. Sie hatte auf das Gegenteil gehofft.

»Na?«, fragte sie. Und merkte, wie sie den Atem anhielt.

»Ich fürchte, Meister Lampe hatte Recht«, sagte Münster.

Danach schwiegen sie beide für mindestens zwei Sekunden.

»Bist du noch da?«

»Ja«, sagte Moreno. »Ich bin da. Du weißt also, wer es ist?«

»Wir haben einen Namen«, sagte Münster. »Aber solange wir nicht hundertprozentig sicher sind, verrate ich nichts. Auch dir nicht.«

»Gut«, sagte Moreno. »Mir wird schlecht, sag es nicht, verdammt noch mal.«

»Das ist wirklich nicht witzig«, sagte Münster.

»Wie hast du es gemacht?«, fragte Moreno.

»Hrrm«, Münster räusperte sich. »Ich wusste nicht so recht, wie ich vorgehen sollte. Am Ende habe ich den *Kommissar* eingeschaltet. Van Veeteren, meine ich.«

Moreno überlegte.

»Hätte ich auch getan«, sagte sie. »Wenn ich auf die Idee gekommen wäre, zumindest. Und dann habt ihr euch diesen Journalisten gemeinsam vorgeknöpft?«

»Das kann ich dir sagen«, erwiderte Münster. Er lachte kurz auf, unterbrach sich dann aber. »VV hat ihm dermaßen viel Angst eingejagt, dass er am Ende sogar das Bier bezahlen wollte. Allein hätte ich ihn nicht so weit gebracht.«

»Und dann hat er einen Namen abgesondert?«

»Hat er«, sagte Münster.

»Und er blufft nicht?«

»Sieht nicht so aus.«

»Ich verstehe.«

»Wir haben aber noch nicht mit ihm sprechen können. Er ist in Urlaub, und ich möchte warten, bis er zurückkommt. Mir kam das richtiger vor, und der *Kommissar* fand das auch.«

Moreno fragte sich sofort, welche ihrer Kollegen gerade Urlaub hatten, und riss sich dann fast sofort wieder zusammen.

Will es nicht wissen, dachte sie.

Erst, wenn es wirklich sein muss.

»Ja, so sieht es aus«, sagte Münster. »Ich dachte bloß, du solltest es wissen.«

»Na gut«, sagte Moreno. »Bis dann.«

»Allerdings«, sagte Münster.

Diesmal hatte sie sich für einen Expresszug entschieden, aber die Abteile waren ebenso leer wie auf der Hinfahrt, stellte sie fest und suchte sich einen Fensterplatz.

Natürlich gab es auch keinen überzeugenden Grund, an einem solchen Samstag die Küste zu verlassen. Zwei Wochen, dachte sie. Von meinem Urlaub sind genau zwei Wochen vergangen, und jetzt fahre ich nach Hause.

Nicht direkt erholt. Keine vierzehn faulen Tage am Meer. Was zum Teufel hatte sie denn bloß gemacht? Nichts war so gekommen, wie sie sich das vorgestellt hatte, das immerhin konnte sie sagen.

Sie hatten ihren Freund (Typen? Liebhaber? Mann?) zum

Teufel geschickt, sie hatte rund um die Uhr Amateurdetektiv gespielt, und sie hatte nichts dabei erreicht.

Nicht das Geringste, verdammt noch mal.

Sie wusste nicht, was aus dem weinenden Mädchen in der Bahn geworden war.

Sie wusste nicht, wer Winnie Maas umgebracht hatte.

Sie wusste nicht, wer Tim Van Rippe umgebracht hatte.

Und auf der Wache von Maardam gab es einen Pädophilen.

Schön, dachte Ewa Moreno. Unzweifelhaft ein gelungenes Resultat.

V

38

22. Juli 1983

Als er wieder an der Schule vorbeikam, ließ ein Windstoß vom Meer ihn noch einmal stehen bleiben.

Ob es wirklich am Wind lag oder vielleicht an dem angestrahlten Schild mit dem Namen der Schule und der Beschreibung der verschiedenen Gebäude, wusste er nicht. Aber er blieb stehen und schaute das Schild an, und in ihm bewegte sich etwas. Eine Art vages Gefühl von Geborgenheit vielleicht. Sein Arbeitsplatz. In einer Sommernacht um halb zwei öde wie eine Wüste. Aber dennoch?

Er ließ sich auf eine der Steinbänke vor der Längswand der Turnhalle sinken. Stützte die Ellbogen auf die Knie, den Kopf in den Händen vergraben.

Was soll ich jetzt machen, dachte er. Was zum Teufel wird jetzt passieren? Warum sitze ich hier? Verdammt, verdammt, verdammt ...

Es waren einfach nur Wörter, die ihm durch den Kopf wirbelten. Dessen war er sich bewusst. Keine Gedanken. Keine Vorgehensweisen. Nur ein sinnloses Gewirr von Fragen und verzweifelten Rufen, die über einem Abgrund zu schweben schienen, in den er um nichts in der Welt hineinschauen durfte, in den er nicht hineinzuschauen wagte – wirbelnde Wörter, die nur dazu dienten, alles andere von ihm fern zu halten. Auf Distanz und fern. So war es eben. Er dachte plötzlich: Jetzt werde ich verrückt.

Nach Hause?, dachte er. Nach Hause zu Mikaela? Aber warum? Warum sitze ich dann hier? Warum laufe ich nicht zur Brücke hoch und schaue ihr in die Augen? Wem? Wen meine ich? Winnie? Oder Sigrid? Ich habe ja doch alles verloren. Werde nie wieder herkommen ... nicht zu Mikaela, nicht zu Sigrid, nicht in die Schule. Ich habe verloren. In diesem Moment habe ich alles verloren ... alles verloren auf dieser verdammten Bank vor dieser verdammten Turnhalle. Ich habe es gewusst, habe es seit diesem verfluchten Abend gewusst, warum habe ich nichts unternommen, was soll ich denn machen, wenn alles zu spät ist? Verdammt. Es ist zu spät. Verdammt. Es ist schon alles zu spät ...

Er erhob sich. Seid still, sagte er zu seinen Gedanken. Still. Er holte einmal tief Atem und versuchte, sich ein letztes Mal zu konzentrieren. Ein letztes Mal, dachte er. Wieso denn letztes Mal?

Er ging jetzt weiter auf die Brücke zu. Ob sie noch da ist?, überlegte er. Sind sie noch da? Ist Sigrid hingelaufen? Wollte sie das? Es musste doch eine halbe Stunde vergangen sein.

Er beschleunigte seine Schritte. Überquerte die Birkenerstraat auf Höhe des Friedhofs und bog in den Emserweg ab. Und dort, als er beim Schreibwarenladen Dorff um die Ecke bog und durch die Dorfflenerstraat weitergehen wollte, da sah er sie.

Sie ging auf der anderen Straßenseite am erleuchteten Eingang zum Sportplatz vorbei, und sie ging mit schnellen Schritten. Mit energischen und zielbewussten Schritten. Sigrid, seine Frau. Sie sah ihn nicht, er unterdrückte den Drang, ihren Namen zu rufen. Er blieb unter der Markise des Schreibwarenladens stehen und wartete, bis sie außer Sichtweite war. Sie ist dort gewesen, dachte er. Sie war dort oben und hat mit Winnie gesprochen.

Er lief über die Dorfflenerstraat, am Sportplatz vorbei und weiter hinunter zur Bahnlinie. Als er um die Ecke der Brauerei bog, ragte die Eisenbahnbrücke vor ihm auf.

Aber sie war noch ein Stück entfernt. Noch konnte er dort

oben niemanden sehen. Ob sie wohl auf ihn wartete? Seine Schritte verlangsamten sich. Was zum Teufel sollte er sagen? Tun? Was erwartete sie von ihm? Wo sie doch sein Leben zerstört hatte. Sie hatte ihn ruiniert, als sie vor … Er schaute auf die Uhr … fünfunddreißig Minuten seiner Frau alles erzählt hatte. Mehr Zeit war nicht vergangen. Der Anruf lag eine gute halbe Stunde zurück. Was zum Teufel wollte sie jetzt noch von ihm?

Ein Kind? Sie erwartete ein Kind, sein Kind. Ihm fiel ein, was sie in jener Nacht gesagt hatte. Komm nur, Magister … komm, komm, ich nehme die Pille!

Magister, hatte sie gesagt. Noch mitten im Akt, beim Ficken, hatte sie dieses Wort benutzt.

Die Pille? Verdammt, nie im Leben hatte sie die Pille genommen!

Er hatte die lange Kurve erreicht, als ihm der alberne Gedanke kam, dass sie vielleicht wieder mit ihm schlafen wollte. Es war ein blödsinniger Gedanke, der vermutlich ziemlich viel darüber verriet, wer er wirklich war. Im tiefsten Herzen. Und der vermutlich bewies, dass er jetzt gerade verrückt wurde. Ich bin ein Schwein, dachte er. Schwein, Schwein, Schwein! Er konnte fast hören, wie Sigrid das Wort sagte … mit Winnie Maas schlafen? Noch einmal? Sich vorwärts und rückwärts von ihr reiten zu lassen und den Schwanz in sie hineinbohren, bis sie vor Erregung quiekte, und sich von ihr einen blasen lassen und ihre steife, glänzende Klitorisknospe reiben, bis sie schrie … was zum Teufel malte er sich da für einen Müll aus? Sein Gehirn hustete wie ein Auto in zu niedrigem Gang. Was ist nur in meinem Kopf los?, dachte er. Und sie ist ja überhaupt nicht da.

Sie war überhaupt nicht da.

Auf der Brücke war alles leer. Kein Mensch war zu sehen, keine einzige verdammte kleine Winnie Maas und auch sonst niemand. Er blieb stehen und schaute sich um. Nach Norden und nach Süden. Hier oben hatte er eine gute Aussicht. Die ganze Stadt lag unter ihm, die Straßen, der Marktplatz, die beiden Kirchen, der Strand und der Hafen mit seinen Wellenbrechern und dem Betonfundament und der geschützten Einfahrt. Das kleine Waldgebiet hinter den Fußballplätzen. Frieders Pier und Gordons Punkt mit dem Leuchtturm ganz hinten im Süden … und alles eingebettet in die bleiche Dunkelheit der Sommernacht.

Er senkte den Blick. Folgte den Gleisen vom Bahnhof bis zur Brücke. Unten lag etwas, das konnte er sehen. Ganz dicht neben dem rechten Gleis, ein wenig schräg unterhalb des Punktes, an dem er selber stand. Es war nicht ganz dunkel, und eine Straßenlaterne warf dort unten ihr schmutzig gelbes Licht über die Straße und den Bahndamm.

Und dort lag also etwas. Etwas, das weiß und ein wenig blau und ein wenig fleischfarben war …

Erst nach einer Sekunde begriff er, was es war.

Und erst nach einer weiteren Sekunde begriff er, wer es war.

39

5. August 1999

Polizeianwärter Vegesack bekreuzigte sich und ging hinein.

Polizeichef Vrommel lag vor seinem Schreibtisch und machte Beinübungen.

»Moment noch, Vegesack«, sagte er.

Vegesack setzte sich in den Besuchersessel und musterte seinen Chef. Die Luft schien ein wenig stickig zu sein, denn Vrommel prustete wie ein gestrandetes Walross, und sein blanker Schädel leuchtete wie eine rote Ampel. Als er fertig war, blieb er noch eine Weile auf dem Boden liegen, um zu Atem zu kommen. Danach erhob er sich und setzte sich hinter seinen Schreibtisch.

»Du gehst morgen in Urlaub?«

Vegesack nickte.

»Morgen, ja.«

»Kein besonders tolles Wetter.«

»Nein«, sagte Vegesack.

»Letzte Woche war es besser.«

»Ja.«

Vrommel öffnete eine Schreibtischschublade. Zog ein Papiertaschentuch heraus und wischte sich Stirn und Schädelspitze ab.

»Dieser Fall Van Rippe. Sollten den mal zusammenfassen.«

»Werden die Ermittlungen eingestellt?«

»Nicht eingestellt«, sagte Vrommel. »Mordermittlungen werden überhaupt niemals eingestellt. Ich habe zusammenfassen gesagt. Schwerer Fall, wir kommen einfach nicht weiter. Was?«

»Nein.«

»Wir fahren den Arbeitsaufwand zurück. Sind jetzt seit drei Wochen dabei. Aber ab heute ist Dienst nach Vorschrift angesagt.«

»Alles klar«, sagte Vegesack.

»Brauchen eine Zusammenfassung. Eine Art Bericht über unsere bisherigen Ergebnisse. Dachte an eine kleine Pressekonferenz morgen früh. Muss auch weiter oben Bericht erstatten. Diese Pfadfinder aus Wallburg haben ja nicht viel gebracht.«

»Nicht viel.«

Vrommel räusperte sich.

»Wenn du also diesen Bericht geschrieben hast, kannst du ihn mir auf den Schreibtisch legen, bevor du nach Hause gehst. Du hast den ganzen Tag Zeit.«

Vegesack nickte.

»Und nicht zu weitschweifig. Einfach nur die Tatsachen. In der Kürze liegt die Würze.«

Vegesack machte Anstalten, sich zu erheben.

»Sonst noch was?«

»Das hätte ich gesagt«, erwiderte Vrommel. »Auf meinem Schreibtisch. Schönen Urlaub und bleib in Form!«

»Danke«, sagte Polizeianwärter Vegesack und verließ das Zimmer.

Ewa Moreno erwachte und schaute auf die Uhr.

Zehn vor zwölf.

Sie begriff, dass sie in ihrem eigenen Bett lag und trotz allem nur neun Stunden geschlafen hatte. Versuchte festzustellen, ob es einen Muskel in ihrem Körper gab, der nicht wehtat, konnte aber keinen finden.

Ich komme mir vor wie neunzig, dachte sie. Und so was soll gesund sein?

Sie war erst kurz vor drei ins Bett gekommen. Zu Hause war

sie um Punkt zwei gewesen, doch sie war geistesgegenwärtig genug gewesen, um heiß zu baden, ehe sie ins Bett gefallen war. Sonst würde sie sich jetzt wohl gar nicht mehr bewegen können. Die letzte Etappe ihres gemeinsamen Fahrradurlaubs mit Clara Mietens hatte fünfundsiebzig Kilometer bei Gegenwind umfasst, die letzten außerdem bei Regen. Sie hatten etwas früher losfahren wollen, um dann mit sanftem Ostwind im Rücken mit Blick auf den Sonnenuntergang in Maardam einzufahren. Das war ihr Plan gewesen.

Ostwind, dachte Moreno und setzte sich vorsichtig auf die Bettkante. Hat es in dieser Stadt denn jemals Ostwind gegeben?

Als sie sich um Viertel vor zwei in der Zwille getrennt hatten, hatte Clara Mietens feierlich geschworen, falls sie es jemals überhaupt schaffen würde, aufzustehen, dann als Erstes ihres verdammte Mühle (die sechs Gänge hatte, zwei funktionierten) mit einem schweren Anker zu versehen, sie in die Langgraacht zu werfen und einen Choral zu singen.

Ansonsten war die Tour gar nicht schlecht gewesen. Bis zu diesem Finale, genauer gesagt. Acht Tage vom Feinsten, voll gestopft mit Lagerleben, Baden, Gesprächen, Radtouren (nie bei Gegenwind und Regen) und Entspannung in der schönen Natur um Sorbinowo. Clara hatte ein neu gekauftes und leicht aufbaubares Zelt gehabt. Das Wetter war wunderbar gewesen. Bis zum Vortag.

Sie ging ins Badezimmer und duschte. Nach zehn Minuten kam ihr Körper ihr wieder vor wie ihr eigener. Und im selben Tempo schlugen auch ihre Gedanken eine andere Richtung ein.

Was natürlich unvermeidlich war. Es war Zeit, sich wieder in die Wirklichkeit zu begeben. Höchste Zeit.

Sie zog ihren Morgenrock über und machte sich an die Post. Rechnungen, Werbung, vier Postkarten und eine Gehaltsabrechnung. Zweifellos interessant.

Danach hörte sie ihren Anrufbeantworter ab. Nach reiflicher

Überlegung hatte sie ihr Handy nicht mit auf die Radtour genommen, deshalb mussten allerlei Mitteilungen gespeichert sein.

Was auch der Fall war. Es gab diese und jene und noch andere Nachrichten.

Zwei Grüße von Mikael Bau zum Beispiel, und eine Mitteilung von ihrer Mutter, die ihr erklärte, dass sie (vermutlich auch der Vater, falls ihm während Ewas Abwesenheit kein schreckliches Unglück widerfahren war) schon auf dem Sprung zum Flughafen waren, um nach Florida zu reisen und erst Ende August zurückzukehren.

Falls sie versuchen sollte, sich bei ihnen zu melden und sich fragte, wo sie denn stecken könnten.

Elf Mitteilungen insgesamt, wie die kühle Frauenstimme auf dem Band erklärte.

Aber nichts von Baasteuwel.

Nichts von Vegesack oder Kohler. Nichts von Münster.

Nichts von Selma Perhovens.

Ja ja, dachte Ewa Moreno und verließ ihre Wohnung, um für das Frühstück einzukaufen. Hochmut kommt vor dem Fall.

Um halb sieben Uhr abends hatte sie endlich Inspektor Baasteuwel an der Strippe.

»Ach, du bist wieder zu Hause?«, fragte er.

»Seit gestern. Ich hatte mit einer Nachricht von dir gerechnet.«

»Hatte ich auch vor, aber ich hatte nichts zu sagen.«

»Was? Wieso nicht?«

Baasteuwel zögerte.

»Wir haben die Sache eingestellt.«

»Eingestellt?«

»Ja. War besser so. Kohler und ich sind zu diesem Ergebnis gekommen. Ich habe jetzt Urlaub.«

Moreno empfand ein kurzes vages Gefühl einer absurden Unbegreiflichkeit.

»Was zum Teufel redest du da?«, fragte sie. »Und was ist mit Vrommel? Du hast doch behauptet, alles sei nur eine Frage der Zeit!«

Sie hörte, wie Baasteuwel sich eine Zigarette anzündete.

»Hör mal zu«, sagte er. »Du musst mir einfach glauben. Es war doch nicht so leicht, den Arsch auszutricksen, wie wir dachten. Weshalb Kohler und ich dann beschlossen haben, unsere Wühlerei einzustellen. Vegesack fand das auch richtig. Wir konnten nichts mehr machen und kamen nicht weiter. Nicht so, wie die Sache sich dann entwickelt hat.«

»Entwickelt hat?«, fragte Moreno. »Wie meinst du das? Ich verstehe nicht, was das heißen soll.«

»Kann schon sein«, sagte Baasteuwel. »Aber so hat sich das eben ergeben. Du würdest mir zustimmen, wenn dir die Einzelheiten bekannt wären.«

»Die Einzelheiten? Welche Einzelheiten?«

»Eine ganze Menge sogar. Doch, ich garantiere dir, das ist die beste Lösung. Es hat sich eben so entwickelt, das passiert manchmal bei einem Fall, das müsstest du doch wissen.«

In Morenos Kopf gerieten die Gedanken durcheinander, und sie kniff sich zweimal in den Arm, um sich davon zu überzeugen, dass sie auch wirklich wach war, ehe sie sagte:

»Du hast geschworen, Vrommel auf den Topf zu setzen«, erinnerte sie Baasteuwel wütend. »Ein Mädchen ist verschwunden, und ein Mann ist ermordet worden. Du bist zur Polizei gegangen, um Mistkerlen eins auf die Finger zu geben und jetzt ...«

»Diesmal war das eben nicht möglich.«

»Und Van Rippe?«

»Für den Fall ist der Polizeichef zuständig. Kohler und ich waren nur zu Anfang der Ermittlungen als Verstärkung abkommandiert, vergiss das nicht. Und das Kommando ist jetzt zu Ende.«

Moreno ließ den Hörer sinken und betrachtete ihn einige Sekunden lang ungläubig.

»Spreche ich wirklich mit Inspektor Baasteuwel von der Polizei in Wallburg?«, fragte sie dann.

Baasteuwel lachte kurz.

»Mit eben demselben«, sagte er dann. »Aber mir scheint, in der Stimme der Inspektorin schwingt eine gewisse Ungeduld mit. Sie scheint fast diese oder jene Frage stellen zu wollen?«

»Stimmt«, sagte Moreno. »Stimmt verdammt genau. Ich kapiere nicht, was du da für eine Sprache sprichst. Du überlässt einen Mord und ein verschwundenes Mädchen ihrem Schicksal und machst Urlaub. Auf welcher Seite sitzt die Gehirnblutung?«

»In der Mitte«, sagte Baasteuwel freundlich. »Doch, ich gebe zu, dass ich mich vielleicht ein wenig unklar ausdrücke, wenn der Müßiggang mich verblöden lässt. Aber wenn du wirklich mehr über die Ereignisse in Lejnice wissen willst, kann ich mich vielleicht zusammenraffen und dir zu Willen sein ...«

»Das ist deine verdammte Pflicht«, sagte Moreno. »Wann und wo?«

»Morgen?«

»Je eher, desto besser.«

Baasteuwel schien wieder zu überlegen.

»Irgendwo in Maardam vielleicht? Dann hast du ein Heimspiel.«

»Von mir aus gern«, sagte Moreno.

»Das Alte Vlissingen, gibt's das noch?«

»Und wie.«

»Na dann«, sagte Baasteuwel. »Morgen um sieben, okay? Ich lasse uns einen Tisch reservieren.«

»Sehr gut«, sagte Moreno.

Sie legte auf und starrte aus dem Fenster, gegen das der Westwind gerade einen neuen Regenschauer schlug.

Ich begreife das nicht, dachte sie. Verdammt, ich begreife nicht das Geringste.

40

6. August 1999

Im Alten Vlissingen war es so voll wie immer. Sie kam ein wenig zu spät und ging an dem Mädchen, das allein in einer Ecke saß, vorbei, ohne zu reagieren. Erst, nachdem sie mit Blicken das ganze Lokal abgesucht hatte – und leicht gereizt feststellen musste, dass Inspektor Baasteuwel sich noch nicht eingefunden hatte – sah sie, wen sie da vor sich hatte.

Und dann verging noch ein gewisser Zeitraum, ehe ihr Gehirn den visuellen Eindruck verarbeitet hatte. Sie kniff die Augen zusammen, um in die Wirklichkeit zurückzukommen. Ging zum Tisch der anderen. Die schien aufstehen zu wollen, überlegte es sich dann aber anders und ließ sich wieder auf den Stuhl sinken. Lächelte dann unsicher. Sehr unsicher.

»Mikaela?«, fragte Inspektorin Moreno. »Mikaela Lijphart? Denn das bist du doch?«

»Ja«, gab die andere mit nervösem Lachen zu. Moreno sah, dass ihre Unterlippe zitterte.

»Inspektor Baas …«, setzte Moreno an, doch dann begriff sie, dass an diesem Abend kein Inspektor Baasteuwel im Vlissingen auftauchen würde. Er hatte dieses Treffen inszeniert. Und hatte deshalb am Vortag dieses seltsame Telefongespräch mit ihr geführt.

Herrgott, dachte sie. Das hätte ich doch kapieren müssen! Dann lächelte sie Mikaela strahlend an und bat sie, aufzustehen, damit sie sie energisch umarmen konnte.

»Ich … ich freue mich so, dich zu sehen«, sagte sie.

»Ebenso«, brachte Mikaela Lijphart heraus. »Er hat … Inspektor Baasteuwel, meine ich … er hat gesagt, du wolltest sicher mit mir sprechen. Er hat gesagt, ich sollte hier auf dich warten … er hat mir auch Geld gegeben, damit ich dich zum Essen einladen kann.«

Wenn Mikaelas Stimme nicht so ängstlich geklungen hätte, hätte Moreno jetzt laut losgelacht. Aber Mikaela war schrecklich angespannt, das war ihr deutlich anzusehen. Sie setzten sich. Moreno legte ihr die Hand auf den Arm.

»Du bist nervös.«

»Ja. Es ist so entsetzlich. Ich kann nachts nicht schlafen.«

»Du verstehst … du verstehst doch sicher, dass ich wissen will, was passiert ist?«

»Ja …« Mikaela starrte die Tischplatte an. »Ich weiß, dass ich es dir erzählen muss. Ich bin dir auch dankbar dafür, dass du in der Bahn so freundlich warst, und ich weiß, dass du dir danach so große Mühe gegeben hast.«

Moreno versuchte noch einmal ein aufmunterndes Lächeln, merkte aber, dass es ihr nicht richtig gelingen wollte.

»So schlimm war das nun auch wieder nicht«, sagte sie. »Wollen wir etwas zu essen bestellen und dann reden?«

»Ja«, sagte Mikaela Lijphart. »Ich habe wirklich Hunger.«

Sie brauchten eine Weile, um ihre Bestellung loszuwerden. Moreno überlegte, ob sie sich jemals in einer vergleichbaren Situation befunden hatte. Sie glaubte nicht. Es kam ihr auch nicht so vor, obwohl sie noch immer nicht wusste, was das Ganze zu bedeuten hatte. Sie hatte Tage, Nächte und Wochen mit dem Versuch verbracht, dieser spurlos verschwundenen jungen Frau auf die Spur zu kommen, und jetzt saß sie ihr an einem Restauranttisch gegenüber. Ohne die geringste Vorwarnung. Dieser verdammte Baasteuwel. Nein, so etwas hatte sie noch nie erlebt.

Und Mikaela Lijphart fühlte sich gar nicht wohl in ihrer Haut. Sie war blass, sie zitterte, es schien keinen Sinn zu haben, über Alltäglichkeiten mit ihr zu reden – über Wind und Wetter und ihren letzten Kinobesuch – einfach sinnlos wäre das.

»Na los, Mikaela«, bat sie deshalb. »Was sein muss, muss sein. Ich glaube, das hast du bei unserer letzten Begegnung gesagt.«

»Nein, das warst du«, korrigierte Mikaela. »Wo soll ich anfangen?«

»Mit dem Anfang natürlich. Mit dem Moment, als wir uns vor dem Bahnhof in Lejnice getrennt haben.«

Mikaela hob den Blick und schaute ihr für einen Moment in die Augen. Dann holte sie tief Luft und legte los.

»Ja, zuerst kam alles so, wie ich mir das vorgestellt hatte«, sagte sie und faltete langsam die Hände auf dem Tisch – als habe sie diese Kunst eben erst gelernt und könne sie noch nicht so leicht ausführen.

»Ich bin dann zu diesem Heim gegangen und habe meinen Vater getroffen. Das war … es war so seltsam, ein Zimmer zu betreten und einen wildfremden Menschen zu sehen, der also mein Vater war. Ich hatte natürlich versucht, mir das vorzustellen, aber es war doch viel seltsamer, als ich erwartet hatte … er war so klein und so fremd und so … krank. Er kam mir vor wie ein Vogel. Mein Vogelpapa, dachte ich. Und trotzdem wusste ich auf den ersten Blick, dass er mein Vater war, es war auf irgendeine Weise klar, ich kann das nicht erklären.«

Ihre Stimme klang jetzt etwas fester, stellte Moreno fest, jetzt, wo sie in Gang war.

»Weiter«, mahnte sie.

»Du kennst doch die … Geschichte?«

Moreno nickte.

»Ich habe im Zug nicht alles erzählt, was ich wusste, mir war das wohl ein bisschen peinlich. Dass mein Vater mit einer sechzehnjährigen Schülerin zusammen gewesen ist … als ich zwei war. Aber es ist nun einmal passiert, es lässt sich nicht ändern. Das Mädchen kam ums Leben, und er wurde des Mordes für schuldig befunden. Das war aber nicht richtig. Es war ganz anders. An dem Tag hat er mir gesagt, dass nicht er Winnie Maas von der Eisenbahnbrücke gestoßen hatte … er hat zwei Stunden gebraucht, um das herauszubringen. Er hat mir auch Briefe gegeben, die er geschrieben hatte, darin stand dasselbe. Er war mit dem Mädchen zusammen gewesen, hatte sie aber nicht umgebracht. Es war ihm schrecklich peinlich, darüber reden zu müssen, aber ich habe ihn dazu gezwungen. Er ist nicht stark, mein Vater, er ist wie ein Vogel. Ein kranker Vogel, er tut mir so Leid ...« Sie unterbrach sich und schaute Moreno fragend an. Moreno gab ihr ein Zeichen weiterzureden.

»Ich weinte, als ich dort wegging. Ich ging zur Jugendherberge, die war voll belegt, fast hätte ich kein Bett mehr bekommen, aber sie hatten dann doch noch eins. Ich wusste nicht so recht, was ich machen sollte, aber ich glaubte meinem Vater, wenn er sagte, dass er am Tod dieses Mädchens unschuldig war, und als ich mir die Sache eine Weile überlegt hatte, beschloss ich, ihre Mutter zu suchen ... falls die noch in Lejnice wohnte, und mit ihr darüber zu sprechen. Ihr vielleicht ein paar Fragen zu stellen und so. Das war im Grunde auch kein Problem. Ich war am Sonntag bei ihr, und sie war nicht gerade sympathisch, ein bisschen versoffen, glaube ich, sie hat mir sogar gezeigt, dass sie einen Revolver hatte, um sich zu verteidigen ... ich weiß gar nicht, wogegen sie sich verteidigen wollte. Sie hat mir ganz bestimmt nicht geglaubt, als ich sagte, mein Vater sei unschuldig verurteilt worden. Sie nannte ihn einen widerlichen Mörder und so und behauptete, er habe ihr Leben zerstört. Sie tat mir natürlich Leid, es muss doch entsetzlich sein, das einzige Kind auf diese grauenhafte Weise zu verlieren ...«

Das Essen wurde serviert, aber Mikaela Lijphart schien keine Pause einlegen zu wollen, jetzt, wo sie in Gang war.

»Als ich noch bei Frau Maas in dieser schrecklichen Wohnung saß, habe ich mir meine Gedanken darüber gemacht, wie ihre Tochter gestorben sein kann – mein Vater hatte ja nur gesagt, dass nicht er der Mörder war –, ja, und dann dachte ich, ich könnte doch versuchen, noch mit anderen zu sprechen, wo ich schon einmal gekommen war. Ich bereue so sehr, dass ich das gedacht habe, o verdammt, wie sehr ich das bereue!«

»Du bist nie auf die Idee gekommen, Winnie könnte von der Brücke gesprungen sein?«, fragte Moreno.

Mikaela Lijphart schüttelte den Kopf.

»Zuerst schon, aber mein Vater glaubte das nicht, und Frau Maas wollte auch nichts davon hören.«

»Na gut. Aber was hast du dann gemacht?«

»Frau Maas hat mir ein paar Namen genannt. Alte Bekannte ihrer Tochter, hat sie gesagt, ich weiß eigentlich nicht, warum sie die rausgerückt hat. Sie hat mir vor allem erzählt, was für ein ekelhaftes Mörderbalg ich bin, dass ich mich schämen sollte, mich in der Öffentlichkeit zu zeigen und so.«

»Das kann ich mir vorstellen«, sagte Moreno. »Ich habe sie ebenfalls kennen gelernt.«

»Wirklich?« Mikaela Lijphart machte für einen Moment ein schuldbewusstes Gesicht – als bereue sie, solche Ungelegenheiten bereitet zu haben. Moreno nickte ihr aufmunternd zu.

»Auf jeden Fall«, sagte Mikaela deshalb, »bin ich zu einer Frau gegangen, die Vera Soundso hieß ...«

»Sauger?«

»Ja. Stimmt. Vera Sauger. Sie hatte Winnie Maas ziemlich gut gekannt und offenbar meinen Vater auch als Lehrer gehabt. Ich habe ihr erzählt, dass ich meinen Vater für unschuldig halte, und da ... ja, da ist sie irgendwie total verstummt. Ich hatte den Eindruck ... nein, ich weiß auch nicht ...«

»Na?«, fragte Moreno.

»Ich hatte das Gefühl, dass sie das schon die ganze Zeit gedacht hatte. Dass er nicht schuldig war. Nein, ich meine nicht, dass sie es sicher gewusst hat, sondern nur, dass ich in dem Moment den Eindruck hatte, als ich bei ihr war. Verstehst du?«

Moreno sagte: »Das verstehe ich.«

»Also, und diese Vera Sauger hat mir dann zwei weitere Namen genannt ... von Leuten, mit denen ich sprechen könnte. An einen kann ich mich nicht erinnern, und der andere war Tim Van Rippe. Himmel, ich wünschte so sehr, ich hätte diesen Namen nie gehört ...«

»Ich verstehe«, sagte Moreno.

Denn das tat sie jetzt. Endlich.

»Wie ist es passiert?«, fragte sie.

Mikaela Lijphart holte wieder tief Luft. Packte dann Messer und Gabel, legte sie aber wieder zurück auf den Tisch.

»Es war so schrecklich«, sagte sie. »So grauenhaft, dass ich es nie vergessen werde ... nie, nie. Ich habe seither jede Nacht davon geträumt. Mehrmals jede Nacht, sowie ich einschlafe ... die ganze Zeit, so kommt es mir vor.«

Sie schien in Tränen ausbrechen zu wollen, doch dann riss sie sich zusammen und erzählte weiter.

»Ich rief ihn an. Diesen Tim Van Rippe, meine ich. Habe ihm erzählt, wer ich bin, und gefragt, ob er Zeit für ein kurzes Gespräch hätte. Er hörte sich komisch an, aber ich habe nicht weiter darüber nachgedacht. Er sagte, er habe erst abends Zeit, und wir haben uns für neun Uhr an einer bestimmten Stelle am Strand verabredet.«

»Für neun Uhr abends?«

»Ja. Am Strand. Ich habe gefragt, ob er nicht früher Zeit hätte, aber er sagte nein. Also war ich dann bereit dazu. Ich habe die Zugzeiten überprüft und festgestellt, dass um elf noch einer fuhr, und deshalb wäre ich doch auf jeden Fall noch nach Hause gekommen. Dann habe ich versucht, diesen anderen anzurufen ... jetzt weiß ich's wieder, er hieß Bitowski ... aber der war nicht zu Hause. Deshalb habe ich den ganzen Nachmittag am Strand gelegen. Es war sehr schönes Wetter.«

Mit leichtem Schuldbewusstsein dachte Moreno, dass sie denselben Nachmittag am selben Strand verbracht hatte. Wenn auch einige Kilometer weiter nördlich. Diesen ersten Sonntag ... leicht verkatert, unbelastet und glücklich.

»Abends habe ich ab halb neun auf ihn gewartet. An dieser Stelle, an die er mich bestellt hat ... gleich beim Pier, wie immer der nun heißt, Frieders Pier, glaube ich. Es war ziemlich menschenleer am Strand, aber noch nicht dunkel. Er kam um zehn, und wir gingen langsam den Strand entlang ... nach Norden.

Ich erzählte, und er hörte zu. Nach einer Weile setzten wir uns, ich wollte nicht mehr weitergehen, ich musste doch meinen Rucksack schleppen. Ich nahm ihn ab und sah, dass etwas nicht stimmte. Einer von den Metallstäben, die für Stabilität sorgen, hatte sich durch den Stoff gebohrt. Ich zog ihn heraus, um ihn anschließend wieder fest zu machen. Oder um ihn wegzuwerfen, was weiß ich ... ich hatte fast alles erzählt, aber ich hatte noch nicht gesagt, dass mein Vater unschuldig war. Das sagte ich jetzt. Und dann ist es passiert.«

Sie biss sich auf die Lippe. Moreno wartete.

»Ich sagte: Ich weiß, dass mein Vater Winnie Maas nicht umgebracht hat. Genau das habe ich gesagt. Er stand, und ich saß und bastelte an meinem Rucksack herum. Und als ich zu ihm hochblickte, ging mir auf, was wirklich passiert war. Er war der Mörder. Tim Van Rippe hat Winnie Maas ermordet, ich wusste es sofort, und er muss begriffen haben, dass ich es wusste. Ich habe seither tausend Mal daran gedacht, es muss ihm in den Ohren geklungen haben, als ich gesagt habe, dass nicht mein Vater der Mörder war. Er muss geglaubt haben, ich wollte ihn anklagen ... und ich sah, dass er auch mich umbringen wollte. Er kam einen Schritt auf mich zu und hob die Arme, und ich konnte ihm ansehen, dass er mich jetzt ermorden wollte. Er wollte mich da am Strand umbringen ...«

Und jetzt verlor sie endlich die Fassung. Sie hatte am Ende schneller und schneller erzählt, und Moreno war nicht unvorbereitet. Sie lief um den Tisch herum und legte einen Arm um Mikaela Lijpharts zitternde Schultern. Zog ihren Stuhl heran und drückte sie an sich. Sah aus den Augenwinkeln, dass das junge Paar am Nebentisch sie verstohlen musterte.

»Verzeihung«, sagte Mikaela Lijphart, als sie sich wieder gefangen hatte. »Ich kann einfach nicht darüber reden.«

»Das kann ich verstehen«, sagte Moreno. »Aber es ist doch gut, dass du es versuchst. Es wird ja oft behauptet, dass wir auf diese Weise schreckliche Erlebnisse verarbeiten können. Indem wir sie noch einmal durchleben.«

»Ich weiß«, sagte Mikaela Lijphart. »Setz dich wieder auf deinen Platz. Ich bin noch nicht fertig.«

Sie lächelte tapfer, und Moreno kehrte auf die andere Tischseite zurück.

»Ich fechte, habe ich dir das erzählt?«

»Nein«, sagte Moreno. »Ich glaube nicht.«

»Degen und Florett. Ich bin gar nicht schlecht, wenn ich das selber sagen darf ... und als er sich auf mich stürzen wollte, habe ich ihm den Stab ins Auge gestochen.«

»Was?«, fragte Moreno. »Den Stab?«

»Den Stabilisatorenstab aus dem Rucksack. Der war ungefähr so lang ...«

Sie zeigte es mit den Händen. Moreno schluckte.

» ... dreißig bis vierzig Zentimeter. Aus Metall. Ich hielt ihn doch in der Hand, es war der pure Reflex. Ich habe nicht überlegt. Habe einfach den Arm ausgestreckt und ihn im Auge getroffen. Er kippte um ... er fiel über mich, das hatte ich alles nicht gewollt, aber es ist ganz automatisch passiert, ich habe Tim Van Rippe dort am Strand umgebracht, und es hat nicht einmal eine Sekunde gedauert.«

Ihre Stimme zitterte wieder, brach aber nicht. Moreno spürte, wie eine Gänsehaut ihre Unterarme überzog.

»Der Rest war nur noch wilde Panik. Ich wusste sofort, dass er tot war. Es war nicht sehr dunkel. Zwanzig, dreißig Meter von uns entfernt liefen Leute herum, aber niemandem ist etwas aufgefallen. Wenn jemand in unsere Richtung geschaut hat, dann hat er uns sicher für ein Paar gehalten, das gemütlich am Strand sitzt. Dann habe ich ihn dort begraben, und das hat fast eine Stunde gedauert, aber es wurde dann schnell dunkel, und bald war der Strand menschenleer. Er verlor die Schuhe, als ich ihn in die Grube gestopft habe, ich habe sie weggeworfen. Ich habe auch seine Brieftasche und seine Uhr eingesteckt, ich weiß nicht, warum ... später habe ich sie weggeworfen. Und als ich fertig war, bin ich gegangen.«

»Als du fertig warst, bist du gegangen«, wiederholte Moreno.

»Herrgott, Mikaela, du musst doch außer dir vor Angst gewesen sein.«

»Ja«, sagte Mikaela Lijphart. »Das war ich auch. Ich hatte solche Angst, dass ich nicht mehr wusste, was ich tat. Ich kam mir vor wie eine andere … und ich bin die ganze Nacht hindurch immer weiter gegangen.«

»Gegangen?«

»Ja, die ganze Nacht. Nach Norden. Um sieben Uhr morgens kam ich bei einem Fernfahrercafé in Langhuijs an. Von dort hat mich einer nach Frigge mitgenommen. Da habe ich gefrühstückt und in einem Park ein paar Stunden geschlafen. Und immer wieder geträumt, dass ich Tim Van Rippe ins Auge stach. Und ihn begrub. Als ich fertig war, wollte ich zuerst zur Polizei gehen, aber ich habe mich nicht getraut. Dann habe ich mein Bankkonto geleert, ich hatte etwas über tausend Gulden, und mir eine Bahnfahrkarte nach Kopenhagen gekauft. Hab auch dreißig Gulden aus Van Rippes Brieftasche geklaut, ehe ich sie weggeworfen habe.«

»Nach Kopenhagen? Warum denn das?«

Hat denn niemand die Banken überprüft?, fragte Moreno sich flüchtig. Vermutlich nicht. Schlamperei. Es wäre sicher kein Problem gewesen, diese Kontobewegung zu entdecken.

»Ich weiß nicht so recht«, sagte Mikaela. »Ich war da einmal auf Klassenreise. Und die Stadt hat mir gefallen. Und irgendwo musste ich doch hin, oder?«

Moreno gab keine Antwort.

»Ich hatte ihn doch ermordet. Ich hatte ihn umgebracht und vergraben. Natürlich musste ich mich verstecken …«

Moreno nickte und versuchte, eine neutrale und wohlwollende Miene aufzusetzen.

»Und was hast du dann gemacht? Den Zug nach Kopenhagen genommen?«

»Ja. Den Nachtzug. Kam dann am Morgen an und bin in ein Hotel namens Excelsior gegangen. Hinter dem Bahnhof. Ziemlich schäbige Gegend, aber es war das erste, das ich sehen konnte. Danach bin ich durch die Stadt gelaufen oder habe auf meinem Zimmer gelegen, bis mir klar war, dass ich dabei war, den Verstand zu verlieren. Dann habe ich meine Mutter angerufen. Ich weiß nicht, wie viele Tage vergangen waren oder so, und ich hatte in der ganzen Zeit fast nichts gegessen … ich sagte meiner Mutter also, dass ich noch lebte, dass ich aber nicht mehr lange durchhalten würde, wenn sie nicht meinen Vater – meinen richtigen Vater – holte und zu mir käme. Ich habe sie unter Druck gesetzt, das schon, aber es stimmte auch. Es ging mir schrecklich schlecht … ja, und dann sind sie gekommen.«

»Deine Eltern sind zu diesem Hotel in Kopenhagen gekommen?«

»Ja. Ich weiß nicht, an welchem Tag das war. Aber sicher war über eine Woche vergangen, seit ich Tim Van Rippe an diesem Strand umgebracht hatte. Und jede Nacht, wenn ich überhaupt einschlafen konnte, habe ich ihn wieder und wieder ermordet … ja, ich war wohl in diesen Tagen ziemlich verrückt. Aber als meine Eltern dann da waren, wurde es ein bisschen besser. Und ich habe sie dazu gezwungen, miteinander zu reden. Wir sind vier oder fünf Tage zusammen gewesen, aber mein Vater brauchte seine Medikamente, ja, und dann sind wir zurückgefahren. Meine Mutter hat jeden Tag in Lejnice auf der Wache angerufen und sich über die lahmen Ermittlungen beklagt, damit sie nicht merkten, dass wir alle drei verschwunden waren … wir wollten auch weiter schweigen, meine Mutter und ich. Mein Vater hat nie genau erfahren, was passiert war, wir haben nur gesagt, dass wir wissen, dass er Winnie Maas nicht ermordet hat. Es war so schwer, mit ihm zu sprechen, und danach hat Baasteuwel doch erzählt, wie schrecklich das alles war, und ich bin einfach außer mir, wenn ich nur daran denke. Es ist so ungerecht, dass jemand …«

»Moment mal«, bat Moreno. »Jetzt komme ich nicht mehr ganz mit. Was hat Inspektor Baasteuwel mit der Sache zu tun?«

Mikaela Lijphart putzte sich mit der Serviette die Nase und erzählte weiter.

»Wir kamen also aus Kopenhagen zurück«, sagte sie. »Haben meinen Vater in der Nähe des Heims abgesetzt, und dann sind meine Mutter und ich nach Aarlach gefahren. Haben zwei Tage im Haus meiner Tante Vanja verbracht, die war verreist, aber meine Mutter hatte die Schlüssel. Wir wollten besprechen, wie wir weiter vorgehen sollten. Bei Helmut zum Beispiel, ob wir ihn ins Vertrauen ziehen sollten oder nicht. Am Ende haben wir beschlossen, keinem Menschen etwas zu sagen. Es war einfach unmöglich … und dann kamen wir nach Hause, das war ein Montagabend, und am nächsten Morgen stand dieser Baasteuwel bei uns vor der Tür. Helmut war glücklicherweise nicht zu Hause, denn er brauchte nur eine Stunde, um die ganze Geschichte aus uns herauszuholen … und dann hat er uns das Schlimmste erzählt.«

»Das Schlimmste?«

»Ja. Dass er im Sidonisheim mit meinem Vater gesprochen hatte … als meine Mutter und ich in Aarlach waren, meine ich. Ich weiß nicht, wie er das aus Papa herausgeholt hat, aber bei uns hat er es ja auch geschafft, also ist er wohl ziemlich tüchtig in dieser Hinsicht.«

»Dafür ist er bekannt«, sagte Moreno. »Aber was hat dein Vater ihm denn erzählt?«

Mikaela Lijphart biss die Zähne zusammen und verdrängte einige Tränen.

»Dass er geglaubt hat, Mama hätte Winnie Maas umgebracht. Dass er deshalb geschwiegen hat. Um uns zu retten.«

Sie verstummte. Morenos Augen brannten plötzlich, und sie stürzte als Gegengift ihr Mineralwasser hinunter. Ist es denn die Möglichkeit?, dachte sie.

Gleichzeitig wusste sie, dass es das war.

Nicht nur möglich. Es war logisch und ergab einen Sinn.

»Aber das hat ihn dann den Verstand gekostet«, fügte Mikaela hinzu. »Er ist wirklich durchgedreht. Aber er hat geglaubt, es sei Mama gewesen. Die ganze Zeit. Sie hat in jener Nacht den Anruf von Winnie entgegengenommen … und alles erfahren.

Sie war wütend und lief von zu Hause weg. Als Papa dann nachher die tote Winnie gefunden hat, dachte er … ja, du verstehst, oder?«

»Ja«, sagte Moreno. »Ich verstehe.«

Und Van Rippe wurde vom Polizeichef beschützt, dachte sie. Weil der ein Verhältnis mit seiner Mutter hatte.

Das hatte Selma Perhovens ihr nachmittags am Telefon erklärt. Und dass die Ermittlungen, wenn sie das richtig verstanden hatte, wohl nicht mehr mit besonderer Sorgfalt betrieben würden.

Aus gewissen Gründen.

»Gewissen Gründen?«, hatte sie gefragt, aber mehr wusste Selma Perhovens auch nicht.

Jetzt sah sie alles deutlich vor sich. Glasklar. Die Gleichung ging endlich auf. Baasteuwels Gleichung.

Das Stinktier kam ungeschoren davon.

Aber auch Mikaela Lijphart kam ungeschoren davon.

Und Winnie Maas' Mörder war endlich zur Rechenschaft gezogen worden.

Moreno merkte, dass sie ihre Fäuste so hart geballt hatte, dass es fast schon wehtat und dass ihr Mund halb offen stand. Sie machte ihn zu und versuchte, sich zu entspannen.

O verdammt, dachte sie. Sind die Götter jetzt fertig mit diesem Spiel? Ja, so ungefähr kam es ihr vor, und das Ergebnis wirkte wie eine Art Remis, das konnte sie wohl sagen. Zumindest hätte Van Veeteren das so gesagt, da war sie sich sicher … eine Art salomonisches Remis.

»Ich möchte meinen Vater wieder auf die Beine bringen.« Damit riss Mikaela Lijphart sie aus ihren Gedanken. »Ich möchte es jedenfalls versuchen.«

»Gut«, sagte Moreno. »Das ist richtig so. Aber zuerst musst du selber wieder auf die Beine kommen. Es ist hart, so viel herumtragen zu müssen. Du brauchst sicher Hilfe, um das alles zu verarbeiten … aber wie soll das gehen?«

»Das weiß ich schon«, lautete Mikaelas überraschende Antwort. »Ich werde einmal die Woche hier in der Stadt mit einem Geistlichen sprechen, mit Inspektor Baasteuwels Bruder.«

Moreno starrte sie an.

»Heißt das, dass es hier in Maardam einen Geistlichen namens Baasteuwel gibt?«

Mikaela schüttelte den Kopf und brachte ein schwaches Lächeln zu Stande. »Er hat seinen Namen geändert. Fand den alten nicht passend für seinen Beruf. Er heißt jetzt Friedmann, das macht sich viel besser.«

»Zweifellos«, sagte Moreno. »Hrrm. Wollen wir darum bitten, dass unser Essen noch einmal aufgewärmt wird? Ich glaube, es ist kalt.«

Mikaela Lijphart warf einen Blick auf ihren Teller und lächelte ein wenig energischer.

»Ach ja«, sagte sie. »Meinen Hunger habe ich total vergessen.«

Mikaela Lijphart wurde von ihrer Mutter und ihrem Stiefvater vor dem Lokal abgeholt, wie sie es abgemacht hatten. Moreno hatte den Verdacht, dass Helmut Lijphart als eine Art Sicherheitsmaßnahme mitgenommen worden war. Damit sie Mikaelas Mutter keine unangenehmen Fragen stellen konnte. Überrascht hätte sie das nicht.

Denn zumindest eine Frage war ja immer noch offen.

Die nämlich, was Sigrid Lijphart in jener Nacht wirklich gemacht hatte.

Ob sie auf der Brücke gewesen war oder nicht. Ob sie Winnie Maas früher auf den Gleisen entdeckt hatte als ihr Mann.

Und ob sie also gewusst hatte, dass nicht ihr Mann der Mörder sein konnte. Während ihr Mann sie durch sein langes Schweigen beschützt hatte.

Und ob sie möglicherweise ... ja, ob sie möglicherweise die ganze Zeit gewusst hatte, was Arnold glaubte.

Doch, diese Frage ist noch offen, dachte Moreno. Vor allem diese.

Als sie langsam die Tragweite dieser Frage erfasste, merkte sie, dass ihr schlecht wurde.

Irgendwann würde sie Gelegenheit finden, auch diesen Verdacht laut auszusprechen, aber natürlich bestand kein Grund, das vor Mikaelas Ohren zu tun. Überhaupt kein Grund, Mikaela hatte ohnehin schon viel zu tief ins Herz der Finsternis schauen müssen.

»Wir sehen uns sicher wieder«, sagte sie deshalb. »Und dann lade ich dich ein.«

Nachdem sie sich von Mikaela verabschiedet hatte, machte Moreno noch einen langen Spaziergang, um sich die ganze Geschichte durch den Kopf gehen zu lassen, und als sie nach Hause kam, zeigte die Uhr zwanzig Minuten nach elf. Sie zögerte zuerst, dann aber rief sie Inspektor Baasteuwel an.

»Herzlichen Glückwunsch«, sagte sie. »Das meine ich wirklich.«

»Danke«, sagte Baasteuwel. »Das meine ich wirklich.«

»Salomonische Lösung. Hast du die Kleine zum Schweigen überredet, oder war das die Mutter?«

»Hm«, sagte Baasteuwel. »Vor allem war es Mikaela selber. Wieso?«

»Ich bin nicht sicher, ob es richtig ist.«

»Ich auch nicht«, sagte Baasteuwel nach einer Weile. »Aber als ich alles aus ihnen herausgeholt hatte, habe ich ihnen erklärt, dass ich nichts mehr mit dem Fall zu tun habe und nur aus purer Neugier mal reinschauen wollte. Ich habe ihnen die Entscheidung überlassen und versprochen, ihnen zu helfen, wenn Mikaela die Sache doch noch ans Licht bringen will.«

»Helfen?«, fragte Moreno. »Wie denn?«

»Keine Ahnung«, sagte Baasteuwel. »Kommt Zeit, kommt Rat. Aber ich an ihrer Stelle fände es blödsinnig, jetzt noch den Mund aufzumachen. Sie hat doch alles wunderbar geregelt. Touché, ganz einfach. Der Mörder ist tot, Ruhe im Grab. Vrommel nehmen wir uns ein andermal vor.«

»Kein Zweifel daran, dass es wirklich Van Rippe war?«

»Rein gar keiner. In dem Punkt hat seine Mutter absolute Klarheit geliefert. Sie kannte ihren Sohn, und sie war damals mit Vrommel zusammen und … tja, er hat dafür gesorgt, dass die Sache diesen Verlauf genommen hat. Er hatte diesen Arzt wegen irgendeiner alten Geschichte in der Hand, aber das haben wir nicht weiter untersucht. Natürlich hat Tim Van Rippe Winnie Maas umgebracht, aber das heißt noch lange nicht, dass Mikaela mit der Behauptung durchkommen würde, in Notwehr gehandelt zu haben. Sie hat doch ein glasklares Motiv – Rache – und außerdem ziemlich lange geschwiegen.«

»Und warum musste Van Rippe Winnie Maas umbringen?«

»Was heißt schon musste«, sagte Baasteuwel. »Über die Notwendigkeit lässt sich immer diskutieren, aber dass er ihre Schwangerschaft verursacht hatte, ist zumindest klar. Und dass er sehr bewusst – und erfolgreich – versucht hat, Arnold Maager die Schuld in die Schuhe zu schieben. Ein seltsamer Umstand ist ja, dass er an dem Abend dabei war, als Winnie ihren Lehrer verführt hat … und wenn ich Spekulationen darüber anstellen soll, dann tippe ich fast, dass sie das verabredet hatten, um Maager in die Vaterrolle zu drängen. Du kannst über Winnie Maas sagen, was du willst, ein besonders helles Licht war sie nicht. Aber das alles sind pure Spekulationen.«

»Und was ist an diesem Abend oben auf der Brücke passiert?«

»Er hat sie heruntergestoßen, davon bin ich überzeugt. Die Frage ist nur, ob er es vorhatte … und warum sie angerufen hatte, und wer auf die Idee gekommen war, dass sie das tun sollte. Eine mögliche Variante wäre, dass sie dann doch nicht wollte, weshalb Van Rippe sich auf diese Weise aus der Affaire gezogen hat. Er hatte natürlich verdammtes Glück. Dass Maager den Verstand verlieren und nur noch schweigen würde, konnte er doch nicht voraussehen. Aber es gibt eigentlich keinen Grund, noch weiter in dieser Sache herumzuwühlen … Hat die Inspektorin noch etwas dazu zu sagen?«

»Nur noch eine Frage«, sagte Moreno. »Musstest du darüber sprechen, dass Maager seine Frau für die Mörderin gehalten hat? Mit Mikaela, meine ich?«

»Ja«, sagte Baasteuwel. »In diesem Punkt immerhin bin ich mir ziemlich sicher. Ich finde, er braucht ein paar Pluspunkte, dieser arme Wicht. Er ist doch nur noch ein Schatten seiner selbst, zum Henker. Frau und Kind zu beschützen ist doch eine edle Tat. Junge Mädchen lieben Edelmut. Ich hatte auch selber schon auf die Frau getippt, das muss ich zugeben. Aber nur einige Tage lang. Maager hat sechzehn Jahre mit diesem Glauben verbracht.«

»Und sie hat ihn darin gelassen?«

Baasteuwel ließ einige Sekunden verstreichen, ehe er antwortete. Sie hörte, wie er an seiner Zigarette zog.

»Ach«, sagte er. »Das ist dir also auch aufgefallen.«

Moreno dachte eine Weile nach, statt zu antworten. Sie spürte, dass sie Zeit brauchen würde, um sich ein Urteil über Baasteuwels Vorgehensweise zu bilden. Sie würden sicher auf diese Sache zurückkommen können, und für den Moment hatte sie nichts mehr zu sagen.

»Nett, dich kennen gelernt zu haben«, sagte sie schließlich. »Ist dein geistlicher Bruder auch so gerissen wie du?«

»Der ist der helle Kopf in der Familie«, erklärte Baasteuwel. »Hat ein verdammt großes Herz. Für einen Geistlichen zumindest. In der Hinsicht brauchst du dir also keine Sorgen zu machen.«

»Wunderbar«, sagte Moreno. »Dann habe ich keine weiteren Fragen. Gute Nacht, Inspektor.«

»Ebenso«, sagte Baasteuwel. »Mögen die Engel dich in den Schlaf singen.«

41

7. August 1999

Inspektorin Moreno hatte noch nie einen Fuß in das Vereinslokal am Weivers Steeg gesetzt – oder in der Messerstechergasse, wie es im Volksmund hieß –, aber der Ort war ihr nicht unbekannt. Alle Welt wusste, dass es sich um das Stammlokal des *Kommissars* handelte. Oder dass er zumindest zweimal die Woche hier Schach spielte und Bier trank. Das war schon so gewesen, als er noch der Maardamer Kriminalpolizei vorgestanden hatte, und es gab natürlich keinen Grund zu der Annahme, dass er seine Gewohnheiten geändert hatte, seit er drei Jahre zuvor in den Antiquariatsbuchhandel eingestiegen war.

Sie hatte Van Veeteren seit über einem halben Jahr nicht mehr gesehen – seit der tragischen Geschichte mit seinem Sohn –, und deshalb ging sie mit gemischten Gefühlen die wenigen Stufen hinunter, die von der Straße ins Lokal führten. Unter normalen Umständen hätte sie es interessant gefunden, ihn zu treffen, zu hören, ob die Gerüchte, er schreibe ein Buch, zutrafen, zum Beispiel, aber der Grund für ihr Treffen an diesem schwülen Augustabend hielt doch alle angenehmen Erwartungen und jede Begeisterung auf Distanz. Auf lichtjahregroße Distanz.

Das Lokal war groß und weiß getüncht, wie sie sah, als sie sich an das Halbdunkel gewöhnt hatte. Niedrige Decke, einige dunkle Balken und etliche Säulen und schiefe Winkel, die die Einschätzung erschwerten, wie groß die Räumlichkeiten wirklich waren und wie viele Gäste anwesend waren. Die meisten

Tische waren voneinander abgeschirmt, die Gäste saßen für sich in kleinen Nischen, von denen jede, so weit sie sehen konnte, mit schweren dunklen Tischen aus Kiefernholz und am Boden befestigten Bänken eingerichtet war. Eine Schiefertafel teilte mit, dass das Tagesgericht aus Lamm mit Rosmarinsoße und Bratkartoffeln bestand.

In einer der hintersten Nischen sah sie Münsters Kopf und seine ausgestreckte Hand und ging hinüber. Van Veeteren erhob sich und begrüßte sie, dann setzte er sich wieder. Er kam Moreno jünger vor als bei ihrer letzten Begegnung. Vitaler und beweglicher. Eine Aura der Energie umschwebte seine schwere, kräftige Gestalt – eine Aura, die sie von früher her kannte, die er aber in der letzten Zeit vor seinem Berufswechsel verloren hatte. Sie war sicher, dass er schon über sechzig war, aber jetzt hätte sie auf höchstens fünf- oder siebenundfünfzig getippt.

Bei der Polizei altern wir schneller als anderswo, dachte sie. Aber das war wohl kaum eine neue Erkenntnis.

»Nett, die Inspektorin wiederzusehen«, sagte Van Veeteren. »Traurig nur, dass es unter diesen Umständen passiert.«

Moreno nickte.

»Wie hat er es gemacht?«, fragte sie.

»Strick«, sagte Münster.

»Ach, Strick«, sagte Moreno.

»Ja, er hat sich aufgehängt. Man kann sich natürlich fragen, warum er nicht die Dienstwaffe genommen hat, aber vielleicht gibt es da eine Art Respekt oder mentale Sperre ... egal wie, es ist eine schreckliche Geschichte.«

»Hat er einen Brief hinterlassen?«

»Nein. Nichts. Aber wir kennen seine Gründe ja. Das heißt, wir kennen sie. Wir drei und dieser verdammte Journalist. Und er wird wohl nichts verraten. Oder?«

Er lugte zu Van Veeteren hinüber, der mit seiner unerschöpflichen Zigarettenmaschine beschäftigt war.

»Aller Wahrscheinlichkeit nach nicht«, sagte der Kommissar

und schaute für einen Moment seine ehemaligen Kollegen an. »Wir könnten uns vielleicht wünschen, er hätte ein paar Zeilen hinterlassen, aber wir haben gut reden. Er hatte doch immerhin eine geschiedene Frau und eine Tochter. Ich meine nicht, dass er den wirklichen Grund hätte nennen sollen, aber wenn man keinen Brief hinterlässt, sind den Spekulationen Tür und Tor geöffnet. Und uns ist ja wohl allen daran gelegen, dass der Dreck nicht an die Öffentlichkeit kommt. Wenn wir an die Tochter denken, zum Beispiel?«

»Genau«, sagte Münster, nachdem er zuerst auf einen Blick von Moreno gewartet hatte. »Ich will das jedenfalls nicht.«

Er zog einen braunen Briefumschlag hervor und legte ihn auf den Tisch. »Du willst vielleicht die fraglichen Unterlagen sehen, ehe wir sie verbrennen?«

Aber er berührte den Umschlag nicht, ebenso wenig wie Van Veeteren. Moreno zögerte einen Moment, dann öffnete sie ihn und nahm ein Foto heraus. Es handelte sich offenbar um eine Vergrößerung, schwarzweiß, im Format zwanzig mal dreißig Zentimeter. Es war nicht schwer, die Abbildung zu deuten.

Ein Restauranttisch. Im Freien, abends oder nachts, der Fotograf hatte offenbar Blitzlicht verwendet, der Hintergrund war pechschwarz. Nur zwei Personen waren klar zu sehen, in der rechten unteren Ecke jedoch gab es noch einen verschwommenen weißen Gegenstand, bei dem es sich möglicherweise um ein Hosenbein oder einen Schuh handeln konnte, die einer dritten Person gehörten. Auf dem Tisch – Bambus mit Glasplatte, so, wie es aussah – zwei Gläser; eines mit Trinkhalm und einem kleinen Papiersonnenschirm, das andere ein fast leeres Bierglas. Das war alles, jedenfalls auf der auf dem Bild sichtbaren Tischhälfte.

Zwei Sessel, in dem einen saß Kriminalkommissar deBries. Zurückgelehnt, in weißem kurzärmeligem Hemd und hellen Shorts. Sonnengebräunt. Auf dem anderen ein Mädchen mit südostasiatischem Aussehen. Schmächtig. Dunkel. Zehn bis zwölf Jahre alt.

Das Mädchen schaut mit leicht aufgerissenen Augen direkt in die Kamera. Lippenstift und Schminke können ihr geringes Alter nicht verstecken. Der weiße Mann hat den Arm um ihre schmächtigen Schultern gelegt und betrachtet sie von der Seite her. Auf seinen Lippen liegt die Andeutung eines Lächelns. Sie trägt ein sehr kurzes, helles, geblümtes Kleid. Ihre rechte Hand liegt auf Kommissar deBries' linkem Oberschenkel. Ziemlich weit oben. Er hat die Beine ein wenig gespreizt, seine Hose steht offen, und ihre Hand verschwindet in der Dunkelheit. Das Bild ist unmissverständlich.

»Thailand?«, fragte Moreno.

Münster nickte.

»Phuket im Januar. Er war früher schon einmal dort.«

Moreno dachte nach und konnte sich daran erinnern.

»Fotografiert von?«

»Freier Journalist. Kannte ihn offenbar. Hat ein Teleobjektiv benutzt, deBries hat nichts gemerkt. War ja auch anderweitig beschäftigt ...«

»Wie alt ist seine Tochter?«, fragte Moreno und steckte das Foto wieder in den Umschlag.

Van Veeteren räusperte sich.

»Zwölf. Ungefähr wie die Kleine da.«

Er zeigte auf den Umschlag.

»Sie hatten nicht viel Kontakt«, sagte Münster. »Ich habe mit Maria gesprochen, seiner Exfrau. Seit der Scheidung ist es mit ihm bergab gegangen, meint sie ... ehrlich gesagt, besonders überrascht schien sie nicht zu sein. Obwohl sie von dieser Sache hier nichts weiß.«

Bergab?, dachte Moreno. Das kann man wohl sagen. Sie merkte, dass sie ihre eigenen Gefühle kaum im Griff hatte. Es fiel ihr schwer, sie abzuwägen und ins Gleichgewicht zu bringen. Das war schon so, seit Münster sie morgens angerufen hatte. Einerseits widerte deBries' Verhalten sie an, andererseits war sie bestürzt über seinen Tod. Darüber, dass er so rasch die Konsequenzen gezogen hatte. Nach nur wenigen Stunden, wenn sie das richtig verstanden hatte. Münster hatte am Freitagnachmittag mit ihm gesprochen, und irgendwann im Laufe des Abends oder der Nacht hatte deBries sich das Leben genommen. Ein guter Freund hatte ihn morgens gefunden, seine Tür war unverschlossen gewesen. Zweifel waren nicht angebracht. Erklärungen oder Entschuldigungen auch nicht.

Denn was gäbe es schon zu sagen?, überlegte Moreno. Entschuldigung? Wie sollte das möglich sein?

»Wie hast du es erfahren?«, fragte sie, denn das hatte Münster noch nicht erzählt.

»Dieser Freund hat mich angerufen. Auf seinem Küchentisch lag ein Zettel mit meiner Nummer.«

Van Veeteren steckte sich eine Zigarette an. Sie schwiegen eine Weile.

»Ich hatte schon auf ihn getippt«, gab Moreno zu. »Wenn es denn überhaupt stimmen sollte. Er war irgendwie der einzig Mögliche. Wissen die anderen schon Bescheid? Dass er tot ist, meine ich.«

Münster schüttelte den Kopf.

»Nein. Unseres Wissens nach jedenfalls nicht. Wir dachten, wir könnten zuerst ...«

Er suchte nach dem passenden Wort.

»... unser Schweigen festlegen«, vollendete der *Kommissar*. »Wenn du nichts dagegen hast. Das Einfachste wäre es natürlich, wenn wir ebenso bestürzt wären wie alle anderen. Wenn ihr kein Wort verratet und dieses Foto nicht unter den Kollegen herumreicht. Aber du siehst das vielleicht anders ... von einem Frauenstandpunkt aus, beispielsweise?«

Moreno dachte zwei Sekunden nach. Mehr war nicht nötig.

»In diesem Fall bin ich bereit, Frauen- und Männerstandpunkte an den Nagel zu hängen«, sagte sie. »Offenbar gibt es rein menschliche Rücksichten, die wichtiger sind.«

»Ganz meine Meinung«, sagte Van Veeteren. »Das wollte ich nur wissen. Dann ist es abgemacht, dass ich mich um das da kümmere?«

Moreno tauschte einen Blick mit Münster und nickte. Van Veeteren nahm den Umschlag, faltete ihn zweimal zusammen und ließ ihn in seiner Jackentasche verschwinden. Schaute auf seine Armbanduhr.

»Darf man zwei alte Kollegen vielleicht auf ein Glas einladen?«, fragte er dann. »Meine Schachpartie fängt erst in einer Stunde an.«

Moreno verließ das Lokal zusammen mit Münster gegen neun Uhr. Er bot an, sie nach Hause zu fahren, doch sie lehnte ab und ging lieber zu Fuß. Der Abend war noch immer warm, Straßen und Cafés reich besucht. Sie machte einen Umweg über die Langgraacht und die Kellnerstraat. Überquerte den Keymer Plejn und die Windemeerstraat, kam am Antiquariat des *Kommissars* vorbei und sah, dass er wegen Urlaubs bis zum 22. geschlossen hatte.

Auf dieser Wanderung durch die Stadt versuchte sie, an Inspektor deBries zu denken, aber es fiel ihr nach dem Gespräch mit Münster und Van Veeteren durchaus nicht leichter, ihn sich vor Augen zu rufen. Es war eher schwerer geworden. Doch sie konnte dieser Frage ja auch nicht ausweichen. Würde sie von nun an immer an ihn als den Kinderficker denken? Sollte das für immer seine Grabinschrift sein? Würde sie jemals andere Seiten seines Lebens erkennen können?

Sie hatte ihn nicht besonders gut gekannt, hatte ihn jedoch als Kollegen respektiert. Wie man so sagte. Als kompetenten und fähigen Polizisten. Oder nicht? Wurden solche Beurteilungen von solchen Dingen ebenfalls gefärbt? Würde die Zeit jemals einen mildernden Grauschleier über das ausbreiten, was sie jetzt empfand? Über diese unüberbrückbare Ablehnung? Sie wusste es nicht.

Und Arnold Maager, dachte sie plötzlich.

Den sie nie getroffen hatte, den sie nur vom Bild her kannte. Was empfand sie, wenn sie versuchte, ihn sich vorzustellen?

Es war ähnlich wie mit deBries, ging ihr jetzt auf. Es fiel ihr schwer, irgendeine Form von Sympathie oder Verständnis zu empfinden. Es war vielleicht möglich, ihn zu bedauern, Mitleid mit ihm zu haben – Maagers Strafe entsprach ja wohl kaum seinem Verbrechen –, aber diese Männer, deBries und Maager, ja, hätten sie nicht zumindest begreifen können, dass es eine Kausalkette gibt? Dass Taten früher oder später zu Konsequenzen führen?

Immer. Auf irgendeine Weise.

Oder urteile ich zu hart?, überlegte sie. Ist es nur das Miststück in mir, das alles zu einer Art Moral zu veredeln versucht?

»Ach, Scheiß drauf«, murmelte sie dann zu ihrer Überraschung. Es bestand zwar ein großer Unterschied zwischen der Sechzehnjährigen aus Lejnice und der Elfjährigen (oder wie alt sie nun sein mochte) aus Phuket, aber sie konnte doch die verstehen, die die männliche Sexualität als Beitrag des Teufels zur Schöpfung ansahen. So war es nun einmal.

Was deBries anging, so war sie doch dankbar dafür, dass sie mit ihrem Wissen nicht allein war. Dass auch Münster im Bilde war; dass sie bei Gelegenheit mit ihm darüber sprechen könnte. Und vielleicht auch mit dem *Kommissar*.

Dann fiel ihr etwas ein, das Reinhart einmal gesagt hatte. Der Mensch ist ein Tier mit einer überaus schmutzigen Seele. Und mit einer verdammt großen Fähigkeit, diese zu waschen.

Als sie an der Keymerkirche vorbeikam, schlug die Uhr Viertel vor zehn. Ihr ging auf, dass ihr noch ein Urlaubstag blieb. Schön.

Ab Montag war dann wieder Alltag angesagt. Schön.

Die Schwalbe, die Katze, die Rose und der Tod

Roman

Aus dem Schwedischen
von Gabriele Haefs

Einen Menschen zu töten, dauert
höchstens eine Minute.
Ein normales Leben zu leben, kann
fünfundsiebzig Jahre dauern.

Henry Moll, Schriftsteller

Kefalonia,
August 1995

1

»Im nächsten Leben möchte ich ein Olivenbaum sein.«

Sie machte eine vage Geste mit der Hand zum Abhang hin, über den die Dämmerung schnell hinabsank.

»Die können mehrere hundert Jahre alt werden, habe ich gehört. Das klingt doch beruhigend, findest du nicht?«

Hinterher würde ihm immer mal wieder einfallen, dass das ihre letzten Worte waren. Über den Olivenbaum und das beruhigende Gefühl. Es war sonderbar. Als trüge sie irgendetwas Großes, Sublimes mit sich auf die andere Seite. Etwas Erhabenes, die Spur einer Art Einsicht, an der es ihr eigentlich mangelte.

Gleichzeitig erschien es ihm natürlich auch etwas eigentümlich, dass sie eine so allgemeine – und eigentlich ja ziemlich nichts sagende – Reflexion machte, direkt nach diesen schrecklichen Worten, die ihr Schicksal so definitiv besiegelten. Die ihr Leben beendeten und ihrer Beziehung ihre letztendliche Bestimmung verliehen.

»Ich liebe einen anderen.«

Natürlich wäre es ihr nie in den Sinn gekommen, dass es sich in dieser Art und Weise entwickeln würde. Dass gerade das der Ausweg war – wahrscheinlich nicht vor den letzten Sekunden –, aber irgendwie war es auch bezeichnend, sowohl für ihre Ahnungslosigkeit als auch insgesamt für ihre Beziehung. Es war oft vorgekommen, dass sie die Reichweite von Dingen und Geschehnissen erst begriff, nachdem es schon zu spät war. In einem Stadium, in dem es keinen Sinn mehr hatte und in dem auch Worte – das Reden überhaupt – schon verbraucht waren. In dem nur noch die nackte Handlung übrig blieb – so hatte er schon früher gedacht.

»Ich habe einen Entschluss gefasst. Ich weiß, dass ich dir damit weh tue, aber wir müssen ab jetzt getrennte Wege gehen. Ich liebe einen anderen.«

Danach Schweigen.

Dann das mit dem Olivenbaum.

Er gab keine Antwort. Hatte sie erwartet, dass er antworten würde?

Es war keine Frage gewesen, die sie da gestellt hatte. Nur eine Feststellung. Ein fait accompli. Was zum Teufel hätte er darauf sagen sollen?

Der Balkon war nicht groß. Sechs, acht Quadratmeter. Ein kleiner weißer Tisch mit zwei Stühlen, die wie alle anderen Plastikstühle und alle anderen Plastiktische auf der ganzen Welt aussahen. Und das Gleiche traf auf das Hotel zu. Nur zwei Stockwerke, kein Speisesaal, kaum etwas, was als Rezeption zu bezeichnen war, sie hatten die Reise last minute gebucht und keine großen Ansprüche gestellt.

Olympos. Ein paar Minuten Fußweg vom Strand, die Wirtin hatte einen Bart, und die Anzahl der Zimmer betrug wohl so ein Dutzend, vermutlich weniger.

Ihr kunterbuntes Badelaken hing zum Trocknen über dem Geländer. Jeder mit einem Glas Ouzo, nicht mehr als ein halber Meter zwischen ihnen, sie frisch geduscht, braun gebrannt und erfrischt nach einem ganzen Nachmittag am Strand.

Ein Duft von Thymian vom Berghang in unheiliger Allianz mit dem verbleiten Benzin von der Durchgangsstraße unten. Das war es eigentlich im Großen und Ganzen.

Das und diese Worte.

Plötzlich erklingt ein Ton in seinem Kopf.

Leise und fern, aber äußerst hartnäckig. Er tobt wie ein kleines Rinnsal zwischen den Zikaden, die nach einem heißen Tag müde zirpen. Es hört sich an, als wären es mehrere hundert, obwohl es vermutlich nur zwei oder drei sind. Er steht auf. Kippt den Ouzo im Stehen, holt ein paarmal tief Luft.

Stellt sich hinter sie, schiebt ihr Haar zur Seite, legt ihr die Hände auf die nackten Schultern.

Sie erstarrt. Es ist eine fast unmerkliche Spannung nur einiger Muskeln, aber er merkt es sofort. Seine Fingerspitzen auf ihrer warmen Haut sind empfindlich wie kleine Seismographen. Er tastet nach den spitzen Rändern ihres Schlüsselbeins. Fühlt ihren Puls schlagen. Sie sagt nichts. Ihre linke Hand lässt das Glas auf dem Tisch los. Dann sitzt sie ganz still. Als wartete sie.

Er schiebt die Hände höher, um ihren Hals. Spürt, dass er eine Erektion bekommt.

Ein Motorrad mit hörbar kaputtem Auspuff knattert unten auf der Straße vorbei. Das Blut strömt ein, in die Hände und in den Unterleib.

Jetzt, denkt er. Jetzt.

Anfangs ähnelt ihr Kampf einer Art Orgasmus, er registriert diese Ähnlichkeit bereits, während es noch abläuft. Ein Orgasmus?, denkt er. Wie paradox. Ihr Körper spannt sich in einem Bogen zwischen den nackten Fußsohlen auf dem Boden und seinen Händen um ihrer Kehle. Der Plastikstuhl kippt, mit der linken Hand schlägt sie das Ouzoglas um, es fällt nach hinten und landet auf seinen Badeschuhen, rollt weiter, ohne kaputt zu gehen. Sie packt seine Handgelenke, ihre dünnen Finger umklammern sie, bis ihre Knöchel weiß hervortreten, aber er ist der Stärkere. Der unendlich viel Stärkere. Das Motorrad knattert weiter das schmale Asphaltband zwischen den Olivenhainen entlang, ist offenbar vom Hauptweg abgebogen. Er drückt noch fester zu, der Ton in seinem Kopf hält an und die Erektion auch.

Es dauert nicht länger als vierzig, fünfzig Sekunden, aber der

Augenblick erscheint lang. Er denkt an nichts Spezielles, und als ihr Körper schließlich erschlafft, wechselt er seinen Griff, hält aber den Druck aufrecht, geht in die Knie und beugt sich von hinten über sie. Ihre Augen stehen weit offen, die Ränder der Kontaktlinsen sind deutlich erkennbar, die Zunge ragt ein wenig zwischen den ebenmäßigen weißen Zähnen hervor. Er überlegt kurz, was er denn mit dem Geschenk machen soll, das er für sie zum Geburtstag gekauft hat. Die afrikanische Holzfigur, die er am Vormittag auf dem Markt von Argostoli erstanden hat. Eine Antilope im Sprung. Vielleicht kann er sie ja behalten.

Vielleicht wird er sie auch wegwerfen.

Er überlegt, wie er die restlichen Tage verbringen wird, während er langsam seinen Griff lockert und sich aufrichtet. Ihr kurzes Kleid ist hochgerutscht und gibt den Blick auf den winzigen weißen Slip frei. Er betrachtet ihr dunkles Dreieck, das durch die dünne Baumwolle hindurchschimmert, und streicht über sein steinhartes Glied.

Steht auf. Geht zur Toilette und onaniert. Soweit er überhaupt etwas empfinden kann, ist es ein sonderbares Gefühl.

Sonderbar und ein wenig leer.

Während er auf den rechten Moment wartet, liegt er im Dunkeln auf dem Hotelbett und raucht.

Raucht und denkt an seine Mutter. An ihre unleugbare Sanftheit und dieses eigentümliche Vakuum von Freiheit, das sie hinterlassen hat. *Seine* Freiheit. Seit ihrem Tod im Winter gibt es plötzlich nicht mehr ihren Blick in seinem Rücken. Niemand sieht ihn mehr ganz und gar, niemand ruft einmal die Woche an, um sich zu erkundigen, wie es ihm geht.

Niemand, dem eine Ansichtskarte geschrieben werden muss, und niemand, dem er Rechenschaft ablegen kann.

Wäre sie noch am Leben, wäre diese Tat kaum denkbar gewesen, dessen ist er sich vollkommen sicher. Nicht in dieser Art. Aber nachdem die Blutsbande zerschnitten sind, ist vieles einfacher geworden. Im Guten wie im Bösen, so ist es nun einmal.

Einfacher, aber auch ein wenig sinnloser. Es gibt keine richtige Schwere mehr in ihm, keinen Kern – immer wieder sind ihm diese Gedanken in dem vergangenen halben Jahr gekommen. Mehrere Male. Plötzlich hat das Leben seine Dichte verloren. Und jetzt liegt er auf einem Hotelbett auf einer griechischen Insel und raucht und sieht ihr sanftes und gleichzeitig strenges Gesicht vor sich, während seine Ehefrau tot auf dem Balkon liegt und erkaltet. Er hat sie an die Wand gelehnt und eine Decke über sie gelegt, und er ist sich nicht sicher, ob seine Mutter nicht auf irgendeine unergründliche Weise – in irgendeinem verflucht unerforschten Sinne – weiß, was sich an diesem Abend hier ereignet hat. Trotz allem.

Es irritiert ihn ein wenig, dass er diese Frage nicht für sich beantworten kann – und auch nicht sagen kann, wie sie sich zu dem, was er an diesem warmen Mittelmeerabend gemacht hat, stellen würde –, und nach der zehnten oder auch elften Zigarette steht er auf.

Es ist erst halb eins. In den Bars und Discotheken herrscht immer noch Hochbetrieb, es ist gar nicht daran zu denken, den Körper jetzt schon fortzuschaffen. Noch lange nicht. Er tritt auf den Balkon und bleibt dort eine Weile mit den Händen auf dem Geländer stehen, während er überlegt, wie er es anstellen soll. Es ist keine einfache Aufgabe, einen Körper unbemerkt aus dem Hotel zu schaffen – sei es auch noch so klein und abgelegen, sei es auch ganz dunkel –, aber er ist es gewohnt, schwere Aufgaben anzupacken. Oft können sie ihn sogar stimulieren, ihm ein leicht berauschtes Lebensgefühl bereiten und diese verlorene Dichte wieder holen. Sicher hat er es auch deshalb in seinem Beruf so weit gebracht. Er hat schon früher darüber nachgedacht, in einer Art immer wiederkehrender Reflexion. Die Herausforderung. Das Spiel. Die Dichte.

Er saugt den Duft des Olivenhains bewusst mit den Nasenflügeln ein, versucht die Olivenbäume wahrzunehmen, als wären sie die ersten – oder die ältesten – der Welt, aber es nützt nichts. Ihre letzten Worte stehen im Weg, und die Zigaretten haben seinen Geruchssinn reichlich abgestumpft.

Er geht nach drinnen, holt das Päckchen vom Nachttisch und zündet sich noch eine an. Setzt sich dann draußen auf den weißen Plastikstuhl und überlegt, dass sie es trotzdem geschafft haben, fast acht Jahre verheiratet zu sein. Das ist ein Fünftel seines Lebens und bedeutend länger, als seine Mutter vorhergesagt hatte, als er ihr damals erzählte, dass er eine Frau gefunden hatte, mit der es wohl ernst werden würde. Bedeutend länger.

Obwohl sie ihre Meinung niemals so explizit geäußert hat.

Als er auch diese Zigarette aufgeraucht hat, hebt er seine tote Ehefrau hoch und trägt sie ins Zimmer. Legt sie quer über das Doppelbett, zieht ihr T-Shirt und Slip aus, bekommt kurz eine Erektion, aber kümmert sich nicht darum.

Ein Glück, dass sie so leicht ist, denkt er. Wiegt ja fast nichts. Hebt sie wieder hoch, legt sie sich über die Schulter. Wie er sie wohl tragen muss? Er hat nur eine dunkle Vorstellung davon, wie der rigor mortis eigentlich funktioniert, und als er sie wieder aufs Bett kippt, lässt er sie in der gebogenen Form liegen, die sie auf seiner kräftigen Schulter eingenommen hat.

Falls sie erstarren sollte.

Dann holt er das Zelt aus der Garderobe, das leichte Nylonzelt, das er unbedingt hatte mitnehmen wollen, und wickelt es um den Körper. Verknotet es mit den vielen Nylonleinen und stellt fest, dass es richtig adrett aussieht.

Könnte ein Teppich oder so etwas sein.

Ein Riesendolman.

Aber es ist seine Ehefrau. Nackt, tot und hübsch verpackt in ein Zweimann-Zelt der Marke Exploor. So ist es und nicht anders.

Um halb drei Uhr nachts wacht er nach einem kurzen Schlummer auf. Das Hotel scheint in einen dumpfen Nachtschlaf gesunken zu sein, aber immer noch ist der Lärm des Nachtlebens von der Straße und zum Strand hin zu hören. Er beschließt, noch eine Stunde zu warten.

Genau sechzig Minuten. Trinkt Kaffee, um sich wach zu halten. Die Nacht erscheint ihm wie ein Verbündeter.

Das Mietauto ist ein Ford Fiesta, keines der allerkleinsten Modelle, und sie hat reichlich Platz im Kofferraum, zusammengefaltet, wie sie ist. Er öffnet die Haube mit der rechten Hand und lässt sie von der linken Schulter hineinrutschen, indem er sich ein wenig vor und zur Seite beugt. Schließt die Kofferhaube, schaut sich um und setzt sich hinters Steuer. Das ging glatt, denkt er. Nicht ein Mensch zu sehen.

Nicht im Hotel und nicht draußen auf der Straße. Er lässt den Motor an und fährt los. Auf seinem Weg aus der Stadt heraus sieht er drei Lebewesen. Ein mageres Katzengerippe, das sich an einer Häuserwand entlangschleicht, und einen Straßenfeger mit seinem Esel. Keiner von ihnen nimmt auch nur Notiz von ihm. Ganz einfach, denkt er. Zu sterben ist eine ganz einfache Sache. Er hat das theoretisch sein ganzes Leben lang gewusst, jetzt hat er die Theorie in die Praxis umgesetzt. Genau das macht den Sinn des Lebens aus. Es war ihm seit langem klar. Denn die Handlung des Menschen, das ist Gottes Gedanke.

Auch an die Schlucht hatte er schon lange gedacht, aber ihr Bild verschwimmt in seiner Erinnerung, und so ist er gezwungen, das erste rosa Licht der Morgendämmerung abzuwarten, um den richtigen Ort zu finden. Vor zwei Tagen sind sie auf dem Weg über den Berg von Sami und die Ostseite hier vorbeigekommen, er erinnert sich daran, dass sie anhalten wollte, um genau dieses Fleckchen zu fotografieren, er erinnert sich daran, dass er ihr nachgegeben, sie aber Probleme gehabt hatte, die richtige Kameraeinstellung zu finden.

Jetzt stehen sie wieder hier. Eigentlich handelt es sich eher um einen Felsspalt, es ist kaum als Schlucht zu bezeichnen. Ein tiefer Felseinschnitt in einer Haarnadelkurve, dreißig, vierzig Meter geht es fast senkrecht nach unten – der Grund verliert sich in einem Wirrwarr dorniger Büsche und Müll, der von weniger rücksichtsvollen Autofahrern aus heruntergekurbelten Seitenfenstern hinausgeworfen wurde.

Er stellt den Motor ab und steigt aus. Schaut sich um. Horcht. Es ist zehn Minuten nach fünf. Ein früher Raubvogel steht absolut unbeweglich über dem kargen Berghang im Südwesten. Ganz unten in dem V zwischen zwei anderen steinigen Abhängen kann er eine Handbreit Meer sehen.

Ansonsten Schweigen. Und ein deutlicher Duft von Kräutern, die er kennt, aber nicht benennen kann. Oregano oder Thymian vermutlich. Oder Basilikum. Er öffnet den Kofferraum. Überlegt einen Augenblick lang, ob er sie aus der Zeltplane befreien soll, lässt es dann aber. Niemand wird jemals den Körper dort unten finden, und niemand wird von ihm Rechenschaft bezüglich eines Zelts fordern. Er hat das Auto noch zwei Tage und kann sich eine Fahrt zur anderen Seite gönnen. Sich der Stangen, Schnüre und Hülle in einem anderen Felsspalt entledigen. Oder im Meer.

Nichts liegt näher auf der Hand. Nichts.

Er schaut sich noch einmal um. Hebt das große Paket und wirft es über das niedrige Geländer. Es stößt ein paarmal gegen die steilen Wände, bricht durch die trockenen Büsche und verschwindet. Der Raubvogel scheint auf die Geräusche zu reagieren und sucht sich eine neue Position, ein Stück weiter im Westen.

Er richtet sich auf. Schwer, sich vorzustellen, dass sie das wirklich ist, denkt er. Schwer, bei dem hier wirklich anwesend zu sein.

Zündet sich eine Zigarette an. Er hat in dieser Nacht so viel geraucht, dass ihm schon die Brust weh tut, aber das ist von untergeordneter Bedeutung. Er steigt ins Auto und setzt seinen Weg den Berg hinauf fort.

Zwölf Stunden später – während der heißesten Stunde der Siesta – schiebt er die Glastür des mit Klimaanlage versehenen Büros de Reiseveranstalters auf dem großen Marktplatz von Argostoli auf. Sitzt geduldig auf dem klebrigen Plastikstuhl und wartet, während zwei übergewichtige und sonnenverbrannte Frauen der blonden Dame im blauen Kostüm hinter dem Tresen die Mängel ihres Hotels schildern.

Als er mit der Blonden allein ist, setzt er mit seiner verzweifeltsten Stimme an und erklärt ihr das mit seiner Ehefrau.

Dass er sie verloren habe.

Dass sie verschwunden zu sein scheint. Wie vom Erdboden verschluckt.

Seit gestern am späten Abend, sie wollte noch einmal schnell schwimmen gehen, natürlich könnte es eine ganz natürliche Erklärung dafür geben, aber es beunruhige ihn doch. Sie war noch nie so lange und ohne Bescheid zu geben fort.

Da sollte man doch etwas unternehmen?

Sich bei irgendwelchen Behörden erkundigen?

Oder den Krankenhäusern?

Oder was tue man in so einem Fall?

Die Dame bietet ihm ein Glas Wasser an und schüttelt besorgt ihr nordisches Haar. Sie kommt nicht aus seinem Land, aber sie verstehen sich dennoch gut. Müssen nicht einmal Englisch miteinander reden. Als sie sich zur Seite nach dem Telefon beugt, kann er eine ihrer Brüste bis zur Brustwarze hinunter sehen, und ein plötzlicher, ziehender Schmerz durchfährt ihn.

Und während sie vergeblich versucht, während dieser heißesten Stunde des Tages jemanden am Telefon zu erreichen, überlegt er, wer der andere, von dem seine Ehefrau geredet hatte, wohl sein könnte.

Derjenige, von dem sie behauptete, ihn zu lieben.

Maardam,
August bis September 2000

2

Typisch, dachte Monica Kammerle, als sie den Hörer aufgelegt hatte. So verdammt typisch. Ich hasse sie.

Sofort holte sie das schlechte Gewissen ein. Wie üblich. Sobald sie einen negativen Gedanken über ihre Mutter dachte, war es zur Stelle und brachte sie dazu, sich zu schämen. Das Gewissen. Diese innere, vorwurfsvolle Stimme, die ihr sagte, dass man nicht schlecht über seine Mutter denken durfte. Dass man eine gute Tochter sein und stützen statt umstürzen musste.

Einander stützen statt einander umstürzen, wie sie einmal vor vielen Jahren in einer Mädchenzeitschrift gelesen hatte. Zu der Zeit war ihr das so weise erschienen, dass sie es ausgeschnitten und mit Nadeln über ihrem Bett befestigt hatte, als sie noch in der Palitzerlaan wohnten.

Inzwischen wohnten sie in der Moerckstraat. Die Vierzimmerwohnung im Deijkstraaviertel – mit hohen Decken und Blick über den Park, den Kanal und das grünspanbedeckte Dach der Czekarkirche – war zu teuer geworden, als sie nur noch zu zweit waren. Dennoch hatten sie noch fast drei Jahre lang nach dem Tod ihres Vaters dort gewohnt; aber zum Schluss war das Geld, das er hinterlassen hatte, unwiderruflich aufgebraucht. Natürlich. Sie hatte die ganze Zeit gewusst, dass sie umziehen mussten, da brauchte sie sich gar nichts vorzumachen. Früher oder später, es hatte nie eine Alternative gegeben. Ihre Mutter hatte es ihr ein oder zwei Mal sehr eingehend und auf ungewöhnlich einfühlsame Weise erklärt, und im Frühling waren sie hierher gezogen.

In die Moerckstraat.

Es gefiel ihr nicht.

Nicht der Name der Straße, der dunkle Straße bedeutete. Nicht das düstere Wohnhaus aus braunen Ziegeln mit drei niedrigen Etagen. Nicht ihr Zimmer, nicht die Wohnung, nicht das sterile Viertel mit den schnurgeraden, engen Gassen, den schmutzigen Autos und Geschäften und keinem einzigen Baum.

Ich bin sechzehn Jahre alt, überlegte sie. Das Gymnasium dauert noch drei Jahre, dann ziehe ich hier aus. Dann würde sie es allein schaffen.

Wieder meldete sich das schlechte Gewissen, und sie blieb eine Weile am Telefon stehen, bis die Gewissensbisse abebbten. Schaute über den Rand der Gardine aus dem Fenster und betrachtete die haargenau gleiche schmutzigbraune Fassade auf der gegenüberliegenden Straßenseite. Die schmalen dunklen Fenster, die elf von zwölf Stunden im Schatten lagen, selbst an einem ziemlich sonnigen Tag wie heute.

Die Menschen können einem Leid tun, dachte sie plötzlich. Nicht nur Mama und ich, sondern alle zusammen. Jeder Einzelne. Aber es wurde nichts besser durch diese Einsicht.

Es gefiel ihr, derartige kleine philosophische Gedanken über das Leben zu formulieren. Sie schrieb sie nicht nieder, behielt sie nur eine Weile im Kopf und dachte darüber nach. Vielleicht, dass sie dadurch eine Art Gemeinsamkeit mit anderen herstellen konnte. Eine Art finsteres Zusammengehörigkeitsgefühl.

Dass sie doch nicht so anders war, trotz allem. Dass das Leben eben so aussah.

Dass ihre Mutter genau wie die Mütter anderer sechzehnjähriger Mädchen war und die Einsamkeit für alle und jeden gleich groß.

Und natürlich konnte ihre Mutter irgendwann einmal gesund

werden – auch wenn diese dicke Psychologenfrau kaum so tat, als würde sie an eine derartige Entwicklung glauben. Eher versuchte man, die Entwicklung mit Hilfe von Medikamenten im Griff und unter Kontrolle zu halten. Besser, sich nicht zu viel zu erhoffen. Besser, nur maßvoll zu leben.

Manisch-depressiv. So hieß es. Und von *verantwortungsbewusster* Medikamentierung hatte sie gesprochen.

Monica Kammerle seufzte. Zuckte mit den Schultern und zog das Kochrezept aus dem Ordner.

Hähnchen in Orange mit Reis und Brokkolisoße.

Die Hähnchenteile waren bereits eingekauft und lagen im Kühlschrank. Den Rest musste sie noch bei Rijkman's besorgen. Reis, Gewürze, Apfelsinen, Salat. Eissorbet als Dessert ... Sie hatte alles aufgeschrieben, und ihre Mutter hatte sie gezwungen, ihr die ganze Liste noch einmal am Telefon vorzulesen.

Manisch, dachte sie. Ein sicheres Zeichen dafür, dass sie sich auf dem Weg in die manische Phase befand. Deshalb hatte sie wahrscheinlich auch den Zug verpasst. War am Grab in Herzenhoeg gewesen und dort zu lange geblieben, es war nicht das erste Mal.

Aber die Verspätung und die Menüfrage waren kein Problem. Nicht für ihre Mutter, oh nein, es gab so gut wie kein Problem für sie, wenn sie sich in dieser Phase befand. Eine kurze, aufbrausende Phase, sie dauerte selten länger als ein paar Wochen. Es gab so gut wie keine Grenzen, für nichts sozusagen.

Und ihre Medikamente lagen sicher daheim im Badezimmerschrank. Wie üblich. Monica musste das nicht einmal überprüfen, um es zu wissen.

Wäre es nicht besser, das Essen abzusagen?, hatte sie vorsichtig vorgeschlagen. Er wollte schließlich um acht Uhr kommen, dann hätte er doch keine Lust, bis halb zwölf auf sie zu warten.

Aber ihre Mutter erklärte, dass er das doch hatte, das waren Dinge, von denen sich eine naive Sechzehnjährige keinen Begriff machte. Sie hatte alles schon mit ihm besprochen, als er sie von seinem Handy aus anrief. Könnte sie bitte zusehen, eine gute Tochter zu sein, und tun, worum ihre Mutter sie bat?

Monica riss den Notizzettel vom Block und holte sich Geld aus der Haushaltskasse. Sah, dass es schon halb sechs war, und wusste, dass sie sich beeilen musste, wenn sie den Liebhaber ihrer Mutter nicht enttäuschen wollte.

Liebhaber?, dachte sie, während sie ihren Einkaufswagen zwischen den Regalen entlangschob und versuchte, alles zu finden. Das Wort gefiel ihr nicht, aber ihre Mutter nannte ihn so.

Mein Liebhaber.

Monica gefiel der Mann besser als die Bezeichnung. Sehr viel besser. Endlich einmal.

Wenn es dieses Mal doch klappen würde, fantasierte sie. Wenn es wahr würde und die beiden beschlössen, es wirklich miteinander zu versuchen.

Aber das erschien ihr äußerst unwahrscheinlich. Soweit sie wusste, hatten die beiden sich erst ein paar Mal gesehen, und die meisten sprangen nach dem dritten oder vierten Treffen ab.

Dennoch erlaubte sie sich die kindliche Hoffnung, dass er bei ihnen bleiben könnte, und sie versuchte, sich sein Bild vor ihrem inneren Auge zu vergegenwärtigen. Ziemlich groß und kräftig. Wahrscheinlich so um die Vierzig. Mit grau melierten Schläfen und warmen Augen, die ein wenig an die ihres Vaters erinnerten.

Und dann hatte er eine nette Stimme, das war vielleicht das Wichtigste. Ja, wenn sie darüber nachdachte, dann war klar, dass sie die Menschen fast immer danach beurteilte.

Nach ihrer Stimme. Und nach dem Handschlag. Dabei konnte man nicht lügen, wahrscheinlich hatte sie so etwas einmal vor langer, langer Zeit in irgendeiner Mädchenzeitschrift gelesen, aber das spielte keine Rolle. Es stimmte, das war die Hauptsache. Man konnte mit so vielem anderen lügen: mit den Lippen, den Augen und den Gesten.

Aber nie mit der Stimme und der Art, wie man jemandem die Hand gab.

Und was ihn betraf, so harmonierten diese beiden Charakterzüge auch noch außergewöhnlich gut: eine ruhige, dunkle Stimme, durch die die Worte ihr richtiges Gewicht bekamen – und eine Hand, die groß und warm war und weder zu hart zudrückte, noch das Gefühl hinterließ, sie wolle sich lieber zurückziehen. Es war fast ein Genuss, ihm die Hand zu geben.

Sie lachte leise über sich selbst und richtete dann ihre Aufmerksamkeit wieder auf die Einkaufsliste. Was für ein Menschenkenner man doch ist, dachte sie. Schließlich habe ich ihn alles in allem nicht viel mehr als zehn Minuten lang gesehen. Ich sollte Psychologin oder so was werden.

Während sie das Essen zubereitete, grübelte sie wie üblich über die EINSAMKEIT nach. Mit großen Buchstaben, so sah sie es oft vor sich geschrieben. Wahrscheinlich, um dem Wort noch mehr Würde zu verleihen.

Ob es möglich wäre, sie zu durchbrechen, nachdem sie jetzt in einer neuen Klasse im Gymnasium angefangen hatte, oder ob es wieder genau das Gleiche werden würde. Die EINSAMKEIT, ihr einziger treuer Begleiter.

Ob sie sich wohl auch weiterhin nie trauen würde, Freunde mit nach Hause zu bringen. Mit einer Mutter, die ihre Tochter und sich selbst unmöglich machte, sobald ein fremder Mensch über die Türschwelle trat.

Oder jedenfalls die Gefahr dafür bot. Die mitten am helllichten Nachmittag unter einer Decke auf dem Sofa im Wohnzimmer liegen konnte – mit einem Fleischmesser und einer Schachtel Schlaftabletten neben sich, lauthals fordernd, ihre Tochter solle ihr dabei helfen, sich das Leben zu nehmen.

Oder die in halb totem Zustand in ihrer eigenen Kotze in der Badewanne schwamm, zwei leere Weinflaschen vor sich auf dem Boden.

Oder die aufgekratzt wie sonst was den zwölfjährigen Mädchen zeigen wollte, wie man auf die effektivste Art onanierte. Da die Sexualkunde in den Schulen ja sowieso nichts tauge.

Nein, dachte sie. Nein, nicht länger als drei Jahre, ich darf nicht auch so werden.

Und die Männer. Kerle, die kamen und gingen, jedes Mal während der manischen Wochen im Herbst und im Frühjahr, einer schlimmer als der andere und nie jemand, der öfter als drei oder vier Mal kam. Wie gesagt.

Abgesehen von Henry Schitt – der behauptete, Schriftsteller zu sein und vier Wochen lang den ganzen Tag über Haschisch auf der Toilette oder draußen auf dem Balkon rauchte, bis sie all ihren Mut zusammennahm und Tante Barbara in Chadow anrief.

Tante Barbara hatte natürlich nicht persönlich eingegriffen, das tat sie nie. Aber sie hatte dafür gesorgt, dass zwei Sozialarbeiter kamen und Henry rauswarfen. Und dass ihre Schwester für ein paar Stunden ärztliche Betreuung bekam.

Und eine neue Dosierung an Medikamenten.

Das war im Frühling vor anderthalb Jahren gewesen, und es war schon möglich, dass es danach etwas besser geworden war. Zumindest solange die Medizin nicht unangerührt im Badezimmerschrank stand, nur weil ihre Mutter sich viel zu gesund fühlte, um sie noch länger zu nehmen.

Und jetzt dieser Benjamin Kerran.

Wenn sie an ihn dachte, dachte sie auch, dass es das erste Mal während all dieser Jahre war, dass sie nicht den Schrei nach ihrem Vater in ihrer Brust hörte. Diesen verzweifelten Schrei aus einem verzweifelten Körper.

Benjamin? Das Einzige, was sie eigentlich an ihm auszusetzen hatte, war der Name. Er war viel zu groß, um Benjamin zu heißen. Und kräftig und warm und lebendig. Ein Benjamin, das sollte so ein kleiner Schmächtiger sein mit schmutziger Brille und einem Gesicht voller Pickel und Mitesser. Und schlechtem Atem, genau wie der Benjamin Kuhnpomp, mit dem sie ein Jahr lang in die gleiche Klasse gegangen war, in der Fünften, und der danach wohl zum Urbild für alle Benjamine auf der ganzen Welt geworden war.

Jetzt stand sie also hier und machte das Essen für einen ganz anderen Benjamin.

Einen, der der Liebhaber ihrer Mutter war und der gern bei ihnen bleiben durfte, solange er wollte.

Was Monica betraf, so würde sie jedenfalls alles tun, um ihn nicht abzuschrecken, die Sache war klar, das versprach sie sich selbst. Sie kontrollierte die Temperatur und schob die Form mit den Hähnchenteilen in den Ofen. Es war noch nicht halb acht, wenn sie sich nicht die Haare wusch, würde sie es schaffen, noch zu duschen, bevor er kam.

»Du musst doch nicht hier sitzen und einen alten Kerl unterhalten, nur weil deine Mutter sich verspätet hat. Lass dich nicht von deinen Plänen abhalten.«

Sie lachte und kratzte den letzten heruntergelaufenen Sorbetklecks von ihrem Teller.

»Du bist doch kein alter Kerl, und außerdem habe ich keine anderen Pläne. Bist du satt?«

Er klopfte sich lachend auf den Bauch.

»Da würde nicht einmal mehr eine Rosine reinpassen. Hat deine Mutter dir das Kochen beigebracht? Es war wirklich delikat. Ein alter Junggeselle wie ich ist, was das Essen angeht, nicht gerade verwöhnt, weißt du.«

»Ach was«, wehrte sie ab und spürte, wie sie rot wurde.

»So, jetzt legen wir eine Folie über die Reste, dann kann deine Mutter sie sich aufwärmen. Und ich kümmere mich um den Abwasch.«

»Nein, ich …«

»Keine Widerrede. Guck du solange Fernsehen, während ich

mich drum kümmere. Oder lies ein Buch. Ach, apropos Buch …«

Er stand auf und ging in den Flur. Wühlte in der Plastiktüte, die er dort auf der Hutablage gelassen hatte, und kam zurück.

»Bitte schön. Als kleiner Dank für das Essen.«

Er legte ein flaches, eingewickeltes Paket vor ihr auf den Tisch.

»Für mich? Warum das denn?«

»Warum nicht?«

Er begann, den Tisch abzuräumen.

»Vielleicht gefällt es dir ja gar nicht, aber manchmal muss man es einfach drauf ankommen lassen.«

Sie strich über die gekreuzten Schnüre.

»Willst du es nicht öffnen? Ich habe auch was für deine Mutter, sie braucht also nicht eifersüchtig zu sein.«

Sie schob die Schnur über eine Ecke und riss das weinrote Papier auf. Zog das Buch heraus und konnte ihre Verblüffung nicht verbergen.

»Blake!«, rief sie aus. »Woher hast du das gewusst?«

Er kam zu ihr und stellte sich hinter sie, die Hände auf der Stuhllehne.

»*Songs of Innocence and of Experience*, ja. Nun ja, ich habe zufällig gesehen, dass du ›Tyger, Tyger, burning bright‹ an deiner Pinnwand hängen hast, es war deine Mutter, die mich gezwungen hat, in dein Zimmer zu gucken, du musst mein Eindringen entschuldigen. Wie dem auch sei, jedenfalls habe ich gedacht, dass das vielleicht ein Lieblingsdichter von dir ist … und das Buch ist auch schön, mit Zeichnungen und allem.«

Sie blätterte vorsichtig, und als sie die geheimnisvollen Bilder und die verschnörkelte Handschrift sah, spürte sie plötzlich, wie ihr die Tränen in den Augen standen. Um sie zurückzuhalten, stand sie schnell auf und umarmte ihn.

Lachend erwiderte er ihre Umarmung.

»Ja, ja, kleines Fräulein, so etwas Besonderes ist es ja nun auch nicht. Darf ich jetzt darum bitten, in der Küche in Ruhe gelassen zu werden?«

»Du bist so lieb. Ich hoffe ...«

»Was hoffst du?«

»Ich hoffe, dass es mit Mama und dir gut geht. Du tust ihr ... uns so gut.«

Sie hatte das gar nicht sagen wollen, aber jetzt war es heraus. Er hielt sie an den Schultern auf Armeslänge von sich entfernt und betrachtete sie mit einem leicht verblüfften Gesichtsausdruck.

»Die Zeit wird's zeigen«, sagte er.

Dann schob er sie aus der Küche.

Als er sich neben sie aufs Sofa setzte, war es zwanzig Minuten nach zehn. Es war noch mehr als eine Stunde, bis ihre Mutter heimkommen würde. Monica hatte sich einen französischen Film im Fernsehen angesehen, ihn aber nach einer Viertelstunde wieder ausgemacht. Stattdessen hatte sie die Leselampe eingeschaltet und war zu Blake übergegangen.

»Lies was«, bat er sie.

Sie hatte plötzlich einen ganz trockenen Mund.

»Mein Englisch ist gar nicht so schlecht.«

»Meins auch nicht. Und ich habe das Gefühl, als würden alle Jugendlichen heutzutage wie waschechte Briten reden. Hast du ein Lieblingsgedicht? Es muss dir nicht peinlich sein, wenn du stecken bleibst.«

Sie überlegte und blätterte ein paar Seiten zurück.

»Vielleicht das hier.«

»Lass hören.«

Sie räusperte sich, schloss zwei Sekunden lang die Augen und begann dann.

O Rose thou art sick
The invisible worm

That flies in the night
In the howling storm

Has found out thy bed
Of crimson joy
And his dark secret love
Does thy life destroy

Sie klappte das Buch zu und wartete auf seine Reaktion.

»Schön«, sagte er. »Und traurig. Es heißt *The Sick Rose,* oder?«

Sie nickte.

»Obwohl es doch von Menschen handelt. Ich habe schon gemerkt, dass du es nicht so einfach hast. Wenn du erzählen willst, höre ich gern zu.«

Plötzlich wurde ihr klar, dass es genau das war, was sie wollte. Aber ist das passend?, dachte sie. Und wie viel sollte sie denn erzählen? Und wo sollte sie anfangen?

»Wenn du nicht willst, musst du nicht. Wir können auch einfach so zusammensitzen. Oder über Fußball reden. Oder über schlechte Fernsehprogramme oder über die schwierige Situation der Igel in der heutigen Gesellschaft ...«

»Du ähnelst meinem Vater«, sagte sie lachend. »Nein, wirklich. Wir haben auch immer hier auf dem Sofa gesessen und uns laut was vorgelesen. Als ich klein war, na ja, da hat natürlich er meistens gelesen ... und ich habe auf seinem Schoß gesessen.«

Dann vergingen noch drei Sekunden, bis sie in Tränen ausbrach.

Dann setzte sie sich auf seinen Schoß.

Hinterher hatte sie Schwierigkeiten, sich daran zu erinnern, worüber sie geredet hatten.

Ob sie eigentlich viel gesagt oder die meiste Zeit nur still dagesessen hatten.

Wahrscheinlich Letzteres.

Aber sie erinnerte sich an seinen guten Geruch. Sie erinnerte sich an den rauen Stoff seines Hemds und an seine gleichmäßigen, tiefen Atemzüge gegen ihren Rücken. Seine warmen, starken Hände, die ihr immer wieder vorsichtig über die Arme und das Haar strichen.

Und sie erinnerte sich daran, dass sich kurz, nachdem die alte Wanduhr über dem Fernseher elfmal geschlagen hatte, etwas in ihr geregt hatte, was sich nicht hätte regen dürfen.

Und dass sich fast gleichzeitig bei ihm etwas geregt hatte, was absolut verboten war.

3

Er rief am nächsten Tag an und bat um Entschuldigung.

Spät am Nachmittag, ihre Mutter war auf irgend so einem Einführungstreffen für Leute, die längere Zeit aus dem Arbeitsprozess heraus gewesen waren und jetzt wieder eingegliedert werden sollten. Vielleicht hatte sie ihm das ja erzählt, sodass er wusste, wann er anrufen konnte.

»Verzeih mir, Monica«, sagte er. »Nein, das sollst du gar nicht. Es ist unverzeihlich.«

Sie wusste nicht, was sie antworten sollte.

»Wir waren beide daran beteiligt«, sagte sie.

»Nein«, beharrte er. »Es war ganz und gar mein Fehler. Ich begreife nicht, wie ich es dazu kommen lassen konnte. Ich war zwar ein bisschen müde und bin auch nur ein Mensch, aber mein Gott, das ist keine Entschuldigung. Es ist wohl das Beste, wenn du mich nicht mehr siehst.«

Er schwieg, und sie meinte, sein schlechtes Gewissen durch den Hörer greifen zu können.

»Na, so weit sind wir ja nicht gegangen«, betonte sie. »Und ich habe ja wohl auch meinen Teil an Verantwortung daran. Mit sechzehn ist man schließlich kein Kind mehr.«

»Blödsinn«, sagte er. »Ich habe ein Verhältnis mit deiner Mutter. Das ist so was, was man in Klatschzeitschriften liest.«

»Liest du Klatschzeitschriften?«, fragte sie. »Das hätte ich nicht gedacht.«

Er lachte, unterbrach sich dann aber selbst.

»Nein«, sagte er. »Aber vielleicht sollte ich das lieber tun, da könnte ich noch was lernen. Auf jeden Fall soll dir so was nicht noch mal zustoßen, das verspreche ich dir. Es ist wohl das Beste, wenn ich die Freundschaft mit deiner Mutter beende …«

»Nein«, widersprach sie. »Nein, tu das nicht.«

Er zögerte mit seinem nächsten Satz.

»Warum nicht?«

»Weil … weil … weil du ihr gut tust. Sie mag dich, und du magst sie doch auch. Und ich mag dich auch … nicht so wie gestern, das war ein Unglücksfall.«

Er schien wieder zu zögern.

»Ich habe eigentlich angerufen, um mich zu entschuldigen, und … und um zu sagen, dass ich die Konsequenzen zu ziehen gedenke und euch beide in Zukunft in Ruhe lassen werde.«

»Du hast doch Mama nichts erzählt?«

Er seufzte.

»Nein, deiner Mutter habe ich nichts erzählt. Es wäre natürlich das Ehrlichste gewesen, aber ich weiß nicht, wie sie es aufgenommen hätte. Und wenn man nun mal ein Waschlappen ist … du siehst, mit was für einem Stinkstiefel du es zu tun hast …«

»Du bist kein Stinkstiefel. Hör auf, schließlich waren wir zu zweit auf dem Sofa, ich bin ja nicht unzurechnungsfähig.«

»Entschuldige.«

Eine Weile schwiegen beide. Sie spürte, wie die Gedanken in ihrem Kopf wie ein Schwarm quirliger Spatzen herumsausten.

»Ich habe jedenfalls das Gefühl, dass du das Ganze zu leicht nimmst«, sagte er zum Schluss. »Vielleicht sollten wir uns treffen und alles noch mal gründlich besprechen.«

Sie überlegte.

»Warum nicht?«, sagte sie dann. »Schaden kann es ja wohl kaum. Wann und wo?«

»Wann hast du Zeit?«

»Immer. Die Schule fängt erst nächste Woche wieder an.«

Er schlug einen Spaziergang im Wollerimspark am nächsten Abend vor, und sie fand das eine gute Idee.

Der folgende Abend war ein Mittwoch und einer der heißesten im ganzen Sommer. Nach einem ziemlich kurzen Spaziergang ließen sie sich auf einer Bank unter einer der herabhängenden Weiden am Kanal nieder und redeten mehr als eine Stunde lang miteinander. Anschließend machten sie eine Wanderung durch die Stadt. An der Langgraacht entlang, durch Landsloorn und hinaus bis nach Megsje Bojs. Sie war diejenige, die am meisten redete. Erzählte von ihrer Kindheit, von dem Tod ihres Vaters, von ihrer Mutter. Von den Problemen in der Schule und von Freundinnen, die sie nur im Stich ließen. Er hörte zu und stellte Fragen. Als sie auf einen Wanderweg in den Wald einbogen, hakte sie sich bei ihm ein. Als sie ein wenig weiter im Dunkel waren, wo es keine Laternen mehr gab, legte er ihr einen Arm um die Schulter, und irgendwann kurz vor Mitternacht konnte sie feststellen, dass sie jetzt wirklich ein Liebespaar geworden waren.

Irgendwie ging das so weiter.

Nach dem Abend und der Nacht draußen in Megsje Bojs ließ er die folgenden vier Tage nichts mehr von sich hören. Erst am späten Sonntagabend, als sie wiederum allein zu Hause war. Erneut bat er um Entschuldigung, erklärte, dass es unverantwortlich war, und dass das, was sie da trieben, beendet werden müsste, bevor es ein schreckliches Ende nähme.

Sie redeten zehn Minuten lang hin und her, beschlossen, sich dann ein letztes Mal zu treffen, um alles endgültig zu klären. Am Dienstag holte er sie von der Schule ab, sie fuhren in seinem Auto ans Meer, und nach einem langen Spaziergang am Strand liebten sie sich in einer Kuhle zwischen den Dünen.

Als sie sich trennten, erwähnte keiner mit einem Wort, dass

sie das abbrechen wollten, was da vor sich ging, und in den ersten Schulwochen war er zweimal bei ihnen in der Moerckstraat zu Besuch. Beide Male blieb er die Nacht über bei ihrer Mutter, und in der hellhörigen Wohnung konnte sie hören, dass sie sich bis weit in die Morgenstunden hinein liebten.

Aber sie wusste, dass er eines Tages zu ihr zurückkommen würde.

Das ist nicht gescheit, dachte sie. Das ist der reine Wahnsinn.

Aber sie tat nichts, überhaupt nichts, um der Sache ein Ende zu bereiten.

Noch nicht.

Die Schule war ernüchternd. Ihre Hoffnungen auf eine Veränderung, darauf, dass sie eine neue Chance bekommen würde, jetzt, wo sie auf dem Gymnasium anfing, wurden bald zunichte gemacht.

In der ehrwürdigen alten Bungelehranstalt – in die übrigens auch ihr Vater vor langer Zeit gegangen war – landete sie zwar in einer Klasse mit überwiegend neuen, unbekannten Gesichtern. Aber es gab auch ein paar Bekannte darunter, und es dauerte nur ein paar Tage, dann war ihr klar, dass diese alten so genannten Freunde und Freundinnen aus der Deijkstraaschule beschlossen hatten, sie in der Rolle zu belassen, die ihr nun mal ein für alle Mal zustand. Die sie ganz allein für sie kreiert und geschneidert hatten.

Es war den neuen Gesichtern problemlos anzusehen, dass sie wohl das Eine oder Andere wussten. Dass sie so einiges gehört hatten, obwohl doch erst ein paar Tage des Schuljahrs vergangen waren. Wie sie lebte und wie es um ihre Mutter stand beispielsweise. Die Geschichte von der Kotze und der Badewanne, die sie einer äußerst zuverlässigen Freundin vor ein paar Jahren anvertraut hatte, war in keiner Weise gegessen, nur weil sie die Schule gewechselt hatte. Und auch nicht die weit verbreitete

Onanielektion. Eher schien es, als hätten die Gerüchte neuen Wind unter die Flügel bekommen.

Man wusste schließlich Bescheid. Dass Monica Kammerle ein bisschen eigen war. Kein Wunder. Mit so einer Mutter. Es war nun mal so, da war es auch nicht überraschend, dass sie sich lieber von den anderen fern hielt, die Ärmste.

Und wenn sie an Benjamin dachte und daran, was in ihrem Zuhause vor sich ging, konnte sie nicht anders, als ihren Mitschülern Recht geben.

Klar, sie war merkwürdig. Sie war nicht wie die anderen. Sie nicht und ihre Mutter auch nicht.

Vielleicht nicht einmal Benjamin. Als sie das dritte Mal mit ihm ins Bett ging – daheim in der Moerckstraat an einem Vormittag, als ihre Mutter bei ihrem Wiedereingliederungskursus war und sie einen Sporttag in der Schule schwänzte –, wurde ihr klar, wie wenig sie eigentlich über ihn wusste.

Seinen Namen. Benjamin Kerran.

Sein Alter. Neununddreißig. Genauso alt wie ihr Vater gewesen wäre, ein Jahr jünger als ihre Mutter. Benjamins graue Schläfen führten dazu, dass die meisten ihn leicht älter schätzten. Etwas über Vierzig ungefähr.

Beruf? Das wusste sie nicht genau. Er arbeitete irgendwo in der Stadtverwaltung. Sie konnte sich nicht daran erinnern, dass er das irgendwann einmal präzisiert hätte.

Wohnung? Keine Ahnung. Nun war es schon verrückt, dass sie nicht einmal wusste, wo er wohnte. Sie hatten sich nie bei ihm zu Hause getroffen – nur außerhalb oder daheim in der Moerckstraat, wenn ihre Mutter nicht im Weg war. Es war schon ein wenig sonderbar, dass sie seine Wohnung nicht ein einziges Mal nutzten, wenn er denn allein wohnte, wie er behauptete. Sie beschloss, seine Adresse herauszubekommen, sobald sie sich wiedersehen würden. Im Telefonbuch stand er nicht, da hatte sie schon nachgesehen.

Eigentlich hätte sie sich ja auch bei ihrer Mutter danach erkundigen können. Monica hatte doch einen ganz legitimen Grund, etwas über deren Liebhaber zu erfahren. Oder etwa nicht?

Und sein Leben? Was wusste sie über sein Leben?

Fast nichts. Er war einmal verheiratet gewesen, das hatte er ihr erzählt, aber es war offenbar schon lange her. Etwas von irgendwelchen Kindern hatte er nie erwähnt.

Dann gab es wohl keine, wie Monica Kammerle annahm.

Merkwürdig, dachte sie. Merkwürdig, dass ich so wenig über den einzigen Geliebten weiß, den ich jemals in meinem Leben hatte. Und habe.

Gleichzeitig musste sie einsehen, dass es nicht besonders verwunderlich war. Das alles überdeckende Gesprächsthema zwischen ihnen war immer sie selbst gewesen. Jedes Mal, wenn sie sich trafen.

Monica Kammerle. Monica Kammerles Kindheit und Jugend. Ihre Mutter und ihr Vater. Ihre Lehrer, ihre alten falschen Freundinnen, ihre Lieblingsbeschäftigungen und Lieblingsbücher. Ihre Gedanken über alles zwischen Himmel und Erde, und was für ein Gefühl das für sie war, wenn er sie auf die eine oder andere Weise anfasste. Und wenn er in ihr war.

Aber über ihn? Nichts. Und das war kaum sein Fehler. Sie redete gern, und er schien gern zuzuhören. Wenn man also ehrlich war, dann konnte man feststellen, das sie einfach nur ein egoistisches sechzehnjähriges Mädchen war, das gern den eigenen Bauchnabel betrachtete und nie weiter guckte, als die eigene Nase reichte.

Andererseits hatte sie seit dem Tod ihres Vaters nie richtige Zuhörer gehabt. So ist es nun einmal, man hat halt bestimmte Bedürfnisse, dachte sie, und wenn man die Möglichkeit bekam, sie zu befriedigen, dann nutzte man diese natürlich auch.

Außer dem Thema Monica Kammerle gab es eigentlich nur noch ein einziges anderes Gesprächsthema, dem sie ihre Zeit widmeten.

Ihre Beziehung.

Genauer gesagt, die verbotene Tatsache, dass sie den gleichen Liebhaber wie ihre Mutter hatte. Dass sie, Monica Kammerle, sechzehn Jahre alt, und er, Benjamin Kerran, neununddreißig, sich tatsächlich die Zeit damit vertrieben, miteinander zu *bumsen*. Von vorn und von hinten. Mit den Mündern, den Zungen, den Händen und allem Möglichen. Bumsten, was das Zeug hielt. Sie stellte bald fest, dass sie das Ganze mit einer Art mit Angst vermischter Verzückung erlebte, einem leicht rauschhaften Entsetzen, sobald sie davon sprachen.

Als ob sie es erfunden hätten. Als ob kein anderer Mensch wusste, dass man das tun konnte. Oder als ob all das Hässliche allein dadurch, dass sie es benannten, in irgendeiner Weise zulässig wurde. Dadurch, dass sie darüber sprachen. Sie war sich ganz sicher, dass er das auf die gleiche Art und Weise erlebte.

Wir wissen ja genau, dass wir etwas Falsches machen, deshalb können wir es uns auch erlauben, sagte er einmal.

Deshalb können wir es uns auch erlauben?

Anfangs glaubte sie das.

Anfangs war sie eigentlich nur ein wehrloses Opfer in seinen Armen, sie war klug genug, auch das zu begreifen.

Denn ihr gefiel das, was er mit ihr machte. Alles, fast alles.

Und ihr gefiel das, was sie mit ihm machen sollte. Und dass ihm das gefiel.

Es gibt andere Kulturen, erzählte er ein anderes Mal, Kulturen, in denen junge Mädchen in das Liebesleben eingeführt werden, indem man sie mit einem erwachsenen, erfahrenen Mann zusammen führt. Das ist vielleicht gar keine so dumme Idee.

Monica Kammerle war seiner Meinung. Bestimmt keine so dumme Idee.

Nach einer Nacht, in der er bei ihrer Mutter geschlafen hatte, aber vor dem Morgengrauen schon gegangen war, vertraute diese ihrer Tochter am Frühstückstisch an, dass Benjamin sicher der beste Liebhaber war, den sie je gehabt hatte.

Monica war geneigt, ihr zuzustimmen, sagte aber nichts. Zweifellos hatte Benjamin einen starken, äußerst positiven Einfluss auf ihre Mutter, das war gar nicht zu übersehen. Diese manische Phase, die Ende August auf dem Weg gewesen war, war abgeebbt. Sie nahm ihre Medikamente regelmäßig – soweit Monica das beurteilen konnte, wenn sie im Badezimmerschrank nachguckte –, und sie wirkte gesünder und ausgeglichener, als Monica sie seit dem Tod ihres Vaters jemals wahrgenommen hatte.

Sie ging vier Tage in der Woche zu ihrem Wiedereingliederungskurs, sie kochte Essen, kaufte ein und wusch die Wäsche. Fast wie eine ganz normale Mutter. Es war noch nie vorgekommen, dass sie so ausdauernd und konzentriert gewesen war. Jedenfalls nicht, soweit Monica sich erinnern konnte.

Lieber nichts beschreien, dachte sie. Vielleicht ist das ja der reine Wahnsinn, was wir hier machen, aber wir sind wohl irgendwie nicht von dieser Welt.

Sie lachte bei dem Gedanken und dachte an ihre Klassenkameradinnen. Wenn die wüssten!

Der Drang, sich anzuvertrauen, es zumindest einer Person zu erzählen, tauchte ein paar Tage später auf, genauer gesagt an dem frühen Morgen, als er ihre Mutter im Schlafzimmer zurückließ und stattdessen zu ihr ins Zimmer kam.

Das war zwischen einem Dienstag und einem Mittwoch Anfang September. Kurz nach fünf Uhr. Benjamin und ihre Mutter hatten, wenn sie es richtig verstanden hatte, einen Ausflug nach Behrensee gemacht und waren erst spät nach Hause gekommen. Sie hatte schon geschlafen, als sie zurückkamen, hatte nur die vage Erinnerung, etwas im Flur gehört zu haben.

Sie wachte davon auf, dass er ihre Brustwarze streichelte. Er hatte einen warnenden Finger auf den Lippen liegen und zeigte mit einem Kopfnicken zum Schlafzimmer. Nahm ihre Hand, ließ sie sein steinhartes Glied fühlen und sah sie fragend an. Es war etwas Hungriges in seinem Blick und gleichzeitig etwas fast hundeähnlich Flehendes.

Und obwohl sie erst sechzehn Jahre alt war – und erst vor achtzehn Tagen ihre Unschuld verloren hatte –, las sie während dieser kurzen Sekunde in diesen glänzenden Augen die Warnung vor dem Balanceakt, der sich in der körperlichen Liebe verbirgt. Erfuhr – obwohl sie noch gar nicht richtig wach war – die glasklare Einsicht, welche Abgründe unter den rücksichtsvollsten Berührungen und Blicken verborgen lauern.

Sobald etwas schief geht. Und wie leicht konnte etwas schief gehen.

Sie zögerte eine Sekunde. Schaute nach, ob er wenigstens die Tür richtig geschlossen hatte. Nickte und ließ ihn von hinten in sich eindringen.

Das tat weh, war in keiner Weise wie sonst. Sie war nicht bereit gewesen, es brannte, und er war bedeutend grober, als er sonst war. Schien allein auf seine Wünsche bedacht zu sein, und schon nach wenigen Minuten spritzte er ihren Rücken voll, ohne dass sie auch nur in der Nähe eines Orgasmus gewesen war.

Ohne dass sie auch nur einen Deut an Genuss gehabt hatte.

Er bat murmelnd um Entschuldigung und schlich zurück ins Schlafzimmer. Nein, das war ganz und gar nicht wie sonst gewesen, und zum ersten Mal spürte sie, wie ein überwältigendes Ekelgefühl in ihr aufstieg.

Wird ihr wohl sagen, dass er nur auf dem Klo war, dachte sie. Falls sie aufwacht, ihre Mutter. Oh verdammte Scheiße.

Sie stieg aus dem Bett. Stolperte zur Toilette und übergab sich, bis sie sich innerlich vollkommen leer fühlte. Duschte, duschte, duschte.

His dark secret love does thy life destroy, dachte sie. Nein, so geht es nicht weiter. Nicht, wenn ich nicht mit jemandem drüber reden kann.

4

»Können Sie mir sagen, was das hier ist?«

Der junge Verkäufer lächelte nervös und zupfte an seinem Schnurrbart. Van Veeteren wischte den Tresen mit seinem Jackenärmel ab und platzierte das Objekt mitten auf die glänzende Oberfläche. Der Jüngling beugte sich zunächst vor, aber als er gewahr wurde, worum es sich handelte, richtete er sich wieder auf und ließ sein Lächeln ausklingen.

»Natürlich. Ein Olivenkern.«

Van Veeteren hob eine Augenbraue.

»Ach, wirklich? Sind Sie sich da ganz sicher?«

»Natürlich.«

Er nahm den Kern vorsichtig mit Daumen und Zeigefinger hoch und betrachtete ihn.

»Kein Zweifel. Ein Olivenkern.«

»Gut«, sagte Van Veeteren. »Dann sind wir ja soweit einer Meinung.«

Er zog vorsichtig das zusammengelegte Taschentuch aus seiner Tasche und wickelte es umständlich auf.

»Und das hier?«

Nach allem zu urteilen erwog der junge Mann, auch dieses Objekt näher in Augenschein zu nehmen, aber aus irgendeinem Grund änderte er auf halbem Weg seine Meinung. Blieb halb vorgebeugt stehen, mit einem dümmlichen Ausdruck in dem sommersprossigen Gesicht.

»Sieht aus wie eine Plombe.«

»Haargenau!«, rief Van Veeteren und rückte den Olivenkern neben den kleinen dunklen Metallklumpen, sodass beide mit nur wenigen Zentimetern Abstand nebeneinander auf dem Tresen lagen. »Und darf ich jetzt fragen, ob Sie eine Ahnung haben, mit wem Sie das große Vergnügen haben, an einem schönen Septembernachmittag wie diesem hier zusammenzustehen und sich zu unterhalten?«

Der Verkäufer versuchte es mit einem neuerlichen Lächeln, aber es wollte ihm nicht so recht gelingen. Sein Blick huschte ein paar Mal zwischen Schaufenster und Tür hin und her, als hoffte er, ein etwas normalerer Kunde würde auftauchen und die aufgeladene Atmosphäre im Laden entspannen. Aber niemand wollte ihm zu Hilfe eilen, also schob er seine Hände in die Taschen seines weißen Kittels und versuchte, ein wenig schneidiger auszusehen.

»Aber natürlich. Sie sind Kommissar Van Veeteren. Worauf wollen Sie hinaus?«

»Worauf ich hinaus will?«, wiederholte Van Veeteren. »Oh, das will ich Ihnen sagen. Ich will nach Rom hinaus, und dafür werde ich verdammt noch mal auch sorgen. Bereits morgen früh, genauer gesagt, da habe ich einen Flug von Sechshafen aus gebucht. Und eigentlich hatte ich vor, meine Reise in bester Verfassung, nämlich mit allen Zähnen, anzutreten.«

»Zähnen?«

»Zähnen. Außerdem ist es zwar korrekt, dass ich Van Veeteren heiße, aber was meinen Beruf angeht, so möchte ich darauf hinweisen, dass ich vor drei Jahren meinen Dienst bei der Polizei quittiert habe.«

»Ja, sicher«, nickte der Jüngling ergeben. »Aber man hört ja, dass Sie ab und zu noch einrücken.«

Einrücken?, dachte Van Veeteren und verlor für einen Moment den Faden. Man hört, dass ich einrücke? Was zum Teufel ...?

Er versuchte, schnell die vier Jahre zu überschauen, die vergangen waren, seit er Hiller sein Abschiedsgesuch überreicht hatte – was der Polizeipräsident auf eigene Faust in eine Art permanenter Dienstbefreiung umgewandelt hatte, für die es wohl kaum eine Grundlage in den Verordnungen gab –, um zu rekapitulieren, ob es sich tatsächlich so verhielt, wie dieser rotflaumige Mann behauptete.

Dass er einrückte? Dass er Probleme hatte, die Finger davon zu lassen?

Drei, vier Male fielen ihm ein. Fünf, sechs vielleicht, es kam darauf an, wie man es zählte.

Mehr war da nicht. Einmal oder ein paar Mal im Jahr. Also kaum der Rede wert, und nie war er selbst es gewesen, der die Initiative ergriffen hatte. Höchstens ein einziges Mal. Meistens waren es Münster oder Reinhart gewesen, die bei einem Bier bei Adenaar's oder Kraus eine Bemerkung hatten fallen lassen. Mit einer fast heimtückischen Frage gekommen waren oder um einen Rat gebeten hatten. Erzählt hatten, dass man sich verrannt hatte.

Ganz einfach um Hilfe gebeten hatten, ja, so war es gewesen. Manchmal hatte er abgelehnt, manchmal war er interessiert gewesen. Aber *eingerückt*? Nein, das war zu viel gesagt. Eine Übertreibung, denn irgendeine Art von Polizeiarbeit in direktem Sinne hatte er nicht mehr übernommen, seit er Buchhändler geworden war, da war sein Gewissen so weiß wie die Unschuld oder Arsen.

Er schielte zu dem Verkäufer, der von einem Bein aufs andere trat und das Schweigen kaum ertragen konnte. Van Veeteren selbst hatte damit nie Probleme. Im Gegenteil, das Schweigen war ein alter Verbündeter und konnte manchmal direkt als Waffe gelten.

»Quatsch«, erklärte er schließlich. »Ich arbeite mit alten Büchern in Krantzes Antiquariat. Punkt. Schluss und Aus. Aber hier geht es nicht um meine persönlichen Aktivitäten, sondern um diesen Olivenkern.«

»Ich verstehe«, sagte der Verkäufer.

»Und um diese Plombe.«

»Ja?«

»Sie bleiben also dabei, dass Sie mich wiedererkennen?«

»Äh ... ja, natürlich.«

»Bleiben Sie auch dabei, dass Sie mir heute Morgen ein Sandwich verkauft haben?«

Der Verkäufer holte tief Luft, als wolle er somit neue Kraft schöpfen.

»Wie ich es seit ein paar Jahren jeden Morgen tue, ja.«

»Nicht jeden«, korrigierte ihn Van Veeteren. »Bei weitem nicht. Sagen wir mal, an drei von fünfen, und schon gar nicht seit so langer Zeit, da ich bis Januar bei Semmelmann's eingekauft habe, bis die dichtgemacht haben. Ich frage mich übrigens, ob mir bei denen etwas Ähnliches hätte passieren können.«

Der Verkäufer nickte ergeben und zögerte.

»Aber was zum Teufel ... worum geht es eigentlich?«, presste er hervor, während ihm die Röte wieder vom Hemdkragen aufstieg.

»Um den Inhalt des Sandwiches natürlich«, sagte Van Veeteren.

»Den Inhalt?«

»Haargenau. Nach dem, was Sie angegeben haben, und nach dem, was ich erwartete, haben Sie mir heute Morgen ein Sandwich mit einem Belag verkauft, bestehend aus Mozzarellakäse ... Büffelmilch natürlich ... Gurken, sonnengetrockneten Tomaten, frischem Basilikum, Zwiebeln, Salatblättern und entkernten griechischen Oliven.«

Die Röte breitete sich wie ein Sonnenaufgang im Gesicht des Angestellten aus.

»Ich wiederhole: *entkernten* Oliven!«

Mit einer beherrschten Geste machte Van Veeteren den Jüngling auf die kleinen Teile auf dem Tresen aufmerksam. Der Jüngling räusperte sich und faltete die Hände vor seinem Körper.

»Ich verstehe. Wir bedauern natürlich, wenn es der Fall sein sollte, dass …«

»Es ist so, dass«, bestätigte Van Veeteren. »Genauer gesagt ist es so, dass ich mir einen Termin bei Zahnarzt Schenk in der Meijkstraat geben lassen musste. Bei einem der teuersten Zahnärzte in der ganzen Stadt, aber weil ich morgen abreise, hatte ich keine andere Wahl. Ich möchte Sie nur über den Stand der Dinge informieren, damit Sie sich nicht wundern, wenn die Rechnung bei Ihnen eintrifft.«

»Natürlich. Mein Vater …«

»Ich bin fest davon überzeugt, dass Sie das Ihrem Vater auf überzeugende Art und Weise erklären können, aber jetzt müssen Sie mich entschuldigen, ich habe keine Zeit mehr, hier noch länger mit Ihnen zu diskutieren. Sie können Kern und Plombe behalten. Als Erinnerung und als kleine Mahnung, ich habe für keines von beiden länger Verwendung. Vielen Dank und adieu.«

»Danke, danke«, stammelte der Jüngling. »Auf Wiedersehen darf ich doch wohl hoffen?«

»Ich werde es in Erwägung ziehen«, erklärte Van Veeteren und trat hinaus in den Sonnenschein.

Den restlichen Nachmittag saß er im hinteren Zimmer des Antiquariats und arbeitete. Beantwortete elf Anfragen von Buchläden und Bibliotheken – acht negativ, drei positiv. Katalogisierte eine Sammlung Landkarten, die Krantze in einem Keller in der Altstadt von Prag gefunden hatte (wie immer es ihm auch gelungen sein mochte, so eine Reise durchzuführen und dann auch noch in einen Keller hinabzusteigen: an Rheuma, Ischias, Krampfadern und chronischer Bronchitis leidend). Van Veeteren begann, vier Kartons zu kennzeichnen und zu sortieren, die ihm am gleichen Morgen von einer Haushaltsauflösung gebracht worden waren und ihn einen Appel und ein Ei gekostet hatten.

Die wenigen Kunden, die in den Laden kamen, ließ er ungestört in den Regalen herumstöbern, und die einzige Transaktion belief sich auf ein halbes Dutzend alter Kriminalromane, die er für einen ganz guten Preis an einen deutschen Touristen verkaufte. Um Viertel nach fünf rief Ulrike an und fragte, wann er nach Hause kommen würde. Er erzählte ihr die Geschichte von dem Olivenkern und der Plombe und meinte, sie würde der Geschichte übermäßig viel Gewicht beimessen. Sie vereinbarten, sich gegen sieben Uhr bei Adenaar's zu treffen – oder sobald er wieder aus dem Zahnarztstuhl aufgestanden war. Keiner von beiden hatte sonderlich Lust, am Abend vor ihrer Abreise noch am Herd zu stehen, und außerdem war es gar nicht sicher, ob er mit dem neuen Gebiss gleich wieder kauen konnte.

»Es handelt sich nicht um ein Gebiss«, betonte Van Veeteren. »Sondern um eine Plombe.«

»Die haben immer gute Suppen bei Adenaar's«, bemerkte Ulrike Fremdli.

»Bier werde ich auf jeden Fall schlucken können«, entgegnete Van Veeteren. »Bei Suppe weiß ich nicht so recht.«

Nachdem sie aufgelegt hatten, blieb er eine Weile sitzen, die Hände im Nacken verschränkt. Spürte plötzlich, dass etwas Warmes in seinem Inneren herumschwirrte, was immer das auch sein mochte. Ein zurückhaltendes, kaum merkbares Gefühl, aber was für eins?

Glück?

Das Wort wollte vor lauter Angeberei platzen, und schnell tauchten verschiedene Assoziationen auf. Nein, nicht Glück, korrigierte er sich. Aber es hätte schlimmer sein können. Und es gab andere Leben, die sinnloser waren als seines.

Dann begann er, über Relativismen nachzudenken. Darüber, ob das Unglück anderer Menschen sein eigenes größer oder kleiner machte – darüber, ob es tatsächlich in der Welt so armselig und erbärmlich eingerichtet war, dass dieser Relativismus der einzige Grund dafür war, etwas als gut oder schlecht anzusehen, und dann war da auf einmal jemand, der versuchte, seine Aufmerksamkeit zu erwecken …

Ein paar gekünstelte Huster und ein vorsichtiges »Hallo« waren aus dem vorderen Raum zu hören. Er überlegte schnell, ob er sich zu erkennen geben sollte oder nicht. Stand dann doch auf und tat es.

Sechs Monate später war er immer noch nicht sicher, ob das die richtige Entscheidung gewesen war.

Der Mann war in den Dreißigern. Groß und mager und mit einem Gesicht, das sich alle Mühe gab, hinter einem langen Pony, einem dunklen Bart und einer Brille möglichst wenig von sich preiszugeben. Eine leichte Nervosität schien ihn wie ein schlechter Körpergeruch zu umgeben, und Van Veeteren hatte kurz die Assoziation von einem Verdächtigen, der versucht, sich vor einem entscheidenden Verhör zu sammeln.

»Jaha?«, fragte er. »Kann ich mit irgendetwas helfen?«

»Das hoffe ich«, sagte der Mann und streckte die Hand vor. »Wenn Sie Van Veeteren heißen. Mein Name ist Gassel. Tomas Gassel.«

Van Veeteren begrüßte ihn und bestätigte, dass er der Richtige war.

»Sie müssen entschuldigen, dass ich auf diese Art und Weise Kontakt mit Ihnen aufnehme. Mein Anliegen ist etwas delikat. Haben Sie ein wenig Zeit?«

Van Veeteren schaute auf die Uhr.

»Eigentlich nicht«, meinte er dann. »Ich habe in einer halben Stunde einen Termin beim Zahnarzt. Wollte für heute gerade schließen.«

»Verstehe. Würde es dann morgen besser passen?«

Van Veeteren schüttelte den Kopf.

»Leider nicht. Ich verreise morgen. Worum geht es denn?«

Gassel zögerte.

»Ich muss mit Ihnen sprechen. Aber ich fürchte, ein paar Minuten reichen dafür nicht. Die Sache ist nämlich die, dass ich in eine Situation geraten bin, die ich nicht bewältigen kann. Weder berufsmäßig noch als Privatperson.«

»Was meinen Sie mit berufsmäßig?«

Gassel sah ihn einen Augenblick lang verwundert an. Dann streckte er seinen Hals und hob den Bart mit der Hand hoch. Van Veeteren konnte den weißen Priesterkragen erkennen.

»Ach so, ich verstehe.«

»Sie müssen entschuldigen. Ich vergesse immer, dass es nicht gleich ins Auge fällt. Ich bin Kaplan in der Gemeinde von Leimaar hier in der Stadt.«

»Aha?«, sagte Van Veeteren und wartete auf eine Fortsetzung.

Gassel strich seinen Bart wieder zurecht und räusperte sich.

»Die Sache ist also die, dass ich mit jemandem reden muss. Mich beraten, wenn Sie so wollen. Ich befinde mich in einer Lage, die ... in der meine Schweigepflicht im Konflikt mit dem steht, was meine moralischen Gefühle mir zu tun gebieten. Einfach ausgedrückt. Es ist bereits eine Weile vergangen, und ich fürchte, dass etwas äußerst Unangenehmes geschehen wird, wenn ich keine Maßnahmen ergreife. Etwas äußerst Unangenehmes und ... Ungesetzliches.«

Van Veeteren suchte in der Brusttasche nach einem Zahnstocher, erinnerte sich dann aber daran, dass er mit dieser Gewohnheit vor eineinhalb Jahren gebrochen hatte.

»Und warum wenden Sie sich ausgerechnet an mich? Sie werden doch einen Hirten in Ihrer Gemeinde in Leimaar haben, der Ihnen in so einer Situation viel näher stehen müsste?«

Gassel schüttelte abwehrend den Kopf.

»Das könnte man annehmen. Aber bei derartigen Fragen befinden wir uns nicht gerade auf einer Wellenlänge, der Pastor Brunner und ich. Leider. Ich habe das Ganze natürlich auch schon in Erwägung gezogen, und ... nein, es ist ganz einfach nicht möglich, die Sache auf diese Art zu handhaben. Sie müssen mir das glauben.«

»Und warum sollte ich es besser handhaben können? So viel ich weiß, sind wir uns noch nie begegnet.«

»Verzeihen Sie mir«, wiederholte Gassel verlegen und wechselte das Standbein. »Ich muss Ihnen natürlich erklären, woher ich Sie kenne. Ich weiß, dass Sie bei der Polizei aufgehört haben, und das ist genau der Grund, warum ich mit Ihnen reden kann. Ich habe ihr nämlich mein heiliges Ehrenwort gegeben, mit dieser Geschichte nicht zur Polizei zu gehen, sonst hätte ich überhaupt nichts von ihr erfahren ... auch wenn ich mir natürlich schon hatte zusammenreimen können, dass da etwas nicht stimmte. Absolut nicht ... ich habe Ihren Namen von Schwester Marianne in Groenstadt bekommen, ich weiß nicht, ob Sie sich noch an sie erinnern. Sie hat Sie nur ein einziges Mal getroffen, aber sie kann sich noch sehr gut daran erinnern und hat mir empfohlen, das Gespräch mit Ihnen zu suchen ... Marianne ist eine Tante von mir. Die ältere Schwester meiner Mutter.«

Van Veeteren runzelte die Stirn. Blätterte schnell sechs Jahre zurück in der Zeit und sah vor seinem inneren Auge plötzlich den spartanisch eingerichteten, weißgekalkten Raum, in dem er gesessen und eine Stunde lang mit dieser alten Frau gesprochen hatte. Schwester Marianne ... diese katholische Schwester vom Orden der Barmherzigkeit und der frisch operierte Kriminalhauptkommissar, die gemeinsam und äußerst langsam – und voll tiefen, gegenseitigen Respekts – die letzten Fragezeichen im Fall Leopold Verhaven ausräumten. Dem Doppelmörder, der gar kein Doppelmörder war. Der unschuldig verurteilt vierundzwanzig Jahre lang im Gefängnis gesessen hatte, oh ja, er erinnerte sich noch gut an Schwester Marianne.

Und an den letzten Akt im Fall Verhaven. So gern er den auch vergessen würde.

Ich wusste, dass mich das Ganze wieder einholen würde, dachte er. Wusste, dass es eines Tages erneut hochkommen würde.

Aber auf diese Art? Sollte er tatsächlich durch die Person dieses nervösen jungen Priesters seine Schuld begleichen?

Absurd, dachte er. Nicht angemessen. Ich ziehe an zu vielen Fäden. Es gibt auch noch einen Zufall, der seine Finger im Spiel hat, nicht nur dieses verdammte Muster überall.

»Erinnern Sie sich an sie?«, wollte Gassel wissen.

Van Veeteren schaute seufzend auf die Uhr.

»Oh ja. Natürlich. Ich erinnere mich sehr gut an Ihre Tante. Eine beeindruckende Frau, zweifellos. Aber ich fürchte, die Zeit läuft uns davon. Und ich bin alles andere als überzeugt, dass ich Ihnen irgendwie behilflich sein könnte. Ich bin jahrelang einer gewissen Überschätzung unterlegen.«

»Das glaube ich nicht«, sagte Gassel.

»Hrrm, ja«, murmelte Van Veeteren. »Wie dem auch sei. Ich habe heute leider keine Zeit, und morgen fahre ich für drei Wochen nach Rom. Aber wenn Sie bereit sind, so lange zu warten, dann höre ich Ihnen natürlich gern zu, wenn ich wieder zurück in Maardam bin. Aber erwarten Sie nicht, dass ich Ihnen irgendwie von Nutzen sein kann.«

Gassel schaute sich die Regale an, während er nachzudenken schien. Dann zuckte er mit den Schultern und sah Van Veeteren unglücklich an.

»All right«, meinte er. »Ich habe keine andere Alternative. Wann sind Sie also zurück?«

»Am siebten Oktober«, sagte Van Veeteren. »Das ist ein Samstag.«

Gassel zog ein kleines Notizbuch aus der Innentasche und notierte sich das Datum.

»Dann erst einmal dankeschön, dass Sie überhaupt zugehört haben«, sagte er. »Ich hoffe nur, dass in der Zwischenzeit nichts passieren wird.«

Dann schüttelte er ihm wieder die Hand und verließ das Antiquariat. Van Veeteren blieb stehen und blickte der langen, gebeugten Gestalt hinterher, die am Schaufenster Richtung Gasse vorbeiging.

Ein junger Priester in Verwirrung, dachte er. Sucht Hilfe bei einem agnostischen ehemaligen Kriminalhauptkommissar. Die Wege des Herrn sind unergründlich.

Dann ging er hinaus, schloss den Laden ab und eilte zu dem auf ihn wartenden Zahnarztstuhl in der Meijkstraat.

5

Monica Kammerle saß vor dem Büro der Sozialpädagogin und wartete.

Während sie wartete, überlegte sie, warum sie eigentlich hier saß. Genau genommen gab es wohl zwei Gründe, aber die hingen nicht so recht miteinander zusammen. Oder rieben sich zumindest ein wenig aneinander.

Zum Einen hatte sie also diesem Priester versprochen, zur Schulpädagogin zu gehen und mit ihr über ihre Situation zu sprechen. Er hatte sie angefleht und ihr gedroht, und zum Schluss hatte sie es ihm zugesagt. Nicht, der Sozialpädagogin alles anzuvertrauen, das hatte dieser Pastor Gassel natürlich im Sinn gehabt, aber sie hatte nicht vor, so weit zu gehen. Wenn sie das wirklich gewollt hätte, dann hätte sie ja nicht den Umweg über die Kirche gehen müssen, das musste ihm wohl auch klar sein. Und es gab einen Unterschied zwischen Schweigepflicht und Schweigepflicht, das wusste sie schon seit langem.

Die ganze Sache war ihm äußerst unangenehm gewesen, das hatte sie auch bemerkt. Sie hatte ihm zu erklären versucht, dass vieles von außen schlimmer aussieht als von innen, aber das hatte er nur zur Seite geschoben.

»Mädchen, das kann so nicht weitergehen, das begreifst du ja wohl!«, hatte er gesagt, als sie ihn zum zweiten Mal getroffen hatte. »Was du mir da anvertraut hast, widerspricht jeder Ethik und allen Moralbegriffen, und es wird böse enden. Du bist zu jung, um aus so etwas unbeschadet herauszukommen. Du wirst das nicht schaffen!«

Und du bist zu unerfahren, um das zu verstehen, hatte sie gedacht.

Schließlich hatte sie ihm versprochen, hierher zu gehen, nun gut, aber bevor sie um einen Termin bat, achtete sie darauf, eine etwas anständigere Begründung zu finden. Was nicht besonders schwer gewesen war: ihre Situation mit den Schulkameraden war Besorgnis erregend genug, um Grund für ein Gespräch zu bieten, das musste jeder zugeben. Zumindest, wenn es ihr gelang, die richtigen Worte zu finden.

Als sie soweit gekommen war, hatte sie beschlossen, das Ganze etwas konkreter anzugehen.

Schulwechsel. Es war nur gut, etwas Konkretes servieren zu können. Sie beabsichtigte, dieser verblichenen fünfzigjährigen Frau – die sich Sozialpädagogin nannte und die keinen besonders Vertrauen erweckenden Eindruck vermittelt hatte, als sie sich an einem der allerersten Tage in der Aula vorgestellt hatte – ausgewählte Teile so genau wie möglich zu erklären, damit sie begriff, dass ein Schulwechsel die einzige vernünftige Lösung für eine Schülerin mit Monica Kammerles Problembild war.

Wie man es nannte. Sie kannte das schon von früher.

Ins Joannisgymnasium draußen in Löhr zum Beispiel.

Soweit sie wusste, gab es elf verschiedene Gymnasien in ganz Maardam, und wenn es eines gab, an dem sie eine gute Chance für einen Neubeginn haben könnte, dann müsste das das Joannis sein. Wenn sie irgendwo als vollkommen Unbekannte auftauchen konnte, als ein unbeschriebenes Blatt unter neuen, vorurteilsfreien Klassenkameraden, so war es dort. Kein Schüler aus der Deijkstraa hatte jemals nach Löhr gewechselt, während der Mittagspause hatte sie die Schullisten der letzten vier Jahre in der Bibliothek, wo sie in großen schwarzen Hüllen aufbewahrt wurden, durchgesehen. Ja, sie würde die Sozialpädagogin schon davon überzeugen, dass dieser Schritt vernünftig und notwendig war, das fühlte sie. Wie das dann mit Busfahrkarten, Kurswahl und anderen praktischen und technischen Dingen war … nun ja, irgendwas würde die Alte wohl auch übernehmen können. Wozu war sie denn Sozialpädagogin.

Sie musste lachen, als sie darüber nachdachte und über ihre eigene plötzliche Tatkraft. Vielleicht war es trotz allem der Priester, der ihr dabei half, aber nach Benjamins letzter Umarmung war etwas mit ihr geschehen. Wie von selbst.

Umarmung? Sie wusste nicht so recht, wie sie es nennen sollte, aber nachdem sie ihren Ekel überwunden hatte und die fast schockartige Umbewertung ihrer Beziehung, war eine Art Sturheit in ihr aufgekeimt. Sie hatte es bereits bemerkt, als sie das erste Mal zur Beichte gegangen war. Es war natürlich nicht sicher, ob es anhalten würde, sie war schon früher in Tälern versunken, und es gab viele, die behaupteten, dass die manische Depression eine Krankheit war, die sich vererbte. Aber warum nicht darauf achten, etwas zu tun, wenn man nun einmal in einem kleinen Strom von Tatkraft gelandet war?

Ja, warum nicht? Sie schaute auf die Uhr und stellte fest, dass die Sozialpädagogin sich um zehn Minuten verspätet hatte. Oder aber ihr Klient überzog seine Zeit. Die kleine Lampe über der Tür leuchtete hartnäckig rot. Irgendwie empfand Monica das fast als leichte Befriedigung, dass auch andere Schüler Probleme hatten. Dass dort drinnen offensichtlich ein anderer verwirrter und einsamer Jugendlicher saß, der nicht wusste, was er anfangen sollte. Oder sie.

Oder saß die Alte allein da drinnen, telefonierte und trank Kaffee?

Monica Kammerle seufzte, streckte sich und dachte stattdessen an Benjamin Kerran.

Es waren jetzt zehn Tage vergangen, seit er das letzte Mal von sich hatte hören lassen.

Sie konnte nicht genau sagen, ob sie das verwunderte oder

nicht. Ob ihre Mutter ihn traf, wusste sie nicht, jedenfalls hatten sie sich nicht in der Moerckstraat gesehen, da war sie sich ziemlich sicher.

Aber sie hatten miteinander gesprochen, das hatte sie herausbekommen. Durch den Ton und die Wortwahl hatte Monica herausgehört, dass ihre Mutter ziemlich abhängig von ihm geworden war. Davon, ein Verhältnis mit ihm zu haben. Und dass sie hoffte, dass etwas Ernsthafteres daraus entstehen könnte.

Es herrschte kaum Zweifel an der Sache. Ihre Mutter war nicht diejenige, die verbarg, was sie dachte und schätzte. Nicht gegenüber ihrer Tochter. Gab sich wohl auch sonst nie große Mühe, mit etwas hinterm Berg zu halten, auch wenn das manchmal nicht geschadet hätte.

Und jetzt wollte sie Benjamin Kerran weiterhin treffen. Monica hatte die ersten Risse von Unsicherheit in ihrer Stabilität bemerkt, aber je weiter die Erlebnisse des Sonntagmorgens in die Ferne rückten, umso überzeugter war sie, dass sich alles vielleicht auf irgendeine Weise regeln lassen würde.

Dass ihre Mutter und Benjamin Kerran vielleicht eine ganz normale Beziehung aufbauen würden, und dass dieses peinliche Dreieck der ersten Zeit bald in Vergessenheit geraten würde.

Warum nicht?, dachte sie erneut und überlegte gleichzeitig, ob es sein könnte, dass man ein Problem einfach nicht wahrnahm, wenn man leicht manisch war.

Wie sie sich verhalten sollte, wenn sie Benjamin Kerran das nächste Mal treffen würde, das war ihr noch nicht klar.

Und sie hatte auch keine Lust, darüber nachzudenken. Das würde sich schon zeigen, wie man so sagte. Und wie würde er sich verhalten?

Sie spürte, wie sich die Rückenlehne des Stuhls hart an ihren Rücken presste. Sie hatte keine Lust mehr, hier herumzusitzen.

Nun zeig endlich grün, du blöde Lampe!, dachte sie wütend, und wie durch ein telepathisches Wunder tat sie das auch.

»Hoppla«, flüsterte Monica Kammerle vor sich hin. Stand auf und trat durch die Tür.

Es ging leichter, als sie erwartet hatte.

Bedeutend leichter. Die Sozialpädagogin hörte ihrer Beschreibung der Schulsituation und ihrem Lösungsvorschlag der Probleme zu. Nickte aufmunternd und versprach, noch am selben Nachmittag Kontakt mit dem Joannisgymnasium aufzunehmen und nachzufragen, ob es dort einen Platz gab. Und Monica sollte am nächsten Tag zur gleichen Zeit wieder vorbeischauen, um zu hören, ob es klappte.

Man könnte meinen, sie wollte mich loswerden, kam ihr in den Sinn, als sie zurück im Klassenzimmer war, aber sie schob den Gedanken beiseite.

Und als sie am folgenden Tag wieder auf dem gesprächsfreundlichen grünen Sofa saß, erklärte die Sozialpädagogin, dass alles geregelt sei. Monica könnte im Prinzip bereits am Freitag das Joannisgymnasium besuchen, es gab dort eine Biologieklasse mit nur dreiundzwanzig Schülern, und wenn sie meinte, es würde ihr dort gefallen, dann brauchte sie nur dorthin überzuwechseln.

Sie bekam den Namen einer anderen Sozialpädagogin, die ihr dort helfen sollte, dann konnte sie das Wochenende dazu nutzen, die Eindrücke sacken zu lassen und sich zu entscheiden.

So einfach ist das, dachte Monica Kammerle. Aber vielleicht war es so, wenn man sich nur erst einmal entschlossen hatte, die Dinge anzupacken.

Und von Benjamin Kerran war mit keiner Silbe die Rede gewesen.

Am gleichen Abend, am Donnerstag, dem 21. September, erkannte sie sichere Zeichen dafür, dass ihre Mutter auf dem Weg bergab war. Als sie aus der Schule kam, lag ihre Mutter im Bett und döste vor sich hin. Monica weckte sie und erzählte ihr, dass sie beschlossen habe, die Schule zu wechseln, dass sie am nächsten Tag nach Löhr rausfahren werde, aber die Mutter nickte nur und murmelte, dass das wohl das Beste sei.

Sie habe einen Anfall von Halsschmerzen bekommen, behauptete sie, und sie hatte den heutigen Kurs versäumt. Das sei übrigens ein Scheißkurs, also sei es sowieso egal.

Sie hatte nicht eingekauft, wenn Monica etwas zu essen haben wollte, müsse sie halt in den Laden gehen oder im Gefrierschrank nachgucken. Sie selbst hatte keinen Hunger.

Es gab kein Geld in der Haushaltskasse, nur drei erbärmliche Gulden, also machte Monica sich ein Omelett und ein Brot. Als sie fertig gegessen und abgewaschen hatte, klingelte das Telefon. Sie wartete, ob ihre Mutter drangehen würde, aber offensichtlich hatte diese den Stecker im Schlafzimmer herausgezogen. Monica lief ins Wohnzimmer und nahm den Hörer ab.

Es war Benjamin.

Er saß unten auf der Straße in seinem Auto mit dem Handy in der Hand, wie er sagte. Fragte, ob sie etwas dagegen habe, ihn zu sehen und ein bisschen zu reden. Es wäre doch nicht schlecht, das eine oder andere aus der Welt zu räumen.

Sie zögerte eine Weile. Rechnete dann hastig nach und stellte fest, dass elf Tage vergangen waren, seitdem er sich aus ihrem Zimmer geschlichen hatte.

Dann sagte sie ja.

Unter der Voraussetzung, dass es nicht zu lange dauerte, fügte sie hinzu. Sie habe noch einiges zu erledigen.

Benjamin Kerran akzeptierte das, und fünf Minuten später saß sie neben ihm in seinem Auto. Er trug das gleiche Hemd wie an dem ersten Abend auf dem Sofa.

6

»Ich hatte Verschiedenes zu regeln«, sagte er. »Deshalb habe ich nicht von mir hören lassen, du musst entschuldigen.«

Sie überlegte, wie oft er eigentlich während der kurzen Zeit ihrer Bekanntschaft schon um Entschuldigung gebeten hatte. Irgendwie schien es jedes Mal, wenn sie sich trafen, seine selbstverständliche Eröffnungsreplik zu sein – um Entschuldigung zu bitten, einen Strich unter alles Vergangene zu ziehen und von neuem anzufangen. Frisch und ohne Vorbedingungen.

Aber auf lange Sicht war das wohl doch nicht so sonderlich geglückt.

»Ich auch«, sagte sie. »Es hat viel mit der Schule zu tun. Ich glaube, ich werde sie wechseln.«

»Was wirst du wechseln?«

»Die Schule.«

»Ach so.«

Er klang nicht besonders interessiert. Seine Stimme verriet ihn. Sie war anfangs so verliebt in sie gewesen, aber das beruhte möglicherweise vor allem darauf, dass er das gewollt hatte. Dass er sie wie eine Art Werkzeug benutzte.

Er strich ihr vorsichtig mit dem Handrücken über den Unterarm, bevor er den Wagen startete. Sie versuchte, auch diese leichte Berührung einzuschätzen – festzustellen, was sie dabei eigentlich fühlte – aber es gelang ihr nicht. Sie war zu oberflächlich und zu unbedeutend.

»Wohin wollen wir fahren?«

Sie zuckte mit den Schultern. Betonte, dass er es gewesen war, der reden wollte, nicht sie. Was sie betraf, so spielte es für sie keinerlei Rolle, wohin sie fuhren.

»Hast du was gegessen?«

Sie gab zu, dass es nur ein Omelett und ein Butterbrot gewesen waren, da ihre Mutter ein wenig krank war.

»Krank?«, fragte er und fuhr Richtung Zwille. »Davon hat sie mir nichts gesagt.«

»Hat erst heute angefangen. Wann hast du das letzte Mal mit ihr gesprochen?«

»Gestern. Wir haben gestern telefoniert.«

»Aber du hast sie schon eine ganze Weile nicht mehr getroffen?«

»Seit einer Woche nicht. Ich hatte reichlich zu tun, wie ich schon sagte.«

Es war nicht mehr als ein Hauch von Irritation in seiner Stimme, aber sie bemerkte es. Eine sanfte Erinnerung an ... ja, an was?, überlegte sie. Daran, dass es nicht nur die Schuld des einen war, wenn zwei einen Fehler machten? Auch nicht, wenn der eine neununddreißig und die andere sechzehn Jahre alt war?

»Aber mich zu treffen hast du Zeit genug?«

Er bog ab auf die Brücke des Vierten September, drehte den Kopf und betrachtete sie so lange, dass sie kurz davor war, ihn zu ermahnen, lieber die Augen auf der Straße zu lassen. Dann räusperte er sich, kurbelte das Seitenfenster hinunter und zündete eine Zigarette an. Sie hatte ihn noch nie zuvor rauchen sehen und nie bemerkt, dass er nach Tabak roch oder schmeckte.

»Rauchst du?«

Er lachte. »Habe aufgehört. Nur wenn es bei der Arbeit zu stressig wird, kaufe ich mir mal ein Päckchen. Willst du auch?«

Er hielt ihr die Schachtel hin. Sie schüttelte den Kopf.

»Das Wichtige dabei ist, die Kontrolle zu behalten. Ich kann jederzeit aufhören, wenn ich will.«

»Dann tu das«, sagte sie. »Hör auf, mir wird schlecht von Rauch im Auto.«

»Entschuldige«, sagte er wieder und warf die Zigarette durchs Fenster. »Das wusste ich nicht. Bist du wütend auf mich?«

»Warum fragst du das?«

»Weil ich den Eindruck habe, dass du ziemlich abweisend bist. Ganz auffällig abweisend. Darf ich dich wenigstens zum Essen einladen?«

Sie fand es merkwürdig, dass er sie zum Essen einladen wollte, wenn er sie abweisend und wütend fand, und wusste nicht, was sie sagen sollte. Plötzlich kam sie sich gemein vor. Wenn sie gar nicht mit ihm hätte reden wollen, hätte sie ihm das ja auch am Telefon sagen können. Sich weigern, mit ins Auto zu steigen, das wäre ehrlicher gewesen. Dies hier war nix Halbes und nix Ganzes, wie ihre Mutter zu sagen pflegte. Nicht mehr und nicht weniger.

Und wie auch immer, so hatte er es doch nicht verdient, auf diese kindische Art behandelt zu werden. Schließlich gehörten zwei dazu, wie gesagt.

Hatten zwei dazu gehört.

»Okay«, sagte sie. »Wir können irgendwo essen.«

Er nickte.

»Ich will nicht abweisend wirken, es ist nur so, dass ich denke, wir sollten mit dem aufhören, was wir machen«, begann sie ihre Erklärung. »Ich habe nach dem letzten Mal gemerkt, dass es nicht richtig ist, und es wäre die reine Katastrophe, wenn Mama es herauskriegen würde.«

»Wir können darüber nachdenken«, sagte er. »Was hältst du von Czerpinskis Mühle?«

Sie hatte von dem Restaurant bei Maar draußen in Bossingen gehört, war aber noch nie dort gewesen. Soweit sie wusste – und wie der Name schon sagte –, handelte es sich um eine alte, umgebaute und restaurierte Mühle. Wahrscheinlich ein ziemlich elegantes Etablissement. Mit weißen Tischdecken und so. Sie warf eilig einen Blick auf ihre Kleidung – dunkle Cordjeans und eine weinrote Batiktunika – und beschloss, dass die reichte, trotz allem. Jugendliche sind nun mal nur Jugendliche.

»Von mir aus gern«, sagte sie. »Wenn wir nur nicht zu lange bleiben, ich muss vor zehn Uhr zu Hause sein.«

»Mach dir keine Sorgen«, beruhigte er sie.

Einen kurzen Moment lang, während sie auf das Essen warteten, kam ihr ein wahnsinniger Gedanke.

Sie würde aufstehen und ihren kleinen, abgeschiedenen Tisch in der Ecke verlassen. Sich mitten in den Raum stellen und die Aufmerksamkeit der übrigen Gäste auf sich ziehen, die in dem niedrigen, lang gestreckten Raum mit der offenen Holzdecke und den groben Eichentischen an den Wänden verstreut saßen.

Sie glauben sicher, dass wir hier an diesem Tisch Vater und Tochter sind, würde sie sagen. Sie stellen sich bestimmt vor, es handle sich um einen netten Papa, der seine Tochter zu einem guten Essen einlädt, weil sie Geburtstag hat oder so. Aber dem ist nicht so. Dieser Mann hier ist mein Geliebter, und er ist auch der Geliebte meiner Mutter, nur dass Sie es wissen. Danke für Ihre Aufmerksamkeit, jetzt können Sie weiteressen.

Nur, um die Reaktion zu testen. Seine und die der anderen Gäste in diesem ach so edlen Restaurant – das überhaupt keine weißen Tischdecken hatte, aber seine Klasse durch andere subtile Details zeigte wie die Schwere der Bestecke, das dicke, gehämmerte Papier der Speisekarten, die gestärkten Leinenservietten und die noch kräftiger gestärkten Kellner.

Wir machen es auch oral, könnte sie noch hinzufügen. Mit dem Mund, wissen Sie. Nur, damit Sie Bescheid wissen, wie gesagt.

»Woran denkst du?«, wollte er wissen.

Sie spürte, wie ihre Wangen leicht glühten, und versuchte, sie mit einem Schluck Coca Cola abzukühlen.

»Da kommt das Essen«, sagte sie.

»Belastet dich das?«, fragte er. »Das zwischen dir und mir.«

Sie überlegte eine Weile.

»Vielleicht nicht direkt belasten. Aber es muss jetzt ein Ende haben. Ich dachte, das hättest du verstanden.«

Sie bemerkte, wie er erstarrte. Ein paar Sekunden lang unbeweglich sitzen blieb, bevor er ruhig und beherrscht sein Besteck auf den Teller legte.

»Ich dachte, wir hätten beide eine Verantwortung dafür zu tragen«, sagte er. »Mir ist jedenfalls so, als ob du so etwas gesagt hättest.«

Sie gab keine Antwort und sah ihn nicht an.

»Wenn ich dich als eine richtige Frau akzeptieren soll – und du willst doch wohl, dass ich das tue? –, dann musst du auch versuchen, dich wie eine richtige Frau zu verhalten. Und akzeptieren, dass ich ein Mann bin. Verstehst du, wovon ich rede?«

Eine richtige Frau?, dachte sie. Nein, ich verstehe nicht, wovon du redest.

Aber sie sagte nichts.

»Mir ist selbst klar, dass es beim letzten Mal nicht besonders schön für dich war«, fuhr er fort. »Aber so etwas kommt vor, man darf nicht aufgeben, nur weil es nicht jedes Mal das gleich starke Erlebnis ist. Man muss lernen, das zu vergessen und weiterzugehen.«

»Jetzt glaube ich doch, dass ich nicht ganz verstehe, wovon du redest«, sagte sie. »Dann meinst du, wir sollten weitermachen?«

Er nickte.

»Natürlich. Warum sollten wir nicht?«

»Na, beispielsweise weil ich nicht will.«

Er lachte und legte seine Hand auf ihre.

»Woher kannst du wissen, ob du weitermachen willst oder nicht, wenn du es nicht versucht hast?«

Sie dachte nach. Versuchte, Worte zu finden, die in irgendeiner Weise seine hartnäckige Selbstsicherheit zum Platzen bringen konnten.

»Es war nicht nur dieses letzte Mal«, sagte sie. »Es geht irgendwie um alles zusammen. Ich schaffe das nicht. Ich mag dich gern, aber nicht als Geliebten. Ich kriege das einfach nicht hin ... es ging für eine kurze Zeit gut, aber das kann nicht länger so bleiben. Du bist mehr als doppelt so alt wie ich, und du bist mit meiner Mutter zusammen.«

Er nahm seine Hand nicht weg. Saß nur ein paar Sekunden schweigend da und schien nachzudenken. Ließ den Blick zwischen verschiedenen Punkten ihres Gesichts hin und her wandern. Mund, Haaransatz, Augen.

»Bist du dir da sicher?«

»So sicher ich nur sein kann.«

»Na gut«, sagte er und lehnte sich zurück. »Vielleicht ist es ja das Beste. Wollen wir bezahlen und gehen?«

Sie nickte, entschuldigte sich und ging zur Toilette.

Der Regen setzte ein, als sie zurück zum Zentrum von Maardam fuhren. Statt am Stadion rechts abzubiegen, fuhr er weiter geradeaus, an der Pixnerbrauerei und der Keymerkirche vorbei.

»Wie geht es deiner Mutter?«, fragte er.

»Sie ist krank, das habe ich dir doch schon erzählt. Warum fahren wir hier längs? Willst du mich nicht nach Hause bringen?«

»Ich meine nicht, wie es ihr heute geht. Ich meine überhaupt.«

Sie zuckte mit den Schultern.

»Es geht so. Du kennst doch ihr Problem. Warum fahren wir hier längs?«

»Ich dachte, ich kann dir zeigen, wo ich wohne. Dagegen hast du doch wohl nichts einzuwenden, oder?«

Sie schaute auf die Uhr und sagte nichts. Es war Viertel nach neun. Sie saß eine Weile schweigend neben ihm und starrte in den Regen hinaus.

»Ich muss vor zehn Uhr zu Hause sein.«

Er klopfte ihr auf den Unterarm.

»Mach dir keine Sorgen. Können wir nicht trotzdem noch ein wenig über deine Gefühle reden? Es ist nicht gut, so Hals über Kopf eine Beziehung abzubrechen. Glaube mir, man muss auch darauf achten, dass die Wunden heilen.«

»Ich denke, ich habe genug darüber geredet.«

Sie fühlte jetzt langsam die Wut in sich aufsteigen. Er legte seine Hand wieder aufs Lenkrad.

»Genug geredet? Wie meinst du das?«

»Wie ich es sage. Ich habe genug darüber geredet, das reicht mir.«

»Ich verstehe nicht. Mit wem denn?«

Jetzt konnte sie wieder diesen Ton in seiner Stimme hören. Der ihr schon aufgefallen war, als sie sich ins Auto gesetzt hatte. Wie der Hauch eines Gewürzes, das nicht dorthin gehörte. Etwas Beißendes und leicht Bitteres. Das Wort »gefährlich« tauchte zum ersten Mal in ihrem Kopf auf.

»Mit einem Pfarrer.«

»Einem Pfarrer?«

»Ja.«

»Warum hast du mit einem Pfarrer geredet?«

»Weil ich mit jemandem darüber reden musste, natürlich.«

»Ich wusste gar nicht, dass du Pfarrer in deinem Bekanntenkreis hast.«

»Habe ich auch nicht. Er war mal in der Schule und hat uns erzählt, welche Angebote für Jugendliche es in seiner Kirche gibt. Hinterher habe ich mit ihm Kontakt aufgenommen.«

»Von welcher Kirche?«

Sie versuchte, schnell zu entscheiden, ob sie den Namen nennen sollte oder nicht, und beschloss dann, ihn zu sagen. Auch in Ordnung, dachte sie, dann kommt er jedenfalls nicht auf die Idee, dass sie sich nur alles zusammengesponnen hätte. Plötzlich gab ihr das auch das Gefühl einer Art Absicherung. Dass es noch einen außenstehenden Menschen gab, der davon wusste. Auch wenn es nur ein Pfarrer mit Schweigepflicht war.

Warum um alles in der Welt sie so eine Absicherung brauchen sollte, darüber konnte sie nicht mehr nachdenken.

»Von welcher Kirche?«, wiederholte er.

»Von der draußen in Leimaar. Pastor Gassel. Ich habe ihn zweimal getroffen, das gehört zu ihren Aufgaben, den Leuten zuzuhören und darüber zu schweigen. Wie bei einer Art Beichte, auch wenn sie keine Katholiken sind.«

Er nickte leicht und kratzte sich dann am Hals.

»Aber deiner Mutter hast du nichts erzählt?«

»Natürlich nicht.«

Er bog hinter der Universität nach links in die Geldenerstraat ein und parkte in einer der Gassen, die auf den Keymerfriedhof zuliefen. Der Regen war stärker geworden, und auf den dunklen Straßenstummeln war kein Mensch zu sehen. Er stellte den Motor ab und zog den Schlüssel heraus, machte aber keinerlei Anstalten, auszusteigen. Blieb sitzen und trommelte mit den Fingern auf das Lenkrad.

»Und was meinst du, was würde passieren, wenn sie davon erführe? Wenn ihr jemand erzählte, was zwischen uns ist?«

»Wie meinst du das? Sie wird nichts davon erfahren.«

»Natürlich nicht. Aber was glaubst du, wie sie es aufnehmen würde? Rein hypothetisch, meine ich.«

»Ich verstehe nicht, warum du das wissen willst. Es ist ja wohl sonnenklar, was das für ein Schock für sie wäre, darüber haben wir doch schon früher gesprochen.«

Er trommelte eine Weile weiter.

»Dann findest du nicht, dass es eine gute Idee wäre, wenn ich es ihr erzählen würde?«

Monica starrte ihn von der Seite an.

»Warum solltest du ... ?«

»Weil ich ein gewisses Bedürfnis nach Ehrlichkeit habe, selbst ich. Und offenbar ein größeres als du und sie.«

Im Bruchteil einer Sekunde begriff sie alles. Und ebenso plötzlich wusste sie, was das beinhalten konnte. Weder er noch sie, die Schuldigen, würden am schlimmsten dran sein, wenn alles ans Licht käme, sondern ihre Mutter. Daran gab es keinen Zweifel. Ein doppelter Betrug dieser Art – durch ihren Liebhaber und ihre einzige Tochter – bei ihrer zerbrechlichen Natur und ihrer labilen Situation ... nein, das musste Monica sich widerwillig eingestehen, alles, nur das nicht. Und dann noch bei dem Zustand, in dem sie im Augenblick war ...

Die Erinnerung an Mutters käsiges Gesicht im Bett am Nachmittag tauchte vor ihr auf, und sie spürte, wie die Tränen hinter ihren Augen brannten. Sie schluckte und versuchte, sich zu sammeln.

»Das darfst du nicht tun«, sagte sie. »Hörst du! Das darfst du auf keinen Fall tun!«

Er holte tief Luft und nahm die Hände vom Lenkrad.

»Nein«, sagte er. »Ich weiß. Aber könnten wir nicht für einen Augenblick hochgehen und darüber nachdenken?«

Sie warf einen verwirrten Blick durch die nasse Seitenfensterscheibe auf die dunkle Hausfassade.

»Wohnst du hier?«

»Ja, natürlich. Wollen wir raufgehen?«

Sie schaute wieder auf die Uhr, obwohl sie wusste, dass es keine Rolle mehr spielte, wie spät es war. Ob sie um zehn oder elf zu Hause war oder noch später. Sie öffnete ihre Tür und stieg aus.

Er lief um den Wagen herum, legte ihr den Arm um die Schultern und führte sie behutsam durch den Regen, in eine zehn Meter vom Friedhof entfernt gelegene Toreinfahrt. Das Haus war ein altes Ziegelhaus mit vier oder fünf Stockwerken, wie sie gerade noch registrieren konnte, und offenbar zog es sich die ganze Straße entlang. Durch die Toreinfahrt kamen sie auf einen Innenhof mit Fahrradständer, Müllraum und Bänken, auf denen man unter einem großen Baum sitzen konnte, von dem sie annahm, dass es eine Ulme war. Alles zusammen erinnerte sie ein wenig an die Palitzerlaan, und sie fühlte einen leichten Stich des Verlustes in der Brust.

»Was für ein schönes Haus«, sagte sie.

»Jugendstil«, sagte er. »Vor ziemlich genau hundert Jahren gebaut. Ja, es ist schön.«

Die Wohnung war auch schön. Gelinde gesagt. Vier Zimmer und Küche, wenn sie richtig zählte, breite Bodendielen aus hellem, geädertem Holz und ein offener Kamin in dem größten Zimmer. Schwere, dunkle Möbel, aber weit auseinander stehend – und an fast allen Wänden gut gefüllte Bücherregale. Zwei große tiefe Sofas und dicke Teppiche. Sie versuchte, die Wohnung mit der in der Moerckstraat zu vergleichen und fühlte etwas Neues in der Brust.

Er musste reich sein, kam ihr in den Sinn. Was wollte er dann mit solchen wie ihnen, ihrer Mutter und ihr?

»Was für ein Name stand da an der Tür?«, fragte sie. »Das war nicht deiner.«

»Was hast du gesagt?«, rief er aus der Küche.

»Es stand nicht Kerran an der Tür.«

Er kam zurück in das Wohnzimmer.

»Ach so, das ... nein, ich hatte im Frühling einen Untermieter. Einen Studenten. Er wollte unbedingt seinen Namen dort haben, damit die Leute ihn auch finden ... Ich habe ganz einfach vergessen, das Schild wieder abzunehmen. Willst du was zu trinken?«

Sie schüttelte den Kopf.

»Können wir das jetzt nicht gleich besprechen, dann haben wir es hinter uns?«

Sie setzte sich auf eines der Sofas, und er sank neben ihr nieder, nachdem er einen Augenblick stehen geblieben war und überlegt hatte.

»Ich habe nicht gedacht, dass wir nur miteinander reden sollten.«

Noch bevor sie antworten konnte, war er wieder aufgestanden. Ging erneut in die Küche und kam mit einer einzelnen Kerze in einem Kerzenständer zurück. Er löschte die Deckenbeleuchtung, indem er den Schalter an der Tür betätigte, zündete die Kerze mit einem Feuerzeug an und stellte sie auf den Tisch. Setzte sich wieder neben sie. Sie verstand so langsam, was folgen würde.

Ich will nicht, dachte sie. Nicht noch einmal.

»Es wäre doch nicht gut, wenn deine Mutter von uns etwas erfahren würde?«, fragte er.

»Nein ...«

»Kannst du dann nicht noch ein einziges Mal lieb zu mir sein, dann verspreche ich dir auch, dass ich kein Sterbenswörtchen sage.«

Sie hätte sich niemals vorstellen können, dass es möglich war, so sanftes Flehen und eiskaltes Drohen in einer so raffinierten Art und Weise zu vermischen, wie es gerade geschehen war. Sie versuchte zu schlucken, aber ihr Mund war so trocken, dass es bei einer hohlen Krampfbewegung blieb. Er umfasste ihre Schultern und zog sie näher an sich heran.

»Ich will nicht«, sagte sie.

Es vergingen ein paar Sekunden, in denen ausschließlich seine ruhigen, gleichförmigen Atemzüge und der Regen zu hören waren, der aufs Fensterblech trommelte. Als er anschließend wieder zu sprechen begann, dachte sie einen verwirrten Augenblick lang, es handle sich um jemand vollkommen anderen. Dass er es gar nicht wäre.

»Es ist mir scheißegal, ob du willst oder nicht, du verfluchtes Hurenkind«, sagte er. »Jetzt hast du die Güte und fickst mit mir, sonst sorge ich dafür, dass deine verdammte Mutter für den Rest ihres Lebens im Krankenhaus liegt.«

Das gab er in fast normalem Gesprächston von sich, und zunächst glaubte sie, sich verhört zu haben. Dann begriff sie, dass er haargenau das meinte, was er sagte. Mit einem Arm hielt er sie um Rücken und Schultern fest, die andere Hand presste er auf ihren Schoß. Zum ersten Mal begriff sie auch, wie stark er eigentlich war und wie unendlich wenig sie ihm entgegenzusetzen hatte, wenn er ihr seinen Willen aufzwingen wollte.

»Hast du kapiert, du Fotze? Zieh dich aus!«

Ihr wurde schwarz vor Augen, sie hatte immer geglaubt, so etwas passiere nur in schlechten Büchern und alten Mädchenzeitschriften, aber jetzt musste sie es selbst erleben. Es wurde wirklich schwarz. Die kleine Kerzenflamme flackerte und verschwand so plötzlich, als hätte sie jemand ausgepustet, und es dauerte ein paar Sekunden, bis sie wieder angezündet war.

Hilfe, dachte sie. Gott. Mama ...

Er zog sie härter an sich heran und küsste sie. Zwang ihre Kiefer auseinander und schob seine Zunge so weit in ihren Mund, dass sie fast keine Luft mehr bekam.

Dann ließ er sie los.

»Oder möchtest du es etwas sanfter haben?«

Sie keuchte und versuchte, einen vernünftigen Gedanken zu fassen. Nur einen einzigen.

»Ja«, sagte sie. »Ja, bitte.«

Der Gedanke kam. Langsam wie ein Dieb in der Nacht. Ich muss ihn umbringen, sagte er. Irgendwie. Umbringen.

»Zieh deine Tunika aus«, sagte er.

Sie tat es.

»Und den BH.«

Sie beugte sich auf dem Sofa nach vorn und knüpfte die Haken hinterm Rücken auf. Aber er interessierte sich nicht für ihre Brust. Stand stattdessen auf und stellte sich hinter sie. Schob ihr Haar zur Seite und legte ihr die Hände auf die nackten Schultern. Sie spürte, wie sie erstarrte.

»Du verkrampfst dich«, sagte er und tastete mit den Fingern die scharfen Ränder des Schlüsselbeins entlang, schob sie näher zum Hals hin. »Meine Fingerspitzen sind kleine Seismographen. Ich kann fast deine Gedanken ertasten ... My sick rose. My sick, sick rose ...«

»Ich muss mal pinkeln«, sagte sie. »Wo ist die Toilette?«
»Pinkeln?«
»Ja.«
»Ich zeige sie dir«, sagte er.
Sie stand auf. Er ließ seine Finger auf ihren Schultern liegen und folgte ihr auf den Flur, als ginge es um irgend so eine idiotische Polonäse.
Muss ihn umbringen, sang es in ihr. Muss eine Möglichkeit finden …
»Wie Seismographen …«, wiederholte er.

London,
August 1998

7

Zunächst waren es die beiden.

Beide in den Dreißigern. Beide fröhlich und etwas beschwipst nach einem Kinobesuch am Leicester Square und einem Restaurantbesuch zu zweit. Sie wohnten beide in Camden Town, das Pub lag genau auf halbem Weg von der Oxford Street, es war nicht das erste Mal, dass sie auf dem Heimweg hier einkehrten.

Er selbst war im alten Garrick im Theater gewesen – in einem dieser unbegreiflich seichten und nichtssagenden West-End-Erfolgsstücken, die eine Touristensaison nach der anderen vor vollem Haus liefen. Glücklicherweise hatte es eine Pause gegeben, in der er sich fortgestohlen hatte, und danach war er auf dem Weg zu seinem Hotel am Regent's Park in drei Pubs gewesen. Dieses hier war das vierte.

The Green Stallion. Die Uhr zeigte schon nach elf, aber offensichtlich war das hier einer der Orte, die sich nicht länger an die alten Schankvorschriften hielten. Er hatte gerade einen neuen Lauder's und ein Pint bekommen, als sie hereinkamen und fragten, ob die Stühle an seinem Tisch noch frei seien. Ansonsten war es an dem langen Tresen und an allen Tischen voll und gedrängt. Soweit er sehen konnte, gab es außer den beiden Stühlen bei ihm keine anderen freien mehr. So war es nun einmal – er breitete lächelnd die Arme aus.

Die Frauen erwiderten sein Lächeln und setzten sich. Zündeten jede eine Zigarette an und stellten sich vor. Beth und Svetlana. Offenbar in Redelaune.

Svetlana war Russin, aber in Luton geboren. Ihre Eltern hatten sich während des Tauwetters der frühen Sechziger auf verschlungenen Wegen aus der alten Sowjetgesellschaft davonstehlen können, und es war natürlich ein verdammtes Rätsel, warum sie ihrem ersten im Westen geborenen Kind den gleichen Namen wie Stalins Tochter gaben. A fucking mystery!

Erzählte Beth und lachte mit zweiunddreißig untadeligen Zähnen.

»Beth is just another London bitch who knows nothing about nothing«, erklärte Svetlana. »Who are you, please?«

Er erzählte nicht, wer er war. Aus irgendeiner dunklen Ahnung heraus nannte er stattdessen einen anderen Namen und eine andere Nationalität.

Blieb aber bei seinem Beruf. Der beeindruckte beide ein wenig, das konnte er sehen, und plötzlich wurde ihm bewusst, dass er sie haben wollte.

Oder eine von ihnen. Ganz gleich, welche, das spielte keine Rolle, aber zum ersten Mal seit langer, langer Zeit fühlte er, dass er wieder mit einer Frau schlafen musste.

Wobei nicht klar war, woran das lag. Vielleicht war es die fremde und dennoch vertraute Stadt. Eine Art Wiedersehen. Er war schon Dutzende Male hier gewesen, aber wenn er nachrechnete, wurde ihm klar, dass es sechs Jahre her sein musste seit dem letzten Mal. Sechs Jahre ...

Vielleicht war es der heiße Sommerabend, vielleicht war es der Alkohol. Er war angenehm beschwipst, und wenn er den beiden Frauen zuprostete, nahm er sich reichlich Zeit, tief in alle vier Augen zu schauen. In keinem konnte er auch nur einen Hauch von Widerstand finden. Ganz im Gegenteil. In vino veritas, dachte er und trank.

Vielleicht war es auch nur die Zeit. Es hatte drei Jahre gedauert, und jetzt war es zu Ende. Eigentlich brauchte es nichts Bemerkenswerteres als diese Begründung. Man musste lernen zu warten, wie seine Mutter immer sagte. Wenn du nur Geduld hast, dann kriegst du alles, was du willst, mein Junge. Keine Frau wird dir jemals etwas abschlagen, niemals, denk dran.

Nicht einmal deine Mutter.

Ihm wurde bewusst, dass er genau über diese Worte nachdachte, als Beth und Svetlana ihn zufällig allein gelassen hatten, um sich die Nasen zu pudern.

Keine Frau wird dir jemals …

Es wurde Beth.

Offenbar hatten sie es während des vorgeschobenen Toilettenbesuchs beschlossen, denn kurz nachdem sie wieder am Tisch angekommen waren, stellte sich heraus, dass Svetlana gedachte, nach Hause zu gehen. Ein paar Minuten nach zwölf verließ sie die beiden und wünschte noch weiterhin einen schönen Abend. Mit eindeutig vielsagendem Blick und slawischen Wangenküssen.

Sie unterhielten sich noch eine halbe Stunde lang. Dann nahmen sie ein Taxi zu Beths kleiner Wohnung in der Camden Town Road. Zwar war es näher zu seinem Hotel, aber ein Zuhause ist durch nichts zu ersetzen, und außerdem hatte sie eine Flasche Weißwein im Kühlschrank und ein Hähnchen, das nur noch heiß gemacht werden musste.

Irgendwann kurz nach zwei wollte sie plötzlich nicht mehr.

Er selbst war ganz nackt, und sie hatte nur noch den Slip an, als sie ohne Vorwarnung Stopp sagte. Sie lagen fast auf ihrem schmalen Sofa, der Wein war fast ausgetrunken, die Hähnchenreste lagen auf dem Tisch, und sie hatte eine Weile sein hartes Glied gestreichelt.

»I can do it for you«, sagte sie.

Aber sie wollte an diesem Abend nicht mit ihm schlafen. Ein andermal vielleicht, wenn er noch länger in der Stadt blieb?

Denn jetzt klappte es einfach nicht. Ob er das verstehen könne?

Er sagte, das könne er. Schob ihre Hand fort und blieb eine Weile sitzen, während sie den restlichen Wein austranken. Dann rappelte er sich auf und stellte sich hinter sie, die Hände auf ihren Schultern. Schob ihr rotgefärbtes Haar beiseite und begann, langsam mit den Fingern über die weiche, nackte Haut und die scharfen Ränder des Schlüsselbeins zu streichen.

Fragte, ob er sie ein wenig massieren dürfte.

Sie nickte unentschlossen und richtete sich auf.

Er arbeitete ein paar Minuten lang vorsichtig mit den Händen und brachte sie dazu, die Schultern fallen zu lassen und sich zu entspannen. Sie sagte, dass es ihr gefiele. Er antwortete, ihm auch. Er könne fühlen, dass sie eine sensible, warmblütige Frau sei.

Dann spürte er die Blutsäule in sich aufsteigen, und dann erwürgte er sie.

Es war schätzungsweise nach eineinhalb Minuten vorbei. Er zog ihr den roten Slip aus und legte sie auf den Rücken auf den Boden. Schob ihre Beine auseinander und platzierte sie so, dass ihre Scham offen und ahnungslos einladend dalag. Ihre tote Scham.

Onanierte und wischte sich mit dem Slip ab.

Eine Stunde später war er wieder in seinem Hotelzimmer. Ging ins Bett und schlief bis zwölf Uhr am folgenden Tag.

Das Flugzeug startete fahrplangemäß am selben Abend von Heathrow, und als er sah, wie die Vielmillionenstadt unter dem Kabinenfenster zur reinen Bedeutungslosigkeit schrumpfte, dachte er, dass sie niemals Beth Lindleys Mörder finden würden.

Niemals.

Er dachte auch, dass er in Zukunft vorsichtig sein musste, was Frauen betraf. Sich vielleicht ganz und gar von ihnen fern halten, das wäre natürlich das Sicherste – aber wenn es doch dazu kommen würde, dann wäre es sicher klug, ein wenig vorauszuplanen.

Sehr klug. Er bestellte bei der Stewardess einen Whisky und stellte fest, dass er vor sich hin lächelte.

Maardam,
September bis Oktober 2000

8

Drei Tage lang ging sie nicht raus.

Drei Nächte und drei Tage. Genau zweiundsiebzigeinhalb Stunden brachte sie in ihrem Zimmer zu, nur kurz unterbrochen von Gängen zur Toilette. Oder in die Küche, um Wasser zu trinken und etwas zu essen. Ein Butterbrot. Einen Becher Joghurt. Ein kleines Stück Brot, es gab nicht viel daheim – und es blieb ein Rätsel, wie diese Zeit, diese unendlichen Stunden und diese hartnäckigen, grotesk in die Länge gezogenen Minuten sich durch ihr Bewusstsein zogen, ohne sie verrückt zu machen.

Aber vielleicht wurde sie ja doch verrückt. Hinterher – bereits als sie um Viertel vor Zwölf am Sonntagabend auf die regennasse Straße trat – hatte sie das Gefühl, als hätte es diese eingesperrten Tage gar nicht gegeben.

Als wären sie gekommen und gegangen, ohne sie zu berühren.

Sie in ihrem Zimmer, ihre Mutter in dem ihren. Drei kleine Zimmer und Küche. Moerckstraat. Regenwetter und Regenwetter und kein Essen im Kühlschrank. Eine manisch-depressive Frau und ihre verrückte Tochter, die kurz zuvor den gemeinsamen Liebhaber ermordet hatte.

Wenn das keine denkwürdigen Tage waren.

Ich bin krank, hatte ihre Mutter jedes Mal verkündet, wenn sie am Freitagnachmittag aufeinander stießen. Und dazu ein wenig gehustet. Als ob Monica nichts gewusst hätte. Als ob sie eine leicht hinters Licht zu führende Idiotin wäre, die alles glaubte.

Ich auch, hatte sie geantwortet.

Und ich habe Angst, hätte sie hinzufügen können, wenn sie davon hätte ausgehen können, dass ihre Mutter zuhörte. Oder wenn sie eine andere Art von Mutter gehabt hätte.

Und verrückt. Und verzweifelt. Und außer mir vor Angst.

Nein, das hätte sie vielleicht doch nicht sagen können. Nicht einmal in der besten aller Familien.

Ich gehe wieder ins Bett, hatte ihre Mutter gesagt. Tu du das auch. Da liegt was in der Luft.

Auf dem Rücken im Bett also. Der Blick zur Decke oder die Augen geschlossen, das war ganz gleich. Die Bilder kamen. Immer die gleichen Bilder, der gleiche Film. Immer und immer wieder in einem nie enden wollenden Strom, bis sie sich die Finger tief in die Augenhöhlen bohren und diese widerlichen Projektoren mit Stumpf und Stiel herausreißen würde und dann ein für alle Mal allem ein Ende bereiten und in die Dunkelheit, das Schweigen und die ewige, barmherzige Ruhe fallen würde und vergessen könnte ... diese Bilder.

Benjamin Kerran.

Der im Badezimmer steht und sie betrachtet.

Einfach nur dasteht, während sie selbst hingekauert dasitzt und pinkelt und versucht, sich noch ein paar Tropfen abzupressen und dabei fieberhaft nach einem Plan in ihrem Kopf sucht. Sinnlos und verzweifelt alle Möglichkeiten verwirft, bevor sie in ihrem chaotisch flimmernden Bewusstsein an die Oberfläche gelangen. Er schiebt seine Hand unter den Hosenbund und sieht sie mit glänzenden Augen und einem immer höhnischeren Grinsen an, und plötzlich lässt er sein steifes Glied durch den Schlitz hervorschnellen, fast in einer Art perversem Triumph, und befiehlt ihr, ihn zu lutschen, während sie immer noch auf der Toilette sitzt. Das erregt ihn, wie er sagt. Nein, er befiehlt nicht, Benjamin Kerran befiehlt nicht, die Situation verlangt das gar nicht. Ist nicht danach. Stattdessen wendet er wieder die gleiche sonderbare Mischung aus Drohung und Flehen an wie früher, das genügt. Du willst doch nicht, dass deine Mutter von uns erfährt?, fragt er. Nur dieser Satz. Nur dieses eine Mal ... wollen wir uns nicht auch einen schönen Abschluss gönnen, wo es doch so schön angefangen hat?

Und sie ist ihm zu Willen. Ist fast am Ersticken, weil er ihr so weit in den Rachen hineinstößt, ist aber dem Ersticken noch näher, als sie daran denkt, wie es wohl wäre, wenn sie ihm die Schwanzspitze abbisse. Einfach mit den Zähnen so weit zuhacken, wie sie kann, würde sie das retten? Reicht das, einen Mann zu töten, wenn man ihm den Schwanz abbeißt? Und reicht dazu ein kräftiger Biss?

Sie weiß es nicht, und sie tut es nicht. Das ist nicht nötig, denn im gleichen Moment entdeckt sie eine Schere, die schräg hinter seinem Rücken auf einem Regal liegt, jetzt ist keine Planung mehr nötig, jetzt muss sie nur noch ruhig und berechnend den richtigen Augenblick abwarten. Mehr nicht.

Und sie sieht in dem nervenaufreibenden Vorführgerät ihrer Erinnerung, wie sie spült und aufsteht. Sieht sich selbst von außen und von innen. Diese drei Tage alten Bilder, die dennoch älter sind als das Leben selbst, wie ihr scheint ... Zwingt ihn aus ihrem Mund, packt ihn aber stattdessen mit der Hand, wichst ihn vorsichtig und gleichzeitig hart, genau wie er es ihr während der kurzen und verzauberten Zeit beigebracht hat, die sie sich kannten, und schiebt sich langsam hinter seinen Rücken. Hält sein steifes Glied mit der linken Hand, den Arm um seinen Körper, trifft auf seine grünen Augen im Spiegel, streckt sich außerhalb seines Sichtfelds nach der Schere, greift sie lautlos und stößt sie mit einer einzigen schrecklichen Bewegung direkt in den Bauch. Ohne einen Gedanken im Kopf.

Sieht seinen Blick im gleichen Spiegel wieder, wie der sich zunächst weitet und für den Bruchteil einer Sekunde unverstellte Verwunderung ausdrückt. Dann Schmerzen. Dann nichts mehr.

Sie spürt, wie seine Männlichkeit in ihrer Hand zusammenfällt, genauso schnell wie ein Ballon, dem die Luft ausgeht.

Sieht – und spürt – ihn ohne ein Geräusch zusammenklappen, nur ein Zischen ist zu hören, wie der Luftstrom aus einem Ballon entweicht, nur lauter. Er fällt wie ein vom Schlag getroffener Ochse, wie ein angeschossenes Tier, auf den blaugrünen Fliesenboden mit den kleinen Punkten, falschen Fossilien und echten Wärmeschlangen, und direkt über seinem rechten Hüftknochen ragt der glänzende Griff der Schere wie ein magisches, mythologisches Zeichen heraus. Die Scherenschenkel sind vollkommen in ihn eingedrungen, mindestens zehn Zentimeter tief, und noch während sie dort steht, auf seinen Körper und ihr eigenes Gesicht im Spiegel starrt, überlegt sie, ob er wohl tot ist. Schon tot? Ist das so einfach? Dauert das nicht länger? Ist dazu so wenig notwendig?

Und sie sieht – in dem starrköpfigen Vorführapparat ihres Gedächtnisses –, wie sie das Badezimmer verlässt, von dort verschwindet, aus der Wohnung eilt. Wie sie die Tür mit einem lauten Knall, der im Treppenhaus widerhallt und ihr im Ohr bleibt, hinter sich zuwirft, bis sie draußen auf dem Hof mit dem Fahrradständer, dem Müllraum, der Ulme und der Bank ist, denn im Kino ihrer Erinnerung läuft ein Tonfilm. Und noch ein anderes Geräusch bleibt hängen, und sie weiß nicht, ob das real ist oder nur eine Illusion, eine Halluzination oder eine Täuschung, es ist ihr, als hätte sie genau in dem Moment, als sie die Tür zuwarf, genau da oder eine halbe Sekunde zuvor, ihn ihren Namen rufen hören.

Monica!

Ist das möglich? Hat sie das wirklich gehört?

Sie sieht auch, wie sie durch den Regen läuft. Hierhin und dorthin durch die dunklen Gassen irrt, die zu schwanken scheinen, immer neue Biegungen haben und sich zu einem vollkommen neuen und unbekannten Areal verzweigen, sodass sie nicht mehr weiß, wo sie ist und wo es nach Hause geht. Mindestens eine Stunde lang irrt sie auf diese Art und Weise umher, vielleicht will sie ja auch gar nicht nach Hause, bleibt drei oder vier

Mal an einer Häuserwand stehen, um sich zu übergeben, einmal gelingt es ihr, die anderen Male nicht, und als sie in der Küche in der Moerckstraat ankommt, zeigt die Uhr, die alte, unverwüstliche Messingpendeluhr, die sie und ihr Papa einmal bei einer Auktion gekauft haben, als sie erst fünf Jahre alt war, Viertel nach elf, und ihre Mutter sitzt in dem großen Zimmer vor einer blauflimmernden Krimiserie im Fernseher und sagt nicht einmal Hallo.

Nicht einmal Hallo sagt sie und fragt nicht, wo ihre Tochter gewesen ist.

Und die Tochter erzählt ihr nicht, dass sie soeben ihrer beider Liebhaber getötet hat. Sie bleibt nur auf der Schwelle zum Wohnzimmer stehen, das ganz gewiss eines der kleinsten Wohnzimmer in der ganzen Stadt ist, und starrt eine Weile auf Mutters ungekämmten Nacken und die schnellen, kantigen Bilder auf dem Bildschirm. Dann geht sie in ihr Zimmer und bleibt dort drei Tage lang.

Drei Nächte und drei Tage.

Zweiundsiebzigeinhalb Stunden.

Dann geht sie hinaus.

Das Café hieß Duisart's und hatte offenbar bis drei Uhr geöffnet.

Es lag in einer der Gassen zwischen Armastenplejn und Langgraacht, es war ihr nie zuvor aufgefallen, aber das hier war auch nicht gerade ein ihr vertrautes Viertel. Das Licht schien schmutziggelb, das Lokal sah ein wenig heruntergekommen aus, aber sie fand eine Ecke, in der sie nicht zu sehen war und auch keinen der vereinzelten anderen Gäste sehen musste, die mit Kaffee, alkoholischen Getränken und Zigaretten über die runden kleinen Plastiktische gebeugt dasaßen. Männer, fast nur Männer. Im Alter so zwischen fünfunddreißig und hundert. Einzeln oder zu zweit. Eine ältere, betrunkene Frau mit einem gefleckten Hund in einer Ecke.

Sie bestellte sich Kaffee und ein Glas Cognac. Der Kellner mit Pferdeschwanz und Nasenring und einer auf die Wange tätowierten Blume schien einen Moment ihr Alter abzuschätzen, zuckte dann mit den Schultern und kam in weniger als einer Minute mit Tasse und Glas auf einem Tablett zurück.

Sie schnupperte an dem Kaffee und an dem starken Getränk im Glas. Alkohol war sie nicht gewohnt, absolut nicht, aber eine Stimme in ihr sagte, dass sie ihn jetzt brauchen würde. Etwas Starkes. Etwas Unerlaubtes.

Sie musste klar denken jetzt, ganz einfach. Brauchte Hilfe, um klar denken zu können.

Musste die abgedroschene Filmvorführung ausschalten und weiterkommen. Genau das. Und zwar genau jetzt. Sie kippte das Glas und winkte dem Kellner nach einem zweiten.

Ich habe einen Menschen getötet, begann sie.

Einen Mann, der der Geliebte meiner Mutter war. Und mein Geliebter.

Der verdient hat zu sterben. Verdient hat, nicht mehr zu leben.

Weiter.

Warum? Warum hat er verdient zu sterben?

Weil er sie ausnutzte. Sie selbst und ihre Mutter und ihrer beider unerhörte Schwäche.

Meine Schuld ist nicht groß, fuhr sie fort. Sie ist schmetterlingsleicht. Ich werde sie tragen können, und niemand sonst muss davon wissen. Niemand weiß, was ich gemacht habe, niemand weiß etwas von Benjamin Kerran und mir, und jetzt ist das alles nur noch in meinem Kopf verborgen. Es schmerzt und scheuert und macht mich wahnsinnig, aber es existiert dennoch nur dort. Und es wird vorbeigehen ... meine Mutter ahnt nichts und darf auch nichts ahnen, und sollte sonst jemand etwas von unserer Verbindung zu Benjamin Kerran wissen, so hat das nichts mit seinem Tod zu tun ... meine Mutter, ich meine, meine Mutter wird mit seinem Tod nicht in Verbindung gebracht werden, es gibt keinen Grund, er hat sie sicher genauso verheimlicht wie mich, und wenn man ihn findet, wird niemand ahnen … die beiden haben sich insgesamt sicher höchstens fünf oder sechs Mal getroffen … nein, es gibt keine Spur, die zu meiner Mutter oder mir führt. Man wird natürlich nach einem Täter suchen oder nach einer Täterin, aber man wird niemals in der Nähe einer engen kleinen Wohnung in der Moerckstraat suchen, deren Deckenhöhe so niedrig ist, dass sogar ein Haustier sich darin ducken würde, es gibt keinen Grund, an so einem Ort nach etwas zu suchen. Und keinen Grund, etwas zu befürchten, keinen Grund, Angst zu haben, keinen Grund …

Der Kellner kam mit dem zweiten Glas, und sie unterbrach ihre Gedanken. Schnitt sie einfach ab, wie man einen zu langen Nähfaden abbeißt. Bezahlte und wartete, bis er sich wieder entfernt hatte. Kippte das Glas in die halb leere Kaffeetasse, wie sie es bei ihrer Mutter gesehen hatte und wie es ihrer Erinnerung nach ihr Vater immer gemacht hatte, und probierte das Gemisch. Gab einen Teelöffel Zucker dazu, rührte um und versuchte noch einmal. Bedeutend besser! Schmeckte fast gut – und wärmte. Sie hatte noch nie geraucht – höchstens ein paar alberne Züge bei irgend so einer peinlichen Tanzveranstaltung in der Fünften oder Sechsten –, aber jetzt wünschte sie sich plötzlich, sie hätte eine Zigarette, an der sie ziehen könnte, während sie in dieser regnerischen Nacht in diesem düsteren Café saß.

Stattdessen kam die Stimme zurück. Der Gedanke an die Stimme. Tauchte wie ein saures Aufstoßen in ihrem Kopf auf, Benjamin Kerrans Ruf aus dem Badezimmer, kurz bevor sie die Tür zuwirft und die Treppen hinunterrast.

Monica!

War das möglich? War das nicht nur Einbildung? Oder ein halluzinatorischer Ruf von der anderen Seite des Grabs?

Oder konnte es tatsächlich sein, dass sie ihn gehört hatte? Dass er wirklich da drinnen von dem warmen Fliesenboden aus gerufen hatte, die Schere zehn Zentimeter im Bauch, der

Schwanz wie ein pathetischer kleiner Wurmfortsatz und die Hose um die Schenkel schlackernd?

Dass er nicht gestorben war?

Dass er trotz allem noch lebte?

Zumindest in dem Moment, in dem Augenblick, als sie ihn verließ und wie eine verschreckte Wahnsinnige in die Nacht hinausgelaufen war, mit einem Verstand, zersplittert wie ein Eiszapfen unter dem schweren Stiefel der Wirklichkeit?

Woher kommen diese Worte?, überlegte sie plötzlich. *Die schweren Stiefel der Wirklichkeit?* Wahrscheinlich etwas, was sie gelesen hatte, einsame Mädchen lesen die meisten Bücher auf der ganzen Welt, das hatte eine Lehrerin einmal in der vierten Klasse vor der versammelten Elternschaft verkündet, was so ein aufschlussreiches Wissen nun immer für einen pädagogischen Wert haben mochte, aber es war natürlich nicht besonders sinnvoll, darüber gerade jetzt nachzudenken, hier zu sitzen und zu versuchen, die eigenen zweifelhaften Gedanken auf ihren zweifelhaften Ursprung zurückzuführen ... wichtiger war es, sie zu sammeln, sie in die richtige Richtung zu bringen und ein wenig Klarheit zu schaffen. Zu beschließen, was sie machen sollte. War sie betrunken? Schon nach eineinhalb Glas zumindest beschwipst? Nicht auszuschließen, sie hatte während der letzten drei Tage kaum etwas gegessen, so gut wie nichts, und der Alkohol trifft einen mit größerer Kraft, wenn man einen leeren Magen hat, das wusste sogar sie. Sogar Monica Kammerle wusste das – aber es gab eine andere Sache, die sie nicht wusste, und das war genauer betrachtet in diesem Augenblick für sie das Allerwichtigste auf der Welt.

War er tot?

War Benjamin Kerran wirklich da oben im Badezimmer gestorben? Hatte sie seinem Leben ein Ende gesetzt, indem sie ihm die Schere in den Bauch gestoßen hatte, oder hatte sie ihn nur verletzt?

Scheiße, dachte sie und leerte die Tasse. Verdammte, blöde

Scheiße, ich weiß es nicht. Ich bin eine so verflucht nutzlose Idiotin, dass ich nicht einmal weiß, ob ich ihn nun umgebracht habe oder nicht! Idiotin, Monica Kammerle, du bist nur eine arme, blöde Idiotin und bald genauso verrückt wie deine Mutter, und ihr werdet noch alle beide im Irrenhaus enden, das ist nur noch eine Frage der Zeit, wann ihr da unter gelben Decken liegt und euch gegenseitig Gesellschaft leistet in dem leichten Geruch nach verwesenden Nelken und schlecht gewaschenen Körpern …

Fast wie eine Bestätigung dieser letzten Feststellung brachen im gleichen Moment zwei Männer an einem anderen Tisch in Gelächter aus.

Ein rohes, rasselndes, lautes Gelächter wie aus einem alten Horrorfilm, begleitet von Flüchen, auf den Tisch fallenden Fäusten und Fußetrampeln. Sie beugte sich vor und konnte sie durch ein spärliches Spalier sehen, an dem eigentlich einige Rankengewächse hatten wachsen sollen, was sie aber nicht getan hatten und wohl auch nie tun würden. Sie sah, wie der eine Kerl mit dem Griff eines Teelöffels in seinem rechten Ohr bohrte und wie der andere einen Hustenanfall bekam, was der Fröhlichkeit ein definitives Ende bereitete.

Sie schaute auf die Uhr und stand auf. Fünf nach eins. Zeit, sich nach Hause zu begeben, da gab es keinen Zweifel. Und das Duisart's war auch nicht gerade der geeignete Ort für junge Mädchen, die Nächte zu verbringen, ganz und gar nicht.

Zeit, herauszufinden, wie es sich nun wirklich verhielt.

Daheim in der Moerckstraat ins Bett zu kriechen und Pläne zu schmieden genauer gesagt. Unter der Decke zu liegen und zu überlegen, wie sie sich verhalten sollte. Genauer gesagt.

Ich bin bescheuert, dachte sie, als sie wieder draußen auf der Gasse stand. Meine Gedanken sind bescheuert. Ich bin besoffen, bei einigen geht das ganz schnell. Ich bin eine besoffene Mörderin, obwohl ich erst sechzehn Jahre alt bin.

Und dann fühle ich mich auch noch sauelend, verdammter Scheiß …

Die Nachtluft und die Wanderung durch den kalten Regen brachten sie wieder zur Besinnung, und als sie in der Moerckstraat ankam, hatte die Angst in ihr erneut die Oberhand gewonnen.

Ihre Mutter saß vor dem Fernseher, auf dem eine weitere blaugetönte Krimiserie mit leise gestelltem Ton lief. Es war halb zwei Uhr. Der Geruch nach etwas Unreinem drang aus der Küche, aber das war sicher nur die Mülltüte.

»Was guckst du da?«, fragte sie.

»Weiß ich nicht«, antwortete die Mutter.

»Willst du nicht lieber ins Bett gehen?«

»Bin doch gerade erst aufgewacht«, erklärte die Mutter.

»Ach so. Ich gehe jetzt aber schlafen.«

»Mm.«

»Gute Nacht.«

»Mm.«

Sie ging zur Toilette. Putzte sich die Zähne. Merkte, dass sie nach Schweiß roch, aber wen zum Teufel interessierte das? Guckte eine Weile die Medikamentenschachteln an, zählte dann aber doch nicht zur Kontrolle nach.

Wozu auch?

Wenn ich tot bin, werde ich Papa treffen, dachte sie.

9

Auf Dunkelheit folgt Licht, auf Stärke folgt Schwäche.

Das hatte sie irgendwo gelesen, vielleicht war es deshalb gar nicht verwunderlich, dass es nach ihrem kühnen nächtlichen Cafébesuch am Sonntag noch ein paar weitere Tage dauerte, bevor sie sich erneut nach draußen wagte.

Einmal, ein einziges Mal, ging ihre Mutter hinunter zu dem Laden an der Ecke und kaufte dort ein, aber Monica blieb drinnen. Sie blieb in ihrem Raum, ihre Mutter in ihrem Zimmer, so war es nun einmal. Die Zeit verfloss und schien sie offenbar gar nicht zu berühren. Als die Mutter, unter Aufbringung all der pathetischen Pflichtschuldigkeit, die zu zeigen sie imstande war, wissen wollte, warum die Tochter nicht in die Schule ging, verschanzte Monica sich hinter einer Grippe, und das genügte als Erklärung.

Sie las und vergaß gleich wieder, was sie gelesen hatte. Schrieb und warf weg, was sie geschrieben hatte, erst am Mittwochabend hatte sie so viel Kraft und Energie gesammelt, dass sie sich in die Bibliothek in der Ruidsenallee traute.

Sie traute sich mit einem Plan dorthin. Er war einfach, und er war ihr im Kopf herumgegangen, seitdem er ihr während einer der schlaflosen Stunden in der Nacht gekommen war.

Wenn Benjamin Kerran vor fast einer Woche tot im Badezimmer gefunden worden war – und so hatte sie sich das eigentlich gedacht –, dann musste darüber doch etwas in den Zeitungen stehen. Alles andere wäre unlogisch.

Also brauchte sie nur nachzugucken. Sie bestellte das Neuwe Blatt und den Telegraaf der letzten sechs Tage, setzte sich an einen freien Tisch und fing an zu blättern. Ruhig und methodisch, überließ nichts dem Zufall. Seite für Seite, Zeitung für Zeitung. Das brauchte seine Zeit, und das dauerte zwanzig Minuten.

Es stand keine einzige Zeile darin.

Nicht ein Wort von irgendeinem mit der Schere ermordeten Kerl im Universitätsviertel. Keine Todesanzeige. Nichts.

Ergo?, dachte sie, während sie durch die aquariumfarbenen Fensterscheiben auf den Markt schaute und dem Blut in ihren pochenden Schläfen lauschte. Was bedeutet das? Was ist passiert?

Die Antwort ergab sich von selbst. Oder besser die Alternativen.

Entweder er hatte es geschafft. Die Schere hatte kein lebenswichtiges Organ getroffen. Er war nur vor Schmerz in Ohnmacht gefallen, hatte sich dann berappelt und die Waffe herausgezogen. War ins Krankenhaus gefahren und wurde dort verbunden. Oder er hatte es allein geschafft.

Oder aber – die zweite Alternative – er lag immer noch ganz einfach tot auf dem Badezimmerboden, genau wie sie ihn verlassen hatte, und wartete darauf, entdeckt zu werden.

Fast eine Woche. War das plausibel? War das möglich? Wann fing man an zu riechen? Wann würden die Nachbarn etwas merken? Die Kollegen auf seiner Arbeit?

Sie schob den Zeitungsstapel beiseite und ließ die Gedanken zwischen den beiden Möglichkeiten hin und her treiben. Versuchte, sie abzuwägen und herauszufinden, welche die wahrscheinlichste war.

Wenn er es überstanden hatte, wenn er lebte, dachte sie, während sie das kalte, merkwürdig langsame Erschauern zu ignorieren versuchte, das sich langsam ihr Rückgrat hinauf arbeitete, hätte er dann nicht von sich hören lassen? Hätte sie dann nicht etwas davon erfahren?

Sie holte ein paar Mal tief Luft und versuchte, klar zu denken. Sicher schien es unheimlich merkwürdig, dass er dann keine Art von Gegenzug gemacht hatte, oder? Es konnte ihm doch nicht entgangen sein, dass sie versucht hatte, ihn zu ermorden. Selbst wenn er während der kritischen Sekunden das Gedächtnis verloren haben sollte, musste die Schere ja wohl Beweis genug sein für das, was passiert war. Das konnte ihm nicht einfach so passiert sein. Sie – die heimtückische sechzehnjährige Monica Kammerle – hatte die Absicht gehabt, ihn umzubringen, das war gar nicht misszuverstehen.

Mordversuch. Sie überlegte, eine wie hohe Strafe so ein Straftatbestand nach sich ziehen konnte.

Ein paar Jahre? Ganz sicher. Aber natürlich weniger, als wenn sie wirklich mit ihrem Vorhaben Erfolg gehabt haben sollte.

Natürlich war es Notwehr gewesen. Vielleicht hieß es dann Totschlag. Totschlagsversuch? Das klang nicht so gefährlich. Und hatte man nicht das Recht, sich gegen sexuellen Zwang zu verteidigen, oder? Vielleicht konnte sie sich auf Vergewaltigungsversuch und Notwehr, etwas in der Richtung berufen?

Sie zuckte zusammen und merkte, dass sie sich von den Grundvoraussetzungen entfernt hatte. Dass sie ihn aus freien Stücken mehrere Male geliebt hatte, dass es kaum etwas nützte, über mögliche Strafmaße zu spekulieren.

Außerdem ist er tot!, beschloss sie plötzlich und presste die Kiefer zusammen. Er kann nicht am Leben sein und sich nicht melden! Unmöglich. Er liegt da oben im Badezimmer und verrottet, alte Steinhäuser sind solide gebaut, es kann Monate dauern, bis der Geruch durchdringt. Zumindest Wochen. Jugendstil, hat er das nicht gesagt?

Aber es war natürlich nicht der Leichengeruch, der der springende Punkt war. Man müsste sich doch an seiner Arbeitsstelle wundern – in der Stadtverwaltung oder wo auch immer –, und früher oder später würde man ernsthaft vermuten, dass etwas nicht stimmte. Und es war vermutlich schon soweit, Arbeitskollegen und gute Freunde ... auch Verwandte, wenn er nun irgendwelche Nahestehenden hatte, sie wusste nichts davon ... man würde natürlich begreifen, dass etwas im Busche war, es lebten nicht alle so isoliert wie eine gewisse Mutter und eine gewisse Tochter in einer kleinen erbärmlichen Wohnung in der Moerckstraat.

Sie stand vom Tisch auf und trug den Zeitungsstapel zurück zum Ausleihtresen. Tot, stellte sie noch einmal fest. Ich habe Benjamin Kerran getötet, es ist nur eine Frage der Zeit, wann man die Leiche findet und ganz Maardam darüber lesen kann.

Aber gerade als sie der kräftigen Bibliothekarin für deren Hilfe danken wollte, schoss es ihr plötzlich wieder durch den Kopf.

Monica!

Sie spürte, wie sie schwankte, und beeilte sich, durch die Tür zu kommen. I'm a sick rose, dachte sie . A sick, sick rose.

Thy dark secret love does my life destroy.

Es dauerte bis zu einem Nachmittag vier Tage später, erst dann verließ sie das nächste Mal die Wohnung. Vier Tage. Schwer wie Blei und leer wie ein Vakuum.

Bereits an der Ecke der Falckstraat und Zwille lief sie fast ihrer Englischlehrerin, Frau Kluivert, in die Arme, und nur ein paar Minuten später sah sie eine Gruppe von Klassenkameradinnen über den Grote Markt gehen. Mädchen, die einander untergehakt hatten, künstlich lachend, es war Samstag, und sie hatten frei.

Sie meisterte beide Unglücksfälle, überstand sie mit Mühe und Not, mit angehaltenem Atem, beschloss aber, ihr Vorhaben auf den Abend und die Dunkelheit zu verschieben. Begriff, dass das Licht, die bleiche Septembersonne, nicht ihr Verbündeter in dieser Sache war.

Nicht, dass sich jemand besonders darum gekümmert oder auch nur einen Finger gerührt hätte und hätte wissen wollen, warum sie seit über einer Woche nicht mehr in der Schule gewesen war. Weiß Gott nicht.

Aber sie hatte keine Lust, jemanden zu treffen. Ganz einfach. Es war ihre Sache, um die es ging, nicht die der anderen. Sie wollte mit niemandem reden und nicht einmal den Blicken der anderen begegnen. Diese Menschen hatten nichts mit ihr zu tun, hatten es nie gehabt und jetzt noch weniger als je zuvor. Alles war, wie es immer gewesen war, aber ihr Leben hatte eine Art Deutlichkeit erhalten, die es vorher nicht gehabt hatte. Eine Durchsichtigkeit.

Als sie wieder zu Hause war, fand sie ihre Mutter am Telefon. Einen Augenblick lang dachte sie, es könnte Benjamin sein, und ihr Herz machte einen Satz in der Brust. Aber dann hörte sie, dass es Tante Barbara war und dass es sich nur um das obligatorische Kontrollgespräch handelte, das jede dritte oder vierte Woche stattfand, so sicher wie eine Weihnachtskarte mit der Post kam – und das ebenso viel Fürsorge und schwesterliche Liebe beinhaltete, wie es Blut in einem Eiskristall gab. Um eine Beschreibung zu benutzen, die ihr Vater mal verwandt hatte. Seine tief empfundene Meinung.

Ihre Mutter wahrte, soweit sie konnte, die Haltung, und das Gespräch war nach einer Minute beendet.

»Hast du diesen Benjamin eigentlich noch mal getroffen?«, schlüpfte es Monica heraus. Sie hatte diese Frage nicht geplant, hatte plötzlich das Gefühl gehabt, als hätten die Worte einen eigenen, unkontrollierbaren Willen. Sie wusste ja, dass ihre Mutter seit einer Woche gar nicht vor der Tür gewesen war.

»Benjamin?«, wiederholte ihre Mutter, als hätte sie fast vergessen, wer das war. »Nein, ich denke, das wäre keine gute Idee.«

»Hat er in letzter Zeit von sich hören lassen?«

Auch das eine ziemlich unnötige Frage. Sie war die letzte Zeit kaum mehr als zehn Meter von ihrer Mutter entfernt gewesen.

»Nein.«

»Na, ich dachte nur.«

»Ach so.«

Sie ging in ihr Zimmer. Legte sich aufs Bett und wartete auf die Dämmerung. Starrte an die Decke. Dachte einen Moment lang an Pastor Gassel, schob ihn dann aber beiseite, wie sie es schon mehrmals gemacht hatte. Ein wirklich unerschütterliches Vertrauen hatte sie nie zu ihm gehabt, und das wäre jetzt zu viel. Einfach zu viel. Sie holte lieber den Blake hervor und schlug aufs Geratewohl ein Gedicht auf.

Cruelty has a Human Heart
And Jealousy a Human Face
Terror, the Human Form Divine
And Secrecy, the Human Dress

Sie las diese Zeilen immer und immer wieder, bis sie sicher war, dass sie sie auswendig konnte. Lag anschließend mit geschlossenen Augen da, murmelte sie vor sich hin und fiel allmählich unter der Decke in Schlaf.

Es gab keinen Benjamin Kerran im Maardamer Telefonbuch. Überhaupt niemanden mit dem Namen Kerran.

Geheimnummer also, aber wenn es nicht so wäre, wie es nun einmal war, hätte sie natürlich ihre Mutter fragen können.

Kein Hinweis in deren Zimmer. Sie nutzte die Gelegenheit, sich dort umzuschauen, als ihre Mutter sich mit einem Glas Wein ins Bad verzog. Nichts in deren Adressbuch. Keine hingekritzelte Nummer auf irgendeinem Zettel oder auf dem Rand einer Zeitung, Stellen, die ihre Mutter gern benutzte, um wichtige Dinge zu notieren.

Also musste sie die Idee, ihn anzurufen, fallen lassen. Nichts zu machen, dachte sie. Auch egal, vielleicht hätte sie es sich sowieso nicht getraut.

Und die Telefonauskunft hatte auch keine Nummer von irgendeinem Kerran, kein Teilnehmer mit diesem Namen ... nein, man konnte natürlich keine Informationen über so genannte gesperrte Nummern geben, was dachte sie denn, warum die Leute ihr Privatleben schützen wollten?

Monica Kammerle seufzte. Zurück zu Plan A also. Ein kleiner Kontrollbesuch, um zu sehen, ob es etwas nachzuweisen gab.

Ob vielleicht Licht in seinem Fenster war.

Oder im Türschlitz.

Oder ob der Briefkasten unten im Eingang überfüllt war. Es müsste genügend Zeichen geben, die sie deuten konnte, ohne dass sie so weit gehen musste, ihre Nase ans Schlüsselloch zu halten und nach Leichengestank zu schnüffeln. Und auch wenn sie sich nicht ganz sicher war, müsste es zumindest Hinweise geben.

Einen deutlichen Hinweis, möglicherweise – hoffentlich – sogar Gewissheit. Plan A.

Sie verließ die Moerckstraat gegen neun Uhr. Zu ihrer Überraschung bemerkte sie, dass der Abend ziemlich warm war. Fünfzehn Grad oder so. Soweit sie sich erinnern konnte, hatte es den ganzen Tag nicht geregnet, und der Wind, der zu einem sanften Flüstern abgeflaut war, kam von Süden und war freundlich gestimmt, obwohl es bald Oktober war. Sie ging durch das Kanalviertel, über den Keymer Plejn, das war zwar ein kleiner Umweg, aber sie spürte, dass das Laufen ihr gut tat. Beschloss auch, um den Friedhof herumzugehen, statt ihn zu überqueren, und als sie in die richtige Gasse einbog und das düstere alte Universitätsgebäude im Hintergrund sah, war es bereits ein paar Minuten nach halb zehn.

Sie blieb auf dem gegenüberliegenden Bürgersteig stehen, direkt vor irgendeiner Art zoologischen Ladens, der im Souterrain lag. Blieb dort stehen und spähte die dunkle Fassade hinauf. Fünf Stockwerke, genau wie sie es in Erinnerung hatte, das erste lag ein gutes Stück über der Straße, sodass kein unbefugter Fenstergucker in Versuchung kommen würde.

Aber Benjamin Kerran wohnte nicht im ersten Stock, und

plötzlich musste sie sich eingestehen, dass sie nicht genau wusste, ob er nun in der vierten oder fünften Etage wohnte.

Es war doch die fünfte gewesen, oder? Ganz oben, das war doch so? Auf jeden Fall hatte er Fenster sowohl auf den Hof hinaus als auch zur Straße, dessen war sie sich ganz sicher.

Aber welche? Welche Fenster? Das Haus erstreckte sich die ganze Gasse entlang, von der Universität bis hin zur Steinmauer, die den Friedhof umgrenzte, und sie zählte nicht weniger als achtzehn Fenster da oben unter dem vorstehenden Dachschurz. Wenn sie sich nicht vollkommen irrte, sollten die betreffenden etwas links vom Eingang und von ihrer Position aus gesehen liegen.

Wie viele waren es?

Mindestens vier, so nahm sie an, und mit Hilfe einer Art dunklen, intuitiven Orientierungssinns entschied sie sich für die vier wahrscheinlichsten. Zwei von ihnen waren dunkel, zwei erleuchtet, eins warm, gelb, mit leicht gedämpftem Schein. Kein kaltes Fernsehlicht von blauflimmernden Krimiserien hier in diesem Viertel, oh nein. In dem Fenster rechts von den ausgewählten waren auch Lampen eingeschaltet, während die in der anderen Richtung bis hin zur Friedhofsecke alle dunkel waren.

Die Unvollkommenheit und der Unsicherheitsfaktor dieser Beobachtungen und Überlegungen wurde ihr in dem Moment klar, als sie einsehen musste, dass das mit den erleuchteten und dunklen Fenstern in keinem Fall viel zu bedeuten hatte.

Wenn Benjamin Kerran daheim war und lebte, dann wäre es ja nur ganz natürlich, dass er hier und da so spät abends eine Lampe eingeschaltet hatte.

Aber wenn er daheim war und tot im Badezimmer lag, dann war es wohl genauso natürlich, dass er sich nicht hatte aufraffen und die Lampen hatte ausschalten können, die sie selbst vor neun Tagen angelassen hatte. Sie hatten zwar nur mit einer Kerze im Wohnzimmer gesessen, daran konnte sie sich erinnern, aber im Bad und im Flur war alles hell erleuchtet gewesen.

Sie gratulierte sich selbst zu diesen brillanten Schlussfolgerungen. Schöpfte neuen Mut, überquerte die Straße und drückte die Klinke des Hausportals herunter.

Es war offen. Sie zögerte einen kurzen Moment, dann schob sie es auf und trat auf den Hof. Blieb dort stehen und schaute sich um.

Eine dunkelhaarige jüngere Frau kam mit einem Korb voller Wäsche auf sie zu. Aus einem offenen Fenster in der untersten Etage rechts von ihr roch es nach Essen. Die alte schmiedeeiserne Lampe in der Ecke am Fahrradständer brannte, ebenso wie die kleinen gelben Lampen über den verschiedenen Treppenhäusern. Die Frau verschwand in einem von ihnen, aber nicht in dem mit Benjamin Kerrans Tür. Monica sog durch die Nase tief die Luft ein und stellte fest, dass auf keinen Fall der bedrohliche Gestank verrottender Körper über dem Hof hing. Nur dieser Essensgeruch wie gesagt. Etwas mit Pilzen und Knoblauch, ziemlich intensiv, und sie merkte mit einem Mal, wie hungrig sie war. Hatte seit mehr als einer Woche keine feste Mahlzeit mehr zu sich genommen, da war das wohl kein Wunder. Ganz und gar nicht.

Sie drehte den Kopf und ließ ihren Blick auch von diesem Aussichtspunkt aus über die Häuserfassaden schweifen, jetzt halt von der Hofseite her, kümmerte sich diesmal aber nicht um weitere Fensterspekulationen. Es schien, als ob hier und da Leute daheim waren, ungefähr in zwei Dritteln der Wohnungen, wenn sie es überschlagen sollte. Einige Fenster standen an so einem lauen Abend sogar offen, und warum auch nicht? Hier und da waren Fernseh- oder Radiogeräusche zu hören, manchmal auch Gesprächsfetzen, gedämpft durch die dicken Wände und die dichte Atmosphäre von … von zivilisierter Bürgerlichkeit. Sie spürte, dass der Gesamteindruck eindeutig von Geborgenheit geprägt war – ausschließender Geborgenheit – und dass sie einen Kloß im Hals bekam.

Jetzt fang bloß nicht an zu heulen, dachte sie, und in dem Moment fiel ihr ein, dass sie sich nicht einmal an den Namen an der Tür erinnerte.

Denn da hatte ja ein anderer gestanden. Nicht Kerran ... sondern der Name eines Untermieters, der ausgezogen war und von dem sie nicht einen Buchstaben mehr erinnerte. Wie konnte sie diese Tatsache nur vergessen haben? Und das bis heute?

Mit anderen Worten: War sie sich überhaupt sicher, die richtige Tür zu finden? Und wie war das mit den Türen hier unten auf dem Innenhof, die zu den verschiedenen Treppenhäusern hinaufführten? Die standen ja wohl so spät abends nicht offen, dass jeder Erstbeste sich Zutritt verschaffen konnte?

Verflucht noch mal, dachte sie. Ich habe anscheinend vergessen, was für eine Idiotin ich bin. Was mache ich hier? Was war das für ein blödsinniger Impuls, der mich an den Tatort hat zurückgehen lassen? Jetzt stehe ich hier wie ein Schafskopf auf dem Hof und kann überhaupt nichts dazu beitragen, um Klarheit in das weitere Schicksal der Leiche zu bringen!

Sie schüttelte über sich selbst den Kopf, ging zu der betreffenden Tür und drückte die Klinke – jedenfalls konnte sie sich noch an den Aufgang erinnern.

Verschlossen. Genau wie jeder Mensch mit ein bisschen Verstand im Gehirn sich hätte denken können. Dann kann ich auch gleich aufgeben, dachte sie. Dann kann ich auch gleich nach Hause gehen und weiterhin an die Decke starren und auf den Zusammenbruch warten, auf die Sozialarbeiter und auf den jüngsten Tag ... verdammter Scheiß!

Sie wollte auf der Hacke umdrehen, um diesen Beschluss in die Tat umzusetzen, als sie sah, wie drinnen hinter den geriffelten kleinen Fensterscheiben im oberen Teil der Tür das Licht anging.

Sie konnte nicht mehr darüber nachdenken. Keine Entscheidung mehr treffen. Ein dünnhaariger Mann mittleren Alters in Trainingsanzug und Joggingschuhen kam heraus. Nickte ihr zu, lief auf den Hof und war innerhalb von drei Sekunden durch das Portal verschwunden.

Sie fing die Tür auf, bevor sie ins Schloss fiel, fast ohne sich dessen bewusst zu sein, und dann war sie drinnen. Blieb einen kurzen Moment lang stehen und spürte, wie eine Art Wirbel in ihrem Körper aufstieg. Biss sich auf die Zunge und ballte die Fäuste. Schaute sich um.

Jetzt, dachte sie. Gott gibt mir eine Chance.

An der Wand gleich links, vor der halben Treppe zum Fahrstuhl, hing eine verglaste Tafel mit den Namen der Mieter, Etage für Etage, und als sie sie durchging, kam die Erinnerung zurück. Sie erkannte den Namen des Studenten wieder. Also fünfter Stock, genau wie sie gedacht hatte. Ganz oben.

Vielleicht hätte sie unter anderen Umständen und mit einem etwas klareren Kopf darüber nachgedacht, warum auch hier sein Name nicht stand, sondern nur der des ausgezogenen Untermieters – hätte zumindest eine Sekunde lang überlegt, ob das nicht ein wenig sonderbar war, dass jemand an so selbstverständlichen Orten nicht seinen richtigen Namen angibt.

Aber das tat sie nicht. Stellte nichts in Frage. Der Wirbel war zu stark. Nachdem sie so weit gekommen war, ließ sich Monica Kammerle nicht die Zeit, über irgendetwas nachzudenken. Vergaß auch, noch nachzusehen, wie es sich mit den Briefkästen verhielt, die in einer langen, blassgrünen Reihe an der Wand gegenüber der Namenstafel hingen.

Stieg einfach in den Fahrstuhl, es war ein erleuchteter, einladender alter Holzlift mit einem Klappsitz aus rotem Samtbezug. Daran konnte sie sich noch erinnern. Zog das klapprige Gitter vor und drückte auf den Knopf.

Der Fahrstuhlkorb, der seinen Dienst vermutlich schon seit ... 1905, hatte er das gesagt? ... tat, setzte sich in Bewegung und begann, sie langsam quietschend nach oben zu transportieren – und während sie zusah, wie eine Etage nach der anderen an ihr vorbeizog, fiel ihr ein, dass sie auf den Geruch achten musste.

Auf den süßlichen Geruch von dem vermodernden Körper ihres Geliebten.

Sie konnte nichts davon feststellen. Nicht einmal, als sie aus dem Fahrstuhl stieg und vor seiner Tür stand, hing irgendein verdächtiger Geruch in der Luft.

Und es sickerte auch kein Licht unter der Tür hervor. Aber das wäre auch schwer möglich gewesen, musste sie sich eingestehen, da der Spalt unter der Tür nicht einmal einen Millimeter hoch war. Im Gegenteil, die Tür sah ebenso dunkel, fest und solide aus wie der Rest des Hauses, und das Schlüsselloch gehörte nicht zu der Sorte, durch die man hindurchgucken konnte.

Monica Kammerle schluckte und blieb einfach stehen, die Arme seitlich herabhängend. Sie spürte, wie der Wirbel ins Stocken geriet, und wieder war sie kurz davor, in Tränen auszubrechen, gleichzeitig wurde ihr bewusst, dass unten von der Treppe Schritte zu hören waren.

Sie hatte nicht mitbekommen, dass irgendwo eine Tür geöffnet und wieder geschlossen worden war, aber vielleicht war ja jemand durch den Hof gekommen, während sie sich immer noch in dem rasselnden Fahrstuhl befunden hatte.

Jemand, der jetzt also auf dem Weg hinauf war. Sie schaute sich um und überlegte, was sie tun sollte. Es gab noch eine weitere Tür auf der Etage, auf der sie sich befand, ein Stück weiter einen kurzen Flur entlang. Nach oben führten vier Treppenstufen zu einer massiven Tür aus Eisen oder Stahl. Wahrscheinlich zum Dachboden. Der sah aus, als wäre er ebenso sicher verschlossen wie ein Safe in der Schweiz.

Sie horchte. Die Schritte waren immer noch zu hören.

Näherten sich.

Du stehst vor der Tür der Wohnung, in der du deinen Liebhaber ermordet hast, redete eine innere Stimme ihr ein. Jemand ist auf dem Weg hierher und wird dich innerhalb der nächsten zehn Sekunden entdecken …

Es sei denn, dieser Jemand will nur in den vierten Stock.

Sie presste sich an die Wand neben der Tür und hielt die Luft an.

Die Schritte machten einen kurzen Halt auf dem Stockwerk unter ihr, ein männliches Husten war zu hören – und dann das leise Klirren eines Schlüsselbunds, das aus einer Jackentasche gezogen wurde.

Anschließend gingen die Schritte weiter hinauf.

Auch jetzt traf sie keine Entscheidung. Dazu war keine Zeit.

Sie handelte nur.

Griff zur Klinke. Drückte sie hinunter.

Es war offen. Sie trat ein und schloss die Tür hinter sich.

10

Am Sonntag, dem 8. Oktober, flog eine Schwalbe, die sich verirrt hatte, durch Van Veeterens Schlafzimmerfenster herein.

Es geschah morgens kurz nach halb sechs, und der unglückliche Vogel war höchstwahrscheinlich eine der ganz, ganz wenigen Erscheinungen in dieser Welt, die ihn überhaupt hätten wecken können. Das Flugzeug aus Rom war über vier Stunden verspätet gewesen, und sie waren erst gegen drei Uhr ins Bett gekommen.

Zweieinhalb Stunden Schlaf also, und wie Ulrike es fertig brachte, trotz des hartnäckigen Flatterns weiterzuschlafen, war ein Rätsel ... einfach unbegreiflich, was er später auf die Sicherheit zurückführte, die ihrem weiblichen, warmen Wesen innewohnte.

Oder etwas in der Richtung, etwas Biologischem.

Einer, der in Beziehung auf den unerwarteten Gast von keinerlei Müdigkeitssymptomen behindert wurde, das war Strawinsky.

Strawinsky war ein Kater und in gewisser Beziehung Ulrike Fremdlis offensichtlichster Beitrag zu ihrem gemeinsamen Heim. Diese Tatsache wiederum existierte zu diesem Zeitpunkt erst seit fünf Monaten, sie war natürlich schon sehr viel länger geplant worden, aber Van Veeterens idiotisches Zögern hätte fast das gesamte Projekt zum Kippen gebracht ... Gott sei Dank war Ulrike Fremdli stark genug gewesen, mit ihm fertig zu werden. Gott sei Dank.

Sie hatten sich seit fünf Jahren gekannt. Van Veeteren wusste, dass er für den Rest seines Lebens keine andere Frau haben wollte. Die Romwochen hatten ihm viel gegeben, unter anderem dieses Wissen bekräftigt.

Strawinsky seinerseits wurde am Neunten acht Jahre alt. Er hatte seinen Namen auf Grund seines für Katzen ungewöhnlichen Faibles für Sacre du printemps bekommen, ansonsten interessierte er sich nicht die Bohne für Musik, weder für klassische noch für moderne, aber ausgerechnet dieses Werk ließ ihn jedes Mal versteinern, sein Körper blieb vom ersten bis zum letzten Takt in wachsamer Spannung, brütete über irgend einem esoterischen Mysterium, das sich wahrscheinlich nur in seiner eigenen (und vielleicht in der des Komponisten?) Vorstellungswelt befand.

Äußerlich war Strawinsky schwarzweiß gescheckt und ungefähr wie eine Gruyderfelder Kuh gezeichnet. Kastriert seit seinem dritten Lebensjahr und insgesamt ein äußerst friedfertiges Wesen. Zumindest meistens. Als er zu dieser äußerst frühen Herbstmorgenstunde wie üblich zusammengekauert auf der Fensterbank hockte – und zu seiner unverhohlenen Überraschung sehen konnte, wie eine Mahlzeit ins Zimmer hereinflatterte – bedeutete es jedoch kaum etwas, dass er kastriert und fast satt war.

Whiskas und Kitekat in allen Ehren, aber eine lebendige Beute ist und bleibt eine lebendige Beute. Er brauchte nicht mehr als drei, vier Sätze, nicht mehr als fünf, sechs Sekunden, dann hatte er seine Zähne hineingeschlagen.

Als Van Veeteren auf die Beine gekommen war, mit einem Herzen, das wie ein Kolben in der Brust trommelte, war es bereits zu spät. Strawinsky hatte die Schwalbe schon losgelassen, die auf dem Boden hin und her schwankte und fieberhaft mit zwei gebrochenen Flügeln zu flattern versuchte. Der Kater saß gespannt da und beobachtete diese vergeblichen Fluchtversuche, während Van Veeteren eine verwirrte Sekunde lang überlegte, a) was zum Teufeleigentlich passiert war, b) was zum Teufel er tun sollte.

Als die Sekunde vorüber war, fauchte er den Kater an – mit dem unmittelbaren Resultat, dass er hyperventilierte und fast zu Boden gefallen wäre. Strawinsky hieb erneut seine Zähne in die Beute, rannte mit ihr ins Wohnzimmer und bezog unter dem Sofa Stellung.

Van Veeteren schloss die Augen, kam wieder zu Kräften und eilte hinterher. Fluchte laut und sinnlos und schlug ein paar Mal auf die Sitzkissen ein, bekam aber nur ein dumpfes Knurren und ein paar herzzerreißende jämmerliche Piepser als Antwort. Er lief in die Küche, holte einen Teppichklopfer aus dem Besenschrank und fegte damit vergeblich unter dem Sofa hin und her. Strawinsky hielt eine Weile die Stellung, sprintete dann mit dem Vogel im Maul heraus und kletterte auf das oberste Brett des Bücherregals, wo er erneut Stellung bezog.

Van Veeteren streckte den Rücken und erlaubte sich, erst einmal über die Lage nachzudenken. Betrachtete den Kater da oben unter der Decke. Der hatte von neuem seine Beute losgelassen. Saß da und betrachtete sie mit etwas, das fast aussah wie wissenschaftliches Interesse. Studierte sie ernsthaft, mit dem gleichen neutralen, nichtssagenden Ausdruck in seinem dreieckigen Katzengesicht wie immer. Van Veeteren konnte es nicht lassen, er musste darüber nachdenken, was wohl in dem Tierkopf da vor sich ging. In Strawinskys Kopf wohlgemerkt, denn in dem der Schwalbe rührte sich höchstwahrscheinlich nichts mehr.

Er ließ seine Gedanken weiter fließen, während er den Teppichklopfergriff umklammert hielt und immer noch überlegte, was er machen sollte.

Was war es eigentlich genau, was eine Katze dazu veranlasste, ihre sichere Beute auf diese Art und Weise herumzuschleppen?

Man musste sich einfach darüber Gedanken machen und konnte sich nur wundern. Immer wieder das Opfer loslassen –

in eine äußerst illusorische Freiheit natürlich –, nur um in bequemem Abstand dabeisitzen und ruhig und zufrieden den Todeskampf beobachten zu können? Welchem Sinn und Zweck diente ein derartiges Verhalten? Welche Kräfte lagen hinter diesem bösartigen Spiel? Ursprünglich. Das Raubtier und seine Beute.

Biologische oder kulinarische? Vielleicht waren das die gleichen. Obwohl es, wenn er sich recht erinnerte, angeblich wichtig war, dass die Tiere, die man später essen wollte, so wenig gestresst wie möglich waren. Er hatte irgendwo gelesen, dass Fleisch und Schinken am wohlschmeckendsten waren, wenn es gelang, das Schwein noch bis zum Todesaugenblick in falscher Sicherheit zu wiegen. Vielleicht ein Genickschuss im Schlaf?

Mochten Kater – und katzenartige Raubtiere überhaupt – lieber Fleisch, das voll von diesen scharfen Säften der Todesangst war? Konnte das der Grund sein?

Ja, wahrscheinlich. Teuflisch banal. Und welch sinnlose Grausamkeit aus dem Sichtwinkel des Opfers: ein hinausgezögerter und verlängerter Todeskampf, nur um die Geschmacksknospen des Henkers zufrieden zu stellen!

Gott im Himmel, dachte er. Du musst wirklich ein widerlicher Teufel sein.

Er schüttelte über diese weitschweifigen Spekulationen den Kopf. Hob den Teppichklopfer und schlug gegen das Bücherregal. Strawinsky packte die Schwalbe wieder mit den Zähnen und sprang hinunter. Fegte in den Flur, Van Veeteren auf den Fersen. Vor dem Schuhregal blieb der Kater einen Augenblick zögernd stehen. Er schien zu überlegen, welches der nächste sichere Zufluchtsort sein könnte, an dem er nicht mehr von diesem Verrückten gehetzt werden würde – bei dem er seit einiger Zeit wohnte und der ihm bis jetzt eigentlich wie eine ausgeglichene und vernünftige Person vorgekommen war. So in etwa jedenfalls. Wenn es um Menschen ging, konnte man es nie so genau sagen.

Van Veeteren nutzte die kurze Bedenkzeit, um die Tür zum Treppenhaus zu öffnen, und Strawinsky nutzte sofort die neu eröffnete Fluchtmöglichkeit. Wie der Blitz rannte er die Treppe hinunter, mit der inzwischen sicher mausetoten Schwalbe wie einem buschigen, aber gut gewachsenen Schnurrbart vor den Zähnen.

Van Veeteren sah selbst ein, dass das Katzenvieh hinaus auf den Hof wollte. Er folgte ihm splitternackt, hoffte nur, dass kein Nachbar zu dieser unchristlich frühen Morgenstunde auf den Beinen wäre (insbesondere nicht die alte Frau Brambowska; eine nackte Konfrontation im Treppenhaus würde für alle Zeiten ihre gute Beziehung ruinieren, das war ihm klar, und schließlich hatte sie sich um Strawinsky und die Blumen während der Romwochen gekümmert), und es gelang ihm mit einiger Mühe, den Kater durch die Hintertür hinauszutreiben. Er hielt sie mit Hilfe des üblichen Besens einen Spalt offen, und als er wieder zurück in die Wohnung ging, fühlte er sich so wach, als hätte er einen Kopfsprung in acht Grad kaltes Meerwasser machen müssen und nur knapp überlebt.

Er schaute in der Küche auf die Uhr. Es war siebzehn Minuten vor sechs Uhr morgens. Er kniff sich in den Arm. Das tat weh, also hatte er nicht geträumt.

In der Erwartung, dass sich nach diesen surrealistischen Morgenaktivitäten eine Art Müdigkeit einstellen würde, ging er zunächst ins Schlafzimmer und überprüfte, ob es Ulrike tatsächlich gelungen war, während dieses ganzen Tumults weiter zu schlafen.

Das war es ihr offensichtlich. Sie lag friedlich schnaubend auf der Seite, das obligatorische Kissen zwischen den Knien und ein leichtes, unerreichbares Lächeln auf den Lippen. Er blieb eine Weile neben ihr stehen und betrachtete sie. Konnte auch an diesem sonderbaren Morgen nicht begreifen, welche wohlmeinende höhere Macht es gewesen war, die sie hatte seine Wege kreuzen lassen. Oder ihn ihre. Wenn es etwas gab, wofür er dem

Gott, an den er nicht glaubte, zu Dank verpflichtet war, so war es Ulrike Fremdli. Daran bestand kein Zweifel.

Der nicht nur ihre Wege sich hatte kreuzen lassen, sondern Ulrike auch noch hierher geführt hatte. Und sogar dazu gebracht, Tisch und Bett und das Leben mit ihm zu teilen. Mit nichts, das wusste er ganz sicher, mit nichts, was ihm während seiner Irrfahrten auf der Erde gelungen war, hatte er sie sich verdient, aber langsam hatte er dennoch die Tatsache akzeptiert – und ebenso langsam eine Art Demut gelernt, die während seiner Tagesgeschäfte zwar nicht immer an die Oberfläche gelangte, aber die es doch gab, ganz tief in ihm verwurzelt, wie ein ... wie ein langsam wachsendes Geschwulst der Dankbarkeit und des Seelenfriedens.

Oder wie zum Teufel sollte man einen Morgen wie diesen hier beschreiben? In dunklen Stunden – wenn er wieder seiner alten Schwäche verfiel, das Leben als eine Gleichung anzusehen und sonst nichts – konnte es vorkommen, dass er Ulrike als eine Art Ersatz für Erich ansah, für seinen Sohn, der vor zwei Jahren beerdigt worden war und der eine Wunde hinterlassen hatte, die Van Veeterens ganzes Leben lang bluten würde.

Aber derartige austarierte Gleichgewichtsrechnungen stimmten nicht. Ein toter Sohn konnte nicht ersetzt werden, das wusste er jetzt ... er hatte das natürlich immer schon gewusst ... genauso wenig, wie gute Taten, welche auch immer, auf irgendeine Weise die bösen aufwiegen konnten. Schopenhauer war nicht zufällig in seiner Jugend eine Zeit lang sein Hausgott gewesen, und mehr als dreißig Jahre im Polizeidienst hatten diese grundlegend pessimistische Maxime des Willens kaum widerlegen können. Ganz im Gegenteil.

Und das Gute, so dachte er in späteren Jahren, das Gute hatte ja wohl auch ein Recht auf eine gewisse Würdigung. Darauf, nicht nur als das übliche Pfand anerkannt zu werden, wenn es beim Feilschen mit dem Bösen um Territorium ging. Mit den finsteren Mächten. Wie sollte man sonst dem Lachen eines Kindes oder dem Blick einer liebevollen Frau den rechten Wert bemessen?

Wenn es abgewogen und verglichen werden muss. Austariert.

Er schloss leise die Schlafzimmertür und ging in die Küche. Setzte Teewasser auf und ließ sich mit dem gesammelten Zeitungsstapel am Tisch nieder. Die Allgemejne der letzten zwanzig Tage.

Warum sich nicht jetzt damit beschäftigen, dachte er. Das konnte ihn ein wenig auf andere Ideen bringen, bis die Müdigkeit sich wieder einstellte, wenn es sonst auch nichts bringen würde. Er schob den Stapel zurecht und begann chronologisch von hinten. Um elf Minuten vor sechs. Es kratzte an der Tür, aber er würde den Teufel tun und sich jetzt schon mit dem Katzenvieh versöhnen.

Eine Stunde und drei Teetassen später hatte der Schlafmangel ihn wieder eingeholt. Außerdem hatte er klein beigegeben und Strawinsky hereingelassen – der Kater hatte vorwurfsvoll gejammert und war dann wieder aufs Fensterbrett gesprungen, wahrscheinlich in frommer Erwartung der nächsten Delikatesse an diesem sonderbaren Tag, an dem einem die gebratenen Tauben offenbar einfach so ins Maul flogen.

Vielleicht hat er ja aber auch einfach alles schon vergessen, überlegte Van Veeteren. Das Gedächtnis von Katzen ist kurz. Beneidenswert kurz. Was er mit dem Vogel – oder den Resten des Vogels – gemacht hatte, schien in den Sternen geschrieben zu stehen.

Die Zeitungen boten keine Überraschung. Er las schließlich höchstens ein oder zwei Artikel, blätterte aber pflichtbewusst alles durch und warf auf jede Seite einen kurzen Blick. Die Schachspalten schnitt er aus und legte sie aufeinander, und nachdem er die fünfzehnte Allgemejne durchgesehen hatte, spürte er, dass dieses Gefühl von Kies hinter den Augen sich nicht länger bekämpfen ließ. Wozu es eigentlich ja auch keinen

Grund gab. Er klappte die Zeitung zusammen, legte sie oben auf den Stapel der bereits durchgesehenen Druckerzeugnisse und warf einen Blick auf die Titelseite derjenigen, die ganz oben auf dem Stapel der noch ungelesenen lag.

Worauf sein Herz für einen Schlag aussetzte.

Der Pfarrer starrte ihn an.

Starrte. Man konnte es kaum anders ausdrücken. Die leicht auseinanderstehenden Augen unter dem langen, zur Seite gekämmten Pony. Etwas Vorwurfsvolles und gleichzeitig Aggressives im Blick. Der dunkle Bart auf dem Foto war ein wenig gepflegter, als er es vom Antiquariat her in Erinnerung hatte. Anscheinend auch etwas kürzer, da der Priesterkragen deutlich zu sehen war.

Er schüttelte den Kopf und starrte auf die Schlagzeile.

Pfarrer fiel vor den Zug.

Der Artikel war nur gut zwölf Zeilen lang, und es gab keine Fortsetzung weiter hinten in der Zeitung.

Der neunundzwanzigjährige Pfarrer Tomas Gassel verunglückte vorgestern am späten Abend, als er aus unbekannten Gründen vor einem einfahrenden Nahverkehrszug im Maardamer Hauptbahnhof auf die Gleise fiel. Für dieses Ereignis gibt es keine Zeugen, der Bahnsteig war leer, als das Unglück geschah, und der Fahrer des betreffenden Zuges hat bis jetzt nicht vernommen werden können, da er unter schwerem Schock steht und sofort ins Neue Rumfordkrankenhaus gebracht werden musste. Laut Polizei gibt es jedoch keinerlei Verdachtsmomente, die auf ein Verbrechen hindeuten könnten. Tomas Gassel war als Kaplan in der Gemeinde von Leimaar tätig, eine Messe zu seinem Gedenken wird am kommenden Sonntag abgehalten werden.

Van Veeteren starrte das Bild erneut an. Die Müdigkeit war wie weggeblasen.

Verdammt noch mal, dachte er. Was ist das hier eigentlich für ein schwarzer Sonntag?

Es war nicht einfach, Ulrike zu wecken, aber es gelang ihm.

»Wie spät ist es?«, knurrte sie, ohne die Augen zu öffnen.

»Hm, ja«, sagte Van Veeteren. »Gut sieben ... bald halb acht, genauer gesagt. Es ist einiges passiert.«

»Passiert? Aber wir haben doch noch nicht mal vier Stunden geschlafen.«

»Ich weiß. Du hast ein einzigartiges Talent, nicht aufzuwachen, was auch immer auf der Welt geschieht. Strawinsky hat sich eine Schwalbe geschnappt.«

»Oh je. Aber so was kommt vor.«

Sie drehte sich um und schob sich ein Kissen über den Kopf.

»Hier drinnen«, sagte Van Veeteren.

Es verging eine Weile, und er befürchtete schon, sie könnte wieder eingeschlafen sein.

»Hier drinnen gibt es doch keine Schwalben«, stellte sie schließlich fest.

»Die ist aber reingekommen.«

»Reingekommen?«

»Durchs Fenster. Strawinsky hat sie sich geschnappt, und es ist schon merkwürdig, dass sie ihre Opfer so furchtbar quälen müssen. Es gibt eine Grausamkeit in diesem friedlichen Faulpelz, die einfach unbegreiflich ist. Man muss sich wundern, dass ...«

»Und was hast du gemacht?«, unterbrach Ulrike ihn, ohne das Kissen wegzunehmen.

»Zum Schluss ist es mir gelungen, ihn rauszujagen. Es war eine verdammte Treibjagd, er war erst unterm Sofa und dann oben auf dem Bücherregal.«

»Oh Mann«, sagte Ulrike. »Aber der arme Vogel ist jetzt jedenfalls aus der Wohnung?«

»Ja«, bestätigte Van Veeteren. »Und dann ist da noch das mit dem Pfarrer.«

Es blieb drei Sekunden lang still.

»Dem Pfarrer?«

»Ja, ich glaube, ich hab dir von ihm erzählt. Er ist am Tag vor unserer Abreise bei mir im Antiquariat gewesen und wollte, dass ich ihm bei irgendwas helfe. Und jetzt ist er tot.«

»Tot?«

»Genau so tot wie die Schwalbe, aber in seinem Fall ging es etwas schneller. Ist unter einen Zug gekommen. Ich finde, etwas ruhigere Morgenstunden wären angebracht, wenn man mitten in der Nacht nach Hause kommt ... Kater, Pfarrer und der Teufel und seine Großmutter. Ich möchte nur wissen, was er eigentlich wollte.«

Ulrike hob das Kissen hoch und sah ihn an. »Wer?«

»Der Pfarrer natürlich. Es ist doch wohl ziemlich merkwürdig, dass er nur wenige Tage, nachdem er mich aufgesucht hat, unter einen Zug gerät.«

Ulrike betrachtete ihn weiterhin, jetzt mit einer Falte zwischen ihren so schön geschwungenen Augenbrauen. Sie streckte sich und zog sich die Decke bis zum Kinn hoch. Es vergingen weitere fünf schweigsame Sekunden.

»Warum guckst du mich so an?«, fragte er.

»Nun mal ehrlich«, sagte sie.

»Was nun mal ehrlich?«

Sie ließ ihren Blick zu Strawinsky wandern, der zu einem tief schlafenden Häufchen auf der Fensterbank zusammengesunken war.

»Mir ist nur so ein Gedanke gekommen. Es könnte nicht vielleicht sein, dass du das alles nur geträumt hast? Es klingt ein wenig verworren, wenn du entschuldigst.«

»Was zum Teufel denkst du denn?«, brauste Van Veeteren auf. »Schließlich steht es in der Zeitung, soll ich sie holen, damit du es selbst sehen kannst?«

Sie überlegte einen Moment.

»Jetzt nicht. Ich finde, wir schlafen noch eine Weile über all diese Ereignisse … und dann können wir drüber reden, wenn wir wieder aufwachen. Komm, leg dich zu mir und nimm mich in den Arm.«

Van Veeteren hatte eine ganze Menge guter Einwände auf der Zunge, aber nach einem gewissen inneren Kampf gab er auf und tat, wie ihm geheißen.

11

In der Nacht zum Montag träumte er von einem Zug, der durch die ganze Welt brauste und ganze Horden schwarzweiß gefleckter Kater totfuhr – und am frühen Dienstagmorgen wachte er schweißgebadet auf, nachdem er von einem bärtigen, verrückten Priester mit einer riesigen toten Schwalbe im Mund und einem Teppichklopfer in der Hand durch eine menschenleere, dunkle Stadt gejagt worden war.

Deutlicher konnte es kaum werden, und nachdem Ulrike sich gegen halb neun Uhr auf den Weg zu ihrer Arbeit gemacht hatte, rief er im Polizeipräsidium von Maardam an. Nach den üblichen Fehlschaltungen bekam er schließlich Münster an den Apparat.

»Dieser Pfarrer«, sagte er.

»Welcher Pfarrer?«, fragte Münster.

»Der gestorben ist. Der vor den Zug gefallen ist.«

»Ach so, der«, sagte Münster. »Von dem weiß ich nichts. Es war Ewa Moreno, die sich um ihn gekümmert hat.«

»Die Moreno?«

»Ja. Warum fragt der Herr Hauptkommissar?«

Zum Teufel, dachte Van Veeteren. Nun sind bereits vier Jahre vergangen, und immer noch nennt er mich so. Es wird noch *Hauptkommissar* auf meinem Grabstein stehen.

»Entschuldige«, sagte Münster, der das Schweigen im Hörer richtig gedeutet hatte. »Ich kann mich offenbar nur schwer umgewöhnen.«

»Vergiss es«, sagte Van Veeteren. »Kannst du mich mit Ewa Moreno verbinden?«

»Ich kann es zumindest versuchen«, sagte Münster. »Aber ich glaube nicht, dass da was dran ist. Ich meine, kein Verdacht in irgendeine Richtung. Ich gehe davon aus, dass du mir nicht erzählen willst, warum du anrufst?«

»Ganz richtig«, bestätigte Van Veeteren. »Und nun stell mich bitte zur Moreno durch.«

Kriminalinspektorin Ewa Moreno war nicht in ihrem Zimmer, aber schließlich erwischte er sie via Handy in einem Auto zwischen Linzhuisen und Weill. Es stimmte, dass sie den Fall mit dem verunglückten Pfarrer übernommen hatte – und es stimmte, wie Münster schon betont hatte, dass es keinerlei Verdacht auf irgendeine Unregelmäßigkeit gab.

Außer dass Gassel es möglicherweise aus freiem Willen getan hatte natürlich. Der Zugführer war vernommen worden, hatte aber nichts anderes bemerkt, als dass plötzlich eine Gestalt direkt vor seine Lok gefallen war. Das war natürlich ein traumatisches Erlebnis für ihn, der Albtraum jedes Lokführers, aber Ewa Moreno hatte ihm nicht mehr als diese Beobachtung entlocken können, obwohl sie zwei Stunden lang mit ihm geredet hatte. Oder versucht hatte zu reden.

Van Veeteren dachte eine Weile nach. Dann fragte er, ob sie eventuell später am Abend Zeit für ein Glas Bier bei Adenaar's hätte, und das hatte sie.

Worauf er hinauswollte?, wollte sie wissen.

Das könnte er jetzt nicht sagen, erklärte er, versprach ihr aber, es später beim Bier zu erzählen.

Sie kam eine Viertelstunde zu spät, und als sie auftauchte, fiel ihm sofort wieder auf, wie hübsch sie war. Die hübscheste Polizeiinspektorin der Welt, dachte er. Schien mit den Jahren sogar noch hübscher zu werden. Er hätte gern gewusst, was sie eigentlich bei der Truppe hielt und wie alt sie genau war. Auf jeden Fall nicht älter als fünfunddreißig. Es war ein ganzes Jahr vergangen, seit er sie das letzte Mal gesehen hatte – in Zusammenhang mit der betrüblichen Geschichte um deBries –, und da war die Lage so deprimierend gewesen, dass selbst weibliche Schönheit Schaden nahm.

»Ich bin etwas spät«, sagte sie. »Hoffentlich haben Sie nicht zu lange warten müssen, Herr Hauptkommissar.«

»Verdammt noch mal«, knurrte er. »Duze mich gefälligst und lass den Titel weg, sonst kriege ich noch einen epileptischen Anfall.«

Sie lachte.

»Sorry«, sagte sie. »Das braucht seine Zeit.«

»Vier Jahre«, betonte Van Veeteren. »Sollte das wirklich so schwer sein, das in dieser Zeit zu lernen?«

»Wir von der Truppe sind etwas langsam im Kopf«, erklärte Ewa Moreno. »Wie allgemein bekannt.«

»Hm«, sagte Van Veeteren und winkte nach der Kellnerin. »Ja, das seid ihr wohl.«

»Es ging um Gassel«, griff Ewa Moreno den Faden wieder auf, nachdem sie bestellt hatten. »Was ist dabei die Frage? Ich muss zugeben, dass ich neugierig bin.«

Van Veeteren kratzte sich zur Ablenkung am Kopf und holte seine Zigarettendrehmaschine heraus.

»Ich weiß nicht so recht«, gab er zu. »Ich hab da nur so ein Gefühl von Unheil, aber das hat sicher eher mit meinem hohen Alter und meiner zunehmenden Verwirrung zu tun.«

»Wollen wir wetten?«, fragte Moreno.

Van Veeteren legte den Tabak ein und blieb einen Moment schweigend sitzen.

»Er war bei mir«, sagte er dann. »Das ist das gewisse Unheil.«

»Er war bei dir?«, wiederholte Moreno. »Gassel ist zu dir gekommen?«

»Ja.«

»Und warum?«

»Das weiß ich nicht. Ich habe leider nie mit ihm darüber reden können. Ich hatte einen Zahnarzttermin, den ich nicht verpassen durfte, und am nächsten Tag bin ich mit Ulrike nach Rom geflogen. Ich glaube, du hast sie nie getroffen, aber sie ist meine bessere Hälfte ... also ... eigentlich bedeutend besser, wenn man es genauer betrachtet. Nun gut, das war vor gut drei Wochen, wir vereinbarten ein Treffen, wenn ich zurück sein würde, und jetzt ist er also tot. Das kann natürlich reiner Zufall sein, aber trotzdem wundert man sich natürlich.«

Moreno sagte nichts, ließ nur eine Denkfalte auf der Stirn sehen.

»Zumindest eine Andeutung dessen, was er wollte, habe ich herauskriegen können«, fuhr Van Veeteren fort. »Er wollte sein Gewissen erleichtern.«

»Sein Gewissen erleichtern?«

»Ja. Sozusagen. Es ging um irgendetwas, das er im Rahmen seiner Schweigepflicht gehört hatte und mit dem er offensichtlich nicht fertig wurde ... ein Beichtvater, der selbst beichten wollte, um es ein wenig zugespitzt auszudrücken.«

»Eine Beichte?«, fragte Moreno nach. »Er gehörte doch nicht zur katholischen Kirche.«

Van Veeteren zündete sich eine Zigarette an.

»Nein«, bestätigte er. »Aber auch in den meisten anderen kirchlichen Verbänden gestattet man sich eine Art modifizierter Variante dessen, jedenfalls nach allem, was ich gehört habe. Man hat offenbar festgestellt, dass unser Gewissen zeitweise etwas Erleichterung braucht.«

Moreno lachte kurz auf.

»Und mehr hat er nicht gesagt?«

Van Veeteren schüttelte finster den Kopf.

»Nichts, woran ich mich erinnern kann. Nur dass er einen ziemlich nervösen Eindruck machte, und das ist es, was mich beunruhigt. Wenn nicht dieser verfluchte Olivenkern gewesen wäre, dann hätte ich mir natürlich die Zeit genommen und ihm zugehört.«

»Olivenkern?«, hakte Moreno nach. »Jetzt reden Sie ... jetzt redest du aber wieder in Rätseln.«

»Ich habe mir an einem Olivenkern eine Plombe ausgebissen«, erklärte Van Veeteren und verzog dabei das Gesicht. »An dem Tag, als wir nach Rom fliegen wollten ... oder genauer gesagt am Tag davor. Und deshalb musste ich zum Zahnarzt. Ansonsten habe ich ganz gute Beißerchen.«

»Woran ich keine Sekunde gezweifelt habe«, nickte Moreno, und ihre Denkfalte vertiefte sich noch ein wenig mehr.

Die Kellnerin kam mit dem Bier, sie prosteten sich zu und blieben eine Weile schweigend sitzen.

»Dann könnte also ein Verbrechen dahinter stecken? Ist es das, worauf du hinaus willst?«

Van Veeteren nahm einen Zug und blinzelte ihr durch den Rauch hindurch zu.

»Keine Ahnung«, sagte er. »Schwer zu sagen, aber er hatte mich für seine Beichte eigens deshalb ausgesucht, weil ich ein ehemaliger Hauptkommissar bin. Mit der Betonung auf *ehemalig.* Gilt übrigens auch für dich. Das war kein Zufall. Wenn ich mich recht erinnere, dann ließ er die Bemerkung fallen, dass er versprochen hätte, sich nicht an die Polizei zu wenden, das war der Punkt. Und worum zum Teufel sollte es sich dann handeln, wenn nicht um etwas Illegales?«

Moreno zuckte mit den Schultern.

»Wer weiß?«, fragte sie. »Aber – was glaubst du? Deine Intuition ist ja nun nicht gerade eine unbekannte Größe.«

»Ach«, knurrte Van Veeteren und trank einen Schluck. »Ich glaube nicht mal einen Hühnerdreck. Vielleicht war es einer aus der Unterwelt, der da gebeichtet hat, was weiß denn ich? Aber hat die Inspektorin denn gar nichts dazu beizutragen? Ich vermute, dass ihr doch zumindest irgendwelche Ergebnisse haben müsst?«

Moreno seufzte und schaute leicht betrübt.

»Nicht besonders viel«, erklärte sie. »Wir haben den Fall noch gar nicht abgeschlossen, schließlich ist es erst eine Woche her, aber es ist nichts ans Tageslicht gekommen, das … ja, das in irgendeiner Weise darauf hindeuten könnte, dass hinter dem Ganzen böse Kräfte stecken, um es mal so zu sagen.«

»Mit wem hast du gesprochen?«

»Mit seinem Vater«, sagte Moreno. »Pensionierter Unternehmer oben in Saaren. Hat ihn hart getroffen. Der einzige Sohn, die Frau ist vor einem Jahr gestorben. Dann mit den Kollegen in Leimaar, ja, und dann mit einigen Leuten vom Bahnhof natürlich. Niemand hatte irgendwas beizutragen, zumindest nichts, was das Geschehen selbst betrifft. Gassel wohnte allein. Hatte nicht viele Freunde. Möglicherweise war er deprimiert, aber soweit wir wissen, lässt sich kein Grund finden, daraus ernstere Schlussfolgerungen zu ziehen. Wir haben ganz einfach keinerlei Zeichen, die auf irgendeine Unregelmäßigkeit hindeuten.«

»Und keine Besonderheiten?«

Moreno ließ mit der Antwort auf sich warten.

»Ich weiß, was du meinst«, sagte sie. »Nein, ich bin zwar nicht so hellhörig wie ein gewisser ehemaliger Hauptkommissar zu sein pflegte, aber ich habe nichts gemerkt. Kein bisschen. Es wäre natürlich eine andere Sache, wenn es Zeugen gäbe, jemanden, der etwas gesehen oder beobachtet hätte, aber nein, es ist nichts zu Tage gekommen, so einfach ist das … es war an dem Abend regnerisch und stürmisch und ziemlich dunkel auf dem Bahnsteig. Keine Fahrgäste, die warteten, es war die Endhaltestelle für den Zug.«

»Ich verstehe«, sagte Van Veeteren. »Und der Lokführer hat nichts gesehen?«

»Nein. Hat genau in der Sekunde, als es passiert ist, auf sein Armaturenbrett geguckt … zumindest behauptet er das. Hat nur gemerkt, wie was herangewirbelt kam.«

»Herangewirbelt?«

»Ja, so hat er sich ausgedrückt.«

»Und es ist nie geklärt worden, warum Gassel dort war? Ob er jemanden treffen wollte oder so?«

»Nein.«

»Wisst ihr, was er an diesem Abend vorher gemacht hat? Bevor er auf den Schienen landete, meine ich.«

»Nicht wirklich. Bis sechs Uhr hatte er offenbar Konfirmandenunterricht. Draußen in Leimaar. Dann ist er wohl nach Hause gefahren. Er wohnt im Maagerweg in der Stadt. Muss so gegen halb sieben zu Hause gewesen sein, aber das ist nur eine Vermutung. Um 22.46 Uhr landete er vor dem Zug, was er in den Stunden davor gemacht hat, davon haben wir keine Ahnung.«

»Hatte er sich eine Fahrkarte gekauft?«

»Nein. Jedenfalls nicht im Bahnhof. Und er hatte auch keine bei sich.«

»Also wisst ihr überhaupt nicht, was er eigentlich vorhatte? Außer sich eventuell vor den Zug zu werfen, meine ich?«

»Nein. Wie schon gesagt.«

Van Veeteren schaute seufzend aus dem Fenster.

»Ihr habt euch auch nicht sonderlich angestrengt, um es herauszukriegen?«

»Nein«, gab Ewa Moreno zu. »Vermutlich war er den Abend über zu Hause, wer weiß? Und außerdem haben wir noch einige andere Dinge, um die wir uns kümmern müssen.«

»Ach, wirklich?«, fragte Van Veeteren. »Tja, ich nehme an, dass wir im Augenblick nicht viel weiter kommen. Danke, dass du dich bereit erklärt hast, meinem Gewäsch zuzuhören. Darf ich dir noch eine private Frage stellen, bevor wir uns trennen?«

»Bitte schön«, sagte Moreno.

»Du bist wahrscheinlich der schönste Bulle, den ich je gesehen habe. Und ich bin alt genug, um so etwas sagen zu dürfen. Bist du immer noch nicht verheiratet?«

Er sah, wie sie errötete und darauf wartete, dass es vorbeiging.

»Danke«, sagte sie. »Nein, noch nicht. Ich halte mich jung, indem ich es nicht tue.«

»Wie alt bist du eigentlich?«

»Alt genug, um genügend Verstand zu haben, sich für ein Kompliment zu bedanken«, erwiderte Inspektorin Moreno.

Der Gemeindepfarrer der Leimaarer Gemeinde hieß Franz Brunner, und er empfing Van Veeteren im Pfarrhaus. Das war das älteste Gebäude im ganzen Stadtteil, wie er behauptete, ein niedriges, schönes Holzgebäude aus dem frühen 19. Jahrhundert mit Flügelanbauten, die von Efeu, wildem Wein und Kletterrosen bedeckt waren, die in der plötzlich scheinenden Herbstsonne aufglühten.

Van Veeteren überlegte überrascht, ob nicht zumindest die Kirche älteren Datums sein musste, aber Brunner erklärte ihm, dass sie Ende des 19. Jahrhunderts niedergebrannt und die neue erst 1908 geweiht worden sei.

Leimaar gehörte außerdem zu den Teilen von Maardam, die erst spät bebaut wurden, das wusste Van Veeteren. Erst nach dem Zweiten Weltkrieg, und dann in drei oder vier Etappen: Fünfziger-, Sechziger- und Achtzigerjahre. So gut wie ausschließlich mit Mietshäusern von ziemlich gewöhnlichem Aussehen – aber die Lage oben auf der Anhöhe mit dem meilenweiten Blick über das flache Land bis hin zum Meer ließ die Gegend als eine der attraktiveren der Stadt erscheinen. Er erinnerte sich daran, dass er einmal eine Frau in ihrem verglasten Balkon in der obersten Etage eines der Häuser verhört hatte und dass er sich damals Leimaar als bedenkenswerte Alternative für eine Wohnstatt im Herbst seines Lebens notiert hatte.

Aber nicht das Pfarrhaus. Und vom Herbst des Lebens war wohl noch nicht die Rede, auch wenn er die Sechzig jetzt hinter sich gelassen hatte, und zwar Anfang Oktober.

»Wie ich schon gesagt habe, geht es um Pastor Gassel«, begann er.

Der Kirchenhirte ließ eine Art frommer, professioneller Trauer aufblitzen und goss ihnen Kaffee ein.

»Gassel, ja«, sagte er. »Das ist eine unangenehme Geschichte.«

Van Veeteren wartete, um ihm die Möglichkeit zu geben, diese Platitude zu erklären, aber der Hirte machte keinerlei Anstalten, die Gelegenheit zu ergreifen. Stattdessen nahm er sich einen Keks und begann nachdenklich zu kauen.

Soweit Van Veeteren beurteilen konnte, war er in den Fünfzigern, vielleicht sogar schon fünfundfünfzig, aber es gab so gut wie keine Falte in seinem bleichen Gesicht, und das aschblonde Haar trug er mit einem ordentlichen Seitenscheitel wie ein Konfirmand. Die Hände, die ordentlich und ruhig aus dem priesterlich schwarzen Umhang hervorlugten, waren weiß wie Oblatenteig, und Van Veeteren ordnete ihn erst einmal in die bewundernswerte Kategorie der Menschen ein, denen es gelang, alt zu werden, ohne zu altern. Die so vorsichtig lebten und in einem so festen Rahmen von Moral und Tugendnormen, dass es der Zeit nicht gelang, Spuren zu hinterlassen.

Er überlegte gleichzeitig, ob ihm dieses Phänomen überhaupt schon einmal außerhalb religiöser Schranken untergekommen war. Wahrscheinlich nicht, entschied er, und das hing natürlich mit Sodom und Gomorrha zusammen.

»Seit wann hat er hier in der Gemeinde gearbeitet?«, fragte er, als sein Gastgeber den Keks hinuntergeschluckt hatte und bereits nach einem neuen Ausschau hielt.

»Nicht sehr lange«, erklärte Brunner und zog seine Hand vom Kuchenteller zurück. »Gut ein Jahr. Es war seine erste Stelle nach dem Priesterexamen, er hat einiges andere studiert, bevor er zur Theologie gekommen ist.«

Es klang wie eine sanfte, aber vollauf berechtigte Zurechtweisung.

»Ich verstehe«, sagte Van Veeteren. »Hatten Sie viel Kontakt zu ihm?«

»Natürlich. Wir sind hier nur drei Pfarrer und müssen die Bürden gerecht untereinander verteilen.«

»Die Bürden?«, merkte Van Veeteren auf, und ein schwaches Glühen zog über die Brötchenwangen des Kirchenhirten.

»Ich mache nur Scherze«, erklärte er. »Ja, wir arbeiten täglich zusammen ... oder haben zusammengearbeitet ... ich selbst, Pastor Hartlew und Pastor Gassel. Wir engagieren uns sehr im sozialen Bereich ... was meistens nicht so recht gesehen wird. Hartlew ist seit 1992 bei mir, und Gassel kam letztes Jahr, als das Bistum endlich damit einverstanden war, eine neue Stelle in der Gemeinde einzurichten. Wir sind für vierzigtausend Seelen verantwortlich, wissen Sie, das ist die höchste Zahl in ganz Maardam.«

Schwerer Job, dachte Van Veeteren, unterließ es aber, seine Bewunderung auszudrücken.

»Wie war er?«, fragte er stattdessen.

»Was meinen Sie damit?«, fragte der Kirchenmann.

»Wenn ich frage, wie er war, dann bedeutet das, dass ich wissen möchte, wie er war«, präzisierte Van Veeteren und probierte den Kaffee. Wie erwartet und wie üblich war er wässrig. Die bauen ihre ganze Tätigkeit auf Kaffeerunden auf, dachte er. Und trotzdem lernen sie nie, richtigen Kaffee zu kochen.

»Ich weiß nicht so recht, worauf Sie hinaus wollen«, gab Brunner den Ball zurück. »Er hat Sie also aufgesucht?«

»Ja«, bestätigte Van Veeteren. »Hatte er irgendwelche Probleme bei seiner Arbeit?«

»Probleme? Ich fürchte, ich verstehe nicht, was Sie ... ?«

»Ich habe den Eindruck gehabt. Dass er in Zusammenhang mit seiner Arbeit in irgendwas hineingeraten ist.«

Der Pfarrer breitete die Arme aus.

»Und was soll das gewesen sein?«

»Danach frage ich ja gerade. Können Sie das noch mal machen?«

»Was? Was soll ich noch mal machen?«

»Die Arme noch mal ausbreiten. Wenn Sie verzeihen, dass ich das einfach so sage, aber Sie sahen aus wie ein Schauspieler, der gezwungen ist, eine Szene zum zwanzigsten Mal zu wiederholen. Nehmen Sie es mir bitte nicht übel.«

Der Herr Pfarrer Brunner öffnete zwei Sekunden lang den Mund. Dann schloss er ihn wieder. Van Veeteren nahm einen Keks und gratulierte sich selbst für seine reichlich raffinierte Spieleröffnung.

»Was wollen Sie eigentlich?«, fragte Brunner, nachdem er sich wieder gefangen hatte. »Außerdem haben Sie doch wohl kaum das Recht dazu, oder? Es stimmt doch, dass Sie nicht mehr bei der Polizei sind, oder?«

»Absolut korrekt«, gab Van Veeteren zu. »Warum fragen Sie? Haben Sie etwas zu verbergen?«

»Natürlich nicht. Ich finde nur, dass Sie etwas anmaßend auftreten. Warum sollte ich etwas zu verbergen haben?«

»Die Wege des Herrn sind unergründlich«, erwiderte Van Veeteren. »Aber mir ist ganz deutlich geworden, dass Ihnen das Gespräch mit mir nicht behagt. Lassen Sie mich raten, Ihr Verhältnis zu Pastor Gassel war nicht gerade gut. Stimmt das?«

Brunner hatte erneut Probleme mit seiner Gesichtsfarbe.

»Wir haben einander respektiert«, sagte er. »Sie müssen … Sie müssen verstehen, dass die Gemeindearbeit oftmals eine Arbeit wie jede andere ist. Als Gemeindepfarrer habe ich natürlich eine Chefposition mit allem, was das an Verantwortung und Pflichten mit sich bringt …«

»Sie hatten unterschiedliche Auffassungen hinsichtlich einiger Glaubensfragen?«

Der Pfarrer dachte einen Moment lang nach.

»In einigen Punkten, ja.«

»In einigen entscheidenden Punkten?«

Brunner stand auf und ging langsam im Zimmer auf und ab.

»Warum bohren Sie so hartnäckig nach?«, fragte er nach einer halben Minute Schweigen. »Ist das so wichtig für Sie?«

»Ich weiß es noch nicht«, sagte Van Veeteren. »Kann sein, kann auch nicht sein. Aber die Sache ist doch die, dass Pastor Gassel zu mir gekommen ist, um praktisch gesehen die Beichte abzulegen. Man könnte doch annehmen, dass es nahe liegender wäre, sich in so einem Fall an seinen vorgesetzten Pfarrer zu wenden. Oder zumindest an jemanden im Bereich der Kirche. Was mich betrifft, so bin ich schließlich nur ein abgesprungener agnostischer Kriminalkommissar.«

Brunner blieb stehen.

»Was wollte er?«, fragte er.

Fast im gleichen Moment wurde ihm klar, dass er wohl kaum berechtigt war, eine derartige Frage zu stellen, und er setzte sich wieder auf seinen Lehnstuhl und seufzte.

»Ich habe nie erfahren, was er wollte«, erklärte Van Veeteren, »aber ich habe gehofft, dass Sie mir in dieser Hinsicht ein wenig auf die Sprünge helfen könnten.«

»Ich verstehe. Lassen Sie mich nachdenken.«

Brunner faltete die Hände im Schoß und schloss die Augen. Van Veeteren ging davon aus, dass der Pfarrer sich auf diese einfache Art und Weise Order von höherer Stelle holte und überlegte, ob das nicht ein Beweggrund für jede Religionsausübung sein könnte. Das Bedürfnis, die Verantwortung abzugeben.

Die Abneigung, die Bürde zu tragen.

»All right«, erklärte Brunner prosaisch und öffnete die Augen. »Ja, wir hatten so einige Meinungsverschiedenheiten, Pastor Gassel und ich. In der Beziehung haben Sie richtig getippt.«

Van Veeteren schaute zur Decke und dankte im Stillen für die Freigabe.

»Und welche?«, fragte er.

»Pastor Gassel war homosexuell.«

»Ach ja?«, sagte Van Veeteren.

Einen Moment lang schwiegen beide.

»Man kann hinsichtlich der Homosexualität verschiedener Meinung sein«, stellte Brunner fest.

»Ja, wirklich?«, sagte Van Veeteren.

»Ich selbst vertrete eine liberale Meinung auf biologisch-christlicher Grundlage.«

»Das müssen Sie mir näher erklären«, bat Van Veeteren.

»Niemand soll dafür verurteilt werden, dass er ... oder sie ... eine abweichende Sexualität hat.«

»Bin ich ganz Ihrer Meinung.«

»Aber der Betreffende muss das Beste aus der Situation machen. Sich zu seiner Homosexualität zu bekennen, ist natürlich ein entscheidender und notwendiger Schritt, da waren Pastor Gassel und ich vollkommen einer Meinung. Dagegen hatten wir unterschiedliche Ansichten, was den nächsten Schritt betrifft.«

»Und der wäre?«, wollte Van Veeteren wissen.

»Na, sie natürlich zu bekämpfen«, verkündete der Pfarrer und setzte sich aufrecht hin. »Es gibt natürliche und unnatürliche Dinge, innerhalb der Kirche müssen wir für diejenigen beten, die auf den Pfad des Unnatürlichen geraten sind, und ihnen helfen. Das war für mich immer eine Selbstverständlichkeit und eine Richtschnur. Man kann möglicherweise Verständnis aufbringen für jene Individuen, denen es nicht gelingt ... die es nicht schaffen, ihre Krankheit auf Dauer zu bekämpfen, aber wenn ein Pfarrer nicht einmal einsieht, wie wichtig es ist, überhaupt dagegen anzukämpfen, ja, dann ist er auf dem falschen Pfad. Und wenn es dann noch obendrein um seine eigene Krankheit geht ... ja, jetzt verstehen Sie wohl unsere unterschiedlichen Standpunkte?«

Van Veeteren nickte.

»Ich denke schon. Ist Ihnen in Pastor Gassels Verhalten kurz vor seinem Tod etwas Ungewöhnliches aufgefallen?«

Der Pfarrer schüttelte langsam den Kopf.

»Nein. Nicht, dass ich wüsste. Nicht, soweit ich mich jetzt spontan erinnern kann.«

»War er deprimiert?«

»Meines Wissens nicht.«

»Und Sie wissen nicht, ob im Herbst oder Spätsommer irgendetwas Besonderes vorgefallen ist, was für ihn traumatisch gewesen sein könnte?«

»Traumatisch? Nein, da habe ich keine Ahnung. Aber wir hatten auch keine derartige Beziehung, dass er mir etwas anvertraut hätte, da ja ... nun ja, genau aus dem Grund, über den wir gerade gesprochen haben.«

»Ich verstehe«, sagte Van Veeteren. »Ich nehme an, dass Sie hinsichtlich Suizidgefahr und ähnlichen Fragen nichts sagen können?«

»Was den Glaubensstandpunkt betrifft, so sind wir nicht so rigide wie die Katholiken«, erklärte Brunner und räusperte sich. »Natürlich ist es niemals recht, sich das Leben zu nehmen, aber es ist nicht unsere Sache, einen verzweifelten Menschen zu verurteilen, der einen desperaten Entschluss trifft ...«

»Wenn wir den Seligkeitsaspekt für eine Weile beiseite lassen könnten«, schlug Van Veeteren vor. »Halten Sie es für möglich oder für ausgeschlossen, dass Gassel Selbstmord begangen haben könnte?«

Der Pfarrer spitzte die Lippen und sah sehr scharfsinnig aus.

»Das kann ich nicht beurteilen«, sagte er schließlich. »Ich glaube es natürlich nicht und wüsste auch nichts, was darauf hindeuten würde. Aber ich kann es gleichzeitig nicht voll und ganz ausschließen.«

»Wissen Sie, ob er eine feste Beziehung hatte? Wohnte er mit einem Partner zusammen?«

Wieder errötete der Pfarrer.

»Mit einem Partner? Nein, also wirklich ... ich habe absolut keine Ahnung von ... von diesen Dingen.«

»Ich verstehe. War diese Abweichung, wie Sie sie genannt haben, in der Gemeinde bekannt?«

»Dass er homosexuell war?«

»Ja.«

»Glücklicherweise nicht. Sonst wäre es mir zu Ohren gekommen, und wir haben zumindest zu dem Kompromiss gefunden, dass er nicht damit herumprahlen sollte. Und schon gar nicht im Konfirmandenunterricht, da ist das ja eine außerordentlich empfindliche Sache, und hier ist es natürlich der Gemeindepfarrer, der letztendlich die Verantwortung trägt. Sie begreifen sicher, dass das nicht gerade leicht für mich war, nicht wahr?«

Natürlich, dachte Van Veeteren. Du Ärmster, da ist es dir gelungen, eine neue Stelle herauszuschinden, und dann wird die mit einem Schwulen besetzt. Das muss ziemlich ärgerlich gewesen sein, ganz klar.

Aber kaum so ärgerlich, dass der Gemeindepfarrer Gassel weiter ins ewige Dunkel geschickt hätte, indem er ihn vor einen Zug schubste, oder? Dafür erschien sein Gesicht dann doch zu glatt und unschuldig.

»Dann wollte er also auf Grund dieser kleinen Meinungsverschiedenheiten lieber nicht bei Ihnen beichten? Halten Sie das für eine logische Schlussfolgerung?«

Brunner dachte nach.

»Doch, ja«, sagte er. »Genauso hat es sich leider verhalten. Und ich glaube auch nicht, dass er sich an Pastor Hartlew gewandt hätte. Die Beichte ist wie bekannt kein Sakrament bei uns, aber die Möglichkeit, sein Herz zu erleichtern, die gibt es natürlich. Und das Gesagte unter dem Siegel der Verschwiegenheit zu lassen. Aber ich begreife nicht, warum er ausgerechnet zu Ihnen gekommen ist.«

»Ich auch nicht«, stellte Van Veeteren fest, der keinen Anlass sah, Gassels katholische Tante einzuführen. »Teilt Pastor Hartlew Ihre Auffassung hinsichtlich der Homosexualität?«

»Davon bin ich überzeugt.«

»Wie nannten Sie das noch?«

»Was, bitte?«

»Na, Ihre Überzeugung. Liberal-biologisch auf christlicher … ?«

Der Gemeindepfarrer Brunner überlegte fünf Sekunden lang.

»Das fällt mir leider nicht mehr ein«, musste er dann mit einem müden Achselzucken zugeben.

»Auch wenn er keine Lust hatte, mit seinem vorgesetzten Pfarrer zu reden, dann ist der Schritt zu dir hin doch reichlich groß, oder?«, überlegte Ulrike Fremdli etwas später am selben Tag. »Falls du irgendwelche homosexuellen Seiten hast, so ist es dir jedenfalls bis jetzt ausgezeichnet gelungen, sie vor mir zu verbergen. Aber wahrscheinlich ist er nicht deswegen zu dir gekommen.«

»Höchstwahrscheinlich nicht«, stimmte Van Veeteren zu. »Nein, ich ziehe das weibliche Geschlecht ganz einfach vor. Aber Spaß beiseite: Es ist doch ein verdammt merkwürdiges Zusammentreffen, das ist einfach nicht zu leugnen. Gassel kommt zu mir und will mich um Hilfe bitten, und ein paar Wochen später liegt er unter einem Zug. Wenn er sich nun tatsächlich das Leben hätte nehmen wollen, dann hätte er doch noch ein paar Tage warten und sich vorher erleichtern können, worum immer es auch ging? Oder darauf verzichten, mich da mit hineinzuziehen? Man fällt doch nicht einfach aus Versehen von einem Bahnsteig?«

»Er war nicht betrunken?«

»Es war nicht einmal ein kleines Bier im Blut nachzuweisen, sagt die Moreno.«

»Und du hast keine anderen Hinweise bekommen, worum es wohl gehen könnte? Ich meine, als er bei dir war.«

»Ich kann mich nicht erinnern«, sagte Van Veeteren. »Es ist zum aus der Haut fahren, aber ich komme einfach nicht drauf. Ich glaube, er hat etwas von einer Frau gesagt ... die sich ihm anvertraut hatte, wie ich annehme. Und dass er versprochen habe, zu schweigen und sich auf keinen Fall an die Polizei zu wenden. Ich hatte das Gefühl, dass er fürchtete, es könnte etwas geschehen, aber vielleicht empfinde ich das auch nur so im Nachhinein ... doch, ich glaube, das hat er tatsächlich gesagt. Etwas würde passieren, wenn keine Maßnahmen ergriffen würden … oh Scheiße!«

Ulrike hob Strawinsky vom Sofa und kraulte ihn unterm Kinn.

»Aber er war es nicht selbst, der in Gefahr war?«

»So habe ich es jedenfalls nicht verstanden. Man müsste natürlich nachprüfem, ob er vielleicht notiert hat, wer zu ihm zur Beichte gekommen ist, aber mein Gott, ich bin nicht mehr bei der Kripo, oder?«

»Nein«, stimmte Ulrike zu. »Soweit ich weiß, nicht.«

»Hm«, sagte Van Veeteren. »Verflucht, möchte nur wissen, ob ich das hier aus dem Kopf kriege.«

Sie ließ Strawinsky auf den Boden und lehnte sich gegen Van Veeteren. Blieb ein paar Sekunden schweigend so sitzen und streichelte nachdenklich mit den Fingern über die erhaben liegenden Adern auf seinem Handrücken.

»Was für Möglichkeiten hast du?«

Van Veeteren seufzte.

»Beispielsweise ein paar Namen«, sagte er. »Bekannte von ihm. Und dann so ein unangenehmes Gefühl, dass nicht mehr schrecklich viel passieren wird, wenn ich nicht weiterhin darin herumstochere. Es tut nicht gut, mit einem toten Pfarrer auf dem Gewissen herumzulaufen … nun ja, wir werden ja sehen, ob ich Lust dazu habe.«

»Das wirst du schon«, sagte Ulrike Fremdli. »So wie ich dich kenne.«

»Jetzt verstehe ich nicht, was du meinst«, sagte Van Veeteren.

Maardam,
November 2000

12

Sonntag, der 5. November 2000, war der Tag, an dem ein Niesen fast Egon Trauts Ehe in Trümmer hätte zerfallen lassen.

Zumindest schwebte ihm diese schreckliche Möglichkeit einige lange Abendstunden vor, und es besteht immer noch ein Unterschied zwischen Brachland und Ruinen.

Egon Traut war selbstständig. Inhaber einer Firma, die Aufhängevorrichtungen für Brillen herstellte und an Optikergeschäfte und Brillenläden verkaufte. Die Fabrikation befand sich in Chadow, wo er auch in einer geräumigen, hazienda-inspirierten Villa mit Ehefrau und fünf Kindern lebte, von denen zwei bereits das Nest verlassen hatten (zumindest größtenteils), zwei waren Zwillinge im jugendlichen Alter (was seine Spuren hinterließ), und der fünfte (ein Nachzügler namens Arnold) litt am Hörndli-Syndrom und war autistisch.

Die Firma ihrerseits hieß GROTTENAU, ein Anagramm auf seinen eigenen Namen, und sie hatte seit Ende der Achtziger- und die gesamten Neunzigerjahre hindurch langsam, aber sicher ihre Marktanteile erweitert, angefangen mit Chadow, dann in den umliegenden Regionen und schließlich im ganzen Land – in so großem Maße, dass man zu Anfang des neuen Millenniums bis zu sechzig Prozent des ganzen Kuchens beherrschte. In Optikerkreisen war F/B GROTTENAU wenn nicht ein Begriff, dann zumindest ein Name, der mit Wissen, Qualität und äußerst pünktlicher Lieferung verknüpft war.

Seit 1996 hatte Egon Traut vier Angestellte. Drei von ihnen waren mit der Herstellung in Chadows neuem Industriegebiet beschäftigt, eine kümmerte sich ums Büro. Letztere hieß Betty Klingerweijk, war auf den Tag genau zehn Jahre jünger als er und besaß ein paar Brüste, die ihm nachts ab und zu den Schlaf raubten und die er nicht aus dem Kopf bekam.

Wenn er in seinem ehelichen Schlafzimmer lag natürlich. Hin und wieder kam es vor, dass er stattdessen im gleichen Bett wie besagte Brüste lag, und bei diesen (leider allzu sporadisch wiederkehrenden) Gelegenheiten musste er sich natürlich keinerlei Mühe geben, sie aus dem Kopf zu bekommen. Ganz im Gegenteil – sie in den Kopf zu bekommen war etwas, auf das er gern sein Engagement und seine Energie verwandte. Betty Klingerweijk war zu diesem Zeitpunkt seit mehr als drei Jahren seine Geliebte, und sie war es auch, die an diesem regnerischen Novembersonntag so unglückselig niesen musste.

Es geschah auf der Autobahn zwischen Linzhuisen und Maardam, sie waren auf dem Heimweg nach einer dreitägigen Verkaufsreise in die südlicheren Provinzen, und Traut hatte gerade seine Ehefrau per Handy angerufen, um sich einige Informationen durchgeben zu lassen.

»Was war das?«, fragte die Ehefrau.

»Was meinst du?«, fragte Egon Traut.

»Was da zu hören war. Das klang, als hätte jemand geniest.«

»Äh ... ich habe nichts gehört.«

»Du hast doch niemanden bei dir im Auto?«

»Nein. Wieso sollte ich?«

»Das wäre die Frage. Jedenfalls klang das wie eine Frau, die niest.«

»Merkwürdig. Da war vielleicht etwas in der Leitung.«

»In der Leitung? Das ist das Dümmste, was ich je gehört habe. Außerdem bin ich mir ziemlich sicher, dass ich richtig gehört habe. Du hast eine andere Frau bei dir im Auto, nicht wahr?«

»Ich schwöre, nein«, sagte Egon Traut.

»Das kenne ich«, entgegnete die Ehefrau. »Aber jetzt interessiert mich das, was ich nicht kenne. Wie heißt sie? Ist es jemand, den ich kenne, oder hast du sie irgendwo aufgegabelt?«

Egon Traut versuchte, einen Gegenzug zu finden, aber in seinem momentan etwas benebelten Hirn tauchte keine gute Idee auf.

»Es ist doch wohl nicht diese vulgäre Schlampe Klingerweijk?«, rief die Ehefrau mit lauter Stimme in den Hörer, damit es auch deutlich zu hören war. Traut warf einen schnellen Blick auf seine Beifahrerin und sah, dass die Botschaft angekommen war.

Verflucht, dachte er. Tod dem Handy-Erfinder.

»Ich versichere dir ...«, versicherte er ihr. »Ich bin so allein im Auto wie ein ... wie ein Hering in einer Kirche.«

»Ein Hering in einer Kirche? Was quatschst du da? Seit wann sind Heringe in Kirchen zu Hause? Bist du etwa auch noch betrunken?«

»Natürlich nicht. Du weißt, dass ich immer äußerst vorsichtig bin, wenn ich geschäftlich unterwegs bin ... und wenn es einen Hering in der Kirche gäbe, dann wäre der doch wohl reichlich allein, oder? Dürfte ich jetzt bitte endlich zur Sache kommen, oder möchtest du noch weitere Beschuldigungen über mich ergießen?«

Das war eine ziemlich elegante Formulierung, und ein paar Sekunden lang blieb es im Hörer still. Aber es war kein entspanntes Schweigen, er konnte ganz deutlich hören, dass sie ihm nicht glaubte. Und aus dem Augenwinkel heraus sah er, wie Betty Klingerweijk ihn von der Seite her ansah und große Lust zu haben schien, noch einmal zu niesen. Einfach aus reiner Gemeinheit.

»Welche Sache?«, fragte seine Ehefrau.

»Na, deine verrückte Schwester natürlich. In welche Straße ist sie gezogen? Ich bin in fünf Minuten in Maardam.«

Das genügte, um den Fokus des Gesprächs zu verschieben, zumindest für eine Weile. Die Schwägerin war ja überhaupt der Anlass für den Anruf gewesen, und es war gar keine Frage, dass er sich damit in deutlich besseres Licht rückte. Seine Gattin hatte ihn schließlich immer wieder bekniet, er solle dort einmal vorbeischauen und kontrollieren, wie es ihr denn ginge, wenn er sowieso durch Maardam käme. Die Schwester war seit einem Monat nicht mehr ans Telefon gegangen, es musste ihr etwas zugestoßen sein.

Klar wie Kloßbrühe, und Blut ist dicker als Wasser.

Sie hatten das Ganze ziemlich umständlich am Donnerstagmorgen besprochen, bevor er losgefahren war, aber er hatte seiner Frau kein direkt bindendes Versprechen gegeben. Jedenfalls nicht, soweit er sich erinnern konnte. Dass er jetzt also anrief und sich bereit erklärte, musste ja wohl als eine gute, mitmenschliche Tat angesehen werden. Er war bereit, sich die Mühe zu machen, bei der Wohnung der verrückten Schwägerin vorbeizufahren und die Lage zu sondieren, war das etwa kein Beweis dafür, wie hoch er seine Frau und ihr Zusammenleben schätzte?

Er sprach das zwar nicht explizit aus, gestand sich aber zu, das leise Summen seiner Ehefrau dahingehend zu interpretieren – während sie höchstwahrscheinlich im Adressbuch suchte – als eine gewisse Anerkennung. Sie brachte zumindest das verfluchte Niesen nicht wieder aufs Tapet.

»Moerckstraat«, sagte sie schließlich. »Moerckstraat sechzehn, weiß der Kuckuck, wo das liegt, da musst du dich wahrscheinlich durchfragen. Und sieh zu, dass du weitere Maßnahmen ergreifst, wenn sie nicht öffnet.«

Maßnahmen?, dachte Egon Traut. Verdammt, was für Maßnahmen denn?

Es dauerte mehr als eine halbe Stunde, bis er die Moerckstraat gefunden hatte, die in einem außergewöhnlich deprimierenden Siebzigerjahre-Viertel auf der nördlichen Seite der Maar lag, und Betty Klingerweijk war mittlerweile offensichtlich sauer über die Verzögerung.

»Du hast versprochen, dass wir vor zehn Uhr zu Hause sind«, erinnerte sie ihn. »Das schaffen wir jetzt garantiert nicht mehr.«

»Nun ja, nicht direkt versprochen«, widersprach Egon Traut. »Und außerdem ist es doch schön, dass wir noch ein bisschen zusammen sein können.«

»Tss«, bemerkte Betty Klingerweijk nur, und er wusste nicht so recht, wie er das interpretieren sollte.

Er stellte den Motor ab und trat hinaus in den Regen. Schlug sich den Jackenkragen hoch und lief zehn Meter eine kleine Asphaltrampe hinauf. Ungefähr so weit war Egon Traut in der Lage zu laufen – erst recht, wenn es bergauf ging –, und dann blieb er unter einem hervorspringenden Laubengang stehen, der das ganze Haus entlang lief. Fand den Namen Kammerle auf einer beschmierten Glastafel und rechnete aus, dass die Wohnung im zweiten Stock liegen musste.

Fand keinen Fahrstuhl, also musste er die Treppe nehmen.

Das Kammerlesche Loch lag zum Hof hin ... denn es war wirklich ein Loch. Egon Traut hatte Probleme, sich vorzustellen, dass Menschen sich dafür entscheiden konnten, auf diese Art zu wohnen. Irgendwie unmenschlich. Durch ein schmales Fenster, wahrscheinlich zur Küche hin, konnte er direkt in die Wohnung sehen – oder hätte sehen können, genauer gesagt, wenn dort Licht gebrannt hätte.

Aber das tat es nicht. Jetzt sah er also nur sein eigenes Spiegelbild, das gut und gern die ganze Scheibe ausfüllte, zumindest in der Breite.

Er klingelte. Es war kein Surren oder Schellen zu hören, also nahm er an, dass die Klingel kaputt war. Deshalb hämmerte er ein paar Mal mit den Fäusten gegen die Tür und wartete dann ab. Keine Reaktion. Er versuchte es ein paar Mal mit Klopfen gegen das Fenster, aber von drinnen war kein Lebenszeichen zu vernehmen.

Scheiße, dachte er. Keiner zu Hause, das ist ja wohl offensichtlich. Was soll ich jetzt machen?

Maßnahmen, hatte Barbara gefaselt. Maßnahmen!

Er sah sich um und dachte nach. Die meisten Mieter schienen an diesem trüben Novemberabend daheim zu sein. Fast alle Fenster waren erleuchtet. Vielleicht konnte er irgendeinen Nachbarn fragen? Oder versuchen, eine Art Hausmeister zu fassen zu kriegen, es musste doch auch an einem Ort wie diesem hier so etwas geben?

Und Betty saß im Auto und wurde mit jeder Minute, die verstrich, immer saurer.

Und Barbara hatte sie im Handy niesen gehört. Hol sie doch der Teufel und seine Großmutter, dachte Egon Traut. Am liebsten würde ich jetzt ganz weit weg mit einem Bier in der Sonne sitzen.

Er hob den Blick zu dem blaugrauen Himmel und beschloss, dass er genau auf diesen Augenblick, genau auf diese Stunden seines Lebens liebend gern verzichtet hätte.

Und er musste leicht verwundert feststellen, dass das kein vollkommen neuer Gedanke war.

Als er seinen Blick senkte, bemerkte er, dass ein Stück weiter den Flur entlang eine Tür geöffnet worden war und dass ein Frauenkopf herausguckte und ihn beobachtete. Eine kleine, dunkle Einwandererfrau. Kurdisch oder persisch, nahm er an, aber er war nicht besonders bewandert in fremden Kulturen, also konnte es sich ebenso gut um ein anderes Land handeln.

»Du suchst Kammerle?«, fragte die Frau, und ihr Akzent war nicht besonders stark.

Hat wohl schon einige Jahre hier gelebt, vermutete Egon Traut.

»Ja. Aber sie scheinen nicht zu Hause zu sein.«

»Da drinnen ist etwas nicht in Ordnung.«

»Nicht in Ordnung? Was meinen Sie damit?«

Sie öffnete die Tür, schlang sich ein buntes Tuch enger um den Kopf und die Schultern und kam zu ihm hinaus. Sie war klein und schwer und bewegte sich unbeholfen, aber ihre Augen waren groß und ausdrucksvoll. Es war kein Problem, ihre unverfälschte Beunruhigung in ihnen abzulesen.

»Ich mache mir Sorgen um sie«, sagte sie. »Etwas ist nicht in Ordnung, ich habe die Mama und das Mädchen nicht mehr gesehen, habe den ganzen Monat keine von ihnen gesehen.«

»Vielleicht sind sie ja verreist. Oder umgezogen?«

»Nicht umgezogen, das kann nicht sein. Das merkt man, wenn jemand umzieht, und ich bin den ganzen Tag zu Hause. Sie hatten auch noch Wäsche in der Maschine.«

»Wäsche?«, fragte Egon Traut nach, dem selten erklärt worden war, wie derartige Vorgänge ablaufen.

»Ja. Vor einem Monat. Frau Kammerle hat zwei Maschinen Wäsche gelassen und sich nicht darum gekümmert. Ich habe sie aufgehängt, sie ist jetzt in Körben bei mir, aber da muss etwas passiert sein. Warum sollte man sonst schöne Kleidung einfach so lassen?«

Egon Traut hatte keine Antwort darauf und begann, in den Taschen nach einer Zigarette zu suchen.

»Wer sind Sie eigentlich?«

»Entschuldigung«, sagte er. »Ich habe ganz vergessen, mich vorzustellen ... Egon Traut.« Er streckte die Hand vor, und die Frau umfasste sie mit einem warmen, festen Griff. »Ich bin mit einer Schwester von Martina Kammerle verheiratet. Wir haben uns auch Gedanken gemacht, weil sie nie ans Telefon gegangen ist seit ... ja, genau wie Sie sagen, seit einem ganzen Monat.«

Sie ließ seine Hand los und schüttelte besorgt den Kopf.

»Ich heiße Violeta Paraskevi«, sagte sie. »Ich kenne deine Verwandte nicht, wir grüßen uns nur, wie man es hier im Land tut. Aber wir kommen nie zusammen, meine Tochter und ihre Tochter auch nicht, das ist traurig, und ich mache mir große Sorgen, dass etwas passiert ist.«

Egon Traut überlegte.

»Sie wissen nicht, ob es jemanden gibt, der einen Schlüssel hat?«, fragte er. »Einen Hausmeister oder so etwas?«

Violeta Paraskevi nickte energisch.

»Herr Klimkowski«, erklärte sie. »Er ist Hausverwalter, ich habe seine Telefonnummer. Ich habe es ihm schon mal gesagt, aber er sagt nur, wir sollen uns nicht einmischen und noch abwarten. Ich sage, er irrt sich, aber er hört nicht auf eine kleine dicke Frau aus einem anderen Land mit Kopftuch und vielen komischen Dingen. Er ist einer von denen, weißt du, die uns nicht mögen. Die denken, wir sollen nach Hause fahren und lieber verfolgt und getötet werden, als hier zu wohnen, wo es uns gut geht ...«

»Ach so, ja«, sagte Egon Traut. »Also gut, wenn Sie mir die Nummer geben, dann rufe ich ihn an.«

»Schön. Komm rein und rufe von hier an.«

Egon Traut klopfte sich auf die Jackentasche, musste aber feststellen, dass er sein Handy bei Betty im Auto zurückgelassen hatte. Also folgte er der Frau.

Es dauerte noch eine weitere halbe Stunde, bis Herr Klimkowski in der Moerckstraat erschien. Er war ein etwas untersetzter Mann in den Sechzigern, der mit dem rechten Bein leicht hinkte, und er ließ keinen Zweifel daran, was er davon hielt, an einem regnerischen Sonntagabend zu einem sinnlosen Auftrag ausrücken zu müssen.

Betty Klingerweijk war nicht gerade in viel besserer Laune – und das, obwohl Egon Traut in der Pizzeria an der Ecke gewesen war und dort für sie Bier, Chips und Pizza gekauft hatte.

Frauen, dachte er, nachdem er im Auto gesessen und versucht hatte, sie mit ein wenig Geplauder mehr als eine Viertelstunde lang zu unterhalten. Ich begreife sie einfach nicht. Hol mich der Teufel.

»Was für ein Aufwand«, sagte Klimkowski. »Die Leute meinen wohl, man wäre irgend so ein Pfarrer, der Tag und Nacht Dienst hat.«

»Entschuldigen Sie bitte vielmals«, sagte Egon Traut. »Das glaube ich ganz und gar nicht. Es ist nur so, dass wir uns gerade auf der Durchreise befinden und dass wir uns wegen meiner Schwägerin einige Sorgen machen. Ich werde für Ihre Bemühungen natürlich bezahlen.«

»Hmm«, knurrte Klimkowski und klapperte mit seinem Schlüsselbund. »Behalten Sie ruhig Ihr Geld. Jetzt wollen wir mal sehen ... sechzehn D, Kammerle, ist das richtig?«

Traut nickte, und sie gingen wieder die Treppen hinauf, wo Violeta Paraskevi sie empfing und ihnen mit südländischem Nachdruck sicherheitshalber die richtige Tür zeigte.

»Ich weiß«, brummte Klimkowski. »Steh mir nicht im Weg.«

Er schob den Schlüssel ins Schloss und öffnete.

»Sie müssen dann noch ein Papier unterschreiben«, erklärte er und wandte sich Traut zu. »Ich darf nur für einen Verwandten oder die Polizei die Tür öffnen. Ich will keinen unnötigen Ärger haben.«

»Das ist doch selbstverständlich«, sagte Egon Traut. »Nun lassen Sie uns reingehen und nach dem Rechten sehen.«

Es dauerte nicht länger als eine halbe Minute, bis sie die Leiche fanden, und es war in erster Linie der Geruch, der sie führte. Martina Kammerles verwesender Leib lag in zwei schwarze Müllsäcke verpackt unter ihrem eigenen Bett. Der eine Sack war von oben darübergezogen worden, der andere von unten. Als Klimkowski den Körper hervorzog und den oberen Teil aufdeckte, sah Egon Traut ein, dass man alles tun durfte, nur nicht Bier trinken und Pizza essen, wenn man kurz davor ist, eine Leiche zu entdecken.

Nachdem er sich fertig übergeben hatte, sah er außerdem ein – mit einem kurz aufblitzenden Schimmer von Dankbarkeit mitten in all dem Dunkel –, dass dieses Niesen im Handy jetzt keine so große Bedeutung mehr für den Fortbestand seiner Ehe haben würde, wie er es noch vor ein paar Stunden befürchtet hatte.

Es gab nichts Böses, was nicht auch sein Gutes in sich barg, dachte er mit einem leichten Hauch von schlechtem Gewissen.

13

Es war die Sache der Kriminalinspektoren Jung und Rooth, die ersten Stunden in der Moerckstraat 16 zu verbringen, und keiner von beiden würde darüber später etwas in seinem Tagebuch schreiben.

Hätten es auch nicht getan, wenn einer überhaupt eines gehabt hätte. Es war einfach zu deprimierend. Zu düster und zu makaber. Sie schlichen in der engen Wohnung herum, versuchten, aufmerksam zu sein und sich wesentliche Dinge zu notieren, nicht den Leuten von der Spurensicherung im Weg zu stehen – und gleichzeitig durch den offenen Mund zu atmen, um dem Geruch zu entgehen.

»Verdammter Scheiß«, sagte Rooth. »Das ist kaum auszuhalten!«

»Du wirst dafür bezahlt, dass du das aushältst«, sagte Jung.

Kurz nach halb zehn traf Hauptkommissar Reinhart vor Ort ein, gerade rechtzeitig, um eine vorläufige Lagebeschreibung vom Gerichtsmediziner und eine noch vorläufigere von der Spurensicherung zu bekommen.

Martina Kammerle – wenn sie es denn wirklich war, die in den Müllsäcken unter dem Bett gelegen hatte (es gab natürlich keinen Grund zu der Annahme, dass es jemand anders sein könnte, aber Egon Traut hatte auf Grund des aufgelösten Zustands des Körpers und seiner eigenen momentanen Unpässlichkeit bis jetzt noch keine sichere Identifikation durchführen können) –

war nach allem zu urteilen vor ziemlich langer Zeit gestorben. Wahrscheinlich vor drei Wochen, wie es aussah, aber für eine präzise Bestimmung war man gezwungen, die Befunde genauer zu analysieren, insbesondere die Gewebeproben, den Blutstatus, die Tagesdurchschnittstemperatur in der Wohnung und Ähnliches.

Die Todesursache war in diesem frühen Stadium auch noch nicht genau festzustellen, aber da die Frau vermutlich keines natürlichen Todes in zwei Plastiksäcken unter ihrem Bett gestorben war, zog zumindest Jung die Folgerung daraus, dass sie, wie man so sagte, von einer oder mehreren unbekannten Personen ums Leben gebracht worden war.

Und nichts deutete darauf hin, dass jemand in den letzten drei, vier Wochen in der Wohnung gewesen war. Wieweit es Martina Kammerle geglückt sein könnte, ein paar Hautfragmente unter die Fingernägel zu kriegen oder sogar ihren Mörder blutig zu kratzen – was mit einer großen Portion Glück eine DNA-Analyse ermöglichen würde –, das würde man ebenfalls erst nach gebührenden Arbeitseinsätzen in der Gerichtschemie und der Gerichtsmedizin sehen. Irgendwelche direkten, ins Auge fallenden Hinweise hatten jedenfalls nicht sichergestellt werden können, aber die Wohnung sollte natürlich so lange, wie es notwendig erschien, verschlossen bleiben – sodass die geehrten Herren Kriminalpolizisten ungestört herumstreunen und nach dem einen oder anderen suchen konnten. Wenn man irgendwann soweit war, dass man meinte, nach etwas suchen zu müssen.

Ungefähr in dieser Richtung drückte sich Inspektor Le Houde aus, der Chef der Technikergruppe, der von einem Pokalspiel aus dem Richterstadion geholt worden war – zehn Minuten vor der Pause und zwei Minuten vor dem Ausgleich durch die Heimmannschaft, einem Tor, das laut Meinung aller zuverlässigen Zuschauer der reine Traum gewesen war, ausgeführt von einem frisch eingekauften Dänen, und die Ovationen danach hatte Le Houde noch hören können, als er in den Polizeiwagen einstieg.

»Ja, ja, da müssen wir wohl abwarten«, sagte Reinhart. »Nur schade, dass du das Spiel verpasst hast. Ich persönlich scheiße ja auf Fußball, aber soweit ich gehört habe, haben wir fünf zu zwei gewonnen. War wohl kein schlechtes Derby.«

»Halt die Schnauze«, sagte Le Houde.

Reinhart inspizierte die Leiche, das betreffende Zimmer und die Wohnung innerhalb von fünf Minuten. Dann beschloss er, in Gesellschaft von Egon Traut auf die Polizeiwache zurückzukehren, befahl Jung und Rooth aber, da zu bleiben und mit den Befragungen der Nachbarn anzufangen.

»Es ist Viertel vor zehn«, bemerkte Rooth.

»Dann macht mal bis zwölf Uhr«, sagte Reinhart. »Nach diesem Lärm hier ist sowieso noch keiner im Bett. Ich werde Verstärkung schicken, wenn ich jemanden auftreiben kann.«

»In Ordnung«, stimmte Rooth zu. »Aber wir gehen erst kurz in die Pizzeria. Die liegt ja gleich um die Ecke. Man sollte nicht mit leerem Magen arbeiten, sonst verliert man die Konzentration.«

Reinhart zwinkerte ihm zu und verschwand zusammen mit Traut. Jung verkündete, dass er unter den gegebenen Umständen nicht besonders hungrig war, und begab sich stattdessen in die Nachbarwohnung, um dort ein ausführlicheres Gespräch mit der kroatischen Einwandererfrau zu führen, mit der er zuvor bereits ein paar Worte gewechselt hatte.

Und die zumindest eine kleine Ahnung zu haben schien, um wen es sich bei dem Opfer eigentlich handelte.

Aber nur eine Ahnung, wie gesagt. Wenn diese Frau Kammerle einen Monat oder länger in ihrer Wohnung tot gelegen haben konnte, dann war es um die gutnachbarschaftlichen Beziehungen nicht sonderlich gut bestellt.

Dachte Inspektor Jung und holte Papier und Stift hervor.

»Was ist passiert?«, fragte Münster und ließ sich Reinhart gegenüber nieder.

Reinhart verzog das Gesicht und legte die Füße ins Bücherregal.

»Gut, dass du kommst«, sagte er. »Mord. Es geht um eine Frau, die wahrscheinlich Martina Kammerle heißt. In der Moerckstraat. Sie ist erwürgt worden und hat seit ungefähr einem Monat unter ihrem Bett gelegen.«

»Unter?«, fragte Münster.

»Unter«, bestätigte Reinhart. »Der Täter hat sie in zwei Müllbeutel gewickelt, damit sie nicht friert. Ein fürsorglicher Bursche. Es ist schrecklich. Wie immer.«

»Wie immer«, wiederholte Münster. »Wurde sie auch vergewaltigt?«

»Schon möglich«, sagte Reinhart. »Obwohl, sie hatte einiges an Kleidung an, also vielleicht ist ihr das erspart geblieben. Unterhose und ein Nachthemd ... vielleicht sollte ich lieber sagen, die Reste davon. Es gibt da gewisse chemische Prozesse, die ein Körper durchmacht, der einen Monat lang bei Zimmertemperatur herumliegt, aber daran brauche ich dich nicht eigens zu erinnern, oder?«

»Nein«, bestätigte Münster seufzend. »Das brauchst du nicht. Wer ist sie?«

Reinhart richtete sich in seinem Stuhl auf und kratzte seine Pfeife aus.

»Keine Ahnung«, sagte er. »Aber wir haben hier jemanden, der es vielleicht weiß. Er heißt Traut, und er hat sie gefunden. In irgendeiner Form mit ihr verwandt. Selbstständiger Unternehmer ... nicht gerade mein Typ, wenn ich ehrlich sein soll, aber was nützt es denn, ehrlich zu sein?«

»Hast du ihn schon vernommen?«

»Noch nicht. Ich dachte, es wäre besser zu zweit, deshalb habe ich dich angerufen.«

Münster nickte.

»Verstehe. Gibt's sonst noch was, was du mir sagen willst, bevor wir loslegen?«

»Nicht, dass ich im Augenblick wüsste«, sagte Reinhart. »Dann wollen wir uns mal um ihn kümmern. Ich glaube, er hat lange genug gewartet.«

»Es ist schon elf«, sagte Münster. »Höchste Zeit, wenn wir heute Nacht noch unseren Schönheitsschlaf bekommen wollen.«

»Genau«, sagte Reinhart und stand auf. »Alles zu seiner Zeit.«

»Verdammt trübselige Gegend hier«, stellte Rooth eine Weile später fest. »Nur gut, dass man hier nicht wohnen muss.«

Jung, der seinerseits nicht einmal dreihundert Meter von der Moerckstraat entfernt aufgewachsen war, gab dazu keinen Kommentar ab. Stattdessen schlug er vor, es für diesen Abend genug sein zu lassen und die Eindrücke unten im Auto zusammenzufassen. Dagegen hatte Rooth nichts einzuwenden, sie verabschiedeten sich von Le Houde und seinen tapferen Männern und wünschten ihnen noch eine erfolgreiche Nacht.

Le Houde war so müde, dass er nicht einmal mehr in der Lage war zu fluchen, und als Rooth ihm eine halbe Tafel Schokolade anbot, drehte er ihm wortlos den Rücken zu.

»Ist doch schön, so wohlerzogene Kollegen zu haben«, sagte Rooth und stopfte sich die Schokolade selbst in den Mund. »Also, was hast du rausgekriegt? Hast du einen Würger gefunden?«

»Ich glaube nicht«, musste Jung zugeben. »Aber ich habe auch nur zwei Wohnungen geschafft.«

»Ich drei«, sagte Rooth. »In dieser Gegend scheinen sie sich nicht viel umeinander zu kümmern. Aber die Frau Paraskevi hatte doch wohl einiges zu sagen, oder?«

Jung zuckte mit den Schultern.

»Eigentlich nicht«, erklärte er. »Sie war ja dabei, als sie reingegangen sind, und sie behauptet, schon eine ganze Weile was gemerkt zu haben. Sie ist vorzeitig pensioniert und den ganzen Tag über allein zu Hause. Achtet sicher auf das eine oder andere. Ihr Mann ist übrigens Serbe, sie selbst Kroatin. Er soll sich laut ihrer Aussage irgendwo unten auf dem Balkan befinden, aber sie hat seit fünf Jahren nichts mehr von ihm gehört.«

»Toll«, sagte Rooth.

»Ja. Sie haben auch eine Tochter. Die hat ihren Papa das letzte Mal gesehen, als sie acht war, inzwischen ist sie sechzehn. Martina Kammerle hatte auch eine Tochter. Ungefähr gleich alt wie die von Frau Paraskevi, möchte nur wissen, wo die sich herumtreibt. Offenbar hat sie sich seit ungefähr einem Monat nicht mehr blicken lassen.«

»Kann sie das nicht gewesen sein?«, schlug Rooth vor. »Hat ihre Mutter erwürgt und ist dann abgehauen?«

Jung verzog das Gesicht.

»Klingt nach starkem Tobak, aber was weiß ich. Jedenfalls muss es ja wohl mehr Betroffene geben. Verwandte, Freunde, in der Richtung. Und Feinde. Die Frau Paraskevi hat erzählt, dass die Frau Kammerle eine Zeit lang im August und September einen Bekannten hatte. Sie hat ihn nie gesehen, hat sie aber miteinander reden gehört.«

»Eine Herrenbekanntschaft?«, sagte Rooth. »Dann gab es also keine etwas festere Verbindung?«

»Keine Ahnung«, sagte Jung. »Jedenfalls nicht nach dem, was ich bis jetzt herausbekommen habe. Und haben deine Gespräche etwas ergeben?«

»Höchstens etwas Sodbrennen«, stellte Rooth resigniert fest. »Ich sollte aufpassen, dass ich so spät abends keinen Kaffee mehr trinke. Nein, sieht so aus, als hätte niemand eine Ahnung. Keiner von den Leuten, mit denen ich geredet habe, konnte überhaupt mit Gewissheit sagen, wie sie eigentlich hieß. Die Leiche, meine ich. Obwohl sie hier doch seit ... ja, wie lange hat sie hier eigentlich gewohnt? Zwei Jahre?«

»Eineinhalb, glaube ich«, sagte Jung.

»Aber ich denke, dieser Traut wird so einiges klären können. Es erscheint mir ziemlich sinnlos, hier herumzuspringen und die Leute zu nerven, wenn wir nicht die Spur eines Hintergrunds haben. Wir wissen doch bis jetzt nichts außer ihrem Namen. Zumindest nicht viel mehr.«

»Stimmt«, sagte Jung. »Und was sollen wir jetzt deiner Ansicht nach tun?«

»Nach Hause fahren und ins Bett gehen«, antwortete Rooth, nachdem er eine Zehntelsekunde nachgedacht hatte. »Wir rennen hier morgen bestimmt den ganzen Tag im Viertel herum, ich glaube kaum, dass wir da in der Zwischenzeit etwas verpassen.«

Inspektor Jung stellte fest, dass er diesmal ausnahmsweise mit seinem Kollegen einer Meinung war, und nachdem er seine Blase in einer gut geschützten Ecke des Hofs von Kaffee, Tee und noch mehr Kaffee – sowie einem winzig kleinen Gläschen Pflaumenschnaps, auf dem Frau Paraskevi bestanden hatte – geleert hatte, gingen sie zum Auto.

»Entschuldigen Sie, dass Sie haben warten müssen«, sagte Reinhart. »Aber Sie werden sicher verstehen, dass wir bei einer Sache wie dieser einiges zu erledigen haben.«

»Das macht nichts«, versicherte Egon Traut entgegenkommend. »Ich habe meine Frau angerufen und ihr gesagt, dass ich erst morgen nach Hause komme.«

Er klopfte auf die Brusttasche seines Jacketts, aus der der oberste Teil eines Handys herausragte. Münster und Reinhart setzten sich ihm gegenüber an den Tisch, und Reinhart zündete seine Pfeife an.

»Sie ist ziemlich aufgewühlt, meine Frau«, fuhr Traut fort. »Aber das kann man ja verstehen. Sie standen sich zwar nicht besonders nahe, aber eine Schwester ist eine Schwester.«

»Gibt es noch weitere Geschwister?«, wollte Münster wissen.

»Gab es«, erklärte Traut. »Einen Bruder. Er ist gestorben … hat sich das Leben genommen, wenn man ehrlich sein soll.«

»Es gibt in der jetzigen Situation jeden Grund, ehrlich zu sein«, betonte Reinhart. »Ihre Schwägerin ist brutal ermordet worden, daran herrscht kein Zweifel, und wir wollen den Täter fassen.«

»Natürlich, selbstverständlich«, beeilte sich Egon Traut zu beteuern. »Wenn ich Ihnen irgendwie helfen kann ...«

Er beendete seinen Satz nicht. Drehte stattdessen die Handflächen zur Decke in einer Geste, die offenbar dazu gedacht war, sein reines Herz zu illustrieren. Münster betrachtete ihn mit einem Gefühl leichten Ekels. Vermutlich war Traut ungefähr so alt wie er, um die fünfundvierzig, aber er sah schwer und schlaff aus. Die Jahre hatten an ihm gezehrt, doch kaum in Form von Arbeit und Mühsal, diagnostizierte Münster. Eher durch Wollust. Nichtstun. Sahnesoßen und starke Grogs. Und ein Minimum an Bewegung. Das rattenfarbene Haar war dünn und glanzlos und auf sonderbare Art von den Ohren her nach unten und nach oben gekämmt, wahrscheinlich in einem vergeblichen pathetischen Versuch, eine ziemlich ausgeprägte Platte zu kaschieren.

Nun ja, wies Münster sich selbst zurecht. Schließlich kommt es nicht auf das Äußere an.

»Sie wohnen also in Chadow«, sagte Reinhart. »Was hatten Sie in Maardam zu tun?« Traut räusperte sich und begann zu erklären.

»Ach, ich bin nur auf der Durchreise«, setzte er an. »Geschäfte, wissen Sie, ich mache immer so um diese Zeit eine kleine Reise nach Groenstadt und Bissenshof und die Gegend dort. Zwei, drei Tage ungefähr, persönlicher Kundenkontakt und so, das ist wichtig, davon bin ich nie abgekommen. Es gibt ja Leute, die ...«

»Und womit handeln Sie?«, unterbrach ihn Münster.

»Optikstative«, erklärte Traut mit einem professionellen Lächeln. »Ich beliefere Brillenläden und Optikergeschäfte im ganzen Land. Meine Firma heißt GROTTENAU, sie läuft ganz gut, wenn ich das so sagen darf ... Nun ja, ich habe also wie üblich den Wagen genommen und hatte meiner Frau versprochen, auf dem Rückweg mal nachzuschauen, wie es ihrer Schwester geht.

Sie machte sich Sorgen, weil sie seit über einem Monat keinen Kontakt mehr zu ihr hatte. Deshalb habe ich das natürlich gemacht, Blut ist ja trotz allem dicker als Wasser, und als ich feststellte, dass auch heute niemand in der Moerckstraat zu Hause war, habe ich gedacht, dass da etwas nicht stimmt …«

»Wieso?«, warf Reinhart ein. »Sie konnten doch im Kino oder sonst wo sein.«

»Natürlich«, stimmte Traut zu und fischte eine Zigarette heraus. »Natürlich. Aber weil sie so lange nicht ans Telefon gegangen war und dann heute Abend auch wieder nicht zu Hause war, da habe ich gedacht … ja, ich dachte, dann könnte ich ebenso gut gleich Nägel mit Köpfen machen. Der Sache auf den Grund gehen, wenn ich schon mal an Ort und Stelle war. Nun ja, den Rest wissen Sie ja.«

Er zündete sich die Zigarette an und lehnte sich zurück.

»Erzählen Sie mir von Martina Kammerle«, sagte Reinhart.

Traut nahm einen tiefen Lungenzug, hustete und sah besorgt aus.

»Ja, was soll man da sagen?«, begann er. »Wir hatten nicht viel Kontakt miteinander, wie gesagt. Ich glaube, ich habe sie nicht mehr als, vier, fünf Mal gesehen, obwohl ich mit ihrer Schwester dreiundzwanzig Jahre verheiratet bin … die Zeit vergeht, das ist jedenfalls sicher. Sie war merkwürdig, die Martina. Ja, sie war krank, Sie können es ebenso gut gleich erfahren.«

»Inwiefern krank?«, fragte Münster.

»Die Psyche«, sagte Traut und machte eine ungenaue Bewegung hin zu seinem Kopf, als wollte er klarstellen, wo in etwa im Körper die Psyche ihren Sitz hatte. »Manisch-depressiv, wie es heißt. Hat ihr Leben lang Probleme gehabt. War auch ein paar Mal im Krankenhaus, aber das ist jetzt schon eine Weile her …«

»Aber sie hatte eine Tochter?«, fragte Münster. »Die bei ihr gelebt hat … oder?«

»Ja, natürlich«, nickte Traut. »Mar … Monica.«

»Monica Kammerle.«

»Ja.«

»Wie alt?«

Traut breitete die Arme aus.

»Weiß ich wirklich nicht. Ein Teenager. Fünfzehn, sechzehn, wenn ich raten soll.«

»Sie hatten mit ihr auch keinen Kontakt?«

»Gar keinen.«

»Und wer ist Monicas Vater?«

Traut legte seine Stirn in Falten und dachte nach.

»Ich kann mich nicht dran erinnern, wie er hieß. Außer Kammerle natürlich. Doch, doch, sie waren verheiratet, Martina und er, aber er ist gestorben. Vor vier, fünf Jahren, nehme ich an, aber die Zeit vergeht so schnell. Bei einem Autounfall, er ist hinter dem Steuer eingeschlafen, zumindest wurde das behauptet. Ich habe ihn nur einmal kurz gesehen ... doch, er hieß natürlich Klaus, jetzt fällt es mir wieder ein. Ich glaube, mit Martina ist es bergab gegangen, seit sie allein ist ... sie hat sich nicht mehr richtig um ihre Arbeit gekümmert und so weiter, jedenfalls behauptet das meine Frau. Nein, das war kein fröhliches Leben, aber dass sie auf diese Art enden muss, ja, das ist ja wohl ... ja, wohl ein bisschen zu hart, nicht wahr?«

Er ließ seinen Blick ein paar Mal zwischen Reinhart und Münster hin und her wandern, als erwarte er, dass sie ihm erklären würden, wie eigentlich alles zusammenhing.

»Wissen Sie, ob sie im Augenblick irgendwo beschäftigt war?«, fragte Münster.

»No idea, wie sie in Frankreich sagen«, antwortete Traut. »Ich glaube, über so was reden Sie besser mit meiner Frau. Es hat sie schwer mitgenommen, aber sie möchte natürlich so viel helfen, wie sie kann. Was ist das für ein Wahnsinniger, der so etwas tut? Man liest ja so einiges und sieht alles Mögliche im Fernsehen, aber man kommt doch nicht auf die Idee, dass ...«

»Wir werden in den nächsten Tagen mit Ihrer Frau reden«, unterbrach ihn Reinhart. »Vielleicht schon morgen. Wissen Sie, ob es noch andere Personen gibt, die uns Informationen geben können? Die Martina Kammerle kannten oder ein bisschen mehr über sie wissen?«

Traut schüttelte den Kopf.

»Oder über ihre Tochter?«

»Nein. Nein, tut mir Leid. Wie ich schon gesagt habe, die Familienbande waren nicht besonders stark. Außerdem sind sechs Jahre zwischen den Schwestern, und mit Martina war nie ein lockerer Kontakt möglich, das müssen Sie dabei bedenken.«

»Woher wissen Sie das, wenn Sie nie näheren Kontakt zu ihr hatten?«, wollte Münster wissen.

Traut sah aus, als würde er mit sich selbst für einen Moment zu Rate gehen.

»Meine Frau hat mir das erzählt«, erklärte er dann. »Sie ruft sie immer an, obwohl sie fast immer nur Pöbeleien als Dank zurückkriegt ... zurückkriegte, muss man wohl jetzt sagen. Wir haben ihr außerdem ein paar Mal Geld geliehen. Da kommt auch nichts wieder zurück. Nicht ein Gulden. Ziemlich schlechte Investition, wenn ich das sagen darf ...«

»Und wann war das?«, fragte Reinhart. »Dass Sie ihr Geld geliehen haben, meine ich.«

»Ach, das ist schon lange her«, sagte Traut. »Bevor sie geheiratet hat, vor zwanzig Jahren oder so ... sie war gerade in irgendeinem Heim gewesen, und wir haben ihr Geld für eine Wohnung geliehen. Kein Grund, davon viel Aufhebens zu machen, und das haben wir auch nicht gemacht.«

»Hm«, sagte Reinhart und schaute auf die Uhr. »Es wird langsam etwas spät. Sie haben für heute Nacht ein Hotelzimmer genommen und fahren morgen früh weiter nach Chadow. Habe ich das richtig verstanden?«

»Genau«, sagte Traut. »Im Palace am Rejmer Plejn. Wenn noch etwas ist, dann bin ich bis morgen früh um elf Uhr dort zu erreichen.«

»Ausgezeichnet«, sagte Reinhart. »Ich glaube, dann reicht

uns das hier fürs Erste. Ich nehme an, dass es keinen Sinn hat, Sie zu fragen, was Sie vermuten. Wer Ihre Schwägerin ermordet haben könnte, meine ich?«

»Nein«, sagte Egon Traut und hob erneut die Handflächen nach oben. »Woher zum Teufel soll ich das wissen?«

»Zwei Fragen«, sagte Reinhart, nachdem Traut sie verlassen hatte. »Wenn du sie beantworten kannst, kommen wir vielleicht irgendwie weiter.«

»Nur zwei?«, wunderte Münster sich. »Ich habe hundert. Aber ich muss immer wieder an die Tochter denken. Wo zum Teufel ist sie? Ein fünfzehn-, sechzehnjähriges Mädchen kann doch nicht einfach verschwinden. Ist dir aufgefallen, dass Traut kaum ihren Namen wusste?«

Münster stand auf und zog sich sein Jackett an.

»Ja, doch«, sagte er. »Das habe ich bemerkt. Aber auch wenn man etwas in Vergessenheit geraten ist, dann ist es doch schwer, sich in Rauch aufzulösen. Glaubst du, dass sie irgendwo in einem anderen Müllsack liegt? Oder glaubst du, sie hat ihre Mutter nach einem Streit ums Taschengeld erwürgt?«

Reinhart schnaubte nur, gab aber keine Antwort.

»Und was war deine zweite Frage?«, erinnerte ihn Münster. »Du hast gesagt, du hättest zwei.«

»Traut«, sagte Reinhart. »Ich habe das Gefühl, dass er etwas verbirgt, aber ich habe keine Ahnung, was.«

Münster nickte.

»Ja, ich hatte den gleichen Eindruck. Nun ja, ich vermute mal, dass wir ihn nicht zum letzten Mal gesehen haben. Wollen wir jetzt Schluss machen? Es ist schon nach Mitternacht.«

»Okay, Schluss jetzt«, stimmte Kriminalkommissar Reinhart zu. »Du musst ja morgen früh um Punkt neun Uhr hier sein. Mit einem klaren Kopf.«

»Ich fand schon immer, dass der Montagmorgen einen besonderen Reiz hat«, erklärte Münster. »Besonders um diese Jahreszeit. Hast du halb zehn gesagt?«

14

Ewa Moreno nahm ein frühes Flugzeug und war schon um acht Uhr in Chadow.

Die Stadt lag in Industriequalm, Meeresnebel und eine zähe Morgendämmerung eingehüllt, die gut zu ihrer eigenen inneren Verfassung passte. November, Montagmorgen und verstopfte Nasennebenhöhlen. Sie aß ein schnelles Frühstück in der gemütlichen Cafeteria des Flughafens, da sie nichts im Flugzeug bekommen hatte, und fuhr dann mit dem Taxi in die Pelikaanallee, in der Barbara Traut wohnte.

Drei Kinder waren soeben in die verschiedenen Schulen geschickt worden, und Frau Traut bat darum, eine Dusche nehmen zu dürfen, bevor sie sich zum Gespräch zusammensetzten. Sie hätte in der Nacht fast kein Auge zugetan, und außerdem hatten sie ja den ganzen Vormittag.

Moreno strich das 11-Uhr-Flugzeug aus dem Terminkalender der frommen Hoffnungen und versicherte, dass es absolut nicht eilte. Setzte sich mit einer weiteren Tasse Tee und der lokalen Morgenzeitung, die Kurijr hieß, an den halb abgedeckten Küchentisch. Blätterte unkonzentriert in der Zeitung und überlegte, genau wie schon im Flugzeug, welche Übereinstimmungen es zwischen Barbara Traut und ihr selbst wohl geben könnte.

Oder welche Übereinstimmung genauer gesagt. In Gedanken an das wenige, was sie von Frau Traut bisher gesehen hatte, hoffte sie, dass es nicht mehr als den einen Punkt gab.

Der Verlust einer Schwester.

Was sie selbst betraf, so hatte Inspektorin Moreno zwar keine Schwester verloren – nicht in der schockierenden Bedeutung wie ihre Gastgeberin zumindest. Aber es war mehr als drei Jahre her, dass sie überhaupt ein Lebenszeichen von Maud erhalten hatte, und es gab genügend Gründe, sich auszurechnen, dass sie bei dem Spiel nicht mehr dabei war. So oder so. Gute Gründe. Nein, keine guten. Schreckliche Gründe. Die Entwurzelung. Drogen. Permanenter Geldmangel mit sich daraus ergebender Prostitution – sowie sozusagen schräge und zusammenstürzende Familienverhältnisse, die höchstwahrscheinlich der Grund für alles waren und an die sie lieber gar nicht denken wollte –, all diese trostlosen Faktoren, die auf irgendeine Weise durch die Generationen hindurch wirken und die Maud unerbittlich in den kalten, Menschen verzehrenden Sumpf des ausgehenden 20. Jahrhunderts hineingezogen hatten. So war es nun einmal. Vielleicht war sie in irgendeiner der Großstädte noch immer an einer Art Leben, dort, wo ständig nach Beute gesucht wurde, wo Raubbau an kaputten Menschen ohne Schutznetz betrieben wurde. In einer Gesellschaftsmaschinerie, die niemand mehr pflegte und die zu ölen auch keiner mehr ein Interesse hatte.

Wie sie es einmal irgendwo gelesen hatte.

Oder aber sie ist auch tot, dachte Ewa Moreno. Verschwunden auf diese anonyme, nicht identifizierbare Art, wie Menschen, junge Menschen, einfach von der ethnographischen Karte des neuen Europa ausradiert werden. Als Opfer, ein Opfer der postmodernen Zeit.

Ohne irgendetwas von sich zurückzulassen.

Lebensabdrücke, so beständig wie Fußspuren im Wasser.

Ja, sicher ist Maud für alle Zeiten verloren, stellte sie mit der gleichen nüchternen Bitterkeit fest wie immer. Tot oder lebendig begraben. Da war nichts mehr zu machen. Die erwachsene Ausgabe der lustigen, lebensfrohen Zwölf-, Dreizehnjährigen, die sie als kleine Schwester gehabt hatte, als sie selbst von zu

Hause ausgezogen war, existierte ganz einfach nicht mehr. Ewa Moreno hatte das schon vor mehreren Jahren einsehen müssen – dass sie jetzt daran dachte, hatte gewiss nur etwas mit dieser Parallele zu tun. Die eben für heute auf der Tagesordnung stand. Barbara Traut und Martina Kammerle.

Und mit der käsigen Glanzlosigkeit des Novembermorgens. Sie erinnerte sich an etwas, das Van Veeteren vor einigen Jahren einmal gesagt hatte.

Wir müssen uns leider dessen bewusst sein, hatte er behauptet, dass zu viele Menschen ihr Leben bereits lange vor ihrem Tod beenden.

Also hieß es nur ein weiteres Mal, sich der dunklen Weisheit des *Hauptkommissars* zu beugen. Und natürlich sprach so einiges dafür, dass Barbara Trauts Schwester auch in diese Kategorie gehörte. Zu denen, die nicht viel von ihrem Leben hatten, bis sie es verloren und über die Grenze befördert wurden.

Zumindest wenn man den spärlichen Informationen Glauben schenken wollte, die bisher zu Tage getreten waren.

Aber warum jemand ihr dabei auf so deutliche Weise auf die Sprünge helfen musste, das war natürlich eine andere Frage. Sie ermorden. Welchen Grund konnte jemand gehabt haben, Martina Kammerle aus dem Weg zu räumen?

Und was war mit ihrer Tochter geschehen?

Gute Fragen, dachte Inspektorin Moreno und trank ein wenig von dem lauwarmen Tee. Nicht schlecht.

Und sie saß logischerweise in dieser überladenen Küche der Familie Traut herum und wartete darauf, dass das Duschen ein Ende haben würde, um eine Antwort auf sie zu bekommen.

»Martina und ich haben uns nie vertragen«, erklärte Barbara Traut und putzte sich die Nase. »Das gebe ich am besten gleich zu, auch wenn es zu so einem Zeitpunkt ganz schrecklich klingt.«

Sie war eine gewichtige Frau mit einem gewissen Ausdruck

selbstgerechter Unzufriedenheit, der sowohl in ihrem Gesicht als auch in ihrer Stimme zu finden war. Als hätte das Schicksal nicht so ganz ihre Erwartungen erfüllt. Das Duschen hatte seine Zeit gedauert, und Moreno stellte fest, dass sie nicht zu den dezent Geschminkten gehörte. So um die Fünfundvierzig, nach allem zu schätzen. Blass und ein wenig formlos, und mit einem vielfarbigen Haar, das aussah, als benötige es jede Stütze dieser Welt. Sie setzte mehr Kaffee und Tee auf, holte Kekse, Muffins und ein Drittel Bisquitrolle aus dem Schrank heraus, wobei sie schwer atmete und Kette rauchte.

»Uns ist klar, dass es nicht leicht ist«, sagte Moreno. »Aber es ist wichtig, dass wir uns erst einmal ein Bild von ihrem Leben und den allgemeinen Umständen machen können, und dafür sind Sie die Nächstliegende. Wir haben bis jetzt in Maardam noch niemanden gefunden, der ihr nahe stand.«

»Nein«, sagte Barbara Traut und blinzelte die Tränen fort, die herauszurollen drohten. »Sie war wohl ziemlich einsam.«

»Aber sie war früher mal verheiratet?«

»Mit Klaus, ja. Er war eine große Stütze für sie, ohne Frage, aber dann ist er gestorben. Und seitdem, das war 1996, ja, seitdem war es nicht leicht für sie. Aber mein Gott, ihr habt doch wohl inzwischen Monica gefunden?«

Moreno schüttelte den Kopf.

»Leider nicht. Haben Sie eine Ahnung, wo sie sich aufhalten könnte?«

»Ich? Nein, ich weiß da nichts. Wir hatten ja keinen Kontakt, ich habe das Mädchen seit Klaus' Beerdigung nicht mehr gesehen. Da war sie zwölf. Richtig süß, das arme Kind.«

»Klaus Kammerle ist bei einem Autounfall ums Leben gekommen, stimmt das?«

»Ja. Er ist von der Fahrbahn abgekommen und direkt gegen einen Baum geprallt. Irgendwo zwischen Oostwerdingen und Ulming, es ist nicht viel von ihm übrig geblieben … es heißt, er wäre hinterm Steuer eingeschlafen.«

»Es heißt?«, wiederholte Ewa Moreno. »Zweifeln Sie daran?«

»Nein, nein«, versicherte Barbara Traut eilig. »Ganz und gar nicht. Es war ja auch nachts, er war auf dem Heimweg von irgendeinem Kursus. Er ist sicher einfach nur eingeschlafen.«

Moreno trank einen Schluck Tee und wechselte das Thema.

»Wenn wir jetzt Ihre Schwester betrachten«, sagte sie. »Wie stand es eigentlich um sie? Hatte sie Probleme?«

Barbara Traut rauchte und hustete.

»Probleme? Oh ja, das kann man wohl sagen. Keine Stabilität. Sie schwankte hin und her wie ein Fähnchen im Wind, das war das Problem, und das fing schon in der Schule an ... sie bekam nie etwas in den Griff. Manisch-depressiv, wissen Sie, was das bedeutet?«

Moreno nickte und machte sich Notizen.

»Bis sie Klaus kennen lernte, war sie mehrere Male im Krankenhaus. Es gibt ja Medikamente, aber sie hat sie nie regelmäßig genommen. Wollte ihre Tabletten nicht schlucken, wenn sie meinte, es ginge ihr gut, und das konnte natürlich nicht gut gehen. Wenn sie gut drauf war, schob sie ein wahnsinniges Projekt nach dem anderen an und benahm sich so, dass es niemand mit ihr aushalten konnte. Dann sank sie wieder in sich zusammen, bekam Angstzustände und wollte sich das Leben nehmen. So war das. Die ganze Zeit. Sie hat sich ein paar Mal ins Handgelenk geschnitten, aber das war in erster Linie ein Hilferuf, damit sich jemand um sie kümmerte.«

»Aber das wurde besser, als sie Klaus kennen lernte?«

»Ja. Da gab es wenigstens jemanden in ihrer Nähe, der die Tiefschläge auffangen konnte und darauf achtete, dass sie einigermaßen funktionierte. Ich weiß nicht genau, aber ich glaube, sie wurde gleich beim ersten Mal, als sie zusammen waren, schwanger. Jedenfalls hat sie es mir mal so erzählt ... dass sie schwanger sei und dass sie heiraten wollten. Das war 1984. Ich glaube, da hatte sie schon mehrere Abtreibungen hinter sich. Oder jedenfalls ...«

»Aber Sie hatten dann trotzdem keinen Kontakt mit ihr? Nachdem sie eine Familie bekommen hat, meine ich.«

Barbara Traut machte eine Pause und verrührte ein Stück Zucker in ihrem Kaffee.

»Sie waren einmal hier«, sagte sie. »Sind für eineinhalb Stunden geblieben und haben mit uns mittaggegessen. Monica war drei oder vier. Ich fürchte, das war das einzige Mal. Es war nicht so leicht, mit meiner Schwester umzugehen. Er hat es auch nicht immer leicht gehabt, der Klaus.«

»Wie war er?«

»Ruhig. Wie ein sicherer Hafen, so habe ich ihn jedenfalls erlebt. Vielleicht wäre es besser gelaufen, wenn er nur weiter hätte …« Ihre Stimme begann zu zittern, und sie putzte sich wieder die Nase.

»Verdammt noch mal«, sagte sie. »Ich kann nicht begreifen, wieso sie jemand ermorden wollte. Was für ein Idiot hat das getan? Wissen Sie was?«

»Noch nicht«, sagte Moreno. »Ihr Körper hat ja sehr lange in der Wohnung gelegen, das macht die Sache etwas komplizierter.«

»Hat denn niemand mal nach ihr gefragt?«, schluchzte Barbara Traut, die jetzt ihren Tränen freien Lauf ließ. »Gab es niemanden, der sich wunderte, wo sie die ganze Zeit wohl geblieben war?«

»Wir wissen es nicht«, erklärte Ewa Moreno.

»Und Monica? Wo ist sie? Sie glauben doch wohl nicht, dass sie auch tot ist und dass sich auch um sie niemand gekümmert hat?«

Moreno spürte mit einem Mal, dass die Verbitterung der dicken Frau auf sie selbst abfärbte.

War das möglich?, dachte sie. Dass eine Mutter und eine Tochter einfach so verschwanden und dass einen ganzen Monat lang keine Menschenseele nach ihnen fragte? Mitten unter den vielen Menschen einer Stadt?

Und das hier nannte sich Zivilisation?

Sie schaute auf ihren Notizblock und versuchte, sich zu konzentrieren.

»Wissen Sie etwas über ihren Bekanntenkreis?«, fragte sie. »Namen von Personen, die mit ihr verkehrten?«

»Nein. Ich weiß nichts über so etwas.«

»Aber Sie riefen sie ab und zu an. Das stimmt doch, oder?«

»Ja. Ich habe mindestens einmal im Monat von mir hören lassen. Um zu wissen, wie es ihr ging und so. Aber ich habe fast nie etwas erfahren. Und sie hat mich niemals angerufen. Niemals, hören Sie! Seit Klaus gestorben ist, habe ich keinen einzigen Telefonanruf von meiner kleinen Schwester erhalten.«

»Ich verstehe«, sagte Moreno. »Haben Sie trotzdem irgendwelche Vermutungen darüber, ob sie wohl Freunde hatte? Schließlich haben Sie ja trotz allem mit ihr geredet.«

Barbara Traut zog ihre Mundwinkel noch tiefer herab und dachte nach.

»Ich glaube nicht, dass sie welche hatte«, sagte sie. »Nein, sie lebte ziemlich einsam. Früher, da hat sie oft neue Leute in ihre Welt gezogen, wenn sie manisch war, aber ich glaube, damit hat sie aufgehört ... das ist sicher eine übliche Entwicklung.«

»Redeten Sie am Telefon auch mit der Tochter?«

»Nie. Wenn sie dran war, hat sie immer sofort den Hörer weitergereicht, wenn sie hörte, dass ich es war. Und wenn Martina nicht zu Hause war, hat sie mir das gesagt und sofort aufgelegt. Es wäre gelogen zu behaupten, dass ich mich dort geschätzt fühlte, oh nein.«

»Und falls Ihre Schwester einen neuen Mann getroffen hätte, dann würde sie es Ihnen nicht erzählt haben?«

»Wäre ihr nie eingefallen.«

»Jetzt im Herbst, zum Beispiel?«

»Nein. Kein Wort. Seit Klaus gestorben ist, hat sie mir gegenüber nie irgendeinen Kerl erwähnt. Aber es gab sie. Ich habe sogar mal mit einem geredet.«

»Ist der ans Telefon gegangen, als Sie angerufen haben?«
»Ja.«
»Wann war das?«
Barbara Traut zuckte mit den Schultern.
»Keine Ahnung. Im letzten Sommer, glaube ich.«
»Nur ein einziges Mal?«
»Ja.«
»Und er hat nicht gesagt, wie er heißt?«
»Nein.«
Moreno blätterte ihren Block um. Frau Traut zündete sich eine neue Zigarette an.
»Sie hatte keine feste Arbeit, Ihre Schwester?«
»Ich glaube, sie war krankgeschrieben. In Frührente oder halbinvalide oder irgend so etwas in der Art. Nein, sie war auch nicht in der Lage, einen Job zu bewältigen, seit Klaus verschwunden war.«
»Aber früher hat sie gearbeitet?«
»Ab und zu. Meistens eher nicht. Sie war eine Weile in einer Hotelrezeption. Hat in einem Krankenhaus geputzt ... war wohl auch für eine Zeit in einem Büro. Sie hatte keine Ausbildung, hat nicht mal das Gymnasium zu Ende gemacht. Geordnete Verhältnisse lagen ihr irgendwie nicht.«
»Wissen Sie, ob sie einen Arzt hatte ... einen Therapeuten oder Psychologen, zu dem sie regelmäßig ging?«
»Da habe ich keine Ahnung«, erklärte Barbara Traut und kratzte sich am Unterarm, wo sie eine Art Ausschlag hatte. »Aber ich glaube eher nicht. Martina hatte Probleme mit allem, was auf Regeln hinauslief. Sie glaubte immer, alle würden sie im Stich lassen, obwohl es wohl eher umgekehrt war.«
»Ich glaube, ich verstehe«, sagte Moreno. »Entschuldigen Sie, dass ich so hartnäckig bin, aber fällt Ihnen wirklich kein einziger Name ein, wenn es um den Umgang Ihrer Schwester geht? Es muss doch jemanden geben. Wenn Sie noch einmal genauer nachdenken?«

Barbara Traut verstand die Ermahnung und saß eine halbe Minute schweigend da.

»Nein«, sagte sie dann. »Der Teufel soll mich holen, wenn mir nur ein einziger Mensch einfällt.«

Eine gute Stunde nachdem Inspektorin Moreno die Trautsche Villa in Chadow verlassen hatte, wäre sie fast überfahren worden.

Eine blasse Sonne hatte sich langsam durch die Wolkendecke gearbeitet, die Nebel waren aufgestiegen, und sie beschloss, zu Fuß zum Flugplatz zurückzugehen. Der lag zwar einige Kilometer außerhalb der Stadt, aber sie hatte gut und gern zwei Stunden totzuschlagen.

Der letzte Kilometer führte über eine reichlich frequentierte Straße, die nur einen schmalen Streifen für Radfahrer und Fußgänger freiließ, und da geschah es. Ein Motorradfahrer fuhr plötzlich vor einen großen Lastzug, und Ewa Moreno konnte nur um Haaresbreite den Zusammenprall mit ihm vermeiden, indem sie in den Graben sprang.

Die einzige offensichtliche Folge des Beinaheunfalls war, dass sie nasse Füße hatte, aber sie war dabei deutlich an die dem Leben innewohnende Gebrechlichkeit erinnert worden, und als sie auf den bedeutend fußgängerfreundlicheren Weg zu dem kleinen Flughafen einbog, fühlte sie eine große Sehnsucht nach Mikael Bau.

Eine starke, heftige Sehnsucht danach, dass er seine Arme um sie schlänge und sie fest hielte, und sie versprach sich selbst, ihn anzurufen, sobald sie an diesem Abend zu Hause war.

Das Gefühl der Verletzbarkeit und Schwäche hatte natürlich sowohl etwas mit den Nasennebenhöhlen als auch mit dem Gespräch mit Barbara Traut zu tun, das war ihr schon klar.

Und mit der ermordeten Martina Kammerle, deren Leben und Tod auf eine Weise sonderbar leichtgewichtig erschienen. Es war nicht möglich, diesen Eindruck einfach abzuschütteln ... als wäre das brutale Ende dieser armen Frau nur eine Art grotesk übertriebenes Ausrufungszeichen hinter einer vollkommen inhaltslosen und nichts sagenden Behauptung.

Als Ewa Moreno ins Gymnasium ging – also ungefähr im gleichen Alter war wie die verschwundene Tochter der ermordeten Frau – hatte sie zwei Motti auf einem Zettel über ihrem Bett hängen:

Alles Schlechte im Leben schaffst du dir selbst.

Nichts verkehrter als alle Reue über Vergangenes.

Der zweite Satz war von Nietzsche, das wusste sie. Woher der erste stammte, dessen war sie sich nicht sicher, aber er hatte eine ausgleichende Funktion. Jetzt im Augenblick, während sie in dem fast weißen Sonnenschein auf dem Weg zu Chadows kleinem Flugplatz war, spürte sie, dass die Worte immer noch eine brennende Aktualität besaßen.

So brennend, dass sie sich nicht traute, bis zum Abend zu warten, um Mikael Bau anzurufen. Sie machte es lieber gleich, sobald sie ins Flughafengebäude gekommen war.

Er war natürlich nicht zu Hause, aber sie hinterließ eine Nachricht: dass sie sich nach ihm sehnte und dass er etwas Leckeres kochen sollte, da sie die Absicht hatte, abends zum Essen zu ihm zu kommen.

Gegen neun Uhr oder so.

Nachdem sie das Telefon ausgeschaltet hatte, fühlte sie sich endlich wieder ein wenig lebendiger.

15

Es dauerte bis halb sieben Uhr am Montagabend, bis es möglich war, etwas auf die Beine zu stellen, was als eine Lagebesprechung im Fall Martina Kammerle angesehen werden konnte.

Aber – wie Reinhart gleich feststellte – schließlich hatte der Mörder reichlich Zeit gehabt, sich zu verbergen, da war es vielleicht nicht so eilig, wie gewisse stressgeplagte Nachrichtenheinis meinten. Man hatte um drei Uhr über die üblichen Kanäle eine Pressemitteilung hinausgeschickt, aber gleichzeitig erklärt, dass eine Pressekonferenz nicht vor frühestens Dienstagnachmittag zu erwarten war.

Ein junger und offenbar unausgeglichener Reporter vom Telegraaf hatte aus diesem Grund Reinhart als heimlichen Schwulen bezeichnet, worauf Reinhart ihn gefragt hatte, ob er in der Quote für kopflosen Spargel in die Journalistenausbildung gekommen sei.

So war nun einmal die Beziehung zwischen dem Leiter der Maardamer Kriminalpolizei und der vierten Staatsmacht.

Außer Reinhart, Moreno und Münster waren bei der Besprechung noch Jung, Rooth und Krause anwesend – letzterer übrigens als frischernannter Kriminalinspektor –, also gab es, zumindest was die Anzahl der Leute betraf, in der Anfangsphase nichts zu bemängeln.

Aber davon abgesehen sah es nicht besonders rosig aus, was Reinhart gleich zu Anfang betonte.

»Wenn nicht in den nächsten Tagen ein reuiger Täter oder ein Kronzeuge auftaucht, müssen wir uns auf eine zähe Geschichte einstellen. Menschen, die einen Monat lang tot haben daliegen können, ohne entdeckt zu werden, pflegen auch nicht gerade im Rampenlicht gelebt zu haben. Gibt es jemanden, der in dieser Beziehung anderer Meinung ist?«

Das war niemand. Reinhart holte seine Pfeife und den Tabak heraus und überließ es Münster, das zusammenzufassen, was im Laufe des Tages in »technischer Hinsicht« herausgekommen war.

»Ein Monat scheint recht gut hinzukommen«, begann Münster. »Meusse schätzt es jedenfalls, und wir wissen alle, was eine Schätzung von Meusse normalerweise wert ist ... oder? Die Todesursache ist klar. Erwürgen. Lang anhaltender, fester Druck auf den Kehlkopf. Nur mit den Händen, wahrscheinlich von hinten, höchstwahrscheinlich von jemandem, der ziemlich stark war. Keine Vergewaltigung, keine Spur von irgendeinem Kampf. Keine Besonderheiten, kann man wohl sagen.«

Er machte eine Pause und schaute sich um.

»Weiter«, sagte Reinhart.

»Der Tatort ist wahrscheinlich identisch mit dem Fundort. Jemand ist vor vier, fünf Wochen bei Martina Kammerle zu Besuch gewesen. Hat sie ermordet und sie in die Müllsäcke gepackt ... von denen es im Besenschrank übrigens mehrere gibt, er kann sie dort rausgenommen haben ... ja, und dann hat er sie unters Bett geschoben und ist verschwunden. Die Tür fällt ohne Schlüssel ins Schloss. Es gibt kein Anzeichen dafür, dass etwas aus der Wohnung mitgenommen wurde oder dass sie durchsucht worden wäre, aber das können wir natürlich nicht mit Sicherheit sagen. Kein Alkohol im Blut des Opfers, keine zurückgebliebenen schmutzigen Teller oder Gläser. Sollte sie Juwelen im Millionenwert in ihrer Wohnung aufbewahrt haben, dann müssten wir uns natürlich auf eine Raubmordtheorie einstellen, aber bis jetzt deutet nichts auf einen derartigen Tatbestand hin.«

»Gibt es überhaupt etwas, was auf irgendetwas hindeutet?«, wollte Rooth wissen, bekam aber keine Antwort.

»Fingerabdrücke?«, fragte Krause.

»Nix«, sagte Münster. »Es sieht so aus, als ob der Täter hinter sich sauber gemacht hätte. Es ist so gut wie kein Fingerabdruck in der Wohnung zu finden ... ja, Mulder meint, dass offenbar jemand mit einem Tuch stundenlang durch die Wohnung gegangen sein muss. Es gibt natürlich einige an Porzellan und Büchern, aber die meisten stammen vom Opfer selbst ... dass der Rest von der Tochter ist, ist natürlich eine nahe liegende Vermutung.«

»Gewissenhafter Typ«, sagte Reinhart. »Also brauchen wir uns da keine weiteren Hoffnungen zu machen?«

»Höchstwahrscheinlich nicht«, sagte Münster.

»Und wir haben keine frei herumlaufenden Berühmtheiten«, fragte Jung, »die gern hier und da mal eine Frau erwürgen?«

Münster schüttelte den Kopf.

»Habe ich mir schon angeschaut«, erklärte er. »Aber ich denke nicht. Jedenfalls nicht in der Nähe von Maardam.«

Reinhart hatte seine Pfeife angezündet und ließ jetzt eine Rauchwolke über die Versammlung schweben.

»Also mit anderen Worten ein debütierender Wahnsinniger. Sonst noch was?«

»Nichts Wesentliches«, sagte Münster. »Es kann ja wohl jeder die Berichte selbst lesen, oder?«

»Doch, ja«, sagte Reinhart. »Das wird dann die Hausaufgabe für morgen. Ich weiß nicht, wie lange wir mit so großer Besatzung dran bleiben können, aber bis auf weiteres ist es das Beste, wenn alle versuchen, auf dem Laufenden zu bleiben. Sonst ist da nicht viel, und drei Augen sehen mehr als eins.«

»Zweifellos«, sagte Rooth. »Und Kaffee ohne Torte ist besser als gar kein Kaffee. Kriegen wir eigentlich ... ?«

Reinhart ignorierte auch diese Frage.

»Die Nachbarn?«, fragte er stattdessen. »Jung und Rooth, bitte.«

Jung erklärte, dass sie gemeinsam mit den Schutzmännern Klempje, Dillinger und Joensuu sechs Stunden lang in der Moerckstraat von Tür zu Tür gegangen waren und dass das Ergebnis erdrückend mager ausgefallen war. Niemand – nicht eine einzige Seele der zweiundneunzig aufgeführten Personen, die sie befragt hatten – hatte auch nur das Geringste über Martina Kammerle gewusst.

Und ganz genauso wenige hatten etwas über ihre Tochter Monica sagen können.

»Es ist kein Wunder, dass man ein bisschen nachdenklich wird«, sagte Jung. »Und bedrückt. Violeta Paraskevi, die Wand an Wand mit den Kammerles wohnt, ist die einzige, der aufgefallen ist, dass da möglicherweise etwas nicht stimmt. *Möglicherweise,* wohlgemerkt. Und ihr ist es ja auch nur zu verdanken, dass Traut beschlossen hat, den Hausmeister zu holen.«

»Und der?«, wunderte Münster sich. »Hatte der Hausmeister nichts zu sagen?«

»Keinen Pieps«, sagte Rooth. »Solange man die Miete bezahlt und nicht randaliert, ist man in seinen Augen nicht viel mehr wert als ein Pflasterstein. Feiner Kerl, nur schade, dass es kein Strafmaß für Schweinehunde gibt. Aber wo treibt die Tochter sich rum? Lasst uns lieber darüber reden! Die Nachbarn können wir beiseite lassen, auch wenn Dillinger und Joensuu morgen noch eine Runde drehen, um die Daten zu vervollständigen.«

»Die Tochter, ja«, sagte Reinhart. »Das ist einfach zu schrecklich.«

»Ach?«, bemerkte Münster. »Was meint der Hauptkommissar denn damit?«

Aber Reinhart hatte keine Lust, das auszuführen. Er überhörte die Frage wieder.

»Inspektor Krause«, sagte er. »Bitte schön!«

»Hm, ja, danke«, sagte Krause und lehnte sich auf seinen Ellbogen vor. »Was Monica Kammerle angeht, scheint es so zu sein, dass sie seit dem 21. September nicht in der Schule gewesen ist … Wenn wir richtig unterrichtet sind natürlich, aber das sind wir wohl in diesem Fall. Sie geht in die erste Stufe des Bungegymnasiums, aber keiner hat darauf reagiert, dass sie gefehlt hat. Ich habe mit dem Schulleiter, mit einem Lehrer und einigen Klassenkameradinnen gesprochen, und da gibt es so einige Ungereimtheiten.«

»Ungereimtheiten?«, wiederholte Moreno. »Was denn für Ungereimtheiten?«

»Offensichtlich hat man angenommen, dass das Mädchen die Schule gewechselt hat, aber sie ist in keinem anderen Gymnasium der Stadt eingeschrieben. Es gibt eine Sozialpädagogin, die darüber etwas mehr wissen müsste, aber sie ist heute zu einer Beerdigung in Groenstadt. Wir werden morgen mit ihr reden können.«

»Dann meinst du also, dass die Tochter ebenso lange verschwunden ist, wie die Mutter tot dagelegen hat?«, wollte Moreno wissen.

»Es scheint so«, nickte Krause. »Im Prinzip.«

»Das ist ja schrecklich«, sagte Rooth.

»Wie schon gesagt«, bemerkte Reinhart, »wenn die nicht einmal merken, wenn ein Schüler eineinhalb Monate fehlt, ja, da muss man sich doch fragen, was die da eigentlich treiben.«

»Genau!«, stimmte Krause zu. »Der Schulleiter wirkte tatsächlich reichlich nervös.«

»Kein Wunder«, sagte Münster. »Vielleicht sollte man das mit ein paar kurzen Worten auf der Pressekonferenz erwähnen?«

Einige Sekunden lang herrschte Schweigen. Reinhart blätterte in seinen Papieren und stieß Qualmwolken aus.

»Also, so ist es nun einmal«, brummte er schließlich. »Und wie dem auch sei, es ist der Wurm drin. Das ist vielleicht nicht gerade eine Neuigkeit … Die Welt ist ein Irrenhaus, und das ist sie schon, so lange ich denken kann. Münster, hast du irgendwelche Ärzte aufgestöbert?«

Münster nickte vage.

»Mit einiger Mühe«, musste er zugeben. »Martina Kammerle hatte also eine manisch-depressive Veranlagung, und zeitweise ist sie auch eingewiesen worden. Das erste Mal, als sie erst achtzehn war und versucht hatte, sich das Leben zu nehmen. Sie hat seitdem ständig Medikamente bekommen, aber Doktor Klimke, mit dem ich gesprochen habe, deutete an, dass sie wohl etwas nachlässig damit umgegangen ist. Das ist offenbar ziemlich normal, wenn die Patienten sich topfit fühlen. Lithium und Calvonal heißen die üblichen Präparate. Martina hat beides bekommen, sie sollen dazu dienen, die Erschütterungen in der manisch-depressiven Psyche sozusagen etwas abzudämpfen ... Klimke arbeitet im Gemeijnte und ist mit Frau Kammerle vor vier Jahren in Kontakt gekommen, und zwar in Zusammenhang mit dem Tod ihres Mannes ... also bei diesem Autounfall, davon wissen doch alle, oder?« Er schaute sich am Tisch um.

»Doch, ja«, sagte Rooth. »War sie jetzt auch krankgeschrieben?«

»Klimke nahm es an, wir müssen das morgen noch überprüfen. Er wusste eigentlich nicht besonders viel über sie. Hat nur ein paar Mal für sie ein Rezept telefonisch in einer Apotheke bestellt, wenn sie sich gemeldet hat, aber er hat sie seit drei Jahren nicht mehr gesehen, das behauptet er jedenfalls.«

»Schöne Betreuung«, sagte Rooth.

»Fantastisch«, bestätigte Reinhart. »Aber auch nicht besonders neu. Medikamente sind billiger als eine Therapie. Auf jeden Fall ist das Resümee, dass Martina Kammerle während der letzten fünf Jahre keinen festen Job hatte, ja, genau genommen überhaupt keinen Job. Sie hatte keinerlei Kontakte, zumindest soweit wir es bis jetzt wissen, und außer ihrer Tochter ist ihre Schwester in Chadow die einzige Verwandte ... Ob die Inspektorin Moreno so gut sein könnte und ein wenig mehr Licht in diese kompakte Finsternis bringt und uns etwas Substanzielles von ihrem Besuch in Chadow berichtet?«

Moreno tat, worum sie gebeten worden war, ohne das Gefühl zu haben, dass irgendetwas sehr viel einleuchtender wurde. Sie hatte den kurzen Impuls, ihren Fastunfall mit dem Motorrad mit zu erwähnen – zumindest, um den hinterfragten Substanzialitätsgrad zu erhöhen –, ließ es dann aber doch bleiben.

»Mit anderen Worten: eine Geschwisterliebe, dass es nur so rauscht«, kommentierte Reinhart ihren Bericht, nachdem sie fertig war. »Gibt es überhaupt einen einzigen Menschen, der etwas über Martina Kammerle sagen kann? Übrigens, ist sie nicht zu irgend so einem Kursus gegangen?«

Krause räusperte sich und ergriff erneut das Wort.

»Nun ja, sowohl als auch«, erklärte er. »Sie hat im August eine Art Arbeitsmarktwiedereingliederungskurs angefangen und hat dafür auch finanzielle Unterstützung bekommen. Drei- oder viermal war sie da … aber derjenige, der dafür verantwortlich ist, kann sich nicht daran erinnern, auch nur ein einziges Mal mit ihr geredet zu haben. Das lief vor allem darauf hinaus, sich Videos anzugucken und Testbögen auszufüllen … aber er hat versprochen, mir die Teilnehmerliste zu besorgen, da können wir vielleicht nachhaken, ob sie dort irgendwelche Kontakte geknüpft hat.«

»Gut«, sagte Reinhart. »Keine besonders große Chance, will ich mal meinen, aber das sind die Dinge, die uns ein bisschen Hoffnung geben. Dass jemand auftaucht, der etwas über sie erzählen kann … man muss ja schon für kleine Sachen dankbar sein.«

»Alles, was mehr als nichts ist, ist schon etwas«, sagte Rooth.

»Ach, meinst du wirklich?«, sagte Reinhart. »Ja, wie dem auch sei, wir werden auf jeden Fall morgen in den Zeitungen ihr Foto veröffentlichen. Mit der Aufforderung, dass die Leute sich melden sollen. Besonders, wenn sie sie in Gesellschaft eines Mannes gesehen haben.«

»Eines Mannes?«, fragte Rooth. »Wieso das?«

»Das ist doch wohl ziemlich einleuchtend«, antwortete Reinhart und sah langsam etwas genervt aus. »Es muss ein Mann gewesen sein, der sie ermordet hat, und die Nachbarin Paraskevi hat ja auch dahingehend etwas angedeutet ... äußerst vage, weiß Gott, aber immerhin. Etwas in der Richtung, dass ein Mann im Spiel gewesen sein kann. Ende August oder so.«

»Aber sie hat ihn nie gesehen?«, fragte Krause.

»Offenbar nicht«, seufzte Reinhart und richtete sich auf. »Leider. Nun ja, um das Ganze zusammenzufassen, so ist das eine reichlich verfahrene Kiste, darin sind wir uns ja wohl alle einig? Wir wissen so verdammt wenig, dass wir uns fast schämen müssen ... Wenn es einen Grund für uns gäbe, uns zu schämen, aber den gibt es wohl nicht. Ist hier noch jemand, der dem Bisherigen etwas hinzufügen möchte, bevor wir zur Arbeitsverteilung übergehen?«

Rooth stand auf.

»Ich glaube, ich hole erst einmal Kaffee, bevor wir weitermachen«, erklärte er. »Für den Blutzucker und so. Aber eine Sache wundert mich ja doch.«

»Und die wäre?«, fragte Jung.

»Nun ja, wenn sie so verdammt einsam war, diese Martina Kammerle, dann ist es doch merkwürdig, dass sich überhaupt jemand die Mühe gemacht hat, sie umzubringen. Oder?«

Reinhart nickte unentschlossen, sagte aber nichts.

»Da ist was dran«, gab Münster zu. »Derjenige, der ein Motiv hatte, sie umzubringen, muss sie ja ein bisschen gekannt haben. Zumindest, wenn man die Methode mit einbezieht. Man erwürgt nicht jemanden mal eben so auf die Schnelle. Jedenfalls ich nicht.«

»Ich auch nicht«, stimmte Reinhart zu. »Nun gut, machen wir fünf Minuten Pause, damit Inspektor Rooth nicht verdurstet.«

Nachdem die Marschrichtung für den Dienstag bestimmt worden war, bat Münster Inspektorin Moreno, doch für einen Augenblick mit in sein Büro zu kommen.

»Du hast nicht viel gesagt«, bemerkte er, nachdem sie sich gesetzt hatten.

»Ich weiß«, sagte Moreno. »Du musst entschuldigen, aber das mit Martina Kammerle ist reichlich deprimierend.«

»Das finde ich auch«, nickte Münster.

»Wenn man so lebt, dass niemand einen bemerkt, warum soll sich dann jemand die Mühe machen, einen umzubringen? Da bin ich ganz Rooths Meinung. Es erscheint fast wie unverdiente Aufmerksamkeit, so ermordet zu werden.«

»Ja«, sagte Münster. »Daran habe ich auch schon gedacht. Aber es kann ein inneres Leuchten gegeben haben oder andere Werte, die wir ja nicht gesehen haben. Lebensqualitäten, von denen wir nichts wissen. Wir wühlen nur im Nachlass.«

»Glaubst du das? Dass es ein Leuchten gab, meine ich?«

Münster zuckte mit den Schultern.

»Ich glaube gar nichts. Jedenfalls ist das mit der Tochter ziemlich verwirrend.«

»Zweifellos«, gab Moreno ihm Recht. »Ich überlege, ob sie nicht hinter allem stecken könnte. Zwar deutet alles darauf hin, dass der Täter ein kräftiger Mann war, aber man weiß ja nie. Sie kann ihn angeheuert haben beispielsweise ... oder?«

Münster seufzte und schaute finster drein.

»Eine interne Abrechnung zwischen einer psychisch kranken Frau und ihrer Tochter?«, fragte er.

»So etwas in dem Stil. Was glaubst du?«

»Warum nicht? Das Mädchen muss auf jeden Fall in irgendeiner Weise darin verwickelt sein, da sie ja verschwunden ist ... oh weh, das ist keine schöne Geschichte.«

»Schön?«, bemerkte Moreno und verzog den Mund zu einem schiefen Lachen. »Wann hatten wir denn das letzte Mal eine schöne Geschichte? Die muss an mir vorbeigegangen sein.«

»Wie geht es dir?«, fragte Münster schließlich. »Wenn man fragen darf.«

Moreno lachte kurz auf.

»Keine Sorge«, versicherte sie. »Es scheint mir nur so schwer, ein Mensch zu sein. Und so sinnlos. Ich fürchte, ich habe ernsthaft angefangen, in diesen Bahnen zu denken ... schau dir doch beispielsweise deBries an. Es ist nicht mal ein Jahr her, seit er gestorben ist, aber es sieht so aus, als hätten wir ihn schon vergessen ... ja, ich weiß, dass er in gewisser Weise ein Schwein war, aber trotzdem ...«

»Doch, ja«, sagte Münster. »Ich fürchte, du hast Recht.«

»Und Heinemann kämpft mit seinem Prostatakrebs. Hatte irgendjemand mit ihm Kontakt, seit er aufgehört hat ... ich meine, richtig Kontakt? Schließlich war er vierzig Jahre lang Bulle.«

Münster gab keine Antwort.

»Dann müssen wir, was das betrifft, uns also auf solche Entwicklungen gefasst machen«, fuhr Moreno fort. »Ich meine damit ... dass wir so austauschbar sind. Das große Vergessen trifft uns alle. Wenn man nicht erwartet, wie Martina Kammerle ermordet zu werden, natürlich ... oder im Dienst erschossen zu werden. Dann bekommt man ein wenig Aufmerksamkeit. Normalerweise jedenfalls.«

»Eine verdammt verdrehte Aufmerksamkeit«, stellte Münster fest und schaute über ihre Schulter aus dem Fenster. »Ich glaube, da ziehe ich es auf jeden Fall vor, friedlich in meinem Bett einzuschlafen. Warum heiratest du nicht und schaffst dir ein paar Kinder an? Das gibt zumindest eine gewisse Tiefe.«

Es nützte nichts, dass seine alte Verliebtheit in sie wieder in ihm aufbrach, als er das sagte – und es nützte nichts, dass er gezwungen war, weiterhin über die Stadt zu starren, als sie ihn daraufhin ansah.

»Danke für den Tipp«, sagte Ewa Moreno. »Ich bin tatsächlich auf dem Weg in diese Richtung. Vielleicht ist es ja nur eine Notlösung, aber besser als gar nichts.«

»Wie schön«, sagte Münster. »Ich bin auch dabei, mich zu stabilisieren. Wir bekommen noch eins.«

»Ein Kind?«

»Ja, ein Kind. Was dachtest du? Einen Hamster?«
Moreno musste lachen.

»Das freut mich«, sagte sie und schaute auf die Uhr. »Jetzt muss ich aber los, auf mich wartet ein Essen. Wir können ja morgen weiterphilosophieren.«

»Jederzeit«, sagte Münster. »Obwohl – das Morgen ist tiefer als die Seele eines Kamels.«

»Wie?«, fragte Moreno. »Was bedeutet das?«

»Keine Ahnung«, sagte Münster. »Muss ich irgendwo gelesen haben.«

16

»Monica Kammerle«, sagte Kriminalinspektor Krause. »Was können Sie mir zu ihr sagen?«

Sozialpädagogin Stroop versuchte, eine Art einverständliches Lächeln hervorzubringen, bevor sie antwortete. Aber es sah sehr unschlüssig aus. Sie betrachtete ihn, wie man einen alten, aber nicht vollkommen zuverlässigen Bündnispartner betrachtet. Krause klickte zweimal mit der Kugelschreiberspitze und schaute aus dem Fenster. Stellte fest, dass es regnete.

»Ja, was soll ich sagen?«, setzte die Sozialpädagogin vorsichtig an. »Wir sind so unterbesetzt, dass wir es einfach nicht schaffen. Es sind mehr als neunhundert Schüler hier an der Schule.«

»Minus eine«, erinnerte Krause. »Sie haben mit Monica Kammerle am Anfang des Schuljahres gesprochen, vielleicht erinnern Sie sich ja noch daran. Was wollte sie?«

»Ich habe nicht das Recht, mit jedem über derartige Dinge zu reden ...«, erklärte Stroop langsam, wobei sie einen Ring mit einem großen grünen Stein um den kleinen Finger drehte.

»Quatsch«, sagte Krause.

»Quatsch?«

»Ihre Mutter ist ermordet worden, und das Mädchen ist seit mindestens sechs Wochen verschwunden. Wenn Sie jetzt nicht ausspucken, was Sie wissen, werde ich Sie noch heute Nachmittag anzeigen. Egal, wie viel Arbeit Sie auch haben, es ist Ihre Pflicht, sich um die Schüler der Schule zu kümmern.«

Die Sozialpädagogin wurde bis weit unter ihren blondierten Haaransatz rot. Sie schob nervös die Papierstapel auf dem Schreibtisch zurecht und trank aus einem Porzellanbecher mit blauem Blumenmuster.

»Entschuldigen Sie«, sagte sie. »Das ist … es ist natürlich in diesem Fall etwas anderes. Ja, sie ist einmal bei mir gewesen. Sie wollte die Schule wechseln, sonst nichts.«

»Sonst nichts?«

»Ja. Sie hat mir ein wenig von ihrer Situation erzählt und selbst vorgeschlagen, dass sie lieber auf einem anderen Gymnasium anfangen wollte.«

»Warum wollte sie wechseln?«

»Wegen der Situation in der Klasse. Sie fühlte sich als Mobbingopfer.«

»Und war sie das denn?«

Die Sozialpädagogin zuckte mit den Schultern.

»Ich habe nur ein einziges Mal mit ihr gesprochen. Jedenfalls hat sie sich so ausgedrückt, aber ich habe nicht immer die Zeit, mich in jedes einzelne Problem zu vertiefen. Mädchen in diesem Alter sind sehr empfindlich, man muss vorsichtig mit ihnen umgehen. Das Schuljahr hatte ja außerdem gerade erst begonnen.«

»Was haben Sie gemacht?«, wollte Krause wissen.

Die Sozialpädagogin senkte ihren Blick und faltete die Hände.

»Nun ja, ich war mit ihr einer Meinung, dass ihre Situation Grund für einen Schulwechsel sein könnte. Vor allem, weil sie selbst bereits alles durchdacht hatte und mit einem konkreten Vorschlag kam. Ich habe mit dem Joannisgymnasium draußen in Löhr Kontakt aufgenommen und dort einen Besuch vereinbart … Monica sollte dorthin fahren und sehen, ob es ihr gefällt.«

»Und?«

»Ja, sie ist dann dorthin gefahren, und da sie nicht wieder zu mir gekommen ist, bin ich davon ausgegangen, dass sie sich entschieden hat. Es war schon alles mit der aufnehmenden Klasse geregelt ...«

»Sie haben also angenommen, dass sie in die Joannisschule gewechselt ist?«

»Ja.«

»Und Sie haben die Sache natürlich kontrolliert, wie es sich gehört?«

»Nun ja, da ... da ist mir einiges dazwischengekommen ... Sie müssen verstehen, wie meine Arbeitssituation ...«

»Nein«, unterbrach Krause sie. »Das verstehe ich ganz und gar nicht. Haben Sie überhaupt kontrolliert, ob sie dorthin gefahren ist?«

»Ja ... nein, ich kann mich nicht mehr richtig erinnern, ob wir das gemacht haben ...«

»Erinnern?«, fragte Krause. »Sie müssen doch wohl wissen, ob Sie angerufen haben und sich nach ihr erkundigt haben oder nicht!«

Die Sozialpädagogin nahm einen weiteren Schluck aus ihrem Becher und fummelte an dem grünen Stein.

»Es kann sein, dass mir das einfach so weggerutscht ist. Ich hatte während dieser Zeit auch noch einen Praktikanten hier ... Ich bin natürlich davon ausgegangen, dass alles nach Plan gelaufen ist.«

»Was meinen Sie damit? Was für ein Plan?«

»Den wir aufgestellt hatten. Es war ja abgemacht, dass sie sofort dort anfangen könnte, wenn sie wollte ... und als sie dann hier nicht mehr aufgetaucht ist, da ... ja, da bin ich natürlich davon ausgegangen, dass alles gut verlaufen ist.«

Krause machte sich schweigend ein paar Notizen.

»Wissen Sie, ob sie in die Schule in Löhr gegangen ist?«

»Ja, das sollte sie jedenfalls. Das war an einem Freitag ...«

»Sie sollte?«, wiederholte Krause. »Haben Sie mit einem Kollegen gesprochen, nachdem Sie sie dorthin geschickt haben?«

»Ja ...«

»Ja – und?«

»Ich ... ich habe heute Morgen angerufen, und ... nein, es ist nicht klar, ob sie an dem Freitag dort aufgetaucht ist. Sie untersuchen das noch ...«

»Nicht klar?«, wiederholte Krause wieder. »Ich finde, das ist glasklar. Monica Kammerle hat nie auch nur einen Fuß in das Joannisgymnasium gesetzt. Sie ist seit Donnerstag, dem 21. September, verschwunden, und ich finde, dass es, gelinde gesagt, merkwürdig ist, wenn die Schule, in der sie eingeschrieben ist, überhaupt nicht reagiert. Inzwischen sind mehr als eineinhalb Monate vergangen.«

Die Sozialpädagogin wollte etwas sagen, gab dann aber auf. Krause schlug den Block zu und schob sich den Stift in die Brusttasche.

»Ich möchte jetzt aber zu Ihnen zurückkommen«, sagte er. »Haben Sie noch irgendetwas hinzuzufügen, was vielleicht das Verschwinden des Mädchens ein wenig erhellen könnte? Egal was, aber bitte keine weiteren Ausflüchte mehr.«

Die Sozialpädagogin schüttelte den Kopf, ihr Blick flackerte.

»Entschuldigung«, flüsterte sie. »Meine ... meine persönliche Situation war ziemlich angespannt. Gestern war ich auf der Beerdigung meines Bruders ... das ist keine Entschuldigung, aber ...«

Ihre Stimme brach, und Krause bemerkte plötzlich, dass er sich schämte. Er stand auf.

»Ich mache auch nur meinen Job«, sagte er, und nachdem er die Tür hinter sich geschlossen hatte, wunderte er sich selbst darüber, warum er ausgerechnet so eine idiotische Platitude herausgelassen hatte.

Aber irgendwas muss man ja zu seiner Verteidigung sagen.

Ewa Moreno traf die beiden Mädchen wie vereinbart in der Cafeteria des Bungegymnasiums, aber nach einiger Überlegung beschlossen sie, doch lieber neutraleren Boden für ihr Gespräch zu suchen.

Die Wahl fiel auf das Café Lamprecht, das nur einen Steinwurf entfernt lag und das zu dieser Stunde am Vormittag genügend Ecken ohne Störungen bot.

Beide Mädchen waren schwarz gekleidet, beide rauchten hektisch, und beide bestellten sich ein Kaffeegetränk namens Black & Brown. Was die jungen Damen voneinander unterschied, waren in erster Linie ihre Namen: Betty Schaafens beziehungsweise Edwina Boekman. Ewa Moreno versuchte, sich daran zu erinnern, wie sie selbst ausgesehen hatte, als sie sechzehn war und bald siebzehn wurde, bekam aber kein klares Bild vor Augen. Sie hatte schon Probleme, sich klar vorzustellen, dass auch sie diese Phase des Lebens einmal durchgemacht haben sollte.

Aber besser, sich dessen nicht zu sicher zu sein.

»Wie ich schon gesagt habe, so geht es um eure Klassenkameradin Monica Kammerle«, begann sie. »Wir möchten gern einige Informationen über sie haben.«

»Warum denn?«, wollte Betty Schaafens wissen.

»Was denn für Informationen?«, vervollständigte Edwina Boekman.

»Darauf kann ich jetzt leider noch nicht eingehen«, erklärte Moreno freundlich. »Das müsst ihr so akzeptieren. Vielleicht kann ich später noch einmal kommen und ein wenig mehr erzählen.«

Die Mädchen machten beide einen Zug und warfen sich gegenseitig einen Blick zu.

»Okay«, sagte Betty Schaafens.

»All right«, sagte Edwina Boekman. »Aber sie geht nicht mehr in unsere Klasse.«

»Ich weiß«, sagte Moreno. »Aber ihr seid in die gleiche Klasse gegangen, bevor ihr im Gymnasium angefangen habt, oder?«

»Drei Jahre«, räumte Edwina ein. »In der Deijkstraaskolan.«

»Ich sogar vier Jahre«, sagte Betty. »Was wollen Sie denn wissen?«

»Nur einige allgemeine Dinge. Wie sie ist und wie es ihr in der Klasse geht. Freundschaftsbeziehungen und solche Sachen.«

»Wir haben keinen Kontakt zu ihr«, sagte Edwina. »Haben nie welchen gehabt, sie hat kein Interesse an uns, hat nie ein Geheimnis daraus gemacht.«

»Ach so«, sagte Moreno. »Und wie kommt das?«

Edwina Boekman zuckte mit den Schultern. Betty Schaafens blies ihren Rauch aus und verzog das Gesicht.

»Sie ist schon komisch«, erklärte sie. »Will irgendwie was Besseres sein. Will immer Dinge machen, die sonst keiner macht. Es vermisst sie keiner bei uns.«

»Hat sie irgendwelche Freunde in der Klasse? Die sie vielleicht ein wenig besser kennen, als ihr sie wohl kennt?«

Die Mädchen schüttelten ihre dunklen Köpfe.

»Nein. Monica hat keine Freunde. Will auch keine haben. Das war schon in der vorherigen Klasse so und ist jetzt genau das Gleiche. Oder war so, wenn sie wirklich gewechselt hat ...«

»Ich verstehe«, sagte Moreno. »Habt ihr sie noch mal getroffen, seit sie die Schule gewechselt hat?«

»Nein«, sagte Edwina. »Ich habe keinen Fetzen von ihr gesehen.«

»Ich auch nicht«, nickte Betty. »Keinen Fetzen.«

»Aber sie muss doch in eurer alten Klasse irgendwelche Freundinnen gehabt haben?«, versuchte Moreno es noch einmal. »Irgendeine hat doch jede, ich würde gern mit jemandem reden, der sie etwas besser kennt.«

Edwina Boekman und Betty Schaafens saßen schweigend da und dachten eine Weile nach. Tauschten ein paar unsichere Blicke und drückten ihre Zigaretten aus.

»Mir fällt keine ein«, sagte Betty. »Dir?«

Edwina schüttelte den Kopf.

»Nein. Sie war immer für sich. Manche wollen das so, und Monica war so eine ... sie war mal kurz mit Federica Mannen zusammen, aber Federica ist in der Neunten weggezogen.«

Moreno notierte sich den Namen und versuchte herauszubekommen, wohin denn das Mädchen gezogen war, aber daran konnte sich weder Edwina Boekman noch Betty Schaafens erinnern.

»Warum hat Monica die Schule gewechselt?«, fragte sie schließlich stattdessen.

»Nun ja«, sagte Betty Schaafens. »Sie kam wohl nicht so gut zurecht. Warum fragen Sie sie nicht selbst?«

Moreno gab keine Antwort.

»Habt ihr ihre Mutter mal getroffen?«

Aus ihrer lahmen Reaktion zu schließen, war die Neuigkeit von Martina Kammerles Tod noch nicht bis zu ihnen vorgedrungen. Sie reagierten wieder mit Kopfschütteln, und Edwina Boekman erklärte, dass sie nie auch nur den Schatten irgendwelcher Eltern von Monica Kammerle gesehen hätten. Aber sie hatten gehört, dass andere über Monicas Mutter erzählten, sie wäre ein wenig gaga. Ja, sogar reichlich gaga. Nicht einmal auf dem Elternabend vor der Klassenreise in der Neunten war sie dabei ... aber das war ja eigentlich auch kein Wunder, warf Betty Schaafens ein, denn Monica sei ja sowieso nicht mitgefahren.

»Wohin seid ihr gefahren?«, wollte Moreno wissen.

Die Mädchen erzählten wie aus einem Munde, dass sie eine Woche lang in London gewesen seien und dass es dort affengeil gewesen sei, einfach super. Die ganze Klasse war mitgefahren, außer Monica und einem wahnsinnig fetten Jungen, der Dimitri hieß.

»Wahnsinnig fett«, bestätigte Betty Schaafens und zündete sich eine neue Zigarette an.

Moreno hatte plötzlich große Lust, ihr die Zigarette aus den kräftig angemalten Lippen zu reißen, sie im Aschenbecher zu zerdrücken – die Zigarette wohlgemerkt, nicht den Mund – und sie wie auch ihre Freundin zu bitten, doch zur Hölle zu fahren. Oder zumindest abzuhauen und eine Runde joggen zu gehen.

Oder einen Apfel zu essen. Nein, dachte sie. Wenn ich diese

Phase wirklich durchgemacht habe, dann muss ich sie verdrängt haben.

Und zwar nur zu Recht. Bestimmte Dinge muss man begraben dürfen.

»Was ist denn eigentlich passiert?«, wollte Edwina Boekman wissen. »Ist sie in was reingeschlittert?«

»Ich kann euch das nicht sagen«, erklärte Moreno erneut. »Aber wenn ihr jemanden trefft, der Monica in letzter Zeit gesehen hat, dann ruft mich bitte an. Und fragt bitte auch eure Klassenkameraden, wenn ihr Zeit dazu habt.«

Sie zog zwei Visitenkarten heraus und gab jeder eine. Die Mädchen nahmen sie entgegen, und plötzlich bekamen sie einen etwas ernsthafteren, reineren Ausdruck in ihre geschminkten Gesichter.

Als ob das Kind hervorschauen würde, dachte Moreno. Sie nahm an, dass es der kursiv gedruckte Titel auf der Karte war, der diese Veränderung verursacht hatte. *Kriminalinspektorin.*

»Ja, natürlich«, sagte Betty Schaafens. »Wir ... wir werden uns umhören. Ist das ... ich meine, ist es was Ernstes? Was ist denn eigentlich ... ?«

»Ich kann es euch nicht erzählen«, erklärte Moreno zum dritten Mal. »Danke für das Gespräch, vielleicht lasse ich in ein paar Tagen noch einmal von mir hören.«

»Ja, genau«, sagte Edwina Boekman.

Inspektorin Moreno stand auf und verließ das Café Lamprecht. Keines der beiden Mädchen machte Miene, wieder in die Schule zurückzugehen, und als sie auf die Straße gekommen war, konnte Moreno durch das schmutzige Schaufenster sehen, wie ihre schwarzen Schöpfe eng über dem Tisch zusammengerückt waren. Eingehüllt in eine neue, frische Rauchwolke von neu angezündeten Zigaretten.

Sie werden noch vor zwanzig Zellulitis und Hängebusen haben, dachte sie und holte tief Luft. Und das ist nicht mehr als recht und billig.

»Ich weiß, was das Schlimmste an diesem verdammten Job ist«, sagte Rooth.

»Ach, wirklich?«, fragte Jung. »Lass hören.«

»Das mit dem Leben und dem Tod«, sagte Rooth. »Das wiegt so schwer, dass man damit irgendwie gar nicht umgehen kann. Eigentlich müsste man die ganze Zeit schrecklich ernst, tiefsinnig und finster sein ... und das schafft mein jämmerlicher Kopf einfach nicht ....«

»Ich weiß«, bestätigte Jung. »Und weiter?«

»Unterbrich mich nicht«, sagte Rooth. »Oder aber man muss alles von sich schieben und auf Distanz gehen. Zynisch werden oder wie immer man das nun nennen will ... und das schafft mein großes blutendes Herz auf die Dauer nicht. Verstehst du, wovon ich rede?«

Jung dachte eine Weile nach.

»Ja, natürlich«, sagte er. »Es stimmt tatsächlich, was du sagst. Man wird von einem Extrem ins andere geworfen. Starrt dem Tod ins Auge oder kickt ihn mit einem Fußtritt aus dem Spiel ... darum geht es.«

Rooth kratzte sich am Kopf.

»Gut gesagt«, meinte er. »Auge oder Fußtritt? Das werde ich mir als Titel meiner verrückten Memoiren merken. Möchte nur wissen, ob man vorzeitig altert dabei. Wäre doch schön, wenn man stattdessen Kaninchen oder so jagen könnte.«

»Das kommt im nächsten Leben«, tröstete Jung ihn. »Wollen wir reingehen und anfangen?«

»Müssen wir wohl«, sagte Rooth. Er schob den Schlüssel ins Schloss und drehte ihn um. Im Namen des Mörders!

Sie betraten Martina Kammerles Wohnung. Zwar herrschte dort ein diffuses graues Licht, aber Jung begann dennoch als Erstes damit, überall herumzugehen und jede Lampe einzuschalten, die er finden konnte.

Rooth legte Butterbrotpakete und zwei Flaschen Mineralwasser auf den Küchentisch und schaute sich um.

»Interessanter Auftrag, das hier«, sagte er. »Nein, wirklich.«

Rooth selbst hatte den Vorschlag zu diesem Unternehmen gemacht, deshalb gab Jung lieber keinen Kommentar dazu ab. Außerdem musste er zustimmen, denn wenn es sich so verhielt, dass die Person, die vor gut einem Monat ihre Hände um Martina Kammerles Hals gelegt und zugedrückt hatte – wenn diese Person auch nur ein wenig mit ihrem Opfer bekannt war, darauf wollte Rooth hinaus –, dann musste doch die Wahrscheinlichkeit, dass sie deren Namen irgendwo notiert hatte, ziemlich hoch sein.

Wenn schon nicht mit Blut an die Wand unterm Bett geschrieben, wo sie gefunden worden war, dann an einer anderen Stelle. In einem Adressbuch. Auf einem Notizblock. Auf einem losen Zettel … wo auch immer. Zwar gab es Anzeichen dafür, dass der Täter die Wohnung systematisch durchgegangen war, um Spuren zu beseitigen, aber dabei hatte es sich wohl in erster Linie um Fingerabdrücke gehandelt, und alles hatte er schließlich nicht durchsehen können!

Und nichts deutete darauf hin, dass Martina Kammerle oder ihre verschwundene Tochter einen besonders großen Bekanntenkreis hatten. Ganz im Gegenteil. Wenn sie nun beispielsweise auf fünfzig Namen stießen – so hatte Rooth angeführt –, dann bestand eine ziemlich große Chance, dass einer davon derjenige war, nach dem sie suchten. Der Mörder.

Ehrlich gesagt war das Ganze natürlich eine Routineaufgabe, die man bei zehn von elf Ermittlungen ausführte, aber es bestand die Hoffnung, dass sie diesmal ein besseres Ergebnis einfahren würden als üblich. Darüber war man sich in der Ermittlungsleitung einig gewesen.

Also hieß es für die Inspektoren Rooth und Jung nur loslegen. Es war zehn Uhr morgens, und sie hatten Reinhart einen Bericht für fünf Uhr versprochen.

Oder vielmehr hatte Reinhart ihn gefordert, wenn man es ganz genau nahm.

»Ich nehme mir das Zimmer der Mutter vor, du das der Tochter«, teilte Rooth die Arbeit ein. »Für den Anfang. Dann treffen wir uns in zwei Stunden in der Küche auf eine Scheibe Brot.«

»In zwei Stunden erst?«, wunderte sich Jung. »Hältst du es wirklich so lange ohne Essen aus?«

»Charakter«, erklärte Rooth. »Alles eine Frage des Charakters und der Willensstärke. Ich werde dir das ein andermal genauer erklären.«

»Darauf freue ich mich schon«, sagte Jung und öffnete die Tür zu Monica Kammerles Jungmädchenzimmer.

17

Das Foto der ermordeten Martina Kammerle war am Dienstag in den drei wichtigsten Zeitungen von Maardam zu sehen – sowohl im Telegraaf wie in der Allgemejne und dem Neuwe Blatt –, und auf Grund der Bitte der Polizei um Hinweise und Hilfe hatten bis vier Uhr drei Personen in der Zentrale angerufen und waren zu Hauptkommissar Reinhart persönlich durchgestellt worden.

Die erste war eine Sozialarbeiterin namens Elena Piirinen. Sie gab an, dass sie dann und wann – aber eher selten – Kontakt mit Martina Kammerle gehabt hatte, und zwar bis vor ungefähr einem Jahr, da hatte sie die Stelle gewechselt und eher administrative Aufgaben übernommen. Ihr Einsatz für Martina Kammerle war zum überwiegenden Teil auf ökonomische Fragen beschränkt gewesen. Elena Piirinen hatte ihr dabei geholfen, verschiedene Unterstützungen zu beantragen, und – ein oder zweimal – dafür gesorgt, dass sie regelmäßige Sozialhilfe erhielt. Einen tieferen Einblick in das Privatleben ihrer Klientin hatte sie jedoch nie bekommen, wie sie entschieden betonte, aber trotzdem war es natürlich schrecklich, dass sie ermordet worden war.

Da war Reinhart ganz ihrer Meinung und hakte nach, ob Frau Piirinen noch konkretere Hinweise geben könnte.

Nein, das konnte sie nicht, wie sie versicherte. Sie hatte sich entschlossen anzurufen, weil das ja wohl ihre Pflicht als Mitbürgerin war, ganz einfach. Sonst nichts. Reinhart bedankte sich bei ihr für diesen lobenswerten Gemeinschaftssinn und bat, sich wieder bei ihr melden zu dürfen, falls es sich im Laufe der Ermittlungen als notwendig erweisen sollte.

Nummer zwei war eine gewisse Frau Dorffkluster, die fünf Jahre lang Nachbarin der Familie Kammerle in der Palitzerlaan in Deijkstraa gewesen war und die leider noch weniger als Elena Piirinen zu bieten hatte. Frau Dorffkluster war 87 Jahre alt und konnte sich deutlich daran erinnern, dass es zwei kleine ungezogene Jungs in der Nachbarfamilie gegeben hatte, außerdem, dass Martina Kammerle selbst eine äußerst erfolgreiche Moderatorin im Fernsehen gewesen war, die gern Golf spielte und in ihrer Freizeit ein arabisches Vollblut ritt.

Sie leitete eines dieser Ratespiele, die alle anguckten und die ihren Namen schneller wechselten, als eine Katze sich kratzen konnte ... oder ein Schwein. Quiz ... irgendwas.

Reinhart dankte auch dieser hilfsbereiten Mitbürgerin und dachte eine Weile an seine eigene Mutter, die genau mit 87 Jahren das Zeitliche gesegnet hatte. Das war inzwischen sechs Jahre her, und er erinnerte sich noch daran, wie sie, als er sie während der letzten Monate im Krankenhaus besuchte, immer geglaubt hatte, er wäre ihr Vater und nicht ihr Sohn.

Was die Gespräche zweifellos ein wenig bizarr werden ließ. Ohne dass sie deshalb uninteressant geworden wären.

Vielleicht soll es zum Schluss so sein, dachte er. Dass man das Recht hat, sein Dasein mit den Menschen zu bevölkern, die man um sich braucht und mit denen man reden möchte. Damit alles geklärt ist, wenn die Zeit gekommen ist, sich auf die andere Seite zu begeben.

Denn meist war es ja die Umgebung, die am meisten darunter litt, wenn die Gedächtnisfunktionen zu tanzen begannen, stellte Reinhart fest und zündete sich seine Pfeife an. Oder etwa nicht? Natürlich gab es keinen Zweifel, dass seine Mutter verrückt gewesen war, aber schlecht hatte sie sich dabei nicht gefühlt.

Auch die dritte Person, die sich mit Informationen über Martina Kammerle meldete, war eine Frau. Sie hieß Irene Vargas, war in den Vierzigern, wenn er ihre Stimme richtig einschätzte, und ihm war sofort klar, dass sie Dinge zu erzählen hatte, die es opportun erscheinen ließen, ein Gespräch unter vier Augen zu vereinbaren statt dieses dimensionsarmen Telefons. Und da er selbst siebzehn Eisen im Feuer hatte, schnappte er sich Münster und vereinbarte ein Treffen zwischen Frau Vargas und dem Kommissar in einer Stunde in ihrem Büro. Irene Vargas wohnte in der Gerckstraat, nur zehn Minuten Fußweg von der Polizeiwache entfernt, und musste vorher nur noch kurz etwas erledigen.

Einfacher konnte es kaum sein.

»Bitte, setzen Sie sich doch«, sagte Münster und deutete auf den Besucherstuhl.

Irene Vargas bedankte sich und nahm Platz. Sie schaute sich ein wenig besorgt im Zimmer um, als wollte sie sich vergewissern, dass sie nicht eingeschlossen war. Überhaupt meinte Münster, eine Aura der Unruhe um sie herum zu verspüren. Sie war eine dünne Frau ungefähr in seinem Alter, mit bleicher Haut, bleichem Haar und bleicher Kleidung. Er nahm an, dass sie an einer Art chronischer Krankheit litt – eine Fibromyalgie oder eine leichte Form des Rheumatismus vielleicht –, aber das konnte auch daran liegen, dass er am Abend zuvor einen Artikel über verborgene Leiden in einer von Synns Zeitschriften gelesen hatte.

Wie auch immer, schließlich war sie ja nicht in ihrer Eigenschaft als Patientin zu ihm gekommen.

»Sie haben angerufen«, setzte er an. »Sie haben mit Hauptkommissar Reinhart gesprochen, aber der ist leider im Augenblick verhindert. Aber ich denke, es geht auch so, mein Name ist Münster.«

Irene Vargas erwiderte seinen Blick und nickte unschlüssig.

»Möchten Sie etwas zu trinken haben? Ich kann Tee oder Kaffee besorgen, oder …«

»Nein danke, das ist nicht nötig.«

Münster räusperte sich.

»Also, wenn ich es richtig verstanden haben, dann haben Sie Informationen über Martina Kammerle, die Frau, die vor ein paar Tagen tot in ihrer Wohnung aufgefunden wurde?«

»Ja«, sagte Irene Vargas. »Ich habe sie ein bisschen gekannt.«

»Wir sind dankbar für alles, was Sie uns erzählen können«, betonte Münster. »Wir haben Probleme, Bekannte von ihr zu finden.«

Irene Vargas legte ihre Hände gefaltet in den Schoß und senkte den Blick.

»Martina war ein ziemlich einsamer Mensch.«

»Zu dem Ergebnis sind wir auch gekommen.«

»Sie kannte nicht viele. Mich eigentlich auch nicht. Wir haben uns vor drei, vier Jahren im Krankenhaus kennen gelernt. Waren zusammen in einer Therapiegruppe, aber danach hatten wir nicht mehr so viel miteinander zu tun. Man kann also nicht behaupten, dass … dass wir nun Freundinnen gewesen wären, wie man so sagt.«

»Aber Sie haben sich ab und zu getroffen?«

»Nie auf Verabredung. Nur, wenn wir zufällig in der Stadt aufeinander gestoßen sind. Ich war auch nie bei ihr zu Hause … aber sie hat einmal bei mir Tee getrunken, so vor drei Jahren.«

»Haben Sie sich gegenseitig angerufen?«

»In letzter Zeit äußerst selten.Als wir uns gerade kennen gelernt hatten, kam das öfter vor, da haben wir schon ein paar Mal im Monat miteinander telefoniert.«

»Wann haben Sie das letzte Mal mit ihr gesprochen?«

»Das war im August. Und deshalb habe ich auch die Polizei angerufen, das andere hat bestimmt keine größere Bedeutung. Das hier vielleicht auch nicht, aber …«

»Wo haben Sie Martina Kammerle im August getroffen?«

Irene Vargas schluckte und schob sorgfältig ein paar Strähnen ihres dünnen Haars hinter das Ohr.

»Das war nur wieder in der Stadt. Wir sind zusammengestoßen, ja, ich meine das ganz buchstäblich, wir sind zusammengestoßen. An einem Abend im August, am fünfzehnten oder sechzehnten, glaube ich. Ich war mit einer Freundin auf dem Weg ins Rialtokino, und wir waren schon zu spät. Wir sind um eine Ecke vom Rejmer Plejn gebogen, und da bin ich mit Martina zusammengeknallt ... sie kam aus der anderen Richtung.«

Münster nickte aufmunternd.

»Erzählen Sie weiter«, bat er.

Irene Vargas zuckte mit den Schultern.

»Nun ja, da war dann nicht viel mehr, aber der Polizist, mit dem ich am Telefon geredet habe, meinte offenbar, dass es wichtig sei ...«

»Zweifellos«, sagte Münster. »Was ist dann passiert? Sind Sie stehen geblieben und haben sich eine Weile unterhalten?«

»Eigentlich nicht«, erklärte Irene Vargas mit einem verschämten Lächeln, als hätte sie sich eines Versäumnisses schuldig gemacht. »In ein paar Minuten sollte der Film anfangen, und ... ja, wenn ich ehrlich sein soll, dann hatte ich auch keine große Lust. Martina wirkte etwas aufgeputscht, das konnte ich ihr ansehen, und sie konnte reichlich überheblich werden ...«

»Aufgeputscht?«, fragte Münster nach.

»Ich meine natürlich manisch. Nichts mit Drogen oder so ... Sie wissen doch, dass sie manisch-depressiv war?«

»Ja, doch«, versicherte Münster ihr. »Das wissen wir. Sie hatten also eine Freundin dabei. Und wie war es mit Martina Kammerle? War sie allein oder auch in Begleitung?«

»Da war ein Mann bei ihr«, sagte Irene Vargas.

Ihre Art, das Wort »Mann« auszusprechen, ließ Münster erahnen, dass das eine Tatsache war, an der sie lange zu kauen gehabt hatte, um sie überhaupt in den Griff zu bekommen. Und wahrscheinlich ohne Erfolg.

»Ein Mann?«, fragte er. »Kannten Sie ihn?«

»Nein.«

»Aber Sie haben mit ihm gesprochen?«

»Nicht mit ihm. Wir haben nur unseren Zusammenstoß kommentiert, Martina und ich. Haben ein bisschen gelacht und gesagt, wie albern das doch war. Wir sind nach zehn, fünfzehn Sekunden weitergegangen, meine Freundin und ich, es tut mir Leid, wenn Sie den Eindruck bekommen haben, dass ich etwas Wichtiges zu erzählen hätte. Ich habe das schon diesem Hauptkommissar zu erklären versucht, aber er ...«

»Machen Sie sich deshalb keine Sorgen«, versicherte Münster freundlich. »Man kann nie wissen, was wichtig ist und was nicht in dieser frühen Phase der Ermittlungen. Aber wenn wir uns noch einmal diesem Mann zuwenden ... hatten Sie den Eindruck, als ob ... als ob sie ein Paar waren? Martina Kammerle und er.«

»Ich glaube schon«, antwortete Irene Vargas nach einer Sekunde Zögern.« Aber das ist halt nur mein eigener Eindruck. Er kann ebenso gut nur ein Bekannter gewesen sein.«

»Und hat sie ihn Ihnen vorgestellt?«

»Nein.«

»Und Sie wissen wahrscheinlich nicht, ob sie zu dieser Zeit irgendeine Beziehung unterhielt?«

Irene Vargas zuckte erneut mit den Schultern.

»Keine Ahnung. Ich hatte ja seit fast einem halben Jahr nicht mehr mit ihr geredet.«

»Wissen Sie etwas von anderen Männern in Martina Kammerles Leben? Nach dem tragischen Unfall ihres Mannes, meine ich.«

»Nein ... doch, sie hat erzählt, dass sie irgendwann mal mit jemandem zusammen war, aber wir haben nie weiter darüber geredet. Ich glaube nicht, dass sie irgendwelche festen Beziehungen hatte.«

»Aber lose?«

»Die eine oder andere, ja, das ist gut möglich. Ich weiß übrigens, dass sie einmal einen Kerl nur für eine Nacht mitgenommen hat. Wir waren zusammen im Restaurant, und da hat sie es getan. Das war wirklich ziemlich peinlich.«

»Wann war das?«

»Vielleicht so vor drei Jahren ... ja, das war, als wir noch in der Gruppe waren.«

»Ich verstehe«, sagte Münster. »Aber wenn wir jetzt zu diesem Zusammenstoß im August zurückkommen, Ihnen ist der Mann also nicht vorgestellt worden?«

»Nein«, sagte Irene Vargas. »Wir sind einfach schnell weiter, wie schon gesagt.«

»Und Sie hatten ihn vorher noch nie gesehen?«

»Nein.«

»Wie sah er denn aus?«

Sie dachte eine Weile nach.

»Ich kann mich nicht mehr genau erinnern«, sagte sie. »Ziemlich groß, ziemlich kräftig, habe ich noch so im Kopf. Aber gleichzeitig auch ziemlich gewöhnlich. Da gab's nichts, was besonders ins Auge gefallen wäre ... nein, ich kann ihn nicht beschreiben.«

»Versuchen Sie es bitte«, ermahnte Münster sie.

»So irgendwie halb dunkelhaarig. Zwischen vierzig und fünfzig wohl ...«

»Bart? Brille?«

»Nein. Doch, vielleicht ein Bart, aber ...«

»Würden Sie ihn wiedererkennen, wenn Sie ihn sehen?«

Irene Vargas sog die Unterlippe ein und blieb eine Weile schweigend sitzen.

»Das ist möglich«, sagte sie. »Aber ich glaube es nicht ... er sah ja ziemlich alltäglich aus.«

»Und Sie haben ihn vorher nie in einem anderen Zusammenhang gesehen?«

»Ich glaube nicht. Nein.«

»Hatten die beiden sich angefasst? Untergehakt oder so?«

»Daran erinnere ich mich nicht ... nein, ich glaube nicht.«

»Und Martina Kammerle gab keinen Kommentar zu ihm ab?«

»Nein, da bin ich mir ganz sicher, das hat sie nicht gemacht.«

»Haben Sie mit Ihrer Freundin darüber gesprochen?«

»Nein. Meine Freundin ist im Augenblick in Australien. Sie kommt erst im März zurück. Sie ist Künstlerin.«

»Ich verstehe«, wiederholte Münster, während er gleichzeitig überlegte, was es denn da zu verstehen gab.

Er lehnte sich auf seinem Schreibtischstuhl zurück und stellte das Tonbandgerät ab, das er hatte laufen lassen, seit Irene Vargas ins Zimmer gekommen war. »Jaha, ja«, sagte er. »Ich glaube, damit können wir uns erst einmal begnügen. Danke, dass Sie gekommen sind und uns auf die Sprünge geholfen haben, Frau Vargas. Wenn Ihnen noch etwas einfällt, können Sie sich gern wieder bei uns melden. Es ist auch möglich, dass wir noch einmal in Kontakt mit Ihnen treten.«

»Danke«, sagte Irene Vargas. »Das war doch nicht der Rede wert.«

Ja, dachte Münster, nachdem sie ihn verlassen hatte. Viel war es wirklich nicht.

Martina Kammerle war Mitte August in Begleitung eines Mannes durch die Stadt spaziert.

Das war alles. Und was schlimmer war: das war im Großen und Ganzen die Summe von allem, was sie bis jetzt überhaupt herausgefunden hatten.

Kommissar Münster seufzte. Stand auf und stellte sich ans Fenster. Blieb dort stehen. Wie er es immer tat, wenn bei einer Ermittlung nichts zusammenpasste. Vielleicht versuchte er so, eine Art Illusion zu erzeugen, die Vorstellung, den Überblick zu haben, indem er über die Stadt schaute. Das hatte er sich schon früher überlegt. Auf jeden Fall war es grau draußen. Es war noch nicht einmal halb vier, aber die Dunkelheit setzte bereits ein. Regen hing in der Luft – würde aber sicher noch den rechten Augenblick abwarten, bis die Leute ihre Arbeit beendeten und sich auf den Nachhauseweg machten. So war es doch immer.

Er ging zu seinem Schreibtisch zurück und blätterte in den Akten. Schaute auf die Uhr. Noch eine Stunde bis zur Fallbesprechung.

Noch eine unbekannte Anzahl von Stunden, bis sie Martina Kammerles Mörder finden würden.

Reinhart nickte verbissen.

»Dann geben sie also zumindest zu, dass sie sich wie Esel benommen haben?«, stellte er fest. »Immerhin etwas.«

»Sie drücken sich nicht gerade exakt so aus«, wandte Krause ein. »Aber es stimmt schon, im Prinzip geben sie es zu. Die Sozialpädagogin kriegt nur Kopfweh, sie war diejenige, die den Schulwechsel arrangiert hat. Man muss sich wirklich wundern ...«

Er verstummte und blätterte in seinem Block.

»Worüber?«, wollte Rooth wissen. »Worüber muss man sich wundern?«

Krause versuchte, ihn anzustarren, musste aber einsehen, dass er zu jung war, um jemanden auf diese Art anzustarren.

»Ob es nur ein Zufall ist, dass sie ausgerechnet jetzt wie vom Erdboden verschluckt ist«, spann er stattdessen den Gedanken weiter. »Oder ob das irgendwie zusammenhängt ... dass Monica Kammerle verschwunden ist, bevor sie die Schule gewechselt hat. Natürlich hat das mit ihrer Mutter zu tun, aber warum verlässt sie genau zum gleichen Zeitpunkt das Bungegymnasium?«

Keiner konnte einen direkten Kommentar zu dieser Frage abgeben. Die Fragestellung war offenbar für alle neu, zumindest traf das auf Inspektorin Moreno zu. Während sie darüber nachdachte, ließ sie ihren Blick schweifen und konnte feststellen, dass die Streitkräfte immer noch vollständig waren: Reinhart, Münster, Jung, Rooth, Krause und sie selbst. Das Treffen fand bei Reinhart statt, und man war gerade fertig geworden mit den Berichten über die Ausflüge in die Welt der Schule. Ihren eigenen und Krauses.

»Zufall«, entschied Reinhart und faltete die Hände im Nacken. »Auch wenn ich dem Begriff selbst skeptisch gegenüberstehe, so glaube ich doch, dass es hier nur darum geht, dass zwei Dinge zeitlich zusammentreffen ... aber korrigiert mich bitte, wenn ich mich irre. Es ist ja auch für diese arme Sozialpädagogin recht unglücklich gelaufen, das sollten wir dabei nicht vergessen. Unter normalen Umständen wäre ihnen doch sicher schon früher aufgefallen, dass das Mädchen verschwunden ist?«

»Doch, ja«, sagte Krause. »Das wäre es wahrscheinlich. Übrigens bin ich der gleichen Auffassung wie der Hauptkommissar. Und ich glaube auch nicht, dass sie die Gelegenheit genutzt hat, um zu verschwinden, ... dazu war sie nicht der Typ. Aber natürlich sind das alles nur Spekulationen.«

»Das Schlimmste ist ja wohl, dass wir immer noch nicht die geringste Ahnung haben, was eigentlich mit ihr passiert ist«, stellte Münster fest. »Wo zum Teufel steckt das Mädchen?«

»Meinst du damit, dass du glaubst, dass sie noch lebt?«, fragte Moreno verwundert.

Münster dachte eine Sekunde lang nach.

»Ich glaube es nicht«, sagte er dann. »Ich hoffe es nur.«

Reinhart zog ein Papier aus den Stapeln auf dem Schreibtisch hervor.

»Ich möchte etwas mitteilen«, sagte er, »bevor ich Rooth und Jung das Wort gebe. Wir sind dabei, alte Fälle durchzukämmen, die dem ähneln, mit dem wir es hier zu tun haben. Ich habe mir die Hilfe von Kommissar Klemmerer aus Span geholt ... sowohl aufgeklärte als auch nicht aufgeklärte Fälle. Reinrassige Würger gibt es allen Vermutungen zum Trotz nicht gerade viele. Im ganzen Land haben wir in den letzten zehn Jahren nicht mehr als fünfzehn Stück gehabt, und ich bin davon ausgegangen, dass diese Zeitspanne genügt. Zwölf Fälle sind aufgeklärt, drei noch nicht, ich habe gerade von Klemmerer hundertzwanzig Seiten Unterlagen hinsichtlich dieser Fälle bekommen und werde versuchen, sie bis morgen durchzusehen. Wir können nicht sicher sein, dass Martina Kammerle das erste Opfer des Täters war, das ist der Grundgedanke dabei. Sie kann Nummer zwei oder fünf oder weiß der Teufel was sein.«

»Sagtest du zwölf zu drei?«, fragte Rooth.

»Ja«, bestätigte Reinhart. »Es ist möglich, dass ein Teil der Fälle unserem überhaupt nicht ähnelt, dann werden die Ziffern noch um einiges schrumpfen. Das ist natürlich nur ein Versuch, aber da wir so verdammt wenige Fakten haben, an die wir uns halten können, haben wir umso mehr Grund, unsere Angel so weit wie möglich auszuwerfen. Oder?«

»Zweifellos«, nickte Rooth. »Die aufgeklärten Fälle müssten ja wohl leicht zu überprüfen sein. Da braucht man die Würger doch nur herzuzitieren und ihr Alibi zu überprüfen ...«

»Vielleicht ist es doch nicht ganz so einfach«, wandte Jung ein. »Wir wissen ja nicht, wann sie gestorben ist.«

»Das stimmt schon«, sagte Reinhart. »Aber wenn sie wegen Mordes verurteilt worden sind, dann gibt es doch die leise Hoffnung, dass sie immer noch hinter Schloss und Riegel sitzen. Auf jeden Fall stimmt das, was Rooth gesagt hat. Die nicht aufgeklärten Fälle sind die interessantesten ... aber wie schon erwähnt, die nehmen wir uns morgen vor. Jetzt erzählt lieber erst einmal, was ihr den ganzen Tag in der Moerckstraat gemacht habt!«

»Mit Vergnügen«, sagte Rooth und öffnete seine Aktentasche. »Hrrm. Kollege Jung und der Unterzeichnende haben also im Schweiße ihres Angesichts die Mordwohnung nach Namen durchsucht. Wie ihr euch denken könnt, sind dazu sowohl Geduld als auch Verschlagenheit vonnöten, aber um eine lange Geschichte kurz zu halten: Hier habt ihr das Resultat!«

Er zog ein Bündel Kopien heraus und verteilte sie in der Runde.

»Sechsundvierzig Namen, alle im Original und handgeschrieben von Mutter oder Tochter Kammerle. Wir haben sie alphabetisch aufgelistet. Die Buchstaben in den Klammern nach den jeweiligen Namen weisen den Fundplatz nach. K ist gleich Küche, M bedeutet Schlafzimmer der Mutter … oder Mordzimmer, wenn ihr das vorzieht. T ist das Zimmer der Tochter und W das Wohnzimmer. Wir haben eine ganze Menge von Schulbuchnamen und öffentlichen Personen wie Winston Churchill, Sokrates und Whitney Houston bereits gestrichen. Erwähnenswert ist vielleicht noch, dass die Hälfte der Namen aus einem kleinen Adressbuch im Nachttisch des Opfers stammt. Hrrm, habt ihr irgendwelche Fragen?«

»Das ist wirklich beeindruckend«, sagte Moreno und schaute auf das Papier, das sie in der Hand hielt. »Wenn wir Glück haben, dann befindet sich der Name des Mörders darunter.«

»Genau«, stimmte Rooth zu. »Einer von sechsundvierzig. Wir hatten schon schlechtere Quoten.«

»Zweifellos«, sagte Reinhart. »Nun gut, nehmt die Listen mit nach Hause und denkt drüber nach. Wir müssen natürlich noch jeden einzelnen Namen durchgehen, aber damit fangen wir nicht heute Abend an. Gibt es noch irgendwelche Dinge zu besprechen, bevor wir die Luken dichtmachen?«

»Vielleicht noch eine Sache«, sagte Jung. »Sollten wir nicht auch das Foto des Mädchens in die Zeitungen bringen? Und ins Fernsehen. Es gibt doch wohl keinen Grund mehr, ihr Verschwinden noch länger geheim zu halten?«

»Bereits veranlasst«, bestätigte Reinhart. »Kommt morgen raus, vielleicht schon heute Abend … in den Spätnachrichten.«

»Ich habe das Gefühl, dass wir den Teufel bald eingekreist haben«, meinte Rooth. »Heute waren wir jedenfalls effektiv wie ein Erdbeben.«

»Noch jemand mit einer intelligenten Bemerkung?«, fragte Reinhart und schaute sich in der Runde um. »Wenn nicht, dann verschwindet bitte. Wir sehen uns morgen unter einem kalten

Stern wieder … und seid beruhigt, früher oder später klären wir auch das hier auf.«

Eher später, dachte Münster. Da wette ich meinen Kopf drauf.

18

Nach der kurzen Besprechung in Reinharts Zimmer am Dienstagnachmittag fuhr Inspektor Rooth mit dem Lift hinunter in die Fitnessräume im Keller der Polizeiwache.

Er stemmte Gewichte und strampelte knapp zwanzig Minuten lang auf dem Fahrrad. Duschte und ging für vierzig Minuten in die Sauna. Erholte sich davon, ruhte sich aus und zog sich an, das alles in gut einer Stunde.

Als er auf die Wejmaarstraat trat, war es trotzdem noch nicht später als halb acht, und er hatte noch reichlich Zeit. Der Tisch bei Kraus war um halb neun bestellt, und da es aus irgendwelchen unerklärlichen Gründen nicht regnete, machte er einen langen, erfrischenden Spaziergang die Wejmargraacht entlang. Bis hin zu dem Schrebergartengebiet, das an das Richterstadion grenzte.

Wenn der Fitnessteufel ihn schon mal beim Wickel hatte.

Während er ging, versuchte er, sich vorzustellen, wie der weitere Abend sich wohl gestalten könnte. Er hatte keine Probleme, sich Jasmina Teuwers' Gesicht vor Augen zu rufen. Absolut keine. Ihre hohen Wangenknochen. Ihren langen Hals und das blonde Haar. Ihre blaugrünen Augen, die so klar waren, dass ihm die Spucke wegblieb, als er das erste Mal einen Blick hineingeworfen hatte. Ihr Lachen, wie ein Sonnenaufgang über dem Meer.

Che bella donna!, dachte Rooth, denn schließlich hatten sie

sich bei einem Italienischkurs kennen gelernt. Was natürlich kein Zufall war – schon im Sommer hatte er seinen guten Freund Maarten Hoeght angerufen, der als Studienleiter an der Volkshochschule arbeitete, und ihn gefragt, welche Anfängerkurse den höchsten Frauenanteil hatten. Französisch und Italienisch, hatte Hoeght ohne eine Sekunde zu zögern erklärt, und da Rooth Französisch bereits im Gymnasium mit ziemlich wenig Erfolg gelernt hatte, hatte er sich für Italienisch entschieden.

Italiano! Dantes und Boccaccios Sprache. Und Corleones. Ein Abend in der Woche. Am Donnerstag zwischen acht und zehn. Bereits beim ersten Treffen war ihm klar gewesen, dass das ein Geniestreich war. Zweiundzwanzig Frauen, drei Männer – einer war ein orthodoxer Priester in den Sechzigern, der andere hinkte, sprang aber trotzdem bereits nach dem zweiten Abend ab.

Gefundenes Fressen, wie Polyglott Rooth auf Deutsch dachte, und das dachte er zwei Monate später immer noch.

Als routinierter, wenn auch etwas gemarterter Kurtisan, der er war, war er vorsichtig zu Wege gegangen. Er hatte nur leichte Getränke getrunken und mit drei verschiedenen Frauen an drei verschiedenen Donnerstagabenden lebhaft unter vier Augen konversiert, aber zum Schluss hatten Natur und Schicksal die Sache in die Hand genommen, und die Wahl fiel auf Jasmina Teuwers.

Erst nach der letzten Lektion in der letzten Woche traute er sich dann endlich zu fragen – direkt und ohne Umschweife –, ob sie nicht Lust hätte, mit ihm essen zu gehen – in aller Bescheidenheit. Als sie nach einem unerhört kurzen Zögern (das wohl besser gar nicht als Zögern, sondern eher als ganz natürliche Pause im Herzschlag zu deuten war) mit Ja antwortete, hatte er sich genau wie der erwischte, errötende Fünfzehnjährige beim Schultanz gefühlt.

Unglaublich, dachte Rooth. Die Schwingen der Liebe tragen durch Feuer und Wasser. Er überlegte, was das wohl auf Italienisch heißen könnte. Vielleicht konnten sie diese Frage ja beim Dessert diskutieren?

Amore … acqua … fue … ?

Er kam eine Viertelstunde zu früh im Kraus an, aber der Tisch war bereits frei, also setzte er sich und wartete.

Und während er saß, erinnerte er sich an den kleinen Meinungsaustausch, den Jung und er am Vormittag gehabt hatten. Den mit dem Ins-Auge-starren und dem Fußtritt.

Wie war es denn wirklich?, dachte er. Was ihn betraf. Hatte er Lust, seinem eigenen Leben tief ins Auge zu sehen? Traute er sich das?

Er bestellte ein Bier und dachte darüber nach.

Zweiundvierzig Jahre alt. Nicht verheiratet, nicht verlobt. Kriminalinspektor mit der Perspektive, in drei, vier Jahren zum Kommissar aufzusteigen.

Was spielte das verdammt noch mal für eine Rolle? Inspektor oder Kommissar?

Ein paar Hundert Gulden mehr im Monat. Was sollte er damit? Sich ein größeres Aquarium kaufen?

Es wird nicht mehr so schrecklich viel in meinem Leben passieren, dachte er eine Sekunde lang in bitterer Klarsicht. Will sagen, wenn ich nicht im Dienst erschossen werde. Das ist natürlich immer noch eine mögliche Alternative.

Und eigentlich ist auch bis jetzt nicht besonders viel passiert, fügte er hinzu. Nichts, was Spuren hinterlässt, zumindest. Warum habe ich nicht wie Münster oder Reinhart Frau und Kinder und eine Familie?

Sogar Jung scheint seine Schäfchen im Trockenen zu haben, seitdem er mit Maureen zusammengezogen ist.

Warum musste nur Inspektor Rooth Jahr für Jahr erfolglos den Frauen hinterherjagen?

Andererseits, dachte er philosophisch und trank einen Schluck Bier, andererseits ist es ja nicht hundertprozentig sicher, dass es da so viel zu versäumen gibt. Wenn man nur meine armen Schwestern anguckt!

Rooths Schwestern, das waren vier an der Zahl. Sie waren alle jünger als er, und alle hatten es äußerst eilig gehabt, sich einen Mann, ein Haus und Kinder anzuschaffen, sodass man es schon fast als eine Art Wettkampf hatte ansehen können. Beim letzten Weihnachtsessen daheim bei den siebzigjährigen Eltern draußen in Penderdixte hatte sich die Schar von Enkelkindern – wenn er sich recht erinnerte und richtig gezählt hatte – auf neun Stück belaufen. Mindestens zwei seiner Schwestern waren schwanger gewesen. Das waren ja geradezu isländische Verhältnisse, wie sein Vater mit einem Blick auf Rooths Mutter meinte, die kurz nach dem Krieg aus Reykjavik gekommen war. Oder aber der Vater hatte sie von dort mitgebracht, da gab es einige Unklarheiten in der offiziellen Geschichtsschreibung.

Auch egal, dachte Rooth lakonisch, ohne Verwandte werde ich nie sein. Aber im Augenblick ziehe ich Frauen dem Familiennetzwerk vor.

Und dann schob sich wieder das Bild von Jasmina Teuwers in seinem Bewusstsein in den Vordergrund, und er vergaß das mit dem Ins-Auge-starren und dem Fußtritt.

Aber jetzt war es schon fünf nach halb. Warum kam sie nicht?

Eine Viertelstunde später war sie immer noch nicht aufgetaucht, und er hatte die Kellnerin bereits zweimal unverrichteter Dinge wieder fortgeschickt.

Was zum Teufel war passiert? Rooth hatte langsam das Gefühl, dass es peinlich war, so allein am Tisch zu sitzen. Rund um ihn herum waren die Leute weit in ihren Menüs, Weinflaschen und munteren Gesprächen fortgeschritten, nur an diesem Ecktisch, der für zwei gedeckt war, saß ein einsamer Kriminalinspektor mittleren Alters mit geplatzten Hoffnungen und fliehendem Haaransatz. Verdammter Scheiß, dachte er. Jetzt warte ich noch fünf Minuten, dann rufe ich sie an.

Aber genau genommen hielt er noch zehn Minuten lang aus, und als er dann diskret sein Handy aus der Hülle zog, musste er feststellen, dass er ihre Nummer gar nicht hatte.

»Sacramento diabolo basta«, murmelte Rooth leise vor sich hin. »Madre mia, was zum Teufel soll ich tun? Es muss ihr etwas zugestoßen sein. Bestimmt ist sie auf dem Weg hierher von einer Straßenbahn überfahren worden. Oder überfallen. Oder von der Polizei geschnappt.«

Letzteres erschien ihm bei näherer Überlegung nicht besonders wahrscheinlich, und plötzlich fiel ihm ein, dass er ihr seine Telefonnummer gegeben hatte. Genauso war es gewesen: Er hatte ihre nicht bekommen, aber sie hatte seine. Aus irgendeinem Grund.

Falls irgendwas dazwischen kommen sollte, dachte er und tippte seine eigene Nummer ein, um den Anrufbeantworter abzuhören.

Es gab nur eine einzige Mitteilung, und zwar von ihr. Gesprochen um 18.21 Uhr. Ungefähr zu dem Zeitpunkt, als er in der Sauna saß.

Es täte ihr schrecklich Leid, sagte sie. Aber sie sei verhindert. Ein Kollege sei plötzlich krank geworden, und sie sei gezwungen, länger zu arbeiten. Wahrscheinlich wäre sie erst gegen elf Uhr zu Hause, aber sie hinterließ ihre Nummer, damit er zurückrufen konnte.

Rooth stellte das Handy ab und starrte es eine Weile an.

Leid, dachte er. So schrecklich Leid.

Und sie hatte ihre Nummer hinterlassen und bat ihn zurückzurufen.

Hm, dachte er. Vielleicht doch kein gar so schlechtes Zeichen? Vielleicht musste man sich einfach in Geduld üben.

Er winkte der Kellnerin. Bestellte noch ein Bier. Einen Salat und ein großes Stück Fleisch.

Man konnte nicht sagen, dass er sich arbeitswütig fühlte, aber so dazusitzen und Kaffee und Cognac zu trinken und dabei den Blick nur auf das Geschirr und die eigenen Hände richten zu können, war nicht gerade besonders zufrieden stellend.

Deshalb holte er die Namensliste aus der Aktentasche hervor.

Deshalb begann er, die sechsundvierzig Namen genauer zu studieren.

Deshalb reagierte er plötzlich bei einem.

Nur deshalb, weil er einfach so dasaß und das Papier genau mit dieser typischen Leck-mich-am-Arsch-Haltung betrachtete. Das Gehirn abgestellt, aber immer noch in dieser merkwürdigen Art und Weise aufnahmefähig, in der er bei einigen Anlässen mit Van Veeteren geredet hatte.

Es stand ein T in Klammern hinter dem Namen. T wie Tochter. Also hatte Jung ihn gefunden. Jetzt fiel es ihm wieder ein. In Monica Kammerles kleinem Collegeblock genauer gesagt, er hatte ihm überhaupt nichts gesagt, als er ihn zu den anderen Namen geschrieben hatte, aber jetzt klingelte es. So hieß er doch? Das war doch … ?

Er sah auf die Uhr. Fünf nach zehn. Das ging noch. Er zog sein Adressbuch heraus und tippte Ewa Morenos Nummer.

»Guten Abend«, sagte Rooth. »Hier spricht dein Lieblingskollege.«

»Das höre ich«, sagte Moreno.

»Du bist doch noch nicht im Bett?«

»Um zehn Uhr? Was denkst du von mir?«

»Alles Mögliche«, sagte Rooth. »Aber auch egal. Hast du dir die Liste angeguckt?«

»Welche Liste?«

»Welche Liste! Mein Gott, hier arbeitet und schuftet man im Schweiße seines Angesichts und stellt ein pädagogisches Verzeichnis zusammen, und dann haben die Brüder und Schwestern im Corps nicht einmal …«

»Ach so, die«, sagte Moreno. »Nein, dazu habe ich noch keine Zeit gehabt. Warum fragst du?«

»Ja, hrrm«, räusperte Rooth sich. »Es steht ein Name drin, von dem ich plötzlich glaube, dass ich ihn kenne.«

»Plötzlich?«

»Ja, er ist mir nicht aufgefallen, als wir dabei waren und alle Namen aufgelistet haben, Jung und ich, aber jetzt sitze ich bei Kraus mit der Liste in der Hand, und da taucht der auf ...«

»Was?«, unterbrach ihn Moreno.

Er hielt inne, und ein paar Sekunden lang blieb der Hörer still.

»Du sitzt bei Kraus und arbeitest?«

»Nicht direkt, ich wollte hier mit einer Frau essen, aber die ist nicht gekommen, und da ... ja ... ist ja auch scheißegal. Willst du jetzt mal die Liste holen oder nicht?«

»Okay«, sagte Moreno. »Warte einen Augenblick.«

Rooth wartete und trank seinen letzten Schluck Cognac.

»Nummer elf«, sagte er, als Moreno zurück war. »Tomas Gassel. Sagt dir das etwas?«

Moreno antwortete nicht, und einen Moment lang überlegte er, ob etwas mit der Verbindung vielleicht nicht stimmte.

»Hallo? Bist du noch dran?«

»Ja, natürlich«, sagte Moreno. »Natürlich bin ich noch dran. Ich war nur einfach so überrascht ... ja, es stimmt, was du sagst. Tomas Gassel, das muss dieser Pfarrer gewesen sein ... der vor den Zug gestürzt ist. So heißen sicher nicht noch viele andere. Was zum Teufel hat der hier zu suchen?«

»Genau das frage ich mich auch«, sagte Rooth. »Was haben da die Ermittlungen ergeben, da warst du doch dran, oder?«

»Sind niedergelegt worden«, sagte Moreno. »Die Akte wird bestimmt bald geschlossen. Es gibt nichts, was auf ein Verbrechen hinweist.«

»Bis jetzt«, sagte Rooth.

»Was meinst du damit?«

»Bis jetzt«, wiederholte Rooth.

»Na gut, ja«, sagte Moreno.

Dann dachte sie eine Weile nach.

»Doch, es gab noch etwas schon vorher«, sagte sie dann. »Was Gassel betrifft. Ehrlich gesagt ... ja, ehrlich gesagt glaube ich, dass das hier die Lage reichlich verändert. Es kann natürlich auch der reine Zufall sein, aber ich habe das Gefühl, dass dem nicht so ist. Wäre auch sonst zu ... unwahrscheinlich.«

»Ach, wirklich?«, sagte Rooth. »Könntest du dann so gut sein und nicht nur in Rätseln sprechen, oh Weib? Was zum Teufel willst du damit sagen?«

Aber Moreno hatte offenbar keine Lust, ihn in diesem Punkt näher einzuweihen.

»Gassel?«, murmelte sie stattdessen. »Verflucht, was soll das heißen? Nun ja, wir werden uns das morgen näher anschauen, und dann muss ich natürlich mit dem *Hauptkommissar* wieder Kontakt aufnehmen.

»Dem *Hauptkommissar*?«, wunderte Rooth sich. »Meinst du ...«

»Ja«, sagte Moreno. »Ihn meine ich. Ich werde morgen alles erklären. Und danke, dass du mich angerufen hast, jetzt werde ich die ganze Nacht kein Auge zutun.«

Rooth überlegte.

»Soll ich zu dir rüberkommen?«, fragte er schließlich, worauf Ewa Moreno aber nur auflachte und den Hörer auflegte.

Er stopfte sein Handy in die Tasche und schaute sich im fast vollständig besetzten, mit Gemurmel erfüllten Restaurant um.

Schaute auf die Uhr.

Stellte fest, dass es immer noch erst Viertel nach zehn war, und beschloss, den Abend mit einem ordentlichen Bier abzurunden.

Dann wollte er nach Hause gehen und Jasmina Teuwers anrufen.

Der *Hauptkommissar?*, dachte er, als er sein Glas bekommen hatte. Was zum Teufel hat der damit zu tun?

Wallburg,
Juni 1999

19

Kristine Kortsmaa war wütend.

Das hätte ein schöner Abend werden können ... nun ja, es *war* natürlich ein schöner Abend, aber da war dieser verfluchte Kerl. A pain in the ass, wie Birthe es zu nennen pflegte. Sobald sie auf dem Tanzboden war, war er auch da und drängte sich ihr auf. Und wie viel Mühe sie sich auch gab, ihn zu ignorieren und ihm auszuweichen, so sorgte er doch immer wieder dafür, in ihre Nähe zu kommen. Was natürlich nicht besonders schwierig war, das war kein Paartanz, die Leute wiegten und schüttelten sich und bewegten sich, wie sie wollten, die Band hieß Zimmermans und spielte fast nur alte Dylan-Stücke. Das Publikum war fröhlich, verschwitzt und zumindest zufrieden, und Kristine Kortsmaa hatte Dylan schon immer gemocht, obwohl ihr Vater nur ein Jahr jünger war als der Guru selbst.

Auch das Tanzen gefiel ihr. Sich frei und herrlich ungehemmt im Takt der Musik zu bewegen oder in welchem Takt auch immer ... ja, das wäre eigentlich eine absolut perfekte Sache, das Ganze hier, wenn dieser Typ sie nur in Ruhe lassen würde.

Der Typ ... das ist die richtige Bezeichnung für ihn, dachte sie. Mit fast kurzgeschorenen Haaren, großen Augen und einer schiefen Nase – außerdem noch deutlich älter als sie selbst, sicher schon an die Vierzig. Konnte er denn nicht sehen, dass sie keinerlei Interesse hatte? Lila Hemd. Lila! Zweimal hatte er sie richtiggehend aufgefordert, zweimal hatte sie den Kopf geschüttelt und in eine andere Richtung geguckt. Und jetzt saß sie am Tisch, machte eine Pause und hörte einfach der Musik zu – oder unterhielt sich ein wenig mit Claude und Birthe oder Sissel –, und selbst hier konnte sie sehen, wie er sich heranmachte und sie beobachtete.

Sie war mit Claude und Birthe gekommen. Sissel und Maarten und ein paar andere aus ihrem Bekanntenkreis hatten sich angeschlossen, und sie hatten einen Tisch ziemlich weit vorn erobern können. Hatten mexikanische Kleinigkeiten gegessen und ein paar Flaschen Wein getrunken, bis Zimmermans angefangen hatte. Es war von Anfang an gute Stimmung gewesen, und die hatte sich auch gehalten. Kristine hatte allen Grund, sich einen kleinen Schwips und einen Abend mit Tanz und guter Musik zu gönnen, allen Grund – nach sieben Sorgen und acht Enttäuschungen hatte sie endlich ihre Ausbildung zur Physiotherapeutin beendet. Endlich. Sie hatte am Tag zuvor Lizenz und Diplom entgegengenommen, und heute hatte sie mehr als fünf Stunden damit verbracht, Formulare auszufüllen und Bewerbungen zu schreiben. Acht Stück, sie war sich ziemlich sicher, ab Mitte August einen Job zu haben, Physiotherapeuten mit gutem Examen wurden gesucht ... aber jetzt, heute und noch die nächsten sieben Wochen war Sommer. Einzig und allein Sommer, Sommer und noch mal Sommer. Und Freiheit – sie hatte genügend Geld, um ein paar Monate zu überleben – und kein Ditmar, er schien endlich begriffen zu haben, dass ihre Beziehung beendet war. Endlich auch das.

Es gibt also nichts Ungeklärtes mehr, was da vor sich hinbrodelt, dachte sie. Kein alter Dreck, der ihre Zukunft trübte. Absolut nichts.

Nur diesen Kerl. Diesen Typen. Sie überlegte, ob er auf einem Trip war, irgendwas stimmte nicht mit seinem Blick. Er sah so abwesend und gleichzeitig konzentriert aus, wie sie auszusehen pflegten, die Junkies, als würden sie auf einer ganz anderen Frequenz senden als alle anderen Menschen.

Was sie genau genommen auch taten. Sie tanzte weg von ihm und schloss sich Birthe, Claude und den anderen an. Sissel und Maarten hatten offenbar ernstlich zusammengefunden und keinen Blick mehr für andere, aber es gab immer noch eine kleine Gruppe auf dem Tanzboden, die solidarisch ohne Paarbindung tanzte. Claude warf ihr einen aufmunternden Blick zu, und sie überlegte, ob er nicht vielleicht ein bisschen scharf auf sie war. Oder ob er nur blau war, es kam vor, dass er in schärfste Flirtlaune geriet, wenn er etwas angeschickert war, jedenfalls behauptete Birthe das.

Aber was ist schon dabei?, dachte sie und erwiderte seinen Blick, während sie ein paar weiche Hüftbewegungen machte, unschuldig und gleichzeitig so bedeutungsvoll, dass nur der sie deuten konnte, der sich bereits seinen Teil dachte. Zumindest versuchte sie, genau diese Balance zu finden.

I'll Be Your Baby Tonight ging zu Ende. Applaus, Rufe und Pfiffe ließen keinen Zweifel an der Begeisterung aufkommen, die Bandmitglieder bedankten und verbeugten sich, der Sänger erklärte, dass es jetzt etwas softer werden würde. Drei der Musiker verließen die Bühne, nur der Sänger und der Sologitarrist blieben mit einem der Backgroundmädchen zurück.

Der Sänger kündigte jetzt *Tomorrow Night* vom Album *Good As I Been to You* an. Scheiße, dachte Kristine. Jetzt kommt Paartanz. Sissel und Maarten wiegten sich bereits eng umschlungen. Birthe hatte ihre Arme um Claude gelegt, und so sah es auf dem ganzen Parkett aus. Der Gitarrist schlug den ersten Akkord, und der Typ baute sich vor ihr mit neuer Glut im Blick auf. Sie schaute sich hastig um und erblickte die Rettung.

Er lehnte an einem Pfeiler, ein Bier in der Hand. Sah gut aus. Normal zumindest. Schwarze Jeans und kurzärmliges weißes Hemd. Leicht sonnengebräunt. Etwas zu alt vielleicht, aber Scheiß drauf. Sie war innerhalb einer Sekunde bei ihm.

»Bitte, tanz mit mir.«

»Oho?«, sagte der Mann und sah überrascht aus.

»Ich meine, darf ich bitten? Da ist ein Kerl, der wie eine Klette an mir hängt.«

Sie deutete über die Schulter, und der Mann nickte. Durchschaute sofort die Situation. Stellte sein Bierglas auf den Tisch und lachte.

»All right. I'll be your bodyguard tonight.«

Kristine Kortsmaa stellte plötzlich fest, dass sie kein bisschen mehr wütend war.

Sie begriff, wie betrunken sie doch war, als er ihr helfen musste, den Schlüssel ins Schlüsselloch zu schieben.

»Mein Gott«, sagte sie. »Aber ich hatte wirklich einen Grund, ein bisschen zu feiern.«

»Ach ja?«, fragte er und hielt ihr die Tür auf. »Welchen denn?«

»Mein Examen. Ich bin heute mit meiner Physiotherapeutenausbildung fertig geworden. Oder besser gesagt gestern. Schluss mit Pauken, oh ja, ... willst du mit reinkommen? Eigentlich nehme ich keine Männer mit zu mir rein, aber wir können uns ja noch eine Weile unterhalten. Wenn du willst, meine ich ...«

Er schaute auf die Uhr.

»Ich weiß nicht. Das Tagungsprogramm ist ziemlich dicht. Und morgen früh um neun muss ich schon wieder auf den Beinen sein.«

»Ach, nur kurz, ja?«

»All right«, sagte er. »Eine Viertelstunde.«

Eine halbe Stunde später tanzten sie wieder. Aber ob man das überhaupt tanzen nennen konnte? Sie standen eher eng beieinander und wiegten sich, sie barfuß, er in Strümpfen. Wieder Dylan, jetzt von ihrem neuen CD-Player. Dunkel im Zimmer, aber nur ein weiche Sommerdunkelheit – denn die Balkontür stand offen und ließ den schweren Duft von blühendem Jasmin und Geißblatt herein. Sie konnte seine Erregung an ihrem Bauch spüren und schloss die Augen.

Das hätte sie nicht tun sollen. Die Augen schließen.

Der Raum begann zu schwanken, und die Übelkeit kam wie auf Bestellung.

»Entschuldige«, konnte sie noch hervorbringen. »Mir geht's nicht gut.«

Sie schob ihn von sich und eilte zur Toilette.

Es dauerte eine Weile, und als sie wieder ins Wohnzimmer kam, konnte sie ihn nicht entdecken. Ist er gegangen?, dachte sie und trat auf den Balkon. Das wäre schön.

Ihr Kopf war klarer, nachdem sie sich übergeben hatte, sich gewaschen und die Zähne geputzt hatte. Zu ihrer Verwunderung musste sie feststellen, dass sie einen wildfremden Mann mit zu sich nach Hause geschleppt hatte. Zwar war er nett und auf gewisse Weise sehr erfrischend, aber es gab nun einmal Grenzen, wie Birthe immer zu betonen pflegte. Kristine hatte seit Ditmar mit keinem Mann mehr geschlafen, und das war jetzt drei Monate her, und die Frage stand natürlich ganz oben auf der Prioritätenliste für den Sommer. Aber es war nicht geplant, dass es so ein One-night-stand sein sollte. Ein Konferenz-Heini, den sie bei Dorrit's aufgegabelt hatte! Oh Scheiße.

Sie stützte sich mit den Händen am Geländer ab und sog die Wärme der Sommernacht in die Nasenflügel ein. Wie schön, dachte sie. Den ganzen Sommer frei und ab August einen festen Job! Du hast was aus deinem Leben gemacht, Kristine Kortsmaa. Richtig gut ist es gelaufen.

Da hörte sie ihn in der Wohnung. Sie holte noch einmal tief Luft und ging zu ihm hinein. »Es tut mir Leid ...«, setzte sie an.

»Was?«

Er lag auf dem Sofa in der dunkelsten Ecke des Zimmers, deshalb hatte sie ihn nicht schon vorher entdeckt. Plötzlich bewegte er sich, nur ein klein wenig, aber die glänzende Haut blitzte auf, und ihr war klar, dass er nackt war.

»Ich glaube, wir brechen das Ganze hier ab«, sagte sie. »Es war dumm von mir, dich zu bitten, mitzukommen. Bitte entschuldige, dass ich dir falsche Hoffnungen gemacht habe, aber sei so gut und zieh dich jetzt an.«

Er antwortete nicht, bewegte sich auch nicht.

»Leider«, sagte sie. »Ich war etwas betrunken, deshalb habe ich nicht mehr klar denken können. Es war nicht geplant, es so weit kommen zu lassen.«

Sie fand seine Kleider auf einem der Sessel.

»Hier. Zieh dich bitte an. Willst du eine Tasse Kaffee, bevor du gehst?«

Er setzte sich auf.

»Ich will keinen Kaffee.«

Er klang weder verletzt noch wütend. Der leichte Hauch von Drohung, den sie sofort bemerkte, lag nicht in der Stimme, sondern in den Worten.

»Was soll das heißen?«

»Das heißt, dass ich zu dieser Uhrzeit keinen Kaffee trinken will«, erklärte er und stand auf, ohne sich um seine Kleidung zu kümmern. Er machte zwei Schritte auf sie zu und legte ihr die Hände auf die Schultern. Blieb einen Moment stehen, als könnte er sich nicht entschließen, und sie überlegte, wie sie ihr Nein noch deutlicher machen könnte. Gleichzeitig fühlte sie sich strohdumm und hatte ein schlechtes Gewissen wegen ihres Verhaltens. Schließlich war sie es gewesen, die im Dorrit's die Initiative ergriffen hatte. Sie war es gewesen, die weiter mit ihm hatte tanzen wollen – und nicht nur um sich gegen diesen Typen zu schützen, das hatte sie ihm mehrfach versichert. Und sie war es gewesen, die ihn nach einem Spaziergang durch die Stadt zu sich eingeladen hatte.

Da war es nicht besonders überraschend, dass er ein wenig enttäuscht war.

»Es tut mir Leid«, wiederholte sie.

»Wie schade«, sagte er. »Darf ich dir dann wenigstens ein bisschen die Schultern massieren? Ich glaube, das würde dir gut tun.«

Sie zögerte, aber noch bevor sie mit Ja oder Nein antworten konnte, war er schon hinter ihr. Schob ihr Haar beiseite und begann, mit den Fingern ihre nackten Schultern abzutasten. Aber er massierte nicht. Er verfolgte nur die scharfen Ränder des Schlüsselbeins zum Hals hin in einer ganz leichten Berührung. Sie merkte, wie er zitterte.

Merkte, wie sie selbst den Atem anhielt.

»Meine Fingerspitzen ...«, sagte er, »meine Fingerspitzen sind wie kleine Seismographen. Sie registrieren alles, was dein Körper fühlt, deine Gedanken auch, ist das nicht merkwürdig?«

Sie beschloss, dass es jetzt genug war, aber da war es schon zu spät.

Viel zu spät für Kristine Kortsmaa.

Maardam,
November 2000

20

Van Veeteren hob die Pappkartons vom Tresen und packte die Bücher aus.

Insgesamt vierzig Stück, wie Professor Baertenow erklärt hatte. Mehr konnte er auf einmal nicht tragen. Varia, konnte man wohl sagen, aber das meiste Romane in fremden Sprachen.

Eine Schande, dass man das weggeben musste, hatte er hinzugefügt, aber in Krantzes Antiquariat wusste er die Bücher zumindest in guten Händen. Oder dass sie in gute Hände kommen würden genauer gesagt. Früher oder später. Nein, auch diesmal wollte er nicht dafür bezahlt werden. Für Geld hatte er keine Verwendung mehr.

Van Veeteren studierte einen Titel nach dem anderen und war wieder einmal von der Sprachenvielfalt überrascht. Russisch, Tschechisch, Ungarisch, Finnisch. Eine Lyriksammlung auf Baskisch. Norwegisch, Dänisch und Schwedisch.

Eine beeindruckende Person, dieser Baertenow, daran gab es keinen Zweifel. Ein alter Philologe, seit einiger Zeit pensioniert und mit der netten Angewohnheit, ein paarmal im Jahr mit ein paar Pappkartons zu erscheinen. Es hieß, er könne fünfundfünfzig lebende Sprachen sprechen. Plus eine unbekannte Anzahl toter.

Ich sehe zu, dass ich das los werde, so erklärte er seine Gabe. Man muss in Erwartung des Todes ein bisschen aufräumen.

Van Veeteren bezahlte jedes Mal mit einem oder zwei Glas

Portwein und einem Gespräch, aber heute hatte der Professor keine Zeit gehabt. Er wollte in eine etwas kleinere und bequemere Wohnung ziehen, und da war ganz einfach nicht genug Platz für alle Bücher ... so war es nun einmal, im Leben gibt es eine Zeit, um alles zu sammeln, und eine Zeit, um alles zu verteilen. *Kui oikk in vahe hauakivil kahe aastaarvu vahel,* wie die Esten sagen.

Ganz genau, hatte Van Veeteren zugestimmt.

Aber es war keiner der estnischen Titel, der plötzlich seine Aufmerksamkeit erregte und der ihm für einen Moment ein Gefühl des Unwohlseins bereitete. Oder des Schwindels, genauer gesagt.

Determinant.

Es hieß tatsächlich so. Seine Augen spielten ihm keinen Streich. Sogar zwei Bände. Er stand mit jeweils einem in jeder Hand da und starrte sie an. Der eine war weiß mit einem Frauengesicht auf der Titelseite und trug den Untertitel *Eva* – der andere blassrot mit ein paar eigentümlichen Konfigurationen in einem Koordinatensystem.

Name des Autors: Leon Rappaport. Sprache: Schwedisch.

Rappaport klang nicht besonders schwedisch. Eher jüdisch. Van Veeteren blätterte vorsichtig in den Seiten und suchte nach dem Jahr des Copyrights. 1962 beziehungsweise 1978. Das ältere Buch war offenbar auf Polnisch geschrieben worden. Es hieß *Determinanta* im Original. Das jüngere, das mit dem Frauengesicht, schien auf Schwedisch geschrieben zu sein.

Er schüttelte den Kopf. Sonderbar, dachte er. Sollte er jetzt auch noch gezwungen sein, Polnisch und Schwedisch zu lernen? Um den Dingen auf den Grund zu kommen? Hier war er ein halbes Leben lang herumgelaufen mit einem Begriff, von dem er glaubte, ihn selbst erfunden zu haben, und dann stand er plötzlich mit zwei Büchern da, die davon handelten. Oder die jedenfalls so hießen.

Determinant.

Zumindest sonderbar. Er dachte eine Weile nach. Packte dann beide Bände in seine Aktentasche und zog den Zigarettendrehapparat heraus. Zeit für den ersten Zug des Tages, daran bestand kein Zweifel. Er musste nachdenken und brauchte Abstand …

Noch bevor er die Zigarette angezündet hatte, rief Moreno an.

Und er kam während des gesamten Gesprächs nicht dazu, sie anzuzünden.

»Komm rein«, sagte Van Veeteren eineinhalb Stunden später. »Wir ziehen uns in die Kochnische zurück, da haben wir unsere Ruhe.«

Er zog das Rollo vor der Glasscheibe der Eingangstür herunter und schloss ab. Moreno hängte ihre Jacke über einen Stuhl.

»Nun erzähl«, bat er. »Ich hatte doch gleich das Gefühl, dass dieser verfluchte Pfarrer mich nicht in Ruhe lassen würde. Das scheint ja wohl die richtige Vorahnung gewesen zu sein, was?«

»Ja«, bestätigte Moreno und ließ sich auf einem der beiden griechischen Korbstühle in der engen Kochnische nieder. »Das kann man wohl sagen. Wie schon gesagt, so haben wir also seinen Namen gefunden, als wir gestern die Wohnung durchsucht haben … Martina Kammerles Wohnung in der Moerckstraat. Sie ist am Sonntagabend ermordet aufgefunden worden, hat gut einen Monat tot dagelegen, ich weiß nicht, ob der Hauptkommissar darüber gelesen hat …«

»Nun immer langsam!«, warnte Van Veeteren.

»Entschuldigung«, nickte Moreno. »Slip of the tongue. Nun ja, ich weiß nicht, ob du was darüber gelesen hast oder nicht?«

Van Veeteren nickte.

»Doch, ja«, gab er zu. »Ich kämme immer noch so einige Zeitungen durch. Die Allgemejne hatte übrigens heute einen ziemlich ausführlichen Bericht. Erwürgte Frau … und verschwundenes Mädchen, war's nicht so?«

»Stimmt«, bestätigte Moreno. »Aber die Verbindung zu dem Pfarrer haben wir erst gestern entdeckt. Wir wissen eigentlich nicht mehr als das, was ich dir schon am Telefon erzählt habe … es kann natürlich eine falsche Fährte sein, aber ehrlich gesagt, erscheint mir das sehr unwahrscheinlich. Oder was meinst du?«

Van Veeteren öffnete einen Schrank und holte zwei Tassen hervor.

»Eine falsche Fährte? Zum Teufel, nein. Du willst doch sicher auch Kaffee?«

Moreno nickte, er stellte einen Wasserkessel auf und suchte in einem anderen Schrank.

»Wollen wir es in etwa chronologisch angehen?«, schlug er vor und stellte eine Schale mit Zimtkeksen auf den Tisch. »Wäre vielleicht nicht schlecht, denn soweit ich weiß, kommt in den meisten Zusammenhängen die Ursache vor der Tat. Es fing also an mit … ?«

»Hm«, sagte Moreno. »Ja, also, wenn wir die Karten anschauen, die wir bis jetzt in der Hand haben, dann fängt es tatsächlich damit an, dass Pastor Gassel dich aufsucht …«

Sie schaute sich um und machte eine unschlüssige Geste mit den Händen.

»… hier, wenn ich es recht verstanden habe?«

Van Veeteren nickte und streute Kaffeepulver in die Becher.

»Irgendwann Mitte September?«

»Am fünfzehnten, wenn ich mich recht erinnere.«

»Am fünfzehnten? Dann wurde er gut zwei Wochen später tot unter einem Zug im Maardamer Hauptbahnhof aufgefunden. Ungefähr zur selben Zeit, oder ein wenig später, nachdem eine gewisse Martina Kammerle in ihrer Wohnung in der Moerckstraat ermordet wurde. Ihre sechzehnjährige Tochter Monica verschwindet im gleichen Zeitraum und ist bis heute nicht wieder aufgetaucht. Martina Kammerles Leiche bleibt mehr als einen Monat liegen, bevor sie gefunden wird, und auf einem Collegeblock im Zimmer der Tochter ist der Name Tomas Gassel vermerkt ... ja, das ist alles, kurz zusammengefasst sozusagen.«

»Sonst nichts?«, wunderte Van Veeteren sich, nachdem er eine Weile nachgedacht hatte. »Stand noch etwas anderes auf dem Block, eine Telefonnummer oder Adresse zum Beispiel?«

»Nein. Sie hat ihn nur ganz unten auf einer Seite notiert. Der Name stand ganz für sich.«

Van Veeteren nickte und goss Wasser in die Becher.

»Kein besonders üblicher Name.«

»Nein.«

»Aber auch nicht total ungewöhnlich.«

»Nein.«

»Kann es einen Zweifel geben, dass er gemeint ist?«

»Absolut keinen Zweifel. Krause hat es überprüft. Es gibt noch einen im Distrikt, der so heißt, aber der ist erst vier Jahre alt. Und wohnt außerdem in Linzhuisen und hat keinerlei Verbindung zu den Kammerles.«

»Mhm«, brummte Van Veeteren. »Dann hängt das also miteinander zusammen?«

»Genau«, bestätigte Moreno. »Zumindest sieht es so aus. Es ist natürlich möglich, dass Monica Kammerle eine Art normale Verbindung zu Pastor Gassel hatte ... die nichts mit seinem Tod oder ihrem Verschwinden zu tun haben muss, aber, na ja, wir müssen erst einmal davon ausgehen, dass es einen engeren Zusammenhang gibt ...«

»Auf jeden Fall«, sagte Van Veeteren.

»Und dann kann man natürlich darüber spekulieren, wie der Zusammenhang beschaffen ist.«

»Spekulieren kann man immer«, stimmte Van Veeteren zu und goss sich Milch in den Kaffee. »Seit wann weißt du das alles?«

Moreno trank einen Schluck und lachte. Es klang wie eine Entschuldigung.

»Ist es mir anzusehen?«, fragte sie. »Wirklich? Dass ich kaum die Augen zugemacht habe, weil ich die ganze Zeit wach gelegen und darüber nachgedacht habe? Rooth hat es gestern Abend entdeckt, und er hatte die Güte, mich sofort anzurufen.«

»Es ist absolut nicht zu sehen«, versicherte Van Veeteren. »Du bist das taufrischste Veilchen im ganzen Antiquariat, das kann ich dir versichern. Also, in welche Richtung gehen deine Gedanken nun?«

Moreno hustete ein Lachen fort.

»Das ist doch ziemlich eindeutig«, sagte sie. »Jemand hat Martina Kammerle aus irgendeinem Grund ermordet. Der gleiche Jemand hat Pastor Gassel aus dem Weg geräumt ... vielleicht, weil dieser den Grund kannte. Eventuell hat Monica Kammerle das gleiche Schicksal ereilt. Obwohl wir sie noch nicht gefunden haben ... wenn wir uns erst einmal mit den einfachsten Gleichungen begnügen wollen.«

»Gibt keinen Grund, sich darüber zu beklagen«, sagte Van Veeteren. »Das ergibt sich ja hier von selbst, und die Gleichungen zweiten Grades waren noch nie meine Stärke ... aber wenn ein gewisser Antiquitätenhändler einen gewissen Pfarrer nicht abgewiesen hätte, weil er zum Zahnarzt musste, dann säße die Kripo von Maardam jetzt nicht so in der Tinte. Das ist natürlich der Punkt, auf den du hinaus willst.«

»Ich will auf gar keinen Punkt hinaus«, beteuerte Moreno, »aber man muss doch zugeben, dass da was dran ist. Tatsache ist, dass ich außerdem eine Erkundigung einholen will.«

»Eine Erkundigung?«, wiederholte Van Veeteren und zog dabei die Augenbrauen hoch.

»Na, man könnte es fast als ein Ersuchen bezeichnen. Von Reinhart. Ob du dich bereithalten könntest.«

Van Veeteren schwappte der Kaffee auf dem Tisch über.

»Mich bereithalten ... ?«

»Ja, es ist doch eigentlich ganz normal«, führte Moreno weiter aus. »Wir müssen natürlich so viel wie möglich über das Treffen zwischen dir und diesem Pfarrer erfahren ...«

»Ihr wollt mich verhören?«

»Ein Gespräch führen«, sagte Moreno. »Nicht verhören. Wollen wir das gleich machen oder später?«

»Oh, verdammt. Aber wenn du es sagst, ist es eigentlich ...« Er schaute auf die Uhr.

»Jetzt«, sagte er.

»Nur unter einer Bedingung«, erklärte Van Veeteren, als sie unten in der Tiefgarage aus dem Auto stiegen. »Wenn wir auf Hiller stoßen, mache ich auf dem Absatz kehrt und verschwinde. Dann müsst ihr mich stattdessen mit der Streife von Klagenburg holen.«

»Aber natürlich«, sagte Moreno und drückte auf den Fahrstuhlknopf.

Besagter Polizeipräsident tauchte nicht auf, und zwei Minuten später saß der *Hauptkommissar* in Reinharts verqualmtem Büro gemeinsam mit diesem und mit Kommissar Münster.

»Schön, dich hier zu sehen«, sagte Reinhart mit einem schiefen Grinsen. »Verflucht, du siehst jedes Mal, wenn ich dich treffe, jünger aus.«

»Natürliche Schönheit lässt sich auf Dauer nicht verbergen«, erwiderte Van Veeteren. »Wie geht es euch?«

»Wahrscheinlich so, wie wir es verdient haben«, erklärte Reinhart. »Oder was meinst du, Münster?«

»Uns geht es leider so, wie Reinhart es verdient hat«, präzisierte Münster. »Darum der Ärger. Und wie läuft es in der Buchbranche?«

»Es gibt immer noch den einen oder anderen lesekundigen Mitbürger«, sagte Van Veeteren. »Obwohl sie am Aussterben sind, den Göttern sei's geklagt. Nun ja, genug mit dem Geplänkel. Das ist ja eine beschissene Sache mit diesem Priester ... und auch das andere. Ist der Zusammenhang jetzt klarer festgestellt, als Moreno angedeutet hat?«

Reinhart kratzte sich im Nacken und verzog das Gesicht.

»Ich weiß nicht so recht«, sagte er. »Krause und Jung sind noch dran, Gassels Hausrat ist leider schon ausgelagert und die Wohnung wieder vermietet. Aber wie ich das sehe, ist es nur eine Frage der Zeit, wann wir hundertprozentig sicher sind ... nun ja, das hängt miteinander zusammen, ich rechne mit keinem anderen Schluss. Aber woran ich jetzt am meisten interessiert bin, ist doch, ob es nicht möglich ist, noch weitere Details über das Treffen mit diesem Pfarrer aus dir rauszupressen?«

»Ja, das verstehe ich«, sagte Van Veeteren und holte seinen Zigarettendrehapparat heraus. »Aber ich glaube, ich habe mich bereits an alles erinnert, woran man sich überhaupt nur erinnern kann. Ich habe ja vor einem Monat schon mal mit Moreno drüber gesprochen. Auf eigene Veranlassung, wie ich betonen möchte.«

»Ich weiß«, sagte Reinhart. »Und wir haben auch nicht vor, dich hier richtig in die Zange zu nehmen. Hättest du etwas dagegen, wenn ich versuche zu rekapitulieren und du Stopp sagst, wenn ich falsch liege?«

»Na, dann mal los«, sagte Van Veeteren. »Wenn ich dabei in aller Ruhe rauchen darf.«

Reinhart lehnte sich zurück, holte tief Luft und begann.

»Pastor Gassel ist zu dir ins Krantze's gekommen und hat dich um ein Gespräch gebeten. Datum: der 15. September ... stimmt das?«

»Ja.«

»Du hast ihn abgewiesen, aber trotzdem erfahren, dass er etwas bei dir loswerden wollte ... etwas erzählen wollte, was er im Rahmen seiner Schweigepflicht erfahren hatte. Er erwähnte das Wort ›sie‹.«

Van Veeteren nickte und drehte sich eine Zigarette.

»Eine logische Annahme ... im Lichte dessen, was später passiert ist ... ist, dass es sich um Monica Kammerle handelt. Oder vielleicht um ihre Mutter, aber das ist sehr viel weniger wahrscheinlich, da wir seinen Namen im Zimmer des Mädchens gefunden haben und er in ihrer Handschrift geschrieben war. ›Sie‹ muss dem Pfarrer auf jeden Fall von irgendeinem Missstand erzählt haben. Zentral in diesem Missstand befindet sich eine unbekannte Person, wahrscheinlich ein Mann, der nach und nach dafür sorgt, alle Betroffenen aus dem Weg zu räumen. Gassel. Martina Kammerle. Monica Kammerle. Letztere haben wir bis jetzt nicht gefunden, aber das ist wohl leider nur eine Frage der Zeit. Ja, ungefähr so könnte das Szenario ausgesehen haben … eines der denkbaren jedenfalls.«

Van Veeteren zündete sich eine Zigarette an.

»Ja, sicher«, sagte er. »Das hängt zusammen, genau, wie du gesagt hast. Es gibt da wohl nur ein Fragezeichen, soweit ich sehen kann.«

»Ja, welches?«, fragte Reinhart.

»Ich weiß, was kommt … was du meinst«, warf Münster ein. »Du willst auf das kleine Detail hinaus, dass wir nicht wissen, wer es gemacht hat. Wer der Täter ist. Stimmt's?«

»Ja«, bestätigte Van Veeteren. »Es muss ein ziemlicher Teufel sein, der dahinter steckt.«

Reinhart hantierte mit Pfeife und Tabak.

»Der Gedanke ist mir auch schon gekommen«, brummte er. »Nein, wirklich. Es ist unglaublich, wie ausgeschiedene Hauptkommissare doch den Nagel auf den Kopf treffen können. Nun ja, welche Hinweise hinsichtlich dieses Täters hast du bei diesem Gespräch erhalten?«

Van Veeteren betrachtete fünf Sekunden lang die Decke.

»Gar keine«, sagte er. »Und man kann es wohl kaum als ein Gespräch bezeichnen. Er war höchstens zwei Minuten bei mir im Geschäft.«

»Bist du dir sicher? Hast du nichts vergessen?«

Van Veeteren schnaubte.

»Verdammt, natürlich bin ich mir sicher. Was glaubst du eigentlich? Wenn es einen Ort auf der Welt gibt, an dem ich mich auskenne, dann ist es mein eigener Kopf.«

»Herzlichen Glückwunsch«, sagte Reinhart. »Entschuldige meinen aufdringlichen Stil, es wäre bestimmt ziemlich interessant, dich mal so richtig zu verhören, aber ich fürchte, dazu wird es wohl nie kommen!«

»Ich wandle auf dem schmalen Pfad«, erklärte Van Veeteren mürrisch. »Wenn du schon mal davon gehört hast.«

Reinhart zündete sich die Pfeife an und verzog den Mund in einer Art, die man bei viel gutem Willen als ein Lächeln interpretieren konnte.

»Nun ja«, sagte er. »Wenn wir also wieder zur Tagesordnung übergehen wollen, dann möchte ich nur darüber informieren, dass ich heute Morgen vier Stunden damit zugebracht habe, alte Würgerfälle durchzusehen. Eine wirklich inspirierende Lektüre, müsst ihr wissen ... aber vielleicht sollte ich mein Augenmerk jetzt auch noch auf Eisenbahnschubser richten?«

»Klingt interessant«, sagte Münster. »Und noch interessanter wäre es zu erfahren, ob du was gefunden hast.«

»Beharrlichkeit führt ans Ziel«, sagte Reinhart. »Doch, ich glaube schon. Wenn wir die Zehn-Jahres-Grenze akzeptieren, die ich gestern vorgeschlagen habe, ja, dann gibt es tatsächlich nur noch zwei nicht aufgeklärte Fälle im ganzen Land, die dem unseren hier ähnlich sehen ... ich spreche jetzt von den Würgergeschichten. Und wenn ich zu einer noch schärferen Beurteilung gezwungen sein sollte – einen.«

»Meinst du damit, dass er vielleicht schon früher mal zugeschlagen hat?«, fragte Van Veeteren.

»Ja«, bestätigte Reinhart und verzog erneut das Gesicht. »Ich glaube, das ist genau, was ich meine. Natürlich rein hypothetisch, aber je weniger Fakten, um so schöner die Theorie. Es gibt zumindest einen Fall in Wallburg aus dem letzten Sommer, bei dem könnte es sich um den gleichen Typen handeln. Eine sechsundzwanzigjährige Frau wurde in ihrer Wohnung erwürgt. Von hinten, und es soll schwerer von hinten sein, ist mir gesagt worden. Nur mit den Händen. Keine Spuren, kein Verdächtiger. Ich warte auf einen Anruf von dort, aber ich denke, ich werde Meusse bitten, sich das Ganze mal anzuschauen und mit einer qualifizierten Einschätzung zu kommen.«

»Meusse weiß gar nicht, was eine unqualifizierte Einschätzung ist«, wies Münster ihn zurecht.

»Genau deshalb«, nickte Reinhart.

Van Veeteren stand auf und trat ans Fenster.

»Würger gehörten nicht gerade zu meinen Lieblingen«, sagte er und schaute über die Wejmargraacht und den graunebligen Wollerimspark. »Es ist etwas Unschönes an Mördern, die nicht einmal eine Waffe brauchen.«

»Umweltfreundliche Mörder?«, schlug Münster vor. »Keine fremden Zusätze. Gesund und natürlich.«

»Oh Scheiße«, sagte Reinhart. »Wenn ich selbst solche Assoziationen hätte, würde ich zusehen, dass ich Hilfe bekomme.«

»Ich sage ja nicht, dass ich schuld daran bin«, betonte Van Veeteren und drehte sein Weinglas. »Ich sage nur, dass wenn … *wenn* ich mir die Zeit genommen hätte, ihm zuzuhören, dann wären vielleicht zwei Menschen oder sogar drei heute noch am Leben, statt dass sie … ja, mehr sage ich ja gar nicht.«

»Ich verstehe das«, sagte Ulrike Fremdli. »Du hast es jetzt dreimal erklärt.«

»Wirklich?«, fragte Van Veeteren und betrachtete sein Glas mit unverhohlener Verwunderung. »Muss ein Zeichen dafür sein, dass ich langsam gaga werde, oder? Übrigens, guter Wein, wo hast du den her?«

»Aus dem Supermarkt in Löhr«, sagte Ulrike Fremdli. »Übrigens ein kalifornischer.«

»Kalifornisch?«

»Ja.«

»Die Zeit ist aus den Fugen geraten«, brummte Van Veeteren. »Hätte schwören können, dass es mindestens ein Saint Emilion ist.«

»Ich glaube absolut nicht, dass das was mit Gagasein zu tun hat«, fuhr Ulrike nach einer Weile fort und schaute ihn über den Rand ihrer Lesebrille an. »Du hast tief in dir eine Polizistenseele, und sie ist es, die das Ruder übernimmt, wenn etwas wie das hier passiert. Du sagst ja selbst immer – dass wir das anpacken müssen, was uns nachts wach hält. Ganz gleich, was es auch ist. Und das, wovon wir mehr als zweimal träumen.«

»Habe ich das gesagt?«, fragte Van Veeteren. »Klingt ja richtig durchdacht.«

Ulrike lachte und streichelte ihm die Wange.

»Ich mag dich einfach schrecklich gern, weißt du das? Mein reifer und ernster Geliebter.«

»Hrrm. Reinhart hat behauptet, dass ich viel jünger aussähe. Aber wie dem auch sei, du hast sicher Recht. Und ich habe Recht. Da läuft eine Person hier in der Stadt herum, die mit großer Wahrscheinlichkeit drei Menschen getötet hat, vielleicht sogar noch mehr. Mit den bloßen Händen. Das gefällt mir nicht. Ich wünschte, ich könnte aufhören, daran zu denken, aber so ist es nun einmal … Bullenseele, hast du es so genannt?«

»Polizistenseele«, korrigierte Ulrike. »Man kann es wohl auch Gewissen nennen, wenn man es genau nimmt … oder Pflichtgefühl. Hast du vor, dich ernsthaft drauf zu stürzen?«

Van Veeteren trank sein Glas aus und seufzte.

»Ich glaube nicht«, sagte er. »Vielleicht, wenn sie mich drum bitten. Aber das trauen sie sich höchstwahrscheinlich nicht … nun ja, wir werden sehen. Übrigens, wenn wir schon dabei sind … Ich habe dir doch die ganze Geschichte erzählt, aber es gibt da einen Aspekt, über den ich immer öfter nachdenke.«

»Und welchen?«

»Nun ja, was dem Ganzen eigentlich zu Grunde liegt. Die Ursache des Ganzen. Was hat der Pfarrer mir erzählen wollen, und was hat den Täter dazu gebracht, drei Morde zu begehen? Wenn wir davon ausgehen, dass das Mädchen auch tot ist?«

Ulrike Fremdli nahm ihre Brille ab und starrte an die Decke.

»Ich verstehe«, sagte sie. »Ja, da muss schon vorher etwas schief gelaufen sein. Natürlich. Nein, ich habe keine Ahnung. Hast du eine?«

Van Veeteren schüttelte den Kopf und saß eine Weile schweigend da.

»Apropos Zufälle«, sagte er dann. »Weißt du, was ich heute ins Antiquariat reingekriegt habe?«

Er stand auf und holte die Bücher aus der Aktentasche im Arbeitszimmer. Überreichte sie Ulrike.

»Deter … Determinant?«, las sie verwundert. »Ist das das, worüber du mir erzählt hast und was ich nie verstanden habe? Was ist das nun eigentlich?«

Van Veeteren dachte einen Augenblick lang nach.

»Vielleicht kann man es am besten so beschreiben«, sagte er. »Dass es das kleine Muster ist, das alles steuert, obwohl wir nie merken, dass es das tut. Für das wir nicht einmal einen Namen haben … Ich suche sozusagen die Frage, auf die die Antwort das Leben ist.«

»Rappaport?«, fragte Ulrike und studierte die Umschläge, einen weißen und einen blassroten. »Hast du sie gelesen?«

»Nein«, sagte Van Veeteren. »Ich kann kein Schwedisch. Leider.«

21

»Inspektor Baasteuwel aus Wallburg. Spreche ich mit Hauptkommissar Reinhart?«

»Natürlich. Wie war Ihr Name? Baas ... ?«

»... teuwel. Ich rufe an im Fall dieses Würgemords im letzten Sommer, über den Sie etwas wissen wollten. Ich habe damals die Ermittlungen geführt. Habe leider keinen Erfolg gehabt, aber das kommt ja in den besten Familien vor.«

»Sie sagen es«, meinte Reinhart.

»Übrigens kenne ich eine reizende Kollegin von Ihnen namens Moreno ... habe sie im letzten Sommer in Lejnice getroffen. Geben Sie ihr einen Kuss von mir, wenn Sie sie noch nicht vergrault haben.«

Reinhart überlegte.

»Baasteuwel?«, sagte er dann. »Ich glaube, wir sind uns schon mal begegnet. Bist du klein, hässlich und rauchst wie ein Schlot?«

»Stimmt«, sagte Baasteuwel. »Ein IQ von Zweihundertzehn und der Liebling aller Frauen. Wo haben wir uns gesehen?«

»In Wernerhaven, wenn ich mich nicht irre«, sagte Reinhart. »Vor fünf, sechs Jahren. Bei einer Konferenz über die Neuorganisation innerhalb der Polizeibehörde oder irgend so einen Blödsinn, an den ich mich nicht mehr erinnern kann.«

»Aha«, sagte Baasteuwel. »Doch, ja, das weiß ich auch nicht mehr. Aber an diesen verdammten Fall Kristine Kortsmaa kann ich mich noch gut erinnern. Blöde Geschichte. Habe richtig lange daran gesessen ... im letzten Juni, wie gesagt, aber es hat nichts gebracht. Was mich, ehrlich gesagt, ein wenig ärgert.«

»Ich habe darüber gelesen«, sagte Reinhart. »Nicht ein einziger Verdächtiger, war doch so, oder?«

»Nicht der Schatten von einem. Die Frau wurde tot in ihrer Wohnung gefunden. Nackt, erwürgt. Klar wie Kloßbrühe. War unterwegs gewesen, hatte was getrunken und mit ein paar guten Freunden in einer Disco gefeiert. Hat einen Kerl getroffen und ihn mit zu sich nach Hause genommen. Und statt mit ihr ins Bett zu gehen, hat er sie erwürgt. Keinerlei Anzeichen dafür, dass sie den Beischlaf ausgeübt haben ... und das Widerliche ist, dass es einen ganzen Haufen Zeugen gab, die gesehen haben, wie sie zusammen tanzten. Wir hatten sogar ein Phantombild und haben damit gearbeitet, aber das hat uns auch nicht geholfen. Ärgerlich, wie ich schon sagte.«

»Wie sah er denn aus?«, fragte Reinhart.

»Ziemlich groß, ziemlich kräftig, nach übereinstimmenden Aussagen. Gut um die Vierzig, meinten die meisten. Haarfarbe variierte zwischen mittelblond und kohlrabenschwarz, und einige meinten, er hätte ein kleines Bärtchen ... ja, es war nicht einfach, ein gutes Phantombild zu Stande zu bekommen, aber ich kann dir das rüberfaxen, mit dem wir gearbeitet haben. Wenn du glaubst, es könnte etwas nützen.«

»Schick's rüber«, sagte Reinhart. »Aber ich werde es sicherheitshalber erst mal für mich behalten. Wäre zu blöd, wenn die Mannschaft schon vorgefertigte Meinungen kriegt. Und, hast du auch weiter in die Vergangenheit geschaut? Ich meine, auf alte Geschichten, die dieser ähneln?«

»Oh ja«, seufzte Baasteuwel. »Natürlich habe ich das. Habe mich durch ein paar Dutzend wunderschöner Frauenleichen gewühlt ... toller Job, aber leider keine einzige Spur. Auch hier nur Nieten. Diese Kortsmaa hat übrigens in der Woche, in der es passiert ist, ihre Prüfung gemacht. Zur Physiotherapeutin, eine dreijährige Ausbildung, sie hat aus diesem Anlass ein bisschen gefeiert. Nettes Geschenk, was er ihr da verabreicht hat, kein Zweifel.«

»Nein, kein Zweifel«, sagte Reinhart.

»Aber es würde meine schwarze Bullenseele wirklich befriedigen, wenn wir ihn diesmal schnappen könnten, das sage ich dir. Falls es sich wirklich beide Male um den Gleichen handelt.«

»Jedenfalls ist es nicht ausgeschlossen«, sagte Reinhart. »Und wir werden tun, was wir können. Hast du sonst noch was?«

»Ich fürchte nicht«, gab Baasteuwel zu. »Wenn du das Material durchgelesen hast, wie du sagst ... doch, ein paar Tausend aus dem Fenster geworfene Arbeitsstunden habe ich natürlich zusammengesammelt, soll ich sie dir auch rüberfaxen?«

»Nicht nötig«, sagte Reinhart. »Daran ist unser Bedarf bereits gedeckt. Aber wenn wir auf etwas stoßen, das nach irgendwas aussehen könnte, dann wäre es vielleicht ganz sinnvoll, sich mal zusammenzusetzen?«

»Nichts täte ich lieber«, versicherte Baasteuwel. »Und vergiss nicht, dieser Inspektorin einen Kuss von mir zu geben.«

»Wenn ich mich traue«, sagte Reinhart und legte auf.

Nach zehn Sekunden rief Baasteuwel noch einmal an.

»Eine Sache habe ich vergessen zu fragen«, erklärte er. »Hast du noch irgendwelche neueren Fälle, die vergleichbar wären? Ich meine, er kann ja zwischen Kristine Kortsmaa und dem aktuellen Fall ja noch irgendwo aktiv gewesen sein.«

»Sieht nicht so aus«, sagte Reinhart. »Auf jeden Fall haben wir nichts in den Unterlagen.«

»Ziemlich langer Zwischenraum«, stellte Baasteuwel fest. »Mehr als ein Jahr. Aber man weiß ja nie, wie solche Bestien beschaffen sind ... jedenfalls nicht, solange man sie noch nicht getroffen hat.«

»Ich bin fest entschlossen, ihn zu treffen«, sagte Reinhart. »Ich lasse von mir hören, wenn ich Witterung aufgenommen habe.«

»Waidmannsheil«, wünschte Inspektor Baasteuwel.

Am Donnerstag sprach Ewa Moreno mit insgesamt sieben Personen, die Rooth aus Martina Kammerles kleinem, zerfleddertem Adressbuch herausgefischt hatte, und das war eine reichlich deprimierende Arbeit.

Alle sieben erklärten, dass sie aus Zeitungen und dem Fernsehen wussten, was geschehen war. Alle sieben gaben widerstrebend zu, dass sie wussten, wer Martina Kammerle war. Alle sieben verneinten hartnäckig die Frage, der ermordeten Frau auch nur im geringsten Maße nahe gestanden zu haben oder sie nach dem Tod ihres Mannes vor viereinhalb Jahren jemals wieder getroffen zu haben.

Zwei der sieben waren Arbeitskolleginnen aus den kurzen Perioden, in denen Martina Kammerle eine Art Anstellung gehabt hatte. Zwei waren Frauen, die sie im Krankenhaus kennen gelernt hatten, eine im Gemejnte, die andere draußen im Majorna. Einer war ein Mann, mit dem sie vor achtzehn Jahren ein kurzes Verhältnis gehabt hatte, einer war ein ehemaliger Therapeut, der sie dreimal besucht hatte, und der Siebte war ein alter Klassenkamerad, der seit zwanzig Jahren im Rollstuhl saß und Martina Kammerle nicht mehr gesehen hatte, seit sie zusammen die siebte Klasse verlassen hatten, wie er behauptete.

Deprimierend, wie gesagt, dachte Moreno, als sie nach dem letzten Besuch bei dem Klassenkameraden draußen in Dikken in ihren Wagen kletterte. Wozu hatte Martina Kammerle überhaupt ein Adressbuch? Wozu diese Namen, die ohne jede Relevanz für ihr Dasein sein mussten? Als hätte sie sie eingetragen, weil es sonst so schlimm ausgesehen hätte.

Was für ein unglaublich billiges Leben sie doch gelebt haben muss, dachte Moreno.

Billig? Wo kam dieses Wort denn her? Ein Leben konnte doch wohl nicht billig sein?

Und jetzt fielen ihr wieder die alten Wandsprüche ein.

Nichts verkehrter als alle Reue über Vergangenes. Alles Schlechte im Leben schaffst du dir selbst.

Wie hatte das Leben von Martina Kammerle und ihrer Tochter eigentlich ausgesehen? Gab es da eine Last, obwohl es doch schien, als wären sie in ihrer Einsamkeit eingemauert gewesen? Gab es da eine Art schwarzes Licht, das zu entdecken ihr bisher nicht gelungen war?

Vielleicht vermessene Fragen. Aber zweifellos berechtigte. Die sieben Menschen, mit denen Moreno an diesem Tag geredet hatte, hatten nicht das Geringste über das Leben der ermordeten Frau mitteilen können, und wenn sie an die zwei schwarz geschminkten Teenager dachte, mit denen sie vor Kurzem im Café Lamprecht gesessen und über die sie sich geärgert hatte, so begriff sie, dass ... ja, was begriff sie da eigentlich?

Wie die Mutter, so die Tochter vielleicht?

Ewa Moreno seufzte resigniert und hielt vor der roten Ampel an der Kreuzung Zwille-Armastenstraat. Es war halb sechs, und der Stoßverkehr in die Vororte und Villengebiete vor der Stadt war in vollem Gange. Der Regen hatte aufgehört und war durch einen ziemlich kräftigen Wind von der Küste her ersetzt worden.

Licht?, dachte Ewa Moreno. Sinn? In dieser grauen Stadt zu dieser Jahreszeit? Vermessen, wie gesagt. Sie schüttelte den Kopf und wandte sich wieder den Ermittlungen zu.

Die Aufrufe im Fernsehen und in den Zeitungen hatten nichts gebracht. Nicht das Geringste. Ein paar Schüler vom Bungegymnasium hatten angerufen und gesagt, sie wüssten, wer Monica Kammerle sei, hätten sie aber seit langer Zeit nicht mehr gesehen. Ein Mädchen aus Oostwerdingen hatte erzählt, dass sie mit ihr befreundet gewesen war, als sie so zehn Jahre alt waren – und ein notorischer, neurotischer Informant namens Ralf Napoleon Doggers hatte berichtet, dass er sowohl Mutter als auch Tochter auf einem Friedhof in Loewingen erst vor drei Tagen bei mysteriösen Machenschaften beobachtet habe.

Sie hatten nicht gerade im Rampenlicht gelebt, Martina und Monica Kammerle. So viel konnte sie zumindest nach einer guten Woche Ermittlungen sagen, konstatierte Moreno.

Aber man musste sich auch immer wieder klar machen, zensierte sie sich sofort selbst, dass viele Leben von außen schlimmer aussehen als von innen. Das hatten elf Jahre Polizeidienst sie gelehrt. Und dennoch, was war es, das alle diese misshandelten, vergewaltigten, ausgenutzten Frauen ausharren ließ? Da musste es doch etwas geben? Etwas, an dem man sich festhalten konnte. Eine Art Trost oder eine funktionierende Lebenslüge, denn sonst … ja, was sonst, wie gesagt?

Sonst würde einem wohl nicht viel anderes übrig bleiben als Hamlets Monolog, ganz einfach.

Lieber die gewohnten Bürden tragen, als zu denen fliehen, die wir nicht kennen.

Die alte gewöhnliche biologische Trägheit mit anderen Worten. Sie schüttelte den Kopf vor Unlust und musste vor einer weiteren roten Ampel bremsen, jetzt in der Palitzerlaan.

Andererseits gab es natürlich Gegensätze. Es gab auch Leben, die ziemlich erträglich und normal aussahen, wenn man sie von außen betrachtete, die aber Abgründe von Finsternis bereithielten. Ganz unbegreifliche Abgründe.

Vielleicht ist es genau so ein Mörder, den wir suchen, kam ihr in den Sinn. Ein scheinbar ganz normaler Mensch, der neunundneunzig Tage von hundert ganz ausgezeichnet funktioniert, der aber dann, wenn etwas reißt … oder sich aufgestaut hat … die haarsträubendsten Taten begehen kann? Ja, wenn sie genauer nachdachte, war sie immer überzeugter davon, dass das sehr wahrscheinlich erschien.

Oder jedenfalls möglich. Es konnte ein so gearteter Mensch sein, der hinter diesen Taten stand, aber andererseits – konnte es auch ganz anders aussehen. Es war riskant, zu viel zu spekulieren, das wusste sie, aber wozu zum Teufel sollte man dieses energische Gehirn sonst benutzen? Wozu, bitte?

Und warum zog sie so unbekümmert Parallelen zwischen Martina Kammerle und ihrem eigenen Leben? Wozu diente das? Sie hatte diese Tendenz an sich, sich selbst die ganze Zeit in

Beziehung zu diesen armen Menschen zu setzen, um die es jeweils ging. Die Opfer und ihre verdrehten Lebensumstände.

Wollte sie sich dagegen absetzen? Ihr eigenes Licht gegen deren Dunkel stellen? War es so einfach? Dass sie nur feststellen wollte, es hätte schlimmer kommen können?

Doch, ja, so war es vielleicht anfangs gewesen, musste sie zugeben. Und es war wohl auch ganz natürlich, wenn man näher darüber nachdachte. Stellvertretendes Leiden und dazu das eine und das andere. Aber inzwischen nicht mehr. Inzwischen hatte sie eher das Gefühl, als suchte sie nach einer Art gemeinsamem Kern. Einem Punkt, in dem sie sich mit allem identifizieren konnte: mit dem Leiden, dem Elend und dem Düsteren. Das Elend *verstehen konnte.* Ihm unter die Haut kriechen.

Warum?, dachte Ewa Moreno. Warum tue ich das? Vielleicht, weil ich das Gewicht in meinem eigenen Leben vermisse? In dieser grauen Stadt zu dieser grauen Zeit.

Als sie daheim in der Falckstraat aus dem Wagen stieg, wusste sie, dass das zu einer rhetorischen Frage geworden war.

Jung saß am Computer.

Eigentlich war das eine Tätigkeit, der er sich nicht gern widmete, aber jetzt hatte Maureen einen neuen Computer bekommen, mit dem sie daheim arbeiten sollte – und wenn der sowieso schon auf ihrem gemeinsamen Schreibtisch im Schlafzimmer stand, konnte er ja ebenso gut mal nachschauen, wozu er eigentlich gut war. Groß, gelb und stromlinienförmig war er. Hatte einen Wert von über fünftausend Gulden, wenn er es recht verstanden hatte, und eine Speicherkapazität, die die eines ganzen Polizeicorps überstieg.

Jetzt wollte er ihn also im Dienste der Gerechtigkeit benutzen.

Das hatte er gedacht, als er sich vor eineinhalb Stunden vor dem Monster niedergelassen hatte, und das dachte er immer noch. Mehr noch, widerwillig musste er der Technik ein halbes Lob zollen. Verdammt, es war wirklich praktisch!

Inzwischen war es halb elf geworden, und er war allein in der Wohnung. Maureen war auf einen zweitägigen Lehrgang gefahren, und Sophie schlief bei einem Freund namens Franek, der sich immer mehr als ihr Zukünftiger abzeichnete.

Die Wohnung war fast ebenso neu wie der Computer. Auf jeden Fall neu gemietet, und es war ein Gefühl demütiger Verwunderung, die Jung überfiel, als er langsam begriff, dass das hier tatsächlich sein Zuhause sein sollte. Seins und Maureens neues Heim. Und Sophies natürlich – die bald zwanzig werden würde, die im ersten Jahr an der Universität war und die bald auf eigenen Beinen stehen würde. Wahrscheinlich eher früher als später, wenn er die Zeichen richtig deutete.

Vier Zimmer und Küche im Holderweg. Fünfter Stock mit Blick über den südlichsten Teil von Megsje Bojs und die Willemsgraacht. Frisch renoviert mit dreieinhalb Meter Deckenhöhe und Fußbodenheizung im Badezimmer. Offener Kamin.

Wenn er daran dachte, überkam ihn ein Glücksgefühl. Dass er es so unverdient gut in seinem Leben getroffen hatte, dass er sich eigentlich einen Gott anschaffen und diesem auf Knien danken sollte. Das alles hier und dann noch Maureen!

Sowie einen Supercomputer für den Heimgebrauch, wenn ihm der Sinn danach stand. So wie jetzt. Wie an diesem Novemberabend, an dem er einsam im Dunkeln saß, während der Regen gegen die Fensterscheiben trommelte und Lou Reed leise auf der CD im Hintergrund fauchte.

Benjamin Kerran. Das war der Eröffnungszug. Der einzige Name, den er noch untersuchen musste. Der Einzige, der von den Sechsundvierzig noch übrig geblieben war.

Und der sie ein wenig durcheinander gebracht hatte. Denn es gab keinen Benjamin Kerran in Maardam, wie sich im Laufe des Nachmittags herausgestellt hatte. In der ganzen Region nicht. Nicht einmal – wenn es denn stimmte, was Rooth behauptete, bevor sie sich heute auf der Polizeiwache voneinander getrennt hatten – im ganzen verfluchten Land!

Jung hatte eine Weile gebraucht, sich im Netz zurechtzufinden. Und noch einmal so lange, bevor er begriff, was er anstellen musste, um zu suchen. Im ersten Suchprogramm hatte er überhaupt keinen Treffer. Nur ein paar ungefähre, bei denen der Nachname – dazu noch meistens anders buchstabiert – stimmte, aber nicht der Vorname. Aber dann, als es ihm schließlich gelungen war, in ein größeres Programm zu wechseln, tauchte er plötzlich auf.

Benjamin Kerran

Ha!, dachte Jung. Da soll mir doch keiner kommen und behaupten, ich würde nichts von Computern verstehen.

Er beugte sich vor und las. Mit wachsender Verwunderung, schnell wachsender Verwunderung, denn es handelte sich ja nur um ein paar Zeilen.

Benjamin Kerran war gar kein lebender Mensch. Auch kein toter, wenn man es genau nahm. Es handelte sich um eine literarische Figur. Fiktiv. Ganz offensichtlich.

Geschaffen von einem englischen Autor namens Henry Moll, nach allem, was da auf dem Bildschirm stand. Jung hatte noch nie von ihm gehört, aber als er weiter klickte, erfuhr er, dass dieser Moll Anfang des 20. Jahrhunderts eine Reihe weniger bekannter Reiseschilderungen geschrieben hatte. Sowie eine Serie noch weniger bekannter Krimis ... ja, das stand wortwörtlich so da: »noch weniger bekannt«.

Und in einem von denen kam also die Figur Benjamin Kerran vor.

In einem Buch mit dem bizarren Titel *Strangler's Honeymoon* genauer gesagt. Herausgegeben das erste (und höchstwahrscheinlich auch letzte) Mal 1932 in London in einem Verlag, der Thurnton & Radice hieß. Im Buch war Benjamin Kerran, soweit Jung es zumindest verstand, eine Art Hauptperson – ein Serienmörder (ein sehr früher also), der sich in den schummrigen Vierteln der Großstadt herumtrieb und prostituierende Frauen en gros und en detail erwürgte, alles genau nach den Instruktionen, die er durch Stimmen erhielt, die zu ihm in seinem Kopf sprachen und ihn eine Art pervertierten göttlichen Auftrag ausführen ließen.

Jung starrte auf den Bildschirm.

Was zum Teufel hatte das zu bedeuten? Er las den Text noch einmal durch.

Konnte das wirklich Zufall sein?

Er ging ins Wohnzimmer und stellte die CD ab. Konnte Martina Kammerle *Strangler's Honeymoon* gelesen haben?

Das erschien unwahrscheinlich. Es hatte nicht viele Bücher in der Wohnung in der Moerckstraat gegeben, aber die, die es überhaupt gab, standen in Monica Kammerles Bücherregal. Das Mädchen hatte offensichtlich einiges gelesen.

Aber einen obskuren Kriminalroman aus den Dreißigern? Henry Moll?

Kaum anzunehmen, dachte Jung und setzte sich wieder vor den Bildschirm. Und wenn sie es doch getan haben sollte, warum sollte sie dann den Namen dieses literarischen Mörders auf ihren Collegeblock geschrieben haben?

Nein, der Zusammenhang war zu unwahrscheinlich, beschloss er. Es war reiner Zufall. Ein Zufall und eine Überschneidung in einer überinformierten Datenwelt, in der fast alles eintreffen konnte. In der alle möglichen merkwürdigen Informationen gespeichert wurden und in der die haarsträubendsten Fremdbestäubungen stattfinden konnten.

Ein Name ohne Telefonnummer auf dem Notizblock eines verschwundenen Mädchens und ein fiktiver englischer Mörder?

Nein, dachte Jung. Sie haben trotz allem so ihre Grenzen, diese Geräte.

Er schaltete den Computer aus und ging ins Bett.

Aber der Name Benjamin Kerran blieb an einem Faden in Jungs Bewusstsein hängen, und als er ein paar Stunden später in der Nacht erwachte, wusste er sofort, warum er von diesen erwürgten Frauen und den engen, von Menschen wimmelnden Gassen in Covent Garden und Soho geträumt hatte, in denen er vor zwei Jahren mit Maureen eine Urlaubswoche verbracht hatte.

Und während er auf dem warmen Badezimmerboden stand und pinkelte, beschloss er, zumindest Rooth zu erzählen, was er da am Abend gefunden hatte.

Man konnte schließlich nie wissen.

22

Hinterher – nachdem er es seiner Frau und seinen Kindern berichtet hatte, beziehungsweise bevor er es Gandrich und Kellernik im Pub in Lochenroede erzählt hatte –, war Henry Ewerts überzeugt davon, dass an allem nur der Wind schuld war.

Der Umschwung, erklärte er mit einem kurzen, verkniffenen Lachen. »Wenn der Wind nachts nicht von Südwest nach Nordwest umgeschlagen hätte, hätte ich nicht die Richtung geändert. Und dann hätten wir sie nie entdeckt. Jedenfalls nicht heute. Und nicht ausgerechnet wir.«

Und wenn ihn dann seine Zuhörer (besonders Kellernik, der nie an etwas anderes als *in vino veritas* geglaubt hatte) etwas schafsähnlich verwundert ansahen, erklärte er mit einem noch kürzeren und noch verkniffeneren Lachen, dass er sich halt danach richtete. Nach dem Wind. Immer.

Im Gegenwind hinaus, im Rückenwind zurück: So hatten seine Joggingtouren jeden verfluchten Morgen in den letzten neun Jahren ausgesehen, seitdem sie dieses Haus draußen in Behrensee gekauft hatten, gleich nachdem er die Firma gerade noch rechtzeitig vor der Neunziger-Jahre-Rezession verkauft hatte. Alles eine Frage der Witterung, konnte man wohl sagen.

Aus Westen blies es natürlich immer, aber meistens auch von Süden her. Das war jetzt seit elf, zwölf Tagen in Folge so gewesen, wenn er sich richtig erinnerte – aber inzwischen war es etwas kühler von Norden her herangezogen, und er bog auf einen der Pfade ab, die über die Dünen zum Strand hin führten. Thatcher hatte nur einen kleinen Wink benötigt, um sofort zu begreifen, was angesagt war. Ihre Auffassungsgabe war größer als die der meisten Menschen, darüber hatte er sich schon oft mit Kellernik und Gandrich unterhalten, und auch wenn die nicht so ganz seiner Meinung waren oder gar nicht begriffen, was er eigentlich meinte, so war das nur ein Beweis mehr, dass er auch in dieser Sache Recht hatte. Er hatte schon oft das Gefühl gehabt, die beiden reichlich leid zu sein, aber er wollte sie nicht dadurch verletzen, dass er ihnen die Freundschaft kündigte.

Auf Thatcher dagegen konnte man sich verlassen. An diesem Morgen hielt sie wacker Schritt mit ihrem Herrchen, bis sie über den Hügel gekommen waren und das Meer sehen konnten, grau und träge dahindümpelnd wie immer zu dieser Jahreszeit. Dann tätschelte er ihr den Kopf, und sie lief in einsamer Majestät davon. Wie immer, in voller Freiheit. Henry Ewerts zog sich den äußersten Pullover aus und hängte ihn über eine der Bänke. Er stellte fest, dass die Uhr genau 07.10 Uhr zeigte, bog zu dem festeren Sand an der Wasserkante ab und nahm Fahrt auf.

Er begriff schnell, dass Thatcher eine Kaninchenspur gefunden haben musste, denn er sah den ganzen Weg über nicht einmal ihren Schatten – doch erst als er am Wendepunkt in der Höhe von Egirs Pier angelangt war, witterte er Unheil. Wie beschäftigt der Retriever auch sein mochte, wie umnebelt von seinen Primärtrieben und der Jagd nach diesen Kaninchen, die ihr ja doch jedes Mal entwischten, so achtete sie doch immer darauf, ihr Herrchen auf halbem Wege einzuholen und mit ihm den Rückweg zu bestreiten. Dass Thatcher nicht mit hechelnder Zunge auf dem Boden bei dem kleinen Bootsschuppen hinter Egirs lag – oder schon viel früher der Nichtigkeiten müde geworden war –, ja, das war ganz einfach ein Zeichen.

Ein Zeichen dafür, dass etwas im Busche war.

Henry Ewerts wurde langsamer und blieb dann stehen. Ging

ein Stück auf den Abhang zu, sank in den losen Sand ein und machte ein paar Sit-ups.

Er war auf dreißig, fünfunddreißig gekommen, als er den Hund in einiger Entfernung bellen hörte.

Irgendwo aus den Dünen, es war schwer zu sagen, wo genau das Geräusch herkam, da Wind und Wellen die Orientierung erschwerten. Und sein Puls in den Schläfen vielleicht auch noch. Er brach seine Übungen ab und richtete sich auf. Das Bellen war immer noch zu hören, und es gab keinen Zweifel, dass es Thatcher war, die dahinter steckte. Für ein trainiertes Ohr ist das Bellen eines Hundes ebenso individuell wie eine menschliche Stimme, wie er ab und zu Freunden und Bekannten erklärte, das war eine alte, vielbestätigte Wahrheit.

Er drehte den Kopf und lauschte. Bekam mit der Zeit einen besseren Eindruck von der Position. Offenbar irgendwo schräg ins Land hinein nach Südosten hin. Dumpfe, ausdauernde Rufe, die sich anscheinend auch nicht von der Stelle rührten. Der Hund stand also irgendwo und bellte, um auf sich aufmerksam zu machen, das war sonnenklar. Sie wollte ihr Herrchen auf etwas aufmerksam machen.

Dieser ging über den Abhang und in die wellige Dünenlandschaft hinein auf die Lautquelle zu. Er schaute auf die Uhr, ein wenig verärgert über die Verzögerung. Er würde erst nach acht Uhr zurück sein, und um rechtzeitig bei der Arbeit zu sein, musste er um Viertel vor neun im Auto sitzen. Duschen und Frühstück in einer halben Stunde war kaum zu schaffen, aber wenn Thatcher nun mal unverrückbar stand und kläffte, war natürlich nicht viel anderes zu machen. Er musste halt den Weg zu ihr suchen und nachgucken, was da los war.

Hinterher – nicht, während er an diesem nasskalten Morgen der Familie, den Freunden und den Polizisten von seinen Erlebnissen erzählte, sondern als er abends allein am Schreibtisch saß, aus dem Fenster schaute und nachdachte –, da konnte er nicht genau sagen, ob er den Hund oder den Körper zuerst gesehen hatte.

Was natürlich überhaupt keine Rolle spielte, aber da er dennoch darüber nachdachte, hatte es etwas zu bedeuten. Weiß Gott, was.

Auf jeden Fall stand der Hund ganz still bei seinem Fund – in einer irgendwie wachsamen, angriffsbereiten Haltung, die sein Herrchen noch vage von den Übungsstunden im Hundeclub vor vielen Jahren erinnerte: die Hinterbeine gebeugt, die Vorderpfoten breit auseinander. Das, was von dem Frauenkörper zu sehen war – der Hinterkopf, die Schulterpartie sowie der rechte Arm –, war teilweise von schwarzen Plastikfetzen und Sand verdeckt, aber alles war dennoch deutlich genug, sodass er innerhalb von Bruchteilen einer Sekunde den Ernst der Lage einschätzen konnte. Glasklare, Ewigkeiten lange Bruchteile.

Er schnappte sich den Hund. Begann ihn automatisch zu beruhigen, indem er ihn an sein rechtes Bein drückte und ihm den Hals klopfte. Er wünschte einen verwirrten Augenblick lang, dass jemand anders kommen und ihn selbst auf die gleiche Weise beruhigen würde. Anschließend richtete er sich auf und schaute sich nach bewohntem Terrain um.

Ein rotes, spitzes Ziegeldach ragte ein Stück weiter zwischen den Sandklippen landeinwärts hervor, und als er auf den nächsten grasbewachsenen Hügel kam, Thatcher dicht bei sich, stellte er fest, dass es Willumsens Haus war.

Schön, dachte Henry Ewerts. Schön, dass es jemand ist, den man kennt.

»Wie immer draußen am Joggen?«, begrüßte ihn Tom Willumsen und verzog das Gesicht. »Weht es heute nicht mehr so kräftig? Ich glaube, es ist umgeschlagen in Nordwind.«

»Ich weiß«, sagte Henry Ewerts. »Aber übers Wetter können wir ein andermal reden. Thatcher hat hier unten eine Leiche gefunden.«

»Eine Leiche?«, wiederholte Willumsen.

»Eine Frau«, erklärte Henry Ewerts. »Oder wohl eher ein Mädchen. Sieht schrecklich aus. Ruf die Polizei und gib mir was zu trinken.«

Die Uhr zeigte ein paar Minuten nach halb acht Uhr morgens, als Van Veeteren die Tür zur Wohnung in der Moerckstraat 16 aufschloss. Bevor er das tat, schaute er sich in beide Richtungen und zum Dachboden hin um, aber es zeigte sich kein neugieriges Gesicht. Er trat ein und zog die Tür hinter sich zu.

Der erste Eindruck war muffig. Eingeschlossen, unsauber. Er konnte nicht sagen, ob nicht auch noch eine Spur der charakteristischen Süße der Verrottung darin lag. Oder ob das nur Einbildung und eine Art pervertierter Erwartung war.

Er knipste in dem engen Flur Licht an und ging weiter in die Küche links. Fand auch dort den Lichtschalter, betätigte ihn, ging zum Fenster und ließ die Jalousien runter.

Es gab keinen Grund, seine Anwesenheit an die große Glocke zu hängen. Absolut keinen. Auch wenn das Desinteresse der Nachbarn füreinander bereits aktenkundig war, nach dem, was Moreno und Reinhart berichtet hatten, so wollte er doch lieber inkognito bleiben. Ungestört und unsichtbar. Nur Ewa Moreno hatte er erzählt, was er vorhatte, als er sie darum bat, ihm den Schlüssel zu geben, und er hoffte inständig, dass er sich auf ihre Verschwiegenheit verlassen konnte. Es wäre nichts damit gewonnen, wenn das ganze Polizeirevier erführe, dass er wieder im Spiel mitmischte. Dass der Buchhändler da hinten aus der Kupinski-Gasse sich nicht länger raushalten konnte.

Nicht länger? Blödsinn, dachte er und ging ins Wohnzimmer. Das war überhaupt keine Frage der Zeit – oder des erwarteten Rückfalls in die Branche –, das war einzig und allein dieser verfluchte Pfarrer, der in seiner Fantasie herumspukte. Dieser Gottesmann, den er mit so katastrophalen Folgen abgewiesen hatte und von dem er nachts träumte. Nur das, sonst nichts. War das so merkwürdig?

Und warum lief er dann bitte herum und entschuldigte sich? Wozu sollte das gut sein? Er brummte wütend und holte seinen Zigarettenapparat heraus. Schau lieber nach außen statt nach innen, wenn du schon mal hier bist!, ermahnte er sich selbst. Und hör auf, dich wegen deiner Beweggründe zu bemitleiden!

Er betrachtete das Zimmer. Es sah traurig aus. Die Möbel schienen eher zufällig zusammengekommen zu sein. Das Sofa und die Sessel hatten einen Bezug von hellem Neunzigerjahre-Design, aber ein paar gediegene Weinflecken (soweit er es beurteilen konnte jedenfalls, er war in dieser Beziehung nicht direkt ein Neuling) nahmen ihm viel von der Frische. Wollmäuse unter dem Tisch und eine Tapete mit einem Muster, das besser zu Unterhosen gepasst hätte. Das Bücherregal an der einen Wand mit mehr Nippes als Büchern, und mittendrin die audiovisuelle Standardausrüstung in schwarzem Plastik – Fernseher, Video sowie eine koreanische Musikanlage, von einer Marke, die zu Spottpreisen an Tankstellen verramscht worden war, wie er sich zu erinnern meinte – ja, das gehörte eigentlich schon zur Grundausstattung der Wohnung, genau wie die Jalousien, der Linoleumfußboden, der Kühlschrank und die Spüle.

Was mache ich hier?, dachte er und zündete sich eine Zigarette an. Wonach suche ich eigentlich, mit welchem Recht trample ich hier in diesem hoffnungslosen Jammertal herum?

Nur so als Frage. Er ging weiter in das Zimmer der Tochter. Monica?, dachte er. Monica Kammerle, wer warst du? Oder wer *bist* du? Das Mädchen konnte ja trotz allem noch am Leben sein. Es war schon Merkwürdigeres passiert.

Das Zimmer war klein und schmal. Nicht mehr als vier mal zweieinhalb Meter ungefähr. Ein Bett mit rotem, abgegriffenem Überwurf. Ein einfacher Schreibtisch mit Stuhl. Ein Baumarktregal und eine freie Garderobe in einer Ecke. Zwei Poster an den Wänden, das eine schwarzweiß mit zwei Händen, die sich einander entgegenstreckten, ohne sich zu erreichen, das andere ein Gesicht, an das er sich nur vage erinnerte. Ein Sänger, wie er annahm. Tot seit ein paar Jahren, an einer Überdosis gestorben, wie er annahm. Eine kleine Pinnwand mit einem Kalender, einem Stundenplan und ein paar schwarzweißen Zeichnungen von Pferden.

Auf dem Schreibtisch befanden sich die üblichen Utensilien. Collegeblock, Stiftebecher, Lampe, Taschenkalender, ein roter Radiowecker, der ausgestellt war, ein eingerahmtes Foto eines Mannes und eines Mädchens um die zehn Jahre – er vermutete, dass das Monica selbst und ihr Papa waren, der sich totgefahren hatte.

Vater, Mutter und Tochter, dachte er. Und jetzt waren sie alle weg. Er konnte nur schwer glauben, dass Monica noch am Leben war, aber beschwören wollte er es nicht. Er trat ans Regal und schaute sich die Bücher an. Davon gab es einige, das Mädchen hatte offenbar gern gelesen. Und keinen Schund. Er fand sowohl Camus als auch Hemingway und Virginia Woolf. Wie alt war sie? Sechzehn? Ein ziemlich avancierter Literaturgeschmack, daran gab's keinen Zweifel. Er selbst hatte Camus jedenfalls nicht gelesen, als er sechzehn war.

Und Blake!

Er zog das Buch heraus und blätterte darin herum. *Songs of Innocence and of Experience.* Mit Illustrationen und allem. Es war eine schöne kleine Ausgabe, in Leder gebunden, musste einiges gekostet haben. Er überlegte, ob es wohl ein Geschenk war, aber es stand nichts auf dem Vorsatzblatt, nicht einmal ihr eigener Name. Er blätterte ans Ende des Buches und las.

Cruelty has a Human Heart
And Jealousy a Human Face
Terror, the Human Form Divine
And Secrecy, the Human Dress

Mein kleines Mädchen, dachte er und stellte das Buch zurück. Was hat dir das gegeben?

Und was hatte ihm dieser Besuch hier gegeben?

Mit größter Wahrscheinlichkeit kein bisschen. Er wechselte in Martina Kammerles Schlafzimmer, das die gleichen engen Abmessungen aufwies wie das der Tochter. Noch dazu etwas unordentlicher und mit einem unverkennbaren Touch von Resignation versehen war. Die Wände waren kahl, abgesehen von zwei Wandleuchten. Die Gardinenaufhängung war an den Rändern herausgerissen. Plastikkästen auf dem Boden und ein Haufen staubiger Wochenzeitschriften auf dem Fensterbrett. Eine vertrocknete Topfpflanze. Das Bett lag immer noch ungemacht da und nahm das halbe Zimmer ein. Er beugte sich hinunter und schaute drunter … da hatte sie also gelegen. Einen ganzen Monat lang. Plötzlich spürte er den Geruch ganz deutlich in den Nasenflügeln. Er richtete sich schnell auf und holte tief Luft.

Scheiße, dachte er. Ich vertrage es nicht, mir um so was hier Gedanken machen zu müssen.

Er machte die Runde und löschte überall das Licht. Kontrollierte, dass niemand auf der Treppe zum Dachboden war, bevor er sich aus der Tür schlich und sie wieder verschloss. Eilte die kurze Treppe hinunter und zu seinem Auto auf der Straße.

Schaute auf die Uhr. Eine Viertelstunde, länger war er nicht da drinnen gewesen.

Ich habe jobmäßig noch in letzter Sekunde den Absprung geschafft, dachte er.

Sowohl das Team von Inspektor Le Houde wie auch das Ärzteteam waren schon vor Ort, als Reinhart und Rooth in Behrensee eintrafen. Der Regen, der vor einer Stunde eingesetzt hatte, prasselte jetzt herab, und Le Houde sah aus, als hätte er sich bereits eine ganze Weile in dem nassen Sand gewälzt. Obwohl er von Kopf bis Fuß in Plastik gehüllt war, weshalb Reinhart lieber kein Wort darüber verlor.

Außerdem konnte er ja wohl diesmal kaum ein Fußballspiel verpasst haben.

»Nun?«, fragte er. »Ist sie es?«

»Woher soll ich das verdammt noch mal wissen?«, erwiderte Le Houde. »Es ist ein Mädchen ungefähr im passenden Alter, und sie ist erwürgt worden. Das ist alles, was ich bis jetzt sagen kann.«

»Wer hat sie gefunden?«, fragte Rooth.

Le Houde zeigte mit der Hand über die Schulter.

»Ein Kerl namens Ewerts. Er steht da hinten ... nun ja, genau genommen war es sein Hund. Hat nach einem Kaninchen gebuddelt, und dabei stattdessen das hier gefunden.«

»Wie lange hat sie hier gelegen?«, wollte Reinhart wissen.

Le Houde zuckte mit den Schultern.

»Fragt mich nicht. Aber Meusse kommt gleich. Der kann ja meist den Stammbaum eines Kuhfladens bestimmen.«

Reinhart nickte und ging zum Fundplatz. Man hatte einen Baldachin aus dünner Plastikfolie darüber gespannt, und darunter krochen drei Techniker herum. Gerichtsmediziner Meusse selbst stand in der Nähe unter einem Regenschirm und rauchte. Er grüßte mürrisch, als er Rooth und Reinhart erblickte.

»Guten Morgen«, sagte Reinhart. »Hast du sie dir angeguckt?«

»Ja, natürlich«, sagte Meusse. »Ihr auch?«

»Noch nicht«, sagte Reinhart. »Aber das werden wir noch. Was hast du dazu zu sagen?«

»Nicht viel«, erklärte Meusse.

»Ah, ja«, sagte Rooth. »Es ist aber auch reichlich schlechtes Wetter.«

Meusse gab keine Antwort.

»Also, wir möchten gern wissen, ob es sich bei der Leiche um Monica Kammerle handeln könnte«, sagte Reinhart. »Die Tochter dieser Frau, die ...«

»Ich weiß«, schnitt ihm Meusse das Wort ab und schnipste seinen Zigarettenstummel über die Schulter weg. »Ich bin noch nicht senil. Doch, das könnte sie sein. Die Zeit kommt hin, sie hat hier schon eine Weile gelegen. Und ist auch erwürgt worden.«

»Aha?«, sagte Rooth, um überhaupt etwas zu sagen.

Meusse blinzelte ihm zu und knirschte eine Weile mit den Zähnen.

»Sonst noch was, bevor wir schauen?«, fragte Reinhart.

Meusse zog ein Taschentuch hervor und wischte sich damit den kahlen Kopf ab.

»Sieht so aus, als fehlten ihr die Unterschenkel«, sagte er.

»Was?«, rief Reinhart aus.

»Die Beine sind an den Knien gekappt worden. Alle beide, aber das wird ja wohl nicht einmal euch entgehen.«

»Gekappt?«, fragte Rooth. »Warum das denn?«

»Frag mich nicht«, sagte Meusse. »Frag lieber den, der das gemacht hat ... und jetzt müssen die Herren mich entschuldigen.«

Er ging zum Baldachin, hockte sich hin und gab seine Befehle.

Rooth guckte Reinhart an.

»Sollen wir ... ?«, fragte er.

»Wir müssen ja wohl«, sagte Reinhart. »Das ist ja sozusagen das Tolle an unserem Job. Abgekappte Beine, verdammte Scheiße.«

»Vielleicht hat er das gemacht, nachdem er sie getötet hat«, sagte Rooth. »Lass es uns hoffen.«

Als Van Veeteren das Antiquariat betrat, war er ziemlich vom Regen durchnässt, und seine Seele hing wie ein waidwundes Tier in seinem Körper, zumindest hatte er so ein Gefühl. Um diesem Elend entgegenzuarbeiten, zog er die Gardinen vor und schloss sich ein. Goss sich ein Wasserglas mit Portwein voll und ließ sich in den Ohrensessel im Hinterzimmer sinken.

Stand schon nach einer Minute wieder auf und holte sich

Blake aus den Regalen, es gab drei verschiedene Ausgaben, und dann blieb er so den ganzen Vormittag sitzen. Der Regen kam und ging, trommelte draußen auf den Gehweg und gegen das Fenster, aber kein einziger Kunde kam und rüttelte an der Türklinke.

Vielleicht liegt es nur an Blake, dem Regen und dem Portwein, dachte er, als die Uhr halb zwölf zeigte und die Essensfrage sich in Erinnerung brachte, aber so langsam erahne ich einen ungewöhnlichen schwarzen Kern in all dem hier.

Kaum hatte er Kern gedacht, tauchte natürlich dieses schicksalsschwere Sandwich in seinem Kopf wieder auf. Die Olive.

Und die Plombe.

Der Zahnarztbesuch und der Bart des Priesters und Strawinsky mit der toten Schwalbe zwischen den Zähnen. Das war schon ein Eintopf mit reichlich merkwürdigen Zutaten, oder? Alles, was recht war.

Und mitten in diesem Eintopf schwamm ein Mörder herum. In aller Ruhe, wie es schien, die Polizei hatte noch nicht einmal Anstalten gemacht, den Köder nach ihm auszuwerfen.

Die hatten wohl die Köderdose noch nicht gefunden.

Van Veeteren zog sich aus dem Sessel hoch und goss sich ein weiteres Glas ein.

Meine Bilder würden nicht einmal für einen Albtraum reichen, dachte er. Dies hier ist so einer von diesen gewissen Tagen.

Aber dieser Gedanke an den Mörder, der vollkommen frei herumlief, das war ein irritierender Gedanke. Äußerst irritierend.

23

Er schob die Zeitungen zur Seite und lehnte sich im Sessel zurück. Schaute aus dem Fenster auf die kranken Ulmen im Park und auf die alte Sternwarte, deren blutrote Ziegelfassade wie ein Bühnenprospekt zwischen dem Laubwerk hindurchschimmerte.

Worte, dachte er. Erst mit Worten können wir die Wirklichkeit erfassen.

Und Bilder. Das Bild der Wirklichkeit, das wichtiger ist als die Wirklichkeit selbst, da wir ja nur das Bild sehen. Selbst wenn es um uns selbst geht, und es ist immer jemand anders, der das Bild von uns zeichnet. Jemand anders, der uns sieht.

Das waren keine neuen Schlussfolgerungen. Ganz im Gegenteil. Er war diesen phänomenologischen Bahnen schon oftmals gefolgt, aber es war ihm nie so deutlich gewesen wie jetzt. Die Handlung in sich – die Handlungen in sich – hatten es bisher fast nie vermocht, ihn betroffen zu machen, nachdem er sie ausgeführt hatte … Diese Frauen und dieser unbekannte Schwarzrock, der seine Nase in fremde Angelegenheiten gesteckt und das bekommen hatte, was er verdiente. Es gab ihm ein unerwartet hohes Maß an Befriedigung, dass er einen Pfarrer getötet hatte, er überlegte, woher das wohl kommen mochte … Und als er jetzt in den Zeitungen über diese Menschen las oder sah, wie die verhalten aufgeregten Reporter in den Fernsehsendungen berichteten, da bekam alles zusammen plötzlich eine Aura, die sehr stark und lebendig erschien. Besonders wenn es um das Mädchen und ihre Mutter ging natürlich. Es war mehr als ein Monat vergangen, bevor die Dinge und Geschehnisse ans Licht gekommen waren. Der Pfarrer war schon kurz nach dem Unglück auf dem Hauptbahnhof Stoff für die Nachrichten gewesen, aber es war ja nur ein Unglücksfall, weshalb ihm nur wenige Zeilen gewidmet worden waren.

Nur ein Unglücksfall.

Aber dann diese Wochen, diese Tage und Nächte, die zwischen der bewussten Septembernacht und jenem frühen Dienstagmorgen verstrichen, an dem er endlich darüber in der Allgemejne lesen konnte, diese ganze Zeit gab den Ereignissen, ja der Wirklichkeit selbst auf gewisse Weise schärfere Konturen, als sie schließlich unter dem Dämmerzustand und der Gleichgültigkeit auftauchten. Ihre Deutlichkeit erschien nach einer so langen Zeit des Schweigens fast obszön offensichtlich und bloßgelegt, sie traf ihn wie ein Schlag vor die Brust, und für einen kurzen Moment fürchtete er, den Boden unter den Füßen zu verlieren. Ein kurzer Schwindel über dem offenen Abgrund. Über einem Grab.

Aber gleichzeitig gab es da den starken, scharfen Geschmack nach Schweiß und Blut. Nach Leben.

Es ist da, dachte er. Hier brennen meine Feuer. Mein Leben ist genauso lächerlich bedeutungslos wie alle anderen Leben. Es fand auf dieser verfluchten griechischen Insel sein Ende, und der Tod hat jetzt für mich keine Bedeutung mehr. Nur noch eine Art unwiderstehliche Kraft.

Am gleichen Tag las er über sich selbst in sechs verschiedenen Zeitungen, in allen, die er zu fassen kriegte, und mit jedem neuen Artikel und jeder neuen fetten Überschrift wurde das Dasein um ihn herum kompakter. Es umhüllte ihn und nahm ihn in einen in gewisser Weise bedeutungsvollen Zusammenhang auf – einen Kreis, der all die Legitimität gab oder zumindest zu geben schien, die das selbstverständliche Recht eines jeden Lebens sein sollte. Eines jeden bedeutungslosen Lebens.

Das Recht und die Pflicht. Ich bin bestätigt, dachte er. Zum ersten Mal in meinem erwachsenen Leben wirklich bestätigt. Man hat mich gesehen, wie ich bin. Von Neuem versuchte er, sich den müden, aber unverwandten Blick seiner Mutter im Krankenbett in Erinnerung zu rufen, aber sie wich ihm aus. So verlor er sich in einer Welle späterer Bilder, späterer Frauen, späterer nackter Körper, Gesichter und Augen, die sich von ihm abwandten.

Und das war das, was alles beherrschte – diese Blicke, die auszuweichen versuchten. Sie zerstören meine Kraft, dachte er. Meine Kraft und meine Liebe. Was denken die sich eigentlich? Es ist mein vollstes Recht, jede Einzelne von ihnen zu töten, sie alle, die mich früher oder später abweisen … ihre schwachen Lebenslichter in diesen erkaltenden, ekligen Fleischklumpen auszublasen, und niemand wird mich jemals verstehen, es gibt einen privaten, einzigartigen Abgrund in jedem Menschen, und niemand hat den selben wie ich. Kein anderer, der Mensch ist ein äußerst hungriges, äußerst einsames Tier. Aber wir haben alle die gleichen grundlegenden Rechte.

Man darf nicht vergessen, dass wir die Geschöpfe eines ziemlich ironischen Gottes sind.

Und wir sollten lieber darüber lachen. Er stellte fest, dass er genau das tat. Er lachte.

Es klopfte an der Tür, und Frau Keerenwert steckte ihren Kopf herein.

»Ist noch was, bevor ich nach Hause gehe?«

Er schaute die Papiere durch, die vor ihm auf dem Tisch ausgebreitet lagen.

»Nein, alles in Ordnung. Und einen schönen Abend. Bis morgen.«

»Morgen ist Samstag.«

»Ach so, ja, na dann ein schönes Wochenende.«

»Danke gleichfalls«, sagte sie und verschwand.

Er blieb sitzen und betrachtete die geschlossene Tür, auf der der Stundenplan mit den verschiedenen Semesterkursen hing. Frau Keerenwerts Auftauchen hatte ihn ernüchtert. Zweifellos. Ein hastiges Verschieben des Fokus von der rechten zur linken Hirnhälfte.

Von dem weiblichen Dunklen und Geheimnisvollen zu dem Klaren und Analytischen, er konnte fast eine rein physische Bewegung in seinem Kopf spüren, als der Wandel vor sich ging. Vielleicht war es ein Wandel zum Guten hin. Denn im Augenblick war es nicht die Tiefe, die angesagt war, nicht die dumpfen, saugenden Wahrheiten, sondern das rein Äußerliche. Distanz und Perspektive.

Glück, dachte er. Ich habe mehr Glück gehabt als Verstand.

Daran gab es keinen Zweifel. Mit einem Minimum an Planung war er aus dieser Dreiecksgeschichte herausgekommen. Drei Menschen der Reihe nach zu töten, ohne auch nur die geringste Spur zu hinterlassen. Zumindest nicht, wenn er die Zeitungsinformationen richtig deutete. Da war nichts, nicht ein kleiner Faden, den die Polizei aufgreifen konnte. Man hatte jetzt seit mehr als einer Woche über Martina berichtet, und seit heute auch über Monica. Es musste ein besonderer Zufall sein, dass man die Leichen mit so geringem zeitlichen Abstand entdeckt hatte. Zuerst ein Monat lang Warten, und dann tauchten beide innerhalb von zehn, zwölf Tagen auf. Kurz versuchte er abzuschätzen, ob das nun zu seinem Vor- oder Nachteil war, kam aber zu keinem Ergebnis. Wahrscheinlich war es egal. Vielleicht wäre es besser gewesen, wenn dieser verfluchte Hund niemals Witterung von dem Mädchen aufgenommen hätte, aber das war natürlich zu viel verlangt. Dass sie für alle Ewigkeit unberührt dort liegen geblieben wäre. Er hatte wenig Zeit gehabt, als er sich ihrer entledigte. Das Vorhaben war riskant gewesen, selbst wenn er es mit seiner eigenen Elle maß, aber im Nachhinein gab es nichts, was er sich hätte vorwerfen müssen.

Irgendeine Verbindung zu diesem Teufelspfarrer war nirgends auch nur angedeutet worden. In keiner einzigen der Zeitungen, die er gelesen hatte. Und warum sollte auch jemand da eine Verbindung knüpfen?

Und natürlich auch keine Verbindung zu Kristine Kortsmaa. Soweit er verstand, ging die Polizei von der These aus, dass Martina Kammerle und ihre Tochter von einer zufälligen Herrenbekanntschaft der Mutter umgebracht worden waren, aber was hinter allem steckte, davon hatte man offensichtlich keine Ahnung. Und nicht einmal eine Andeutung hinsichtlich des Motivs.

Aus dem simplen Grund, dass man nichts wusste. Dass es gar kein Motiv gab, das jemand hätte begreifen können. Er lachte wieder hastig auf und schaute auf die Uhr. Halb fünf, Zeit, sich nach Hause zu begeben, vermutlich waren nicht mehr viele im Haus, schon gar nicht, wenn es wirklich Freitag war, wie Frau Keerenwert behauptet hatte. Sie war meistens eine der Letzten, die ihren Schreibtisch verließen.

Keiner wusste und keiner verstand ... ja, so einfach war das. Die dunklen Kräfte, die ihn dazu zwangen, diese Handlungen auszuführen, lagen weit außerhalb des Vorstellungsvermögens der Polizei, das war klar ... diese äußerst genussvollen und notwendigen Taten an diesen Frauen, an diesen trivialen Teufeln weiblichen Geschlechts, die ihn erst freudig aufnahmen und dann wie etwas nicht mehr Erwünschtes abwiesen, so wie man ein Haustier beiseite schiebt oder ein nicht mehr interessantes Spielzeug wegwirft. Die bei ihm diesen quälenden wachsenden Druck in der Brust verursachten und eine klopfende Blutsäule, die ihren Tribut forderte, wenn er nicht daran explodieren wollte ... nein, es war nicht zu erwarten, dass der gemeine Mann sich mit so etwas beschäftigen würde. Absolut nicht. Derartig grundlegende biologische Motive unter den falschen Firnissen der vermeintlichen Zivilisation ... unberührte Stämme am Rande der Welt vielleicht, Nomaden und Jäger vor Tausenden von Jahren, aber nicht heute, nicht von Menschen in dieser pervertierten Zeit. Das müssten schon Talibane oder Leute aus Feuerland sein.

Er selbst hatte auch Zeit gebraucht, um damit klar zu kommen, zu begreifen, warum er das mit diesen Frauen machen musste, aber nach der Hure in London und der Hure in Wallburg war es in ihm gereift. Er hatte es jetzt im Griff. Es war eine Art unerschütterlicher Gewissheit, dass er in dem Moment, wenn sie ihn erniedrigten, die Kontrolle über sie erlangen musste. Wenn sie ihn seiner Ehre beraubten und die Erstickungsgefühle einsetzten. Als er die Beziehung zu Martina Kammerle einging, hatte er es schon von Anfang an gewusst, begriffen, dass sie eines Tages an diesen Punkt gelangen würden. Deshalb hatte er alle Vorsichtsmaßnahmen ergriffen ... dass die Tochter plötzlich auftauchte und sich ihm anbot, war ein großes Vergnügen gewesen, es hatte ihn sozusagen aus dem Gleis geworfen – und dass dann ihr Hieb mit der Schere kein inneres Organ traf, das konnte man ja wohl nicht anders denn als ein Wunder bezeichnen.

Ein reines Wunder und ein Fingerzeig des ironischen Gottes, dass er die Mächte auf seiner Seite hatte. Zumindest gewisse Mächte.

Aber die Mächte helfen nur dem, der sich selbst hilft, und ohne Vorsichtsmaßnahmen wäre er nie davongekommen. Ganz gewiss nicht. Summa summarum drei Besuche in öffentlichen Lokalen – zwei mit der Mutter, einer mit der Tochter. Drei verschiedene Restaurants, die er normalerweise nie besuchte, und dort jeweils ausgewählte, verborgene Tische.

Keine unnötigen Spaziergänge in der Stadt. Kontaktlinsen statt Brille, die er sonst immer trug. Neuer Haarschnitt und weg mit dem Bart, als alles vorbei war. Diskretion, eine verdammte Diskretion, und dennoch das bewusste Eingehen von Risiken, was auch ein Kitzel war. Eine Herausforderung, die das Ganze ein wenig netter machte, ein bisschen erregender.

Aber die Vorsichtsmaßnahmen mussten in Zukunft straffer

gehandhabt werden, das war unbedingt notwendig. Das nächste Mal. Plötzlich befand er sich in der Situation, dass er sechs Menschen getötet hatte. Ein halbes Dutzend, und ihm war klar, dass es noch mehr werden würden. Kefalonia war der Startpunkt gewesen, der Rest war eine Art Folgeerscheinung und auf gewisse Weise unbedeutend. Ein modus vivendi, der immer größeren Raum einnahm und immer mehr Aufmerksamkeit forderte.

Das nächste Mal. Und das übernächste. Wenn er es nach der Kortsmaa nicht gewusst hatte, dann wusste er es jetzt. Nach der Mutter, der Tochter und dem Pfarrer. Er würde wieder Frauen kennen lernen und er würde mit ihnen Geschlechtsverkehr haben. Mit ihnen schlafen und ihnen Befriedigung verschaffen, bis zu dem Punkt, an dem sie zu zögern begannen und an dem es an der Zeit war, sich selbst die größte Befriedigung zu bereiten. Seine kräftigen Hände um ihre dünnen Hälse zu legen und zuzudrücken. Ihnen das Leben herauszudrücken und mit der Hand über ihren toten, aber immer noch warmen Schoß zu streichen.

So war es nun einmal, es gab keine andere Lösung für die Gleichung des Lebens. Seine spezielle Gleichung. Aber er musste seine Deckung ausbauen. In den Zeitungen gab es trotz allem Andeutungen hinsichtlich einer Verbindung zwischen der Hure in Wallburg und diesen jüngsten Toten, aber beim nächsten Mal, wenn man wieder eine Frau finden würde, die auf die gleiche tief biologisch … ich wiederhole mich, dachte er irritiert … auf die gleiche tief biologisch notwendige Art erwürgt worden war … Mama, meine Mutter hätte verstanden, warum diese Frauen sterben mussten, sie und niemand sonst; die betteln doch darum, im Grunde wünschen sie sich tief in ihrem Herzen diesen Ausweg, und genau gesehen tue ich ihnen einen Gefallen … es gibt Menschen, die wortlos und ohne nachzudenken existieren, die ins Nichts versinken wollen …

Plötzlich spürte er den Gegensatz. Ein Rausch der Freude und Begeisterung schoss in ihm empor – eine warme Kaskade von

Lebenslust und Rausch, die sich wie ein Regenbogen von den Fußballen bis hoch in die Haarwurzeln ausbreitete, und die Erektion, die folgte, hatte eine fast elektrische Hitze in sich. Sie ließ ihn auf den Flur laufen, zur Toilette, wo er sich ihr auf die einzige Weise widmete, die möglich war.

Hinterher blieb er noch eine ganze Weile auf der Toilettenbrille sitzen, und das Gefühl, unter einem mächtigen Schutz und einem guten Stern zu stehen, hielt mit unverminderter Stärke an.

Nichts hat etwas zu bedeuten, dachte er. Gerade deshalb bedeutet jedes unbedeutende Detail alles. Ich bin die Welt, und die Welt ist in mir. Nein, die Welt ist eine Frau. Die Identität und das Machtzentrum einer Frau ist ihr Körper, der lächerliche Nabel der Welt ist der Körper einer Frau, und niemand darf diese Welt verleugnen. Schon gar nicht sie selbst. So einfach ist das, so verdammt verzwickt einfach, und es ist nicht gefährlicher zu sterben, als sein eigenes Gesicht im Spiegel zu sehen.

Jemand stellte das Kopiergerät hinten im Flur an, und das Geräusch führte ihn wieder zur linken Gehirnhälfte. Offensichtlich war er doch nicht allein im Gebäude. Und noch einmal erlebte er diese physische Bewegung im Kopf. Die andere Wirklichkeit. Links-rechts.

Er spülte. Stand auf und spürte wie immer einen leichten Muskelkrampf dort, wo die Schere eingedrungen war. Einen stechenden Schmerz und eine Erinnerung.

Ich sollte eine Weile eine ruhigere Kugel schieben, dachte er. Müsste ich eigentlich.

Aber das war nicht ohne weiteres möglich. Etwas hatte sich nach der Episode mit den Frauen Kammerle an diesem dunklen Sog verändert. Er lag jetzt näher an der Oberfläche. Er hatte eine Grenze oder einen Grat überschritten. Die Intervalle mussten in Zukunft kürzer sein, er konnte nicht mehr beliebig lange ohne die Haut einer Frau unter seinen Fingerspitzen sein.

Und höchstwahrscheinlich, das musste er zugeben, als er wieder hinter seinem Schreibtisch saß, höchstwahrscheinlich waren es gerade die fremden Worte und Bilder, die unverblümte Schilderung der Wirklichkeit in den Zeitungen, die ihn wieder in Unruhe versetzt hatten.

In Unruhe und Bewegung.

Draußen im Park setzte die Dämmerung ein. Der rote Sternwartenhintergrund war schwarz geworden.

Ich mochte die Achselhöhlen des Mädchens, dachte er. Ich wünschte, es wäre möglich gewesen, sie zu erhalten.

Er seufzte und beschloss, für diesen Tag nach Hause zu gehen.

Maardam,
Dezember 2000

24

Wenn es um Männer ging, war Anna Kristeva Quartalstäterin.

Nach einer frühen, kinderlosen und quälenden Ehe – sowie zwei oder drei so genannten ernsthaften Beziehungen – war sie zu dem Schluss gekommen, dass das die beste Lösung war.

Die Lösung eines Problems, das leider bestand, wie sehr sie sich auch gewünscht hätte, dass es nicht so wäre. Kerle waren notwendig, so war es nun einmal. Der eine oder andere. Ab und zu, aber nicht in zu großen Portionen und nicht die ganze Zeit.

Und was das Wichtigste war: Es war nichts, was wirklich ernst genommen werden sollte. Sie durfte sich nicht zu sehr engagieren oder in die Tiefe gehen, genau auf diese Weise hatte sie sich zwischen zwanzig und dreißig die Finger verbrannt.

Jetzt war sie fünfunddreißig. Eine freie Frau mit Kontrolle über ihr Leben und einem entsprechend hohen Einkommen, um niemals einen Kerl für ihre Versorgung zu brauchen. Sie würde nie in ein Abhängigkeitsverhältnis geraten. Seit gut zwei Jahren war sie Teilhaberin der Anwaltskanzlei, in der sie seit ihrem Examen gearbeitet hatte und die überdies seit den dreißiger Jahren auch ihren Namen trug. *Booms, Booms & Kristev.* Der Besitz selbst war der Familie zwar für eine gewisse Zeit aus den Händen geglitten – ihr Großvater, Anton Kristev, war zusammen mit dem Brüderpaar Booms einer der Gründer der Firma gewesen, aber Annas Vater, die folgende Generation, war leider ein Kind seiner Zeit gewesen. Er befreundete sich allzu intensiv mit den glücklosen Literaten der vierziger Jahre, und Anfang der Siebziger verkaufte er seinen Anteil an der Kanzlei, um seinen Drogenbedarf finanzieren zu können. Natürlich bereitete es der Tochter eine gewisse Befriedigung, als sie ein Vierteljahrhundert später die Sache wieder zurechtrücken konnte.

Auch wenn Henrik Kristev zu dem Zeitpunkt bereits wie eine zarte, blaue Haschwolke aus der Geschichte verschwunden war und die Wiederauferstehung nicht mehr erleben konnte.

Natürlich war es ein deutlicher Vorteil, dass es jetzt einen Kristev aus Fleisch und Blut in einem so renommierten Büro wie Booms, Booms & Kristev gab. Dass es sich dabei um eine Frau handelte, immer noch jung, immer noch hübsch, machte die Sache nicht gerade schlimmer.

Eine Kristeva. Jacob Booms aus der dritten Generation der Booms', der das größte Zimmer in den Geschäftsräumen in der Zuyderstraat mit zwei echten Van-Dermeng-Gemälden und einem persischen Javeleteppich inne hatte, hatte vorgeschlagen, den Firmennamen doch hinsichtlich dieses kleinen femininen a zu ändern, jetzt, wo die Besitzverhältnisse endlich wieder zu ihrer Grundstruktur zurückgefunden hatten, aber Anna hatte dieses Angebot abgelehnt.

Sie wusste auch so, dass sie eine Frau war. Dazu brauchte sie nicht diesen Extrabuchstaben im Milchglas der Türscheibe zu ihrem Büro. Und auch keine Veränderung der Garamond-Lettern, die es von Anfang an gegeben hatte.

Das Einzige, was abgesehen von diesem doch reichlich abgedroschenen Geschlechtsrollenaspekt notwendig war, das war ab und zu mal ein Mann.

Für kürzere Zeiträume, wie gesagt. Und nicht zu tiefgehend.

»Der wichtigste Unterschied zwischen Männern und Bananen«, hatte ihre Freundin Ester Peerenkaas bei irgendeiner Gelegenheit einmal angemerkt, »ist, dass Männer nicht auf Bäumen wachsen.«

Das war eine absolut korrekte Beobachtung. Auch wenn man nur darauf aus war, ein periodisch auftretendes Bedürfnis zu befriedigen, so war es natürlich ein Argument, dass die Frucht gut schmeckte. Die Männer, die in Restaurants, Bars und anderen zweifelhaften Plantagen zu finden waren, ließen sich zwar leicht pflücken, aber das Resultat, die Ausbeute der Aktion, war nur selten zufriedenstellend. Das hatten Anna Kristeva und Ester Peerenkaas beide nach einigen Jahren Ernte auf diesen traurigen Äckern festgestellt. Der Nachgeschmack war oftmals bedeutend bitterer als die Süße der Frucht. Es war nur äußerst selten die Frage von mehr als einer einzigen, etwas angstvollen nächtlichen Begegnung, und auf ein so streng zeitlich begrenztes Arrangement hatte eigentlich keine von beiden Lust.

»Bescheuert«, hatte Ester kommentiert. »Es war total bescheuert. Ihm ist es nach zwanzig Sekunden gekommen, und dann hat er noch zwei Stunden heulend dagelegen. Wir müssen eine neue Methode finden.«

Ester Peerenkaas ihrerseits war etwas geläuterter, was Männer betraf, als Anna Kristeva. Zumindest behauptete sie das gern, und es war schwer, ihr in dieser Beziehung nicht zuzustimmen.

Ende der Achtziger hatte Ester einen ägyptischen Mann, schön wie ein Abgott, bei einer Konferenz über internationale Ökonomie in Genf getroffen. Sie war fünfundzwanzig Jahre alt, gerade mit ihrer Ausbildung fertig, frisch angestellt im Finanzministerium, das Leben lag offen vor ihr wie ein Sonnenaufgang. Sie verliebte sich, sie heirateten, sie bekam eine Tochter, alles innerhalb eines Jahres. Sie ließen sich in Paris nieder, wo er bei der Botschaft arbeitete. Nach ungefähr drei Jahren fand sie ihren Abgott im Bett mit einer ihrer französischen Freundinnen. Die Scheidung brauchte nicht mehr als zwei Monate. Ester bekam das Sorgerecht für die Tochter, zog mit ihr zurück nach Maardam, aber da der Vater ein gewisses Besuchsrecht hatte, gab sie sich geschlagen und ließ ihn einen Sommermonat zusammen mit Nadal verbringen. Das Mädchen war damals fünf Jahre alt, seitdem hatte sie sie nie wieder gesehen. Einen Botschaftssekretär Abdul Isrami gab es nicht mehr in Paris, und Ägypten ist ein großes Land.

Deshalb protestierte Anna Kristeva nicht, wenn ihre Freundin ab und zu etwas zynisch in Geschlechterfragen argumentierte.

Aber welche Methode dann?

Wie vorgehen, wenn es darum ging, sich diese leichte Süße nicht entgehen zu lassen, die diese hohle Frucht trotz allem zu bieten hatte. *Wie?*, kurz gesagt. Ester war es schließlich, die mit dem Vorschlag kam.

Anzeigen aufgeben.

Anfangs war das mehr als Scherz gemeint, aber mit der Zeit kann auch aus einem Scherz Ernst werden. Frau konnte es ja einfach mal versuchen, und an einem warmen, verheißungsvollen Freitag im Monat Mai 1997 hatten sie ihre erste Suchanzeige auf der Kontaktseite in der Allgemejne aufgegeben. Der Liebesmarkt war zwar bedeutend größer und reichhaltiger im Neuwe Blatt, aber gerade deshalb hatten sie sich für die Allgemejne entschieden. In dem Grad, in dem es Platz für ein wenig Stil und ein wenig Klasse auf diesem unerprobten Spielplan gab, war es natürlich wichtig, sich gewisser Qualitäten zu vergewissern. So viele man begehren konnte.

Schriftliche Antwort erbeten. Alter, Lebenslauf und Foto. Vorlieben hinsichtlich Kunst, Musik und Literatur. Es gab keinen Grund, sich mit eingebildeten Analphabeten und schläfrigen Abenden zu Hause abzugeben. Ganz im Gegenteil, intellektuell, kultiviert und anregendes Beisammensein, darum ging es hier.

Sowie eine eindeutige Klausel, dass hier auf keinen Fall der lebenslange Heiratsvertrag winkte. Sie hatten sich einige Mühe mit der Formulierung gemacht, aber als sie schließlich die richtigen Worte gefunden hatten, blieben sie dabei. Es war auch nirgendwo die Rede davon, dass sie zu zweit bei dem Spiel dabei waren, aber da Anna Kristeva und Ester Peerenkaas beide begabte, hochgebildete und offenherzige Frauen um die Fünfunddreißig waren, brauchte sich niemand hinters Licht geführt zu fühlen. Ganz und gar nicht.

Der erste Versuch erbrachte sechzehn Zuschriften. Sie verbrachten einen ungemein anregenden Abend daheim bei Anna mit Käse und Wein, Zensurenverteilen, Aussondern und Lose ziehen – was schließlich in fünf Verabredungen endete (drei für Anna, zwei für Ester) und in einem insgesamt doch sehr ergiebigen Sommer. Ohne besonders viel faden Nachgeschmack für alle Beteiligten, weder für die Männchen noch für die Weibchen – abgesehen möglicherweise von einer übertrieben besitzbeanspruchenden betrogenen Arztehefrau, die nie so recht mit den Bedingungen einverstanden war.

Die Methode funktionierte also. Jedenfalls war sie sehr viel zufriedenstellender als viele andere, und als Anna Kristeva an diesem Freitagnachmittag Anfang Dezember 2000 ins Büro der Allgemejne am Rejmer Plejn trat und einen neuen Schwung an Antwortbriefen von hoffnungsvollen Anwärtern abholte, war es der fünfte Durchlauf.

Ein kleines Jubiläum sozusagen. Sie hatten sich auf Hummer und eine Flasche Chablis daheim bei Ester geeinigt, um das Ganze ein wenig feierlich zu gestalten.

Dreiundzwanzig Antworten.

Nach der ersten so genannten Idiotenrunde (wo solche rausfielen, die nicht begriffen, dass man nicht mit der Hand auf einem Computer schreiben kann – oder die offenbar nur darauf aus waren, gewisse Muskeln oder ihren Bart zu präsentieren und anschließend in einer Frau zu masturbieren) blieben noch vierzehn übrig. Plus eine wild card. Den Ausdruck hatte Anna geprägt und eingeführt – aus sehr guten, und wie sich zeigen sollte, vorausschauenden Gründen – bei ihrem dritten Fischzug vor ziemlich genau einem Jahr.

Nach dem nächsten, etwas genaueren Durchgang – nach Hummer und Chablis, aber vor Kaffee und Cognac, und mit Schwerpunkt auf so wichtigen Kriterien wie Graphologie und Formulierungskunst – war die Anzahl denkbarer Objekte auf vier gesunken. Plus die wild card.

Sie machten eine Pause. Legten Nick Drake auf den CD-Player und wuschen ab. Richteten ein Kaffeetablett her und zogen um ins Wohnzimmer, auf die Sofas. Es war jetzt zehn Uhr und Zeit fürs Finale.

»Der hier«, sagte Ester, »was hältst du von ihm? Ich muss sagen, dass er mich in deutlich höherem Maße anspricht als die anderen.«

»Lies vor«, forderte Anna. Lehnte sich zurück und kostete von ihrem Cognac.

Ester Peerenkaas las vor.

»Normalerweise lese ich diese Spalten ja nicht, aber Deine Anzeige hat meine Aufmerksamkeit erregt – und warum eigentlich nicht? Ich bin Pilot und treibe mich in der Welt herum, habe aber meine Basis hier in Maardam. Zwei Ehen haben mich meine Jugend gekostet, zwei Kinder mein Geld, aber vierzig Jahre ist noch kein Alter, um zu sterben. Meine erste Frau hat mich das Lesen gelehrt – Maeterlinck, Kafka und die großen Russen –, meine zweite hat mich mit in die Oper geschleppt. Ich muss heute noch heulen, wenn ich das Duett aus den Perlenfischern höre, aber warum soll ich allein weinend zu Hause sitzen? Ich habe ein Haus auf einer griechischen Insel, aber sogar Griechenland hat zu dieser Jahreszeit seinen Charme verloren. Ich schlage stattdessen ein Essen und La Traviata vor, schließlich geht es auf Neujahr zu.«

»Hm«, sagte Anna Kristeva. »Doch, er hat was, da gibt's keinen Zweifel. Wenn nur die Hälfte stimmt, ist er ein fetter Fang. Darf ich noch mal das Foto sehen?«

Ester reichte es rüber. Das Brustbild eines lachenden, kraftvollen Mannes. Weißes Hemd, an der Brust aufgeknöpft. Das Haar etwas schütter und vielleicht etwas zu eng zusammenstehende Augen, aber war das so schlimm? Es konnte ja wohl kaum ein Zweifel daran herrschen, dass er einer der beiden Auserwählten sein würde.

Sie hatten nämlich die Spielregeln dahingehend geändert, dass es nur noch zwei Finalisten gab. Seit dem zweiten Mal. Zwei Männer, einer für jede. Es wäre langfristig ein Fehler gewesen, noch weitere auszusuchen, sich abzusichern. Weder Ester noch Anna hatte dieses Modell gefallen, es war einfach zu feige. Zu zögerlich und nicht kompromisslos genug. Man musste mit etwas mehr Power ins Spiel gehen, einer gewissen romantischen Risikofreude – sonst bestand die Gefahr, dass alles so einen verwässerten Zug bekam, den keine von ihnen tolerierte. Ein gähnender Amor? Nein, danke, bestimmte Regeln musste man eigentlich gar nicht aufschreiben, die waren selbstverständlich.

»Der Pilot ist der eine«, entschied Anna und gab das Foto zurück. »Daran gibt's nichts zu rütteln. Hast du noch eine Nummer Zwei?«

Die Freundin saß eine Weile schweigend da. Las und betrachtete die Fotos.

»Nein«, sagte sie. »Könnte vielleicht dieser Journalist hier sein, aber das musst du entscheiden.«

Anna nahm die Papiere und warf einen Blick auf die Informationen.

»Ich habe so meine Zweifel«, sagte sie. »Vielleicht sind es nur Vorurteile, aber dieser Redakteur, mit dem ich im Frühjahr zwei Monate vergeudet habe, war wahrlich kein Richard Burton. Obwohl er reichlich soff.«

»Richard Burton?«, fragte Ester lachend. »Wenn du auf so einen aus bist, dann schlage ich dir den hier aus Wahrsachsen vor. Er hat jedenfalls die entsprechende Schwere in den Gesichtszügen.«

Anna Kristeva zog das Foto von Angus Billmaar hervor, einem vierundvierzigjährigen selbstständigen Unternehmer in der Stahlbranche. Auch sie brach in Gelächter aus.

»Nein, verdammt«, schnaubte sie. »Ich meine Richard Burton, bevor er in Pension gegangen ist. Und der Kerl soll erst vierundvierzig sein? Da habe ich ehrlich gesagt so meine Zweifel, er hat bestimmt ein Jahrzehnt unterschlagen. Wie um alles in der Welt konnte er nur in die Endrunde gelangen?«

Ester Peerenkaas zuckte mit den Schultern.

»Aus Mangel an anständiger Konkurrenz«, erklärte sie. »Leider. Was hast du sonst noch?«

Anna betrachtete die zwei übrig gebliebenen Fotos, nahm jeweils eins in jede Hand und ließ ihren Blick mehrmals kritisch zwischen ihnen hin und her wandern. Überprüfte noch einmal die jeweiligen Angaben, bevor sie die Bilder schließlich auf den Tisch legte.

»Nein«, sagte sie. »Irgendwie bekomme ich einfach keine Gänsehaut.«

»Ich auch nicht«, stimmte ihr Ester Peerenkaas zu. »Ich habe zwar im Augenblick meine Tage, aber ich glaube nicht, dass ich unter anderen Umständen eine kriegen würde. Nicht mal in der besten aller Welten, also, was zum Teufel machen wir?«

Anna dachte einen Moment nach.

»Ich habe einen Vorschlag«, sagte sie.

»Wirklich? Lass hören.«

»Es ist zwar gegen die Regeln, aber wir haben uns ja schon öfters über sie hinweggesetzt. Ich bin nämlich reichlich scharf auf meine wild card.«

Ester trank einen Schluck Cognac und verzog das Gesicht.

»A plunge into the dark«, sagte sie. »Ja, ja, du kannst dieser Verlockung nur schwer widerstehen, das habe ich schon gemerkt.«

»Hast du eine bessere Lösung?«, wollte Anna Kristeva wissen.

Ester schüttelte den Kopf.

»Höchstens, dass wir alle noch mal durchgehen, und ich glaube nicht, dass das viel bringen wird. Aber ich für meinen Teil habe keine Lust, so ein Risiko einzugehen, das möchte ich dir nur vorher schon sagen. Das ist dann deine Sache.«

Anna lachte.

»Wir brauchen nicht zu ziehen. Nimm deinen Piloten, ich werde mich um den geheimnisvollen Fremden kümmern.«

Ester runzelte die Stirn und überlegte.

»Kein Foto, kein Name«, sagte sie. »Keine Adresse und keine Telefonnummer. Man kann nicht direkt behaupten, er hätte die Bedingungen verstanden. Lies noch einmal vor, ich möchte es noch einmal hören.«

Anna räusperte sich und las den kurzen Text auf der gelben Karte.

»›Habe Deine Suchanfrage zufällig gelesen. Wenn Du diejenige bist, für die Du Dich ausgibst, könnte ein Treffen interessant sein. Ich werde für den achten einen Tisch im Keefer's bestellen. Wenn Du gegen acht Uhr auftauchst, lade ich dich zu einem Happen und einem Gespräch ein. Erkennungszeichen: roter Schlips und Eliots *The Waste Land* in gleicher Farbe.‹ Das ist alles. Was meinst du?«

Die Freundin schaute nachdenklich drein und spielte mit der Cognacflasche.

»Eliot?«, fragte sie. »Hast du Eliot gelesen?«

Anna dachte nach.

»Höchstens ein paar verstreute Gedichte im Gymnasium. Aber er hat eine schöne Handschrift, ich meine nicht T. S. Eliot. Sie gefällt mir ... die Farbe der Karte ist auch nicht schlecht.«

Ester schenkte ein und nickte ein paar Mal nachdenklich.

»Du bist nüchtern und berechnend, schlimmer geht es nicht mehr«, sagte sie. »Aber ich muss dir im Prinzip zustimmen. Handschrift und Farbensinn sagen mehr aus als vieles andere. Wann ist der achte? Am nächsten Freitag?«

Anna rechnete schnell nach.

»Stimmt«, sagte sie. »Heißt das, dass wir eine Entscheidung getroffen haben?«

»Das heißt es wohl«, lachte Ester. »Beim fünften Durchgang wurden gutgeheißen … ein Pilot und ein Mystiker. Prost und viel Jagdglück, meine Schöne.«

»Prost«, erwiderte Anna Kristeva. »Ich muss zugeben, was das Vorspiel betrifft, sind wir einfach unübertroffen, du und ich.«

»Wir sind insgesamt nicht zu übertreffen«, stellte Ester Peerenkaas fest. »Mögen die Götter uns auch dieses Mal beistehen.«

»Natürlich werden sie das«, sagte Anna Kristeva.

Und den plötzlichen Hauch von Angst, der ihr Bewusstsein durchwehte, spülte sie mit einem Schluck des unübertroffenen Renault fort.

25

»Drei Wochen!«, sagte Reinhart. »Drei verfluchte Wochen, seit wir das Mädchen da draußen am Strand gefunden haben! Und wir haben nicht das Geringste zu Wege gebracht, begreift ihr das? Das ist ein Skandal!«

Er beugte sich über den Tisch vor und starrte die anderen an, einen nach dem anderen, aber niemand schien etwas zu seiner Verteidigung vorbringen zu können. Moreno gab der Frau, die ihr schräg gegenüber saß, mit einem kurzen Augenaufschlag ein Zeichen.

»Ach ja«, sagte Reinhart und machte eine wegwischende Bewegung mit der Hand. »Du hast wohl noch nicht die ganze Braintrust-Riege kennen gelernt ... Darf ich euch also Inspektorin Sammelmerk vorstellen. Sie kommt aus Saaren und füllt die Lücke, die Kommissar deBries hinterließ, ja ... also. Ist auch höchste Zeit, schließlich ist schon mehr als ein Jahr vergangen ... wie dem auch sei, von links nach rechts: Krause, Moreno, Jung, Rooth, Münster und meine Wenigkeit, Hauptkommissar Reinhart ... irgendwelche Fragen?«

Niemand hatte eine Frage. Jung schnäuzte sich in ein Papiertaschentuch.

»Willkommen«, sagte Rooth. »Aber wir haben uns ja gestern schon gesehen.«

Jung, Münster und Moreno stimmten in den Willkommensgruß ein, indem sie zustimmend nickten. Krause stand auf und schüttelte die Hand, und Inspektorin Sammelmerk selbst versuchte, nicht so peinlich berührt auszusehen. Sie war eine ziemlich große und kräftig gebaute Frau in den Vierzigern und hatte aus persönlichen Gründen ihre Versetzung aus Saaren beantragt. Es war ihr zweiter Tag bei der Maardamer Kripo, dieser Dienstag, und es gab natürlich keinen Grund für sie, auf irgendeine Weise besonders hervorzustechen.

»Danke«, sagte sie für alle Fälle. »Eigentlich ist es nicht so schwer, mit mir zusammenzuarbeiten. Ich hoffe, mit euch auch nicht. Vielen Dank, und macht bitte weiter.«

»Ausgezeichnet«, stellte Reinhart fest. »Nein, wir haben sicher so unsere Macken, aber die meisten von uns tragen doch ziemlich menschliche Züge. Wenn du Lust hast, die Truppe zu beeindrucken und einen guten Eindruck zu machen, so haben wir da einen maßgeschneiderten Fall für dich. Den Fall Kammerle-Gassel, so müssen wir ihn wohl in Ermangelung einer besseren Bezeichnung nennen. Ich habe mir gedacht, Inspektor Krause könnte das Ergebnis der Ermittlungen kurz zusammenfassen ... Er hat das jüngste und am wenigsten verdorbene Gehirn, das uns zur Verfügung steht. Und, wie gesagt, es ist in den letzten Wochen nicht besonders gut vorangegangen. Hrrm.«

Krause wechselte zur Stirnseite des Tisches und schaltete den Overheadprojektor ein.

»Jaha«, sagte er. »Vielen Dank für das Vertrauen. Ich habe eine kleine Zusammenfassung der ganzen Geschichte gemacht, ich dachte, ich stelle das mal vor, und anschließend können wir diskutieren, wie wir weiterkommen wollen ...«

»Leg los«, sagte Rooth. »Wir sind ganz auf deiner Seite.«

»Mit Inspektor Rooth verhält es sich nämlich so«, sah Reinhart sich veranlasst, Inspektorin Sammelmerk zu erklären, »wenn er sich nicht gerade was in den Mund stopft, dann kommen stattdessen Dinge heraus. Er weiß es nicht besser. Mach weiter, Krause!«

»Ach ja«, stöhnte Rooth. »Ich werde verleumdet und missverstanden, gebe aber trotzdem nicht auf.«

Krause legte die erste Folie auf, die den Fall in chronologischer Reihenfolge zeigte.

»Das Erste, was passiert – sozusagen, bevor überhaupt etwas passiert – ist also, dass ein gewisser Pastor Gassel unseren alten Hauptkommissar in dessen Antiquariat aufsucht. Das geschieht am 15. September. Der Pfarrer hat etwas zu berichten, aber Van Veeteren hat keine Zeit, ihm zuzuhören. Gut zwei Wochen später, am Montag, den 2. Oktober, fällt – oder springt oder wird gestoßen – Gassel im Maardamer Hauptbahnhof unter einen Zug und stirbt auf der Stelle. Keine Zeugen. Ungefähr zur gleichen Zeit werden zwei Frauen ermordet, Martina Kammerle und ihre sechzehnjährige Tochter Monica. Beide erwürgt. Die Mutter wird höchstwahrscheinlich zu Hause ermordet, sie wird dort einen Monat später gefunden, elf Tage, bevor Monicas Leiche von einem Hund draußen in Behrensee ausgegraben wird. Was die Tochter betrifft, haben wir keine Ahnung, wo der Tatort sich befindet. Wir wissen auch nicht, warum der Täter ihr die Beine abgehackt hat.«

»Die Beine?«, fragte Sammelmerk.

»Von den Knien abwärts, ja«, bestätigte Krause. »Das ist total unbegreiflich, aber es gibt andere Dinge, die wir begreifen.«

»Ach, wirklich?«, warf Rooth ein, aber Krause ignorierte ihn.

»Leider fehlen uns in beiden Fällen handfeste Spuren, es gibt beispielsweise keine Fingerabdrücke und auch sonst nichts, aber nach ein paar Tagen entdecken wir eine Verbindung zwischen diesem Pastor Gassel und den ermordeten Frauen ... oder zumindest mit der Tochter. Sie hat seinen Namen auf einen Block in ihrem Zimmer geschrieben, und dadurch erfahren wir, dass Monica Kammerle ihn mit großer Wahrscheinlichkeit ein oder mehrere Male getroffen hat, um über irgendetwas zu reden. Er hat das Bungegymnasium zu Anfang des Schuljahres im Auftrag seiner Kirche besucht, es kann sein, dass sie bei dieser

Gelegenheit Kontakt mit ihm aufgenommen hat. Es gibt also Gründe zu glauben, dass der Anlass für Gassels Besuch bei Van Veeteren tatsächlich etwas mit Monica Kammerle zu tun hatte … Es muss natürlich nicht so gewesen sein, aber wir haben bislang keine bessere Theorie, wenn wir davon ausgehen, dass der Tod des Priesters und der der Frauen miteinander zusammenhängen.«

»Ich kann noch ergänzen«, warf Reinhart ein, »dass die Durchsicht der Hinterlassenschaft des Pastors keinerlei Hinweise ergab. Le Houde und Kellermann sind gestern damit fertig geworden, es war offenbar nicht so einfach, herauszufinden, wo die Sachen gelagert sind. Jedenfalls fanden sich nirgends irgendwelche Aufzeichnungen über die Kammerles.«

»Das hatte er wohl im Kopf«, sagte Rooth.

»Ist anzunehmen«, stimmte Reinhart zu. »Aber wäre schon nicht schlecht zu wissen, was das wohl war. Und was da eigentlich in der Moerckstraat vor sich gegangen ist.«

Krause räusperte sich.

»Das ist natürlich der Knackpunkt des Ganzen«, sagte er. »Mutter wie Tochter lebten beide ziemlich isoliert, wir haben keinen einzigen Zeugen finden können, der uns ein bisschen mehr über die beiden hätte berichten können. Martina Kammerle hatte ja ihre Krankheit, das Manisch-Depressive, es stand nicht besonders gut um sie … und das Mädchen war eine ziemliche Außenseiterin. Sie hatte keine Freundinnen, überhaupt keinen Bekanntenkreis. Dass niemand Monica Kammerle als vermisst oder verschwunden gemeldet hat, beruht darauf, dass sie gerade die Schule wechseln wollte … Es ist natürlich bedauerlich, dass niemand sich wirklich um das Mädchen zu kümmern schien, aber so ist es nun einmal. Auf jeden Fall scheint es in dem Zusammenhang einen Mann gegeben zu haben. Die Nachbarin in der Moerckstraat, Frau Paraskevi, erklärt, dass sie im August ab und zu eine Männerstimme in der Wohnung gehört hat, und eine Zeugin hat Martina Kammerle zusammen mit einem Mann in der Stadt gesehen. Aber so etwas wie eine Personenbeschreibung haben wir nicht mal im Ansatz hingekriegt. Ja, dann gibt es da natürlich noch die mögliche Verbindung mit einem Fall in Wallburg vor eineinhalb Jahren … vielleicht übernimmt Reinhart jetzt lieber?«

Reinhart zog ein Papier aus einer roten Mappe.

»Ja, sicher«, sagte er. »Natürlich ist das möglich. Vielleicht sogar wahrscheinlich. Am 15. Juni letzten Jahres wurde eine Frau mit Namen Kristine Kortsmaa in Wallburg ermordet. In ungefähr der gleichen Art erwürgt wie unsere beiden Opfer. Sie hat nach einem Abend in einer Musikkneipe einen Mann mit zu sich nach Hause genommen, und nach allem zu urteilen muss er es gewesen sein, der sie getötet hat. Ich bin den Fall mit Inspektor Baasteuwel durchgegangen, er hat damals die Ermittlungen geleitet, aber wir sind auch nicht weitergekommen als bis zu dem Schluss, dass … sollen wir sagen, vermutlich? … dass es sich vermutlich um den gleichen Täter handelt. Den gleichen schrecklichen Wahnsinnigen, von dem wir nicht mal den Dreck unterm Fingernagel kennen. Auch keinen Fingerabdruck übrigens.«

»Ein diskreter Typ«, sagte Rooth.

»Außerordentlich diskret«, bestätigte Reinhart. »Das Einzige, was wir über ihn haben zusammenkratzen können, ist, dass er ziemlich kräftige Hände haben muss, dass er wahrscheinlich so zwischen dreißig und fünfzig ist – sonst hätte Kristine Kortsmaa ihn nie aufgegabelt, meinen ihre Freunde – und dass er auf jeden Fall keine auffallenden physischen Merkmale hat, sonst hätten sich die Leute ja an ihn erinnern müssen. Schließlich hat er ja verflucht noch mal mit seinem Opfer in der Disco mindestens eine Stunde getanzt!«

»Glück«, sagte Rooth. »Er muss ein Sauglück gehabt haben.«

»Ganz bestimmt«, brummte Reinhart. »Übrigens kümmern wir uns einen Dreck um diesen Quatsch mit Täterprofil. Zumindest erst einmal. Derjenige, mit dem wir es hier zu tun haben, hat eine schwerwiegende Störung im sexuellen Bereich, das reicht fürs Erste als Erkenntnis. Er hatte keinen Geschlechtsverkehr mit seinen Opfern, weder bevor er sie getötet hat noch hinterher. Aber beide, die Kortsmaa und das Mädchen Kammerle, hatten keinen Slip … hm, ja, wenn also einer von euch so einen Kerl in eurem Bekanntenkreis hat, dann wäre ich dankbar für einen Tipp.«

Keiner hatte einen Kommentar abzugeben, und Krause legte eine neue Folie auf. Zwei Namen und zwei Fragezeichen standen darauf.

Benjamin Kerran?
Henry Moll?

»Jung, bitte«, sagte Reinhart. »Das ist dein Bereich.«

Jung nickte und drehte sich so, dass er während der folgenden Erklärung Augenkontakt mit Inspektorin Sammelmerk hatte.

»Ja, ich weiß nicht«, sagte er. »Es kann ja reiner Zufall sein, und auch wenn mehr als das dahinter steckt, so ist schwer zu sehen, welche Bedeutung es im größeren Zusammenhang haben könnte …«

»Hübsche Einleitung«, sagte Rooth.

»Pst«, sagte Reinhart.

»Danke, Hauptkommissar«, sagte Jung. »Nun also, wir haben diesen Namen Benjamin Kerran gefunden, als wir die Mordwohnung durchsucht haben, Rooth und ich … es war der einzige von insgesamt sechsundvierzig Namen, den wir nicht identifizieren konnten, wenn man es mal so sagen will. Deshalb habe ich einfach mal im Internet gesucht und herausgefunden, dass dieser Kerran eine Figur in einem alten englischen Krimi ist. Der Autor heißt Henry Moll, und Kerran ist der Mörder in diesem Buch. Das Ganze ist ziemlich unbekannt, in den Dreißigern verfasst, aber ich habe ein Exemplar in der Universitätsbibliothek gefunden und den Roman gelesen. Nichts Besonderes, muss ich sagen, aber es war nicht schlecht, mal einen Kriminalroman während der Dienstzeit lesen zu dürfen.«

Reinhart stopfte sich die Pfeife.

»Daran zweifle ich nicht eine Sekunde«, sagte er. »Und welche Schlussfolgerungen hast du daraus gezogen?«

»Gar keine, ehrlich gesagt«, antwortete Jung. »Dieser Kerran im Buch ist ein ungewöhnlich ekelhafter Typ. Er ist ein Würger, genau wie unser Täter also, aber es steckt kein sexuelles Motiv hinter seinen Taten. Eher ein religiöses. Er läuft in London herum und erwürgt ausgestoßene Frauen, meistens Prostituierte, man kann wohl sagen, er ist eine Art Variante von Jack the Ripper. Aber wie gesagt, es ist ein ziemlich schlechtes Buch. Und vollkommen unbekannt, ich habe mit ein paar Krimispezialisten geredet ... mit Kevin A. Bluum unter anderem, aber keiner kannte das Buch. Und Henry Moll auch nicht.«

»Wer zum Teufel hat es dann ins Netz gestellt?«, wollte Rooth wissen.

»Der Verlag«, erklärte Jung. »Sie haben jeden einzelnen Namen aus jedem einzelnen Buch angegeben, das sie seit 1912 herausgegeben haben. Frag mich nicht, warum.«

»Wir geben das Buch in den Umlauf«, entschied Reinhart. »Keinem soll das Vergnügen verwehrt werden, einen dummen Krimi während der Arbeitszeit zu lesen. Du hast es doch noch?«

Jung nickte.

»Und es gibt keinen anderen Benjamin Kerran?«, fragte Moreno.

»Nicht, soweit wir in Erfahrung gebracht haben«, sagte Jung. »Es kann natürlich irgendwo einen geben, aber wir haben bis jetzt in ganz Europa keinen gefunden.«

»Und dennoch hat eines unserer Opfer seinen Namen in ihr Notizbuch geschrieben«, stellte Reinhart fest. »Ein literarischer Würger, was haltet ihr davon?«

Münster, der während der ganzen Besprechung bisher schweigend dagesessen hatte, ergriff das Wort.

»Sie kann das Buch nicht gelesen haben«, sagte er. »Das ist zu unwahrscheinlich. Und es gab keine anderen Aufzeichnungen außer dem Namen? Etwas über ihre Beziehung zu ihm sozusagen ... ?«

»Nichts«, sagte Jung. »Wenn wir Adresse oder Telefonnummer gehabt hätten, dann wäre es ja kein Problem gewesen, ihn einzukassieren.«

»Ja, klar«, gab Münster zu. »Natürlich. Auf jeden Fall kann es einen Zusammenhang geben, ich finde, es wirkt ziemlich wahrscheinlich. Unser unbekannter Würger hat ihr in irgendeiner Weise diesen Namen genannt ... eine Art perverser Scherz, er ist ja nicht normal, davon müssen wir schließlich ausgehen. Es kann sogar sein, dass er sich so genannt hat. Oder?« Er schaute sich am Tisch um, bekam aber keine Resonanz. Weder Zustimmung noch Ablehnung. »Ich wette, dass es so gewesen ist«, fuhr Münster fort. »Er hat sich Benjamin Kerran genannt.«

»Gut möglich«, sagte Rooth.

»Und was bringt uns das?«, wollte Moreno wissen.

Münster dachte einen Augenblick nach.

»Erst mal gar nichts«, sagte er. »Wir stehen immer noch auf Feld Eins, aber wir wissen zumindest, in welcher Richtung Feld Zwei liegt.«

»Was für eine anschauliche Bildersprache die Kollegen doch heute haben«, stellte Reinhart mit einem müden Seufzer fest. »Stell mal den Projektor ab, Krause. Oder hast du noch mehr?«

»Im Augenblick nicht«, sagte Krause und schaltete den Overheadapparat ab.

Reinhart stand auf.

»Ich gehe jetzt raus, eine rauchen, und hole bei Frau Katz ein Kaffeetablett«, erklärte er. »Wir treffen uns in zehn Minuten wieder, dann werde ich was über die Zukunft berichten.«

»Oh, eine richtige Sibylle«, sagte Rooth.

»Pst, Rooth«, tadelte Reinhart ihn zum zweiten Mal an diesem Dienstagmorgen.

»Die Sache ist die: Ich habe uns an die Massenmedien verkauft.«

Am Tisch wurde es still. Inspektor Rooth beeilte sich, ein halbes Brötchen hinunterzuschlucken.

»Was?«, rief er. »Was zum Teufel meinst du damit?«

»Schuld und Sühne«, sagte Reinhart.

»Dostojewski?«, fragte Moreno.

»Nein, verdammt noch mal, der nicht. Das Verbrechermagazin *Schuld und Sühne* auf Kanal Fünf.«

»Ach, das?«, merkte Jung an. »Hätte nicht gedacht, dass das zu deinen Lieblingssendungen gehört.«

»Tut es auch nicht, aber jetzt wollen sie zumindest den Fall Kammerle-Gassel aufgreifen. Wird morgen gesendet, zwischen neun und zehn, wenn es euch interessiert. Ich werde dabei sein und interviewt werden, der Polizeipräsident auch ... das nehmen wir morgen auf.«

»Hiller?«, platzte Münster heraus und konnte kaum sein Lachen unterdrücken. »Was soll Hiller denn da machen?«

»Vielleicht kriegt er ja einen neuen Anzug«, schlug Jung vor.

»Vielleicht will er die Allgemeinheit beruhigen«, sagte Rooth.

Reinhart kratzte sich mit dem Pfeifenschaft zwischen den Augenbrauen.

»Hiller war derjenige, der mich überredet hat«, sagte er. »Und vielleicht ist es gar nicht so dumm, wenn man es sich mal genauer überlegt. Schließlich sind wir bis jetzt keinen Schritt weitergekommen, und ein bisschen mehr Öffentlichkeit und Rampenlicht schaden ja wohl nicht. Auch wenn wir bisher nicht gerade viel Hilfe von der Allgemeinheit bekommen haben, weiß Gott nicht.«

»Wie hat er dich überredet?«, wollte Rooth wissen. »Ich meine, Hiller. Hat er dir gedroht, dich zu feuern?«

Reinhart schien zu überlegen, ob er den sauren Apfel ausspucken sollte oder nicht.

»Schlimmer«, antwortete er schließlich. »Er wollte mich zu einem Essen einladen und den Fall unter vier Augen diskutieren.«

»Oh je«, sagte Rooth.

»Genau«, nickte Reinhart. »Wer jetzt lacht, dem hau ich eins aufs Maul. Auf jeden Fall wird sich die halbe Sendung mit unserem lieben Würger beschäftigen. Ich habe einen Drehplan, darüber, wie das für morgen geplant ist, und ich habe beschlossen, liberal zu sein und alle Bedenken fallen zu lassen. Ich möchte nur, dass ihr darüber Bescheid wisst, es werden danach sicher in diesem Zusammenhang so einige Tipps eintrudeln.«

»Ihr wollt doch wohl nicht das Phantombild aus Wallburg verwenden?«, wollte Moreno wissen. »Das könnte sonst Probleme geben.«

»Das habe ich abgewendet«, beruhigte Reinhart sie. »Nein, es wird sich in erster Linie um eine neutrale Sprecherstimme handeln, um Bilder von den Fundorten mit pädagogischen Kreuzen und einer Unmenge an Spekulationen. Sowie einer netten kleinen Einblendung in Blutrot: ›Wann schlägt der Maardamer Würger wieder zu?‹ Ich habe natürlich versucht, auch das abzuschmettern, aber Hiller gefällt es. Das bringt der Polizei mehr Geld, wenn der eine oder andere verrückte Mörder frei herumläuft, behauptet er ...«

»Ausgezeichnet«, sagte Rooth. »So spricht der Stratege.«

»Ja«, sagte Reinhart. »Andererseits will er aber in der Sendung versprechen, dass wir ihn innerhalb eines Monats haben.«

»Gut«, sagte Münster. »Dann wird er ja vielleicht auch seinen Anzug ausziehen und die Ärmel hochkrempeln. Übrigens, hat denn der Hauptkommissar auch etwas Hübsches anzuziehen? Vielleicht eine Uniform?«

»Aus der bin ich vor zwanzig Jahren herausgewachsen«, gab Reinhart mit einem weiteren Seufzer zu. »Ich habe gedacht, mit Arbeitskleidung und meinem üblichen zurückhaltenden Charme aufzutreten. Nun gut, wollen wir das hier jetzt auflösen, oder gibt es noch jemanden, der etwas Vernünftiges zu sagen hat?«

Das hatte niemand. Und auch nichts Unvernünftiges.

Moreno schob die Tür zu Irene Sammelmerks Zimmer auf.

»Hallo. Darf ich reinkommen?«

»Ja, natürlich«, lächelte Sammelmerk. »Ich habe geradezu gehofft, dass du vorbeischauen wirst.«

Moreno trat ein und schloss die Tür hinter sich.

»Ja?«, wunderte sie sich. »Und warum?«

»Was denkst du wohl?«, meinte Irene Sammelmerk und betrachtete sie mit einem leicht prüfenden Blick. »Wie viele Frauen gibt es hier im Haus?«

»Nicht besonders viele«, sagte Moreno. »Aber jetzt sind wir jedenfalls zwei auf diesem Stockwerk. Das freut mich, ich hoffe, du wirst dich hier wohl fühlen.«

Irene Sammelmerk breitete die Arme zu den Bücherstapeln und noch nicht ausgepackten Kartons hin aus, die an der Wand gestapelt standen.

»Das werde ich ganz bestimmt«, sagte sie. »Wenn ich hier nur erst etwas Ordnung geschaffen habe. Aber ich habe ja heute Zeit, es mir etwas wohnlich zu machen. Das ist ein gutes Team hier, oder?«

Moreno setzte sich aufs Fensterbrett und dachte nach.

»Doch, ja«, sagte sie. »Ich denke schon. Ich habe so gut wie nie mit anderen gearbeitet, deshalb steht mir darüber eigentlich kein Urteil zu. Warum hast du dich auf die Stelle hier beworben?«

Irene Sammelmerk zuckte mit den Schultern.

»Es sind keine dramatischen Gründe, tut mir Leid«, sagte sie. »Falls du das gehofft hast. Mein Mann hat einen Job hier in der Stadt gekriegt, ganz einfach. Als Computerfreak bei Dixnerland. Wir haben jetzt sechs Monate getrennt gelebt, da wird es schön werden, wieder ein Familienleben zu haben.«

Moreno nickte.

»Kinder?«

»Drei«, sagte Irene Sammelmerk. »Sechs, neun und zwölf Jahre alt. Regelmäßig wie die Orgelpfeifen. Und wie ist es mit dir?«

»Noch nicht«, sagte Moreno und warf einen Blick aus dem Fenster auf das graue Wetter. »Aber ich glaube, es wird langsam Zeit.«

»Ich kann es nur empfehlen«, sagte Sammelmerk. »Jedenfalls, wenn man einen Mann hat.«

»Das ist natürlich der Knackpunkt«, sagte Moreno.

Irene Sammelmerk lachte.

»Die Dinge werden ins rechte Bild gerückt, wenn Kinder mit im Spiel sind, dann kann man irgendwie nicht schummeln ... übrigens, widerliche Geschichte, das hier mit Mutter und Tochter. Du kannst mich gern etwas genauer ins Bild setzen, wenn du Lust hast. Da ich ja sowieso in irgendeiner Weise damit zu tun haben werde. Aber wahrscheinlich gibt es noch anderes zu erledigen?«

»Das gibt es«, bestätigte Moreno. »Ich muss jetzt jedenfalls erstmal weiter. Ich wollte dir eigentlich nur sagen, wie saustark ich es finde, dass hier in dieses Zimmer eine Frau einzieht ... und dann wollte ich ein gemeinsames Essen vorschlagen, wenn du Zeit hast. Dann kann ich dir über den Fall und über vieles andere berichten.«

Irene Sammelmerk sah plötzlich fast gerührt aus.

»Wahnsinn«, sagte sie. »Ehrlich gesagt bin ich riesig dankbar dafür, dass sich hier im Team bereits eine Frau befindet. Ich habe seit zehn Jahren nur mit männlichen Kollegen zusammengearbeitet. Man muss sozusagen jeden Morgen eine neue Maßeinheit einstellen, wenn man loslegen will ... du weißt, was ich meine. Und klar gehen wir essen, gib mir nur erst eine Woche, um alles mit der Familie zu regeln.«

»Aber selbstverständlich«, sagte Moreno. »Du sagst Bescheid, wenn du soweit bist?«

Irene Sammelmerk nickte. Moreno spürte eine kurz aufflammende Lust, sie in den Arm zu nehmen, traute sich aber nicht. Die Zeit war irgendwie noch nicht so recht reif dafür, dass Kriminalpolizistinnen sich umarmten.

Stattdessen winkte sie etwas unbeholfen zum Abschied und schlüpfte aus der Tür. Kaum hatte sie sie hinter sich geschlossen, als Kommissar deBries in ihrem Kopf auftauchte.

Und das, worüber sie mit Münster geredet hatte.

Wie leichtfertig wir die Reihen hinter dem schließen, den es nicht mehr gibt.

Und bestimmte Menschen – wie beispielsweise Martina und Monica Kammerle (übrigens – vielleicht auch Tomas Gassel?) – nahmen so wenig Raum im Leben ein, dass so gut wie keine Lücke entstand, wenn sie verschwanden.

Abgesehen davon, dass ein ganzer Schwarm von Bullen versuchte, den Kerl zu schnappen, der sie ermordet hatte, natürlich.

Paradox, dachte Inspektorin Moreno. Ich möchte nur wissen, ob wir ihn jemals schnappen werden.

Benjamin Kerran? Nein, ich werde mich ganz hinten in die Liste für das Buch eintragen.

26

Aus irgendeinem Grund waren die Donnerstage immer am schlimmsten. Ester Peerenkaas hatte schon oft darüber nachgedacht, und auch dieser Donnerstag, der 7. Dezember im Gnadensjahre 2000, machte da keine Ausnahme. Es schien, als würden die anfallenden Arbeiten einer Woche immer genau am Donnerstagnachmittag gereift und zur Bearbeitung bereit sein – um endlich erledigt zu werden, damit sie nicht bis zur nächsten Woche liegen blieben. Freitage waren nun mal nur Freitage, man konnte nicht darauf vertrauen, dass an diesen etwas müderen Tagen besonders viel ausgerichtet wurde – mit viel Kaffeetrinken, Planungen aller Art und kleinen Gesprächen über Möglichkeiten oder Unmöglichkeiten, das Wochenende betreffend.

Ester Peerenkaas war gewissenhaft und wusste, wie wichtig es war, seine Sachen ordentlich zu erledigen und dadurch Respekt zu gewinnen. Berufliche Anerkennung, obwohl sie eine Frau war und dazu noch hübsch. Oder gerade deshalb. Allein durch harte und zielbewusste Arbeit wollte sie eines Tages den Posten als wirtschaftliche Leiterin des ganzen Krankenhauses erreichen – wenn Svendsen in sechs, sieben Jahren in Pension ging, hoffentlich –, und deshalb saß sie noch hier und rechnete und stellte Prognosen auf, obwohl es an diesem windigen, nasskalten Nachmittag bereits auf sechs Uhr zuging. Aber nur noch zwei Wochen bis zum Weihnachtsurlaub und einer Reise nach

Fuerteventura, das hieß, die Belohnung winkte ja bereits in absehbarer Entfernung.

Sie kaufte das wenige, was sie brauchte, bei Laager's am Grote Markt ein und erreichte ihre Wohnung in der Meijkstraat um Viertel vor sieben. Duschte, bereitete sich ein Omelett und hörte den Anrufbeantworter ab, bevor sie aufs Sofa vor dem Fernseher niedersank und dachte, dass sie ab jetzt keinen Finger mehr rühren würde, bis es Zeit war, so gegen elf Uhr, hinüber ins Bett zu krabbeln, um sich dort dem wohlverdienten Nachtschlaf hinzugeben.

Sie zappte sich eine Weile durch die Kanäle, blieb zum Schluss aber beim Fünften hängen, auf dem eine Diskussion über die Geschlechterrollen im neuen Jahrtausend lief, und um neun Uhr sollte dort ein Kriminalmagazin laufen. Genau die richtige gesellschaftsrelevante Art von Entspannung, dachte sie, schob sich die Kissen im Kreuz zurecht und nippte vorsichtig an dem schwachen Gin Tonic, den sie sich immer nach einem langen Arbeitstag gönnte.

Als das Telefon klingelte, war es zwanzig nach neun, und das Kriminalmagazin lief schon eine Weile.

Zuerst erkannte sie nicht, wer dran war, aber nach ein paar verwirrenden Sekunden begriff sie, dass es Anna war. Anna Kristeva.

»Du klingst aber merkwürdig«, sagte sie.

»Ich bin merkwürdig«, sagte Anna. »Was machst du? Störe ich?«

»Nein, nein. Ich gucke nur Fernsehen … über so einen Wahnsinnigen, der Frauen erwürgt und Pfarrer vor den Zug schubst. Nein, du störst überhaupt nicht. Was ist denn?«

»Ich bin krank«, erklärte Anna. »Es ist zum Kotzen, aber ich kann mich kaum auf den Beinen halten.«

»Das höre ich«, sagte Ester. »Ja, die Grippe geht um, das stimmt.«

»Genau die Diagnose habe ich auch bekommen«, sagte Anna und hustete erschöpft. »Drei, vier Tage im Bett, nach einer Woche ist man wieder fit, behauptet mein Arzt ... obwohl ich im Augenblick Probleme habe, das Licht im Tunnel zu sehen. Satte neununddreißig Fieber vor einer Stunde ... au weia.«

»Au weia, ja«, stimmte Ester Peerenkaas zu. »Kann ich dir irgendwie helfen ... was einkaufen oder so?«

»Nein, nein«, versicherte Anna Kristeva, »das Praktische ist alles geregelt. Mein Nachbar, du weißt, dieser Ingenieur, der ein bisschen in mich verliebt ist, er regelt das alles ... aber da ist was anderes.«

»Ja?«, fragte Ester. »Was denn?«

»Meine wild card.«

»Was?«

»Die wild card. Der Typ, den ich treffen wollte.«

»Was ist mit ihm?«

Anna hustete erneut ein paar Mal in den Hörer.

»Nun ja, ich kann in diesem Zustand ja wohl schlecht bei ihm auftauchen.«

»Ach so, ja!«, sagte Ester. »Ich verstehe. Wann solltest du ihn denn treffen?«

»Morgen.«

»Morgen?«

»Ja. Weißt du nicht mehr? Bei Keefer's mit T. S. Eliot und so ...«

»Ja, natürlich«, sagte Ester. »Roter Schlips und roter Eliot. Du musst entschuldigen, aber ich bin heute etwas schwer von Begriff ... auch wenn ich nicht krank bin. Ich habe Überstunden gemacht, es gab so viel, was nicht liegen bleiben durfte. Dann musst du es wohl verschieben, oder?«

»Wie?«, fragte Anna Kristeva.

»Was?«

»Wie soll ich es denn verschieben?«

»Ja, du kannst doch wohl ...«

Jetzt wurde Ester Peerenkaas die Problematik klar.

»... ach so, ich verstehe. Du hast seine Telefonnummer nicht?«

»Und auch seine Adresse nicht, seinen Namen oder sonst was ... und ich fände es wahnsinnig schade, wenn er mir entgehen würde. Nachdem wir doch die Ausscheidungsrunde und alles hinter uns gebracht haben. Bist du nicht auch der Meinung?«

»Ja«, sagte Ester und dachte nach. »Ich bin ganz deiner Meinung. Aber ich weiß auch nicht so recht, was du tun kannst. Drei, vier Tage im Bett sind nun mal drei, vier Tage im Bett. Du kannst in deinem Zustand einfach nicht ins Restaurant stiefeln und nach Eliot suchen.«

»Genau«, sagte Anna Kristeva und holte tief mit rasselnden Geräuschen Luft. »Zu dem Schluss bin ich auch gekommen. Und deshalb rufe ich an.«

»Ja?«

»Ich wollte fragen, ob du mir helfen willst?«

»Ja, natürlich. Und wie?«

»Indem du hingehst.«

»Wohin?«

»Ins Keefer's. Morgen Abend. Er muss ja dort sein.«

»Ja, und?«, fragte Ester Peerenkaas und schwieg eine Weile. »Und was zum Teufel soll ich deiner Meinung nach da machen?«

»Das liegt ganz an dir. Du brauchst ihn nur von mir zu grüßen und ihm zu erzählen, dass ich leider krank geworden bin. Ihn fragen, wie er heißt und ob er einen neuen Termin vorschlagen kann ... das ist doch nicht so schwer.«

»Ich verstehe«, sagte Ester. »Einfach nur hingehen und eine Nachricht überbringen, ja, das ist nicht so unmöglich ... obwohl, leider, ich habe Karen versprochen, morgen mit ihr ins Kino zu gehen.«

»Wer ist Karen?«

»Eine Arbeitskollegin, ich habe dir schon von ihr erzählt. Mit der will ich übrigens auch nach Weihnachten auf die Kanarischen Inseln fliegen. Tja, was machen wir nun?«

Anna seufzte.

»Du musst natürlich machen, was du für richtig hältst. Ich finde es nur dumm, die Chance einfach verstreichen zu lassen. Aber wenn du keine Zeit hast, dann geht es eben nicht. Wie läuft es eigentlich mit dem Piloten?«

Ester überlegte, während sie auf den Fernsehschirm starrte; zwei Polizeibeamte, einer in blauem Anzug, der andere in zerknittertem Überhemd und mit gelbem Schal, saßen beieinander und redeten mit dem Moderator.

»Ich weiß noch nicht«, sagte sie. »Mein Pilot ist unterwegs, aber wir haben schon miteinander telefoniert. Wir wollen uns nächstes Wochenende treffen.«

»Hört sich gut an«, sagte Anna.

»Ja, er klang ziemlich höflich. Aber du, ich weiß wirklich nicht, wie ich das mit Keefer's schaffen soll. Kannst du das nicht irgendwie anders lösen?«

Anna schien zu überlegen. Trank einen Schluck, Ester konnte hören, dass das Schlucken ihr Mühe bereitete.

»Mir fällt einfach nichts ein. Na ja, ist vielleicht auch nicht schlecht, es einfach sausen zu lassen.«

Ester dachte einen Moment lang nach.

»Ich mache es, wenn ich es zeitlich schaffe«, sagte sie dann. »Wir haben noch nicht abgemacht, um welche Zeit wir gehen, Karen und ich. Wenn ich es schaffe, dann ja. Okay? Aber ich verspreche nichts.«

»All right«, sagte Anna Kristeva. »Abgemacht. Scheiße, genug geredet, ich muss schlafen. Du lässt doch von dir hören und erzählst, wie es gelaufen ist ... morgen oder so? Ach übrigens ...«

»Ja?«

»Wenn du hingehst und feststellst, dass er blöd aussieht, dann kannst du ja gleich wieder umdrehen?«

Sie musste wieder husten. Ester lachte laut auf.

»Ja, das verspreche ich dir«, sagte sie. »Es muss wohl einen Grund geben, dass er sich weigert, ein Foto zu schicken.«

»Wahrscheinlich«, sagte Anna. »Aber man kann ja nie wissen.« Sie legte auf.

Ester Peerenkaas blieb noch eine Weile auf dem Sofa sitzen und überlegte. Dann griff sie zur Fernbedienung, der Bericht über den Würgerfall war beendet, jetzt ging es um die Drogensituation in Großstädten versus Kleinstädten beziehungsweise Dörfern. Sie schaltete ab. Trank ihren Gin Tonic und spürte, dass es an der Zeit war, ins Bett zu gehen, obwohl die Uhr noch nicht einmal auf die Elf zuging.

Nein, dachte sie. Roter Schlips und roter Eliot? Eigentlich habe ich absolut keine Lust darauf.

Karen deBuijk kam am Freitagvormittag in Esters Büro, und innerhalb weniger Minuten war die Planung für den Abend perfekt. Sie war ja auch nicht sonderlich kompliziert.

Zuerst ein Drink daheim bei Ester so gegen sieben und Sichtung des Kinoprogramms. Dann ein Film – vermutlich im Cinetec oder im Plus 8, wo es insgesamt achtzehn Kinosäle gab. Anschließend ein Happen zu essen und ein Drink irgendwo, und dann würde man schon sehen. Kein Grund, es komplizierter zu gestalten.

Sie hatte kurz nach vier die Wochenpläne zusammengestellt. Verließ das Verwaltungsgebäude des Krankenhauses und fuhr mit dem Auto zu Merckx, um auch einmal etwas organisierter einzukaufen. Es dauerte eine Stunde und senkte ihre Toleranzschranke um einiges. Aber so war es nun einmal, dachte sie, als sie auf dem gigantischen Parkplatz vor dem Einkaufszentrum wieder in ihren Peugeot stieg. Ich bin einfach nicht für Einkaufszentren geschaffen, da kann man nichts machen.

Gab es überhaupt Menschen, die für Einkaufszentren geschaffen waren?

Sie stellte das Autoradio an und fuhr Richtung Zentrum. Ein kurzer Wetterbericht ließ sie wissen, dass es zwei Grad plus war, dass es regnete, und zwar auf unabsehbare Zeit, und dass es außerdem ungefähr zehn Meter pro Sekunde aus westlicher Richtung wehte.

Sie widmete Anna Kristeva einen kurzen Gedanken und dachte, dass Maardam sicher der ideale Ort sein müsste, wenn man sich unbedingt eine Grippe einfangen wollte.

Welch idealer Grippeort die Stadt wirklich war, wurde ihr erst klar, als Karen sie Viertel vor sieben anrief und klang, als hätte sie drei Liter Blut verloren und wäre unter einen Kühlschrank geraten.

»Krank«, stöhnte sie. »Es geht gar nichts mehr.«

»Du auch?«, fragte Ester.

»Auch?«, wiederholte Karen.

»Ach, eine andere Freundin von mir ist gestern zusammengeklappt. Die geht wirklich um, diese Grippe.«

»Ja, das tut sie«, stimmte Karen zu und atmete schwer. »Ich hätte es fast nicht mehr die Treppen hoch geschafft, als ich von der Arbeit kam. Dass das so schnell zuschlagen kann … es tut mir Leid.«

»Ach, Schwamm drüber«, sagte Ester. »Leg dich ins Bett. Dann gehen wir halt ein andermal ins Kino.«

»Tschau«, keuchte Karen und legte den Hörer auf.

Oder ließ ihn fallen, so hörte es sich jedenfalls an.

Ja, und?, dachte Ester Peerenkaas. Und was mache ich jetzt? Allein an einem Freitagabend in der Mitte des Lebens?

Sie schaute auf die Uhr und stellte plötzlich fest, dass sie es noch problemlos in Keefer's Restaurant schaffen würde.

27

Münster betrachtete den Mann, der sich soeben auf dem Besucherstuhl niedergelassen hatte.

Er war lang und mager. So um die Fünfunddreißig, wie es schien, mit einem schmalen Pferdegesicht, das er mit wenig Erfolg mittels eines rotbraunen Bartes zu veredeln versuchte. Der Mund war dünn und weich, und sein Blick hinter der ovalen Nickelbrille zuckte unruhig.

»Ihr Name?«, fragte Münster.

»Ich würde gern lieber anonym bleiben«, sagte der Mann.

»Ihr Name«, wiederholte Münster.

»Ich ... Mattias Kramer, aber es wäre mir lieber, wenn ... wenn es möglich wäre, dass ...«

»Was?«, wollte Münster wissen.

»Dass die Angelegenheit mit einer gewissen Diskretion behandelt wird. Meine Situation ist nicht so einfach.«

»Ach so, ja«, nickte Münster. »Tja, wenn Sie mir ein wenig erzählen und mir sagen, warum Sie eigentlich gekommen sind, dann werden wir sehen, was sich machen lässt.«

Mattias Kramer schob die Brille zurecht und schluckte.

»Möchten Sie etwas trinken? Einen Kaffee vielleicht?«

»Nein danke. Nein, ist nicht nötig. Können Sie mir zusagen, dass das hier nicht an die Öffentlichkeit gelangt? Das wäre ... es wäre die reinste Katastrophe für mich, wenn meine Ehefrau etwas davon erführe.«

Münster lehnte sich auf seinem Stuhl zurück und ließ einige Sekunden verstreichen.

»Ich kann Ihnen keine Garantie geben«, sagte er. »Das müssen Sie verstehen. Unsere Aufgabe bei der Polizei ist es, Verbrechen zu bekämpfen, und wenn Sie mir etwas berichten, was ...«

»Es ist nichts Kriminelles«, unterbrach Kramer ihn eifrig. »Absolut nichts in der Richtung ... alles ist eine rein private Angelegenheit, aber es würde mein Leben zerstören, wenn ... ja, wenn es rauskäme.«

»Ich verstehe«, sagte Münster. »Nun erzählen Sie mir erst einmal, warum Sie hier sind, ich habe natürlich nicht den geringsten Grund, Ihnen das Leben schwer zu machen.«

Mattias Kramer räusperte sich und zögerte einen Moment.

»Tomas Gassel«, sagte er dann.

Es dauerte eine Sekunde, bis Münster sich an den Namen erinnerte.

»Ja?«, sagte er.

»Pastor Gassel ist im September verunglückt.«

»Ja, sicher, das weiß ich.«

»Ich habe gestern im Fernsehen die Sendung gesehen. Ich habe schon den ganzen Herbst überlegt, ob ich Kontakt zu Ihnen aufnehmen soll, mich aber nicht getraut. Aber als ich gestern das Foto von ihm gesehen und gehört habe, was die Polizei dazu meint, ja, da war mir klar, dass ich mit Ihnen reden muss.«

»Jaha?«, sagte Münster.

»Wir hatten eine Beziehung.«

»Eine Beziehung?«

»Ja. Tomas war homosexuell, ich weiß nicht, ob Sie das wissen?«

Münster nickte.

»Doch, ja«, sagte er. »Das wissen wir. Und Sie sind also auch homosexuell?«

»Bi«, murmelte Mattias Kramer und schlug die Augen nieder. »Ich bin bisexuell, das ist viel schlimmer.«

Münster wartete. Blätterte eine leere Seite auf seinem Notizblock auf und schrieb Mattias Kramers Namen auf. Es war kaum als Neuigkeit zu bezeichnen, dass es schwerer war, bisexuell als homosexuell veranlagt zu sein, und so, wie sein Besucher aussah, trug er zweifellos deutliche Spuren dieser Anstrengung. Er schien gar nicht zu wissen, wie man gerade auf einem Stuhl sitzen konnte, wechselte immer wieder die Haltung, und sein Blick flatterte über den Boden, als hätte er dort etwas verloren und versuchte, es wiederzufinden.

»Ich bin verheiratet, und ich habe eine kleine Tochter«, erklärte er schließlich. »Wir wohnen in Leerbach.«

Münster machte sich Notizen. »Weiter«, bat er.

Kramer versuchte, sich zu sammeln und aufzurichten.

»Meine Frau weiß nichts davon«, sagte er. »Ich wusste es ja selbst nicht, als wir geheiratet haben, es hat sich sozusagen angeschlichen. Ich kann nichts machen, es ist wie ein dunkler Trieb, gegen den ich mich nicht wehren kann.«

»Mir ist klar, dass das schwierig ist«, sagte Münster. »Sie hatten also in aller Heimlichkeit eine Beziehung mit Pastor Gassel?«

Kramer seufzte.

»Ja. Wir kennen uns seit einigen Jahren ... haben uns gekannt, sollte ich wohl besser sagen. Wir haben uns ein paar Mal getroffen, und ... ja, es hat mir genügt, wenn ich einmal im Monat oder so meinen Bedürfnissen Luft machen konnte. Oder sogar noch seltener, ich gehe gar nicht davon aus, dass Sie mich verstehen, ich erzähle nur, wie es ist.«

»Natürlich«, sagte Münster.

»Wenn ich daran denke, und dann an meine Familie, dann ist es manchmal so schrecklich, dass ich am liebsten alles beenden würde ... irgendwie. Ich kann nur hoffen, dass es vorübergeht. Es fing ja erst im Erwachsenenalter an, und da gibt es vielleicht noch eine Chance ...«

Er verstummte. Münster betrachtete ihn eine Weile nachdenklich.

»Sie brauchen sich nicht zu rechtfertigen«, sagte er. »Ich verstehe Ihr Dilemma. Vielleicht erklären Sie mir jetzt lieber, inwieweit Sie in Tomas Gassels Tod verwickelt sind? Das ist doch wohl der Grund, warum Sie gekommen sind?«

Kramer nickte einige Male und schob wieder die Brille zurecht.

»Ja, natürlich. Entschuldigen Sie. Ich wollte nur, dass Sie über den Hintergrund Bescheid wissen. An diesem Abend also ...«

»Am 2. Oktober?«, fragte Münster.

»Ja, an dem Abend, als er starb. Da war ich auf dem Weg, um mich mit ihm zu treffen. Meine Frau glaubte, ich wollte zu einem Kursus, aber das stimmte nicht. Ich war in dem Zug nach Maardam, um mit ihm zusammen zu sein.«

»In dem Zug, der ihn überfahren hat?«

»Ja. Es war schrecklich. Er wollte mich auf dem Bahnhof treffen, und stattdessen ...«

Seine Stimme zitterte. Er zog ein Taschentuch aus der Tasche und putzte sich die Nase.

»Stattdessen landete er auf den Schienen?«, fragte Münster.

Mattias Kramer nickte und steckte das Taschentuch wieder ein. Dann sank er zusammen und stützte kurz den Kopf in die Hände. Streckte den Rücken und holte ein paar Mal tief Luft.

»Es war so schrecklich«, wiederholte er. »Ich bin aus dem Zug gestiegen. Ich saß in einem der letzten Wagen, und als ich auf den Bahnsteig kam und mich dem Wärterhäuschen näherte, da habe ich begriffen, dass gerade etwas passiert sein musste. Die Leute liefen schreiend herum und stießen sich gegenseitig ... und eine Frau zog mich weinend am Ärmel und erzählte mir, was passiert war.«

»Wie haben Sie erfahren, dass ausgerechnet Tomas Gassel das Opfer war?«

»Das dauerte eine Weile. Zuerst habe ich ihn unter den vielen Menschen gesucht, er wollte mich ja abholen, und zum Schluss, ... ja, zum Schluss habe ich ihn dann gesehen.«

»Sie haben ihn gesehen?«

»Ja, als sie ihn von den Schienen gehoben haben. Das, was von ihm noch übrig war. Oh mein Gott ...«

Mattias Kramer zwinkerte ein paar Mal wie eine Eule in der Sonne, dann ließ er den Kopf wieder auf die Hände sinken, und Münster sah an seinen sich schüttelnden Schultern, dass er weinte.

Mein Gott, dachte er. Wie zum Teufel hat er das bloß ausgehalten?

Aber vielleicht mussten sich Leute mit bisexueller Veranlagung ja auf so einiges gefasst machen? Auch ohne Unglücksfall. Was übrigens nicht nur die Kategorie Mann betraf.

Er wartete, während Kramer sich wieder sammelte. Fragte, ob er immer noch keine Tasse Kaffee haben wollte, bekam aber nur ein Kopfschütteln zur Antwort.

»Was haben Sie dann gemacht?«

Kramer breitete die Arme aus.

»Was hätte ich machen sollen? Zuerst habe ich geglaubt, ich würde wahnsinnig werden, aber dann bin ich irgendwie abgestumpft. Ich habe mir ein Hotel gesucht und die Nacht dort verbracht. Habe kein Auge zugekriegt. Am nächsten Tag bin ich zurück nach Leerbach gefahren.«

»Und Sie haben nie daran gedacht, mit uns Verbindung aufzunehmen?«

»Natürlich habe ich das. Ich habe seit damals an nichts anderes gedacht. Diesen ganzen schrecklichen Herbst über.«

Münster dachte nach.

»Wie haben Sie sich kennen gelernt? Sie und Pastor Gassel, meine ich.«

Kramer presste die Lippen zu einem dünnen Strich zusammen, während er überlegte, was er antworten sollte.

»In einem Club«, sagte er. »Hier in Maardam. Es gibt spezielle Clubs für ... für Menschen wie uns.«

Seine Stimme enthielt einen Hauch verzweifelten Stolzes,

und Münster sah ihm an, dass er sich trotz allem etwas erleichtert fühlte. Dass der Besuch und sein Bericht ihm auf irgendeine Weise ein bisschen menschliche Würde zurückgegeben hatten. Aber es vergingen nur wenige Sekunden, bis er sich wieder an seine Lage erinnerte.

»Und was passiert jetzt?«, fragte er verkniffen.

»Was meinen Sie?«, entgegnete Münster.

»Ja ... was werden Sie jetzt mit mir machen?«

»Wir werden sehen«, sagte Münster. »Zunächst noch ein paar Fragen. Hatten Sie, trotz Ihres Schocks, irgendwie eine Vorstellung, wie es dazu gekommen sein könnte, dass Ihr Freund auf den Gleisen gelandet ist?«

Kramer schüttelte den Kopf.

»Nein, ich habe keine Ahnung ... aber ich habe gehört, was Sie da gestern im Fernsehen angedeutet haben. Das ist ja einfach schrecklich, kann es wirklich so gewesen sein?«

»Wir sind wirklich noch nicht sicher, ob es da einen Zusammenhang gibt«, betonte Münster. »Es ist nur eine von vielen Möglichkeiten.«

»Und welches sind die anderen?«

»Eigentlich nur noch zwei«, korrigierte Münster sich. »Dass er sich das Leben genommen hat. Oder dass er gestolpert ist.«

Kramer wurde eifrig. »Er hat sich nicht das Leben genommen, das hätte er niemals gemacht. Er wusste doch, dass ich in diesem Zug saß, er war ein rücksichtsvoller und starker Mensch, der niemals ... ja, der niemals so etwas getan hätte.«

»Sind Sie sich da ganz sicher?«

»Hundert Prozent«, versicherte Mattias Kramer. »Ich bin die ganze Zeit davon ausgegangen, dass es ein Unglücksfall war ... dass er gestolpert ist oder etwas in der Art.«

»Aber gestern sind Sie ins Grübeln gekommen?«

Kramer sah einen Moment lang ganz verwirrt aus.

»Ja ... ja, das kann man wohl sagen. Aber es klingt so unbegreiflich. Warum sollte ... ? Wer sollte ... ?«

»Er hat nie mit Ihnen darüber gesprochen, dass er sich bedroht fühlte oder so? Dass jemand hinter ihm her sein könnte?«

»Nein, nein … aber wir haben ja auch nur selten miteinander gesprochen. Nur wenn wir uns getroffen haben.«

»Hat er jemals den Namen Monica Kammerle erwähnt?«

»Nein.«

»Oder Martina Kammerle?«

»Nein, überhaupt nicht. Aber wir haben auch nicht viel Kontakt miteinander gehabt, Sie müssen wissen, es war eine andere Art von Beziehung.«

»Ja, doch, ich verstehe das schon«, sagte Münster nachdenklich. »Ich muss diese Fragen nur stellen, um gewisse Möglichkeiten auszuschließen.«

»Ach so«, sagte Mattias Kramer.

»Und Benjamin Kerran?«, fragte Münster weiter.

»Was?«

»Haben Sie den Namen Benjamin Kerran jemals gehört?«

»Niemals«, versicherte Kramer.

Münster machte eine Pause und lehnte sich zurück, die Arme vor der Brust verschränkt.

»Was wird jetzt passieren?«, wiederholte Kramer, als das Schweigen zu lange anhielt.

»Wir werden sehen«, sagte Münster. »Sie können wieder nach Hause fahren, dann werden wir von uns hören lassen, falls wir noch weitere Informationen brauchen.«

»Nein, bitte tun Sie das nicht«, protestierte Kramer. »Sie haben mir doch versprochen, diskret zu sein, kann ich Sie nicht stattdessen anrufen?«

Münster nickte und zog seine Karte heraus.

»In Ordnung. Rufen Sie mich Ende nächster Woche an. Ich muss Sie trotzdem bitten, für alle Fälle Ihre Adresse und Telefonnummer zu hinterlassen. Aber machen Sie sich keine Sorgen, ich habe natürlich keinerlei Grund, Ihnen irgendwelche Schwierigkeiten zu bereiten.«

Kramer seufzte schwer. Bekam Papier und Stift ausgeliehen und schrieb seine Daten auf.

»Darf ich jetzt gehen?«, wollte er wissen, als er fertig war.

»Bitte schön«, sagte Münster. »Aber ich würde Sie gern noch etwas fragen, auch wenn es mich eigentlich gar nichts angeht.«

»Jaha?«, sagte Kramer und schaute ihn verwundert an. »Und was?«

»Haben Sie noch weitere Liebhaber außer diesem? Ich meine männliche Liebhaber.«

Kramer stand auf und schien nicht recht zu wissen, ob er empört sein sollte oder nicht.

»Nein«, sagte er. »Habe ich nicht.«

»Und Sie haben sich nach Tomas Gassel keinen neuen angeschafft?«

»Nein.«

»Dann waren Sie Ihrer Frau nicht mehr untreu, seit er gestorben ist?«

»Stimmt«, sagte Mattias Kramer. »Warum fragen Sie danach?«

Münster überlegte.

»Ich weiß es auch nicht«, sagte er. »Vielleicht menschliches Interesse. Und eine gewisse Fürsorge für Ihre Familie. Danke, dass Sie gekommen sind und so offen waren, Herr Kramer.«

Er streckte die Hand aus. Mattias Kramer nahm sie mit beiden Händen und schüttelte sie energisch, bevor er zur Tür hinauseilte. Münster sank auf seinen Stuhl nieder.

Jaha, dachte er. Dann wissen wir jetzt also, was der Pfarrer da auf dem Bahnhof zu suchen hatte.

Aber was bringt uns das?

Er drehte den Stuhl und schaute aus dem Fenster. Das Wetter hielt sich.

28

Die Türklingel läutete, und Van Veeteren wachte mit einem Ruck auf.

Er musste zugeben, dass er wohl eingenickt war. Merkwürdig. Auf dem Schoß hatte er eine neu hereingekommene Ausgabe von Seneca, in der er vorher geblättert hatte, und auf der Sesselarmlehne stand – in einer speziellen, holzverkleideten Vertiefung gerade für diesen Zweck – eine zur Hälfte ausgetrunkene Kaffeetasse. Zwei Teile Kaffee, ein Teil Gingerboom's, wenn er sich noch recht erinnerte. Vielleicht war er deshalb eingeschlafen?

Er kam auf die Füße und schaute auf die Uhr. Es war halb zwölf, er konnte kaum mehr als zehn Minuten geschlafen haben. Allerhöchstens. Er ging in den Laden, eine Frau war dabei, einen Kinderwagen durch die Tür hineinzubugsieren, erst als sie sich ihm zuwandte, erkannte er sie.

Marlene Frey.

»Hallo«, sagte sie. »Gut, dass du da bist. Ich brauche deine Hilfe.«

»Ja?«, erwiderte Van Veeteren, blinzelte ins Regenwetter und schaute in den Kinderwagen. »Dubidubido, wie geht es Andrea heute?«

»Sie schläft«, erklärte Marlene Frey. »Ich wollte dich bitten, eine Weile auf sie aufzupassen. Ich muss zu einem Vorstellungsgespräch, und ich glaube, es macht keinen guten Eindruck, wenn ich mit einem Baby angetrabt komme. Christa hat mir vor einer Viertelstunde abgesagt, es ist der reinste Albtraum.«

»Christa?«

»Meine Babysitterin. Du bist meine einzige Hoffnung.«

»Ich?«, fragte Van Veeteren. »Hier?«

»Jetzt, sofort«, sagte Marlene Frey. »Ich habe nur noch fünf Minuten.«

»Aber ...?«, versuchte Van Veeteren es.

»Ich bin in einer Dreiviertelstunde wieder zurück. Sie hat gegessen und ist gerade erst eingeschlafen, du brauchst dir also keine Sorgen zu machen. Eine Stunde allerhöchstens, du kannst ihr auch die Decke runternehmen, und saubere Windeln sind im Korb unter dem Wagen, falls es nötig sein sollte ... Also, dann tschüs bis gleich!«

»Tschüs«, sagte Van Veeteren, und Marlene Frey verschwand auf den Kupinski-Markt hinaus.

Er betrachtete den Wagen und betrachtete Seneca, den er immer noch in der Hand hielt. Legte Seneca beiseite. Hob vorsichtig den Regenschutz vom Wagen, klappte das Verdeck herunter und zog die Decke bis zum Fußende des Wageneinsatzes hinunter. Andrea verzog keine Miene, sie schlief wie ein Stein, mit dem Schnuller in einem Mundwinkel und einer Speichelblase in dem anderen.

Gute Güte, dachte er. Hoffentlich wacht sie mir nur nicht auf. Sie könnte ja einen Schaden fürs Leben mitkriegen.

Vorsichtig manövrierte er den Wagen ein Stück weiter zwischen die Regale. Musste feststellen, dass die Passage zum Hinterzimmer (das ja, wie gerade bewiesen, einen ausgezeichneten Schlafplatz darstellte) zu eng war, aber die geschützte Ecke zwischen Landkarten und Kriminalliteratur musste genügen. Falls irgendein Kunde kommen und nach Krimis fragen würde, konnte er den immer noch zur Hölle wünschen. Oder bitten, am Montag wiederzukommen.

Er holte seine Kaffeetasse und seinen Seneca. Ließ sich auf

der niedrigen Leiterstufe einen halben Meter vorm Kinderwagen nieder und schaute auf die Uhr. Es waren vier Minuten vergangen, seit Marlene Frey verschwunden war. Was hatte sie gesagt?

Eine Dreiviertelstunde? Er spürte sein Herz klopfen.

Ganz ruhig bleiben, dachte er stoisch. Was ist denn mit mir los? Schließlich handelt es sich doch nur um ein kleines Kind.

Zehn Minuten später hatte er die Seite 37 in den Briefen an Lucilius viermal gelesen. Andrea hatte zweimal tief geseufzt, aber ansonsten war die Lage unverändert.

Die Türglocke läutete. Er fluchte innerlich und beschloss, seine Anwesenheit im Laden nicht zu verraten. Warum hatte er nur nicht abgeschlossen und die Vorhänge vorgezogen? Und hatten die Leute denn wirklich nichts Besseres zu tun, als an einem regnerischen Samstag wie diesem ins Antiquariat zu rennen? Wenn sie denn unbedingt lesen mussten, konnten sie sich dann nicht lieber neue statt alte Bücher kaufen?

»Hallo?«

Es dauerte nur kurz, bis er die Stimme identifiziert hatte.

Inspektorin Moreno.

Er hielt schnell mit sich selbst Kriegsrat. Vielleicht war eine Frau gar nicht so schlecht?, dachte er. Falls es in irgendeiner Weise kritisch werden sollte. Ewa Moreno hatte zwar noch keine eigenen Kinder, aber schließlich war sie dennoch ein weibliches Wesen.

In höchstem Grad weiblich, kam ihm in den Sinn.

»Ja.«

Ihr dunkler Kopf lugte um die Ecke mit den Biografien und Varia.

»Herr Hauptkommissar?«

Er machte sich nicht die Mühe, sie wieder einmal zu korrigieren.

»Ja, natürlich. Guten Morgen, Frau Inspektorin, aber ich denke, wir sollten lieber etwas leiser reden. Hier liegt nämlich jemand und schläft.«

Moreno trat heran und schaute in den Wagen. Andrea holte wieder tief Luft und ließ den Schnuller rausrutschen.

»Oh je, ich wusste ja nicht … wer ist das denn?«

»Andrea«, erklärte Van Veeteren.

»Ach ja?«

»Meine Enkeltochter, die Tochter meines Sohns. Achtzehn Monate alt. Ein richtiger Schatz.«

Moreno lachte, wurde aber schnell wieder ernst.

»Die Tochter deines Sohnes. Wie … ich meine …«

»Hm«, sagte Van Veeteren. »Komm, lass uns ein Stück weiter gehen, damit wir sie nicht aufwecken. Habe ich das nicht erzählt?«

Sie gingen in den Raum, der zur Straße zeigte.

»Nein«, antwortete Moreno. »Du hast nichts erzählt.«

Van Veeteren zog seinen Zigarettendrehapparat heraus, entschied sich aber dann anders. Es war sicher nicht gut für Andrea, in so jungen Jahren schon Tabakrauch inhalieren zu müssen.

»Doch, ja, das ist Erichs Tochter«, erklärte er. »Er hat eine Spur von sich in der Welt gelassen, bevor er gestorben ist, trotz allem. Zwar hat er seine Tochter nie sehen können, aber es ist seine Tochter, die da drinnen liegt. Ich bin Babysitter, ihre Mutter kommt gleich wieder und holt sie …«

Moreno setzte sich auf den niedrigen Tresen.

»Gute Güte«, sagte sie. »Ich hatte ja keine Ahnung. Und sonst auch niemand, nehme ich an. Das muss ja ein Gefühl sein … ja, was für ein Gefühl ist das?«

Van Veeteren zögerte eine Weile mit der Antwort.

»Es ist ein Trost«, sagte er. »Verflucht, natürlich ist es ein Trost. Das Leben ist so verdammt sonderbar, man spürt irgendwie erst viel, viel später, was wichtig und was nicht so wichtig ist. Wenn man Pech hat, dann ist es zu spät, wenn man es einsieht, obwohl …«

Er machte eine Pause, aber Moreno nickte nur und wartete, dass er weitersprach.

»Natürlich ist es nicht nur das eigene Leben, das klappen soll. Das tut es allerdings ja nie, man muss sich da mit einem gewissen Gleichgewicht begnügen … nein, es geht um die größere Perspektive, und dieser kleine Wurm da im Wagen ist Bestandteil von etwas, das so verdammt viel größer ist als alles, wovon ein alter Antiquariatsbuchhändler träumen kann … hm, ich glaube, ich werde senil.«

Ewa Moreno schaute ihn an, und er wünschte plötzlich, er wäre fünfundzwanzig Jahre jünger. Dann fiel ihm Ulrike ein, und er musste zugeben, dass es auch gar nicht so schlimm war, über sechzig zu sein.

»Ich bin gerührt«, sagte Ewa Moreno. »Entschuldige, dass ich das sage, aber ich bin es wirklich.«

»Äh, hrrm«, räusperte Van Veeteren sich. »Das steht dir. Doch ich bilde mir ein, dass du aus einem anderen Grund gekommen bist. Vielleicht auf der Jagd nach Lektüre für den Samstagabend?«

Moreno lachte.

»Nicht direkt«, sagte sie. »Aber diese Kleinigkeit kann ich eigentlich gleich mit erledigen, wenn ich schon mal hier bin. Nein, es geht um die alte Geschichte. Um den Fall Kammerle-Gassel, wie wir ihn nennen, obwohl es fast wie ein Motorradfabrikat klingt … oder wie eine Krankheit. Nun, wie dem auch sei, ich nehme an, dass du weiterhin daran interessiert bist?«

»Stimmt«, gab Van Veeteren zu. »In höchstem Grad.«

»Du hast nicht zufällig gestern Abend ferngesehen?«

»Ferngesehen?«, fragte Van Veeteren nach und zog die Augenbrauen hoch. »Nein, warum hätte ich das tun sollen?«

»Es gibt Menschen, die tun so etwas«, erklärte Moreno.

»Ich mache mir nicht so viel aus diesem Volksvergnügen. Ich glaube sogar, unser Apparat ist kaputt, Ulrike hat so etwas in der Richtung erwähnt … worum ging es denn?«

»Um ein Verbrechensmagazin. Sie haben den Fall vorgestellt. Hiller war dabei, Reinhart auch ...«

»Reinhart?«

»Ja.«

»Die Zeit gerät aus den Fugen«, sagte Van Veeteren.

Moreno verzog den Mund.

»Sicher«, nickte sie. »Das tut sie. Auf jeden Fall war die Idee, dass ein wenig Aufmerksamkeit den Ermittlungen gut tun könnte. Die laufen nämlich äußerst zäh, wie du vielleicht weißt.«

»Ich habe es vermutet«, sagte Van Veeteren. »Ihr habt noch keine Spur von irgendeinem Täter?«

»Nein«, musste Moreno zugeben und zuckte mit den Schultern. »Das wäre zu viel gesagt. Aber gestern kamen ein paar Reaktionen auf die Sendung, und da du ja auch ein bisschen in diese Geschichte mit dem Pfarrer verwickelt bist ...«

Van Veeteren schob eine nachdenkliche Hand unter das Kinn und runzelte die Stirn.

»... ja, wir haben jetzt rausgekriegt, was er auf dem Bahnhof zu suchen hatte. Er wollte nämlich einen Liebhaber abholen, der mit dem Zug kam. Du erinnerst dich daran, dass Gassel homosexuell war?«

»Schließlich habe ich euch darauf hingewiesen«, betonte Van Veeteren in aller Bescheidenheit.

»Ja, natürlich. Nun gut, und dieser Liebhaber ist also gestern aufgetaucht und hat ein volles Geständnis abgelegt ... ja, dass er also im Zug war und warum, meine ich.«

»Wirklich?«, sagte Van Veeteren und dachte einen Moment nach. »Und was bringt das?«

»Nicht viel, wie ich fürchte«, sagte Moreno. »Aber es ist wieder ein kleines Puzzleteilchen. Ansonsten hatte er nichts weiter über Pastor Gassel zu berichten. Sie kannten einander kaum, wie er behauptet. Trafen sich nur ein paar Mal im Jahr und waren dann halt zusammen. Ja, einige haben das offenbar auf diese Art geregelt.«

»Offenbar«, stimmte Van Veeteren zu. »Ist noch mehr im Kielwasser des Volksvergnügens an die Oberfläche gekommen?«

»Ein bisschen«, stellte Moreno fest. »Aber nicht viel. Eine Zeugenaussage, in der behauptet wird, dass an diesem Abend ein Mann über die Gleise des Hauptbahnhofs gelaufen sei. Sehr intelligent, mit dieser Information zweieinhalb Monate hinterm Berg zu halten ...«

»Ist er glaubwürdig?«

»Sie«, korrigierte Moreno, »es ist eine Sie. Eine junge Frau. Doch, ja, sowohl Reinhart als auch Krause meinen das, ich habe sie nicht persönlich vernommen. Diese besagte Mannsperson soll das Bahnhofsgelände nach Norden laufend verlassen haben, also nach Zwillehall, da kommt man ja gut weg. Die Zeugin kam gerade aus dem Bahnhofsgebäude und sah nur noch seinen Rücken. Aus mindestens zwanzig Metern Entfernung.«

»Im Dunkeln?«, fragte Van Veeteren.

»Mindestens Halbdunkel. Es gibt ja immerhin ein bisschen Beleuchtung dort. Nein, das ist natürlich nicht viel, aber wenn noch jemand daran zweifelt, dass Gassel wirklich ermordet wurde, dann ist es an der Zeit, diese Zweifel abzulegen.«

Van Veeteren betrachtete seinen Zigarettendrehapparat und kratzte sich unterm Kinn.

»Ich habe nie daran gezweifelt«, sagte er. »Nun ja, das ist ja immerhin etwas. Ich muss mit Ulrike offenbar mal über die Fernsehreparatur reden. Hat Reinhart vor, häufiger aufzutreten?«

»Ich denke nicht«, sagte Moreno. »Ehrlich gesagt. Aber es ist noch ein interessanter Hinweis gekommen.«

»Ja?«

»Ein Kellner draußen in Czerpinskis Mühle. Er behauptet, er habe Monica Kammerle und einem älteren Mann irgendwann Anfang September Essen serviert.«

»*Monica* Kammerle?«

»Ja, die Tochter, nicht die Mutter. Mit älterem Mann meint er, dass der Betreffende deutlich älter war als das Mädchen. Vielleicht so um die Vierzig, er ging davon aus, dass es sich um Vater und Tochter handelte.«

»Personenbeschreibung?«

»Fehlanzeige. Nichts, woran er sich erinnern kann. Er ist auch ein bisschen unsicher, ob es wirklich Monica Kammerle war, unglücklicherweise war er verreist, als die Zeitungen damals drüber geschrieben haben.«

»Typisch«, sagte Van Veeteren.

»Ja«, stimmte Moreno zu. »Nur zu typisch. Das sind also in diesem Fall die neuesten Neuigkeiten. Man kann das wohl kaum als einen Durchbruch bezeichnen, aber wir arbeiten natürlich weiter daran. Früher oder später wird sich ja wohl etwas ergeben.«

»Lass es uns hoffen«, sagte Van Veeteren. »Und wenn es ein neues Opfer ist.«

Moreno blieb eine Weile schweigend sitzen und dachte über diese Möglichkeit nach, während sie ihren Blick über die Bücherreihen schweifen ließ.

»Glaubst du?«, fragte sie.

»Ja«, sagte Van Veeteren. »Wenn ich ehrlich sein soll, dann glaube ich das wirklich. Zumindest wenn die Sache mit diesem Fall in Wallburg zusammenhängt. Ich habe letzte Woche mit Münster Badminton gespielt, und er hat behauptet, dass es eine Möglichkeit gibt … dass es sich um den gleichen Täter handeln könnte.«

»Doch, ja«, gab Moreno zu. »Es deutet immer mehr darauf hin. Und wenn es auch zu sonst nichts nutze ist, dann kann die Fernsehsendung jedenfalls die Frauen zu ein bisschen mehr Wachsamkeit ermahnen.«

»Auch das wollen wir hoffen«, sagte Van Veeteren.

Ewa Moreno stand auf.

»Ich glaube, ich verzichte heute auf Literatur«, erklärte sie und lächelte ihn entschuldigend an. »Aber ich darf doch noch mal nach Andrea schauen, bevor ich weitereile?«

»Selbstverständlich«, sagte Van Veeteren.

Sie schlichen sich zwischen den Regalen nach hinten. Ewa Moreno beugte sich über den Wagen, während Van Veeteren hinter ihr stehen blieb und eine Art diffusen Stolzes in sich hochblubbern fühlte.

»Sie ist süß«, sagte Moreno und richtete sich wieder auf. »Unglaublich süß.«

Van Veeteren räusperte sich.

»Natürlich ist sie süß. Ist ja schließlich meine Enkeltochter.«

Nachdem Inspektorin Moreno ihn verlassen hatte, ließ er sich wieder auf der Leiterstufe nieder und schaute noch einmal in den Wagen.

Dann sah er auf die Uhr. Es waren fünfzig Minuten vergangen, seit Marlene zu ihrem Bewerbungsgespräch aufgebrochen war.

Wird langsam knapp mit der Zeit, dachte er und stieß gegen den Wagen. Wäre doch ein Jammer für die arme Andrea, wenn sie eine ganze Stunde mit ihrem Opa verbrächte, ohne ihn überhaupt einmal zu sehen.

Er stieß noch einmal gegen den Wagen, jetzt etwas energischer.

29

In der Nacht zum 9. Dezember träumte Anna Kristeva, dass sie sterben würde.

Oder dass sie bereits tot war. Zwischen die chaotischen, fieberheißen Bilder, die über sie hinwegschwappten, hatten sich auch welche geschoben, die die Beerdigungszeremonie selbst darstellten, daran erinnerte sie sich ganz deutlich, als sie gegen acht Uhr morgens aufwachte, vollkommen durchgeschwitzt und in das klamme Laken eingewickelt. Sie öffnete die Augen, starrte an die Decke und spürte, wie das Zimmer sich um sie drehte. Für eine Sekunde kam ihr der Gedanke, sie könnte gar nicht geträumt haben, sondern es wäre Realität gewesen. Dass sie tatsächlich tot war. Dann schloss sie wieder die Augen, und ihr fiel ein, dass sie krank war. Bevor sie gegen elf Uhr am Abend zuvor schließlich richtig eingeschlafen war, hatte sie das Fieber auf 38,1 senken können. Tiefer war es nicht gesunken – kein Wunder, dass sie unbehagliche Träume gehabt hatte.

Sie blieb eine Weile im Bett liegen, bevor sie sich traute auszuprobieren, ob die Beine sie auch trugen. Das taten sie mit Mühe und Not, wie sich herausstellte. Sie war gezwungen, sich an den Wänden abzustützen, um ins Badezimmer zu kommen, und als sie fertig gepinkelt hatte, blieb sie auf der Toilettenbrille sitzen und ruhte sich fünf Minuten aus, ohne einen vernünftigen Gedanken im Kopf zu haben.

Nur diese Todesbilder aus dem Traum. Wie sie nackt auf dem

Boden ihres Schlafzimmers lag und nicht mehr atmen konnte. Wie sie sich wand und konvulsivisch vor und zurück warf und versuchte, nach etwas zu greifen – nach einem illusorischen und ausweichenden Ding, das es offensichtlich gar nicht gab. Mitten in der leeren Luft, etwas, das nur sie sah und begriff, sonst niemand. Was immer das auch sein mochte.

Dann lag sie in einem weißen Sarg in der Keymerkirche, während Freunde, Bekannte und Verwandte langsam vorbeidefilierten und sie mit traurigen, teilweise tränenerfüllten Augen betrachteten. Ihre Mutter. Didrik, ihr Bruder. Jacob Booms. Leonard, ihr ehemaliger Ehemann, und seine neue Frau, deren Namen sie immer wieder vergaß. Und Ester Peerenkaas, die im Gegensatz zu den anderen das Ganze nicht so ernst zu nehmen schien. Sie lächelte ihr stattdessen aufmunternd zu, blinzelte konspiratorisch mit einem Auge und hatte sich aus irgendeinem unergründlichen Anlass einen roten Schlips um den Hals gebunden.

An diesem Punkt nahmen die Traumbilder abrupt ein Ende. Anna Kristeva erinnerte sich an das Gespräch mit der Freundin am Donnerstagabend, spülte und konnte sich mit Mühe aufrichten. Sie hielt sich am Waschbecken fest und betrachtete ungläubig ihr Bild im Spiegel, während sie sich entschlossen ein paar Hand voll kaltes Wasser ins Gesicht spritzte. Fast sofort bekam sie Kopfschmerzen und begann, wie ein Hund zu frieren.

Hinaus in die Küche. Aspirin, Saft, Vitamin C und ein Schuss Kanjang, kaum dass sie es hinunterbekam, der Hals schien im Laufe der Nacht zusammengeklebt zu sein, aber schließlich schaffte sie es doch. Sie stolperte zurück ins Schlafzimmer und sank auf dem Bett zusammen, wickelte sich in alle Laken, Decken und Kissen, die sie zu fassen bekam, und schlief wieder ein.

Ich muss Ester anrufen, wenn ich jemals wieder erwachen sollte, konnte sie gerade noch denken.

Die Uhr zeigte gut halb elf, als das eintraf, und sie konnte sich nicht daran erinnern, etwas Neues geträumt zu haben.

Aber sie konnte sich daran erinnern, dass sie die Freundin anrufen wollte, und da sie sich nicht mehr genauso fiebrig und in kaltem Schweiß gebadet fühlte wie beim ersten Erwachen an diesem Tag, schnappte sie sich das Telefon und wählte die Nummer.

Ester war nicht zu Hause. Kurz überlegte Anna, ob sie auf dem Anrufbeantworter eine Nachricht hinterlassen sollte, ließ es dann aber bleiben. Ihr fiel nicht ein, was sie hätte sagen sollen, und sie konnte es ja später noch einmal versuchen.

Zufrieden mit ihrem Einsatz und Entschluss trank sie aus dem Wasserglas – das sie bereits am vergangenen Abend auf den Nachttisch gestellt haben musste, es schmeckte ziemlich abgestanden –, schüttelte die Kissen auf und schlief wieder ein.

Das nächste Mal, als sie Ester ohne Erfolg anzurufen versuchte, war es Viertel nach drei. Sie hatte geduscht und sich angezogen, zwar nicht mehr als ein T-Shirt und eine schlottrige Jogginghose, aber immerhin etwas. Sie hinterließ auch diesmal keine Nachricht, rief stattdessen den netten Nachbarn an und erzählte ihm, dass sie von einer Grippe befallen worden war. Fragte ihn, ob er sich vorstellen könnte, zum Kiosk hinunterzugehen und zwei Liter Saft für sie zu kaufen. Und ob er noch ein paar Aspirin auf Lager hätte, ihre eigenen gingen zur Neige.

Ingenieur Dorff erfüllte ihre Wünsche in einer halben Stunde. Er erschien ernsthaft besorgt und sah genauso scheu verliebt aus wie immer, als er mit dem Gewünschten kam, außerdem fragte er noch, ob er wirklich nichts anderes für sie tun könne.

Das könne er wirklich nicht, versicherte Anna ihm. Sie habe alles, was sie bräuchte, und ansonsten waren nur Bettruhe und Ausruhen angesagt.

Dorff erklärte ihr, dass er den ganzen Abend daheim sein würde, sie bräuchte nur anzurufen, falls noch etwas wäre. Sie dankte ihm und schob ihn freundlich zur Tür hinaus. Wollte ihn doch nicht mit ihren Bazillen anstecken, wie sie erklärte, und einem derartigen Argument gegenüber war er natürlich machtlos.

Abwechslungshalber platzierte sie sich auf dem Sofa und versuchte, etwas zu lesen, aber die Intrigen und Horrorschilderungen in Diza Murklands neuestem Kriminalroman, der im letzten Monat schnell auf den ersten Platz der Bestsellerliste geklettert war, raubten ihr schnell die Kraft, sodass sie von Neuem einschlief.

Erst gegen neun Uhr abends hinterließ sie eine Nachricht auf Ester Peerenkaas' Anrufbeantworter, und erst da verspürte sie eine gewisse Unruhe.

Wo zum Teufel trieb sie sich herum? Warum war sie nie zu Hause und ging nie ans Telefon?

Es gab natürlich alle möglichen ganz logischen Antworten auf diese Fragen. Dass sie einkaufen gegangen war beispielsweise. Zu Besuch bei irgendwelchen Bekannten. Im Kino (aber das war sie doch schon gestern gewesen, oder?) oder ausgegangen und sich auf irgendeine andere Weise amüsierte. Schließlich war ja trotz allem Samstag. Es gab keinen Grund, daheim zu sitzen und seine Jugend zu vergeuden. Wenn man nicht elend und krank war natürlich.

Und genauso, nämlich elend, fühlte Anna Kristeva sich. Als sie ihre Abenddusche genommen und so viel Flüssigkeit in sich geschüttet hatte, dass es für ein Kamel vor einer Wüstensafari gereicht hätte, hatte sie immer noch Fieber, und die Kraftlosigkeit lag wie ein altes, hoffnungsloses Leichentuch über ihr.

Oh Scheiße, dachte sie. Jetzt muss ich Dorff morgen bitten, mir noch mehr Saft zu kaufen.

Nun ja, er würde nichts dagegen haben.

Der Sonntag begann etwas besser, aber nicht sehr viel. Statt Dorff zu bemühen, begab sie sich aus eigenen Kräften hinunter zu dem Kiosk an der Ecke, aber als sie wieder oben war, fühlte sie sich einer Ohnmacht nahe. Sie ging sofort zurück ins Bett, wo sie erst einmal eine Stunde ruhte, dann zwei Stunden lang die Sonntagszeitung las. Sie trank wieder Saft und Wasser, bekam schließlich eine halbe Scheibe Brot und eine Banane hinunter und kontrollierte die Temperatur.

Achtunddreißig, es war wie verhext.

Am Nachmittag rief sie zum einen ihre Mutter an, um ihr etwas vorzujammern, zum anderen Ester Peerenkaas, bekam aber keine Antwort.

Sie hinterließ keine neue Nachricht, aber eine unangebrachte, etwas merkwürdige Unruhe packte sie von Neuem. Nur einen Augenblick lang, aber es gab sie, und sie wunderte sich, woher das wohl kam.

Während der Abendstunden trat trotz allem eine graduelle Verbesserung ein. Sie las Murkland, schaute fern und lag auf dem Sofa und hörte Musik. Bachs Cellosuiten, die sie als Geschenk zum Fünfunddreißigsten von ihrer Familie bekommen hatte und die außergewöhnlich gut zu so einem Tag passten. Sie rief noch einmal bei Ester an und erklärte dem Anrufbeantworter, dass sie verdammt noch mal zusehen sollte, so schnell wie möglich von sich hören zu lassen, sobald sie den Fuß über die Schwelle gesetzt hätte. Wo treibe sie sich denn nur rum? Hier lag eine arme, vergessene Mitschwester krank und unglücklich darnieder, da konnte sie doch wohl zumindest ein rudimentäres Mitgefühl zeigen? Ein klein wenig menschliches Interesse?

Sie musste matt über sich selbst lachen. Legte den Hörer auf und sah, dass es kurz vor neun war. Darauf beschloss sie, auf jeden Fall den kanadischen Film im Fernsehen zu testen. Wenn es nur Blödsinn war, konnte sie ja immer noch ausschalten.

Der Film war kein Blödsinn, wie sich herausstellte. Zwar auch keine besondere Perle, aber sie schaute ihn sich doch bis zum Schluss an. Schaltete den Fernseher aus, nahm die letzte Aspirin für diesen Tag und ging ins Bad. Das Telefon klingelte, während sie sich die Zähne putzte.

Ester, dachte sie und spülte hastig aus. Endlich.

Aber es war nicht Ester. Es war ein Mann.

»Ja, hallo?«

»Ich bitte um Entschuldigung, dass ich so spät noch anrufe. Spreche ich mit Ester?«

Eine verwirrte Sekunde lang wusste sie nicht, was sie sagen sollte.

»Hallo? Sind Sie noch dran?«

»Ja … nein, Ester ist nicht dran.«

»Kann ich dann mit ihr reden?«

Seine Stimme klang etwas grob. Sie hatte die diffuse Vision eines unrasierten Hafenarbeiters im Netzhemd, mit einer Bierdose in der Hand.

Aber das waren natürlich nur Vorurteile.

»Es gibt unter dieser Nummer keine Ester. Mit wem spreche ich denn?«

»Das spielt keine Rolle. Ester Suurna, sie ist da nicht zu sprechen?«

»Nein«, sagte Anna Kristeva. »Und auch keine andere Ester. Sie haben die falsche Nummer gewählt.«

»Oh Scheiße«, sagte der Mann und legte auf.

Merkwürdig, dachte sie, als sie im Bett lag. Hier läuft man rum und wartet seit zwei Tagen, dass diese blöde Ester einen anruft, und das einzige, was passiert, ist, dass so ein Kerl anruft und von einer anderen Ester quatscht.

Und die Unruhe begann wieder, in ihr zu nagen.

Es sollte noch bis Montagmorgen dauern, dann erst ließ Ester Peerenkaas von sich hören. Dafür klang sie dann aber auch aufgekratzt wie ein verdammter Eichelhäher.

»Guten Morgen, meine Schöne. Ich habe dich doch wohl nicht geweckt?«

»Doch.«

»Ich bin erst gestern spät abends nach Hause gekommen. Da wollte ich dich nicht wecken. Wie geht es dir?«

»Habe es heute noch nicht überprüft«, erwiderte Anna Kristeva. »Wie spät ist es denn?«

»Halb acht. Ich muss gleich los zur Arbeit, aber ich dachte, ich sollte lieber erst einmal bei dir durchklingeln. Ich habe dich auf dem Anrufbeantworter gehört. Du bist also immer noch krank?«

Anna kam in halbsitzende Stellung hoch und spürte, dass sie auf keinen Fall schon wieder gesund war. Sie schob das Haar nach hinten, das an der Stirn und an den Wangen klebte, und packte den Hörer fester.

»Ja, ich bin immer noch krank. Es dauert bestimmt eine Woche, wie der Arzt prophezeit hat. Wo treibst du dich rum? Ich habe es mehrere Male versucht.«

»Ich weiß«, sagte Ester. »Ich war bei meinen Eltern in Willby, ich dachte, das hätte ich dir gesagt?«

»Nein, hast du nicht«, brummte Anna Kristeva.

»Na ja, ist ja auch egal. Du willst hören, wie es am Freitag gelaufen ist, nehme ich an?«

»Zum Beispiel, ja.«

»Ja, also, ich bin dann zum Schluss doch ins Keefer's gegangen.«

»Wirklich?«

»Und er saß da.«

»Und?«

»Mit rotem Schlips und mit Eliot auf dem Tisch.«

Anna wartete. Plötzlich brach die Freundin am anderen Ende der Leitung in lautes Lachen aus.

»Tatsache ist, dass es richtig gut gelaufen ist. Ich habe ihn übernommen.«

»Was?«

»Ich habe ihn übernommen. Ich hatte keine Lust, ihn von dir

zu grüßen. Habe stattdessen zwei Stunden lang mit ihm gegessen. Du kriegst meinen Piloten dafür.«

»Deinen Piloten?«, wiederholte Anna ungläubig und nieste in den Hörer.

»Gesundheit. Ja, natürlich, er hat ein Haus in Griechenland, das wird dir gefallen. Wir tauschen ganz einfach.«

»Das geht doch nicht. Du kannst doch nicht einfach ...«

»Natürlich geht das«, zwitscherte Ester vergnügt in den Hörer. »Warum sollte das nicht gehen? Es ist alles schon geregelt, da gibt es kein Zurück mehr.«

Anna Kristeva fühlte, wie etwas, das entweder Fieber oder Wut war – oder eine Mischung von beidem –, langsam in ihr aufstieg.

»Was zum Teufel meinst du damit?«, fauchte sie. »Du kannst doch wohl nicht so mir nichts, dir nichts meinen Kerl übernehmen, dem du doch nur ausrichten solltest, dass ich nicht kommen kann. Das ist ja eine nette Art, mir einen Gefallen zu tun und ...«

»Ja, sicher«, unterbrach Ester sie. »Aber nun ist es einmal so gelaufen. Meine Kollegin ist Freitag auch noch krank geworden, deshalb hatte ich niemanden, mit dem ich ins Kino gehen konnte. Da fand ich es viel einfacher, wenn ich den Kerl mal teste. Worüber regst du dich eigentlich so auf? Es spielt doch keine Rolle, es ist nicht mehr zu ändern, und außerdem kriegst du meinen Piloten ...«

»Ich will deinen blöden Piloten nicht!«

»Warum denn nicht? Es ist doch nichts Schlechtes an einem Piloten dran. Nun reiß dich mal zusammen!«

Anna saß eine Weile schweigend da und versuchte, ein weiteres Niesen zurückzuhalten. Es gelang ihr nicht.

»Gesundheit«, wiederholte Ester. »Es lässt sich nicht mehr rückgängig machen, das kapierst du doch wohl. Er hat ja keine Ahnung, dass wir uns zu zweit auf die Pirsch machen. Und ich glaube nicht, dass er es schätzen würde, wenn nächstes Mal eine ganz andere Frau auftaucht … nimm es nicht persönlich, aber wir sind nun mal keine Zwillinge.«

»Und wann ist nächstes Mal?«, fragte Anna.

»Das zieht sich hin. Wenn du es eilig hast, hast du sowieso nichts verloren. Er ist bis Weihnachten beschäftigt, dann fahre ich für zwei Wochen weg. Ich werde ihn nicht vor Januar wiedersehen.«

»Januar?«

»Ja. Ich verstehe nicht, warum du so sauer bist. Wenn ich nicht ins Keefer's gegangen wäre, wärst du doch auch zu nichts gekommen. Jetzt serviere ich dir dafür einen kultivierten Piloten auf dem Silbertablett, da könntest du jedenfalls ein bisschen dankbarer sein, oder?« Anna Kristeva spürte, dass dagegen kaum etwas einzuwenden war. Ester hatte einen Stich gemacht, daran gab es keinen Zweifel. Sie dachte wieder eine Weile nach.

»Und dieser fliegende Goldjunge?«, fragte sie. »Wird der nichts merken?«

»Nicht die Bohne«, versicherte Ester und demonstrierte ihre unnatürlich gute Morgenlaune, indem sie wieder laut lachte. »Er ist doch unterwegs, das habe ich dir schon gesagt. Ich habe bisher nur am Telefon mit ihm gesprochen. Das erste Treffen ist in einer Woche, alles also kein Problem, ich kann dir in fünf Minuten alles erzählen, worüber wir geredet haben.«

»Wirklich?«, zweifelte Anna Kristeva immer noch.

»Leicht wie Hinkepott«, verkündete Ester. »Nun sei nicht mehr so ein Sauertopf, sieh lieber zu, dass du wieder gesund wirst, dann reden wir in ein paar Tagen wieder. Ich muss jetzt zur Arbeit.«

»All right«, seufzte Anna. »Ja, dann muss ich mich wohl bei dir bedanken. Denke ich mal.«

»Natürlich musst du das«, sagte Ester. »Küsschen, Küsschen.«

»Ich bin ansteckend«, sagte Anna und legte den Hörer auf.

Du egozentrisches Huhn, dachte sie, als sie aufgestanden war. Hier setzt man alles auf eine wild card mit hohem Risikofaktor, und dann glaubt diese blöde Ester, sie könnte einfach daherkommen und einem die Beute vor der Nase wegschnappen.

Bei solchen Freundinnen braucht man keine Feinde mehr.

Aber irgendwelche Pläne, wie sie die Dinge wieder ins rechte Licht rücken könnte, kamen ihr nicht in den Sinn. Den ganzen Tag nicht.

Sie wusste ja verdammt noch mal nicht einmal, wie der Kerl hieß, und schließlich sah sie ein, dass sie ebenso gut aufgeben und sich mit dem Piloten abfinden konnte.

Ich hoffe nur, du bist an einen richtigen Stinkstiefel geraten, Ester Peerenkaas, dachte sie, als sie das Licht für die Nacht löschte. Das würde dir nur recht geschehen.

Im Laufe der folgenden Jahre würde sie sich immer wieder an diese Sätze erinnern und sie von Herzen bereuen.

Maardam,
Januar 2001

30

Inspektor Baasteuwel schaute sich nach einem passenden Platz für seinen nassen Regenmantel um. Da er keinen fand, ließ er den Aufhänger los und das nasse Bündel auf dem Boden neben der Tür liegen.

Reinhart schaute auf und nickte ihm zu.

»Willkommen im Hauptquartier. Setz dich.«

»Danke«, sagte Baasteuwel und zündete sich eine Zigarette an. »Bin zufällig in der Gegend, deshalb habe ich gedacht, ich schaue mal rein und höre, wie es bei euch so läuft. Du warst ja sogar im Fernsehen ... ach ja, und schönes Neues Jahr auch noch!«

»Danke, gleichfalls«, sagte Reinhart. »Ja, was tut man nicht alles!«

»Ich habe es mir tatsächlich angeguckt«, gab Baasteuwel zu. »Eine richtig informative Sendung, ich muss schon sagen. Aber es hat nicht viel gebracht?«

»Nicht viel.«

»Aber einiges trotzdem?«

Reinhart kratzte sich am Kopf, während er die Antwort abwog.

»Kleinscheiß«, stellte er dann fest und betrachtete seine Fingernägel. »Wir haben einiges bestätigt bekommen, was wir schon wussten. Dass der Pfarrer wirklich vor den Zug gestoßen worden ist zum Beispiel. Und dass das Mädchen Kammerle ihn getroffen hat ... mindestens einmal, ein Typ aus ihrer Schule hat die beiden in einem Café sitzen und sich unterhalten gesehen.«

»In einem Café?«

»Ja. Man kann das natürlich als einen etwas unorthodoxen Ort ansehen für eine Beichte, aber vielleicht war es auch nicht direkt eine Beichte, um die es sich gehandelt hat.«

Baasteuwel nickte.

»Dann können wir also ruhig davon ausgehen, dass es in allen drei Fällen der gleiche Täter war«, fuhr Reinhart fort. »Ein gewissenhafter Herr jedenfalls, er hat so gut wie jeden Fingerabdruck in der Mordwohnung entfernt, nicht nur seine eigenen.«

»Worauf deutet das hin?«, wollte Baasteuwel wissen.

»Auf nichts Eindeutiges, aber es kann natürlich sein, dass er da diverse Male verkehrt hat und lieber auf Nummer Sicher gehen wollte ...«

»Das muss einige Zeit gedauert haben«, sagte Baasteuwel. »Auch wenn es nur eine kleine Wohnung ist, muss es eine Wahnsinnsarbeit gewesen sein.«

»Er hatte die Zeit«, sagte Reinhart und begann, umständlich seine Pfeife zu stopfen. »Es hat mehr als einen Monat gedauert, bis wir auf der Bühne erschienen sind, vergiss das nicht. Er hätte inzwischen tapezieren und eine neue Küche einrichten können, wenn es notwendig gewesen wäre.«

»Nun ja«, brummte Baasteuwel. »Auf jeden Fall glaube ich, es ist der Gleiche wie bei mir. Er hat auch in Wallburg keinen Fingerabdruck hinterlassen, aber da brauchte er nicht so genau zu sein. Er hatte die Finger vermutlich nur auf ein paar Türgriffe und ein Glas gepackt ...«

»Und um ihren Hals«, warf Reinhart ein.

»Um den auch, ja«, stimmte Baasteuwel zu. »Nicht zu vergessen. Du bist doch auch der Meinung, dass es der gleiche Teufel ist, mit dem wir es zu tun haben?«

»Auf jeden Fall ist es von Vorteil, nur nach einem Wahnsinnigen statt nach zweien suchen zu müssen«, erklärte Reinhart.

Baasteuwel nickte wieder.

»Was war das für ein Name, von dem du geredet hast? Kerran ... oder wie war er noch?«

»Benjamin Kerran«, sagte Reinhart und holte voller Frustration tief Luft. »Ja, es ist möglich, dass er sich so genannt hat, aber das ist bis jetzt noch eine ziemliche Spekulation.«

»Der Name sagt mir nichts«, musste Baasteuwel zugeben. »Ich fürchte, du musst mich da ein wenig aufklären.«

»Mit Vergnügen«, sagte Reinhart und zündete seine Pfeife an. »Benjamin Kerran ist eine literarische Mörderfigur in einem obskuren englischen Krimi aus den Zwanzigern. Das Mädchen Kammerle hat den Namen auf einem Notizblock aufgeschrieben ... und es ist so, dass wir keinen einzigen lebenden Menschen mit diesem Namen finden konnten.«

»Merkwürdig«, sagte Baasteuwel.

»Sehr merkwürdig«, bestätigte Reinhart. »Nun ja, es ist wie gesagt nur eine Idee, aber es ist schon ein merkwürdiger Kerl, mit dem wir es hier zu tun haben, so viel ist klar. Warum zum Beispiel hat er dem Mädchen die Beine abgesägt, kannst du mir das erzählen?«

»Weiß ich nicht«, sagte Baasteuwel.

»Warum lag die Mutter unter dem Bett und das Mädchen draußen am Meer, vielleicht kannst du mir das wenigstens erklären?«

»Merkwürdig«, wiederholte Baasteuwel. »Und sie sind gleichzeitig ermordet worden?«

»Im Großen und Ganzen ja, soweit wir das beurteilen können. Das lässt sich nicht genau feststellen ... aber es ist doch schon sonderbar, wenn er wirklich beide bei sich zu Hause umgebracht und dann nur die Tochter versteckt hat.«

»War er mit der Mutter zusammen?«

»Ist wohl anzunehmen.«

»Und die Tochter?«

»Was meinst du?«, fragte Reinhart.

»Nichts«, sagte Baasteuwel. »Ich meine gar nichts.«

»Ich weiß schon zu gut, was du meinst«, sagte Reinhart.

Er nahm einen tiefen Zug und ließ eine Rauchwolke über dem Schreibtisch aufsteigen.

»Ich weiß es zu schätzen, dass man in deinem Zimmer paffen darf«, sagte Baasteuwel. Er drückte eine Zigarette aus und holte eine neue hervor. Reinhart hob verwundert eine Augenbraue.

»Du willst doch damit wohl nicht sagen, dass bei dir Rauchverbot herrscht?«

»Doch, natürlich«, sagte Baasteuwel. »Das ganze Polizeirevier ist seit zwei Jahren rauchfreie Zone.«

»Oh Scheiße«, sagte Reinhart mitleidsvoll. »Und wie löst du diese Gleichung?«

»Ach, das ist gar nicht so schwer, wie es sich anhört«, beruhigte Baasteuwel ihn. »Ich rauche einfach.«

»Genial«, sagte Reinhart.

Irene Sammelmerk betrachtete die Frau, die sich gerade auf der anderen Seite des Schreibtisches hingesetzt hatte.

Zwischen sechzig und fünfundsechzig, schätzte sie. Sehr gepflegt. Platinblond, Haar (oder Perücke) im Pagenschnitt, Mantel mit Pelzkragen und braune, halbhohe Stiefel aus einem Material, das höchstwahrscheinlich Kalbsleder war. Die passende Handtasche auf dem Schoß. Glatte Züge und sparsames Make-up.

Wenn sie nicht von der Unruhe wie von einer Wolke umgeben wäre, könnte sie glatt als Präsidentengattin bei einem offiziellen Fototermin durchgehen, dachte Sammelmerk. Oder als alternder Filmstar.

»Willkommen«, sagte sie. »Möchten Sie etwas trinken?«

Die Frau schüttelte den Kopf.

»Ich denke, wir fangen ganz vorn an. Mein Name ist Irene Sammelmerk, ich bin Kriminalinspektorin. Sie heißen also Clara Peerenkaas, wollen Sie so gut sein und mir erzählen, warum Sie gekommen sind?«

Clara Peerenkaas befeuchtete ihre Lippen und schob die Handtasche zurecht.

»Es geht um meine Tochter, um sie geht es … ich habe das meiste ja schon einem anderen Polizeibeamten am Telefon erzählt. Ich kann mich nicht mehr dran erinnern, wie er hieß, aber vielleicht wissen Sie … ?«

»Könnten Sie so gut sein und mir alles noch einmal erzählen?«, bat Sammelmerk. »Damit wir alle Details beisammen haben. Ich nehme unser Gespräch auf, es ist wichtig, dass uns nichts entgeht … Ihre Tochter, sagten Sie?«

Frau Peerenkaas nickte.

»Ester, ja. Unsere Tochter, sie wohnt hier in Maardam … in der Meijkstraat. Mein Mann und ich wohnen in Willby. Ester ist verschwunden, deshalb sitze ich hier. Wir haben seit einer Woche keinen Kontakt mehr zu ihr herstellen können, mein Gott, Sie müssen uns helfen …«

Sie brach ab und faltete die Hände über der Handtasche. Ihre dünnen Nasenflügel zitterten unruhig. Sammelmerk war klar, dass ganz dicht unter der kontrollierten Oberfläche Panik schwamm.

»Wann haben Sie das letzte Mal mit ihr gesprochen?«, fragte sie.

»Am Montag. Letzten Montag. Wir haben miteinander telefoniert … dann wollten wir am Mittwoch Kontakt aufnehmen, es ging um ein Weihnachtsgeschenk, das Ester in einem Geschäft hier in Maardam für mich umtauschen wollte … eine Suppenterrine, wir sammeln eine Serie, mein Mann und ich, aber es war nicht das richtige Teil, das wir zu Weihnachten bekommen haben, deshalb haben wir … ja, Ester wollte jedenfalls zu Messerling's gehen und versuchen, das richtige Modell zu finden, und dann wollten wir am Mittwoch telefonieren …«

»Ich verstehe«, sagte Sammelmerk und machte sich Notizen. »Was arbeitet Ihre Tochter?«

»Sie arbeitet in der Verwaltung des Gemejnte Krankenhauses … kümmert sich um die Finanzen und so. Sie ist sehr tüchtig, ist jetzt seit fast fünf Jahren dort … Ich habe dort natürlich auch angerufen und nachgefragt. Sie war seit Dienstag nicht bei der Arbeit.«

»Und die wussten auch nicht, wo sie ist?«

»Nein. Sie war vier Arbeitstage nicht gekommen, ohne sich zu melden … das ist noch niemals vorgekommen … noch nie während der fünf Jahre.«

»Wen haben Sie sonst noch kontaktiert?«

»Niemanden«, gab Frau Peerenkaas mit leiser Stimme zu. »Ester wohnt allein, wir kennen ihren Freundeskreis nicht besonders gut … sie war früher mal verheiratet, aber das ist eine schreckliche Geschichte … die brauchen wir doch wohl nicht durchzugehen?«

Sammelmerk überlegte schnell.

»Das müssen Sie entscheiden«, sagte sie dann. »Wenn Sie sicher sind, dass es nichts mit ihrem Verschwinden jetzt zu tun hat, dann ist es natürlich nicht nötig, damit Zeit zu verschwenden.«

Clara Peerenkaas sah aus, als würde sie zögern, entschied sich dann aber dafür, dieses Thema nicht auszuweiten.

»Haben Sie in ihrer Wohnung vorbeigeschaut?«, fragte Sammelmerk.

Clara Peerenkaas holte hastig tief Luft.

»Nein«, sagte sie. »Wir sind vorbeigefahren und haben geklingelt, mein Mann und ich. Aber sie war nicht zu Hause … wir haben keinen Schlüssel für ihre Wohnung. Und es war auch kein Licht bei ihr, das konnten wir von der Straße aus sehen.«

»Wann?«, fragte Sammelmerk. »Wann waren Sie da?«

»Ungefähr vor zwei Stunden.«

»Wo ist übrigens Ihr Mann jetzt?«

»Bei seinem Arzt. Für einige Kontrolluntersuchungen, wir hatten sowieso geplant, heute nach Maardam zu fahren. Wir wollen anschließend bei Kraus Mittag essen, wenn nicht …«

Der Rest des Satzes blieb in der Luft hängen. Inspektorin Sammelmerk saß eine Weile schweigend da und betrachtete ihre Notizen. Nun ja, dachte sie, deshalb läuft ja das Tonbandgerät.

»Und Sie können sich nicht denken, was passiert sein kann?«

Clara Peerenkaas schüttelte den Kopf.

»Überhaupt nicht?«

»Nein. Wir haben Ester ja zu Weihnachten gesehen, und da war alles wie immer ... sie war fröhlich und positiv eingestellt, genau wie immer. Dann ist sie auf die Kanarischen Inseln geflogen. Und letzten Sonntag zurückgekommen.«

»Und so etwas ist noch nie vorher vorgekommen? Dass sie abgetaucht ist ... aus irgendeinem Grund?«

»Nie. Nicht einmal während ihrer Scheidung ... das sieht Ester überhaupt nicht ähnlich.«

»Gibt es einen Mann in ihrem Leben?«

Frau Peerenkaas klapperte ein paar Mal mit den Augenlidern, bevor sie antwortete.

»Wahrscheinlich. Aber sie hat keine feste Beziehung, das würde ich wissen ... in ihrer Ehe hat sie sich die Finger verbrannt, sie ist sicher vorsichtiger als die meisten anderen, was eine Bindung betrifft ... inzwischen, meine ich.«

»Verstehe«, sagte Sammelmerk. »Haben Sie ein Foto von Ihrer Tochter, das Sie für ein paar Tage entbehren können? Es ist jetzt noch nicht die Zeit für eine Suchmeldung, aber falls es dazu kommt, brauchen wir natürlich ein Foto.«

Clara Peerenkaas zog einen Umschlag aus der Handtasche und reichte ihn über den Tisch.

»Es ist ein paar Jahre alt«, sagte sie. »Aber wir haben kein anderes gefunden, und sie hat sich nicht groß verändert.«

Sammelmerk nahm das Foto und betrachtete es einen Moment lang. Es genügte, um festzustellen, dass Ester Peerenkaas die Tochter ihrer Mutter war. Die gleichen glatten, zarten Gesichtszüge. Die gleichen Augen, der gleiche weich gezeichnete Mund. Dunkles, glattes Haar, ein großzügiges Lachen.

In den Dreißigern, vermutete sie. Ein paar Jahre mehr jetzt also. Hübsch, für sie sollte es kein Problem sein, sich einen Kerl zu angeln ... wenn nur der Wille dazu vorhanden war. Sie überlegte, was für eine Art Trauma wohl mit ihrer Ehe verbunden war, es schien auf jeden Fall etwas mehr als die Scheidung allein zu sein.

Sie schob das Foto wieder in den Umschlag.

»Danke«, sagte sie. »Wir werden tun, was wir können, um Klarheit in die Sache zu bringen. Wenn Sie mir jetzt nur noch die Adresse Ihrer Tochter geben und mir sagen, wie wir Sie erreichen können, dann werden wir uns ... sagen wir – morgen? – bei Ihnen melden.«

Clara Peerenkaas zog eine Visitenkarte aus ihrer Handtasche.

»Sie können auch schon heute Abend anrufen. Auch wenn Sie nichts herauskriegen ... Wir werden heute Nachmittag wieder nach Hause fahren. Unsere Handynummer steht auch auf der Karte ... Esters Adresse und so auf der Rückseite.«

Sammelmerk versprach, spätestens um sieben Uhr anzurufen. Frau Peerenkaas stand auf, reichte ihr die Hand und verließ das Zimmer.

Inspektorin Sammelmerk stellte das Tonbandgerät ab und lehnte sich zurück.

Schöne Frau verschwunden, dachte sie.

Es war nicht das erste Mal in der Weltgeschichte, und es ging nur selten glücklich aus. Selten oder nie.

Hastig überschlug sie im Kopf, welche Aktionen jetzt in die Wege geleitet werden mussten.

Ihre erste war es, den Telefonhörer aufzunehmen und Inspektorin Moreno anzurufen.

Als Hauptkommissar Reinhart nach Hause kam, merkte er, dass etwas in seiner Seele juckte.

In seiner Bullenseele, genauer gesagt, nicht in seiner privaten. Obwohl das manchmal schwer auseinander zu halten war.

Seine Frau und seine Tochter waren nicht zu Hause, aber es lag ein Zettel auf dem Küchentisch. Auf dem stand, dass sie sich drei Treppen tiefer befanden, bei Julek und Napoleon.

Julek war der Bräutigam von Reinharts Tochter, beide so um die drei Jahre alt. Napoleon war eine Schildkröte, bedeutend älter.

Julek hatte auch eine Mutter, aber sie hatte unglücklicherweise eine Tagung, deshalb waren Winnifred und Joanna ausgerückt.

Sie würden schätzungsweise gegen neun Uhr zurückkehren, stand auf dem Zettel. Reinhart war willkommen unten, wenn er Lust dazu hatte, ansonsten war noch Auflauf im Kühlschrank. Brauchte er nur aufzuwärmen.

Er schaute auf die Uhr. Erst kurz vor sieben.

Er zögerte eine Weile, dann holte er den Auflauf heraus und stellte ihn in den Backofen. Setzte sich an den Tisch und begann, seine Seele zu kratzen.

Es war natürlich dieser Fall. Wieder einmal, immer, immer wieder.

Er ging bald in seinen vierten Monat, das war eine verdammt lange Zeit.

Und kaum eine Feder an den Hut zu stecken. Man war auch schon in ein neues Jahr gekommen, es war immer ein dummes Gefühl, einen ungelösten Fall mit über den Jahreswechsel nehmen zu müssen, das hatte er schon früher so empfunden. Als ob diese schweren Weihnachts- und Silvesterfeiertage eine Art dunkle Verjährungsfrist auf alle Verbrechen ausübten ... alte Fäden im Januar wieder aufzunehmen, das war immer mit einem zähen und muffigen Gefühl verbunden, als ob es um eine archäologische und nicht eine kriminologische Arbeit ginge.

Aber in erster Linie war der Hauptgrund für seine Irritation natürlich Inspektor Baasteuwels Besuch gewesen, das Gespräch mit ihm. Genau genommen hing sie schon den ganzen Nachmittag über ihm, und das war ja auch eigentlich kein Wunder.

Sie hatten noch zusammen zu Mittag gegessen, und wenn

Reinhart es nicht schon früher bemerkt haben sollte, so stellte er jedenfalls nun fest, dass Baasteuwel kein Standardkriminaler wie jeder andere war.

Intelligent. Allein das war ungewöhnlich. Respekt- und anspruchslos. Und offenbar behaftet mit der gleichen dummen Veranlagung wie er selbst, dass seine Seele juckte.

Ein Mörder lief frei herum. Das war der Knackpunkt.

Das Ziel der Arbeit der Kriminalpolizei war es ja gerade, dass kein Mörder frei herumlaufen sollte. Es gab natürlich auch noch andere Aspekte ihrer Arbeit, aber mit drei (oder vier, wenn man Baasteuwels noch dazurechnete) ungelösten Morden dazusitzen –, ja, das war jedenfalls nichts, mit dem man herumprahlen konnte.

Wenn man es mit anderen Berufsgruppen vergleichen wollte, so war es wohl ungefähr so wie ein Taxifahrer, der nie die richtige Adresse fand (oder zumindest viermal hintereinander falsch fuhr).

Ein Klempner, dem es nie gelang, irgendeine Tür zu öffnen, oder ein Bauer, der vergaß zu säen.

Verdammte Scheiße, dachte Hauptkommissar Reinhart und holte den Auflauf heraus, obwohl er erst lauwarm war, wir müssen zusehen, bei diesem verdammten Würger weiterzukommen.

Es ist ja nicht ausgeschlossen, dass er es wieder tut.

Absolut nicht ausgeschlossen.

31

Als Inspektorin Moreno durch die dunkle, solide Haustür in Booms, Booms & Kristevs Anwaltsbüro in der Zuyderstraat trat, spürte sie plötzlich einen Stich von Minderwertigkeitsgefühl.

Was auch nicht besser wurde, als sie mit Hilfe einer verhaltenen Sekretärin in Tweed in Anna Kristevas Zimmer geführt wurde (mit drei Fenstern auf die Straße hinaus und schweren alten Wanderlinck-Möbeln, die vermutlich ungefähr so viel kosteten, wie Moreno in einem Jahr verdiente) und in einem Ledersessel in der Größe eines ordinären Kleinwagens versank.

Und es half auch nichts, dass Anna Kristeva, als sie zehn Minuten verspätet auftauchte, sich als eine Frau ihres Alters herausstellte. Moreno machte sich nicht die Mühe, noch eine ökonomische Analyse ihrer Garderobe vorzunehmen – das war nicht nötig. Die Positionen waren bereits klar.

Sie schälte sich aus dem Sessel und schüttelte ihr die Hand.

»Ewa Moreno, Kriminalinspektorin.«

»Anna. Ich weiß. Entschuldigung, dass Sie warten mussten. Aber wir können uns eigentlich duzen, oder?«

Das Klima wurde ein wenig angenehmer.

»Möchtest du einen Sherry? Ich glaube, ich selbst brauche jedenfalls einen.«

Sherry?, dachte Moreno, und die alten Positionen waren wieder hergestellt.

»Ja, danke«, sagte sie. »Warum wolltest du nicht mit einem männlichen Beamten reden?«

Anna Kristeva antwortete nicht sofort. Sie öffnete stattdessen einen Eckschrank aus Rosenholz mit Intarsieneinlage. Holte eine große Sherrykaraffe heraus und schenkte etwas in zwei blaugetönte Gläser mit hohem Fuß. Ließ sich in dem anderen Monstersessel nieder und seufzte hörbar.

»Zum Wohle«, sagte sie. »So ein Mist! Es beunruhigt mich ... es beunruhigt mich ziemlich, das musst du wissen.«

Ewa Moreno nippte an ihrem Glas, Anna Kristeva leerte ihres in einem Zug.

»Ja, apropos männliche Polizei«, sagte sie. »Du wirst meine Gründe verstehen ... es wäre nicht besonders witzig, hier zu sitzen und das alles einem Typen mit ... traditionellen Geschlechterrollenvorstellungen zu erzählen.«

»Ja?«, sagte Moreno. »Also, du weißt, dass ich wegen Ester Peerenkaas hier bin ... und wegen der Frage, was wohl mit ihr passiert sein kann. Aber ich glaube, am besten erzählst du von Anfang an.«

Anna Kristeva erzählte von Anfang an.

Es dauerte eine Weile. Eine halbe Stunde und ein weiteres Glas Sherry genauer gesagt, und Moreno musste sich eingestehen, dass es eines der interessantesten Gespräche war, die sie seit langem geführt hatte.

Zumindest zu Anfang. Dass es derartige Ansichten und Lösungsmodelle für die Geschlechterproblematik geben könnte, auf die Idee war sie nie gekommen. Anna Kristeva berichtete ausführlich, wie sie und Ester Peerenkaas vorgingen, seit sie vor vier Jahren diese Idee mit den Anzeigen gehabt hatten. Über die Auswahlprozedur. Über die Spannung vor den Treffen. Über die Ausbeute (das Ergebnis sozusagen) und über all diese verschiedenen Männer, über die frau also auf diese Art eine Art Kontrolle hatte.

Möglicherweise war es nur die Illusion einer Kontrolle, aber das war unwichtig, meinte Anna Kristeva, das ganze Leben war ja vielleicht nichts als eine Illusion.

Und natürlich auch über die Kehrseiten. Darüber, dass es nie so richtig ernst wurde. Darüber, dass man jemanden verletzen konnte.

Und darüber, dass die Voraussetzung dafür, sich auf so etwas einzulassen, natürlich war, dass frau beschlossen hatte, allein zu leben. Ein für alle Mal.

»Obwohl man das natürlich nie so endgültig sagen kann«, stellte Anna Kristeva fest und zündete sich ein dünnes Zigarillo an.

»Du denkst an deinen Piloten?«, fragte Moreno, bekam aber nur ein kurzes, schwer deutbares Lachen zur Antwort.

Oh ja, nachdem die Karten auf dem Tisch lagen, begriff Ewa Moreno nur zu gut, warum die junge Anwältin nicht mit einem ihrer männlichen Kollegen hatte sprechen wollen.

Rooth hätte dafür nicht das geringste Verständnis gehabt, dachte sie. Und Münster oder Reinhart vermutlich auch nicht.

Die Frage war, ob sie selbst es hatte. Aber interessant war es auf jeden Fall, das musste sie zugeben. Jedenfalls die ersten zwanzig Minuten.

Danach war es nicht mehr so witzig.

Als sie zu den letzten Runden der Jagd nach diesen Männern kamen. Zur Entwicklung seit ungefähr Mitte Dezember.

»Wild card?«, fragte Moreno nach. »Du hast also eine wild card gezogen … einen Mann, von dem du überhaupt nichts gewusst hast? Nicht einmal seinen Namen?«

»Stimmt«, sagte Anna Kristeva und nickte mit finsterer Miene. »Aber als ich ihn treffen wollte, bin ich krank geworden, deshalb hat Ester ihn übernommen.«

»Gegen deinen Willen?«

»Ja. Sie hat ihn mir weggeschnappt, ganz einfach.«

»Und wie hast du reagiert?«

»Ich war wütend. Aber ich konnte ja nicht viel daran ändern. Wir haben uns danach auch kaum noch gesehen ... nur ein paar Mal miteinander telefoniert. Deshalb weiß ich auch nicht, ob sie ihn am Dienstag getroffen hat ... am vorigen Dienstag, der Zehnte muss es gewesen sein.«

»Wo? Weißt du, wo sie sich treffen wollten?«

»Keine Ahnung.«

»Was weißt du über diesen Mann?«

Anna Kristeva stieß eine nachdenkliche Rauchwolke aus.

»Nicht besonders viel. Ich glaube, sie haben sich nicht sehr oft getroffen ... möglicherweise war es jetzt erst das zweite Mal. Sie hat etwas in der Richtung erwähnt, dass er bis Weihnachten beschäftigt sei und dass sie selbst dann für zwei Wochen auf die Kanarischen Inseln wollte ...«

»Allein?«

»Nein, sie ist mit einer Kollegin geflogen. Vielleicht solltest du die mal fragen, sie weiß bestimmt mehr als ich.«

Moreno blätterte ein paar Seiten auf ihrem Block zurück.

»Ist das Karen deBuijk, die du meinst?«

Anna Kristeva überlegte.

»Ich glaube ja«, sagte sie. »Ich kenne sie nicht. Aber ich habe im Hinterkopf, dass sie Karen heißt.«

»Eine Kollegin von mir wird heute Nachmittag mit ihr sprechen«, erklärte Moreno.

Anna Kristeva schlug sich die Hand vor den Mund.

»Mein Gott«, rief sie aus. »Dann nehmt ihr die Sache wirklich ernst. Was glaubst du, ist ihr irgendwas zugestoßen?«

»Wir wissen es noch nicht«, sagte Moreno. »Aber es ist kein gutes Zeichen, dass sie seit einer ganzen Woche verschwunden ist.«

»Nein«, musste Anna Kristeva zugeben. »Das ist es natürlich nicht.«

Moreno räusperte sich und stellte ihr Sherryglas hin, das sie die ganze Zeit in der Hand gedreht hatte.

»Wie dem auch sei, wir müssen versuchen, diesen Mann zu identifizieren«, sagte sie. »Das Einzige, was du über ihn sagen kannst, ist also, dass Ester ihn das erste Mal in Keefer's Restaurant getroffen hat, das liegt in der Molnarstraat, nicht wahr?«

Anna Kristeva nickte.

»Und das war am achten Dezember, an einem Freitag?«

»Ja.«

»Wie hat sie ihn beschrieben?«

»So gut wie gar nicht. Er war offenbar klasse. Ich glaube, er hat sie reichlich betört, aber mehr weiß ich nicht … keine Details, sie hat nach diesem ersten Treffen gar nichts erzählt. Und später auch nicht, aber vielleicht war es ja auch so, dass dieses date am letzten Dienstag erst ihr zweites Treffen war … oder ihr erstes richtiges sozusagen.«

»Glaubst du das?«

»Ja, eigentlich schon … wenn es stimmt, was sie gesagt hat, dass er vor Weihnachten und während der Feiertage keine Zeit hatte … aber sie kann mich natürlich auch angelogen haben.«

»Warum sollte sie lügen?«

»Damit ich nicht eifersüchtig werde. Ich war ziemlich wütend, weil sie auf diese Art vorgegangen ist, das war nicht nach den Regeln.«

»Was für Regeln?«

»Natürlich keinen schriftlich festgelegten. Aber es gibt doch immer ein Netzwerk ungeschriebener Regeln. Das lernt man in diesem Beruf, wenn auch sonst nicht viel.«

Sie breitete die Arme aus und lächelte ein wenig entschuldigend.

»Ich verstehe«, sagte Moreno. »Kein Name also?«

»Nein.«

»Da bist du dir ganz sicher?«

»Absolut. Ich würde mich daran erinnern, wenn sie ihn genannt hätte. Die einzigen Details, von denen ich weiß, das ist das mit dem Schlips und dem Buch, aber das wusste ich ja schon, bevor sie ihn getroffen hat … roter Schlips und ein rotes T. S. Eliot-Buch. Daran sollte sie ihn erkennen, wie schon gesagt.«

Moreno nickte. Darüber hatten sie bereits gesprochen.

»Nichts über seinen Beruf?«

»Nein.«

»Seine Kleidung?«

»Nein.«

»Sein Alter oder sein Aussehen?«

»Nichts. Aber du kannst sicher sein, dass er gut aussieht. Ester ist ziemlich wählerisch in dieser Beziehung.«

»Und dieses Treffen in der letzten Woche, über das weißt du nichts? Außer dass es stattfinden sollte.«

Anna Kristeva überlegte und betrachtete ihre sorgfältig manikürten Fingernägel.

»Nein. Sie hat nur gesagt, dass sie sich treffen würden und dass sie sich darauf freue.«

»Warum hat sie überhaupt etwas davon erwähnt, wenn sie befürchtete, dass du eifersüchtig sein könntest?«

Anna Kristeva zuckte mit den Schultern.

»Ich habe ihr erzählt, dass ich ganz zufrieden mit Gordon bin … diesem Piloten, weißt du … ja, so etwas in der Richtung habe ich wohl gesagt. Ich war nicht mehr wütend auf sie, das war auch der Grund, warum ich sie angerufen habe. Ich dachte wohl …«

»Ja?«, fragte Moreno, als keine Fortsetzung kam.

»Ich dachte wohl, dass ich etwas überreagiert hätte. Ich wollte die Wogen wieder glätten und unsere Beziehung verbessern, mehr nicht.«

»Und ist das geglückt?«

Anna Kristeva lachte etwas gequält.

»Ich denke schon. Wir haben ausgemacht, uns am Wochenende zu treffen … am vergangenen. Wir hatten noch nichts fest verabredet, wollten voneinander hören, aber ich fand, jetzt war sie mal dran anzurufen, und ich ... ja, ich war auch zum Teil mit Gordon beschäftigt.«

»Wann habt ihr miteinander geredet? Ich meine, an welchem Tag?«

»Sonntag letzter Woche. Abends, sie war nachmittags von Fuerteventura zurückgekommen.«

Moreno machte sich Notizen und überlegte, ob es noch weitere Fragen zu klären gab.

Ihr fielen keine mehr ein. Sie bedankte sich bei Anna Kristeva, dass sie ihre Zeit in Anspruch hatte nehmen dürfen, und verließ die Anwaltskanzlei.

Sie machte das mit etwas anderen Gefühlen, als sie gekommen war. Was sie eigentlich von Anna Kristeva hielt – als Frau und Mensch –, das konnte sie schwer sagen, aber dieser Anfall von Unterlegenheitsphobie, den sie gehabt hatte, als sie angekommen war, der war auf jeden Fall wie weggeblasen.

Ist es einfach so, dass sie mir Leid tut?, fragte sie sich, als sie wieder auf der Straße stand. Oder sogar alle beide? Anna Kristeva und Ester Peerenkaas und ihr artifizielles Liebesleben?

Ja, das konnte schon sein.

Was die junge Frau Peerenkaas betraf, so gab es vielleicht einen besonders großen Grund für ihr Mitleid.

Wenn sie alle beunruhigenden Zeichen richtig deutete.

Am Donnerstag, den 19. Januar, neun Tage nachdem Ester Peerenkaas zum letzten Mal lebend gesehen worden war, drang die Maardamer Polizei in ihre Wohnung in der Meijkstraat ein. Verantwortlich für diese Aktion – die in aller Eile angeordnet worden war – war Inspektor Rooth, da Inspektorin Moreno – in aller Eile – andere Arbeitsaufgaben bekommen hatte, angeordnet von niemand anderem als dem Polizeipräsidenten Hiller selbst.

Rooth wurde begleitet von Inspektorin Sammelmerk sowie zwei Freundinnen von Frau Peerenkaas, mit denen man am vergangenen Tag in Kontakt gewesen war: Anna Kristeva und Karen deBuijk.

Bevor er den Hausmeister die grün lackierte Tür mit seinem Hauptschlüssel öffnen ließ, hockte Rooth sich hin und rief durch den Briefschlitz. Gleichzeitig registrierte er, dass ein ganzer Stapel von Postsendungen auf dem Boden des Flurs lag, woraus er schnell den Schluss zog, dass die Wohnungsinhaberin mit größter Wahrscheinlichkeit seit einigen Tagen nicht mehr daheim gewesen war.

Er richtete sich wieder auf und gab dem Hausmeister – einem schlaksigen, blonden Mann mit schläfrigen Augen und einer ausgegangenen Zigarettenkippe im Mundwinkel – ein Zeichen, die Tür aufzuschließen.

»Nun mal langsam mit den jungen Pferden!«, befahl er anschließend, als die Tür offen und der Blonde verschwunden war. »Jetzt ziehen wir uns erst mal die Schuhe aus und schleichen wie nackte Indianer herum.«

Nackte?, dachte Sammelmerk. Warum *nackte* Indianer?

Aber sie fragte lieber nicht. Hauptkommissar Reinhart hatte ja angedeutet, dass der Inspektor manchmal etwas wunderlich war.

»Wir wissen nicht, was uns da drinnen erwartet«, fuhr Rooth fort, »aber wir müssen uns auf das Schlimmste gefasst machen. Es ist wichtig, dass nichts angerührt wird.«

»Oh Gott«, sagte Karen deBuijk. »Ich möchte lieber nicht dabei sein.«

»Du bist schon mitten drin«, sagte Anna Kristeva. »Je eher du das einsiehst, umso besser.«

Rooth trat in den Wohnungsflur und winkte die anderen heran. Zumindest roch es nicht nach Leiche, registrierte Sammelmerk optimistisch.

»Bleibt hier stehen, während ich eine Sondierungsrunde drehe«, ermahnte Rooth sie. »Anschließend bitte ich Sie beide ...«, er nickte den Freundinnen zu, »... dass Sie in der Wohnung herumgehen und nachschauen, ob Sie etwas Ungewöhnliches entdecken.«

»Ungewöhnlich?«, fragte Karen deBuijk nach. »Was meinen Sie mit ungewöhnlich?«

»Nun ja, etwas, das nicht aussieht wie sonst, ganz einfach. Fremde Dinge oder Sachen, die sonst nicht hier waren ... Sie waren doch alle beide schon mehrfach hier. Aber Sie fassen nichts an, okay?«

»Natürlich fassen wir nichts an«, sagte Karen deBuijk. »Wir sind doch keine Idioten.«

Anna Kristeva nickte, Inspektorin Sammelmerk seufzte, und Rooth begann seinen Wohnungsrundgang.

Der erste Gedanke, dass es einen Zusammenhang geben könnte, kam Ewa Moreno, als sie das Zimmer des Polizeipräsidenten verließ. Eineinhalb Stunden lang hatte sie in seinem Gewächshaus gesessen und war mit ihm die Berichte über die Surhonenaffäre durchgegangen. Sie hatten besprochen, wie die Zeitungen und das Fernsehen das Vorgehen der Polizei beurteilt hatten, eine derart delikate Angelegenheit, in die eine ausländische Botschaft verwickelt war, und Hiller hatte wie üblich Versprechungen gemacht.

Aber gleich nach dieser traurigen Angelegenheit kam es also. Wobei es eigentlich kaum als Gedanke zu bezeichnen war. Eher als eine schwache Ahnung, die in ihrem Bewusstsein nur für den Bruchteil einer Sekunde aufblitzte, aber dennoch einen Abdruck hinterließ.

Und dieser Abdruck wurde plötzlich sichtbar, als sie sich eine Weile später an einen Tisch in der Kantine setzte, um den Mittagssalat des Tages zu essen.

Gott weiß warum, dachte sie, aber plötzlich war sie da. Diese Ahnung.

Dass es einen Zusammenhang geben könnte. Zwischen dem Würger und dieser verschwundenen Frau.

Dass es ausgerechnet Ester Peerenkaas hatte treffen müssen.

Es gab natürlich nichts, was diese willkürliche Hypothese stützte. Keinen Schimmer. Und die Wahrscheinlichkeit war wohl nicht mehr als eins zu tausend. Sie begann zu essen und überlegte, warum sie trotzdem aufgetaucht war. Offenbar, weil sich die beiden Fälle ineinander verhakt hatten, da sie ja beide in ihrem Kopf herumschwirrten.

Ungefähr auf die gleiche Weise, wie sie auch immer echte Liebe mit Beerdigungsinstituten verknüpfte, da ihre erste große Liebe (irgendwann im Alter von zehneinhalb, wenn sie sich noch recht erinnerte) einen Vater gehabt hatte, dem ein eben solches gehörte.

Stärker war die Verbindung vermutlich nicht, und als Reinhart kam und sich an ihrem Tisch niederließ, beschloss sie, nicht so dumm zu sein, diesen Gedanken auszusprechen.

Was ihr umso dümmer erschien, als Reinhart noch mürrischer wirkte als sonst. Sie konnte nicht umhin, sie machte sich Gedanken, wie es eigentlich um ihn stand. Zunächst hielt sie diese direkte Frage noch zurück, aber als er sich Kaffee aufs Hemd kleckerte und so laut fluchte, dass es im ganzen Raum zu hören war, fragte sie ihn doch.

»Alles in Ordnung«, erwiderte Reinhart. »Es ist nur dieser verfluchte Fall, der mir die Seele zermürbt.«

»Ich wusste gar nicht, dass du eine Seele hast«, versuchte Moreno zu scherzen, aber das schien nicht die rechte Ebene zu sein.

Aber die ganz falsche offenbar auch nicht, denn er kommentierte ihren Satz nicht einmal.

»Und dann ist da noch die andere«, brummte er stattdessen. »Diese verschwundene Frau. Hast du seit gestern schon mal mit Inspektorin Sammelmerk gesprochen?«

»Nein«, musste Moreno zugeben. »Warum?«

Reinhart kaute sein Brot und schaute eine Weile ins Nichts, bevor er ihr eine Antwort gab.

»Sie hat doch genau wie du mit einer Freundin gesprochen.

Ich habe sie nur kurz heute Morgen gesehen, und sie hat den Namen erfahren.«

»Den Namen?«

»Ja, ich kriege ihn seitdem nicht mehr aus dem Kopf. Frau Peerenkaas hat den Namen des Mannes erwähnt, mit dem sie gerade eine Beziehung eingehen wollte, und über den Namen muss ich seitdem die ganze Zeit nachdenken ... jetzt schon seit zwei Stunden. Verdammte Scheiße!«

»Wie heißt er denn?«, fragte Moreno und spürte, wie ihr Puls schneller wurde.

»Brugger«, sagte Reinhart.

»Brugger?«

»Ja, Amos Brugger. Ich habe im Telefonbuch nachgesehen, aber es gibt niemanden in ganz Maardam, der so heißt ... aber ich habe da irgendwie so eine Assoziation, ich weiß nur nicht, welche. Amos Brugger ... klingelt in deinem hübschen Köpfchen nicht eine kleine Glocke, wenn du den Namen hörst?«

Moreno ignorierte das Kompliment und versuchte, auf gewisse Glocken zu lauschen. Es vergingen fünf Sekunden; Reinhart starrte sie die ganze Zeit an, als wollte er alles tun, was in seiner Macht stand, um ihr auf die Sprünge zu helfen.

»Nein«, sagte sie schließlich. »Ich höre nicht das kleinste Klingeling.«

»Verdammte Scheiße«, wiederholte Reinhart. »Das hier stinkt nach Entendreck, wie meine Mutter immer zu sagen pflegte.«

Er schob das Sandwich zur Seite und zündete sich stattdessen die Pfeife an.

32

Nach der Durchsicht von Ester Peerenkaas' Wohnung in der Meijkstraat spazierten Rooth und Sammelmerk zum Café Renckmann an der Ecke zur Willemsgraacht. Die Freundinnen Kristeva und deBuijk hatten sie abgeschüttelt, und, wie Rooth meinte, konnten sie etwas im Magen gebrauchen und eine ruhige Minute, um die Eindrücke zusammenzufassen.

Irene Sammelmerk hatte etwas Probleme zu verstehen, welche Eindrücke er wohl meinte, aber sie machte gute Miene zum bösen Spiel und ging mit.

»Ja, also«, meinte Rooth, nachdem sie einen Platz gefunden hatten. »Das hat ja nicht viel gebracht.«

»Nein«, stimmte Sammelmerk zu. »Aber zumindest wissen wir nun, dass nichts bei ihr daheim passiert ist. Es sah alles sehr ordentlich aus, fand ich.«

»Fast wie bei mir zu Hause«, stellte Rooth fest. »Aber dass die Damen nicht mal ein fremdes Haar gefunden haben ... ja, das muss wohl bedeuten, dass sie in letzter Zeit keinen Besuch hatte. Oder was sagt deine weibliche Intuition?«

»Stimmt wohl«, nickte Sammelmerk. »Aber sie war ja auch selbst nicht zu Hause ... seit Dienstag letzter Woche. Meine linke Hirnhälfte sagt mir, dass da was nicht stimmt.«

Inspektor Rooth war plötzlich äußerst beschäftigt mit einem Kopenhagener und gab keine Antwort.

»Wir sollten mal in dieses Restaurant fahren«, fuhr Sammelmerk fort … Keefer's, meine ich. Es kann ja sein, dass sich dort jemand erinnert, obwohl schon mehr als ein Monat vergangen ist. Oder haben wir andere Anweisungen?«

Rooth schüttelte nur den Kopf und kaute weiter.

»Das ist doch der einzige Platz, von dem wir sicher wissen, dass sie dort mit diesem Brugger gewesen ist … obwohl ich nicht so recht weiß. Du bist schon länger mit der Sache beschäftigt, entscheide du.«

Rooth schaute auf die Uhr und schluckte.

»Das ist keine dumme Idee«, sagte er. »Wenn wir hier noch eine Weile sitzen, dann schaffen wir es zum Mittag bei Keefer's. Die machen ein Zigeunersteak, das nicht zu verachten ist, wie ich gehört habe … und Reinhart gefällt es, wenn wir selbst die Initiative ergreifen.«

Womit die Sache beschlossen war.

»Brugger?«, fragte Münster. »Nein, da kommen mir keine Assoziationen. Leider.«

»Mir auch nicht«, stellte Inspektor Krause fest und sah für einen Augenblick aus, als wäre er bei einer Prüfung durchgefallen. »Amos Brugger, ist das richtig?«

»Ja«, seufzte Reinhart. »So hieß er offenbar. Und es gibt keinen in der ganzen Stadt, soweit wir wissen … nun ja, er kann ja auch von außerhalb sein, aber das nenne ich wirklich ein blind date! Krause, könntest du in weiteren Kreisen nach dem Namen forschen … damit wir wissen, ob nicht vielleicht doch noch einer in der Peripherie auftaucht?«

»Ich werde es versuchen«, versprach Krause und verließ das Zimmer.

Münster wartete, bis er die Tür geschlossen hatte. »Warum machst du dir solche Mühe mit dieser Vermisstenmeldung?«, fragte er. »Ich dachte, wir hätten andere Prioritäten?«

Reinhart schnaubte und rührte einmal in den Papierstapeln auf seinem Schreibtisch herum.

»Prioritäten? Meinst du Surhonen? Oder meinst du, wir sollten jeden verfluchten Stein im Kammerle-Gassel-Fall noch einmal umdrehen? Oder worauf willst du hinaus?«

»Ich weiß auch nicht«, sagte Münster und stand auf. »Ich glaube, es ist das Beste, wenn ich dich allein lasse. Du erscheinst mir etwas prämenstruell, wenn du entschuldigst, dass ich dir das sage.«

»Ach, fahr doch zur Hölle«, sagte Reinhart und schaute sich nach einer Waffe um, aber Münster war schon auf dem Flur verschwunden.

Der Abstand zwischen Café Renckmann und Keefer's Restaurant in der Molnarstraat betrug nicht mehr als dreihundert Meter, aber da es angefangen hatte zu regnen, nahmen sie den Wagen. Sie mussten trotzdem noch um einige Ecken im Nieselregen laufen, es war Mittagszeit und wie üblich kein Parkplatz zu finden.

Rooth beschloss, man solle doch am besten zunächst die Essensfrage regeln, bevor man das Personal überfiel. Sammelmerk äußerte keine abweichende Meinung, und da sie ziemlich zeitig eingetroffen waren, konnten sie einen Fenstertisch mit Blick auf den Kanal ergattern.

»Ziemlich viel verlangt, dass sie sich noch an Gäste erinnern sollen, die sie vor einem Monat hatten«, sagte Sammelmerk. »Das heißt, wenn sie nicht häufiger hier waren.«

»Wovor ich mich an seiner Stelle hüten würde«, meinte Rooth. »Wenn ich eine Frau gefunden habe, die ich umbringen will, dann werde ich wohl kaum vorher häufiger mit ihr in die Kneipe gehen. Zumindest nicht ins gleiche Lokal.«

»Wir wissen nicht, ob er sie umgebracht hat«, wies Sammelmerk ihn zurecht. »Wir wissen nicht einmal, ob sie überhaupt tot ist.«

»Es gibt da so einiges, was wir nicht wissen«, fuhr Rooth fort. »Wenn wir das vergleichen mit dem, was wir andererseits in diesem Fall wissen, ja, dann ist das verdammt viel … nun ja. Ich nehme an, deshalb stellen wir auch in alle möglichen Richtungen Vermutungen an. Wie war eigentlich die Arbeit in Aarlach?«

Sammelmerk zuckte mit den Schultern.

»Mir hat es ganz gut gefallen. Obwohl wir auch dort manchmal gezwungen waren, im Dunkeln zu tappen, das muss ich zugeben.«

»So ist es nun einmal«, sagte Rooth und schaute sich in dem halb leeren Lokal um. »Und jetzt gehen wir folgendermaßen vor: Wenn wir das Essen bekommen haben, zeige ich der Kellnerin das Foto … dann kann sie unter ihren Kollegen herumfragen, während wir essen. Auf diese Art und Weise läuft es sozusagen von allein, ohne dass wir unsere Finger im Spiel haben müssen.«

Sammelmerk dachte einen Moment nach.

»Gute Idee«, sagte sie.

»Ich bin ja nicht auf den Kopf gefallen«, lachte Inspektor Rooth überlegen.

Auch wenn die Methode ausgezeichnet war, so brachte sie doch keinen Treffer.

Als Rooth und Sammelmerk Keefer's nach fast zwei Stunden verließen, hatte sich die Mittagsschicht – insgesamt neun Angestellte – das Foto von Ester Peerenkaas angesehen.

Keiner von ihnen konnte sich daran erinnern, sie als Gast im Restaurant gesehen zu haben, weder am 8. Dezember noch an einem anderen Tag. Oder irgendwo anders. Von den neun hatten nur vier am betreffenden Abend Dienst gehabt, aber auch aus diesem Quartett erinnerte sich keiner daran, dass ein Mann mit roter Krawatte in Gesellschaft T. S. Eliots an irgendeinem Tisch gesessen hatte. Rote Schlipse gab es natürlich immer mal wieder, vor allem um Weihnachten herum, aber Bücher waren ein ungewöhnliches Zubehör, so wurde gesagt. Ganz gleich, in welcher Farbe.

Man konnte natürlich auch nicht beschwören, dass so ein

Paar wie das gesuchte *nicht* da gewesen wäre. An einem normalen Abend musste man sich um rund sechzig, siebzig Gäste kümmern, an den Freitagen konnten es über hundert sein.

»Verstehe«, sagte Rooth. »Nun ja, wir bedanken uns trotzdem. Und das Steak war auch nicht schlecht. Wenn auch etwas teuer. Ach übrigens, wie viele haben sonst noch an diesem Abend gearbeitet ... und wie können wir sie erreichen?«

Eine blondierte Frau in den Fünfzigern, die eine Brille der Mittelgewichtsklasse trug und nach allem zu urteilen eine Art Chefstellung innehatte, erklärte, dass normalerweise ein Dutzend Personen Abendschicht hätten, an Freitagen und Samstagen noch ein, zwei mehr. Wer am 8. Dezember die Bestellungen aufgenommen und serviert hatte, da hatte sie natürlich keine Ahnung, aber Rooth bekam einen Zettel mit einer Telefonnummer, die er anrufen konnte. Die der Personalchefin genauer gesagt, sie hieß Zaida Mergens und kümmerte sich um das Personal und die Gehaltslisten.

»Ausgezeichnet«, sagte Rooth, faltete den Zettel zusammen und steckte ihn in die Innentasche. »Wir lassen von uns hören.«

»Vielleicht bei einem kleinen Abendessen?«, schlug die Frau vor. »Aber dann empfehle ich Ihnen, vorher einen Tisch zu reservieren. Was ist eigentlich passiert? Aber darauf wollen Sie uns sicher keine Antwort geben?«

»Das würden wir gern«, erklärte Rooth. »Das Problem ist nur, dass wir selbst nicht die geringste Ahnung haben.«

Kriminalinspektorin Ewa Moreno wusste seit langer Zeit, wie der perfekte Morgen auszusehen hatte.

Nachdem frau intensiv den Mann ihres Lebens geliebt hatte, sollte sie ausgeruht aufwachen. Sich eine Weile wie eine Katze räkeln. Dann ein ordentliches Frühstück im Bett zu sich nehmen, während sie die Morgenzeitung überflog. Dann noch einmal eine Runde schlafen und anschließend eine lange, heiße Dusche nehmen.

Danach wäre sie bereit, zur Arbeit zu gehen.

Aber im Augenblick – im Monat Januar des Jahres 2001, in dem sie bald die Vierunddreißig erreichen sollte – gab es zwei ernsthafte Hindernisse, was die Verwirklichung dieses idealen Morgens betraf.

Zum einen war sie sich nicht sicher, ob sie nun den Mann ihres Lebens gefunden hatte, auch wenn sie mehr und mehr dazu neigte, zu glauben, dass Mikael Bau diese Rolle durchaus einzunehmen in der Lage war. Das hieß, wenn er immer noch Lust hatte, aber es gab nichts, was in eine andere Richtung deutete, und irgendetwas sagte ihr, dass es langsam an der Zeit war.

Zum anderen wäre sie gezwungen, schon um vier Uhr aufzustehen, um alle Punkte auch einlösen zu können.

Und, dachte sie, als sie an diesem Morgen die Treppen hinunterlief, nur mit einer halben Tasse Tee und einer zweiminütigen Dusche im Gepäck, wie sollte es überhaupt möglich sein, schon um vier Uhr morgens intensiv zu lieben und dann ausgeruht aufzustehen?

Unmöglich. Also hatte so ein perfekter Morgen nichts mit dem wirklichen Leben zu tun, basta.

Außerdem hatte sie schlecht geschlafen. Sie hatte von der jungen Kammerle und ihren schwarzgeschminkten Klassenkameradinnen geträumt, von diesen jungen Damen, mit denen sie sich vor ein paar Monaten im Café unterhalten hatte. Im Traum hatte sie sich an einem Strand befunden, an einem großen, menschenleeren Sandstrand, auf dem Monica Kammerle weinend herumkroch, während sie nach ihren verschwundenen Unterschenkeln suchte und ihre Klassenkameradinnen sie verspotteten und verhöhnten. Moreno selbst lag ein Stück weiter entfernt auf einem Badelaken und versuchte, in einem Buch zu lesen, wurde aber von den Mädchen gestört.

Es war in erster Linie ihre eigene Rolle in dem Traum, die ihr zu denken gab und an der sie schwer zu schlucken hatte. Sie hatte sich keinen Deut um das verletzte Mädchen gekümmert, nur gehofft, sie möge doch in eine andere Richtung kriechen, damit sie selbst in Ruhe und Frieden weiterlesen konnte.

Während sie auf die Straßenbahn wartete, kam ihr die gestrige Eingebung wieder in den Sinn. Der Gedanke an einen Zusammenhang zwischen der Kammerlegeschichte und der verschwundenen Ester Peerenkaas.

Vertraue deinen Einfällen!, hatte der *Hauptkommissar* einmal gesagt. Gib ihnen zumindest eine Chance, das kostet nicht viel.

Die Straßenbahn kam, und sie drängte sich hinein. Es gelang ihr sogar, einen Sitzplatz zu ergattern – zwischen einem dicken Mann, der in der Bibel las, und einer Frau, die wie eine außerordentlich magere Barbiepuppe aussah –, und sie setzte ihre Überlegungen fort.

Sie begann, diese ganze traurige Geschichte der isolierten Familie in der Moerckstraat zu rekapitulieren ... wobei Familie vielleicht zu viel gesagt war. Schließlich war nur von zwei Personen die Rede, einer Mutter und ihrer Tochter. Konnte man solche intimen Konstellationen überhaupt schon als Familien bezeichnen?

»Meine Familie besteht aus einer Person«, hatte sie irgendwo mal gelesen. »Und die bin ich.«

Jetzt waren sie jedenfalls fort. Martina und Monica Kammerle. Tot.

Getötet.

Ein Mörder lief frei herum, wie man so sagte. Vielleicht hatte er noch andere ermordet, diese Frau in Wallburg beispielsweise? Und vielleicht hatte er – sie bekam es nicht aus dem Sinn – vielleicht hatte er auch etwas mit Ester Peerenkaas' Verschwinden zu tun ...

Dass der Kerl, den sie im Restaurant getroffen hatte, hinter dem Ganzen steckte, das war auf jeden Fall unbestritten. Der sich Amos Brugger nannte.

Ester Peerenkaas hatte ihrer Freundin erzählt, dass er gesagt habe, er heiße so.

Amos Brugger?

Es gab niemanden diesen Namens in Maardam, wie Reinhart behauptet hatte, und außerdem hatte er noch erklärt, dass das etwas bedeuten würde.

Bedeuten?, dachte Moreno. Namen bedeuten doch eigentlich nichts, oder?

Sie schaute aus dem Fenster. Die Straßenbahn fuhr gerade zur Haltestelle am Ruyders Plejn.

Sie schaute auf die Uhr.

Viertel vor neun. Sie bekam eine neue Idee und stieg aus.

»Der Tag fängt ja gut an«, stellte Van Veeteren fest. »Ich hätte nicht erwartet, zwischen all diesen Wälzern eine so hübsche Kriminalinspektorin zu sehen.«

»Ach, Quatsch«, sagte Moreno. »In hundert Jahren haben wir alle eine Glatze. Ich glaube, das war der Hauptkomm … ich glaube, du warst das, der mir den Spruch beigebracht hat.«

»Das stimmt vermutlich«, sagte Van Veeteren. »Beides. Aber wenn du etwas von mir willst, dann hast du Glück. Denn normalerweise bin ich um neun Uhr noch nicht zur Stelle … Möchtest du einen Kaffee?«

»Wenn du ein Stück Brot dazu hast, gern«, sagte Moreno. »Ich habe es nicht geschafft, richtig zu frühstücken. Außerdem müsste ich wohl Reinhart anrufen und ihm sagen, dass ich etwas später komme. Ich hatte nur so eine Idee … dachte, es wäre nicht schlecht, ein paar Gedanken mit dir auszutauschen.«

»Wirklich?«, sagte Van Veeteren und schaute sie leicht verwundert an. »Oh ja, ich habe reichlich Gedanken, die ich gern zum Tausch feilbiete. Daran bist du selbst Schuld … nun, jetzt schließen wir einfach die Tür ab und gehen in die Küche.«

»Also, worum dreht sich die Frage, wie es im Koran steht?«, wollte er wissen, als die Tassen auf dem Tisch standen und Moreno den ersten Bissen des Ciabattabrots gegessen hatte, das er im Ofen aufgewärmt hatte. »Denn es haben dich doch sicher nicht nur der Hunger und deine Lesegier hierher getrieben?«

»Nein, obwohl ich nicht so recht weiß«, sagte Moreno. »Ich wollte nur mal deine Meinung hören. Ich habe da so eine Idee, wie gesagt ...«

»Darf man raten, dass es sich wieder einmal um unseren Freund, den Würger, handelt?«, fragte Van Veeteren und drehte sich eine Zigarette.

»Hm«, nickte Moreno. »Ja, natürlich ... aber das war wohl auch nicht so schwer zu erraten.«

»Es ist doch nichts Neues passiert? Ich habe seit Wochen keine Zeile mehr darüber in der Zeitung gelesen.«

»Man tritt auf der Stelle«, bestätigte Moreno. »Aber wir haben eine verschwundene Frau. Ich habe das Gefühl, das könnte zusammenhängen ... das ist meine Idee.«

Van Veeteren drehte seine Zigarette fertig und blinzelte ihr abschätzend zu.

»Seit wann?«, fragte er.

»Seit ungefähr einer Woche ... ja, eineinhalb jetzt.«

»Hier in Maardam?«

»Ja.«

»Alter?«

»Fünfunddreißig.«

»Also ungefähr so alt wie du?«

»So ungefähr, ja«, räumte Moreno ein.

»Obwohl du aussiehst wie fünfundzwanzig.«

»Ach, hör auf.«

Van Veeteren zündete sich die Zigarette an.

»Und was bringt dich auf die Idee, da einen Zusammenhang zu vermuten?«

Moreno zögerte ein paar Sekunden, bevor sie antwortete.

»Nichts. Reine Intuition.«

Van Veeteren schnaubte.

»Hier wird nicht gelästert, mein Fräulein. Wenn man Intuition als nichts bezeichnet, dann hat man das Recht verloren, dass einem höhere Mächte helfen.«

Moreno lachte.

»In Ordnung, ich nehme alles zurück. Aber Tatsache ist, dass es keine tragbaren Argumente gibt ...«

»Hast du das schon mit Reinhart oder Münster diskutiert?«

»Nein. Vielleicht sind die sogar meiner Meinung, ich weiß es nicht. Ich bin erst gestern auf die Idee gekommen.«

Van Veeteren nahm einen Zug und dachte nach.

»Erzähl«, sagte er. »Erzähl mir von dieser neuen Frau.«

»Amos Brugger?«, rief Van Veeteren zehn Minuten später aus.

»Ja«, sagte Moreno. »Reinhart meint, dass er mit dem Namen irgendwas assoziiert ... das hat er jedenfalls gestern gesagt. Aber er kam nicht darauf, was.«

Sie schaute auf und traf Van Veeterens Blick. Er starrte.

Bevor er überhaupt etwas gesagt hatte, wusste sie, dass sie einen Treffer gelandet hatte. Daran gab es keinen Zweifel.

Sein Gesicht schien irgendwie eingefroren zu sein. Wie verkrustet oder erstarrt. Er hielt den Mund halb geöffnet, und ein Rauchfaden sickerte langsam aus einem Mundwinkel und glitt über die Wange. Die Augen schienen abgeschaltet zu sein. Oder nach innen gewandt.

Es dauerte sicher nicht länger als eine Sekunde, aber Moreno wusste sofort, dass sie ihn genau so immer in Erinnerung behalten würde.

Ihn immer so erinnern würde. Den *Hauptkommissar.*

Wie Rodins berühmten Denker, als sich die Idee endlich in ihm niederschlug und er den Kopf aus der Hand hob.

»Du hast Recht«, sagte er langsam. »Es ist klar wie Kloßbrühe, dass du Recht hast. Soll ich dir sagen, wer Amos Brugger ist?«

»Ja, bitte ...«, sagte Moreno und schluckte. »Du meinst also, dass ... ?«

Van Veeteren stand auf und ging ins Antiquariat. Nach einer halben Minute kam er mit drei dicken Büchern zurück, die er auf den Tisch zwischen ihnen legte.

»Musil«, erklärte er. »Robert Musil. Der Mann ohne Eigenschaften. Eines der großen Werke des zwanzigsten Jahrhunderts … zu vergleichen mit Kafka und Joyce, wie viele meinen. Und ich bin auch der Meinung.«

»Jaha?«, sagte Moreno und nahm den obersten Band in die Hand.

»Leider nicht abgeschlossen. Er hat mehr als zwanzig Jahre dran geschrieben, wenn ich mich recht erinnere, ist aber nie zu einem Ende gekommen. Nun gut, auf jeden Fall kommt ein Mörder in dem Buch vor. Ein Frauenmörder genauer gesagt … ein fantastisches psychologisches Porträt übrigens. Weißt du, wie der heißt?«

Moreno schüttelte den Kopf.

»Er heißt Moosbrugger«, sagte Van Veeteren und schüttete seinen Kaffee in sich hinein.

»Moosbrugger … Amos Brugger?«

»Genau«, sagte Van Veeteren. »Oder warum nicht A Moosbrugger … *I am A Mos Brugger* … ich denke, viel deutlicher kann es nicht sein.«

»Mein Gott …«, sagte Moreno.

»Hat er nicht letztes Mal auch einen Namen aus einem Buch benutzt?«

»Ja«, sagte Moreno. »Benjamin Kerran … wir sind uns nicht ganz sicher, aber er kann ihn aus einem alten englischen Krimi genommen haben. Das stimmt. Dann glaubst du also … ?«

»Was glaubst du selbst?«, gab Van Veeteren zurück. »Auf jeden Fall würde ich vorschlagen, dass du dich jetzt auf den Weg zum Polizeipräsidium machst und ihr alle Kräfte daran setzt.«

»Ich bin schon auf dem Weg«, sagte Moreno und stand auf. »Danke … danke für die Hilfe … und das Frühstück.«

»Keine Ursache«, sagte Van Veeteren. »Aber sieh verdammt

noch mal zu, mich auf dem Laufenden zu halten. Vergiss nicht, dass ich ein Wörtchen mitzureden habe … Wenn ich diesen blöden Pfarrer nicht abgewiesen hätte, dann sähe die Lage jetzt anders aus.«

»Ich verspreche es«, sagte Moreno und eilte aus dem Antiquariat.

Der perfekte Morgen?, dachte sie. Liebe Güte.

33

»Die Sache ist also vollkommen klar«, brummte Reinhart. »Alle, die Musil gelesen haben, heben mal die Hand!«

Er starrte seine Mitarbeiter an und ließ fünf Sekunden in eisigem Schweigen verstreichen. Dann hob er langsam seine rechte Hand und nahm sie wieder runter. »Einer«, zählte er zusammen. »Verdammt. In dieser Elitetruppe gibt es nur einen beschissenen Hauptkommissar, der sich durch den *Mann ohne Eigenschaften* gearbeitet hat und der hatte nicht genug Verstand, um den Zusammenhang zu sehen. Das ist erbärmlich, absolut erbärmlich.«

»Wir verzeihen es dir dieses eine Mal«, sagte Rooth. »Ist es gut?«

»Ein wunderbares Buch«, bestätigte Reinhart. »Absolut wunderbar. Aber es ist schon ein Vierteljahrhundert her, seit ich es durchgeackert habe, deshalb bin ich bereit, nicht so streng mit mir zu Gericht zu gehen. Wie dem auch sei, so bedeutet Van Veeterens Information, dass wir nun wissen, wo wir stehen. Ich setze zehn zu eins, dass Frau Peerenkaas auf den gleichen Wahnsinnigen gestoßen ist wie unsere Opfer im Herbst. Gibt es jemanden, der anderer Meinung ist?«

»Wir sollten es vielleicht nicht übereilen«, warf Münster vorsichtig ein. »Aber ich bin auch der Meinung, dass wir hier auf etwas ganz Entscheidendes gestoßen sind … Amos Brugger, das muss auf Moosbrugger hindeuten. Wir haben es gewiss mit einem reichlich speziellen Typen zu tun.«

»Speziell?«, griff Jung das Wort auf. »Das kann ich nur unterschreiben. Was hat das für einen Sinn, solche merkwürdigen Namen zu benutzen? Wenn er sich nun seinen Opfern vorstellen wollte, dann hätte er doch den erstbesten Namen nehmen können. Rooth zum Beispiel, oder?«

»Was?«, fragte Rooth.

»Das könnte man meinen, ja«, sagte Reinhart. »Aber diese Namensfixierung könnte ja auch einiges über ihn aussagen, nicht wahr?« Er schaute in die Runde, das Fragezeichen war ihm in die Stirn geritzt.

»Ich nehme gern eine Woche frei und lese Musils Buch«, bot sich Jung an. »Es ist doch ziemlich dick, oder?«

»Meine Ausgabe hat zwölfhundert Seiten«, bestätigte Reinhart. »Ich denke, es reicht, wenn du einen Krimi während der Arbeitszeit gelesen hast. Aber was sagen wir nun zu unserem modernen Moosbrugger? Was wissen wir über ihn?«

Ein paar Sekunden lang blieb es still.

»Er hat kräftige Hände«, sagte Moreno. »Aber das ist schon früher mal gesagt worden.«

»Er spielt gern«, sagte Sammelmerk.

Reinhart nickte.

»Ja, das scheint so. Dass er wahnsinnig ist, davon können wir wohl ausgehen, aber ist dies schon Tollheit, hat es doch Methode, um einen anderen großen Dichter zu zitieren.«

»Hamlet«, sagte Rooth. »Den kenne sogar ich. Soll ich auch sagen, wer den geschrieben hat?«

»Nicht nötig«, erklärte Reinhart freundlich. »Du kriegst auch so ein Sternchen. Mach lieber weiter mit unserem Würger.«

»Gebildet«, sagte Krause.

»Liest jedenfalls Bücher«, sagte Moreno.

»Ziemlich dreist«, sagte Münster. »Wenn er tatsächlich auch Ester Peerenkaas umgebracht hat, dann ist es ja ziemlich kaltblütig, vorher mit ihr ins Restaurant zu gehen ... wo ihn jeder beobachten kann, meine ich.«

»Er hatte sich eine abgeschiedene Ecke ausgesucht«, erinnerte Sammelmerk. »Rooth und ich haben es überprüft, als wir im Keefer's waren, es gibt dort mehrere Tische, an denen man fast gar nicht zu sehen ist. Aber vollkommen unsichtbar kann er natürlich nicht gewesen sein ... jedenfalls nicht für das Personal.«

»Wartet mal«, unterbrach sie Jung. »Hat er nicht den Tisch unter irgendeinem Namen reservieren müssen? Dann ist er bestimmt da auch schon unter Amos Brugger gelaufen ... und dann könnten wir vielleicht ein bisschen mehr über ihn erfahren ...«

»Fehlanzeige. Leider«, sagte Reinhart. »Oder, Rooth?«

»Genau«, sagte Rooth. »Wir haben es heute Morgen bei Keefer's überprüft. Sie hatten sogar die Listen noch, aber es gab an diesem Abend keinen mit diesem Namen ... an den anderen Abenden übrigens auch nicht. Aber sie hatten für acht Uhr am achten Dezember ziemlich viele Tische für zwei Personen reserviert ... das ist ja genau der Zeitpunkt, von dem wir ausgehen. Er muss einer von denen gewesen sein.«

»Auf lange Sicht bekommen wir vielleicht heraus, welchen Namen er benutzt hat«, sagte Münster. »Wenn wir alle anderen zu fassen bekommen ... aber ich weiß nicht, ob wir damit so schrecklich viel gewonnen hätten.«

»Vermutlich gar nichts«, stimmte Reinhart zu. »Er scheint ja jedenfalls nicht seinen richtigen Namen benutzt zu haben. Aber könnte man nicht auch andere Schlussfolgerungen hinsichtlich Herrn Kerran-Brugger ziehen? Oder zumindest die alten wiederholen?«

»Gut aussehend und gut gebaut«, sagte Moreno. »Ester Peerenkaas ist ihm verfallen, und das passierte ihr nicht so leicht, wie ihre Freundin behauptet.«

»Zwischen fünfunddreißig und fünfundvierzig wahrscheinlich«, sagte Sammelmerk.

»Er hat sie nicht sofort umgebracht«, sagte Jung. »Ist zuerst mit ihnen eine Beziehung eingegangen, das ist ziemlich ungewöhnlich in dieser Branche, wie ich mal vermute ...«

»Branche?«, wunderte Krause sich.

»Wie eine Katze, die zuerst eine Weile mit ihrer Beute spielt«, spann Rooth den Faden weiter.

»Igitt«, sagte Moreno.

Reinhart deutete mit dem Pfeifenschaft auf Krause.

»Krause«, sagte er. »Könntest du so gut sein und die einzelnen Punkte notieren? Ich bin kein Anhänger von Täterprofilen, aber dieser Kerl lässt sich offenbar ganz gut einkreisen.«

Krause schaute auf.

»Habe ich schon gemacht«, erklärte er und klopfte mit dem Stift auf seinen Notizblock. »Hrrm.«

»Ausgezeichnet«, sagte Reinhart. »Hätte mir eigentlich schon früher einfallen können. Nun gut, unsere Hauptspur beruht jedenfalls auf der Vermutung, dass Ester Peerenkaas ermordet wurde, und darauf sollten wir uns jetzt konzentrieren. Offiziell ist sie aber immer noch verschwunden, vergesst das nicht. Wir lassen den Journalisten gegenüber nichts von dieser Musil-Sache verlauten, diese Stümper wissen doch sowieso nicht, wer Musil ist. Lasst auch nichts hinsichtlich der eventuellen Verbindungen mit den früheren Fällen verlauten … auch wenn wir natürlich irgendwann die Unterstützung der Medien in jeder erdenklichen Form brauchen werden. Das ist die gleiche unheilige Allianz wie immer, nichts Besonderes. Was haben wir noch?«

Viel mehr hatte man nicht, wie sich herausstellte.

Zumindest nicht, was das Bild des Mörders betraf. Spekulationen darüber, was mit Ester Peerenkaas passiert sein könnte, gab es andererseits natürlich reichlich. Ziemlich düstere Spekulationen, denn auch wenn man Münsters Warnung, nichts zu übereilen, noch in guter Erinnerung hatte, war es nicht gerade einfach, einen relativ optimistischen Standpunkt in diesem Fall einzunehmen.

Der Zeitaspekt musste auch bedacht werden, und das tat man dann auch.

Wenn man also davon ausging, dass Kerran alias Brugger auch

hinter dem Mord an Kristine Kortsmaa in Wallburg steckte und dass Ester Peerenkaas das gleiche Schicksal ereilt hatte, dann war die Anzahl der Opfer nunmehr auf fünf gestiegen. Die Anzahl der bekannten Opfer. Verteilt über einen Zeitraum von ungefähr achtzehn Monaten. Eineinhalb Jahre.

Das erste Opfer in Wallburg im Juni 1999.

Nummer zwei, drei und vier in Maardam im September 2000.

Nummer fünf in der gleichen Stadt im Januar 2001.

Inspektor Krause hatte auch diese Fakten notiert und las sie vor.

Anschließend blieb es eine Weile still.

Und danach beugte Reinhart sich über den Tisch vor und streckte einen warnenden Zeigefinger in die Luft.

»Kommt mir nicht mit dem Begriff Serienmörder«, schärfte er ihnen ein. »Rein theoretisch können wir es immer noch mit fünf verschiedenen Tätern zu tun haben, auch wenn ich persönlich nicht einen Zahnstocher auf diese Möglichkeit verwetten würde ... und rein theoretisch wissen wir auch noch nicht, ob Nummer fünf wirklich ein Opfer ist. Sie kann ja auch mit diesem verdammten Brugger abgehauen sein, vielleicht sitzen die beiden bei Champagner auf irgend so einer malerischen Südseeinsel in der Sonne. Man kann den Charme dieser Stadt im Januar manchmal nicht mehr ertragen, daran brauche ich euch nicht zu erinnern ... und so lange wir sie nicht gefunden haben, ist sie erst einmal nur verschwunden.«

»Kluge Worte«, sagte Rooth. »Auch wenn wir nun einmal glauben, was wir glauben. Ich muss sagen, dieses Verschwinden gefällt mir nicht ... Ich bin zwar nicht so wahnsinnig begeistert von Mord, aber wenn man nun einmal ermordet worden ist, dann ist es doch reichlich unnötig, auch noch verschwunden zu sein. Irgendwie gibt es keine Ordnung, bevor man nicht die Leiche gefunden hat. Was zum Teufel sollen wir tun ... Ich meine, was sollen wir jetzt im Augenblick eigentlich tun?«

Reinhart schaute auf die Uhr.

»Ich nehme an, dass das ein dezenter Hinweis darauf war, jetzt erst einmal eine Kaffeepause einzulegen, bevor wir die nächsten Züge planen?«

»Das habe ich überhaupt nicht gemeint«, sagte Rooth. »Aber wenn ihr alle Kaffeedurst habt, dann will ich euch nicht im Wege stehen.«

Es dauerte mehr als zwei Stunden, die Fragen der Einsätze und der Arbeitsverteilung zu klären. Aber allmählich nahm das Ganze – zumindest auf Inspektor Krauses Spiralblock – in einem Fünf-Punkte-Programm Form an.

Als Erstes sollte umgehend eine breit angelegte Suchmeldung nach der 35-jährigen Ester Peerenkaas aus Maardam herausgegeben werden.

Je schneller, desto besser. Der Hauptkommissar versprach, sie selbst zu formulieren, sobald die anderen nach Hause gegangen wären, um Däumchen zu drehen. Oder wozu auch immer sie ihre Abende so nutzten.

Im Anschluss an die Suchmeldung sollte als Zweites ein energischer Appell an alle Personen gerichtet werden, die am achten Dezember letzten Jahres im Restaurant Keefer's in der Molnarstraat gewesen waren, sich so schnell wie möglich mit der Polizei in Maardam in Verbindung zu setzen. Auch das fiel aus natürlichen Gründen auf Reinharts Tisch.

Zum Dritten mussten natürlich alle, die in irgendeiner Weise die verschwundene Frau Peerenkaas in irgendeiner Eigenschaft gekannt oder mit ihr Kontakt gehabt hatten – Freunde, Verwandte, Arbeitskollegen –, verhört werden. Wie viele Menschen das letztendlich sein würden, war natürlich jetzt noch schwer abzuschätzen, aber bis auf weiteres wurden Krause und Jung abkommandiert, um diese Aufgabe zu organisieren.

Als Viertes wurde beschlossen, dass erneut die Verbindung zu Inspektor Baasteuwel in Wallburg aufgenommen werden sollte – vor allem mit dem Ziel, noch einmal die Kristine-Kortsmaa-Geschichte durchzugehen und zu versuchen, Verbindungen zu den

September- und Januarfällen in Maardam zu ziehen. Inspektorin Moreno meldete sich freiwillig für diesen Auftrag.

Als Fünftes wurde beschlossen, weiterhin engen Kontakt mit dem Buchhändler Van Veeteren in Krantzes Antiquariat in der Kupinski-Gasse zu halten.

Das sei alles, ließ Kommissar Reinhart verlauten, nachdem Krause alles noch einmal laut verlesen hatte. Ob noch jemand etwas hinzuzufügen hätte?

Zu diesem Zeitpunkt war es bereits zwanzig Minuten nach sieben Uhr, und wie erwartet hatte keiner mehr noch etwas auf dem Herzen.

Ewa Moreno schaffte es gerade noch, das Wohnzimmer staubzusaugen, zu duschen und eine Flasche Wein zu öffnen, bevor es an der Tür klingelte.

Irene Sammelmerk hatte einen Strauß roter und gelber Gerbera in der einen Hand, eine Packung chinesisches Essen in der anderen.

»Verdammt gute Idee«, sagte sie. »Ich glaube, ich muss fast im Liegen essen, ich kann nicht mehr aufrecht sitzen.«

»Danke, gleichfalls«, sagte Moreno und winkte sie herein.

Endlich hatten sie es geschafft, sich an einem Abend zu verabreden. Es war auch höchste Zeit. Plan A war natürlich ein kleiner Restaurantbesuch gewesen, aber als sie sich mittags in der Kantine getroffen hatten, brauchten sie sich nur kurz gegenseitig anzusehen, um zu begreifen, dass keine von beiden Lust hatte, gesittet in einem Lokal zu sitzen.

Nicht während dieser verdammten Januarmüdigkeit.

Nicht mit einer Unmenge störender Menschen um sie herum.

Ein Sofa war angesagt, ganz einfach.

Und kein großes Kochen, da waren die Götter davor.

Also chinesisches Essen und eine Flasche Wein in Morenos gemütlicher Zwei-Zimmer-Wohnung in der Falckstraat. Eine kongeniale Lösung.

»Meine Güte«, sagte Sammelmerk eine Stunde später. »Ich begreife nicht, warum wir eigentlich in meiner Familie darauf beharren, sieben Tage in der Woche Essen zu kochen.«

»Sieben?«, wunderte Moreno sich.

»Nun ja, dann halt fünf von sieben«, gab Sammelmerk zu. »Manchmal trotten der Computerheld und die Kurzen ins Hamburgerlokal, und manchmal gibt es nur Pizza. Ich habe eine Freundin in Aarlach, die hat sich in den Kopf gesetzt, dass ihre Kinder sogar zweimal am Tag gehaltvolle Hausmannskost zu sich nehmen sollten. Sie hatte ihren ersten Herzinfarkt mit sechsundvierzig. Die Kinder waren alle beide die reinsten Nervenbündel. So läuft das.«

»Ja, heutzutage hat man nie Zeit«, sagte Moreno.

»Auf jeden Fall ist sie ungerecht verteilt«, sagte Sammelmerk. »Einige Leute hetzen sich zu Tode, und andere haben nichts anderes zu tun, als in der Nase zu bohren.«

Moreno lachte.

»Ja, die Verteilung könnte etwas gerechter sein, zugegeben. Aber du hast das für deine Familie jetzt geregelt?«

»Oh ja«, sagte Sammelmerk und trank einen Schluck Wein. »Ich kann nicht klagen. Und du? Wann machst du den Schritt? Es wäre dumm, bis zum Klimakterium zu warten.«

Moreno zögerte. Aber nur für einen Augenblick.

»Er wohnt hier im Haus«, sagte sie. »Eine Treppe tiefer. Der Bremsklotz bin eher ich.«

»Wieso denn das? Hast du dir schon mal die Finger verbrannt?«

Moreno überlegte. Eine gute Frage. Hatte sie sich die Finger verbrannt?

Ehrlicherweise musste sie das verneinen. Ein paar Kratzer und die eine oder andere Beule auf der Seele, damit musste man wohl auf dem dornenbestreuten Lebenspfad rechnen. Muttermale gab es natürlich auch, aber es war ihr eigentlich nicht schlechter ergangen als anderen.

Sie konnte eigentlich nicht wirklich klagen.

»Nein«, sagte sie. »Ich habe mir nicht die Finger verbrannt. Vielleicht mal ein bisschen angekokelt. Ich glaube, ich bin einfach nur etwas langsam … und vielleicht wählerisch.«

»Wie unsere vermisste Frau?«

»Na ja, nicht ganz. Ich würde jedenfalls nie auf die Idee kommen, ein Geheimtreffen in einem Lokal zu vereinbaren, das verspreche ich dir. Könntest du dir vorstellen, dir auf diese Art und Weise einen Mann zu angeln?«

Irene Sammelmerk zuckte mit den Achseln.

»Keine Ahnung«, sagte sie. »Nein, ehrlich. Ich habe meinen Janos kennen gelernt, da war ich einundzwanzig. Wir haben drei Kinder und waren beide schon mal dem anderen untreu … Ansonsten bin ich nicht gerade gut darüber informiert, wie es so im Irrgarten der Liebe läuft. Und ich weiß auch gar nicht, ob ich es wirklich wissen möchte.«

Moreno lachte.

»Und was war das für einer, mit dem du fremdgegangen bist?«

»Ein Bulle«, sagte Sammelmerk. »Das war alles. Prost.«

»Verstehe«, sagte Moreno. »Ja, prost … und schön, dich endlich außerhalb des Reviers zu treffen.«

»Dieser Kerran … oder Brugger?«, meinte Sammelmerk.

»Ja?«

»Was hältst du von ihm?«

»Was ich von ihm halte? Was meinst du?«

»Nun ja, was ist das für ein Typ?«

Moreno drehte ihr Glas.

»Keine Ahnung. Natürlich habe ich so meine Vorstellungen, aber ich habe nicht näher über ein feinpsychologisches Porträt nachgedacht. Es liegt natürlich auf der Hand, dass er so ein pervertierter, frustrierter Gockel ist … da ist er ja in guter Gesellschaft.«

»Oh ja«, stimmte Sammelmerk zu. »Die meisten Gewalttaten werden natürlich von aggressiven Gockeln zwischen zwanzig und vierzig begangen, die nicht zum Bumsen kommen … obwohl sie es so schrecklich gern täten und in ihrem Innersten so weich und sanft sind.«

»Ach ja«, nickte Moreno.

»So ist es leider nun einmal«, sagte Sammelmerk. »Aber unser Kerl hat ja gar keinen Geschlechtsverkehr mit seinen Opfern … weder vorher noch hinterher, wie man so sagt. Verdammte Scheiße, er bringt sie einfach nur um. Warum tut er das, das möchte ich wissen.«

»Er ist krank.«

»Natürlich ist er krank. Aber vielleicht könnte man diese Krankheit näher diagnostizieren?«

»Schon möglich. Es hängt sicher damit zusammen, dass wir biologisch gesehen solche verdammten Fehlkonstruktionen sind … wenn man einmal tief in die Kristallkugel schaut, meine ich.«

»Was?«, fragte Sammelmerk. »Ich fürchte, jetzt musst du mal ein bisschen deutlicher werden.«

Moreno verschränkte die Hände im Nacken und beschloss, ihren Gedankengang zu Ende zu führen.

»Doch«, sagte sie, »so sieht es aus. Wenn nun die Männchen – davon ausgehend, dass sie nur ihren Instinkten und primitiven Trieben folgen – so programmiert sind, dass sie sich in gut zwanzig Sekunden befriedigen können … ja, dann ist wohl kaum davon auszugehen, dass wir Frauen an dem Ganzen irgendein Vergnügen haben sollen. Oder?«

»I understand that God is a bachelor«, sagte Sammelmerk und lachte verschmitzt. »Aber sie sind doch lernfähig, zumindest die … derjenige … den ich kenne.«

»Mit der Zeit, ja«, sagte Moreno. »Das stimmt. Aber du musst doch zugeben, dass diese … na ja, Tempodifferenz … ziemlich viel unnötiges Leiden verursacht.«

Irene Sammelmerk lehnte sich laut lachend in ihrer Sofaecke zurück.

»Tempodifferenz!«, prustete sie. »Nein, so was ... da hast du was gesagt. Aber zurück zu unserem Freund Kerran-Brugger. Was glaubst du, warum er es macht ... von seinem eigenen Gesichtspunkt aus gesehen, meine ich? Wenn wir mal versuchen, in sein pervertiertes Gehirn einzudringen.«

Moreno trank einen Schluck Wein und überlegte. Sie blies eine Kerze aus, die schon gefährlich weit heruntergebrannt war.

»Macht«, sagte sie schließlich. »Wenn du die Sache auf den Punkt gebracht haben willst. Wenn man schon keine Liebe von demjenigen kriegt, den man verehrt, so will man wenigstens Unterwerfung ... den anderen kontrollieren. Das ist schließlich ein Beweggrund, der so alt ist wie die Menschheit. Mit Sicherheit treibt eine Variante davon auch unseren Würger um.«

»Gut möglich«, stimmte Sammelmerk stirnrunzelnd zu. »Ich habe einmal gelesen: ›Wenn ein Mann zu einer Frau nein sagt, wird sie sterben. Wenn eine Frau zu einem Mann nein sagt, wird er töten.‹ Das klingt doch ziemlich logisch, oder was meinst du?«

»Klingt perfekt«, bestätigte Moreno. »Sind wir in dieser Hinsicht nicht geradezu begnadet heute Abend?«

»Muss am Wein liegen«, meinte Sammelmerk. »Und der Gesellschaft. Spaß beiseite, jetzt ist es aber Zeit, dass ich nach Hause zu meiner Sippe gehe.«

Moreno schaute auf die Uhr.

»Halb zwölf. Ja, und morgen ist wieder ein Arbeitstag.«

»Einer von vielen«, seufzte Sammelmerk. »Ich glaube, ich muss dich bitten, mir ein Taxi zu rufen. Ich habe keine große Lust, in der Dunkelheit auf irgendwelche fremden Kerle zu stoßen.«

»Wenn eine Frau zu einem Mann nein sagt ...«, zitierte Moreno und sprang vom Sofa auf. »Ja, da ist schon einiges dran. Igitt.«

»Igitt, ja«, sagte Irene Sammelmerk. »Ich hoffe, wir finden ihn bald.«

»Nur eine Frage der Zeit«, sagte Moreno und nahm den Telefonhörer in die Hand. »Nicht mehr und nicht weniger.«

34

Fünf Minuten bevor Inspektor Rooth Karen deBuijk treffen sollte, wurde er von einer akuten Depression überfallen.

Er war gerade von Zwillesteeg auf den Grote Markt gekommen, als er Jasmina Teuwers fast direkt in die Arme lief. Wogegen er an und für sich nichts gehabt hätte – unter anderen Umständen. Abgesehen vom Italienischkurs hatten die beiden sich dreimal im November und Dezember getroffen: im Café, im Kino, im Restaurant, genau in dieser Reihenfolge, und auch wenn es sicherlich bestenfalls vorsichtige Fortschritte gewesen waren, so waren es dennoch nun mal Fortschritte.

Zumindest hatte Rooth es so aufgefasst.

Jedenfalls bis zu diesem graunassen, windgepeitschten Januarvormittag, als er ihrem Blick begegnete und fühlte, wie sein Herz zerbarst.

Sie war nämlich nicht allein, die Jasmina Teuwers. Ganz im Gegenteil. Sie war in höchst eindeutiger Gesellschaft eines Schönlings in hellbraunem, halblangem Mantel und mit Pferdeschwanz. Er hatte seinen Arm lässig um ihre Schulter geschlungen, sie schauten einander in die Augen und lachten gemeinsam über irgendetwas.

Bis sie in Bruchteilen einer Sekunde auf Rooth aufmerksam wurde.

Eine kleine, dicke Frau mit einem Dackel schob sich zwischen ihn und das eng umschlungene Paar, und so konnten sie tun, als hätten sie einander gar nicht gesehen, Rooth und Teuwers. Konnten jeweils in die betreffende Fahrtrichtung weitergehen, als ob nichts geschehen wäre. *Tra la perduta gente.*

Pferdeschwanz!, dachte Rooth, als die analytische Hälfte seines Gehirns nach fünf Sekunden wieder zu funktionieren begann. Verdammte Scheiße!

Weib, dein Name ist Wankelmut!

Er schwankte weiter über den Markt und bog in den Olde Maarweg ein. Karen deBuijk wohnte in einem der alten Fabrikgebäude, die seit Mitte der Neunziger zu Wohnungen umgebaut worden waren und in denen man sich als Kriminalinspektor kaum eine Wohnung leisten konnte. DeBuijks Wohnung bestand zwar nur aus einem großen Zimmer, aber das war gut und gern fünfzig Quadratmeter groß, und die offenen Holzbalken im Dach mussten sich ausgezeichnet dafür eignen, sich daran aufzuhängen.

Dachte Rooth und setzte sich zusammen mit seiner Depression in einen Korbstuhl unter einem Dachfenster. Der Himmel war grau, wie er registrierte. Er räusperte sich und zog mechanisch Stift und Notizblock aus der Tasche.

Das hier habe ich schon zehntausendmal gemacht, dachte er weiter. Möchte nicht wissen, wie viele verdammte Blocks und wie viele beschissene Stifte ich schon aufgebraucht habe.

Wie viele sinnlose Fragen habe ich vom Stapel gelassen und die Antworten niedergekritzelt?

Karen deBuijk hatte ihn für einen Moment allein gelassen und kam jetzt mit einem lächerlich kleinen Tablett zurück, auf dem volle Kaffeetassen standen. Und einer Schale mit etwas, das wie Hundekuchen aussah. Sie ließ sich auf dem anderen Korbstuhl nieder, schlug ein Bein über das andere, lachte ihm vorsichtig und etwas unsicher zu. Er stellte fest, dass sie hübsch war. Sonnengebräunt und blond.

Das Blendwerk des Teufels, dachte er. Von diesem Tag an werde ich mich nie wieder nach einer Frau umschauen.

»Ja?«, fragte sie, und er begriff, dass es an der Zeit war, endlich anzufangen.

»Mir geht es nicht gut«, sagte er.

Er hatte gar nicht vorgehabt, gerade das zu sagen, aber er hörte selbst, dass genau diese Worte herauskamen.

»Das sehe ich«, sagte Karen deBuijk. »Trinken Sie einen Schluck Kaffee.«

»Ja, wirklich?«, wunderte Rooth sich. »Kann man das sehen?«

»Ja ... aber ich dachte, Sie wären gekommen, um über Ester Peerenkaas zu reden und nicht über Ihren Seelenzustand.«

»Ich habe keine Seele«, sagte Rooth.

»Wenn es einem schlecht gehen kann, dann bedeutet das, dass man eine Seele hat. Sie ist es, die weh tut.«

Rooth überlegte. Das klang einleuchtend.

»Okay«, sagte er. »Dann halt eine kleine. Aber egal, es geht um Ester Peerenkaas. Was glauben Sie?«

»Was ich glaube?«

»Ja.«

»In welcher Beziehung?«

»In jeder Beziehung. Was passiert ist, beispielsweise. Über diesen Mann, mit dem sie sich getroffen hat ... Sie haben doch gerade erst zwei Wochen mit ihr auf den Kanarischen Inseln verbracht. Meiner Erfahrung nach reden Frauen bei solchen Gelegenheiten miteinander ... aber korrigieren Sie mich, wenn ich mich irre, ich verstehe nichts von Frauen.«

Sie lachte, hob aber die Hand vor den Mund – als wäre es unpassend unter den herrschenden Umständen: eine verschwundene Freundin und ein deprimierter Polizist.

»Entschuldigen Sie. Sie sind so witzig ... doch, das stimmt natürlich.«

»Was stimmt? Dass ich mich irre?«

»Nein, dass wir ziemlich viel im Urlaub miteinander geredet haben.«

»Und worüber?«
»Über alles zwischen Himmel und Erde natürlich.«
»Zum Beispiel?«
Sie machte eine kurze Pause und biss nachdenklich von einem Hundekeks ab.
»Über diesen kleinen Nervenkitzel zum Beispiel.«
»Nervenkitzel?«, griff Rooth das Wort auf.
»Ja.«
»Erzählen Sie.«
»Dieser kleine Nervenkitzel ...«, wiederholte Karen deBuijk, sog die Unterlippe wie ein Schulmädchen ein und sah einfach bezaubernd aus, »... der einen überhaupt dazu bringt, sich für einen Mann zu interessieren, aber der natürlich auch ... ja, gefährlich ist. Diese Spannung.«
»Wirklich?«, fragte Rooth und malte ein Strichmännchen mit Hörnern auf seinen Block. »Was meinen Sie damit?«
»So ist es nun einmal mit Männern«, sagte Karen deBuijk, und er hörte, dass sie ohne Vorwarnung einen vertraulichen Ton angeschlagen hatte, von dem er meinte, ihn nicht verdient zu haben – und irgendein idiotischer Impuls brachte ihn dazu, ihn abzuschmettern.
»Ja?«, fragte er ganz neutral.
»Ich meine diesen Mann. Brugger. Sie hat mir ja ein bisschen von ihm erzählt. Wenn auch nur ein bisschen ... hat gesagt, sie fühle sich gespalten.«
»Gespalten?«, fragte Rooth nach und zog einen senkrechten Strich quer durch den Kopf seines Männchens.
»Ja. Sie sagte, dass sie sich von ihm angezogen fühle, aber gleichzeitig war da etwas, was sie unsicher machte ... ja, sie wusste nicht so recht, wo sie ihn einordnen sollte, ganz einfach.«
»Vielleicht überwog die Gefahr den Nervenkitzel?«, überlegte Rooth.
»Ja, vielleicht ... oh Gott.«

»Hat sie etwas über sein Aussehen erzählt?«

»Nein, nur, dass er gut aussah … ich glaube, sie hat gesagt, er sei dunkelhaarig.«

»Und sie hat ihn nur ein einziges Mal getroffen?«

»Ja.«

»Wann war das?«

»Im Keefer's, im Dezember.«

»Wie war er gekleidet?«, fragte Rooth.

»Davon hat sie nichts gesagt.«

»Beruf?«

»Ich glaube, er hatte eine Firma, oder?«

»Was für eine Art Firma?«

»Ich weiß es nicht. Irgendwie war er wohl selbstständig … aber ich bin mir dessen nicht sicher. Wir haben nicht so viel über ihn geredet. Eigentlich erst auf dem Rückflug, sie sollte ihn ja ein paar Tage später wiedersehen … sind Sie sich wirklich sicher, dass er etwas mit ihrem Verschwinden zu tun hat?«

Rooth nahm einen Hundekuchen.

»So ziemlich«, sagte er. »Wir haben Hinweise, die in diese Richtung deuten.«

»Was für Hinweise?«

Sie hat Musil nicht gelesen, sie auch nicht, dachte Rooth. Wir haben doch so einiges gemeinsam.

»Darauf kann ich im Moment leider nicht näher eingehen. Was hat sie sonst noch über Brugger gesagt?«

»Nicht besonders viel. Sie hat mir von dieser Anzeige erzählt, die sie und Anna Kristeva aufgegeben haben, ich wusste gar nicht, dass sie so etwas machten … ja, wir haben eigentlich mehr über diese ganze Geschichte geredet als über Brugger selbst.«

Rooth knabberte an seinem Keks und überlegte.

»Warum fühlte sie sich ihm gegenüber gespalten?«, fragte er. »Hat sie da nicht noch ein bisschen mehr erzählt?«

Karen deBuijk dachte eine Weile nach.

»Nein, ich denke nicht. Gespalten ist auch vielleicht zu viel gesagt … Sie hat ihn gemocht, als sie sich getroffen haben. Das hat sie jedenfalls behauptet. Sie haben offenbar ziemlich lange im Restaurant gesessen und sich unterhalten … und dann hat sie ein- oder zweimal mit ihm telefoniert, und ja, sie wusste wohl einfach nicht, wie interessiert sie nun genau an ihm war. Ob es etwas war, auf dem man aufbauen konnte oder nicht.«

»Ich verstehe«, sagte Rooth und betrachtete sein Strichmännchen, das jetzt sowohl mit einem Schwanz als auch mit großen Brüsten versehen war. »Als die beiden telefoniert haben … Sie wissen nicht, ob sie ihn angerufen hat oder umgekehrt?«

»Woher soll ich das denn wissen?«

»Ich frage nur, um herauszubekommen, ob sie seine Telefonnummer hatte.«

»Ach so«, sagte Karen deBuijk. »Nein, ich habe keine Ahnung, wie gesagt. Was … was glauben Sie denn, dass passiert sein könnte? Ich meine …«

»Es ist noch zu früh für irgendwelche Theorien«, sagte Rooth.

Wie oft habe ich diesen Satz schon ausgespuckt?, dachte er. Oder etwas in der Richtung. Es muss schon hunderte Male gewesen sein. Er blätterte seinen Block um und blieb eine Weile schweigend sitzen.

»Sie konnte sich wehren«, sagte Karen deBuijk plötzlich.

»Was?«, fragte Rooth.

»Sich wehren. Ester konnte das.«

»Gegen Männer?«

Jiu-Jitsu?, dachte er. Karate? Tränengas?

»Eine Frau kann in so eine Situation kommen«, erklärte sie.

»Das brauchen Sie mir nicht zu erzählen«, sagte Rooth. »Ich bin seit zwanzig Jahren bei der Polizei. Wie konnte sie sich denn wehren?«

»Da gibt es verschiedene Möglichkeiten«, sagte Karen deBuijk.

»Ich weiß«, sagte Rooth.

»Ester hat Flusssäure benutzt.«

»Flusssäure?«

»Ja. Sie hatte immer eine kleine Bleiflasche in ihrer Handtasche, die sie einem Kerl ins Gesicht kippen konnte, wenn er zu weit ging ... Sie hat sie mir gezeigt.«

Mein Gott, dachte Rooth und überlegte, ob das wohl üblich war. Liefen viele Frauen mit Flusssäure in ihren kleinen hübschen Handtäschchen herum? Oder mit einem anderen, ähnlichen Gebräu? Hatte Jasmina Teuwers mit so einer kleinen Flasche herumgespielt, als sie ein paar Tage vor Weihnachten im Mefisto's gegessen hatten?

»Ach so«, sagte er. »Das klingt nicht nett ... hinterlässt wohl ziemlich schlimme Spuren, oder?«

Karen deBuijk zuckte mit den Schultern.

»Keine Ahnung. Ich denke schon. Aber das ist wohl auch der Sinn der Sache.«

»Hat sie die Säure jemals benutzt?«

»Nein ... aber sie ist hart, die Ester. Wenn es Männer betrifft, meine ich, mittlerweile jedenfalls. Sie war gezwungen, hart zu werden, um zurecht zu kommen. Sie wissen, dass ihr Ehemaliger ihr die Tochter abgeluchst hat?«

»Doch, ja«, sagte Rooth. »Habe davon gehört.«

Wieder einige Minuten Schweigen, und Karen deBuijk rutschte unruhig hin und her.

»Oh Gott«, sagte sie. »Ich habe so eine Scheißangst, dass ihr etwas passiert sein könnte ... etwas Schreckliches. Sie ist irgendwie nicht der Typ, der einfach untertaucht. Haben Sie wirklich keine Idee, was ...?«

»Nein«, log Rooth. »Leider nicht. Aber wir arbeiten mit allen Kräften daran, Klarheit in die Sache zu bringen.«

Sie zögerte einen Moment, dann sah sie ihm direkt in die Augen.

»Glauben Sie, dass sie ... tot ist?«

Ja, dachte Rooth. Das glaube ich.

»Nein«, sagte er. »Sie ist verschwunden, das ist etwas anderes.«
»Ja?«, zweifelte Karen deBuijk.
Was zum Teufel soll ich darauf sagen?, dachte er.
»Es gibt eine ganze Menge denkbarer Erklärungen«, übertrieb er.

Hast du eine Einzige parat, Herr Kriminalinspektor?, haderte er im Stillen, als er wieder auf der Straße stand.

Eine einzige denkbare Erklärung, die beinhaltete, dass Ester Peerenkaas noch am Leben war?

Was hatte Reinhart vorgeschlagen? Champagner und Sonne in der Südsee?

Das wäre natürlich eine Variante. Auf etwas anderes kam er nicht, und als er wieder den Grote Markt überquerte, tauchte das Bild von Jasmina Teuwers und diesem verfluchten Pferdeschwanz wieder vor seinem inneren Auge auf.

Italienischkurse!, dachte Inspektor Rooth verbittert und trat nach einer fetten Taube, die nicht schnell genug aufgeflogen war. *Lasciate ogni speranza voi ch'entrate!*

Nächste Woche wollte er verdammt noch mal hingehen und genau diese Worte an die Tür des Klassenzimmers kleben. Ihr, die ihr hier eintretet, lasst alle Hoffnung fahren!

Und dann würde er nie wieder seinen Fuß dorthin setzen.

»Können Sie mir beschreiben, wie das abläuft?«, bat Jung und beugte sich über den Tresen.

Die Frau auf der anderen Seite seufzte schwer, als ob seine Frage eine Art Angriff auf ihren Arbeitsfrieden bedeutete.

»Da ist nichts Besonderes dran«, sagte sie. »Muss nur aufgegeben und dann abgeholt werden. Wenn es sich um normale Zuschriften handelt, meine ich.«

»Aufgeben und abholen?«, fragte Jung nach. »Was meinen Sie damit?«

Sie schüttelte leicht den Kopf, vermutlich, um zu unterstreichen, was sie von seinen geistigen Fähigkeiten hielt, und hob schließlich ihren Blick vom Computerbildschirm.

»Man gibt eine Anzeige auf und nennt ein Kennwort. Dann antworten die Leute darauf, und nach ein paar Tagen kommt man her und holt die Antwortbriefe ab.«

»Ich verstehe. Dann liegen diese Briefe mit den Antworten also nur kurze Zeit hier bei Ihnen?«

»Ja, natürlich. Wie es bei anderen Zeitungen läuft, weiß ich nicht. Hier bei der Allgemejne benutzen wir seit fünfundzwanzig Jahren das gleiche System. Antwortbriefe, die innerhalb eines Monats nicht abgeholt werden, werfen wir weg.«

»Gibt es viele?«

»Viele?«, schnaubte die Frau. »Da können Sie aber drauf wetten. Ein paar Tausend pro Woche ungefähr.«

»Oh je«, sagte Jung. »Wir suchen nämlich nach einem Antwortbrief, der Ende November letzten Jahres eingegangen sein muss. Aber ich nehme an, da haben wir jetzt kein Glück mehr?«

»Da haben sie absolut Recht«, stimmte ihm die Frau zu. »Entweder ist er abgeholt oder weggeworfen worden. Welche Rubrik war es denn?«

»Rubrik?«

»Boote oder Briefmarken oder Haustiere oder Liebe oder ...«

»Liebe, nehme ich an«, sagte Jung.

»Welche Sorte?«, fragte sie weiter.

»Die übliche ...«, sagte Jung.

»Mann sucht Frau oder umgekehrt?«

»Umgekehrt.«

»Ja, ja«, nickte die Frau. »Das sind die meisten. Zehn am Tag ungefähr.«

»So viele?«, staunte Jung. »Und wie viele Antworten kriegen die so?«

Die Hoffnung, auf diesem Weg irgendeinen dünnen Faden zu Amos Brugger spinnen zu können, war schon lange verflogen, aber er war neugierig geworden.

»Das kommt drauf an«, erklärte die Frau. »Wenn die Frau jünger ist, so zwanzig, dreißig pro Woche. Ältere zehn, fünfzehn. Aber jetzt muss ich Sie darum bitten, mich nicht weiter bei meiner Arbeit zu stören ... Sie haben doch wohl Antwort auf Ihre Fragen bekommen?«

»Doch, ja, vielen Dank«, versicherte ihr Jung. »Ich wusste gar nicht, dass es so viele Menschen gibt, die sich ... die sich dieser Tätigkeit widmen.«

»Hmpf«, brummte die Frau. »Einsame Menschen gibt es nun mal mehr als genug.«

Ja, offensichtlich, dachte Jung, als er wieder draußen in seinem Auto saß. Das war wohl der größte gemeinsame Nenner zwischen den Menschen, so paradox es auch klang. Die Einsamkeit.

Warum bin ich eigentlich hierher gefahren?, überlegte er dann. Anna Kristeva hatte ihm doch erklärt, dass sie Amos Bruggers Antwort weggeworfen hatten – genau wie die der übrigen Anwärter auf ihre und Ester Peerenkaas' Gunst – und dass sie eine Art von Kopie bei der Zeitung aufbewahren würden, na, das hatte er sich ja wohl nicht mal in seinen kühnsten Träumen erhofft.

Es war ein Unternehmen auf eigene Faust gewesen. Reinhart hatte ihm keine entsprechende Anweisung gegeben, aber vielleicht hatte er trotzdem seinen Segen.

Es sei an der Zeit, in jeder Hinsicht die Initiative zu ergreifen, hatte er ihnen während der kurzen Morgenbesprechung eingeschärft.

Und an der Zeit, sich an Strohhalme zu klammern.

Nach einer Weile wurde Jung bewusst, dass er mit den Händen am Lenkrad dasaß und durch die Windschutzscheibe in den Regen hinausstarrte. Er saß da und dachte über Kerran-Brugger nach.

Der hat sicher keinen größeren Bekanntenkreis, der auch nicht, dachte er im Gedanken an das Gespräch mit der Zeitungsangestellten. Vielleicht ist er sogar der einsamste arme Teufel von allen. Ja, wahrscheinlich ist es genauso.

Er spürte, dass er fror. Die Dämmerung war in ein Dunkel übergegangen. Er schaute auf die Uhr, startete den Wagen und fuhr los, um Maureen von der Arbeit abzuholen.

35

Münster schaltete den Motor ab, ließ die Musik aber noch laufen. Dexter Gordon, der Tenorsaxophonist, in einer Aufnahme aus den frühen Fünfzigern in Vanguard.

Er hatte die Scheibe von Reinhart bekommen. Du denkst besser mit einem Sax im Ohr, hatte dieser gesagt.

Vielleicht hatte er ja Recht. So entstand nicht das übliche öde Vakuum im Auto, und es gab da eine leichte Schärfe im Ton, die vielleicht sogar einiges an Schlacke aus dem Kopf entfernen konnte.

Er stand auf der Moerckstraat. Es war halb fünf Uhr am Nachmittag, es regnete, und ein schmutziges Dämmerlicht umhüllte die Wohnblocks mit einer Art barmherzigem Netz. Man musste sie nicht so genau sehen.

Aber vielleicht ist es gar nicht so schlimm, dachte Münster. Jedenfalls nicht schlimmer als an vielen anderen Stellen auch. Die Stadt sah wahrscheinlich in dieser Jahreszeit überall ziemlich trübselig aus. Bleischwer, grau und diese eisigen Nebel. Der Regen und der scharfe Wind vom Meer … nein, Maardam hatte nur wenige Voraussetzungen, sich für die Olympischen Winterspiele zu bewerben, das war schon klar.

Er betrachtete die nassfleckige Häuserfassade. Die meisten Fenster waren immer noch dunkel. Die Leute waren wohl noch nicht von ihrer Arbeit zurück, überlegte Münster. Oder ihnen ist noch nicht aufgefallen, dass die Dunkelheit eingesetzt hat.

Oder sie schaffen es nicht, sich aus ihrer Lethargie zu erheben, um Licht zu machen. Die Zahl der Krankschreibungen und der Arbeitslosen war in einer Gegend wie dieser hier wahrscheinlich ziemlich hoch. Die drei Fenster, hinter denen Martina und Monica Kammerle gewohnt hatten, waren alle dunkel. Münster wusste, dass das Mobiliar eingelagert war, aber noch keine neuen Mieter eingezogen waren. Warum eigentlich nicht? Existierte sie noch, diese alte Vorstellung, dass es gefährlich war, in einem Haus zu wohnen, in dem jemand umgebracht worden war? Konnte schon sein. Die Leute waren abergläubischer, als man dachte.

Aber es war wohl sowieso nur schwer zu vermieten, schätzte er mal. Stopeka, wie die Gegend hier hieß, war eines der unattraktivsten Viertel der Stadt, und vermutlich hatte der Bauherr sich verkalkuliert. Seit man die Einwanderung ins Land in den letzten Jahren drastisch reduziert hatte, war es nicht mehr so leicht, Mieter für die Vorstadtghettos der siebziger Jahre zu finden. Deshalb war es kaum verwunderlich, dass Einiges leer stand.

Er seufzte. Tu was!, hatte Reinhart ihn ermahnt. Egal was. Versuche, auf irgendeine Weise diesen Fall weiterzubringen, ich habe mich festgefahren wie ein Schlittschuhläufer im Reisfeld!

Oh ja, man hatte sich reichlich festgefahren. Münster hatte nichts gegen Reinharts Analyse einzuwenden. Neue Ermittlungen kamen und gingen im Polizeipräsidium, aber was den Mord an dem Pfarrer und den beiden Frauen in der Moerckstraat betraf, so waren inzwischen mehr als vier Monate vergangen, und man hatte kaum den Schatten einer Spur. Eigentlich nur diese Namen. Benjamin Kerran und Amos Brugger. Namen, die der Mörder selbst kundgegeben hatte, um sie ein bisschen zu ärgern, konnte man fast denken – und ebenso gut konnte man sich sein sardonisches Lächeln irgendwo im Hintergrund vorstellen. Weit entfernt, tief in einer dunklen Sackgasse.

Die Verbindung zu der verschwundenen Ester Peerenkaas

war zwar nicht hundertprozentig sicher, aber Münster war davon überzeugt. Und alle anderen auch, soweit er verstanden hatte. Das hing alles zusammen, ganz klar. Es gab ein Muster. Auch wenn die wirklich klaren Konturen bis jetzt noch fehlten, so konnte man sich ohne Probleme den gleichen Täter hinter Peerenkaas vorstellen, der auch die anderen auf dem Gewissen hatte – wie sich der Betreffende auch im Fall Kortsmaa in Wallburg aus dem letzten Sommer erahnen ließ.

Aber nur erahnen. Nicht mehr. Nicht einen verdammten Hauch mehr als einen Schatten hatten sie! Nach all dieser Zeit, all diesen Anstrengungen ... nein, es war nicht schwer, Reinharts Gefühl der Ohnmacht zu verstehen. Absolut nicht. Man wollte an etwas glauben, also glaubte man an eine Verbindung. Münster seufzte schwer und starrte auf die schwarzen Fenstervierecke.

Da drinnen hatte Kerran-Brugger Martina Kammerle ermordet. Die Tochter vielleicht auch, aber wahrscheinlich hatte diese Tat irgendwo anders stattgefunden. Es erschien ziemlich unwahrscheinlich, dass er eines seiner Opfer weggeschleppt und das andere liegen gelassen haben sollte. Er hatte es ja nicht eilig gehabt. Hatte alle Zeit der Welt gehabt, wie es schien, besonders, wenn man die Stunden bedachte, die er gebraucht haben musste, um die Fingerabdrücke wegzuwischen.

Muss also einige Male vor der Tat dort verkehrt haben. Wie oft?

Das konnte niemand sagen. Wahrscheinlich nicht oft genug, dachte Münster. Keiner der Nachbarn hatte ihn gesehen. Frau Paraskevi meinte, eine Stimme gehört zu haben, das war alles.

Also wahrscheinlich ziemlich sporadisch und während einer ziemlich kurzen Zeitspanne. Ein paar Monate höchstens. Oder ein paar Wochen?

Eine Beziehung zu Martina Kammerle war wohl der wahrscheinlichste Hintergrund. Um nicht zu sagen der einzig denkbare. Aber warum hatte er sich dann gezwungen gesehen, sie zu töten?

Gezwungen?, dachte Münster. Blödsinn. Wahnsinnige werden von allem Möglichen gezwungen, was ihr krankes Gehirn so ausbrütet.

Und die Tochter? Wo kam sie ins Bild? War sie Zeugin des Mords an ihrer Mutter geworden, oder hatte es genügt, dass sie ihn kannte? War es ganz einfach zu gefährlich für ihn, einen lebenden Zeugen zu haben? Oder hatte sie noch eine andere Rolle gespielt? Und welche ... ?

Hör auf!, schalt Münster sich. Es reicht! Ich stelle es ja noch so hin, als ob er einen triftigen Grund gehabt hätte, Martina Kammerle umzubringen, nicht aber Monica. Ich drehe mich im Leerlauf, das sind die gleichen Fragen wie im November, der gleiche verdammte Schlittschuhläufer im Reisfeld, mit dem Reinhart es zu tun hat, der gleiche verdammte ...

Er stellte die Musik lauter, um den Reiz zu erhöhen. Dexter Gordons Saxophon weinte und jammerte jetzt. Scharfe, entfremdete Rufe in einer Tonart, die eigentlich zu einem Düsenjet gehörte.

Und der Name?, dachte er. Kerran und Brugger. Was hatte das zu bedeuten, dass der Mörder sich hinter diesen unheilvollen literarischen Gestalten versteckte? Warum?

Er ließ den Rücksitz so weit nach hinten gleiten, wie es ging. Schloss die Augen und versuchte, sich ein paar Minuten lang einzubilden, dass es eine neue Lösung für das Problem geben könnte – etwas, woran sie noch nicht gedacht hatten. Einen Faden, der ihnen entgangen war, einen Blickwinkel, den sie noch nicht versucht hatten.

Er fand nichts. Es war einfach unmöglich. Wir haben getan, was wir konnten. Dass wir nicht weitergekommen sind, liegt daran, dass das Ganze hier zu irrational ist. Die Ursachen und das Motiv entspringen der gleichen Perversion, die ihm auch die Signale zum Töten gibt. Die Wurzel liegt dort, in diesem verfluchten Würgerkopf, wir kommen keinen Schritt weiter, bis wir ihn gefunden haben. Und vielleicht nicht einmal dann.

Ein belesener Typ war er, daran gab es keinen Zweifel. Vielleicht ein Akademiker. Die Studierten sind die Schlimmsten, das hatte Reinhart gerade behauptet. Je mehr sie ihr Gehirn anstrengen, ein umso größeres Risiko besteht, dass sie aus der Spur geraten.

Münster hatte Schwierigkeiten, Gefallen an einer derartig finsteren Reflexion zu finden ... Sie führte nur zu vollkommen absurden Konsequenzen, und außerdem war der Ermittlungsleiter in den letzten Tagen ziemlich übermüdet gewesen.

Er ging lieber dazu über, über die Einsamkeit nachzudenken.

Die Einsamkeit aller Menschen, aber die von Martina und Monica Kammerle im Besonderen. Sie musste groß gewesen sein, unerhört groß. Sie hatten da drinnen hinter diesen dunklen Fenstern gewohnt, und ihre Grenzen schienen nicht besonders weit von diesen engen drei Zimmern gesteckt gewesen zu sein. Vielleicht hatten sie ja einander gehabt, eine kranke Mutter und ihre isolierte Tochter. Keine Kontakte – außer zu einem Mann, der dafür sorgte, sie umzubringen, als er meinte, die Zeit wäre reif ... es war einfach schrecklich, aber so war es nun einmal. Genauso. Gewissen Menschen wurden ihre Grenzen ziemlich eng gesteckt, dachte Münster. So eng, dass sie niemals eine reelle Chance hatten, die Richtung in ihrem Leben wirklich zu bestimmen.

Überhaupt nicht. Monica Kammerle war sechzehn Jahre alt geworden. Sechzehn! So alt würde sein Sohn Bart in zwei Jahren sein.

Der Gedanke wand sich wie ein kalter Wurm in seinem Kopf, und er erschauerte. Was war das für ein Monster, das ein sechzehnjähriges Mädchen auslöschte? Das ihr das Leben nicht gönnte. Sie tötete, ihr die Beine absägte und sie draußen in den Dünen am Meer begrub.

Ihr die Beine abzusägen!

Er spürte, wie die Wut in ihm aufstieg. Eine Wut, die ihm wie ein alter Bekannter erschien. Ein hoffnungsloser, trostloser Verwandter, der immer wieder vorbeischaute und ihm für alle Zeiten durch Blutsbande verbunden war. Wut und Machtlosigkeit überfielen ihn.

Und gab es denn überhaupt eine begreifbare Logik, die hinter dieser Art von Taten stand? Ein Muster, das es zu entdecken galt?

Doch, ja. Er wusste, dass das möglich war. Wenn man nur seinen eigenen Ekel überwand, es einem gelang, das persönliche Gefühl von Ohnmacht zu unterdrücken und sich ganz zu öffnen, dann konnte so manches ans Tageslicht gezogen werden.

Und was?, dachte er. Was ist es eigentlich, wonach ich suche? Das Bild eines Mörders? Ist es möglich, es in diesem Stadium zu erkennen? Blödsinn! Wir wissen doch überhaupt nichts!

Er stellte die Musik ab. Jetzt war es ein Klaviersolo. Musste eigentlich immer ein Klavier beim Jazz dabei sein? Dazu konnte man nicht nachdenken, dazu war es irgendwie zu leichtgewichtig. Wie ein dünner, blauer Rauchkringel. Er nahm sich vor, Reinhart danach zu befragen. Ob es auch Scheiben nur mit Blasinstrumenten gab. Oder Blasinstrumenten, Bass und Schlagzeug vielleicht?

Kommissar Münster schüttelte den Kopf. Er warf einen letzten Blick auf die dunklen, nichtssagenden Fenster und ließ den Motor an.

Langsam suchte er sich seinen Weg durch Stopekas enge Gassen. Es war höchste Zeit. Das Badminton-Match mit dem *Hauptkommissar* war auf halb sechs Uhr festgelegt.

Kriminalinspektorin Ewa Moreno hatte schon viele gute Mahlzeiten unten in Mikael Baus Küche zu sich genommen, aber diese Bouillabaisse übertraf alles Bisherige.

»Es ist das Salz, auf das es ankommt«, erklärte er, als sie fertig waren. »Alle Fischsuppen schmecken natürlich nach Salz, aber es gibt einen qualitativen und nicht nur quantitativen Aspekt beim Salz, den die meisten nicht bedenken.«

»Ja, wirklich?«, sagte Ewa Moreno.

»Ein schlechtes Salz tötet viele andere Geschmacksnuancen ab, ein gutes kann sie stattdessen noch unterstreichen ... es ist das gleiche wie mit einem Schuss Zitrone ... oder einem Schuss Angostura ... oder einem halben Tropfen Tabasco ...«

»Ist das wahr?«, Ewa Moreno lehnte sich zufrieden zurück. »Und wie hast du das mit dem Salz in diesem Gericht gemacht? Ehrlich gesagt war es mit das Beste, was ich je gegessen habe.«

Mikael Bau antwortete nicht. Er saß schweigend da und schaute sie eine Weile mit seinen warmen blauen Augen an. Dann räusperte er sich und schaute stattdessen an die Decke.

»Die Basis bilden natürlich die Hummerschalen, aber wenn du mich heiratest, dann kriegst du das ganze Rezept.«

»In Ordnung«, sagte Ewa Moreno.

Als sie wieder in ihrer eigenen Wohnung war, machte sie kein Licht an. Zog dafür den Sessel so heran, dass er zum Fenster zeigte, ließ sich auf ihm nieder und starrte den grauvioletten Himmel an.

Bin ich nicht mehr ganz gescheit?, fragte sie sich. Er hat tatsächlich um meine Hand angehalten, und ich habe tatsächlich ja gesagt.

Und der Grund war ein Rezept für das richtige Salz in einer Fischsuppe. Hummerschalen?

Mikael Bau hatte schon mehrmals um sie gefreit. Mehr oder weniger offensichtlich. Und sie hatte nie ja gesagt.

Aber jetzt hatte sie es getan. Sie würde ihn heiraten. Das wurde von ihr in so einer Situation erwartet.

Mein Gott, dachte sie. Ich habe ja nicht einmal richtig darüber nachgedacht.

Sie spürte, wie es in ihrem Körper kribbelte und dass die Tränen nicht weit waren. Oder das Lachen. Oder eine starke Welle von etwas, das eine Art Zwischending war. Aber sie spürte Tränen auf den Wangen, zumindest auf der rechten.

Wenn wir Kinder kriegen, dann werden die irgendwann fragen, wie es abgelaufen ist, als wir beschlossen haben zu heiraten. Sie werden erfahren, dass ihr Vater mich mit einer Fischsuppe gewonnen hat.

Sie lachte den dunklen Himmel an. Plötzlich fiel ihr ein Spruch von Van Veeteren ein.

Das Leben ist keine Wanderung über ein freies Feld.

Da war wirklich etwas dran.

Bevor sie ins Bett ging, hörte sie ihren Anrufbeantworter ab. Es war nur eine Nachricht drauf, und die kam von Inspektor Baasteuwel in Wallburg.

Sie konnte ihn bis Mitternacht anrufen, erklärte er. Ja, es war wichtig.

Sie schaute auf die Uhr. Fünf vor zwölf. Sie wählte seine Nummer.

Er antwortete innerhalb einer Sekunde.

»Ewa Moreno«, sagte sie. »Du wolltest was. Entschuldige, dass ich so spät anrufe, aber du hast gesagt, das wäre in Ordnung.«

»No problem«, sagte Baasteuwel. »Ja, das ist es ja gerade, weshalb ich angerufen habe.«

»Was?«, fragte Moreno.

»Der Alte hat einen Schlag gehabt, wir müssen uns um ihn kümmern.«

»Was sagst du da? Wer hat einen Schlag gehabt?«

»Mein Vater. Einen Infarkt. Seinen dritten, sie glauben nicht, dass er es schaffen wird, ich muss bei ihm bleiben ...«

»Dein Vater?«

»Ja ... er ist neunundachtzig, ich glaube nicht, dass er die neunzig unbedingt erreichen will. Aber auf jeden Fall werde ich heute Nacht Wache halten und vielleicht auch noch die nächsten Tage ... deshalb müssen wir unser Würgergespräch etwas hinausschieben, ist das in Ordnung?«

»Ja, natürlich«, sagte Moreno. »Selbstverständlich, das Ganze dreht sich ja sowieso nur im Kreis … hast du Geschwister?«

»Nein«, sagte Baasteuwel. »Habe ich leider nicht. Und meine Mutter ist vor zehn Jahren gestorben, verstehst du … ?«

»Ja«, sagte Moreno und dachte gleichzeitig, dass sie das natürlich überhaupt nicht tat. Am Sterbebett eines Elternteils zu sitzen, das musste wohl eine dieser Erfahrungen sein, von denen man sich keine rechte Vorstellung machen konnte, solange man sie nicht selbst hinter sich gebracht hatte. Sie suchte nach den richtigen Worten, aber alles erschien ihr so fremd wie der Tod.

»Ich rufe dich wieder an«, sagte Baasteuwel. »Pass auf dich auf.«

»Du auch«, sagte Moreno. »Ist da … gibt es irgendwas, das ich für dich tun kann?«

Baasteuwel lachte kurz und trocken auf.

»Nein, nein«, sagte er. »Es ist schon ein merkwürdiges Gefühl, das hier. Ich habe es irgendwie nicht so richtig im Griff, jedenfalls habe ich noch nie an das ewige Leben geglaubt. Nicht einmal für meinen Vater. Schlaf gut, meine Schöne.«

»Danke gleichfalls«, sagte Moreno.

»Na, eher im Gegenteil.«

»Ja, natürlich«, beeilte Moreno sich zu versichern.

Sobald sie aufgelegt hatte, begann sie, über den Gesundheitszustand ihrer Eltern nachzudenken.

Und über ihren Bruder.

Und über Maud.

Ihre Stimmung sank, und plötzlich erinnerte sie sich an einen der Sprüche, die sie im Teenageralter an die Wand geheftet hatte.

Wenn du dich nicht traust, dich auf deine Liebe zu verlassen,
dann musst du dich auf deine Einsamkeit verlassen.

Oder hatte es *Freiheit* geheißen? Dann musst du dich auf deine *Freiheit* verlassen? Oder *Kraft*? Sie konnte sich nicht mehr erinnern.

Dann fiel ihr ein, dass sie nun ja nicht am nächsten Morgen um sechs Uhr aufstehen musste, um nach Wallburg zu fahren, worauf sie noch einmal den Telefonhörer abnahm.

»Ich habe Angst«, sagte sie. »Komm doch zu mir rauf. Ob wir wirklich den Weg einschlagen sollen, meine ich …«

»Zehn Sekunden«, sagte Mikael Bau. »Du kannst anfangen zu zählen.«

36

Er betastete seinen schmerzenden Hals, während er die Suchmeldung las.

Betrachtete das Foto auf der ersten Seite und fand, dass es sie hübscher zeigte, als sie war. Das Foto musste schon vor ziemlich langer Zeit gemacht worden sein, vielleicht schon vor mehr als zehn Jahren, urteilte er. Die gleichen Augen, das gleiche selbstsichere Lachen, aber vitaler. Naiver und frischer. Er überlegte, was wohl passiert war, seit dieses Foto gemacht worden war – und wie es gewesen wäre, sie damals kennen zu lernen, statt an diesem Dezemberabend im beginnenden reiferen Alter.

Zehn Jahre?

Das war ein Äon. Eine so enorme Zeitspanne, dass er sie nicht fassen konnte. Er konnte sich auch nicht den kürzesten Augenblick lang einbilden, 1991 der gleiche Mensch gewesen zu sein, der er jetzt war.

Da gab es keine Kontinuität. Keinen ruhigen Fluss in seinem eigenen Leben, dem man von der klaren Quelle der Kindheit über die flache Landschaft des Lebens bis zur Mündung im Meer in der Dämmerung des Alters hätte folgen können.

Wie er es sich vorgestellt hatte, als er vor ein paar Tagen Auden gelesen hatte ... W. H. Auden, einen seiner Lieblingsautoren, aber davon gab es viele ... eigentlich konnte er nur bei den Lyrikern sich selbst und die Tonart seines eigenen Lebens wiederfinden. Inzwischen jedenfalls.

Eine Verschiebung hatte stattgefunden, und die Sinnlosigkeit – seine persönliche und die aller anderen – hatte seine innere Wüste über alle ausgetrockneten Furchen ausgedehnt, seine persönlichen und die der anderen, oh ja, er hatte versucht, Gedichte darüber zu schreiben, es aber aufgegeben, die Leere brauchte keine Worte. Keine Gebärden.

Der Tod tut uns den größten aller Dienste, hatte er stattdessen formuliert. Aber sein Handlanger zu sein, das ist weder edel noch böse. Nur genauso inhaltslos.

Er schlief jetzt nachts besser. Konnte sich seit Wochen nicht mehr an irgendwelche Träume erinnern, außer an diesen Erinnerungszipfel, der in regelmäßigem Abstand immer wieder auftauchte. Ob er nun wach war oder schlief, war eigentlich gleich ... mein erster Mord, dachte er ... der liegt so nahe an der Quelle, aber nicht ich war es, der da Regie führte, sondern sie ... sie plante und setzte alles in Szene. Das brennende Haus an dem nasskalten Februarmorgen, ihre noch kältere Hand, die seine umklammert, während er da draußen auf der nassen Stadtstraße zwischen all den Nachbarn steht, es riecht trotz des Feuers nach feuchter Erde und Kälte, und sie sehen, wie die Flammen ihr Heim und Vater verzehren ... Merkwürdig, dass die Luft und auch ihre Hand so kalt sein können, wo das Feuer doch so heiß sein muss ...

Wenn dir jemand etwas Böses tut, entferne ihn!, hatte sie gesagt und ihn auf den Mund geküsst. Genau diese sonderbaren Worte, und am Abend hatte er in ihrem Bett schlafen dürfen in diesem Pensionszimmer, in dem sie die erste Zeit danach hatten wohnen müssen ... Entferne ihn.

Oder sie. Er spürte, dass er sich wieder nach der griechischen Insel sehnte, nach einer Art Heimkehr, schob diesen Gedanken aber von sich. Drückte stattdessen einen neuen Klecks gelber Salbe auf die Fingerspitzen und massierte sie vorsichtig in die Wunden ein. Sie schmerzten bei der geringsten Berührung, aber waren dennoch inzwischen besser zu ertragen als am Anfang. In den ersten Tagen, ganz zu schweigen von den ersten Stunden. So nah am Kern des Schmerzes und des Wahnsinns war er noch nie zuvor gewesen ... nie zuvor so nahe.

Er blätterte weiter auf Seite zwölf und vertiefte sich in die Spekulationen.

Die Polizei hatte zumindest den Abend bei Keefer's eingekreist, aber das war im Großen und Ganzen auch alles. Man wusste, dass Ester Peerenkaas am achten Dezember einen unbekannten Mann getroffen hatte und dass dieser Mann möglicherweise etwas mit ihrem Verschwinden zu tun hatte.

Man war interessiert daran, in Kontakt mit ihm zu treten, und es wurde der Aufruf an alle gerichtet, die das Restaurant an dem betreffenden Abend besucht hatten, sich umgehend mit der Maardamer Kriminalpolizei in Verbindung zu setzen.

Oder mit der nächstgelegenen Polizeidienststelle.

Er schaute sich das Datum oben auf der Zeitungsseite an und rechnete im Kopf zurück. Der Zeitabstand betrug vierundfünfzig Tage.

Acht Wochen ungefähr.

Es waren acht Wochen vergangen, seit ein eventueller Gast sie zusammen an diesem versteckten Tisch hinter einem der Spaliere im Keefer's gesehen haben könnte. Andererseits nicht mehr als zweieinhalb Wochen seit dem »Verschwinden«, aber für das Treffen, das dem vorausgegangen war, gab es keine Zuschauer. Keine potenziellen Zeugen. Nur sie und ihn.

Er lachte kurz auf, es spannte an der Wange und am Hals.

Und keine Verbindung zu den anderen.

Nicht die geringste Andeutung, dass die Morde im September – oder der an der Hure in Wallburg im letzten Sommer – etwas mit dieser vulgären Ester Peerenkaas zu tun haben könnten.

Dilettanten, dachte er müde, und eine Art kalter Befriedigung überkam ihn. Ein Genuss, der sicher nicht mehr wert war als ein blasses, verkniffenes Lachen, aber das dennoch eine positive Kraft in der kargen Landschaft seiner Gefühle darstellte.

Die karge Landschaft meiner Gefühle?, dachte er. Nein, das stimmt nicht.

Und der Name? Was hatte man über diesen so sorgsam ausgewählten, durchkomponierten Namen zu sagen?

Es stand keine Zeile darüber. Nicht ein Wort.

Perlen, konstatierte er und faltete die Zeitung zusammen. Schwarze Perlen vor dumme Säue. Ich könnte einen von ihnen umbringen, und sie würden mich trotzdem nicht zu fassen kriegen.

Der Gedanke setzte sich in ihm fest. Einen von ihren eigenen Leuten?

Er stellte fest, dass ihn das reichlich interessierte.

Wallburg – Maardam,
Februar 2001

37

Die Küstenstadt Wallburg war in dichten Meeresnebel gehüllt, als Moreno gegen halb zwölf Uhr vormittags dort eintraf – und Inspektor Baasteuwel in eine ungefähr gleich schwere Tabakswolke, als sie sich eine Viertelstunde später zu seinem Zimmer im Polizeirevier in der Polderplejn vorgearbeitet hatte.

Er strahlte sie mit einem schiefen Lächeln an, drückte die achte Zigarette des Tages aus und öffnete das Fenster.

»Ich wollte sowieso gerade lüften«, erklärte er. »Schön, dich wiederzusehen. Ist die Fahrt gut verlaufen?«

»Ja, danke«, sagte Moreno. »Gott hatte zwar vergessen, das Licht einzuschalten, aber das ist ja zu dieser Jahreszeit nichts Besonderes.«

Sie hängte ihren Mantel an einen Aktenschrank und schaute sich nach einem Sitzplatz um. Baasteuwel räumte ein Tablett mit leeren Gläsern, eine Lederjacke, einen abgebrochenen Billardqueue sowie einen Haufen alter Zeitungen beiseite – und zauberte auf diese Art einen Stahlrohrsessel hervor, auf dem sie sich nach einigem Zögern niederließ.

»Ich werde heute Nachmittag mal sauber machen«, sagte er. »Die Arbeit hat sich während meiner Abwesenheit etwas angehäuft, es ist doch zu blöd, dass man so unentbehrlich ist, dass es ihnen nicht einmal gelingt, eine Vertretung zu organisieren, wenn man mal nicht da ist!«

Moreno nickte. Er hatte ihr am Telefon erzählt, dass er auf

Grund der Krankheit seines Vaters, des Sterbens und der Beerdigung drei Wochen am Stück freigenommen hatte. Er hatte am Montag wieder angefangen zu arbeiten. Heute war Mittwoch. Sie musste zugeben, dass es etwas gehäuft aussah, vor allem auf dem Schreibtisch.

Und es roch auch nicht gerade nach Veilchen, wenn man es genau nahm.

»Dadurch haben die kriminellen Elemente einen kleinen Extravorsprung«, fuhr Baasteuwel fort. »Aber daran kann ich nichts ändern, ist ja auch nur eine Art Galgenfrist, ich kriege sie ja zum Schluss doch ... aber damit meine ich natürlich nicht unseren verfluchten Würger. Er hat einen ziemlich großen Vorsprung, wenn ich es recht sehe.«

Er suchte nach seiner Zigarettenschachtel, die zwischen all dem Gerümpel auf seinem Schreibtisch lag, besann sich dann aber offenbar doch eines anderen.

»Einen ziemlich großen«, bestätigte Moreno. »Wir haben nicht gerade Lorbeeren ernten können. Tatsache ist, dass in den letzten Wochen überhaupt nichts passiert ist ... außer dass einige hundert Arbeitsstunden draufgegangen sind, natürlich.«

»Draufgegangen?«, fragte Baasteuwel. »Ja, so ist es nun mal in unserer Branche. Und diese neue Frau, die verschwunden ist, bei ihr hat sich auch nichts geklärt ... in irgendeiner Weise?«

Moreno seufzte und schüttelte den Kopf.

»Nicht die geringste Spur.«

»Und ihr glaubt, er steckt auch dahinter? Der gleiche Kerl?«

»Möglich«, sagte Moreno. »Aber nicht sicher. Wenn ich wetten müsste, dann würde ich wetten, dass er es ist.«

»Hm«, nickte Baasteuwel. »Ja, ich habe natürlich auch über das nachgedacht, was du zu den Namen gesagt hast. Scheint ziemlich bestechend zu sein, aber das Blöde ist ja, dass er nichts Substantielleres hinterlassen hat. Irgendwas Konkretes.«

»Deshalb bin ich hier«, sagte Moreno. »Mein Hauptkommissar ist so langsam etwas verzweifelt, aber er meint, dass wir uns auf jeden Fall deinen alten Fall einmal näher ansehen sollten … es ist zumindest ein denkbarer Weg, jetzt, wo wir total festsitzen.«

»Man darf sich nicht unterkriegen lassen«, stimmte Baasteuwel optimistisch zu. »Wir wollen sehen, was wir zustande kriegen. Du hast alles über Frau Kortsmaa gelesen?«

»Ja natürlich«, sagte Moreno. »Aber es schadet nichts, wenn du es noch mal rekapitulierst. Sag mal, wäre es möglich, in diesem Palast irgendwie einen Kaffee zu organisieren? Ich habe während der Fahrt keine Pause gemacht.«

Baasteuwel lachte wieder und vergrub seine Finger in seinem verfilzten Haar.

»Mon dieu«, sagte er. »Entschuldige mein Versäumnis. Bleib hier ganz gemütlich sitzen, dann werde ich in zwei Blitzminuten zurück sein. Zucker und Milch?«

»Milch«, sagte Moreno. »Aber nur einen Tropfen.«

Baasteuwels mündliche Rekapitulation des Falls Kristine Kortsmaa nahm eine halbe Stunde in Anspruch, enthielt aber nichts wesentlich Neues. Während er sprach, spürte sie, wie ein Gefühl des Missmuts ihre Konzentration sabotierte. Trotz des starken Kaffees. Und die Sabotage war ziemlich nachdrücklich, sie meinte, alles schon bis zum Überdruss gehört zu haben, und erst als er einen dunkelbraunen Karton aus einem Aktenschränkchen hervorzog, schimmerte schwach die Hoffnung wieder auf.

Ein Karton, dachte sie, das war jedenfalls etwas Konkretes. Etwas Substantielles, wie man so sagt.

»Was ist das?«, fragte sie.

»Eindeutige Beweise«, sagte Baasteuwel und zündete sich die elfte Zigarette des Tages an.

»Eindeutige Beweise? Jetzt fantasiert der Herr Inspektor aber.«

»Ich fantasiere nur in meiner Freizeit«, stellte Baasteuwel

klar. »Und auch dann nur äußerst selten. Aber Spaß beiseite, Beweise ist vielleicht zu viel gesagt.«

Er nahm den Deckel ab und holte Plastiktüten aus dem Karton. Legte sie mit einer gewissen Sorgfalt auf den Schreibtisch vor sich. Moreno beobachtete ihn schweigend, bis er fertig war. Er zählte die Dinge.

»Dreizehn schwerwiegende Beweise«, stellte er dann fest. »Wollen wir sie lieber Indizien nennen, da das gnädige Fräulein so pedantisch sind. Bist du eigentlich immer noch Fräulein?«

»Gerade noch«, antwortete Moreno. »Was ist das?«

»Was das ist?«, gab Baasteuwel die Frage zurück. »Sichergestelltes Zeug aus ihrer Wohnung natürlich.«

»Von Kristine Kortsmaa?«

»Von wem denn sonst? Natürlich hatten wir noch eine Unmenge anderer Tüten mit Fäden und Staub und allem möglichen Mist, aber das hier ist irgendwie greifbarer.«

Er hob eine der Tüten hoch, damit Moreno den Inhalt sehen konnte.

»Ein Stift?«, fragte sie.

»Genau«, antwortete Baasteuwel. »Es ist doch ein Vergnügen, dass es in der Truppe Leute mit so scharfem Beobachtungsvermögen gibt. Hrrm ... ich habe nämlich drei Freundinnen von Frau Kortsmaa gebeten, die Wohnung durchzusehen und die Dinge herauszupicken, von denen sie annahmen, dass sie fremd sein könnten. Dass sie möglicherweise ... und das ist natürlich das dünnste *Möglicherweise* der Geschichte ... dem Kerl gehören könnten, den sie aus der Disco mit nach Hause geschleppt hatte. Ihrem Mörder mit anderen Worten ... ja, und hier sitze ich also mit dreizehn rätselhaften Dingen. Bist du nicht auch der Meinung, dass dieses Kriminalbusiness ungemein spannend ist?«

Er hielt eine neue Tüte hoch, in der etwas war, das aussah wie eine Bus- oder Straßenbahnfahrkarte.

»Ich habe damit schon einige Zeit verbracht«, fuhr Baasteuwel mit finsterer Miene fort. »Habe es gedreht und gewendet und seit neunzehn, zwanzig Monaten alles immer wieder angestarrt, oder wie lange das nun her ist. Du bist herzlich willkommen, den ganzen Krempel zu übernehmen.«

Moreno stand auf und versuchte, sich einen Überblick über die dreizehn schweren Indizien zu verschaffen, die er über den Papierstapeln auf seinem Schreibtisch verstreut hatte.

Ein Kronkorken. Eine Streichholzschachtel. Eine kleine Nagelfeile.

Plötzlich konnte sie das Lachen nicht mehr zurückhalten.

»Eine Nagelfeile? Warum in Herrgottsnamen sollte er denn eine Nagelfeile am Tatort zurücklassen? Machst du dich lustig über mich?«

»Absolut nicht«, versicherte Baasteuwel mit ernster Miene. »Ich mache mich nie über jemanden lustig, nicht einmal in meiner Freizeit. Die Nagelfeile wurde auf dem Boden gefunden, unter dem Tisch in dem Zimmer, in dem auch die Leiche gefunden wurde. Und keine der Freundinnen ist sicher, dass sie dem Opfer gehörte.«

Moreno setzte sich wieder.

»Gut«, sagte sie. »Hervorragende Detektivarbeit, er hat also seine Nägel gefeilt, bevor er sie erwürgt hat. Ihr habt in dem Staub nicht zufällig Nagelreste gefunden?«

»Leider nicht«, sagte Baasteuwel. »DNA kannst du vergessen. Nein, ehrlich gesagt bin ich froh, wenn du den ganzen Mist mitnimmst … obwohl – es gibt da eine Sache, die wirklich ein bisschen interessant sein könnte.«

»Ja?«, sagte Moreno. »Und welche?«

»Diese hier.«

Er hielt eine weitere Tüte so hoch, dass sie den Inhalt sehen konnte. Eine kleine Nadel, unklar, welcher Art. Er holte sie heraus und reichte sie ihr.

Moreno musterte das kleine Ding skeptisch, während sie es vorsichtig zwischen Daumen und Zeigefinger hin und her drehte. Die Nadel selbst war goldfarben, offenbar Messing oder eine andere Legierung, vermutete sie. Vier, fünf Zentimeter lang, und an der Spitze saß eine kleine dreieckige Platte, nicht größer als ein halber Quadratzentimeter. Dunkelgrünes Emaille und eine kleine rote Schlinge, die ein S darstellen konnte. Oder eine stilisierte Schlange.

»Eine Art Verein?«, vermutete sie. »Eine Clubnadel?«

Baasteuwel nickte.

»Etwas in der Art«, sagte er.

»Oder ist das so ein Zeichen, dass man eine verborgene Krankheit hat ... Epilepsie oder Diabetes ... ?«

»Nein«, sagte Baasteuwel. »Ich habe alle Krankheiten überprüft, die es nördlich des Südpols gibt. Keine davon hat so ein Symbol.«

Moreno dachte nach.

»Also ein Verein?«

»Kann sein.«

»Was für ein Verein?«

»Ich habe nicht die geringste Ahnung«, sagte Baasteuwel.

»Hast du nachgeforscht?«

»Was glaubst denn du?«

»Entschuldige.«

Baasteuwel kratzte sich erneut am Kopf und sah auf melodramatische Weise resigniert aus.

»Jedenfalls kannten die Freundinnen sie nicht. Der einzige Verein, dem sie jemals angehört hat, das war ein Handballverein in ihrer Jugend. Außerdem war es ein armer Club, der hatte keine Clubabzeichen. Das ist doch so eine Nadel, wie sie die Leute am Revers tragen, weil sie zur Schau stellen wollen, dass sie bei irgendwas Mitglied sind ... Anonyme Alkoholiker oder Siegbrunns Ruderverein oder Linkshändige Priester gegen Abtreibung ... was auch immer, wie schon gesagt. Aber es gibt in diesem Land kein Abzeichenregister, vermutlich auch sonst nirgendwo. Glaube mir, ich habe mich eine Woche lang mit dieser verdammten Pinnadel beschäftigt.«

»Wo ist sie gefunden worden?«

»Das macht sie gerade interessant«, sagte Baasteuwel. »Jedenfalls wenn man nicht zu große Ansprüche stellt. Sie lag in einem Schuh im Flur. Unter der Garderobe. In einem Schuh des Opfers natürlich, die Nadel kann sich gelöst und von einem Mantel oder Jackett dort hineingefallen sein. Sie kann vom Mörder stammen ... oder von einem anderen Besucher ... wir hatten sogar ein Foto von ihr in der Zeitung, aber niemand hat sich gemeldet ... ich wette, sie ist auf einem Flohmarkt in Prag oder Casablanca oder sonst wo gekauft worden.«

»Und der Herstellungsort? Kann man nicht herausfinden, wo sie hergestellt worden ist?«

»Das haben wir auch nicht geschafft«, seufzte Baasteuwel. »Aber nimm das gern in die Hand, dann habt ihr wenigstens was zu tun.«

»Mit Vergnügen«, sagte Moreno. »Wenn du mir all diese eindeutigen Beweise in den Karton packst, dann werden wir ihre Rätsel schon lösen.«

»Ausgezeichnet«, sagte Baasteuwel und schaute auf die Uhr. »Das wär's dann wohl. Jetzt ist es höchste Zeit fürs Mittagessen. Die Inspektorin erlaubt mir ja wohl als Dank für die Hilfe, sie zum Mittagessen einzuladen?«

»Bis jetzt bin ich es ja wohl, die zu danken hat«, widersprach Moreno. »Und da ich dir vom letzten Sommer noch mindestens zwei Restaurantbesuche schuldig bin, so bin ich wohl an der Reihe, die Zeche zu zahlen.«

»Geiz und Gleichberechtigung der Geschlechter waren schon immer meine Leitsterne«, brummte Baasteuwel. »Also, dann man los!«

Während der zwei Stunden langen Rückfahrt nach Maardam teilte Inspektorin Moreno ihre Aufmerksamkeit ziemlich gerecht unter drei Themen auf.

Zum Ersten war das der Westhimmel, an dem plötzlich die

Sonne zu einem spektakulären Sonnenuntergang über dem Meer in Rot und Purpur hervorbrach … mit zerrissenen Wolken, die schräg von unten vom Horizont her von scharfen Strahlen beleuchtet wurden. Ein langsam dahinsterbendes Lichtspiel, bei dem die Farbtöne die ganze Zeit dunkler wurden und dumpfere Nuancen mit einer Art fast apokalyptischer Schwere annahmen. *Der Untergang des Abendlandes,* tauchte in ihrem Kopf auf, während sie neben dem Auto auf dem Parkplatz stand, um das Schauspiel einige Minuten mit allen Sinnen aufnehmen zu können.

Zum Zweiten war es der Karton mit Baasteuwels Plastiktüten, der neben ihr auf dem Beifahrersitz stand.

Dreizehn mögliche Leitfäden, dünner als ein Haar. Zumindest zwölf von ihnen. Das mit der Nadel war wohl der einzige, bei dem es sich lohnen konnte, ein wenig mehr Energie darauf zu verwenden.

Ein rotes S auf grünem Grund.

Oder eine Schlange im Gras? Warum nicht? Irgendetwas musste es ja schließlich bedeuten.

Jemand musste sie getragen haben. Von irgendeinem Mantel- oder Jackettkragen musste sich die kleine Nadel gelöst haben, heruntergefallen sein und sich in einem Schuh versteckt haben. Leider nicht in einem der schwarzen Pumps, die Kristine Kortsmaa an diesem Tag getragen hatte, also konnte es sein, dass sie auch früher dort hingefallen war. Wann auch immer.

Aber dennoch ein Beweis für irgendetwas? Ein verschwindend kleiner Informationsfetzen, der vielleicht der Schlüssel war?

Ein unbewusster Gruß vom Mörder?

Wunschdenken?, fragte sie sich.

Das dritte Thema, das ihre Gedanken beschäftigte – besonders während der letzten halben Stunde vor Maardam, als die Sonne verschwunden war und die Plastiktüten im Halbdunkel neben ihr lagen – war eine Rechenübung.

Sie war ganz simpel, aber sie hatte sich dennoch zu einer leichten Irritation entwickelt, die sie bereits beim Gespräch mit Inspektor Baasteuwel gespürt hatte – sowohl in seinem Büro auf dem Revier als auch im Restaurant Bodenthal, wo sie ein ganz ausgezeichnetes Lammfrikassee gegessen hatten, ein ebenso ausgezeichnetes Zitronensorbet und sich über Leben, Tod und die Frage unterhalten hatten, was für einen Sinn es eigentlich hatte, Bulle zu sein.

Sie hätte am Samstag ihre Regel bekommen sollen.

Jetzt war sie vier Tage über die Zeit.

38

»Warum sitzen wir hier?«, fragte Rooth.

»Da war was mit einer Nadel«, erklärte Jung. »Reinhart klang fast enthusiastisch, vielleicht ist das sogar eine Art Durchbruch im Fall?«

»Du redest vom Würger?«, fragte Rooth gähnend.

»Ich denke schon«, nickte Jung.

»Wäre nicht schlecht«, stellte Rooth fest. »Wenn etwas passieren würde, meine ich. Es ist jetzt fast ein halbes Jahr her, und das ist etwas zu lange, wie mir mein Ermittlungsgefühl sagt.«

»Ester Peerenkaas ist erst seit einem Monat verschwunden«, wies Jung ihn hin.

»Wenn sie ihm wirklich zum Opfer gefallen ist, ja«, sagte Rooth. »Ich muss sagen, dass ich langsam dran zweifle ... aber da war etwas, das ist mir heute Morgen in den Sinn gekommen.«

»Ach wirklich?«, sagte Jung. »Willst du damit sagen, dass du bereits morgens anfängst zu denken?«

Rooth runzelte die Stirn und starrte aus dem Fenster. Draußen regnete es. Der Wollerimspark sah aus, als würde er am liebsten in der Erde versinken. Vielleicht tat er das aber auch schon.

»Und?«, fragte Jung nach. »Hast du einen Pfropf?«

»Warte«, sagte Rooth und streckte einen warnenden Zeigefinger in die Luft. »Es kommt.«

Jung seufzte.

»Es ist doch jedes Mal wieder interessant, dabei sein zu dürfen, wenn ein großes Gehirn arbeitet«, sagte er und schaute auch aus dem Fenster. »Das sieht wirklich zu trübselig aus! Kaum zu glauben, dass es tatsächlich so viel Regen gibt. Das ist ja, als ob ...«

»Da, jetzt hab ich's!«, unterbrach Rooth ihn. »Ihre Eltern, das war es, was mir in den Sinn gekommen ist ...«

»Wessen Eltern?«

»Die von Ester Peerenkaas natürlich. Oder genauer gesagt ihre Mutter. Dass sie nichts mehr von sich hören lässt.«

»Was?«, fragte Jung. »Was meinst du?«

»Sie hat nicht wieder angerufen.«

»Ich höre schon, was du sagst«, bemerkte Jung leicht irritiert. »Und was ist damit?«

»Keine Ahnung«, sagte Rooth und breitete die Arme aus. »Krause hat das nur erwähnt, während der ersten Wochen hat sie doch ein- oder zweimal die Woche angerufen, aber dann hat sie schwuppdiwupp aufgehört damit.«

Jung überlegte.

»Ich verstehe nicht, was du damit sagen willst. Frau Peerenkaas hat aufgehört, die Polizei täglich mit ihrer verschwundenen Tochter zu nerven ... und das soll etwas zu bedeuten haben?«

»Ich bin nicht allwissend«, sagte Rooth. »Nur fast. Aber wo zum Teufel steckt Reinhart? Ich dachte, er hätte gesagt, um ...«

»Hier«, sagte Reinhart, der gerade zur Tür hereinkam. »Der Inspektor brütet doch nichts aus?«

»Im Augenblick nicht«, sagte Rooth. »Es ist ja trotz allem noch lange hin bis Ostern.«

»Außergewöhnlich deutliche Anweisungen«, stellte Jung fest, als Reinhart die beiden wieder allein gelassen hatte. »Da gibt's nichts zu meckern.«

Rooth nickte mürrisch und starrte auf die Pinnadel, die er in der Hand hielt.

»Wir sollen herauskriegen, woher du kommst, und unser Ergebnis spätestens bei der Besprechung morgen Nachmittag verkünden«, sagte er. »Wenn wir es nicht schaffen, wird uns bei lebendigem Leibe die Haut abgezogen. Ja, der Inspektor hat Recht, das war ziemlich deutlich.«

»Ist doch schön, wenn der Rahmen so klar abgesteckt ist«, sagte Jung. »Wie gehen wir vor?«

Rooth zuckte mit den Schultern.

»Was schlägst du vor? Das Telefonbuch ist doch immer ein guter Anfang.«

»In Ordnung«, stimmte Jung zu und stand auf. »Mach du den Anfang, ich habe noch eine halbe Stunde Papierkram zu erledigen. Dann können wir ausrücken, wenn du Witterung aufgenommen hast.«

Rooth grub in seiner Jackentasche und warf sich zwei, drei Karamelbonbons in den Mund.

»Einverstanden«, sagte er. »Wie schätzt du die Wahrscheinlichkeit ein?«

»Welche Wahrscheinlichkeit?«

»Dass diese kleine Teufelsnadel wirklich von Kristine Kortsmaas Mörder stammt.«

»Nicht besonders groß«, sagte Jung. »Null ungefähr.«

»Und die Wahrscheinlichkeit, dass sie überhaupt mit unserem Würger zu tun hatte?«

»Knapp Null«, sagte Jung.

»Verdammter Pessimist«, sagte Rooth. »Lass mich in Ruhe, damit ich überhaupt was zustande bringe.«

Der Laden war nicht größer als zehn, zwölf Quadratmeter, aber vielleicht gab es ja noch mehr Platz zum Hof hin, wo dann Herstellung und Reparaturen stattfinden konnten. Die Firma hieß jedenfalls Kluivert & Goscinski und lag eingeklemmt zwischen einer Lagerhalle und einer Schlachterei ganz hinten in der Algernonstraat – einem dunklen, leicht gebogenen Straßenstumpf, der von der Megsje Boisstraat zur Langgraacht verlief und der kaum die ideale Lage für jemanden bieten konnte, der darauf aus war, für sein Geschäft Aufmerksamkeit zu finden. Die Schlachterei schien schon seit langem geschlossen und aufgelöst zu sein.

Aber vielleicht hatten sich Kluivert & Goscinski ja einen derart attraktiven Nischenplatz erobert – wie Jung gelernt hatte, sich auszudrücken –, dass es keine besonders große Rolle spielte, wo man zu finden war. Medaillen, Plaketten, Siegerpokale, Vereinsabzeichen und Nadeln – Herstellung und Verkauf! – Konkurrenzlose Preise! – Schnelle Lieferung! – Branchenführer seit den Vierzigern!

All das stand in Golddruck auf der brusthohen Teaktheke mit Glasscheibe, auf der Rooth mit einer gewissen Geziertheit die Plastiktüte mit der Wallburgschen Nadel platzierte. Der Verkäufer – ein magerer Herr in dunklem Anzug, wohl in den Sechzigern, mit einer Nase wie ein Schiffskiel und einem Schnurrbart wie eine pelzige Wurst (der außerdem höchstwahrscheinlich nie die Gelegenheit verstreichen ließ, etwas Essbares zu sich zu nehmen, wie Jung dachte) – schob seine Brille auf die Stirn und betrachtete das Ding vor sich mit einem Ernst, als ginge es um den Nabeldiamanten der Königin von Saba. Jung merkte, dass er selbst den Atem anhielt. Und dass Rooth genau das Gleiche tat.

»Ja, und?«, fragte Rooth nach zehn Sekunden.

Der Verkäufer schob die Nadel wieder in ihre Tüte und ließ die Brille zurück auf den Kiel fallen. Genau dort, wo sie landete, gab es einen roten Strich, und Jung vermutete, dass er dieses elegante Manöver mehrere Male am Tag ausführte.

»Tut mir Leid«, sagte er. »Kann ich nicht identifizieren. Sie stammt nicht von uns ... jedenfalls nicht aus den letzten zwanzig Jahren. Aber sie kann natürlich älter sein.«

»Ach wirklich«, meinte Rooth. »Kennen Sie denn das Symbol an sich?«

»Tut mir Leid«, wiederholte der Verkäufer.

»Also nein?«

»Also nein.«

»Haben Sie eine Vermutung?«

Er zögerte.

»Ich denke, sie ist etwas älter. So dreißig, vierzig Jahre alt.«

»Wie kommen Sie darauf?«

Er drehte die Handflächen nach oben und bewegte leicht die Finger, was immer eine derartige Geste zu bedeuten haben mochte.

»Aus unserem Land?«

»Das ist unmöglich zu sagen. Aber ich denke schon.«

»Warum?«

»Wegen der Einfassung der Emailplatte. Aber das ist nur eine äußerst vorläufige Vermutung. Was suchen Sie eigentlich?«

»Einen Mörder«, sagte Rooth. »Tatsache ist, dass wir sehr interessiert daran sind, dieses kleine Teufelsding identifiziert zu kriegen. Sie haben nicht zufällig eine Idee, an wen wir uns wenden könnten, um in dieser Angelegenheit weiterzukommen?«

Der Verkäufer grub eine Weile in seinem Schnurrbart und blinzelte ganz versunken hinter seinen dicken Brillengläsern.

»Goscinski«, sagte er schließlich.

»Goscinski?«, wiederholte Jung. »Derjenige, der ... ?«

»Eugen Goscinski, ja. Der Gründer dieses Unternehmens. Er ist neunundachtzig, aber es gibt nichts, was er über Heraldik und Symbole nicht wüsste ... selbst in den prosaischsten Zusammenhängen.«

»Prosaisch?«

»Er kennt beispielsweise die Clubabzeichen aller Fußballvereine in ganz Europa, und die zwei-, dreihundert größten in Südamerika. Und wenn er Zeit dazu bekommt, kann er aufzählen ...«

»Ausgezeichnet«, unterbrach Rooth ihn. »Wo können wir ihn finden?«

»Wickerstraat ... gleich beim Polizeipräsidium. Aber Sie müssen wissen, er ist etwas sonderlich, der alte Goscinski ... geht während der Wintermonate nie vor die Tür zum Beispiel. Ich denke, es ist das Beste, wenn Sie vorher anrufen und eine Uhrzeit vereinbaren, er ist nicht gerade bekannt dafür, Leute in seine Wohnung zu lassen, und es ist nicht immer einfach ...«

»Wir sind von der Kriminalpolizei«, wies Rooth ihn hin. »Und wie gesagt geht es um einen Mordfall.«

»Hrrm«, räusperte sich der Verkäufer. »Wenn Sie entschuldigen, so bin ich mir nicht sicher, ob Goscinski so ein Argument interessiert. Er ist ein bisschen ... ja, speziell geworden.«

»Das werden wir wohl akzeptieren müssen«, sagte Rooth. »Haben Sie seine Adresse und Telefonnummer, dann werden wir das schon hinkriegen. Inspektor Jung hat ein Examen in Psychologie und ist ein Menschenkenner hohen Maßes, das wird schon kein Problem werden.«

»Wirklich?«, rief der Verkäufer verwundert aus. Schob seine Brille erneut auf die Stirn und schaute Jung mit neuem Interesse an. »Ich hätte nicht gedacht ...«

»Adresse und Telefonnummer bitte!«, erinnerte Rooth ihn.

»Man sollte etwas mit deiner Zunge machen«, sagte Jung, als sie wieder im Auto saßen. »Sie abschneiden oder so.«

»Ach, Quatsch«, sagte Rooth. »Ist doch komisch, dass du nicht einmal genug Verstand hast, dich für ein Kompliment zu bedanken, wenn dir eins gemacht wird. Nun fahre und halte die Klappe, dann werde ich Goscinski anrufen.«

Jung ließ den Wagen an und fuhr im Kriechtempo durch die enge Gasse zurück, während er zuhörte, wie Rooth sich am Telefon des alten Originals in der Wickerstraat annahm. Im Gegensatz zu dem, was der Tukanmann in dem Laden prophezeit hatte, machte es keine größeren Probleme, umgehend mit Goscinski ein Treffen zu vereinbaren, und zehn Minuten später fuhren sie in die Garage des Polizeipräsidiums hinunter. Die genannte Adresse lag nur einen Steinwurf vom Haupteingang entfernt, und als sie an der Haustür auf die Klingel drückten, stellte Jung fest, dass er das Haus vermutlich von seinem Arbeitszimmer aus sehen konnte.

Ich wette, dass wir auf der richtigen Spur sind, dachte er. Diese ungewöhnliche räumliche Nähe zu Goscinski war doch wieder einmal ein typisches Zeichen für das ironische Spiel der Götter, und es wäre kein Wunder, wenn es etwas zu bedeuten hätte.

Das war natürlich keine besonders rationale Art, darüber nachzudenken, aber wohin hatten fünf Monate Rationalität sie denn geführt?

Fragte Inspektor Jung sich und begann dieses vertraute Prickeln im Körper zu spüren, das eigentlich immer darauf hindeutete, dass etwas im Busche war. Ein Durchbruch oder irgendetwas.

Ein Kratzen war in der Gegensprechanlage zu hören. Rooth erklärte, wer sie waren, und der Summer öffnete mit einem leisen Klick die Tür.

Bei Eugen Goscinski roch es ziemlich streng, was wohl auch kein Wunder war. Seine Wohnung war klein, dunkel und ungepflegt, und die beiden Katzen, die schon im Flur heranschlichen und ihnen um die Beine strichen, hatten offensichtlich die gleichen einigelnden Wintergewohnheiten wie ihr Herrchen. Aber nur Letzterer rauchte, wofür Jung dankbar war, es war schlimm genug mit dem überall festsitzenden Geruch nach alten Zigarren und altem Mann. Ihr Wirt zündete sich eine neue Pfitzerboom an, sobald sie in der Küche saßen, und goss rabenschwarzen Kaffee in drei kleine Tassen, ohne überhaupt gefragt zu haben.

»Nun?«, fragte er dann. »Lasst mal sehen!«

Rooth nickte und zog die Plastiktüte aus der Innentasche. Goscinski holte die Nadel heraus, hielt sie an der Spitze und beäugte sie. Jung registrierte, wie er wiederum den Atem anhielt.

»Jaha, ja«, knurrte Goscinski und zog an seiner Zigarre. »Was haben wir denn da … ? Nein, doch, ja, ich glaube tatsächlich, dass ich sie wiedererkenne …«

»Prima«, sagte Rooth.

»… ich kenne sie, aber es klingelt nur ein kleines Glöckchen ganz hinten, das müssen die Herren wissen …«

Jung probierte den Kaffee. Er schmeckte nach verbranntem Fleisch und Teer.

»Doch!«, rief Goscinski aus. »Ich hab's!«

Er klopfte sich nachdrücklich ein paar Mal mit dem Fingerknöchel gegen die Stirn, als wolle er damit unterstreichen, dass die Maschinerie immer noch gut geölt und in guter Verfassung war.

»Prima«, wiederholte Rooth. »Genau das hatten wir gehofft. Und was ist das dann für eine verdammte Nadel?«

»Der Sukkulenten«, sagte Goscinski.

»Sukku ... ?«, wiederholte Rooth fragend.

»Ha!«, rief Goscinski zufrieden aus, leerte seine Tasse mit einem Zug und drehte die Nadel herum. »Natürlich ist sie es. Ich habe das Geschäft sogar vermittelt, aber hergestellt wurde sie bei Glinders in Frigge. Sechsundfünfzig oder siebenundfünfzig, wenn mein Gedächtnis mich nicht täuscht. Zweitausend Nadeln, bar bezahlt bei Lieferung.«

»Was sind die Sukkulenten für welche?«, wollte Jung bescheiden wissen.

Goscinski schnaubte.

»Weiß der Kuckuck. Irgend so ein Verein. An der Universität. Wahrscheinlich so was in Richtung Freimaurer, aber ich bin nicht näher darüber informiert, was die eigentlich so treiben.«

»Eine Universitätsvereinigung?«, fragte Rooth.

»Ja. Wurde von irgend so einem Dekan vom theologischen Institut bestellt, habe ich noch im Kopf. Einem Schwarzrock. Kann mich nicht mehr an seinen Namen erinnern, aber so war es jedenfalls. Warum sind Sie so daran interessiert?«

Jung wechselte mit Rooth einen Blick. Eine der Katzen sprang auf den Tisch und tauchte die Nase in Goscinskis Kaffeetasse. Leckte sie sauber.

»Das ist eine lange Geschichte«, meinte Rooth ausweichend. »Vielleicht können wir ja wieder von uns hören lassen, wenn Sie wissen möchten, wie es gelaufen ist ... oder wenn wir noch weitere Informationen brauchen. Ich nehme an, dass wir das, was wir wissen wollen, über die Universität erfahren ... über das Sekretariat wahrscheinlich?«

»Doch, sicher«, nickte Goscinski. »Diese blöden Tintenkleckser. Aber sie kritzeln jedenfalls im Schweiße ihres Angesichts. Wie ist eigentlich das Wetter draußen?«

»Grau und nass«, sagte Rooth. »Und windig. Wie üblich.«

»Ich gehe erst wieder im April raus«, erklärte Goscinski und warf einen skeptischen Blick aus dem Fenster. »So um den Fünfzehnten oder so. Ist sonst noch was, weil Sie immer noch hier sitzen und brüten?«

»Nein«, sagte Rooth. »Vielen Dank für die Hilfe. Die Sukkulenten, genau die haben wir gesucht.«

»Na, dann ist es ja gut«, sagte Goscinski. »Dann macht euch mal davon, ich will meinen Mittagsschlaf halten.«

Sie blieben noch eine Weile draußen auf der Wickerstraat stehen, bevor sie sich trennten.

»Was hältst du davon?«, fragte Jung. »Die Sukkulenten? Was sind das für Gestalten?«

»Ich halte noch gar nichts davon«, sagte Rooth. »Aber das war der ekligste Kaffee, den ich in meinem ganzen Leben getrunken habe, da bin ich mir ganz sicher ... aber immerhin haben wir es an nur einem Nachmittag geschafft. Findest du nicht auch, dass wir damit einmal Ausschlafen morgen früh verdient haben?«

»Aber absolut«, stimmte Jung zu. »Wie wär's mit zehn Uhr morgen früh?«

»Sagen wir halb elf«, sagte Rooth.

39

Aber es dauerte dennoch bis Samstagvormittag, bis Hauptkommissar Reinhart endlich eine Audienz bei einem der Prorektoren der Maardamer Universität bekam. In der Zwischenzeit sammelte sich bei ihm eine gehörige Portion Wut an.

»Was ist denn los mit dir?«, wollte Winnifred wissen, während sie im Bett saßen und frühstückten. »Du hast die ganze Nacht mit den Zähnen geknirscht.«

»Diese verfluchten Schnösel«, erwiderte Reinhart. »Es gibt Leute in der Universitätsverwaltung, die sollten lieber eingesperrt sein, statt herumzulaufen, sich aufzuplustern und auch noch ein Gehalt zu kriegen.«

Winnifred betrachtete ihn einige Sekunden lang mit einem Ausdruck sanfter Verwunderung.

»Das weiß ich wohl«, sagte sie. »Ich arbeite auch in dieser Begabtenfabrik, hast du das vergessen? Das ist doch kein Grund, um mit den Zähnen zu knirschen.«

»Das sind meine Zähne«, sagte Reinhart. »Mit denen knirsche ich, so viel ich will.«

Er drehte den Kopf und schaute auf die Uhr. »Professor Kuurtens, sagt dir der Name was?«

Winnifred überlegte.

»Glaube ich nicht. Welche Fakultät?«

»Staatswissenschaft, wenn ich es richtig verstanden habe. Absoluter Lahmarsch.«

Winnifred schüttelte den Kopf und widmete sich wieder ihrer Zeitung.

»Sag wenigstens Joanna noch tschüs, bevor du gehst.«

Reinhart blieb auf dem Weg zum Bad stehen.

»Habe ich jemals vergessen, mich von meiner Tochter zu verabschieden?«

Er konnte durch die offene Tür zum Kinderzimmer hören, wie sie mit sich selbst sprach, und spürte, wie sich seine Kiefermuskeln entspannten, als er an sie dachte. Wahrscheinlich verhielt es sich genauso, wie seine Frau behauptete. Er hatte sie heute Nacht zusammengepresst.

Schon möglich, dachte er. Prorektor Kuurtens, pass auf, ich komme.

Er empfing ihn in einem Dienstraum im vierten Stock des Universitätsgebäudes. Reinhart schätzte die Deckenhöhe auf vier Meter und die Raumgröße auf ungefähr siebzig Quadrat. Abgesehen von ein paar vereinzelten Säulen in schwarzem Granit mit kopflosen Büsten darauf, einem Kunstwerk aus dem siebzehnten oder achtzehnten Jahrhundert sowie ein paar dunklen Ölgemälden von bereits verstorbenen Prorektoren gab es eigentlich nur ein Einrichtungsstück im Zimmer: einen gigantischen Schreibtisch – aus irgendeinem schwarzen Holz, das Reinhart erst einmal als Ebenholz definierte – mit einem kerzengeraden roten Lehnstuhl auf jeder Längsseite.

Auf dem einen saß Professor Kuurtens und blickte über die Welt und die leere Schreibtischfläche, während er mit gemessenen Bewegungen einen Fünfhundert-Gulden-Füllfederhalter über einen gehämmerten weißen Papierbogen führte.

Auf den anderen setzte Reinhart sich, ohne dazu aufgefordert worden zu sein.

Ein leichtes Lächeln spielte um die Züge des Professors, die ziemlich aristokratisch aussahen. Klassische griechische Nase. Hohe Stirn, die sich in einem olympischen Kranz grau melierter

Locken verlor. Tief liegende, bohrende Augen und eine kräftige, zuverlässige Kieferpartie.

Tadelloser dunkler Anzug, schneeweißes Hemd und dunkelroter Schlips.

Er hat an seinem Aussehen gearbeitet, dachte Reinhart. Er ist dumm wie Stroh.

»Willkommen, Herr Hauptkommissar.«

»Danke.

»Oder soll ich Sie mit Herr Kriminalhauptkommissar anreden?«

»Mein Name ist Reinhart«, erklärte Reinhart. »Ich bin nicht hierher gekommen, um angeredet zu werden, und nicht, um Kricket zu spielen.«

»Hmm«, sagte der Professor und schaute auf seine Armbanduhr. »Ich habe fünfzehn Minuten Zeit. Kricket?«

»Eine Metapher«, erklärte Reinhart. »Aber Schwamm drüber. Die Sukkulenten, was ist das für eine Vereinigung?«

Prorektor Kuurtens schraubte die Kappe des Füllfederhalters ab und wieder drauf.

»Ich möchte Sie doch darum bitten, mich über den Stand der Dinge zu informieren, bevor wir fortfahren«, sagte er.

»Mord«, sagte Reinhart. »Jetzt sind Sie informiert. Also?«

»Das genügt nicht«, erklärte Kuurtens und faltete die Hände über dem Papier. »Wenn Sie in Betracht ziehen, dass die Maardamer Universität über fünfhundert Jahre auf dem Buckel hat, so verstehen Sie wohl, dass ich hier Werte verteidige, die nicht leichtfertig aufs Spiel gesetzt werden können.«

»Wovon zum Teufel quatschen Sie eigentlich?«, brauste Reinhart auf und bereute es, seine Pfeife nicht mitgenommen zu haben. Jetzt wäre die wunderbare Gelegenheit gegeben gewesen, diesen süßlichen Schönling in eine dicke Rauchwolke einzuhüllen.

»Darf ich Sie darum bitten, einen angemessenen Konversationston anzuschlagen.«

»In Ordnung«, sagte Reinhart. »Aber wenn Sie so einfältig sind, zu behaupten, die Universität hätte schon hundert Jahre alten Dreck am Stecken, ja, dann tun Sie der Alma Mater jedenfalls keinen großen Gefallen, das müsste Ihnen doch wohl klar sein. Also, die Sukkulenten, wenn ich bitten darf! Ich habe auch nicht alle Zeit der Welt.«

Der Professor lehnte sich zurück und zeigte eine Miene tiefen Nachdenkens. Reinhart wartete.

»Ein Verein«, kam schließlich.

»Danke«, sagte Reinhart. »Führen Sie das etwas aus.«

»Die Statuten sind von 1757. Ein Zusammenschluss von Beamten der verschiedenen Fakultäten der Universität … um die Forschung und den Fortschritt zu fördern.«

»Und warum ausgerechnet Sukkulenten?«

Kuurtens zuckte leicht mit den Schultern.

»Es waren einige Biologen, die den Verein gegründet haben. Es ist eine Anspielung auf die Fähigkeit, etwas anzufangen und für lange Zeit zu bewahren … Wissen, beispielsweise. Aber Sie verstehen vielleicht nicht … ?«

»Ich verstehe«, sagte Reinhart. »Wir haben es also mit Freimaurern zu tun?«

»Es gibt keine Freimaurer mehr.«

»Darüber könnte man diskutieren. Aber ich meine damals.«

Kuurtens machte eine kurze Pause und betrachtete den Füller.

»Eine Art.«

»Und die haben seit damals immer existiert?«

»In ununterbrochener Folge.«

»Ein rotes S auf grünem Grund als Symbol?«

Der Professor vollbrachte eine vage, bananenförmige Kopfbewegung. Eine Mischung aus Bestätigung und Protest.

»Ja, aber das kam erst später. Das wurde erst weit im zwanzigsten Jahrhundert eingeführt.«

»Ach so«, sagte Reinhart. »Und wie viele Mitglieder gibt es heute?«

»Gut hundert.«
»Männer und Frauen?«
»Ausschließlich Männer.«
»Und Sie selbst sind auch Mitglied?«
»Es ist verboten, Außenstehenden seine Mitgliedschaft kundzutun.«
»Woher wissen Sie dann das alles, wenn Sie nicht selbst Mitglied sind?«
Professor Kuurtens gab keine Antwort.
Wie schon gesagt, dachte Reinhart. Nicht gerade ein nobelpreisverdächtiger Kopf.
»Ich schätze mal, dass Sie ein hochstehendes Mitglied bei den Sukkulenten sind, und ich gehe davon aus, dass Sie mir Einblick in die Mitgliederliste verschaffen werden. Und zwar gleich, da dürfte es doch keine Hindernisse geben.«
»Das kommt … kommt überhaupt nicht in Frage!«, rief der Professor aus. »Was denken Sie sich, Sie können doch nicht einfach hier so hereinstiefeln und alles Mögliche einsehen wollen!«
Reinhart verschränkte die Arme vor der Brust.
»Doch«, sagte er nur. »Das denke ich tatsächlich. Wenn es unter Ihren geschätzten Mitläufern irgendeinen Juristen gibt, dann wird er Ihnen sicher erklären können, dass es einen ziemlich breit bemessenen Paragrafen gibt, der es mir erlaubt … ja, hier hereinzustiefeln, wie Sie es so treffend ausgedrückt haben.«
Der Professor starrte ihn einen Augenblick lang an. Dann schob er seinen Füllfederhalter in die Brusttasche und richtete sich auf.
»Ich werde Ihnen keine Mitgliederliste übergeben«, erklärte er trotzig. »Die Sukkulenten sind eine eigenständige Organisation und haben keine offizielle Verbindung zur Universität. Das ist nicht mein Bier.«
Reinhart betrachtete ihn eine Weile, während er langsam den Kopf schüttelte.
»Machen Sie sich doch nicht lächerlich«, sagte er. »Und be-

nehmen Sie sich nicht wie ein akademischer Hanswurst. Hier geht es um Mord und nicht um Bier. Sie haben fünf Minuten Zeit, um wieder zur Vernunft zu kommen. Wenn Sie weiter so rumspinnen, werde ich Sie mit dem Peterwagen abholen lassen und hinter Gitter bringen, weil Sie eine Mordermittlung behindern. Haben Sie verstanden?«

Der Prorektor erbleichte.

»Sie ... Sie überschreiten Ihre Befugnisse«, stammelte er.

»Schon möglich«, gab Reinhart zu. »Aber ich denke eigentlich nicht. Wie dem auch sei, es würde kein Problem bereiten, Sie auf den Rücksitz eines unserer Wagen zu befördern ... Ich denke, ich würde vorher noch mit einigen Zeitungen telefonieren. Können Sie die Schlagzeilen vor sich sehen? Ich wette, dass es auf die Titelseite kommt. Haben Sie schon mal Handschellen ausprobiert?«

Jetzt bin ich zu weit gegangen, dachte er, aber Professor Kuurtens sah dem Ernst der Stunde entsprechend ziemlich blass aus. Vor dem Hintergrund der haarsträubenden Möglichkeiten, die ihm da beschrieben worden waren. Er saß unbeweglich und kerzengerade eine halbe Minute lang da, während seine Hände sich auf dem leeren Papierbogen wanden. Reinhart spürte ein Gefühl innerer Befriedigung in sich keimen.

Er sieht aus wie aus Gips, dachte er. Man könnte seinen Schädel auf einer der kopflosen Büsten platzieren. Würde sich richtig gut machen. Heute Nacht muss ich jedenfalls nicht mit den Zähnen knirschen.

»Lassen Sie uns sehen«, meinte Prorektor Kuurtens schließlich. »Wenn Sie das Ganze etwas weiter ausführen, können wir vielleicht doch zu einer Lösung kommen ...«

»Viel mehr kann ich nicht sagen«, erklärte Reinhart geduldig. »Wir haben in Zusammenhang mit einem Mordfall eine Mitgliedsnadel der Sukkulenten sichergestellt. Einer Ihrer Kollegen hat am Telefon erzählt, dass diese Nadeln 1957 hergestellt wurden und dass sie in Verbindung mit der Aufnahme ausgeteilt ...«

»Welcher Kollege war das?«

»Das braucht Sie nicht zu interessieren«, sagte Reinhart. »Auf jeden Fall spielt diese Nadel eine gewisse Rolle in den Ermittlungen, deshalb brauchen wir eine Kopie der aktuellen Mitgliederliste. Mehr kann ich nicht verraten.«

Kuurtens schluckte ein paar Mal, und sein Blick huschte zur Stuckdecke hinauf.

»Ja, diese Abzeichen«, sagte er, »... die haben ja keine so große Bedeutung. Sie sind, genau wie Sie gesagt haben, im Jahr 1957 eingeführt worden ... zum zweihundertjährigen Jubiläum also ... und, ja, jedes Mitglied bekommt eine, wenn es aufgenommen wird ...«

»Wie geht diese Aufnahme vor sich?«

»Durch Empfehlung. Ausschließlich durch Empfehlung von mindestens drei anderen Mitgliedern.«

»Wie viele pro Jahr?«

»Nicht sehr viele. Höchstens ein halbes Dutzend. Und es ist natürlich Voraussetzung, dass man disputiert hat.«

»Natürlich«, sagte Reinhart. »Nun gut, haben Sie sich entschieden? Wenn Sie nicht einen ausgewachsenen Skandal am Hals haben wollen, würde ich vorschlagen, dass Sie jetzt mit der Mitgliederliste herausrücken!«

Professor Kuurtens holte zweimal tief Luft und stand dann auf. Sicherheitshalber hielt er sich an der Tischkante fest.

»Ihre Methoden gefallen mir ganz und gar nicht«, sagte er in einem schwachen Versuch, säuerlich zu klingen. »Absolut nicht. Aber Sie lassen mir ja leider keine andere Wahl. Wenn Sie mir bitte in mein Arbeitszimmer folgen wollen, dann werde ich Ihnen eine Kopie der Mitgliederliste aushändigen. Aber ich darf ja wohl davon ausgehen, dass Sie sie mit der größten Diskretion behandeln werden.«

»Diskretion ist eine meiner starken Seiten«, bestätigte Reinhart. »Lassen Sie uns gehen. Sie haben also auch noch ein Arbeitszimmer. Und was ist das hier für eine Art Raum?«

»Das hier ist ein Audi … ein Empfangszimmer«, erklärte Kuurtens verkniffen. »Seit 1842, als das Gebäude in Gebrauch genommen wurde. Hrrm. Ja, also.«

»Hrrm«, stimmte Kommissar Reinhart zu und folgte dem Prorektor die Treppen hinunter.

Die Anzahl der Mitglieder im Sodalicium Sapientiae Cultorum Succulentorum, was laut der Statuten von 1757 der offizielle Name der Vereinigung war, betrug zum aktuellen Datum einhundertzweiundfünfzig Personen.

Reinhart überflog schnell die Spalten mit den Namen, dem Aufnahmejahr und der akademischen Bereichszugehörigkeit. Faltete dann die vier Blätter zweimal zusammen und stopfte sie sich in die Innentasche. Schaute Professor Kuurtens eine Weile wortlos an, gab ihm dann die Hand und wünschte ihm noch weiterhin einen ergiebigen Samstag. Dann drehte er ihm den Rücken zu und verließ das Universitätsgebäude.

So, so, dachte er, während er den Park bei der Keymerkirche durchquerte. Das haben wir also eingekreist.

Was haben wir eingekreist?, dachte er beim nächsten Atemzug. Was zum Teufel bilde ich mir eigentlich ein? Glaube ich wirklich, dass ich hier mit dem Mörder in der Tasche herumlaufe?

Einer unter diesen hundertzweiundfünfzig?

Er zog sich die Handschuhe an, schob die Schultern gegen den Wind und dachte nach.

Vielleicht war es ja reines Wunschdenken, musste er sich eingestehen – ebenso natürlich wie ein Schimmelbefall oder eine Krebsgeschwulst nach all diesen ergebnislosen Wochen und Monaten entstanden? Um es einmal bildlich auszudrücken.

Oder gab es eine reelle Möglichkeit?

Schwer zu sagen, stellte Hauptkommissar Reinhart fest. Schwer, in so einem Moment der Erregung zu entscheiden, was nun wirklich Gedanken und was nur Gefühle oder Hoffnungen waren. Dass sich der Name des Mörders unter einhunderteinundfünfzig andere geschoben hatte, war natürlich nicht die Traumsituation, das nun auch wieder nicht – aber es war auf jeden Fall eine wesentliche Verbesserung, verglichen mit der bis jetzt existierenden Null-Situation, in der man nicht einmal so viel wie etwas Fliegendreck als Hinweis hatte.

Jetzt ging es darum, weiterzukommen. Zumindest im Prinzip. Jetzt gab es plötzlich ein Arbeitsfeld, das zu beackern war. Der Mörder befand sich in einer großen Gruppe, aber die Gruppe war klar abgegrenzt.

Und er brauchte sich nur hinzusetzen und die persönlichen Daten dieser lichtscheuen Akademiker durchzugehen, um die Gruppe noch weiter einzugrenzen – wenn nicht nach anderen Kriterien, dann zumindest nach Alterskriterien. Dann würde die Liste sehr wahrscheinlich ziemlich schrumpfen, kaum vorstellbar, dass das Durchschnittsalter in so einer Bande ziemlich niedrig sein würde. Man blieb sicher bis an sein Lebensende dabei, vermutete Reinhart, und da die Statuten forderten, dass man sowohl promoviert war als auch entsprechend empfohlen, so konnte wohl kaum die Rede davon sein, vor Fünfunddreißig aufgenommen zu werden.

Und der Würger konnte kaum über fünfundvierzig sein, dieses Urteil hatten mehrere Personen aus der Umgebung der Opfer abgegeben.

Also müsste diese Liste diesen so verflucht zähen Ermittlungen wohl endlich Beine machen. Oder?

Er registrierte, dass er im tempo furioso spazierte und angefangen hatte zu pfeifen, und ihm war klar, dass es an der Zeit war, sich die Zügel anzulegen.

Immer langsam mit den jungen Pferden, sagte er zu sich selbst. Wenn du alles auf diese Spur setzt und sich herausstellt, dass es nichts als eine Seifenblase war, dann wirst du den Fall nie lösen. Niemals!

Diese blöde Nadel konnte ja genau genommen auf alle mögliche Arten in Kristine Kortsmaas Schuh gekommen sein. Oder etwa nicht? Sie konnte sie irgendwo gefunden haben. Irgend so ein Sukkulentenbruder konnte sie in absolut friedlicher Absicht besucht haben … in erotischer beispielsweise … und das Ding dabei verloren haben. Jemand anders konnte auf irgendeine Weise an diese Nadel gekommen sein …

Wenn man zum Beispiel annimmt, dachte Reinhart, dass der Mörder eine Nadel auf der Straße gefunden hat und sie dann ganz einfach mitgenommen und in der Wohnung des Opfers liegen gelassen hat, um uns in die Irre zu führen … nun ja, das war vielleicht etwas zu weit hergeholt, das konnte wohl in einen langsam köchelnden englischen Krimi aus den Dreißigern passen, aber kaum in die Wirklichkeit.

Auf jeden Fall gab es aber diverse denkbare Varianten, das war klar. Und was die Zahl der Nadeln betraf … ja, von denen gab es ja eine ganze Menge. Summa summarum zweitausend Stück, die alle 1957 hergestellt worden waren. Und es gab noch gut dreihundert auf Lager, wie Prorektor Kuurtens erklärt hatte, deshalb war also für viele Jahre keine Neuproduktion vonnöten.

Zum Teufel, dachte Reinhart. Glaube ich nun dran oder nicht?

Gespalten wie ein Esel zwischen einhundertzweiundfünfzig Heuhaufen kam er in die relative Betriebsamkeit auf der Keymerstraat, und da geschah es. Das Werk eines Augenblicks, mehr nicht.

Ohne richtig zu begreifen, wie es passierte, stieß er mit einem anderen Fußgänger zusammen und musste einen Ausweichschritt auf die Straße machen. Der Bus, der an die Haltestelle am Keymer Plejn fahren wollte, traf ihn mit dem rechten Kotflügel und warf ihn in hohem Bogen quer über den Gehweg, wo er mit einem kleinen grauen Kabelkasten zusammenstieß und schließlich vor der Käse- und Delikatessenboutique Heerenwijk's landete – wo er übrigens gern mal hineinschaute und den einen oder anderen Käse für den Samstagabend kaufte. Zumindest ab und zu.

Aber nicht an diesem Samstag. Schon als er wieder Bodenkontakt aufnahm, hatte Hauptkommissar Reinhart das Bewusstsein verloren, und er war barmherzig unwissend, wie viele Knochen in seinem Körper gebrochen waren, und er hörte auch nicht die junge Frau in der hellblauen Daunenjacke, die so laut aufschrie, dass die Herzen der Leute mehrere Schläge aussetzten.

Sie hieß übrigens Vera Simanowa, war Elevin an der Oper und hatte einen Sopran, der an diesem Tag für eine Sekunde durch die ganze Innenstadt von Maardam schallte.

Aber nicht in Hauptkommissar Reinharts Ohren, wie gesagt. Auf jeden Fall konnte er sich hinterher nicht daran erinnern.

40

Van Veeteren hob seine Enkelin hoch und schnupperte an ihr.

Nein, mehr.

Er sog den Duft auf. Vergrub seine Nase in ihrem Nacken und nahm mehrere tiefe, genussvolle Atemzüge.

Mein Gott, dachte er. Was für ein Duft.

Wo gibt es so etwas ambrosisch Liebliches in einer Welt wie unserer? Unbegreiflich.

Andrea gluckste. Woraus er schloss, dass sie kitzlig war. Das waren Erich und Jess auch gewesen.

Und ganz besonders dort, hinten in der Nackengrube.

Und sie hatten genauso gerochen. Ganz genauso lieblich.

Er ließ Andrea an gestreckten Armen durch die Luft sausen. Sie schrie vor Vergnügen, und ein Speichelfaden tropfte ihr aus dem Mund.

»Manchmal«, sagte Ulrike Fremdli, die in der anderen Sofaecke saß und direkt feuchte Augen hatte, »manchmal wünschte ich, ich hätte dich etwas früher kennen gelernt. So ungefähr vor fünfundzwanzig Jahren.«

»Für mich ist es schon eine ausreichend große Gnade, dich überhaupt kennen gelernt zu haben«, erwiderte Van Veeteren. »Verdammt, ist sie nicht süß? Kannst du mir sagen, wieso sie so unglaublich süß sein kann?«

»Nein«, musste Ulrike zugeben. »Das ist unbegreiflich. Aber du wirst ihr das Fluchen schon noch beibringen, wenn sie im richtigen Alter ist, das kann ich dir sagen. Doch, Andrea ist wirklich ein Schatz. Ich finde es auch eine gute Einrichtung, dass die Krippen sonntags geschlossen sind … das ist genau das, was du brauchst, jedes Wochenende für ein paar Stunden Großvater zu sein.«

»Natürlich ist das eine gute Einrichtung«, stimmte Van Veeteren zu und legte Andrea auf seinen Oberschenkeln auf den Rücken.

»Gag«, sagte Andrea.

»Ja, ja, ja«, sagte Van Veeteren.

Ulrike stand auf.

»Ich werde das Gratin in den Ofen schieben. Marlene wird in einer halben Stunde hier sein. Aber, ehrlich gesagt, glaubst du nicht, dass wir uns gefunden hätten, wenn wir eine Chance dazu gehabt hätten, als wir noch jung waren?«

»Aber selbstverständlich«, nickte Van Veeteren. »Ich hätte dich auf dem Grunde des Meeres gefunden, wenn es nötig gewesen wäre, und außerdem habe ich irgendwo gelesen, ich glaube, es war bei Heerenmacht, dass die Wege des Herrn unergründlich sind. Wenn man nur …«

Er konnte den Gedankengang nicht weiter ausführen, da das Telefon klingelte. Ulrike ging dran.

»Ja?«, sagte sie.

Dann sagte sie in genau dieser Reihenfolge: »Ja«, »ja«, »was?«, »nein« und: »Ja, er sitzt hier.« Legte sodann die Hand auf den Hörer und flüsterte: »Der Polizeipräsident.«

»Äh?«, sagte Van Veeteren.

»Hiller. Der Polizeipräsident. Er will mit dir reden.«

»Ich bin nicht zu Hause.«

»Es klingt äußerst dringend.«

»Sag ihm, dass er vier Jahre zu spät kommt.«

»Aber er …«

»Und dann noch am Sonntagnachmittag. Sieht er denn nicht, dass ich beschäftigt bin?«

»Es ist etwas mit Reinhart.«

»Reinhart?«

»Ja.«

»Was ist mit Reinhart?«

»Darüber will er ja gerade mit dir reden.«

Van Veeteren dachte zwei Sekunden lang nach. Dann seufzte er tief und tauschte seine süße Enkelin gegen einen Telefonhörer voll mit einem hässlichen Polizeipräsidenten.

Das Gespräch dauerte fast eine halbe Stunde, und genau in dem Moment, als er den Hörer auflegte, trat Marlene Frey nach einer gut überstandenen Wochenendschufterei bei Merckx durch die Tür, dem Supermarkt, in dem sie jetzt seit zwei Monaten arbeitete. So gab es erst nach dem Essen Gelegenheit, den unerwarteten und gerissenen Sabbatbruch des Polizeipräsidenten zu kommentieren – als Mutter und Tochter sich auf den Heimweg begeben hatten und Gastgeber und Gastgeberin wieder aufs Sofa niedergesunken waren.

»Das ist doch merkwürdig«, sagte Van Veeteren. »Als ob es mich jagen würde.«

»Ja?«, fragte Ulrike Fremdli neutral. »Was ist es, das dich jagt?«

Van Veeteren dachte nach.

»Etwas.«

»Etwas?«

»Ja. Ich kann es noch nicht präzisieren, aber es verfolgt mich auf jeden Fall. Der Olivenkern und der Pfarrer und Strawinskys arme Schwalbe ... Erinnerst du dich an den Morgen im Herbst, als wir gerade aus Rom zurückgekommen sind?«

Ulrike nickte.

»Diese erwürgten Frauen ... und Robert Musil! Und jetzt ist da vielleicht noch eins.«

»Noch ein Musil?«

»Nein, leider nicht. Ein neues Opfer.«

»Noch eine erwürgte Frau?«

»Ja, zumindest deutet so einiges darauf hin. Aber sie haben sie noch nicht gefunden. Sie ist nur verschwunden, also gibt es vielleicht noch Hoffnung.«

»Verdammt.«

»Das kann man wohl sagen. Und es ist auch diesmal keine lustige Geschichte. Aber das ist ja eigentlich der ganze Mist an dieser ganzen Polizeiarbeit ...«

»Was meinst du?«

»Dass es nie ein gutes Gefühl ist, wenn man seine Aufgaben erledigt hat. Wenn alles zu Tage getreten ist. Es gibt kein Gefühl der Befriedigung, während die Arbeit am Laufen ist und hinterher auch nicht. Es ist eher wie bei einer ... ja, ungefähr wie bei einer geglückten Amputation.«

»Ich verstehe«, sagte Ulrike. »Und was ist es, das da amputiert wird?«

»Ein Stückchen von der Seele«, sagte Van Veeteren. »Von der lichten Seite der Seele. Aber Gott sei Dank habe ich ja aufgehört, warum sitzen wir also hier und machen uns finstere Gedanken?«

Ulrike nickte nachdenklich und nahm seine Hand.

»Was ist mit Reinhart?«, fragte sie.

»Liegt im Gemejnte«, sagte Van Veeteren. »Ist von einem Bus angefahren worden.«

»Was? Von einem Bus angefahren ... ?«

»Ja. Wie zum Teufel kann so etwas passieren? Gestern in der Keymerstraat. Knochenbrüche an drei Stellen. Ein paar Frakturen hier und da. Sie haben ihn acht Stunden lang operiert, aber es wird wieder. Alles ist gut gegangen, wie Hiller behauptet.«

»Also ein Unfall?«

»Ja. Aber der kommt reichlich ungelegen, sie haben offenbar gerade eine Art heißer Spur in dem Fall dieses Würgers gefunden. Und jetzt liegt der Ermittlungsleiter in Gips ... deshalb hat Hiller angerufen.«

»Ja und?«

»Wie gesagt.«

Es blieb still auf dem Sofa. Van Veeteren schaute zur Decke. Ulrike sah ihn über den Rand ihrer Lesebrille an. Es vergingen fünf Sekunden.

»Nun?«

»...«

»Nun? Du musst es nicht in Jamben sagen.«

Van Veeteren seufzte.

»Na gut. Er will, dass ich so lange einrücke und das Ruder übernehme, bis das Schiff wieder im Hafen ist. Sie haben noch ziemlich viel anderen Kram auf dem Buckel ... er hat wirklich ziemlich nachdrücklich argumentiert. Hat bestimmt in der Zwischenzeit geübt.«

»Aha?« Sie beugte sich etwas näher zu ihm hinüber. »Und darf man fragen, welchen Bescheid du ihm gegeben hast?«

»Keinen genauen«, erklärte Van Veeteren und betrachtete sie nachdenklich. »Ehrlich gesagt habe ich keine Lust, bei dem Spiel wieder mitzumischen, aber ich muss erst mal mit Münster und Moreno reden ... und mit Reinhart, wenn er wieder ansprechbar ist. Aber immerhin ... immerhin läuft da draußen ein Mörder frei herum.«

Er wandte den Kopf und schaute blinzelnd aus dem Fenster.

»Das ist irgendwie die Quintessenz«, fuhr er fort und strich ihr mit der Hand über den nackten Unterarm. »Man sitzt auf dem Sofa der Sicherheit mit einer liebevollen Frau, aber da draußen in der Welt geht es ganz anders zu.«

»Das stimmt«, musste Ulrike ihm Recht geben. »Aber vielleicht muss man auch nicht die ganze Zeit aus dem Fenster gucken. Wann willst du mit ihnen reden?«

»Morgen«, sagte Van Veeteren. »Ja, ich werde alle drei morgen treffen. Und dann werden wir sehen.«

»Das werden wir wohl«, sagte Ulrike. »Ich schlage vor, dass wir jetzt besser ins Bett gehen, damit du richtig ausgeruht bist.«

Van Veeteren schaute auf die Uhr.

»Um halb neun?«, sagte er verwundert. »Wie meinst du das denn?«

»Ist das so schwer zu verstehen?«, wunderte Ulrike Fremdli sich und zog ihn mit sich ins Schlafzimmer. »Wo hast du deine alte, viel gerühmte Intuition gelassen?«

Er konnte selbst spüren, wie er lächelte.

41

»Ich habe mal ein amerikanisches Bier getrunken«, gab Van Veeteren zu. »Nur ein einziges Mal, wohlgemerkt, aber abgesehen von diesem Fehltritt ist das hier die dünnste Brühe, die mir jemals unter die Augen gekommen ist.«

Er betrachtete seine beiden ehemaligen Kollegen mit einer Miene gebremsten Missmuts.

»Die Bildersprache des Hauptkommissars hat sich nicht verschlechtert, seit er Buchhändler geworden ist«, stellte Münster nüchtern fest. »Natürlich ist sie dünn, aber sie ist doch ziemlich eindeutig gewürzt, wie ich finde.«

»Genau«, bekräftigte Moreno. »Es mag eine Brühe sein, aber es schwimmt etwas darin herum ... wie wenig auch immer.«

A hair in my soup, dachte Münster, schluckte die Bemerkung aber lieber runter.

»Ja, ja«, brummte Van Veeteren und trank einen Schluck von Adenaar's bedeutend kräftigerem Bier. »Ist ja schon gut. Ich verstehe ja, was ihr sagen wollt ... dann haben wir es also wahrscheinlich mit einem Akademiker zu tun, oder? Mit jemandem, der irgendeinen Posten an der Maardamer Universität inne hat. Dozent oder Professor wahrscheinlich und Mitglied bei den Sukkulenten ... Ich kenne sie sogar, aber nur dem Namen nach. Ja, entschuldigt meinen Scherz, natürlich gibt es ein Muster. Aber es kann doch jeder Erstbeste diese dumme kleine Nadel da in Wallburg verloren haben, oder?«

»Natürlich«, sagte Moreno.

»Es passt einfach so gut zu dem übrigen«, gab Münster zu bedenken. »Benjamin Kerran und Amos Brugger ... wir sind ja die ganze Zeit davon ausgegangen, dass der Täter eine gewisse Bildung haben muss.«

»Man braucht nicht viel Bildung, um einen englischen Krimi lesen zu können«, wandte Van Veeteren ein.

»Aber es verbindet alle Morde miteinander«, erklärte Moreno. »Der am Pfarrer, an Monica und Martina Kammerle, was sowieso klar war, aber jetzt sind wir uns ziemlich sicher, dass er auch Kristine Kortsmaa und Ester Peerenkaas auf dem Gewissen hat. Und wenn man die Wahl hat, dann ist es doch immer besser, nach nur einem Mörder statt nach mehreren suchen zu müssen ... Ich habe so in Erinnerung, dass ein gewisser Hauptkommissar das immer gesagt hat.«

»Wenn man die Wahl hat, ja«, sagte Van Veeteren und sah reichlich skeptisch aus. »Dann sollen es also fünf Stück sein?«

»Ja«, seufzte Münster. »Es scheint so. Eine Hand voll. Obwohl die große Frage natürlich ist, wie wir jetzt mit diesen verfluchten Freimaurern weiterkommen. Wir müssen der Sache ja nachgehen, auch wenn es sich um eine Sackgasse handeln sollte ... Es wird nicht leicht sein, sie zur Zusammenarbeit zu überreden. Sinn des Ganzen ist ja gerade so eine verschworene Bruderschaft, in der man sich miteinander solidarisiert, ganz gleich, worum es geht. Das ist geradezu der Grundgedanke ... du putzt mir die Zähne, dafür schneide ich dir die Fußnägel ...«

»Die Camorra«, sagte Van Veeteren. »Ja, sicher, eine Art Staat im Staate, das ist vermutlich goldrichtig. Aber das ist heutzutage wohl nicht mehr so schlimm wie früher. Ich nehme an, dass ihre Einflussmöglichkeiten begrenzt sind, einmal abgesehen von den rein akademischen Angelegenheiten. Besetzung von Stellen und so. Ihr habt noch nichts rausgekriegt?«

Münster schüttelte den Kopf.

»Wir müssen mit Verstand vorgehen, bevor wir loslegen. Die

rausstreichen, die so gut wie sicher nicht in Frage kommen. Es gibt elf Sukkulenten, die über achtzig sind zum Beispiel. Die können wir wohl ohne größere Bedenken rauslassen.«

»Vermutlich«, sagte Van Veeteren.

»Wenn wir beispielsweise eine Altersgrenze bei fünfzig ziehen, dann bleiben noch dreiundvierzig übrig ... aber das ist eigentlich nicht das Problem.«

»Und was ist das Problem?«, wollte Moreno wissen.

»So wie ich das sehe«, fuhr Münster fort, »... und wie Reinhart es sieht, wenn ich sein Nuscheln richtig deute, kann es ein Fehler sein, einfach so loszulegen und einen nach dem anderen zu verhören. Egal, auf wie viele mögliche Kandidaten wir kommen. Reinhart hatte offenbar schon Probleme, die Mitgliederliste dem Oberguru, diesem Prorektor Kuurtens, aus den Rippen zu schneiden. Wenn wir da einfach reinplatzen, kann es gut sein, dass sie alle die Klappe halten ... wenn sie erst einmal kapiert haben, dass wir hinter einem von ihnen her sind.«

»Meine Güte«, seufzte Moreno. »In welchem Jahrhundert leben die denn?«

»Jedenfalls nicht in diesem hier«, antwortete Münster und seufzte auch. »Und vielleicht nicht einmal in dem vergangenen.«

Van Veeteren lehnte sich zurück und zündete sich eine frisch gedrehte Zigarette an. Münster wechselte einen Blick mit Moreno und beschloss, dass eine Weile Schweigen angesagt war. Sie hatten jetzt seit mehr als einer Stunde an ihrem üblichen Fenstertisch gesessen. Der *Hauptkommissar* hatte erfahren, was er unbedingt wissen musste, um einen Entschluss treffen zu können, und wahrscheinlich fühlte er sich momentan weit über alle Überredungskniffe und einfachen Finten erhaben. Soweit Münster es jedenfalls beurteilen konnte.

Wenn er Lust hatte, einzurücken, dann würde er es tun. Wenn nicht, dann mussten sie eben die Last mit ein paar Pferdestärken weniger weiterziehen. So war es nun einmal. Münster schaute aus dem Fenster und stellte fest, dass auch an diesem Tag die Sonne nicht schien.

»Jaha, ja«, sagte Moreno nach einer Weile. »So sieht es also aus.«

»Das ist mir klar geworden«, sagte Van Veeteren.

»Du hast ein klares Bild von der Lage?«, wollte Münster vorsichtig wissen.

Van Veeteren nahm einen Zug und schaute nach draußen.

»Klar wie Budweiser«, sagte er. »So hieß sie nämlich, diese schlaffe Yankeepisse.«

»Was, Budweiser?«, fragte Münster. »Na, ist ja nicht so wichtig. Aber ein Jammer, das mit Reinhart. Gerade jetzt und sowieso.«

Van Veeteren zuckte mit den Schultern.

»Es gibt eigentlich nie den richtigen Zeitpunkt, es mit Bussen aufzunehmen«, stellte er fest. »Nun ja, ich werde mal sehen, was ich mache. Rechnet jedenfalls nicht mit mir.«

Moreno und Münster nickten unisono und warteten ab.

»Ich werde heute Abend zu Reinhart ins Krankenhaus fahren und mit ihm reden. Morgen gebe ich dann Hiller Bescheid, das könnt ihr ihm ausrichten. Genügt das?«

»Ja, natürlich«, versicherte Münster. »Gebraucht wirst du auf alle Fälle. Wir haben da parallel noch ein paar andere Geschichten laufen. Und dann diese Ermittlungen, das ist ein bisschen viel. Rooth behauptet, er hätte zwei Kilo abgenommen.«

»Schlechtes Omen«, konstatierte Van Veeteren. »Aber wie gesagt, rechnet nicht mit mir in diesem Fall.«

Er leerte sein Bierglas und schaute auf die Uhr.

»Holla«, sagte er. »Zeit, den Laden zu öffnen, wenn überhaupt ein paar Bücher verkauft werden sollen. Danke für die Einladung zum Mittagessen.«

»Das Vergnügen war ganz auf unserer Seite«, versicherte Inspektorin Moreno und bekam dafür als Dank einen Klaps auf den Kopf.

»Isch … bin .. mit … eim … Busch … susammengeschtoschen«, nuschelte Reinhart.

»Das sehe ich«, sagte Van Veeteren und zog einen Stuhl an die Bettkante.

»Nummer … vierschehn … isch … weisch … noch … dasch … esch … Nummer … vierschehn … war.«

»Bravo«, sagte Van Veeteren. »Tüchtiger Polizist.«

Das wird seine Zeit dauern, dachte er.

»Isch … bin … nischt … blöd«, erklärte Reinhart. »Aber … isch … habe … einn … Risch … im … Schienbein.«

Van Veeteren klopfte ihm auf das eingegipste Bein und betrachtete sein blau angeschwollenes Gesicht.

»Du siehst noch schlimmer aus als früher«, erklärte er ihm freundlich. »Hast du ihn mit dem Gesicht abgebremst?«

Reinhart hustete und röchelte eine Weile.

»There … isch … a … crack … in every … sching«, lispelte er und zeigte mit seinem unbandagierten Arm auf den Kopf. »Thatsch … how … the … light … getsch … in.«

»Wie wahr«, stimmte Van Veeteren ihm zu. »Erinnerst du dich daran, was passiert ist?«

Reinhart versuchte, den Kopf zu schütteln, aber die Bewegung war zu heftig und ließ ihn das Gesicht verziehen.

»Nur … die … Busch … nummer … bin … gegangen … und … habe … an … . diesche … verdammten … Schukku … lenten … gedacht … bin … auf … der … Unfallschtaschion … aufgewacht … . oh Scheiße … bin … isch … müde …«

»Hiller hat angerufen«, sagte Van Veeteren.

»Isch weisch«, sagte Reinhart in einem Zug.

»Er will, dass ich einspringe.«

Reinhart schaute auf eine Art, die nicht zu deuten war.

»Ich habe mich noch nicht entschieden.«

»Dasch … war … nischt … meine … Idee«, beteuerte Reinhart.

»Das glaube ich dir. Aber du wirst ja wohl für eine Weile nicht gerade arbeitsfähig sein, wie es aussieht?«

»Dauert … wohl … ein … paar … Tage«, stimmte Reinhart zu. »Aber … isch … habe … einn … Wunsch …«

»Wirklich?«

»Schnapp … dieschen … verfluchten … Würger!«

Van Veeteren dachte eine Weile nach, während Reinhart stöhnend Saft aus einer Pappschachtel in sich schlürfte.

»Ich habe eine Frage«, sagte er, als der Patient wieder in die Kissen zurückgesunken war. »Ich möchte wissen, wie du die Sache siehst. Ist da wirklich was dran, an der Sache mit der Nadel? Glaubst du das?«

Reinhart schloss die Augen und ließ sie fünf Sekunden lang geschlossen, bevor er antwortete.

»Einundfünfschig … Proschent …«, nuschelte er. »Isch … bin … schu … einundfünfschig … Prosch … ent … über … scheugt!«

»Fantastisch«, sagte Van Veeteren.

Er blieb noch eine Weile sitzen, lauschte dem leisen Sausen der Klimaanlage und erinnerte sich an seine eigene Operation vor sechs Jahren, und als er sah, dass Hauptkommissar Reinhart eingeschlafen war, stand er vorsichtig auf und verließ das Zimmer.

Von der Gemejnte spazierte er in leichtem Nieselregen nach Hause. Ihm fiel ein, dass er morgens den Regenschirm aus Klagenburg mitgenommen hatte, der lag wahrscheinlich noch im Antiquariat. Oder bei Andenaar's. Er hatte ihn jedenfalls nicht oben bei Reinhart vergessen, dessen war er sich sicher.

Die Unentschlossenheit braute sich wie eine wohlverdiente Übelkeit in ihm zusammen, und ihm war klar, dass er eine Methode finden musste. Eine Art, wie er zu einer Entscheidung kommen konnte: etwas Nichtrationales – so in der Preislage, ob die erste Person, die ihm nach der Ecke Wegelenstraat entgegenkam, ein Mann oder eine Frau war oder ob eine gerade oder ungerade Zahl von Fahrrädern vor dem Kino Paradiso stand.

Einfach das Los entscheiden lassen und somit die Entscheidungsfindung abhaken können.

Denn das war nicht so einfach.

Als Hauptkommissar wieder anzutreten – wenn auch nur für eine kürzere Periode –, war ein äußerst abscheulicher Gedanke.

Aber nicht das Seine dazu beizutragen, war mindestens genauso schlimm. Besonders, da er diesen abgewiesenen Pfarrer noch in guter Erinnerung hatte.

Pastor Gassel, der seine irdischen Wanderungen ausgerechnet auf Eisenbahnschienen beenden musste.

Und Hiller erwartete morgen eine Antwort. Verflixt und zugenäht.

Aber als er den Zuydersteeg überquert und der Versuchung widerstanden hatte, sich für eine Stunde ins Vereinslokal zu schmuggeln, kam ihm in den Sinn, dass es ja vielleicht einen dritten Weg gab. Einen Kompromiss.

Der Gedanke setzte sich in ihm fest und verfolgte ihn bis nach Hause. Gab es vielleicht eine Möglichkeit, abzulehnen und dennoch seine Pflicht in diesem sich so lange dahinziehenden Fall zu tun? War es möglich, eine derartige Lösung zu finden? Einen moralischen Ausweg?

Der wäre auf jeden Fall Gold wert. Und wert genug, einige Zeit der Überlegung darauf zu verwenden, daran gab es keinen Zweifel.

Ulrike war nicht daheim. Er erinnerte sich daran, dass sie irgendetwas von einer Freundin mit Sorgen erzählt hatte. Er schaltete im Wohnzimmer nur die Stehlampe ein und ließ sich auf den Sessel vor dem Fenster fallen. Stand wieder auf und legte Preisners *Requiem dla mojego przyjaciela* in den CD-Player und ließ sich von Neuem fallen.

Begann vorsichtig, alles zu rekapitulieren, was seit diesem Tag im letzten Herbst passiert war, als er in die schicksalhafte Olive biss.

Pastor Gassel.

Die einsamen – und ermordeten – Frauen in der Moerckstraat.

Der zuckerwangige Kirchenhirte aus Leimaar mit seinen liberalen Sexualvorstellungen.

Benjamin Kerran.

Moosbrugger.

Die Wallburger Frau und die verschwundene Frau Peerenkaas, die nach allem zu urteilen ihrem Mörder annonciert hatte. Und diese unwahrscheinliche kleine Nadel, deren Spitze direkt in die feine Universitätswelt pikste.

Und Reinhart obendrein noch von einem Bus angefahren!

Was für eine Geschichte, dachte er. Was für eine vollkommen unglaubwürdige Geschichte! Die diesbezüglichen Überlegungen erschienen ihm wie eine außerordentlich unsichere Wanderung über einen morastigen Grund. Über einen Sumpf geradezu, wo das meiste bodenlos und unbekannt war und große Abstände zwischen den einzelnen Grasbüscheln bestanden.

Und wo der Verbindungsfaden zwischen allem dünn war, so dünn, wie Moreno und Münster bereits im Adenaar's bekräftigt hatten.

Nichtsdestotrotz gab es ihn. Dünn, aber haltbar. Es war genau, wie sie gesagt hatten, die alten Kollegen, er hatte nichts gegen ihre Analyse einzuwenden.

Fünf Morde, ein Täter. Wenn er darüber nachdachte, wurde ihm klar, dass alle anderen Varianten sehr viel unwahrscheinlicher wirkten. Besser, nach einem Übeltäter zu fahnden als nach mehreren, hatte Moreno behauptet ... ein Spruch, den er offensichtlich irgendwann selbst ausgebrütet hatte. Weiß der Teufel, bei welcher Gelegenheit.

Außerdem erinnerte er sich an etwas ... nein, er erinnerte sich nicht, das wäre zu viel gesagt.

Es war nur eine Assoziation: eine Art Verbindungsglied zu etwas, das noch tiefer in seinem Unterbewusstsein verborgen lag, aber das hoffentlich an die Oberfläche kommen würde, ohne dass er sich besonders anstrengen musste. Oder eine Nacht Schlaf dafür opfern.

Eine Assoziation, die eine Bestätigung war?

Ja, um so etwas handelte es sich offenbar. Er begriff die Funktion, noch bevor er den Inhalt kannte, das war etwas merkwürdig. Ein Detail also, das sich auf all die leicht bizarren Umstände reimte: Kerran, Moosbrugger, die Universitätswelt …

Was?, dachte er.

Was war das für ein Detail?

Er holte sich ein dunkles Bier, um die geheimnisvollen Mechanismen des Gedächtnisses zu stimulieren, und im gleichen Moment, in dem er den letzten Tropfen hinunterschluckte, bekam er seine Belohnung.

Na so was, dachte er. Wie ein Brief mit der Post.

Er blieb noch eine weitere Viertelstunde sitzen und überlegte, während das Requiem via *Agnus Dei* und *Lux aeterna* sich zu *Lacrimosa* vorarbeitete, dem schönsten aller Sätze. Als die Musik zu Ende war, nahm er eine neue Flasche mit zum Schreibtisch und schrieb dort eine Nachricht an den Polizeipräsidenten Hiller.

42

»Irgendwie siehst du anders aus«, stellte Inspektorin Sammelmerk fest und betrachtete dabei Ewa Moreno, die gerade zur Tür hereinkam. »Ist was passiert?«

»Ich bin erleichtert«, lachte Moreno. »Daher meine rosigen Wangen. Aber es ist eigentlich ziemlich banal.«

Irene Sammelmerk dachte zwei Sekunden lang nach.

»Menstruation?«

»Ja. Heute Morgen gekriegt. Zehn Tage zu spät. Kannst du mir erzählen, warum wir uns damit rumplagen müssen?«

Sammelmerk zuckte mit den Schultern.

»Das steht im Vertrag. In deinem nächsten Leben wirst du ein Mann oder eine Topfpflanze, dann hast du keine Regel mehr.«

»Darf man aussuchen?«

»Aussuchen?«

»Zwischen Mann oder Topfpflanze.«

»Ich denke schon. Übrigens dachte ich, du hättest mir erzählt, dass du dich für deinen Typen eine Treppe tiefer entschieden hättest?«

»Ja, doch«, gab Moreno zu und setzte sich in die Fensternische. »Wir haben uns entschieden. Aber erstmal zusammenzuziehen ... ja, zu heiraten auch, glaube ich. Aber wäre es nicht eine gute Idee, erst einmal zu sehen, ob man miteinander unter einem Dach zurechtkommt, bevor man anfängt, Kinder in die Welt zu setzen? Ich glaube, ich habe mal so was gelesen.«

Sammelmerk legte die Stirn in Falten.

»Das ist ein Standpunkt«, musste sie zugeben. »Obwohl ich selbst dieses Modell nie ausprobiert habe, wie ich zugeben muss. Irgendwie hatte ich nie die Zeit dafür. Aber jetzt schieben wir mal die Philosophie beiseite. Was steht heute auf deiner Tagesordnung?«

Moreno seufzte.

»Schreibtischarbeit«, sagte sie. »Aber alles hat seine Zeit, denke ich mal. Und wenn man sowieso blutet, ist es vielleicht sogar das Beste. Nein, Scheiße, so habe ich es nicht gemeint. – Und du?«

»Danke, gleichfalls«, sagte Sammelmerk, »... ja, Schreibtisch, meine ich. Aber ich hoffe, nur am Vormittag. Wenn es nach mir geht, dann werde ich nach dem Mittag einen kleinen Ausflug nach Willby machen.«

»Nach Willby? Warum das?«

»Gute Frage«, sagte Sammelmerk. »Wegen Clara Peerenkaas, die habe ich auf dem Kieker. Rooth meinte, es wäre etwas zu still aus der Richtung ... Wenn du dich dran erinnerst, so hat sie in der ersten Zeit, nachdem ihre Tochter verschwunden war, fast jeden Tag angerufen. Dann hat das mit einem Mal aufgehört ... irgendwie ganz plötzlich. Tja, das bedeutet vielleicht nichts, aber es kann sinnvoll sein, sich diese Sache mal genauer anzuschauen.«

Moreno dachte nach.

»Ja, vielleicht«, sagte sie. »Ja, wenn du damit einen halben Tag Papierkrieg umgehen kannst, dann ist das auf jeden Fall nicht falsch gedacht. Aber du hast noch nicht das Okay dafür?«

Sammelmerk breitete die Hände aus.

»Wie sollte ich? Wir wissen doch nicht einmal, wer im Augenblick das Okay geben kann. Wird es der berühmt-berüchtigte VV sein, der einspringt? Wäre bestimmt cool, ihn kennen zu lernen.«

Moreno zuckte mit den Schultern.

»Ich weiß nicht«, sagte sie. »Habe wirklich keine Ahnung. Sollst du nicht auch um zehn zu Hiller rauf, um Bescheid zu kriegen?«

Sammelmerk schaute auf ihre Armbanduhr.

»Ja, sicher«, sagte sie. »Ich gehöre zu den Auserwählten. Noch zwei Minuten. Wollen wir los?«

Polizeipräsident Hiller sah nicht sehr vorteilhaft aus an diesem krankhaft bleichen Februarmorgen, aber das tat er ja auch nur selten.

Moreno schien es für einen Augenblick, als würde er sie an einen fanatischen deutschen Briefmarkensammler und Kindermörder erinnern, den sie vor einigen Monaten in einem schlechten Film gesehen hatte – und sie überlegte verwundert, wie es möglich war, dass er fünf Kinder hatte und eine Ehefrau, die ihn all die Jahre behalten hatte. Es mussten inzwischen so an die vierzig sein, dachte sie erschrocken.

»Hm ja«, begann er. »Alle an Ort und Stelle?«

Er überblickte die Schar. Das tat Moreno auch. Münster, Rooth, Jung. Sie selbst und Sammelmerk. Der vielversprechende Kriminalinspektor Krause.

Das waren offenbar alle, die geladen waren. Der kriminelle Zirkel.

Genau besehen gab es ja wohl auch sonst niemanden, der noch hinzugezogen werden müsste. Sie ließ sich neben Jung auf dem glatten Ledersofa nieder und schloss die Augen in Erwartung, dass Hiller die Anwesenden auf seinem Block aufschreiben würde. Versuchte, sich ins Gedächtnis zu rufen, wie es ausgesehen hatte, als sie vor acht Jahren bei der Kripo angefangen hatte. Wer noch da war – und in erster Linie: Wer nicht mehr da war.

Heinemann war weg, natürlich. Der alte, schüchterne Inspektor Heinemann, der sein so ganz eigenes Tempo gehabt hatte, aber sich dennoch oft zu Antworten und Lösungen hingekritzelt hatte, an denen die anderen in aller Hast nur vorbeigehuscht waren … Und deBries, der sich vor eineinhalb Jahren das Leben genommen hatte. Um der Schande zu entgehen. Es waren immer noch nur sie selbst, Münster und Van Veeteren, die von dieser Schande wussten. Von dem wahren Grund, der hinter seinem Selbstmord steckte. Ein übertriebenes Interesse an jungen Mädchen. Sehr jungen Mädchen. Sie konnte einen Schauder nicht umgehen, als sie daran dachte.

War sonst noch jemand fort?

Van Veeteren natürlich. Der *Hauptkommissar.* Sollte er wirklich wieder auftauchen? Sie konnte es kaum glauben. Er hatte im Adenaar's nicht besonders enthusiastisch geklungen.

Sie öffnete die Augen, und aus der finsteren Briefmarkensammlervisage des Polizeipräsidenten zog sie den Schluss, dass ihre Vermutung richtig war.

Und die neuen Gesichter? Im Vergleich mit vor acht Jahren?

Krause war zu der festen Mannschaft dazugestoßen. Mit Fleiß, Sorgfalt und Ehrgeiz. Vielleicht würde er eines Tages ein guter Polizist werden. Aber sie fragte sich, ob er jemals ein Mann werden würde.

Und sie fragte sich weiter, warum so ein abschätziger Gedanke in ihr auftauchte. Es war doch nichts zu bemängeln an Widmar Krause. Mann oder Topfpflanze? Welch vorurteilsbehaftete Gedanken einem doch so in den Sinn kommen konnten …

Sammelmerk war dazugestoßen, Ewa Moreno spürte, wie kurz eine Flamme der Dankbarkeit in ihr aufloderte, und sie hoffte inständig, dass sie zu der Abteilung gekommen war, um auch hier zu bleiben.

Weitere Neuzugänge gab es nicht. Es waren weniger als früher, obwohl die Kriminalität und damit die Arbeit nicht gerade zurückgegangen war. Und heute noch weniger denn je, auf Grund von Reinharts Unfall. Deshalb saß man ja auch hier. Wegen Reinhart. Ewa Moreno hob die Hand und versuchte ein Gähnen zu verbergen.

»Ja, guten Morgen also«, tönte der Polizeipräsident und blätterte auf eine neue Seite seines Blocks.

»Guten Morgen, Herr Polizeipräsident«, sagte Rooth.

Die übrigen schwiegen.

»Die Lage hat sich zugespitzt. Ziemlich zugespitzt.«

Er strich sich mit der Hand über den Kopf, um zu kontrollieren, ob sein schütteres Haar so lag, wie es sollte, und klickte ein paar Mal mit dem neuesten Kugelschreiber.

»Wir bedauern von Herzen das Missgeschick, das Hauptkommissar Reinhart ereilt hat ... und wir hatten gehofft, dass es uns gelingen würde, Van Veeteren zu überreden, für eine begrenzte Zeit einzuspringen. Aber das ist uns leider nicht geglückt, obwohl ich am Sonntag ein intensives Gespräch mit ihm geführt habe ...«

Er zog ein Papier aus der Innentasche seiner Jacke und wedelte damit in der Luft.

»Ich habe heute Morgen seine Antwort erhalten, und er lehnt ab ... freundlich, aber entschlossen, wie er behauptet. Dafür erklärt er aber, dass er die Absicht hat, ich zitiere, ›gewisse Nachforschungen auf eigene Faust zu betreiben‹. Was immer das bedeuten mag. Irgendwelche Kommentare?«

Rooth nutzte die Gelegenheit, um zu niesen, aber ansonsten hatte niemand eine Meinung dazu vorzubringen.

»So ist also die Lage«, fuhr der Polizeipräsident fort. »Insbesondere Van Veeteren ist, wie er immer war. Wir müssen also die Kräfte umdisponieren, so lange Reinhart nicht zur Verfügung steht ... Münster, du übernimmst solange die Leitung in diesem alten Kammerle-Gassel-Fall ... oder wie ihr den nun auch bezeichnet. Ich gehe davon aus, dass ihr zu einer schnellen Lösung kommt, es scheint wohl in letzter Zeit eine gewisse Entwicklung gegeben zu haben, und wir können diesen Würger ja nicht für alle Zeiten frei herumlaufen lassen, das würde das Rechtsbewusstsein des Volks untergraben ... Du holst dir Verstärkung bei Bedarf, aber wir haben noch reichlich nebenbei zu tun, also nur bei Bedarf, denk daran!«

»Danke für das Vertrauen«, sagte Münster verbindlich.

»Und sieh verdammt noch mal zu, dass du den Kontakt zu Van Veeteren hältst. Weiß der Kuckuck, was er da auf dem Kieker hat ... Privatdetektiv-Spielen, das ist ja zum Gänsehaut-Kriegen!«

Er demonstrierte seine Machtlosigkeit, indem er das Antwortfax des *Hauptkommissars* zerknüllte und in den Papierkorb warf.

»Ich habe nicht die Absicht, mich in dieser Angelegenheit in die operative Arbeit zu mischen ... nur, wenn es sich als unbedingt notwendig erweisen sollte, ich wiederhole, *unbedingt* notwendig.«

Niemand schien zu glauben, dass diese Form der Notwendigkeit unmittelbar bevorstand, und da auch sonst niemand noch etwas auf dem Herzen hatte, ließ Hiller die Truppe abtreten, um sich aufs Kampffeld zu begeben.

»Seht zu, dass ihr dieses Durcheinander entwirrt!«, war sein letzter Befehl. »Schließlich werdet ihr dafür bezahlt. Die Allgemeinheit hat ein Recht, einen gewissen Prozentsatz an aufgeklärten Fällen zu erwarten.«

Welch inspirierende Besprechung, dachte Münster, als er die Tür schloss. Fünfeinhalb Minuten lang. Sollte man sich vielleicht auch mal für ein paar Wochen eingipsen lassen?

Van Veeteren saß versunken im Sessel im Hinterzimmer des Antiquariats. Draußen im Laden tappten zwei Kunden vorsichtig zwischen den Regalen entlang. Er konnte ihre Schritte und ihr rücksichtsvolles Blättern wie ein flüsterndes Echo aus einer anderen Welt hören, aber Tatsache war, dass er ihnen erklärt hatte, sie könnten sich gern an ihn wenden, wenn sie Hilfe bräuchten. Oder wenn sie einfach etwas kaufen wollten.

Auf seinem Schoß lagen die Kopien der Mitgliederliste der Sukkulenten, die er am Sonntag von Münster im Adenaar's bekommen hatte. Vier Seiten. Einhundertzweiundfünfzig Namen.

Einhunderteinundfünfzig sollten gestrichen werden. Einer sollte noch übrig bleiben. Benjamin Kerran alias Amos Brugger alias der Würger. Das wurde erwartet. Die ideale Lösung.

Er trank aus dem Becher, der auf der Armlehne stand, einen Schluck Kaffee, hatte eine kurze, idiotische Assoziation zu kulinarischer Sauceneindickung (wobei man mit zehn Litern Sahne anfängt und zum Schluss einen halben Liter Gottesnektar übrig behält), und machte sich an die Arbeit.

Nach zehn Minuten waren noch elf Namen übrig.

Nach fünfzehn sechs.

Nach weiteren fünf Minuten vier.

Weiter kam er nicht.

Weiter zu reduzieren war nicht möglich. Es gab solche und solche Saucen. Er schrieb die Namen auf ein loses Blatt Papier und wiederholte sie laut.

Erich Lambe-Silbermann
Maarten deFraan
David Linghouse
Mariusz Dubowski

Die ersten beiden – Lambe-Silbermann und deFraan – hatten den Professorenstatus inne. Linghouse war Dozent, Dubowski promovierter Assistent. Das Altersniveau lag bei 48 – 42 – 38 – 41.

Einer von denen, dachte er. Einer von diesen Männern hat fünf Menschen ermordet. Ich muss Vertrauen zu dieser Methode fassen, den Zweifel solange an der Garderobe abgeben.

Das war leichter gesagt als getan, aber er schluckte entschlossen alle Einwände hinunter. Diese Methode hier lag Lichtjahre von der üblichen, normalen, akzeptierten Polizeiarbeit entfernt. Er schüttelte über sich selbst den Kopf. Nahm den Telefonhörer ab und wählte die Nummer des Gemejnte Hospitaal.

Nach einigen Schaltungen bekam er Reinhart an die Leitung.

»Wie geht es dir heute?«, fragte er.

»Danke, besser«, antwortete Reinhart.

Er konnte der Stimme anhören, dass Reinhart nicht die Unwahrheit sprach.

»Du warst gestern hier, nicht wahr?«

Van Veeteren gab zu, eine Weile dort gewesen zu sein.

»Verdammte Scheiße«, sagte Reinhart, »ich kann kaum zwischen Traum und Wirklichkeit unterscheiden ... konnte es jedenfalls nicht. Ich fürchte, die haben mehrere Kilo Morphium in mich reingepumpt, das machen sie in diesem Schlachthaus ja gern. Aber von heute an werde ich meinen Heilungsprozess in die eigenen Hände nehmen.«

»So redet ein richtiger Mann«, sagte Van Veeteren. »Du wirst im Mai beim Marathon mitlaufen.«

»Würde mir im Traum nicht einfallen«, protestierte Reinhart. »Aber was willst du? Du bist doch wohl nicht wieder auf der Galeere gelandet, ich möchte wirklich nicht, dass du ...«

»Keine Angst«, versicherte Van Veeteren. »Aber ich spiele ein bisschen Privatdetektiv ... davon habe ich geträumt, seit ich acht war, und da habe ich etwas mehr Freiheiten ...«

»Privatdetektiv?«

»Ja, so ungefähr. Nenn es, wie du willst. Ich habe eine Idee bezüglich dieses Mörders, nach dem ihr sucht, aber sie ist ein wenig unorthodox, deshalb ist es besser, wenn ich sie auch im Nebel lasse.«

»Alter Buchhändler redet in Zungen«, sagte Reinhart. »Aua, verflucht, ich habe vergessen, dass ich behindert bin! Ach, ich bin auch nur ein Schatten meiner selbst ... nun erzähle mir endlich, was du vorhast!«

»Ich habe vor, deine Ehefrau zu benützen«, sagte Van Veeteren.

»Meine Ehefrau?«

»Ja.«

»Winnifred?«

»Hast du mehrere?«

»Nein. Aber ...«

»Gut. Und du hast nichts dagegen?«

Reinhart hustete und stöhnte eine Weile.

»Was gedenkst du mit meiner Ehefrau zu tun?«

»Sie arbeitet doch am Anglistischen Institut, stimmt's?«

»Ja, natürlich.«

»Hrrm, und ich habe ausgerechnet, dass der Würger dort zu finden ist.«

Eine Zeit lang blieb es still im Hörer.

»Entschuldige«, sagte Reinhart dann. »Ich war gezwungen zu überprüfen, ob ich auch wach bin. Warum um alles in der Welt soll er denn im Anglistischen Institut zu finden sein?«

»Ich werde an einem der kommenden Tage zu dir kommen und es dir erklären«, versprach Van Veeteren großzügig. »Ich möchte nur erst testen, ob meine Theorie auch hält. Du hast also nichts dagegen, dass ich Winnifred konsultiere?«

»Warum sollte ich?«

»Gut. Sie ist eine Frau mit guter Urteilsfähigkeit, oder?«

»Sie hat sich für mich entschieden«, stellte Reinhart fest. »Kann man es deutlicher sagen?«

»Hrrm«, sagte Van Veeteren. »Vermutlich nicht. Es freut mich zu hören, dass du gute Laune hast. Weißt du, ob sie abends zu Hause ist?«

»Wenn sie nicht hier sitzt, wie es sich für eine gute, liebevolle Ehefrau gehört. Joanna findet es übrigens einfach super hier im Krankenhaus, deshalb werden sie sicher erst mal bei mir vorbeischauen.«

»Ich verstehe. Dann kannst du sie vielleicht vorwarnen, dass ich mich bei ihr melden werde?«

»Du kannst dich auf mich verlassen«, sagte Reinhart. »Wissen die anderen von deinen Grillen?«

Van Veeteren machte eine Pause.

»Noch nicht. Münster leitet während deiner Abwesenheit die Ermittlungen, ich werde ihn auf dem Laufenden halten, wenn ich Recht habe. Aber nur dann.«

»Wenn ich nicht eingegipst wäre«, knurrte Reinhart, »dann würde ich schon aus dir rauspressen, was du da im Schilde führst. Nur dass dir das klar ist.«

»Du *bist* eingegipst«, sagte Van Veeteren. »*Das* ist mir klar.«

Er legte den Hörer auf und trank seinen Kaffee aus.

43

Es war ein paar Minuten nach zehn, als er an der Tür der Zuyderstraat 14 klingelte. Winnifred Lynch selbst hatte diesen späten Zeitpunkt für ein Treffen vorgeschlagen, aber Van Veeteren meinte, sie sähe wirklich reichlich müde aus, als sie ihm die Tür öffnete.

»Ausgebrannt«, erklärte sie ihm auch sofort. »Arbeit, Kindergarten, Krankenhaus, Essen kochen, baden, ins Bett bringen, vorlesen ... A day in the life, so ist es wohl. Ich brauche einen Whisky, willst du auch einen?«

»Ja, gern«, sagte Van Veeteren und hängte seinen Mantel auf. »Ich verspreche auch, nicht langatmig zu sein, aber es ist notwendig, dass du hellwach und rege bist. Reinhart hat behauptet, dass du das immer bist.«

»Schließlich bin ich diejenige, die für den Verstand in der Familie zuständig ist«, behauptete Winnifred. »Da mach dir nur mal keine Sorgen. Setz dich schon mal, dann hole ich die Gläser. Wasser? Eis?«

»Einen Zentimeter Leitungswasser bitte«, sagte Van Veeteren und ging ins Wohnzimmer.

Es gefiel ihm. Und er erinnerte sich, dass es ihm schon immer gefallen hatte. Die kühlen, gut gefüllten Bücherregale. Das Klavier. Die fast kahlen Wände und die großen, eingesessenen Sofas. Kein Fernseher. Eine schmale, schwarze Musikanlage und eine Palme, die sich zur Decke reckte. Sparsames Licht.

Er musste sich eingestehen, dass er seit vier, fünf Jahren nicht mehr hier gewesen war, nicht mehr, seit Reinhart sich mit seiner schönen Frau gepaart hatte, genauer gesagt.

Warum eigentlich?, dachte er. Was tun wir mit unserem Leben und unseren Freunden? Reinhart war doch einer der erträglichsten Menschen, die ihm jemals begegnet waren.

Winnifred kam mit einem Glas in jeder Hand zurück.

»Prost«, sagte sie und ließ sich auf das gegenüberliegende Sofa fallen. »Ich muss sagen, du hast mich neugierig gemacht. Ganz zu schweigen davon, was mein lieber Ehemann ist.«

»Das tut mir Leid«, sagte Van Veeteren. »Es war nicht meine Absicht, so geheimnisvoll zu tun, es ist nur so blöd, seine neunmalklugen Ideen in alle Winde zu verbreiten. Aber wie gesagt brauche ich deine Hilfe.«

»Das habe ich begriffen«, sagte Winnifred Lynch.

»Die Sache ist die, dass ich auf einen schnellen Fang aus bin ... eine Abkürzung, die direkt ins Ziel führt. Wenn sich herausstellt, dass es nicht funktioniert, ist es besser, wenn so wenige wie möglich von meiner dummen Idee wissen.«

»Ich bin dabei«, bekräftigte Winnifred und nahm einen kleinen Schluck von ihrem Whisky. »Ausgebrannt, aber klar in der Birne, glaube mir.«

»Dein Schweigen ist eine Grundbedingung.«

»Ich bin doch nicht auf den Kopf gefallen.«

»Gut. Und ich werde dich ziemlich heftig beunruhigen.«

»Ich bin schon reichlich beunruhigt.«

»Und Dreck auf deine Kollegen werfen.«

Sie lachte kurz auf.

»Ich habe bereits einige Informationen im Krankenhaus erhalten, vergiss das nicht. Du kannst dir deine Einleitungsfloskeln sparen.«

»Na gut«, sagte Van Veeteren. »Ich wollte nur sicherstellen, dass du die Bedingungen kennst und weißt, in welcher Tonart hier gespielt wird.«

Sie gab keine Antwort. Er zog den Zettel mit den Namen heraus. Saß eine Weile schweigend da, während Winnifred so entspannt wirkte wie eine Göttin nach dem Bad.

Oder nach dem Liebesakt.

Obwohl sie vor nur wenigen Minuten doch so müde ausgesehen hatte. Es war schon merkwürdig, wie schnell sie die Aura wechseln konnte. Einige Frauen können das ... dachte er und spürte, dass er kurz davor war, den Faden zu verlieren. Er räusperte sich und beugte sich vor, schob das zweimal gefaltete Papier über den Tisch, ließ aber noch zwei Finger darauf ruhen.

»Hier stehen die Namen von vier deiner Kollegen im Anglistischen Institut«, erklärte er langsam. »Ich möchte, dass du die Namen genau studierst und dich auf die Menschen hinter den Namen konzentrierst. Visualisiere sie, so gut du kannst, du musst dich nicht beeilen ... wir können gern eine halbe Stunde schweigend hier beieinander sitzen, wenn nötig. Was ich wissen möchte, ist, wer von ihnen derjenige ist, der fünf Menschen getötet haben könnte.«

Sie sagte nichts. Nickte nur leicht. Offensichtlich hatte sie etwas Entsprechendes erwartet. Trotz allem.

Sie hatte mit Reinhart gesprochen, und die beiden hatten gemeinsam ihre Schlussfolgerungen gezogen. Es wäre merkwürdig gewesen, wenn sie es nicht getan hätten.

»Wenn du nicht intuitiv bei einem hängen bleibst, dann lass es. Das hier hat nichts mit normaler Polizeiarbeit zu tun, aber du kannst dich auf mich verlassen. Wenn es nicht einer von diesen Vieren ist oder wenn du die falsche Person auswählst, dann bleibt das unter uns. Es wird in keiner Beziehung irgendeine Bedeutung haben. Aber ...«

»... aber wenn ich richtig tippe?«

»... dann wird dadurch der ganze Prozess abgekürzt und ein Mörder festgesetzt.«

»Wirklich?«

»Wir wollen es jedenfalls hoffen. Die Verantwortung liegt natürlich die ganze Zeit bei mir. Bist du unter diesen Voraussetzungen damit einverstanden?«

Sie betrachtete ihn einen kurzen Moment lang mit einem fast amüsierten Zug um die Lippen, bevor sie antwortete.

»Ja. Bin ich.«

Van Veeteren hob die Finger vom Papier und lehnte sich zurück.

»Na gut. Also bitte.«

Inspektor Sammelmerk hatte viele gute Seiten, aber nur eine Manie.

Sie duschte für ihr Leben gern.

Das hatte nichts mit übertriebener Reinlichkeit zu tun. Ganz und gar nicht. Eher mit der Seele als mit dem Körper, auch wenn der körperliche Genuss natürlich die Eselsbrücke war, um auf die Seite der Seele zu gelangen.

Wenn die heißen Strahlen – so heiß, dass es gerade noch auszuhalten war – den Bereich um den siebten Halswirbel und den ersten Brustwirbel trafen, breitete sich eine Art elektrischen Wohlbefindens in ihrem ganzen Körper aus, und es hatte schon seinen Grund, dass sie sich ab und zu einmal fragte, ob der Herrgott nicht einen Flüchtigkeitsfehler begangen hatte, als er ihren G-Punkt platzierte.

Aber es klappte nur mit heißem Wasser, nicht mit Berührung, also war sie genau genommen vielleicht doch nicht so abnorm.

Auf jeden Fall duschte sie gern und lange. Besonders lange. Konnte manchmal im Badezimmer geradezu in Trance fallen, zur mit der Zeit immer geringeren Verwunderung der übrigen Familienmitglieder. Zwanzig, dreißig Minuten Wasserrauschen war keine Seltenheit, aber mit der Zeit hatten sich der Computerfreak wie auch die Sprösslinge damit abgefunden, dass es nun einmal so war. Jeder Mensch hatte das Recht, seine grundlegenden Bedürfnisse zu befriedigen, wie sie immer betonte, und wenn sie versuchen wollte, gegen diese harmlose Perversität anzuarbeiten, so würde ganz bestimmt etwas anderes, viel Schlimmeres dabei herauskommen. Die Summe aller Laster blieb gemeinhin ja konstant.

Es konnte auch nicht immer die Rede von diesem tranceartigen Zustand sein. Nicht jedes Mal. Unter der Dusche konnte sie genauso gut ein intensiviertes, sattes Lebensgefühl voller Klarheit und Gedankenschärfe erleben, und wichtige Beschlüsse und Abwägungen fanden ihre sicherste Verankerung und ihren offensichtlichsten Ausdruck gerade in diesen meditativen Stunden. Über sie einstürzende Gedankenkaskaden klärten sich, und Irritationen wurden weggespült. Wenn sie ab und zu nach Erklärungen für den etwas sonderbaren Zustand dieser Dinge suchte, fand sie sie meist in der genialen Feststellung, dass sie im Zeichen der Fische geboren worden war. Ganz einfach.

Der Rest der Familie gehörte zu den Erd- und Luftzeichen, und da war kaum zu erwarten, dass sie die Bedeutung des Wassers in ihrer ganzen Breite verstanden.

An diesem Abend stand sie bereits seit zwanzig Minuten unter der Dusche, und es gab eigentlich nur ein Problem, das sie unter den Wasserstrahlen beschäftigte. Ein einziges.

Das Gespräch mit Clara Peerenkaas.

Kommissar Münster hatte ohne zu zögern ihren Vorschlag akzeptiert, den Kontakt mit den besorgten Eltern in Willby wieder aufzunehmen – was übrigens seine Geburtsstadt war, wie er ihr anvertraut hatte. Sie hatte angerufen und ihren Besuch angekündigt, und um vier Uhr war sie in einem ordentlichen, gelb getünchten Reihenhaus, das auf den Kanal hinausging, in der idyllischen Kleinstadt am Fluss Gimser empfangen worden.

Der Gatte war nicht anwesend gewesen. Inspektorin Sammelmerk hatte Tee getrunken und Kekse gegessen, in einem rutschigen Plüschsofa gesessen und versucht zu verstehen, was sie an Frau Peerenkaas' Verhalten störte.

Oder wenn nicht störte, so zumindest verwunderte.

Denn da war was.

Zwar sehr subtil und kaum zu fassen, aber trotzdem war da etwas.

Die Unruhe darüber, was ihrer Tochter zugestoßen sein könnte, erschien vollkommen überzeugend, da gab es nichts dran zu rütteln. Auf Sammelmerks direkte Frage hin, warum das Paar sich nicht mehr bei der Polizei gemeldet hatte, antwortete die Mutter, dass sie es als sinnlos empfunden hätte, da ja doch nichts passierte. Sie hatten auch die Möglichkeit diskutiert, einen Privatdetektiv zu engagieren, waren aber bis jetzt noch zu keinem Entschluss gekommen. Stattdessen waren sie damit beschäftigt, ihre Unruhe und ihre Angst zu bewältigen.

Was als Erklärung nicht weit hergeholt erschien, wie Sammelmerk fand. Das Ehepaar war gläubig und hatte eine Menge Unterstützung von ihrer Gemeinde erhalten, wie Frau Peerenkaas erklärte. Mehrere Male in der Woche wurde eine Fürbitte für Ester gelesen, und wenn man selbst nichts Konkretes ausrichten konnte, so war es das Los und die Pflicht des Menschen, sein Schicksal in Gottes Hände zu legen. Ruhig und vertrauensvoll.

Das Ganze hatte ziemlich überzeugend geklungen, und eigentlich begannen Inspektorin Sammelmerks Zweifel erst, als sie wieder im Auto auf dem Rückweg nach Maardam saß. Als sie etwas Abstand gewonnen hatte, sozusagen.

Und als sie schließlich unter dem fließenden Wasser stand, wurde ihr schnell klar, wo der Hase begraben lag.

Sie hatte gelogen.

An einer Stelle hatte Frau Peerenkaas gelogen.

Gott weiß an welcher, dachte sie und musste sich eingestehen, dass diese Aussage wohl wörtlich zu nehmen war, in Anbetracht dessen, was über Gebete und das Jenseits gesagt worden war.

Auf jeden Fall gab es da eine gewisse Schräglage. Frau Peerenkaas hielt mit etwas hinterm Berg und hatte nicht immer verbergen können, dass dem so war.

Ungefähr so verhielt es sich.

Ungefähr da drückte der Schuh.

Was war es?

Was verschwieg sie?, fragte sich Inspektorin Sammelmerk und stellte die Wassertemperatur um ein halbes Grad heißer.

Es nützte nichts.

Es nützte auch nichts, dass sie noch fünfunddreißig Minuten dort stehen blieb. Und nichts, dass sie noch ein halbes Grad dazu gab, sodass es wirklich an die Grenze zum Unerträglichen kam – und nichts, dass ihr jüngster Sohn gegen die Tür trommelte und fragte, ob sie da die ganze Nacht bleiben wollte und sich vielleicht schon in einen Seehund verwandelt hätte.

Es nützte alles nichts.

Etwas stimmte da nicht, das wusste sie. Frau Peerenkaas log in irgendeiner Beziehung.

Aber sie wusste nicht, in welcher, es war wie verhext.

Winnifred Lynch faltete das Papier wieder zusammen und trank die letzten Whiskytropfen.

»Ich bin soweit«, sagte sie.

Van Veeteren zuckte zusammen und stellte fest, dass er kurz vorm Einschlafen gewesen war. Er schaute auf die Uhr. Es waren erst ein paar Minuten vergangen. Aber die Stille war zum Greifen gewesen. Fast wie ein Vakuum.

Sie schob den Zettel auf die gleiche Weise über den Tisch, wie er es zuvor gemacht hatte. Wie eine letzte dunkle Karte, um einen Straight flush zu erreichen, dachte er. Er nahm ihn und faltete ihn auseinander.

»Wer?«, fragte er.

»Maarten deFraan«, sagte sie. »Nummer zwei.«

Er betrachtete den Namen. Ließ einige Sekunden verstreichen und fuhr sich mit der Hand über die Wange. Hatte sie bemerkt, dass er sich nicht rasiert hatte?

»DeFraan?«, fragte er. »Bist du dir sicher?«

Für ihn war es nur ein Name. Mehr nicht.

»Wenn es einer aus diesem Quartett sein soll, ja. Die anderen sind ausgeschlossen.«

»Woher kannst du das wissen?«

»Ich weiß es.«

Er überlegte eine Weile.

»Ist er ein denkbarer Kandidat? Oder nur der am wenigsten Unwahrscheinliche?«

Sie zögerte mit der Antwort. Hielt die Fingerspitzen gegeneinander gepresst und betrachtete ihre Hände.

»Ich kann ... ich kann ihn mir tatsächlich in dieser Rolle vorstellen. Er hat bei mir immer unangenehme Gefühle verursacht.«

»Kennst du ihn gut?«

»Überhaupt nicht. Du musst bedenken, dass wir über dreißig Angestellte im Institut sind. Ich sehe ihn ab und zu, unsere Arbeitsräume liegen ziemlich weit voneinander entfernt ... wir sehen uns höchstens bei Besprechungen und so.«

»Was weißt du über ihn?«

Sie machte eine abwehrende Bewegung mit dem Kopf.

»Nicht viel. Fast gar nichts. Er ist in dem Jahr ins Institut gekommen, als ich dort anfing, glaube ich. Hat die Professur in englischer Literatur bekommen, es gibt noch eine, die eher linguistisch ausgerichtet ist, dort bin ich angesiedelt. DeFraan war vorher in Aarlach, wenn ich mich nicht täusche. Wird als große Begabung angesehen, es ist ungewöhnlich, eine Professur vor vierzig zu kriegen.«

»Verheiratet?«

»Ich glaube nicht.«

»Weißt du, wo er wohnt?«

»Nein. Nicht weit von der Uni entfernt, habe ich irgendwie im Kopf. Aber ich kann dir alle entsprechenden Informationen aus dem Computer holen, wenn du willst!«

»Ausgezeichnet«, sagte Van Veeteren. »Kann ich sie morgen haben?«

»Aber natürlich. Darf man dem Orakel auch eine Frage stellen?«

»Das Orakel antwortet nur, wenn es die Antwort weiß«, konterte Van Veeteren.

»Fairer deal«, sagte Winnifred und verzog den Mund. »Was hat dich zu diesen ... ja, zu diesem Quartett im Anglistischen Institut geführt?«

Van Veeteren rang einen Moment lang mit sich selbst.

»Okay«, sagte er. »Eigentlich nur ein paar grobe Hinweise. Kennst du den Fall?«

»Ein wenig«, gab Winnifred zu. »Wir haben ihn ein paar Mal in der Badewanne diskutiert ... und natürlich heute Nachmittag im Krankenhaus.«

»In der Badewanne?«, griff Van Veeteren ihre Bemerkung auf. »Reinhart und du?«

»Ja, da können wir alles am besten besprechen. Hm, ja ...«

»Ich verstehe«, sagte Van Veeteren. »Nun gut, es ist eigentlich gar nichts Besonderes dran, das ist es nie, wenn ich erst einmal dabei bin. Dass die Person, nach der die Polizei sucht, eine gewisse literarische Bildung hat, das war ja schon sehr früh klar, und nachdem man diesen Hinweis bekommen hat, der direkt in die Universitätswelt führt, ging es ja eigentlich nur noch darum, die richtige Fakultät zu finden ... und das Tätigkeitsfeld. Robert Musil ist natürlich Allgemeingut, das braucht keine deutschsprachige Ausrichtung zu bedeuten, aber dieser Benjamin Kerran aus einem obskuren englischen Kriminalroman ... verbunden mit T. S. Eliot in Keefer's Restaurant, ja, da würde ich sagen, dass das genügt.«

»Kann schon sein«, stimmte Winnifred nachdenklich zu. »Aber ganz sicher ist es nicht?«

»Das habe ich auch nie behauptet«, betonte Van Veeteren. »Zumindest gibt es elf deiner englischen Kollegen in dieser Sukkulentengesellschaft. Sieben sind der Altersgrenze zum Opfer gefallen. Aber natürlich hast du Recht – höchst unsicher das

Ganze. Mit der Art der Methode steht und fällt alles, die Fehlerquote ist fast als grandios anzusehen. In dem Moment, in dem ich feststelle, dass deFraan eine reine Weste hat, können wir das Ganze sofort vergessen, und es ist kein Schaden eingetreten ... weißt du übrigens, welches Spezialgebiet er hat?«

Winnifred dachte nach, und er konnte sehen, wie ihr eine Art Erleuchtung kam.

»Verdammt, natürlich«, sagte sie. »Es kann stimmen. Ich bin mir ziemlich sicher, dass er seine Dissertation über englische Populärliteratur gemacht hat. Underground und Krimis und so ... Anfang des 20. Jahrhunderts, glaube ich.«

»Aha«, sagte Van Veeteren. »Das könnte zweifellos gegen ihn sprechen. Jetzt will ich dich aber nicht länger stören. Ich brauche wohl nicht zu betonen, was dein Einsatz bedeuten könnte?«

»Und auch nicht, dass ich die Klappe darüber halten soll«, versicherte Winnifred Lynch ihm. »Und danke gleichfalls, es war ... interessant. Soll ich dir die Daten morgen ins Antiquariat faxen?«

Van Veeteren schüttelte den Kopf.

»Nein, ich würde es vorziehen, selbst in die Universität zu kommen und sie dort abzuholen. Kann nicht schaden, sich dort mal umzusehen.«

»Wie Ihro Gnaden wünschen«, sagte Winnifred. »Du findest mich in meinem Arbeitszimmer, am besten kommst du zwischen zwölf und vier, aber ruf lieber sicherheitshalber vorher noch mal an.«

Van Veeteren versprach es. Schob sich die Namensliste in die Tasche und stand auf. Als er sich den Mantel im Flur angezogen hatte, kam Winnifred mit einer letzten Frage.

»Wie viele hat er umgebracht?«

»Wenn er es wirklich ist, könnten es fünf Stück gewesen sein.«

«Mein Gott«, flüsterte Winnifred, und er begriff, dass ihr erst jetzt wirklich klar geworden war, worum es bei der Sache eigentlich ging. Dass es sich hier nicht um eine Art theoretischen Problems handelte.

»Geh lieber ins Bett und denk an was anderes«, empfahl er ihr.

»Ich werde vorher noch einen Whisky trinken«, sagte Winnifred Lynch. »Willst du auch noch einen?«

Er lehnte dankend ab und verließ sie.

Ulrike schlief bereits, als er heim nach Klagenburg kam.

Vielleicht war das gut so. Er hätte sich ja doch nicht zurückhalten können und mit ihr über das Ergebnis des Abends diskutiert, und das Vernünftigste war natürlich, nicht noch mehr Leute in die Geschichte hineinzuziehen. Nicht einmal Ulrike. Nicht einmal als Sparringspartner beim Schlüsseziehen, die gewählte Methode und seine Pläne hielten vermutlich anderen Standpunkten und weiblicher Vernunft nicht sehr lange stand.

Obwohl es um die Pläne bis zu diesem Zeitpunkt noch nicht besonders gut bestellt war. Aber zumindest hatte er jetzt einen Namen.

Einen Namen ohne Gesicht. Bis jetzt hatte er Maarten de-Fraan noch nicht gesehen, weder auf einem Bild noch im wahren Leben. Das war ein sonderbares Gefühl, ein merkwürdiger Weg, sich zu einem Mörder vorzuarbeiten. Er überlegte, ob er jemals zuvor bei der Suche nach einem Täter auf die gleiche klinische Art vorgegangen war.

Wahrscheinlich nicht.

Er schaute etwas unschlüssig im Schrank nach einem Bier, beschloss dann aber doch lieber, Verzicht zu üben. Wenn es daheim einen kleinen Whisky gegeben hätte, dann hätte er sich schon ein paar Tropfen gegönnt, aber er wusste, dass sie den letzten zu Weihnachten ausgetrunken hatten.

Harter Schnaps war nicht ganz seine Sache. Rotwein oder Bier. Je dunkler, desto besser. In beiden Fällen. Und Ulrike war mit ihm auch in diesem Punkt einer Meinung.

Aber im Augenblick ging es nicht um Trinkgewohnheiten. Es

ging um den Würger. Er suchte Pärts *Alinasvit* heraus und legte die CD auf. Streckte sich in der Dunkelheit auf dem Sofa aus und deckte sich mit einer Wolldecke zu.

Professor deFraan?, dachte er. Wer zum Teufel bist du?

Privatdetektiv Van Veeteren?, dachte er anschließend. Wer zum Teufel glaubst du eigentlich, wer du bist?

Ziemlich treffend. Eine Formulierung, die er in seinen Memoiren verwenden konnte, falls es jemals dazu kommen sollte. Er hatte jetzt seit mehr als drei Monaten kein Wort mehr geschrieben. Saß an diesem verfluchten Fall G fest, und das war nicht das erste Mal. Sein einziger ungelöster Fall nach mehr als dreißig Jahren bei der Truppe, das war natürlich kein schlechtes Fazit, aber dennoch konnte G ihm immer noch den Schlaf rauben.

Verschwinde!, sagte er zu G. Jetzt konzentrieren wir uns auf den Würger!

Er holte tief Luft und schloss die Augen.

Der Plan also? Was tun? Wie sollte er sich ihm nähern?

Wie Professor deFraan dazu bringen, sich zu entlarven, um die Sache mal auf den Punkt zu bringen? Welche Form der Konfrontation war die richtige? In welcher Situation war zu erwarten, dass die Maske fiel?

Dieser absolut einzigartige Ausdruck, der sich in den Augen jedes Mörders in gewissen Situationen befand, würde einem abgeklärten Antiquar genügen.

Vielleicht nicht in den Augen aller Mörder, korrigierte er sich nach ein paar Sekunden. Aber in denen der meisten.

Genau der Moment, in dem der Mörder zum ersten Mal mit dem Blick des anderen konfrontiert wurde. Jenes anderen, der Bescheid wusste.

Denn dann, dachte Van Veeteren, genau im Bruchteil dieser Sekunde, zieht sich ein Schleier über das Auge des Mörders, und nichts kann für denjenigen, der den Mechanismus kennt, deutlicher sein. Nichts.

Aber es gibt auch eine andere Sorte, wie er sich erinnerte.

Eine andere Sorte von Mördern, die nie der Schleier der Schande überfiel. G zum Beispiel. Van Veeteren war gezwungen, sich erneut energisch am Riemen zu reißen, um ihn loszuwerden.

Und falls Maarten deFraan tatsächlich schuldig und aus dem gleichen zähen Material wie G war, ja, dann würde die Methode nicht funktionieren.

Was sich aber erst herausstellen musste. Vieles musste sich erst noch herausstellen, das war jedenfalls sicher.

Er gähnte. Überlegte, ob er noch eine Weile liegen bleiben, auf dem Sofa einschlafen und Pärt zu Ende hören sollte. Oder ob er nicht lieber zu Ulrike ins Schlafzimmer umziehen sollte.

Die Entscheidung fiel ihm nicht schwer.

44

Der Vorlesungssaal fasste gut und gerne hundert Personen und war ungefähr mit einem Dreiviertel davon besetzt. Er hatte sich einen einigermaßen diskreten Platz in der vorletzten Reihe ausgesucht. Setzte sich hin, klappte den kleinen Tisch auf und versuchte, wie ein dreiundzwanzigjähriger Student auszusehen.

Das fiel ihm nicht besonders leicht, vor allem, wenn er sich umschaute und feststellen musste, dass er mit mindestens fünfzehn Jahren Abstand deutlich der Älteste in der Versammlung war – nur ein paar Frauen, die zwei Reihen weiter schräg vor ihm saßen, sahen aus, als hätten sie die Vierzig bereits überschritten, was ihn ein wenig tröstete. Er definierte sie einfach seinen Vorurteilen folgend als ein paar Gymnasiallehrerinnen, denen es gelungen war, den Sabbat eines Semesters dazu zu nutzen, ihre Kenntnisse der englischen Sprache und Literatur ein wenig zu verbessern. Und nicht unterrichten zu müssen.

Davon abgesehen waren alle jung und begabt. Ungefähr so hatte es auch ausgesehen, als er um 1960 herum ein paar Jahre an der Universität studiert hatte – verschiedene Fächer mit unterschiedlichem Erfolg. Zu seiner Überraschung merkte er, dass er es vermisste. Dass er sich zurücksehnte – mit einem nicht unbedeutenden Maß an Neid beobachtete er alle diese jungen Menschen, die eine Unendlichkeit ungeschriebenen Lebens vor sich hatten.

Obwohl – ganz so einfach war es natürlich nicht. Das sah er

auch ein. War es damals nicht gewesen und war es heute auch nicht. Er persönlich hatte seine Fehler gemacht und diese dummen Wege, die das Leben manchmal einschlug und die die jungen Talente hier größtenteils noch vor sich hatten – da konnte man sich natürlich fragen, wer da am beneidenswertesten war.

Er konnte sich auch noch an den Geruch erinnern. Ob er nun direkt aus dem geräumigen Saal mit den hohen Sprossenfenstern drang, den abgewetzten Holzbänken und den warmen, verstaubten Heizkörpern, oder ob Menschen um die Dreiundzwanzig diesen Duft immer an sich hatten – das wusste er nicht. Aber es war ja auch gleichgültig. Damals wie heute. Das Gefühl überfiel ihn unvermutet, als wäre er in einer Zeitfalte gelandet, die selbst vierzig Jahre nicht zu glätten vermocht hätten ... eine Art Widerstandstasche vielleicht? Gegen jegliche so genannte Entwicklung. Je älter wir werden, umso kreisförmiger wird unsere Zeitauffassung, dachte er. Umso weniger Abstand gibt es zwischen gestern und morgen. Was natürlich nicht wirklich verwunderlich ist.

Er holte seinen Block und die Papiere heraus, die er von Winnifred Lynch bekommen hatte, und überlegte, ob es wohl in irgendeiner Form so etwas wie eine Anwesenheitsliste geben würde. Nicht, dass das nun wieder eine Rolle spielen würde. Winnifred hatte gemeint, das wäre äußerst unüblich, und er würde unter keinen Umständen hinausgeworfen werden. Professor deFraans Vorlesung über Conrad, Borrow und Trollope stand für Studenten verschiedener Kurse offen, und da war es nicht ungewöhnlich, wenn Leute auftauchten, die aus reinem Interesse zuhören wollten. Weshalb er sich nicht allzu unbefugt fühlen müsse. Obwohl er das ja nun einmal war.

Die Personendaten von Maarten deFraan umfassten gut und gern zwei eng beschriebene Seiten. Er hatte sie vor fünf Minuten in Winnifred Lynchs Zimmer bekommen und es bis jetzt nur geschafft, kurz einen Blick darauf zu werfen. Wenn die Vorstellung allzu ermüdend sein würde, konnte er sie sich in aller Ruhe anschauen, während er hier saß. Ein paar weitere Blicke draufwerfen sozusagen.

Auch das erschien ihm sonderbar vertraut – eine Art Nebenbeschäftigung zu haben, um die Gedanken während der Vorlesung zu beschäftigen. Vermutlich war das bereits in den Sechzigerjahren so gewesen, als er hier ernsthaft gesessen hatte. Kein Wunder, dass ich in diesem akademischen Zirkus nie weiter gekommen bin, dachte Van Veeteren und gähnte.

Aber es gab wohl keinen Grund, auch nur eine Träne deswegen zu vergießen.

DeFraan hatte exakt fünfzehn Minuten nach elf seinen Auftritt, und das leise Murmeln ging in ein geradezu würdevolles Schweigen über. Van Veeteren konnte sofort feststellen, dass er auf den ersten Blick nicht gerade einen verdächtigen Eindruck machte. Leider, aber das wäre vielleicht auch zu viel verlangt gewesen. DeFraan sah frisch und verhältnismäßig durchtrainiert aus. Etwas größer als der Durchschnitt, ziemlich kräftig und mit einem Gesicht, das Van Veeteren vage an irgendeinen amerikanischen Schauspieler erinnerte, von dem er schon seit langem den Namen vergessen hatte. Die Haare waren halblang, dunkel und leicht grau meliert, die dünne ovale Brille und der gepflegte Bart verliehen ihm einen Nimbus von Stärke und intellektueller Integrität. Ein dunkles Polohemd und ein einfaches, anthrazitfarbenes Sakko, gut vorstellbar, dass die Frauen bei ihm schwach wurden.

Er begrüßte seine Zuhörer. Nahm seine Armbanduhr ab, legte sie vor sich aufs Rednerpult und begann ohne weiteres Vorgeplänkel.

Ein kurzes, aber elegantes Exposé über den englischen Roman des 19. Jahrhunderts von knapp fünf Minuten, bevor er bei dem ersten der drei Autoren angelangt war, die auf dem Programm standen: Joseph Conrad.

Ab und zu schrieb er etwas an die Tafel, und der Saal schrieb emsig mit, wie Van Veeteren verwundert feststellte. Ein paar Zuhörer hatten sogar ein kleines Aufnahmegerät auf ihren Tischen deponiert. Das hatte man vor vierzig Jahren noch nicht gehabt, und er begann zu ahnen, dass Professor deFraan als eine Koryphäe angesehen wurde.

Was ihn selbst betraf, so hatte er bald Probleme mit der Konzentration. Offenbar war es schlecht um den Sauerstoff im Saal bestellt, und der Einfluss der Schwerkraft auf die Augenlider war nicht zu leugnen. Er hatte Conrad und auch Trollope gelesen, hatte seine persönliche Auffassung zumindest Conrad gegenüber, und eigentlich war er nicht besonders erpicht darauf, sie verändert oder korrigiert zu bekommen.

Jedenfalls nicht von einem potenziellen Mörder.

Borrow kannte er nur dem Namen nach, und das kaum. Er spürte, dass er schon wieder gähnte, es knackte in den Kiefern, und es war schon sonderbar, wie beruhigend es irgendwie war, hier in diesem Saal zu sitzen.

DeFraans Stimme war kräftig und wohlklingend. Während er sich immer weiter in die Bürde des Weißen Mannes im Herzen der Finsternis vertiefte, spürte Van Veeteren, dass es für ihn immer schwieriger wurde, dem Redner dort vorn die Rolle zuzuschreiben, die der Grund dafür war, dass er überhaupt hier saß.

DeFraan trat nicht wie ein Würger auf. Verhielt sich nicht wie ein Mörder.

Trat nicht wie ein Würger auf?

Van Veeteren schüttelte den Kopf über diese amateurhafte Bemerkung. *Wir müssen uns klar darüber sein, dass auch Verbrecher sich meistens vollkommen normal verhalten* – das war eine der Regeln, die ihm der alte Borkmann vor vielen Jahren eingeschärft hatte. *Unter bestimmten Umständen kann es sogar unmöglich sein, eine Busladung von Psychopathen aus einer äußerst friedlichen Versammlung unbescholtener Bürger herauszupicken,* hatte er hinzugefügt und den Mund zu seinem charakteristischen Grinsen verzogen. *Beispielsweise unter einer Gruppe von Bestattungsunternehmern auf einem Sonntagsausflug!*

Van Veeteren musste schmunzeln, als ihm klar wurde, dass er sich an diese Gardinenpredigt noch Wort für Wort erinnerte.

Verhielt sich nicht wie ein Mörder!

Borkmann hätte lauthals über so eine Formulierung gelacht. Am besten, man erwartete nicht zu viel. Wie immer. Van Veeteren beschloss, den Professor in der Dunkelheit seines Herzens zurückzulassen und sich stattdessen anzusehen, was Winnifred Lynch im Computer gefunden hatte.

Zum überwiegenden Teil handelte es sich natürlich um akademische Meriten. Examina. Posten. Veröffentlichte Schriften und Artikel. Symposien und Konferenzen, an denen deFraan teilgenommen hatte ... wissenschaftliche Projekte, an denen er arbeitete.

Van Veeteren überflog all das. Notierte sich, dass er mit einer Arbeit mit dem Titel *Narrative Structures in Popular Fiction* promoviert hatte und dass er seit 1996 an der Maardamer Universität eine Professorenstelle innehatte. Vorher war er vier Jahre lang als Lektor an der bedeutend weniger ehrwürdigen Lehranstalt von Aarlach tätig gewesen, die auch seine Heimatuniversität war.

Die eher persönlichen Angaben nahmen ungefähr die Hälfte der zweiten Seite ein und erzählten unter anderem, dass er am 7. Juni 1958 in Lingen geboren war. Dass er verheiratet gewesen war, aber seit 1995 verwitwet, dass er keine Kinder hatte und dass er in der Kloisterstraat 24 wohnte.

Viel mehr war da nicht. Van Veeteren las alles noch einmal von Anfang bis zum Ende durch, um zu sehen, ob er nicht doch vielleicht irgendetwas übersehen hatte – ein noch so winziges Detail oder einen Hinweis –, das darauf hinweisen konnte, dass er wirklich derjenige war, den sie suchten. Der Würger. Der viel beschriebene und sie verspottende Wahnsinnige, der fünf Menschen mit bloßen Händen getötet hatte.

Der Mörder mit dem großen M.

Er hob seinen Blick und betrachtete den gut gekleideten Mann vor der Tafel. Er schrieb gerade etwas an, ein paar Buchtitel und ein paar Jahreszahlen. Sollten diese Hände wirklich … diese Hand (die ein Pflaster auf dem Handrücken trug, wie Van Veeteren automatisch registrierte), sollten diese Finger, die den blauen Filzstift hielten und diese Buchstaben formten, in einer anderen Situation und unter gewissen Umständen in der Lage sein, sich um den Hals einer Frau zu schließen und …?

Es erschien absurd. Zwar hatte er im Laufe seiner Karriere schon diverse Wölfe im Schafspelz getroffen, aber das hier erschien doch nun wirklich so ziemlich an den Haaren herbeigezogen.

Der Privatdetektiv seufzte und schaute auf die Uhr. Noch zwanzig Minuten bis zum Ende der Vorlesung. Er stellte fest, dass er dringend etwas zu trinken brauchte.

Um etwas zu tun zu haben, holte er *Strangler's Honeymoon* aus der Aktentasche und begann, darin zu blättern. Seit Anfang Dezember war er auf der Suche gewesen, und Mitte Januar hatte er dann ein Exemplar bei Dillman's in London gefunden. Hatte das Buch gelesen, aber nicht sehr viel davon behalten.

Nur dieser verfluchte Name spukte in seinem Kopf herum.

Kerran. Benjamin Kerran.

Er hatte Probleme, ihn mit diesem ansehnlichen Akademikerfuzzi da vorn am Pult zu verbinden. Große Probleme.

Da konnte Borkmann sagen, was er wollte.

Zwei Studentinnen – eine kurze, kräftige Dunkle und eine lange Blonde mit Pferdeschwanz – hatten mit deFraan noch einige Ansichten zu Trollope zu diskutieren, sodass Van Veeteren eine Weile warten musste, bis er mit dem Professor unter vier Augen einige Worte wechseln konnte. Aber schließlich waren die Mädchen doch fertig, es schien, als hätten sie das Gespräch nur zu gern noch in die Länge gezogen, allein, ihnen fehlte dazu die Fähigkeit. *Fähigkeiten* – sowohl die intellektuellen als auch augenscheinlich die rein weiblichen. Übertrieben und umständlich bedankten sie sich, stopften ihre Stifte und Notizen in die Schultertaschen, machten die Andeutung eines Knickses und schlenderten aus dem Saal.

DeFraan schob seine Brille zurecht und schaute Van Veeteren aufmerksam und fragend an.

»Entschuldigung. Hätten Sie vielleicht eine Minute Zeit?«

DeFraan verzog leicht den Mund und schob seine Vorlesungspapiere in einen gelben Plastikordner.

»Aber natürlich.«

»Danke. Mein Name ist Van Veeteren. Ich bin Teilhaber von Krantzes Antiquariat in der Kupinski-Gasse.«

»Ja?«

»Die Sache ist die, dass ich vor kurzem ein Buch bekommen habe, und da wollte ich gern wissen, ob Sie mir damit helfen könnten … oder mit dem Autor, genauer gesagt … Henry Moll. Er ist mir vollkommen unbekannt.«

Er überreichte den ziemlich zerfledderten, gehefteten Band.

DeFraan nahm ihn in die Hand und betrachtete ihn eine Sekunde lang mit hochgezogener Augenbraue. Schob erneut die Brille zurecht, schlug das Vorsatzblatt auf und überprüfte die Copyrightangaben und das Erscheinungsjahr.

»Tut mir Leid«, sagte er. »Habe noch nie von ihm gehört. Aber in den Zwanziger- und Dreißigerjahren ist ja unendlich viel Literatur dieser Art erschienen. Warum sind Sie so interessiert daran?«

»Ich habe den Roman gelesen, und er hat mir gefallen.«

»Wirklich?«

DeFraan schaute zunächst auf das Buch, dann auf Van Veeteren, während etwas, das möglicherweise ein sanfter Zug von Lächeln oder Skepsis sein sollte, über seinen Mund huschte.

»Wir haben es hier natürlich nicht mit wirklich bemerkenswerter Literatur zu tun«, erklärte Van Veeteren und versuchte, peinlich berührt auszusehen (ohne dass ihm das wirklich gelungen wäre, zumindest soweit er das selbst beurteilen konnte), »aber der Ton hat schon was ... die Hauptperson ... der Mörder.«

DeFraan reagierte nicht. Begann, etwas unkonzentriert im Buch zu blättern.

»Benjamin Kerran. Der Name sagt Ihnen auch nichts?«

»Kerran?«

»Ja.«

DeFraan klappte das Buch wieder zu und schaute auf seine Armbanduhr.

»Nein. Tut mir Leid, aber ich fürchte, ich kann Ihnen da nicht weiterhelfen, Herr ... ?«

»Van Veeteren.«

»Van Veeteren. Außerdem habe ich in ein paar Minuten einen Termin, wenn Sie mich also entschuldigen wollen ... ?«

Van Veeteren nahm das Buch entgegen und schob es in die Aktentasche.

»Na gut«, sagte er. »Ja, vielen Dank, dass ich überhaupt Ihre Zeit in Anspruch nehmen durfte. Und vielen Dank für die interessante Vorlesung.«

»Keine Ursache«, versicherte deFraan und verließ ohne Eile den Hörsaal.

Van Veeteren ging langsam hinter dem Professor hinaus. Am unteren Ende der imposanten Marmortreppe, die von mehr oder weniger schnellen Studentenfüßen während eineinhalb Jahrhunderten blank poliert und umrahmt von ungekrönten, gestohlenen Säulen war, fand er eine Cafeteria. Er erinnerte sich daran, schon früher dort gesessen zu haben – nicht vor eineinhalb Jahrhunderten, aber vielleicht vor gut vierzig Jahren –, ließ sich mit einer Tasse Kaffee und einer Zigarette an einem freien Tisch nieder und versuchte, die Lage zu analysieren.

Verdammte Scheiße, dachte er. Kann sein, kann aber auch nicht sein.

Weiter kam er nicht. Weiter konnte man gar nicht kommen.

Aber die Partie war eröffnet, so viel stand fest.

Winnifred brauchte knapp zehn Minuten, um die Dissertation zu besorgen. Sie stand nicht in ihrem Zimmer, aber nach einem Besuch in der Institutsbibliothek kam sie mit einem dicken hellblauen Buch in der Hand zurück. Der vollständige Titel lautete *Narrative Structures in Early 20th Century English Popular Fiction.* Van Veeteren bedankte sich, legte es neben Henry Moll in seine Aktentasche und überließ die Maardamer Universität ihrem Schicksal, wie immer es auch aussehen mochte.

Er kaufte sich ein Sandwich ohne Oliven bei Heuwelinck's zum Mittag und war kurz vor halb zwei wieder im Antiquariat. Setzte sich in die Kochnische, und während er langsam sein Brot kaute und dazu eine Flasche dunkles Bettelheimer Bier trank, begann er zu lesen.

Als Sandwich und Bier verzehrt waren, gab er auf. Blätterte lieber zum Register am Ende der Abhandlung und schaute dort nach.

Da stand es.

Moll, Henry p 136

Er blätterte zu der angegebenen Seite zurück.

Dem Autor Henry Moll wurden dreizehn Zeilen gewidmet, nicht mehr und nicht weniger. *Strangler's Honeymoon* wurde erwähnt, außerdem noch drei weitere Titel. In positivem, wenn auch ziemlich neutralem Ton.

Er klappte das Buch zu und schob es zur Seite. Ließ die letzten Biertropfen in sich hineinrollen.

Verdammter Mist, dachte er wieder. Aber kippt die Waage jetzt nicht doch langsam über?

Am Abend ging er mit Ulrike ins Kino. Sah den alten russischen Film *Die Kommissarin,* ein vergessenes Meisterwerk aus den Sechzigern, hinterher saßen sie noch eine Stunde bei Kraus und sprachen darüber, wie es nur möglich war, ein so vollendetes Kunstwerk unter den Zuständen zu schaffen, die nur ein Dezennium nach Stalins Tod in der Sowjetunion herrschten.

Über die erhabene Szene, in der der jüdische Schuhmacher seiner Ehefrau die Füße wäscht.

Über die Funktion des Salzes und seiner Bitterkeit im Leben. Sie redeten auch über Karel Innings, Ulrikes Ehemann, der vor ziemlich genau fünf Jahren von einer sich rächenden Frau ermordet worden war, und über Van Veeterens Sohn Erich, der jetzt seit mehr als zwei Jahren tot war.

Es kam nicht oft vor, dass sie diese Dinge berührten, aber jetzt taten sie es.

Konnte es sein, dass ihre jeweilige Trauer sie zueinander geführt hatte? Ihre Beziehung vertieft hatte und sie in gewisser Beziehung stärker hatte werden lassen, als sie unter normalen Umständen geworden wäre?

Schwere Fragen, vielleicht auch noch schlecht formuliert, und eine Antwort gab es natürlich auch nicht auf sie. Nicht an diesem Abend. Aber als sie durch den Nieselregen nach Hause gingen, spürte er, dass er sie liebte, wie ein Schiffbrüchiger wohl ein Floß liebt, das herangetrieben wird, gerade als seine Kräfte zur Neige gehen.

Ja, genau dieses Bild tauchte vor seinem inneren Auge auf.

Es war kurz vor halb zwölf, als sie wieder in Klagenburg waren, und er beschloss, das Gespräch auf den folgenden Morgen zu verschieben. Die Leute waren meistens nicht so gewappnet, wenn sie gerade aufwachten, und wenn er seine etwas indiskreten Fragen in so einer Lage stellen konnte, dann wäre das natürlich nicht schlecht.

Er stellte den Wecker auf sieben Uhr und kroch mit einem sardonischen Lächeln auf den Lippen näher an Ulrike heran.

»Was ist denn mit dir los?«, wunderte sie sich. »Sie scheinen irgendwie vor Energie nur so zu platzen, Mister Yang.«

Sie fühlte nach und stellte fest, dass es stimmte.

»Das ist der alte Jäger in mir, der erwacht ist«, erklärte Van Veeteren. »Er glaubt, eine Witterung aufgenommen zu haben.«

»Ja?«, fragte Ulrike kichernd.

Er schloss die Augen und versuchte hochzurechnen, wie viel eine Frau von achtundfünfzig Jahren, die immer noch wie ein Kind kicherte, wohl wert war.

Ziemlich viel, zu diesem Ergebnis kam er.

»Nun ja«, sagte er. »Natürlich auch deine, aber da ist noch etwas anderes ...«

»Eine Beute?«

»So ungefähr.«

»Mach das Licht aus und nimm mich fester in die Arme.«

Was er auch tat.

»DeFraan.«

»Van Veeteren hier. Guten Morgen.«

»Wer?«

»Der Buchhändler Van Veeteren. Wir haben uns gestern kurz nach Ihrer Vorlesung gesprochen.«

»Ja – und?«

»Es geht um dieses Buch von Henry Moll.«

»Ja ... ja, jetzt fällt es mir wieder ein. Aber warum rufen Sie mich deswegen so früh an? Es ist ja noch nicht einmal halb acht.«

»Entschuldigen Sie bitte. Aber ich wollte Sie noch erwischen, bevor Sie zur Arbeit gehen.«

»Das ist Ihnen geglückt.«

»Es gibt da etwas, was mich wundert.«

»Ach ja? Na gut, ich höre, aber bitte machen Sie es kurz.«

»Natürlich. Ich wollte Sie nicht wecken ... also, eine Frage. Bleiben Sie bei Ihrer Meinung, dass Sie Henry Moll und das Buch, das ich Ihnen gezeigt habe, nicht kennen?«

»Ob ich dabei bleibe? Ich verstehe nicht ...«

Zwei Sekunden Schweigen.

»Wie hieß das Buch noch?«

»*Strangler's Honeymoon.* Herausgegeben 1932 bei Thornton & Radice.«

»Ach ja ... nein, ich kann mich nicht daran erinnern. Und ich begreife nicht, worauf Sie hinauswollen mit Ihren Fragen. Könnten wir dieses Gespräch jetzt beenden? Ich denke nicht ...«

»Ich habe ein wenig in einer Doktorarbeit gelesen!«

»Was?«

»In Ihrer Doktorarbeit. *Narrative Structures in Popular Fiction* ... so heißt sie doch, oder?«

Keine Antwort.

»Und da ist etwas, worüber ich die ganze Zeit nachdenke.«

»Und was?«

War zum ersten Mal ein Hauch von Angst in seiner Stimme zu hören? Oder war es nur seine Einbildung und eigene Erwartung, die ihm einen Streich spielten?

»Dass Sie sowohl über Moll als auch über das Buch in Ihrer Arbeit schreiben und trotzdem behaupten, Sie würden beides nicht kennen.«

»Moll?«, wiederholte deFraan nachdenklich. »Ja, kann sein, dass ich auf ihn gestoßen bin ... aber ich habe meine Doktorarbeit vor mehr als fünfzehn Jahren abgeschlossen. Wenn ich mich noch recht erinnere, so habe ich mehr als zweihundert Autoren und dreimal so viele Bücher darin erwähnt, man kann doch schwerlich erwarten, dass ...«

»Und Benjamin Kerran?«

»Kerran? Ich habe keine Ahnung, wovon Sie reden. Worauf wollen Sie überhaupt hinaus? Ich denke nicht im Traum daran ...«

»Dann erinnern Sie sich auch nicht an den Namen Benjamin Kerran? Ich glaube, ich habe ihn gestern schon erwähnt ... so heißt nämlich der Mörder im Buch. Der Würger.«

Weitere fünf Sekunden Schweigen. Dann legte deFraan den Hörer auf.

Van Veeteren tat es ihm gleich. Lehnte sich gegen die Kissen im Bett zurück.

Erste Runde, dachte er. Kein Vorteil für eine Seite.

Aber wenn – *wenn* es die richtige Beute ist, die ich da im Visier habe, dann weiß er jetzt, dass ich weiß. Daran gibt es keinen Zweifel, ich habe es ja hier mit keinem Dummkopf zu tun. Eine Tatsache, die die Voraussetzungen für eventuell noch folgende Runden ganz klar verändert. Und zwar reichlich radikal.

Aber dennoch!, dachte er, als er eine Viertelstunde später unter der Dusche stand. Es fehlt was.

Die Scham des Mörders beispielsweise – dieser Blick oder die spezifisch belegte Stimme –, davon hatte er nicht einen Deut registrieren können. Er hatte eine ziemlich hohe Trumpfkarte ausgespielt und geerntet ... ja, was eigentlich?

Nichts. Das festzustellen, war nahe liegend. So ein Mist. Er spürte, wie der Zweifel und die Unschlüssigkeit in ihm zu nagen begannen, vertraut wie alte chronische Krämpfe, aber statt das Ganze näher in Augenschein zu nehmen, verließ er lieber die Dusche. Trocknete sich umständlich ab, stellte das Kaffeewasser auf und widmete sich der Schachaufgabe in der Allgemejne.

Ein Drei-Züge-Matt mit diversen Unbekannten. Alles hat seine Zeit.

45

Reinhart träumte.

Zwei verschiedene Träume gleichzeitig, wie es schien, der eine schlimmer als der andere. Teilweise war seine Tochter Joanna, teilweise ihre rothaarige Freundin Ruth dabei, sein linkes Bein in eine Art Teig einzubacken, deshalb fühlte es sich so schwer an ... Sie hatten vor, ihn in voller Größe in Teig zu backen, um ihn dann als ganz besonderes Ausstellungsobjekt zu einer Geburtstagsfeier im Kindergarten mitnehmen zu können, wie sie erzählt hatten. Sie wollten den Teig mit allen möglichen kleinen Dingen wie Seesternen, Flaggen und funkelnden Steinchen dekorieren und damit den ersten Preis bei einem Wettbewerb gewinnen – eine Reise nach Disneyland bei Paris. Allein bei dem Gedanken daran wurde Reinhart von Wellen des Ekels überspült, aber er konnte nicht protestieren, da sie ihm als Erstes eine ordentliche Dosis Morphium verpasst hatten, seine Zunge lag halb tot wie eine ans Ufer gespülte Qualle in seinem Mund, es war alles so schrecklich erbärmlich ...

Zum anderen Teil wanderte er durch eine lärmende Stadt auf dem Weg zu einem Unfall. Seinem eigenen Unfall. Etwas würde passieren, bis jetzt war noch unklar was, aber er ging seinem Schicksal so sicher entgegen, als handle es sich um die Wiederholung eines alten Films, den er zum siebten Mal ansah ... lag so hilflos mit seinem eingebackenen, bleischweren Bein da und sah sich gleichzeitig, wie er von Menschen gestoßen und geschubst wurde auf den bedrohlichen Fußwegen in der bedrohlichen Stadt. Sein eigenes Maardam, seine eigene Zuyderstraat, wenn er sich nicht irrte. Aber es gab da auch sonderbare, fremde Einsprengsel, die er überhaupt nicht kannte, hässliche Brücken und zerstörte Häuser wie aus einem vom Krieg heimgesuchten Land … und er versuchte verzweifelt, die Aufmerksamkeit von Joanna, der roten Ruth oder seiner Frau zu wecken, um sie zu bitten, den Film anzuhalten, bevor es zu spät war, aber es war vergeblich: Die Qualle in seinem Mund war nur ein sinnlos dahinsterbender einzelliger Organismus, der langsam immer mehr austrocknete und sich hoffnungslos an seinem Gaumen fest klebte, und all seine Anstrengungen waren vergebens.

Direkt bevor das Unglück nahte, begriff er das. Und direkt bevor das geschah, was geschehen musste, spürte er einen Stoß gegen die linke Schulter und sah den Schatten einer Gestalt, die eilig in der Menschenmenge verschwand – und der Traumfaden riss.

Er verlor die Balance, eine schiefe Schwerelosigkeit fuhr durch den Körper, und er wachte in Schweiß gebadet auf. Wusste einen kurzen Moment lang nicht, wo er war.

Das Bein schmerzte. Die Hüfte schmerzte. Der Arm schmerzte, und die Zunge klebte.

Aber der Traum hing ihm noch nach. Nicht Joanna und die rote Ruth, das Kindergartenfest und der Teig mit den Flaggen. Aber der Stoß.

Der Stoß gegen die Schulter.

Er starrte an die klinisch weiße Decke. Starrte sein eingegipstes Bein an.

Mein Gott, dachte er und löste die Zunge mit einer Kraftanstrengung vom Gaumen. Da war jemand.

Jemand hat mich gestoßen.

Van Veeteren nahm am Donnerstag wieder Kontakt mit Winnifred Lynch auf und erfuhr, dass Professor deFraan am gleichen

Nachmittag eine späte Vorlesung hatte. Zwischen fünf und sieben ungefähr. Er fragte, ob sie ihm in dieser zweifelhaften Affäre weiter behilflich sein wollte, und sie sagte zu, ohne allzu langes Zögern, wie ihm schien.

»Es gibt da einiges, was ich wissen möchte«, erklärte er. »Erst einmal, was seinen Umgang betrifft ... Gibt es jemanden im Institut, der ihm nahe steht ... oder der wenigstens ein wenig über seine Gewohnheiten Bescheid weiß? Es wäre sehr schön, wenn wir in der Beziehung ein bisschen mehr erfahren könnten.«

»Ich werde das überprüfen«, versprach Winnifred. »Ich weiß, dass er ab und zu ein Glas mit Dubowski trinkt. Aber was willst du eigentlich genau wissen? Ich kann doch nicht einfach ...«

»Nein, nein«, unterbrach Van Veeteren sie. »Du musst vorsichtig sein. Vielleicht ahnt er schon, dass ich hinter ihm her bin, aber er darf unter keinen Umständen den Verdacht schöpfen, dass es einen Strohmann im Institut gibt. Die andere Sache ist eigentlich sogar wichtiger, wenn du da eine konkrete Information kriegen könntest, wäre das sehr viel wert.«

»Lass hören«, sagte Winnifred Lynch.

»Es ist nur so eine Idee«, musste Van Veeteren zugeben. »Aber es wäre dumm, der Sache nicht nachzugehen. Im Juni 1999 ... kann da deFraan möglicherweise dienstlich in Wallburg gewesen sein? Wenn das irgendwo dokumentiert ist und du das ohne Probleme herausfinden könntest, ja, dann bin ich bereit, um ein Bier zu wetten, dass er der richtige Mann ist, so oder so.«

»Hm«, sagte Winnifred.

»Was bedeutet ›Hm‹?«, wollte Van Veeteren wissen.

»Dass ich fürchte, dass ich wohl über Beatrice Boorden gehen muss. Sie ist Institutssekretärin und nicht gerade meine beste Freundin, aber mir wird schon was einfallen.«

»Sei vorsichtig«, ermahnte Van Veeteren sie. »Vergiss das nicht. Keine unnötigen Risiken eingehen. DeFraan kann fünf Leben auf dem Gewissen haben, da brauchst du auf keinen Fall deins aufs Spiel zu setzen.«

»Ich bin mit den Bedingungen einverstanden«, betonte Winnifred Lynch und legte auf.

Bedingungen?, dachte Van Vetereen, nachdem er dasselbe getan hatte.

War er selbst mit ihnen einverstanden?

Wenn deFraan wirklich mit dem Würger identisch sein sollte, so musste er langsam auf irgendeine Weise reagieren, wenn ihm klar geworden war, was dieser verfluchte Buchhändler da eigentlich trieb.

Wie?

Wie würde er reagieren? Welche Maßnahmen würde er treffen?

Gute Fragen. Es war ja gerade die Absicht gewesen, deFraan auf diese Art zu reizen. Aber sollte ihm das nun tatsächlich gelungen sein, so gab es kaum einen Grund für das Gefühl irgendeiner Art von Befriedigung.

Eher der Beunruhigung. Es war wie bei einem chemischen Gebräu, von dem man ein paar Tropfen in den Kolben tropfen lässt, ohne genau zu wissen, ob es nun explodieren wird oder nicht.

Verdammte Scheiße, dachte Van Veeteren. Habe ich wirklich alles unter Kontrolle?

Ich darf nicht vergessen, dass die Regie in meinen Händen liegt.

Kurz nach sechs Uhr bezog er in Kramer's Café gegenüber dem Aufgang zur Universität Posten. Dort saß er rauchend und schlürfte an einem Starkbier, während er den vollen Überblick durch das Fenster hatte. Wenn deFraan nach seiner Vorlesung den gleichen Weg nehmen würde wie normale Menschen, würde er ihn kaum verfehlen können.

Zog er es jedoch vor, durch irgendeine Hintertür zu schleichen, auch gut. Es herrschte keine übertriebene Eile. Wenn es nicht möglich war, das chemische Gebräu heute Abend weiter zu würzen, dann konnte das natürlich ebenso gut an einem der nächsten Tage gemacht werden. Keine Frage. Vielleicht war eine kleine Pause sogar vorzuziehen? Eine Art Verzögerung?

Schwer zu beurteilen. Auch das.

Es wehte ein frischer Wind zwischen der Universität und Kramer's. Trotz des Lärms im Café konnte er die Fahnenseile gegen die Stangen schlagen hören, die enge Passage fungierte fast wie ein Windkanal, und er sah, dass die Leute, die vorbeieilten, sich frierend zusammenkrümmten. Eine muslimische Frau stand gegen einen der Pfeiler gedrückt, die das imposante Doppelportal einrahmten, und suchte hier Windschutz. Sie wartete offenbar auf jemanden. Es war ihr anzusehen, dass sie fror, obwohl sie über Kopf und Gesicht einen Schleier trug. Es war kein Wetter, um draußen herumzulaufen, der Regen war den ganzen Nachmittag über immer wieder in kurzen Schauern aufgetreten. Im Antiquariat hatte er seit der Früh nicht mehr als eine Hand voll Kunden gehabt, und er hatte schon eine halbe Stunde vor Ladenschluss zugesperrt.

Um seine Arbeit als Privatdetektiv nicht zu versäumen.

In unregelmäßigen Abständen traten Studenten aus den schweren Türen. Meistens paarweise oder in Gruppen, und kurz nach halb sieben wogte ein großer Schwall im Laufe von nur einer Minute die Stufen hinunter. Er vermutete, dass die Ausführungen von Professor deFraans über Wilde und Shaw zu Ende waren, aber es konnte natürlich genauso gut irgendeine andere Vorlesung sein, die beendet war. Sicherheitshalber trank er sein Bier aus und ermahnte sich zur Wachsamkeit, um schnell auf den Füßen zu sein.

Und richtig! DeFraan tauchte nur ein paar Minuten später auf. Er lief die Treppe schräg hinunter und blieb einen Augenblick an ihrem Fußende stehen, als zögere er, in welche Richtung er sich nun begeben sollte. Band seinen Schal fester und knöpfte den Mantel zu. Van Veeteren verließ seinen Tisch.

Jetzt, dachte er. Komme, was da wolle.

Unten in der Alexanderlaan bog deFraan nach links ab. Wollte also noch nicht nach Hause gehen, schloss Van Veeteren und folgte ihm in einem Abstand von zwanzig, dreißig Metern. Die muslimische Frau hatte offenbar denjenigen, auf den sie gewartet hatte, nicht getroffen, er entdeckte sie gut zehn Meter hinter dem Professor. Am Grote Markt bog deFraan schräg zwischen den parkenden Autos ab und richtete seine Schritte auf Zimmer's, das Lokal, das an der Ecke zur Vommersgraacht lag und das kaum zu Van Veeterens Lieblingslokalen gehörte. Er konnte sich nicht daran erinnern, in den letzten zehn, zwölf Jahren seinen Fuß dort hineingesetzt zu haben. Er blieb an dem kleinen Zeitungskiosk stehen und beobachtete, wie der Professor in den erleuchteten Eingang eintrat. Gleichzeitig sah er, zu seiner nicht geringen Überraschung, dass die muslimische Frau es ihm nachtat.

Van Veeteren holte seinen Zigarettenapparat hervor, klappte aber den Deckel wieder zu, als er feststellen musste, dass sein Vorrat an Fertiggedrehten aufgebraucht war, und ließ das Gerät in die Manteltasche gleiten. Er überlegte einen Augenblick, kaufte dann einen Telegraaf am Kiosk und begab sich ebenfalls ins Zimmer's.

Wenn wirklich eine Pause notwendig sein sollte, dann an einem anderen Tag. Komme, was da wolle, wie gesagt.

Die Uhr stand noch nicht auf sieben, und es waren erst wenige Leute im Lokal. Er entdeckte deFraan sofort an einem Tisch links in der Ecke, wo er gerade die Speisekarte von einer der Kellnerinnen entgegennahm. Van Veeteren wartete, bis das dunkelhaarige Mädchen verschwunden war, ging dann an deFraans Tisch vorbei, ohne zu zeigen, dass er ihn wiedererkannte und ohne einen Augenkontakt zu suchen. Registrierte aber, dass deFraan ihn bemerkt hatte. Aus dem Augenwinkel notierte er, dass der Professor ihn für den Bruchteil einer Sekunde anstarrte, bevor er sich wieder eilig der Speisekarte widmete.

Aha, dachte Van Veeteren und ließ sich an einem Tisch ein

paar Meter weiter hinten in dem lang gestreckten Raum nieder. Wieder ein Tropfen ins Gebräu. Er weiß, dass ich hier bin und dass er meinen Blick im Rücken hat.

Und er muss sich darüber wundern, dass ich nicht gegrüßt habe.

Es war offensichtlich, dass deFraan ins Zimmer's gekommen war, um zu essen. Van Veeteren begnügte sich mit einem Knoblauchbrot, einem Salat und einer kleinen Karaffe Rotwein. Blätterte dann im Telegraaf, während er mit einem halben Auge sein Forschungsobjekt im Auge behielt und versuchte, sich zu entspannen.

Besonders Letzteres war nicht ganz einfach. Er spürte bald, dass seine optimistische Chemiemetapher langsam durch einen gewissen Zweifel verdrängt wurde – durch die höchst berechtigten Fragen, die er so erfolgreich den ganzen Tag über beiseite geschoben hatte. Innerhalb nur weniger Sekunden hatten sich ihre Klauen wieder in sein Fleisch gebohrt. Er würde sich ihnen stellen müssen. Es war unvermeidlich.

Was machte er da eigentlich?

Warum zum Teufel saß er hier?

Gute Fragen. An und für sich außerordentlich motivierende Überlegungen.

Er trank seufzend einen Schluck Wein. Gab es überhaupt etwas in Maarten deFraans Art des Auftretens oder in seinen Reaktionen, das darauf hindeutete, dass er mit dem Würger identisch war? Irgendetwas?

Dass er sich nicht an ein Buch und einen Autor erinnerte – einen von hundert anderen –, über die er vor fünfzehn Jahren geschrieben hatte?

Dass er wütend war, als er morgens um zwanzig nach sieben von einem hartnäckigen Buchhändler geweckt worden war?

Dass er nach einer Vorlesung in einem Lokal zu Mittag aß?

Außerordentlich suspekt, dachte Van Veeteren und trank noch ein halbes Glas Wein.

Ebenso belastend wie die Indizienkette, die zu ihm geführt hatte, konnte man wohl behaupten. Ein paar unheilvolle literarische Gestalten. Eine Nadel in einem Schuh in Wallburg. Ein progressiver Reduktionsprozess von einhundertzweiundfünfzig Freimaurern auf einen!

Verdammt, dachte er und betrachtete den traurigen Salat mit galaktischer Gleichgültigkeit. Was bin ich doch für ein Hanswurst!

Nach dieser ersten unwiderruflichen Schlussfolgerung des Tages – und dieser ehrlichen Selbstkritik – fühlte er sich schon ein wenig besser. Zum Glück wusste ja niemand, was er da so trieb, versuchte er sich einzureden. Ausgenommen Winnifred Lynch natürlich (und Reinhart wahrscheinlich), aber das musste er halt ertragen. Er pickte sich die dünnen Mozzarellascheiben aus dem Salat und aß sie. Das Gleiche tat er mit den sonnengetrockneten Tomaten. Dann schob er den Teller zur Seite, drehte sich eine Zigarette und rauchte sie.

DeFraan aß immer noch. In aller Ruhe, wie es schien.

Van Veeteren trank das, was von dem Wein noch übrig war, winkte der Kellnerin, um zu bezahlen und zu gehen. Da sein Objekt (die Beute? der Gejagte? der Würger?) das Gleiche in exakt der gleichen Sekunde tat, beschloss der Bluthund schnell, dass er dann seine Überwachung ebenso gut noch eine Weile fortsetzen könnte – wenn er sich denn unbedingt als Hanswurst aufführen wollte. Wobei die Chancen, dass deFraan sich jetzt ganz einfach zu seiner Wohnung in der Kloisterstraat begeben würde, ziemlich gut standen. Aber was waren schon ein paar weitere rausgeworfene Minuten dieses verlorenen Tages?!

Komme, was da wolle, verdammt!, dachte Van Veeteren. Kann nur hoffen, dass er mich nicht anzeigt.

Sein einfacher Plan wurde jedoch dadurch durchkreuzt, dass deFraan als Erster seine Rechnung bekam – und dass er bezahlte und von seinem Platz aufstand, sobald die Prozedur abgeschlossen war. Der Buchhändlerhanswurst versuchte wütend, die Aufmerksamkeit der Kellnerin auf sich zu ziehen, aber die ging andere Wege. Er überlegte eine Sekunde lang, einfach einen ausreichenden Schein auf dem Tisch zu hinterlassen, änderte aber seine Meinung, als er sah, dass die verschleierte Frau aus einer der abgegrenzten Nischen gegenüber der Kasse und der Bar hervorkam und deFraan durch den Flur hinaus folgte.

Was zum Teufel?, dachte er. Was zum … ?

Schnell rekapitulierte er, was er von ihr erinnerte. Dass sie neben einer der Säulen vor dem Universitätsgebäude gewartet hatte. Wie sie ihren Platz verlassen hatte, kurz nachdem deFraan die Treppe hinuntergegangen war. Wie sie durch Wind und Wetter hinter ihm hergegangen und ins gleiche Restaurant geschlüpft war.

Und wie sie das Lokal nur wenige Sekunden nach ihm wieder verlassen hatte.

Konnte das ein Zufall sein?

Niemals, dachte er.

Nie im Leben.

Außer ihm gab es noch jemanden, der an Professor deFraans Tun und Treiben an diesem düsteren Februarabend interessiert war. So viel stand fest.

Aber eine muslimische, verschleierte Frau?

Die einen Professor der englischen Literatur beschattete?

Das erschien doch gelinde gesagt ziemlich bizarr. Van Veeteren blieb noch eine Weile sitzen, rauchte und trank ein Glas Eiswasser. Dann bezahlte er ohne Hast und beschloss, ein weiteres Gespräch mit Winnifred Lynch zu führen, sobald er zu Hause war.

Vielleicht auch eines mit einem Repräsentanten der ordinären Maardamer Bluthundetruppe.

Denn auch wenn das Gebräu nicht direkt wie erwartet reagiert hatte, so schien es in ihm mehr Zutaten zu geben, als er geahnt hatte.

46

Kriminalkommissar Münster betrachtete den Bauch seiner Ehefrau.

Etwas Schöneres hatte er noch nie gesehen. Doch, vielleicht früher zweimal, als sie mit Bart und Marieke schwanger war. Aber das war Jahre her.

»Ich bin ein blödes Flusspferd«, seufzte Synn. »Nur nicht so gelenkig.«

»Papperlapapp«, widersprach Münster. »Du bist so schön, dass ich fast wünschte, du würdest immer in diesem Zustand sein.«

Sie warf ihm ein Kissen an den Kopf, rollte sich zur Seite und stieg aus dem Bett.

»Das ist ja wohl die Höhe«, sagte sie, »wenn das hier kein Nobelpreisträger wird, dann werde ich nie sagen, dass es die Mühe wert war.«

»Es sind doch nur noch zwei Monate übrig«, tröstete Münster sie und stand auch auf. »Dann werde ich mich um alles kümmern.«

»Um das Stillen auch?«, fragte Synn verwundert.

»Sure«, versprach Münster großzügig und begann, sie zu küssen. »Wie macht man das eigentlich? Ich habe es fast vergessen.«

Sie lachte. Umarmte ihn und spielte mit seiner Zunge.

»Aber ehrlich gesagt mag ich es auch«, murmelte sie. »Und

dass es so schön ist, sich zu lieben, wenn man in dem Zustand ist ... das ist doch merkwürdig, oder? Das kann doch wohl kaum einen biologischen Grund haben.«

»Es gibt immer einen Grund, um zu lieben«, sagte Münster. »Das ist das Natürlichste auf der Welt, biologisch hin oder her ... aber ich fürchte, ich muss jetzt zur Arbeit.«

»Musst du?«

»Ich fürchte, ja. Aber zweimal hintereinander an einem ganz normalen Morgen, das ist auch nicht schlecht ... Ist das wirklich dein Ernst?«

Synn schaute auf die Uhr.

»Meine Güte! Sind die Kinder schon wach? Die schaffen es doch nie und nimmer rechtzeitig in die Schule.«

»Ach, lass sie doch«, beruhigte Münster sie. »Als ich jung war, bin ich auch mal zu spät in die Schule gekommen, daran erinnere ich mich noch genau.«

Im Auto auf dem Weg zum Polizeipräsidium kam ihm der Gedanke, dass er noch nie in seinem Leben so glücklich gewesen war.

Und das nicht nur an diesem Morgen. Es waren die Tage, die Wochen, die ganze Zeit. Er hatte es bereits in sein gelbes Notizbuch geschrieben, in dem er die schönsten und die schlimmsten Perioden seines Lebens notierte. Natürlich war es schwer, das Heute gegen das Gestern in die Waagschale zu werfen, die Zeiten zu vergleichen, aber das war auch nicht nötig. Ein Glück konkurrierte nicht mit dem anderen, das hatte er gelernt. Das Wichtigste war, dass es anhielt und dass er ernsthaft, absolut ernsthaft zu glauben begann, dass es sein Leben lang halten würde.

Er und Synn. Und die Kinder. Marieke und Bart, und noch eins, von dem er bis jetzt weder Geschlecht noch Namen wusste.

Dieses gute, tiefer liegende Gefühl, das war das Neue. Er würde nie wieder nach einer anderen Frau suchen müssen. Synn würde sich nie einen anderen Mann als ihn besorgen. In dreißig Jahren oder so würden sie nebeneinander auf ihren Liegestühlen am Strand sitzen und zurückdenken. Einander fest an den faltigen Händen halten, eine Million an Details, Episoden und Gedanken erinnern, die ihr Leben miteinander verwoben hatten … und in die Sonne blicken, die langsam hinter dem Horizont versank.

Ich bin doch ein verdammt romantisches Weichherz, dachte Münster und fuhr in die Garage des Polizeipräsidiums. Aber das ist mir scheißegal.

Die Bilder von Synn, der Familie und der Zukunft verschwanden, als er im Fahrstuhl zu seinem Arbeitszimmer im vierten Stock hochfuhr. Es war wie immer. Der Fahrstuhl war die Schleuse zwischen dem Leben und der Arbeit. Mit den Jahren – und besonders, seitdem er draußen in Frigge das Messer in die Niere bekommen hatte – hatte er gelernt, diese beiden Bereiche zu trennen. Keine Ermittlungsunterlagen mit nach Hause zu nehmen. Nicht vor dem Fernseher darüber zu grübeln, oder wenn er Bart bei den Hausaufgaben half. Oder Marieke laut vorlas. Oder wenn Synn seine ganze Anwesenheit forderte.

Und eben auch keine Arbeit vor dem Fahrstuhl zwischen Garage und Dienstraum durchzulassen. Das war natürlich leichter gesagt als getan, aber Beharrlichkeit führt ans Ziel, das war auch so eine Sache, die er langsam einsah.

An diesem Morgen, dem 25. Februar 2001, war es das Gespräch mit Van Veeteren, das sich als Erstes in seinem Kopf einstellte. Natürlich.

Der *Hauptkommissar* hatte ihn am vergangenen Abend gegen neun Uhr angerufen. Sie hatten fast eine halbe Stunde lang miteinander gesprochen, eine ziemlich sonderbare Konversation – das hatte er bereits gedacht, als sie noch stattfand –, bei der die alten Rollen mit Van Veeteren als knurrendem Vorgesetzten und ihm selbst als eine Art untergebener Sparringspartner für Ideen und Gedanken – diese Rollen, die sich im Laufe vieler Jahre bei beiden fest eingespielt hatten – sich jetzt auf irgendeine Weise verschoben zu haben schienen. Zumindest anfangs.

Münster selbst war der Ermittlungsleiter (in Reinharts Abwesenheit). Van Veeteren spielte Privatschnüffler (seine eigene Formulierung). Mit ziemlich wenig Erfolg, ehrlich gesagt, hmm … kam sich vor wie ein rheumatisches Huhn beim Flugunterricht, so die Einschätzung des *Hauptkommissars* selber.

Zu Beginn des Gesprächs hatte er fast demütig geklungen, und das war nicht gerade üblich. Er hatte seine Zweifel hinsichtlich Professor deFraan beschrieben, von seinen Aktivitäten berichtet und insgesamt nicht besonders optimistisch geklungen. Bis er zu diesem merkwürdigen Zwischenfall mit der muslimischen Frau gekommen war, erst dann hatte er mehr Biss gezeigt.

Und das war ja auch eine verblüffende Sache, da konnte Münster ihm nur Recht geben. Warum um alles in der Welt sollte eine verschleierte Frau hinter deFraan herschleichen, als würde sie ihn beschatten? Auf den ersten Blick erschien das unbegreiflich, andererseits wusste man ja bis jetzt so gut wie überhaupt nichts über deFraans Gewohnheiten. Auch wenn das Bizarre des Ganzen offensichtlich war, musste das noch nicht darauf hindeuten, dass deFraan wirklich die Person war, nach der sie suchten. Ganz und gar nicht, darin waren Van Veeteren und Münster sich einig gewesen. Schließlich hatte ja wohl jeder das Recht, von einer verschleierten Frau verfolgt zu werden? Wenn man die Veranlagung dazu hatte.

Der wichtigste Aspekt des Gesprächs war für Münster aber nicht diese mysteriöse Frauengestalt gewesen, sondern die Tatsache, dass der *Hauptkommissar* sich die Freiheit genommen hatte, einen Besucher vorzuladen.

Bereits für den folgenden Tag. Das heißt – heute, dachte Münster und schaute auf seine Armbanduhr.

Bereits um zehn Uhr. Das heißt – in zwanzig Minuten.

Auf Grund dieser engen Zeitspanne hatte Van Veeteren sich gezwungen gesehen, den Familienfrieden so spät am Abend mit einem Telefonanruf zu stören. Er hatte sich bemüht, diese Tatsache sehr genau zu erklären … etwas Ähnliches wäre ihm unter normalen Umständen niemals eingefallen, das hatte er ein- oder zweimal betont. Aber so war es nun einmal.

Nein, dachte Münster, wie früher hat er wirklich nicht geklungen.

Der Name der Besucherin war Ludmilla Parnak.

Sie war eine alte Bekannte von Professor deFraan und war zu einem Gespräch mit Kommissar Münster bereit, da sie sich sowieso an diesem Tag in Maardam befand. Normalerweise wohnte sie in Aarlach, es war also ein Wink des Schicksals oder Gottes Zeigefinger, dass Winnifred Lynch sie ausgerechnet jetzt in der Stadt getroffen hatte, wie Van Veeteren betonte.

Halb ironisch, halb ernst, soweit Münster es beurteilen konnte. Inwieweit er selbst eine Meinung über Gottes Zeigefinger hatte, behielt er lieber für sich.

Die letzten fünf Minuten des Gesprächs hatten teilweise die alten, eingeschliffenen Positionen zwischen dem *Hauptkommissar* und dem Kommissar wiederhergestellt. Van Veeteren hatte ihm minutiöse Anweisungen gegeben, sowohl hinsichtlich der etwas schwierigen Situation Frau Parnak betreffend als auch dahingehend, wie Münster das Interview selbst gestalten sollte.

Sei vorsichtig!, hatte er ihm mehrere Male eingeschärft. Verdammt vorsichtig, wir befinden uns auf dünnem Eis. Sie darf unter keinen Umständen einen Verdacht bekommen, wessen wir deFraan verdächtigen! Es geht darum, sehr raffiniert vorzugehen, Herr Kommissar!

Raffiniert?, dachte Münster, als er sein Zimmer betrat. Ja, vielen Dank. Die anfängliche Demut hatte also doch nicht so tief gesessen, wenn man es recht betrachtete.

Er schaute noch einmal auf die Uhr und stellte fest, dass es höchste Zeit war, den Rauchschleier etwas zu lüften.

»Sie sollten wissen, dass unser Gespräch hier vollkommen inoffiziell ist. Ich weiß nicht, inwieweit Sie informiert sind ... ?«

Ludmilla Parnak breitete die Arme in einer Geste aus, die darauf hindeutete, dass sie nur sehr unzureichend ins Bild gesetzt worden war. Münster betrachtete sie verstohlen, während er im Zimmer herumlief, Tassen holte und Kaffee einschenkte. Sie war eine ziemlich dünne Frau in den Vierzigern mit einer Aura voller Energie um sich. Dunkler Pagenschnitt, klare Züge und schöne blaue Augen. Außergewöhnlich blau in einem so dunklen Gesicht, dachte er. Nach dem, was er wusste, war sie geschäftlich in Maardam, welcher Art die Geschäfte waren, das war ihm nicht bekannt.

»Ich weiß nur, dass es sich um Maarten deFraan handelt«, sagte sie. »Und ich wäre Ihnen dankbar, wenn Sie mich ein bisschen näher informieren könnten.«

Münster deutete auf die beiden Mandelhörnchen, die Frau Katz in aller Eile hatte erwischen können, aber Ludmilla Parnak schüttelte den Kopf.

»Danke, der Kaffee genügt mir.«

»Genau wie mir«, sagte Münster und dachte, dass er die Kuchen immer noch hinterher würde aufessen können. »Ja, es stimmt, ich möchte gern mit Ihnen über Maarten deFraan sprechen, aber ich fürchte, ich kann Ihnen nicht die Gründe dafür nennen. Manchmal müssen wir bei der Kriminalpolizei leider so arbeiten.«

Sie betrachtete ihn skeptisch.

»Warum das? Steht er unter Verdacht, etwas verbrochen zu haben?«

»Nicht direkt. Aber er gehört zu einer Gruppe von Personen – einer ziemlich großen Gruppe –, von der wir wissen, dass einer, nur ein einziger davon, sich einer kriminellen Handlung schuldig gemacht hat. Deshalb ist es absolut notwendig, dass Sie nichts über unser Gespräch verlauten lassen. Sie werden nach unserem Gespräch auch ein Papier unterschreiben müssen, dass Sie mit diesen Bedingungen einverstanden sind.«

»Und wenn ich mich weigere?«

»Dann lassen wir das Ganze.«

Sie betrachtete ihn einige Sekunden lang aus ihren tiefblauen Augen.

»In Ordnung«, sagte sie. »Ich verstehe nur nicht, warum Sie ausgerechnet mich ausgesucht haben.«

»Wie meinen Sie das?«

»Ich kenne deFraan nicht besonders gut. Kenne ihn eigentlich gar nicht, wenn man es genau nimmt. Ich habe ihn seit fünf, sechs Jahren nicht mehr gesehen ... und ihn seitdem auch nicht mehr gesprochen.«

»Aber Sie hatten einigen Kontakt mit ihm, als er in Aarlach lebte?«

»Ein bisschen. Nicht viel. Er und mein Mann, sie waren Kollegen an der Universität. Wir haben uns manchmal zu viert getroffen ... das war, als Christa noch am Leben war. Ich glaube, nach dem Sommer, als sie verschwand, habe ich ihn nur noch ein einziges Mal gesehen.«

»In welchem Jahr war das?«

»Im Sommer 1995. Mein Mann und Maarten haben sich natürlich in dem Herbst noch häufiger gesehen, sowohl beruflich als auch privat, aber er war nie zu Hause bei uns. Ja, und dann hat er die Stelle hier bekommen und ist weggezogen. Was ... was wollen Sie eigentlich genau wissen?«

Münster zuckte leicht mit den Schultern und versuchte, unschuldig auszusehen.

»Nichts Spezifisches. Nur Allgemeines über seinen Hintergrund und Charakter. Er scheint hier in der Stadt nicht viele Bekannte zu haben, deshalb müssen wir ein wenig weitere Kreise ziehen.«

»Woher haben Sie meinen Namen?«

»Er hat Sie als Kontaktperson angegeben, im Zusammenhang mit seiner Anstellung an der Universität. An der Maardamer Universität, meine ich. Das ist ein Standardverfahren, und üblicherweise gibt man natürlich einen nahe stehenden Verwandten an, aber deFraan hatte keinen.«

Sie saß eine Weile schweigend da.

»Er muss ziemlich einsam gewesen sein, oder?«

»Wahrscheinlich«, sagte Münster. »Nach allem, was wir wissen, führt er in etwa das Leben eines Steppenwolfs.«

Sie trank von ihrem Kaffee, und er sah, dass sie überlegte, was sie sagen sollte und was nicht. Er wartete ab.

»Er war auch schon in Aarlach etwas schwer zugänglich.«

»Ja?«

»Ja. Ehrlich gesagt haben wir nicht viel gemeinsam … Ich kann doch wohl voraussetzen, dass Sie der gleichen Verschwiegenheitspflicht unterworfen sind wie ich?«

»Aber natürlich«, beteuerte Münster. »Sie können mich als ein Loch in der Erde ansehen.«

Sie lachte kurz auf. Ihm war klar, dass ihr dieser Anflug männlicher Anspruchslosigkeit gefiel.

»Aber Christa, die mochte ich gern. Wir mochten einander … haben uns ab und zu zu zweit getroffen. Nicht oft, aber ich war ja neu in der Stadt und brauchte ein bisschen Anleitung … ja, Sie verstehen?«

»Ja, natürlich«, sagte Münster. »Wie ist sie gestorben?«

»Das wissen Sie nicht?«

»Nein«, musste Münster zugeben. »Wir haben uns bis vor kurzem überhaupt nicht für Professor deFraan interessiert.«

»Sie ist verschwunden«, erklärte Ludmilla Parnak. »In Griechenland … auf einer Urlaubsreise zusammen mit ihrem Mann. Es wird angenommen, dass sie ertrunken ist. Dass sie eines Abends hinausgegangen ist, um zu schwimmen, und in eine Unterwasserströmung geraten ist.«

»Und sie ist nie gefunden worden?«

»Nein.«

»Wie traurig«, sagte Münster.

»Ja.«

»Das muss für ihn ja ziemlich traumatisch gewesen sein. Warum nahm man an, dass es ausgerechnet so abgelaufen ist?«

Ludmilla breitete wieder die Arme aus.

»Ich weiß es nicht. Habe nur noch im Kopf, dass wohl ihr Badeanzug fehlte ... und dass man ein Handtuch und Kleidung unten am Strand gefunden hat. Aber genau weiß ich es nicht. Jedenfalls wurde die Leiche nie gefunden. Mein Mann hat ziemlich oft mit Maarten gesprochen, als er von dieser Reise zurückkam, aber wie gesagt, ich nicht.«

»1995, sagten Sie?«, fragte Münster und notierte sich die Jahreszahl auf seinem Block.

»Ja. Vielleicht hat er sich entschieden, Aarlach zu verlassen, in der Hoffnung, dass es an einem neuen Ort einfacher für ihn sein würde, das wäre ja verständlich ... aber andererseits war er sowieso auf der Jagd nach einer Professur.«

»Hat er viele akademische Meriten?«

»Oh ja. Maarten deFraan wurde immer als eine Art Genie betrachtet. Sogar von meinem Mann, und der erklärt nicht so schnell jemanden zum Genie.«

Münster machte sich erneut Notizen und blieb eine Weile schweigend sitzen.

»Sie hatten keine Kinder«, sagte er. »Wie war ihre Beziehung?«

Ludmilla Parnak zögerte.

»Ich weiß nicht«, sagte sie. »Christa wollte nicht darüber reden, obwohl wir uns doch so gut kannten. Sie waren ja schon ziemlich lange zusammen, ich glaube, sie hat in irgendeiner Weise zu ihm aufgesehen ... das taten viele. Aber das nahm wohl langsam ab ... Bewunderung ist keine gute Grundlage für eine Beziehung, oder was meinen Sie? Zumindest nicht auf Dauer.«

»Das stimmt mit meinen Erfahrungen überein«, nickte Münster. »Und Sie wissen nicht, ob er neben seiner Frau vielleicht andere Frauen gehabt hat?«

»Keine Ahnung«, musste Ludmilla Parnak zugeben. »Ich denke nicht, aber es würde mich andererseits auch nicht wundern. Ich glaube jedenfalls, dass Christa ihm treu gewesen ist, solange ich sie gekannt habe. Sie war ehrlich, machte nie irgendwelche krummen Sachen …«

»Sie war eine sympathische Frau?«

»Sehr«, sagte Ludmilla Parnak. »Es ist ein Jammer, dass ihr das zugestoßen ist. Sie ist nur zweiunddreißig oder dreiunddreißig geworden. Ich glaube, ich habe das nie so richtig akzeptiert …«

Münster lehnte sich auf seinem Stuhl zurück und schaute zum Fenster hinaus. Stellte fest, dass die Sonne tatsächlich dabei war, sich da draußen durch die Wolkendecke zu kämpfen.

»Dreiunddreißig ist ein kritisches Alter«, sagte er nachdenklich. »Jesus ist dreiunddreißig geworden … Mozart und Alexander der Große auch, wenn ich mich nicht irre.«

Sie sah ihn leicht verwundert an. Dann schaute sie auf ihre Uhr.

»Glauben Sie, jetzt erfahren zu haben, was Sie wissen wollten, Herr Kommissar?«

Münster nickte.

»Vielen Dank, dass Sie sich die Mühe gemacht haben«, sagte er. »Und das hier, das bleibt unter uns. Ich glaube, wir verzichten auf diesen schriftlichen Kram … möchten Sie, dass ich Ihnen ein Taxi bestelle?«

Ludmilla Parnak warf kurz einen Blick aus dem gleichen Fenster wie Münster und lachte auf.

»Ich glaube, ich gehe lieber zu Fuß. Ich habe es nicht weit, und es sieht ja fast so aus, als bekämen wir Frühlingswetter.«

Sie stand auf, gab ihm die Hand und ließ ihn allein.

Als sie die Tür hinter sich geschlossen hatte, zögerte er für einen Moment. Dann rollte er den Schreibtischstuhl ans Fenster. Goss sich noch eine Tasse Kaffee aus der Thermoskanne ein, nahm den Teller mit den Mandelhörnchen auf den Schoß und legte die Füße auf das Fensterbrett.

Blieb dort so sitzen, wartete auf die Sonne und begann, die Konturen eines Mörders zu erahnen.

Van Veeteren erwachte mit einem Ruck und schaute sich um.

Rechts Bücher. Links Bücher und direkt vor ihm auch Bücher.

Kein Zweifel. Er saß im Sessel im Antiquariat und war eingeschlafen. Eine zur Hälfte leere Kaffeetasse stand auf der Sessellehne. Er schaute auf die Uhr. Kurz vor fünf. Also hatte er höchstens eine Viertelstunde geschlafen, wie immer.

Hatte die Türglocke geläutet? Er glaubte es nicht, und als er in den Laden hinein lauschte, hörte er nichts. Aber etwas war doch da. Musste da sein. Er war unnötig brutal aus einem Traum gerissen worden, irgendein Detail, eine kleine Erinnerung. Er hatte das Gefühl, als läge es ihm auf der Zunge, wenn er sich nur an den Traum erinnern könnte, dann müsste es doch mit dem Teufel zugehen, wenn nicht ...

Blake!

Das war es. William Blake lag auf seiner Zungenspitze, und dieser Name war so verdammt wichtig, dass er ihn nicht unter dem zarten Schleier des Schlafs zurücklassen konnte. Weder den Namen noch sich selbst. Merkwürdig.

Blake?

Er brauchte fünf Sekunden, um den Zusammenhang zu begreifen.

Monica Kammerle – William Blake – Maarten deFraan.

Er blieb noch eine Weile sitzen, ohne auch nur einen Muskel zu rühren, während er versuchte, die Haltbarkeit dieser Gedankenkette zu überprüfen.

Kammerle – Blake – deFraan.

Erinnerte sich daran, wie er *Songs of Innocence and of Expe-*

rience an diesem Tag vor fünf, sechs Monaten durchgeblättert hatte, als er die Wohnung in der Moerckstraat aufgesucht hatte. Erinnerte sich, wie überrascht er gewesen war, so einen Autor unter der Lektüre eines sechzehnjährigen Mädchens zu finden.

Außerdem war es eine schöne Ausgabe gewesen, das fiel ihm auch noch ein. Kein billiges Taschenbuch, es musste einiges gekostet haben. Nichts, was ein Mädchen mal schnell im Buchladen von ihrem Taschengeld kaufte.

Ein Geschenk?

Das war eine höchst wahrscheinliche Annahme.

Von einer Person, der die englische Literatur am Herzen lag?

Das war auf jeden Fall denkbar.

»Professor deFraan«, brummte er und stand auf. »Wie lautete doch die Zeile?«

Rude thought runs wild in contemplation's field?

Zumindest etwas mit dem wahren Sinn. Er ging in die Ladenräume und kontrollierte, dass sie kundenfrei waren. Lief dann zurück in die Kochnische und setzte erneut Kaffeewasser auf.

Was tun?, dachte er. Wie konnte dieses neue, plötzlich auftauchende kleine Puzzleteilchen ausgenutzt werden?

Potenzielle Puzzleteilchen jedenfalls.

Noch ein Schriftsteller. Noch eine Art literarischer Anhaltspunkt. War das nicht überzeugend?

Oder war er es nur selbst, der dieses Muster konstruierte, diese Verknüpfungen – auf der Grundlage irgendeiner Form von merkwürdiger Berufskrankheit? Warum nicht? Bücher sind der lange Weg zur Weisheit und der kurze zum Wahnsinn, wie irgendein verkanntes Genie es einmal ausgedrückt hatte.

Schwer zu entscheiden. Um nicht zu sagen: unmöglich. Besser, eine Methode finden, um die Haltbarkeit des ganzen Mistes zu überprüfen!, dachte er wütend und goss Wasser über das Kaffeepulver. Blake!

Wie?

Wie? Was für eine verdammte Methode denn?

Obwohl er nur ein alter, gerade erwachter Antiquar mit höchst zweifelhaften geistigen Fähigkeiten war, brauchte er nicht lange, um die Antwort zu finden. Eine halbe Tasse Kaffee und eine Zigarette in etwa.

Er nahm den Telefonhörer ab und rief Münster im Polizeipräsidium an.

Der Kommissar war für heute gegangen, wie er erfuhr.

Er wählte dessen Privatnummer.

Er war noch nicht nach Hause gekommen, erklärte ihm der Sohn.

Verfluchter Trödler, dachte Van Veeteren, sagte es aber nicht. Bat stattdessen den Sohn, den Vater zu grüßen und ihm mitzuteilen, dass er sofort in Krantzes Antiquariat anrufen solle, sobald er seine Nase zur Tür hereingesteckt hätte.

»Die Nase?«, wunderte Bart sich.

»Sobald er zu Hause ist«, erklärte Van Veeteren.

Während er wartete, kontrollierte er durch das Ladenfenster die Wetterlage. Es regnete.

Merkwürdig, dachte er. Schien nicht die Sonne, als ich im Sessel eingeschlafen bin?

Es dauerte eine halbe Stunde, bis Münster von sich hören ließ, und seine einzige Entschuldigung war, dass er auf dem Heimweg noch eingekauft hätte. Van Veeteren schnaubte, ließ aber Gnade vor Recht ergehen.

»Wo ist ihr Hausrat?«, fragte er.

»Wessen?«, erwiderte Münster.

»Die Sachen aus der Moerckstraat natürlich. Denk mal nach! Die von Mutter und Tochter Kammerle hinterlassenen Sachen.«

»Ich weiß nicht«, sagte Münster.

»Du weißt nicht? Was bist du denn für ein Ermittlungsleiter!«

»Vielen Dank … sind wohl irgendwo eingelagert, wie ich mir denke. Warum … ?«

»Weil wir zusehen müssen, an sie ranzukommen.«

Schweigen in der Leitung.

»Ist der Herr Kommissar noch da?«

»Ja … natürlich bin ich noch da«, versicherte Münster. »Und warum müssen wir an den Hausrat rankommen?«

»Weil wir dort den entscheidenden Beweis finden können.«

»Ach, wirklich?«, sagte Münster routiniert.

»Ein Buch«, präzisierte Van Veeteren. »Das Mädchen hatte ein Buch von William Blake in ihrem Regal, und ich habe das Gefühl, dass der Würger seine Fingerabdrücke darin hinterlassen hat.«

Erneutes kurzes Schweigen.

»Woher kann der Hauptkom … woher kannst du das wissen?«

»Das ist keine Frage von Können, Münster! Ich habe das Gefühl, habe ich gesagt. Ist ja auch gleich. Sieh zu, dass du das Buch kriegst, wo immer es sich befinden mag, und sieh zu, dass die Fingerabdruckfuzzis ihre Arbeit machen! Du wirst in ein paar Tagen einen anderen Fingerabdruck kriegen, mit dem du sie dann vergleichen kannst. Wenn die übereinstimmen, ist die Sache gelaufen!«

Münster hatte erneut für eine Weile nichts zu sagen. Van Veeteren konnte aber seinen Atem am anderen Ende der Leitung hören. Er klang etwas erkältet. Oder vielleicht aufgeregt.

Oder skeptisch?

»DeFraan?«, fragte er schließlich. »Du sprichst von Professor deFraans Fingerabdruck?«

»Richtig geraten«, sagte Van Veeteren und legte auf.

Er wartete einige Minuten ab.

Dann rief er Winnifred Lynch an – die schon seit einiger Zeit von der Arbeit und dem Krankenhaus nach Hause gekommen war – und gab ihr neue Anweisungen und Verhaltensvorschriften.

Nein, keine Vorschriften. Frauen von Winnifred Lynchs Kaliber macht man keine Vorschriften, dachte er. Man bittet sie vielmehr um Hilfe. Und ermahnt sie, vorsichtig zu sein.

Nach all diesen verzwickten Bluthund-Arbeiten trank er seinen kalt gewordenen Kaffee aus, verschloss den Laden und wanderte durch den Regen nach Hause.

47

Samstag und Sonntag stand die Zeit still.

Zumindest erlebte er es so. Der Regen kam und ging, das Tageslicht wurde von dem nassen Boden aufgesogen, und ihm wurde ernsthaft klar, wie tief er in die Jagd nach dem Mörder verwickelt war. Ob dieser nun Maarten deFraan oder ganz anders hieß.

Wieder einmal. Wieder einmal ein Übeltäter, der geschnappt werden musste. Es war kein Problem, sich vorzustellen, dass das wohl nie ein Ende nehmen würde.

Am Samstagabend spielte er im Vereinslokal mit Mahler Schach und verlor beide Partien einzig und allein auf Grund seiner mangelnden Konzentration. Obwohl Mahler frisch am Bein operiert war. Trotz eines dankbaren nimzo-indischen Zugs.

Am Sonntag hatte er sich wie üblich nachmittags um Andrea gekümmert, aber nicht einmal während dieser Stunden konnte er deFraan aus seinen Gedanken verdrängen. Ulrike fragte ihn, was denn mit ihm los sei, und schließlich gab er auf und versuchte zu erklären, worum es ging.

Die Jagd. Die Witterung. Die Beute.

Er erwähnte nichts von dem moralischen Imperativ. Nichts von der Pflicht. Stattdessen war sie es, die diesen Aspekt ins Spiel brachte, und er war ihr dankbar dafür. Er hatte immer Probleme damit gehabt, die guten Beweggründe in sich selbst zu entdecken. Oder ihnen zumindest zu vertrauen.

Als das Essen beendet und Marlene und Andrea sie allein gelassen hatten, ging er ans Telefon und wählte deFraans Privatnummer.

Keine Antwort.

Vielleicht gut so, dachte er. Er war sich nicht sicher, was er gesagt hätte, wenn jener an den Apparat gegangen wäre.

Nach dem Abwasch und den Fernsehnachrichten trieb er sich eine Weile wie ein unruhiger Geist in der Wohnung herum. Erklärte schließlich Ulrike, dass er einen Spaziergang machen müsse, um seinen Kopf frei zu kriegen, nahm den Regenmantel und ging hinaus.

Ist wohl das Beste für sie, mich eine Weile los zu sein, dachte er.

Er begann mit einer Runde über den Friedhof und entzündete ein Licht auf Erichs Grab, und da es doch ganz in der Nähe lag – und da es doch ein relativ milder Abend war –, begab er sich anschließend zur Adresse des Professors in der Kloisterstraat.

Ohne eigentlichen Zweck und ohne große Erwartungen. Es war kurz nach acht Uhr, als er den umbauten Hofplatz in dem großen Jugendstilkomplex erreichte. Er konnte sich nicht daran erinnern, zuvor schon einmal seinen Fuß hierher gesetzt zu haben. Kein einziges Mal in all den Jahren, eine Tatsache, die ihn doch etwas überraschte, obwohl sie das vielleicht gar nicht sollte. Denn natürlich gab es diverse Adressen in Maardam, die aufzusuchen er noch nie die Gelegenheit gehabt hatte. Natürlich, die Kriminalität war ja nicht uferlos, trotz allem. Nicht direkt.

Der Hof wurde auf vier Seiten von dunklen Hausklötzen umgeben. Eine kahle Kastanie auf einem etwas erhöhten Grasfleck mit zwei Bänken. Fahrradständer mit Wellblechdach. Ein flaches Holzhäuschen für Müll und Gerümpel.

Er zählte fünf verschiedene Treppenaufgänge mit verschlossenen Türen und Gegensprechanlagen. Fünf Stockwerke hoch auf zwei Seiten, vier auf den anderen beiden. Steil herabfallende schwarze Blechdächer und hohe, altmodische Fenster, ungefähr ein Drittel von ihnen erleuchtet, ein Drittel mit blauschimmerndem Fernsehlicht. Kein Mensch draußen. Er setzte sich auf eine der Bänke und zündete sich eine Zigarette an.

Sitzt da oben irgendwo ein Mörder?, dachte er. Ein genialer, hochbegabter Universitätsprofessor, der fünf Leben auf dem Gewissen hat?

Weißt du, dass ich hier unten bin und auf dich warte?

Was denkst du in dem Fall? Du hast doch nicht vor, mit verschränkten Armen da oben sitzen zu bleiben und zu warten, bis ich dich hole?

Der letzte Gedanke war die Ursache für seine Unruhe, das wusste er nur zu gut. Die grundlegende Ursache zumindest. Die Zeit stand zwar seit Freitagnachmittag still, aber es handelte sich dabei offenbar nur um seine eigene Zeit. Die privaten Stunden. Nur weil er – der Buchhändler, Ex-Hauptkommissar und Hanswurst – bereit saß und keinen einzigen verfluchten Schachzug machen konnte, brauchte das noch lange nicht zu heißen, dass seine intelligente Beute auch zu Hause saß und auf den Nägeln kaute. Wie ein verletzter Vogel oder ein ganz normaler Schafskopf.

Oder hatte er es trotz allem noch nicht begriffen? Ahnte er nichts?

Oder – welch schrecklicher Gedanke – war er vollkommen unschuldig? Hatte er, VV, die falsche Person eingekreist?

Würde mich nicht wundern, dachte er mit bitterer Klarsicht. Die so genannte Indizienkette, an der deFraan zappelte, war in jeder Beziehung so dünn und an den Haaren herbeigezogen, dass jeder Staatsanwalt eher den armen Fahndungsleiter auslachen als ihn unterstützen würde. Daran gab es keinen Zweifel. Irgendwelche abstrusen literarischen Gestalten, eine verlorene Nadel in einem Schuh, eine Bande harmloser akademischer Freimaurer … und alles zusammen in einem Meer wild wuchernder Vermutungen und Spekulationen!

Handfeste Beweise? Lächerlich, wie gesagt. Genau die Art von kaltem, trockenem Lachen, das fünf tote Menschen zu Stande bringen konnten.

Hol's der Teufel, dachte Van Veeteren zum hundertzehnten Mal an diesem Freitagabend. Möge sich doch nur dieser verfluchte Fingerabdruck in dem Buch finden, sonst kann ich gleich das Handtuch werfen.

Den König vom Brett nehmen und mich geschlagen geben.

Er schielte zu den dunklen Häuserwänden hinauf.

Ich weiß ja nicht einmal, wo du wohnst, dachte er resigniert. Weiß nicht einmal, ob du zu Hause bist oder nicht. Du bist nicht ans Telefon gegangen, aber es gibt kein Gesetz, das einen dazu zwingt, den Hörer abzunehmen, auch wenn man das Läuten hört.

Er warf die Kippe in den Kies und trat sie aus. Ging wieder durch das Portal auf die Straße hinaus. Registrierte gerade noch die Gestalt im Auto, das auf der anderen Straßenseite parkte.

Eine Frau hinter dem Steuer. Eine Straßenlampe warf ihr schräges Licht auf das Seitenfenster, und er konnte den Schleier über ihrem Kopf deutlich erkennen.

Sah nichts von ihrem Haar und nur den Schatten ihres Gesichts.

Aber er begegnete ihren Augen in der kurzen Sekunde, bevor sie den Wagen anließ und davonfuhr.

Konnte nicht das Autokennzeichen erkennen.

Konnte nur feststellen, dass sein Herz im Brustkorb hüpfte.

Schließlich wurde es doch noch Montag. Als er morgens Winnifred Lynch traf, hatte er das Gefühl, als wäre ein Monat seit ihrer letzten Begegnung vergangen.

»Und?«, sagte er und dachte, dass er jetzt einen guten Grund hatte, ein stilles Gebet zu sprechen.

Ein Gebet, dass zumindest das hier klappen möge. Dass nicht alle ausgeworfenen Köder als leere Haken aus der Tiefe wieder heraufkommen würden. Winnifred Lynch räusperte sich und zog ein Papier aus ihrer Schultertasche.

»Ich habe es aufgeschrieben«, sagte sie und lächelte dabei entschuldigend. »Obwohl das natürlich gar nicht notwendig war.«

Er faltete die Hände. Er hatte schon bessere Einleitungen gehört.

»Schieß los«, ermahnte er sie.

Sie studierte einen Moment lang, was sie geschrieben hatte.

»Es sieht langsam nach etwas aus«, sagte sie. »Nein, wirklich. Obwohl du wohl derjenige bist, der den Wert des Ganzen beurteilen muss.«

»Soweit ich es kann..«

»Nun, es gibt so viele Zeugen, dass es genügen wird.«

»Fang schon an, erspar uns die Einleitung.«

»In Ordnung. Zum Ersten scheint das mit Wallburg zu stimmen. DeFraan hat dort an vier Tagen im Juni 1999 an einem Symposium teilgenommen, da kann er also problemlos die Frau getroffen haben.«

»Ausgezeichnet«, konstatierte Van Veeteren und spielte mit dem Zigarettendrehapparat. Spürte, dass der Puls in seinen Halsadern deutlich schneller wurde.

»Zum Zweiten habe ich ein paar Fingerabdrücke besorgt. Ich habe ein paar Sachen von seinem Schreibtisch genommen ... ein paar Bücher, einen Teebecher, ein paar Plastikmappen. Ich habe sie vor ein paar Stunden auf dem Revier abgeliefert.«

Sie müsste eine Gratifikation kriegen, dachte Van Veeteren. Wenn das hier klappt, werde ich persönlich aus Hiller einen Tausender herauskitzeln.

»Ja, und zum Dritten hat mir mein armer Göttergatte etwas erzählt, dass mir fast das Herz stehen geblieben ist.«

»Reinhart?«, wunderte Van Veeteren sich. »Was denn?«

»Ich war gestern Abend bei ihm, übrigens wird er morgen oder übermorgen nach Hause kommen ... und er hat mir erzählt, dass er davon geträumt hat ... er fängt wahrscheinlich an, sich zu erinnern … was passiert ist, als er angefahren wurde. Er glaubt, jemand hätte ihn vor den Bus gestoßen.«

Van Veeteren spürte plötzlich, wie etwas in ihm einen Kurzschluss bekam. Ein blendend weißes Licht explodierte in seinem Kopf, und er war gezwungen, eine Sekunde lang die Augen zu schließen, um sich wieder zu sammeln.

»Was zum Teufel … ?«, zischte er und spürte, wie das Blut wie mit einem Eisenhammer in seinen Schläfen klopfte. »Sollte ihn wirklich jemand … ?«

Sie nickte ernst.

»Ja. Er sagt es.«

»Er sagt es?«

»Ja. Er hat zwei Tage lang darüber nachgedacht, bevor er es mir erzählt hat. Also ist er sich der Sache vollkommen sicher.«

Van Veeteren suchte erfolglos nach Worten. Dann schlug er mit der Faust auf den Tisch und stand auf.

»Verflucht noch mal!«, stöhnte er. »So ein Satan … Mein Gott, was für ein Glück, dass er noch mal davongekommen ist!«

»Das finde ich auch.«

»Einen Pfarrer vor den Zug und einen Kriminalbeamten vor den Bus … ja, es sieht langsam nach etwas aus, da hast du Recht!«

Winnifred Lynch biss sich auf die Lippen, und plötzlich wurde ihm klar, wie viel Angst in ihr war. Er sank auf seinen Stuhl nieder und strich ihr vorsichtig über den Arm.

»Mach dir keine Sorgen«, ermahnte er sie. »Das werden wir jetzt klären. Die Gefahr ist vorbei.«

Sie versuchte es mit einem Lächeln, es wurde aber eine Fratze.

»Da ist noch was«, sagte sie. »Er hat seine Vorlesungen für die ganze Woche abgesagt.«

»Was? Abgesagt … ?«

»DeFraan, natürlich. Er hat Samstag ein Fax ins Büro geschickt. Nur ganz kurz, da stand nur drauf, dass er verreisen würde und dass das den Studenten doch bitte mitgeteilt werden sollte.«

Viertausend Gedanken explodierten gleichzeitig in Van Veeterens Kopf, aber aus seinem Mund kam nur ein Fluch:

»Verdammt noch mal!«

Am Dienstagmorgen kam der Frühling. Laue Südwestwinde fegten den Himmel von Wolken rein, und als er auf dem Weg zum Polizeipräsidium durch den Wollerimspark ging, konnte er fühlen, wie der Boden unter seinen Füßen anschwoll. Kleine Vögel flatterten im Gebüsch. Die alten Frauen auf den Bänken saßen ohne Kopfbedeckung da und hatten ihre Mäntel aufgeknöpft. Jogger in kurzen Hosen und T-Shirts begegneten ihm.

Ich habe wieder einen Winter überlebt, dachte er mit einem plötzlichen Anstrich von Verwunderung.

Sich ins Maardamer Polizeipräsidium zu begeben, war mit einer gewissen Selbstüberwindung verbunden, besonders an so einem Tag, aber jetzt war es zu spät, die Sache noch einmal zu überdenken. Kommissar Münster hatte den Ort für die weitere Planung vorgeschlagen, und ihm war nicht eingefallen, dagegen zu protestieren. Warum auch immer. Als er sich dem im Schatten gelegenen Hauseingang näherte, die Sonne schräg im Rücken, fühlte er sich fast wie Dante vor dem Höllenportal.

Jetzt aber Schluss mit diesen literarischen Anspielungen!, beschloss er. Davon gab es in dieser Geschichte schon mehr als genug.

Er trat durch die Tür und nahm den Fahrstuhl zum vierten Stock, ohne sich auch nur einmal umzusehen.

Münster empfing ihn mit einem Kaffee und einem schiefen Grinsen.

»Wisch dir dieses Grinsen aus dem Gesicht«, sagte Van Veeteren. »Das hier ist nur eine Stippvisite.«

»Ich weiß«, sagte Münster. »Aber jedenfalls cool, dich hier zu haben.«

»Cool?«, wiederholte Van Veeteren. »Bist du meschugge geworden? Aber lass uns anfangen. Athen, hast du gesagt?«

Münster nickte und wurde ernst.

»Ja. Mit dem Flugzeug von Sechshafen am Sonntagmorgen. Ist so um zwölf Uhr gelandet. Was glaubst du?«

»Glauben? Dass er abgehauen ist, natürlich. Wie läuft es mit den Fingerabdrücken?«

»Das braucht ein bisschen mehr Zeit«, sagte Münster. »Sie haben gerade erst mit dem Buch angefangen ...«

»Blake?«

»William Blake, ja. Mulder sagt, dass es da ein paar brauchbare Abdrücke gibt. Die aus deFraans Arbeitszimmer sind natürlich fertig ... aber woher zum Teufel kannst du wissen, dass er das Buch in den Händen hatte? Er hat doch sonst die ganze Wohnung abgewischt.«

Van Veeteren zuckte mit den Schultern.

»Ich habe meinen Daumen auch auf Blake gesetzt«, stellte er trocken fest. »Lass uns mit den Jubelrufen warten, bis wir wissen, wessen Finger wir da finden.«

»In Ordnung«, nickte Münster. »Das wird auf jeden Fall heute Nachmittag soweit sein. Dann wissen wir, wo wir dran sind. Wenn die Fingerabdrücke stimmen, brauchen wir wohl nicht mehr länger zu zweifeln, oder?«

Van Veeteren seufzte.

»Nein«, sagte er. »Das brauchen wir wohl nicht. Ich wette um ein ziemlich großes Bier, dass dieser deFraan sie allesamt ermordet hat ... und auch versucht hat, Reinhart umzubringen. Aber der Beweis, Herr Kommissar! Welche Beweise haben wir bitte schön? Wenn wir diese Fingerabdrücke nicht zusammenkriegen ... oder er aufgibt und gesteht, ja, dann sehen wir ziemlich alt aus, oder?«

»Das denke ich auch«, stimmte Münster zu und schaute hinaus in den Sonnenschein. »Doch, darüber habe ich auch schon nachgedacht. Selbst wenn sein Fingerabdruck in dem Buch ist,

ist das nicht gerade ein entscheidender Beweis. Ganz zu schweigen von allem anderen …«

»Ich weiß«, knurrte Van Veeteren. »Vielleicht habe ich es dir noch nicht erzählt, aber ich war früher auch mal bei der Polizei.«

Münster zog ein Papier hervor.

»Auf jeden Fall haben wir ein bisschen in seiner Vergangenheit gewühlt. Noch haben wir nicht besonders viel, aber es kommt mehr … Krause und Moreno sind dabei.«

Van Veeteren nahm das Papier und las es schweigend. Als er fertig war, warf er es hin und brummte eine Weile vor sich hin. Zog dann seinen Zigarettenapparat hervor und stopfte Tabak in die ausgestanzte Rille.

»Was machen wir?«, wollte Münster nach einer halben Minute wissen.

Van Veeteren blickte auf. Klappte den Deckel des Apparats zu und stopfte ihn wieder in die Tasche.

»Ich will alle Informationen über ihn haben, die ihr kriegen könnt«, sagte er. »Morgen früh. Bis dahin warten wir ab, und dann mache ich einen Plan. Du kannst Hiller sagen, dass ich ab jetzt in der obersten Gehaltsstufe arbeite.«

»Dass du … ?«

»Du hast richtig gehört.«

Münster versuchte es mit einem erneuten schiefen Grinsen.

»Aber ich habe nicht vor, das hier im Haus zu tun.«

»Das habe ich mir schon gedacht«, sagte Münster. »Draußen ist ja ziemlich schönes Wetter.«

Van Veeteren stand auf und schaute aus dem Fenster.

»In Athen ist es noch schöner«, stellte er fest und verließ das Zimmer.

Athen – Kefalonia – Maardam,
März 2001

48

Das Hotel hieß Ormos und lag in einer Gasse, die auf den Syntagmamarkt mündete.

Nur einen Steinwurf entfernt vom Grande Bretagne, in dem er früher gewohnt hatte. So viele Jahre waren vergangen, so viel Wasser, Leben und Sorgen waren unter den dunklen Brücken hindurchgeflossen. Es blieb nicht mehr viel übrig.

Nicht viel.

Er hatte schon von Maardam aus versucht, Vasilis telefonisch zu erreichen, und er versuchte es den ganzen ersten Nachmittag und Abend weiter.

Schließlich, kurz nach zehn Uhr, erwischte er eine Frau mit Namen Dea, die wahrscheinlich Vasilis' neue Ehefrau war. Soweit er es verstand. Sie sprach nur Griechisch, er begnügte sich damit, das Wichtigste von ihr zu erfahren. Vasilis befand sich in Thessaloniki und wurde nicht vor drei, vier Tagen zurückerwartet. Nein, er war nicht auf einer Konferenz, seine Mutter war krank geworden. Aber nicht wirklich schlimm, sie lag nicht im Sterben.

Ja, Mittwoch oder Donnerstag hatte Vasilis gesagt.

Er bat um eine Telefonnummer und bekam zwei – von Vasilis' Handy und daheim bei seiner Mutter, wo er auch wohnte. Das Handy war übrigens sehr unzuverlässig, sie selbst war den ganzen Tag nicht durchgekommen. Dea. Oder Thea.

Er bedankte sich und legte auf. Plötzlich fiel ihm ein, dass Vasilis gesagt hatte, sie sei rothaarig. Konnten Griechen – oder Griechinnen – rothaarig sein? Merkwürdig, dachte er. Verdammt merkwürdig. Er lachte kurz auf und kratzte sich an der Wunde am Hals. Sie tat nicht mehr weh, aber die Berührung war zu einer Gewohnheit geworden. Auf der Hand hatte er noch ein Pflaster, wahrscheinlich brauchte er es nicht mehr, aber es saß nun einmal da. So brauchte er auch nicht die Wunde anzustarren, sobald er seine Hände sah.

Nach dem Telefongespräch rauchte er einige Zigaretten. Saß auf dem Korbstuhl draußen auf dem schmalen Balkon und sog mit dem Tabakrauch die Benzinwolken ein. Erinnerte sich daran, wie es gerochen hatte, als er das erste Mal hier gewesen war, in einem Julimonat vor zwanzig Jahren, ein paar Jahre vor dem Grande-Bretagne-Urlaub. Es war schwer gewesen, fast unmöglich, während der unerträglichen Hitze der Nachmittagsstunden überhaupt zu atmen.

Jetzt war es besser. Die Temperatur lag vermutlich bei zwölf, fünfzehn Grad, morgen würde sich die Lunge daran gewöhnt haben, und er würde nicht einmal mehr den Benzingestank bemerken. Alles wurde früher oder später zu einer Gewohnheit, dachte er.

Alles.

Also war er gezwungen, eine Woche in der Stadt zu bleiben. Ungefähr. Das war ein Strich durch seine Rechnung, aber er hatte keine Lust, deshalb seine Pläne zu ändern. Es sollte so ablaufen, wie er beschlossen hatte, und wenn er erst mit Vasilis Kontakt hatte, würde er sicher die Hilfe bekommen, die er brauchte, so war ihre Beziehung, es gab keinen Grund, daran zu zweifeln.

Er ging ins Zimmer und versuchte die Handynummer. Trotz Deas Prophezeiung bekam er gleich nach dreimal Tuten eine Antwort. Vasilis' heisere Stimme, Restaurantgeräusche im Hintergrund, eine Busuki.

»My friend! A voice from the past! Where are you?«

»In Athens«, erklärte er. »And in deep shit.«

Dass er Hilfe brauche.

»No problem, my friend! Was brauchst du?«

»Eine Waffe.«

Schweigen in der Leitung. Nur Restaurantlärm und Busuki fünf Sekunden lang.

»Eine Waffe! What the fuck happened, my friend?«

»Darüber reden wir, wenn du herkommst. Wann bist du zurück?«

Erneutes Schweigen.

»Mittwoch. I promise you wednesday, my friend! But what the hell ...«

Er gab ihm die Nummer seines Handys, aber nicht die vom Hotel.

»Take care!«

»I will.« Jetzt juckte es wirklich am Hals.

Sicherheitshalber wechselte er am Montag das Hotel. Man konnte nie wissen. Dieser verfluchte Buchhändler und dann noch diese Frau. Er zog in eine drittklassige Pension in Lykabettos, wo er im Voraus bezahlte und seinen Pass nicht herzeigen musste. Lag stundenlang auf dem Bett und dachte an Mersault in *Der Fremde* von Camus. Spürte weder Hunger noch Durst.

Und keine Lust, aufzustehen, am Fenster zu sitzen und die Mädchen anzugucken. Wie Mersault. Obwohl es so einige in der engen Gasse gab. Reichlich Fotzen.

Stattdessen dachte er an seine Mutter.

Dachte an ein Sprichwort von hier. Ein griechischer Mann liebt sich selbst und seine Mutter das ganze Leben lang. Seine Ehefrau sechs Monate lang.

Eine Wut war in ihm gewachsen, eine Wut und ein Ekel. Beides war unter Verschluss, gärte aber mit einer Unerbittlichkeit vor sich hin, dass das Zimmer sich leicht um ihn drehte, sobald er die Augen schloss. Die Geräusche von der Straße und aus dem Viertel wurden verzerrt, wenn er die Augen schloss, wurden aufdringlich und pochend, schlossen sich dem Kreisen des Zimmers an und drängten sich in ihn hinein. Dennoch machte es ihm Probleme, die Augen nicht geschlossen zu halten. Es war, als würde ihn irgendetwas dazu verlocken.

Eine Art Kampf. Ein Ringen mit der Mutter, der Wut und dem Ekel. Er senkte die Augenlider. Der blinde Kampf; Geräusche und diese Rotation waren seine Ausdrucksformen, das Handy hatte er abgestellt. Als es dunkler wurde, ging er hinaus auf die Toilette auf dem Flur und versuchte, sich zu übergeben. Das gelang ihm nicht. Er legte sich wieder auf das Bett. Riss das Pflaster vom Handrücken und betrachtete die kaputte Haut.

Wartete die Dunkelheit ab und ging dann in die Stadt.

Kam nach Mitternacht zurück, leicht berauscht von Ouzo und billigem Retsina. Kein Essen, es gab keinen Platz in ihm dafür. Nur ein paar Oliven und ein Happen Feta, was der Tavernenwirt angeboten hatte. Er rauchte noch zehn oder zwölf Zigaretten auf dem Bett liegend, schlief verschwitzt ein und wachte irgendwann nach drei Uhr vor Übelkeit auf.

Eine Art Leere. Es gab eine Art Leere in ihm, die er bald nicht mehr würde füllen können.

Er träumte von dem Feuer und von seiner Mutter. Davon, wie er an seinem zwölften Geburtstag das letzte Mal an ihren Brustwarzen gesaugt hatte. *Ich habe keine Milch mehr, und du bist jetzt ein Mann. Denke immer daran, dass du ein Mann bist, und keine Frau darf dir etwas abschlagen, nicht einmal deine eigene Mutter. Glaub, was ich sage.*

Glaub mir.

Der Dienstag war dem Montag ähnlich.

Mittwochabend, Plakas. Er wollte draußen sitzen, Vasilis bestand darauf, hineinzugehen. Es war ja kaum Frühling bisher.

Als ob das eine Bedeutung hätte. Sie fanden schließlich einen Platz an einem Fenster, das zum Tripodon hinausführte. Das Lokal hieß Oikanas, Vasilis hatte fünfzehn Kilo zugenommen, seit er ihn das letzte Mal gesehen hatte. Vor sieben Jahren, oder waren es acht?

Er selbst war bereits beschwipst, das war natürlich verdammt unnötig, aber der Ekel hatte den ganzen Nachmittag auf ihm gelegen und war in ihn eingedrungen, und er sah sich deshalb gezwungen, einiges zu trinken. Vasilis sagte »My friend, my friend, my friend«, und bald mochte er nicht länger zuhören. Er brachte nur »Cut the crap« und »Bullshit« hervor und die Frage, wann die verfluchte Waffe geliefert werden könnte? Darum ging es und um sonst nichts.

»When, my friend?«

Es dauerte eine Weile, bis er Vasilis überredet hatte, aber er verriet keinen Deut von seinem Plan und seinen Absichten. Oder von seiner Geschichte. Er erinnerte sich wieder daran, dass er um so vieles willensstärker und schneller war als Vasilis. Er hatte ihn in der Hand, auch wenn er blau war. Und mit der Zeit hatte auch der Grieche genügend Gläser geleert, wurde schwer und träge und gab auf. Das mediterrane Phlegma.

»Fuck you, my friend. All right.«

»Wann? When?«

Vasilis schlürfte den teuren Boutariwein und fuhr sich mit den Fingern durch seinen Kommunistenbart, der noch aus der Juntazeit stammte. Inzwischen war er eher grau als schwarz. Eher Bürgerschwein als Revolutionär.

»Freitagabend. Hier. Same place. All right, my friend?«

»All right.«

Der Donnerstag ähnelte dem Dienstag.

In einem kleinen Reisebüro kaufte er ein Fährticket. Er würde bis Sonntag warten müssen, wie sich herausstellte, es war

Nebensaison. Er hätte auch mit Olympic Airways fliegen können, aber nur theoretisch, denn das Flugzeug am Samstag war voll belegt. Ob er sich auf die Warteliste setzen lassen wollte?

Ochi. Nein, danke. Stattdessen setzte er sich in den Nationalpark und betrachtete die Frauen. Stellte sie sich nackt vor. Stellte sie sich nackt und tot vor.

Die Nackten und die Toten. Der Ekel stieg wieder in ihm auf. Und der Blutpegel. Das Einzige, was die Leere füllen konnte. Alles andere war vorbei und passé. Seine Finger waren wieder Seismographen. Er onanierte in einem Gebüsch. Schrie laut, als es ihm kam, aber niemand nahm Notiz davon. Es waren nur wenige Menschen im Park. Ein normaler Tag, die Leute arbeiteten natürlich, es war bedeckt, aber ziemlich warm.

Er lag auf dem Bett und rauchte anschließend fünf oder sechs Stunden lang. Aß fast nichts, versuchte zu onanieren, bekam aber nicht einmal einen Ständer. Sein Hals kratzte.

Er versuchte draußen auf der Toilette, sich zu übergeben, aber sein Magen war ausgetrocknet. Er ging aus, kaufte sich ein paar Sesamkuchen, eine Flasche Wasser und zwei Päckchen hiesige Zigaretten.

Er trank etwas und träumte von den Schamhaaren seiner Mutter. Die mit der Zeit ziemlich spärlich geworden waren.

Der Freitag ähnelte dem Mittwoch.

Ein kontrollierter Rausch. Ein kurzes Treffen mit Vasilis in der kleinen Taverne in Plakas. Aus irgendeinem unbekannten Grund hatte er seinen Kommunistenbart größtenteils abrasiert und behauptete, dass er sich Sorgen mache. Lieferte aber ohne Wenn und Aber eine Pistole in einem Schuhkarton in einer Plastiktüte ab. Eine Makarow, erklärte er. Russisch, neun Millimeter. Etwas plump, aber zuverlässig. Wurde mit acht Patronen geladen, er bekam eine ganze Schachtel dazu. Dreitausend Drachmen, das war billig, wie er mehrfach betonte. Billig wie nichts, wozu wollte er sie benutzen?

Er gab keine Antwort. Bezahlte und verließ Vasilis. Wusste, dass sie sich nie wiedersehen würden.

My friend.

Vom Samstag hatte er kaum noch eine Erinnerung. Er lag auf dem Bett. Rauchte und trank mehrere Gläser Ouzo, aber ziemlich verdünnt. Onanierte ein wenig, bekam einen Ständer, aber keinen Orgasmus. Auch dort irgendwie ausgetrocknet. Am Sonntagmorgen konnte er nichts mehr aus den nächtlichen Träumen hervorholen. Er nahm ein Taxi nach Piräus und ging dort an Bord.

Das Schiff hieß Ariadne und war nicht besonders groß. Es wehte ziemlich kräftig. Ein paar Stunden Verspätung wurden angekündigt, da man nicht auf die raue See hinausfahren konnte, aber er blieb auf dem Schiff, ging nicht wieder an Land.

Um zwei Uhr fuhren sie los. Er war dankbar, dass es sich etwas verzögert hatte. Den ganzen Vormittag war ihm leicht übel gewesen. Jetzt setzte er sich sofort an die Bar und bestellte sich ein normales Bier. Begann, in Isaac Nortons Byron-Biografie zu lesen, die er als Reiselektüre mitgenommen hatte, aber bis jetzt hatte er noch nicht die Ruhe gehabt, hineinzuschauen.

Byron?, dachte er. Ich habe zu lange gezögert, diese Reise anzutreten. Menschen haben unnötig leiden müssen.

Aber jetzt hatte er keine Eile mehr.

49

Als die MS Aegina um neun Uhr morgens am Dienstag, den 5. März, den Hafen von Piräus verließ, war der Himmel blau wie ein lupenreiner Saphir. Die Temperatur lag bei zwanzig Grad im Schatten, und draußen auf dem offenen Achtersalon des B-Decks war kaum ein Lüftchen zu spüren. Nur eine langsam aufgehende Morgensonne. Es war keine Decke über den Beinen erforderlich, kaum eine lange Hose. Van Veeteren hatte sich sogar einen Strohhut aufgesetzt.

»Nicht schlecht«, sagte Münster und wandte das Gesicht der Sonne zu.

»Du hättest Astronaut werden sollen«, brummte Van Veeteren.

»Astronaut?«, fragte Münster nach.

»Ja, so ein amerikanischer Mondfahrer. Ich habe gehört, wie der Erste auf dem Mond damals seine Gefühle einer verstummten Gemeinde auf der Erde gegenüber ausdrücken wollte ... weißt du, was er gesagt hat?«

»Nein.«

»It's great up here.«

»It's great up here?«

»Ja. Etwas dürftig, könnte man meinen.«

»Ich verstehe«, sagte Münster und blickte über die Reling. »Und wie hätte der Herr Buchhändler selbst sich ausgedrückt?«

Van Veeteren dachte fünf Sekunden lang nach, während er

seinen Blick über das Meer, den Himmel und die Küstenlinie schweifen ließ. Dann schloss er die Augen und genoss sein Bier.

»Oh Seligkeit, jung zu sein im Morgenlicht des Meeres«, sagte er.

»Nicht schlecht«, musste Münster zugeben.

»Vielleicht sollten wir unsere Gedanken hinsichtlich unserer Mission austauschen«, schlug Van Veeteren vor, als Münster mit zwei Flaschen Zitronenwasser (einer Art primitiven Biersatzes, es war erst halb zehn Uhr morgens, und der Flüssigkeitshaushalt verdiente natürlich in diesem wärmenden Sonnenlicht eine gewisse Aufmerksamkeit) zu den Liegestühlen zurückkam. »Damit wir wissen, wo wir stehen, meine ich.«

»Gern«, sagte Münster. »Ich persönlich bin mir nicht einmal sicher, ob wir auf dem Weg zur richtigen Insel sind. Aber ich bin ja auch nur der Chef der Ermittlungen.«

Van Veeteren befreite sich von Schuhen und Strümpfen und spreizte genüsslich die Zehen.

»Ist doch wohl klar, dass wir das sind«, dozierte er. »DeFraan ist darauf aus, den Kreis zu schließen, ich weiß nicht genau wie, aber das wird sich noch zeigen.«

»Du meinst also, er sucht den Platz wieder auf, an dem seine Frau gestorben ist?«

»Hast du eine andere Idee?«

Die hatte Münster nicht. Sie hatten die letzten zwei Tage den Fall nicht mehr intensiv diskutiert, obwohl sie doch fast die ganze Zeit zusammen verbracht hatten. Im Flugzeug hatte Van Veeteren die ganze Zeit geschlafen – und am gestrigen Abend war er wieder seiner alten irritierenden Vorliebe für Rauchschwaden und allgemeine Mystifikationen verfallen, wie Münster leider feststellen musste.

Hatte es vorgezogen, brummend und Kommentare von sich gebend in der griechischen Küche zu sitzen, statt Gedanken auszutauschen und zu verraten, was eigentlich in seinem Kopf so vor sich ging – eine Unzugänglichkeit, die er während seiner

Jahre als Kriminalhauptkommissar oft unter Beweis gestellt hatte und die Münster wiedererkannte und wie ein altes Muttermal identifizieren konnte. Oder wie ein Hühnerauge.

Aber so war es nun einmal: Der Kommissar kannte das von früher, wie gesagt. Und offensichtlich war es jetzt endlich an der Zeit, das Geheimnis zu lüften. Lieber spät als nie. Münster trank einen Schluck Wasser und wartete ab.

»Die Beweislage ist gelinde gesagt miserabel«, stellte Van Veeteren einleitend fest. »Oder?«

»Einig«, sagte Münster. »Trotzdem ist es doch eine Schande, dass uns der Staatsanwalt die Hausdurchsuchung nicht gestattet hat.«

»Schande ist das richtige Wort«, stimmte Van Veeteren zu. »Aber es ist doch klar, was dahinter steckt.«

»Ist der Staatsanwalt auch Mitglied bei den Sukkulentenbrüdern?«

»Natürlich. Wenn er eine Chance kriegt, uns zu boykottieren, dann nutzt er die natürlich. Vergiss nicht, dass ihre Devise ›Singuli mortales, cuncti perpetui!‹ lautet.«

»Und was bedeutet das?«

»Einsam bist du sterblich, gemeinsam bist du ewig!«

»Ich wusste gar nicht, dass du Latein kannst.«

»Ich habe es nachgeschlagen«, erklärte Van Veeteren. »Ich arbeite ab und zu im Buchhandel, wie du vielleicht weißt, da ist das nicht so schwer. Laut Reinhart wird Ferrati sowieso ausgewechselt, dieses Detail löst sich also in ein paar Tagen.«

»Vermutlich«, sagte Münster und wandte sein Gesicht wieder der Sonne zu.

Ich zweifle ja daran, dachte er. Weiß er wirklich, was er tut?

»Wenn deFraan etwas bessere Nerven gehabt hätte«, fuhr Van Veeteren fort, »dann hätte er sich einfach nur ruhig verhalten, statt voller Panik abzuhauen. Er muss die Lage durchschaut haben, er ist ja kein Dummkopf. Was glaubst du, worauf das hindeutet?«

»Dass er abgehauen ist?«

»Ja.«

Münster dachte schnell nach.

»Dass er der Sache müde ist?«

»Genau«, sagte Van Veeteren und schob den Strohhut zurecht. »Zu dem Schluss komme ich auch. Er weiß, dass wir wissen, und sein Wahnsinn liegt nicht länger unter Verschluss. Jedenfalls nicht vollkommen, und das wird seinen Untergang bedeuten. Er kann nicht mehr, ich vermute, dass er vollkommen fertig ist ... was mich eigentlich wundert.«

»Der Fingerabdruck im Blake ist ja ziemlich gravierend«, wies Münster hin. »Natürlich nicht entscheidend, aber er beweist doch, dass deFraan eine Verbindung zur Familie Kammerle hatte.«

Van Veeteren nickte. Saß eine Weile schweigend da und schielte auf das Glas mit Zitronenwasser, das er in der Hand hielt.

»Sicher. Aber ein guter Anwalt würde zehn unschuldige Erklärungen in ebenso vielen Minuten aus dem Jackenärmel schütteln. Das Gleiche gilt für diese verfluchte Nadel ... alle Spuren, die zu deFraan führen, sind so dünn, dass sie einer Gerichtsverhandlung kaum standhalten würden, das ist das Problem. Aber ich würde wirklich einiges darum geben, ihm von Angesicht zu Angesicht gegenübertreten zu können ... ich hoffe, das wird sich machen lassen.«

»Warum?«, fragte Münster vorsichtig. »Warum willst du ihn treffen?«

»Menschliches Interesse«, sagte Van Veeteren und zündete sich eine Zigarette an.

»Oder vielleicht unmenschliches?«, schlug Münster vor.

»Schon möglich, ja. Ich will wissen, wie er beschaffen ist und was hinter all dem steckt. Es ist so verdammt unangenehm, wenn eine starke Intelligenz einem ebenso starken Wahnsinn so lange Zeit gewachsen ist. Er muss ja gefühlsmäßig eine Bestie sein, ich kann es einfach nicht anders sehen. Aber auch eine Bestie ist aus Fleisch, Blut und Nerven ... das habe ich mir jedenfalls immer eingebildet.«

Münster setzte seine neu erstandene Sonnenbrille auf und öffnete einige Knöpfe seines Hemds.

»Niemand scheint ihn näher gekannt zu haben?«

»Vermutlich kein Mensch. Wenn dieser Dozent Parnak jahrelang mit ihm Kontakt hatte und nicht mehr bieten konnte, ja, wer soll dann seine Person näher erhellen können?«

»Seine Frau? Sie hätte es wohl tun können ...«

»Und zu ihr sind wir ja auch auf dem Weg«, konstatierte Van Veeteren. »Schade, dass wir nicht mit ihrer Schwester haben sprechen können, vielleicht hätten wir dort wenigstens eine Art Zugang bekommen?«

Münster nickte. Sie hatten Professor deFraans frühere Schwägerin, eine gewisse Laura Fenner, geborene Markovic, in Boston, USA, aufgespürt, aber kurz bevor sie Maardam verließen, hatte Krause ihnen mitgeteilt, dass sich Frau Fenner leider im Skiurlaub in Lake Placid befand und dort nicht zu erreichen war.

»Was denkst du über Christa deFraans Tod?«, fragte Münster.

Van Veeteren saß eine Weile schweigend da und wippte mit den Zehen.

»Ich denke, was ich denke«, erklärte er sodann.

Um vier Uhr nachmittags stiegen sie auf dem Markt von Argostoli aus dem Taxi. Van Veeteren blieb eine Weile neben seiner Reisetasche stehen, während er zufrieden vor sich hin nickte und sich umschaute. Münster bezahlte den Fahrer und tat es dann seinem Reisebegleiter gleich. Es war nicht schwer, die zufriedene Miene des Hauptkommissars zu deuten. Der Dorfplatz war groß und quadratisch, umsäumt von Restaurants, Tavernen und Cafés auf drei Seiten. Niedrige blasse Gebäude mit Flachdächern und Schatten spendenden Platanen und Oleander. Der

Ort kletterte einen Berghang hinauf und erstreckte sich zum Meer hin. Palmen raschelten leise im sanften Wind. Rad fahrende, spielende Kleinkinder. Promenierende oder Tavlis spielende ältere Gentlemen und ein paar träge Tauben, die auf einer leeren kleinen Tribüne mit einer Art rudimentärer Lautsprecheranlage herumpickten.

»Ah«, sagte Van Veeteren. »Wir sind in der Welt angekommen, Münster. Das hier hat Pascal nie gesehen.«

»Pascal?«, fragte Münster. »Wieso?«

»Er hat behauptet, dass der Mensch es nicht fertig brächte, am gleichen Platz für einen längeren Zeitraum ruhig zu sitzen, und dass jedes Elend in dieser Tatsache seinen Ursprung hätte ... das Böse, beispielsweise. Aber auf diesem Marktplatz kann man doch ohne Schwierigkeit eine Ewigkeit verbringen, oder? Zumindest mit einem Bier und einer Zeitung.«

Münster schaute sich um.

»Ja, sicher«, stimmte er zu und schnappte sich seine Tasche. »Und das Hotel da sieht auch nicht schlecht aus. Da werden wir wohl wohnen?«

Er zeigte zum Ionean Plaza hinüber, dem großen Gebäude auf der Nordseite des Platzes. Die hellockerfarbene Fassade badete momentan in der Nachmittagssonne. Drei Stockwerke hoch, zierliche Schmiedeeisen-Gitter vor den Balkonen, grüne Fensterläden und ein deutlicher französischer Touch insgesamt.

Van Veeteren nickte und schaute auf die Uhr.

»Stimmt«, sagte er. »Aber wir dürfen dabei doch nicht vergessen, dass diese Insel auch eine Geschichte hat. Die noch nicht lange zurückliegt.«

»Ja?«, fragte Münster.

»Es ist eine von denen, die im Krieg am schlimmsten betroffen waren ... auf verschiedene Weise. Die Deutschen haben hier ein Massaker an mehreren tausend italienischen Soldaten angerichtet. Haben sie auf riesigen Scheiterhaufen verbrannt. Außerdem gab es 1953 ein schreckliches Erdbeben.«

»Ich dachte, Deutschland und Italien standen im Krieg auf einer Seite«, sagte Münster.

»Das dachten die Italiener auch«, sagte Van Veeteren. »Nun gut, ich glaube, wir vergessen den Krieg und Pascal eine Weile und checken uns lieber ein. Vielleicht können wir heute ja noch etwas ausrichten. Oder was meint der Herr Kommissar?«

»Eine gute Idee«, sagte Münster. »Zumindest unserem Seelenfrieden zuliebe ... wenn wir dann anschließend den ganzen ewigen Abend hier herumsitzen müssen.«

Das Reisebüro Fauner hatte seine Räume in der südwestlichen Ecke des Platzes, und Münster wurde von zwei blonden, blauuniformierten Damen in Empfang genommen. Sie schienen in den Dreißigern zu sein und konnten gut und gern Zwillingsschwestern sein, und im Augenblick hatten sie nichts anderes zu tun, als jeweils mit einer Tasse Kaffee vor ihren ausgeschalteten Computern zu sitzen. Münster wusste, dass die eigentliche Touristensaison erst in vier, fünf Wochen beginnen würde, deshalb wunderte es ihn, dass das Büro schon seit dem ersten März geöffnet war.

Aber es gab ja vielleicht den einen oder anderen Vagabunden, um den man sich kümmern musste. Und den einen oder anderen Kriminalkommissar. Er wandte sich an die ihm am nächsten sitzende Blondine und stellte sich vor.

»Haben Sie angerufen?«

»Ja.«

Sie lächelte ein sanftes Charterlächeln. Münster erwiderte es.

»Ja, ich habe die Sache untersucht.«

Sie holte einen Bogen aus einer Mappe hervor.

»Maarten und Christa deFraan waren im August 1995 zu einem zweiwöchigen Urlaub hier, es ist genau, wie Sie sagten. Sie haben die Reise bei uns gebucht und in einem Hotel draußen in der Gegend von Lassi gewohnt. Das liegt nur ein paar Kilometer von hier entfernt, das ist dort, wo es die Strände gibt und wo die meisten wohnen wollen. Olympos hieß das Hotel, es gibt es nicht mehr ... ehrlich gesagt, es gehörte nicht zu den besseren. Wir haben vor ungefähr drei Jahren aufgehört, dorthin zu vermitteln, und letztes Jahr hat es ganz zugemacht. Ich glaube, man baut es jetzt zu Läden um. Aber da bin ich mir nicht sicher.«

Münster machte sich auf seinem Block Notizen.

»Sie wissen nichts von einem Unfall, während die beiden hier waren?«

Sie schüttelte den Kopf.

»Nein. Was soll denn gewesen sein?«

»Sie haben damals noch nicht hier gearbeitet? 1995, meine ich?«

»Oh nein, ich bin erst letztes Frühjahr hergekommen ... Agnieszka auch.«

Die wahrscheinliche Zwillingsschwester schaute von einer Zeitschrift auf und lächelte bekräftigend.

»Ich habe mir die Daten nur aus dem Computer geholt.«

»Ich verstehe«, sagte Münster. »Es gibt ziemlich viele Hotels hier draußen, oder?«

»Ja, sicher. Wir arbeiten mit gut zehn zusammen, aber insgesamt sind es wohl so fünfundzwanzig, dreißig Stück. Aber die meisten haben noch nicht geöffnet ... üblicherweise geht die Saison von Ostern bis Ende September.«

»Ich verstehe«, wiederholte Münster und betrachtete einige Sekunden lang den sich langsam drehenden Ventilator oben an der Decke. »Und Sie haben also keine Buchung für Maarten deFraan für diese Woche?«

Sie breitete bedauernd die Hände aus.

»Nein. Wir haben zu diesem Zeitpunkt nur wenig zu tun. In erster Linie Vorbereitungen für die Saison ... den Standard der Hotels überprüfen, Busse für die Ausflüge organisieren und so weiter. Aber wie Sie sehen, haben wir trotzdem immer ein paar Stunden nachmittags geöffnet.«

Münster nickte.

»Wie steht es mit der Polizeibehörde hier in der Stadt?«, fragte er. »Wenn ich es richtig verstanden habe, ist Argostoli die Hauptstadt der Insel?«

»Ja. Die Polizeipräfektur liegt unten am Hafen. Wir haben nicht besonders viel mit ihr zu tun ... hier ist es eigentlich ziemlich friedlich – glücklicherweise. Aber es gibt dort drei Abteilungen. Die Verkehrspolizei, die Touristenpolizei und die Kriminalpolizei ... nun ja, die Kriminalpolizei ist eigentlich keine richtige Abteilung. Er heißt Yakos. Dimitrios Yakos.«

»Ist für heute nach Hause gegangen«, erklärte Van Veeteren eine Stunde später, als sie sich unter dem grünen Sonnenschirm vorm Ionean Plaza jeweils mit einem Bier niedergelassen hatten. »Der Kommissar Yakos. Ich habe dort angerufen, die Sekretärin war sich nicht einmal sicher, ob er heute überhaupt da gewesen ist ... sie hat ihn jedenfalls nicht gesehen, wenn ich es richtig verstanden habe. Hast du schon mal an einen Umzug gedacht?«

»Ich sitze doch schon hier«, erwiderte Münster.

»Ja, das stimmt, das tust du«, musste Van Veeteren zugeben und holte seinen Zigarettenapparat hervor. »Na, jedenfalls wird sie ihm mitteilen, dass ich ihn unbedingt morgen Vormittag sprechen möchte. Verdammte Scheiße, möchte nur wissen, wo unser Knabe steckt ... schließlich hat er ein paar Tage Vorsprung.«

Knabe?, dachte Münster. Er hat fünf Menschen das Leben genommen, mindestens. Was immer er sein mag, ein *Knabe* auf keinen Fall.

»War das auch Kommissar Yakos, der die Ermittlungen 1995 geleitet hat?«, fragte er.

»Soweit man von Ermittlungen reden kann«, bestätigte Van Veeteren und sah plötzlich bedeutend verbissener aus. »Ich hoffe jedenfalls, dass er besser Englisch spricht als seine Sekretärin. Aber vielleicht ist es ja auch Sinn der Sache, dass die einheimische Bevölkerung sich selbst um das kriminelle Handwerk auf der Insel kümmert ... und nicht die Touristen.«

Münster saß eine Weile schweigend da und schaute über den Platz, auf den sich schnell eine blaue Mittelmeerdämmerung senkte, die die Konturen verwischte. Was das Ganze noch schöner erscheinen ließ, wie ein großes Wohnzimmer unter offenem Himmel. Die Temperatur lag immer noch so um die zwanzig Grad, wie er schätzte, und jetzt waren mehr Menschen draußen. Ältere Herren, die die Zeitung lasen oder dasaßen und sich über winzigen Kaffeetassen unterhielten. Frauen mit oder ohne Einkaufsnetze, mit oder ohne Witwenschleier. Jugendliche, die auf dem kleinen Podium saßen und rauchten. Ein paar Mopedfahrer, die herumhingen und sich bewundern ließen ... kleine Mädchen, die sich lachend und laut rufend jagten, und Jungs, die Fußball spielten. Hunde und Katzen. Nicht sehr viele Touristen, soweit er es beurteilen konnte, vielleicht so zwanzig in den Cafés und Tavernen, die er von ihrem Tisch aus sehen konnte.

Wie sollen wir ihn nur finden?, dachte er. Wir wissen ja nicht einmal, ob er wirklich auf dieser Insel ist.

Hatte er tatsächlich einen Plan, der Herr Buchhändler Van Veeteren?

Er fragte gar nicht erst, da er schon vorher wusste, dass er keine vernünftige Antwort bekommen würde. Begnügte sich damit, seinen früheren Vorgesetzten verstohlen von der Seite zu betrachten. Im Augenblick sah er genauso unergründlich aus wie eine frisch ausgegrabene antike Statue – wie er so dasaß und sein Bier schlürfte, mit einer gerade gedrehten und entzündeten Zigarette zwischen Zeige- und Mittelfinger der rechten Hand.

Aber Statuen rauchen ja wohl nicht und trinken kein Bier?, dachte Münster. Ich bin doch ein Astronaut, wenn man es näher betrachtet.

Auf jeden Fall vertraut er seinen Einfällen, das hat er immer getan, setzte er seinen Gedankenfaden fort. Aber früher oder später muss er doch wohl auch mal auf eine Mine treten? Oder etwa nicht? Konnte man davon ausgehen, dass Van Veeteren seiner Sache immer sicherer war, als er sich den Anschein gab? Immer mehr Informationen im Jackenärmel hatte, als er zeigte? Das wäre nicht verwunderlich, andererseits …

»Verflucht noch mal!«, unterbrach Van Veeteren Münsters Überlegungen. »Das darf doch wohl nicht wahr sein!«

»Was?«, fragte Münster.

»Diese muslimische Frau.«

»Ja?«

»Es muss ja gar nicht so sein, dass …«

Münster wartete ab.

»Es kann ja ebenso gut …«

Münster seufzte.

»Wovon redest du?«

»Sei still«, sagte Van Veeteren. »Frag nicht so dumm, ich versuche nachzudenken. Hast du ein Telefon bei dir?«

Der Ermittlungsleiter reichte ihm seufzend das Handy.

50

Während sie in Inspektorin Sammelmerks Zimmer saßen und warteten, dachte Ewa Moreno über die Sache mit der Zeit und dem Raum nach.

Oder mit den Geschehnissen und den Zeitpunkten, genauer gesagt. Diese eigentümliche Sache nämlich, dass Handlungen die Fähigkeit zu haben schienen, andere Handlungen anzuziehen. Es war fast wie eine Art Magnetismus. Sie erinnerte sich daran, dass sie zu bestimmten Zeitpunkten das Phänomen mit Münster diskutiert hatte: dass lange Zeiträume verstreichen konnten – im Privatleben, aber in erster Linie, wenn es um die Polizeiarbeit ging – unerträgliche Perioden, in denen sich nichts, rein gar nichts ereignete, zähe Untersuchungen, bei denen Tage, Wochen und Monate sich aufeinander türmten, ohne dass auch nur ein kleines Bisschen an Fortschritt zu erkennen war – und dann, plötzlich und ohne Vorwarnung, konnten zwei oder drei oder gar vier entscheidende Dinge mehr oder weniger gleichzeitig eintreten.

Wie jetzt. Wie jetzt an diesem Märztag mit seinen lauen Winden und den Vorboten des Frühlings in der Luft. Sie hatte den ganzen Nachmittag mit weit geöffneten Fenstern in ihrem Zimmer gesessen. Das Telefonat von dem griechischen Archipel war genau zehn Minuten nach fünf Uhr eingetroffen, eine Woche gehäufter Papierarbeit war gerade im Kasten, und sie war die letzte aus der stark reduzierten Truppe, die überhaupt noch da war. Deshalb war sie es gewesen, die sich um den *Hauptkommissar* hatte kümmern müssen.

Hatte mit ihm knapp fünf Minuten lang geredet, mehr war nicht nötig. Anschließend hatte sie den Hörer aufgelegt, war noch eine Weile sitzen geblieben und hatte aus dem Fenster gestarrt, während sie überlegte, welche Aktionen in Gang gesetzt werden mussten.

Und wie zum Teufel er das nun wieder geschafft hatte.

Dann war der nächste Anruf gekommen. Anna Kristeva. Über die Zentrale, die auch. Als sie lange genug zugehört hatte – höchstens einige Minuten –, war ihr klar geworden, dass hier ein Gespräch unter vier Augen notwendig war, sie hatte eine Zeit verabredet, den Hörer aufgelegt und auf die Uhr geschaut. Es war noch nicht halb sechs gewesen.

Also eine Viertelstunde. Länger war die Zeitspanne nicht gewesen, die zwischen Van Veeterens und Anna Kristevas Anruf vergangen war. Seltsam! Was für sonderbare Wogen in der Zeit waren das, die diese Verdichtungen im Handlungsstrom verursachten? Die Menschen dazu brachten, in etwa zur gleichen Zeit einen Beschluss zu fassen?

Den Buchhändler Van Veeteren und die Anwältin Anna Kristeva? Zwei einander vollkommen unbekannte Menschen mit mehreren hundert Meilen Abstand voneinander.

Ja, was den *Hauptkommissar* betraf, so konnte natürlich nicht von einem Beschluss die Rede sein. Eher von einer Einsicht. Einige Synapsen, die plötzlich funktionierten, und einige Beobachtungen, die einen Zusammenhang bekamen. Intuition, wie es so schön hieß.

Anna Kristeva jedoch war zu einem Entschluss gekommen. Einem entscheidenden, über dem sie Tage und Wochen gebrütet hatte. Der ihre Nerven bis zum Äußersten angespannt hatte und ihren nächtlichen Schlaf auf ein paar Stunden deutlich unter dem Minimum hatte zusammenschrumpfen lassen.

Deshalb hat sie wohl auch so schwarze Ringe unter den Augen, dachte Moreno, als Frau Kristeva kurz nach sieben Uhr im Polizeipräsidium auftauchte.

»Zwei weibliche Kripobeamte?«, wunderte Anna Kristeva sich, nachdem man sich einander vorgestellt hatte. »Das habe ich nicht erwartet. Ist das eine Art neuer Verhörpsychologie, die hier Form annimmt?«

»Das ist reiner Zufall«, versicherte Inspektorin Sammelmerk. »Bitte, setzen Sie sich doch. Kaffee? Wasser?«

»Wasser, bitte.« Sie strich sich ein paar Mal mit den Händen über die leicht verknitterte blaue Jacke und wandte sich Ewa Moreno zu. »Ich habe mit dir am Telefon gesprochen, nicht wahr? Mir war nicht klar, dass wir uns schon mal gesehen hatten ...«

»Stimmt«, sagte Moreno. »Und ich muss schon sagen, dass du mich reichlich überrascht hast. Deshalb wären wir dankbar, wenn du uns alles von Anfang an erzählen könntest. Wir müssen es auf Band aufnehmen, es kann tatsächlich ein entscheidender Beweis sein. Dann werden wir ein Protokoll schreiben, das du dann bitte in den nächsten Tagen unterschreibst. Das ist sozusagen die Standardprozedur.«

»Ich verstehe«, sagte Anna Kristeva und blickte zu Boden. »Ich weiß, dass ich damit schon viel früher hätte antanzen sollen, aber irgendwie ist es nie dazu gekommen. Das ist ... ja, das war nicht so einfach für mich.«

Sammelmerk stellte das Tonbandgerät an.

»Verhör von Anna Kristeva auf dem Maardamer Polizeirevier am 5. März 2001«, sagte sie. »Es ist 19.15 Uhr. Anwesend sind Inspektorin Moreno und Inspektorin Sammelmerk. Wären Sie so nett und erzählen uns, warum Sie hergekommen sind, Frau Kristeva?«

Anna Kristeva holte tief Luft und ließ ihren Blick unruhig mehrere Male zwischen den beiden Kriminalinspektorinnen schweifen, bevor sie begann.

»Ester Peerenkaas«, sagte sie. »Es geht wie gesagt um Ester Peerenkaas, meine Freundin, die seit ... ja, das muss jetzt mehr als eineinhalb Monate sein, seit sie verschwunden ist. Die meisten gehen wohl davon aus, dass sie tot ist ... dass sie von diesem Mann ermordet worden ist, der schon vorher Frauen ermordet hat. Aber das stimmt nicht. Ester ist am Leben.«

Sie hatte während dieser Worte ihren Blick ununterbrochen auf das Bandgerät gerichtet. Jetzt schwieg sie einen Moment, schaute auf und trank einen Schluck Wasser.

»Weiter«, ermunterte Moreno sie.

Anna Kristeva stellte das Glas auf den Tisch und faltete ihre Hände um die Knie.

»Ich habe auch geglaubt, dass sie tot ist ... wenn ich ehrlich sein soll. Aber dann, eines Abends vor zwei Wochen, da hat sie mich angerufen. Es war der 19. Februar, ein Montagabend. Ich war natürlich total überrascht ... und total froh. Zuerst dachte ich, da würde sich jemand einen üblen Scherz erlauben, ja, denn nichts konnte mich glücklicher machen als so ein Telefonanruf ... aber da hatte ich ihre Geschichte auch noch nicht gehört. Sie fragte, ob sie für ein paar Tage bei mir wohnen könnte, und verlangte von mir, niemandem zu verraten, dass sie lebte. Ich verstand zwar nicht, warum, jedenfalls nicht, bis ich sie sah und hörte, was an diesem Abend passiert war ... und von ihrem Plan.«

»Ihrem Plan?«

»Ja.«

Sie machte eine kurze Pause und schüttelte leicht den Kopf, als hätte sie Probleme, ihren eigenen Worten Glauben zu schenken.

»Sie tauchte noch am selben Abend mit ihrer Reisetasche auf, und als ich ihr Gesicht sah, bekam ich einen Schock. Es war schrecklich, ich dachte sofort an Opfer von Brandkatastrophen, wie man sie im Fernsehen oder in der Zeitung sieht ... aber das war bei Ester die Flusssäure. Ich weiß nicht, ob ihr den Effekt solcher Säuren auf die Haut kennt? Wie sie ein Gesicht entstellen können?«

Moreno wechselte einen Blick mit ihrer Kollegin, die die Stirn runzelte und unsicher schaute. »Flusssäure?«, fragte sie nach.

»Eigentlich heißt sie Fluorwasserstoffsäure ... viel schlimmer als Salzsäure, Schwefelsäure oder so. Kriecht sozusagen durch die obersten Schichten der Haut und dringt weit in die Hautschichten hinein ... ja, ich muss das wohl nicht im Detail beschreiben?«

»Ich glaube sogar, ich habe das mal gesehen«, sagte Sammelmerk. »Also Flusssäure. Ich bin ganz deiner Meinung ... es ist einfach schrecklich. Und Ester Peerenkaas hat so etwas also ins Gesicht gekriegt, das willst du damit sagen?«

»Ja.«

»Wie ist das passiert?«, fragte Sammelmerk. »Ich erinnere mich daran, dass eine andere Freundin erzählt hat, dass sie eine kleine Flasche mit dieser Säure immer in ihrer Handtasche hatte. War die das, die ... ?«

Anna Kristeva nickte.

»Genau. Sie hatte also immer diese Flasche dabei. Um sich gegen Gewaltverbrecher zu verteidigen, dafür war die gedacht. Und so ist es auch gekommen, wenn auch nicht so, wie es geplant war. Ich weiß nicht genau, was passiert ist, Ester wollte es nicht im Detail erzählen ... sie ist ganz verändert, nicht nur im Gesicht. Sie ist ... ja, es hat eine Weile gedauert, bis ich es verstanden habe, aber sie ist faktisch verrückt. Wahnsinnig und gefährlich, es war nicht leicht, sie bei mir in der Wohnung zu haben, sie ist wie ein ... wie ein schwarzes Loch. Ich habe ja versucht, mit ihr zu reden, versucht, irgendeine Art Licht in der Dunkelheit zu sehen, aber sie hat mir überhaupt nicht zugehört. Als ich ihr zu nahe gekommen bin, hat sie nur auf ihr entstelltes Gesicht gezeigt und mich gebeten, doch zur Hölle zu fahren ... Sie ist besessen von dem, was ihr zugestoßen ist. Vollkommen besessen.«

»Und was ist ihr zugestoßen?«, unterbrach Moreno sie. »Du hast gesagt, sie hätte es wenigstens angedeutet.«

Anna Kristeva nickte.

»Doch, ja, ich weiß, was passiert ist, wenn auch nur in groben Zügen. Er hat versucht, sie umzubringen. Nicht zu vergewaltigen, jedenfalls nicht als Erstes. Er hat seine Hände um ihren Hals gelegt und wollte sie erwürgen, es ist ihr gelungen, die Flasche aufzukriegen, sie wollte den Inhalt über ihn kippen ... aber irgendwie hat er pariert, ich glaube, er stand hinter ihr, und so hat sie das meiste selbst ins Gesicht gekriegt. Obwohl er auch was abbekommen hat, und das hat ihr wahrscheinlich das Leben gerettet ... Irgendwie ist es ihr gelungen, aus der Wohnung zu fliehen, er ist ins Badezimmer gerannt, hat geschrien und die Dusche angestellt, wie Ester behauptet. Sie selbst hat sich vom Küchenwasserhahn kaltes Wasser ins Gesicht gespritzt ... ihre Sachen zusammengerafft und ist mit einem feuchten Handtuch über dem Kopf davongelaufen ... mit entsetzlichen Schmerzen natürlich.«

»Wie viel von ihrem Gesicht ist zerstört?«, wollte Moreno wissen. »Das muss doch unglaublich schmerzhaft gewesen sein.«

»Es ist ein Wunder, dass sie es bis nach Hause geschafft hat«, bestätigte Anna Kristeva. »Die ganze rechte Wange bis zum Auge ist entstellt ... ein Stück von der Nase und der Stirn auch. Sie sieht grotesk aus ... wie aussätzig. Die Sehkraft des Auges ist wieder besser geworden, aber die Haut ist ... ja, es gibt praktisch keine mehr. Sie schläft jetzt immer mit einem feuchten Handtuch über dem Gesicht.«

»Mein Gott«, rief Sammelmerk aus. »Ist es denn nicht möglich ... das in irgendeiner Form wiederherzustellen?«

Anna Kristeva seufzte.

»Ich weiß es nicht. Sie wollte nicht darüber reden, aber ich habe mit einem Arzt Kontakt aufgenommen ... ohne zu enthüllen, worum es eigentlich geht natürlich ... er behauptet, dass man ein Gesicht so einigermaßen wieder hinkriegen kann. Auch wenn es reichlich entstellt ist. Eine Serie kleiner Operationen und Transplantationen während einer Zeitspanne von fünf, sechs Jahren ungefähr. Das Problem ist, dass Ester an einer derartigen Lösung überhaupt nicht interessiert ist … jedenfalls jetzt noch nicht.«

»Ich verstehe«, sagte Ewa Moreno und strich sich vorsichtig mit zwei Fingern über die Wange. Spürte, wie sie eine Gänsehaut bekam.

»Was hat sie gemacht, nachdem sie an dem Abend nach Hause gekommen ist?«, fragte Sammelmerk. »Ich würde meinen, es wäre wichtig, in so einem Fall so schnell wie möglich in ärztliche Betreuung zu kommen?«

»Ja, natürlich. Aber nicht in diesem Fall. Sie hat mir erzählt, dass sie eine Nacht und einen Tag in ihrer verriegelten Wohnung verbracht hat, während sie ihr Gesicht mit Wasser und Salben und allem Möglichen gepflegt hat, was sie so auf Lager hatte. Am nächsten Abend hat sie den Nachtzug nach Paris genommen, mit einem Tuch über dem Kopf … und dunkler Sonnenbrille natürlich. Dann ist sie einen Monat lang in Paris geblieben.«

»Ein Monat in Paris?«, fragte Moreno. »Und wo? Und warum?«

»Bei einer Freundin. Sie kennt dort einige Leute. Hat schließlich in Paris gelebt, als sie verheiratet war. Sie ist zu einem Hautarzt gegangen, den sie offenbar in ihrem Bekanntenkreis hatte, und hat ein wenig Hilfe bekommen … ja, sie ist bei dieser Freundin ganz einfach untergetaucht. Hat sich versteckt und ihre Rückkehr vorbereitet.«

Wieder machte sie eine kleine Pause und betrachtete Moreno und Sammelmerk einige Sekunden lang. Als wäre sie dabei, eine Geschichte zu erzählen, die so unglaublich ist, dachte Moreno, dass sie gezwungen ist, immer wieder innezuhalten und sich des fortgesetzten Interesses ihrer Zuhörer zu versichern.

»Schließlich hat sie ihre Mutter angerufen. Ihr erklärt, dass sie am Leben ist, aber dass die Eltern ihre Tochter niemals wiedersehen würden, wenn sie auch nur im Geringsten andeuten würden, dass sie von ihr gehört hätten. Ja, und dann ist sie also vor zwei Wochen bei mir aufgetaucht. Verkleidet als muslimische Frau ... um ihr Gesicht auf eine fast natürliche Weise verhüllen zu können. Ihre Bedingungen mir gegenüber waren im Großen und Ganzen dieselben. Ich war gezwungen, sie zu verheimlichen, ganz einfach, es war ja wie ein Schock für mich, dass sie überhaupt noch lebte, und ... ja, ich habe versprochen, alles, was in meiner Macht steht, zu tun, um ihr zu helfen. Wie ihr euch vielleicht erinnert, war ich ja eigentlich diejenige, die im Dezember diesen Mann im Keefer's treffen sollte. Eigentlich. Aber dann bin ich krank geworden, und dann ist es halt so gekommen ...«

»Entschuldige einen Moment«, unterbrach Moreno mit einem Blick aufs Tonbandgerät. »Du sprichst also von Maarten deFraan, dem Professor für Anglistik an der Maardamer Universität?«

»DeFraan, ja«, bestätigte Anna Kristeva. »So heißt er. Zuerst wollte sie seinen Namen auch nicht nennen, aber nach ein paar Tagen habe ich ihn doch aus ihr rausquetschen können ... aber Ester Peerenkaas ist nicht länger Ester Peerenkaas, das ist das Schlimmste an dem Ganzen. Das ist nicht mehr der gleiche Mensch, in ihrem Kopf gibt es nur noch eine Sache, eine einzige, und zwar, wie sie sich an diesem Mann rächen kann.«

Sie breitete die Arme in einer Geste der Ohnmacht aus.

»Warum kann sie denn nicht einfach zur Polizei gehen?«, wollte Sammelmerk wissen.

»Ja, denkt ihr denn, ich habe sie das nicht auch gefragt?«, schnaubte Anna Kristeva leise. »Glaubt ihr denn, ich hätte nicht Tag und Nacht versucht, sie dazu zu überreden?«

»Aber warum?«, wiederholte Moreno. »Warum nicht die Polizei? Dieser Mann hat doch noch viel mehr auf dem Gewissen, nicht nur Ester Peerenkaas' zerstörtes Gesicht ...«

Anna Kristeva seufzte noch einmal laut und vernehmlich und richtete sich dann auf.

»Weil das nicht genug für sie wäre«, sagte sie. »Eine normale Strafe reicht ihr nicht. Und was Behörden betrifft, so ist Ester von früher her ein gebranntes Kind ... ich weiß nicht, ob ihr die Geschichte kennt? Von dem Mann, der ihre Tochter geschnappt und mit ihr verschwunden ist, sie hat zwei Jahre lang darum gekämpft, ihr Recht zu bekommen, bis sie schließlich aufgegeben hat und ... ja, so etwas hinterlässt natürlich seine Spuren. Sie hat ganz einfach kein Vertrauen zur Polizei. Sie will Maarten deFraan eigenhändig töten ... und nicht nur töten, übrigens.«

Moreno erschrak.

»Was meinst du damit?«, fragte sie. »Nicht nur töten ...«

Anna Kristeva trank einen Schluck Wasser und schwieg eine Weile, bevor sie antwortete.

»Sie plant, ihn zu foltern«, sagte sie dann mit leiser Stimme. »Ich glaube ... ich glaube, sie will ihn irgendwie einfangen und ihn dann schrecklichen Dingen aussetzen. Irgendwelchen Qualen. Das Ganze soll so langwierig wie möglich sein, bevor sie ihn schließlich tötet. Fragt mich nicht, wie das zugehen soll, aber sie ist besessen von dem Gedanken. Das ist das Einzige, was sie noch aufrecht hält, und es scheint, als ... als ob es gar nicht um sie selbst ginge. Ich glaube, sie sieht sich als Werkzeug ... als Repräsentantin aller Frauen, die von Männern gequält und gefoltert werden. Sie sieht es als eine Mission an, jedwede Unterdrückung zu rächen, der unser Geschlecht im Laufe der Geschichte unterworfen wurde ... und es ihn spüren zu lassen. Als wäre sie eine Art Auserwählte. Ich habe ja gesagt, dass sie verrückt ist ...«

Wieder schwieg sie eine Weile.

»... aber irgendwie verstehe ich sie auch. Es ist nicht besonders überraschend, dass sie so geworden ist, und deshalb wollte ich sie auch nicht verraten.«

Jetzt suchte sie direkten Augenkontakt zu Moreno und auch zu Sammelmerk, als wolle sie eine Bestätigung von beiden bekommen. Jedenfalls eine Art Verständnis. Moreno wäre Anna Kristevas Blick am liebsten ausgewichen, sie nickte nur vage.

»Ja, natürlich«, sagte sie nachdenklich. »Das ist schon begreiflich. Vielleicht wäre das auch für einen männlichen Polizeibeamten begreiflich. Zumindest für die meisten, die ich kenne.«

»Zweifellos«, sagte Sammelmerk. »Aber ich denke, wir sollten uns im Augenblick nicht zu sehr in die Geschlechterrollenproblematik vertiefen. Ich denke nicht, dass du irgendeine Art von Nachspiel fürchten musst, weil du das bis jetzt verschwiegen hast ... es ist ja so schon schlimm genug. Aber wie ist nun der aktuelle Stand? Ich nehme nicht an, dass du mit deinem Bericht schon bei der Gegenwart angekommen bist?«

Anna Kristeva räusperte sich und fuhr fort.

»Ester hatte also diese muslimische Frauenverkleidung ... die hat sie sich irgendwie in Paris besorgt. Schleier und alles. Ich weiß nicht, ob man einfach so in ein Geschäft gehen und alles kaufen kann, aber vielleicht ist es ja wirklich so einfach. Das Problem war nur, dass sie nicht einmal wusste, wie der Kerl hieß, als sie zurückkam. Er hat ja nicht seinen richtigen Namen benutzt, wie ihr wisst. Aber sie wusste, wo er wohnte, und bald wusste sie auch, wer er war. Sie beschattete ihn ein paar Tage lang, während sie einen Plan schmiedete ... Offenbar entdeckte er sie, denn eines Tages hat er Maardam plötzlich verlassen. Am letzten Sonntag, glaube ich. Außerdem ist da noch eine andere Person aufgetaucht, die auch hinter deFraan hergeschlichen ist, wie Ester behauptet ... eine Art Detektiv oder ein Kriminalbeamter von euch, wenn ich es richtig verstanden habe?«

Moreno brachte noch einmal eine zu nichts verpflichtende Kopfbewegung zu Stande, die alles und nichts bedeuten konnte.

»Auf jeden Fall muss deFraan einen von beiden entdeckt haben ... oder alle beide. Er muss begriffen haben, dass er unter diesen Umständen gefährlich lebte, und eines Tages war er also verschwunden. Ester wurde rasend, sie schlief zwei Nächte lang nicht, ging nicht einmal zu Bett. Ich habe wirklich geglaubt, sie würde in dieser Zeit total durchdrehen, sie muss auch irgendwelche Tabletten genommen haben ... und dann, ja, dann ist sie verschwunden.«

»Verschwunden?«, fragte Moreno nach.

Anna Kristeva nickte.

»Du sagst also, Ester Peerenkaas ist ein zweites Mal verschwunden?«, unterstrich Inspektorin Sammelmerk und kontrollierte, dass das Band im Tonbandgerät sich noch drehte. »Nachdem Maarten deFraan Maardam verlassen hat?«

»Ja«, bestätigte Anna Kristeva mit müder Stimme. »Genau das sage ich. Am Mittwoch letzter Woche war sie nicht mehr da. Sie ist mit ihrer Tasche fort, ohne ein Wort der Erklärung.«

Es vergingen fünf Sekunden.

»Wo ist sie?«, fragte Moreno dann.

Anna Kristeva zuckte resigniert mit den Schultern.

»Ich weiß es nicht«, sagte sie. »Habe nicht die geringste Ahnung. Aber ich weiß, wen sie jagt, und ich möchte nicht in seiner Haut stecken.«

Moreno schaute Sammelmerk an. Sammelmerk schaute aus dem Fenster und klopfte leicht mit dem Stift gegen die Unterlippe.

»Maarten deFraan«, sagte sie langsam. »Der Würger. Unter Verdacht, fünf Menschen getötet zu haben ... oder sind es jetzt nur vier? Du behauptest also, dass Ester Peerenkaas hinter ihm her ist?«

»Ja«, bestätigte Anna Kristeva mit einem erneuten Seufzer. »Ihr wisst nicht zufällig, wo er ist?«

»Wir haben unsere Vermutungen«, sagte Moreno.

Inspektorin Sammelmerk stellte das Tonbandgerät ab.

»Verdammte Scheiße!«, sagte sie. »Entschuldigt, aber ich muss mal off the record fluchen. Was für eine schreckliche Geschichte. Ja, es stimmt, was Inspektorin Moreno sagt, wir glauben, dass wir ihn eingekreist haben … aber wir wollen nichts beschreien.«

»Wo?«, fragte Anna Kristeva, bekam aber keine Antwort.

»Danke, dass du gekommen bist«, sagte Moreno stattdessen. »Du hast es auch nicht einfach gehabt.«

Anna Kristeva rang sich ein sehr bleiches und sehr flüchtiges Lächeln ab.

»Nein«, sagte sie. »Einfach war das nicht.«

Als sie allein waren, ging Inspektorin Sammelmerk zur Tür und löschte das Licht.

»Gute Güte«, sagte sie und sank auf dem Schreibtischstuhl nieder. »Was sagst du dazu?«

»Was soll man dazu sagen?«, entgegnete Moreno.

Sammelmerk überlegte eine Weile, wobei sie sich auf die Unterlippe biss und aus dem Fenster spähte.

»Wenn wir den Aspekt der Geschlechterproblematik weiterhin beiseite lassen«, sagte sie schließlich, »wo landen wir dann?«

»In Griechenland natürlich.«

»Und was glaubst du?«

»In welcher Beziehung?«

»Wie es da unten jetzt steht. Glaubst du, dass sie auch dorthin aufgebrochen ist?«

»No idea«, sagte Moreno. »Aber auf jeden Fall müssen wir ein Telefongespräch führen.«

Irene Sammelmerk wartete ein paar lange Sekunden ab. Dann schob sie das Telefon quer über den Schreibtisch.

»Mach du das«, sagte sie. »Du kennst unsere Repräsentanten vor Ort besser als ich. Soll ich dir die Nummer raussuchen?«

»Nicht nötig«, sagte Ewa Moreno. »Ich habe ein gutes Zahlengedächtnis.«

51

Die Polizeipräfektur von Argostoli war ein weißblaues, zweigeschossiges Gebäude an der Ioannis Metaxa gegenüber dem Hafenbüro. Van Veeteren wurde von einem jungen, durchtrainierten Beamten einen langen Korridor entlanggeschleust bis zu einer blauen Tür, auf der auf einem handgeschriebenen Schild Dimitrios Yakos stand. Sowohl in griechischen als auch in lateinischen Buchstaben.

Der Beamte klopfte vorsichtig an, und nach wenigen Sekunden wurde die Tür von einem untersetzten, spärlich behaarten Mann in den Fünfzigern geöffnet. Er hatte eine Zigarette im Mundwinkel, eine Kaffeetasse in der einen Hand und eine zusammengefaltete Tageszeitung in der anderen, und Van Veeteren fragte sich, wie er es denn wohl geschafft hatte, die Klinke hinunterzudrücken.

»Commissioner Van Veeteren?«, sagte er feierlich und befreite seine Hände. »I am very pleased to meet you.«

Van Veeteren begrüßte ihn, und der junge Beamte kehrte zurück zum Empfang. Kommissar Yakos bat seinen Gast, sich doch zu setzen, und beklagte in blumigen Worten, dass er am vergangenen Tag nicht anzutreffen gewesen war, weil er mit einem Fall beschäftigt war, der seine Anwesenheit and full attention erforderte, aber jetzt stand er zu one hundred and fifty percent zur Verfügung. Europe is one big town nowadays, isn't she?

Van Veeteren nickte und nahm eine Zigarette aus dem dargebotenen glänzenden Metalletui. Schaute sich schnell in dem engen Zimmer mit den vergitterten Fenstern zur Straße und zum Hafen hin um und stellte fest, dass es (abgesehen von den Gittern) eher an eine Art Studierzimmer als an ein Büro erinnerte. Ein niedriger Tisch mit zwei Sesseln. Ein Bücherregal mit Ordnern, Büchern und Zeitungen. Mindestens zwanzig eingerahmte Familienporträts an den Wänden sowie ein kleiner brummender Kühlschrank, aus dem der Kommissar gerade mit flinken Händen zwei Bierdosen holte und sie ohne zu fragen öffnete.

Er redete die ganze Zeit, und jede Befürchtung hinsichtlich irgendwelcher Sprachbarrieren verflüchtigte sich schnell. Yakos' Englisch war fast mit seinem zu vergleichen – wenn man von der Bildersprache absah, die fest in der griechischen Gedankenwelt verankert war –, und nachdem Van Veeteren das Bier probiert hatte und in den einen Sessel gesunken war, bekam er eine plötzliche Vision, dass die Dinge sich vielleicht trotz allem noch klären würden.

Nach fünf Minuten war der Kommissar fertig mit der Einführung in seine Familien- und Arbeitsverhältnisse. Er zündete sich an der Glut der alten Zigarette eine neue an, faltete seine behaarten Hände und betrachtete voller Interesse seinen Gast.

»Wenn Sie mich jetzt über den Grund Ihres Kommens informieren würden. Es wird mir ein Vergnügen sein, mit Ihnen zusammenzuarbeiten.«

Van Veeteren dachte fünf Sekunden lang nach.

»Ich suche nach einem Mörder«, erklärte er dann.

»Aha«, sagte Kommissar Yakos und schmatzte leicht mit den Lippen, als hätte er gerade eine frische Feige probiert. »Hier? Auf der Insel der Esel und der Helden?«

»Hier«, bestätigte Van Veeteren. »Sein Name ist Maarten deFraan, und ich habe Grund zu dem Verdacht, dass er sich hier in Argostoli aufhält ... oder aber in Lassi. Er muss erst vor Kurzem angekommen sein und ist vermutlich in einem der Hotels oder in einer der Pensionen abgestiegen. Vielleicht unter falschem Namen, aber wahrscheinlich benutzt er seinen richtigen. Ich brauche Ihre Hilfe, um ihn zu finden, und ich brauche Ihre Hilfe, um ihn zu schnappen. Sie haben doch meine Unterlagen bekommen?«

Kommissar Yakos nickte.

»Ja. Kein Problem.«

Van Veeteren überreichte ihm deFraans Foto. Yakos nahm es entgegen, hielt es vorsichtig zwischen Daumen und Zeigefinger, während er es mit zu einem Zirkumflex hochgezogenen Augenbrauen betrachtete.

»Der Mörder?«

»Ja.«

»Wie viele Leben hat er auf dem Gewissen? Das ist aus den Unterlagen nicht klar hervorgegangen.«

»Wir wissen es nicht genau. Vier oder fünf.«

»Ah.«

Er gab das Foto zurück.

»Sind irgendwelche Komplikationen zu erwarten? Ist er bewaffnet?«

Van Veeteren überlegte einen Augenblick lang.

»Schon möglich«, sagte er. »Es ist schwer zu beurteilen, ob er nun gefährlich ist oder nicht. Ich schlage vor, dass wir mit dieser Frage warten, bis wir ihn lokalisiert haben. Was meinen Sie, wie lange wir dafür brauchen?«

Kommissar Yakos schaute auf die Uhr und verzog kurz den Mund.

»Sie werden heute Nachmittag von mir hören«, sagte er. »Wir brauchen ja nur die Hotels zu überprüfen, wenn man es genau nimmt. Das ist in ein paar Stunden zu erledigen, ich habe einige Untergebene zu meiner Verfügung. Wenn wir ihn nicht finden, kommen wir natürlich in eine etwas schwierigere Situation ... aber warum sich schon Gedanken über Schwierigkeiten machen, die es noch gar nicht gibt?«

»Ja, warum?«, stimmte Van Veeteren ihm zu. Er trank sein Bier aus und stand auf. »Ich schaue dann gegen vier Uhr wieder rein, ja?«

»Heute Nachmittag«, korrigierte Kommissar Yakos mit einem Lächeln. »Wenn schon vorher etwas passiert, lasse ich von mir hören.«

Bevor sie am zweiten Tag auf ihren Posten ging, kontrollierte sie den Inhalt ihrer Stofftasche.

Ein kurzes Eisenrohr, in ein Stück Lakenstoff eingeklebt. Ein Nylonseil. Zwei Flaschen, eine mit Flusssäure, eine mit Benzin. Ein Salzpäckchen. Zahnstocher. Zwei verschiedene Messer. Eine kleine Zange.

Sie tat ein stilles Gebet, die Sachen ungefähr in dieser Reihenfolge anwenden zu können, während sie sich das Szenario vor ihrem inneren Auge vorzustellen versuchte. Spürte, wie ihr plötzlich ein Schauder das Rückgrat hinunterlief, bis hinunter zwischen die Beine, und empfand einen Augenblick des Schwindels. Dann knotete sie das dünne Tuch ums Haar und den unteren Teil vors Gesicht. Schön, wenn ich diese muslimischen Tücher endlich los bin, dachte sie. Schaute in den Spiegel, bevor sie ihre Maskerade mit Hilfe einer großen runden Sonnenbrille vollendete.

Sie nahm die Tasche und verließ das Zimmer. Trat in das Sonnenlicht und in die Wärme des griechischen Morgens. Schaute sich um. Die Lassi-Gegend, wie sie genannt wurde, bestand eigentlich nur aus einer Straße. Das war ein Vorteil, ein unabweisbarer Vorteil. Sie schob die Sonnenbrille hoch und betrachtete den Himmel. Er war größtenteils wolkenfrei, die Temperatur lag sicher bereits bei achtzehn, zwanzig Grad. Ein warmer Tag, aber nicht heiß. Es lag der Hauch eines Versprechens in ihm, wie sie sich einredete. Etwas, das von einem Abschluss kündete.

Die Straße war lang, zwei Kilometer oder mehr. Am gestrigen

Abend war sie auf diesem Weg hin und her geschlendert, von einer Taverne zum nächsten Hotel, ohne Aufmerksamkeit zu erregen. Bars, Minimärkte, Geschäfte. Und warum sollte sie denn Aufmerksamkeit erwecken? Tücher waren übliche Accessoires hier, eine Sonnenbrille fast obligatorisch. Es war perfekt. Früher oder später musste sie ihn finden. Früher oder später. Es gab keine anderen Wege, wenn man sich in Lassi überhaupt draußen bewegen wollte.

Früher oder später.

»Was machen wir jetzt?«, fragte Münster.

Van Veeteren schaute auf.

»Warten«, sagte er. »Es gibt nicht viel anderes zu tun. Aber wir können eine Runde zum Hafen hin drehen und uns das Treiben dort ansehen. Oder will der Herr Kommissar ein Bad im Meer nehmen? Ich bin bereit, mit dem Handtuch zur Stelle zu sein.«

»Es ist der sechste März«, wies Münster ihn zurecht. »Nein, danke. Aber ich wüsste gern, was du eigentlich von Frau Peerenkaas hältst.«

Sie verließen den Cafétisch und gingen hinunter Richtung Ioannis Metaxa. Van Veeteren nahm seinen Strohhut ab und wischte sich die Stirn mit einer Papierserviette ab. Münsters Frage blieb fast eine halbe Minute in der Luft hängen, bis der *Hauptkommissar* sich veranlasst sah, sie zu beantworten.

»Ich glaube, sie ist lebensgefährlich«, sagte er. »Leider. Und das vielleicht nicht nur für deFraan. Aber ich hoffe, dass sie nicht hergekommen ist. Du könntest vielleicht etwas Ausschau in dem Menschengewimmel halten, deine Augen sind besser als meine. Hast du deine Dienstwaffe zur Hand?«

Münster klopfte mit der Hand unter den Arm und nickte bekräftigend. Es hatte ihre Abreise um einen Tag verzögert, aber Van Veeteren hatte darauf bestanden, dass mindestens einer von ihnen eine Waffe tragen sollte.

Das ist ungewöhnlich, dachte Münster. Er ist sonst nicht so darauf bedacht. Zumindest was ihn angeht.

»Das Risiko besteht wohl trotzdem«, stellte Münster fest. »Dass sie hier ist, meine ich. Wenn sie bereits in Athen war, als wir dort angekommen sind, wie Krause behauptet ... ja, ich verstehe ehrlich gesagt nicht, was sie eigentlich treibt.«

»Hmpf«, brummte Van Veeteren und schob den Strohhut wieder an Ort und Stelle. »Das ist wahrscheinlich gar nicht so kompliziert. Es ist nicht deFraan, dem sie dicht auf den Fersen ist, das sind wir, mein lieber Watson. Du und ich. Zwei lahmarschige Kriminalpolizisten, die ihre Fahrten und Hotels mit Karacho unter ihrem richtigen Namen buchen ... deFraan hat sicher alles gemacht, um sie sich vom Leibe zu halten, aber was hilft das, wenn wir so deutlich zu sehen sind wie zwei bunte Flusspferde auf einem Hühnerhof?«

Münster runzelte die Stirn und glättete sie sogleich wieder.

»In Ordnung«, sagte er. »Möglicherweise ist das so. Und wenn wir sie doch zufällig in diesem Gewimmel sehen, was wollen wir dann tun? Sie festnehmen?«

»Weswegen?«, gab Van Veeteren zurück. »Soweit ich weiß, hat sie bislang nicht einmal einen Strafzettel für Falschparken gekriegt.«

Münster dachte nach.

»Stimmt«, sagte er. »Aber was sollen wir dann machen?«

»Warten«, sagte Van Veeteren. »Das habe ich dir doch gerade versucht zu erklären. Hast du deinen Pascal schon vergessen?«

Oh Teufel, dachte Münster und biss die Zähne zusammen. Hier promenieren wir in aller Ruhe herum – wie bunte Flusspferde! –, obwohl wir eigentlich auf der Jagd nach einem Wahnsinnigen sind, der mindestens vier Menschen mit bloßen Händen umgebracht hat ... und einer vollkommen besessenen Frau. Und er redet von Pascal! Das Antiquariatsleben hat doch seine Spuren hinterlassen.

Er schob seine Waffe zurecht, die in der Achselhöhle scheuerte, und beugte sich unter eine rote Markise, unter die Van Veeteren gerade gehuscht war, um irgendwelche außergewöhnlich großen und fetten Oliven zu probieren.

»Achte auf die Kerne«, redete Münster mit sich selber.

»Was?«, brummte Van Veeteren. »Die hier sind gar nicht so schlecht. Was sagte der Kommissar?«

»Ach, nichts«, sagte Münster.

Sie nahm ihn aus den Augenwinkeln wahr und hätte ihn um Haaresbreite gleich wieder aus dem Blick verloren.

Nikos Rent-a-car. Ganz am nördlichen Ende der Bebauung, wo die Straße über den Berg hinauf nach Argostoli anstieg. Sie ging einige Meter an dem Laden vorbei und blieb dann stehen.

Er stand dort drinnen. Maarten deFraan. *Er.* Das Herz pochte ihr bis zum Hals, und sie konnte plötzlich ganz deutlich den Geschmack von Metall auf der Zunge spüren. Das war eigenartig. Ein paar Sekunden stand sie einfach nur da, mitten auf dem Gehweg, während der Boden sich unter ihren Füßen zu winden schien und die Zikaden ihre Trommelfelle zerschmetterten. Als ob etwas – oder vielleicht sogar alles – kurz vorm Platzen war.

Es ging schnell vorbei. Sie holte zweimal tief Luft und besann sich. Die Konzentration floss wie ein kräftiger Strom in sie hinein. Jetzt, dachte sie. Jetzt ist es nicht mehr lange hin. Es ist nahe .... aber was hatte er vor?

Er wollte ein Auto mieten. Oder irgendein Motorrad. Das war so klar wie Kloßbrühe.

Warum? Welche Absichten hegte er? Was machte er überhaupt auf dieser verfluchten Insel?

Und was sollte sie selbst tun?

Sie schaute sich hastig um. Ein weißgrünes Taxi kam den Weg herangekrochen, und reflexartig hob sie die Hand. Der Fahrer hielt an, und sie kletterte auf die Rückbank.

Im gleichen Moment kamen der Vermieter – ein untersetzter

junger Mann mit einem groß karierten Hemd, das bis zum Bauchnabel aufgeknöpft war – und deFraan aus dem Laden. Offenbar war der Mietvertrag unterschrieben. Alles hatte seine Ordnung. Sie gingen zu einem blauroten Scooter, der für sich stand, etwas abseits von den anderen Zweirädern auf dem Gehweg. Sie schloss daraus, dass deFraan ihn sich bereits ausgesucht hatte, bevor er in den Laden ging. Der Vermieter überreichte ihm ein Paar Schlüssel und gab ihm einfache Anweisungen. DeFraan nickte und schwang sich aufs Fahrzeug. Schob seinen kleinen Rucksack zurecht und wechselte noch einige Worte mit dem jungen Mann. Dann drehte er den Zündschlüssel und startete den Motor. Schaute auf der Straße hinter sich, bevor er vorsichtig den Kantstein hinunterglitt und Richtung Argostoli losknatterte.

»Where are we going, Miss?«, fragte der Taxifahrer und betrachtete sie im Rückspiegel.

Sie zog einen Zehntausend-Drachmen-Schein aus ihrer Handtasche und deutete auf den sich entfernenden Scooter.

Der Fahrer zögerte einen kurzen Moment, dann nahm er den Schein mit Zeige- und Mittelfinger entgegen. Stopfte ihn in die Brusttasche seines weißen Hemds und machte sich auf den Weg.

»Ich verstehe«, sagte Van Veeteren. »Eingekreist und gefunden, aber noch auf freiem Fuß? Ja, also müssen wir neue Informationen abwarten.«

Er gab Münster das Handy.

»Du musst es abschalten. Ich weiß nicht, wo der Knopf sitzt.«

Münster tat es und schob das Gerät in seine Brusttasche.

»Yakos?«, fragte er. »Hat er ihn gefunden?«

»Nicht direkt.«

Van Veeteren blieb stehen und schaute zu dem weißgekalkten Gebäude hinüber, das die gesamte Westseite der Bucht einnahm. Sie waren über die schmale Steinbrücke gegangen und jetzt auf dem Rückweg. Es war halb zwölf, und die Sonne begann langsam, richtig zu wärmen.

»Nein«, erklärte der *Hauptkommissar,* »offenbar haben sie das Hotel gefunden … in Lassi, wie wir angenommen haben, aber der Vogel ist ausgeflogen. Ist so gegen zehn Uhr weg, wie sie schätzen. Vielleicht liegt er irgendwo in einem Liegestuhl, vielleicht hat er was anderes im Blick.«

»Was zum Beispiel?«, wollte Münster wissen.

Van Veeteren stellte einen Fuß auf die niedrige Steinbalustrade und schaute blinzelnd auf das glitzernde Wasser. Blieb eine Weile schweigend so stehen.

»Das wissen die Götter«, stellte er dann fest und richtete sich wieder auf. »Aber er muss doch begriffen haben, dass wir ihm auf den Fersen sind … und dass eine gewisse Frau das wahrscheinlich auch ist. Er weiß, dass das Spiel bald aus ist, aber vielleicht will er das Finale selbst bestimmen, oder was denkst du?«

Münster setzte sich auf die Balustrade und dachte nach.

»Es ist schwer, seiner Logik zu folgen«, sagte er. »In bestimmten Punkten ist er ja total verrückt, in anderen Zusammenhängen scheint er mehr oder weniger normal zu funktionieren …«

»Kein besonders ungewöhnliches Phänomen«, erklärte Van Veeteren und zündete sich eine Zigarette an. »Wir haben wohl alle ein paar Schrauben locker, auch du und ich, aber bei deFraan ist das etwas komplizierter. Er ist höchstwahrscheinlich hyperintelligent, und wenn es etwas gibt, wofür wir unsere Intelligenz gern benutzen, dann dazu, unsere lockeren Schrauben wegzuanalysieren. Unsere gemeinen Beweggründe und unsere dunklen Triebe zu begründen … Wenn wir das nicht täten, würden wir es gar nicht mit uns aushalten können.«

Münster nickte.

»Ich habe mich schon immer gefragt, wie gewisse Menschen überhaupt weiterleben können. Vergewaltiger, Männer, die Frauen misshandeln, oder Kindermörder … wie können sie sich nur morgens in die Augen sehen?«

»Abwehrmechanismen«, sagte der *Hauptkommissar* mit müder Stimme. »Das betrifft auch dich und mich. Wir weben uns unser Schutznetz über den Abgründen, und in deFraans Fall hat er sicher alle seine Kräfte dafür eingesetzt, dass es klappt. Seine Störung, was Frauen betrifft, muss tief sitzen, ungemein tief … Vielleicht kommen wir irgendwann dahinter.«

»Wir werden es sehen, wenn wir ihn schnappen«, kommentierte Münster. »Ich hoffe, Kommissar Yakos hat das hier im Griff.«

Van Veeteren zuckte mit den Schultern, und die beiden gingen zurück zum Hafen.

»Das hat er bestimmt. Zumindest genauso gut, wie wir es hätten.«

Kommissar Yakos sah müde aus, als er sich kurz nach neun Uhr abends an ihren Tisch setzte. Er rief den Kellner, bestellte griechischen Kaffee, Bier, Ouzo und Erdnüsse. Drückte eine Zigarette aus und steckte sich eine neue an.

»Es ist bedauerlich«, sagte er. »Aber es ist uns nicht gelungen, ihn zu fassen.«

»Manchmal brauchen die Dinge ihre Zeit«, sagte Van Veeteren.

»Er ist seit heute Morgen nicht mehr im Hotel gewesen. Ich habe das Odysseus den ganzen Nachmittag überwachen lassen, er kann uns nicht entgangen sein.«

»Und dieser Motorroller?«, wollte Münster wissen.

Kommissar Yakos schüttelte mit finsterer Miene den Kopf.

»Er hat ihn dem Vermieter nicht wieder zurückgebracht. Er sollte laut Vertrag vor neun Uhr abgeliefert werden … dann schließt der Laden. Ich fürchte, dass wir heute nicht viel weiter kommen werden. Mein Mann im Odysseus bleibt dort weiter auf Posten. Sobald deFraan auftaucht, werden wir umgehend zuschlagen.«

Er legte sein blutrotes Handy auf den Cafétisch, als wollte er damit unterstreichen, dass die Kommunikation lief wie geschmiert.

»Ausgezeichnet«, sagte Van Veeteren. »Dann hast du deinem Beamten wohl auch die Anweisung gegeben, nichts auf eigene Faust zu unternehmen? Das ist ein Mörder, mit dem wir es hier zu tun haben, er kann äußerst gefährlich sein.«

Kommissar Yakos leerte sein Ouzoglas.

»Keine Sorge«, erklärte er. »Der Schutzmann Maramiades ist der feigste Esel auf der ganzen Insel.«

»Ausgezeichnet«, wiederholte Van Veeteren. »Und was ist mit diesem Roller? Gibt es eine Art Suche nach ihm?«

Yakos betrachtete seine Gäste mit einem verkniffenen Lächeln, bevor er antwortete.

»Meine lieben Freunde«, stellte er langsam und nachdrücklich fest. »Ich bin seit zwanzig Jahren Kriminalkommissar in Argostoli. Ich bin hier geboren ... zwei Tage nach dem Erdbeben und eine Woche zu früh, es war das Beben, das die Wehen meiner Mutter ausgelöst hat ... nun ja, auf jeden Fall garantiere ich euch, dass jeder Polizist, jeder Barbesitzer und jeder Taxifahrer auf dieser Insel weiß, dass ich nach einem blauroten Scooter der Marke Honda mit dem polizeilichen Kennzeichen BLK 129 suche. Unterschätzt mich bitte nicht.«

»Ich bitte um Entschuldigung«, sagte Van Veeteren. »Lasst uns eine gute Flasche Boutariwein trinken und ein bisschen Käse essen, solange wir warten.«

Kommissar Yakos breitete lachend seine Arme aus.

»Warum eigentlich nicht?«, sagte er.

52

»Das Problem ist«, hatte ihr Großvater auf seinem Totenbett erklärt, »das Problem ist, dass es Gott nicht gibt.«

Sie musste oft an diese Worte zurückdenken, und in den letzten Wochen waren sie ihr mit einer Art schlafwandlerischer Beharrlichkeit immer wieder durch den Kopf gegangen. *Gott gibt es nicht*. Großvater war an Krebs gestorben, er hatte die letzten Monate seines Lebens im Krankenhaus gelegen, und zwei Tage bevor er starb, hatte sie allein an seinem Bett gesessen. Sie hatten sich abgewechselt – sie, ihre Mutter und ihre Tante, man wusste ja, dass es nicht mehr lange dauern würde.

Sie hatte dort in einem blauen Sessel in der Spezialabteilung des Krankenhauses für sterbende Patienten gesessen. Patienten im letzten Stadium. Ein Großvater, dessen Tage gezählt waren, morphingespritzt, bis jeder Verstand wich, und eine sechzehnjährige Enkelin. Der Krebs saß in der Bauchspeicheldrüse. Pankreas. Zumindest ein Teil davon – wenn man die Möglichkeit hätte, zu wählen, wo man seinen Krebs haben wollte, dann war es jedenfalls nicht die Bauchspeicheldrüse, die man aussuchen sollte, das war ihr klar geworden.

Es war seine vorletzte Nacht, wie sich später zeigen sollte, und am frühen Morgen, kurz vor halb sechs, war er aufgewacht und hatte seine Hand nach ihrer ausgestreckt. Sie musste im Sessel eingeschlafen sein, denn sie wachte davon auf, dass er sie berührte, und versuchte, sich aufzurichten.

Er betrachtete sie zunächst einen Augenblick, mit einem ganz und gar nicht trüben Blick. Sie hatte fast das Gefühl, es wäre dieser berühmte Augenblick der Klarheit direkt vor dem Tod, aber dann war es doch nicht so gewesen. Er hatte noch mehr als einen ganzen Tag vor sich.

Dann hatte er diese Worte gesagt, mit lauter, deutlicher Stimme.

Das Problem ist, dass es Gott nicht gibt.

Ihre Hand dann losgelassen, die Augen geschlossen und war zurück in den Schlaf gesunken.

Er war sein ganzes Leben lang strenggläubig gewesen. Bei der Beerdigung war die Kirche so voll von Leuten gewesen, dass einige hinten stehen mussten.

Sie selbst war sechzehn Jahre alt gewesen und hatte es nie jemandem erzählt.

Nein, dachte sie, als sie im Taxi saß, die Hände fest im Schoß gefaltet. Gott gibt es nicht, deshalb müssen wir unser Schicksal selbst in die Hand nehmen.

Die Fahrt dauerte knapp fünfzehn Minuten. In einer Haarnadelkurve oberhalb einer Schlucht hatte er angehalten. Unweit vom Pass zur Nordseite der Insel hin, wenn sie es richtig sah. Als sie nach hinten schaute, konnte sie immer noch ein Stückchen der schmalen alten Steinbrücke erkennen, die über die Meerenge zu Argostolis Hafen hin führte. Sie bat den Fahrer, am nächsten Felsvorsprung vorbeizufahren und dann anzuhalten.

Dort bedankte sie sich und stieg aus. Das Taxi fuhr weiter den Berghang hinauf. Sie nahm an, dass es schwierig war, hier auf dem engen Asphaltband zu wenden, und vielleicht gab es ja noch andere Wege zur Hauptstadt hinunter. Als das Auto aus ihrem Blickfeld verschwunden war, ging sie um die Kurve und sah ihn wieder. Er stand neben dem blauroten Scooter, mit dem Rücken zu ihr, und schaute in die Schlucht hinunter. Die fiel steil nach unten, felsige Bergwände ohne Bewuchs, aber auf dem Boden der

Kluft, um die dreißig Meter weit unten, gab es ein Durcheinander von vertrockneter, sperriger Vegetation und Müll, den rücksichtslose Autofahrer hinuntergeworfen hatten. Papier, Plastik und leere Dosen. Etwas, das wie ein Kühlschrank aussah.

Vollkommen unbeweglich stand er da, mit einem kleinen graugrünen Leinenrucksack zwischen den Füßen und einem Revolver in der rechten Hand.

Sie strich sich mit den Fingern über die gequälte, zerstörte Haut in ihrem Gesicht und schob dann die Hand in ihre Schultertasche. Bekam das umwickelte Eisenrohr zu fassen. Nach allem zu urteilen hatte er sie nicht bemerkt. Gut, dachte sie. Der Abstand zu ihm war nicht größer als zwanzig Meter, sie nahm sich nicht die Zeit zu fragen, warum er dort stand. Warum er einen Revolver in der Hand hatte und welche Pläne er hatte. Es genügte, dass sie ihren eigenen Plan hatte.

Das war mehr als genug.

Gott gibt es nicht, dachte sie und ging vorsichtig näher.

Er bemerkte sie nicht – oder kümmerte sich einfach nicht um sie –, bis sie fast direkt hinter ihm stand. Er war in tiefer Konzentration versunken, wie es schien – aber als er schließlich ihre Schritte hörte und ihre Nähe bemerkte, da zuckte er zusammen und wandte sich ihr eilig zu.

»Excuse me«, sagte sie auf Englisch und umklammerte das Rohr in der Tasche. »Sie wissen nicht vielleicht, wie spät es ist?«

»Wie spät?«

Das war eine absurde Frage hier mitten in dieser kargen Berglandschaft, und er sah sie verwundert an.

»Ja, bitte.«

Er hob die Hand – die, in der er nicht den Revolver hatte – und schaute auf seine Armbanduhr.

»Zwölf«, sagte er. »Es ist eine Minute vor zwölf.«

Sie bedankte sich und zupfte das Tuch vor ihrem Gesicht zurecht, Er erkennt mich nicht, dachte sie. Er hat keine Ahnung, wer ich bin.

»Es ist schön hier«, sagte sie und trat einen Schritt näher, als wolle sie an ihm vorbeigehen. Er richtete seinen Blick wieder auf die Schlucht. Antwortete nicht. Der Arm mit dem Revolver hing unbeweglich an seiner Seite. Sie sah, wie ein Raubvogel über dem Bergkamm auftauchte, er flog im Gleitflug einen Kreis und blieb schräg über ihnen hoch in der Luft stehen. Sie zog das Rohr aus der Tasche.

Gott ... dachte sie und hob es hoch in die Luft.

Er wandte den Kopf und starrte sie den Bruchteil einer Sekunde lang mit halb offenem Mund an. Hob die Waffe, so dass sie auf seinen eigenen Kopf zielte, auf seine rechte Schläfe.

... gibt es nicht, dachte sie und schwang das Rohr.

53

Kommissar Yakos sah nicht besonders munter aus.

»Er hat bei seiner Geliebten geschlafen, dieser verdammte Taxifahrer«, sagte er. »Deshalb hat er sich erst heute Morgen gemeldet.«

Er beugte sich vor. Stützte sich mit den Händen auf den Knien ab und atmete schwer. Münster schaute sich um. Die Aussicht war fast atemberaubend schön, und es war schwer, dieses Gefühl der Unwirklichkeit abzuschütteln, das durch dieses ätherische Vormittagslicht verbreitet wurde ... dieses Gefühl, er würde noch schlafen und träumen oder an irgendeiner Art surrealistischer Filmaufnahme teilnehmen. Außerdem hatte er schlecht geschlafen, ganz im Gegensatz zu dem gerade erwähnten Taxifahrer, dort unten in seiner höchst greifbaren Einsamkeit des Hotelzimmers. Es war schon nach drei Uhr, als er endlich die Augen schließen konnte.

Jetzt war es halb elf. Sie befanden sich einige Kilometer oberhalb der Stadt. Die Sonne war eine Handbreit über den hohen Bergkamm im Osten gestiegen und warf ihr Licht über die niedriger gelegenen, kargen Berghänge, über die Olivenhaine unten zur Küste hin und über die vereinzelten weißgekalkten Gebäude auf der anderen Seite der Bucht. Die blauschattierten Silhouetten der kleinen Inseln verloren sich nach Westen hin zum Horizont, der scharf wie ein Nadelstrich war, obwohl das Meer und der Himmel fast die identische Bläue zeigten. Näher heran, einige hundert Meter die Straße hinauf, zeichneten sich ebenso scharf die Ruinen einiger Häuser ab – eine Art Mühle, wie Münster vermutete, eingerahmt von zwei Olivenbäumen.

Und noch näher dran, geparkt neben der flachen, halb verwitterten Steinmauer, die die Straße von dem Abgrund trennte: ein blauroter Scooter der Marke Honda. Amtliches Kennzeichen BLK 129.

Münster schob seine Dienstwaffe zurecht und drehte den Kopf. Direkt unter ihnen lag eine Schlucht – zwei steil abfallende Wände, die ein tiefes, gezacktes V-Zeichen in den Berg schnitten, dessen Spitze weit unter ihnen lag, dreißig, vierzig Meter tief schätzungsweise, bedeckt mit einem Wirrwarr struppiger Büsche und Müll. Unzugänglich für jedermann.

Dennoch wimmelte es am Hang von Menschen. Schwarzgekleidete junge Männer mit Seil und Pickel und allen möglichen Ausrüstungsgegenständen. Ein Hubschrauber schwebte über ihnen und schnitt einen rücksichtslosen Lärmspalt in die großartige Landschaft. Münster drehte den Kopf noch weiter und betrachtete Van Veeteren, der zwei Meter von ihm entfernt mit nicht entzündeter Zigarette im Mund dastand. Er sah aus, als hätte er schlecht geschlafen.

Oder es war nur die Enttäuschung und Frustration, die in seine schweren Gesichtszüge geschrieben stand. Die Enttäuschung darüber, dass es ihnen nicht gelungen war, Maarten deFraan zu fangen. Einen lebendigen Maarten deFraan.

Schon als sie von Yakos gegen acht Uhr über den Fund informiert worden waren, war der *Hauptkommissar* wütend und gereizt gewesen. Münster vermutete – hoffte vielleicht sogar? –, dass es die vermessene Rede von Pascal war, die ihm einen schlechten Geschmack im Mund bereitete. Unter anderem.

Denn Maarten deFraan war tot. Sehr tot. Dieser Gedanke, ihm von Angesicht zu Angesicht gegenüberzusitzen und in seiner schwarzen Seele zu angeln, würde nie Realität werden. Weder für Van Veeteren noch für sonst jemanden.

Kommissar Yakos trocknete seinen glänzenden Kopf an einem Handtuch ab. Er war gerade vom Fundort zur Straße hinaufgeklettert, und die Schweißflecken unter seinen Achseln waren groß wie Elefantenohren.

»Wollt ihr runter und euch das ansehen?«, fragte er und ließ seinen Blick zwischen Van Veeteren und Münster hin und her wandern.

»Nicht unbedingt«, sagte Van Veeteren. »Aber wenn du uns alles im Detail beschreiben kannst, dann wäre ich dir sehr dankbar. Ich gehe davon aus, dass Fotos gemacht werden?«

»Hundertfach«, versicherte Yakos. »Nein, verzichtet lieber auf die Kletterpartie. Es sieht schrecklich aus da unten. Einfach schrecklich …«

Er machte eine Pause, als koste er das Wort noch einmal, um zu entscheiden, ob es auch das Richtige war.

»… zwei Leichen, wie gesagt. Oder eine Leiche und ein Skelett genauer gesagt. Doktor Koukonaris meint, dass das Skelett zwischen drei und dreißig Jahre dort gelegen haben kann, aber wir werden das natürlich genauer bestimmen können, wenn alle Analysen gemacht worden sind. Nach allem zu urteilen eine Frau …«

»Das ist seine Ehefrau«, unterbrach ihn Van Veeteren. »Ihr Name ist Christa deFraan, und sie hat seit August 1995 hier in der Schlucht gelegen.«

Kommissar Yakos betrachtete ihn eine Weile mit Zirkumflex-Augenbrauen, ließ dann einen dünnen Luftstrom zwischen den Lippen strömen.

»Wirklich?«, sagte er. »Ja, wenn ihr meint … die andere Leiche ist jedenfalls jüngeren Datums. Ein Mann, der höchstens einen Tag dort gelegen hat. Es gibt keinen Grund, daran zu zweifeln, dass es sich hier um Professor deFraan handelt. Aber er ist übel zugerichtet, deshalb können wir noch nicht mit letzter Sicherheit sagen …«

»Zugerichtet?«, fragte Van Veeteren. »Wie ist er zugerichtet?«

Kommissar Yakos nahm einen tiefen Zug aus seiner Zigarette und schaute aufs Meer.

»Ihr wollt das ganz genau wissen?«

»Ja, bitte.«

»Na gut, selbst schuld ... aber ihr seid sicher gezwungen, ihn euch sowieso anzusehen, wenn wir ihn hochgeholt haben ... der reinste Horror, wie gesagt.«

»Das haben wir verstanden«, sagte Van Veeteren mit einem Hauch von Ungeduld in der Stimme. »Bist du jetzt so gut und berichtest.«

Yakos nickte.

»Zum Einen hat man ihm in den Kopf geschossen. Das Eintrittsloch an der einen Schläfe, das Austrittsloch an der anderen. Wir haben bisher noch keine Waffe gefunden, aber es muss sich um eine ziemlich großkalibrige Geschichte handeln ... Neunmillimeter möglicherweise. Wir suchen natürlich weiter danach.«

»Natürlich«, sagte Van Veeteren.

»Aber das ist nicht das Schlimmste«, fuhr Yakos fort.

»Nicht?«

»Hat er Verletzungen vom Fall?«, fragte Münster.

Kommissar Yakos nickte ernst.

»Ja, es gibt wohl kaum einen Knochen in seinem Körper, der noch heil ist, meint der Doktor, er ist also offenbar von hier oben hinuntergefallen ... oder gestoßen worden ... aber das sind nicht die Verletzungen, auf die ich hinaus will.«

Er zog wieder an seiner Zigarette und schien zu zögern.

»Bitte weiter«, ermahnte Van Veeteren. »Der Kommissar und ich haben zusammen fünfzig Jahre in der Branche auf dem Buckel. Du brauchst also keine falschen Rücksichten zu nehmen.«

»All right, wenn du darauf bestehst. Der Körper ist fast nackt und voller Wunden, ganz abgesehen von denen, die durch den Fall entstanden sind. Es gibt Stichwunden am ganzen Körper, und einiges sieht aus wie verätzt, vor allem im Gesicht ... in dem, was vom Gesicht noch übrig ist. Er ist nicht zu erkennen. Die Augen sind ausgehöhlt, und sein … sein Penis und seine Hoden sind abgeschnitten worden. Hände und Füße wurden mit Nylonschnur gefesselt. Die Hände auf dem Rücken. Ein paar der Nägel sind rausgezogen. Außerdem hat er großflächige Brandwunden am Körper, vor allem auf der Brust und dem Bauch … es sieht so aus, als hätte jemand Benzin über ihn gekippt und angezündet. Alles deutet darauf hin, dass er … gefoltert wurde … da unten …«

Er zeigte auf einen kleinen Felsvorsprung ein paar Meter den Abhang hinunter. Münster bemerkte ein paar schwarze Flecken auf den Steinen dort und rußige Reste von Stoff oder Kleidung.

»Ob das passiert ist, bevor die Kugel durch seinen Kopf fuhr oder hinterher … ja, das wissen wir noch nicht. Ich habe … ich muss sagen, ich habe noch nie etwas so Schreckliches gesehen.«

Er verstummte. Münster schluckte und sah dem Hubschrauber hinterher, der gerade über dem Berggrat verschwand, unter sich an einem Seil etwas in einem graugrünen Metallkasten tragend. Van Veeteren stand unbeweglich da und spähte die Schlucht hinunter, die Hände auf dem Rücken. Jemand rief von unten etwas auf Griechisch und bekam von Kommissar Yakos eine Antwort.

Nein, dachte Münster. Warum sollte man runterklettern und sich das anschauen, wenn man nicht dazu gezwungen war? Man würde dem Ganzen noch früh genug ins Auge blicken müssen.

Einer der Polizisten kam jetzt von unten mit einer Plastiktüte auf die Fahrbahn, in der etwas Dunkles war, das Münster nicht identifizieren konnte. Yakos nahm es entgegen und überreichte es Van Veeteren, der die Tüte zwei Sekunden lang betrachtete und dann wieder dem jungen Polizisten gab. Kommissar Yakos erteilte ihm auf Griechisch kurz Anweisungen, worauf dieser in eines der Autos stieg, die Stoßstange an Stoßstange am Fahrbahnrand standen.

»Verdammt«, sagte Van Veeteren.

Yakos nickte.

»Sein Penis. Ich sage ja, es ist einfach schrecklich. Was für ein Wahnsinniger war das, der das gemacht hat ... hast du etwas in dieser Art erwartet? Was ist eigentlich überhaupt passiert?«

Es verging sicher nicht mehr als eine halbe Minute, bis Van Veeteren antwortete, aber Münster erlebte sie wie eine Ewigkeit. Die Blautöne um sie herum an diesem perfekten Morgen wurden um einige Grade heller. Eine einsame Zikade begann, träge zu zirpen, ein Raubvogel flog von der Küste heran und nahm in etwa den Platz ein, den der Hubschrauber gerade verlassen hatte. Kommissar Yakos warf seine nur halb aufgerauchte Zigarette an den Straßenrand und trat sie aus.

In aller Hast versuchte Münster, diesen ganzen verfluchten Fall im Kopf zu rekapitulieren. Fast gegen seinen Willen. In einem schrägen, rhapsodischen Tempo spielten sich die Bilder in seinem Kopf ab – die kleine Wohnung in der Moerckstraat, der tote Pfarrer und sein bisexueller Freund, Monica Kammerles verstümmelter Körper zwischen den Dünen in Behrensee, das Gespräch mit Anna Kristeva und allen anderen Beteiligten in dieser quälenden, sich hinziehenden Tragödie ... die Nadel in dem Schuh in Wallburg, die Sukkulenten und die verschleierte Frau. Ester Peerenkaas. Nemesis. War sie rechtzeitig gekommen, oder was sollte man sonst glauben?

Und der Mörder selbst. Professor Maarten deFraan. Der offensichtlich seine Frau vor fast sechs Jahren genau an diesem Punkt, an dem sie jetzt standen, getötet hatte und der dann den einmal eingeschlagenen Weg weiter verfolgt hatte ... weitere vier Menschen hatten ihr Leben lassen müssen, nur weil ... ja, weil was?, dachte Münster. Was hatte sich da im tiefsten Inneren seines wahnsinnigen Gehirns verborgen? Gab es überhaupt eine Erklärung dafür? Hatte es einen Sinn, nach einer zu suchen? Nach dieser *Störung,* wie Van Veeteren es ausdrückte.

Vielleicht mit der Zeit, dachte Münster müde. Im Augenblick

verstehe ich den Fall nicht ... aber ich begreife, dass es vorbei ist.

Wobei Letzteres möglicherweise ein etwas übereilter Schlusssatz war, doch er konnte ihn nicht mehr revidieren, da Van Veeteren sich räusperte und sich der Frage von Kommissar Yakos widmete.

»Was eigentlich passiert ist ...«, sagte er langsam. »Ja, das wissen die Götter. Vielleicht erfahren wir durch den Obduktionsbericht mehr. Der Körper ist geschändet worden ... die Frage ist nur, ob es geschehen ist, bevor die Kugel durch seine Schläfe drang oder hinterher ... entweder oder. Ich muss sagen, dass es mir persönlich relativ egal ist.«

Kommissar Yakos sah ihn mit unverhohlener Verwunderung an.

»Es ist dir egal? Entschuldige, aber jetzt verstehe ich dich nicht. Dieser Mann ist ermordet worden und ...«

»Vielen Dank«, sagte Van Veeteren. »Soweit war ich auch schon. Aber es gibt immer noch die Möglichkeit, dass er sich selbst getötet hat, vergiss das nicht ... und dass ihm die Verletzungen erst hinterher zugefügt wurden. Wenn die Obduktion beendet ist, werden wir es erfahren.«

»Warum ... ?«, begann Kommissar Yakos. »Warum um alles in der Welt sollte jemand wollen ... ?«

Van Veeteren legte ihm eine Hand auf die Schulter.

»Mein lieber Freund«, sagte er. »Wenn du heute Abend in unser Hotel kommst, werde ich dir eine Geschichte erzählen.«

Kommissar Yakos zögerte erneut. Dann nickte er, zuckte mit den Achseln und schaute aufs Meer hinaus.

»Ein schöner Morgen«, sagte er.

54

Am folgenden Tag stieg die Sonne über dem gleichen Bergkamm auf. Warf ihr milchiges Licht über die gleichen kargen Felswände und die gleichen graugrünen Olivenhaine.

Und über den gleichen hellen, ockerfarbenen Platz von Argostoli mit seinen flanierenden oder Kaffee trinkenden Herren, herumstreunenden Dorfkötern, knatternden Vespas und spielenden Kindern. Van Veeteren und Münster nahmen ein spätes Frühstück vor dem Ionean Plaza zu sich, während sie darauf warteten, dass Kommissar Yakos mit den neuesten Nachrichten von der Obduktion und der Spurenanalyse kommen würde.

»Diese Olivenbäume«, sagte Münster und zeigte die Hänge hinauf. »Die können mehrere hundert Jahre alt werden, habe ich gehört.«

»Ich weiß«, sagte Van Veeteren. »Was hast du dem hier entnommen?«

Er klopfte mit dem Löffel auf das fünfseitige Fax, das vor ein paar Stunden aus Maardam eingetroffen war. Münster hatte es an der Hotelrezeption entgegengenommen und dreimal gelesen, bevor er es dem *Hauptkommissar* in die Hände gegeben hatte.

»Krause kann sehr effektiv sein, wenn er es drauf ankommen lässt«, antwortete er diplomatisch.

»Quantitativ hat bei ihm immer alles gestimmt«, gab Van Veeteren ihm Recht. »Aber es ist schon ein sonderbares Bild von diesem deFraan, was da entsteht ... oder was sich zumindest erahnen lässt. Ich muss einfach immer wieder über seine Kindheit nachdenken, da beginnen wir schließlich zu bluten ...«

»Bluten?«, fragte Münster, bekam aber keine Antwort.

Stattdessen blätterte Van Veeteren in den Papieren und räusperte sich.

»Hör mal: ›Als deFraan sechs Jahre alt war, starb sein Vater unter für den Jungen traumatischen Umständen. Das Haus der Familie in Oudenzee brannte bis auf die Grundmauern ab, sein Vater konnte sich im Gegensatz zu Mutter und Sohn nicht in Sicherheit bringen. In den Ermittlungen, die in diesem Zusammenhang aufgenommen wurden, wurde zeitweise die Mutter der Brandstiftung verdächtigt, aber eine Anklage wurde nie erhoben.‹ Was sagst du dazu?«

Münster dachte nach.

»Ich weiß nicht«, sagte er. »Das ist ja irgendwie nur eine Vermutung.«

»Irgendwie nur eine Vermutung!«, schnaubte Van Veeteren und schaute ihn missmutig an. »Alles fängt mit einer Vermutung an ... sogar du, Herr Kommissar!«

»Interessanter Gesichtspunkt«, sagte Münster. »Könnte man das genauer ausgeführt bekommen?«

Van Veeteren warf ihm einen kurzen Blick zu, bevor er weiter im Fax blätterte.

»Hier!«, rief er aus. »Hör dir das an: ›Bei der Beerdigung der Mutter 1995 war laut der Anweisungen ihres Testaments nur ihr Sohn anwesend. Nach ihrem Hinscheiden war er vier Monate lang krankgeschrieben.‹ Vier Monate, Herr Kommissar! Was sagst du dazu?«

»Ja, sicher«, sagte Münster. »Ich habe mir das auch notiert. Stinkt unweigerlich nach freudianischen Abgründen. Was soll man glauben? Aber der Kühltruhenfund ist ja wohl das Makaberste, oder?«

Van Veeteren suchte die Stelle in Krauses Text und las sie noch einmal leise vor.

»›In Zusammenhang mit der gestrigen Hausdurchsuchung von deFraans Wohnung wurde in seiner Gefrierbox ein makabrer Fund gemacht: zwei Menschenbeine, direkt unter dem Knie gekappt. Es gibt keinen Grund, daran zu zweifeln, dass es sich hier um die Körperteile von Monica Kammerle handelt, die noch vermisst wurden. Eine mögliche Erklärung ist, dass deFraan seinem Opfer die Beine gekappt hat, damit es in seine Golftasche passte, diese wurde in einer Kleiderkammer der Wohnung gefunden und war im Inneren besprengt mit Blutspuren.‹«

»Besprengt mit Blutspuren!«, wiederholte Münster. »Meine Güte, wie der sich ausdrückt. Aber egal, es kommt schon hin. Er hat sie getötet, ihr die Beine abgetrennt, die Leiche in diese Golftasche gestopft und einen Regenschutz drübergelegt … sie dann ins Auto verfrachtet, ist losgefahren und hat sie draußen in Behrensee eingegraben. Verdammte Scheiße, bin ich froh, dass ich ihm nicht begegnen muss.«

Van Veeteren schob die Bögen zusammen.

»Ja«, sagte er nachdenklich. »Das macht es vielleicht wieder wett, dass wir ihn nicht lebend haben schnappen können.«

«Was meint der *Hauptkom* … was meinst du damit?«, fragte Münster.

Van Veeteren kratzte sich an den Bartstoppeln und schien mit sich selbst zu Rate zu gehen.

»Nur, dass ich ihn wohl nie verstanden hätte«, sagte er. »Jetzt brauche ich es nicht einmal mehr zu versuchen.«

Münster saß eine Weile schweigend da und schaute auf den Platz. Ein schwarzbrauner Hund tauchte aus einer Gasse auf und drehte seine Runden, gab dann auf und sank unter einem Tisch gleich neben ihrem nieder. Der Kellner kam mit einer neuen Kanne Kaffee.

»Was glaubst du, was da oben passiert ist?«, fragte Münster schließlich. »Und bitte keine Mystifikationen.«

»Mystifikationen?«, brauste Van Veeteren auf. »Seit wann komme ich mit Mystifikationen?«

»Dann sag mir nur einfach, was du glaubst.«

»Na gut«, sagte Van Veeteren. »Das ist doch ziemlich offensichtlich. Unser Freund deFraan hat beschlossen, den Kreis zu schließen und seine Tage zu beenden ... an dem gleichen Ort wie seine Frau, die er vor sechs Jahren ermordet hat. Es begann mit ihr, zumindest fingen mit ihr die Morde an ... ja, und dann fand ihn Frau Nemesis offenbar noch rechtzeitig. Ist ihm in diesem Taxi gefolgt ... wenn ich an ihrer Stelle gewesen wäre, hätte ich mir den Scooter für die Rückfahrt ausgeliehen, aber vielleicht hat sie ihn nicht in Gang gekriegt, oder?«

»Noch rechtzeitig?«, warf Münster ein. »Du meinst also, dass sie ihn bei lebendigem Leibe gefoltert hat?«

Van Veeteren wischte sich umständlich mit der Serviette die Mundwinkel ab, bevor er antwortete.

»Woher soll ich das wissen?«, erwiderte er. »Es ist für einen Obduzenten ja wohl kein Problem, diese Frage zu beantworten, also werden wir schon bald Klarheit darüber haben.«

»Ja, das werden wir wohl«, stimmte Münster zu. »Und wir werden wohl auch sehen, wie lange es Ester Peerenkaas gelingt, sich versteckt zu halten ... aber vielleicht ist sie ja inzwischen schon wieder in Athen, oder?«

»Ich hoffe es«, sagte Van Veeteren und stopfte Tabak in seine Zigarettenmaschine. »Ich denke, ihr solltet nicht zu viele Kräfte darauf verschwenden, nach ihr zu suchen, wenn du mir diese Bemerkung gestattest.«

»Ihr?«, fragte Münster.

»Häng dich nicht an einem Wort auf, Herr Kommissar. Diese Frau hat wegen eines Schweinehunds von Mann ihre Tochter verloren, ihr Aussehen ist von einem noch schlimmeren Schweinehund zerstört worden ... und wenn es ihr gelungen ist, oben bei der Schlucht eine Art Revanche zu nehmen, dann möchte ich ihr fast gratulieren.«

Münster dachte eine Weile über die Worte nach.

»Kann schon sein«, sagte er. »Schade, dass der Taxifahrer nicht mehr sagen konnte ... Ich möchte wissen, ob wir sie überhaupt mit dem Ganzen hier in Verbindung bringen können.«

Van Veeteren drückte eine Zigarette heraus und zündete sie an. Schaute Münster blinzelnd durch den Rauch an.

»Ich bin froh, dass ich mich nicht um solche Details kümmern muss«, sagte er.

»Habe ich mir schon fast gedacht«, sagte Münster.

»Zu dumm, dass man nicht noch ein paar Tage bleiben kann«, stellte Münster fest, nachdem Kommissar Yakos sie einige Stunden später wieder verlassen hatte. »Heute müssen ja wohl fast fünfundzwanzig Grad sein. Was sind das für Bücher?«

Van Veeteren legte seine rechte Hand auf den Bücherstapel, der auf dem Tisch lag.

»Eine Art Kanon«, sagte er. »Über diesen Fall. Ich konnte nicht widerstehen, ich musste sie mir aus den Regalen holen. Vielleicht gibt es eine Art roten Faden.«

Er überreichte den ganzen Schwung dem Kommissar: William Blake. Robert Musil. Den kleinen makabren Krimi von Henry Moll. Rilkes Duineser Elegien. Münster nahm sie entgegen und nickte etwas verblüfft.

Eine Art roter Faden?, dachte er.

»Aber das hier? Rappaport? Der Determinant? Ist es das, was wir ... ?«

»Genau«, sagte Van Veeteren. »Aber es ist auf Schwedisch, deshalb werde ich mich nicht dran setzen.«

Münster saß eine Weile schweigend da und ließ den Blick zwischen den Büchern und dem *Hauptkommissar* wandern.

»Ich verstehe«, sagte er schließlich. »Nun ja, auf jeden Fall geht in vier Stunden unser Flugzeug. Wir sollten vielleicht sicherheitshalber ein Taxi bestellen.«

»Ähum«, sagte Van Veeteren. »Mach das.«

Münster betrachtete ihn skeptisch.

»Was bedeutet ähum?«, fragte er.

Van Veeteren zuckte leicht mit den Schultern und schob den Strohhut in den Nacken.

»Ach, nichts Besonderes«, erklärte er. »Nur, dass ich ein wenig Abgeschiedenheit brauche, um meine Memoiren zu schreiben. Über den Fall G unter anderem … Ulrike kommt übrigens morgen. Wir werden eine Woche hier bleiben. Ich dachte, ich hätte dir das erzählt? Sie behauptet, es würde in Maardam die ganze Zeit regnen … Ähum.«

Münster nahm die letzte Olive vom Teller und schob sie sich in den Mund.

Na gut, dachte er großzügig. Ein Teil von mir gönnt es ihm ja fast.

btb

Håkan Nesser bei btb

Die Kommissar-Van-Veeteren-Serie

Das grobmaschige Netz. Roman (74272)
Das vierte Opfer. Roman (74273)
Das falsche Urteil. Roman (74274)
Die Frau mit dem Muttermal. Roman (74275)
Der Kommissar und das Schweigen. Roman (74276)
Münsters Fall. Roman (74277)
Der unglückliche Mörder. Roman (74278)
Der Tote vom Strand. Roman (74279)
Die Schwalbe, die Katze, die Rose und der Tod. Roman (73325)
Sein letzter Fall. Roman (73477)

Weitere Kriminalromane

Barins Dreieck. Roman (73171)
Kim Novak badete nie im See von Genezareth. Roman (72481)
Und Piccadilly Circus liegt nicht in Kumla. Roman (73407)
Die Schatten und der Regen. Roman (73647)
In Liebe, Agnes. Roman (73586)
Die Fliege und die Ewigkeit. Roman (73751)
Aus Doktor Klimkes Perspektive (73866)
Die Perspektive des Gärtners. Roman (74016)
Die Wahrheit über Kim Novak (75291)

Die Inspektor-Barbarotti-Serie

Mensch ohne Hund. Roman (73932)
Eine ganz andere Geschichte. Roman (74091)
Das zweite Leben des Herrn Roos. Roman (74243)
Die Einsamen. Roman (75313)
Am Abend des Mordes. Roman (75317)

www.btb-verlag.de

